W0323501

George P. R. James

Robin Hood

George P. R. James

George P. R. James

Robin Hood

oder
Die Rächer vom Sherwood

Historischer Roman

aufbau taschenbuch

Nach einer alten Übersetzung
neu durchgesehen von
Edwin Orthmann und Marlies Juhnke

ISBN 978-3-7466-2623-9

Aufbau Taschenbuch ist eine Marke der Aufbau Verlag GmbH & Co. KG

1. Auflage 2010
© Aufbau Verlag GmbH & Co. KG, Berlin 2010
© Neues Leben, Berlin
Druck und Binden CPI Moravia Books, Pohořelice
Printed in Czech Republic

www.aufbau-verlag.de

1

Als England noch eine ackerbautreibende Nation war, als noch der Pflug einer reichlichen Ernte vorarbeitete und eine dünngesäte, aber tüchtige und großherzige Bauernschaft sich ausschließlich dem Anbau des Bodens widmete, als noch in weitgedehnten Forsten das Lager des Rehs und die Grube des Kaninchens zu finden waren – zu jener Zeit stand in einer Ortschaft, etwa vierzehn Meilen von Pontefract entfernt, eine hübsche kleine Herberge, allen Reisenden auf jener Straße wohlbekannt als ein behaglicher Rastort. Das Haus war von Holz und hatte nur ein Obergeschoss, aber es war mit vielfältigen Schnitz- und Skulpturarbeiten geschmückt und schien ursprünglich für andere Zwecke erbaut worden zu sein; aber viele Veränderungen hatten gerade in jener Gegend des Landes stattgefunden bis zu den Tagen, in welchen unsere Erzählung spielt.

Wer das Haus genauer in Augenschein nahm, konnte sehen, dass es vor dem Jahre 1180 errichtet sein musste; denn in der Art der Fenster und in der Linie verschiedener Balken, die an der Vorderseite hinliefen, sprach sich unverkennbar die Tatsache aus, dass zur Zeit seiner Erbauung der Gebrauch von Glasfenstern in Privathäusern noch nicht bekannt war. Um 1200 aber hatte man schon reichlich Glas in England, und obgleich ländliche Häuser selten den Schmuck von Scheiben besaßen, entbehrte doch kein Haus von der Würde eines Gasthofes, wo Reisende bei regnerischem und ungestümem Wetter eine Unterkunft suchten, der Glasfenster, die damals aus vielen kleinen rautenförmigen Glasstücken zusammengesetzt waren.

Der Gasthof machte bei hellem wie bei schlechtem Wetter einen heiteren Eindruck. Das obere Stockwerk des Hauses ragte über das Untergeschoss und bildete so eine Art Säulengang, in dem zwei lange Bänke standen, die sowohl vor der Hitze des Sommers als auch vor dem Regen des Herbstes und des Frühlings schützten.

Vor der Tür des Gasthauses breitete sich einer jener angenehmen offenen Plätze aus, wie man sie damals für gewöhnlich in jedem Landstädtchen und Dorf Englands antraf. Dort wurden die Spiele und Belustigungen des Orts abgehalten, dorthin brachte der Jockei sein Pferd zum Verkauf oder ritt es zur Probe, dort kam mancher Ringer zu Fall, und manches Mädchen wurde dort umworben und gewonnen.

Dieser grüne Platz hatte alles, was nötig war: einen glatten, trockenen Weg für Pferde, zwei Fußpfade, die sich in der Mitte kreuzten, und eine Gruppe von hohen Ulmen auf der Südseite. Er hatte einen Teich, der von einer Quelle genährt und frisch erhalten wurde, und eine Allee von Bäumen nach der Kirche zu. Der Boden war recht wellig, so dass die jungen Leute bei ihren lustigen Begegnungen die Möglichkeit hatten, für kurze Zeit aus dem Blickfeld der Erwachsenen zu verschwinden und das Ganze war mit jenem kurzen, trocknen Rasen bedeckt, wie man ihn nur auf einem gesunden Sandboden findet.

An einem Frühlingsabend – der größte Teil der Reisenden, die auf eine Stunde in dem Gasthof von Barnesdale eingekehrt waren, hatten sich wieder auf den Weg gemacht, um noch vor Einbruch der Nacht unter ihrem eigenen Dach zur Ruhe zu kommen – saß in dem niedrigen Wirtszimmer noch ein Mann in der Tracht eines Landbewohners, einen großen, schwarzen, ledernen Krug vor sich und ein paar Hornbecher daneben. Ein

Stück braunes, auf der heißen Asche geröstetes Brot, das er von Zeit zu Zeit in seinen Becher tauchte, war die einzige feste Nahrung, die er zu sich nahm, und es war vermutlich nicht ratsam für ihn, kostbarere Speisen zu verlangen, wenigstens nach seiner Kleidung zu urteilen. Obgleich sie nicht sehr alt schien, war sie doch von der ärmlichsten und einfachsten Art: eine grobe, schmutziggraue Jacke von rauem Tuch, lederne Beinkleider und Holzschuhe.

Aber der Anzug des Landmannes war nicht das Einzige, was an seiner Erscheinung auffiel. Seine Gestalt hatte jene Eigentümlichkeit, die man in der Regel nicht als eine Vollkommenheit ansieht, eine Art übermächtiger Anmaßung des Nackens, den Kopf hinunterzudrücken, die ihm ein augenfälliges Recht auf den Namen eines Buckligen gab.

Andererseits war er ein nicht übel aussehender Mann: Seine Beine waren kräftig und wohlgeformt, seine Arme derb und lang, seine Brust ausnehmend breit für eine verwachsene Gestalt und seine grauen Augen groß, klar und funkelnd. Seine Nase war etwas lang und spitz, aber in seinen Mundwinkeln und unter seinen Augenlidern lag viel Schalkheit und schlaue Lustigkeit. Den Bart hatte er glatt geschoren wie ein Priester, seine sehr hervorstehenden Brauen und sein Haar, das in drei oder vier Locken über seine sonnverbrannte Stirn hing, waren beinahe schon weiß.

Behäbig saß der Bauer an dem Tisch, tunkte sein Brot in den Becher und schaute von Zeit zu Zeit mit einem Auge in den Krug, als wollte er sich vergewissern, wie viel noch drinnen sei. Er rührte sich kaum auf seinem Sitz und wandte nicht einmal den Kopf vom Fenster, obgleich ein hübsches Mädchen von etwa achtzehn Jahren sich öfter verstohlen nach ihm umsah.

Als sich jedoch plötzlich das Geräusch eines trabenden Pferdes vernehmen ließ, rief der Bauer lebhaft: »Da, Kate, Ihr lustige

Mischung von Weib und Schlange, nehmt den Krug weg; sie kommen jetzt. Fort damit, gutes Mädchen! Sie dürfen mich nicht dabei antreffen, dass ich teuren Bordeauxwein trinke. Gebt mir eine Kanne Ale, Mädchen. Wie riecht es im Zimmer?«

»Wie in der Zelle eines Mönchs, Mr. Hardy«, sagte das Mädchen, während sie lachend den schwarzen Krug wegnahm. »Nach wohlgegorenem Traubensaft und einem Stück gerösteten Brotes.«

»Pack dich fort, Hexe!«, schrie der Bauer. »Was weißt du von Mönchszellen? Nur allzu viel, fürchte ich. Bring das Ale, sage ich, und schütte ein paar Tropfen davon auf den Boden, damit sich hier ein anderer Geruch zu verbreitet.«

Das Mädchen lief fort und kehrte nach einer Minute zurück, das verlangte Ale in der Hand.

»Gieße etwas davon aus – verschütte etwas!«, rief Hardy. Aber da es schien, als halte sie ein solches Beginnen mit einem guten Getränk für Sünde, war der Bauer genötigt, es selbst zu tun. Er entriss ihr die Kanne und schwappte einen gehörigen Teil des Inhalts über Tisch und Fußboden.

In diesem Augenblick verstummte das Stampfen von Rossehufen, das man gehört hatte, und laute Rufe nach Bedienung riefen das Mädchen fort. Hardy nahm seinen Platz wieder ein, setzte die Kanne Ale an den Mund und schien es nicht übelschmeckend zu finden, trotz des Bordeauxweins, der vorangegangen war. Zugleich jedoch ging in seinem Äußern eine beträchtliche Veränderung vor. Sein Nacken wurde gekrümmter, seine Schultern zogen sich noch mehr nach vorn. Er machte zudem die Knöpfe hinten an seinem Wams auf, so dass es etwas zu weit für seine Gestalt schien; auch zog er die Haare mehr in die Stirn, ließ seine Wangen einfallen, und durch diese und andere kleine Kunstgriffe wusste er sich das Aussehen eines volle fünfzehn Jahre älteren Mannes zu geben, als er eine Minute vorher geschienen hatte.

Inzwischen hatte vor der Tür des Gasthofes all das Lärmen und Treiben geherrscht, das gewöhnlich den Empfang eines Gastes in jenen Zeiten begleitete, wo die Wirte einem eintreffenden Kunden nicht genug Ehre und Respekt bezeigen konnten und ihr Willkommen mit Scheltworten an Pferdebuben und vielfältigen lauten Anweisungen an Kammeraufwärter und Mägde vermischten.

Endlich führte der Wirt einen stattlichen, gut aussehenden Mann von etwa dreißig bis fünfunddreißig Jahren herein. Er war unverkennbar der Lieblingsdiener irgendeines vornehmen Mannes und von recht derber, freimütiger Art; etwas wichtigtuerisch vielleicht, aber gutmütig und munter.

»Nicht gekommen«, sagte er beim Eintreten über die Schulter weg zu dem Wirt sprechend, »nicht gekommen! Das ist doch sehr sonderbar! Ich wurde doch über eine halbe Stunde aufgehalten in Barnsley Green, um Richter bei einem Ringkampf zu sein. So fürchtete ich, sie würden vor mir hier sein. Nun, gebt uns einen Becher guten Getränks, um die Zeit zu verplaudern. Ich darf nicht sagen, gebt uns vom Besten – denn das Beste ist für meinen Herrn. Aber ich sehe nicht ein, warum nicht das Zweitbeste für meines Herrn Mann gut sein sollte. So schafft es uns schnell herbei, ehe die Leute kommen, und lasst es eine gute Sorte sein!«

Der von ihm geforderte Wein war bald gebracht, auf den Tisch gesetzt, woran der Bauer Hardy saß. Der Dienstmann des Lords, Blawket mit Namen, nahm auf der andern Seite Platz und betrachtete einen Augenblick seinen Tischgenossen, während der Wirt dabeistand, seinen Blick auf das Gesicht des neuen Gastes heftend, um darin die Billigung seines Weines zu lesen. Blawket säumte nicht, die Güte des Getränkes zu erproben. Er hob die Kanne an den Mund, nahm einen guten Zug, atmete tief auf, trank wieder und nickte dann dem Wirt mit einer Miene zu, die seine Zufriedenheit ausdrückte.

Nach einigen Worten zwischen dem Wirt und dem Gast, woran der Bauer keinen Anteil nahm, sondern mit der Miene eines Mannes dasaß, der ebenso ermüdet wie schwächlich ist, begab sich der Wirt zu seinen Geschäften, und der Dienstmann, seine Blicke eine kleine Weile auf seinen Tischgenossen heftend, fragte in freundlichem, aber gönnerhaftem Ton: »Was habt Ihr denn da, Bauersmann? Dünnes Ale, nicht wahr? Kommt, nehmt einen Becher von etwas Besserem, Euch aufzuheitern. Schlechte Zeiten, wie? Ja, es ist mir auf Erden noch kein Ackermann vorgekommen, der nicht etwas auszusetzen fände an Gottes Jahreszeiten. Da, trinkt das! Es wird Euch Euern Weizen zehnmal grüner erscheinen lassen! Wäre ich ein Pflüger, ich wollte meine Felder mit solchen Güssen bewässern, tagtäglich in die eigene Kehle geleitet. Dann gäbe es kein Murren über schlechte Ähren.«

»Ich murre nicht«, antwortete der Bucklige, während er das Horn nahm und es langsam schlürfend leerte. »Meine Ähren werden grün und voll. Wenig Mühe nur kostet mich das Bewirtschaften meines Landes, und doch bekomme ich eine fette Ernte. Und überdies, mit Verlaub, guter Herr, und ohne Beleidigung gesprochen, ich will doch lieber mir selbst und dem Himmel als irgendeinem andern Menschen angehören.«

»Schwerlich, wenn Ihr einen so guten Herrn hättet, wie ich einen habe«, versetzte der andere, der dennoch ein wenig errötete. »Ein Dienstmann ist in seinem Hause so frei wie auf dem freien Platz von Salisbury; es ist eine Lust, seine Befehle auszuführen. Er ist auch ein Freund des Bauern und des Bürgers und des guten de Montfort. Er ist kein ausländischer Günstling, sondern ein echter Engländer.«

»Auf seine Gesundheit denn!«, sagte Hardy. »Befindet sich Euer Lord gerade in der Gegend?«

»Jawohl«, versetzte Blawket, »in Doncaster, und ich bin

hier, um einige Herren zu treffen, welche diesen Weg nach York reiten sollen, um ihnen zu sagen, dass ihre Versammlung dort nicht ganz sicher sein dürfte, so dass sie einen andern Ort festsetzen müssen.«

»Ho, ho!«, sagte der Bauer. »Ein neuer Aufstand gegen die Fremden auf dem Weg? Nun, nieder mit ihnen, sag' ich, und hinauf mit den englischen Freibauern. Aber wer kommt da? Es sind welche von denen, die Ihr sucht, ich will darauf wetten. Lasst uns ihre Gesichter besehen.« Er schaute durch eine der kleinen rautenförmigen Glasplatten am Fenster. Der Dienstmann folgte seinem Beispiel und nahm mehrere eben angekommene Reisende in Augenschein, bevor sie in das allgemeine Empfangszimmer geführt wurden.

»Kennt Ihr den?«, fragte der Bauer. »Ich meine, ich habe dies dunkle Gesicht da unten früher schon gesehen.«

»Ja, ich kenne ihn«, antwortete Blawket. »Er ist ein Vetter des Grafen von Ashby, den aufzusuchen ich hauptsächlich hierherkam. Er ist ein gutaussehender Gentleman und vermag schön zu reden, obwohl etwas schwarz um das Maul.«

»Wenn sein Herz so schwarz ist wie sein Gesicht«, sagte der Bauer, »so würde ich an Eurer Stelle das, was ich zu sagen hätte, lieber für das Ohr des Grafen aufsparen, als es ihm mitteilen.«

»Ha, meint Ihr?«, fragte der Dienstmann. »Mir scheint, Ihr wisst mehr von ihm, Freund Pflüger.«

»Nicht viel«, versetzte der andere, »und was ich weiß, ist nichts sonderlich Gutes, und so muss man wohl vorsichtig sein, es weiterzusagen.«

»Was hält ihn denn so lang auf? Das bin ich neugierig zu wissen?«, sagte der Dienstmann, nachdem er zum Tisch zurückgekehrt war und noch etwas von seinem Wein getrunken hatte.

»Er spaßt draußen, darauf will ich schwören«, sagte der

Bauer, »mit der hübschen Kate, des Wirts Tochter. Er täte gut, dafür zu sorgen, dass der junge Harland, des reichen Freisassen Sohn, ihn nicht sieht, sonst dürften sein Schädel und ein tüchtiger Knüttelstock genauere Bekanntschaft miteinander machen. Es wäre beinahe so gekommen vor drei Monaten, als er das letztemal hier war.«

Kurz darauf öffnete sich die Tür, und herein trat ein mittelgroßer Mann, dessen Schlankheit keineswegs Schwäche, sondern vielmehr rüstige Sehnenkraft zu verraten schien. Sein Anzug bestand aus einem Rock von kastanienbrauner Farbe, Reitstiefeln und Sporen. Über dem engen Rock, der halb über die Schenkel reichte, trug er einen weiten braungelben Waffenrock und darüber wieder einen grünen Mantel, den er jetzt über die Schultern zurückgeworfen hatte. Sein Auftreten war unbefangen und sicher, aber sein Auge schweifte mit einem hastigen und verstohlenen Blick umher und gab ihm ein verschlagenes und lauerndes Aussehen. Sein Gesicht war unstreitig hübsch, obwohl etwas fahl, sein Bart kurz und schwarz und sein Haar auffallend glänzend wie das einer Frau. Es war augenscheinlich, dass er seinem Anzug nicht geringe Sorgfalt widmete. Die gestickten Schnabel seiner Schuhe waren entsetzlich lang und mit einer kleinen goldenen Spange an seine Knie geheftet, auch sein kostbarer Mantel war reich mit Figuren bestickt. Doch war die Kleiderpracht des Zeitalters so groß, dass man seinen Aufzug nicht vergleichen konnte mit denen der meisten Männer seines Ranges; denn seine Einkünfte waren viel zu beschränkt, um ihm zu erlauben, seiner Vorliebe für prächtige Kleidung nachzugehen.

Der Dienstmann hatte sich bei seinem Eintritt erhoben und trat ihm mit einer tiefen Verbeugung entgegen.

Der Vetter des Grafen jedoch kannte entweder den sich ihm Nähernden nicht oder tat zumindest so, und Blawket sah sich genötigt zu erklären, wer er sei und was seine Botschaft war.

»So?«, sagte Richard de Ashby. »Gefahr in York, wirklich? Dann hat uns der gute Lord Monthermer, Euer Gebieter, wohl umsonst hierherbeordert, wie es scheint. Ich weiß nicht, wie mein Vetter Alured, der Graf von Ashby, dies aufnehmen wird; denn er liebt es nicht, Reisen zu machen, um sich dann getäuscht zu sehen.«

»Mein Lord hat nicht die Absicht, den Grafen zu täuschen«, versetzte der Dienstmann. »Er will die Zusammenkunft im Laufe des morgigen Tages irgendwo mit ihm halten.«

»Wisst Ihr nicht, wo?«, fragte der Edelmann, und als Blawket einen misstrauischen Blick auf den Bauern richtete, fuhr er fort: »Kommt mit mir auf den grünen Platz, wo keine müßigen Ohren uns belauschen können.«

Wenn diese Worte ein Wink für den Buckligen sein sollten, das Zimmer zu verlassen, so bewirkte er nichts, denn Hardy blieb wie angenagelt am Tisch sitzen, langte von Zeit zu Zeit nach seinem Krug Ale und sah mehr als einmal zu der Tür, nachdem Sir Richard und des Lords Dienstmann das Zimmer verlassen hatten. Ihre Besprechung dauerte lange, und inzwischen traten zwei Diener Richard de Ashbys in das Gastzimmer und näherten sich dem Tisch, an dem der Bauer saß.

»Holla, was hast du denn da, Bauernlümmel?«, schrie einer von ihnen. »Wein für einen solchen Kerl, wie du einer bist?« Mit diesen Worten hob er die Kanne empor, aus welcher der Dienstmann getrunken hatte.

»Die ist weder mein noch dein«, versetzte Hardy, »und so tätest du wohl am besten, sie stehenzulassen.«

»Ei, ei!«, rief der Diener, »man wird zurechtgewiesen von einem buckligen Bauern! Wenn es nicht dein Wein ist, Gesell, so halt dein Maul, denn dann geht er dich nichts an! Ich werde mir aber erlauben, damit nach meinem Belieben zu verfahren«, und damit schenkte er einen Becher ein und goss ihn hinunter.

»Ihr müsst ein armer Schelm sein«, sagte der Bauer, »dass

Ihr so darauf erpicht seid, auf andrer Leute Kosten zu trinken, ohne wenigstens mit einem höflichen Wort Euern Trunk zu bezahlen.«

»Was sagt er da?«, schrie der Mann und wandte sich zu seinem Begleiter. Denn obgleich er verstanden hatte, war er doch nicht darauf vorbereitet zu handeln, da er zu denen gehörte, die bereitwilliger sind, zu zechen und zu schimpfen als einen Kampf aufzunehmen. »Was sagt er da?«

»Er nannte dich einen armen Schelm, Timotheus«, sagte sein Gefährte. »Wirf ihn kopfüber hinaus, den missgestalteten Lump!«

»Hinaus mit ihm!«, schrie der andere, als er seinen Kameraden bereit sah, ihm beizustehen, »hinaus mit ihm!« und trat drohend dem Bauern näher.

»Bleibt mir vom Leibe!«, sagte Hardy, den Kopf schüttelnd. »Ich bin ein alter Mann und nicht so wohlgewachsen wie ihr zwei Knappen. Aber ich dulde keinen Schlag von den halbverhungerten Kötern irgendeines armen Vetters! Nehmt euch in Acht, meine Freunde!« Und als einer von ihnen ihm etwas zu nahe kam, versetzte er ihm, ohne von seinem Sitz aufzustehen, einen Schlag, der ihn seine Länge an den Binsen messen ließ, womit der Boden bestreut war. Zugleich rief er mit kläglicher Stimme: »Wer sollte denken, dass zwei gewaltige Burschen einen armen, missgestalteten Mann anfallen würden?«

Es traf sich, dass derjenige, den der Bauer zu Boden geschlagen hatte, der Mutigere von den beiden war. Er raffte sich wieder auf und stürmte heftig auf seinen Gegner ein. Dies sah der andere, ging im selben Augenblick auf Hardy los und trat ihm den Stuhl unter dem Leib weg, so dass der Bucklige und sein Kamerad miteinander zu Boden stürzten. Dann packte er seinen Feind beim Kragen und drückte ihm den Kopf mit beiden Händen fest auf den Boden.

»Prügle ihn durch, Dickon, prügle ihn durch!«, schrie er.

»Ich will ihm ein Bad in der Rossschwemme verschaffen«, sagte der andere keuchend. »Seine Nase wird das Wasser zischen machen wie ein rotglühendes Hufeisen.«

In diesem Augenblick jedoch zog der durch solch ungestüme Vorgänge verursachte Lärm die hübsche Wirtstochter Kate Greenly herbei, die, obwohl sie große Achtung und einigen Respekt vor allen Dienern Richard de Ashbys hatte, doch den armen Hardy nicht gern misshandelt sehen mochte. Sie sah sich rasch um, ergriff dann einen Kübel voll Wasser, der hinter der Tür des Wirtszimmers stand, und goss den ganzen Inhalt desselben über die Kämpfer aus, die ringend auf dem Boden lagen.

Alle drei sprangen nach Luft schnappend und keuchend auf; aber der Gewinn war unstreitig auf Hardys Seite, der, befreit von den Griffen seiner Gegner, den dreibeinigen Stuhl fasste und ihn leicht über seinem Kopf schwang, um sich damit zu verteidigen, während die Angreifer die kurzen Schwerter zogen und mit den erbarmungslosesten Absichten auf den alten Bauern losstürmten.

Kate Greenly kreischte jetzt laut auf, wobei sie ihren hübschen kleinen Hals aufs äußerste anstrengte, und ihr Geschrei rief bald Blawket, den Dienstmann des Lords, herbei, dem langsam auch Richard de Ashby folgte. Der gute Wirt selbst, der es sich, sowohl aus Rücksicht auf seine eigene Person als auch auf die Kundschaft seines Hauses, zum Gesetz gemacht hatte, sich nie in Händel einzumischen, hielt sich aus allem heraus und begab sich sogar in den Stall unter dem Vorwand, nach den Pferden seiner Gäste zu sehen.

Blawket jedoch, ganz im Geist eines echten englischen Dienstmannes, stürzte sich sogleich in den Kampf und nahm sofort für den Schwächeren Partei.

»Kommt!«, rief er, sich auf Hardys Seite stellend. »Zwei

gegen einen und dazu gegen einen alten Mann! Pfui! Zurück, oder ich zerschlage euch die Kinnbacken!«

Diese Verstärkung auf der Seite des Gegners machte die beiden Diener Richard de Ashbys unsicher, und augenblicklich trat eine Pause ein, in der sich endlich ihres Gebieters Stimme vernehmen ließ.

»Was, Händel anfangen, ihr Narren!«, rief er. »Wir haben jetzt an anderes zu denken. Zurück, und lasst den alten Mann gehen. Macht Ihr Euch fort, Pflüger, und lasst Euch nicht wieder dabei antreffen, dass Ihr mit eines Edelmanns Dienern hadert, oder ich will Euch dafür in den Stock legen lassen!«

»Ich zerschmettere ihm den Schädel, ehe er aus dem Hause ist«, sagte einer der Männer, der den Befehlen Richard de Ashbys wenig Achtung zu zollen schien.

»Und ich dir den deinigen, wenn du es versuchst«, versetzte Blawket drohend. »Komm fort, Alter! Ich will dich ungefährdet aus dem Hause geleiten.«

Mit diesen Worten fasste er Hardy beim Arm, führte ihn aus dem Gasthaus und murmelte dabei vor sich hin: »Beim Schulterbein des heiligen Lukas, der alte Kerl ist kräftig genug, um sich selbst verteidigen zu können! Sein Arm ist so dick wie die Keule eines Ebers und so hart wie ein Eichenast. Wie geht es dir, Gesell?«

»Meine Knochen sind steif, wund und steif«, antwortete der Bucklige. »Aber ich danke Euch von ganzem Herzen, dass ihr Euch meiner angenommen habt, und ich möchte Euch gern einen Becher gutes Ale dafür geben, solches, wie Ihr es außerhalb Londons nie gekostet habt. Wenn Ihr es nur einrichten könntet, morgen früh in meine arme Wohnung zu kommen«, fuhr er fort, seine Stimme zu einem Flüstern senkend. »Ich könnte Euch ländliche Spiele und Kurzweil zeigen, die Euch Freude machen würden, da Ihr in solchen Dingen ein Kenner seid.«

»Das müsste zu recht früher Stunde sein«, erwiderte Blawket. »Die heute Nacht nicht kommen, werden zwar auch morgen nicht vor Mittag hier sein, das ist wahr, aber ich glaube, ich täte besser, sie zu erwarten.«

»Nein, nein, kommt!«, sagte Hardy rasch. »Kommt und trinkt einen Becher Ale mit mir.« Und nach einer Pause fügte er mit bedeutungsvoller Miene hinzu: »Überdies möchte ich Euch auch etwas mitteilen, was Eurem Lord nützlich sein dürfte.«

»Aber wie soll ich den Weg finden?«, fragte der Dienstmann, ihm forschend ins Gesicht schauend, doch ohne einen Ausdruck von Überraschung über die Andeutung, die der andere gemacht hatte.

»Oh, ich werde ihn Euch zeigen!«, antwortete der Bauer. »Trefft mich an dem Kirchsteig dort, und ich will Euch führen. Findet Euch ein wenig vor sechs Uhr ein. Ich werde schon dort sein. Gebt mir die Hand darauf!«

Der Dienstmann streckte ihm die Hand hin, und Hardy schüttelte sie mit einem Druck, wie ihn etwa eiserne Zangen geben mögen, beugte zugleich den Kopf vor und sagte leise: »Seht wohl zu, was Ihr tut, Ihr habt einen Verräter hier! Einer von den Männern dort ist ein Dummkopf, und der andere ist ein falscher Hund, hierhergekommen, um rechtschaffene und treue Leute auszuspionieren!«

Mit diesen Worten ließ er die Hand des andern los und war bald im Zwielicht des Abends verschwunden.

2

Der Himmel war noch grau, als Thomas Blawket, der stämmige Dienstmann des Grafen Monthermer, frisch aus seinem Bett sprang und jene eilfertige Toilette machte, wie sie damals ein derber Engländer seines Standes gewohnt war. Sie bestand einfach darin, dass er ein paar große Eimer voll reinen kalten Wassers über seinen runden, lockigen Kopf und seine nackten Schultern goss und dann, ohne sich lange mit den Zeremonien des Abtrocknens aufzuhalten, die Kleider anlegte und mit dem Gürtel um den Leib befestigte.

»Wünsch dir guten Tag, Wirt!«, sagte er, als er wegging. »Ich werde bald wieder zurück sein.« Er schlenderte gemächlich über den grünen Platz und blieb ab und zu stehen, damit es nicht aussähe, als schlüge er eine verabredete Richtung ein. Langsam schritt er so der Kirche zu und erreichte, am Hause des Priesters vorbeikommend, den Kirchsteig.

Am andern Ende des Steiges stand Hardy, der Bucklige, eine lebhafte Melodie pfeifend und den Herankommenden erwartend, ohne sich von der Stelle zu rühren. Nach kurzer Begrüßung wanderten beide rasch durch die grünen Felder dahin, von all den lustigen Geringfügigkeiten plaudernd, welche freie Herzen am frühen Morgen beschäftigen.

Am Bach machten sie halt und blickten in seine tanzenden Wellen; sie schauten dem raschen Fisch nach, wie er im Wasser dahinschoss, und schrien einem Reiher zu, der eben mit seinem Schnabel eines von den sumpfigen Geschöpfen gepackt hatte.

»Jetzt, wenn wir einen Falken hätten«, sagte der Bauer, »wir hätten bald den Meister Graufeder hier, so gewiss, wie der nichtswürdige Richard de Ashby die hübsche Kate Greenly fangen wird.«

»Meint Ihr?«, fragte des Lords Dienstmann, der gar nicht daran dachte, den Reiher zu fangen. »Wird sie sich so leicht beschwatzen lassen?«

»Ja, das wird sie«, versetzte der Bauer. »Nicht, dass es dem Mädchen an Verstand oder Unterricht fehlt; denn der gute Priester gab sich mächtig viel Mühe mit ihr, und sie kann lesen und schreiben, so gut wie irgendein Schreiber im Land. Auch hat sie kein schlechtes Herz, obgleich es allerdings etwas trotzig und rasch ist. Aber das Mädchen ist so eitel wie eine Meise, und obwohl ich glaube, sie liebt im Grunde ihres Herzens den jungen Harland, habe ich ihm doch schon oft gesagt, es sei unwahrscheinlich, dass sie ihn heiratet. Da nun dieser Richard de Ashby wiedergekommen ist und sich an sie hängt wie früher, sage ich: Ihre Eitelkeit wird sie bei den Ohren nehmen und sie auf jeden Markt führen, wohin er sie zu bringen Lust hat.«

»Dass ein solcher Herr nicht einen so abgelegenen Ort wie diesen in Frieden lassen kann, mit seinem ruhigen Sonnenschein und guten Landvolk. Er könnte doch leicht genug ein lustiges Liebchen finden in den großen Städten, ohne dass er es nötig hätte, einen guten Jüngling unglücklich zu machen und ein frohherziges Dorfmädchen in Schande zu bringen! Ich hoffe, es wird ihm dafür noch der Schädel eingeschlagen!«

»Er hat Aussicht, sich zum Lohn für etwas anderes den Hals zu brechen, wenn ich die Sache richtig beurteile. Aber davon wollen wir bald mehr reden. Lasst uns weitergehen!«

So wanderten sie denn weiter, bis sie auf einen offenen, weiten Platz kamen, der mit kurzem Gras und alten Weißdornbüschen bedeckt war und am Waldrand lag.

»Ei, Ihr scheint ja am Saum des Waldes zu wohnen, Bauersmann«, sagte Blawket. »Es muss hier schlechter Boden sein, denke ich.«

»Er ist ganz gut für meine Art Landwirtschaft«, versetzte der andere, ihm einen listigen Blick zuwerfend. »Wir haben noch eine Meile vor uns, Meister Blawket, und können ebensogut ruhig ein bisschen durch das Waldland laufen.«

»Ich bin dabei«, versetzte der Dienstmann. »Ich liebe den Waldboden, und oft, wenn die Jahreszeit kommt, helfe ich mit meines Herrn Erlaubnis, seinen Forstleuten das Wild zu erlegen.«

»Gefährliche Liebhabereien, das, in solchen Zeiten«, sagte der Bauer, und hiermit verstummte das Gespräch wieder.

Obwohl sie nun den eigentlichen Wald betreten hatten, standen die Bäume viele Ellen weit voneinander entfernt und warfen lange Schatten auf das Samtgrün des Grasbodens. Aber als Blawket durch die Stämme hindurch nach Norden und Westen schaute, konnte er wohl sehen, wie eine dämmernde Masse von dunklerem Grün sich in der Ferne ausbreitete und bewies, dass der Wald bald dichter wurde.

Dass sie in das Reich der jagdbaren Tiere kamen, war bald augenfällig.

Mehr als einmal sprang ein Hase vor ihren Füßen auf und hoppelte in nicht sehr eiligem Lauf davon. Alle zwei, drei Schritt sah man ein Eichhörnchen von Baum zu Baum flitzen und den Stamm hinanklettern, und mehrmals wurde das geübte Auge Blawkets eines bräunlichen Hirsches ansichtig, der einen der Pfade entlanglief, um Zuflucht im dichteren Walde zu suchen.

»Nun, Meister Pflüger«, sagte er endlich. »Ihr scheint mich ja in den dicksten Wald hineinzuführen. Liegt Eure Wohnung in dieser Richtung?«

»Ja, ganz gewiss!«, antwortete Hardy. »Sie wird sogleich offener hervortreten.«

»Das ist sehr nötig«, erwiderte der Dienstmann. »Sonst müsste ich Euch für einen Waidmann halten, und zwar nicht für einen von den königlichen.«

Der Bauer lachte, gab aber keine Antwort, und nach ein paar Minuten fuhr der Dienstmann fort: »Ihr seid ein wunderlicher Mann, denn Ihr seid diesen Morgen zehn Jahre jünger, als Ihr gestern Abend wart. Meiner Treu, wenn ich geahnt hätte, dass Ihr so stark seid, ich glaube, ich hätte Euch die Sache mit den zwei Burschen allein ausfechten lassen!«

»Ich wollte auch, ich hätte sie nur eine halbe Stunde hier

unter den grünen Weißdornbüschen«, bestätigte der Bauer lachend. »Ich bedürfte keines Helfers, um ihnen eine solche Tracht Prügel zu verpassen, wie sie sie wohl selten in ihrem Leben bekommen haben. Obwohl ich nicht daran zweifle, dass ihnen bereits einige zuteil geworden sind.«

»Gewiss, gewiss!«, antwortete Blawket. »Aber ein Wort, mein guter Freund, ehe wir weitergehen: Da Ihr nicht seid, was Ihr schienet, wäre es mir doch lieb zu wissen, wohin wir gehen.«

»Ich bin nicht, was ich schien, und auch nicht, was ich jetzt scheine«, sagte der Bauer mit einem offenen und fröhlichen Lächeln. »Aber beides hat gar nichts zu sagen. Da, helft mir nur von meiner Bürde; ich bin nicht der Erste, der sich das Ansehen gegeben, mehr zu sein, als er ist. Da, legt Eure Hand unter mein Wams und löst auf dem Rücken den Knoten auf, während ich den andern vorn aufknüpfe.«

Mit Hilfe seines Begleiters ließ er nun einen großen Wulst von seinen Schultern herabgleiten, der ganz und gar das Ansehen eines Buckels hatte. Sobald diese Bürde weg war, stand er vor Blawket als ein stämmiger, untersetzter Mann mit hohen Schultern, aber ohne den leisesten Ansatz von einem Höcker links oder rechts. An dem Erstaunen seines Begleiters sich weidend, sagte er: »So viel, was den Buckel betrifft, Meister Blawket. Hätten jene guten Gesellen mich so gesehen, sie würden wohl nicht so eilig mit ihren Händen gewesen sein. Und hätten sie dies gesehen«, fuhr er fort, den Griff eines guten starken Dolches unter seinem Kleid zeigend, »sie wären wohl nicht so eilig mit ihren Schwertern bei der Hand gewesen. Doch jetzt lasst uns ohne Zeitverlust vorwärtseilen; denn es warten Leute auf Euch, die Euch eine Botschaft an Euern Lord auftragen möchten.«

Blawket bedachte sich einen Augenblick und sagte dann: »Gut, es hat nichts zu sagen. Ich will keinem Verdacht gegen

Euch Raum geben, obgleich dies ein sonderbarer Handel ist. Ich habe Euch einmal aus einer Klemme geholfen – wenigstens hatte ich die Meinung und die Absicht, Euch zu helfen, und ich glaube gewiss, dass Ihr es mir nicht schlecht vergelten werdet.«

»Zweifelt nicht an mir!«, sagte der Bauer. »Ihr seid ein Freund, kein Feind. Aber jetzt, um allem, was Ihr heute hören mögt, noch ein Wort beizufügen, lasst Euch sagen, dass der eine der beiden Männer, mit denen Ihr mich gestern im Kampf saht, ein Verräter und Spion ist. Und, ich glaube fast, dass der, der ihn mitbrachte, selbst nicht viel besser ist!«

»Harte Worte, das, Meister Pflüger, oder was immer Ihr sein mögt«, sagte des Lords Dienstmann mit ernsthafter Miene. »Ich hoffe, es ist nicht ein zerschlagener Kopf oder ein Hader im Bierhaus, was Euch den Mann des Verrats beschuldigen lässt. Zudem, wenn er ein Spion ist, kann er nur einer sein gegen seinen eignen Herrn.«

»Und wer ist sein eigner Herr?«, fragte Hardy. »Kommt, strengt Euern Witz an und sagt mir das!«

»Nun, Sir Richard de Ashby«, antwortete der Mann.

»Wahrhaftig!«, versetzte Hardy. »Mich dünkt, das Wappen des Hauses Ashby sei ein Baum, der aus einer Kohlenpfanne hervorwächst.«

»So ist es «, erwiderte der Mann, »und den hat er auch auf seinem Rock.«

»Und was hat er auf der Brust?«, fragte Hardy. »Drei schreitende Leoparden.«

Der Mann fuhr auf. »Ha, das ist das Wappen des Königs!«

»Oder des Prinzen Edward«, fügte Hardy hinzu. »Wenn Ihr also wieder heimkommt, so sagt Eurem Lord, er möge wohl auf der Hut sein vor dem Vetter des Grafen von Ashby, wenn nicht auch vor dem Grafen selbst. Wir hatten Nachricht von etwas dergleichen erhalten, und ich blieb zurück, um zu beobachten – denn Ihr müsst mich nicht für einen solchen Narren halten, dass ich einem Dienstmann harte Worte für nichts sagte und mir Schläge auf den Kopf zuzöge, ohne einen bestimmten Zweck.«

»So habt Ihr also die Leoparden gesehen?«, fragte Blawket eifrig. »Habt sie mit eignen Augen gesehen?«

»Ich balgte mich mit ihm und riss ihm mit beiden Daumen den Rock auf, während er wähnte, wir wälzten uns nur auf dem Boden herum wie Hund und Katze. Unter seinem Rock trug er ein prächtiges Gewand mit drei goldgestickten Leoparden auf der Brust. Als ich dies sah, war ich zufrieden. Aber das tolle Mädchen Kate nahm an, ich hätte ernstliche Händel, und goss einen Kübel Wasser auf uns, der uns auseinanderbrachte; das Übrige wisst Ihr ja. Er ist kein Diener des Richard de Ashby, der arme Schelm hat höchstens zwei. Ich glaube eher, nachdem er längst seine Seele dem Teufel verkauft hat für Wohlleben und Semmelbrot, hat er jetzt das Einzige, was ihm noch zu verkaufen übrigblieb, nämlich seine Freunde, irgendeinem irdischen Teufel verhandelt für Gold, um damit die hübsche Kate Greenly zu gewinnen.«

Blawket ging ein paar Schritte in tiefem Nachsinnen weiter.

»Wahrhaftig«, sagte er endlich, »wenn diese Geschichte wahr ist – und ich zweifle nicht an dem, was Ihr sagt, guter Freund, sondern ich meine, wenn ich das alles meinem Herrn beweisen kann gibt es morgen einen Verräter weniger. Er gefiel mir nie, dieser Richard de Ashby; obgleich er so sanft und süßlich ist wie sein Vetter Alured hitzig und hochfahrend.«

»Es wird leicht zu beweisen sein«, versetzte sein Begleiter. »Klagt den Sir Richard, wenn Euer Lord und seine Freunde beisammen sind, frei und offen an, er habe einen Diener des Königs verkleidet mitgebracht, um ihre Beratungen auszuspionieren.«

»Nein, nicht so«, versetzte der Dienstmann. »Ich bin geübter, mit Lords umzugehen als Ihr. Das könnte Unheil anstiften zwischen den zwei Grafen. Nein, ich will einen Hader mit ihm anfangen in der Gasthofsküche, will ihn veranlassen, seinen Rock abzulegen, um ein paar Streiche mit mir zu probieren, und dann, wenn wir alle die Leoparden sehen, wollen wir ihn vor die Herren schleppen.«

»Zuerst erzählt alles Eurem Herrn«, sagte Hardy etwas finster. »Es kann wichtig für ihn sein, ohne Verzug zu wissen, mit wem er es zu tun hat.«

»Das will ich!«, versetzte der Mann. »Und ich will ihm meinen Plan, die Verräterei zu beweisen, mitteilen. Aber was ist das? Euer Haus, denke ich? Ihr habt einen trefflichen Haufen Söhne, wenn das alles Eure Kinder sind. Ein Scheibenschießen wird veranstaltet, so wahr ich lebe! Ja, jetzt sehe ich, was hier los ist!«

3

Ein lustiges Glockengeläute führte den Maimonat des Jahres 1265 ein, und eine glänzende Sonne stieg am Osthimmel empor und warf lange Lichtstreifen über die grünen Felder, welche von den Tautropfen der entschwundenen Nacht schimmerten. Der Frühling hatte sich in großer Schönheit eingestellt, beinahe alles Laub war schon auf den Bäumen, ausgenommen einige jener knorrigen alten Eichen, die in ihrer braunen Starrheit nicht geneigt schienen, die Livree des Frühlings anzulegen. Das Schneeglöckchen hatte schon seine Zeit gehabt, aber das Veilchen blühte noch und strömte seinen Wohlgeruch aus, und der Weißdorn schaukelte seine duftigen Blüten in den liebkosenden Lüften. Kurz, der fröhliche Monat Mai hatte seine Fahnen in jeder Hecke und in jedem Feld aufgesteckt und versprach einen schönen Sommer.

Manches Mädchen war, noch ehe die Sonne aufging, hinter

den Anhöhen in der Ferne gewesen, um Maientau zu holen, der die Schönheit frisch erhalten sollte, und mancher Jüngling, die Blüte des Weißdorns suchend, hatte durch verabredeten Zufall das Mädchen, das er liebte, unter dem Liebesbaum getroffen. Der junge Harland jedoch hatte sich zwar auch nach Kate Greenly umgeschaut auf dem Platz, wo er sie voriges Jahr an demselben Tage gefunden hatte, aber diesmal vergebens. Als er, etwas verdrießlich über die Täuschung seiner Hoffnung, heimkehrte, hatte er sie in einer Gesellschaft munterer Mädchen getroffen, manchmal einstimmend in deren Gelächter, manchmal aber auch in tiefes, düsteres Grübeln versunken.

Ihre jungen Gespielinnen machten sich davon, um sie mit ihrem Liebhaber allein zu lassen, und Kate schritt rasch an seiner Seite heim, mit einem unbeständigen, wechselnden Wesen. Bald war sie munter und scharf, bald nachdenklich und traurig. Ihr Benehmen war so launenhaft wie ein Apriltag. Aber das war es schon oft gewesen, und er übersah den tieferen Schatten, der mit einer Schlimmes weissagenden Schwere alles umwölkte. Sie trennten sich vor dem Haus ihres Vaters, und der junge Ralph Harland wandte sich wieder heimwärts, an die Freuden des bevorstehenden Maientanzes denkend.

Der grüne Platz des Ortes, den wir schon beschrieben haben, war bereits mit allem versehen worden, was zu den Belustigungen des Tages erforderlich war. Der große Maibaum in der Mitte trug einen Blumenkranz, dessen Bänder lustig flatterten. Auch die übrigen Bäume waren mit Girlanden behängt, und selbst der alte Brunnen war mit Kränzen und Weißdornzweigen geschmückt. Vor der Tür des Gasthauses waren schon zu früher Stunde die verschiedenen Preise ausgestellt, welche die glücklichen Preiskämpfer in den ländlichen Spielen belohnen sollten. Sie waren der Hauptanziehungspunkt für manche Gruppe von neugierigen Jungen und Mädchen.

Der Maientanz zog zu jener Zeit auch einen Haufen von Musikanten herbei, und »Freier Trunk für die Spielleute!« war eine geläufige Redensart. Der erste Spielmann, der an diesem Tage auf dem grünen Platz von Barnesdale erschien, war ein Pfeifer mit seinem Dudelsack unter dem Arm. Er entlockte dem Instrument solche Töne, dass ihm beinahe sämtliche Hunde des Ortes bellend oder heulend folgten. Der gute Pfeifer jedoch schien dies gar nicht als ein schlechtes Kompliment anzusehen, sondern setzte sich auf die Bank vor der Tür des Wirtshauses nieder und spielte drauflos, bis auch einige menschliche Zuhörer herbeikamen, unter andern der Wirt selbst mit einem Krug schäumenden Ales, den er neben ihn hinstellte.

Der Pfeifer tat, wie alle Pfeifer pflegen, einen langen und herzhaften Zug, sah sich dann um und pries, wie sich von selbst verstand, die Vorbereitungen, die zu den Maientagsbelustigungen getroffen worden waren.

Ein Flötenspieler folgte bald und diesem dann ein Mann mit einer Leier; aber der Hauptmusikant, der Künstler auf der Geige, ohne den der Tanz nicht vollständig hätte abgehalten werden können, ließ, wie alle wichtigen Personen, auf sich warten. Als er endlich erschien, kam er, begleitet von seinem Gesinde, bestehend aus zwei langohrigen Kötern und einem Knaben, der seine Geige trug. Mit großer Würde und Vornehmheit nahm auch er seinen Weg sogleich in das Wirtshaus.

Nachdem die Spiele des Morgens vorüber waren und man das Mittagsmahl eingenommen hatte, versammelten sich die Mädchen des Dorfes, die ihre Kleidung wieder der leichteren Unterhaltung des Abends angepasst hatten, fröhlich auf dem Rasenplatz, um ihren ersten Tanz um den Maibaum zu beginnen.

Ralph Harland stand an Kates Seite und erkundigte sich angelegentlich und ängstlich, was sie so traurig mache, als er plötzlich aufhorchte.

Das Stampfen von drei oder vier Pferden, die sich in raschem Trab näherten, hatte zwar an einem so geräuschvollen Tag nichts Ungewöhnliches an sich, aber das Herz des jungen Mannes ward beklommen, und als er Richard de Ashby erkannte, der, von drei Dienern gefolgt und mit ungewöhnlichem Glanz gekleidet, daherritt, mochte wohl die Brust des jungen Freisassen von bitteren Empfindungen gequält werden, zumal er sie, die er liebte, rot und blass werden sah und in ihrer wechselnden Farbe die Bestätigung manch finsteren Argwohns las.

Derjenige, welcher diese Empfindungen erweckte, schien anfänglich gar keine Notiz zu nehmen von den fröhlichen Gruppen um ihn her. Er ritt direkt auf die niedrige Tür des Wirtshauses zu, die beinahe ganz versperrt wurde durch die behäbige Gestalt des Wirtes John Greenly, sprang dort leicht und anmutig vom Pferd und fragte so laut, das alle Umstehenden es hören konnten: »Ist der Graf von Ashby schon angekommen?«

Als dies verneint wurde, wandte er sich mit gleichgültiger Miene um und sagte: »Meiner Treu, dann muss ich mich eben auf eigene Faust unterhalten, bis mein edler Vetter kommt! Was geht denn hier eigentlich vor? Ein Maientanz? Wahrhaftig, da will ich auch teilnehmen. Hübsche Kate«, fuhr er fort und näherte sich ihr, »wollt Ihr mir Eure Hand reichen, damit ich Euch einmal um den Maibaum herumschwenken kann?«

»Sie ist mir zugesagt«, sagte Ralph Harland mit finsterer Miene, ehe Kate antworten konnte.

»Wirklich?«, rief Richard de Ashby, ihn von Kopf bis Fuß messend mit jenem kühlen Blick hochmütiger Verachtung, der so schwer zu ertragen und wegen dem es doch so schwierig ist, Händel anzufangen. »Nun gut, aber sie hat zwei Hände. Soll sie Euch eine reichen und mir die andere. Und diese hübsche kleine Jungfer«, fuhr er fort und wandte sich zu einem Mädchen von etwa dreizehn Jahren, »soll meine andere Hand nehmen. So ist alles ins Reine gebracht. Kommt, Meister Fiedler, lässt uns einen Tanz hören! Kommt, holde Kate, ich freue mich, diese schönen Glieder in der anmutigen Bewegung des Tanzes zu sehen!«

Der arme Ralph Harland! Es war einer der Augenblicke, wo es gleich schwer ist, zu handeln und nicht zu handeln, zumal für einen unerfahrenen jungen Mann, aufgewachsen in der beständigen Gewohnheit der Untertänigkeit gegen Personen höheren Ranges und Standes. Eine offene Beschimpfung, eine entschiedene Beleidigung würde er sofort am höchsten Haupt gerächt haben, das im Königreich herumstolzierte; aber er wusste nicht, wie er dem verdeckten Hohn, der verhüllten Niederträchtigkeit von Richard de Ashby begegnen sollte.

Ralph folgte trotzig und schweigsam zum Tanz, während Richard de Ashby ganz Liebenswürdigkeit, Zuversicht, Lächeln und Fröhlichkeit war. Sein Gespräch und seine Blicke gehörten nur Kate Greenly. Während sie tanzten, flüsterte er ihr zärtliche Worte ins Ohr, die niemand recht verstehen konnte, obgleich Ralph Harland auf jeden Ton lauschte, um gegebenenfalls mit dem Redenden Hader anzufangen.

Endlich verstummte die Musik, und der Tanz ging zu Ende, gerade als Richard de Ashby noch ein paar Worte an die hübsche Kate an seiner Seite richtete. Die plötzlich eintretende Stille machte die letzte Hälfte des Satzes vernehmlich: »... daher verliert keinen Augenblick!«

Ralph Harland ließ entrüstet Kates Hand los, und vor Richard de Ashby hintretend, rief er: »Um was zu tun?«

»Was geht das dich an, Bauer?«, fragte Richard de Ashby, gleichermaßen vor Zorn, dass seine Worte gehört worden waren, wie vor Hochmut errötend.

»Alles, was sie tut, geht mich an«, versetzte Ralph drohend, »wenn ich ihr Gatte werden soll. Und wenn ich es nicht werden sollte, wehe dem Mann, der sie ihre Zusage brechen macht!«

»Ihr seid unverschämt, Bauer«, versetzte der Vetter des Grafen mit verächtlichem Lächeln. »Nehmt Euch in Acht, oder Ihr bringt mich in Zorn!«

»Es soll ohne viel In-Acht-Nehmen geschehen«, entgegnete Ralph Harland, der jetzt keine Bedenken mehr kannte. »Lasst meinen Arm los, Kate, und ich will Euch und andern zeigen, aus welchen Eierschalen eines Lords Vetter besteht. Was kommt Ihr hierher, um unsere Freuden zu stören und unsre Maientagsspiele zu verderben? Nehmt das zur Erinnerung, an Ralph Harland!«, und er versetzte Richard de Ashby einen Faustschlag, der ihn zurücktaumeln ließ.

In diesem Augenblick eilten die drei Diener herbei, und einer von ihnen fing de Ashby in seinen Armen auf und hielt ihn, damit er nicht zu Boden fiel.

Dessen Schwert war nun aus der Scheide; die Waffen seiner Begleiter blieben auch nicht zurück, und alle vier stürzten auf den jungen Freisassen los mit dem Ruf: »Schneidet ihm die Ohren ab! Der Schurke hat sich erfrecht, einen Edelmann zu schlagen! Schneidet ihm die Ohren ab!«

Sämtliche Bewohner des Ortes wichen auseinanderstiebend zurück, ausgenommen zwei: Kate Greenly, die sich vor Richard de Ashby auf die Knie warf und ihn um Schonung für ihren Liebhaber bat, und Ralphs Vater, der, aus der Tür des Gasthauses herbeieilend, seinem Sohn einen derben Prügel in die Hand gab und rief: »Recht so, Ralph, mein Junge! Drisch sie alle zusammen! Hallo, Greenly, gebt mir auch einen Knüttel, dass ich ihm helfen kann!«

Einer von den Dienern schlug jedoch den alten Freisassen mit dem Schwertknauf zu Boden, während die zwei andern auf Ralph eindrangen. Der vorderste packte seinen linken Arm, und Richard de Ashby, Kate beiseiteschiebend, stürzte sich auf ihn, wobei er mit wilder Heftigkeit wiederholte: »Schneidet ihm die Ohren ab!«

Wahrscheinlich wäre der Befehl ohne Barmherzigkeit ausgeführt worden, hätte sich nicht plötzlich Verstärkung auf Ralphs Seite eingefunden.

Aus dem Fenster der Herberge sprang ein grüngekleideter Mann, ein Schwert an der Seite und in der Hand eine sechs Fuß lange Stange schwenkend. Unter dem linken Arm trug er ein Bündel Pfeile. Mit drei Sätzen legte er den Raum zwischen dem Wirtshaus und den Kämpfenden zurück. Den dritten Satz, der ihn auf gleiche Linie mit ihnen brachte, hatte er kaum getan, als er schon mit einem Schlag seiner Stange den Mann, der Ralph am linken Arm gefasst hatte, niederstreckte und mit einem zweiten Schlag Richard de Ashbys Schwert weit über dessen Kopf hinweg in die Lüfte schleuderte.

Nach einem Blick auf den Mann, den er niedergeschlagen hatte, rief er aus: »Haha, mein alter Bekannter! Als wir neulich miteinander in der Herberge dort zu Fall kamen, dachte ich mir gleich, wir würden uns wieder treffen. Ehrliches Spiel! Nicht vier gegen einen! Geht Ihr hinein, Kate Leichtsinn! Geht aus dem Wege, dass Euch kein Leid geschieht! Der Tag könnte leicht nicht so gut enden, wie er angefangen hat. Ehrliches Spiel, sage ich, oder wir rufen Verstärkung herbei!«

Richard de Ashby sah sich voll Wut nach seinem Schwert um und legte die Hand an den Dolch, den er an seiner rechten Seite trug. Aber der Anblick, der sich ihm darbot, als er nach dem Gasthaus blickte, war wohl geeignet, den Ausdruck seiner Wut zu mäßigen. Acht bis neun Männer, alle wie Hardy in knappe Röcke von grünem Tuch gekleidet, kamen in raschem Lauf hinter dem Hause hervor, und ihr Aufzug ließ wenig Zweifel daran, dass sie Verbündete des zuerst Angekommenen waren, in dem er jetzt mit nicht geringem Erstaunen den blaunasigen alten Bauern erkannte, den er kürzlich mit seinen Dienern sich hatte balgen sehen. Der Buckel war freilich weg, und auch alle Zeichen der Schwäche waren verschwunden; aber das Gesicht war nicht zu verkennen, und Richard de Ashbys Miene umwölkte sich bei dem Anblick.

Er war indessen kein Feigling. Unter den vielen Lastern und Fehlern, die so manchen vom normannischen Adel jener Zeit entwürdigten, fand sich Feigheit selten. Sie waren Leute des Schwerts und nie abgeneigt, sich desselben zu bedienen.

Sein erster Gedanke war also, sich bis auf den Tod zu widersetzen, der nächste aber, wie er den Widerstand aufs vorteilhafteste leisten könne. So nahm er denn sein Schwert an sich, das einer seiner Diener aufgehoben hatte, und richtete sein Augenmerk auf die Baumgruppe. Aber Harland und der Mann in Grün, nebst einem ganzen Schwarm von Einwohnern des Ortes, deren zornige Gesichter ihm nichts Gutes voraussagten, stellten sich ihm augenblicklich in den Weg, so dass ihm keine andere Möglichkeit zu bleiben schien, als sich zur Tür der Herberge zurückzuziehen.

Der erste Schritt jedoch, den er in diese Richtung machte, veranlasste eine rasche Bewegung von Seiten der Freibauern oder Waidmänner, oder was die grüngekleideten Männer sonst sein mochten. Sie schnitten ihm blitzschnell auch diesen Zufluchtsort ab, und Hardy rief: »Vertretet ihm den Kirchenpfad, Much! Jetzt, Junker Richard de Ashby, hört ein paar Worte! Ihr seid hierhergekommen mit keinen guten Absichten, und wir brauchen Euch nicht mehr hier. Aber Ihr sollt freie Wahl haben zwischen drei Dingen: Entweder sollt Ihr auf Euer Pferd steigen, fortreiten und schwören, nie wieder einen Fuß auf diesen Platz zu setzen, oder …«

»Ich will nicht«, antwortete Richard de Ashby trotzig.

»Gut«, fuhr Hardy fort. »Wenn es so ist, sollt Ihr hier

mitten auf den Platz treten, Schwert und Dolch ablegen, dafür einen dicken Prügel in die Faust nehmen und zusehen, ob nicht, bei gleichen Waffen, der junge Ralph Harland Euch wie eine Weizengarbe zusammendreschen wird.«

»Mit einem Bauern auf Prügel fechten!«, rief Richard de Ashby empört. »Das will ich nicht!«

»Gut denn; das Dritte gefällt Euch vielleicht noch weniger«, sagte Hardy kalt. »Ich habe Euch nichts anderes anzutragen, als dass wir alle über Euch und die Eurigen herfallen und Euch durchprügeln auf dass Ihr an uns denkt, solange Ihr Euch einen Mann nennt.«

»Ermordet uns, wenn Ihr wollt«, sagte Richard de Ashby verstockt. »Wir werden unser Leben teuer verkaufen!«

»Ich bin da nicht sicher, würdiger Herr«, sagte der Mann mit der Purpurnase. »Wir haben keine Lust, mehr Leute durchzudreschen als eben nötig ist, und so mögen Eure Diener sich wegbegeben, wenn sie wollen. Lauft, Freunde, lauft, wenn es Euch beliebt. Aber beeilt Euch, denn mein Knüttel lechzt danach, mit Eures Gebieters Ohren Bekanntschaft zu machen.« Und mit diesen Worten schwenkte er ihn in der Hand wie Windmühlenflügel.

Einer von den Männern brauchte nicht viel Zeit zur Überlegung, sondern gab Fersengeld, so schnell er nur laufen konnte. Ein Zweiter bedachte sich eine kleine Weile und entfernte sich dann langsam mit den Worten: »Es nützt nichts, gegen eine solche Übermacht zu kämpfen.« Der Dritte jedoch, Hardys alter Gegner von der Herberge her, stellte sich neben Richard de Ashby und sagte: »Ich will zu Euch stehen, Sir!« Dann fügte er leiser noch etwas hinzu.

»Jetzt, Much, und Ihr, Tim von der Mühle«, rief Hardy, »lasst uns alle auf einmal über sie herfallen! Schlagt ihre Schwerter mit euren Schilden nieder und bindet ihnen die Hände. Dann wollen wir den Sackpfeifer ihnen voraustreten lassen und sie prügeln bis halbwegs nach Pontefract. Schnell, schnell! Ich sehe den Priester kommen, und der wird den Friedensstifter machen wollen!«

Aber kaum war der erste Schritt zum Angriff getan, als das Schmettern einer Trompete auf der Landstraße ertönte und verschiedene der Dorfleute riefen: »Lasst ab!« – »Wartet!« – »Lauft, Meister Hardy. Da kommen die Lords, von denen Greenly sprach!«

Nun kamen zwei vornehm gekleidete Herren langsam an der Spitze von etwa fünfzig Reitern die Straße herauf auf den Rasenplatz zu geritten. Hardy, als er sah, dass der Tag nicht sein Glückstag bleiben würde, wollte eben weiter, um sich seinen Gefährten auf der anderen Seite anzuschließen, als Richard de Ashby sich ihm in den Weg warf und mit dem Schwert einen Streich gegen ihn führte. Der stämmige Freibauer parierte ihn leicht mit seinem Knüttel und stieß seinen Gegner mit dem Ende desselben vor die Brust, wodurch er sich freien Weg bahnte. Gleich darauf stand er an der Spitze der Waidmänner.

»Kommt mit uns, Harland!«, rief er. »Es ist besser für Euch, wenn Ihr Euch entfernt!«

Richard de Ashby jedoch, dem sich nähernden Trupp von Edelleuten mit der Hand winkend, schrie: »Haltet sie auf! Ich bin schwer misshandelt und beinahe ermordet worden! Lasst Eure Leute sie umzingeln, mein Lord!«

Ein Wort, ein Zeichen von einem älteren Mann an der Spitze des Trupps ließ in einem Augenblick etwa zwanzig von den Reitern ihre Pferde in Galopp setzen, um die Waidmänner von der Straße nach der Kirche abzuschneiden. Diese jedoch begegneten dem sehr kaltblütig. Sie nahmen ihre Bogen von der Schulter, spannten sie, und legten jeder einen Pfeil auf die Sehne, mit einer ruhigen Bedächtigkeit, welche bewies, dass sie solche Begegnungen durchaus gewohnt waren.

Die meisten Einwohner flüchteten inzwischen in die benachbarten Häuser oder eilten auf der Straße fort. Etwa sieben stämmige Bauern aber, zum Teil mit Schwertern und Bogen bewaffnet, blieben bei den Waidmännern stehen und schienen sehr geneigt, an dem Kampf teilzunehmen.

So standen die Sachen, als der Priester, den man vorhin aus seinem Hause hatte treten sehen, jetzt auf die Gruppe von Edelleuten zueilte, die sich, ohne von ihren Pferden zu steigen, um Richard de Ashby versammelt hatten. Seine Aufgabe war natürlich, Frieden und Sanftmut zu predigen. Obgleich sein Gesicht rund und rosenfarbig und seine Gestalt füllig war und deutlich ein gutes Leben und Neigung zum Genuss verriet, erfordert doch die Gerechtigkeit, zu sagen, dass er seiner Gemeinde nicht nur das Gebot des Friedens und der Ruhe mit Eifer einschärfte, sondern auch Richard de Ashby schalt wegen seines Benehmens im Ort. Er hielt nicht hinter dem Berge damit, dass er von seinem Tun und Treiben mehr wusste, als diesem Herrn irgend lieb war.

Der Priester redete noch; die Waidmänner zogen sich langsam in Richtung Kirche zurück, ohne sich um die ihnen im Wege stehenden Reiter zu kümmern. Zwei oder drei ältere Herren liehen den Worten des Geistlichen ein aufmerksames Ohr. Zwei junge Herren, einen Schritt weiter hinten, hielten sich etwas entfernt voneinander; es schien keine große Freundschaft zwischen ihnen zu bestehen. Plötzlich setzte der eine das herrliche Pferd, auf dem er saß, in einen raschen Galopp und ritt gerade auf die Waidmänner los.

In der Meinung, seine Absicht sei feindselig, erhoben diese alle zugleich ihre Bogen, und jeder zog den Pfeil bis ans Ohr. Als sie aber bemerkten, dass niemand ihm folgte, nahmen sie ein friedlicheres Aussehen an. Einer von den alten Herren, die er verlassen hatte, rief dem jungen Edelmann laut nach, zurückzukommen. Aber er ritt nicht nur weiter, sondern sprang auch, zum Erstaunen aller, bei der Gruppe der Waldleute angekommen, vom Pferde und fasste mit Wärme die Hand des jungen Harland.

Dieser Vorgang zog nun die Aufmerksamkeit aller nach dieser Seite hin, und der Schluss der Rede des Priesters ward nur wenig beachtet. Aber auf sein Verlangen schickte einer der Herren einen Diener an die Reiter bei der Kirche ab, um ihnen zu sagen, dass sie nichts ohne weiteren Befehl unternehmen sollten.

Mittlerweile fand eine kurze Unterredung zwischen dem jungen Edelmann und dem Freisassen statt, worauf jener sein Pferd wieder bestieg, zu dem Reitertrupp zurückritt und sagte: »Darf ich mir einige Worte erlauben, meine Lords?«

»Natürlich«, rief Richard de Ashby, »Lord Hugh ergreift gegen mich Partei, oder es müsste nicht das Blut der Monthermer in seinen Adern fließen!«

»Nicht so!«, versetzte der junge Hugh de Monthermer. »Alle alten Fehden zwischen unsern Familien sind – dank der Weisheit dieser zwei edlen Grafen – abgetan. Niemand freut sich mehr über die jetzt zwischen unsern Häusern bestehende Freundschaft als ich, niemand kann ernstlicher danach trachten, sie aufrechtzuerhalten. Ich wollte nur sagen, was ich soeben gehört habe. Der junge Mann, mit dem ich gesprochen habe, ist so redlich und treu als nur irgendein Ritter oder Edelmann in der Welt. Er hat mir einmal einen großen Dienst geleistet, und niemand soll ihm ein Leid antun. Dafür verpfände ich meinen Namen und meine Ehre als Ritter. Er sagt mir nun aber, dieser werte Edelmann hier habe eine Neigung zu seiner Braut gefasst, dränge sich bei ihren Maientagsbelustigungen ein und gebe, die Vorrechte des Edelmannes etwas weit ausdehnend, vor seinen Augen den Liebhaber des Mädchens. Seine Geduld, scheint es, reicht dafür nicht. So schlug er unsern Freund Sir Richard, der dann wieder, das Schwert in der Hand, mit seinen drei Dienern ihn anfiel. Da mischten die

Männer vom Sherwood sich ein, um darauf zu achten, dass es ein ehrliches Spiel würde.«

»Das alles ist wahr, ich zweifle nicht daran!«, rief der Priester mit beschwörend erhobenen Händen. »Denn ich …«

»Schaut, schaut!«, schrie Richard de Ashby. »Während Ihr solches Geschwätz anhört, entfliehen sie! Sie treten in das Haus des Priesters, so wahr ich lebe!«

Während er sprach, rief eine laute Stimme von der andern Seite des Rasenplatzes herüber: »Es gilt Richard de Ashbys Mütze!«

Alle Augen wandten sich sogleich nach dieser Richtung, wo an der Tür des Pfarrhauses noch zwei oder drei Waidmänner sichtbar waren. Ganz vorn stand der Mann, den sie Hardy nannten, und er wiederholte mit überlauter Stimme: »Es gilt Richard de Ashbys Mütze!«

Sobald er sah, dass er die allgemeine Aufmerksamkeit erregt hatte, hob er plötzlich den Bogen, spannte ihn, und ein Pfeil schwirrte durch die Luft. Richard de Ashby war, da nun klar war, dass der Schütze ihn zum Ziel nahm, auf die Seite gewichen; aber der Waidmann hatte ebenfalls, während er den Pfeil von der Sehne schnellen ließ, die Richtung seines Armes geändert, und das Geschoss traf mit nicht irrender Sicherheit den Hut Richard de Ashbys und blieb in seinen Haaren stecken. Als dieser ihn erblassend und mit leicht zitternder Hand herauszog, las er die mit schwarzen Buchstaben in das Holz eingeätzten Worte: »Scathelock! Gedenke!«

Die Edelleute reichten einer dem andern den Pfeil, lasen den Namen und das folgende Wort und sahen dann einander mit bedeutungsvollen Mienen an.

»Ruft die Reiter zurück«, sagte einer der älteren Herren. »Diese Männer sind auf und davon, und es ist recht so.«

4

Nach diesem für die damaligen Zeiten keineswegs ungewöhnlichen Zwischenfall wurden die Spiele auf dem grünen Platz von Barnesdale nicht wieder aufgenommen, und all die Kurzweil und Unterhaltung, womit in der Regel der Maientag abschloss, waren vergessen. Die Einwohner und die Leute vom Lande hatten sich nach Hause begeben, und das Gasthaus wurde den Edelleuten und ihrem Gefolge überlassen. Es wurden Maßnahmen getroffen, um den Männern von hohem Rang Zimmer bereitzustellen, die, wenn sie auch nicht ihrem Stande entsprachen, doch wenigstens einige Behaglichkeit boten. Rollbetten fanden sich für Pagen und Knappen, und Stroh ward hingeschüttet für die Dienstmänner, welche gewohnt waren, vor den Türschwellen der Schlafzimmer ihrer Herren zu liegen. Das alles verursachte natürlich viel Getöse und Verwirrung; neben den Menschen waren auch die Pferde zu versorgen, und oft hörte man den Wirt laut nach seiner Tochter Kate rufen.

»Ja, Meister Greenly«, sagte die Zapferin zum Wirt, »es ist der Abend des Maientags, bedenkt das. Die hübsche Kate hat wohl zwanzig Burschen, die ihr den Hof machen. Es sollte mich nicht wundern, wenn sie und der junge Harland in diesem Augenblick sich hinter der Kirche küssten und die Sache ins Reine brächten.«

»Ich fürchte«, versetzte der Wirt, »sie wird vierzehn Tage brauchen, um mit der Sache ins Reine zu kommen. Kate ist ein einfältiges Mädchen, sie könnte nicht besser für sich sorgen, als wenn sie den jungen Harland nähme. Sein Vater ist so reich wie eine Abtei und so gastlich wie ein Grafschaftsritter. Lauft hinaus, Bessy, und seht, ob Ihr sie irgendwo finden könnt.«

Mittlerweile hatten die Lords von der kleinen Gaststube

Besitz ergriffen, und ein Koch, den die Gesellschaft mitgebracht hatte, bereitete in der Küche ein Abendessen für die Herren. Die kleine Zahl der in der Gaststube versammelten Personen rechtfertigte zwar nicht die große Fülle von guten Sachen, die der Koch mit großer Geschäftigkeit zubereitete; aber er dachte auch daran, dass er selbst und der Wirt satt werden wollten und dass die Diener der anwesenden Lords nebst den Günstlingen und Freunden im Gefolge seines eigenen Gebieters erwarten durften, so gut wie ihre Herren versorgt zu werden.

Zu den wichtigsten Edelleuten, die in der Gaststube versammelt waren und auf das Essen warteten, gehörten in erster Linie die Herren von Ashby und von Monthermer.

Der Graf von Ashby war über die besten Jahre hinaus und von hitzigster Gemütsart. Das Alter jedoch hatte sein feuriges Blut einigermaßen gezähmt, und seine Vorliebe für die Freuden der Tafel nebst einer nicht geringen Neigung zu gutem, altem Wein hatten ihn etwas träge gemacht.

Er hatte aber nach wie vor eine hohe Meinung von seiner Wichtigkeit und betrachtete seine Geschicklichkeit in den Waffen sowie seine Weisheit im Rat als mindestens so groß wie die der Ersten im Lande. Wenn er einmal auf seinem Ross saß, von Kopf bis Fuß bewaffnet, so konnte er immer noch einen Schlag führen und einen Angriff machen. Auch sein Urteil war gesund, wenn es nicht durch Leidenschaften getrübt wurde. Dennoch lag in seinem Charakter eine gewisse schwankende Unstetigkeit, die ihn zu einem nicht gerade zuverlässigen Bundesgenossen machte.

Sein Sohn, Alured de Ashby, glich in vielen Punkten seinem Vater, aber auch Eigenschaften seiner Mutter waren auf ihn übergegangen, vor allem ein hartnäckiger Stolz, jedoch ohne den mildernden Einfluss von Herzensgüte und Zärtlichkeit, die seine Mutter in starkem Maße besessen hatte. Er war keineswegs talentlos, war ein so tüchtiger Ritter, als nur je einer im Sattel saß, und hatte sich bei vielen Kriegszügen jener Zeit ausgezeichnet. Er war zudem ein durchaus ehrenhafter Mann, hielt sein Wort pünktlich und war großmütig und freigebig. Eine ritterliche Eigenschaft allerdings fehlte ihm. Er fragte wenig nach Liebe, und es war nach seiner Mutter Tod nur ein Wesen auf der Welt, für das er wirkliche Zärtlichkeit empfand: seine Schwester Lucy, die neun Jahre jünger war als er. Vielleicht liebte er sie, weil sie in jeder Beziehung gerade das Gegenteil von ihm war: sanft und doch heiter, lebhaft und zärtlich anschmiegsam, aber mit einem Anflug von trotzigem Unabhängigkeitssinn.

Von ihr wird später mehr zu berichten sein. Wenden wir uns jetzt dem alten Lord von Monthermer zu, dessen treuer Dienstmann Blawket schon bekannt ist. Lord von Monthermer, »der alte Graf« genannt, stand im neunundfünfzigsten Jahre und war, da er den größeren Teil seines Lebens im Lagerzelt und auf dem Schlachtfeld zugebracht hatte, körperlich ziemlich zerrüttet, obgleich er den Namen wohl verdient hatte, der ihm in früheren Jahren gegeben worden war. Damals hatten ihn die Leute wegen seines unerschütterlichen Mutes den »Eisernen Monthermer« genannt. Er war noch immer stark, wenn auch dürr und mager von Gestalt; eine gesunde Farbe bedeckte sein Gesicht, das etwas ungemein Einnehmendes an sich hatte, und man konnte darin sowohl Herzensgüte als auch Festigkeit und Entschiedenheit des Charakters lesen. Er war reich, aber nicht verschwenderisch gekleidet und trug in Friedenszeiten nicht die förmliche Bewaffnung der Ritter.

Der junge Mann, der ihm gegenübersaß, war sein einziger Neffe, Hugh de Monthermer, von allen, die ihn kannten, »Lord Hugh« genannt. Er war der junge Edelmann, der nach dem Streit zwischen Richard de Ashby und Ralph Harland so warm für den jungen Freisassen eingetreten war. Obwohl der einzige Erbe des alten Grafen, war Lord Hugh von ihm doch vollständig unabhängig. Sein Vater war schon lange tot, und da er seine Erziehung unter seinem Oheim erhalten hatte, schloss er sich immer noch ganz an diesen Edelmann an, ehrte ihn wie einen Vater und wurde von ihm wie ein Sohn behandelt. Er war etwa vier oder fünf Jahre jünger als Alured de Ashby, hatte sich aber dennoch schon einen ansehnlichen Ruf in den Waffen erworben. Er war von Gestalt dem Grafen ähnlich, sein Gesicht wirkte jungenhaft, seine braunen Augen waren voll Glanz und Feuer, und ein offenes, etwas sarkastisches Lächeln spielte häufig um seinen Mund.

In einer Beziehung war Hugh de Monthermer vielen seiner Zeitgenossen überlegen: Er hatte verschiedene fremde Sprachen gelernt und sich ein gewisses Maß an gelehrter Bildung erworben, was hin und wieder Neid bei denen erweckte, die selbst nichts anderes als körperliche Fertigkeiten besaßen. Zu diesen gehörte auch Alured de Ashby, der deshalb Hugh de Monthermers kriegerische Talente gern als gering einschätzte. Hugh de Monthermer ließ sich davon nicht beirren. Aus ganz besonderen Gründen lag es ihm nicht wenig am Herzen, die Freundschaft des Hauses Ashby zu gewinnen, das viele Jahre lang dem seinigen entfremdet gewesen war durch eine jener erbitterten Fehden, die damals so oft zwischen den Adelshäusern des Landes herrschten. Zu einer Aussöhnung der beiden Familien war es erst vor kurzem gekommen, und sie konnte kaum herzlich genannt werden, obgleich sie ihr gemeinsames Eintreten für Simon de Montforts Sache häufig in vertrauten Umgang miteinander brachte.

Die Kleidung des jungen Lord Hugh war nicht so anspruchslos wie die seines Oheims. Obgleich die Farben dunkel, war doch die Stickerei reich und kostbar. Zu weit trieb er es aber nicht, denn mit Ausnahme des weiten Waffenrocks schloss sich ihm sein ganzer übriger Anzug so knapp wie möglich an, und es gab nichts, was die freie Bewegung seiner Glieder behindern konnte.

Die übrige Gesellschaft bestand aus einigen reichen und mächtigen Edelleuten, die jedoch von minderer Bedeutung als die zwei erwähnten Grafen waren.

Natürlich bildeten die Ereignisse, die soeben auf dem Rasenplatz vorgefallen waren, den Hauptgegenstand des Gesprächs. Die jüngeren Männer lachten bloß über den Vorfall. »Ihr müsst Euch eine schöne Dame gewinnen, um das Loch in Eurem Hut steppen zu lassen, Richard«, sagte Lord Alured spöttisch.

»Mich wundert«, fügte ein anderer der jungen Edelleute hinzu, »dass der Pfeil nicht eine der weichen Locken mitnahm.«

»Dann hätte er mit Recht den Namen ›Scathelock‹ verdient«, bemerkte ein Dritter.

Die älteren Herren jedoch behandelten die Sache ernsthafter. Der Graf von Ashby tadelte seinen Verwandten mit zorniger Miene wegen seiner Zügellosigkeit und stellte ihm mit großem Nachdruck den Schaden dar, den er anrichtete, wenn Edelleute sich beim Volk in schlechten Ruf brachten.

»Wisst Ihr nicht«, sagte er, »dass gegenwärtig die Edelleute zwischen dem König samt seinen ausländischen Lieblingen und dem Volk die Wahl zu treffen haben? Selbstverständlich müssen wir auf die Seite des Volkes treten, dies ist unser Halt und unsere Stärke, und wir müssen in allen Dingen vermeiden, ihm etwa Anlass zu berechtigten Klagen zu geben. Scathelock? Scathelock? Ich habe den Namen schon gehört!«

»Ihr müsst ihn sogar schon oft gehört haben, mein Vater«, sagte Alured de Ashby. »Es ist der Name eines unserer guten Freibeuter im Walde von Sherwood. Ich habe den Mann bereits zweimal in der Nachbarschaft unseres Schlosses gesehen.«

»Ihn zweimal gesehen und ihn nicht festgenommen?«, schrie Richard de Ashby mit auffallender Betonung.

»Das verhüte der Himmel!«, erwiderte Alured lachend. »Einen guten englischen Freibauern wegen seiner Vorliebe für des Königs Wildbret? Wenn Heinrich uns seine Forste öffnen und nicht stolzen Franzosen und Spaniern Rechte einräumen würde, die er uns verweigert, so könnten wir ihm schon in solchen Dingen beistehen; aber so wie es jetzt ist, soll kein Freijäger je von unsern Leuten oder auf unserem Grund und Boden verhaftet werden.«

Graf von Monthermer und sein Neffe schwiegen und überließen die Zurechtweisung Richard de Ashbys seinen eigenen Verwandten, denn sie kannten die Empfindlichkeit der mit ihnen verbündeten Edelleute wohl und waren beflissen, jeden Streit und Verdruss zu vermeiden.

»Verzeiht ein altes Sprichwort, Alured«, versetzte nun Richard. »Es heißt: Vögel von gleichen Federn fliegen miteinander! Vielleicht seid Ihr selbst, da Ihr solches Gefallen an Wilddieben habt, dem Wildbret des Königs nicht abgeneigt?«

»Ein unglückliches Sprichwort für Euch, Richard«, sagte der junge Lord, während seines Vaters Wange sich einigermaßen rötete. »Wenn wahr ist, was wir gehört haben, so sind die Vögel, mit welchen Ihr fliegt, nicht eben die, welche unseren gegenwärtigen Zwecken gemäß sind.«

»Was Ihr schon wieder gehört habt!«, rief Richard de Ashby und wurde blass. »Wenn Ihr irgendetwas gegen mich vorzubringen habt«, fuhr er nach kurzem Besinnen fort, wandte sich zu Hugh de Monthermer und verbeugte sich tief, »so weiß ich, aus welchem Munde es stammt.«

»Ihr irrt Euch, Sir«, sagte Hugh finster. »Die Achtung vor diesen zwei edlen Lords, Euern Verwandten, hat mir den dringenden Wunsch eingegeben, dass keinerlei Anschuldigung gegen Euch von irgendeinem unserer Leute erhoben werde. Das wissen sie wohl.«

»Und sie wissen auch«, fügte der alte Graf Monthermer hinzu, »dass sowohl ich als auch mein Neffe von Anfang an erklärt haben, dass wir Euch für rein von aller Mitwisserschaft des Umstandes halten, selbst wenn sich dessen Wahrheit erweisen sollte.«

»Welches Umstandes?«, fragte Richard mit leiser Stimme und mit unsicher umherschweifenden Augen, was einen nicht sehr günstigen Eindruck auf die übrigen Anwesenden machte, die sein Gesicht beobachteten. »Welches Umstandes, mein Lord? Doch jede Anschuldigung von einem Monthermer oder von einem aus dem Gefolge der Monthermer gegen einen Ashby sollte, dünkt mich, mit einiger Vorsicht betrachtet werden!«

»Gewiss!«, stimmte ihm Alured de Ashby mit Nachdruck zu.

Aber zur Überraschung beider sagte auch der alte Graf von Monthermer: »Gewiss! Alte Fehden, selbst wenn sie glücklich beigelegt wurden, lassen doch immer einigen Argwohn zurück, und dies mag zu einer Anschuldigung geführt haben, der ich nicht einen Moment mein Ohr geliehen haben würde, hätte nicht mein guter Freund Lord Ashby hier darauf bestanden, dass sie untersucht wird. Die Anschuldigung geht dahin, Sir Richard, dass Ihr unter Euren Dienern einen … Spion des Königs habt. Diese Entdeckung wurde mir von meinem Dienstmann Blawket berichtet, der beteuert, er habe den Mann bei Euch gesehen. Sir, Ihr scheint aufgeregt, und mir ist klar, dass eine solche Anschuldigung jeden Gentleman sehr treffen muss. Aber Lord Ashby weiß wohl, dass ich vom ersten Augenblick an meine Überzeugung von Eurer Schuldlosigkeit bei dem ganzen Handel erklärt habe.«

»Ich versichere Euch, mein Lord … bei meiner Ehre, Ihr

Herren ... glaubt mir ...«, rief Richard de Ashby stockend. »Es ist nicht... nicht wahr ... Der Mann ist ein Lügner!«

»Nein, Sir Richard, nein!«, sagte Hugh de Monthermer rasch. »Der Mann ist kein Lügner, sondern ein so ehrlicher Dienstmann, wie nur je einer lebte. Ihr könnt hintergangen worden sein, Sir Richard«, fuhr er fort, und ein leises Lächeln zuckte um seinen Mund. »Es kann uns allen gelegentlich begegnen, dass wir hintergangen werden. Auch Blawket kann getäuscht worden sein. Aber das, sollte ich meinen, kann bald festgestellt werden; denn Blawket hat erklärt, die Leoparden Heinrichs von Winchester würden sich auf der Brust Eures Dieners Richard Keen befinden.«

»Der Narr!«, murmelte Richard de Ashby betroffen. In diesem Augenblick rief sein Vetter Alured: »Lasst Keen herbeiholen, lasst ihn holen!«

»Ich will ihn unverzüglich rufen«, sagte Richard de Ashby, der sich schnell gefasst hatte und rasch zur Tür ging. »Aber ich erkläre, wenn dieser Mann je in des Königs Diensten gestanden, so ist das mehr, als ich weiß!«

»Bleibt, Richard!«, rief Lord Alured. »Lasst einen andern gehen und ihn rufen, und man soll ihm kein Wort sagen von der vorliegenden Anklage.«

»Setzt Ihr Zweifel in mich, mein Lord?«, fragte Richard de Ashby, sich mit zornigem Stirnrunzeln gegen ihn kehrend. »Wenn mir nicht einmal Beistand geleistet wird von meinen eigenen Verwandten ...«

»Ein ehrlicher Mann bedarf keines andern Beistands, Sir, als seiner eigenen Ehrlichkeit«, unterbrach ihn Lord Alured. »Nicht, dass ich an dir zweifelte, Richard«, fuhr er milder fort. »Aber ich wünschte sehr, du erzähltest mir, wie dieser Bursche in deine Dienste kam, während ein anderer ihn herbeiruft. Sir Charles Le Moore, seid so gut und lässt den Richard Keen durch jemand hierherholen. Und nun, Richard: Wie ist dieser

Mann zu dir gekommen? Richard Keen? Habe den Namen schon mal gehört?«

»Wie er zu mir gekommen ist«, versetzte Richard de Ashby zögernd. »Ich glaube, das trägt wenig zur Klärung der Sache bei. In London habe ich ihn angeworben. Man sagte mir, er sei ein brauchbarer Knappe, sei in Frankreich und Deutschland gewesen und – aber da kommt schon Sir Charles Le Moore. Habt Ihr ihn nicht gefunden?« Bei diesen Worten heftete er seinen Blick lebhaft, aber mit einem finsteren, triumphierenden Lächeln auf das Gesicht des Eintretenden.

»Die Leute sind gegangen, ihn zu suchen«, sagte Sir Charles. »Er ist irgendwo draußen auf dem Rasenplatz.«

Einige Augenblicke verstrichen, da erschien einer der Diener des Grafen de Ashby und meldete, dass Richard Keen nirgends zu finden sei und dass sein Pferd und sein Mantelsack auch verschwunden seien.

Richard de Ashby gebärdete sich wütend über diese Nachricht. »Der Schurke hat mir das Pferd gestohlen«, schrie er, »und ohne Zweifel auch noch andere Sachen. Mein Lord«, fuhr er, sich zu dem Grafen von Monthermer wendend, fort, »ich bitte Euch um Verzeihung. Ohne Zweifel hat Euer Diener recht gehabt, und dieser Mann ist geflohen, weil er einen Wink bekommen hat über die gegen ihn erhobene Anschuldigung. Hat ihn einer von euch wegreiten sehen?«, fragte er dann den Diener, der die Nachricht gebracht hatte.

»Nein, Sir«, antwortete der Diener. »Wir waren alle noch auf dem Rasenplatz, als ihn der Wirt nach dem Stall hat gehen sehen. Und zwar in dem Moment, als der Pfeil abgeschossen wurde, der in Eurem Hut steckenblieb.«

Richard de Ashby runzelte die Stirn, denn der Ton des Mannes war nicht gerade der ehrfurchtsvollste. Aber ehe er ein Wort sagen konnte, hörte man draußen ein Getöse und Gelärme, und im nächsten Augenblick stürzte der Wirt, sein volles, rundes Gesicht dunkelrot von Zorn und Jammer, in das Zimmer. »Edle Lords und Herren«, rief er, »ich flehe Euch an um Gerechtigkeit und Hilfe! Sie haben mir meine Tochter weggeschleppt, sie haben meine arme Kate geraubt und verführt! Ihr, Sir, Ihr steckt hinter dem allen!«, fuhr er fort, sich wütend gegen Richard de Ashby wendend. »Ich habe Euer Geflüster und Geplauder wohl gesehen! Meine guten Lords und Gentlemen, ich flehe um Gerechtigkeit und Beistand!«

»Was!«, schrie Richard de Ashby. »Ihr erfrecht Euch zu behaupten, ich hätte irgendeinen Anteil an dieser Sache? Eure leichtfertige Tochter hat diesen Abend schon genug Unheil angestiftet.Genug jetzt damit! Ohne Zweifel werdet Ihr sie in irgendeiner Hütte mit ihrem Liebhaber finden.«

»Nein, Sir«, erwiderte der Wirt aufgebracht. »Das ist nie und nimmer möglich! Man hat sie vor einer Stunde am Ortsrand gesehen und Euer Diener war bei ihr. Ein Knabe sagt zudem, er habe auf der Landstraße, keine Viertelstunde von hier, ein schwarzes Pferd an einen Baum gebunden gesehen. Ihr Herren, ich bitte Euch, verhelft mir zu meinem Recht und lasst nicht zu, dass mir mein Kind auf solche Weise von irgendeinem entrissen wird, sei er vornehm oder gering!«

»Ging Eure Tochter freiwillig?«, fragte der Graf de Ashby scharf.

»Ich weiß nicht, Sir, ich weiß nicht!«, rief der Wirt, die Händeringend. »Alles, was ich weiß, ist: Sie haben sie mir weggenommen. Und ich bin überzeugt, der da ist der Mann, der es veranlasst hat!«

»Ich weiß nichts von ihr, Mann!«, versetzte Richard de Ashby. »Ihr müsst Eurer Tochter Schönheit sehr hoch veranschlagen, wenn Ihr glauben könnt, ich würde mir die Mühe machen, sie zu entführen!«

»Na, Richard, Ihr seid nicht allzu wählerisch!«, sagte sein Vetter.

»London und Winchester«, rief nun ein anderer Edelmann mit Lachen, »sind ihm für die Zuführung von mehr als einer Schönen verpflichtet!«

»Sein Geschmack geht auf stämmige Bauerndirnen«, setzte ein Dritter ironisch hinzu. So machten sie ihre Späße, ohne Rücksicht auf den Jammer des unglücklichen Vaters.

»Wenn das wahr ist«, sagte Hugh de Monthermer, der mit gerunzelter Stirn zu Boden geschaut hatte, »so möchte ich Sir Richard de Ashby den ernstlichen Rat geben, sein Pferd zu besteigen, ihm die Sporen zu geben und die Zügel nicht anzuziehen, bis er wohlbehalten in Nottingham angekommen ist. Es gibt Leute hier in der Nähe, deren Vorhandensein das ratsam erscheinen lässt.«

»Ich werde das nicht tun, Sir«, versetzte Richard de Ashby. »Dieses guten Mannes Argwohn ist falsch, soweit er mich betrifft, obgleich es gar nicht unwahrscheinlich ist, dass der Knappe Keen, der mich, wie es scheint, betrogen hat, überdies auch noch ein kokettes, leichtsinniges Bauernmädchen zum Narren hält.«

»Nun gut, mein Lord Ashby«, sagte der alte Graf Monthermer trocken, »da Euer Vetter nichts mit der Sache zu schaffen hat und sein eigener Diener nicht nur ihn betrogen und bestohlen, sondern auch an dem Wirt ein schweres Unrecht begangen hat und verdächtig ist, ein Spion zu sein, so will ich mit Eurer Genehmigung ihm ohne weitern Verzug einige meiner Leute nachschicken. He! Ist Blawket draußen?«

»Hier, mein Lord«, meldete sich Blawket, aufrecht wie eine Lanze vortretend.

»Steigt binnen einer Minute zu Pferd«, sagte der alte Graf. »Nehmt drei oder vier Männer mit Euch, die die frischesten Pferde haben, verfolgt diesen Richard Keen nach den zuverlässigsten Hinweisen und Angaben, die Ihr bekommen könnt, und bringt ihn aufs Schleunigste samt dem Mädchen, das er weggeschleppt hat, hierher zurück.«

»Ich werde ihn herbringen, mein Lord«, versetzte Blawket und entfernte sich, gefolgt von dem Wirt, der, bis der Mann im Sattel saß, nicht aufhörte, ihm Fingerzeige zu geben, wie er seine Tochter finden könne.

»Jetzt«, sagte der Graf, nachdem sie allein waren, »lasst uns von wichtigeren Dingen sprechen.«

Da aber in diesem Augenblick gemeldet wurde, dass das Essen fertig sei, schlug der Graf von Ashby vor, jede weitere Besprechung bis nach der Mahlzeit zu verschieben. Der alte Monthermer, wohl wissend, dass Ashbys gute Laune und Willigkeit gar sehr vom Zustand seines Magens abhängig war, stimmte zu. Zur Mahlzeit wurden, wie gewöhnlich in jenen Zeiten, unter vielen Späßen der jungen Männer ungeheure Mengen Speisen vertilgt. Auch dem Wein wurde reichlich zugesprochen, trotz einer Ermahnung des alten Grafen, mäßig zu sein. Malvasier löste den Bordeaux ab, und der gewürzte Wein, damals Claret genannt, folgte auf den Malvasier. Ein Becher Hippokras, ein gewürzter Wein, ward herumgereicht, um den Claret zu versüßen, und der Graf von Ashby sank in dem Augenblick in Schlummer, da die Besprechung beginnen sollte.

5

Unter all den Veränderungen, die seit jenen Tagen, in denen diese Erzählung spielt, eingetreten sind, ist eine sehr markant: dass nämlich heute aus den meisten Gegenden Europas die Wälder verschwunden sind und kaum eine Schlucht übriggeblieben ist, wo der scheue Hirsch eine Zuflucht finden oder der beschauliche Mann unter dem Schatten uralter Bäume verweilen kann.

Damals war der größere Teil jedes Landes in Europa mit alten, herrlichen Waldungen bedeckt, England nicht ausgenommen. Kein englischer Wald aber war wohl wilder und abwechslungsreicher als der Sherwood Forst, der sich in seiner gewaltigen Ausdehnung über verschiedenartige Gegenden Mittelenglands erstreckte und Dörfer, ja Städte einschloss und in seinen lichteren Gebieten gar manchen Weiler enthielt, dessen Bewohner von dem Ertrag des Waldes lebten.

Dieser Forst bot einen vielgestaltigen Anblick. An manchen Stellen standen nur vereinzelt Bäume, weithin dehnte sich von niedrigem Buschholz bewachsener Grund; anderswo traf man auf weitgedehnte Ebenen, die mit nichts als hohem Farnkraut und alten, knorrigen Weißdornbüschen bedeckt waren. Aber in dem größten Teil des Waldes drangen die Sonnenstrahlen selbst während der Sommermonate selten bis auf die Pfade, so dicht war das Dach von grünem Laub in der Höhe, während die Pfade selbst in der Regel so schmal waren, dass nicht zwei Menschen nebeneinander gehen, geschweige denn reiten konnten.

Zwar führten auch breitere Wege durch den Wald, teils Karrenwege für die Holzhauer, teils Landstraßen von einer benachbarten Stadt zur andern. Aber die Letzteren waren weder sehr zahlreich noch viel begangen, und manche Geschichte wusste man zu erzählen von Reisenden, die im Forst von Sherwood um ihr Gepäck erleichtert worden waren, so dass sich viele, wenn sie konnten, lieber an das offenere Land hielten.

Doch war es ein schönes Reiten durch den Waldgrund, wo sich bei jedem Schritt prachtvolle Wechsel der Landschaft darboten, und die Leute waren für diesen Genuss nicht unempfänglich. Es erforderte aber einen sehr kühnen Mut oder große Dringlichkeit, wenn Bürger der benachbarten Städte sich entschlossen, durch den Forst zu ziehen. Manche brachten wirklich Striemen auf den Schultern und leere Säcke mit nach

Haus. Die so Betroffenen indessen gehörten fast immer besonderen Ständen an. Reichen Mönchen und lustigen Klosterbrüdern erging es gelegentlich sehr übel, auch die kleinen Tyrannen der Bezirke waren in großer Gefahr, wenn sie sich weit in das grüne Laub hineinwagten. Der reiche und prahlerische Kaufmann mochte oft um ein Ziemliches leichter heraus- als hineingehen. Aber der Bauer, der ehrliche Freisasse, die Dorfjungen und die Frauen hatten in der Regel sehr wenig zu berichten, außer dass sie hier und dort einen Waidmann gesehen hatten, der ihnen ein freundliches Wort gesagt oder ihnen in irgendeinem Falle der Not mit geschickter Hand und gutem Willen geholfen hatte.

So war denn unverkennbar, dass die Bewohner des grünen Waldes sich den verschiedenen Reisenden gegenüber unterschiedlich verhielten. Es waren nur wenige, die sich beklagten, gegenüber den vielen, welche rühmten und lobten, so dass der Ruf der Waidmänner vom Sherwood bei allen niederen Ständen vortrefflich war.

Mitten in diesem Sherwood Forst, in der Gegend um Nottingham, erreichte am 2. Mai 1265, ungefähr um zwei Uhr, ein Trupp von fünf Reitern eine Stelle, an der die Straße, nachdem sie sich beinahe zwei Meilen durch den dichtesten Wald gewunden hatte, einen sanften, sandigen Abhang hinablief und in offenes Gelände führte. Vier der Reisenden waren Dienstmänner, die zu einem Adelshaus gehörten, denn sie trugen, dem damaligen Brauch entsprechend, an ihrer Kleidung das Wappen ihres Herrn, woran sie einander erkennen konnten bei den in jenen Zeiten häufigen Streitigkeiten und Kämpfen. Jeder der Dienstmänner war mit Schwert und Schild bewaffnet und hatte einen Bogen und ein Bündel Pfeile.

Der Fünfte war kein anderer als Ralph Harland, der kräftige junge Freisasse aus Barnesdale. Auch er hatte Schwert und Schild, doch hing an einer grünen Schnur an seinem Hals außerdem ein langes gekrümmtes Messer, eine den Gemeinen von England und Flandern eigentümliche Waffe, mit der oft auf dem Schlachtfeld die schwersten Rosse der Ritter und Bewaffnete niedergestochen wurden.

Die fünf Männer zogen, als sie an einen kleinen Bach kamen, der die Straße durchschnitt, die Zügel an, um ihre Tiere zu tränken und selber zu rasten, denn sie waren von einem langen, heißen Ritt sichtlich ermüdet. Nachdem sie ihre Pferde versorgt hatten, machten sie es sich ein wenig bequem. Unter munteren Reden unterzogen sie ihre Waffen einer Musterung, prüften sorgfältig die Schärfe ihrer Pfeilspitzen und spannten, ihre Stärke zu messen, mit spielerischer Kraft den Bogen. Nur der junge Harland blieb teilnahmslos und stumm und blickte mit einer Miene voll trüber und finsterer Starrheit in den Bach.

Als sie sich zum Weiterritt fertig machten, brach plötzlich dicht vor ihnen eine fette Damgeiß aus dem Buschholz und lief dem dichteren Teil des Waldes zu. In demselben Augenblick hörten sie eine laute, klare Stimme: »Na, na, Lady! Niemand tut dir etwas zuleide im Monat Mai. Guten Tag, Ihr Herren. Wohin wollt Ihr?«

Überrascht erblickten jetzt die fünf Männer den, der sie angesprochen hatte. Wie aus dem Boden gewachsen stand vor ihnen auf der Straße ein stattlicher Waidmann. Wie er dahin gekommen, wusste keiner zu sagen, denn soeben noch war auf eine Viertelmeile weit nichts auf der Straße zu sehen gewesen, und weder Busch noch Baum schien in unmittelbarer Nähe groß genug zu sein, einen Mann zu verstecken.

Der Fremde war etwa fünf Fuß elf Zoll* groß, aber nicht ungeschlacht. Obgleich seine Hand stark und sehnig war, war sie doch gut geformt, und die Finger waren schlank. Sein Gesicht war ausdrucksvoll, die Stirn hoch und breit, die etwas über die

* Etwa 1,80 m.

Augen hervorstehenden Brauen gaben seinem sonst offenen und sanften Aussehen einen scharfen, adlerartigen Zug. Das Kinn war von einem kurzen, krausen Bart von hellbrauner Farbe bedeckt. Die blauen Augen mit den dunklen Wimpern und der schalkhafte Zug um seinen Mund verliehen ihm einen fröhlichen Ausdruck, der jeden für ihn einnehmen musste.

In seiner Tracht glich er den Waidmännern. Auf dem Kopf saß eine kleine Samtmütze mit einem goldenen Knopf und einem Busch Schnepfenfedern an der Seite. Vorn am Gürtel trug er sein Schwert, überdies hing ihm an der Seite herab eine Tasche von Scharlachtuch, auf der ein mit Silber eingelegtes Jagdhorn lag. Vor Überraschung gab keiner der fünf Reiter eine Antwort auf seine Frage.

»Was!«, begann der Fremde wieder mit einem Lächeln, »Ihr seid so stumm, als hätte ich Euch dabei angetroffen, wie Ihr den Bogen abdrücktet gegen des Königs Wild? Ich bitte Euch, gute Herren, sagt mir, wer Ihr seid und wohin Ihr um Mittag durch den lustigen Sherwood reitet, denn ich kann Euch nicht weiterziehen lassen, bevor ich es weiß.«

»Könnt uns nicht weiterziehen lassen?«, rief jetzt Blawket, der sich als Erster fasste. »Ihr müsst ein verwegener Mann sein, das uns fünfen zu sagen!«

»Ich bin ein verwegener Mann«, versetzte der Waidmann, einen Anklang von Schärfe in seine Stimme legend, »so verwegen wie Robin Hood. Ich erkläre Euch noch einmal, dass ich es wissen muss.«

Blawket wollte gerade zu einer groben Antwort ansetzen, denn er hatte einen nicht kleinen Begriff von seiner Wichtigkeit und ein nicht geringes Vertrauen in seine Kraft; da rief Ralph Harland: »Halt, Blawket! Das muss der Mann sein, den wir suchen. Ich habe sein Gesicht früher schon gesehen, dessen bin ich fast gewiss. Lasst mich mit ihm sprechen.«

»Hm, ja, sie zeigen sich allerdings in allen möglichen Gestalten. Einer von ihnen täuschte mich kürzlich erst als Bauer«, brummte Blawket, während Harland abstieg und sich dem Fremden näherte.

Er händigte ihm ein kleines Stückchen Pergament aus, das mit großen, deutlich lesbaren Schriftzügen bedeckt war, aber trotzdem konnte den Sinn des Textes nicht jedermann verstehen. Die Worte lauteten: »Scathelock, Nummer eins, fünf, sieben, dem Mann vom Sherwood.« Dann kam das Zeichen eines Pfeiles, und dann die Worte: »Ein Freund, so gut wie mündlich. Helft, helft, helft!«

Das war alles, aber es schien den Waidmann völlig zu befriedigen, denn er drückte, kaum dass er einen Blick darauf geworfen hatte, das Pergament in seiner Hand zusammen und sagte: »Ich dachte mir das! Reitet noch eine halbe Meile und folgt dann dem Mann, den Ihr an der Wegbiegung finden werdet. Sprecht nicht mit ihm, aber haltet, wo er hält, und nehmt Euren Pferden das Gebiss aus dem Maul, denn sie müssen noch etwas fressen, ehe Ihr ankommt. Nun fort!«, fügte er hinzu. »Verliert keine Zeit!«

Ralph Harland bestieg sein Pferd und ritt mit den Übrigen weiter, während der Waidmann einen schmalen Pfad durch das Buschholz einschlug, der in den dichteren Wald führte. Sie verloren ihn bald aus dem Gesicht, aber als sie fast eine halbe Meile zurückgelegt hatten, hörten sie aus der Richtung, die er eingeschlagen hatte, den Ton eines Hornes.

Nach wenigen Augenblicken gelangten sie an die bezeichnete Wegbiegung und erblickten einen Mann in der Tracht eines Müllers, der sich auf einen derben Stab stützte. Als er ihrer ansichtig wurde, wandte er sich um und schritt langsam vor ihnen her, ohne sich zu vergewissern, ob sie ihn bemerkt hatten. Harland ritt ihm als Erster auf dem schmalen Pfad, den er einschlug, nach, und die Übrigen folgten schweigend in langsamem Schritte.

So legten sie etwas über eine Meile zurück, mehr als einen Pfad kreuzend, die alle einander so ähnlich waren, dass das Auge sehr geübt sein musste, um den Weg auf die Landstraße wiederzufinden.

Endlich gelangten sie an einem kleinen, von Bäumen befreiten Platz im Wald an, auf dem eine einfache Hütte stand.

Hier machte ihr Führer halt, wandte sich um und maß sie von Kopf bis Fuß, ohne ein Wort zu sprechen.

»Ha, Müller, ist das Eure Mühle?«, fragte Blawket, der jetzt rasch heranritt.

»Ja«, antwortete der Fremde rau, seinen Stock gegen den Dienstmann schüttelnd. »Und das ist mein Mühlrad, das aus jedem die Kleie herausmalmen soll, der mir verfängliche Fragen stellt.«

»Bei meinem Leben, das möchte ich gern probieren!«, schrie Blawket und sprang von seinem Pferd.

»Ruhig!«, rief Harland. »Ihr wisst doch, man verbot uns, mit ihm zu sprechen.«

»Und das war eine gute Warnung«, sagte der Müller ernst. »Ihr werdet bald jemand finden, mit dem Ihr sprechen könnt. Dann sprecht mit ihm, aber deutlich und vernünftig.« Darauf lehnte er sich, ein Lied vor sich hin summend, mit dem Rücken an die Rasenwand der Hütte und schwang seinen Stock zwischen dem Zeigefinger und dem Daumen, als wäre er bereit, die Stunden auf dem Kopf eines jeden schlagen zu lassen, der ihm zu nahe käme.

Es blieb jedoch ohnehin keine Zeit für weitere Fragen; denn plötzlich erschien hinter der Hütte der Waidmann, dem sie zuerst begegnet waren. Seine Miene war nicht mehr so heiter und frei wie zuvor. »Kommt, kommt, Meister Müller«, sagte er. »Ihr sollt mit Korn zu tun haben. Schafft etwas Hafer herbei für die Pferde dieser Männer, denn sie müssen rascher, als sie gekommen, zurückeilen.«

»Sie werden Hafer genug in der Hütte finden, Robin«, versetzte der andere. »Aber ich will doch Eurer Aufforderung gehorchen, obwohl ich ein widerspenstiger Köter bin.«

»Noch schneller zurückreiten, als wir hergeritten sind?«, fragte Ralph Harland. »Dazu habe ich keine Neigung, wenn nicht ...«

»Wenn ich Euch nicht triftige Gründe zeige«, unterbrach ihn der Waidmann. »Aber das zu tun, bin ich nicht gesonnen. Ihr selbst, Harland, sollt eine Zeitlang bei mir bleiben. Die anderen Männer können wieder zurück, denn wir bedürfen ihrer nicht. Sie mögen über Mansfield zurückreiten. Nur dort haben sie Aussicht, diejenigen zu treffen, die sie suchen.«

»Ich glaube, ich kenne Euch«, versetzte der junge Freisasse. »Und ich will Euch in jedem Fall vertrauen. Aber warum soll ich bleiben und nicht mit diesen gehen, wenn doch die Möglichkeit besteht, die Leute, die wir suchen, auf der Straße von Mansfield zu treffen?«

»Weil die Wahrscheinlichkeit nur sehr gering ist und weil es hier etwas für Euch zu tun gibt, was – so glaube ich – jetzt besser für Euch ist, als dass irgend etwas für Euch getan werde.« Sich an den Müller wendend, der einen Sack Hafer anschleppte, fuhr er fort: »Rasch! Schneidet den Sack mit Eurem Messer auf und lasst die Pferde fressen. Ich wünsche, dass die Männer schnell zurückreiten. – Dienstmann! Ist Euer Name Blawket?«

»Jawohl, Meister Waidmann«, versetzte Blawket. »Was wollt Ihr von mir?«

»Ich habe von Euch durch Scathelock gehört und weiß, Ihr seid ein treuer Gesell. Ihr müsst mit einem Auftrag von mir zu Eurem Gebieter, Lord Monthermer, zurückkehren. Sagt ihm, dass ich ihn zwischen Bloodworth und Nurstead übermorgen Nachmittag um drei Uhr treffen will. Sagt ihm, er möge seine ganze Gesellschaft mitbringen, denn ich habe Mitteilungen zu machen, die für alle von großer Wichtigkeit sind.«

»Sucht Euch einen andern Boten, guter Mann«, versetzte Blawket. »Mein Lord hat mich losgeschickt, um Richard Keen und Kate Greenly zu suchen, und mir befohlen, nicht zurückzukommen, ehe ich sie gefunden habe.«

»Pah!«, sagte der Waidmann. »Hab ich Euch nicht gesagt, Ihr würdet sie, wenn überhaupt, dann nur auf der Straße nach Mansfield finden? Wenn Ihr sie dort nicht trefft, so haben sie Euch an der Nase herumgeführt und sind zu dieser Zeit längst schon in Nottingham. Fort jetzt, Meister Blawket, ohne weitere Worte! – Gebt dem Mann einen Becher Wein, Müller. Sein Magen ist sauer vom langen Fasten!«

»Ich weiß nicht«, murmelte Blawket, der immer noch überlegte, jedoch von dem befehlsgewohnten Ton des Waidmanns in seinem Selbstvertrauen erschüttert war. »Von wem soll ich meinem Herrn die Botschaft denn ausrichten? Ich muss doch einen Namen nennen.«

»Nun, so sagt ihm«, versetzte der Gefragte mit halbem Lächeln, »es sei Robert von den Lees, der Euch schickt.«

»Sagt ihm doch gleich, es sei Robin Hood!«, rief der Müller mit lautem Lachen.

»Sagt Robert von den Lees«, wiederholte der Waidmann. »Unter diesem Namen wird er mich kennen von Begegnungen in früheren Tagen. Und hört!«, fuhr er eindringlicher fort. »Dass ja der Graf von Ashby mit ihm kommt, und äußert kein Wort von dem, was dieser närrische Müller soeben gesagt hat!«

»Ich verstehe, ich verstehe!«, rief Blawket mit völlig verwandeltem Benehmen. »Ich will Euren Auftrag unverzüglich ausrichten, Meister Robin von den Lees, aber dies Pferd frisst so langsam.«

»Es wird bald fertig sein«, sagte Robin Hood ruhig. »Gebt ihm den Wein, Müller.«

Eine große Kanne Wein, die aus der Hütte herbeigebracht worden war, ging herum. Dann stiegen die vier Dienstmänner auf, und wieder schritt ihnen der Müller voran. Robin Hood war nun allein mit dem jungen Freisassen.

Der Waidmann ging eine Zeitlang wortlos vor der Hütte auf und ab, blieb plötzlich stehen, ergriff des jungen Harlands Hand und sagte ernst: »Kommt, Harland, seid ein Mann!«

»Ihr habt böse Nachricht?«, fragte der junge Freisasse, ihm unruhig ins Gesicht blickend. »Sagt es mir schnell! Ist das Schlimmste geschehen? Sind sie nicht auf der Straße nach Mansfield?«

»Es ist kaum wahrscheinlich«, sagte Robert von den Lees. »Ich glaube, sie sind schon vor zwei Stunden dort gewesen, und …«

»Und was?«, fragte Ralph in leisem, aber heftigem Ton.

»Richard de Ashby befindet sich in Nottingham; er wartet dort auf sie.«

Ralph Harland bedeckte die Augen mit den Händen, während der stattliche Waidmann daneben stand, ihn voller Mitleid anschaute und murmelte: »Armer Junge!«

»Oh, Ihr könnt Euch nicht denken!«, rief Ralph Harland, die Hände zu Fäusten ballend, »Ihr könnt Euch nicht denken, was es heißt, geliebt zu haben, wie ich geliebt habe, vertraut zu haben, wie ich vertraut habe, und dann erfahren zu müssen, dass sie am Ende nur ein leichtsinniges, schlechtes Mädchen ist. Ihres Vaters Haus freiwillig verlassen, fliehen mit einem nichtswürdigen Fremden – die verlobte Braut eines ehrlichen Mannes!«

»Es ist ein harter Fall!«, sagte der Waidmann. »Ich bemitleide Euch tief, aber es gibt ein noch härteres Schicksal als das Eurige – das ihres Vaters, meine ich. Euch kann sie nichts mehr sein, denn sie hat das Band getrennt, das Euch verbunden hatte. Aber sie wird immer seine Tochter bleiben. Es wäre gut, wenn wir sie von ihrem Verführer trennen könnten, Ralph, und sie der Obhut ihres Vaters zurückgeben. Das ist, fürchte ich, alles, was uns noch für sie zu tun übrigbleibt. Hätte ich die Sache zwei Stunden früher gewusst«, fuhr er fort, »Nase und Ohren von Richard de Ashby wären in diesem Augenblick an die Pfosten genagelt, wo die vier Straßen zusammenlaufen. Aber der Eilbote, den mir Scathelock gestern Abend sandte, wurde jenseits der Abtei lahm, und ich erhielt die Nachricht erst eine Stunde, bevor Ihr kamt. Mittlerweile umging der Schuft heute Morgen den Wald bei Southwell, so dass nun alles zu spät ist. Die Zeit der Strafe für seine Verbrechen wird jedoch kommen, daran dürfen wir nicht zweifeln.«

»Aber wie können wir ihn strafen, wenn er in Nottingham ist? Dort können wir ihn nicht einmal dazu bringen, das unglückliche Mädchen herauszugeben und sie ihrem Vater zurückzuschicken!«

»Wir selbst können das nicht, aber wir können es durch andere bewirken. Habt Ihr nicht die Botschaft gehört, die ich an den guten alten Lord von Monthermer bestellen ließ?«

Ralph Harland schlug enttäuscht die Augen nieder. »Wenn das Eure einzige Hoffnung ist, so ist alles dahin«, sagte er. »Monthermer ist mit dem Grafen von Ashby verbunden durch eine gemeinsame Sache, und bei den großen Absichten und Plänen von solchen Herren werden die Gefühle und selbst die Rechte von uns geringeren Leuten nie beachtet. Der alte Graf, so gut er ist, wird mit Richard de Ashby nicht Streit anfangen um John Greenlys Tochter, damit daraus nicht eine Fehde zwischen ihm und dem andern Lord entstehe.«

Der Waidmann lächelte. »Ich habe auch den Grafen von Ashby gebeten. Vielleicht können wir bei dem etwas mehr erreichen.«

Ralph Harland schüttelte den Kopf. »Schwerlich, bevor Ihr nicht seinen Hals unter Euren Gurt gebeugt habt«, sagte er.

»Das ist vielleicht bis dahin geschehen«, entgegnete der Waidmann. »Ich meine«, fuhr er ernster fort, »ich werde vielleicht bis dahin im Besitz eines Mittels sein, das ihn nötigt, seine Macht dazu zu gebrauchen, dies leichtsinnige Mädchen in ihres Vaters Haus zurückzuschicken. Ihr selber müsst nun aber alles vernünftiger ansehen lernen. Ihr habt sie geliebt – sie hat sich als falsch erwiesen. Vergesst sie, sucht euch eine andere. Ihr werdet manche ebenso Schöne finden.«

»Ja, manche ebenso Schöne, aber nicht die, die meine erste Liebe besaß ...«

»Das ist alles wahr«, sagte Robert von den Lees geduldig. »Aber wie der Sommer das Obst bringt und der Herbst das Korn, so hat jede Periode des menschlichen Daseins ihr Gutes und Schlimmes. Ich habe es immer so gefunden, von der Kindheit an bis auf diesen Tag, achtunddreißig Jahre lang. Und Ihr werdet es ebenso finden.«

»Was den Grafen von Ashby betrifft«, sagte der junge Harland wenig getröstet, »womit könntet Ihr Euch Macht über ihn verschaffen?«

»Werft die Zügel Eures Rosses über Euern Arm«, versetzte der Waidmann, »und kommt mit mir. Ich will Euch bald mehr erzählen. Ihr bedürft erst einmal der Ruhe. Vor morgen kann ohnehin nichts geschehen; so haben wir Zeit genug, die Mittel zu besprechen und den Plan festzulegen.«

6

An der Grenze des Sherwood, nicht weit von dem kleinen Fluss Lind und eingeschlossen von Wäldern, erhob sich in jenen Zeiten das normannische Schloss Lindwell, ein Kastell von beträchtlicher Größe. Es war in der Regierungszeit von William Rufus* erbaut, auf Befehl Heinrichs II.** zum Teil seiner Befestigungen beraubt und unter der Herrschaft des schwa-

* Regierte von 1087–1100.
** Regierte von 1154–1189.

chen Tyrannen Johann* wiederhergestellt worden. Da es nicht weit von Nottingham entfernt lag, wurde es häufig besucht von Edelleuten und Angehörigen der königlichen Familie und war oft Schauplatz der glänzenden und prunksüchtigen Gastlichkeit der alten Barone Englands.

Das Schloss, das auf einer sanften Erhöhung lag, war jetzt im Besitz des Grafen von Ashby. Das Gebiet gehörte eigentlich noch zum Sherwood, aber damals besaßen häufig gewisse Ritter Privatwaldungen im königlichen Forst, und dies war auch der Fall bei dem Grafen von Ashby auf seiner Besitzung Lindwell. Mochte er nun ursprünglich ein begründetes Recht auf die Jagd in dieser Gegend gehabt haben oder nicht, so war dieses Privileg während der Regierungszeit Johanns erteilt worden, und man erzählte sich, es sei zwischen ihm und dem jetzigen König** zu manchen Streitigkeiten gekommen, weil er die Ausübung dieses Rechts über die gebührenden Grenzen ausgedehnt habe.

Am Tag nach den soeben beschriebenen Vorfällen zog eine heitere Gesellschaft auf frischen, feurigen Pferden aus den Toren des Schlosses und schlug den Weg in Richtung Nottingham ein. An der Spitze ritt des Grafen Tochter, Lucy de Ashby, mit ihren zwei Dienerinnen. Die drei jungen Frauen, die alle kaum zwanzig Jahre zählten, waren reich und farbenprächtig gekleidet. Außer einem Pagen folgten ihnen vier Dienstmänner.

Lucy de Ashby war klein von Gestalt und zart, doch offenbarte sich schon in jeder Linie die weibliche Fülle. Ihr Angesicht hatte eine warme und gesunde Farbe. Stirn, Nase, Mund und Kinn waren schön geschnitten, die Augen groß und von schwarzen Wimpern beschattet. Ihr Mund war voll schalkhafter Heiterkeit, denn der Kummer hatte hier nur einmal, beim Tode ihrer Mutter, gewohnt, und Tränen waren sehr seltene Gäste in ihren dunklen, glänzenden Augen.

* Regierte von 1199–1216.
** Heinrich III. regierte von 1216–1272.

Die Dienerinnen plauderten mit ihr in artiger Vertraulichkeit über den Gegenstand, der die weiblichen Gedanken in allen Zeitaltern bewegt: über die Mode.

»Nein, teure Herrin«, sagte eine von ihnen, »ich hätte den Wappenrock angezogen, um darin dem Vater nach Nottingham entgegenzureiten. Er sieht so prächtig aus mit dem silbernen Feld auf der einen, dem azurblauen auf der andern Seite und den schönen fliegenden Eidechsen darin!«

»Ich kann das Wappen nicht ausstehen«, entgegnete Lucy lächelnd. »Wenn ich bloß höre, ich solle die Felder an mir tragen! Man könnte ja glauben, ich sei ein Stück pflügbares Land, und was die Wappenröcke betrifft, Judith, so gefällt mir dieser neue Brauch überhaupt nicht. Frauen haben nichts mit Wappenröcken zu tun.«

»Dennoch kommt er mir viel schöner vor als das gold- und azurblaue Kleid, das Ihr so gern anzieht. Ich jedenfalls würde es nie tragen.«

»Warum nicht?«, fragte Lucy de Ashby überrascht. »Azur ist die Farbe des Himmels, Gold die der Erde. Warum wolltet Ihr sie nie tragen?«

»Weil es die Farben der Monthermer sind«, antwortete das Mädchen, »und die sind alte Feinde Eures Hauses.«

»Aber jetzt sind sie Freunde«, entgegnete Lucy, der das Blut heiß in die Wangen stieg.

In diesem Augenblick rief einer von den Dienstmännern: »Hölle und Teufel! Da wirft jemand ein Netz am Fluss aus! Schnell, Jakob, schnell ihnen nach! Ihr, Bill, reitet um den Wald herum und packt sie von der andern Seite! Seht, sie wollen fortlaufen!« Ihren Pferden die Sporen gebend, galoppierten die männlichen Begleiter Lucys, mit Ausnahme des Pagen, so schnell sie nur konnten, den Flüchtigen nach, laut schreiend, als verfolgten sie ein jagdbares Tier.

Lucy de Ashby zügelte ihr Pferd und rief dem Pagen, der

sie jetzt auch verlassen wollte, zu, dazubleiben. Aber der Knabe schien von einer plötzlichen Taubheit befallen zu sein und war schon auf und davon. Lucy schaute ihm zuerst mit erzürnter Miene nach, dann lachte sie und sagte: »Das ist eine drollige Neigung von den Männern, allem nachzurennen, was vor ihnen wegläuft.«

Bei diesen Worten schüttelte sie die Zügel, hielt ihr Pferd im Schritt und ritt die Straße in den dichteren Wald hinein, es ihren Dienern überlassend, nachzukommen.

Nach etwa einer Viertelstunde erschien der Erste der Männer wieder an der Stelle, wo sie ihre Herrin verlassen hatten, aber er war zu Fuß und längst nicht mehr in dem glänzenden Aufzug wie zuvor. Seine Kleider wie auch seine Haare waren klatschnass, im Gesicht trug er die Spuren von tüchtigen Stockhieben. Er war entwaffnet und glich einem Manne, den man herzhaft verprügelt und durch eine Pferdeschwemme gezogen hatte. Ein lautes Echo, das vom Fluss her an sein Ohr drang, schien ihn mit nicht sehr angenehmen Empfindungen zu erfüllen, denn er stürzte sich mit einem Mal in die Büsche hinein und versteckte sich darin. Nun erschienen zwei seiner Kameraden, aber sie sahen nicht viel besser aus als er. Obgleich sie ihre Pferde behalten hatten, kehrten sie in entsetzlich zerschlagenem Zustand aus dem Kampf zurück.

»Wo ist Bill geblieben?«, sagte der eine zu dem anderen. »Ich habe ihn hierherlaufen sehen.«

»Der arme Teufel! Er hat sein Teil abbekommen!«, versetzte sein Kamerad.

»Und Ihr habt auch Euer Teil abbekommen, denke ich!«, schrie nun derjenige, der zuerst erschienen war, aus dem Gebüsch hervorkriechend. »Haha! Ich habe nie so einen Schlag gesehen und gehört wie den mit dem Knüttel über Eure Schultern, Jakob! Ihr ertöntet wie ein leeres Fass unter dem Hammer des Küfers!«

»Ja, Bill«, sagte der Mann, zu dem er sprach, grimmig, »und als der Mann Euch den Faustschlag aufs Auge versetzte, war es geradeso, als ließe der Küchenjunge den Apfelpudding fallen, und er zerplatzte auf dem Boden!«

»Ich will es ihm schon heimzahlen«, knurrte der Mann, den sie Bill nannten. »Aber wo sind der Page und Walther?«

»Sie sind davongaloppiert, dem Schloss zu«, antwortete der Dritte, »und Euer Pferd mit ihnen. So müsst Ihr eben zu Fuß zum Schloss zurückkehren. Wir müssen nun aber rasch dem Fräulein nach!«

»Ihr werdet eine schöne Figur machen, wenn Ihr so hinter ihr in Nottingham einreitet«, versetzte Bill. »Was wird aber mein Lord sagen, wenn er erfährt, dass wir vier und der Page von fünf Männern zu Fuß geschlagen wurden?«

»Es waren weit mehr als fünf!«

»Ich meine, einige im Gebüsch gesehen zu haben«, fügte der Dritte hinzu.

»Kommt, kommt!«, rief Bill. »Es waren nur fünf! Ich war kampfuntüchtig, weil ich ins Wasser gestürzt wurde, sonst hätte ich sie das Fürchten gelehrt.«

»Ich glaube fast, Ihr hättet Wunder getan«, erwiderte der andere höhnisch. »Aber wir müssen endlich weiter, und Ihr kehrt, so schnell Ihr könnt, ins Schloss zurück.«

In raschem Galopp ritten nun die beiden Dienstmänner los, in der Hoffnung, ihre junge Gebieterin einzuholen, bevor sie Nottingham erreichten.

Als sie jedoch nach ein paar Meilen noch immer nichts von Lucy de Ashby und ihren Dienerinnen erblickt hatten, sah Jakob seinen Kameraden nachdenklich an und sagte: »Es ist doch seltsam, dass wir sie noch nicht eingeholt haben – sie muss schnell geritten sein.«

»Das sieht ihr ganz ähnlich«, erwiderte der andere sorglos. »Sie ist drauflos galoppiert, um uns dafür zu strafen, dass wir sie mitten im Wald verlassen haben. Ich wollte ein schönes Stück Geld wetten, sie zieht ihre Zügel nicht an bis Nottingham.«

Aber Jakob war nicht so leicht ums Herz. Er heftete im Weiterreiten die Augen beständig auf den weichen Boden und spähte nach Spuren von Pferdehufen, doch konnte er keine entdecken. So erreichten sie schließlich die Tore von Nottingham und begaben sich sofort zum Quartier von Lord Ashby. Die Tore des großen Hauses standen offen, Diener eilten hin und her, Pferdebuben und Reitknechte schnallten Gurte los, nahmen Sättel ab, Küchenknechte und Brotmeister packten Körbe und Säcke aus, und Knaben und Bettler sahen zu.

»Was, ist mein Lord schon angekommen?«, schrie Jakob und sprang vom Pferd. »Wir erwarteten ihn erst heute Nacht oder morgen früh.«

»Er wird in einer halben Stunde hier sein«, versetzte der Pferdejunge, an den er sich gewandt hatte. »Wir sind vorausgeritten.«

»Wo ist unser junges Fräulein?«, fragte ein Diener. »Wir glaubten, wir würden sie hier finden, den Grafen erwartend.«

»Ist sie nicht hier?«, rief bestürzt der Dienstmann, der auf seinem Pferde sitzen geblieben war. »Sie ritt uns voraus!«

Jakob sprang, nicht weniger erschrocken als sein Kamerad, wieder in den Sattel und verkündete: »Das ist ein höllisches Komplott!«

Die Geschichte war bald erzählt und versetzte die Dienerschaft des Lords von Ashby in unbeschreibliche Verwirrung. Zehn, zwölf Männer bestiegen ihre Pferde, obgleich die Tiere von einem langen Tagesritt ermüdet waren, und brachen auf, um das Fräulein zu suchen, wobei sie die Waldwege nach allen Richtungen durchforschten. Aber sie konnten nicht die geringste Spur von ihr entdecken. Nach zweistündigem Suchen kamen die Männer mit dem Trupp des Grafen, der ihnen begegnet war, wieder zurück.

Der alte Lord Ashby wurde begleitet von nur vier oder fünf Dienern, hatte aber seinen Sohn Alured und Hugh de Monthermer bei sich. Lord Alured tobte wie ein zorniger Tiger, und der alte Lord schwor jede Art von Rache, als sie die Nachricht vom Verschwinden Lucys vernahmen. Hugh de Monthermers Lippe bebte, aber alles, was er sagte, war: »Das ist wirklich entsetzlich, mein Lord, dass Euer Lordschaft Tochter nicht ungefährdet von Lindwell nach Nottingham reisen kann! Was können wir tun?«

»Wir!«, rief Alured de Ashby. »Hugh von Monthermer, Ihr habt sehr wenig dabei zu tun, dünkt mich! Ich jedoch werde den Schurken die Ohren abschneiden, die ihr Fräulein aus irgendeinem Grunde verließen, als sie sie nach Nottingham geleiten sollten!«

»Mein Lord von Ashby«, sagte Hugh de Monthermer, sich zu dem Vater Alureds wendend, »ich bediente mich des Wortes ›wir‹ nur, weil ich als Euer Freund so innigen Anteil an der Angelegenheit nehme. Ich und meine Leute erwarten Euren Befehl, und wir wollen uns bemühen, Euch bei den Nachforschungen so gute Dienste zu leisten wie Eure besten eigenen Leute, wenn Ihr es uns erlauben wollt.«

»Aber gewiss«, erwiderte der Graf. »Alured ist zu unbesonnen! Vor drei Stunden, sagt man, sei dies vorgefallen? Sollten sie sich in den Wald gewandt haben, so können sie noch nicht weit gekommen sein. Wenn einer von uns zurückginge bis zu der zweiten Biegung der Straße, so muss er, wenn er den Reitpfad einschlägt, entweder dem Trupp selbst begegnen oder die Pferde finden, falls sie diese haben laufen lassen, um sich zu Fuß weiterzubewegen.«

»Sie sind nicht in den Wald hinein«, schrie Alured de Ashby aufgebracht. »Glaubt mir, es sind Leute des Königs oder des Bischofs! Es ist weit besser, wir durchstreifen das offene Land, immer an den Ufern des Trent entlang. Ihr werdet bald an den

Brücken erfahren, ob jemand diesen Weg entlanggekommen ist.«

»Tretet vor, Jakob«, sagte der Graf. »Ihr seid einer von den Toren, die sich irreführen ließen. Was für Menschen waren es, die Euch von Eurem Fräulein weglockten?«

»Ich glaube, es waren verkleidete Waffenleute«, antwortete der Diener bekümmert. »Sie waren so geübt in der Handhabung ihrer Waffen, dass sie uns alle zusammenschlugen. Zudem hörte ich, als ich einem von ihnen einen Schlag versetzte, etwas klirren wie eine Rüstung.«

»Es scheint, dass Ihr recht habt, Alured«, sagte der Graf nachdenklich. »Aber es wäre wohl am besten, wir durchstreiften die ganze Gegend. Ihr übernehmt mit einem Teil der Männer die Ufer des Trent, ich will mit den anderen den Saum des Waldes von Nottingham bis Lindwell durchstöbern. Und unser junger Freund Hugh de Monthermer mit seinen zwei Dienern und zwei von den Unsrigen wird vielleicht den Wald selbst durchforschen.«

Alured de Ashby schien nicht sehr zufrieden mit der getroffenen Anordnung, denn seine Stirn war noch immer umwölkt. Aber er machte keine Einwände, und nach wenigen weiteren Worten trennte sich die Gesellschaft.

Es ist ein merkwürdiger Umstand und zugleich ein auffallender Beweis für die Gesetzlosigkeit jener Zeiten, dass keiner der Beteiligten annahm, das Verschwinden von Lucy de Ashby könne ein ganz gewöhnlicher Zufall sein.

7

Die Sonne war seit etwa dreieinhalb Stunden über die Mittagslinie vorgerückt, aber der Tag war noch warm und schön. Der Monat Mai war tatsächlich in älteren Zeiten ein wärmerer

Freund als jetzt, falls wir den alten Erzählungen und Chroniken Glauben schenken dürfen. Die Jahreszeiten scheinen sich wahrhaftig, so wie die Welt älter geworden ist, völlig verändert zu haben, die Witterung scheint kälter und launenhafter geworden zu sein. Jetzt findet man keine Weingärten mehr in Northumberland, und doch trägt noch mancher Ort in den nördlichen Grafschaften einen Namen, der deutlich auf den Weinbau hinweist. Vielleicht ist eine Ursache dieser Veränderung das Niederhauen jener prächtigen alten Wälder, die Englands Boden schützten und die heftigen Winde von See her fernhielten.

Wie dem sei, der Monat Mai war zu jener Zeit in England wirklich ein Monat voller Sonnenschein und reich an Blumen.

Allerdings waren am Morgen des vierten Mai 1265 gegen neun Uhr gerade zwei oder drei Regenschauer niedergegangen. Vor Mittag jedoch hatten sich die Wolken schon gänzlich wieder verzogen.

Die Straße von Sheffield führte ungefähr eine Meile hinter der Stadt in einen großen Waldgrund hinein, der mehrere kleine Lichtungen hatte, die auf allen Seiten von schönen alten Eichen und Buchen umschlossen wurden.

Auf einer dieser Lichtungen schritt, die Arme über der Brust gekreuzt, die Augen auf den Boden geheftet, die Stirn etwas umwölkt, Robert von den Lees hin und her, während nicht fern von ihm, unter dem Schatten einer ausladenden Eiche, ein Knabe stand, ein weißes Pferd und einen Bogen haltend. Ab und zu murmelte er unbewusst ein paar Worte vor sich hin: »Nottingham so bald zu verlassen! Auffällige Eile, die Richard de Ashby mit seiner Kate an den Tag legt. Sie müssen gehört haben, dass ich die Jagd in meine Hand genommen habe. Oder hat sie der Graf nachdrücklicher verfolgt, als sie erwarteten?«

Nachdem er eine Weile Stillschweigen bewahrt hatte, sagte er plötzlich: »Der König hat de Montfort bewogen, nach Cambridge zu gehen? Das kann nicht ohne Grund sein; er will ihn täuschen. Gloucester befestigt auch seine Schlösser – das sieht schlimm aus! Man kann dem Gloucester nicht trauen! Man konnte es nie! Horch, der Hufschlag eines Pferdes! Da kommen die Grafen!«

Der nächste Augenblick jedoch zeigte ihm, dass er sich getäuscht hatte, denn das Pferd, dessen Schritt er gehört hatte, kam von Nottingham, nicht von Yorkshire her. Es war ein tüchtiger brauner Wallach mit einem Stummelschwanz, der Reiter ein behäbiger, dickleibiger Mann in der Tracht eines Handelsmannes. Als Robin Hood seiner ansichtig wurde, rief er: »Ha, unser guter Freund, der Marketender von Southwell! Was veranlasst Euch, in den Wald zu reiten, Barnaby? Ihr sucht den Sherwood nicht umsonst auf!«

»Ich suche Euch, Robin«, antwortete der Marketender. »Einer, von dem Ihr wisst, gab mir dies für Euch. Es sollte in keine anderen Hände gelangen als in die meinigen und die Eurigen. Aber schaut! Da kommt ein stattlicher Zug. Jetzt wird es bald raue Arbeit geben zwischen den seidenen Kapuzen und den Männern in Lincolngrün! Ich will deshalb gleich fort, Robin; denn ich liebe keine Schlägereien.«

Aber Robert von den Lees achtete weder auf seine Worte noch auf sein rasches Wegreiten, sosehr nahm ihn die Nachricht in Anspruch, die ihm soeben ausgehändigt worden war. Er las sie zweimal und schien kaum das Herannahen eines großen Zuges zu Pferd zu bemerken. Als er jedoch endlich aufblickte, sah er etwa zwanzig wohlbewaffnete Reiter auf sich zukommen, an ihrer Spitze den alten Grafen von Monthermer.

Seine Begleitung bestand nur aus seinen Dienern, da er alle übrigen Edelleute, mit denen er in Yorkshire zusammen gewesen war, in abgesonderten Trupps hatte ihres Weges ziehen lassen, damit die sich zu ihren Freunden in London begäben.

Etwa zwanzig Schritt von der Stelle, wo der Waidmann stand, hielt der Graf sein Pferd an und stieg, Befehl zum Haltmachen erteilend, ab. Dann schritt er auf Robin zu und streckte ihm die Hand hin, die dieser ehrerbietig, doch ohne die mindeste Spur von Unterwürfigkeit, ergriff.

»Willkommen im Sherwood, mein guter Lord«, sagte er. »Aber warum kommt Ihr allein? Wollte sich der edle Graf von Ashby nicht in diese Schatten hineinwagen?«

»Er hatte mich verlassen, Robin«, antwortete der Graf, »ehe ich Eure Botschaft erhielt. Mit seinem Sohn Alured und meinem Neffen Hugh brach er gestern, gleich nach der Morgenmesse, nach Nottingham auf.«

»Das ist seltsam!«, rief der Waidmann, und seine Stirn verfinsterte sich. »Nach Nottingham ist er geritten, gleich nach der Morgenmesse? Er hätte bis Mittag dort sein können, und doch war er nicht da!«

»Nein, er konnte bis Mittag nicht dort eintreffen«, versetzte der Graf. »Er hatte unterwegs Dinge von Wichtigkeit zu erledigen. Aber lag es Euch denn so am Herzen, mit ihm zu sprechen?«

»Ja«, antwortete der Waidmann rasch. »Aber das ist jetzt nicht von Bedeutung, ich will ihm eine Botschaft schicken. Und nun, mein Lord, wollt Ihr wieder Euer Pferd besteigen und mit mir kommen? Ich habe Euch viele Dinge zu erzählen, die Ihr zum Teil sicher noch nicht wisst.«

»Ich kann mich nur eine Stunde aufhalten«, versetzte der Graf, »denn ich muss weiter nach Nottingham zum Abendessen.«

»Wir haben ein Abendessen für Euch bereit, mein guter Lord.« Robin konnte den Anflug eines Lächelns nicht unterdrücken.

»Keine Mahlzeit von des Königs Wildbret, Robin!«, rief der alte Graf lachend. »Jedenfalls muss unser Essen kurz sein, denn ich habe heute Nacht auch noch Geschäfte zu erledigen, wichtiger als mein Abendessen. Soll ich die Männer mit mir kommen heißen, oder sollen sie hierbleiben, bis ich zurückkehre?«

»Lasst sie nur folgen, aber lasst sie außer Hörweite. Den Priester vor allem! He, Junge, bring mein Pferd!«

Mehr auf das den Ruf begleitende Zeichen hin als auf die Worte selbst eilte der Knabe mit dem weißen Ross herbei, während der Graf seinen Leuten die Weisung erteilte, ihm in einem Abstand von etwa fünfzig Schritt zu folgen. Dann stieg er wieder zu Pferd und ritt mit seinem Freund vom Wald auf der offenen Straße weiter.

»Jetzt sagt mir, Robin«, wandte sich der Graf mit einer direkten Frage an seinen Begleiter, »wie viele von Euern alten Freunden habt Ihr hier für einen Notfall versammelt?«

»Nicht mehr als hundert hier, und etliche vierzig in Barnesdale.«

»Das sind betrüblich wenige«, erwiderte der Graf nachdenklich.

»Mancher tüchtige Krieger und mancher treue Freund«, versetzte der Waidmann, »hat eben keine Lust, das Leben und die Gefahren eines Geächteten zu teilen.«

»In diesen Worten liegt ein Vorwurf«, sagte der Graf. »Aber ich verpfände Euch mein ritterliches Wort, Robin, dass ich mein Möglichstes tat, dass die Acht, die über Euch ausgesprochen wurde, zurückgenommen werde, sobald wir die Macht in unseren Händen haben. Aber Gloucester war es, der sich widersetzte, und Simon de Montfort hielt es für gefährlich, ihm zuwiderzuhandeln.«

»Ihr missversteht mich, mein Lord«, erwiderte der Waidmann, »und Ihr hättet mir nur einen schlechten Dienst erwiesen, wenn Euch dies gelungen wäre, obwohl ich Euch für den guten Willen danke. Die Feindschaft des Lords von Gloucester kommt mir in der Tat recht gelegen. Hört noch ein Weiteres: Meine hundert Männer sind nicht wenige, sondern viele, denn jeder Mann hat außer einem Bündel Pfeile auch einen Bund Freunde. Wir werden kaum weniger als zweitausend zählen am Tage der Not, und dieser Tag kommt schneller herbei, als Ihr Euch denkt.«

»Es sind Wolken am Himmel, gewiss«, erwiderte der Graf.

»Sie verschatten die Sonne«, versetzte der Geächtete rasch. »Die Neuigkeiten, die ich erst vor einer Stunde erhalten habe und die ich Euch mitteilen muss, bestehen einfach darin, dass es dem König gelungen ist, Simon de Montfort, den Grafen Leicester, von seinen Hilfsquellen zu trennen, und dass Lord Gloucester sich in den Morästen von Wales befestigte. Er hat sich geweigert, beim Turnier in Northampton anwesend zu sein, und es strömen ihm Leute zu, von denen bekannt ist, dass sie die Fremden begünstigen.«

»Ich hörte davon«, sagte der Graf stirnrunzelnd, »wusste aber nicht, dass es so weit gekommen ist.«

»Weiter, mein Lord«, versetzte der andere lebhaft, »noch viel weiter! Gloucester ist zum Verräter an unserer Sache erklärt, Leicester ist an die Severn zurückgewichen, und ich habe Sorge, es seien Maßregeln ergriffen, seinen Sohn anderwärtig zu beschäftigen. Seht diesen Brief!«

Aufmerksam las der Graf die Mitteilung, die ihm sein Begleiter reichte. »Ja, das sieht in der Tat nach einem Krieg aus. Aber ich bin froh, dass es so gekommen ist. Gloucester ist zwar ein Verlust für die gute Sache, obgleich er kalt und vorsichtig ist …«

»… und selbstsüchtig und tückisch«, fügte der Geächtete hinzu.

»Aber doch ist wenig von ihm zu befürchten«, fuhr der

Graf fort. »Er ist nicht der Mann, sich mit Simon de Montfort zu messen.«

»Es fehlt ihm die Kraft eines starken Willens«, sagte der Geächtete. »Immerhin macht ihn sein Einfluss gefährlich, mein Lord, und Ihr müsst ein Auge darauf haben.«

»Wir wollen ihn nicht geringschätzen«, antwortete der Graf, »doch fürchte ich ihn nicht. Solange der Prinz in de Montforts Händen ist, ist die Freiheit Englands gesichert. Er ist die Stärke der königlichen Partei, aber wir haben Sorge getragen, dass er keine Mittel besitzt, um zu handeln. Dem Namen nach frei, ist er doch Tag und Nacht bewacht. Seine Diener sind seine Wachen, seine Gefährten seine Kerkermeister. Der Prinz könnte mir leid tun, wäre es nicht für die Sicherheit des ganzen Königreichs, die Freiheit jedes einzelnen Mannes erforderlich, dass er durch jedes Mittel daran gehindert werde, seines Vaters Schwäche durch seine persönliche Macht zu verstärken.«

»Auch mir tut der leid«, sagte der Geächtete. »Ich habe einmal in York einen Adler in einem Käfig gesehen, mein Lord. Obgleich er mich trotzig anstarrte, als hätte er mich am liebsten zerrissen, brach ich doch seine Gitter und ließ ihn fliegen.«

»Das dürfen wir in diesem Fall nicht tun«, bemerkte der Graf.

»Leider, das glaube ich auch«, antwortete sein Begleiter. »Dennoch, wollte er nur schwören und seinen Eid halten, was Prinzen selten tun, ich wäre der Erste, ihm seine Freiheit zu gewähren gegen das Versprechen, die unsrige zu achten.«

»Wir haben das schon versucht, Robin«, erwiderte der Graf. »Jetzt dürfen wir es nicht noch einmal tun. Dieser junge Leopard muss an einer Kette gehalten werden, so traurig es auch ist, edle Kräfte wie die seinigen zu fesseln.«

»So macht denn die Kette stark genug, mein Lord«, sagte

der Geächtete, »denn wenn er sie bricht, wird er wilder sein denn je!«

»Von Simon de Montfort geschmiedet, wird sie stark genug sein«, antwortete der Graf. »Aber lasst uns weitere Schritte bedenken. Also, Gloucester ist zum Verräter erklärt?«

»Ja, und Mortimer auch und eine Anzahl anderer. Viele der Markgrafen haben sich ihm angeschlossen, und seine Macht wächst täglich.«

»Dann«, sagte der Graf, »ist es für die Freunde Englands Zeit, sich um de Montfort zu sammeln. Ein Treffen kann nicht mehr lange ausbleiben. Ohne Zweifel werden Briefe für mich in Nottingham sein, und ich will Euch bald wissen lassen, wo Ihr mit Euren wackeren Bogenschützen zu uns stoßen könnt. Gloucesters Tage sind gezählt, und ...«

»Ich weiß, was Ihr hinzusetzen wollt, mein Lord«, unterbrach ihn der Waidmann. »Aber ich sage: Nein! Es passt besser zu mir, ein Geächteter zu sein. Der Himmel verhüte, dass Ihr je unser Leben führen müsst; aber wäre es der Fall, Ihr würdet ihm gewiss bald auch angenehme Seiten abgewinnen. Es liegt ein Zauber in diesen wilden Wäldern und in unserem freien Dasein, der das Gepränge der Stadt oder des Schlosses trüb und schal erscheinen lässt. Kein Mensch kann mich einen Verräter nennen, denn Könige und Fürsten haben meine Dienstpflicht weggeworfen und ich ihre Herrschaft. Vielleicht, wenn glücklichere Tage wiederkehren, wenn Englands Wunden geheilt sind, wenn Gerechtigkeit und Ehre das Zepter führen und Friede und Freiheit Hand in Hand gehen, vielleicht fordere ich dann meine Rechte zurück. Aber bis dahin lebe ich hier wahrhaftig ein lustiges Leben. Doch genug jetzt von meiner Person. Was Eure Briefe betrifft, so werdet Ihr in Nottingham keine finden. Der dortige Grafschaftsbeamte ist kein Freund von Simon de Montfort, und das weiß auch der Graf von Leicester selbst. Ich wette ein Fass Malvasier gegen eine Speckseite, dass

Ihr, wenn Ihr nach Nottingham geht, einen längeren gezwungenen Aufenthalt im Schloss machen werdet.«

»Wenn das stimmt«, versetzte Monthermer, »so ist der Graf von Ashby jetzt schon ein Gefangener.«

»Das nicht, mein Lord«, sagte der Geächtete trocken. »Der Graf von Ashby hat andere Dinge zu tun gehabt.«

»Ei, ich glaubte«, rief der Graf überrascht, »Ihr hättet soeben noch nicht gewusst, wo unser guter Freund ist?«

»Ganz recht«, antwortete sein Begleiter, »aber ich weiß, was ihn in Nottingham erwartete, wenn er gestern dort ankam. Zudem, mein guter Lord, er hat einen Freund am Hof des Königs. Richard de Ashby kam vor ihm durch Nottingham, hatte eine Stunde lang eine eifrige, geheime Besprechung mit dem Grafschaftsbeamten und stellte ohne Zweifel gebührend dar, welch ein guter Untertan des Königs der Graf sei und welch ein ergebener Diener des Grafen von Gloucester. Seht Euch vor, mein Lord, dass Ihr nicht nur betrogen, sondern verraten werdet! Ihr habt eine Natter unter Eurer Hand, und sie kann Euch beißen!«

»Nein, nein, nein!«, sagte der alte Edelmann und schüttelte abwehrend den Kopf. »Die Ashbys sind der Verräterei unfähig. Stolz und jähzornig sind beide, Vater und Sohn, aber ihrem Stolz liegt das Unehrenhafte fern, obwohl …«

»Obwohl der Stolz die unehrlichste von allen unseren Leidenschaften ist«, unterbrach ihn der Geächtete, »und die niedrigste dazu! Aber ich glaube auch, mein guter Lord, sie werden nicht Euch verraten, sondern sich selbst. Ihr schurkischer Vetter Richard aber wird Euch und sie allesamt verraten. Ihr seid vielleicht der Meinung, er sei nur hergekommen, um ein Bauernmädchen zu entführen, aber sein Geschäft in Barnesdale war von noch schwärzerer Art. Obgleich der König jetzt ein Gefangener ist und der Prinz bewacht wird, haben sie doch ihre Agenten im ganzen Land.«

»Könnt Ihr beweisen, dass dieser Richard de Ashby einer von den Königlichen ist? Für niederträchtig habe ich ihn immer gehalten, aber ich hielt ihn doch für einen kleinen Schelm, nur geeignet, im Würfelspiel und dergleichen zu betrügen. Ich denke nicht, Robin, dass er den Mut hat, sich mit größeren Dingen zu befassen. Oder habt Ihr Beweise von seiner Verräterei in diesem Handel?«

»Einiges weiß ich, mein Lord«, antwortete der Geächtete, »und viel mehr argwöhne ich. Er war zuerst bei Mortimer und dann bei Gloucester. Daran anschließend, einen Umweg machend, damit es schiene, als käme er von Norfolk her, besuchte er Leicester in Northampton und brachte dort zwei Tage zu, wo er dreimal den König und ebenso oft den Prinzen sah. Von dort ging er zurück nach London, verschaffte sich einen Spion, einen gewissen Richard Keen, einen Diener des Königs, und in dessen Begleitung folgte er Euch nach Pontefract.«

»Ich will ihm das in Gegenwart seiner Verwandten vorhalten«, sagte Monthermer. »Lord Ashby fehlt es nicht an Verstand. Er drang selbst eifrig auf die Untersuchung des Handels, aber die Flucht Richard de Ashbys mit der leichtfertigen Kate setzte der Nachforschung ein Ende. Meint Ihr, Richard de Ashby habe wirklich Anteil an den Umtrieben?«

»Anteil?«, rief der Waidmann. »Wohl etwas mehr als nur Anteil! Aber, mein Lord, glaubt Ihr, der Spitzbube habe von Euren Geheimnissen etwas erlauscht?«

»Nein«, versetzte der Graf. »Ich konnte mich jedoch des Argwohns nicht erwehren, dass er sich alle Mühe gebe, den Bruch zwischen dem Haus Ashby und dem unsrigen zu erneuern. Beim Vater gelang es ihm nicht, doch beim Sohn schien er einige Fortschritte zu machen. Aber was ist denn das, Robin?«, unterbrach sich der alte Graf plötzlich. »Ihr habt ja den Wald so schmuck gemacht wie eine Maientagsbraut!«

8

Die Worte des alten Grafen beschrieben nicht übel die Szene, die sich jetzt, da sie auf eine größere Waldlichtung hinausritten, seinem Auge bot. Auf dem Platz standen sechs alte Eichen, drei auf jeder Seite, und bildeten eine Art von natürlicher Allee. Ihre langen Äste erstreckten sich über den Zwischenraum und berührten fast einander. Unter diesem natürlichen Baldachin war ein langer Tisch gedeckt, während oben, von Zweig zu Zweig, in verschiedenen anmutigen Schwingungen sich durchkreuzend, unzählige Girlanden schwebten. Über den Tisch war so feines Linnen gebreitet, wie es nur je von den Webstühlen Irlands oder Sachsens kam. Blumensträuße bezeichneten den Platz, wo jeder Mann sitzen sollte. Der Grasboden war mit Binsen und grünen Blättern bestreut, um auch den Füßen einen weichen Ruheplatz zu bereiten. Unter den Bäumen waren Bogenschützen in ihrer eigentümlichen Tracht versammelt, nebst vielen Landmädchen von den benachbarten Dörfern, alle im Feiertagsaufzug. Auch eine Anzahl junger Landleute war anwesend, ein Beweis, dass die Freibeuter des Waldes sich nicht viel Mühe gaben, ihren Versammlungsort geheimzuhalten, denn ihre trotzige Auflehnung gegen die ungerechten Gesetze fand Gunst in den Augen von vielen, und ihre Sicherheit hing vor allem von dem Vertrauen und der Neigung der niederen Stände ab.

»Wünscht ihm guten Morgen. Gebt dem edlen Grafen einen schönen Morgengruß!«, rief Robin Hood den Leuten zu und setzte sein Horn an den Mund.

Alle folgten seinem Beispiel, und nun widerhallte der Wald von den Klängen der zahlreichen Hörner. Das langsame Schwellen und Sinken der weichen Töne wirkte in dieser wilden, aber schönen Szenerie nicht wenig ergreifend.

»Gut so!«, schrie Robin Hood. »Das ist die Art, mein Lord,

wie wir einen aufrichtigen Freund der englischen Gemeinen empfangen. Gefällt es Euch, abzusteigen und unser Mahl zu kosten?«

Ein ungeheurer Scheiterhaufen von loderndem Holz, groß genug, um einen ganzen Ochsen zu braten, prasselte und zischte so nahe an einem Ausläufer des Waldes, dass die Flammen das grüne Laub weithin versengten. Daneben waren etwa fünf Männer in sauberen weißen Jacken damit beschäftigt, große Fleischstücke von sehr einladendem Duft am Spieß zu braten.

Etwa fünf Schritt von diesem brennenden Berg entfernt war ein kleinerer Vulkan, über dem an drei langen Pfählen einige Kessel von riesenhaftem Umfang hingen, während an einer schattigkühlen Stelle unter den Bäumen der nicht minder willkommene Anblick von zwei großen Fässern das Auge erfreute, eines mit einer Girlande von jungem Rebenlaub, das andere mit einem Eichenkranz umflochten. Eine Menge Trinkbecher, geeignet, ein Heer damit zu bedienen, lagen daneben, und ein Mann mit einem Hammer war eifrig beschäftigt, den Spund zu öffnen.

»Wo ist der ›kleine John‹«, rief Robin Hood, sich im Kreise umschauend. »Ein winziger Freund von mir, mein Lord, der Meister unsrer Lustbarkeiten, den Ihr kennen müsst. Bei meinem Leben, er beträufelt die Kapaunen! Hallo, Freund John!«

Jetzt näherte sich ein Freibauer, etwa sechs Fuß vier Zoll* hoch, mit Schultern, die gemacht schienen, den Stier so gut wie das Kalb fortzutragen. Sein runder Kopf war mit nussbraunem Haar bedeckt, und sein Gesicht glänzte von guter Laune.

»Ich glaube, wir haben uns früher schon getroffen, ›kleiner John‹«, sagte der Graf, ihm die Hand schüttelnd, »und zwar an einem ebenso warmen Festtag wie heute!«

»Wärmer, mein Lord, viel wärmer«, antwortete John Naylor. »Bei einem ganz besonderen Feste.«

* Etwa 1,90 m.

»Ich erinnere mich Eures Gesichts wohl«, sagte der Graf.

»Der von Andelys würde sich desselben noch besser erinnern, mein Lord, wenn er sich noch an etwas erinnern könnte, der arme Kerl!«, versetzte der Freibauer. »Als er und ich und Ihr uns zuletzt trafen, hatte er Euch bei der Kehle gepackt, um Euch den Dolch durch das Visier zu stoßen. Ich klopfte ihm gerade noch zu rechter Zeit auf den Kopf, ihn zu ermahnen, dergleichen Dinge besser zu lassen. Ob er fortging oder nicht, weiß ich nicht, aber wenn er es tat, so hat er gewiss sein Hirn nicht mitgenommen.«

»Ja, Ihr leistetet mir dort einen guten Dienst«, versetzte der Graf. »Ich hätte wenigstens ein Auge verloren. Da habt Ihr ein Juwel, mein guter Freund«, fuhr er fort und zog einen Ring vom Finger.

»Ich habe es selbst mit schweren Streichen errungen und gebe es Euch für einen so tüchtigen Streich wie je ein englischer Freibauer einen führte.«

»Ich will es in meine Mütze setzen, mein Lord«, erwiderte der »kleine John«, »und vielleicht eines Tages …«

»Jetzt keine Prahlereien, John!«, rief Robin Hood. »Lasst den Grafen sich zum Mahl setzen. Es ist die Jahreszeit, mein guter Lord, wo man weder Hirsch noch Hase schießt, wo das Rebhuhn freien Pass hat des Brütens wegen und selbst die wilde Trappe ungefährdet läuft. Deshalb kann ich Euch kein Jägermahl vorsetzen. Aber ich will Euch bewirten wie ein Baron, wenn nur die guten Köche dort ihre Schuldigkeit tun. Keine Schlosshalle in ganz England soll ein besseres Essen aufzuweisen haben, als heute das Eurige sein wird.«

»Ich zweifle nicht daran, Robin. Ihr seid Lord vom Sherwood und könnt Euern Hof als frei geborener Baron halten, wann es Euch beliebt. Aber wie das!«, fuhr er überrascht fort, als ein langer Zug von Männern sich näherte, die große hölzerne Schüsseln, mit Fleisch beladen, herbeitrugen. »Ihr habt sogar einen Pfauen?«

»Ich könnte doch einen Grafen nicht bewirten, ohne ihm einen jungen Pfauen vorzusetzen, noch Eure Männer ehrenhaft empfangen ohne einen doppelten Lendenbraten vom besten Ochsen im Lande. Übrigens«, setzte er listig lächelnd hinzu, »ist der Pfau mein Eigentum. Der ›kleine John‹ hat ihn mir geschenkt.«

»Wie er aber dazu kam, habt Ihr nicht gefragt?«, sagte der Graf schmunzelnd.

»Nein, was hätt' ich auch sollen? Ihr verlangt doch nicht etwa, dass ich die Ehrlichkeit meiner Männer bezweifle?«

»Das verhüte der Himmel!«, erwiderte der Graf.

»Kommt, mein Lord, lasst uns niedersitzen!«, rief Robin. »Wir haben keine Salzbüchse hier, um den Unterschied zwischen oben und unten anzuzeigen«, fuhr er, an die übrigen Freibeuter gewandt, fort. »So setze sich denn jeder dort, wo er Platz findet. Gebt den Frauen Sitze und zeigt Euch höflich wie Ritter. Sind auch keine Stühle da, so reichen doch die Speisen für alle. Da mein Kaplan nicht bei der Hand ist, will ich Euch ein waldmäßiges Gratias* zu Eurem Mahl sprechen. Achtung, Männer!«

Jeder Mann stand auf, nahm seinen Hut ab, und Robin Hood neigte sein Haupt und sprach die beiden Sätze seines sicher nicht den Kirchenvorschriften entsprechenden Gebets: »Gott gebe uns seinen Segen – und lasse niemand uns stören!«

Wirklich war Speise im Überfluss für alle vorhanden, und die Dienstmänner des Grafen kamen so schnell mit den Bräuchen des Sherwood zurecht wie ihr Lord. In bunter Reihe zwischen den grünröckigen Freibeutern Platz nehmend, fielen sie über das Essen her, sobald das Gebet gesprochen war. Eine Zeitlang herrschte tiefes Stillschweigen bei der ganzen Gesell-

* Dankgebet, Tischgebet.

schaft, aber schon nach etwa zehn Minuten standen fünf bis sechs der jüngeren Männer auf und unternahmen einen Streifzug in Richtung der obenerwähnten Fässer. Sie kehrten mit großen Flaschen beladen zurück, und als einzige Zeremonie brachte John Naylor einen Humpen starken Ales und einen Krug Wein dem Grafen und bot ihm den Trunk in einem großen silbernen Becher dar. Das Getränk beschleunigte bald die Bewegung der Zungen, und das Scherzen und Gelächter vermischte sich zu einem ansehnlichen Lärm.

Von Zeit zu Zeit wechselten der Graf und Robin Hood ein Wort in leiserem und ernsterem Ton; doch meist stimmte der alte Edelmann munter in das Lärmen der Übrigen ein, mit wenigen Worten zwar, wobei er mit vergnügtem Lächeln die fröhlichen Gesichter, die ihn umgaben, betrachtete.

»Kommt, John Naylor!«, rief Robin Hood endlich dem »kleinen John« zu. »Erfreue uns mit einem Lied. Aber vergiss nicht: keine Großsprecherei und so wenig Unverschämtheiten wie möglich.«

John füllte sich bedächtig einen Becher mit Wein, und nachdem er einen tiefen Zug getan, begann er mit klangvoller Stimme ein Heimatlied zu singen. Es schien ein Lieblingslied des Geächteten und auch seiner Gefährten zu sein, denn am Schluss jeder Strophe wiederholten sie den Refrain:

Hoch lust'ges England! Lust'gem England Gruß!

Nachdem das Lied verklungen war, sagte der Graf mit leiser Stimme zu Robin Hood: »Ich fürchte, ich muss jetzt Eure Lustbarkeit durch meinen Aufbruch stören. Es warten Briefe auf mich, die vielleicht eine sofortige Antwort brauchen.«

»Sucht sie auf keinen Fall in Nottingham, mein Lord«, versetzte der Waidmann. »Ich habe schon Leute ausgesandt, um alle Boten aufzuhalten, die de Montfort an Euch geschickt hat, und ihnen Befehl gegeben, sich nach dem kleinen Dorf Stapleford zu wenden, denn ich bin sicher, man hat Euch in Nottingham eine Falle gestellt. Aber ich wünschte, Ihr bliebet noch ein paar Stunden hier. Im Laufe der Nacht erwarte ich Nachrichten von sicheren Leuten und auf einem näheren Wege.«

»Ich will entweder den Priester oder meinen Dienstmann Blawket bei Euch zurücklassen«, sagte der Graf leise. »Beiden kann man trauen.«

»Den Priester!«, rief Robin Hood mit einem Anflug von Ironie in der Stimme. »Gott segne Seine Ehrwürden, aber ich vergaß seine Anwesenheit völlig und nahm ihm soeben weg, was seines Amtes ist. Ich muss doch wohl ein Vaterunser hinzufügen, wenn er heute Abend am Tisch ist. Wahrhaftig, ich vergaß seine Anwesenheit völlig. Blawket muss genügen, mein Lord. Doch wünschte ich mir, jemand bei mir zu haben, mit dem ich mich im Notfall beraten könnte. Auch ich kann in die Verlegenheit kommen, sofort nach Empfang der Botschaft handeln und einen Plan entwerfen zu müssen, wie ich mich rasch mit Euch vereinige, und das könnte ich nicht, ob nun der Priester oder Euer Dienstmann bei mir bleibt. Dennoch will ich glauben, dass Ihr recht habt und am besten daran tut, aufzubrechen.«

»Hört!«, rief der Graf mit einer Schweigen gebietenden Geste. Und nach einer ganz kurzen Pause fuhr er fort: »Ich glaubte den Klang eines Horns in großer Entfernung zu vernehmen. Vielleicht ist es Euer Bote.«

»Nein«, versetzte der Geächtete. »Ich habe es auch gehört, aber es kam von Osten her, wo Kundschafter aufgestellt sind. Es muss jemand von Bedeutung durch den Sherwood reiten. Wir werden bald mehr erfahren. Ruhig, Männer! Es ertönt, dünkt mich, ein Horn von dem Versteck an den Eschen her!«

Alle wurden augenblicklich still, und länger als eine Minute sprach niemand. Aber dann fingen ein paar Männer am unteren Ende des Tisches schon wieder an, mit leiser Stimme ein paar Wörtchen mit ihren Nachbarn zu tauschen. Da ertönte das Horn erneut, viel näher als zuvor. John Naylor sprang auf und rief: »Das ist Knellers Hornsignal von der hohlen Eiche von Mostins Edge!«

»Nehmt eure Bogen zur Hand, meine Männer!«, schrie Robin Hood. »Wer es auch ist, er nähert sich rasch. Es wird vielleicht nötig sein, dem Grafen noch mehr von unserem Leben und Treiben zu zeigen!«

Alle Männer standen jetzt vom Tisch auf, und die Bogenschützen nahmen rasch ihre Waffen zur Hand. Die Bogen wurden gespannt, und ein paar Pfeile in Bereitschaft gesetzt.

Nach ungefähr fünf Minuten ertönte wieder ein Horn, wenige hundert Schritt entfernt. Die Landmädchen liefen nach der anderen Seite des grünen Platzes. Der alte Graf befahl nun seinen Leuten, die Pferde zu besteigen und zu handeln, wie es nötig erscheinen würde. Ganz deutlich ließen sich schon Hufschläge vernehmen, und nach einer kurzen Pause gespannter Erwartung ritt Hugh de Monthermer, von vier Dienern begleitet, ziemlich erhitzt auf den offenen Platz und machte plötzlich halt, sehr erstaunt über die Szene, die sich seinen Augen darbot.

9

Nicht klein war die Überraschung von Oheim und Neffe, als sie sich so mitten im Forst von Sherwood trafen, doch auf Seiten des alten Grafen war die Überraschung größer als bei Hugh. Zwar setzte die Gesellschaft, in welcher Hugh seinen ehrwürdigen Verwandten fand, den jungen Edelmann ein wenig in Erstaunen, denn die Freibeuter des Waldes, der verschwenderisch gedeckte Tisch, das Weinfass und die Trinkbecher – das alles bildete eine Umgebung, in der er seinem Oheim zu begegnen nicht erwartet hatte. Auf Grund der Ehrerbietung jedoch, die in jener Zeit gegen Alter und Ruhm an den Tag gelegt wurde, hütete er sich, sein Erstaunen zu zeigen, stellte auch keine Fragen, sondern stieg vom Pferd und begann sofort der Aufforderung seines Oheims nachzukommen, der Aufklärung verlangte, warum er umgekehrt sei, statt den Grafen von Ashby entweder nach Lindwell oder nach London zu begleiten.

Nachdem er kurz von dem plötzlichen Verschwinden Lucy de Ashbys berichtet hatte, erzählte er von seiner Suche nach ihr im Sherwood.

»In der letzten Nacht durchstreifte ich den Wald in einer Breite von etwa zwei Meilen, ohne die geringste Spur von irgendjemand zu entdecken, der an der frevelhaften Tat Anteil gehabt haben könnte. Einmal begegnete ich einem Schweinehirten und dann einem Bauern mit zwei Töpfen voller Lehm auf einem Karren, aber sonst keiner Menschenseele. Warum lächelt Ihr, guter Waidmann?«, unterbrach sich der junge Edelmann, sich an Robin Hood wendend.

»Weil, edler Herr«, versetzte der Geächtete, »die Leute im Forst von Sherwood nicht immer das sind, was sie scheinen. Es ist hier schwer, eine Aaskrähe von einer Amsel zu unterscheiden.«

»Ich mag allerdings getäuscht worden sein«, sagte Hugh de Monthermer. »Ob es nun aber Aaskrähen oder Amseln waren: Sie hatten keine Dame bei sich. In Orton übernachtete ich im Hause des Vogts. Heute bei Tagesanbruch wurde ein Mann zu mir gebracht, der berichtete, dass er gestern gegen Mittag drei vornehme Damen zu Pferd, begleitet von einer Anzahl Männer zu Fuß, gesehen habe. Sie waren in Richtung Mansfield unterwegs.«

»Gab der Mann zu verstehen«, fragte der Graf, »dass die Leute, die die Damen begleiteten, Gewalt gebrauchten?«

»Nein«, erwiderte Hugh de Monthermer. »Er versicherte, dass sie ganz willig mit ihnen zogen. Dennoch nahm ich an, es könne niemand anderes sein als das von mir gesuchte Fräulein mit ihren Dienerinnen.«

»Als ob es kein Weib weiter auf der Welt gäbe als Lucy de Ashby!«, rief der alte Graf. »Was sagt Ihr dazu, Robin? Ihr solltet eigentlich wissen, ob sie hier langkam?«

»Keine vornehmere Dame als die Tochter eines Freisassen ist nach Mansfield unterwegs gewesen«, antwortete Robin Hood. »Aber hat Euch der gute Mann nicht mehr gesagt? Seine Nachrichten müssen ziemlich dürftig gewesen sein.«

»Er sagte mir«, erwiderte Hugh de Monthermer, und ein Lächeln zeigte sich für einen Augenblick auf seinem Gesicht, das sonst den Ausdruck von Besorgnis trug, »ich solle mich auf meinem Wege vorsehen, denn ich könnte leicht Robin Hood und seinen Leuten begegnen und mit einem Verlust heimkommen.«

»Hm! Und ohne Zweifel habt Ihr geantwortet, Ihr würdet Euch nicht fürchten, sondern wolltet Robin Hood, wenn Ihr ihn träfet, als Gefangenen nach Nottingham bringen?«

»Nein, im Gegenteil, ich habe ihm gesagt, dass ich sehr froh sein würde, Robin Hood zu sehen, und dass ich gewiss sei, wir würden uns als gute Freunde begegnen, da er und mein Oheim Seite an Seite für die gute Sache von Altengland gefochten hätten.«

Robin Hood bot ihm die Hand. »Ihr habt recht gesprochen, junger Lord, obwohl ich Euch sagen muss: Nicht jeder junge, muntre Herr, der den Sherwood passiert, kommt wieder heraus, ohne dass ihm sein schmuckes Fell vom Rücken gezogen wurde. Aber Ihr seid gerade zu rechter Zeit hier erschienen. Lasst Euern Oheim weiterziehen und dem Grafen von Ashby, wenn er ihn trifft, sagen, Robin Hood meine, der Verlust seiner Tochter sei die Strafe dafür, dass er ein Auge zugedrückt habe, als Richard de Ashby das Kind eines so ehrlichen Mannes, wie er selber ist, entführte. Wenn ich Lucy de Ashby in meinen Händen hätte, sie sollte nicht eher zurückkehren, als bis der alte Graf sein Wort gegeben hat, die eitle Kate Greenly zurückzusenden. Ihr aber, Lord Hugh de Monthermer, bleibt bei mir, um mit mir die Maßnahmen zu beraten, die nach den an mich einlaufenden Nachrichten erforderlich sind.«

Hugh de Monthermer warf einen misstrauischen Blick zuerst auf das Gesicht des Geächteten, dann auf das seines Oheims und fragte: »Habe ich Euer Wort, dass sie nicht hier entlanggekommen ist?«

»Ihr habt es!«, antwortete der Waidmann.

Der junge Mann sann ein paar Augenblicke nach, denn der Verdacht war in ihm aufgetaucht, dass Robin Hood mehr vom Schicksal von Lucy de Ashby wusste, als er zugab.

Doch in seine Überlegungen hinein sagte der alte Graf: »Es ist sehr wichtig, Hugh, dass Ihr, wenn möglich, hier bei Robin Hood bleibt, wie er von Euch verlangt. Nach Eurer Erzählung habt Ihr das junge Fräulein viel gründlicher gesucht, als ihr Euch verpflichtet hattet. Es ist mir auch mehr als wahrscheinlich, dass ein Beauftragter des Königs oder des Grafen von Gloucester – der kürzlich von de Montfort öffentlich zum Verräter erklärt wurde – sich der schönen Lucy bemächtigt hat als Geisel für ihres Vaters Neutralität.«

»Gloucester zum Verräter erklärt!«, rief Hugh de Monthermer aus. »Dann sind unruhige Zeiten zu erwarten, und ich will mich nicht weigern, hierzubleiben, wenn es nötig ist. Aber was soll ich mit meinen Männern anfangen? Zwei davon gehören dem Lord von Ashby. Und wo, meint Ihr, kann ich meine Pferde einstellen?«

»Schickt sie alle weg, außer Euerm eigenen Streitross«, sagte der Geächtete. »Ihr fürchtet Euch sicher nicht, allein zurückzubleiben bei Robin Hood – oder Robert von den Lees, wenn Euch der Name besser gefällt!«

»Nicht im mindesten. Ich weiß, ich bin bei Euch so sicher

wie in meinem eignen Schloss. Nehmt denn meine Leute mit Euch, Oheim. Und Ihr, Freund«, fuhr er fort, zu einem der Diener des Grafen von Ashby gewandt, »berichtet Euerm Lord, dass ich das junge Fräulein mit allem Eifer gesucht habe, und bezeugt, das ich ...«

»Nun gut, ich will jetzt fort«, sagte der alte Graf ungeduldig. »Ich schlafe heute Nacht in Stapleford und ziehe morgen weiter nach Derby. Folgt mir schnell, Hugh. Solange Ihr im Sherwood hier bei unsern guten Freunden weilt, seid Ihr sicher, aber ich will Euch zehn Bogenschützen in Stapleford zurücklassen, und, falls ich die Straßen gefährlich finde, Euch auch einige Lanzen von Derby aus entgegenschicken. Wenn Ihr heute Nacht eingehende Nachrichten erfahrt, dass der Krieg schon begonnen hat, so verabredet mit dem kühnen Robin ein Aufgebot von so vielen Freisassen als möglich und kümmert Euch, dass sie zu mir stoßen, wo ich gerade darum dem Feind entgegentrete.«

Mit diesen Worten setzte der Graf den Fuß in den Steigbügel, schwang sich mit Leichtigkeit in den Sattel, ergriff noch einmal die Hand des Geächteten und ritt fort, von einem lauten Zuruf der Waidmänner begleitet.

»Jetzt, mein junger Lord«, sagte Robin, nachdem er ein paar Augenblicke dem tapferen, stattlichen alten Grafen nachgeschaut hatte, »nehmt ein Stück von dem Lendenbraten dort und einen Becher Bordeauxwein. Es wird Euch guttun.«

»Nein«, versetzte Hugh, »gebt mir einen von diesen Gerstenkuchen und den Wein, von dem Ihr sprecht. Wo rasten wir heute Nacht?«

»Etwa drei Meilen von hier, auf dem Weg nach Nottingham«, antwortete der Waidmann.

Während Hugh de Monthermer aß und trank, gab Robin John Naylor leise ein paar Befehle. Dann wandte er sich an die übrige Festgesellschaft.

»Jetzt, meine lustigen Männer und hübschen Mädchen, zerstreut Euch. Die tüchtige Schultern haben, sollen alles wegräumen, was übriggeblieben ist, und es den Armen in den Dörfern der Umgebung geben.«

Rasch begann sich die auf dem grünen Platz versammelte Menge zu zerstreuen. Einige schlenderten die Straße entlang fort, andere verschwanden unter den Bäumen, und die Zurückbleibenden zeigten sich geschäftig, die Schüsseln und Teller vom Tisch zu räumen.

Hugh de Monthermer hatte seine Mahlzeit rasch beendet. Sie bestiegen ihre Pferde und ritten fort in den Wald.

»Ihr werdet heute Abend besser speisen«, sagte Robin, während sie dahinritten.

»Ich weiß nicht«, versetzte der junge Lord. »Ich bin in Sorge um die junge Dame, Robin, und Sorge macht eine schlechte Tunke zu dem schmackhaftesten Braten.«

»Ist sie denn schön?«, fragte Robin mit einem schalkhaften Lächeln.

»Wahrhaftig, das ist sie!«, antwortete Hugh de Monthermer überzeugt. »Und mehr als schön. Sie hat jene Art von Zauber an sich, der sich mit nichts vergleichen lässt als mit dem hellen Morgensonnenschein, der alles, was er berührt, mit neuer Lieblichkeit erfrischt.«

»Seid Ihr gewiss, dass dieser Zauber nicht Liebe ist?«, fragte Robin Hood. »Aber lasst uns von andern Dingen sprechen. Hier müssen wir von der Straße abbiegen, und ich werde Euch nun über Pfade geleiten, die keinem Richter bekannt sind. Obgleich ich Eurer ritterlichen Ehre vertrauen könnte, muss ich doch von Euch eine Zusage verlangen, die jeder gibt, der diesen Weg geführt wird. Die nämlich, dass Ihr alles, was Ihr seht oder hört, bis wir wieder auf diese Straße zurückkehren, vergessen wollt, sobald Ihr mich verlasst, und es niemand mitteilen wollt. Niemand, nicht einmal Eurem Beichtvater!«

Hugh de Monthermer gab das von ihm verlangte Versprechen, ohne lange nachzudenken, und nachdem das geschehen war, geleitete ihn der Waidmann auf einem schmalen Pfad in ein Walddickicht, wo schöne alte Eichen über einer unermesslichen Menge von Gesträuch und Buschwerk emporragten.

Nach etwa einer halben Meile war der Weg zu Ende, aber Robin Hood ritt ohne Zögern weiter voran, mit großer Sicherheit die verschiedenen grünen Linien treffend, die eine Masse Buschwerk von der anderen trennten, geleitete seinen Begleiter einmal durch eine tiefe Schlucht, dann wieder um eine sandige Erhebung herum.

Als die Sonne unterging, hatten sie den tiefsten Punkt der Waldgegend erreicht und näherten sich einem mehrere Acres bedeckenden Walddickicht. Hier war auf einer Seite ein durch das Unterholz gehauener Pfad, den Robin und sein Begleiter einschlugen. Nachdem sie eine Weile im Dunkel weitergezogen waren – denn die Bäume ließen nichts von dem noch übrigen Tageslicht eindringen –, gelangten sie endlich auf eine Lichtung.

Vor sich erblickten sie ein Gebäude von eigentümlicher Bauart. Es bestand aus Feldsteinen, die aufeinandergetürmt und zusammengefügt waren, während Fenster und Türen Simse aus behauenem Stein hatten, überall von kurzen, schmalen Säulen gestützt. Efeu hatte den größten Teil des Gebäudes überwuchert, aber es drang Licht aus den Fenstern, und einen Augenblick hielt Robin Hood sein Pferd an, als wollte er lauschen.

»Hier«, sagte er schließlich, »lebte und herrschte ein angelsächsischer Recke, als die Bäume im Sherwood noch jung waren. Die Erinnerung an ihn ist entschwunden samt den Menschen, die darin wohnten, und es ist nun der Wohnsitz eines Sohns desselben Stammes, seit er geächtet wurde wegen seiner Liebe zu seinem Vaterland.«

10

Zwei Töne oder – wie man damals sagte – zwei Worte auf dem Horn waren das Signal, mit dem Robin Hood seine Rückkehr ankündigte. Sofort fuhr etwa vier Meter über dem Boden ein großer und seltsam geformter Kopf zu einem der Fenster des Hauses heraus. Hugh war nicht wenig überrascht, als der Leib mit außerordentlicher, schlangenähnlicher Geschmeidigkeit nachfolgte, bis die Knie den Fenstersims erreichten. Dann schwangen sich die Füße herüber, und die ganze Gestalt hing an dem Hause, während sie sich mit einer Hand an dem Steinwerk des Fenstersimses festhielt und mit der anderen eine Mütze im Kreis schwenkte. Im nächsten Augenblick ließ die linke Hand den Sims los, und das Wesen landete trotz des tiefen Falls auf den Füßen.

Hugh glaubte anfänglich, einen riesenhaften Affen vor sich zu haben, so außerordentlich war die Gelenkigkeit des Knaben. Seine Arme waren von ungewöhnlicher Länge und schienen länger als der ganze Körper zu sein. In dem Augenblick jedoch, wo die Gestalt den Boden erreichte, hörte der junge Ritter eine menschliche Stimme von auffallend angenehmem Ton. »Ho, Robin, ho! Seid Ihr endlich doch heimgekommen?«, sagte der Knabe auf Englisch.* »Ihr habt ein festliches Mahl gehalten im Wald, ich weiß, und Tangel zurückgelassen bei den Weibern. Wen bringt Ihr denn da mit in dem gestickten Wams? Wünsche Euch einen guten Tag, Sir.« Und die Mütze in der Hand, machte er dem jungen Lord eine tiefe und groteske Verbeugung. »Er will Euch das Pferd abnehmen, mein Lord«, sagte Robin zu Hugh gewandt. Dann ging er zur Tür des Hauses und rüttelte daran. Sie war jedoch verschlossen, und der Waidmann war genötigt, zu dem Klopfer zu greifen.

Die Tür wurde schleunigst geöffnet, als man Robins wohl-

* Zu jener Zeit war das normannische Französisch die Sprache des Hofes.

bekannte Stimme vernahm, und Hugh de Monthermer folgte ihm durch einen langen, dunklen Gang in einen Raum, dessen Wände mit Teppichen behängt waren.

»So, Cicely«, sagte Robin Hood zu der hübschen jungen Frauensperson, die sie eingelassen hatte, »gib Befehl, ein Zimmer für diesen jungen Lord bereitzuhalten, und sage der alten Martha …«

Seine übrigen Worte konnte der junge Edelmann nicht mehr hören, und nachdem das junge Mädchen fortgegangen war, blieb der Geächtete, wie es schien, in sehr nachdenklicher Stimmung am Fenster stehen, bis endlich der Ton einer zarten, singenden Stimme ihn aus seiner Versunkenheit riss. Er lauschte ein paar Augenblicke und sagte dann laut, obwohl er offensichtlich mit sich selbst redete: »Es ist am Ende doch kaum gerecht, Unschuldige zu strafen statt der Schuldigen, und eine Strafe ist es, obgleich sie sie leicht trägt. Ich muss aber zuerst mit ihm sprechen.«

»Ihr seid nicht allein, guter Robin«, sagte Hugh de Monthermer, der nicht Lust hatte, ungewollt Mitwisser der Geheimnisse des Geächteten zu werden.

Robin Hood lachte. »Es war oft mein Fehler«, versetzte er, »dass meine Zunge vorschnell meine Gedanken verriet. Aber kommt, mein Lord, Ihr habt noch nicht gegessen. Und da ich mich jetzt mit einem jungen Freund über wichtige Angelegenheiten beraten will, muss ich Euch eine Weile allein lassen. Ich bitte Euch aber, verlasst das Haus nicht, ehe ich zurück bin, was in etwa zwei Stunden der Fall sein wird.«

»Gut«, antwortete Hugh. »Inzwischen will ich, statt zu essen, mich lieber etwas ausruhen, nachdem ich erst, mit Eurer Erlaubnis, nach meinem Pferd gesehen und für seine Pflege gesorgt habe.«

»Überlasst das ganz meinen Leuten«, versetzte Robin Hood, »und folgt meinem Rat. Nehmt ein Abendessen an, denn Ihr müsst vielleicht heute Nacht noch weit reiten. Essen und Trinken mit Maß gibt Kraft, wo nicht gar Mut.«

Während er noch sprach, zündete er eine kleine silberne Lampe an einer der Kerzen an, die in einem großen, metallenen Wandleuchter aufgesteckt waren, und den jungen Lord ersuchend, ihm zu folgen, ging er ihm durch einen langen, schmalen Gang voran. Keine Türen waren zu sehen, weder rechts noch links, bis eine plötzliche Windung sie an eine schwerfällige, hölzerne Treppe brachte. Auf beiden Seiten war ein Seil an eisernen, in das Steinwerk der Wände eingelassenen Stützen befestigt, das als Geländer diente.

»Da«, sagte Robin Hood und reichte dem jungen Lord die Lampe, »wenn Ihr hinaufgeht und die Tür gerade vor Euch droben öffnet, werdet Ihr ein Essen bereit finden. Falls Ihr müde seid und zu Bett zu gehen wünscht, ruft Cicely oder Tangel; sie werden Euch den Weg weisen. Ich muss jetzt fort, sonst versäume ich meine Zeit.«

Hugh de Monthermer nahm die Lampe und stieg mit langsamen Schritten die Treppe hinan. Als er oben war, sah er vor sich die ihm von Robin bezeichnete Tür. Obgleich aber die Weisung des Geächteten sehr klar und bestimmt gewesen war, zögerte Hugh de Monthermer doch einzutreten, denn er hörte weibliche Stimmen drinnen sprechen. Er glaubte an ein Missverständnis, da der Geächtete ihm keine Andeutung gemacht hatte, dass ihn jemand erwarte. Nach einer Pause der Ungewissheit näherte er sich jedoch der Tür und pochte. Eine Stimme sagte: »Kommt herein, denn wir haben keine Mittel, irgendjemand davon abzuhalten.« Hugh de Monthermer blieb vor Überraschung wie angewachsen in der geöffneten Tür stehen. Das Gemach war ein kleines, niedriges Zimmer, behangen mit dunkelfarbigem, bemaltem Tuch. Im Kamin loderte ein Feuer. Obgleich die Einrichtung selbst für jene Zeiten altmodisch war, wirkte alles höchst behaglich. Der Boden war dick mit trockenen Binsen bestreut.

All das nahm Hugh jedoch nur mit einem halben Blick wahr, denn auf einem Stuhl saß eine Dame, mit der er so bald und noch dazu hier nicht gerechnet hatte.

Das Erstaunen der Dame, als sie Hugh de Monthermers ansichtig wurde, war nicht geringer. Sie ließ ihren Stickrahmen fallen, mit dem sie beschäftigt war, sprang auf und eilte mit ausgestreckten Händen dem Eintretenden entgegen, als wollte sie sich in seine Arme werfen.

Dann, sich plötzlich besinnend, schlug sie die Augen nieder, und das Blut stieg ihr ins Gesicht.

Hugh jedoch überlegte nicht lange, sondern trat rasch vor, fasste die ihm entgegengestreckte Hand und drückte seine Lippen darauf. »Lucy!«, rief er aus. »Hier finde ich Euch?«

»Habt Ihr mich gesucht, mein Herr?«, fragte Lucy de Ashby mit einem scheuen Blick auf ihre beiden Dienerinnen, die zu Füßen ihrer Gebieterin saßen, damit beschäftigt, Seide aufzuwickeln. »Ich hoffe, Ihr kommt, uns zu befreien. Obgleich, um die Wahrheit zu sagen«, fuhr sie fort, »wir hier im Wald gut behandelt worden sind.«

»Ich bin so überrascht, Euch hier zu finden, dass mein Erstaunen Zeit braucht, um abzuflauen. Doch, um Eure Frage zu beantworten, ich muss gestehen, obgleich ich in den Sherwood-Forst kam, Euch zu suchen, komme ich doch nicht hierher, um Euch zu befreien.«

»Wie das, Herr Ritter?«, fragte Lucy, und ein Schatten der vereitelten Hoffnung überzog ihr Antlitz. »Wenn Ihr kamt, um mich zu suchen, müsst Ihr doch auch gekommen sein, mich zu befreien!«

»Nein«, erwiderte Hugh de Monthermer. »Aber um Euch zu erklären, was ich meine, muss ich die ganze Geschichte erzählen; doch sie wird kurz sein.«

Lucy sah nach der knappen Schilderung ein, dass Hugh durch sein dem Geächteten gegebenes Versprechen gebunden war und durchaus keinen Schritt zu ihrer Befreiung tun konnte. Zudem hatte er geschworen, alles, was er hier sehen oder hören würde, als nicht vorhanden zu betrachten, und Lucy hatte selbst zuviel vom ritterlichen Geist in ihrem Wesen, als dass sie hätte wünschen können, der Mann ihrer Liebe sollte sich der Erfüllung einer gegebenen Zusage durch eine Umgehung oder Ausflucht entziehen. Sie schaute Hugh ins Gesicht und fragte ihn einfach: »Und was gedenkt Ihr jetzt zu tun?«

»Teures Fräulein«, versetzte er, »ich sehe nur eine Möglichkeit: Da ich Euch nicht mit mir nehmen kann, muss ich hier bei Euch bleiben. Und wenn Robin Hood uns nicht die Freiheit geben will, so müssen wir eben unser Leben hier unter dem grünen Laub verbringen, die wilden Hirsche jagend und die Stunden mit Singen verkürzend.«

Lucy lächelte munter, denn die Vorstellung eines solchen Lebens war nicht unangenehm. Und wenn die Verhältnisse es gestattet hätten, so hätte sie gern hohen Rang und Stand und all den Tand und Flimmer der Gesellschaft aufgegeben, um mit Hugh de Monthermer im Forst von Sherwood zu bleiben und dort gemeinsam mit ihm zu leben.

Ihre weitere Unterhaltung wurde jetzt unterbrochen, da das Nachtessen aufgetragen wurde. Die zwei Liebenden setzten sich nebeneinander. Lucys Mädchen nahmen die Plätze ihnen gegenüber ein, und die Mahlzeit ging unter teils heiteren, teils ernsten Gesprächen vorüber.

»Nun, Lucy«, begann Hugh de Monthermer, nachdem das Geschirr abgetragen war und die Dienerinnen das Zimmer verlassen hatten, »soll ich bei Euch bleiben, um Euch zu beschützen?«

»Aber gewiss!«, antwortete sie, ihre Aufregung hinter einer

munteren Miene verbergend. »Ihr seid ein treuloser Ritter, wenn Ihr auch nur im Traum daran denkt, eine Dame in diesem verzauberten Schloss allein zu lassen! Sagtet Ihr nicht, Ihr wolltet hierbleiben, und wir wollten dann ein Waldleben führen – das Wild jagen und Schluchten und Höhlen mit unsern Hörnern zum Echo zwingen? Es ist ganz köstlich, sich das auszumalen!«

»Und Ihr wollt meine Dame und ich soll Euer Ritter sein?«, fragte der Liebhaber. »Ist es nicht so, Lucy?«

»Gewiss!«, antwortete seine schöne Gesellschafterin. »Ich will Euch zu meinem ganz untertänigen, pflichtergebensten Diener haben. Ihr sollt mir meine Katzen ziehen, meine Hunde abrichten, an meiner Seite reiten und immer bereit sein, zu meiner Verteidigung Eure Lanze einzusetzen.«

»Und sonst nichts?«, fragte Hugh de Monthermer drängend. Lucy errötete und verstummte, und Hugh de Monthermer sagte: »Darf ich mich nicht auch Euern Verehrer nennen, Lucy? Soll ich nicht dereinst vielleicht den Namen Eures Gatten führen dürfen? Lucy«, fuhr er fort und ergriff ihre Hand, »teures Mädchen, wenn wir hierbleiben sollten, werden wir uns bald nach einem Priester im Wald, umsehen müssen. Was meint Ihr dazu?«

Während Lucy ihre hübsche Stirn in reizendem Trotz runzelte, kehrte sie ihr glühendes Gesicht mit einer Miene schalkhafter Kühnheit zu ihm hin und sagte: »Ich glaube fast, wir könnten einen finden, Hugh, wenn es nötig wäre.«

Ihr Anbeter zog sie etwas näher zu sich heran und flüsterte ihr einige Worte ins Ohr.

»Still!«, sagte sie. »Gebt Euch zufrieden; ich will Euch nicht mehr sagen.«

»Aber Ihr liebt mich doch, Lucy?«

»Nein!«, rief Lucy übermütig. »Ich hasse Euch!«

»Hasst mich nur immer so«, erwiderte Hugh de Monthermer, sie auf die Wange küssend. »Das will ich Euch gern vergeben. Aber«, fuhr er, ernst werdend, fort, »es liegen Schwierigkeiten vor uns. Warum Robin Euch hierhergebracht hat, weiß ich nicht. Wie lange er Euch hierbehalten wird, kann ich auch nicht sagen. Aber in dem Augenblick, da ich Euch zu verlassen mich entschließe, muss ich mich in größter Eile nach Wales begeben. Schlacht und Gefahr harren mein – vielleicht sehe ich Euch nie wieder. Tausenderlei Unglück kann eintreten, tausend schwarze Missgeschicke können uns auf lange, wenn nicht für immer trennen, und gern möchte ich …«

»Redet nicht weiter, Hugh«, rief Lucy. »Ich liebe Euch, wenn es Euch glücklich machen kann, dies von mir zu hören. Ich habe nie jemanden geliebt außer Euch – mehr kann ich jetzt nicht sagen!«

Hugh belohnte dieses Geständnis mit einem zärtlichen Kuss. Doch dann fuhr er fort: »Ich meine, wir dürfen uns nicht einbilden, unsere Neigung werde auf keinen Widerspruch stoßen.«

»Aber mein Vater hält viel von Euch, Hugh!«, rief Lucy. »Er achtet und rühmt Euch!«

»Aber Euer Bruder nicht. Vergebens habe ich mich um seine Achtung bemüht durch alle ehrenhaften Mittel, zu denen ein ehrliches Herz sich entschließen kann. Er mag mich nicht, und ich fürchte, kommende Ereignisse könnten Veranlassung zu Uneinigkeit geben, welche ihn und vielleicht auch Euern Vater am Ende bewegen würden, uns auf immer zu trennen.«

Lucy senkte nachdenklich die Augen und blieb für einen Moment stumm sitzen. »Man kann sich dem Willen eines Vaters nicht widersetzen«, sagte sie endlich. »Doch muss ich nicht dem Willen meines Bruders gehorchen.«

Der junge Edelmann schwieg eine Zeitlang, dann sagte er ernst: »Eines, Lucy, darf ich mir aber erbitten, und das wohl mit allem Fug und Recht: Wollt Ihr mir versprechen, die Meinige zu sein? Wollt Ihr mir versprechen, mein zu sein, was immer sich auch ereigne?«

Lucy sah ihm traurig ins Gesicht. »Früher oder später, Hugh«, sagte sie, »will ich es. Aber ich darf mich meines Vaters Willen nicht widersetzen. Wenn er dagegen ist, so muss ich ihm gehorchen, aber nie werde ich dann die Braut eines anderen Mannes. Sie können mich schlimmstenfalls in ein Kloster schicken. Doch das wird mein Vater nicht tun; denn ich weiß, dass er mich nicht gern entbehren würde.«

»Aber wenn Euer Vater tot wäre, könnte Euch dann nicht Euer Bruder zu dem kalten Schatten des Klosters verdammen?«

»Das kann er nicht, Hugh – das darf er nicht!«, versetzte Lucy. »Er hat dazu keine Macht. Die Ländereien, die ich besitze, sind weder von ihm noch vom König von England. Allerdings – man könnte mich derselben berauben, Hugh, das ist wahr, und Lucy de Ashby würde eine Braut ohne Mitgift sein …«

»Und mir dann um so willkommener, teuerste Lucy!«, unterbrach sie Hugh.

»Wollte Gott, dass Euer Vater gleich jetzt einwilligte, mir diese schöne Hand zu gewähren, mit dem Ring daran, der Euch zur Meinigen macht!«

11

Die Straßen der alten Stadt Hereford waren damals so schmal, dass kaum vier Reiter nebeneinander reiten konnten, und doch war in Wirklichkeit der Raum für Fußgänger viel breiter, als es schien, denn wie es damals besonders an den Grenzen von Wales üblich war, wurde die Hälfte des Erdgeschosses der Häuser von einem langen, offenen Bogengang eingenommen, der die Fußgänger zu gewissen Jahreszeiten vor dem Regen und zu anderen vor allzu heißen Sonnenstrahlen schützte.

Eine Gruppe aus drei Männern und einer Frau ritt eine dieser belebten Straßen hinunter, an deren Ende ein Gasthaus zweiten Ranges, genannt »Zum Maienbaum«, lag. Sie verfügten über zwei Pferde und ein störrisch aussehendes Maultier. Auf dem einen Pferd ritt ein großer, stämmiger Mann in der Tracht eines Dieners, auf dem anderen allem Anschein nach ein Bediensteter desselben Herrn. Auf einem Reitkissen saß hinter ihm eine unverkennbar weibliche, dicht verschleierte Gestalt.

Auf dem Maultier, die Beine bequem herunterhängen lassend und den dicken Bauch behaglich auf den Sattel stützend, trottete ein behäbiger Mönch daher, ganz in Grau gekleidet und die Kapuze zurückgeschlagen. Sein Gesicht war groß und fröhlich, und ein Zug spitzbübischer Schalkheit lag um die Winkel der kleinen grauen Augen. Er schien einer jener bequem dahinlebenden Mönche zu sein, die selbst keinen Kummer und keine Entbehrung kennen und Gram und Leid anderer nicht allzu ernst nehmen. Seine rosigen Wangen, sein Doppelkinn – alles zeugte davon, dass er wohl Ursache hatte, zufrieden zu sein.

Als sie den Eingang der Herberge »Zum Maienbaum« erreichten, brachte der Mönch durch falsches Lenken das Hinterteil seines Maultieres in zu nahe Berührung mit dem allein auf einem Pferd reitenden Diener. Während er scheinbar versuchte, sein Tier in eine günstigere Stellung zu bringen, reizte er es zu heftigem Ausschlagen. Dabei erhielt der Reiter einen Schlag gegen das Schienbein, der ihn vor Schmerz laut aufbrüllen ließ. Der fette Mönch behauptete sich ganz gut im Sattel, bis er das Tier wieder beruhigt hatte. Dann glitt er behend auf der Seite herunter, und erst als er sich nach seinem Begleiter umsah, schien er das schmerzverzogene und wütende Gesicht des Dieners zu bemerken.

»Gott tröste meine Seele!«, rief er. »Hat er dir einen Tritt versetzt, der nichtsnutzige Schelm? Ich will ihn dafür züchtigen!«

»Wenn Euer Maultier mir nicht das Bein zerschmettert hat, so ist das nicht seine Schuld«, erwiderte der Mann, stieg vom Pferd und hinkte um sein Tier herum. »Ihr aber, toller Priester, müsst auch seine Hinterhufe sich dorthin bewegen lassen, wo sie gar nichts zu schaffen haben.«

»Nein«, erwiderte der Mönch. »Ich habe seine Hinterhufe sich nicht dorthin bewegen lassen, sondern das Tier hat sich selbst so herumgedreht. Es wollte mich abwerfen, und ich werde es streng dafür bestrafen. Es soll für sein schlechtes Benehmen fünf Gerstenkörner weniger Futter bekommen.«

»Ihr macht elende Späße, Mönch!«, entgegnete der Diener erbost. »Ich bereue, dass ich Euch mit uns habe reiten lassen.« Die nicht gerade einladend aussehende Fassade der Herberge hinaufschauend, fuhr er fort: »Ist das das Wirtshaus, von dem Ihr sagt, dass es so guten Wein habe? Es scheint zu ärmlich zu sein, um solches Lob zu verdienen!«

»Du wirst hier besseres Getränk finden als in einem anderen Haus in Hereford«, erwiderte der Mann in der grauen Mönchskutte. »Versuche und koste, und wenn ich dich getäuscht habe, darfst du mich in zollgroße Stücke zerhacken. Kannst du einem Mönch nicht trauen?«

Der Mann brummte eine Antwort, die eben kein hohes Lob des Standes enthielt, dem sein fetter Begleiter angehörte, und wenige Minuten später saß die ganze Gesellschaft in der Gaststube, in der sich sonst niemand befand. Die Stunde des Abendessens war bereits vorüber, aber der Wirt war ein mitleidiger Mann und kannte überdies recht gut das Augenzwinkern des lustigen Bruders, so dass er, der alten Freundschaft zuliebe, ihnen manche schmackhafte Speise vorsetzte nebst einer großen Flasche Wein.

Unter dem Einfluss solcher Stärkungen vergaß der Diener seine Verletzung, und das Frauenzimmer, seinen Schleier zurückschlagend, zeigte das hübsche Gesicht der Kate Greenly. Sie wirkte drei bis vier Jahre älter als noch vor wenigen Wochen, denn es lag eine gewisse Traurigkeit auf ihrem Gesicht, und das fröhliche Lächeln war dahin.

Die Augen des Mönchs hefteten sich auf sie, bis sie unter seinem Blick mit halb zorniger, halb beschämter Miene errötete. Ihr Erröten wurde jedoch noch stärker, als er sagte: »Mich dünkt, schöne Dame, ich habe dies holde Gesicht schon früher einmal gesehen.«

»Vielleicht«, antwortete sie ausweichend, »ich weiß es nicht. Mancher wandernde Mönch kommt an meines Vaters Tür.«

Der Mönch lachte und fuhr munter fort: »Versucht einmal diesen gedämpften Aal, Hübsche! Versucht ihn, er ist gut für die Hautfarbe. Und jetzt, Meister Dienstmann, was sagt Ihr zu dem Wein? Habt Ihr je etwas Besseres getrunken?«

Der Dienstmann musste anerkennen, dass er selten ein so gutes Getränk genossen hatte. Allmählich überwand er seine üble Laune, die noch geschärft worden war durch einen geheimen Argwohn, die Hufe des Maultiers hätten ihn doch nicht zufällig getroffen, ließ sich sein Nachtessen schmecken und lachte und plauderte mit dem Mönch.

Derweil saß Kate Greenly schwermütig in dem lustigen Kreis. Die Gedanken an ihre Heimat waren durch die Worte des Mönchs in ihrem Herzen geweckt worden, und nachdem sie einige Zeit die Qual fremder Fröhlichkeit erduldet hatte, stand sie auf und sagte, sie wolle sich in ihr Schlafgemach begeben, da sie morgen sehr früh aufbrechen müsste.

Die beiden Dienstmänner bezeigten der Geliebten ihres Gebieters keine große Achtung, denn sie blieben faul am Tisch sitzen und ließen sie allein ihren Weg suchen. Aber der lustige, fette Mönch fuhr von seinem Sitz mit einer Rüstigkeit auf, die man ihm gar nicht zugetraut hätte, und sagte: »Wartet, meine Schöne! Ich will den Wirt oder die Wirtin rufen, Euch zu begleiten.« Und er schritt neben ihr der Tür zu.

Wären die Blicke ihrer beiden Begleiter ihr gefolgt, so hätten sie das Zusammenschrecken des Mädchens bemerken müssen, als sie mit dem Mönch das Zimmer verließ. Aber sie waren zu sehr mit der Flasche beschäftigt, und schon einen Moment später hörte man die volle Stimme des Mönchs nach Wirt und Wirtin rufen. Gleich darauf wälzte er sich ins Zimmer zurück und nahm wieder seinen Platz am Tisch ein.

»Aufs Wohl deines Herrn, wer er auch sei!«, rief der Mönch, seinen Becher zu dem Dienstmann hebend, den sein Maultier geschlagen hatte. »Gott steh ihm bei zu seinen guten Taten und vereitle seine schlimmen, wenn er solche begeht!«

»Darauf trinke ich nicht«, versetzte der Ehrenmann. »Ich sage, Gott stehe meinem Herrn bei in allen seinen Werken und Taten – guten, schlimmen und gleichgültigen. Ich bin nicht befugt, Ausnahmen zu machen.«

»Still, Mann, still, trinkt und singt uns ein Lied!«, schrie der Mann mit der grauen Kutte.

»Sing du selbst erst, fetter Mönch«, antwortete der Dienstmann.

Der Mönch versetzte: »Das will ich!« Nachdem er noch einen tiefen Zug getan hatte, stimmte er in vollem Ton ein Lied an.

Der Gesang fand den Beifall der beiden Gesellschafter des Mönchs, die sich am Wein so gütlich getan hatten, dass sie zu jeder Art von Fröhlichkeit aufgelegt waren. Auch sie brüllten nun nacheinander ein paar Strophen des Liedes.

Während die drei Männer beim fröhlichen Gelage saßen, wurde Kate Greenly in ein Zimmer mit einem Erker geführt. Die Wirtin begleitete sie in ihr Gemach und machte sich darin eine Zeitlang zu schaffen – zum großen Missbehagen des

Mädchens. Vergebens versicherte sie, sie habe alles, wessen sie bedürfe. Immer fand die Wirtin noch etwas in Ordnung zu bringen, einen Tisch zurechtzurücken, einen Stuhl abzustauben, während sie jeden Augenblick erklärte, ihre Mägde seien unordentliche Dirnen und ihr Hausdiener ein fauler Schlingel. Endlich wandte sie sich zur Tür, und Kate Greenly glaubte nun, von ihrer Anwesenheit befreit zu werden, aber es war nur, um ihren Eheherrn zu rufen und ihm mit der lautesten Stimme zu sagen, er sei »erstaunlich träge und langsam«.

Kate Greenly konnte es nicht länger aushalten, sondern näherte sich dem Erker, wo die Lampe im Fenster stand, stellte sich dicht neben das Licht und entfaltete ein Stück Papier, das sie in ihrer Hand hielt. Zuerst konnte sie kaum die Worte sehen, aber die Augen mit der Hand beschattend, las sie mit gespanntem Eifer die Zeilen:

Kehrt zu Eurem Vater zurück, lasst ihn nicht allein mit gebrochenem Herzen! Wenn Ihr zu ihm zurückkehren wollt, will ich Mittel dazu finden, denn ich habe mehr Hilfe bei der Hand, als Ihr ahnt. Sagt nur der Wirtin ein Wort, so sollt Ihr morgen vor Tagesanbruch auf dem Weg nach Barnesdale sein. Ich erkläre Euch, dass dies Eure letzte Möglichkeit ist. Wenn Ihr umkehrt, mag Euch Frieden und Behagen noch zuteil werden, wenngleich Ihr Euer Glück weggeworfen habt. Wenn Ihr weiterzieht, habt Ihr ein Leben voll Elend, Verachtung, Verlassenheit und Verzweiflung vor Euch.

Der Mönch

Kate zitterte heftig und konnte kaum einen Gedanken fassen, aber in diesem Augenblick näherte sich ihr der Wirt, einen kleinen silbernen Becher mit warmem Wein und einen Teller mit vielfarbigen Süßigkeiten in der Hand.

»Ich bitte Euch, probiert diesen Schlaftrunk«, sagte er. Während sie mechanisch den Becher ergriff und, dem Brauch jener Zeit folgend, einige Süßigkeiten hineintauchte, bemerkte sie, wie die Augen beider Wirtsleute mit teilnehmendem, fragendem Blick auf ihr hafteten und erkannte, dass auch sie in ihre Geschichte eingeweiht sein mussten.

Brennende Glut der Scham trat Kate Greenly in die Wangen, aber sie erweckte nur ihren Stolz. Nach einer kleinen Pause sagte sie mit der Miene und Haltung einer Königin: »Ihr könnt gehen! Wenn ich noch etwas bedarf, werde ich rufen!«

Der Wirt und die Wirtin entfernten sich, ihr gute Nacht wünschend; aber sie glaubte, um den Mund des Mannes ein verächtliches Lächeln zu bemerken.

Nachdem sie weg waren, faltete das Mädchen die Hände und brach in Tränen aus, aber es waren Tränen des leidenschaftlichen Verdrusses darüber, dass sie mit diesem letzten Angebot der Rückkehr von Seiten der Wirtsleute eine vielleicht gütigere Behandlung erfahren hatte, als sie verdiente. Dann sprang sie auf, näherte sich der Lampe und las noch einmal die erhaltenen Zeilen.

Sie schienen ihren Gedanken eine andere Richtung zu geben, denn ihre Augen starrten ins Leere, das Papier sank ihr aus der Hand. »Umkehren? Nein!«, rief sie endlich aus. »In meines Vaters Haus zurückkehren? Das Lächeln und Höhnen meiner Gespielinnen mir gefallen und mit Fingern auf mich deuten lassen? Auf dem Spaziergang und in der Kirche gemieden werden wie eine Aussätzige? Nein, nein! Nimmermehr kann ich zurückkehren!«

Dann murmelte sie, sich selbst gleichsam tröstend, vor sich hin: »Richard wird mich nie verlassen! Er wird gewiss nicht so niederträchtig sein! Und doch – warum schickt er mich mit Dienern weiter und begleitet mich nicht selber? Wenn er unbedingt nach London muss, warum nimmt er mich nicht mit? Aber er hat bestimmt ein höchst wichtiges Geschäft vor, das sofortige Erledigung erfordert. Ohne Zweifel war seine Reise zu schnell und zu anstrengend für ein Weib. Ach ja! Er wird bald wieder zu mir zurückkommen!«

Sie beeilte sich nun, Toilette zu machen, und begab sich zu Bett. Aber auch in ihren Kissen waren Dornen, und ihre Nächte hatten den besten Teil ihres Friedens verloren.

Der folgende Morgen brach hell und strahlend an; Kate Greenlys Selbstanklage und Reue waren mit den Schatten der Nacht verschwunden. Sie hörte Gesänge von den Straßen, hörte unten fröhliche Menschen lachen und plaudern. Ihre einzige Sorge, als sie sich am Morgen ankleidete, war nur, wie sie dem Bruder Graurock begegnen sollte. Aber das war bald entschieden. Sie nahm sich vor, ihn finster anzusehen und ihn mit schweigender Verachtung zu behandeln. Ohne Zweifel würde er dann aus Furcht vor ihren zwei Dienern kein Wort weiter wagen. Es blieb ihr jedoch alle Unruhe in dieser Hinsicht erspart, denn der Mönch war vor Tagesanbruch abgereist. Sie hatte ihm durch die Wirtin keine Antwort geschickt, und ihr Schweigen war Antwort genug.

Nach einem eiligen Frühmahl machten sich das Mädchen und ihre Begleiter wieder auf den Weg und ritten, ohne anzuhalten, etwa fünfzehn Meilen dahin.

Als sie auf einer ansehnlichen Erhöhung des Waldes angekommen waren, zeigte sich schließlich ein kleiner befestigter Turm mit einigen Hütten, die unter seinen Mauern Schutz suchten. Der Dienstmann, der neben Kate ritt, deutete auf sie und sagte: »Dort ist das Kastell, Madame.«

Kate schaute hin, und ihre Augen funkelten vor innerer Erregung. Nach wenigen Minuten ritten sie in den Bogengang unter dem Gebäude hinein.

Das Kastell war kleiner, als sie erwartet hatte, und bestand eigentlich nur aus einem jener starken Türme, wie man sie ein Jahrhundert zuvor zum Schutz gegen die Einfälle der Normannen in diesem Teil der englischen Insel erbaut hatte. Es focht indessen Kate wenig an, ob die Burg groß oder klein war; es war sein Kastell – das Kastell des Mannes, dem jetzt alle ihre Gedanken und Empfindungen galten.

Ihre Enttäuschung begann jedoch schon auf der Schwelle. Ein alter Torwächter, der sie einließ, erklärte nicht nur in rauem Ton, Sir Richard de Ashby sei noch nicht angekommen, sondern betrachtete auch den weiblichen Gast voll mürrischen Missvergnügens. Er murmelte etwas vor sich hin, was sie zum größten Teil nicht verstand. Aber die Worte »die neue Geliebte« erreichten ihr Ohr und ließen sie zusammenfahren. Die Augen von zwei oder drei Bogenschützen, welche am Tor herumlungerten, hafteten auf ihr, und wie gejagt lief sie hinter dem alten Torwächter her, der sagte, er wolle ihr das Gemach zeigen, das für sie auf Befehl seines Gebieters eingerichtet worden sei. Sie fand es bequem und mit aller Behaglichkeit ausgestattet.

In der Folgezeit wurde sie gut behandelt, doch war bei den Männern, die sie umgaben, ein Mangel an Achtung zu bemerken. Aber Kate tröstete sich mit der Hoffnung, sie würde Richard de Ashby leicht dazu veranlassen können, solcher Missachtung ein Ende zu setzen. Doch Tag um Tag verstrich, ohne dass er erschien, und schwermütige Erinnerungen und nichtige Reue bestürmten stärker und stärker ihr Gemüt, bis sie die Last ihrer eignen Gedanken kaum mehr zu tragen vermochte.

Endlich, eines Abends, sah sie von den Zinnen aus einen kleinen Trupp Reiter über den Berg daherkommen. Voller Ungeduld lief sie ihm entgegen, denn sie war fest überzeugt, dass Richard de Ashby unter ihnen war. Der alte Torwart wollte sie daran hindern, das Tor zu passieren, aber sie gebot ihm mit so finsterem und gebieterischem Ton, zurückzutreten, dass er sich nicht widersetzte.

Kate Greenly hatte sich nicht getäuscht. Die Gesellschaft

bestand aus ihrem Verführer und vier Soldaten, die er sich in Hereford verschafft hatte, um seine kleine Besatzung zu verstärken, da jetzt der Ausbruch des Krieges drohte und der Posten, den er zu behaupten hatte, als nicht unwichtig galt.

Richard de Ashby sprang vom Pferd, um sie zu begrüßen. Er küsste sie mehrmals unter vielen Ausdrücken der Zärtlichkeit. Zwar redete er nur in oberflächlichem Ton mit ihr, aber Kate Greenly erkannte nicht ihre wirkliche Stellung, denn das Glück, ihn wiederzusehen, verdeckte alle anderen Empfindungen.

Im Laufe der Zeit jedoch kamen ihr Zweifel an Richard de Ashbys Liebe. Er ritt oft aus und ließ sie den ganzen Tag allein. Kehrte er zurück, war er ermüdet, herrisch und reizbar. Über ihre Tränen lachte er nur und wandte sich von ihren Liebkosungen ab.

Indessen war doch noch so viel ungesättigte Leidenschaft in seinem Wesen übrig, dass er immer wieder bemüht war, es nicht zu einem Bruch kommen zu lassen.

12

Hugh de Monthermer und Lucy de Ashby vernahmen in ihrem vertrauten Zwiegespräch die Schritte auf der Treppe kaum. Erst das Pochen an der Tür brachte sie in die Wirklichkeit zurück, und es lag nicht wenig Verdruss in dem Ton, in dem Hugh »Herein!« rief.

Die Tür ging langsam auf, aber statt eines Mädchens von Lucy erschien die affenähnliche Gestalt des Knaben Tangel, der mit einer seiner seltsamen Gebärden Hugh zum Zimmer hinauswinkte.

»Was wollt Ihr?«, fragte Hugh, ohne von seinem Sitz aufzustehen.

»Ich möchte, dass Ihr Euch auf Eure Gehstecken stellt«, versetzte Tangel, »und mit mir kommt.«

»Ich muss zuerst wissen, warum«, antwortete Hugh de Monthermer. »Geht schon immer, guter Tangel. Ich werde gleich kommen.«

»Nein, Ihr müsst sofort kommen«, sagte der Zwerg. »Robin wartet auf niemanden. Er und der andere Geselle schicken mich, um den mit dem gestickten Wams zu holen. Robin will sich mit Euch beraten.«

»So muss es denn wohl sein.«, antwortete Hugh. Aber Lucy hielt ihn am Ärmel zurück und fragte ängstlich: »Ihr kommt doch zurück, Hugh?«

»Glaubt Ihr, ich könnte Euch jetzt hier allein lassen, Lucy?«, entgegnete er mit einem Lächeln. »Nein! Wie ich zuvor gesagt habe: Wenn ich Euch nicht mit mir nehmen kann, will ich bleiben und mein Leben mit Euch im Wald verbringen.«

»Hoho!«, rief der Zwerg, als hätte er eine Entdeckung gemacht. »Da sollte ich wohl besser verschwinden!«

Hugh musste lachen. »Wir haben Euch wirklich nicht gerufen, Tangel. Aber jetzt geht nur voran. Wo ist Robin?«

Der Zwerg schwenkte einen seiner langen Arme nach der Treppe, und Hugh de Monthermer folgte ihm hinunter in dasselbe Gemach, in das ihn der Geächtete unmittelbar nach ihrer Ankunft geführt hatte. Es waren jetzt zwei Männer darin: der kühne Geächtete und ein Zweiter, der mit dem Rücken zur Tür stand. Als jedoch der junge Lord eintrat, wandte sich der Letztere um. Es war der Freisasse Ralph Harland.

Hugh de Monthermer fuhr überrascht zurück, denn seit er ihn zuletzt auf dem Rasenplatz von Barnesdale gesehen hatte, war sein Gesicht blass geworden und eingefallen.

Er ergriff seine Hand und rief: »Ralph, was fehlt dir? Du scheinst krank, mein Freund!«

»Krank am Gemüt, mein Lord Monthermer«, versetzte Ralph Harland düster, »sonst nicht.«

»Nein, nein, Ralph!«, rief Hugh. »Ihr müsst nicht so förmlich reden. Wir haben als Knaben miteinander gerungen, sind miteinander durch den Wald galoppiert. Ich habe Eures Vaters Brot gegessen und seinen Wein getrunken, deshalb muss Hugh de Monthermer eine brüderliche Antwort haben von Ralph Harland. Was fehlt dir denn? Bei meiner Ehre, wenn mein Schwert oder meine Stimme dir einen Dienst leisten können ... Aber ich weiß, was es ist«, fuhr er fort, sich plötzlich der Vorfälle am Maientag erinnernd. »Ich weiß, Ralph, was für eine Schlange dich gebissen hat. Aber das ist eine Wunde, die zu heilen mir der Balsam fehlt!«

»Dafür gibt es keinen auf Erden«, versetzte Ralph Harland.

»Ja«, sagte nun Robin Hood, der bisher schweigend den Wortwechsel verfolgt hatte, »aber wenn es auch keinen Balsam gibt, sie zu heilen, so gibt es doch wohl einen zur Linderung, mein Lord, und Eure Hand muss es sein, die ihn reicht. Ich will Euch die Wahrheit sagen. Wir halten hier eine gewisse junge Dame gefangen, die wir, wie Ihr seht, mit aller Achtung behandeln, denn wir wollen keine Rache. Was wir begehren, ist eine geringe Genugtuung: Man sende Kate Greenly zurück in ihre Heimat, man gebe sie ihrem Vater wieder. Und Ihr, mein Lord, müsst dies von dem Grafen von Ashby verlangen – nur er allein kann es tun. Euch vertrauen wir, dass Ihr Lord Ashby veranlassen werdet, uns Landleuten Gerechtigkeit zu verschaffen.«

Hugh de Monthermer wusste zunächst nicht, was er sagen sollte. Dass Robin Hood, der nicht nur für seine Kühnheit, sondern auch für seinen Sinn für Gerechtigkeit bekannt war, Lucy hier gefangen hielt, um die doch offenkundig freiwillig entlaufene Kate Greenly von Richard de Ashby zurückfordern zu können, machte ihn betroffen. Schließlich sagte er zögernd: »Ich kann an den Grafen keine mit Drohungen verbundene Forderung bestellen, mein guter Freund. Ihr habt hier eine wilde Art von Gerechtigkeit geübt, denn weder das Fräulein Lucy de Ashby noch ihr Vater haben Euch beleidigt. Ihr habt sie gegen ihren Willen von ihrer Familie weggerissen als Geisel für die Rückkehr einer andern, die aus freien Stücken dahin ging, wo sie jetzt ist. Wenn sie dort bleiben will, wer kann sie zurückschicken? Ich kann in dieser Sache nichts tun, solange Ihr Lucy hier zurückhaltet. Ich erkläre Euch offen, dass auch ich hierbleiben werde; denn als Ritter und Edelmann muss ich versuchen, sie zu befreien.«

»Und als ihr Verehrer obendrein«, fügte Robin Hood lächelnd hinzu. »Aber, mein Lord, wir wollen Euch nutzlose Mühe ersparen. Alle Männer des Hauses Monthermer und die des Hauses Ashby dazu vermögen das Fräulein nicht zu befreien, wenn ich es gefangenhalten will. Es liegt jedoch etwas Wahres in Euren Worten, und diese Wahrheit hat sich mir aufgedrängt, noch ehe Ihr sie ausspracht. Deshalb habe ich Euch vorhin verlassen und diesen schwer gekränkten jungen Mann aufgesucht, um ihm zu gestehen – was ich mich niemals schäme zu gestehen, wenn es so ist –, dass ich zu rasch gehandelt habe, dass ich nicht das Recht hatte, ein schuldloses Fräulein für den Frevel eines Verräters bezahlen zu lassen. Aus diesem Grunde soll sie schon morgen früh unter Eurem Schutz zu den Ihren zurückkehren. Dennoch, mein Lord, erwarte ich von Euch, dass Ihr den Grafen von Ashby auffordert, seinen Vetter zu veranlassen, die leichtfertige Kate Greenly in ihres Vaters Haus zurückzuschicken. Ich erwarte, dass er durch eine Mitgift für ein Kloster eine – wenn auch armselige – Vergütung leistet, die wenigstens den Schurken Richard de Ashby einigermaßen den von ihm begangenen Frevel büßen lässt. Ihr seid als Ritter und Edelmann verpflichtet, mein Lord, dies zu tun.«

»Ich will es tun«, antwortete Hugh de Monthermer, »weil mein Herz mir sagt, dass es recht ist, und mein Rittereid mich dazu verpflichtet.«

»Ach, mein Lord!«, sagte Robin Hood. »Wollten nur die Edelleute von England immer das Gebot ihres Herzens zu Rate ziehen und sich dies Herz unverhärtet bewahren, wollten sie sich nur immer ihres Rittereides bewusst sein und handeln, wie dieser Eid es verlangt – es gäbe weniger Trauer im Land, es wäre mehr Glück in den Hütten, und man würde den Männern von hohem Stand mehr Achtung entgegenbringen.«

»Ihr habt unrecht«, sagte Hugh de Monthermer, seine Hand auf den Arm Robin Hoods legend. »Ihr habt unrecht und hängt mehr dem gewöhnlichen Vorurteil an, als ich gehofft und erwartet hatte. Es gibt gewiss unter uns Männer, die den Namen des Edelmanns beschmutzen, deren schnöde Taten, wie die des Richard de Ashby, Elend über andere Stände und Schmach über ihren eigenen bringen. Aber in einem Punkt lasst uns Gerechtigkeit widerfahren. In diesem Jahrhundert sind die Edelleute von England der Tyrannei kühn entgegengetreten. Haben sie etwa nicht ihr Blut zur Verteidigung der Rechte des Volks vergossen? Ist es nicht mit ihr Verdienst, dass auf unserer Insel die Leibeigenschaft mehr und mehr verschwindet? Wir haben wohl Anhänger, Gesinde und Männer, die verpflichtet sind, uns im Fall der Not Dienste zu leisten, aber wir haben keine Leibeigenen mehr. Selbst in der gegenwärtig sehr unruhigen Zeit werden Abgeordnete aus den Reihen des Volks in das hohe Parlament der Nation berufen, um die Rechte und Interessen derjenigen Stände zu vertreten, die bisher keine Stimme bei der Gesetzgebung für das Land hatten. Dafür stehen die Edelleute von England ein, und ich müsste mich sehr irren, wenn nicht auch in kommenden Zeiten der englische Adel – obwohl darunter Schlimme sein mögen und immer sein werden – sich zwischen das Volk und die

Tyrannei des Königs stellen wird, um unsere Verfassung zu schützen.«

»Vielleicht ist es so«, sagte Robin Hood nachdenklich. »Aber dennoch denken Leute von hohem Rang nicht immer daran, dass ihre Privilegien auch Pflichten und Obliegenheiten mit sich bringen. Es wäre gut, wenn der Adel bedenken wollte, dass jeder, der sich selbst entehrt, auch seinen ganzen Stand entehrt. Wenn jedoch die ehrlichen, aufrichtigen Edelleute Gemeinschaft halten mit den lasterhaften, so machen sie deren Sünden zu den ihrigen.«

»Ich kann nicht umhin, Euch beizustimmen«, sagte Hugh de Monthermer zögernd. »Aber …«

»Ja, mein Lord, da gibt es wohl so manches Aber«, erwiderte der kühne Geächtete, nachdem er aus Höflichkeit einen Augenblick lang gewartet hatte, um den Schluss des Satzes des jungen Lords zu vernehmen. »Es wird immer ein Aber geben, solange es Menschen auf Erden gibt mit menschlichen Leidenschaften und menschlichen Torheiten.«

Hugh de Monthermer fühlte keine Neigung, das Gespräch fortzusetzen. Er wandte sich daher an den jungen Freisassen und sagte: »Ich fürchte, Ralph, dass Ihr nach all dem Leid, das Ihr von einem Vertreter meines Standes erduldet habt, nicht sehr geneigt sein werdet, noch irgendetwas für uns zu tun. Wollt Ihr mich dennoch in den Westen begleiten und teilnehmen an dem Kampf, den ich herannahen sehe? Wir haben unruhige Zeiten vor uns, Ralph, Zeiten, wo Gefahren für unsere Freiheiten und Rechte sich wohl mit persönlichen Kümmernissen das Herz eines Mannes teilen dürfen.«

»Ich will Euch gern folgen, Hugh«, erwiderte Ralph Harland. »Aber ich darf nicht vergessen, dass ich einen Vater habe. Ich muss mit ihm sprechen, ehe ich mit Euch gehe. Er wird nicht versuchen, mich zurückzuhalten. Ich will Euch bald folgen, aber dann nicht allein. Ich kann Euch manchen Mann mitbringen, der bereit ist, unter einem Banner mit Euch zu fechten. Wo werde ich Euch finden, mein Lord?«

»Sobald ich Lucy de Ashbys Befehle empfangen habe«, sagte Hugh de Monthermer, »und sie dahin geleitet haben werde, wohin sie zu gehen wünscht, werde ich den Weg direkt nach Hereford nehmen, und zwar über Gloucester, wo ich meinen Oheim und den Grafen von Ashby einzuholen hoffe. Sollte ich bei Letzteren seinen Vetter Richard treffen, so soll er mir Rechenschaft ablegen für mehr als eine niederträchtige Handlung.«

»Nein, mein Lord«, versetzte der junge Freisasse beschwörend. »Ich bitte Euch dringend, fangt keinen Streit an um meinetwillen. Ich weiß, welche Herzenswünsche Ihr aufs Spiel setzen müsstet. Außerdem glaube ich, dass noch die Zeit kommt, wo ich diesen Schurken allein treffe und er mir Rede und Antwort stehen muss, obgleich ich weder Ritter noch Edelmann bin. Aber um eines bitte ich Euch: Sagt Lucy de Ashby, warum sie hierhergebracht wurde.«

»Ja, sagt es ihr«, fügte Robin Hood hinzu. »Sagt es ihr um ihrer selbst willen, denn ich fürchte, der Tag wird kommen, wo die Kenntnis dieser Umstände ihr ein Schutz sein dürfte gegen Richard de Ashby. Spottet nicht darüber, mein Lord, glaubt nicht, er wäre zu jämmerlich und gering, um Anlass zur Besorgnis zu geben. Der Skorpion ist ein kleines Tier, und doch wohnt der Tod in seinem Stachel. Und jetzt: Gute Nacht! Morgen früh sollt Ihr jemand haben, der Euch auf Eurem Wege als Führer dient.«

13

Eine Stunde nach Tagesanbruch standen Hugh de Monthermer und Lucy de Ashby bei ihren Pferden, bereit aufzusteigen und aufzubrechen. Das gelbe Morgenlicht breitete sich hell über der Waldlandschaft aus, jeder Grashalm funkelte wie von tausend Diamanten, jeder Baum ertönte vom Gesang der Vögel. Lucys Herz schlug hoch vor Freude über ihre Befreiung durch den Geliebten. Ihrer Zuneigung gewiss und voller Hoffnung, Lucy zu gewinnen, war auch Hugh erfüllt von frohen Empfindungen.

Robin Hood trat aus dem Haus, in einen eng anliegenden Anzug gekleidet, der seine muskulöse Gestalt noch hervorhob. Sein nussbraunes Haar kräuselte sich um seine nachdenkliche Stirn. Als er die beiden Liebenden betrachtete, flog ein Lächeln über sein Gesicht, und er verhielt unwillkürlich den Schritt.

Nachdem Hugh de Monthermer Lucy auf ihr Pferd gehoben hatte, wandte er sich zu Robin Hood, um ihm Lebewohl zu sagen. Er bot ihm herzlich die Hand.

»Gute Reise, Hugh de Monthermer«, sagte Robin, sie ergreifend. »Wir werden uns bald auf einem bewegteren Schauplatz wiedertreffen, wenn meine Vermutungen richtig sind. Aber wo bleibt Tangel, der Euch führen soll? Tangel, Tangel! Wo bist du?« Bei seinem letzten Ruf kroch der Zwerg hinter dem Haus hervor. Mit gesenktem Haupt und in gebeugter Stellung näherte er sich langsam seinem Gebieter und blickte ihn fragend an.

»Was ist?«, fragte Robin Hood ungehalten. »Gab ich Euch nicht Befehl? Wo ist das Pferd?«

»Ich möchte lieber nicht fort!«, rief der Zwerg eigensinnig. »Lass mich bei dir bleiben, Robin! Schicke das Glattgesicht oder Harry, den Pagen. Wenn der Narr in seinem gestickten Wams nicht für sich selbst sorgen kann und jemanden haben muss, der ihn durch die Welt geleitet, so soll es der junge Schweinfleisch tun. Warum soll er ausgerechnet mich mitnehmen?«

»Lass den Jungen bei dir bleiben, mein Freund«, sagte Hugh de Monthermer, als er sah, dass der Waidmann zornig antworten wollte. »Er hängt sehr an dir. Ich werde meinen Weg schon finden.«

»Nein, er hat zu gehorchen«, versetzte Robin Hood. »Und, mein guter Lord, nicht bloß, um Euch den Weg zu zeigen, schicke ich Tangel mit Euch. Ihr müsst ihn mit nach Hereford nehmen und ihn bei Euch behalten, bis wir uns wieder treffen. Ihr werdet ihn treu, schlau und anstellig finden, obgleich er sich jetzt so unbotmäßig zeigt. In diesen gefährlichen Zeiten kann es sowohl für Euch als auch für mich von großem Nutzen sein, wenn Ihr jemand bei Euch habt, der jeden meiner Männer kennt. Ich habe Euch und Eurem Oheim vielleicht Nachrichten zu übermitteln, denn ich erhalte eher Kenntnis von allem, was im Lande vorfällt, als selbst Lord Leicester bei all seiner Macht. Dazu ist es aber notwendig, dass Ihr erkennt, welche Boten die meinigen sind und welche nicht, denn menschliche List und Tücke ist heutzutage geschäftiger als man es je in der Welt erlebte. Wenn jemand zu Euch kommt in meinem Namen, so ruft Tangel und lässt Euch von ihm sagen, ob es einer von meinen Leuten ist. Geht nun, Tangel, und lasst mich hören, dass Ihr Eure Pflicht getan habt!«

»Kommt, mein Junge«, sagte Hugh de Monthermer freundlich. »Ich will dich gut behandeln, und du sollst mich lieben, du magst wollen oder nicht.«

»Wahrhaftig, ich habe dich schon jetzt recht gern«, antwortete Tangel, »obgleich ich keine besondere Vorliebe für Männer in gestickten Wämsern habe. Aber was sein muss, muss sein. Der arme Tangel ist immer des Schicksals Spielball gewesen. Nun gut, ich will mein Pferd holen.«

Mit diesen Worten streckte er seine langen Arme aus, legte seine Hände plötzlich auf die Schultern von Lucys Dienerinnen, die ganz nahe beieinanderstanden, sprang mit einem Satz über die laut aufkreischenden Mädchen hinweg und verschwand um die Ecke des Hauses. Gleich darauf erschien er wieder, ein kleines braunes Pferd am Zaum führend.

Sobald die ganze Gesellschaft zu Pferde saß, trat der Geächtete noch einmal zu Hugh de Monthermer und sagte leise einige Worte zu ihm, die großes Erstaunen bei dem jungen Ritter zu erregen schienen.

»In der Tat!«, rief er. »Aber seid Ihr Eurer Sache auch gewiss?«

»So gewiss, als dass auf diesem Baum hier eine Elster sitzt.«

»Dann müsst Ihr Vorkehrungen getroffen haben, sie hinters Licht zu führen«, sagte Hugh de Monthermer.

»Ich nicht«, antwortete Robin Hood. »Ich lasse Narren immer sich selbst hinters Licht führen. Sie tun es jederzeit geschickter, als ich es könnte. Doch ist es notwendig, dass Ihr davon wisst. Gott sei mit Euch, Sir. Wir werden uns bald wieder begegnen.«

Nach wenigen Augenblicken bewegte sich die kleine Kavalkade über die schmalen Waldwege. Tangel ritt voran, ihm folgten in einer Entfernung von etwa zwanzig Schritt Lucy und ihr Verehrer, und auch zwischen ihnen und den Mädchen dahinter blieb ein angemessener Abstand. Sie ritten nicht rasch, kamen aber bald aus dem dichten Wald heraus und zogen nun abwechselnd durch Wiesen und Gehölze, bis sie eine Straße mit einem Wegweiser erreichten.

Hugh de Monthermer hatte mit der Vergesslichkeit eines Liebenden gar nicht daran gedacht, ihrem kleinen Führer Weisungen zu erteilen, und das Erste, was ihn an diese Notwendigkeit erinnerte, war der Wegweiser.

»Ich fürchte, teure Lucy«, sagte er, »Lindwell ist nicht mehr weit von hier, und dahin muss ich Euch ja bringen, obgleich es traurig ist, dass so glückliche Augenblicke wie diese dann vorüber sind.«

»Ihr habt recht«, antwortete Lucy mit einem Seufzer. »Mein Vater wird, wie Ihr Euch denken könnt, in Sorge sein, bis er mich wiedersieht.«

»Wenn Ihr um seinetwillen nach Lindwell gehen wollt«, versetzte der junge Edelmann, »so werdet Ihr Eure Erwartung getäuscht sehen, liebe Lucy, denn er ist nicht dort. Er und Euer Bruder sind nach Gloucester aufgebrochen, in der Annahme, Ihr seid durch Leute von des Königs Partei entführt worden, um Euren Vater von unserer Sache abzubringen.«

»Oh, dann will ich nicht allein in Lindwell bleiben!«, rief Lucy, nicht unzufrieden, dass sie einen guten Vorwand hatte, unter des Geliebten Schutz weiterzureisen. »Zudem, wer weiß, was mir zustoßen könnte? Die ausländische Partei ist stark in Nottingham. Nein, Hugh, wenn Ihr ein guter Ritter und treu seid, so werdet Ihr mich bis zu meinem Vater geleiten.«

»Liebe Lucy, ich muss Euch davon abraten, mit mir weiterzureisen, obgleich noch zwei oder drei Tage an Eurer Seite zu reiten mir mehr gälte als ein ganzes Jahr meines Lebens. Aber ich kann Euch nicht verschweigen, dass zwischen hier und Gloucester manche Gefahr zu bestehen sein wird. Der Graf von Gloucester, Gilbert de Clare*, dessen Treue schon lange angezweifelt wurde, ist jetzt bereit, die Waffen gegen de Montfort zu erheben. Er kann es bereits getan haben, und eines ist gewiss: dass sich im Forst von Dean bewaffnete Männer in großer Anzahl scharen, ohne dass man ihr Vorhaben kennt.«

»Ich habe keine Furcht, Hugh, wenn ich Euch an meiner Seite weiß. Auch können wir einige Leute von Lindwell mitnehmen. Ich möchte jedenfalls nicht allein hier bleiben.«

»Wenn dies Euer Wille ist«, antwortete ihr Angebeteter,

* (1243–1295).

»bleibt mir keine andere Wahl, obwohl Euer Bruder vielleicht die Stirn runzeln und Euer Vater ein frostiges Gesicht machen wird. Indessen besteht noch die Möglichkeit, dass wir meinen Oheim in Torwel einholen. Seine Anwesenheit und seine kräftigen Krieger können uns gegen alle Vorwürfe sichern. Auf jeden Fall wird er ein paar zuverlässige Bogenschützen zurücklassen, und wenn wir ebenso viele von Lindwell mitnehmen können, sind wir ungefährdet.«

Ihre Pferde zu rascherer Gangart antreibend, wies er Tangel an, sie nach Torwel zu führen. Als sie jedoch dort gegen neun Uhr morgens anlangten, erfuhren sie, dass der Graf schon weitergezogen war und sechs Bogenschützen für seinen Neffen zurückgelassen hatte. Hugh hielt nun eine längere Rast für notwendig, denn obgleich Lucy imstande war, weitere Anstrengungen zu ertragen, mochte sie doch ermüdet sein von dem Ritt.

Die Zeit, die sie in Torwel zubrachten, verfloss schnell, und gegen Mittag machten sie sich auf den Weg nach Schloss Lindwell. Groß war dort die Freude, als man Lucy unversehrt zurückkommen sah, und alle Männer hätten sie gern begleitet, um sie unterwegs zu schützen. Doch auch das Schloss musste eventuell verteidigt werden, und da Lucys Entschluss feststand, noch am Nachmittag weiterzuziehen, wurden sechs tüchtige Bewaffnete aus den Übrigen ausgewählt. Dann brach die Gesellschaft auf und schlug den Weg nach den Grenzen von Derbyshire ein.

Tangel hatte sich ans Ende des Zuges begeben, da man ihn als Führer nicht mehr benötigte. Als sie jedoch Lindwell etwa sieben Meilen hinter sich hatten, ritt er in raschem Trab zu Hugh de Monthermer heran und sagte: »Habt Acht! Es kommen Männer schnell hinter uns her!« Sich umwendend, gewahrte Hugh etwa sieben Reiter, die, eine halbe Meile von ihnen entfernt, einen Hügel hinuntergaloppierten.

Lucy schaute sich ebenfalls nach den Verfolgern um.

Plötzlich rief sie: »Es ist mein Bruder, Hugh! Gewiss, er ist es, ich erkenne ihn!«

»Ich glaube es auch«, versetzte Hugh de Monthermer und zog die Zügel an. »Aber auch wenn es nicht so ist, haben wir nichts zu fürchten.«

Die Reiter kamen in vollem Galopp und, wie es schien, nicht mit den friedlichsten Absichten heran. Die Gestalt Alured de Ashbys ließ sich immer deutlicher erkennen. In einiger Entfernung ließ er sein Pferd in Schritt fallen, als wollte er die Gruppe genauer in Augenschein nehmen, die jetzt seine Ankunft erwartete. Sein Gesicht drückte weniger Freude aus, als man hätte erwarten dürfen, da er doch seine Schwester befreit und in Sicherheit sah.

»Was ist denn das?«, rief er, nachdem er herangeritten war. »Warum seid Ihr nicht in Lindwell geblieben, Lord? Und wohin wollt Ihr die Güte haben, meine Schwester zu führen?«

»Wir wollten den Grafen Ashby einholen, mein Lord«, versetzte Hugh, »der, wie wir erfahren haben, nach Gloucester geritten ist.«

»Mich dünkt aber, Sir«, antwortete Alured de Ashby hochmütig, »dass allein Lindwell der passende Ort ist, wohin Ihr Lucy geleiten solltet, nachdem Ihr sie so geschickt aufgefunden habt, während sonst niemand wusste, wo sie war.«

»Aber nehmt einmal an, Alured«, sagte Lucy, ehe noch Hugh de Monthermer Zeit hatte zu der scharfen Erwiderung anzusetzen, die ihm auf der Zunge lang, »nehmt einmal an, dass Eure Schwester nicht dorthin wollte. Nehmt an, dass sie, nachdem sie in Lindwell war, es angemessen fand, diesen edlen Gentleman zu bitten, sie schützend noch weiter zu geleiten, bis zu ihrem Vater.«

»Ohne Zweifel fand sich der Gentleman sehr gern dazu bereit«, erwiderte Alured mit einem Hohnlächeln.

»Ohne alle Frage«, antwortete Hugh de Monthermer, so kühl er nur vermochte. »Ich bin ebenso bereit wie berechtigt dazu. Aber Ihr beliebtet soeben, Euch eines Wortes zu bedienen, welches Erklärung verlangt. Ihr sagtet, Sir, ich hätte Eure Schwester gefunden, während sonst niemand gewusst hätte, wo sie sei. Wollt Ihr mir damit zu verstehen geben, dass ich es wusste?«

»Wahrhaftig«, erwiderte der junge Edelmann hitzig, »es steht mir wohl nicht zu, zu sagen, dass Ihr es gewusst habt. Es ist jedoch überaus sonderbar, dass Ihr sie zu finden imstande wart, sobald ihre Verwandten weg waren.«

»Nicht halb so sonderbar«, sagte Lucy schnell voller Angst vor den Folgen dieses Streits, »wie Euer undankbares Verhalten, Alured! Statt ihm herzlichen Dank auszusprechen, der ihm von Euch wie von mir gebührt, scheint Ihr so zornig, als hättet Ihr gewünscht, dass ich im Wald geblieben und umgekommen wäre.«

»Gut, gut«, sagte Alured de Ashby, sich seiner Reizbarkeit und seines Zorns nun doch etwas schämend. »Es sind müßige Worte, die wir verschwenden. Wo seid Ihr gewesen, Lucy? Was war der Grund Eurer Entführung? Wie ist es Euch ergangen?«

»Drei Fragen in einem Atem«, rief Lucy. »Was die Erste betrifft: Ich bin im Wald gewesen. Um die Letzte zu beantworten, bedürfte es eine volle Stunde, deshalb will ich Euch zu passender Zeit davon erzählen. Was aber die Frage nach dem Grund meiner Entführung betrifft, so muss ich sagen: Ich weiß es nicht!«

»Ihr vielleicht, Sir?«, sagte ihr Bruder, sich zu Hugh wendend. Der junge Edelmann schaute ihm unerschrocken und etwas finster ins Gesicht und antwortete: »Ich ja!«

»Dann seid so gut und erklärt es.«

»Ihr müsst mich entschuldigen«, versetzte Hugh. »Ich werde zuvor alles Eurem Vater erklären, da er es ist, der in dieser Sache handeln muss. Ich habe eine Botschaft an ihn, über die allein er entscheiden kann.«

»Mächtig geheimnisvoll, mein guter Lord«, rief Alured. »Aber da ich jetzt hier bin und den Grafen von Ashby so schnell wie möglich einholen muss, wird meine Schwester Eures gütigen Schutzes nicht länger bedürfen.«

»Da wir jedoch denselben Weg haben«, sagte Hugh de Monthermer ruhig, die Unhöflichkeit Alureds überhörend, »wird es für alle sicherer sein, wenn wir zusammen …«

Aber Lucys Bruder unterbrach ihn und sagte: »Ich bin anderer Meinung, mein guter Lord. Ich glaube, dass es sicherer für uns sein wird, gesondert zu reisen. Unsre beiden Trupps bilden zusammen einen Haufen, der der Beobachtung nicht entgehen kann und doch zu klein ist zur Verteidigung. Daher ist es besser für uns, wenn wir uns trennen. Ich danke Euch sehr für den Beistand und Schutz, den Ihr diesem Fräulein gewährt habt, und erwarte mit ergebungsvoller Geduld die Aufklärungen, die mir zu geben Ihr nicht passend gefunden habt.«

Hugh de Monthermer biss sich auf die Lippe. Aber er war entschlossen, mit dem Bruder seiner Geliebten jeden Zank zu vermeiden. Daher riss er, ohne Alured de Ashby zu antworten, sein Pferd herum, ritt neben Lucy und fragte mit leiser Stimme: »Soll ich gehen?«

»Es ist besser«, sagte Lucy mit einem Seufzer. »Lebt wohl, Lord Hugh! Ich wenigstens bin dankbar, und dankbar werdet Ihr gewiss auch meinen Vater finden. Lebt wohl!«

Mit diesen Worten reichte sie ihm ihre Hand. Hugh de Monthermer wandte sein Ross und wies seine Leute an, ihm zu folgen. Dann ritt er davon, ohne den jungen Edelmann noch eines Blickes zu würdigen.

Er nahm seinen Weg etwas nördlich von dem, den Lucy und ihr Bruder wählten, auf Gloucester zu. Mehrere Tage ritt er beinahe parallel zu der anderen Gesellschaft. Von Zeit zu Zeit bekam er von ihren Bewegungen Nachricht. Gegen Ende des fünften Reisetages näherte er sich mit seinem kleinen Trupp der Stadt Charlton, in der er seinen Oheim zu finden hoffte. Aber der alte Graf Monthermer war schon zwei Tage zuvor weitergeritten. Von seinem Wirt erhielt er eine Warnung: Falls er sich dem Heer des großen Grafen von Leicester anschließen wolle, so täte er gut daran, einen längeren Umweg zu machen, da die Straße zwischen hier und Gloucester gefährlich sei.

»Gilbert de Clare«, sagte der Wirt, »unser Graf von Gloucester, hält den Wald von Dean mit etwa fünftausend Mann besetzt. Wir haben gerade an diesem Morgen gehört, dass der junge Graf von Ashby, der uns in der vorigen Nacht verließ, mit seiner ganzen Begleitung gefangen genommen wurde. Auch seine Schwester war bei ihm, das schöne Fräulein Lucy. Man munkelt, der junge Lord sei nicht abgeneigt gewesen, dem Grafen in die Hände zu fallen. Jedenfalls war er vorher gewarnt, denn wir hatten ihm gesagt, was geschehen würde, wenn er in dieser Richtung reiste.«

Hugh zerbiss einen Fluch zwischen den Lippen, sann ein paar Augenblicke nach und murmelte dann: »Das ist nicht unmöglich!« Sofort bestieg er sein Pferd und ritt los, diejenige Straße nach Gloucester einschlagend, die der Wirt als die sicherste bezeichnet hatte.

14

Simon de Montfort, Graf von Leicester, war einer jener klugen Männer, die die politischen Kräfteverhältnisse ihrer Zeit richtig einzuschätzen wussten und dementsprechend handelten. An der Spitze des englischen Adels und des Bürgertums der Handelsstädte war er gegen Heinrich III.* zu Felde gezogen und hatte das erste Ständeparlament errichtet, in das er außer

* (1207–1272).

dem Hochadel und der Geistlichkeit Vertreter der Städte und des Landvolks berief.

Zu dem Zeitpunkt aber, von dem wir jetzt sprechen, unterlief ihm ein Fehler, der zu seiner Niederlage und zu seinem Tod führte.

Oft schon war er mit geringen Streitkräften von einem Ende des Landes zum anderen gezogen. Unterstützt durch die ihn begünstigende mächtige Volksgesinnung, hatte er alle seine Feinde gedemütigt, während er seinen schwachen und tyrannischen Oberherrn, den König Heinrich III., als Gefangenen mit sich führte. Den Prinzen Edward*, einen der klügsten Männer und bedeutendsten Krieger des Zeitalters, hielt er dagegen in ehrenvoller Gefangenschaft. Keine Nachteile waren bisher daraus entstanden, nicht einmal großen Gefahren hatte er sich ausgesetzt. Aber die Zeiten hatten sich geändert. Viele von denen, die sich de Montfort angeschlossen hatten, waren von ihm mit kalter, politisch höchst unkluger Geringschätzung behandelt worden. Andere fürchteten die Folgen seiner wachsenden Macht entweder für sich selbst oder für ihr Land, da sie nicht seinen politischen Weitblick besaßen. Wieder andere waren entrüstet über die Art, wie er ihren König behandelte, den sie, wie schwach, tyrannisch und lasterhaft er auch war, doch noch mit der anerzogenen Ehrfurcht betrachteten. So standen nunmehr viele der Lords aus Wales gegen seine Macht unter Waffen, und Gilbert de Clare, der berüchtigte Graf von Gloucester, ein Verwandter des Königs, hatte seit einiger Zeit unter der Maske der Loyalität eine nur schwach verschleierte Feindschaft gegen die Partei de Montforts an den Tag gelegt.

Zu diesem ungünstigen Zeitpunkt hatte der Graf von Leicester den Entschluss gefasst, aus der Nähe von London, von dessen Bürgern er immer kräftig unterstützt worden war, loszumarschieren und an die Grenzen von Wales zu rücken,

* (1239–1367); ab 1272 König von England.

in der Absicht, diejenigen, die sich gegen ihn auflehnten, wieder seiner Autorität zu unterwerfen. Da er sich damit von seinen besten Hilfsquellen entfernte, verlor er seine Überlegenheit über die feindliche Macht, und das Kräfteverhältnis war jetzt fast gleich, so dass es nur eines kleinen Zufalls bedurfte, um das Zünglein an der Waage zu seinem Nachteil ausschlagen zu lassen.

Sein Vorgehen wurde vom militärischen Standpunkt aus mit der größten Umsicht ausgeführt. Mit einer keineswegs großen Streitmacht zog er – den König und den Prinzen an seiner Seite in langsamen Tagesmärschen auf Gloucester zu und trat hier in Unterhandlungen mit dem Grafen von Gloucester, Gilbert de Clare, seinem derzeit mächtigsten Gegner, um ihn zu bitten, sich wieder der Partei anzuschließen, die so oft die Rechte des Volks gegen den anmaßenden Heinrich III. verteidigt hatte.

Getäuscht durch das scheinbare Entgegenkommen des Grafen von Gloucester, willigte er ein, ihren Streit schiedsrichterlicher Entscheidung zu überlassen, und setzte seinen Marsch nach Hereford fort. Dabei bewachte er mit der ängstlichsten Vorsicht seine königlichen Begleiter und vereitelte jeden Versuch, den der Graf von Gloucester unternahm, sie in Freiheit zu setzen.

Bald musste er feststellen, dass er keine Aussichten hatte, den Grafen von Gloucester wieder zum Verbündeten zu gewinnen. So machte er Anstalten, seine Unterwerfung zu erzwingen. Um diesen Zweck zu erreichen, musste er seine Macht so weit wie möglich verstärken. Er erklärte deshalb seinen Freunden die Notwendigkeit, ihm mit ihren Truppen zu Hilfe zu eilen.

Die Männer strömten von allen Seiten herbei, in allen Städten wurden Waffen angefertigt, und jedermann sah einem großen und entscheidenden Kampf entgegen. Nur wenige glaubten nicht an den Triumph de Montforts, denn der Zauber des Sieges schwebte noch um sein Banner.

So standen die Dinge, als Hugh de Monthermer mit seiner kleinen Truppe in der Stadt Hereford ankam. Sie war jetzt angefüllt mit Soldaten und Edelleuten aus verschiedenen Gegenden des Landes, so dass ein Quartier schwer zu bekommen gewesen wäre, hätte nicht der alte Graf von Monthermer einen Teil des Gasthauses »Zum Maienbaum«, in dem vor nicht langer Zeit Kate Greenly mit ihrer Begleitung gerastet hatte, für sich und seinen Neffen gesichert.

Hugh fand für sich und seine Begleiter geringen, aber ausreichenden Raum. Nur für den kleinen Tangel war selbstverständlich kein Platz vorgesehen worden. Tangel stand in der Tür des Vorzimmers, als der junge Lord eintrat, und lauschte den Besprechungen über die Raumverteilung.

»Wo den Jungen unterbringen, den Ihr mitgebracht habt, mein Lord?«, fragte der alte Diener, der an dem Zuwachs, den die Gesellschaft durch Tangel erhalten hatte, keine rechte Freude zu haben schien. »Das Vorzimmer ist kaum groß genug für die zwei Dienstmänner, und der Junge …«

»Er soll in meinem Zimmer schlafen«, fiel ihm Hugh ins Wort, die trostlose Miene des Jungen bemerkend. »Komm hierher, Tangel, du sollst in einem Bett zu meinen Füßen schlafen. Lernt ihn näher kennen und tragt Sorge für ihn, Walsh, denn er ist ein guter und treuer kleiner Kerl. Wer ihm etwas zuleide tut, der muss sich vor mir verantworten.«

Tangels Augen blitzten freudig auf, und dankbar blickte er Hugh de Monthermer an. Nachdem dieser einige weitere Befehle erteilt hatte, um ihn vor jeder Kränkung zu bewahren, begab er sich, mit Schwert und Schild bewaffnet, gefolgt von zwei Dienern, zum prächtigen Kastell von Hereford, wohin sein Oheim, wie er erfuhr, vor einer Stunde gegangen war.

Es war eine muntere, belebte Szene, die sich im Hof des

Schlosses seinen Augen darbot, denn die Vorliebe jener Zeit für Prunk und Aufwand ließ auf Grund der Menge des Gefolges, das in bunten, grellfarbigen Kleidern selbst die geringeren Offiziere eines Heeres hierher begleitet hatte, das Hauptquartier des Feldherrn in schimmernder Pracht erscheinen. Hugh de Monthermer, der wegen der dürftigen Zahl seiner Begleiter nur wenig beachtet wurde, drängte sich durch das Gewühl hindurch und stieg die Treppen zu der großen Halle des Turmes hinauf, die er von auf und ab schreitenden Leuten gefüllt fand. Da er das Gebäude nicht kannte, bat er einen Gentleman, ihm zu sagen, wo er den Grafen von Leicester finden könne.

Der Befragte deutete auf eine Treppenflucht, die von dem entferntesten Teil des Saales weiterführte, und sagte bedächtig: »Wenn Ihr oben auf der Treppe seid, werdet Ihr jemand treffen, der Euch sagen wird, wo Simon de Montfort ist. Aber Ihr werdet ihn nicht zu sprechen bekommen, denke ich.«

»Ich denke doch!«, versetzte Hugh. »Jedenfalls danke ich Euch.« Nachdem er die Treppen hinaufgestiegen war, wurde er von einem Offizier mit einer Hellebarde angehalten, der ihn nach seinem Anliegen fragte und im selben Atemzug erklärte, er könne hier nicht passieren.

Hugh nannte seinen Namen und verlangte, zum Grafen vorgelassen zu werden, worauf ein Page abgesandt wurde. Es dauerte keine zwei Minuten, bis er vor dem Beratungszimmer stand.

Er klopfte, und nach einer kleinen Weile sagte eine tiefe Stimme: »Tretet ein!« Hugh trat in das Zimmer und fand sich nur ein paar Schritte entfernt von dem Sessel, in dem de Montfort saß.

Der Graf von Leicester war ein großer, kraftvoller Mann mit einer eckigen Stirn und einem Gesicht, das kraftvolle Zuversicht verriet. Sein ganzes Wesen zeigte große Kaltblütigkeit und Ruhe, und sein Blick war ernst und forschend. Nur zwei andere Edelleute waren außer ihm im Zimmer, obgleich man gesagt hatte, er halte Rat. Links saß der alte Graf von Monthermer, und ihm gegenüber stand Lord Ralph Basset, ein bedeutend jüngerer Mann.

De Montfort schaute auf, streckte de Monthermer sogleich mit einem freundlichen, angenehmen Lächeln die Hand entgegen und sagte: »Wie geht's Euch, Hugh? Wir sind froh, solche Freunde wie Euch eintreffen zu sehen. Bringt Ihr uns neue Nachrichten aus Nottingham?«

»Nein, mein Lord«, antwortete Hugh, »außer dass das Aufgebot der Freibauern und der Waidmänner rasch vorankommt.«

»Sie müssen sich beeilen«, sagte de Montfort, »oder wir führen den großen Schlag, ehe sie da sind. Habt Ihr sonst etwas unterwegs gehört?«

»Wahrhaftig, ja, mein Lord, und keine guten Neuigkeiten!«, antwortete Hugh. »Der Graf von Gloucester sammelt täglich mehr Streitkräfte und macht die Straßen in der Umgebung dieser schönen Stadt etwas gefährlich zu bereisen. Der Grund, warum ich Euch jetzt aufsuche, ist mein Wunsch, Euch zu melden, dass Alured de Ashby, seine Schwester und etwa zwölf bis vierzehn Bogenschützen von Gilbert de Clare zwischen Gloucester und Charlton gefangengenommen wurden. Ich denke, mein Lord, dass, wenn Ihr schleunigst Mittel ergriffet, ihn zu befreien, dies das Haus Ashby etwas fester an die gute Sache binden würde.«

De Montfort und der Graf von Monthermer hörten ihn beide mit einem Lächeln an, und Ralph Basset murmelte zwischen den Zähnen: »Ja! Versucht, den Sand des Meeres festzubinden!«

»Man ist Euch zuvorgekommen, mein junger Freund«, sagte de Montfort, nachdem er einen Blick mit dem alten

Grafen gewechselt hatte. »Es hat schon ein anderer Alured de Ashby nebst seiner Schwester und den Bogenschützen befreit.«

»Wirklich?«, rief Hugh de Monthermer überrascht aus. »Darf ich fragen, wer?«

»Gilbert de Clare selbst«, antwortete de Montfort ruhig.

»Und nicht ohne Grund, dessen seid versichert!«, fügte Ralph Basset ironisch hinzu. »Ashby ist jetzt auf dem Weg hierher, wird morgen eintreffen mit hocherhobenem Kopf, und mein Lord von Leicester wird ihn so freundlich und vertrauensvoll empfangen wie seinen treuesten Freund.«

»Ich darf meine Feinde nicht vervielfachen, Ralph«, versetzte de Montfort. »Vielleicht finden wir ein besseres Mittel, Alured de Ashby an die gute Sache zu binden, als dass wir ihn wie einen Feind behandeln, ehe wir gewiss sind, ob er diesen Namen verdient. Was sagt Ihr, Hugh. Wollt Ihr versuchen, ihn an unsere Sache zu knüpfen?«

»Recht gern, mein Lord«, antwortete Hugh de Monthermer. »Aber ich fürchte, dass ich ihn eher abstoßen dürfte. Er mag mich nicht, und zudem habe ich von seinem nahen Verwandten Richard Dinge zu berichten, die böses Blut machen dürften.«

De Montfort sann ein paar Minuten nach. »Richard de Ashby«, sagte er endlich. »Er ist dem Anschein nach der für unsere Sache eifrigste der ganzen Familie Ashby!«

»Aber hat mein Oheim ...«, fragte Hugh.

»Ja, er hat«, unterbrach ihn de Montfort. »Und ich habe bereits mit Richard de Ashby darüber gesprochen. Er versichert, er habe nichts gewusst und den Mann inzwischen weggeschickt. Indessen ...«

»Er ist ein nichtswürdiger Schurke!«, fiel jetzt Hugh de Monthermer dem Grafen von Leicester aufgebracht in die Rede. »Ich habe versprochen, von dem alten Grafen Ashby selbst Genugtuung zu verlangen für Richards schweres Unrecht, das er Kate Greenly angetan hat.«

»Gut, gut«, beschwichtigte ihn der Graf von Leicester, der den Gegenstand des Gesprächs zu ändern wünschte. »Wenn Ihr es tun müsst, Hugh, so tut es wenigstens vor einigen Freunden als Zeugen – am besten vielleicht in meiner Gegenwart. Tut aber alles mit Mäßigung und Artigkeit, denn Euer Oheim hier hat mir von Wünschen berichtet, die Ihr am Ende vereiteln könntet, wenn Ihr in dieser Angelegenheit übereilt vorgeht.«

»Ich will so sanft und ruhig sein wie der Südwestwind«, versetzte Hugh, auf den die überlegene Art Simon de Montforts ihre Wirkung nicht verfehlte. »Weder Alured noch seinem Vater werde ich Anlass zum Zorn geben. Wenn Ihr mich wissen lasst, wann sie bei Euch sind, will ich kommen und in Eurer Gegenwart mit ihnen sprechen. Und jetzt, mein Lord«, fuhr er fort, »wenn es, woran ich nicht zweifle, gestattet ist, so möchte ich gern eine kurze Zeit mit Prinz Edward verbringen. Ihr wisst, wir waren in unserer Jugend gute Freunde.«

»Ich weiß es«, versetzte de Montfort. »Aber, dass Ihr sein guter Freund gewesen seid, ist in meinem Augen kein Grund, Euch eine Besprechung mit ihm zu gewähren.«

Die Stirn Hugh de Monthermer verfinsterte sich, doch de Montfort fügte hinzu: »Ich will Euch jedoch sagen, mein junger Freund, was für mich ein Grund ist, es zu gestatten: Euer hoher Name und Eure Zuverlässigkeit. Wir behandeln den Prinzen mit aller schuldigen Ehrerbietung und betrachten ihn nicht als Gefangenen. Es ist aber zur Sicherheit des Staates, ja um unseres eigenen Lebens willen notwendig, dass er in der unmittelbaren Nähe seines Vaters, des Königs, bleibt. Nun gibt es jedoch Leute, die ihn gern überzeugen möchten, es wäre besser für ihn, von hier zu fliehen, um mit dem Grafen von Gloucester Rat zu halten und sich an die Spitze von Heeren zu stellen, die das Königreich durch neue Kämpfe zerfleischen wollen. Andere gäben ihm gern die für diese Flucht notwendigen Mittel in die Hand. Daher gestatten wir niemand, gegen den wir auch nur den geringsten Verdacht hegen, ihn zu besuchen. Eben diesem Richard de Ashby, von dem wir sprachen, haben wir deshalb jeden weiteren Verkehr mit dem Prinzen verwehrt und ihn überdies warnend ermahnt, Hereford unverzüglich zu verlassen. Eine andere Sache ist es natürlich bei einem Monthermer«, fuhr der Graf mit einer Verbeugung fort. »Euch darf man vertrauen.«

»Dessen wenigstens, mein Lord, dürft Ihr versichert sein«, erwiderte Hugh. »Obgleich ich gestehe, dass ich den Prinzen in Freiheit zu sehen und ihn allein durch feierliche Gelübde verpflichtet wünschte, nicht gegen die Sache der Freiheit und des Rechts Partei zu ergreifen …«

»Kein weiser Mann verlässt sich auf Ketten von Wind«, unterbrach ihn de Montfort, der eine Feder genommen hatte und zu schreiben begann.

»Auf jeden Fall«, fuhr Hugh de Monthermer fort, »würde ich eine Erlaubnis, die Ihr mir gegeben habt, niemals schnöde missbrauchen.«

»Ich weiß«, sagte der Graf, während er seine Unterschrift auf das Blatt setzte. »Hier ist ein Pass. Ihr werdet den Prinzen im anderen Hof finden. Aber beeilt Euch, denn die Dämmerung bricht an, und die Burgtore müssen bald geschlossen werden.«

»Geh, Hugh«, sagte sein Ohcim. »In einer Stunde treffen wir uns in der Herberge.«

15

In dem alten Kastell von Hereford, das eines der größten Kriegsbauwerke der Feudalzeit war, befanden sich zahlreiche Höfe und verschiedene Nebengebäude, die eine ungeheure

Anzahl von Personen aufnehmen konnten. An diesem Abend wimmelten der Haupthof, die Hallen und deren Korridore von nicht weniger als sieben- bis achthundert Menschen, während sich in den andern Teilen des Gebäudes nur wenige Personen aufhielten.

In dem dunkelsten Winkel eines langen Ganges, der in den Hof mündete, wo Prinz Edwards Quartier lag, standen gerade um die Zeit, als Hugh de Monthermer den Grafen von Leicester verließ, zwei Männer, in eine ernste Besprechung vertieft. Beide waren in große, weite Mäntel gehüllt und hatten ihre Kapuzen tief in das Gesicht gezogen, so dass sie kaum zu erkennen waren. Dennoch schienen sie sich nicht völlig sicher zu fühlen. Denn als sie aus der Richtung des Haupthofs her jemanden kommen hörten, traten sie in einen der Seitengänge. Dort blieben sie stehen und setzten ihre Unterredung im Flüsterton fort. Sie waren so vertieft in ihr Gespräch, dass Hugh de Monthermers große schlanke Gestalt keine Aufmerksamkeit bei ihnen erregte, als er an ihnen vorbeiging. Er schaute scharf zu ihnen hin, ohne seinen raschen Schritt zu verlangsamen.

»Es müssen Mittel und Wege gefunden werden, und zwar sehr bald, oder unsere letzte Aussicht ist verloren.«

»Ihr müsst einen Eurer verwünschten Streiche gespielt haben, Richard, sonst hätte de Montfort nic ctwas Derartiges getan. Das Haus Ashby ist von zu großer Wichtigkeit für jede Sache, als dass auch nur der geringste Angehörige desselben ohne Grund unwürdig behandelt wird.«

»Unsinn, Alured, ich habe nichts getan! Ich sage Euch, es geschah einzig auf die Beschuldigung des alten Monthermer hin.«

»Bei Eurer Ehre?«

»Bei mcinem Leben und meiner Ehre!«

»Gut denn«, sagte nach einigem Überlegen der Größere.

»Ich bin froh, dass es so gekommen ist, und fürs Erste will ich mich darum kümmern, dass es meines Vaters Zorn gegen de Montfort erregt. Zweitens soll es ihn in Harnisch bringen gegen diese Monthermers und ihn veranlassen, mit beiden zu brechen. Auf alle Fälle wird es ihn geneigt machen, mir meinen Übertritt zu Gloucester zu verzeihen. Ja, ich bin froh, dass es so gekommen ist.«

»Ich kann das nicht von mir sagen«, versetzte Richard de Ashby. »Dennoch bin ich nie in Verlegenheit, wenn es um eine Entschuldigung geht. Es hat manchen Vorteil, einen schlechten Ruf zu haben. Die Leute erwarten nicht zuviel von einem. Um aber zur Sache zu kommen: Wie können wir ihm Nachricht geben von dem Plan?«

»Könntet Ihr nicht ein Weib bestechen? Ein Weib würde man nicht abweisen, denke ich.«

»Richtig!«, rief Richard. »Ihr habt mich auf eine Idee gebracht.«

»Aber wisst Ihr ein Weib, dem Ihr trauen könnt?«

»Überlasst das mir! Ich kann das machen, ehe noch eine Stunde vorüber ist. Lebt wohl für den Augenblick, es ist keine Zeit zu verlieren. Heute Nacht muss ich Hereford verlassen, und wenn Ihr, Alured, Euch mit dem edlen Lord Hugh anlegen wollt, so tut es schleunigst, denn ich denke, es werden keine vierundzwanzig Stunden vergehen, bis ich ihm einige Kleinigkeiten heimgezahlt habe.« Damit trennten sie sich.

Hugh de Monthermer war weitergeeilt, ohne von der Unterhaltung etwas zu ahnen. Nachdem er den anderen Hof durchschritten hatte, näherte er sich einer Tür, vor der zwei von de Montforts Offizieren standen, achtsam, aber mit offenbar tiefster Ehrerbietung Wache haltend vor dem einzigen Zugang zu den Gemächern des Prinzen Edward.

Die Zimmer waren so behaglich, wie ein Quartier nur sein kann, zu dem der freie Aus- und Eingang verwehrt ist. Das

Hauptzimmer war groß und hoch, mit zwei breiten Fenstern versehen, die einen Ausblick auf die schöne Landschaft gewährten.

In einem großen Sessel, die Füße auf einem Schemel ruhend, saß der gefangene Prinz an einem der geöffneten Fenster. Er stützte das Haupt auf seine Hand und starrte hinaus, während etwas entfernt von ihm ein jüngerer Gentleman saß, der ihn von Zeit zu Zeit voller Teilnahme ansah, aber aus ehrerbietiger Rücksicht auf die nachdenkliche Stimmung des Prinzen schwieg.

Die milde Sommerluft mit dem Wohlgeruch der Blüten von den Feldern strömte in das Zimmer. Von den Straßen und Häusern von Hereford stiegen die Geräusche des geschäftigen Lebens empor. Die Glocken der Kathedrale läuteten, und Edward dachte daran, wie oft er früher diese Töne am Abend vernommen hatte, wenn er von der Jagd zurückkam. Alles erinnerte ihn an die Freiheit, und sein Herz war beklommen.

Schließlich erhob er sich und sagte mit einem schmerzlichen Lächeln: »Ich will in meinem Zimmer auf und ab wandern, de Clare, und mir einbilden, ich sei frei!«

»Ich hoffe, Ihr fühlt Euch heute Abend wohler, mein Prinz«, sagte der junge Thomas de Clare, der Bruder des Grafen von Gloucester.

»Ja, es geht mir schon besser«, versetzte der Prinz. »Das Fieber hat nachgelassen, aber nichts wird mich wirklich gesund machen als frische Luft und freie, kräftige Bewegung. Ich danke Euch sehr, denn ich glaube, Ihr mögt mich, de Clare, obgleich Ihr Euch zu einer Art von freiwilligem Kerkermeister für mich hergebt.«

Der junge Gentleman senkte sein Haupt ohne eine Antwort, obwohl ein leises Lächeln um seinen Mund spielte, das Edward stutzig gemacht hätte, hätte er es gesehen. De Clare sagte etwas unvermittelt: »Jetzt wollte ich aber wetten, Euer

Gnaden ist kräftig genug, um zwanzig, dreißig Meilen weit zu reiten, wenn es Euch freistände!«

»Hundert!«, antwortete Edward rasch und setzte dann langsamer hinzu: »Wenn ich frei wäre.« In diesem Augenblick pochte jemand an die Tür, und auf die Aufforderung, hereinzukommen, trat Hugh de Monthermer ins Zimmer.

Das Gesicht des Prinzen heiterte sich auf. »Ha, Monthermer!«, rief er. »Ich bin erfreut, Euch zu sehen, mein Freund! Ja, ich sage: mein Freund! Denn diese schwierigen Zeiten sollen uns nie zu Feinden machen, wenn wir auch auf entgegengesetzten Seiten das Schwert zücken. Dies ist mein Staatsgemach, Hugh, und die Treppe, auf welcher Ihr hierhergekommen seid, bildet die äußerste Grenze meines Fürstentums. Ich wundere mich, dass de Montfort Euch gestattet hat, mich zu besuchen.«

»Ich selbst wunderte mich, mein Lord«, sagte Hugh de Monthermer, »denn meine Bitte war verbunden mit Einwendungen gegen Eure Gefangenhaltung.«

»Und doch«, sagte der Prinz bitter, »werdet Ihr nur Einwendungen machen, aber nicht dabei helfen, mich zu befreien!«

»Mein Lord, das kann ich nicht ohne Verrat«, versetzte Hugh de Monthermer bestimmt.

»Verrat an wem?«, fragte Edward etwas scharf.

»Verrat an Eurem Land«, antwortete Hugh de Monthermer »und an den Rechten des Volkes, die Ihr selbst, wie ich wohl weiß, willig achten werdet, sobald Ihr König seid. Ich bitte Euch sehr, drängt mich nicht in einer Sache, wo ich nur eine Antwort zu geben vermag.«

»Aber ich glaube, wenn es nach Euch ginge, würde ich bald in Freiheit sein«, sagte Edward.

»Bei meinem Leben!«, versetzte der junge Edelmann. »Ihr hättet sie nie verloren, denn ich hätte mich mit Eurem Ehrenwort begnügt, die Rechte der Engländer zu achten und bei keiner ihnen zuwiderlaufenden Handlung Hilfe zu leisten.«

»Nun, das ist jetzt einerlei«, antwortete der Prinz. »Vielleicht ist es besser so. Ich weiß nicht, was ich versprochen hätte, um meine Freiheit zu erkaufen. So aber bin ich doch frei dem Geiste nach, obwohl leiblich gefesselt, und Ereignisse können eintreten, die selbst stärkere Türen als diese hier öffnen. Wie geht es Eurem guten Oheim?«, fuhr er lebhafter fort. »Er ist etwas ungestüm mit seinem König verfahren, aber dennoch bleibt er ein edler Gentleman, auf den England stolz sein darf.«

Hugh de Monthermer gab nach einigen allgemeinen Worten dem Gespräch eine andere Wendung und sprach von ihren glücklichen Knabentagen mit allerlei Jagdbelustigungen und den harmlosen Scherzen der Jugend. Edwards Antlitz heiterte sich auf, seine Augen funkelten, sein Mund lächelte, das Gefängnis mit seinen Sorgen war vergessen.

Das Gespräch wurde fast ausschließlich vom Prinzen und Hugh de Monthermer geführt. Thomas de Clare flocht nur dann und wann ein paar Worte ein.

Nachdem sie etwa eine halbe Stunde geplaudert hatten, sah plötzlich Hugh, der mit dem Gesicht der Tür zugekehrt saß, ein schönes Mädchen zögernd eintreten. Sie war in eine selbst für jene das Bunte und Lebhafte liebenden Zeiten zu grellfarbige Tracht gekleidet und trug in der Linken ein kleines Körbchen.

Der Ausdruck der Überraschung, den ihr Auftauchen im Gesicht des jungen Lords hervorrief, veranlasste Edward, sich umzudrehen. Er schien noch erstaunter als Hugh de Monthermer, erhob sich jedoch sofort und sagte: »Was ist Euer Begehren, mein schönes Fräulein?«

»Nichts, als Euer Gnaden dies kleine Körbchen mit frühen Erdbeeren zu bringen«, antwortete das Mädchen. »Ihr werdet den Geschmack angenehm finden, zumal unten, wo sie nicht so von der Sonne erwärmt sind.«

Mit diesen Worten setzte sie das Körbchen auf den Tisch und wollte sich schnell wieder entfernen, aber Edward rief: »Halt, hübsches Mädchen! Sagt mir, wer Ihr seid.«

»Das ist gleichgültig«, antwortete das Mädchen und verneigte sich an der Tür noch einmal tief. »Ich versprach, mich keinen Augenblick aufzuhalten, sondern nur die Erdbeeren abzugeben. Möge Euer Gnaden einen glücklichen Abend verleben und einen angenehmen Morgen dazu!« Sorgfältig schloss sie die Tür hinter sich.

»Das ist seltsam«, sagte der Prinz, das Körbchen aufhebend.

Hugh de Monthermer war in tiefes Nachsinnen versunken.

»Ihr scheint erstaunt, Monthermer«, fuhr der Prinz fort. »Glaubt mir, ich bin es auch. Ich habe das Mädchen nie in meinem Leben gesehen. Ihr vielleicht, de Clare?«

»Nie!«, antwortete der junge Edelmann.

»Aber ich vielleicht«, bemerkte Hugh de Monthermer ernst, »und das viele Meilen von hier. Doch will ich Euch jetzt verlassen, mein Lord. Die Tore werden bald geschlossen.«

»Ich bitte Euch, bleibt und kostet von den Erdbeeren«, sagte Edward.

»Nein, Sir«, versetzte Hugh, des Prinzen Hand zurückhaltend, der im Begriff war, das Körbchen auf den Tisch auszuleeren. »Mögen diese Früchte Euch und England Glück bringen! – Adieu, mein Lord!«

Hugh verließ rasch das Zimmer.

»Er hat recht!«, rief Thomas de Clare. »In diesem Körbchen ist etwas mehr als nur Obst, oder ich muss mich sehr irren!«

Edward legte seine Hand fest darauf, heftete einen prüfenden Blick auf den jungen Edelmann und sagte: »Was auch darin sein mag, es ist nur für mich allein bestimmt, Thomas de Clare!«

Aber sein Gesellschafter kam um den Tisch herum, beugte ein Knie vor ihm, küsste ihm unterwürfig die Hand und sagte: »Mein edler Prinz und künftiger König, es ist jetzt Zeit, Euch zu sagen, dass ich kein Kerkermeister bin. Wenn ich mich nicht irre, so sind in diesem Körbchen Nachrichten, die Euch bald frei machen werden. Ich habe schon bei dem strengen de Montfort die Erlaubnis für Euch erwirkt, begleitet von sechs Gentlemen, die er auswählt, und gefolgt von einem Zug Bewaffneter auszureiten. Ich sagte, es sei das einzige Mittel, Euch wieder zur Gesundheit zu verhelfen. Ich hätte hinzufügen können: und zur Freiheit. Jetzt, mein Lord, seht, was das Körbchen enthält, und glaubt mir, dass ich Euer Geheimnis wahre.«

»Dank, de Clare!«, versetzte Edward. »Ich habe längst so etwas vermutet. Aber wie, wenn sich jetzt unsere Hoffnung als falsch erwiese?« Rasch schüttete er die Früchte auf den Tisch und untersuchte das Körbchen. Auf dem Boden fand er, mit einem Stückchen Wachs befestigt, ein kleines Stück Papier. Hastig faltete er es auseinander, doch die ersten Worte machten ihn nicht wenig stutzen. Die Mitteilung lautete:

Mein Lord,

eines Eurer Pferde ist aus Eurem Stall gestohlen worden, nämlich das prächtige normannische Streitross, der Rotschimmel. Als Ersatz ist dafür ein starkknochiger, langbeiniger Grauschimmel hineingestellt worden. Er ist nicht schön, aber stark und ausdauernd, und kein Pferd in ganz England ist so schnell wie er. Ihr mögt mit ihm gegen welches Pferd Ihr wollt, ein Wettreiten beginnen. Ihr werdet es gewiss gewinnen. Solltet Ihr Lust haben, morgen einen Versuch zu machen, so werdet Ihr im Monington-Wald Zuschauer treffen, die Euch am Ziel als Sieger begrüßen. Beachtet dies wohl, denn es kommt von

einem Freunde.

»Dass ich doch seinen Namen wüsste!«, rief Edward, nachdem er den Brief gelesen hatte.

»Ich kann ihn Euch sagen, mein Lord«, versetzte Thomas de Clare. »Es ist Richard de Ashby.«

»Ha!«, sagte Edward mit nicht sehr heiterer Miene. »Richard de Ashby! Er ist ein treuer Untertan meines Vaters, glaube ich, aber das ist alles Gute, was ich von ihm weiß. Ich darf jedoch nicht undankbar sein. Horch! Da kommen Schritte die Treppe herauf! Füllt die Früchte in den Korb. Schnell!« Und das Billett versteckend, warf sich Edward in den Sessel, in dem er zuvor gesessen hatte.

De Clare hatte kaum die Erdbeeren wieder in das Körbchen getan und hingestellt, als ein schwerfälliger, finster aussehender Mann, einer von den vornehmeren Dienern, die der Graf von Leicester dem Prinzen zur Verfügung gestellt hatte, in das Zimmer trat, mit einer silbernen Schüssel in der Hand.

»Da ein hübsches Fräulein Euch Erdbeeren gebracht hat, mein Lord«, sagte er, »so habe ich ein Gefäß für Euch, sie hineinzutun.« Er nahm das Körbchen und leerte es langsam in die silberne Schüssel.

»Danke, Ingelby, danke«, versetzte der Prinz mit gleichgültiger Miene. »Es wäre nicht übel gewesen, wenn Ihr mir auch etwas Rahm gebracht hättet.«

»Ihr sollt ohne Verzug welchen haben«, antwortete der Mann. »Es sind schöne Beeren, und so früh im Jahr!«

»Sie werden mir gut bekommen nach dem Fieber«, sagte Edward.

»Ihr sollt den Rahm sogleich haben, mein Lord«, wiederholte der Mann und verließ das Zimmer.

Edward und de Clare sahen einander mit einem Lächeln an und lasen den Brief noch einmal, bevor sie ihn vernichteten.

16

Etwa um zehn Uhr am Morgen des nächsten Tages saß Simon de Montfort allein an einem kleinen Tisch in einem Zimmer neben seinem Beratungszimmer. Papiere und Pergamente bedeckten den Tisch. Eine Landkarte von England, so gut die geographische Kunstfertigkeit sie damals zu erstellen verstand, lag unter seiner großen, starken Hand, und der Zeigefinger ruhte auf dem Namen Gloucester. Seine Stirn war finster, die Lippen hatte er zusammengepresst, abwesend starrte er auf die Wand des Zimmers.

»Sonderbar!«, murmelte er vor sich hin. »Mir ist, als wendete sich alles von mir ab. Doch ist es Schwäche, sich solchen Gedanken hinzugeben. Heda, draußen!«, rief er laut.

»Wartet jemand?«, fragte er einen Diener, der auf seinen Ruf erschien.

»Der Konstabler der Wache des westlichen Hofes, mein Lord«, antwortete der Diener. »Er hat etwas zu melden.«

»Lasst ihn herein«, befahl Simon de Montfort. »Und schickt einen Boten zum Grafen von Ashby mit vielen höflichen Grüßen, und ich sei bereit, ihn zu empfangen, wenn es ihm jetzt beliebt. Dieselbe Botschaft bringt ihr dem Grafen von Monthermer und Lord Hugh. Jetzt, Konstabler, was habt Ihr mir zu sagen?«

Der Diener hatte mit einem Wink einen stämmigen Soldaten hereingerufen, der in voller Waffenrüstung an der Tür stand und nun auf de Montforts Frage erwiderte: »Ihr habt mir gesagt, mein Lord, Richard de Ashby sei der Pass entzogen und er solle weder beim König noch beim Prinzen Zutritt haben.«

»Ich habe überdies gesagt, er müsse Hereford verlassen. Ist er nicht fort?«

»Jetzt vielleicht, mein Lord. Aber heute Nacht noch traf ich ihn mehrere Male in der Nähe des Kastells.«

»Wenn Ihr ihn wieder trefft, verhaftet ihn auf der Stelle!«, rief de Montfort hastig. »Der Mann ist sicher ein Verräter. Ich habe ihn zu seinem eigenen Besten von hier weggeschickt. Wenn er zurückkommt, treffe ihn das Unheil!«

Er sprach sichtlich in großer Aufregung, in der man sonst den großen Grafen von Leicester, wie man ihn gewöhnlich nannte, nie sah. In seiner frühen Jugend war er ungestüm gewesen, und Stolz und übertriebene Strenge waren Fehler seiner späteren Jahre geblieben. Aber solche Gereiztheit bei einem geringfügigen Anlass war seinem Charakter etwas so Fremdes, dass der Konstabler der Wache, nachdem er sich entfernt hatte, brummte: »Es muss dem Grafen etwas völlig danebengegangen sein. Ich hab ihn noch nie so gesehen!«

Simon de Montfort war aufgestanden, schritt im Zimmer auf und ab und dachte: Dieser erbärmliche Schuft wagt es, mir ungehorsam zu sein. Ich misstraue diesen Ashbys, sie stehen alle nicht fest zur Sache des Rechts. Diese Besprechung mit Gloucester, unter dem Vorwand, von seinen Truppen angehalten worden zu sein, diente einer Schändlichkeit – das ist klar. Aber wir werden bald mehr hören, denn sie kommen schon, glaube ich.

Er öffnete die Tür des Beratungszimmers und schritt langsam zum oberen Ende des Tisches. Der alte Graf von Monthermer trat ihm entgegen und Hugh blieb einen Augenblick zögernd an der entgegengesetzen Seite des Zimmers stehen, einen Zettel lesend, den man ihm offenbar soeben gegeben hatte.

»Öffentliche oder Privatsache?«, fragte de Montfort und sah seinen jungen Freund mit einem Lächeln an.

»Privatsache, mein Lord«, antwortete Hugh, »wenigstens nennt man es so. Obgleich ich einigen Zweifel an der Ehrlichkeit des Schreibers habe, will ich es jedoch als solche behandeln, wenigstens vorerst.«

Der Graf wollte noch etwas antworten, aber in diesem Augenblick hörte man die Schritte Alured de Ashbys auf dem steinernen Korridor, und gleich darauf erschien er, seinem Vater folgend, im Beratungszimmer.

»Willkommen, mein Lord von Ashby«, sagte de Montfort, trat vor und ergriff die Hand des Grafen. »Ich bin erfreut, Euch hier zu sehen. Willkommen auch Ihr, Lord Alured. Ich fürchte, Ihr habt auf Eurem Weg hierher Gefahren ausgestanden und eine etwas raue Behandlung erfahren?«

»Gefahren, mein Lord«, antwortete Alured, »habe ich ausgestanden, aber über raue Behandlung kann ich mich nicht beklagen. Der edle Graf von Gloucester hat mich mit mehr Höflichkeit behandelt, als ich zu erwarten berechtigt war, und mich, wie Ihr seht, die Reise zu Eurer Lordschaft fortsetzen lassen.«

De Montfort versetzte mit einem bitteren Lächeln: »Ohne Zweifel ist der Graf ein kluger Mann!«

Der alte Graf von Ashby begrüßte nun herzlich den Grafen Monthermer und seinen Neffen. Der Anblick ihrer gegenseitigen Höflichkeiten schien Alured de Ashby nicht gerade angenehm zu sein.

»Nun, Sir«, sagte er zu Hugh gewandt. »Ihr ließt mich vor einiger Zeit wissen, dass der Grund, warum meine Schwester von einigen im Forst lebenden Geächteten entführt wurde, meinem guten Vater hier erklärt werden solle. Bitte, tut es jetzt in diesem Kreise! Ich bin neugierig wie ein Weib!«

»Still, Alured!«, rief sein Vater. »Du bist ein ungeduldiger, hitzköpfiger Kerl! Zuerst lasst mich unserem jungen Freund Dank sagen für seine mannhafte, wohlangelegte Nachforschung nach unserer teuren Lucy und dafür, dass er sie uns so bald zurückgebracht hat.«

»Was er an Dank verdient hat, mein Lord«, versetzte Alured bissig, »bin ich bereit ihm zu zollen. Aber zuerst möchte ich den vollen Umfang seiner Verdienste erfahren, damit mich meine Dankbarkeit nicht überwältigt. Zum Glück jedoch ist davon etwas abzuziehen, denn er hat heute früh bereits unseren Vetter Richard ungerecht beschuldigt und schwarzen Verdacht gegen ihn in der Brust des Grafen von Leicester erweckt!«

»Ich fürchte, mein junger Freund«, sagte der alte Lord von Monthermer in ruhigem und freundlichem Ton, »dass die Dankbarkeit, die Euch so schwer zu drücken scheint, durch die Gegenrechnung, welche Ihr aufstellen möchtet, nicht geringer werden dürfte. Ich habe Euren Verwandten beschuldigt, nicht Hugh. Ich habe weder irgendetwas von dem Verdacht verhehlt, noch ihm etwas hinzugefügt, sondern de Montfort nur erzählt, was uns allen bekannt ist und was zu wissen für ihn von Interesse war, da er einem Mann ständigen Verkehr mit dem Prinzen Edward gestattete, gegen den selbst Euer Vater große Zweifel hegen muss!«

»Nein, nicht so, mein Lord!«, rief Graf von Ashby. »Meine Zweifel sind inzwischen zerstreut worden!«

Die weitere Verhandlung der Angelegenheit nahm ziemlich bedrohlichen Charakter an, obwohl der Graf von Monthermer alles tat, um die beiden Lords von Ashby zu besänftigen. Alured war jedoch sichtlich bemüht, einen Streit heraufzubeschwören.

»Gut, Lord Alured«, sagte der alte Monthermer endlich, nicht ohne Schärfe in der Stimme. »Es ist mir klar, was Ihr beabsichtigt. Ihr habt die alten Fehden niemals vergessen, obgleich wir alle übereingekommen sind, das für immer zu tun. Ich würde gern die freundschaftliche Gesinnung zwischen unseren beiden Häusern aufrechterhalten und verstärken, aber ich kann nicht von dem, was ich für recht halte, abweichen. Ich glaube, dass Richard de Ashby ein Verräter ist, unwürdig des Namens, den er führt, denn das Geschlecht der Ashbys, welche Partei es auch ergriffen hat, hat noch nie einen Verräter hervorgebracht!«

»Und ich behaupte, dass er ehrlich und treu ist«, rief Alured hitzig, »und will dafür fechten mit …«

Er wollte »mit der Spitze meiner Lanze« sagen, aber sein Vater unterbrach ihn mit dem Ruf: »Still, Alured! Keine Gewalt! Höre, was Lord Hugh sagen wollte.«

»Zumindest«, sagte nun de Montfort, der sich genötigt sah, Alured de Ashby zurechtzuweisen, »zeigt eine gewisse Achtung vor denjenigen, in deren Gegenwart Ihr sprecht!«

Alured biss sich auf die Lippe, antwortete aber nicht. Hugh de Monthermer wandte sich nun mit glühender Wange dem Grafen von Ashby zu und fragte: »Mein Lord, habt Ihr von Eurer Tochter erfahren, in wessen Händen ich sie gefunden habe?«

»Ich habe sie bisher noch nicht gesehen«, antwortete der Graf. »Die Stadt ist so voll von Truppen und Bewaffneten, dass Alured es für besser hielt, sie an einem nicht weit von hier entfernten Ort in Richtung Gloucester, zurückzulassen. Aber Alured hat mir berichtet, was sie ihm erzählt hat.«

»Dann, mein Lord«, fuhr Hugh fort, »habe ich nur anzufügen, dass die Männer, in deren Händen sie war und gegen die ich keine hinlängliche Streitmacht aufbringen konnte, um sie gewaltsam zu befreien, sie frei ziehen ließen unter der Bedingung, dass ich Euch bei Eurer Ehre und Eurem hohen Namen auffordere, Euren Vetter, Richard de Ashby, zu nötigen, das unglückliche Mädchen, das er entführte, in das Haus ihres Vaters zurückzuschicken und ihn zur Zahlung einer Mitgift für ihren Eintritt in ein Kloster anzuhalten. Als Geisel für ihre Rückkehr nahmen sie Eure Tochter gefangen, und nur unter der Bedingung ließen sie sie wieder frei.«

»Darf ich erfahren«, fragte Alured de Ashby, sich einer sanften und offiziellen Sprechweise bedienend, die zu seinen vor

Zorn und Stolz heftig arbeitenden Zügen in sonderbarem Kontrast stand, »darf ich erfahren, edler Sir, ob das die höflichen Räuber vom Sherwood oder der edle Lord Hugh de Monthermer von meinem Vater verlangten?«

»Alured, ich will nichts dergleichen hören!«, rief wieder sein Vater. »Du bist zu heftig! Ich habe alle Tage meines Lebens die Würde meines Hauses aufrechterhalten, Deine Hilfe kann ich dabei entbehren. Mein Lord Hugh, von wem kommt diese Forderung?«

»Sie kommt, mein Lord, von all den Personen, welche Eure Tochter in ihrer Gewalt hatten«, antwortete Hugh. »Euch, mein Lord, für den ich große Achtung hege, überbringe ich sie ungern und nur im Namen anderer. Aber es ist, ich gestehe, meine Absicht, wann und wo immer ich Richard de Ashby treffe, dies und mehr von ihm zu verlangen.«

»Sir!«, rief Alured. »Hier steht einer, der nur ungern bereit ist, die Stelle seines Vetters einzunehmen und Euch über seine Handlungsweise jede Rechenschaft zu geben, die Ihr wünscht.«

Hugh wandte sich mit einer Miene von ihm ab, aus der er die Verachtung nicht ganz zu verbannen vermochte. »Wenn ich erfahre, mein Lord«, versetzte er, »dass Richard de Ashby lahm oder schwach, ein Weib oder ein Mönch ist, will ich einwilligen, dass Ihr für ihn einsteht, aber nicht eher. Ich habe keinen Streit mit Euch, mein Lord, und suche auch keinen.«

»Ich denke, mein Lord von Ashby«, sagte de Montfort, der sich einen Augenblick mit dem alten Grafen von Monthermer besprochen hatte, »das an Euch gestellte Verlangen ist gerecht, komme es, von wem es wolle. Jene Männer hatten Eure Tochter in ihrer Gewalt und stellten Bedingungen. Diese Bedingungen sind recht und billig, wenn ich die Sache richtig verstehe, und es wäre gut, sie zu erfüllen, nachdem Eure Tochter ihre Freiheit wiedererlangt hat. Es wäre ehrenhaft, sage ich.«

Dem alten Grafen von Ashby stieg das Blut in die Wangen.

»Das Haus Ashby, mein Lord«, versetzte er steif, »gestattet niemandem, ihm vorzuschreiben, wie es ehrenvoll zu handeln hat.«

»Viel weniger«, schrie Alured aufgebracht, »gestattet es einem alten Feind, gegen eines seiner Familienmitglieder falsche Anklagen vorzubringen und dann seinem Oberhaupt vorzuschreiben, wie es zu handeln hat!«

»Falsche Anklagen!«, rief nun Hugh de Monthermer empört. »Das sind sonderbare Ausdrücke! Wenn Euer niederträchtiger Vetter sich erfrecht, auch jetzt noch die lügenhafte Ausrede vorzubringen, zu der er griff, als ich ihn das letzte Mal sah, und demselben Sündenbock weiterhin die Schuld an der Verbindung mit den Feinden des Staates und an der Entführung jenes armen Mädchens zur Last legt, so kann seine Lüge bald bewiesen werden, denn man hat das Mädchen hier in dieser Stadt bei ihm gesehen.«

Alured blickte betroffen zu Boden, und der alte Lord von Monthermer, der unbedingt verhindern wollte, dass das Haus Ashby von der Sache abfiel, die er für die wahre und gerechte erachtete, sagte in der ihm gewohnten ruhigen und würdevollen Weise: »Glaubt doch nicht, mein edler Freund, der Lord von Leicester wolle Euch etwas vorschreiben und befehlen. Es ist nur gut gemeint, wenn er Euch zu erwägen bittet, ob es nicht ehrenvoller für Eure Familie sein dürfte, sie von dem Fleck zu reinigen, den die Handlungsweise jenes Richard ihr verursacht hat.«

»Ich kann mich, mein Lord, nicht in eines Mannes Kurzweil mischen«, sagte der Graf von Ashby heftig, dem Beispiel seines Sohnes folgend. »Richard de Ashby ist nicht mein Page, ich kann ihn nicht züchtigen, wenn er mit einer Bauerntochter närrische Streiche macht. Ich kann mich da einfach nicht einmischen.«

»Hätte sich Eure Lordschaft auch nicht eingemischt, wenn die Freiheit Eurer Tochter noch davon abhinge?«, fragte de Montfort finster. »Ich denke, Ihr hättet dann genügend Beweggründe gefunden, Euch der Sache anzunehmen, und zwar sehr dringliche!«

»Mag sein, mein Lord«, rief der Graf zornig, denn wo Schwäche mit Unrecht Hand in Hand geht, da bleibt der Zorn nicht lange aus. »Jedenfalls ist es keine Angelegenheit, die Euch etwas angeht! Dies ist keine öffentliche Angelegenheit, sondern eine Privatsache, mit der mich Lord Hugh de Monthermer behelligt.«

»Nein, mein guter Lord, nein!«, rief Hugh. »Sehr ungern übernahm ich die Botschaft. Ihr hättet doch sicher nicht gewollt, dass ich die Befreiung Eurer Tochter aufs Spiel setzte durch mein Zögern, der Überbringer dieser Forderung an Euch zu sein? Man hätte sie Euch auch durch jede andere Person übermitteln lassen können, ohne dass Eure Tochter vorher befreit worden wäre.«

»Jede andere Person hätte sie weit besser vorgetragen als ein angeblicher Freund«, bemerkte Ashby feindselig.

»Junger Gentleman«, sagte der alte Graf von Monthermer, »Ihr habt heute Morgen schon genug Unheil angerichtet, ob dies nun Eure Absicht war oder nicht. Richtet nicht noch mehr Unheil an, ich bitte Euch! Macht nicht, dass die als Feinde auseinandergehen, die gern Freunde sein möchten. Euer Vater hat seine Antwort gegeben: Er will sich in die Sache nicht einmischen. So lasst sie denn ruhen. Hugh hat getan, was er tun musste, und er hat überdies die Freude und die Ehre gehabt, einer Dame zu dienen und sie zu beschützen. Was weiter zu tun ist, steht ganz bei Euch.«

»Nicht ganz«, versetzte de Montfort mit einem Stirnrunzeln. »Ich habe bei dieser Sache auch ein Wort mitzusprechen.«

»Wieso, mein Lord?«, fragte der Graf von Ashby scharf.

»Ich werde keinem, nicht dem Höchsten im Lande, gestatten, für mich zu beschließen und zu urteilen, was meine Handlungsweise in meinen Privatangelegenheiten betrifft.«

»Ihr seid etwas zu hastig, mein guter Lord«, sagte de Montfort kalt.

»Hastig oder nicht«, fiel ihm Alured de Ashby ins Wort, begierig, den Bruch voranzutreiben. »Mein Vater hat recht mit dem, was er sagte, und ich stimme ihm vollkommen zu.«

»Wie kühn für einen so jungen Vogel!«, sagte de Montfort voller Verachtung. »Seine Flügel sollten beschnitten werden, damit er nicht davonfliegt!«

Alured de Ashby merkte, dass er etwas zu weit gegangen war und möglicherweise, wenn er noch weiter ging, sogar seine Freiheit gefährdete. Wenigstens deutete er die Worte des Grafen von Leicester so. Sein hochfahrender Geist jedoch wollte sich nicht so weit beugen, die kecke Sprache, die er geführt hatte, auch nur ein wenig zu mildern, und er verharrte in mürrischem Schweigen und starrte zu Boden, während die scharfen grauen Augen des großen Grafen finster auf ihn gerichtet waren.

»Um all dem ein Ende zu setzen«, fuhr schließlich de Montfort fort, »es liegen noch ernstere Anschuldigungen gegen Euern Verwandten vor, Graf von Ashby. Da bewiesen wurde, dass man ihn mit dieser leichtfertigen Dirne gesehen hat, die nach seinem eigenen Geständnis davongegangen ist mit einem, der ohne allen Zweifel ein Verräter ist, so liegt der stark begründete Verdacht vor, dass er diesen Verräter noch in seinen Diensten hat oder noch mehr über ihn weiß. Unter diesen Umständen habe ich bereits seine Verhaftung befohlen, sollte er sich in Hereford blicken lassen. Und jetzt will ich ihn suchen lassen und, falls er ein Verräter ist, mit ihm wie mit einem Verräter verfahren – und ebenso mit allen anderen, die sich als Verräter erweisen!«, setzte er mit scharfer Betonung hinzu.

»Euer Lordschaft hat recht«, sagte Alured de Ashby, aber zwischen den Zähnen murmelte er leise: »Wenn Ihr sie fangen könnt!«

»Jetzt lebt wohl, meine Lords«, sagte de Montfort, sich erhebend. »Heute Abend wollen wir Rat halten, ob Mortimer und andere zu Verrätern erklärt werden sollen. Wir erwarten, dass Ihr alle anwesend seid. Kommt mit mir, Monthermer. Kommt mit mir, Lord Hugh! Wir wollen nicht, dass auf den Treppen hitzige Worte gewechselt werden!«

Lord Ashby und sein Sohn entfernten sich, und während sie in den Hof hinabstiegen, wurden zwei Sätze gesprochen, die das Schicksal beider entschieden: »Ich weiß nicht, was Ihr vorhabt zu tun, mein Vater«, sagte Alured, »aber meine Vorgehensweise ist entschieden. Ich will weder zum Gespött der Monthermers werden noch der Sklave Simon de Monforts sein.«

»Ich auch nicht, Alured«, antwortete der Graf mit leiser Stimme, und ohne ein weiteres Wort bestiegen sie ihre Pferde und ritten zurück zur Herberge.

Sie hatten kaum den Hof verlassen, als Hugh de Monthermer mit hastigen Schritten dort erschien. Einer von den wenigen Bewaffneten, die ihn begleitet hatten, führte augenblicklich sein Pferd vor, und er sprang in den Sattel. »Welchen Weg hat der Graf von Ashby eingeschlagen?«, fragte er.

»Durch dieses Tor ist er geritten, mein Lord«, antwortete der Mann, und Hugh wandte sich, mit dem Befehl an seine Diener, ihm zu folgen, zu dem anderen Tor. Da spürte er an seinem Steigbügel ein Zerren. Als er hinunterschaute erblickte er Tangel, der mit sonderbaren Grimassen seine langen Arme emporhob. »Ich will in Kürze mit dir sprechen, Tangel«, sagte Hugh hastig. »In einer Stunde bin ich zurück.«

»Erst in einer Stunde?«, rief Tangel. »Es hilft alles nichts, ich muss jetzt mit Euch sprechen. Ich habe Euch viel zu sagen!«

»Dann müsst Ihr ein Pferd nehmen und mir folgen«, versetzte der junge Lord. »Es ist schon nahe an der verabredeten Zeit. Ich reite den Berg hinauf. Macht schnell!«. Und er gab seinem Pferd die Sporen.

»Er wird eine Stunde zu früh kommen, wenn er nicht aufpasst!«

17

Etwa zu derselben Zeit stand Prinz Edward in der Mitte seines Zimmers, mit einem leichten Reitanzug bekleidet, aber nur mit seinem Schwert bewaffnet. Er blickte erwartungsvoll auf seinen jungen Gesellschafter Thomas de Clare, der soeben eilig eintrat. »Ja, mein Prinz«, sagte er mit vergnügtem Lächeln, »er gibt uns die Erlaubnis. Im Hof warten schon William de Cantelupe, Ingelby und Thomas de Blundel mit drei oder vier anderen auf Euer Kommen.«

»Ist also auch mein Pferd schon bereit?«, fragte der Prinz.

»Die närrischen Reitknechte«, versetzte der junge Edelmann, »hatten den Rotschimmel herausgebracht und behaupteten, der Graue sei so dürr und sehe gar nicht wie das Pferd eines Prinzen aus. Aber ich befahl, trotzdem den Grauen zu nehmen. Sicher ist er jetzt schon gesattelt und gezäumt. Aber Ihr seid blass, mein Lord, das Fieber hat Euch geschwächt. Tätet Ihr nicht gut daran, einen Becher Wein zu trinken, ehe Ihr ausreitet?«

Edward schüttelte den Kopf. »O nein!«, sagte er. »Der Gedanke an die Freiheit wird mir mehr Kraft und Mut verleihen als der beste Wein. Doch gebt mir Euern Arm. Es ist vielleicht gut, wenn ich ein wenig schwächer erscheine, als ich wirklich bin. Reitet Ihr mit mir, de Clare?«

»Nein, mein Lord. Um die Wahrheit zu gestehen, ich bat auch nicht um diese Ehre, denn ich könnte Euch nur hinderlich sein und muss hier für meine eigene Sicherheit sorgen.«

Beide stiegen nun langsam die Treppe hinab, an deren Fuß sie eine Anzahl Edelleute versammelt fanden. Die Lanzenreiter, von denen de Clare am Abend zuvor gesprochen hatte, ließen sich nicht blicken, da de Montfort der Meinung war, dass sieben bis acht seiner tüchtigsten Anhänger ausreichen würden, um jeden Fluchtversuch des Prinzen zu verhindern. Edward nickte den anwesenden Gentlemen vertraulich zu und wurde mit allen Zeichen der Hochachtung empfangen.

»Guten Morgen, Ingelby«, sagte er. »Guten Morgen, Sir William de Cantelupe. Blundel, es freut mich, auch Euch zu sehen. Ihr seid ja ein Kenner von Pferden, und de Clare hat mir eines gegeben, das, wie er behauptet, ein vortreffliches Streitross sein soll. Was haltet Ihr davon?«

»Nein, ohne Spaß, Gentlemen!«, rief de Clare, als er das Lächeln der Edelleute sah. »Das ist ein Ross, das, gut gefüttert und wohl gehalten, große Dienste leisten kann.«

»Es scheint ruhig zu sein«, bemerkte der Prinz. »Das ist für mich wichtig, denn ich bin zur Zeit nicht kräftig genug, ein feuriges Pferd zu reiten. Aber lasst uns aufsteigen und fortreiten, Gentlemen. Lebt wohl, de Clare! Ich will Euer Pferd nicht zuschanden reiten!«

»Ich wünsche Euer Gnaden einen vergnügten Ritt!«, antwortete Thomas de Clare, Edward den Bügel haltend, als dieser aufstieg.

Am Tor des Kastells stand der Graf von Leicester selbst, bereit, dem Prinzen Edward, als er vorbeiritt, seine Achtung zu bezeigen, und nach wenigen Worten kalter Höflichkeit setzte der Zug seinen Weg fort und ließ bald die Stadt Hereford hinter sich.

»Diese frische, freie Luft stärkt und erheitert mich«, sagte Edward, sich zu einem seiner Begleiter umwendend, nachdem sie etwa eine halbe Meile vor die Stadttore hinausgeritten waren.

»Das freut mich zu hören, mein Lord«, versetzte der angeredete Gentleman. »Ich hoffe, sie wird Euch guttun.«

»Wenn ich öfter die Erlaubnis zu solchen Ritten bekäme«, fuhr Edward fort, »so würde ich sicher gesund werden. Seht, wie stolz Blundel auf sein Pferd ist! Und doch wollte ich einen silbernen Krug gegen eine Zinnkanne wetten, dass das Pferd Cantelupes oder auch Ingelbys es auf eine Entfernung von einer halben Meile besiegen würde.«

Ingelby, der in der Nähe ritt, lächelte selbstgefällig, und der, zu dem Edward gesprochen hatte, rief aus: »Hört Ihr, was der Prinz sagt, Blundel? Cantelupes Pferd würde das Eurige auf einer halben Meile besiegen!«

»Cantelupe würde nicht einmal den Versuch wagen«, antwortete Blundel.

»Doch, doch!«, rief Cantelupe. »Dem Prinzen zu Gefallen will ich es gern versuchen. Lasst uns anfangen.«

»Nein, nein«, versetzte Edward. »Warten wir, bis wir auf die Wiese dort auf der Höhe kommen. Dort können wir das Wettrennen austragen, und ich will einen goldenen Trinkbecher als Preis aussetzen für das Pferd, das alle Übrigen besiegt. Ihr sollt jeweils zu zweit miteinander reiten, und die Gentlemen, die bei mir zurückbleiben, sollen die Richter bei jedem Lauf sein.«

»Einverstanden, einverstanden!«, schrie die ganze Gesellschaft.

»Ich werde den Becher gewinnen!«, sagte Blundel überzeugt.

»Ihr gewiss nicht!«, brüllte Ingelby mit seiner lauten, heiseren Stimme. »Das Spiel ist jedoch für mich kaum gleich, denn ich bin viel schwerer als Ihr.«

»Aber Ihr habt ein stärkeres Pferd«, versetzte Edward, während sie langsam die Anhöhe hinanritten. Oben angekommen, befanden sie sich auf einem schönen, trockenen Rasenplatz.

Sobald sie eine offene Bahn vor sich hatten, galoppierten Blundel und Cantelupe los. Das Ziel war ein einzelner Baum in einer Entfernung von etwa einer halben Meile. Cantelupe war leichter als Blundel und ritt gut, aber Blundels Pferd war entschieden besser, und er war schon über den Baum hinaus, als Cantelupe noch zwei oder drei Pferdelängen bis dahin brauchte. Der Prinz schien große Freude an dem Rennen zu haben und ermunterte Männer und Pferde mit Stimme und Hand. Noch zwei weitere Preisbewerber folgten, aber Blundel blieb stets sicherer Sieger. Immer weiter war die Gesellschaft auf dem wilden Rasenboden dahingeritten, wobei sie sich da und dort einen Platz zu ihrer lustigen Kurzweil gewählt hatte.

»Jetzt, Ingelby«, sagte der Prinz endlich, »müsst Ihr es gegen Blundel versuchen. Wenn Ihr auch der Schwerere seid, so habt Ihr doch den Vorteil, dass sein Pferd schon etwas ermüdet ist. Wir wollen Euch eine ganze Meile als Rennstrecke geben, so dass die Stärke Eures Tieres sich besser zeigen kann. Reitet dort zu jenem Tor mit der kleinen Dorfkirche dahinter. Wenn Ihr Blundel besiegt, will ich den Becher mit Silberstücken füllen. Er ist so stolz auf sein Tier, dass es kaum mit anzusehen ist.«

Blundel tätschelte mit selbstgefälligem Lächeln seinem Pferd den Hals, und auf das Zeichen ließ er ihm die Zügel schießen. Die zwei besten Pferde der Gesellschaft flogen los und liefen die lange Bahn mit fast gleicher Schnelligkeit. Anfangs war Blundels Ross voraus, aber später gewann Ingelbys stärkeres Tier ihm nahezu den Vorsprung ab. Jedoch erreichte Blundel zuerst das Tor, und Ingelby forderte ihn heraus, sein Glück noch einmal auf dem Rückweg zu versuchen. Diesmal lag Ingelby klar vorn, bis etwa hundert Schritt von dem Prinzen entfernt sein Ross strauchelte und stürzte. Reiter und Ross waren zwar sofort wieder auf den Beinen, aber das Tier war am Knie verletzt und hinkte, als es den Rest der Bahn zurücklegte.

»Ich weiß nicht, wem hier der Preis gehört«, sagte der Prinz, »denn wäre nicht dieser Zufall eingetreten …«

»Er ist mein, nach Recht und Billigkeit!«, schrie Blundel.

»Ja, mein Lord, ich denke, er hat ihn gewonnen«, sagten mehrere Stimmen im Kreis.

»Ich habe ihn gewonnen!«, wiederholte Blundel, fügte aber lachend hinzu: »Wenn nicht Seine Gnaden selbst auf seinem grauen Streitross einen Wettlauf mit mir bestreiten will.«

»Es müsste ein kurzer sein, Blundel«, versetzte Edward, so gelassen er nur konnte. »Aber ich habe nichts dagegen, auf eine Strecke von ein paar hundert Schritten Knochen und Feuer meines Pferdes zu erproben. Was sagt Ihr zu dem kleinen Baum dort?«

»Mir ist's recht«, antwortete Blundel.

»Los denn!«, schrie der Prinz und ließ im selben Augenblick die Zügel schießen, an denen sein Pferd seit der letzten halben Stunde ungeduldig gezerrt hatte. Er gab dem Tier die Sporen und wie ein Pfeil schoss das magere, knochige Tier dahin und ließ Blundel und sein gepriesenes Pferd bald weit hinter sich. Mit aller Macht sein Tier anspornend, folgte der um den Sieg betrogene Ritter Edward. Obgleich die Entfernung bis zu dem Baum gewiss nicht mehr als fünfhundert Schritt betrug, war doch der Prinz volle fünfzig voraus, als er ihn erreichte.

Da Blundel nun sah, dass weitere Anstrengungen vergebens sein würden, brachte er sein Pferd zum Stehen. Doch zu seinem Erstaunen galoppierte der Prinz weiter, mit jeder Sekunde vergrößerte sich sein Vorsprung. Als Edward, etwa siebzig bis achtzig Schritt voraus, die ungeheure Schnelligkeit seines Rosses erkannte, drehte er sich im Sattel um, schwenkte fröhlich seine Hand und rief mit lauter Stimme: »Die höflichsten Empfehlungen meinem Vetter de Montfort! Sagt ihm, er wird bald von mir hören!«

Die Gesellschaft, die langsam folgte, hatte mit angesehen, was vorgegangen war, aber noch nichts begriffen. Sie setzte ihre Pferde in Galopp und befand sich bald an der Stelle, wo Blundel sein Pferd angehalten hatte.

»Er ist fort!«, schrie Blundel. »Bei St. Johannes, dem Evangelisten, er ist fort!«

»Was sollen wir tun?«, rief ein anderer.

»Ihn auf alle Fälle verfolgen!«, brüllte Ingelby heiser, der mit seinem lahmenden Pferd erst jetzt herankam. Aber es war zu spät. Der schwächlich aussehende Graue, den alle verachtet hatten, zeigte jetzt seine wirkliche Kraft. Jeder Augenblick schien seine Schnelligkeit zu steigern, mit jedem Sprung schien er weiter auszugreifen.

Eine lange Strecke hatte sich der Prinz nicht nach seinen Verfolgern umgesehen, überzeugt, dass sie weit zurückgeblieben sein mussten. Endlich aber, nachdem er wieder eine kleine Anhöhe erreicht hatte, hielt er sein Pferd kurz an, um es verschnaufen zu lassen, und schaute zurück über den grasbedeckten Boden, der sich bis an den Fluss erstreckte, wie er jetzt sah. In einer Entfernung von etwa einer Meile erblickte er die acht ihm zur Bewachung mitgegebenen Edelleute. Aber sie folgten seiner Fährte nicht mehr, sondern ritten in größter Eile nach Hereford zurück, denn sie hatten die Hoffnung aufgegeben, den Flüchtling einzuholen.

»Wo ist mein Lord von Leicester?«, fragte Ingelby, sobald sie in den Hof des Kastells einritten.

»Er hält geheime Beratung und ist nicht zu sprechen«, antwortete der Offizier, an den er sich gewandt hatte.

»Aber ich muss mit ihm sprechen«, versetzte Ingelby und schwang sich aus dem Sattel.

»Ihr könnt nicht«, entgegnete der Offizier finster. »Er ist in vertraulicher Beratung mit dem Grafen von Oxford und Lord Ralph Basset.«

»Und wenn der Teufel bei ihm wäre, ich muss ihn sehen!«, rief Ingelby. »Aus dem Weg, Freund, ich nehme die Verantwortung auf mich.« Damit drängte er sich an dem Offizier vorbei und pochte laut an die Tür des Beratungszimmers. Ein Page öffnete, und direkt auf de Montfort zuschreitend, der oben am Tisch saß, flüsterte Ingelby: »Der Prinz ist entflohen, mein Lord!«

De Montfort sah ihn zornig an, schlug mit der geballten Faust auf den Tisch und rief: »Entflohen?«

»Ja, mein Lord, entflohen!«, antwortete Ingelby. »Und keiner von uns vermochte ihn einzuholen.« Er berichtete nun hastig, wie Edward es angefangen hatte, ihnen zu entkommen.

De Montfort gab kein weiteres Zeichen der Aufregung von sich. Nur einen Moment hatte ihn seine gewohnte Kaltblütigkeit verlassen. Nachdem er Ingelbys Bericht angehört hatte, wandte er sich zu dem an der Tür stehenden Pagen mit den Worten: »Sage dem Offizier der Wache, er soll Thomas de Clare aufsuchen, und wenn er ihn findet, soll er ihn wegen Hochverrats verhaften. Auch muss sofort jemand die Lords von Ashby hierherrufen, wegen wichtiger Staatsangelegenheiten. Schnell, Knabe, fort! Mein Lord von Oxford, ich muss Euch bitten, sofort nach Pevensey zu reiten, wie wir beschlossen hatten. Aber statt meinem Sohn beizustehen, weist ihn an, die Belagerung aufzuheben und sich sofort mit mir zu vereinigen, mit so viel Männern, wie er nur immer aufbringen kann. Er soll den Weg über Winchester und Oxford einschlagen. Wir werden bald genug zu tun bekommen und müssen wach und gerüstet sein. Was wollten wir doch eben sagen, Sir Adam de Newfort? Richtig, wie man die Truppen von Chester herbeiholen kann.« Damit ging er wieder auf den Gegenstand ein, den sie zuvor besprochen hatten, und es schien, als messe er der Flucht des Prinzen kaum Bedeutung bei.

Nach etwa einer halben Stunde kehrte der Page zurück, den

er mit dem Befehl, Thomas de Clare zu verhaften, fortgeschickt hatte. »Mein Lord«, sagte der Page, »sie sind nicht zu finden.«

»Sie?«, rief der Graf.

»Lord Thomas hat mit allen seinen Dienern vor einer Stunde das Kastell verlassen«, versetzte der Page.

»Das hab ich mir gedacht!«, sagte de Montfort. »Ich hätte klüger sein und keinem von der Brut der Gloucester mein Vertrauen schenken sollen.«

»Aber die Ashbys, Knabe, was ist mit den Ashbys!«, rief Lord Ralph Basset.

»Sie sind eine halbe Stunde, nachdem sie das Kastell verlassen hatten, weggeritten auf der Straße nach Worcester, sagen die Leute in ihrer Herberge«, versetzte der Page. »Innerhalb von einer Stunde folgten ihnen alle ihre Leute, und ihr Vogt bezahlte die Zeche.«

»Lasst sie ziehen!«, rief de Montfort. »Auf einen widerstrebenden Arm kann man leicht verzichten bei einer guten Sache. Zudem löscht der größere Verlust den kleineren aus. Ein Edward ist einen ganzen Laden von Ashbys wert!«

Nach dieser verächtlichen Bemerkung wandte er sich wieder dem Beratungsgegenstand zu.

18

Hugh de Monthermer, der kurz vor dem Ausritt des Prinzen das Kastell von Hereford verlassen hatte, nahm dieselbe Straße wie Edward und ritt ungefähr drei Meilen sehr schnell. Dann lenkte er sein Pferd auf einen Pfad, der beinahe in derselben Richtung verlief, die später der Prinz einschlug. Auch hier ritt er so rasch, dass es seinen fünf Dienern schwerfiel, ihm zu folgen.

Plötzlich jedoch hinkte sein Pferd, und er musste absteigen, um zu sehen, was ihm fehlte. Ein Nagel war dem Tier in das Fleisch über dem Huf gedrungen, und obgleich er mit leichter Mühe herausgezogen wurde, war es doch unmöglich, das Pferd weiterhin zu reiten.

»Gebt mir Euer Pferd, Peterkin«, sagte Hugh de Monthermer zu einem seiner Diener, »und führt das meinige langsam nach Hereford zurück.«

Während der Diener die Sattel tauschte, zeigte sich auf der Straße ein Landmann, der ein paar Schweine vor sich hertrieb. Sofort ging Hugh auf ihn zu und fragte: »Ist dies der Weg zur Monington-Kapelle?«

»Nein«, antwortete der Mann. »Ihr müsst zurück. Ihr hättet an der ersten Wegbiegung nach links reiten sollen.«

»Wie spät ist es?«, fragte Hugh.

»Gerade Mittag«, antwortete der Mann. »Seht Ihr die Sonne nicht?«

»Dann ist noch Zeit«, sagte Hugh de Monthermer, stieg auf das Pferd seines Dieners und ritt zurück.

Als er sich jedoch dem Weg näherte, den er hätte einschlagen sollen, hörte er ein lautes Kreischen, das ihn veranlasste, zum Himmel hinaufzuschauen, da er glaubte, ein Adler schwebe über seinem Kopf.

Doch nichts dergleichen war zu sehen. Gleich darauf wiederholte sich das Kreischen, während gleichzeitig einer der Diener aufgeregt rief: »Es ist der Zwerg, mein Lord, es ist Tangel! Seht, wie er angejagt kommt!«

Hugh de Monthermer blickte die Straße nach Hereford hinunter, auf der Tangel heranritt, nicht auf seinem Waldklepper, sondern auf dem Rücken eines großen Streitrosses. Man konnte seinen Kopf zwischen den Ohren des Tieres erkennen. Seine langen Arme hielten die Zügel etwas kurz, und seine Beine baumelten herunter.

Tangel hielt erst unmittelbar vor Hugh de Monthermer an, schüttelte vorwurfsvoll den Kopf und sagte: »Ja, Ihr wolltet Tangel nicht zuhören. Niemand leiht Tangel sein Ohr. Wenn Euch einer von den flaschennasigen Biertrinkern gebeten hätte, zu bleiben und ihn anzuhören, Ihr hättet sicher die Stunde gewartet.«

»Gewiss nicht«, versetzte Hugh de Monthermer belustigt. »Auch jetzt kann ich nicht warten, guter Tangel. Kommt mit und beeilt Euch, mir Eure Geschichte unterwegs zu erzählen. Was gibt es denn?«

»Ja, beeilt Euch!«, schrie Tangel, wendete sein Pferd und ritt neben dem jungen Lord her. »Immer eilig zur Zerstörung und langsam zum Guten! Jetzt reitet Ihr dort hin, ohne zu wissen, wohin Ihr kommt oder wer es ist, der nach Euch geschickt hat.«

»Nun, Tangel, wenn Ihr klüger seid«, sagte Hugh mit einem Lächeln, »so sagt mir doch, wohin ich komme und wer es ist, der nach mir geschickt hat.«

»Ihr geht Eurer Gefangennahme entgegen!«, schrie Tangel. »Und der nach Euch geschickt hat, das ist ein Verräter.«

»Ist das Euer Ernst?«, fragte Hugh überrascht.

»Nein, nie war mir lustiger zumute in meinem Leben«, antwortete Tangel und grinste, dass man seine schönen weißen Zähne fast bis an die Ohren sah. »Wie soll ich es nicht sein, wenn ich einen Mann, der sich klug vorkommt, seinen Kopf wie eine Schnepfe in eine Schlinge stecken sehe? Habt Ihr heute nicht einen Brief erhalten?«

»Ja«, antwortete Hugh.

»Wer hat Euch diesen Brief gegeben?«, fragte Tangel.

»Einer der Diener des Grafen von Leicester«, antwortete Hugh.

»Ha!«, sagte Tangel. »Sie sind in der Tat schlauer, als ich gedacht hätte.«

»Überdies«, fügte der junge Edelmann hinzu, »fragte ich den Diener, von wem er ihn bekommen hätte, und er sagte mir, von einem der Diener des Grafen von Ashby.«

»Und von wem bekam ihn der Diener des Grafen von Ashby?«, fragte der Zwerg. »Ich will es Euch sagen, denn Ihr selbst wisst es offenbar nicht. Er erhielt ihn von dem galanten, ehrlichen Richard de Ashby, ehe der aus Hereford floh gestern Abend. Ich habe ihn belauscht, als er glaubte, es sei niemand in der Nähe, denn ich habe ihn überall in der Stadt beobachtet. Sobald ich erfuhr, dass er in Hereford sei, bin ich ihm nachgeschlichen wie ein Schatten. Er hat mich in Nottingham einmal geschlagen und mich einen Affen und Teufel genannt. Aber der Affe war ihm auf den Fersen gestern Abend, als er und sein sauberer Vetter Alured beschlossen, zu Gloucester überzulaufen. So hörte ich ihn sagen, er wolle Euch in seinem Netz haben, ehe vierundzwanzig Stunden vorüber seien.«

»Das hätte auch so schiefgehen können, Tangel«, versetzte Hugh. »Obgleich ich die Handschrift von Lady Lucy nicht oft gesehen habe, argwöhnte ich doch, es sei nicht die ihrige, und obgleich der Brief mich aufforderte, allein zu kommen, nahm ich fünf tüchtige Begleiter mit, in der Absicht, sie auf Hörweite zurückzulassen. Ich denke, wir sechs dürften mit jeder Streitmacht fertig werden, mit der sie sich in einem Umkreis von sieben Meilen um Hereford herum an uns heranwagen.«

Der Zwerg lachte laut.

»Mächtig schlau!«, rief er. »Wenn Ihr Glück habt, könnt Ihr den Fallensteller in seiner eigenen Falle fangen. Aber wenn Ihr klug seid, reitet Ihr nach Hereford zurück und nehmt einen Imbiss im ›Maienbaum‹ ein.«

Hugh besann sich einen Augenblick und winkte dann seine Begleiter heran. »Das will ich nicht. Ich gäbe eine Mütze voll Goldstücke darum, wenn ich diesen Verräter mit nach Haus bringen und seine Ohren an die Tore des Kastells nageln könnte. Wir müssen unseren Plan jedoch mit großer Umsicht ausführen. Man hat mich zur Monington-Kapelle bestellt. Gewiss muss dort ein Platz in der Nähe sein, wo ich meine Männer verstecken kann.«

»Ja, mein Lord«, sagte einer seiner Begleiter, »auf einer Seite davon ist der kleine Bilberry-Wald und auf der anderen Seite der große Monington-Wald. Wir könnten in beiden ein Versteck für tausend Männer finden, wenn es nötig wäre.«

»Ich erinnere mich nicht mehr genau an diesen Ort, obgleich ich ihn früher oft gesehen habe«, versetzte Hugh. Dann ritt er weiter, bis die Straße in ein kleines Gehölz führte, das von zahlreichen Wegen durchschnitten wurde.

Als der junge Edelmann mit seinem Gefolge es durchquert hatte, erblickte er in geringer Entfernung vor sich eine kleine Kapelle, in der sicher nicht mehr als dreißig Personen Platz fanden.

Hugh de Monthermers Anordnungen waren bald getroffen. Seine Leute stellte er im Wald versteckt auf und ritt dann allein zur Kapelle, deren Tür offenstand. Ehe er eintrat, blieb er stehen und warf einen Blick auf die Landschaft jenseits des kleinen Gebäudes, wo sich dem Auge zuerst ein offener grüner Platz darbot und dann, etwa eine Drittelmeile entfernt, ein dichter, düsterer Wald, der sich zu beiden Seiten erstreckte. Das Terrain ringsumher war völlig frei, und das Gehölz, in dem er seine Leute zurückgelassen hatte, lag so nahe, dass es unmöglich war, eine größere Streitmacht nicht rechtzeitig zu bemerken.

Hugh band sein Pferd an einen Haken im Gemäuer, der eigens zu diesem Gebrauch bestimmt zu sein schien, und trat in die Kapelle, die er leer fand.

Vor dem Altar beugte er flüchtig das Knie und trat dann zu einem Fenster, das auf den größeren Wald im Rücken der

Kapelle hinausging. Der Himmel bewölkte sich jetzt sehr schnell, und obwohl die Sonne hoch am Himmel stand, wurde sie durch die gedrängte Masse von Wolken, die sich von Südwest heranwälzten, stark getrübt. Bald bedeckten die weißen Ränder von Gewitterwolken die Sonnenscheibe. Es war zum Ersticken heiß.

Immer noch hielt Hugh de Monthermer seinen Blick auf den Wald geheftet. Da glaubte er, durch die Baumstämme hindurch eine menschliche Gestalt erkennen zu können. Sie verschwand wieder, und einige Augenblicke war nichts mehr zu sehen, so dass Hugh schon annahm, er habe sich getäuscht. Doch nach einer kleinen Weile trat schließlich ein Mann zu Fuß aus dem Wald hervor. Er schaute sich sorgsam um und zog sich nach drei bis vier Minuten wieder in den Schatten der Bäume zurück.

Es war unverkennbar, dass er auf jemanden wartete, und Hugh vermutete nicht ohne Grund, dass er selbst derjenige sei. Der junge Ritter sann eine Weile nach, wie er handeln solle – einen Augenblick dachte er daran, sich zu zeigen, um die Sache zu einem baldigen Ende zu bringen, dann aber dachte er, es wäre besser, wenn er in der Kapelle bliebe, bis die verabredete Stunde gekommen sei.

Während er noch überlegte, zuckte ein greller Blitz aus den Wolken hervor, große Regentropfen fielen, und dann kam wieder und wieder ein Blitzstrahl, die Schleusen des Himmels öffneten sich und Hagel und Regen stürzten daraus hervor.

Die armen Kerle im Wald werden fast ersäuft werden, dachte Hugh de Monthermer. Ich würde sie gern in die Kapelle hereinrufen, obgleich mir das meinen Plan zunichte machen könnte. Aber wenn ich sicher wüsste, dass ich diesen Schurken fangen und ihn nach Hereford bringen werde, und hätte er auch das Doppelte von meiner Streitmacht, ich wollte ein dutzend Mal durch den tiefsten Fluss schwimmen. Horch! Das war doch gewiss das Stampfen von Pferdehufen!

Ein neuer Donnerschlag übertönte alle anderen Laute. Als er vorüber war, vernahm Hugh de Monthermer ganz deutlich das Nahen eines Pferdes. »Es ist nur einer«, sagte er zu sich. Dann lockerte er sein Schwert in der Scheide und zog sich in eine Ecke des Gebäudes zurück, um nicht durch die halbgeöffnete Tür gesehen zu werden.

Im nächsten Moment hielt das Pferd vor der Kapelle, und man hörte den Reiter auf den Boden springen. Wenige Sekunden später kamen die Schritte des Fremden die Treppe herauf.

Hugh de Monthermer trat vor, um sich ihm entgegenzustellen, sprang aber augenblicklich wieder zurück und rief voller Erstaunen: »Prinz Edward!«

»Hugh de Monthermer!«, rief Edward. »Das ist ein seltsames Zusammentreffen, alter Freund!«

»Das ist es, mein Lord«, versetzte Hugh. »Es steht mir nicht zu, Euch zu fragen, wie Ihr hierhergekommen seid, aber ich will gestehen, dass es mich freut, Euch in Freiheit zu sehen, obgleich ich nicht daran zweifle, dass viele Männer, wenn sie von unserem Zusammentreffen wüssten, sagen würden, ich sollte Euch verhaften und nach Hereford zurückbringen.«

»Das müsste ein kühner Mann sein«, antwortete der Prinz, seine stattliche Gestalt zu ihrer vollen Größe aufrichtend, »der es wagen wollte, Edward von England aufzuhalten!«

»Nun, mein Lord«, versetzte Hugh de Monthermer, »ich habe nicht einmal diese Entschuldigung denen gegenüber, die mich vielleicht tadeln möchten. Ein Ruf von dieser Tür aus würde das Spiel für Euch sehr ungünstig gestalten, denn ich stehe hier auf der Lauer, um den Erzverräter Richard de Ashby in seine eigene Falle gehen zu lassen. Ich habe Bewaffnete in dem kleinen Wald zurückgelassen, durch den Ihr soeben gekommen seid. Aber noch einmal sage ich: Mich freut es, Euch in Freiheit zu sehen!«

»Dann danke ich Euch, Hugh«, erwiderte der Prinz. »Obwohl ich nicht so schutzlos bin, wie es scheint.«

Der junge Edelmann ergriff die Hand, die ihm Edward hinstreckte, und sagte: »Ich würde Euch auch nicht verraten, mein Lord, wenn Ihr allein hier wäret und ich an der Spitze von Hunderten stände. Aber ehe wir uns trennen, muss ich Euch um eine Gunst bitten.«

»Trennen wir uns noch nicht«, versetzte Edward. »Wir haben viel miteinander zu besprechen, Hugh. Ich habe hier ein Obdach vor dem Gewitter gesucht. Solange die Elemente draußen toben, lasst uns davon reden, wie man dem Land Frieden schenkt.«

»Das ist die Gunst, die ich mir von Euch erbitten möchte, mein Lord«, antwortete Hugh. »Aber ich kann nicht länger bei Euch bleiben. Ich kann Euch meine Bitte nur vortragen, und darf nicht einmal hören, ob Ihr sie bewilligt oder abschlagt, sonst würde man mich für einen Verräter an der Sache de Montforts halten, die ich als eine gerechte ansehe. Meine Bitte ist die: Wenn Ihr beim Grafen von Gloucester seid, wenn Ihr an der Spitze von Heeren steht und Ihr Euch gewiss seid, mit Kraft und Erfolg frei handeln zu können, dann lasst eine öffentliche Erklärung ergehen, worin Ihr Euch verpflichtet, all die Gesetze und Verordnungen aufrechtzuerhalten, die erlassen worden sind zur Sicherstellung des Landes, zugunsten der Rechte und Freiheiten des Volkes und zu unserem Schutz gegen die ausländischen Günstlinge – Gesetze und Verordnungen, zu denen Ihr schon Eure Zustimmung gegeben habt. Wenn Ihr dies tut, will ich nie das Schwert gegen Euch ziehen und – so glaube ich – auch Simon de Montfort nicht.«

Edward schüttelte mit ungläubiger Miene den Kopf. »De Montfort ist sehr ehrgeizig, Hugh«, sagte er. »Vielleicht ist er es nicht immer gewesen, denn mancher fängt als Patriot an und endet als Tyrann.«

In diesem Augenblick hörte man von dem kleinen Gehölz in der Nähe das Blasen eines Hornes, und Hugh de Monthermer trat an die Tür der Kapelle, da er wusste, dass dieses Signal Gefahr bedeutete. Die Szene, die sich seinem Auge bot, war merkwürdig: Der Regen strömte noch schwer und grau hernieder, die Luft war trüb und feucht, Blitze zuckten vom Himmel herab. Zugleich stürzte mit ungewöhnlicher Schnelligkeit Tangel auf ihn zu, seine langen dürren Arme in grotesker Weise herumschlenkernd und immer wieder auf den gegenüberliegenden Wald deutend, aus dem man eine Schar von mindestens dreihundert Reitern, vorzüglich bewaffnet und wohlberitten, hervorbrechen sah.

Hugh warf nur noch schnell einen Blick in die Kapelle hinein, schwenkte die Hand und rief: »Adieu, mein Lord, Adieu! Es naht Gefahr!«, dann eilte er zu seinem Pferd, löste die Zügel vom Haken und sprang in den Sattel.

»Los, Tangel, hinter mir aufs Pferd!«, schrie er dem zwerghaften Knaben zu. »Schnell, oder sie holen uns ein!«

Tangel sprang mit einem einzigen Satz hinter ihm aufs Pferd, und Hugh sprengte davon. Aber das Pferd des Dieners, das er ritt, war nicht sehr schnell. Der feindliche Trupp näherte sich mit großer Geschwindigkeit und schien entschlossen, auf ihn Jagd zu machen. Hugh de Monthermer erkannte nun, dass seine Streitmacht zu klein war, um Widerstand zu leisten. Wenn die Feinde ihre Verfolgung fortsetzten, würde er bald ihr Gefangener sein. Jetzt kamen seine Leute aus dem Gehölz hervor, das Pferd mit sich führend, auf dem der Zwerg herangeritten war.

»Steigt schnell auf Euer Pferd über!«, rief Hugh, sich zu Tangel umwendend.

»Ja, Herr!«, schrie der Zwerg. »Ich will hinübersteigen, ohne dass Ihr haltmacht. Reitet nur nahe genug zu dem Tier hin!« Im nächsten Moment legte Tangel seine Hände auf die

Schultern des jungen Edelmanns, stellte sich auf die Füße und sprang mit einem gellenden Schrei auf sein eigenes Pferd hinüber. Sofort saß er im Sattel.

Es war keine Zeit mehr zu verlieren, denn als Hugh und seine Begleiter zwischen der Kapelle und dem Wald zusammentrafen, hatte die Linie des Feindes schon die Kapelle erreicht.

Aber nun trat Edward auf die Treppe der Kapelle hinaus und rief laut: »Halt! Ich befehle: Halt! Lord Lovell, Sir Harry Grey, ich gebiete Euch, haltet! Verfolgt ihn nicht, sage ich! Sir Richard de Ashby!«, fuhr er fort, seine Stimme erhebend, bis sie mit dem Donner zu wetteifern schien. »Bei Eurem Leben: Halt! Wollt Ihr meinem ersten Befehl den Gehorsam verweigern?«

Aber Richard de Ashby war wie taub und jagte mit einigen anderen weiter, während die übrigen Reiter die Zügel anzogen und haltmachten.

Hugh de Monthermer und seine Leute ritten in vollem Galopp weiter, doch der schlüpfrige Grund, der jetzt völlig durchweicht war von dem heftigen Gewitterregen, machte ihnen sehr zu schaffen. Bevor sie noch das Gehölz erreichten, strauchelte und stürzte das Pferd eines von Hughs Begleitern. Obgleich Mann und Tier sich sofort wieder erhoben und weiterhinkten, waren doch die Verfolger zu nahe, als dass man ihnen entrinnen konnte.

Richard de Ashby kam auf einem schnellen Rappen herangejagt, den übrigen etwa zehn Schritt voraus. Er war vollständig bewaffnet, trug Harnisch, Schild und Speer, aber sein Visier war offen, und ein Schimmer von Genugtuung lag auf seinem Gesicht. Hugh de Monthermer drehte sich im Sattel um, mit dem Auge die Entfernung zwischen ihnen messend, und erkannte im Nu, dass eine Flucht nun nicht mehr möglich war, wohl aber Rache. Dem Mann, der am dichtesten hinter ihm ritt, die Lanze und einen kleinen runden Schild aus den Händen reißend, warf er plötzlich sein Pferd herum, stieß ihm die Sporen wütend in die Weichen und jagte seinem Verfolger entgegen.

Der junge Ritter war nur mit einem Wams aus Purpurzindel bekleidet, das, obwohl es dick mit Baumwolle gefüttert war, doch gegen die Spitze einer Lanze nur wenig Schutz bot. Aber im Turnier und auf dem Schlachtfeld war das Auge des jungen Reiters stets fähig, die geringsten Bewegungen eines Feindes zu erspähen, und sein Arm war stets bereit, darauf zu reagieren. Er merkte sofort, dass Richard de Ashby mit der Lanze nach seinem Hals zielte, gab dies aber nicht zu erkennen, bis er seinem Feind auf wenige Fuß nahe gekommen war. Dann hob er plötzlich seinen Schild empor und lenkte die Spitze ab. Im selben Augenblick hob er aber auch seine Lanze ein wenig, die er, da sie keinen Haken hatte, auf seinen Schenkel gestemmt hielt. Er wollte seinen Gegner voll ins Gesicht treffen, doch Richard de Ashby senkte den Kopf, und die Lanze, ihn oben an der Stirn berührend, glitt vom Schädel ab, fing sich in der Panzerhaube und schleuderte ihn von seinem Ross und der Länge nach auf den Boden.

Hugh hielt sein Pferd dicht neben dem Gefallenen an, holte, mit der Lanze auf dessen Hals zielend, aus und rief laut den Herankommenden entgegen: »Wer sich nähert, der stirbt!«

Zögernd brachten die Begleiter de Ashbys, die fast den Kampfplatz erreicht hatten, ihre Pferde zum Stehen. Da ritten zwei Gentlemen in raschem Trab von der Kapelle heran und riefen ihren Kameraden zu, sie sollten zurückkommen.

»Habt Ihr nicht die Stimme des Prinzen gehört?«, fragte zornig der ältere der beiden sich nähernden Ritter. »Sein ausdrücklicher Befehl lautet, dass Ihr umkehrt! Zieht weiter, Lord Hugh, zieht weiter in Frieden. Es ist des Prinzen Wille, und wir gehorchen!«

»Hätte ich nur halb soviel an Leuten wie Ihr, Lord Lovell«, versetzte Hugh und hob seine Lanze auf, »Ich würde nicht abziehen, ohne diesen Verräter mit mir zu nehmen.«

»Oder selbst mitgenommen zu werden«, erwiderte Lord Lovell ironisch. »Ich kann Euch versichern, mein guter Lord, wir hatten die besten Vorsätze, Euch mit uns nach Worcestershire zu nehmen. Aber da der Prinz den Vogel aus der Falle entfliehen lassen will, in die ihn der arme Richard so geschickt mit seinem Köder gelockt hat, so muss es eben so sein. Ihr scheint jedoch den Fallensteller tüchtig erwischt zu haben. Ich glaube, Ihr habt ihm den Schädel gespalten. Lasst seine Leute herbeikommen und ihm beistehen! Ihr habt mein Wort, dass Ihr keinen Verrat zu fürchten habt.«

»Wahrscheinlich ist er nicht so bestraft, wie er es verdient«, sagte Hugh de Monthermer finster. »Überbringt dem Prinzen meinen schuldigen Dank für seine Artigkeit. Und jetzt lebt wohl, mein Lord Lovell. Ich hoffe, wir treffen uns bald wieder.«

Mit diesen Worten wandte er sein Pferd und ritt rasch, aber nachdenklich nach Hereford zurück.

19

Als Hugh de Monthermer in Hereford einritt, fand er die Nachricht von Edwards Flucht schon in der ganzen Stadt verbreitet. Dennoch erachtete er es als notwendig, zuerst seinem Oheim und dann dem Grafen von Leicester alles mitzuteilen, was an diesem Nachmittag vorgefallen war.

»Etwa dreihundert Reiter!«, sagte Simon de Montfort, nachdem er den Bericht des jungen Ritters über seine Begegnung mit Richard de Ashby angehört hatte. »Sie sind dreist, bei meinem Leben! Aber sie zeigen uns, dass wir etwas nachlässig gewesen sind. So habt Ihr also den Verräter aus dem Sattel geworfen, habt ihn aber weder töten noch gefangennehmen können. Ihr seid sicher, dass er nicht tot ist?«

»Ich bin sicher, mein Lord«, versetzte Hugh, »denn ich fühlte, dass die Lanze abglitt.«

»Habt Ihr übrigens gehört«, sagte de Montfort, »dass unsere guten Freunde, der Graf von Ashby und sein Sohn, uns verlassen haben? Ich fürchte, gewisse Hoffnungen auf die Hand eines schönen Fräuleins, das Euer Oheim erwähnte, könnt Ihr nun aufgeben.«

»Ich habe es gehört, mein Lord«, antwortete Hugh. »Ich gestehe, ich bin nicht wenig bekümmert darüber. Dennoch ...«

»Nun, was dennoch?«, fragte de Montfort, als er ihn stocken sah.

»Dennoch, mein Lord«, vollendete Hugh, »habe ich Hoffnung, dass ich am Ende mein Ziel erreiche. Ich habe noch nie einen Liebeshandel, dem ein glückliches Ende bestimmt war, gleich glatt anfangen sehen.«

»Ja, die Hoffnung!«, erwiderte de Montfort. »Sie ist wie der hungrige Knabe, der sich an seiner Suppe den Mund verbrennt und sich immer wieder damit tröstet, dass sie nach und nach schon kalt genug werden würde. Möge es so werden, wie Ihr es wünscht, mein junger Freund! Und nun gute Nacht! Weder Ihr noch ich können etwas ändern an dem, was heute schiefgegangen ist.«

Als Hugh das Zimmer verlassen wollte, rief ihn de Montfort noch einmal zurück und sagte: »Seid so gut und ersucht Euern Oheim, mich heute Abend eine Stunde zu besuchen. Ich brauche seinen militärischen Rat in unserer gegenwärtigen bedrängten Lage.«

Unruhe, geräuschvolle Tätigkeit, Truppenbewegungen, Gerüchte von überraschenden Ereignissen, zum Teil falsch, zum

Teil wahr, Berichte sogar über geschehene Wunder – denn es waren Zeiten, wo fast jeder die Vergrößerungsbrille des Aberglaubens trug – Zweifel und Erwartungen erfüllten die nächsten vierzehn Tage. In allen Gegenden des Landes wurden Truppen aufgeboten, um für die eine oder die andere Partei zu fechten, und nicht selten trafen Soldatenhaufen, die ihren Bannern entgegen zogen, aufeinander und gerieten in blutige Kämpfe.

Zuverlässigen Nachrichten zufolge war die Zahl der sich um Prinz Edward und den Grafen von Gloucester versammelnden Truppen beträchtlich größer als die derjenigen, welche in Hereford zu de Montfort stießen. Da jene hauptsächlich aus Reiterei bestanden, trafen sie viel schneller ein. Die Fußsoldaten, die die Partei de Montforts ergriffen, obwohl unendlich zahlreicher, waren bei weitem länger auf dem Marsch und wurden vom Feind viel leichter aufgehalten.

Einer sich ausbreitenden Niedergeschlagenheit im Lager der Konföderierten wirkten jedoch Gerüchte entgegen, die von einer großen Erhebung der Bürger der Hauptstadt zugunsten de Montforts berichteten. Zudem war auf seiner Seite auch jene große moralische Unterstützung, die aus dem Bewusstsein erwächst, an der Spitze einer Volksbewegung zu stehen. Dass die Sache de Montforts die des Volkes war, zeigte die große Verehrung, die ihm gerade von den niederen Ständen entgegengebracht wurde, während der Hochadel eben aus diesem Grunde seinen Sturz anstrebte. Das Volk verehrte seinen berühmten Anführer Simon de Montfort als den Vorkämpfer für seine Rechte und Freiheiten.

Dennoch erlitt das Lager de Montforts manchen schweren Schlag. Misshelligkeiten mit ihren Anführern oder Verdruss über kleine Vernachlässigungen lieferten einer großen Anzahl der Edelleute, die vor der berühmten Schlacht von Lewes* den

* Hier wurde am 14. Mai 1264 Heinrich III. von Simon de Montfort gefangen genommen.

Grafen von Leicester unterstützt hatten, jetzt aber seine wachsende Macht fürchteten, einen willkommenen Vorwand, dem Beispiel des Grafen von Ashby und seines Sohnes zu folgen und sich der Streitmacht Gloucesters und Prinz Edwards anzuschließen. Viele von den schwächeren Anhängern de Montforts blieben zwar seiner Sache treu, wurden aber dadurch beunruhigt. Doch de Montforts engste Vertraute verloren ihre Zuversicht nicht.

Keiner aber schien so ruhig und unerschütterlich wie der alte Graf von Monthermer, der für jeden hoffnungsvolle und freundliche Worte fand. Einem mutlos gewordenen Ritter sagte er: »Wir werden sie schon noch schlagen, mein guter Freund, seid ohne Furcht. Wenn nicht ein großer, außerordentlicher Irrtum von unserer Seite begangen wird oder ein unbegreiflicher Glücksfall den Feinden zu Hilfe kommt, müssen sie geschlagen werden, wie sie es bei Lewes wurden.«

»Ich habe erfahren«, entgegnete der Ritter, »dass der Graf erklärt hat…«

»Nicht der Graf, sondern der König«, unterbrach ihn der alte Lord. »Der König hat Gloucester und alle seine Anhänger zu Verrätern erklärt, aber das ist nur ein sehr kleiner Unterschied. Was die betrifft, die zum Feind übergelaufen sind, so lasst Euch von ihnen nicht anfechten. Es ist immer besser, einen offenen Feind als einen falschen Freund zu haben, und ein weiser Feldherr gibt allen Schwankenden Befehl, die Reihen seines Heeres zu verlassen, da sie nicht bloß unnütz, sondern eine Last und Bürde sind.«

Solche Worte und einige tapfere Taten bei gelegentlichen Scharmützeln hielten den Mut der Soldaten in Hereford und den benachbarten Städten aufrecht, bis endlich eine so zahlreiche Mannschaft beisammen war, dass de Montfort sich berechtigt glauben durfte, sich auf dem Feld zu behaupten, obgleich das Heer des Prinzen vielleicht um die Hälfte zahlreicher sein mochte als das seinige.

Edward stellte seine große Streitmacht zwischen dem Heer der Konföderierten und London auf, mit der offenbaren Absicht, den Gegner von seinen Hilfsquellen entfernt zu halten. De Montfort versuchte inzwischen mit großer Geschicklichkeit, an Edwards überlegener Macht ohne eine Schlacht vorbeizuziehen und unmittelbar auf London zu marschieren. Aber bei diesen Operationen schien der Prinz im Vorteil zu bleiben und seinem Gegner überall den Rang abzulaufen.

Schärfere Beobachter vermuteten, der große Simon de Montfort habe einen geheimen Zweck im Auge und werde in Wahrheit von seinem Gegner nicht so vollständig überflügelt, wie es den Anschein hatte. Der vollkommene Gleichmut, den de Montfort bei allen scheinbaren Fehlschlägen an den Tag legte, und eine gewisse ängstliche Ungeduld, mit der er der Ankunft der vielen Boten entgegensah, die zwischen seinem Lager und den südlichen Gegenden des Landes ständig unterwegs waren, erregten bei vielen die Vermutung, der Graf erwarte Verstärkungen und wolle keine Schlacht wagen, ehe sie bei ihm eingetroffen seien. Endlich trat etwas ein, das diese Annahme zu bestätigen schien.

Mitte Juli näherte sich das Heer dem Städtchen Newport, nachdem es Uske angegriffen und eingenommen hatte, das von einigen Anhängern Gloucesters nur schwach verteidigt wurde. Es schien unverkennbar die Absicht de Montforts und seiner Räte zu sein, den Fluss Severn ein paar Meilen oberhalb Newports zu überschreiten und Bristol zu erobern. Wirklich waren dahingehende Befehle gegeben worden. Aber nur wenige Schiffe, die geeignet waren, die Truppen des Grafen überzusetzen, fanden sich an dem befohlenen Platz ein, und man wusste, dass Edward in der Nähe war. Auf der anderen Seite des Flusses lagen verschiedene Schiffe und Galeeren von ansehnlicher Größe vor Anker, und Hugh de Monthermer, der den Vortrupp kommandierte, stieg mit einer kleinen Schar in ein Boot, setzte über den breiten Strom und steuerte einem Punkt zu, wo er sich gut verteidigen zu können glaubte. Von dort schickte er die Boote zum anderen Ufer zurück, damit nun die Hauptmacht des Grafen übersetzen könne.

Sein Unternehmen verlief glücklich. Nach der Landung trieb er eine Schar von Feinden zurück und sicherte einen Platz, wo die übrigen Truppen ungefährdet an Land gehen konnten. Da erreichte ihn ein Bote mit dem völlig unverständlichen Befehl, unverzüglich umzukehren.

Hugh gehorchte sogleich, und als er im Hauptquartier de Montforts eintraf, fand er seinen Oheim und Lord Ralph Basset in Beratung mit dem Grafen von Leicester. Der junge Edelmann wollte ihnen die Beweggründe für sein wagemutiges Unternehmen auseinandersetzen, doch de Montfort unterbrach ihn freundlich und sagte: »Ihr tatet ganz recht, mein junger Freund. Aber Ihr müsst wissen, dass ich keinen übereilten Zug wagen darf, wenn wir den Untergang vermeiden wollen. Prinz Edward und ich sind wie zwei Schachspieler, und es ist deshalb notwendig, dass er mein Spiel bis zum letzten Augenblick nicht versteht.«

Unmittelbar darauf wandte sich de Montfort mit seiner Streitmacht nach dem südlichen Wales, besetzte einen Distrikt, der den Anhängern Gloucesters gehörte, und schloss einen Vertrag mit einigen Fürsten von Wales, wodurch er sich den Beistand einer ansehnlichen Masse ihrer leichtbewaffneten Truppen verschaffte. Während er seinen Soldaten nun einige Tage Ruhe gönnte, kamen und gingen unaufhörlich Boten. Der Graf war ständig beschäftigt, entweder mit Schreiben oder mit Truppenübungen. Nachts, wenn das ganze Heer, mit Ausnahme der Schildwachen, in tiefem Schlaf lag, sah man in seinem Zelt noch bis zwei oder drei Uhr morgens Licht brennen.

Während des größten Teils dieser Tage und wohl auch während der wachend zugebrachten Nächte blieben der alte Graf von Monthermer und Lord Le Despenser bei de Montfort. Manchmal berieten sie sich mit ihm, manchmal schrieben sie etwas, manchmal studierten sie die Landkarten jener Zeit, maßen Entfernungen und zogen Linien. Aber keiner von ihnen äußerte je ein Wort über die Pläne und Absichten des Feldherrn, selbst nicht gegenüber seinen nächsten Verwandten.

Endlich, eines Nachts gegen elf Uhr, erhielt Hugh de Monthermer eine Einladung von de Montforts eigener Hand. Die letzten Worte waren: »Bringt Euern zwergenhaften Pagen mit.«

Tangel wurde aus seinem Schlaf in einem Winkel des Zeltes geweckt und folgte Hugh in das Hauptquartier des Grafen, der in Gesellschaft von einigen Edelleuten im äußeren Zelt saß. Die Zeltleinwand war auf beiden Seiten hochgezogen, um frische Luft hineinzulassen, so gut das in der schwülen Sommernacht möglich war. Am Ende des Tisches, um den sich die Versammelten geschart hatten, stand ein Mann in der Tracht eines Waidmannes von Yorkshire, den Reisestaub noch an den Kleidern.

»Hier ist ein Brief für Euch, mein Lord Hugh«, sagte de Montfort, kaum dass Hugh eingetreten war, und händigte ihm ein kleines Päckchen aus, das mit gelbem Wachs gesiegelt war.

Hugh nahm den Brief, aber ehe er das Siegel erbrach, trat er an den Tisch und betrachtete ihn beim Licht einer Lampe genauer.

»Es scheint Euch etwas daran als ungewöhnlich aufzufallen«, sagte de Montfort. »Was ist es?«

»Ich will es Eurer Lordschaft sogleich sagen«, antwortete Hugh und öffnete den Brief. Aufmerksam las er ihn.

»Es ist eine gute Neuigkeit«, sagte er endlich leise. »Ich

erfahre, dass mein alter Freund Ralph Harland unterwegs ist, um sich mit uns zu vereinigen, nebst einem gewissen, uns sehr vertrauten Freund aus dem Wald. Etwa siebenhundert kühne Freibauern und Waidmänner aus York und Nottingham werden folgen. Sie sollen schon ziemlich nahe sein. Aber ich kann nicht umhin zu glauben, mein guter Lord«, fuhr er mit erhobener Stimme fort, »dass dieser Brief, ehe er in meine Hände kam, schon geöffnet und gelesen wurde.«

Bei diesen Worten heftete der junge Ritter sein Auge auf den Boten, der zwar zuvor schon etwas blass gewesen war, aber nun noch bleicher wurde.

»Ich schwöre aufs Kreuz«, rief er, »dass ich den Brief nicht geöffnet, sondern ihn unversehrt hierhergebracht habe, wie man mir den Auftrag gab!«

»Wer trug Euch auf, ihn zu überbringen?« fragte de Montfort und sah ihn scharf an.

Der Mann zögerte einen Augenblick, dann antwortete er: »Robin von Barnesdale.«

»Was bringt Euch zu der Vermutung, dass der Brief geöffnet wurde, Hugh?«, fragte der Graf von Monthermer.

»Nun, Oheim«, antwortete der junge Edelmann, »dies Wachs ist gelb, aber daneben ist ein Fleckchen grün, so dass ich annehmen muss, der Brief sei zuerst mit grünem Wachs gesiegelt gewesen.

»Kann unser Freund Robin schreiben?«, erkundigte sich de Montfort.

»Ja!«, rief mit gellender Stimme Tangel, der hinter Hugh de Monthermer stand. »So gut wie der Kiel von einem welschen Hahn in der Hand eines Oxforder Gelehrten!«

»Wir werden bald mehr erfahren, mein Lord«, sagte Hugh de Monthermer. »Aber dieser Brief ist nicht von der Hand Robins, sondern von Ralph Harland, dem Freisassen.«

»Aber dieser«, versetzte der Graf und legte seine Hand auf

einen anderen Brief, »soll von dem kühnen Waidmann sein, und er bittet mich darin, Euch mit einigen Bewaffneten zu seiner Verstärkung entgegenzuschicken, da Gloucester ihn und seine Männer bedrohe und sie sich deshalb scheuen, weiter vorzurücken.«

»Das beweist sofort, dass es eine Fälschung ist«, sagte Hugh mit leiser Stimme zu Leicester. »Robin sucht nie Hilfe bei einem Edelmann. Das hier ist ein Verrat, mein Lord. Aber wir haben Mittel, diesen Burschen zu überführen. Jetzt, Freund«, fuhr er fort, sich an den Waidmann wendend, »sagt mir ehrlich, wer Euch geschickt hat, und nehmt Euch wohl in Acht! Wenn Ihr mich belügt, so kann es Euch das Leben kosten!«

»Ich habe es Euch schon gesagt«, antwortete der Mann trotzig.

»Gut denn, tretet vor, mein kleiner Zauberer!«, rief Hugh und legte seine Hand auf Tangels Haupt. »Wir hören von morgenländischen Hellsehern, mein Lord, durch die Wahrheit und Lüge entdeckt werden. Dieser Knabe ist so ein Hellseher, der uns bald sagen wird, wie viel an den Angaben des Burschen wahr ist. Jetzt, Tangel, betrachte ihn recht und sag uns, ob er von Robin kommt!«

»Nein«, antwortete der Zwerg, sehr zufrieden über die Wichtigkeit der ihm zugewiesenen Funktion. »Ich höre, wie Robin erklärt, dass er ihn noch nie gesehen hat!« Dann zupfte er den jungen Edelmann am Ärmel und flüsterte ihm zu: »Weiter! Fragt mich noch mehr!«

»Und jetzt, Tangel«, redete Hugh weiter, »kannst du mir sagen, wessen Mann er ist?«

»Recht gut!«, versetzte der Zwerg, sein scharfes Auge auf das blasse Gesicht des Boten heftend. Nach einer Kunstpause fuhr er langsam fort: »Er ist der Mann Prinz Edwards.«

Ein leichtes Lächeln zeigte sich einen Augenblick auf dem

Gesicht des Burschen, aber Tangel fuhr in seiner betont langsamen Sprechweise fort: »Er ist der Mann Prinz Edwards durch den Grafen von Gloucester und wiederum des Grafen von Gloucester durch Richard de Ashby. Hahaha! Ich höre sie lachen bei dem Gedanken, wie sie de Montfort täuschen und Lord Hugh in eine Falle locken. Und er hört es auch! Seht nur sein Gesicht, seht sein Gesicht!«

Wirklich war dies Gesicht jetzt völlig blutleer.

»Führt ihn fort!«, befahl de Montfort. »Führt ihn fort und hängt ihn an den nächsten Baum.«

»Ich will gestehen!«, schrie der Mann, auf die Knie niederfallend. »Schont mein Leben, und ich will gestehen!«

»Das ist das einzige Mittel, Euer Leben zu retten«, versetzte der Graf ernst. »Sagt die ganze Wahrheit, so sollt Ihr verschont werden. Heraus damit, sogleich und ohne Zögern!«

»Nun denn, ich bin Sir Richard de Ashbys Mann!«, sagte der entlarvte Betrüger wimmernd und berichtete, dass ein Mönch in einem Dorf bei Worcester von einem der Diener Sir Richard de Ashbys erkannt und festgenommen worden war. Als man ihn genau durchsuchte, fand man bei ihm einen Brief von Ralph Harland an Hugh de Monthermer. Sogleich fasste man den Plan, sowohl der Schar des jungen Freisassen und Robin Hoods den Weg abzuschneiden als auch Hugh de Monthermer in einen Hinterhalt zu locken. »Der Graf von Gloucester und Roger Mortimer«, fuhr der Betrüger fort, »sind mit dem Plan vertraut, nicht aber der Prinz.«

»Führt ihn fort!«, sagte de Montfort. »Führt ihn fort und bewacht ihn scharf! Wir hätten hier eine Gelegenheit«, wandte er sich an die Anwesenden, sobald der vorgebliche Waidmann weg war, »die Truppen abzufangen, die Gloucester abordnen wird, seinen jämmerlichen Anschlag auszuführen. Aber ich glaube, meine guten Lords, wir dürfen unsere Kräfte nicht mit Scharmützeln vergeuden. Es kann jedoch jeden Moment geschehen, dass wir mit unserer ganzen Streitmacht operieren müssen, daher wollen wir auf diese Gelegenheit verzichten. Jedoch dürfen wir die Sicherheit unserer Freunde nicht außer Acht lassen. Ein zuverlässiger Mann muss sofort der von Nottingham und Yorkshire her erwarteten Verstärkung entgegengeschickt werden und sie veranlassen, einen Umweg über Shropshire zu machen. Shrewsbury ist unser, ebenso die ganze Umgebung, also werden sie auf diesem Weg ungefährdet sein. Habt Ihr einen vertrauenswürdigen Boten, den Ihr schicken könnt?«

Hugh sah Tangel fragend an. Der Knabe klatschte freudig in die Hände und rief: »Lasst mich gehen!«

»Sei es denn so!«, sagte Hugh. »Ich will ihn sogleich mit allem Nötigen versehen, mein Lord. Es ist besser, er nimmt keinen Brief mit, aber einen wohlgefüllten Beutel und ein schnelles Pferd. Er ist ein kluger Bursche und wird kein Wort der ihm aufgetragenen Botschaft vergessen …«

»Horch!«, rief de Montfort. »Auf der anderen Seite des Flusses galoppieren Pferde! Endlich, so hoffe ich, die erwarteten Boten! Wisst Ihr, was Ihr zu bestellen habt, Knabe?«

»Recht gut, großer Herr!«, antwortete Tangel. Und ich will es weder an Eile noch an pünktlicher Treue fehlen lassen.«

»Heda! Wer ist's?«, hörte man jetzt die Schildwachen rufen, die etwa fünfzig Schritt von de Montforts Zelt standen.

»Gut Freund!«, war die Antwort.

»Steigt ab!«, rief einer der Posten, und nach einer kurzen Pause hörte man eine andere Stimme laut erwidern: »Briefe von dem Lord Simon de Montfort an seinen Vater, den Grafen von Leicester.«

»Ha!«, rief Leicester aufspringend, und sein Gesicht strahlte vor Freude. »Endlich! Lasst ihn eintreten«, schrie er hinaus, »lasst ihn eintreten!«

Ein Mann, blass, hohläugig und ganz erschöpft, mit einem kleinen Paket in der Hand, betrat wenig später das Zelt.

»Das ist von Eurem Sohn, Euer Lordschaft«, sagte er. »Ich habe ihn vor wenigen Stunden gesund in Oxford verlassen, mit dreißigtausend Mann unter den Waffen, alle bereit, einer Welt Trotz zu bieten für de Montfort.«

Zu gespannt, als dass er eine Antwort hätte geben können, ergriff der Graf von Leicester das Päckchen, riss es auf und las.

»Alles steht gut!«, rief er endlich, erhob sich mit vergnügtem Lächeln und wandte sich den Herren zu seiner Rechten zu. »Jetzt, meine guten Lords, ist der Augenblick zu entscheidendem Handeln gekommen. Euch, Monthermer, Euch, Le Despenser, herzlichen Dank für Euern weisen und umsichtigen Rat, der meiner etwas ungestümen Natur die Zügel notwendiger Geduld angelegt und mich in die Lage versetzt hat, meiner Neigung zum Vorrücken zu widerstehen. Bis heute haben wir die rebellischen Lords und den Prinzen mit Märschen und Gegenmärschen hingehalten, während mein Sohn das Land hinter ihnen zum Sich-Erheben gebracht hat und schon mit einer überwältigenden Streitmacht in Oxford steht. Er auf der einen, ich auf der anderen Seite – so haben wir sie in der Falle. Lasst sofort im Lager Befehl geben, dass alles eine Stunde vor Tagesanbruch zum Aufbruch bereit zu sein hat. Ihr, mein Lord Hugh, müsst jetzt Euern Boten anweisen, unsere Freunde von Nottingham über Clebury und den Wire-Wald nach Worcester zu führen und ein scharfes Auge auf den Feind zu haben. Ohne Zweifel werden wir, ehe sie eintreffen, diese Gegend geräumt haben. Ihr habt mir gute Nachricht gebracht«, fuhr er, sich zu dem Boten wendend, fort. »Geht zu meinem Vogt, er soll sich um Euch kümmern. Jetzt für einige Stunden gute Nacht, meine Lords.«

Am nächsten Morgen bei Tagesanbruch waren alle Zelte abgebrochen, und die Hauptmasse des Heeres hatte schon den Lug überschritten. De Montfort rückte noch immer mit großer Umsicht und Behutsamkeit vor, sandte nach allen

Richtungen Späher aus und machte nie eine Bewegung, die einen Teil seines Heeres einem plötzlichen Angriff aussetzen konnte. Aber nirgends stieß man auf einen Feind. Es schien allen wahrscheinlich, dass Edward die Gefahr, die ihm drohte, erkannt hatte und sich ihr zu entziehen suchte.

Am Abend des 31. Juli 1265 erreichte de Montfort den prächtigen Landpalast des Bischofs von Worcester. Er war umgeben von einem ausgedehnten Park. Hier verbrachte das Heer die Nacht, während das Hauptquartier des Feldherrn und seines königlichen Gefangenen im Palast des Bischofs aufgeschlagen wurde. Die Entfernung zur Stadt Worcester betrug nur drei Meilen, aber keinerlei Nachricht kam über die Bewegung des Heeres des Prinzen.

Gegen sieben Uhr indessen erhielt de Montfort einen Brief von seinem ältesten Sohn, der an der Spitze der großen, von Oxford zu seiner Verstärkung herbeiziehenden Mannschaft stand. Als er ihn geöffnet hatte und das Datum las, umwölkte sich jedoch seine Stirn, und er murmelte vor sich hin: »Kenilworth, Kenilworth! Das ist ein großer Missgriff! Was tut er in Kenilworth?«

Er stellte weiterhin fest, dass der Brief unmittelbar nach einem langen nächtlichen Marsch geschrieben worden war, den sein Sohn unternommen hatte, um dem Heer des Prinzen Edward den Weg abzuschneiden, das, wie man sagte, aus Worcester fliehe. Am nächsten Freitag wollte sein Sohn zu ihm stoßen, da er vermute, dass der Prinz entkommen sei.

De Montfort las den Brief zweimal sehr sorgfältig und murmelte dann: »Das lässt sich nicht mehr ändern! Wir müssen weiter, nach Evesham, in aller Eile. Edward sollte mit einem großen Heer und im Besitz von Worcester und Gloucester fliehen? Nein. Das ist nicht wahrscheinlich. Wir müssen auf der Hut sein vor Überfällen, dahinter steckt etwas!«

Und nachdem er mit einer kleinen Handglocke, die auf

seinem Tisch stand, einen seiner Offiziere herbeigeläutet hatte, befahl er diesem: »Verdoppelt die Wachen an allen Zugängen des Parks, stellt etwa fünfzig berittene Bogenschützen auf die Straße nach Worcester und verbarrikadiert das andere Ende des Dorfes. Veranlasst das sofort, und dann kommt wieder und holt einen Brief ab, nachdem Ihr einem der Reiter die Anweisung gegeben habt, sich bereitzuhalten, nach Kenilworth zu reiten. Kenilworth!«, wiederholte er nachdenklich. »Was hatte er in Kenilworth zu tun? Hört Ihr«, fuhr er, sich wieder an den Offizier wendend, fort, »bringt einige gescheite Burschen, die nicht um ihren Hals fürchten, dazu, dass sie sich, sobald die Tore offen sind, nach Worcester hineinschleichen und für mich erkunden, was dort vorgeht. Versprecht ihnen hohen Lohn, wir müssen das unbedingt herausfinden.«

Der Tag war seit etwa einer Stunde angebrochen, als einer der Kundschafter, die nach Worcester geschickt worden waren, in das Zimmer des Grafen von Leicester geführt wurde, der gerade damit beschäftigt war, seinen Harnisch anzulegen.

»Ich bin mit knapper Not entkommen, mein Lord!«, rief der Mann. »Alle Übrigen haben sie verhaftet!«

»Die Nachrichten!«, rief de Montfort. »Was habt Ihr erfahren?«

»Wenig oder nichts, mein Lord«, antwortete der Mann mürrisch. »Ich hörte, wie Befehl gegeben wurde, meine Kameraden zu hängen, und sah Prinz Edwards Truppen in Eile und Unordnung nach einem langen Nachtmarsch eintreffen. Aber ich konnte mich nur durch schnellste Flucht retten und war daher nicht imstande, mehr zu erfahren.«

»Es ist genug, es ist genug!«, rief de Montfort triumphierend. »Da, Freund, ist Eure Belohnung! Edward ist mit seinem Heer in Unordnung in Worcester angekommen? Das ist genug! Jetzt fort nach Evesham, in aller Eile, um mich mit der Streitmacht meines Sohnes zu vereinigen, und dann zurück, um dies Hornissennest zu zertreten!«

20

Es war ein schöner Anblick, der sich Hugh de Monthermer bot, als er, den man mit einer Schar berittener Bogenschützen und Gewappneter dem Hauptheer vorausgeschickt hatte, auf einem kleinen Hügel hielt. Von hier hatte er eine Aussicht auf das Tal von Evesham und konnte das Heer de Montforts betrachten, wie es des Weges zog.

Der Marsch eines mittelalterlichen Heeres bot ein farbenprächtiges Bild, obgleich im 13. Jahrhundert ein Teil des Glanzes, den es später gewann, als die Röcke der Ritter mit ihren Wappen bestickt wurden, damals noch fehlte. Doch waren die Wappen der Edelleute mit glänzenden Farben in die Banner gestickt und auf die Schilde gemalt. Die Ritter trugen schöne Schärpen, die über die rechte Schulter hingen und unter dem linken Arm nur locker befestigt waren, so dass sie bei jedem Windhauch wie farbige Flaggen in den Lüften flatterten.

Goldener Sonnenschein lag über der Landschaft. Auf der einen Seite ragte die Gebirgskette von Malvern in den Himmel, mit vielen kleinen vorspringenden Bergen, die bis zum Gipfel mit Wald bewachsen und oft mit einem befestigten Schloss gekrönt waren. Auf der anderen Seite erstreckte sich das Hochland in Richtung Sudleigh, bedeckt mit prächtigen Bäumen und unzählige Kastelle tragend, während da und dort die Spitze eines Kirchturms oder die Zinnen einer Abtei hervorlugten. In dem weiten Tal zwischen beiden sah man die sanften Anhöhen, die grünen Wiesen, die Kornfelder und die langen Waldzüge, die das liebliche Tal von Evesham zierten. In dieser schönen Landschaft marschierte das Heer de Montforts mit entfalteten Bannern und im Winde flatternden Fähnchen.

Zuerst kamen die Schleuderer mit ihren Stäben und ledernen Riemen, dann die leichten Pikenmänner zu Fuß. Während die Ersteren ohne jede Rüstung waren, trugen die Letzteren einen Brustharnisch von Stahlschuppen und einen runden stählernen Schild am Arm. Ihnen folgten die ersten regulären Truppen, bestehend aus schwerbewaffneten Lanzenmännern, geschützt durch die Stahlhaube, den langen ovalen Schild und das dick gefütterte Wams, das so steif und hart war, dass es Schwert und Dolch widerstand.

Daran schlossen sich die Bogenschützen an, der Stolz des englischen Heeres. Jeder trug über seiner Rüstung eine Art von ledernem Brustpanzer, geschmückt mit vier runden Eisenplatten. Ihre Pfeile staken in einem Gürtel um den Leib, die Bogen trugen sie entspannt in der Hand. Jeder hatte seinen kurzen Dolch an einem Riemen um den Hals hängen, und viele waren auch mit einem starken, breiten Schwert ausgerüstet.

Truppen von berittenen Bogenschützen folgten, und dann kam der lange Zug von gewappneten Kriegern, die zu je vier Mann nebeneinander ritten und in deren polierten Harnischen sich die Sonne spiegelte. Gewiss war selten ein glanzvolleres Schauspiel gesehen worden als der lange Zug von de Montforts Reitern, wie sie durch das Tal von Evesham dahinzogen.

Dann und wann trug der leichte Sommerwind dem Ohr Hugh de Monthermers das fröhliche Schmettern der Trompeten und laute Kommandorufe zu. Während er an der Spitze seiner Leute auf Nebenwegen ritt, auf denen er gegen Evesham vorzurücken angewiesen worden war, schwammen Traumbilder von Ruhm und Ritterehre vor seinem Auge und verscheuchten die schwermütigen Bilder, die von seinem Gemüt Besitz ergriffen hatten, seit der Vater seiner Geliebten zum Feind übergelaufen war. Nicht, dass die Hoffnung, Waffenruhm zu gewinnen, die Erinnerung an Lucy de Ashby aus seiner Seele hätte verbannen können, aber in jenen Tagen war für einen Ritter der Gedanke an Waffenruhm so eng verbunden mit den Gefühlen der Liebe, dass beides gar nicht voneinander zu trennen war. Das Bewusstsein, dass sie von seinen Waffentaten hören würde, war ihm Trost und Genugtuung. Glorreiche Kämpfe waren in ritterlichen Zeiten einer der Wege, um Liebe zu werben, und nur zu oft der einzige Weg, der dem Liebenden freistand.

Das Heer rückte weiter, und Hugh verfolgte seinen Weg. Von jeder kleinen Anhöhe in der Ebene spähte er in die Umgebung, ob nicht bewaffnete Freunde oder Feinde sich den Streitkräften de Montforts näherten. Aber alles war friedlich und ruhig. Dort ging ein Dorfmädchen durch die Felder, deren lange Kornähren ihr bis an die Schultern reichten, dort brachte ein Bauer die reiche und frühe Gerstenernte ein, dort auf der Straße lenkte ein Kärrner sein Gespann, und dort trieb ein Hirte sein Vieh nach Hause. Das einzig Kriegerische war das Blinken der Lanzen von de Montforts Heer, das jetzt in der Abenddämmerung in das kleine Städtchen Evesham einzog.

Etwa zwei Meilen vor der Stadt machte Hugh de Monthermer plötzlich Halt, denn in geringer Entfernung erregte etwas seine Aufmerksamkeit. Die sich zum Untergang neigende Sonne wurde von einem glänzenden Gegenstand unter den Bäumen reflektiert. Eine Pflugschar vielleicht, dachte der junge Ritter. Aber gleich darauf schimmerte etwas Metallenes an einer anderen Stelle auf. Dorthin lenkte er nun über einen schmalen Heckenweg sein Pferd. Einige Bogenschützen wies er an, zu beiden Seiten auf den Feldern in derselben Richtung vorzurücken.

Nachdem sie ein paar Minuten geritten waren, bemerkten der junge Lord und die unmittelbar hinter ihm befindlichen Männer ein Wesen, das unter der Hecke dahinkroch. Aber in der Dämmerung konnten sie nicht ausmachen, was es war.

»Es ist ein Hund«, sagte Thomas Blawket, der in der ersten Reihe hinter seinem Anführer ritt.

»Oder ein Wolf«, sagte ein anderer in der Nähe.

Da spornte Hugh sein Pferd an und rief: »Tangel, Tangel, seid Ihr es?«

Der zwergenhafte Knabe sprang auf die Füße, als er die ihm wohlbekannte Stimme Lord Hughs vernahm. Mit wilden Gebärden rannte er ihm entgegen.

»Ihr seid es!«, rief er. »Robin, Ralph und die anderen werden froh sein, Euch zu sehen! Wir haben es in den letzten vier Tagen sehr schwer gehabt. Sie glaubten, es sei wieder des Prinzen Heer, das im Tal dahinzieht, und schickten mich, um es auszuspähen.«

»Auch wir werden sie freudig begrüßen«, versetzte Hugh. »Obgleich wir stark genug sind, und, wie ich hoffe, nun bald noch stärker sein werden, kommen doch sieben- oder achthundert tapfere Männer nie unerwünscht.«

»So viele sind es nicht, guter Ritter!«, rief Tangel mit einem bedauernden Schulterzucken. »Viele der Burschen aus Yorkshire fürchteten sich, weiter mit uns zu ziehen. Sie machten bei Stafford linksum, die Schelme! Es sind nur Robin Hood, Ralph Harland und zweihundertfünfzig Mann, genau gezählt. Aber es sind gute und treue Männer, die Euch einen Pfeil durch das Schlüsselloch der Kirchtüre von Mumbury jagen oder den Konstabler des Sheriffs krumm schlagen wie ein Hufeisen.«

»Sie sollen willkommen sein«, sagte Hugh. »Was aber die anderen betrifft: Ein Mann, der je Angst empfunden hat bei einer guten Sache, der tut am besten, wegzubleiben, um nicht Furcht im ganzen tapferen Heer zu verbreiten!«

Als dann jedoch der junge Ritter seine Freunde, die Freibauern, begrüßte, bemerkte er, dass der kühne Robin Hood ernster war, als er sonst zu sein pflegte.

»Was ist, Robin?«, fragte Hugh, nachdem sie einander freundlich willkommen geheißen hatten.

»Ich weiß nicht, mein Lord«, antwortete der Waidmann, »aber verworrene Gerüchte sind uns im Laufe des Tages zu Ohren gekommen, dass es eine Schlacht gegeben hätte und de Montfort geschlagen sei.«

Hugh de Monthermer lachte. »Nein, Robin! Von diesem kleinen Hügel aus könnt Ihr eben jetzt die letzten Truppen seines stattlichen Heeres nach Evesham marschieren sehen, dem keine Feder auf einem Helm geknickt, kein Banner zerrissen, kein Wappenrock zerhauen ist.«

»Das ist eine gute Neuigkeit, mein Lord«, versetzte Robin Hood, doch sein Gesicht blieb ernst. »Die Nachricht kam von Warwick. Ich liebe solche Gerüchte nicht, ob sie nun andeuten, was die Leute fürchten oder was sie hoffen.«

»Von Warwick her?«, sagte Hugh nachdenklich. »Mein Lord von Leicester muss davon unterrichtet werden. Kommt, Robin, kommt, Ralph, lasst uns schnell nach Evesham reiten. Meines Oheims Leute halten gute Quartiere für mich und die Meinigen bereit, und ich will sie heute Nacht mit Euch teilen. Habt Ihr keine Pferde?«

»Nein, mein Lord«, versetzte Ralph. »Wir sind mit unseren Leuten zu Fuß marschiert. Ich habe einhundert gute Lanzen, und Robin führt etwa hundertfünfzig Bogenschützen. Die letzten vier Tage haben wir in Feld und Wald geschlafen, denn die Märsche und Gegenmärsche Prinz Edwards haben uns mehr als einmal in Gefahr gebracht. Reitet nur zu, mein Lord, wir werden Euch folgen!«

Hugh de Monthermer zögerte nicht, denn er wusste, dass in einem so kritischen Augenblick die geringste Nachricht von Wichtigkeit für de Monfort sein konnte. Kaum hatte er Evesham erreicht, ließ er seine Leute unter dem Befehl eines treuen Anhängers seines Hauses zurück und drängte sich durch das Gewimmel auf den Straßen, um das Hauptquartier des Grafen von Leicester aufzusuchen.

Er fand ihn in der Abtei, umgeben von einer Anzahl von Offizieren, wie er eben den König mit allen äußeren Zeichen der Ehrerbietung in das für ihn vorbereitete Gemach führte. Nachdem dies geschehen und die üblichen Vorkehrungen gegen einen Fluchtversuch des königlichen Gefangenen getroffen waren, kehrte der Graf zurück in die Abtei.

Als er Hugh entdeckte, winkte er diesen in eine der tiefen Fensternischen und sagte zu ihm: »Ihr habt Neuigkeiten für mich, wie ich sehe. Was ist's?«

Hugh berichtete ihm, dass er mit ihren Freunden aus dem Wald zusammengetroffen war und erwähnte das Gerücht, das sie gehört hatten. Sofort überzog sich de Montforts Stirn mit einer düsteren Wolke.

»Von Warwick her, sagen sie, sei die Nachricht gekommen?«, rief er aus. »Bei St. Jakob, das wäre böse, wenn es sich bestätigen sollte! Aber es kann nicht sein! Ich bekam ja gestern Nacht Briefe von meinem Sohn. Er habe Edward aufgelauert, schrieb er, aber der Prinz sei nicht erschienen. Dank, mein junger Freund! Diese trefflichen Waidmänner kommen gerade zur rechten Zeit. Seht zu, dass sie gut untergebracht werden, und sorgt auch für Eure eigenen Leute. Wir müssen morgen früh im Sattel sein!«

21

Es war etwa ein Uhr am 4. August 1265, als Simon de Montfort, mit dem König zu seiner Rechten, begleitet von dem Oberstkronrichter Lord Le Despenser, dem Grafen von Monthermer und Lord Ralph Basset sowie fünfundzwanzig Rittern und Gentlemen, von der Straße, die von Evesham nach Alcester führt, auf die seither berühmte Ebene hinausritt, wo der Stab der Gewalt für immer seinen Händen entrungen werden sollte.

Ein kleiner Vortrupp war vorausgesandt worden, um die vor ihnen liegende Gegend zu erkunden, und die Spitze des Heeres befand sich etwa hundert Schritt hinter dem Feldherrn und seinen Begleitern.

De Montfort war ruhig und heiter. Er hoffte, binnen weniger Stunden seine Truppen mit denen seines Sohnes zu vereinigen und dann den Kampf mit einem Schlag zu beenden. Ehe er jedoch den Stein erreichte, wo die Straßen ineinanderliefen, kam ein Reiter die Anhöhe vor ihnen heruntergejagt, und einen Augenblick später sah man die gesamte Vorhut im Rückzug begriffen.

»Was ist das?«, fragte de Montfort, und rief dem Ersten der heransprengenden Reiter entgegen. »Welche Neuigkeit bringt Ihr in solcher Hast?«

»Mein Lord, eine gewaltige Streitmacht rückt gegen Euch heran!«, rief der Mann. »Wir sahen sie von der Anhöhe dort, wohl über zwanzigtausend Mann.«

»Habt Ihr ihre Banner gesehen?«, fragte de Montfort.

»Nein«, antwortete der Bote. »Es waren Banner genug, aber welche es waren, habe ich nicht erkannt.«

»Ihr lasst Euch sehr schnell erschrecken«, sagte der Graf kalt. »Hugh de Monthermer«, fuhr er fort und wandte sich zu dem dicht hinter ihm reitenden jungen Lord um. »Galoppiert den Hügel dort zur Rechten hinauf und bringt uns Nachricht, was Ihr sehen könnt. Ich will die andere Anhöhe hinaufreiten und aus eigener Anschauung urteilen.«

Hugh war im selben Moment fort, und de Montfort sagte: »Mein gütiger Freund Monthermer, mein guter Lord Ralph, ich bitte Euch, die Leute in Schlachtordnung aufzustellen, sobald sie aus dem Hohlweg kommen. Die hier anrückenden Truppen müssen das von Kenilworth herankommende Heer meines Sohnes sein, aber es ist immer gut, wenn man für alles gerüstet ist. Mein Lord Le Despenser, Euch überlasse ich es, Seine Majestät zu unterhalten. Ich bin sofort wieder zurück. Einige von Euch Gentlemen folgen mir!« Er setzte über einen kleinen Bach und ritt die Anhöhe auf der anderen Seite hinan.

Hier hielt er einige Minuten und beobachtete aufmerksam die Gegend vor sich, durch die ein großer Heerhaufen mit zahlreichen Bannern heranrückte. Endlich schien er zufrieden, wendete sein Pferd und ritt in leichtem Trab dorthin zurück, wo der alte Graf von Monthermer und Lord Ralph Basset die Lanzenmänner, Bogen- und Armbrustschützen aufstellten, die inzwischen die Ebene erreicht hatten, während die Krieger zu Pferde ihre Stellung hinter dem Fußvolk einnahmen.

»Es ist auf alle Fälle gut«, sagte de Montfort auf dem Rückweg zu einem der Ritter, die ihm gefolgt waren, »wenn man die Leute in Schlachtordnung aufstellt, denn wir werden hier eine Stunde haltmachen, während sich das Heer erfrischt. Ihr habt die Banner ebenfalls genau gesehen?«

»Ja, mein Lord«, antwortete der Ritter, »ich habe das Banner Eures Sohnes und das des Grafen von Oxford ausgemacht.«

»Wir wollen sie mit einem Freudenruf begrüßen, wenn sie herankommen«, sagte de Montfort und ritt zu dem Grafen von Monthermer. »Es ist mein Sohn, Monthermer! Ich sah sein Banner und das Oxfords ebenfalls. Aber da kommt Euer Neffe. Wer ist denn das, den er mit der Lanzenspitze vor sich hertreibt? Ein Armbrustschütze scheint's.«

»Mein Lord!«, schrie Hugh de Monthermer schon von weitem. »Rüstet Euch ohne Verzug zur Schlacht! Prinz Edwards Heer ist nur eine Meile entfernt, und Mortimer rückt von rechts heran!«

»Lasst sie kommen!«, rief de Montfort. »Sie werden eine stärkere Streitmacht finden, als sie vermuten. Mein Sohn nähert sich mit seinem Heer von links. Rückt mit Eurem Flügel vor, mein guter Lord von Monthermer, damit wir uns leichter mit ihm vereinigen.«

»Mein Lord, Ihr seid im Irrtum!«, sagte Hugh und schüttelte heftig den Kopf. »Die Banner, die Ihr gesehen habt, sind nicht die Eures Sohnes!«

»Aber ich habe …«, rief de Montfort.

»Sprecht Ihr, Bursche!«, unterbrach ihn Hugh, sich zu dem Armbrustschützen wendend, den er vor sich hergetrieben hatte. »Sprecht, und lasst den Grafen die Wahrheit hören! So bittere Nachrichten sollen nur aus dem Mund eines Feindes kommen. Mein Lord, das ist einer von Gloucesters Schützen. Er wird Euch mehr berichten.«

»So redet!«, befahl der Graf, äußerlich sehr ruhig. »Wer sind die, die gegen mich anrücken?«

»Prinz Edward, Roger Mortimer und Gilbert de Clare«, antwortete der Mann. »Euer Sohn, mein Lord – tötet mich, wenn Ihr wollt, aber ich sage die Wahrheit – Euer Sohn wurde in Kenilworth im Bett überfallen, sein Heer ist geschlagen und zerstreut. Dreizehn Barone, die ihr eigenes Banner entfaltet hatten, wurden gefangen und ebensoviel erschlagen. Die Banner, die Ihr gesehen habt, wurden vom Prinzen erbeutet und werden jetzt vorangetragen, um Euch zu täuschen.«

»Und mein Sohn?«, fragte de Montfort, dem Mann ängstlich ins Gesicht starrend. »Was ist mit meinem Sohn?«

»Er entkam, mein Lord«, antwortete der Schütze.

»Führt ihn hinter das Heer«, befahl, erleichtert aufatmend, de Montfort. Dann sagte er leise, doch so, dass die Umstehenden ihn wohl verstanden: »Seht, wie sie heranmarschieren! Eine gewaltige Streitmacht, wahrhaftig! Wie geordnet, wie fest! Edward hat das von mir gelernt. Mir scheint, wir haben nur wenig Aussichten, das Treffen für uns günstig zu entscheiden!« Nach einem kurzen Schweigen erhob er stolz sein

Haupt und fuhr mit gewohnter Festigkeit fort: »Was auch immer sei, wir müssen ihm mutig entgegentreten und unsere Schuldigkeit als Ritter tun. Jeder, der dazu entschlossen ist, kann heute hohen Ruhm davontragen, wenn er auch sonst keinen Preis erringt. Sollte aber einer hier sein, der sich fürchtet, mit de Montfort zu fechten, dem steht es frei zu gehen, denn ich möchte nicht, dass, wenn die Leute von diesem glorreichen, obwohl vielleicht unglücklichen Tage sprechen, man sagen kann, es sei auch nur ein Feiger unter denen gewesen, die bei Evesham kämpften. Lasst uns unsere Schlachtordnung so gut aufstellen wie möglich, mein Lord von Monthermer. Jener Wald dort ist ein Punkt, der behauptet werden muss. Ihr, Hugh, besetzt die Hecken dieses kleinen Feldes mit Bogenschützen. Stellt unsere tüchtigen Waidmänner aus dem Sherwood dort auf; es ist ein Punkt von großer Wichtigkeit. Neben ihnen nehmt Ihr selbst Euern Posten ein und behauptet mit Euern Leuten das Terrain zwischen dem entfernteren Gebiet und den Krüppel- und Weißdornbüschen, wo ihre Reiterei nicht eingreifen kann. Ich stelle Euch auf einen gefährlichen Posten, mein junger Freund, aber ich weiß, dass Ihr Eure Pflicht erfüllen werdet. Und nun das übrige Heer geordnet, wir dürfen keine Zeit verlieren!«

Mit diesen Worten ritt er auf den Wald zu, gab unterwegs seine Befehle und stellte seine Truppen zur Schlacht auf, während Hugh de Monthermer ohne Zögern die erhaltenen Befehle ausführte. Bald waren alle Posten verteilt, und noch vor zwei Uhr standen die feindlichen Heere in Schlachtordnung einander gegenüber.

In der Mitte der Schlachtreihe befand sich der Graf von Leicester selbst, nicht weit von ihm entfernt saß in voller Rüstung, die königliche Standarte in der Linken, der schwache und falsche König Heinrich III. auf einem schwarzen Streitross. In einer kurzen Beratung der vornehmsten Edelleute hatte man es für notwendig erachtet, dass der König an der Schlacht teilnahm, da sein Name allen öffentlichen Erlassen vorangestellt wurde. Man musste ihn den Soldaten deshalb mit einer Waffe zeigen. Der König war nicht abgeneigt, diese Rolle zu spielen, hegte er doch, obwohl von zahlreichen Wachen umgeben, die Hoffnung, in den Wirren der Schlacht entfliehen zu können.

Am rechten Flügel des Heeres stand der tapfere junge Heinrich de Montfort, wie Hugh de Monthermer ein Spielkamerad des Prinzen Edward, und am linken Flügel wehte das Banner Hugh de Monthermers, unter dem nicht nur die regulären Anhänger des Hauses, sondern auch die Freibauern und Waidmänner von Yorkshire und Nottingham fochten.

Die Schleuderer waren wie üblich etwa hundertfünfzig Schritt vor das übrige Heer vorgeschoben. Sie wurden unterstützt von den nahe bei ihnen aufgestellten leichten Pikenmännern. Hinter ihnen standen einige tausend Mann Fußvolk, und dann kamen die Linien tüchtiger englischer Bogenschützen und regulärer Lanzenmänner, unterstützt von den Berittenen. Drohend und fest erschien de Montforts Schlachtreihe, aber die ungeheure Überzahl der Feinde warf gleichsam einen Schatten auf den guten Mut der Soldaten.

Das feindliche Heer hatte inzwischen die Banner, die vorangetragen worden waren, um de Montfort zu täuschen, weggeworfen und seine eigenen Feldzeichen entfaltet. Die Truppen Mortimers und der Grenzlords bildeten den rechten, die Truppen Gloucesters den linken Flügel und die Truppen Edwards das Zentrum. Das Heer des Prinzen war voller Hoffnung und Zuversicht, und besonders die ausländischen Günstlinge Heinrichs III., die in diesem Heer kämpften, waren von einem brennenden Durst nach Rache an dem erfüllt, der ihr Glück beendet und sie beinahe aus dem Lande getrieben hatte.

Nachdem die Schlachtordnung auf beiden Seiten vollständig war, lag ein finsteres, düsteres Schweigen über der ganzen Schlachtlinie de Montforts. Jeder Mann dachte an die Heimat, die er vielleicht nie wiedersehen würde, an die Kinder, das Weib und die Verhältnisse des häuslichen Lebens, die bald von der blutigen Hand des Krieges zerrissen werden sollten.

Aber nicht einer ließ es sich einfallen, dem bevorstehenden Kampf auszuweichen, denn jeder stand hier mit der festen Überzeugung, dass Recht und Gerechtigkeit auf seiner Seite seien. Jeder war bereit, für die Befreiung seines Vaterlandes von ausländischer Herrschaft zu fechten und, wenn nötig, für die Freiheit und Unabhängigkeit des Volkes von England zu sterben. So erwarteten alle gefasst und entschlossen den Angriff des Feindes.

Auf der Gegenseite war zur Zeit nichts als fröhliches Lärmen, die Zurufe der Führer und das wiederholte Schmettern der Hörner und Trompeten zu hören, bis endlich auch bei ihnen eine feierliche Stille eintrat, die andeutete, dass jetzt die Schlacht beginnen würde. Einen Augenblick lang schienen die dichten Reihen der Kämpfer zu schwanken. Dann rannten einige vor und schleuderten, obwohl sie auf diese Entfernung nichts ausrichten würden, große Kugeln aus Stein oder Blei gegen de Montforts Linie. Andere folgten ihnen schnell in unregelmäßigen Haufen, und schließlich rückte die Hauptmacht Edwards langsam, aber in fester Schlachtordnung vor.

Man hätte eine Nadel fallen hören können in de Montforts Heer, so tief war das ahnungsvolle Schweigen, mit dem man das ungeheure Heer erwartete, das nicht nur von vorn angriff, sondern gleichzeitig den Versuch machte, die linke Flanke mit Hilfe einer zahlreichen Reiterei zu zermalmen.

Die geschickten Anordnungen des Grafen von Leicester hatten jedoch diese Gefahr ausgeschaltet, denn den Wald dort verteidigten die Bogenschützen und Lanzenmänner zu Fuß, während die Hecken und Weißdornbüsche durch Hugh de

Monthermer und die Bogenschützen vom Sherwood geschützt wurden.

Aber gerade der letzte Punkt war sehr bedroht, denn Edward schien hier die schwächste Stelle von de Montforts Schlachtlinie zu vermuten. Kaum hatte sich das Heer des Prinzen in Bewegung gesetzt, als Hugh de Monthermer eine starke Schar Reiterei, einer dichten Linie von Armbrustschützen folgend, direkt auf sich und seine Leute zukommen sah, an ihrer Spitze das Banner des Grafen von Norfolk. Sofort galoppierte Hugh zu seinem Freunde Robin hinüber.

»Sie werden hier zuerst angreifen, Robin«, sagte er mit leiser Stimme.

»Lasst sie kommen!«, versetzte Robin Hood. »Wir wollen sie gut empfangen. Wir haben Pfähle in den Boden gerammt, um ihre Reiter aufzuhalten, mein Lord. Habt daher Acht auf die Lücken, wenn Ihr gegen sie anrückt.«

»Das sehe ich!«, rief Hugh de Monthermer. »Aber da es von großer Wichtigkeit ist, sie in Unordnung zu bringen, schickt ihnen einen Flug Pfeile von Euern Bogensehnen entgegen, sobald sie in Euern Bereich kommen.«

»Da sind sie schon!«, rief Robin und hob seinen Bogen über den Kopf als Zeichen für seine Leute.

In diesem Augenblick fielen ein paar Kugeln von den feindlichen Schleuderern kraftlos vor ihnen nieder. Und schon schnellten hundertfünfzig Pfeile durch die Luft, zerstreuten die feindlichen Armbrustschützen und richteten selbst unter den Berittenen von Norfolk beträchtliche Verwirrung an.

Ein ganzer Hagel von Pfeilen von Edwards Heer schwirrte nun heran, aber sie erreichten nicht Hugh de Monthermers Linie. Der alte Graf von Monthermer, der den ungestümen Kampfgeist seines Neffen fürchtete, ritt zu ihm und bat ihn, unter keinen Umständen anzugreifen, bevor die Schlacht richtig begonnen hatte.

Doch das Heer des Prinzen rückte mit zunehmender Schnelligkeit heran. Die nun zu Hunderten abgeschossenen Pfeile und Armbrustbolzen begannen auf beiden Seiten große Verheerungen in den Reihen der Kämpfer anzurichten. Vor allem die Pfeile der unübertrefflichen Nottinghamer Schützen wirkten fürchterlich unter den Armbrustschützen des Prinzen. Einer nach dem anderen sank nieder, ihre Reihen wurden immer lichter, und endlich riefen die nachrückenden Reiter ihnen zu, sie sollten sich zurückziehen, damit sie selbst angreifen könnten. Ehe noch der Rückzug des Fußvolks abgeschlossen war, gab der Graf von Norfolk Befehl zum Angriff, und mit gesenkten Lanzen stürmten die Reiter vor, obwohl wiederholt Bogenschüsse von einer nie fehlenden Hand jeden Teil der Rüstung des vorrückenden Grafen trafen.

»Auf die Pferde!«, rief Robin Hood, als die Reiter näher kamen, und sofort hagelten erneut Pfeile mit blanken Spitzen auf die anrückende Reiterei nieder. Fünf bis sechs Streitrosse stürzten zu Boden, andere bäumten sich vor Schmerz auf, schlugen aus und verbreiteten Verwirrung.

Hugh de Monthermer wollte soeben seinen Reitern Befehl zum Vorrücken geben, um Robin Hood und seine Bogenschützen zu entlasten, als vom rechten Flügel Geschrei erscholl. »Sie fliehen!«, hörte er, und als er die Schlachtlinie entlangschaute, sah er die ausländischen Hilfstruppen des Prinzen in wilder Unordnung vom Schlachtfeld laufen. Aber die entstandenen Lücken wurden so schnell wiederaufgefüllt, dass das Vorrücken von Prinz Edwards Heer kaum ins Stocken geriet. Immerhin war nun eines der Hauptangriffsmittel des Prinzen dahin, und da gleichzeitig eine Attacke der Reiter Simon de Montforts begann, war bald der ganze rechte Flügel im Kampf begriffen.

Durch den unaufhörlichen Pfeilhagel der Bogenschützen von Nottingham wurden auf dem linken Flügel die Truppen des Grafen von Norfolk zur Umkehr gezwungen, bevor sie die Pfähle erreicht hatten. Hugh de Monthermer griff sie nun, ihre Verwirrung ausnutzend, mit seiner Schar an und warf sie zurück. Die heranströmenden Truppen Mortimers gaben ihnen aber wieder Halt, und Hugh de Monthermer, die unerlässliche Notwendigkeit erkennend, seinen Posten zu behaupten, zog sich mit Widerstreben in seine ursprüngliche Stellung zurück.

Nun leisteten die Lanzenmänner von Yorkshire mit dem jungen Freisassen Ralph Harland an ihrer Spitze der Sache, der sie sich angeschlossen hatten, glänzende Dienste. Mit ihren langen Lanzen rückten sie vor und hielten den Feind zurück, und obgleich Mortimer zusammen mit Norfolk Angriff auf Angriff unternahm, behaupteten sie ihre Stellung gegen den gesamten rechten Flügel des Prinzen.

Auf den anderen Teilen des Schlachtfeldes siegte jedoch allmählich die Anzahl der Krieger über alle Anstrengungen des Mutes und der Entschlossenheit. Das Handgemenge hatte in all seiner Erbitterung begonnen: Ritter focht gegen Ritter, Mann trat gegen Mann an, Drängen und Verwirrung beherrschten das Schlachtfeld, während das Klirren der Waffen, das Schmettern der Trompeten, das Geschrei der Kämpfenden, das laute Rufen der Befehlshaber, das Galoppieren der Pferde und das Stöhnen der Sterbenden ein wahrhaft höllisches Getöse zum Himmel emporsandten.

Angriff auf Angriff erfolgte gegen den linken Flügel von de Montforts Schlachtreihe, aber Mortimer, Bigod und der Graf von Pembroke führten vergebens ihre Reiterei gegen die tapfere Schar der Lanzenmänner und Bogenschützen heran. So oft sie sich näherten, wurden sie zurückgetrieben, entweder durch den entsetzlichen Pfeilhagel oder durch die langen Spieße derer von Pontefract oder durch die ihnen entgegenrückende Reiterei Hugh de Monthermers.

Nur einmal wurde die Linie zwischen den Weißdornbüschen für einen Augenblick durch die Überzahl der Gegner ins Wanken gebracht, aber da galoppierte der alte Graf von Monthermer an der Spitze eines starken Reitertrupps herbei und half, den Feind zurückzuschlagen.

Ehe er wieder zurückritt, verweilte er einen Moment an der Seite seines Neffen und sagte: »Es wird uns genug Ruhm bringen, Hugh, wenn wir unsere Stellung bis zum Abend behaupten. Lebt wohl, mein lieber Junge! Tut Eure Pflicht, und wenn wir uns auf Erden nicht wiedersehen …«

»Ich bitte Euch, Sir! Schützt Euer wertvolles Leben. Bedenkt, der Hass der Fremden ist ebenso sehr gegen de Montfort wie gegen Euch selbst gerichtet.«

»Ich will nicht lebend in ihre Hände fallen«, versetzte der alte Graf. »Aber ich verlasse dies Feld nicht, solange es noch hell genug ist, das Schwert zu schwingen.«

Mit diesen Worten ritt er zu einer Stelle, wo das dichte Schlachtgewühl um das Banner de Montforts tobte, und seine Gegenwart trug hier allem Anschein nach sehr dazu bei, die Lage günstig zu beeinflussen, denn bald darauf zog sich die gesamte Streitmacht des Prinzen Edward wie ein Tiger, der einen Fehlsprung getan hat, zurück zum Saum der Anhöhe.

Die Pause, die nun eintrat, war nicht von langer Dauer. Schon bliesen die Trompeter des Prinzen wieder zum Angriff, und die donnernde Reiterei raste heran und stürzte sich von allen Seiten auf de Montforts Heer. Auch auf de Montforts Seite stürmten nach einem raschen Pfeilhagel die gewappneten Ritter dem andringenden Feind entgegen, und das Handgemenge begann von neuem.

Plötzlich wurde im Zentrum des Gewühls der König angegriffen und von einem der Anhänger seines Sohnes verwundet. Schon wollte der Soldat mit der Lanze ausholen, um ihn an die

Erde zu spießen, als der Monarch sein Visier öffnete und rief: »Pfui über Dich, Verräter! Ich bin Heinrich von Winchester, Dein König! Wo ist mein Sohn?«

Da sprang ein Ritter, der einen Kopf größer war als alle ringsum und von Scheitel bis zur Ferse in einem Schuppenharnisch steckte, neben ihm vom Pferd, stieß den Soldaten heftig zurück, hob den Monarchen vom Boden auf und rief: »Steigt auf, mein Vater, und fort! Heraus aus dem Kampfgetümmel! Lasst Eure Wunde untersuchen! Gebt mir die Zügel Eures Pferdes. Ihr wenigstens seid befreit, und das allein ist schon ein Sieg.«

Der König sprang auf sein Pferd, und Edward führte es am Zügel hinter sein Heer.

Beinahe zur selben Zeit preschten auf dem linken Flügel von de Montforts Schlachtreihe Alured de Ashby und Hugh de Monthermer aufeinander los. Alured richtete seine Lanze auf den Schild de Monthermers mit einer vielleicht umso heftigeren Erbitterung, weil er wusste, dass sie ungerecht war. Hugh dagegen stellte sich nur mit Widerstreben dem Kampf, obwohl er durch die Umstände gezwungen war, seiner Ritterpflicht zu genügen. Doch ließ ihn dieses Widerstreben ruhiger und besonnener sein als seinen Gegner. Er zielte mit der Lanze nach dem Helm de Ashbys, um ihn vom Pferd zu werfen und zum Gefangenen zu machen. Ashbys Waffe aber traf auf den Schild seines Feindes, drang durch die Stahlplatte und berührte den Harnisch. Hier brach sie in Splitter, während Hugh nach wie vor fest im Sattel saß und seine Lanze auf den stählernen Helm de Ashbys richtete, gerade über dem Visier. Er warf ihn vom Pferd, ohne ihn sonst zu verletzen.

Einige von Monthermers Fußvolk sprangen herbei, um den niedergeworfenen Ritter zu packen und gefangenzunehmen, aber ein Angriff von frischen Truppen trieb sie zurück. So hatte

Alured de Ashby Gelegenheit, sein Pferd wieder zu besteigen. Mit gesteigertem Hass auf Hugh de Monthermer ritt er zurück.

Ein von Edward erneut befohlener Rückzug vom Schlachtfeld brachte jetzt die Schlacht wieder zum Stillstand. Nur die Bogenschützen fuhren auf beiden Seiten fort, ihre Pfeile abzuschießen, doch mit geringer Wirkung. Plötzlich zuckte ein blasser Blitz blau und geisterhaft am Himmel auf, und dann folgte das ferne Grollen des Donners.

»Ha!«, sagte Robin Hood, der gerade neben Hugh de Monthermer stand. »Auf diese Trompete wird man heute nur wenig achten.«

»Das denke ich auch!«, antwortete Hugh. »Habt Ihr viele Leute verloren, Robin?«

»Wohl um die vierzig, fürchte ich«, antwortete Robin Hood. »Der arme Brown war zu hitzig und wagte sich mit seiner kleinen Schar von Mansfielder Männern über die Pfähle hinaus. Es ist keiner zurückgekehrt ...«

»Könnt Ihr Euern Posten noch behaupten?«, fragte Hugh.

»Wir wollen uns schon halten«, sagte Robin mit Nachdruck. »Aber ich fürchte für das Zentrum und den rechten Flügel. Schaut dorthin, in der zweiten Linie, wo sich so viele auf einem Fleck zusammendrängen! Ein bedeutender Mann muss dort verletzt worden sein!«

»Mein Oheim war vor einem Augenblick dort!«, rief Hugh erschrocken. »Ich fürchte, er ist es!«

»Nein, nein, mein Lord!«, versetzte ein alter Ritter vom Hause der Monthermer. »Euer Oheim ist unverletzt. Ich habe ihn nach dem letzten Angriff gesehen; er scheint allerdings entschlossen, sein Leben zu opfern.«

»Ich bitte Euch, Sir John Hardy«, sagte Hugh. »Wenn wir die Schlacht verlieren, so seht nach meinem Oheim und führt ihn mit Gewalt zurück, falls es nötig sein sollte.«

»So bleibt Ihr auf dem Schlachtfeld, mein Lord?«, fragte der alte Ritter.

»Ja«, antwortete Hugh.«

»Nun, dann bleibe ich auch«, erwiderte Sir John Hardy.

»Nein, das ist Torheit!«, schrie Robin Hood. »Fechte jeder Mann nur so lange, wie das Fechten Sinn hat. Aber wenn an einem Tag offenbar nichts mehr zu gewinnen ist, so rettet der mutige Mann, der gern sein Blut für den Sieg vergossen hätte, sein Leben, um zu einer anderen Zeit seiner Sache zu dienen! Aber seht! Alle Anführer drängen sich dort zusammen! Ihr tätet gut, Lord Hugh, hinzureiten und uns Nachricht zu bringen. Wir wollen uns hier bis zu Eurer Rückkehr schon behaupten.«

»So übernehmt den Befehl über die Truppen, bis ich zurückkomme, Robin«, sagte Hugh. Dann ritt er unter einem Hagel feindlicher Pfeile die Front der Schlachtreihe hinab und näherte sich der Stelle, wo eine Gruppe von Edelleuten ersten Ranges versammelt war, um, wie es schien, bei der dort aufgerichteten königlichen Standarte Rat zu halten.

Als Hugh jedoch näher kam, sah er, dass der Anlass ein trauriger war. Sein Oheim, die Lords Mandeville, Basset, Crespigny, Beauchamp und Le Despenser standen um den berühmten Grafen von Leicester herum, der ausgestreckt auf dem Boden lag, Haupt und Schultern unterstützt von dem Knie und dem Arm eines Mönchs. Tief in seiner Brust steckte die Spitze einer abgebrochenen Lanze, die durch seinen Stahlharnisch gedrungen war. Er hatte soeben seine letzte Beichte beendet, und der Mönch murmelte in Eile die Absolution des Schlachtfeldes. De Montforts Gesicht war blass, seine Lippen waren farblos, und der Mund stand weit offen, als koste ihn das Atemholen große Anstrengung. Aber seine Augen glänzten noch und waren klar, und sein Blick glitt ernst über die Gesichter aller Anwesenden und blieb lange auf denjenigen haften, die ihm die vertrautesten Freunde waren.

»Zieht die Lanze heraus«, sagte er stöhnend zu seinem neben ihm stehenden Wundarzt.

»Wenn ich das tue, mein Lord«, versetzte der Arzt, »so lebt Ihr keine zehn Minuten mehr.«

»Das ist lange genug«, sagte de Montfort. »Mein Sohn Heinrich ist tot. Ich habe ihn fallen sehen und möchte ihm bald folgen. Zieht sie heraus, sage ich, denn ich kann nicht atmen und muss doch noch mit meinen Freunden sprechen. Le Despenser, veranlasst, dass er sie herauszieht. Ich werde schon noch Zeit genug haben für alles, was mir zu tun übrig bleibt.«

Widerstrebend und nicht ohne Anstrengung zog der Wundarzt die Lanzenspitze aus der Wunde.

Der Verwundete schien sofort Erleichterung zu verspüren und sagte, nachdem er versucht hatte durchzuatmen, mit fester Stimme: »Merkt Euch meine Worte und vergesst nicht, dass Montfort in seiner letzten Stunde erklärt, dass diejenigen ihn verleumden, die ihn des Ehrgeizes anklagen. Ich sage jetzt, wie ich es immer gesagt habe, dass jede meiner Handlungen und jeder meiner Gedanken auf das Wohl meines Landes gerichtet gewesen ist. Ich kann mich geirrt haben – ich habe mich ohne Zweifel oft geirrt –, aber meine Absichten sind gut gewesen. Unsere Sache kann ich jetzt nicht mehr verfechten, aber ihr, meine Freunde, bewahrt Euer Leben für diese Aufgabe. Ich bitte, ich beschwöre euch! Basset, Monthermer, Le Despenser! Diese Schlacht ist verloren. Doch ihr könnt noch, da die Nacht anbricht, ungefährdet den Rückzug antreten. Es ist keine Unehre, von einem tapfer verteidigten, aber allzu ungleichen Feld zu weichen. Zeigt dem Feind eine feste Stirn, sammelt alle eure armen Soldaten und zieht euch so geordnet wie möglich zurück, bis die Nacht euch deckt. Dann zerstreut euch, und jeder Mann eile zu seiner Feste. Monthermer, Ihr schüttelt den Kopf?«

»Ich habe geschworen, de Montfort«, sagte sein alter Freund, kniete nieder und ergriff seine Hand, »dieses Schlachtfeld nicht zu verlassen, solange noch genug Licht am Himmel ist, um ein Schwert zu zücken, und ich muss mein Gelübde halten.«

»Ihr tretet, mein edler Freund de Montfort«, sagte nun auch Lord Ralph Basset, »eine Reise an, auf der Ihr Begleiter haben müsst. Ich gehe mit Euch, Leicester, und das recht bald.«

»Lebt wohl, de Montfort«, sagte Lord Le Despenser. »Auch ich werde Euch bald folgen.«

Ein schwaches Lächeln schwebte um die Lippen des Sterbenden.

»Muss das so sein?«, fragte er. »Nun denn, so ordnet eure Leute und macht den Abtrünnigen, die ihr Vaterland verraten haben, den Tag so schwer, dass man von der Schlacht von Evesham redet, solange die Freiheit den Engländern teuer ist. Horch, sie rücken an!«, fuhr er nun mit schwacher Stimme fort.

»Nein, mein Lord, das ist der Donner«, sagte der Wundarzt.

»Donner?«, murmelte de Montfort, schon halb bewusstlos. »Ich bin sehr durstig!« Einer lief hin und brachte ihm etwas Wasser vom Bach. Es schien ihn zu erquicken. Er stützte sich auf seinen Arm, sah sich im Kreis um und rief laut: »Tut eure Pflicht!« Dann sank er tot nieder.

Ein Dutzend Stimmen antworteten: »Das wollen wir!«, und jeder sprang auf sein Pferd und eilte wieder an die Spitze seiner Truppen. Gerade als Edwards Heer sich in Bewegung setzte, um erneut vorzurücken, wurde an der ganzen Schlachtreihe der Konföderierten der Befehl zum Vormarsch gegeben. Die Trompeter bliesen zum Angriff, und das Heer, das bis zu dieser Stunde seine feste Verteidigungsstellung behauptet hatte, stürmte vorwärts, dem Feind entgegen.

Beide Heere prallten wild aufeinander, und furchtbar war der Kampf, als sie bald, sich über dic ganze Ebene hin in Gruppen auflösend, Mann gegen Mann kämpften. In einer dieser

Gruppen befanden sich der junge Lord Monthermer und Robin Hood mit einem kleinen Trupp Bogenschützen.

»Mein Lord, mein Lord!«, rief Sir John Hardy, heranreitend. »Euer Oheim ist verwundet!«

»Tragt ihn vom Schlachtfeld, Sir John«, erwiderte Hugh. »Robin, ich bitte Euch, seht nach ihm. Tragt ihn vom Schlachtfeld!«

»Holla, Monthermer!«, schrie eine laute Stimme aus einer Gruppe von feindlichen Berittenen heraus, die herbeijagten. »Nieder mit Eurer Lanze! Ergebt Euch dem Prinzen!«

»Wenn der Prinz mich fangen kann!«, antwortete Hugh, zielte mit der Lanze auf Edwards Schild und gab seinem Pferd die Sporen.

»Zurück!«, schrie Edward seinen Leuten zu. »Zurück, alle, bei Eurem Leben!« Dann jagde er dem jungen Lord entgegen, und ihre Lanzen splitterten wie bei einem Turnierkampf auf dem Stechplatz.

Hugh de Monthermers Schwert flog im Nu aus der Scheide, während Edward schrie: »Ergib dich, Hugh, ergib dich!« Eine Anzahl von Kriegern zu Fuß rannte herbei, und plötzlich erhielt der junge Ritter einen heftigen Schlag mit einer Keule, während sein Pferd, verwundet von dem breiten Schwert eines Armbrustschützen, taumelte und niederstürzte. Ein Dutzend Lanzen waren sofort auf seine Kehle gerichtet. Edward sprang vom Pferd, beugte sich über den jungen Ritter und rief: »Hugh, ergebt Ihr Euch jetzt?«

»Ich habe keine andere Wahl, mein Lord«, versetzte Hugh. »Ich bin in Eurer Hand.«

»Tragt ihn nach hinten«, befahl Edward, »aber behandelt ihn mit aller Sorgfalt und Milde, er ist Eures Prinzen Freund. Nun, meine Lords«, fuhr er fort und bestieg sein Pferd wieder, »ist, glaube ich, das Feld unser, und es ist kaum noch hell genug zum Weiterkämpfen. Tapfer haben wir gefochten, und die

Gerechtigkeit verlangt, dass wir unseren Feinden zugestehen, dass nie mehr Tapferkeit, Geschicklichkeit und Ritterlichkeit an den Tag gelegt wurde als heute von ihnen. Jemand hat gesagt, de Montfort sei tot. Hat sich die Nachricht bestätigt?«

»Sie ist gewiss, mein Lord«, antwortete einer seiner Begleiter. »Der Lord von Vesci, der schwerverwundet gefangengenommen wurde, sah ihn sterben.«

»Er war ein großer Mann«, sagte Edward. »Jetzt gebt Euren Rossen die Sporen und säubert das Feld, aber seid barmherzig! Bedenkt, es sind tapfere Männer und Landsleute!«

Mit diesen Worten rückte der Prinz wieder vor. Als er sah, dass nirgends mehr ein ernstlicher Kampf tobte, ließ er sein Banner am Ufer eines kleinen Baches aufpflanzen und seine Trompeter die Kämpfenden zurückrufen.

22

Während an dem prunkvollen Hof Heinrichs III., der nun über seine Feinde triumphiert hatte, Freude und Genugtuung das Herz der Anhänger des Königs erfüllte, während die ausländischen Günstlinge ihren Jubel mit ungeziemender Prahlerei zur Schau stellten und selbst die besonneneren Anhänger seines hochherzigen Sohnes Edward sich der lauten Freude nicht enthalten konnten, verbreiteten sich Bestürzung, Entsetzen und Trauer unter den mittleren und niederen Ständen des Volkes. Die Schranke war niedergerissen, die ihre Rechte und Freiheiten geschützt hatte, und die meisten von denjenigen, deren Schwerter so lange für die Volkssache gestritten hatten, lagen jetzt in ihrem Blut auf dem Schlachtfeld von Evesham. Nur Flüchtlinge und Geächtete blieben zurück, heimlich und im Verborgenen um sie trauernd.

Heinrich III. hielt nicht in der Hauptstadt des Königreichs

Hof, sondern im Palast zu Eltham, der einer der schönsten und glänzendsten Residenzen des englischen Königreichs war.

Etwa einen Monat nach der Schlacht von Evesham lag in einem kleinen Zimmer im linken Flügel des Palastes Hugh de Monthermer auf einem Lager, eifrig damit beschäftigt, eine Handschrift zu entziffern, die von einer etwas schweren und zittrigen Hand stammte. Er war ganz in die Tracht des Friedens gekleidet, aber eine tiefe Schramme auf seiner Stirn und eine um seinen Arm gebundene Schlinge zeigten, dass er erst vor kurzem noch mit dem Kriegshandwerk zu schaffen gehabt hatte. Der junge Ritter war nicht ohne Wunden aus der Schlacht von Evesham gekommen, und die Verletzungen waren noch immer nicht völlig verheilt.

Als Gefangener des Prinzen war er im Gefolge des Hofes zunächst nach London, dann nach Eltham gebracht worden. Obgleich man schon vielen anderen Edelleuten gestattet hatte, sich zu unterwerfen und Gnadenbriefe zu empfangen, war mit Hugh de Monthermer noch kein Wort über sein künftiges Schicksal gesprochen worden. Auch die Bedingungen seiner Freilassung hatte man ihm noch nicht genannt. Jedoch wurde er freundlich und achtungsvoll behandelt. Kaum ein Tag war verflossen, an dem er nicht von Edward selbst besucht worden wäre. Aber ein Gespräch über seine jetzige Lage hatte der Prinz geflissentlich vermieden. Hugh, inzwischen ungeduldig, lag jetzt in seinem Gemach und wartete auf den Besuch des Prinzen und war entschlossen, Fragen an ihn zu richten, die zu einer entscheidenden Antwort führen mussten.

Ungefähr eine halbe Stunde nach der gewohnten Zeit hörte man den festen Schritt Edwards im Vorzimmer, im nächsten Augenblick trat der Prinz ein. Er wirkte ernst, aber sein Ton war freundlich. Er ergriff Hughs Hand, als er sich nach seinem Befinden erkundigte.

»Ich bin beinahe wiederhergestellt, mein Lord«, antwortete

Hugh. »Und wie Ihr, als ich Euch in dem Kastell zu Hereford besuchte, sehne ich mich nun nach frischer Luft und nach Freiheit.«

»Aber warum verschafft Ihr Euch denn keine Bewegung?«, fragte der Prinz. »Ihr solltet jeden Tag ausreiten.«

»Ich glaubte nicht, dass ich dazu Erlaubnis hätte«, antwortete Hugh.

»Nachdem Ihr Euch ohne Widerruf ergeben habt, Monthermer«, sagte der Prinz, »lege ich Euch denn keine Fesseln an, mein Freund, als die Fesseln Eures Wortes. Die großen Tore stehen Euch offen, und wenn ich Euch nicht die Freiheit gebe, so geschieht dies doch nur Euretwillen. Meines Vaters Zorn auf Euer Haus ist groß, Monthermer. Es ist der einzige Funke, den ich nicht zu löschen vermocht habe. Euch wird er nach einer gewissen Zeit verzeihen, aber ich fürchte, Eurem Oheim nicht. Er meint, de Montfort habe auf seinen Rat hin gehandelt.«

Edward sagte die letzten Worte im Ton einer Frage oder vielleicht einer Behauptung, zu der er sich Widerspruch wünschte. Aber Hugh antwortete ernst: »Seine Majestät hat recht, mein Lord. Auf meines Oheims Rat hörte de Montfort. Aber Euer Gnaden Worte geben mir Trost und Beruhigung. Ich habe keine Nachrichten von meinem Oheim seit jener unheilvollen Schlacht, und obwohl ich Hoffnung hatte, er sei entkommen, so war diese Hoffnung doch schwach. Ich bitte Euch dringend, mir mitzuteilen, was Ihr von ihm wisst, denn nie hat ein Sohn seinen Vater inniger geliebt, als ich ihn liebe, unter dessen weiser Obhut ich von Jugend an aufwuchs.«

»Ich weiß wenig mehr als Ihr selbst«, antwortete der Prinz. »Alles, was ich Euch sagen kann, ist: Weder seinen Leichnam noch seine Waffen fand man unter den Toten. Und mein Vater ist so sehr davon überzeugt, dass er entkommen konnte, dass er über ihn und sieben andere, die sich noch nicht zur Unterwerfung bequemt haben, die Acht verhängt hat.«

Hugh de Monthermers Gefühle waren geteilt zwischen Freude und Schmerz. Freundlich legte der Prinz die Hand auf seine Schulter und sagte ablenkend: »Kommt, alter Spielgenosse, wir reiten gemeinsam aus. Ihr trefft mich in einer Minute im Hof unten. Es kommen heute Gäste in den Palast, und vielleicht begegnen wir ihnen!«

Die Aussicht, seine Glieder bei einem Ritt wieder regen und frische Luft atmen zu dürfen, erfüllte Hugh de Monthermer mit freudiger Erwartung. So kleidete er sich denn eilig an und war bald an der Seite des Prinzen.

Der erste Atemzug in freier Luft gab ihm neue Hoffnung, doch in demselben Augenblick durchzuckte ihn der Gedanke an die vielen tapferen und mutigen Freunde, die jetzt den warmen Sonnenschein nicht mehr genießen konnten, der Gedanke an seinen rechtschaffenen, ritterlichen Oheim, der verwundet und allein als Verbannter und Geächteter umherschweifte.

So war er denn, als sie aus dem Palasttor ritten, düster gestimmt, und die Lustigkeit der jungen Ritter und munteren Knappen aus Edwards Begleitung war ihm zuwider. Doch als die Gesellschaft nach einem etwa zweistündigen Ritt zurückkehrte, schien Hugh de Monthermers Lächeln so fröhlich wie das der Übrigen.

Im Gefolge des Prinzen befand sich nämlich außer den Grafen von Gloucester und von Ashby eine Gesellschaft schöner Damen, und unter diesen war eine, deren sanfte dunkle Augen glänzten, sobald sie sich dem jungen Ritter zuwandte. An ihre Seite gesellte er sich so oft, wie es ihm nur möglich war.

Manche von den Gentlemen im Zug, stolz, der Hofpartei anzugehören, betrachteten es als eine Unverschämtheit, dass der Gefangene und Rebell, wie sie ihn nannten, die Aufmerksamkeit eines so schönen Gastes ihres Königs in Anspruch zu nehmen wagte. Hugh de Monthermers Ruf als Ritter jedoch hielt ihren Verdruss in gebührenden Schranken, und obwohl sie es so einzurichten wussten, dass kein vertrauliches Wort zwischen Lucy de Ashby und ihrem Verehrer gewechselt werden konnte, vermochten sie ihn doch nicht von ihrer Gesellschaft auszuschließen.

Als man wieder im Palast ankam, schickte sich mancher Ritter an, dem Fräulein beim Absteigen vom Pferd behilflich zu sein. Aber Hugh de Monthermer, der sich bestimmter Ansprüche bewusst war, trat heran und hob die schöne Lucy aus dem Sattel. Hierbei bot sich ihnen die einzige Gelegenheit, ein Wort miteinander zu wechseln, das sonst niemand hörte. Lucy selbst war es, die diese Gelegenheit ergriff.

»Ich habe Euch etwas Wichtiges zu sagen, Hugh«, flüsterte sie.

Ehe sie jedoch fortfahren konnte, stand der alte Graf von Ashby neben ihnen. Er hatte bisher keine Notiz von seinem früheren Verbündeten genommen und hätte es vielleicht auch jetzt nicht getan, hätte er nicht aus einem Gespräch mit dem Prinzen ersehen, dass Hugh de Monthermer in Edwards Augen alles andere als ein gefangener Feind war. So bot er ihm denn die Hand mit freundlichem Gruß, erkundigte sich nach seinem Befinden und setzte hinzu: »Jetzt, nachdem die Kämpfe glücklich beendet sind, mein junger Freund, lasst uns alle früheren Streitigkeiten vergessen!«

Hugh zögerte ein wenig, die ihm dargebotene Hand zu ergreifen, hütete sich aber, durch seine Miene erkennen zu geben, dass er sich bewusst war, bei den frühern Misshelligkeiten viel mehr der Beleidigte als der Beleidiger gewesen zu sein. Ein paar kurze Fragen und Antworten folgten, während Edward leise mit dem Grafen von Gloucester sprach. Schließlich drehte sich der Prinz um, verbeugte sich verbindlich vor Lucy de Ashby und einer anderen Dame und sagte ihnen, dass die

Prinzessin Eleonore sie im Saal erwarte, da die Königin noch in Frankreich sei.

»Die Prinzessin ist eine Verwandte von Euch, schönes Fräulein«, fuhr er, an Lucy gewandt, fort. Und dann sagte er zu seinem Gefangenen: »Wir haben ein großes Bankett heute Abend, Monthermer, und Ihr müsst mit Euren Kräften haushalten, um ihm beiwohnen zu können. Ich habe von meinem Vater den Auftrag, Euch einzuladen.«

Hugh dankte mit einer Verbeugung und begab sich nachdenklich in sein Zimmer. Der König hatte ihn, den Neffen des alten Grafen Monthermer, eingeladen! Gewiss verdankte er dies der herzlichen Fürsprache Edwards, doch würde er auf der Hut sein müssen. Ablehnen konnte er in seiner Situation ohnehin nicht, sondern höchstens seinen alten Freunden nützlich sein, wenn er die Einladung annahm. Es mochte jedoch im Augenblick weniger politische Klugheit sein, die ihn zu diesem Verhalten bewog, sondern vielmehr die Erwägung, dass er Lucy auf dem Bankett sehen würde. Durch sein Wiederbegegung mit ihr war seine Liebe neu entflammt.

Ein geringfügiger, jedoch verdrießlicher Umstand störte aber den jungen Ritter empfindlich. Getrennt von allen seinen Dienern, bis zu diesem Zeitpunkt sowohl durch seine Wunden als auch durch seine Lage zu strenger Gefangenschaft verdammt, fehlten ihm die Mittel, an der Tafel des Königs in dem Glanz zu erscheinen, der damals Sitte war. Der einzige Anzug, den er besaß, war das Wams, über dem er bei Evesham seine Rüstung getragen hatte.

Ich will den Prinzen wissen lassen, in welcher misslichen Lage ich mich befinde, dachte er.

Da traten zwei Diener ein mit einer jenen langen schweren Truhen, die aus einem mit Leder bespannten Holzgestell bestanden. Man benutzte sie damals, um Waffen und Kleider bei einem Kriegszug mitzuführen.

»Diese Truhe wurde in der vorigen Nacht für Euch gebracht, mein Lord«, sagte einer der Diener. »Der Obervorschneider öffnete sie durch ein Versehen, und als er sah, dass sie Kleidungsstücke enthielt, schickte er uns damit hierher.«

Hugh lächelte, denn er glaubte, es sei eine wohlgemeinte List des Prinzen, um ihn mit dem Nötigen zu versehen. Aber noch ehe die zwei Diener das Vorzimmer verlassen hatten, trat Edward ein, um Hugh seinen Beutel und seine Garderobe anzubieten. Hugh deutete auf die Truhe und dankte ihm für das, was er ihm bereits geschickt hatte. Der Prinz zeigte sich sehr überrascht, denn er hatte bisher noch nichts veranlasst. Als Hugh die Truhe, nun selber neugierig geworden, von wem sie kommen mochte, öffnete, stellte er fest, dass sie mit seinen eigenen Kleidern gefüllt war, die er Anfang des Jahres in Yorkshire zurückgelassen hatte.

»Das muss das Werk meiner Freunde sein, mein Lord«, sagte er. »Ich bitte Euch deshalb um die Erlaubnis, einen Boten loszuschicken, um mich nach denen zu erkundigen, die bei Evesham zerstreut wurden. Sie können mir so viele Diener und Pferde bringen, wie mir gestattet ist, als Gefangener zu halten, sowie auch einiges Geld.«

»Wenn Ihr schreiben wollt«, antwortete Edward, »so will ich den Brief unverzüglich fortschicken. Aber verstehen wir uns richtig, Monthermer. Ich glaube, dass es in mancher Beziehung besser für Euch sein dürfte, ein paar Monate am Hof von England zu bleiben. Ich vermute zudem, dass Ihr selbst nicht sehr begierig sein werdet, ihn zu verlassen, solange ein gewisses schönes Fräulein Gast der Prinzessin ist. Dass Ihr mein Gefangener seid, ist der einzige Vorwand, womit die Verlängerung Eures Aufenthalts gerechtfertigt werden kann. Es ist sehr wichtig, dass Ihr hierbleibt, und dies ist der Grund, warum ich Euch nicht öffentlich die Freiheit gebe. Aber da man in dieser wechselvollen Welt«, fuhr er mit Nachdruck fort, »nie im

Voraus wissen kann, was der nächste Tag bringt, und es unter Umständen Eure Sicherheit erfordern kann, dass Ihr auf eine rasche Warnung hin plötzlich fliehen müsst – denn ich kann weder dem trotzigen Mortimer noch dem grausamen Pembroke trauen –, so verspreche ich Euch, Euer Lösegeld festzusetzen, sobald Ihr es verlangt. Im Notfall aber mögt Ihr auf dieses Versprechen hin handeln, als hätte ich Euch schon Eure Freiheit gegeben. Ich werde Euch rechtfertigen, wenn der Fall eintritt. Inzwischen müsst Ihr jedoch die Rolle des Gefangenen weiterspielen und Eure Gelegenheit so gut wie möglich nutzen, mein Freund. Ich bin über den Stand Eurer Herzensangelegenheit unterrichtet und zweifle nicht, dass Eure Dame gern Eure Geschichte anhören wird, wenn Ihr eine passende Stunde wählt, sie vorzutragen. Nein, keinen Dank, Monthermer! Nehmt aus meiner Börse Geld, soviel Ihr braucht, bis Euer eignes ankommt. Und jetzt: Adieu!«

Hugh begleitete den Prinzen bis zur Tür des Vorzimmers und kehrte dann um mit der Absicht, die ihm so unverhofft übersandte Garderobe genauer zu untersuchen. Vielleicht ließ sich ja feststellen, von wem sie kam. Aber ehe er damit begann, setzte er sich nieder und schaute nachdenklich zu dem kleinen Fenster seines Zimmers hinaus. Seine Lage war glücklicher als vor wenigen Stunden: Er war über die Sicherheit seines Oheims einigermaßen beruhigt, die Freiheit winkte ihm, und er würde heute noch die Geliebte sehen.

23

In der großen, prächtigen Halle des Palastes von Eltham, der wie viele andere Bauwerke noch heute Zeugnis ablegt von der großartigen Architektur des Mittelalters, begann etwa eine Stunde nach Sonnenuntergang ein Bankett von ausschweifender Üppigkeit. Die Tafel stöhnte unter der Masse von köstlichem Silbergeschirr. Viele der Becher und Schüsseln erglänzten von Brillanten, und ein ungeheurer Smaragd, von Wachskerzen umgeben, zierte die Mitte des Tisches. Die Kleider der Gäste leuchteten in lebhaften Farben, und Gold und kostbare Edelsteine sah man nicht nur beim schönen Geschlecht als Schmuck funkeln, sondern auch an den Kleidern der Männer.

Obgleich die Anzahl der Gäste sich nur auf siebzig belief, betrug die Zahl der Diener, Vorschneider, Mundschenke, Keller- und Hausmeister nicht weniger als zweihundert, nicht mitgerechnet die Harfner, Trompeter und Sänger.

Das Bankett war so angeordnet, dass für zwei Personen nur je ein großer silberner Teller vorhanden war. Aber da die Zahl der männlichen und weiblichen Gäste gleich war, gab dies Gelegenheit höfischer Galanterie, denn jeder Gentleman legte seiner schönen Gesellschafterin die Speisen vor und trug Sorge, dass sie mit allem, was sie wünschte, versehen wurde. Hierbei bot sich oft Gelegenheit für viele kleine Zeichen und Beweise ritterlicher Liebe. Aber von all den Herzen am Tisch pochte keines höher vor Freude als die Herzen von Hugh de Monthermer und Lucy de Ashby, als sie, nebeneinander sitzend, aus einem Becher tranken.

Sie waren in der Tat glücklich, dass sie diese Stunden miteinander verbringen konnten nach der langen Trennung. Aber wenn etwas noch Lucys Freude erhöhen konnte, so waren es die Worte, mit denen Edward Hugh an diesem Abend dem König vorgestellt hatte.

»Lasst mich Euch bitten, Sire«, hatte er gesagt, »Eure Gunst dem Freunde meiner Jugend zuzuwenden, der, obwohl einige Zeit von mir getrennt durch unglückliche Fehden, die jetzt für immer zu Ende sind, in einer Zeit der Not unser früheres vertrautes Verhältnis nicht vergaß.«

»Sein Haus hat keine große Zuneigung für unseren Thron

an den Tag gelegt«, versetzte der König und sah Hugh de Monthermer an. »Aber wir heißen ihn willkommen, Euretwegen, Edward.«

»Tut mehr, mein Lord«, antwortete der Prinz, »denn solange ich Gefangener de Montforts war, sprach er immer für meine Freilassung. Als ich dann floh und er mich hätte aufhalten können, wünschte er mir Glück auf meinem Weg.«

»Dann heißen wir ihn um seiner selbst willen willkommen«, versetzte der König mit mehr Wärme und bot ihm die Hand.

Hugh beugte schweigend sein Haupt darüber und zog sich zurück.

Die Lustbarkeit strebte schon ihrem Ende entgegen, die Lichter waren ein wenig trübe geworden und die Kerzen heruntergebrannt, als Lucy, ein lautes Gespräch und Getöse in ihrer Nähe nutzend, leise zu Hugh sagte: »Ich habe Euch vieles zu erzählen, Hugh! Dinge von großer Wichtigkeit!«

»Könnt Ihr es nicht jetzt tun?«, fragte der Liebende.

»Ich wage es nicht«, flüsterte Lucy. »Und doch wünschte ich sehr, dass ich es bald könnte.«

Hugh schaute sich um. »Dieses Gelage kann nicht mehr lange dauern«, sagte er. »Zumindest werden die Damen nicht mehr lange bleiben, Lucy. Und ich kann meine noch nicht ganz verheilten Wunden als Ausrede benutzen, um den Tisch früher als die Übrigen zu verlassen. Wenn wir uns nur irgendwo treffen könnten.«

Lucy schaute zu Boden, und das Blut stieg ihr in die Wangen bei dem Gedanken an eine heimliche Zusammenkunft mit dem Mann, den sie liebte.

»Ich werde es der Prinzessin sagen«, antwortete sie schließlich, »und sie um Rat und Beistand bitten, denn sie ist so wohlwollend und klug wie kaum ein anderes Weib. Aber was ich Euch mitzuteilen habe, darf niemand hören außer Euch.«

»Es läuft ein Kreuzgang direkt unter den Zimmern der

Prinzessin hin«, versetzte Hugh und schaute sich vorsichtig um. »Dahin will ich gehen, Lucy, sobald ich mich wegstehlen kann, und warten, bis alle Hoffnung, Euch zu sehen, verschwunden ist. Kommt, wenn Ihr könnt! Ihr wisst, Ihr dürft mir vertrauen.«

»Ich will kommen, Hugh«, versetzte Lucy ebenso leise.

Nachdem die Prinzessin vom Tisch aufgestanden war, verließen alle anwesenden Damen mit ihr die Halle. Draußen legte Eleonore ihre Hand sanft auf Lucys Arm und sagte: »Kommt mit mir, ich möchte gern mit Euch sprechen.« Dann schritt sie Lucy voran, ihrem Zimmer zu. Dort bat sie Lucy, Platz zu nehmen, und entließ ihre Dienerinnen. Lucy setzte sich auf einen Schemel zu den Füßen der Prinzessin, bemüht, die Ungeduld zu verbergen, die sich in ihrem Herzen regte.

Eleonore sah sie mit einem wohlwollenden, aber nachdenklichen Lächeln an und sagte nach einer kleinen Pause: »Liebt Ihr ihn sehr, meine teure Lucy de Ashby? Nein, errötet nicht, schlagt nicht die Augen nieder, als ob Ihr dächtet, ich könne daran zweifeln, nachdem Ihr mir verraten habt, dass es so ist.«

»Nein«, rief Lucy beunruhigt, »so deutlich habe ich es nun auch wieder nicht gesagt!«

»Deutlich genug, dass ich es verstand«, versetzte die Prinzessin. »Edward hat mir zudem schon früher davon erzählt, und ich versprach ihm, Euch zu fragen, ob Ihr wisst, was Ihr tut.«

Lucy schaute erstaunt auf und antwortete: »Recht gut, teure Lady.«

»Ich hoffe es«, erwiderte Eleonore; »denn ich denke, ich sehe hier Schwierigkeiten – mehr vielleicht, als Ihr ahnt. Ihr liebt ihn, das ist klar. Aber liebt er Euch auch, dieser junge gefangene Lord?«

»Ich bin dessen gewiss, Lady«, antwortete Lucy ernst.

»Dann habt Ihr ohne Zweifel schon darüber geredet – seid einander versprochen und verlobt?«

Das Mädchen erblasste etwas vor Unentschlossenheit und Zweifel. Die Prinzessin sagte deshalb rasch: »Nein, ich will Euer Vertrauen nicht erzwingen. Ich möchte Euch gern helfen, aber Vertrauen muss, wie Gnade, frei sein, Lucy, nicht erpresst. Obgleich Euer Geheimnis bei mir so sicher wäre wie bei Euch selbst, will ich nicht in Euch dringen.«

Lucy verbarg ihr Gesicht an den Knien der Prinzessin und sagte: »Mein Vertrauen soll frei und ohne Rückhalt sein! Ja, wir sind einander versprochen durch jede Zusage, die Herzen binden kann, ausgenommen die letzte vor dem Altar. Und jetzt, nachdem ich Euch soviel anvertraut habe, will ich Euch alles sagen«, fuhr sie aufblickend fort. »In diesem Moment erwartet er mich im Kreuzgang unten!«

»Wie?«, rief Eleonore mit einem Ausdruck von Überraschung und Missbilligung in der Stimme.

Lucy erriet ihre Gedanken und versetzte stolz: »Ihr missversteht mich, teure Lady, denn Ihr wisst nicht, welcher Zweck mich zu diesem Schritt veranlasst hat.«

»Wollt Ihr etwa mit ihm fliehen?«, fragte Eleonore.

»O nein!«, antwortete Lucy. »Solange mein Vater lebt, werde ich mich nie ohne seinen Segen vermählen. Auch dürft Ihr nicht glauben, dass ich dem Mann meiner Liebe, nur um ihn aufzuheitern und zu trösten, eine Stunde meiner Gesellschaft, und zwar allein, bewilligen wollte. Ich weiß, ich darf Euch sagen, Lady, warum ich gehe, und Ihr werdet es weder weitersagen noch mir weitere Fragen stellen. Ich habe eine Botschaft an ihn von jemandem, den er liebt und um den er in Sorge ist. Obgleich nichts Verräterisches daran ist, Lady«, fuhr sie mit einem Lächeln fort, »darf ich dies doch keinem anderen überlassen.«

Eleonore beugte sich nieder und küsste sie auf die Stirn. »Geht, liebe Lucy«, sagte sie. »Ich gebe Euch Urlaub. Er soll nicht meinetwegen zu lange auf Euch warten.«

Lucy küsste der Prinzessin die Hand, und nachdem sie sich nach dem Weg erkundigt hatte, verließ sie das Zimmer und stieg die schmale Treppe hinab, die ihr Eleonore bezeichnet hatte. Immer im Kreis hinabsteigend, bis ihr beinahe schwindlig wurde, und sich an der Säule festhaltend, um die sich die schmalen Stufen herumwanden, erreichte sie endlich das kleine gewölbte Tor, das in den Kreuzgang führte und wie gewöhnlich offenstand.

Vor ihr lag der weite Park im Mondlicht, das auch in den Kreuzgang drang und den Boden mit Silber bestreute, während über die schimmernden Steine die dunklen Schatten der schönen normannischen Bögen fielen. Lucy vernahm Schritte und erkannte sie sofort als die von Hugh de Monthermer.

Sie blieb jedoch noch im Schatten des Tores stehen, um ganz sicher zu sein. Aber gleich darauf sah sie die schlanke Gestalt Hughs näher kommen. Er hielt die Arme über der Brust verschränkt und die Augen auf den Boden geheftet, als wäre er darauf gefasst, längere Zeit hier warten zu müssen.

Lucy eilte auf ihn zu, und es war für Hugh nicht leicht, Worte zu finden, um seine Dankbarkeit und Freude über ihre Gegenwart auszudrücken. Obgleich sie entschlossen gewesen war, die ihr aufgetragene Botschaft sofort auszurichten und dann so schnell wie möglich zur Prinzessin zurückzukehren, verging doch eine halbe Stunde in zärtlichem Geplauder, ehe sich Lucy an den Zweck ihres Kommens erinnerte.

»Ich hatte vergessen, Hugh«, rief sie und löste ihre Hand aus der seinigen, »dass die Prinzessin mich bald wieder zurückerwartet. Dabei habe ich Euch so viel Wichtiges zu sagen. Wir sind, seit ich Euch zuletzt gesehen habe, in Nottingham gewesen, denn sie schickten mich nach Lindwell, solange das Heer in Worcester lag. Nach jener verhängnisvollen Schlacht bei Evesham, während der ich vor Angst beinahe gestorben wäre, da ich einen Bruder, einen Vater und einen Geliebten dort wusste, und zwar auf entgegengesetzten Seiten fechtend, wartete ich begierig auf Nachrichten und versuchte die geringfügigsten Gerüchte zu erhaschen. Von Euch jedoch und Eurem Oheim konnte ich nichts erfahren, bis ich eines Tages in der Nähe des Schlosses allein im Schatten einer Eiche saß. Plötzlich hörte ich es über mir rascheln, und kurz darauf ließ sich an den Zweigen der sonderbare Knabe herab, den uns Robin Hood als Begleiter aus dem Wald mitgegeben hatte. Zuerst war ich erschrocken und wollte ins Schloss laufen. Aber dann fragte ich ihn, was er hier wollte. Er erzählte mir mehr, als ich bis zu diesem Zeitpunkt erfahren hatte: dass die Schlacht sich gegen die englische Partei entschieden habe, dass Hugh de Monthermer verwundet und gefangen sei, dass man mich bald zu meinem Vater nach Derby rufen würde, um mit ihm nach London zu gehen. ›Und jetzt‹, sagte der Zwerg, ›soll ich Euch mit einer Botschaft beauftragen, denn früher oder später werdet Ihr den jungen Lord Hugh de Monthermer treffen. Sagt ihm, dass sein Oheim lebt und von seinen Wunden beinahe genesen ist. Aber da er weiß, dass sein Leben verwirkt ist, darf er sich nicht zeigen. Ein Gerücht geht um, dass er nach Frankreich entflohen sei. Dem ist aber nicht so. Er befindet sich in diesem Augenblick unter den Bäumen des Sherwood und würde dort gern im Geheimen seinen Neffen treffen. Dies sagt ihm, wenn es niemand hört, denn das Leben von mehr als einem guten und treuen Mann hängt von Eurer Vorsicht ab.‹ Dies, lieber Hugh, war die Botschaft. Ich übernahm es gern, sie auszurichten, obwohl ich nicht wusste, wann mir das möglich sein würde. Aber ich habe eine Bitte, Hugh, die Ihr Lucy de Ashby nicht abschlagen dürft, wenn Ihr ein echter Ritter seid!«

»Sprecht«, versetzte er. »Wenn es sich mit meiner Ehre verträgt, will ich sie erfüllen.«

»Es ist nur das Versprechen, keinen Anteil mehr zu nehmen an den geheimen Verschwörungen gegen den Thron. Die Sache ist verloren, Hugh, obwohl sie gut war. Und wenn Hugh de Monthermer sich noch weiter damit befasst, wird er Verderben über sich selbst und Elend über Lucy de Ashby bringen. Versprecht mir um meinetwillen, von aller ferneren Teilnahme an einem Unternehmen abzustehen, das hoffnungslos ist.«

»Ihr müsst eine andere Gunst von mir verlangen, Lucy«, sagte Hugh finster.

»Was, Ihr wollt mir nicht meine erste Bitte gewähren?«, rief Lucy.

»Doch«, antwortete der Geliebte. »Ich habe mir selbst bereits das Versprechen gegeben, nie mehr die Waffen gegen Edward Plantagenet zu erheben, sofern er die Rechte des Volkes gegen Heinrichs Tyrannei verteidigt.«

Sie waren so in ihre Unterhaltung vertieft, dass sie nicht bemerkt hatten, wie einige Gestalten um eine entferntere Ecke des Palastes gebogen waren und ihn und Lucy mit lachenden, aber boshaften Mienen beobachteten.

In dem Augenblick jedoch, da Hugh de Monthermer und Lucy de Ashby am südlichen Ende des Ganges stehenblieben, sagte eine Stimme leise, aber deutlich, als stünde die redende Person ganz nahe bei ihnen: »Ihr werdet beobachtet! Geht zurück, oder man wird Euch überraschen!«

Hughs erster Gedanke war, vorzuspringen, um herauszufinden, wer gesprochen hatte. Aber Lucy, erschrocken schon bei dem bloßen Gedanken, hier von einem der zügellosen Günstlinge Heinrichs angetroffen zu werden, rief: »Ich gehe, Hugh! Lebt wohl!« Mit der Schnelligkeit eines gejagten Rehs hastete sie den Kreuzgang entlang auf die Tür zu, die zur Treppe führte.

Hugh de Monthermer folgte ihr etwas langsamer. Als Lucy nur noch wenige Schritte von der Tür entfernt war, kamen vier Männer hinter den Pfeilern hervor und traten ihr mit spöttischem Gelächter entgegen. Mit einem Satz sprang Hugh de

Monthermer vor und war an Lucys Seite, ehe die Höflinge sie erreicht hatten.

»Hallo! Hallo!«, rief einer. »Wir haben das Wild aufgestöbert!«

»Macht es nieder, macht es nieder!«, schrie ein anderer. Und ein Dritter, der sichtlich mehr Wein intus als Witz hatte, fügte noch beleidigendere Worte hinzu.

Die Liebenden waren unmittelbar vor der Tür, als einer der Nachtschwärmer sich ihnen in den Weg stellte, als wolle er ihnen den Durchgang verwehren.

»Tretet zurück, Sir Guy de Margan!«, schrie Hugh de Monthermer drohend. »Tretet zurück, sage ich!«

Aber als er sah, dass der andere, statt seinen Worten Folge zu leisten, die Arme weit ausbreitete, um Lucy im Vorbeigehen abzufangen, versetzte er ihm mit der geballten Faust einen Schlag, der ihn auf das Pflaster streckte.

Lucy hatte jetzt die Tür erreicht und hastete die Wendeltreppe hinauf. Hugh de Monthermer aber schritt langsam an den Männern vorüber, die ihn zwar mit gerunzelten Stirnen betrachteten, aber ungehindert passieren ließen. Als er an der Tür angekommen war, die zu seinem Zimmer führte, hörte er lautes Gelächter.

24

In einem der Vorzimmer des Palastes zu Eltham saßen am folgenden Morgen fünf Gentlemen, übertrieben geckenhaft gekleidet, die Haare gekräuselt und zum Teil nach Frauenart geflochten.

«Zum Teufel! Mir einen Schlag zu versetzen!«, schrie einer von ihnen. »Ich will Rache nehmen!«

»Wie wollt Ihr das tun, de Margan?«, fragte ein anderer. »Mit einem Kräuseleisen?«

»Nein, nein, lasst ihn nur machen!«, sagte der Dritte. »Er ist ein beherzter Mann und wird diesen stolzen Ritter schon aufs Feld fordern!«

»Er wird ihn knacken, wie man einen Bachkrebs knackt«, fügte der zweite Sprecher spöttisch hinzu.

»Alles Unsinn«, mischte sich ein anderer ein. »Monthermer ist ein Gefangener und kann keine Herausforderung annehmen.«

»De Margan wird etwas Klügeres tun, als ihn herausfordern«, sagte einer der Höflinge nun ernst. »Er kennt gescheitere Mittel, sich zu rächen.«

»Jawohl!«, rief de Margan. »Diese zwei Verliebten würden, so bilde ich mir ein, lieber jeder einen Finger der rechten Hand hergeben, als den Grafen von Ashby von ihrer geheimen Mondscheinzusammenkunft im Kreuzgang wissen lassen. Dem guten Grafen dürfte es kaum recht sein, dass seine schöne Tochter Hugh solche Gunst gewährt, und Alured de Ashby, habe ich gehört, hasst diese Monthermers mehr als der Teufel das Weihwasser.«

»Ein tüchtiges Giftgericht, wenn Ihr es recht einrührt!«, bemerkte einer seiner Kumpane.

»Das will ich schon tun!«, sagte Guy de Margan. »Ich warte nur, bis der Hof versammelt ist, um dem Grafen von Ashby zu erzählen, dass sich seine Tochter gestern Abend mit Hugh de Monthermer getroffen hat. Dann wird der alte Lord toben, der König wird die Stirn runzeln, und man wird nach Alured de Ashby schicken …«

»Damit er tut, was Guy de Margan selbst nicht zu tun wagt«, fiel einer der Gentlemen bissig ein.

Was die Erwiderung hierauf gewesen wäre, ist schwer zu sagen, denn obgleich de Margan so vorsichtig war, dass er es lieber vermied, seine Stärke mit der eines ihm so sehr überlegenen Mannes, wie es Hugh de Monthermer war, zu messen, fehlte es ihm doch keineswegs an Mut, wenn er mit der Klugheit vereinbar war. Seine sicher sehr heftige Antwort blieb jedoch unausgesprochen, denn die Tür zum Gemach des Königs öffnete sich, und William de Valence, Graf von Pembroke, trat ein, mit versiegelten Briefen in der Hand.

»Sir Guy de Margan«, sagte er und gab ihm einen davon, »ich bin vom König angewiesen, Euch Befehl zu erteilen, unverzüglich nach Monmouth zu reiten, wo Ihr diese Befehle öffnen und sie ausführen sollt. Dann kommt nach Nottingham, wohin der Hof ziehen wird. Ihr, Sir Thomas le Strange, werdet Euch mit einer gleichen Sendung nach Chester begeben, und Ihr, Sir Roger de Leiburn, reist mit diesen Depeschen nach Derby. Eilt, Gentlemen! Es ist keine Zeit zu verlieren. Wir haben Nachrichten, dass im Norden ein Aufstand droht, und der ganze Hof bricht in zwei Stunden auf.«

»Kann ich nicht vorher eine Audienz beim König haben, mein Lord«, fragte Guy de Margan. »Nur für einen Augenblick? Oder ein Wort mit dem Grafen von Ashby spechen?«

»Unmöglich!«, William de Valence winkte unwillig ab. »Der König bespricht gerade mit den Grafen von Ashby, Mortimer und Gloucester und dem Prinzen die Vorkehrungen und Maßregeln, die man ergreifen muss. Es ist also unmöglich, de Margan. Eilt Euch, Gentlemen.«

Am Hof zu Eltham herrschte nun Geschäftigkeit, Hast und Verwirrung. Der in Northumberland drohende Aufstand war zwar nicht von ernster Bedeutung, und Edward war sicher, die wenigen Truppen, die er schnell auf dem Weg dorthin zusammenziehen könnte, würden genügen, die Unzufriedenen einzuschüchtern. Aber Heinrich, immer begierig nach Aufregung und Machtentfaltung, nutzte den Vorwand, um einen königlichen Zug in den Norden zu unternehmen, da er wusste, dass zur Zeit jeder große Edelmann mit seinem Nachbarn wetteifern würde, ihn mit Pracht und Glanz zu beherbergen.

Edwards Gesicht war ernst und drückte sichtlich Missbilligung aus. Aber er wagte es nicht, sich seines Vaters Wünschen zu widersetzen. Gegen zwei Uhr dieses schönen Frühherbsttags brach, begleitet von einem starken Aufgebot gewappneter Reiter, der Hof nach Nottingham auf.

Obgleich sich in dem Zug mehr als eine von Pferden getragene Sänfte befand, reisten doch die meisten zu Pferd. Die beinahe zweihundert Personen boten einen stattlichen, farbenprächtigen Anblick. Lachend, plaudernd und scherzend ritten sie in lockerer Reihenfolge, und jeder wählte sich seine Gesellschaft nach seiner Neigung oder wie die Umstände es gestatteten.

Hugh de Monthermer suchte sich zu Lucy de Ashby zu gesellen, und es traf sich gut, dass ein alter Ritter aus ihres Vaters Gefolge, so taub, dass das Schmettern der Trompete das Einzige war, was er noch hören konnte, es übernommen hatte, den Knappen und Geleitsmann der Dame zu machen. In dieser Eigenschaft ritt er auf ihrer linken Seite, plauderte ununterbrochen und erfand die Antworten, die gar nicht gegeben wurden, selbst. Unmittelbar hinter ihnen ritten die munteren Mädchen, die Lucy bedienten, und zwei Pagen. Der Graf von Ashby hielt sich in der Nähe des Königs auf und schien nichts einzuwenden zu haben gegen die Aufmerksamkeit, die Hugh seiner Tochter erwies. Auch Edward war freundlich zu Hugh de Monthermer und bemerkte im Vorbeireiten mit einem Lächeln den Glanz in den Augen des Liebenden.

In Huntingdon stießen zu Hugh de Monthermer einige seiner eigenen Dienstleute und mehrere Männer, die zum Gefolge seines Oheims gehört hatten. Unter ihnen war der tüchtige Thomas Blawket. Hugh fand bald heraus, dass keiner der Dienstleute des alten Grafen ahnte, dass ihr Lord die Schlacht überlebt hatte. Besonders Blawket war sichtlich tief betrübt über den vermeintlichen Tod des alten Grafen. Doch Hugh vermied es, ihm die Wahrheit zu sagen, weil er annahm, sein Oheim wollte das nicht.

Nun konnte Hugh wieder mit der äußeren Würde seines Ranges auftreten. Sein Gesundheitszustand besserte sich mit jedem Tag, denn die Brustwunde hatte sich geschlossen, ehe er Huntingdon erreichte. Nichts blieb ihm mehr zu wünschen übrig als die Rückkehr seiner ganzen früheren Kraft und Frische.

So verlief die Reise nach Nottingham für Hugh de Monthermer sehr glücklich, und gern nahm er an allen Vergnügungen teil, die man zur Unterhaltung des Königs durchführte.

Zahllose Bankette und Turniere wurden unterwegs veranstaltet, und sogar an Plätzen, wo de Montfort in den Tagen seines Glücks die meisten Anhänger gehabt hatte, strömte das Volk zusammen, um den König zu begrüßen, gegen dessen Unterdrückung und Erpressung es sich erhoben hatte. Doch vielleicht galten diese Grüße auch mehr dem Prinzen, von dessen Einfluss auf den König es sich einiges erhoffte, da es wusste, dass Prinz Edward Ideen und Reformen de Montforts und damit den Rechten des Volks schon immer anerkennend gegenübergestanden hatte.

Lange bevor der königliche Zug den Norden erreichte, eilte ihm die Kunde vom Anmarsch beträchtlicher Streitkräfte voraus und, wie Edward vermutete, erstickte allein schon diese Kunde den Aufstand im Keim. Aber Heinrich blieb bei dem Vorsatz, nach Nottingham zu ziehen, und versprach dem Grafen von Ashby, einige Zeit auf seinem Schloss Lindwell zu verbringen.

Der Graf schickte Boten voraus, um alles zum Empfang des Monarchen vorzubereiten. Zwar war das Schloss damals nur zum Teil bewohnbar, aber in der dazugehörigen Priorei fanden der König, der Prinz und einige der Vornehmsten ihres

Gefolges ein Nachtquartier, während die übrige Hofgesellschaft in den umliegenden Häusern und im Gasthof untergebracht wurde.

Die Mönche der Priorei waren berühmt für ihre vortreffliche Küche, und wirklich boten sie in ihrem Refektorium ein Mahl, das alles übertraf, was der König unterwegs gespeist hatte. Heinrich, ein Freund der Tafelfreuden, blieb lange sitzen und probierte all die feinen Gerichte und Leckereien. Zwischendurch unterhielt er sich mit dem Prior, der das Essen mit Lustigkeit zu würzen verstand und manches leichtfertige Geschichtchen für das Ohr des Königs wusste. Es ging auf Mitternacht zu, als der König endlich die Tafel aufhob und sich zur Ruhe begab.

Zu dieser Zeit saßen im besten Zimmer des kleinen Gasthofs drei Gentlemen, vor sich die Überreste ihres Abendessens. Der Bordeauxwein floss reichlich, und es ging laut und lustig zu am Tisch, als vor der Tür Pferde hielten.

»Wir können hier niemand mehr brauchen«, schrie einer der Gentlemen und sprang auf. »Wer es auch sei, er muss sich anderswo ein Quartier suchen.«

Während er noch sprach, wurde die Tür heftig aufgerissen, und ein Mann, in einen großen, weiten Mantel gehüllt, stürzte in das Zimmer. Der Sprecher wollte ihn scharf zurückweisen, schien aber plötzlich den neuen Gast zu erkennen. Er streckte ihm die Hand entgegen und rief: »Richard de Ashby, so wahr ich lebe! Wer hätte gedacht, Euch hier zu sehen? Wir dachten, Ihr seid bei Eurem Vetter Alured in Westmoreland. Ihr seid willkommen, obwohl Ihr das Abendessen, das wir Euch noch übriggelassen, knapp und das Weinfässchen nicht sehr voll finden werdet.«

Richard de Ashby erklärte, dass von beidem ausreichend für ihn vorhanden sei, und machte sich sofort an seine Mahlzeit.

Von Zeit zu Zeit fragte er, was seine Tischgenossen von den Vorgängen am Hof wussten.

»Das Leben ist lustig zwischen Eltham und Leicester, wie ich sehe«, sagte er. »Man hört im ganzen Land davon.«

»Das mag wohl sein. Das Volk freut sich, dass es solche Schauspiele zu sehen bekommt«, versetzte der andere Gentleman. »Ich habe so etwas noch nie erlebt, seit ich dem Hof von England folge. Die ganze Zeit über hatten wir nichts als Bürgerkriege. Und de Montfort gestattete zu seiner Regierungszeit keine Üppigkeit. So ist es kein Wunder, dass es traurig zuging.«

»Ich hoffe, es wird noch lustiger werden, Sir Grey«, sagte Richard de Ashby. »Es ist höchste Zeit, dass sich meine eigenen Angelegenheiten bessern. Ich habe alles Recht, dies zu erwarten, denn mir verdankt der Prinz seine Freiheit. Und ich war es auch, der den ersten Samen der Zwietracht unter den Leuten de Montforts ausgesät hat. Es wäre nur recht und billig, meinen Ansprüchen ein Ohr zu leihen.«

»Euch ein Ohr leihen«, rief der andere und lachte höhnisch. »Unser guter König und besonders der Prinz scheinen mehr auf ihre Feinde zu hören als auf ihre Freunde. Der junge Monthermer ist einer der Hauptgünstlinge des Hofes.«

Ein boshaftes Grinsen zog über das dunkle Gesicht Richard de Ashbys, aber da in diesem Augenblick der Wirt mit einem Krug Wein eintrat, schwieg er und zerschnitt das Fleisch, das er vor sich hatte. Als der Wirt jedoch wieder hinaus war, rief er mit erzwungenem Lachen: »Ein schöner Günstling, wahrhaftig! Doch sagt mir, welche schönen Damen dem Hof folgen? Ich höre, man hätte nie einen hübscheren Zug gesehen.«

»Ihr habt die Wahrheit gehört, Sir Richard«, versetzte Harry Grey. »Selten hat man einen hübscheren Zug von Damen gesehen. Zwar muss man die Gräfin von Pembroke ausnehmen, denn sie ist hässlich, das weiß der Himmel. Aber da sind die junge Lady de Veux und Lord Audleys Tochter und vor allem Hugh de Monthermers Auserwählte, Eure schöne Verwandte Lucy de Ashby.«

Bei den letzten Worten lag ein gewisser Anflug von Bosheit in seinem Ton. Vielleicht beabsichtigte Harry Grey, Richard de Ashby zu reizen. Aber wenn dem so war, gelang es ihm nicht.

Zwar verzerrte tiefer Grimm für eine Sekunde Richard de Ashbys Züge, doch erwiderte er kein Wort. Er füllte langsam seinen Becher mit Wein, trank aber nicht, sondern starrte nachdenklich auf die Schneide seines Messers.

Harry Grey wollte das Thema jedoch noch nicht fallen lassen und fragte geradezu: »Was haltet Ihr von der bevorstehenden Vermählung der beiden? Hugh de Monthermer ist reich, berühmt und von untadeligem Aussehen. Wir alle glauben, er passt recht gut zu Lucy.«

»Meint Ihr?«, fragte Richard de Ashby trocken. »Ich dagegen glaube, Sir Harry, es geht eigentlich weder mich noch Euch etwas an, obwohl – um die Wahrheit zu sagen – mir scheint, Ihr irrt Euch und es steht keine solche Vermählung in Aussicht.«

»Der ganze Hof redet davon!«, rief der andere. »Er ist immer bei ihr oder bei Lord von Ashby, und überdies weiß man, dass der Graf gesagt hat …«, und er wiederholte sofort zwanzigerlei Tagesgerüchte über die Wahrscheinlichkeit dieser Heirat.

Richard de Ashby blieb jedoch ungerührt, wenigstens gab er sich den Anschein. Nachdem er sich noch kurz informiert hatte, wer sonst am Hof weilte, und Namen von fünfzehn oder sechzehn Damen, die ihn nicht im mindesten interessierten, aufgezählt worden waren erhob er sich und sagte: »Ich muss zu Bett, denn ich reise morgen bei Tagesanbruch ab.«

»Wie? Ihr besucht den König nicht?«, fragte einer der anderen Höflinge.

»Nein, ich reise weiter nach Nottingham, um ihn dort zu treffen. Bis dahin habe ich wichtige Geschäfte zu erledigen. Gute Nacht!« Damit verließ er das Zimmer.

»Ihr habt ihn tüchtig bitter gemacht, Grey«, sagte Sir William Geary. »Ihr habt ihn mit der Heirat gehänselt.«

»Ich weiß es wohl«, antwortete Harry Grey. »Aber ich konnte mich nicht zurückhalten. Nicht, dass er daran denkt, Lucy selbst zu heiraten. Aber sein Hass gegen die Monthermers ist groß.«

»Ihr irrt Euch«, versetzte Sir William Geary, der Richard de Ashby durchschaute. »Dieser Mann hat mehr Ehrgeiz, als Ihr glaubt. Er weiß recht gut, dass bei den wechselnden Geschicken in dieser Zeit Lucy de Ashbys Bruder, der gute Lord Alured, rasch den Weg in das Reich der himmlischen Herrlichkeit finden kann, und dann – obschon er jetzt nur der arme Verwandte ist, der nicht einmal so gut behandelt wird wie mancher würdige Vasall des Hauses – ist er der Erbe des Titels, wenn auch vorerst nicht der Ländereien, ausgenommen das kleine Besitztum Ashby. Es würde ihm nicht gefallen, Hugh de Monthermer dann als Gatten der Erbin den ganzen Reichtum des Hauses verschlingen zu sehen. Was er versuchen wird«, fuhr Sir William nachdenklich fort, »weiß ich nicht. Aber sicherlich wird er etwas tun, um die Heirat zu verhindern. Falls an der ganzen Geschichte überhaupt etwas dran ist.«

»Dann wird ihm Monthermer den Hals abschneiden«, entgegnete Sir Harry Grey. »Und das wird das Ende vom Lied sein. Aber wollen wir jetzt nicht lieber ein Würfelspiel machen, Geary?«

»Ich mag nicht«, antwortete dieser gähnend. »Ich fühle mich heute Abend nicht wohl und will mich bald zur Ruhe begeben.«

»Ich will mit Euch würfeln«, rief ein junger Mann von der

anderen Seite des Zimmers herüber. »Wenn Geary die Flügel hängen lässt wie ein krankes Huhn, so lasst ihn gehen. Ich will Euch bis zum Morgen Gesellschaft leisten, wenn Euer Beutel voll genug und der Wein gut ist!«

25

Richard de Ashby stieg langsam die Treppe zu seinem Zimmer hinauf, blieb aber beim ersten Absatz überlegend stehen und kehrte wieder um. Er trat in die Küche, in der eine große Zahl von Dienstleuten das Nachtessen einnahm, und winkte einem seiner Diener, der in der Nähe des Feuers saß.

Der Mann sprang auf und kam zu ihm an die Tür. Leise sagte Richard zu ihm: »Ihr müsst Euer Pferd besteigen, sobald es gefüttert ist, und durch das Land jagen, als gälte es Leben oder Tod, um einen Brief von mir an Lord Alured zu überbringen. Haltet Euch in einer Stunde bereit.«

»Was? Heute Nacht, Sir?«, fragte der Diener.

»Ja, heute Nacht!«, antwortete Richard herrisch. »Heute Nacht, sag ich! Murrst du etwa?« Ohne eine Antwort abzuwarten, wandte er sich um und schritt wieder die Treppe hinauf.

Der Gasthof war ein altes Gebäude mit einem viereckigen Hof in der Mitte. Es hatte zwei Stockwerke über dem Parterre, und zwei Reihen übereinanderliegender offener Gänge liefen um das Haus herum.

In den obersten dieser Gänge begab sich Richard de Ashby jetzt, denn da er spät angekommen war, hatte er nur schwer noch eine Unterkunft gefunden. Vor dem letzten Zimmer auf der rechten Seite verhielt er den Schritt. Nachdem er eine Minute in finsterem Nachsinnen stehengeblieben war, riss er die Tür auf und trat ein.

Das Zimmer war geräumig, denn es nahm eine Ecke des Gebäudes ein, und hatte Fenster nach beiden Seiten. In dem großen Kamin loderte ein Holzfeuer. Davor saß die unglückliche Kate Greenly, den Kopf auf die Hand gestützt, und schaute in die Flammen.

»Geh zu Bett!«, schrie Richard de Ashby zornig, sobald er sie sah. »Habe ich dir nicht vorhin gesagt, du sollst zu Bett gehen?«

»Ich hatte über vieles nachzudenken«, antwortete das Mädchen und stand auf. »Ich wünschte, du hättest mich nicht mitgenommen, Richard. Ich komme nicht gern meiner ehemaligen Heimat so nahe.«

»Ich will es so«, versetzte er, während er am Tisch Platz nahm. »Das muss dir genügen. Geh zu Bett, sag ich. Ich muss etwas Wichtiges schreiben.«

Kate trat einen Schritt auf ihn zu. »Sag mir zuerst, Richard: Willst du mich, da du meiner überdrüssig bist, zurückbringen zu der einst glücklichen Behausung, von der du mich vor noch nicht sechs Monaten weggeführt hast? Wenn es so ist, will ich nicht weiter mit dir mitkommen.«

»Du wirst tun, was ich befehle«, versetzte er finster. »Ich bin heute Abend nicht in der Stimmung das zu erörtern. Du willst nicht mitkommen? Beim Himmel! Du könntest mich dazu bringen, dich mit Gewalt zurückzuschleppen. Aber ich will dich gar nicht wegschicken, und weißt du, warum? Nicht etwa, weil ich dich liebe. Sie haben von mir verlangt, dass ich dich zurückschicke. Sie haben es mir befohlen! Und darum will ich es nicht! Geh zu Bett, sag ich, und belästige mich nicht länger. Dich Hugh de Monthermer zum Gefallen zurückschicken? Nein!«

»Er ist wirklich ein Gentleman«, sagte Kate trotzig. »Und er meinte es wirklich gut mit mir, doch ich habe es nicht begriffen.«

»Du bist eine Närrin!«, rief Richard. Ehe sie sich's versah, war er aufgesprungen und hatte ihr mit der flachen Hand ins Gesicht geschlagen. »Geh zu Bett, Dirne«, schrie er sie an, »ich kann dein Gerede nicht mehr hören!«

Kates Augen funkelten ihn an, als wollte sie ihn töten. Aber dann wandte sie sich ab, sank vor ihrem Bett auf die Knie und murmelte heftige Verwünschungen.

Als sei nichts geschehen, setzte er sich wieder an den Tisch, auf dem eine Lampe stand, und holte aus einem großen Ledersack Schreibmaterial hervor. Aber bevor er den Brief anfing, den er noch in dieser Nacht abschicken wollte, brachte er fast eine halbe Stunde in tiefem Nachdenken zu. Einmal während dieser Zeit schaute er sich nach der von ihm misshandelten Kate Greenly um, aber sie hatte sich schon zur Ruhe begeben. Da er ihre tiefen, langen Atemzüge hörte, vermutete er, sie habe sich wie ein Kind in den Schlaf geweint. Dann hing er wieder seinen Gedanken nach.

Der alte Narr!, dachte er. Es wundert mich wirklich, dass – da doch so mancher mutige, starke Mann bei Evesham fiel, ehe die Schlacht nur eine halbe Stunde getobt hatte – dieser schwache alte Graukopf den ganzen Tag unverwundet blieb! Wäre er getötet worden, so wäre für mich einiges besser und es wäre doch für niemand ein Schaden!

Aber mein stierköpfiger Vetter Alured ist beinahe ein ebenso großes Hindernis auf meinem Weg wie der Alte selbst. Wenn er allein an der Spitze des Hauses Ashby stände, würde es nicht lange dauern, bis er heiratete, um meinen Ansprüchen mit einer ganzen Schar gesunder Kinder für immer Tür und Tor zu versperren. Ich hätte allerdings Hoffnung, wenn er gegen Hugh de Monthermer einen Zweikampf wagte. Unseres Feindes Lanze könnte mir einen guten Dienst leisten und meinen edlen Vetter in die andere Welt befördern. Doch ist es vielleicht besser, zuerst den alten Mann zu seinem Richter zu schicken. Ja, so soll es sein! Wenn man den Verdacht für den Mord an Alureds Vater auf Hugh de Monthermer lenkte, würde Alured ihn alsbald dieser Tat anklagen, und ein Zweikampf wäre unausweichlich. Ich müsste ein Narr sein, wenn ich es nicht dahin zu bringen wüsste, dass Alureds eitle Stärke Monthermers Geschicklichkeit unterläge. Bei solchen Zweikämpfen überleben selten beide. Es ist kein geringer Preis, der auf dem Spiel steht: das Grafentum Ashby, die großen Ländereien, die Wälder und als Krone des Ganzen die Hand der schönen Lucy, denn sind ihr Bruder und ihr Vater tot, so wird sie mein Mündel und dann mein Weib! Ja, so soll es sein! Und seine Stirn auf die Hände stützend, überlegte Richard de Ashby, wie er seinen Plan in die Tat umsetzen wollte.

Einige Minuten schwankte er, ob er seinem Vetter schreiben solle oder nicht. Aber dann sagte er sich, dass dessen Anwesenheit ihn nur in Schwierigkeiten bringen würde. Er wollte vielmehr an Ellerby schreiben, von dem er wusste, dass er zu jeder zweifelhaften Tat bereit war und der nach seiner Erfahrung immer ebenso furchtlose und gewissenlose Leute wie er selbst fand.

Nachdem Richard de Ashby seinen Entschluss gefasst hatte, stand er auf und ging hinunter in die Küche des Gasthofes. Dort war ein fröhliches Gelage im Gange, und es war für den Reitknecht, der, bereit loszureiten, unten wartete, eine sehr tröstliche Nachricht, dass sein Gebieter seinen Vorsatz geändert hatte und ihn jetzt nicht fortschickte, obwohl er ihm befahl, sich beim ersten Hahnenschrei zum Aufbruch bereitzuhalten. Nachdem Richard de Ashby diese Weisung erteilt hatte, begab er sich wieder in sein Zimmer und schrieb nun ein paar Zeilen an den Mann, dessen rücksichtslosen Beistand er begehrte.

Als er den Brief siegeln wollte, konnte er weder Wachs noch

Seide finden. Er legte ihn deshalb wieder auf den Tisch und brummte vor sich hin: »Das muss bis morgen warten. Aber ich werde dafür sorgen, dass heute Nacht niemand hereinkommen und ihn lesen kann.«

Damit wandte er sich zur Tür und verriegelte sie. Nachdem er noch einige Minuten nachgedacht hatte, entkleidete er sich und legte sich, ohne die Lampe zu löschen, zur Ruhe.

In der folgenden Stunde war alles still, sein tiefer Atemzug war der einzige Laut, den man hörte, außer den gelegentlich vernehmbaren Stimmen von anderen Teilen des Hauses her. Plötzlich aber schlüpfte Kate Greenly hinter den Vorhängen ihres Bettes hervor und trat an den Tisch.

Richard de Ashby hatte auf dem Brief, den er geschrieben hatte, den Dolch liegenlassen, mit dessen Knauf er ihn hatte siegeln wollen. Kate Greenly hob mit zusammengepressten Lippen die Waffe auf, zog sie aus der Scheide und befühlte die scharfe Spitze.

Aber gleich darauf steckte sie den Dolch in die Scheide zurück, drückte ihre Hand an die Stirn und murmelte: »Nein, nein! Das nicht! Aber die Zeit kann kommen, Richard, die Zeit kann kommen! Doch ich will dich auf jeden Fall in meiner Gewalt haben«, fuhr sie fort, nahm den Brief in die Hand und faltete ihn auseinander.

Kommt zu mir, so schnell ihr könnt, Ellerby, las sie, sich über die Lampe beugend. *Ich habe für Euch einen zehnendigen Hirsch zu erlegen. Mein Plan steht fest, und ich bin entschlossen, die Scheidewand zu stürzen, die zwischen mir und der Sonne steht. Wenn es uns gelingt – und der Erfolg ist gewiss! –, soll die Belohnung in gutem Verhältnis stehen zu der Tat: zehntausend Pfund Silber für den Anfang! Aber Ihr müsst drei oder vier Männer mitbringen, geeignet und bereit, eine mutige Tat zu vollbringen. So zögert nicht und eilt dem sicheren Erfolg*

entgegen. Der Eurige, falls Ihr Euch willig und tüchtig zeigt,
R. A.

Kate Greenly las zum wiederholten Mal die Zeilen, als wollte sie sie für immer ihrem Gedächtnis einprägen. Dann faltete sie das Papier wieder zusammen, legte es auf den Tisch und den Dolch darauf.

»Ich kann es nicht glauben«, murmelte sie dabei. »Er mag ein armes Mädchen wie mich misshandeln. Aber Mord, der Mord an einem Verwandten? Nein. Und doch«, fuhr sie fort, »was könnten die sonderbaren Worte anderes bedeuten? Ich wollte, ich hätte das Papier nie gelesen! Aber nun, da ich dies weiß, muss ich mehr herausbekommen.«

Kate Greenly schlich wieder in ihr Bett. Das gefährliche Geheimnis, zu dessen Mitwisserin sie geworden war, ließ sie nicht schlafen. Stunde um Stunde lag sie wach und bemühte sich, eine andere Deutung des Briefes zu finden. Aber sie hatte schon mehr als einmal von Richard de Ashby verdächtige Anspielungen vernommen und kam so immer zu demselben Schluss.

Als endlich der Morgen graute, schlossen sich ihre schweren Augenlider für eine Weile, und sie schlummerte noch, als Richard aufstand und seine Vorbereitungen zur Abreise traf. Er bemerkte nicht, dass der Brief gelesen worden war. Ungestüm weckte er sie, damit sie ihm Wachs und Seide suchte. Damit siegelte er den Brief. Nachdem er ihn durch seinen Boten abgeschickt hatte, brach er mit dem unglücklichen Mädchen und zwei Dienern auf nach Nottingham.

26

»Was suchst du, fetter Mönch?«, fragte Sir William Geary, der mit zwei anderen Höflingen unter dem Torbogen stand, der zu dem großen Hof im Kastell von Nottingham führte, einen dicken, schwerfälligen Mann mit rosigem Gesicht und einem Doppelkinn. Dieser war einige Zeit im Hofe hin und her gewandert, aber offenbar ohne einen bestimmten Zweck.

»Ich suche, mein Sohn«, versetzte der Mönch mit boshaftem Lächeln, »etwas, das du mir vielleicht zeigen kannst, aber was dennoch dir selbst zu suchen sehr nötig und heilsam wäre.«

»Nur keine Rätsel«, versetzte Sir William Geary. »Sprich einfach, dann kann ich dir vielleicht helfen. Was meinst du?«

»Ich meine, ich suche den rechten Weg«, antwortete der Mönch.

»Aber wohin?«

»Ich möchte mit dem milden, edlen Lord Hugh de Monthermer sprechen«, antwortete der Mönch, »der, wie ich höre, im Zuge des Königs hierhergekommen ist.«

»Mitgeführt wurde, meinst du«, mischte sich jetzt Sir Harry Grey ein, »denn er kam als Gefangener. Aber, um die Wahrheit zu sagen, seine Gefangenschaft scheint die Herzen des ganzen Hofes gefangenzunehmen, denn es gibt keinen, dem solche Aufmerksamkeit entgegengebracht wird wie Hugh de Monthermer.«

»Der Hof muss weise werden auf seine alten Tage«, versetzte der Mönch. »Ich glaube, ich will mich ihm auch anschließen, wenn man wirklich durch Verdienst dort vorwärtskommt. Aber ich bitte Euch, Herr, sagt mir, wo der junge Lord seine Wohnung hat. Obgleich ich die Pforten dieses Kastells so schmal für meine fetten Hüften finde wie die des Himmels, so sind ihrer doch so viele wie in der Hölle.«

»Du wirst ihn bei einem Fräulein treffen, in einer tiefen Fensternische des großen Saales, wo er dir ins Handwerk pfuscht, Mönch, denn es sah beinahe so aus, als nähme er ihr die Beichte ab.«

»Aber diejenige, die allein nötig war, hat sie schon lange abgelegt«, rief Sir Harry Grey. »Schon auf dem Ritt von Huntingdon hierher hörte ich sie sagen: ›Ihr wisst, ich tu es, Hugh.‹ Und was konnte sie anders meinen als natürlich: ›Euch lieben‹?«

»Dann verhüte der Himmel, dass ich die Beichte störe«, sagte der Mönch lachend. »Aber wenn Ihr mir zeigen wollt, mein Sohn, wo sein Zimmer ist, so will ich dorthin gehen und auf ihn warten. Ein Knabe, der mir soeben vor dem Tor begegnete, hielt mich zum Narren und sagte mir, wenn ich durch die dritte Tür rechter Hand, auf der Ecke linker Hand, jenseits des vierten Turms, nachdem ich durch das zweite Tor gekommen, eintrete, würde ich eine Treppe finden, welche mich auf die Höhe des Kastells führen würde, und wenn ich hinaufgestiegen sei, möge ich wieder herunterkommen. Ihr könnt mir glauben, hätte ich ihn erreichen können mit meinem Stock, ich hätte ihm eine tüchtige Tracht Prügel verpasst. Aber er war zu schnell weg. Mein schwacher Körper vermochte nicht, ihn zu verfolgen.«

»Euer fetter Körper, meint Ihr, Mönch«, versetzte Sir Harry Grey. »Aber sagt mir, wie viele Tonnen Bier und Fässer Wein hat es gekostet, bis Euer Leib so rund und Euer Gesicht so rot war?«

»Beide sind noch nicht ganz fertig, mein Sohn«, antwortete der Mönch gelassen. »Doch sobald sie es sind, will ich alles zusammenzählen und dir die Rechnung schicken. Aber zeigt mir jetzt den Weg.«

»Geht durch die Tür dort unter dem Bogen«, sagte Sir Harry Grey, ihm die Richtung weisend, »und dann die Treppe hinauf. Gleich die zweite Tür, an die Ihr kommt, führt in das Zimmer von Hugh de Monthermer.«

»Der Himmel sei mit Euch, Gentlemen. Dank für Eure artige Unterhaltung!« Nach diesen Worten watschelte der Mönch mit einem leisen Kichern davon.

Einer der drei Gentlemen hatte an dem Gespräch nicht teilgenommen. Jetzt aber wandte er sich an Sir William Geary und fragte: »Kennt Ihr den lumpigen Schuft?«

»Nein«, antwortete dieser. »Es ist das erstemal, dass ich ihn gesehen habe, aber es ist offenbar ein schlauer und spöttischer Schelm, imstande, sich auf mancherlei Weise nützlich zu machen. Kennt Ihr ihn, de Margan?«

»Ich habe ihn vor knapp zehn Tagen gesehen«, versetzte de Margan, »doch in einer ganz anderen Gegend Englands und unter Leuten, von denen er ohne Zweifel Botschaften an Lord Hugh überbringt. Man muss ein Auge auf die Sache haben, Geary. Ich habe eine alte Rechnung mit Hugh de Monthermer zu begleichen. Lasst uns aufpassen, was auf die Besprechung der beiden hin erfolgt.«

»Ich habe von Eurem Abenteuer mit Monthermer gehört, de Margan«, sagte Sir William Geary. »Aber Euer Vorhaben, den alten Grafen Ashby von gewissen Zusammenkünften bei Mondschein in Kenntnis zu setzen, dürfte nichts bewirken. Der Vater scheint so verliebt in Hugh de Monthermer wie die Tochter. Er hat es zugelassen, dass Hugh de Monthermer jeden Tag, seit wir hier sind, nach Lindwell hinübergeritten ist und dort den Vormittag mit der Dame seines Herzens verbracht hat.«

»Ich habe das schon gestern Abend nach meiner Ankunft gehört«, antwortete Guy de Margan ungeduldig. »Aber ich werde ein Mittel finden, diesen Hugh de Monthermer seinen Übermut bereuen zu lassen.«

Sir William Geary schwieg einen Augenblick mit nachdenklichem und etwas bitterem Lächeln. »Gut, de Margan!«, sagte er endlich und zog ihn beiseite, »wenn Ihr Euch rächen wollt, so glaube ich zu wissen, wo der Mann zu finden ist, der Euch behilflich sein wird. Niemand weiß von seiner Anwesenheit in Nottingham, aber ich habe ihn aufgespürt und will Euch zu ihm führen, wenn Ihr Lust habt.«

»Wer ist es?«

»Kein Geringerer als Richard de Ashby, der Vetter des schönen Fräuleins«, antwortet Geary. »Er ist von Hass gegen diese Monthermers besessen und, wie es mir vorkommt, von einer nicht kleinen Liebe zu seiner schönen Verwandten Lucy.«

»Was!«, rief de Margan mit Spott und Verachtung in der Stimme. »Ein mit Armut geschlagener, abhängiger Bettler sollte es wagen, ein Auge auf eine so hoch über ihm stehenden Dame zu werfen?«

»Vielleicht wirft er sein Auge auf ihre Mitgift«, sagte Sir William Geary. »Ehrgeiz ist immer ein dreister Freier. Aber, wie dem auch sei, verlasst Euch darauf, er wird Euch zu Eurer Rache an Monthermer verhelfen.«

»Gut!«, versetzte de Margan. »Ich will zu ihm, Geary. Aber lasst uns erst etwas über diesen Mönch in Erfahrung bringen. Der Mann ist ein unverbesserlicher Rebell, ich sah ihn zuletzt bei Sir William Lemwood und all den Übrigen, die seinerseits für die Sache de Montforts eintraten. Ohne Zweifel kommt er jetzt nach Nottingham, um eine neue Verschwörung vorzubereiten. Wir müssen ihn beobachten. Wenn Hugh de Monthermer nur einen falschen Schritt tut, so soll er fallen, dafür sorge ich. Ich fürchte, es besteht nicht die Möglichkeit, in eines der Vorzimmer zu gelangen und zu lauschen, was sie reden?«

»Keine, das steht ganz außer Frage. Aber mein Zimmer hat die Aussicht auf das Ende der Treppe, so dass wir von dort aus bequem sehen können, wann der Mönch wieder weggeht.«

»Wir wollen ihn abpassen!«, rief de Margan. »Schon der Besuch eines solchen Mannes ist verdächtig. Meint Ihr nicht auch, Geary?«

»Gewiss!«, antwortete Sir William mit einem spöttischen Lächeln. »Ganz gewiss für ein argwöhnisches Gemüt.« Mit dieser sarkastischen Bemerkung ging er voran zu seinem Zimmer im Schloss.

Was immer das Anliegen des Mönchs bei Hugh de Monthermer sein mochte, er blieb über eine Stunde in dessen Zimmer, und als er es verließ, folgte ihm bald der junge Edelmann, der einen dunkelfarbigen Mantel über seine prächtige Ritterkleidung geworfen hatte. Er schlug zu Fuß den Weg in die Stadt ein durch dasselbe Tor, durch das sich sein Besucher entfernt hatte.

Guy de Margan und William Geary eilten gleich darauf hinunter in den Hof, verließen das Kastell und folgten dem jungen Edelmann in die Stadt, die zu jener Zeit schon eine ansehnliche Größe hatte. Die steilen Straßen und Felsentreppen, die an dem seltsamen Bergkegel, auf dem sich das Kastell erhob, hinabliefen, ließen den Eindruck entstehen, es sei auf einen Bienenkorb gebaut.

Hugh de Monthermer schritt die vom Kastell hinabführende Straße entlang und schlug dann den Weg zur ersten Reihe von Stufen ein, um in den tiefer gelegenen Teil der Stadt hinunterzusteigen.

Da unten zwei Wege waren, die er wählen konnte, trennten sich die Gentlemen, die sich der ehrenhaften Aufgabe unterzogen, ihm nachzuspionieren.

Sie waren gerade wieder in der Nähe des alten Tores zusammengetroffen, als Hugh, den Guy de Margan nicht aus dem Auge verloren hatte, stehenblieb und sich umsah, als wüsste er nicht, wohin er gehen sollte. Sofort zogen sich seine Verfolger hinter eine in die Straße vorgebaute Bude zurück, aber gleich darauf lief er weiter und ging zum Tor hinaus. Sie sprangen hervor und folgten ihm so rasch, dass sie fast mit ihm zusammengestoßen wären, denn er war direkt hinter dem Tor stehengeblieben. Dort hatte der Mönch, den sie zuvor gesehen hatten, auf ihn gewartet. Er war jedoch nicht mehr zu Fuß, sondern saß auf seinem starken, störrisch aussehenden Maultier und hielt ein großes, knochiges Pferd am Zügel.

Hugh de Monthermer setzte seinen Fuß in den Steigbügel und saß im Nu auf dem Rücken des Pferdes.

»Das sieht so aus, als wollte ein Gefangener entfliehen«, sagte Guy de Margan. »Soll ich die Leute auffordern, ihn aufzuhalten?«

»Aber nein«, versetzte Geary, »er will nicht entfliehen, und wenn, so wäre er fort, ehe Ihr etwas tun könntet. Er hat jeden Tag tausend Gelegenheiten zu entfliehen, wenn er will. Schade, dass wir keine Pferde bei uns haben!«

»Er geht unerlaubten Geschäften nach, wenn er diesen Mönch zum Führer hat. Ich will dem Prinzen berichten, was ich gesehen habe.«

»Es taugt nicht für Eure Zwecke, de Margan, dergleichen dem Prinzen zu berichten«, sagte Geary mit einem sarkastischen Zucken um den Mund. »Der Prinz ist ein sehr kluger Mann und durchschaut Euch. Zudem könntet Ihr es nicht, wenn Ihr auch wolltet. Edward ist nicht hier. Er brach heute Morgen mit fünfhundert Mann nach Derby auf. Sagt es doch dem König! Der glaubt Euch, was Ihr wollt. Aber sprecht zuerst mit Richard de Ashby. Ich will Euch mit ihm allein lassen. Es wird ein Spaß sein, das Ergebnis zu sehen.«

Sie hatten inzwischen ein mit seltsamen Schnitzereien verziertes Holzhaus erreicht. Bevor die Tür geöffnet wurde, wurden Sir William Geary und seine Begleiter von einem Diener, der durch ein kleines rundes Fenster neben der Tür herausschaute, genau in Augenschein genommen. Endlich öffnete er.

Nach einigem Hin und Her wurde Sir Guy de Margan schließlich der Eintritt gestattet. Sir William Geary verabschiedete sich von ihm.

27

Am Tag darauf kam Hugh de Monthermer mit glücklichen Nachrichten nach Lindwell Castle und erzählte Lucy, dass ihr Vater heute, vor seinem Besuch beim König, eine Stunde lang mit ihm zusammen gewesen sei und seine endgültige Einwilligung zur Heirat gegeben hätte. Er hätte zwar einige Zweifel hinsichtlich der Meinung ihres Bruders Alured zu der Sache geäußert, aber versprochen, es auf sich zu nehmen, seinen Sohn zur Vernunft zu bringen. Es war deutlich sichtbar, dass der Graf von Ashby fest entschlossen war, die Hand seiner Tochter möglichst bald Hugh de Monthermer zu geben. Und das nicht aus einer plötzlichen Laune heraus, sondern weil er dem jungen Ritter immer gewogen gewesen war, selbst als in früheren Tagen die Häuser Ashby und Monthermer einander feindlich gegenüberstanden. Verschiedene Umstände hatten ihn inzwischen zwar schwanken lassen, aber als er nach der Schlacht von Evesham Hugh in hoher Gunst beim Prinzen stehen sah, der soeben den Thron seines Vaters gerettet hatte, erkannte er, dass im ganzen Land keine bessere Partie für seine Tochter zu finden war.

So hatte er selbst im Verlauf dieses Morgens ein Gespräch begonnen, das damit endete, dass er Hugh de Monthermer Lucys Hand zusagte, und es war verabredet worden, in zwei Tagen die bevorstehende Vermählung öffentlich bekanntzugeben.

Dies waren die glücklichen Nachrichten, die Hugh selbst Lucy überbrachte, und nun standen sie fröhlich plaudernd an einem Fenster des Zimmers und schauten auf die schöne Landschaft hinab. Alles in ihnen war Glück und Freude.

Über die grünen Anhöhen von Nottingham kam jetzt ein langer, prächtiger Reiterzug; der Graf kehrte heim. Die Liebenden traten auf den steinernen Balkon, um die Rückkehrenden willkommen zu heißen, aber der Graf tat, als sähe er sie nicht, und Hugh bemerkte, dass mit ihm verschiedene Personen ritten, die nicht zu seinem Gefolge gehörten.

Kurze Zeit darauf hörten sie Schritte die Treppe heraufkommen, und da es viele waren, begab sich Lucy durch eine kleine Tür über eine andere Treppe in ihre Wohnung.

Sie hatte kaum das Zimmer verlassen, als Hugh de Monthermer die Stimme des Grafen von Ashby vernahm, der mit seinen Begleitern vor der Tür sprach.

»Bleibt Ihr hier, Gentlemen«, sagte er. »Er wird mit Euch zum König zurückgehen, ich will für ihn bürgen. Lasst mich aber zuerst mit ihm sprechen.« Im nächsten Augenblick trat der Graf in den Saal, die Augen finster auf den Boden geheftet.

Obgleich Hugh sich vollkommener Unschuld bewusst war und von keiner Gefahr eine Ahnung hatte, die ihn bedrohen könnte, war ihm doch schwer ums Herz geworden bei diesen Worten. So trat er denn rasch auf den Grafen zu und fragte in seiner gewohnten offenen Art: »Was gibt es, mein edler Lord? Ihr seht traurig und niedergeschlagen aus. Heute Morgen wart Ihr so munter und fröhlich.«

»Alles hat sich geändert seit heute Morgen, Sir«, antwortete der Graf steif. »Der König verbietet Eure Heirat mit meiner Tochter. Und da meine Einwilligung nur bedingt war …«

»Das ist in höchstem Grade ungerecht und tyrannisch«, versetzte Hugh entrüstet. »Aber ich glaube, jemand hat den König gegen mich aufgebracht. Prinz Edward ist jetzt abwesend, und ein Schurke hat dies ausgenutzt, um dem Monarchen Lügen aufzutischen.«

»Davon weiß ich nichts«, antwortete der Graf mit verletzender Kälte. »Aber auf jedem Fall hat er die Heirat verboten.

Demgemäß verlange ich von Euch, dass Ihr mir mein Wort zurückgebt.«

»Nie und nimmer!«, rief Hugh de Monthermer heftig. »Ihr könnt, mein Lord, wenn Ihr es wollt – aber ich glaube nicht einmal, dass Ihr es wollt, Eure Zusage brechen. Aber das habt dann Ihr getan, nicht ich. Ich stehe hier so redlich und unschuldig vor Euch wie nur je ein Mann. Wenn heute Morgen kein Grund vorlag, mir die Hand Eurer Tochter zu verweigern, so ist auch jetzt keiner vorhanden.«

»Doch, es ist einer vorhanden!«, rief der Graf starrsinnig. »Des Königs ausdrücklicher Befehl!«

»Ausgesprochen auf Grund irgendeiner erlogenen Einflüsterung! Ich will sofort zu ihm reiten und meinen Verleumdern ihre Verlogenheit nachweisen. Ich bitte Euch, mein Lord, sagt mir, was sie mir vorwerfen, damit ich mich rechtfertigen kann.«

»Ich weiß es selbst nicht so genau, Hugh«, versetzte der Graf unsicher. »Ich habe jedoch gehört, Ihr sollt Euch heimlich mit den Feinden des Staates verschworen haben, die im Norden und an den Grenzen von Wales rebellierten.«

»Und das glaubt Ihr?«, schrie Hugh. Aber sofort wurde er wieder ruhiger, ergriff die Hand des alten Grafen und sagte: »Verzeiht mir, mein lieber Lord, wenn ich Euch in der Hitze beleidigt habe. Bitte versprecht mir zwei Dinge.«

»Welche sind es?«, fragte der Graf. »Ich will es tun, wenn Eure Bitten angemessen und vernünftig sind.«

»Sie sind angemessen und vernünftig, mein Lord, sonst würde ich sie nicht an Euch richten. Versprecht mir erstens, dass Ihr, sobald ich fort bin, einen Brief an Prinz Edward schreiben und ihm melden wollt, dass sein Freund Hugh de Monthermer des Hochverrats angeklagt ist. Bittet ihn, so schnell wie möglich zurückzukehren, um dafür zu sorgen, dass das Recht gewahrt bleibe, und schickt die Nachricht durch einen zuverlässigen Boten nach Derby, wo der Prinz sich jetzt befindet.«

»Das soll binnen einer Stunde geschehen«, antwortete der Graf. »Aber was noch, Hugh. Was noch?«

»Dies, mein teurer Lord«, versetzte der junge Ritter. »Euer Bote wird Derby heute Nacht erreichen. Und wenn ich Prinz Edward richtig kenne, wird er morgen in Nottingham sein, ehe die Sonne die Mittagslinie um eine Stunde überschritten hat. Ich will den König bitten, diese Stunde abzuwarten, um meine Verteidigung anzuhören. Von Euch erbitte ich, dass Ihr dann anwesend seid und – falls Ihr mich nicht für schuldig haltet – Eure Zusage, mir Lucys Hand zu geben, erneuert, ja gegebenenfalls mit mir auf den König einwirkt, seine Einwilligung zu geben.«

Der alte Lord zögerte einige Sekunden, aber endlich antwortete er: »Gut!«

»Dann bis morgen, mein Lord«, sagte Hugh de Monthermer rasch. »Ich darf nicht bleiben, bis Eure Tochter kommt.« Damit drückte er die Hand des alten Mannes und schritt der Tür zu. Als er sich noch einmal umdrehte, ehe er das Zimmer verließ, sah er, dass der Graf mit zögernder, zweifelnder Haltung mitten im Saal stand. Mit lauter Stimme sagte er deshalb noch einmal: »Ihr werdet kommen, mein Lord?«

»Ja, ja«, erwiderte der Graf. »Ich will mich zur genannten Stunde einfinden.«

Vor der Tür des Saales stieß Hugh de Monthermer auf eine Ansammlung von Gentlemen, die zu Heinrichs Hof gehörten. Sobald er erschien, trat Sir Guy de Margan auf ihn zu und sagte: »Lord Hugh de Monthermer, ich bin vom König beauftragt ...«

Aber Hugh maß ihn mit einem finsteren Blick und sagte: »Mich zu Seiner Majestät zu bringen! Ich bin bereits im Begriff, dorthin zu eilen, Sir. Nehmt Euch in Acht, Sir Guy de

Margan«, fügte er hinzu, als dieser trotzdem näher trat. »Bedenkt, ich liebe Eure allzu große Nähe nicht!« Und er fasste den Griff seines langen Schwerts mit der rechten Hand und schritt auf die Treppe zu, während die Höflinge, die dort standen, ihm zu beiden Seiten auswichen. Guy de Margan biss sich vor Zorn auf die Lippen, wagte aber nicht, sich ihm weiter zu nähern.

Das Pferd des jungen Ritters und die Diener, die ihn begleitet hatten, standen im Hof bereit. Hugh de Monthermer sprang in den Sattel, ohne sich auch nur im Geringsten um die zu kümmern, die ihn verfolgten. Er galoppierte auf Nottingham zu. Die anderen sprengten ihm eilig nach, und beide Parteien erreichten fast gleichzeitig die Stadt und ritten durch die Schlosstore ein. Vom Pferd gestiegen, begab sich Hugh sofort in die königlichen Gemächer. Im Vorzimmer des Audienzsaals traf er William de Valence, den Grafen von Pembroke. Er fragte ihn: »Kann ich mit Seiner Majestät sprechen, mein Lord von Pembroke? Ich habe erfahren, dass eine falsche Anklage gegen mich vorliegt, und muss mich von diesem Verdacht reinigen.«

»Seine Gnaden erwarten Eure Lordschaft«, antwortete der Graf mit eiskalter Miene. »Aber er nahm an, Euch würde eine Wache begleiten.«

»Das war nicht nötig, Sir«, antwortete Hugh. »Ich fürchte mich nicht, dem König unter die Augen zu treten, und es bedarf keiner Gewalt, um mich zu veranlassen, mich meinen Feinden zu stellen. Wollt Ihr mich vor den König führen. Das ist alles, was ich verlange.«

»So folgt mir«, sagte der Graf. Die Tür öffnend, meldete er die Ankunft des jungen Ritters. Der König befahl, ihn unverzüglich hereinzulassen.

Heinrich III. saß an einem Tisch, und Lord Mortimer stand bei ihm. Sie amüsierten sich, wie es schien, gerade über irgendetwas, denn beide lächelten, als Hugh de Monthermer eintrat. Als der schwache und tyrannische Fürst Hugh de Monthermer erblickte, trat Zorn auf sein Gesicht.

»So, Sir«, sagte er spitz, »Ihr kommt freiwillig, um den Lohn Eurer hohen Verdienste zu empfangen!«

»Ich komme, Euer Gnaden«, versetzte Hugh, sich tief verbeugend, »um in Eurer Gegenwart meine Ankläger zu empfangen und sie der Lüge zu überführen, wenn sie mich einer Pflichtverletzung anklagen.«

»Was?«, sagte der König. »Widersprach es nicht Eurer Pflicht, bei Evesham auf der Seite de Montforts zu fechten?«

»Oh, gnädiger Herr«, antwortete Hugh, »wenn die Anklage so weit zurückgreift, kann ich nichts darauf entgegnen.«

»Die Hauptanklage gegen Euch lautet auf Hochverrat!«, rief der König.

»Wer immer sie erhebt«, versetzte Hugh de Monthermer, »ist ein meineidiger Verräter, und ich will es ihm beweisen, entweder durch Untersuchung und Beweisführung von Eurer Majestät oder durch die Entscheidung der Waffen. Mein Leib gegen den seinigen – und Gott sei der Richter!«

»Nein, nein, Sir«, sagte Heinrich, »Wir kennen Eure Stärke und Geschicklichkeit mit den Waffen recht gut. Das ist kein Fall, wo Wir gestatten wollen, dass Unsere Rechtsprechung von ihrer Bahn abgelenkt wird durch einen starken Arm und ein kühnes, aber falsches Herz. Wir selbst wollen Euer Ankläger scin. Diejenigen, die Wir auffordern, Euer Verbrechen zu beweisen, sollen nur Zeugen sein.«

»Gnädiger Herr, das meint Ihr nicht ernst«, antwortete Hugh kühn. »Ihr werdet doch nicht Richter und Ankläger in einer Person sein wollen.«

»Dann sollt Ihr andere Richter haben!«, schrie Heinrich wütend. »Eure Peers* sollen Euch richten! Wenn Ihr wirklich

* Angehörige des englischen Hochadels.

unschuldig seid, so antwortet sofort auf die gegen Euch erhobenen Anklagen.«

»Eben darum komme ich«, erwiderte der junge Ritter. »Unvorbereitet, nicht unterrichtet, worin diese Anklagen bestehen, komme ich, um ihnen entgegenzutreten, so gut ich kann. Ich bitte Euch, lasst sie mich hören.«

Inzwischen war eine Anzahl Ritter in dem Audienzsaal erschienen, unter ihnen alle, die dem jungen Edelmann von Lindwell gefolgt waren. Heinrich sah zu ihnen hin und rief: »Tretet vor, Guy de Margan! Und Ihr, Hugh Fitzhugh! Ihr, Sir William Geary, kommt auch näher. Sagt, was Ihr Lord Hugh de Monthermer vorwerft.«

»Wahrhaftig, Sire«, versetzte Sir William Geary mit dem ihm eigenen sarkastischen Grinsen, »ich werfe ihm gar nichts vor. Ich war einmal Zeuge, mein gnädiger Herr, wie er im Turnier die vier besten Lanzen warf. Nun war ich nie sonderlich stark in den Knien und werde überdies etwas unbeweglich mit den Jahren. So verhüte Gott, dass ich einen Mann anklagen wollte, der von einer Entscheidung durch die Waffen spricht. Als ich davon hörte, zitterte ich beinahe so sehr wie Guy de Margan hier.«

»Du lügst! Ich zitterte nicht!«, rief de Margan erbost.

»Na gut«, antwortete der andere. »Ihr bebtet nur und saht aus, als sei Euch übel.«

»Sir William Geary«, rief der König, »dies ist keine Sache zum Spaßen! Sprecht, Ihr sagtet, Ihr hättet etwas gesehen. Was war es?«

»Ich sah einen fetten Mönch«, versetzte Sir William Geary, »dessen Hang zum Scherzen sich kaum zügeln ließ. Und dieser fette Mönch, Sire«, fuhr er ernster fort, als er merkte, dass der König ihn unmutig anstarrte, »blieb stehen und fragte mich nach dem Weg zu den Zimmern Lord Hugh de Monthermers. Als er gegangen war, sagte mir Sir Guy de Margan, der Mönch sei der Bote eines Verräters, ein Unterhändler zwischen Rebellen, ein Mann, den er bei Sir William Lemwood in den Grenzdistrikten von Wales getroffen hätte. So lud ich de Margan in mein Zimmer ein, und wir beide warteten, bis der Mönch wieder aus dem Zimmer des Lords kam, was nach einer Stunde geschah. Der Mönch ging wieder auf den Hof, und bald darauf erschien auch Hugh de Monthermer. Sir Guy und ich folgten dem Ritter und dem Mönch. Vor dem Tor der Stadt sahen wir den Mönch, der auf ein Maultier gestiegen war. Er hielt ein Pferd für seinen ritterlichen Freund bereit, auf das wir den tapferen Lord springen sahen. Dann ritten sie miteinander fort. Das ist alles, was ich zu sagen habe, Sire, und was ich gesagt habe, ist wahr. Es sei mir fern, allein deshalb eine Anklage zu erheben.«

»Was habt Ihr zu antworten, Sir?«, fragte der König.

»Ja, Sire, ich habe gestern mit einem Mönch gesprochen«, versetzte der junge Edelmann. »Er war beinahe eine Stunde bei mir, schwatzte viel von Wildbret und von der Jagd. Seinen Reden nach, hat er vielleicht heimlich einen fetten Bock erlegt, auf den er kein Recht hatte. Aber, bei meinem Wort, das ist der einzige Verrat, dessen ich ihn für fähig halte. Er sprach in meiner Gegenwart nicht ein Wort von Aufständen, Rebellionen oder sonst etwas, dass Euer Missfallen erregen könnte.«

»Was meint Ihr hierzu, Sir Guy de Margan?«, fragte der König. »Sagt uns, wer dieser Mönch ist. Ist er ein Rebell oder nicht?«

»Er ist es ohne jeden Zweifel, gnädiger Herr«, versetzte Guy de Margan. »Ich traf ihn bei Lemwood und den anderen Verrätern, zu welchen Ihr, Sire, mich geschickt hattet, um mit ihnen Verhandlungen zu führen.«

»Aber das beweist doch nicht«, mischte sich nun Mortimer

ein, »dass Lord Hugh ein hochverräterisches Gespräch mit ihm hatte. Sein Geschäft mit dem edlen Lord kann von sehr harmloser Art gewesen sein.«

Mortimer, der wusste, was kommen sollte, gab sich nur als unparteiischer Richter, damit seine spätere Härte gegen Hugh de Monthermer gerecht erscheinen sollte.

»Es könnte durchaus so sein«, versetzte Guy de Margan, »dass der Mönch Lord von Monthermer einfach nur besucht hat. Aber dass sie dann miteinander fortritten, erscheint doch sonderbar, und die Heimlichkeit, mit der sie es taten, macht die Sache noch sonderbarer. Vielleicht geruht Lord Hugh zu erklären, wohin er mit ihm ritt.«

»Ich denke«, antwortete Hugh, »die ehrenwerten Spione, die mir vom Schloss bis an das Stadttor nachschlichen, hätten ihre Nachforschungen fortsetzen können, dann würden sich jetzt alle Fragen erübrigen.«

»Dazu kann ich etwas sagen«, meldete sich Hugh Fitzhugh, ein großer, vierschrötiger Gentleman. »Warum er fortritt, kann ich nur raten, aber wohin er ritt, das weiß ich. Er ritt in den Wald, denn dort habe ich ihn mit dem eben erwähnten Mönch gesehen. Ich hatte mich verirrt und stieß plötzlich auf eine Gesellschaft von fünf Personen in eifrigem Gespräch. Drei von ihnen hatten Masken vor dem Gesicht, und die zwei Unmaskierten waren Hugh de Monthermer und der Mönch. Mein gnädiger Herr König, wenn er das nicht erklärt, so haben wir gar keine Erklärung. Aber Eure Weisheit wird richten.«

»Erkläre er es, wenn er will«, entschied der König, »oder vielmehr, wenn er kann. Ich bin bereit, ihn anzuhören.«

»Gnädiger Herr«, versetzte Hugh de Monthermer kalt. »Einmal in ihrem Leben haben diese drei Gentlemen hier die Wahrheit geredet. Ich verließ das Schloss und folgte dem Mönch, ich begleitete ihn in den Wald, traf dort drei Personen – aber mit keiner schlimmen Absicht. Auch sprachen wir kein Wort, das irgendein Mensch Verrat nennen könnte.«

»Wer waren die Männer, die zu sprechen Ihr ausrittet?«, fragte der König und blickte den jungen Edelmann finster an.

»Ihr müsst mir verzeihen, Sire«, versetzte Hugh, »wenn ich ihre Namen nicht nenne. Meine Ankläger, wenn sie mich eines Verbrechens bezichtigen, müssen beweisen, dass ich eines begangen habe. Das haben sie bisher nicht einmal versucht. Alles, was sie behaupten, ist, dass ich mit einem Mönch gesprochen habe, dass ich mit einem Mönch ausgeritten bin und dass man mich mit drei Unbekannten im Sherwood im Gespräch gesehen hat. Wenn dies Verrat ist, so schütze Gott die Unschuldigen.«

»Aber, mein guter Lord«, sagte Mortimer, den der König auffordernd ansah. »Es ist erwiesen, dass dieser Mönch, der Euch mitnahm, selbst ein offenkundiger Verräter ist. Ihr müsst beweisen, dass die anderen es nicht auch waren, sonst bleibt an Euch die Anschuldigung hängen, dass Ihr mit den Feinden des Königs verkehrt.«

»Was ein hohes Verbrechen ist, mein Lord«, fügte Heinrich drohend hinzu.

Hugh de Monthermer schaute einen Augenblick nachdenklich zu Boden, denn er sah sich in einer viel schwierigeren und gefährlicheren Lage, als er erwartet hatte. Endlich aber blickte er auf und sagte: »Mein gnädiger Herr und König, ich stehe hier vor Eurem Angesicht ohne Freunde und Ratgeber. Ohne Vorbedacht und Vorbereitungen bin ich gekommen, um auf eine von meinen Feinden schlau zurechtgelegte Anklage zu antworten. Ich bitte Euch, gebt mir vierundzwanzig Stunden, damit ich darüber nachdenken kann, wie ich handeln soll. Ich weiß, dass ich meine Unschuld beweisen kann und jeden Zweifel beseitigen, wenn ich nur Zeit dazu habe.«

»Ihr sollt Zeit und auch einen Ratgeber haben«, versetzte

der König. »Aber Ihr sollt in Gewahrsam gehalten werden. Mein Lord von Mortimer, verhaftet ihn in Unserem Namen. Lasst ihn in sein Zimmer führen, stellt eine Wache vor seine Tür und lasst einen seiner Diener zu ihm, damit es ihm freisteht, nach einem Ratgeber seiner Wahl zu schicken. Dieser Anwalt mag ihn besuchen. Und da er vierundzwanzig Stunden Zeit begehrt, bringe man ihn morgen um dieselbe Zeit wieder zu Uns.«

Der Graf von Mortimer trat einige Schritte vor, um den des Hochverrats angeklagten jungen Ritter zu verhaften. Hugh de Monthermer verbeugte sich und sagte: »Ich ergebe mich willig, mein Lord, setze mein volles Vertrauen in des Königs Gerechtigkeit und erwarte das Ergebnis von morgen ohne Furcht.«

Dann führte Mortimer Hugh in das Zimmer, das er seit seiner Ankunft in Nottingham bewohnte und neben dem sich, wie gewöhnlich bei Edelleuten hohen Ranges, ein Schlafgemach und ein Vorzimmer befanden, vor dessen Eingang ein oder zwei Diener schliefen, um während der Nacht ihren Herrn vor jedem gefährlichen Besuch zu schützen.

Mortimer hatte unterwegs ein paar des Königs Wachen gewunken. Er stellte zwei Soldaten vor die Tür des Vorzimmers und traf Vorkehrungen für Ihre regelmäßige Ablösung. Dann trat er mit seinem Gefangenen ein, und da sie Thomas Blawket in dem Zimmer vorfanden, fragte er, ob Monthermer diesen als den ihm gestatteten Diener wählen oder ob er nach einem anderen schicken wolle.

»Ich hätte diesen verlangt, mein Lord, hätte ich ihn nicht hier angetroffen«, versetzte Hugh. »Ich danke Euch jedoch für Eure Aufmerksamkeit und hoffe, die Zeit wird kommen, wo ich sie erwidern kann.«

»Ich hoffe, Euch bald in Freiheit zu sehen«, erwiderte Mortimer mit einem zweideutigen Lächeln und verließ das

Zimmer. Draußen gab er Befehl, noch eine Wache am Fuß der Treppe aufzustellen.

Hugh rief den tüchtigen Freibauern in das innere Zimmer und wies ihn an, die Tür zu verschließen.

»Seid nicht niedergeschlagen, Blawket«, sagte er, als der ihn mit besorgten Blicken ansah. »Dieser Sturm wird sich bald legen. Der Verdacht wäre schon zerstreut, würde mich nicht ein Umstand daran hindern, der für Euch eine frohe Nachricht sein wird.«

»Ich weiß, was Ihr sagen wollt, mein Lord«, versetzte Blawket. »Ich habe schon gehört, dass Euer Oheim im Wald lebt. Tangel, der Euch einige Zeit in Hereford diente, sprang eines Tages, als ich durch den Wald ritt, hinter mir auf und erzählte mir alles.«

»Gut denn, Blawket, es ist keine Zeit zu verlieren. Nimm dein Pferd und reite die östliche Seite des Sherwood entlang, schlage die Straße nach Southwell ein, bis du an die Grenzmarke kommst. Dort reite in den Wald hinein und blase drei Noten auf deinem Horn. Wer dir dann entgegenkommt, wird dich zu meinem Oheim führen. Sag ihm, ich sei beobachtet worden, und dieser Umstand in Verbindung mit anderen habe eine Anklage wegen Hochverrat für mich zur Folge gehabt. Sag ihm, dass ich nicht zu sagen wage, mit wem ich eine Besprechung hatte, damit nicht der Wald durchsucht und sein Versteck gefunden wird. Nach Ablauf von vierundzwanzig Stunden muss ich jedoch sprechen, wenn ich meinen Kopf vor dem Beil retten will. Bitte ihn, sich bis morgen um diese Stunde so viele Meilen wie möglich von Nottingham zu entfernen, denn des Königs Zorn gegen ihn ist ungemindert. Fort, guter Blawket, fort! Sollte jemand Euch anhalten und fragen, wohin Ihr geht, so sagt, Ihr holt Master Roger More, einen Gelehrten, wohlbewandert in den Gesetzen. Nun verliert keine Zeit!«

»Ich will eilen, so schnell ich kann, mein Lord«, versetzte

Blawket und ging. Hugh de Monthermer blieb mit trüben Gedanken zurück, obwohl er sich einzureden versuchte, dass ihm keine wirkliche Gefahr drohe.

28

Der Wind wehte von Süden und säuselte mild durch die Bäume, die Sonne war vor einer halben Stunde untergegangen, und der Mond stieg empor, doch war er für diejenigen, die sich im Wald befanden, noch nicht sichtbar. Die Nacht war so warm wie mitten im Sommer, obgleich das Jahr schon seinem Ende zuging, und am Himmel hingen nur leichte, dünne Wolken, die kaum das ferne Glitzern der Sterne dämpften.

Unter den braunen Ästen des Waldes, gelbes Laub über sich und langes Farnkraut um sich her, saß eine Gesellschaft von sechs tüchtigen Männern in grüner Waidmannstracht. Ihre Bogen lehnten an den nahen Bäumen, ihre Schwerter hingen von den Gürteln an ihrer Seite, nicht weit weg hörte man Pferde schnauben und kauen, und ein großer Sack lag in der Mitte, aus dem der langarmige Tangel verschiedene kalte Speisen nebst zwei großen Lederflaschen und einem Trinkbecher aus Horn hervorzog. Neben dem kühnen Anführer der Geächteten, Robin Hood, saß, die Beine bequem von sich gestreckt, der alte Graf von Monthermer, jetzt ebenfalls ein Geächteter. Obgleich er schwer verwundet gewesen war und er viel gelitten hatte an Leib und Seele, schien sein Geist doch ungebeugt. Denn jetzt, wo das Schicksal anderer, ja seines Landes selbst, nicht mehr von seinem Rat abhing, war es, als ob eine Bürde von seiner Brust genommen wäre. Als er jetzt auf dem Rasen lag, konnte er mit den Männern um sich her fröhlicher scherzen als in den Stunden seiner Macht und seines Einflusses.

»Eine schlechte Jagd, Robin!«, sagte er. »Ich möchte nicht,

dass man davon spricht, was wir heute erbeutet haben. Es wäre eine Schande für uns als echte Waidmänner!«

»Es ist nicht der Mangel an Geschicklichkeit, mein Lord«, versetzte Robin. »Die Nähe des Hofes ist es, die alle ehrlichen Tiere vertreibt. Wir hätten Böcke genug haben können, aber sie sind jetzt gerade sehr schlecht.«

»Wie die Zeit, Robin!«, antwortete der Graf. »Aber wir müssen sie nehmen, wie sie ist, und in den Sack stecken, was uns das Schicksal gibt. Hier sind Hasen genug und eine schöne Hirschkuh, obgleich Ihr sie nicht gern erlegt habt.«

»Ich schieße nicht gern einen Pfeil auf eine Hirschkuh ab«, sagte Robin Hood. »Ich weiß nicht warum, aber sie kommen mir immer wie hübsche Mädchen vor. Oft liege ich im Frühling da und sehe sie mit ihren zierlichen Schritten dahintrippeln, ihre anmutigen Köpfe hin und her bewegend und mit ihren glänzenden schwarzen Augen so bewusst und klug um sich spähend. Ich glaube, es ist etwas Wahres daran, dass Menschenseelen manchmal in einem Tierleib weiterleben.«

»Nicht so oft, Robin«, erwiderte der Graf, »wie eine Tierseele in einem Menschenleib wohnt. Ich könnte Euch am Hof von England eine stattlichere Herde zeigen, als sie je im Schatten des Sherwood lebte oder von dem pfeifenden Schweinehirten in den Wald getrieben wurde, um bei Southwell Eicheln zu fressen.«

»Ohne Zweifel, mein Lord«, versetzte Robin. »Gerade am Hof pflegen die Menschen sich oft in Bestien zu verwandeln. Aber komm, Tangel, was hast du da gebracht? Es ist so finster, dass ich es nicht erkennen kann.«

»Eine gewaltige Hasenpastete«, sagte Tangel, »und Flaschen mit Wein, sie hinunterzuspülen. Aber die Kruste ist so hart wie eine Schuhsohle, und wenn nicht dein Messer etwas schärfer ist als dein Witz, wirst du ohne Nachtessen bleiben. Ich will eine Fackel anzünden, Robin, damit du dich nicht in deinen unschätzbaren Daumen schneidest und den nächsten Monat nicht schießen kannst.«

Bald war eine Fackel angezündet, und Robin Hood und seine Freunde begannen ihre Abendmahlzeit. Als der Hornbecher einmal herumgegangen war, unterbrach plötzlich der Geächtete das allgemeine Gelächter. Die kleine Gesellschaft schwieg sofort, aber kein Laut war zu hören. Robin Hood wollte die Unterhaltung schon wieder in Gang setzen, als die Töne sich wiederholten, wenn auch in großer Ferne.

»Das ist Yorkley vom zweiten Grenzposten«, sagte der Geächtete und sprang auf. »Es wird Euer Neffe sein, mein Lord, der zuerst geblasen hat. Ich muss antworten, damit Yorkley ihn hierherbringt.«

Er setzte sein Horn an den Mund und blies einen langgezogenen Ton darauf, ganz anders, als der eben gehörte. Für alle Waidmänner war er ein Zeichen, wo sich ihr Anführer befand.

»Ist das nicht gefährlich, Robin?«, fragte der Graf besorgt. »Ich erwarte meinen Neffen nicht, und wir sind nur sechs.«

»Wir können schnell Hilfe herbeirufen«, sagte Robin. »Zudem sind unsere Pferde in der Nähe. Aber wenn von denen, die kommen, irgendeine Gefahr droht, wird Yorkley sie ohnehin nicht hierherführen. Jetzt esst noch etwas, mein Lord, und lasst den Becher wieder herumgehen. Es muss Lord Hugh sein, der sich von den Lustbarkeiten des Hofes zurückgezogen hat, um beim Mondenschein einen Ritt in den Sherwood zu machen.«

Man sprach nicht weiter über das Hornsignal und aß und scherzte wieder. Die Fackel, in ein Loch im Boden gesteckt, warf ihr Licht über die Gesichter im Kreis, und ein Lied, gesungen von einem der Waidmänner, verkürzte fröhlich die Zeit, bis endlich das Horn viel näher ertönte und Robin erneut darauf antwortete. Nach etwa drei Minuten sah man einen Mann zu Pferd und einen anderen zu Fuß neben ihm durch die Bäume kommen. Die Blicke der um die Fackel Sitzenden richteten sich auf sie.

»Wer ist das?«, rief der Graf. »Mein guter Tom Blawket, so wahr ich lebe! Er hat seinen alten Lord gefunden, sogar im Sherwood!«

Obgleich der Graf jetzt wie ein Waidmann gekleidet war, hatte ihn der treue Diener doch sofort erkannt. Er sprang vom Pferd und ergriff die Hand des alten Grafen mit liebevoller Ehrerbietung.

»Nun, Blawket«, sagte der Graf und legte seine Hand auf die Schulter des Freibauern, »ich freue mich, dich zu sehen, mein guter Freund, obgleich mir scheint, dass es ein wenig gefährlich ist hierherzukommen.«

»Ich komme nicht ohne Grund, mein Lord«, sagte Blawket, »und es ist obendrein ein trauriger Grund. Ich muss Euch meine Botschaft rasch ausrichten, denn es ist keine Zeit zu verlieren. Euer Neffe, Sir, ist wegen Verdachts auf Hochverrat verhaftet worden. Man hat ihn mit drei maskierten Männern im Wald sprechen sehen. Er wagte nicht zu sagen, dass einer davon Ihr, mein Lord, gewesen seid, weil ein Preis auf Euren Kopf ausgesetzt ist. Sobald er verraten würde, dass Ihr in der Nähe seid, würde die Hälfte der Höflinge sich aufmachen, Euch durch den Sherwood zu hetzen.«

»Lasst sie kommen!«, sagte Robin Hood ruhig. »Wir würden sie gut unterhalten.«

»Euer Neffe weigerte sich also, ihre Fragen sofort zu beantworten«, fuhr Blawket fort, »und hat eine Frist von vierundzwanzig Stunden erhalten. Das heißt, bis morgen um zwei oder drei Uhr. Inzwischen bleibt er ein Gefangener und wird streng bewacht. Daher lässt er Euch bitten, mein Lord, in aller Eile diese Gegend des Waldes um Eurer Sicherheit willen zu verlassen.«

»Wo ist der Prinz?«, fragte der alte Graf.

»Er ist in Derby, soviel ich weiß«, versetzte Blawket, »wo einige Bauern mit derben Fäusten noch nicht mitbekommen haben, dass der große Graf von Leicester gerade gefallen ist.«

»Das sind in der Tat schlechte Nachrichten«, sagte Robin Hood nachdenklich. »Wir können, fürchte ich, Nottingham Castle nicht stürmen und Lord Hugh befreien.«

»Schlechte Nachrichten in der Tat«, wiederholte der Graf. »Ich weiß nicht, ob ich mich nicht an den Hof des Königs begeben und den armen Hugh rechtfertigen sollte, oder ...«

»Nein, mein Lord«, rief Robin Hood, »das ist keine gute Idee. Ich habe immer festgestellt, dass es das Beste ist, wenn jemand uns bittet, ihm zuliebe dies oder jenes zu tun, dann nicht mehr zu unternehmen, als er verlangt. Sonst zerstören wir oft seinen Plan, weil wir nicht alle Beweggründe seines Wunsches kennen, während wir den Plan zu verbessern glauben. Er verlangt, dass Ihr von hier weggeht, mein Lord. Es wird das Beste sein, ihm diesen Wunsch zu erfüllen. Ich aber will bleiben, ja, ich will diese Nacht Nottingham noch näher rücken. Die Schlossmauern sind nicht so dick, dass ich nicht alles erfahre, was darin vorgeht. Noch mehr: Sollte dem jungen Lord Gefahr drohen, so wollen wir schon Mittel und Wege finden, ihm zu helfen. Seid ohne Furcht! Alles, was Euer Neffe möchte, ist, dass er durch Eure Entfernung an einen sicheren Ort in der Lage ist zu gestehen, mit wem er hier im Wald gesprochen hat. Ist es nicht so, Tom?«

»Genau so ist es«, versetzte Blawket, »und er machte durchaus keinen niedergeschlagenen Eindruck. Aber die Leute des Königs sind hinter ihm her, das ist klar. Ich habe bemerkt, dass sie mir beinahe bis Lambley Haggard nachspürten. Deswegen komme ich so spät, sonst wäre ich schon vor zwei Stunden hier gewesen. Ich begegnete einem von ihnen, der sogar noch in der Nähe des Grenzpostens wartete. Da er dort einen hübschen Knaben neckte, der sich verirrt zu haben schien, fing ich mit dem Wurm einen Streit an und verprügelte ihn so, dass er ein paar Wochen lang keinem ehrlichen Mann mehr nachspüren wird, selbst wenn er heute Nacht imstande sein sollte, seine Knochen nach Nottingham zurückzuschleppen.«

»Wohlgetan, Blawket! Gut so, Tom!«, riefen mehrere Stimmen.

Der alte Graf Monthermer sagte jetzt zu Robin Hood: »Schickt einen schnellen Boten zum Prinzen, Robin. Er ist die letzte Hoffnung, Hugh zu retten. Da ich nun einmal von hier fort muss, will ich gleich aufbrechen. Ihr, Blawket, reitet zurück zu Lord Hugh und sagt ihm, dass ich bereit bin, wenn es nottut, auf die erste Kunde hin mich dem Prinzen auszuliefern – ja selbst dem König, obgleich das, wie ich wohl weiß, der Tod wäre. Beeilt Euch, Blawket. Robin, gebt mir einen Eurer Männer mit. Kommt, Morton vom Moor, Ihr sollt mir den Weg zeigen.«

Nur wenige Worte wurden noch zwischen Robin und dem Grafen gewechselt, bevor der alte Edelmann aufbrach. Sobald er weg war, wandte sich Robin zu Blawket, der schon auf seinem Pferd saß, und rief: »Halt, Tom, einen Augenblick noch! Wer war der Knabe, von dem Ihr spracht? Wo habt Ihr ihn gelassen?«

»Ich kenne ihn nicht«, antwortete Blawket. »Aber ich ließ ihn bei einem von Euern Leuten, auf die Versicherung hin, dass ihm kein Leid geschehen und es ihm freistehen sollte, zu kommen und zu gehen, wann er wollte, denn er war müde und schien sehr verängstigt zu sein.«

»Er ist bei Harry von Mansfield«, fiel Yorkley ein, der Blawket hergebracht hatte. »Er fragte nach Euch, Robin. Harry wird ihn auf die grüne Straße bringen, die am Rehplatz vorbeiführt.«

»Wir müssen ihnen entgegenreiten«, sagte Robin Hood. »Kehrt Ihr so schnell wie möglich nach Nottingham zurück, guter Blawket, und sollte sich etwas Neues zutragen, so kommt wieder an den zweiten Grenzposten. Ihr, Yorkley, geht zum Spähérhäuschen, so geschwind Euch Eure Füße tragen können, und führt die Leute dort zum Königshirschteich. Nehmt die Pferde mit, ich will zu Fuß gehen.«

Mit diesen Worten lief er los, die Arme über der breiten Brust gekreuzt, die Augen auf den Boden geheftet. Seine Miene drückte Besorgnis aus, und im Weiterschreiten sprach er vor sich hin: »Wir dürfen Hugh nicht sterben lassen. Ich traue diesem König alles zu. Er ist zu schwach, um redlich zu sein. Es ist sonderbar, wie eng der Narr und der Spitzbube miteinander verwandt sind.«

Etwa eine Meile von dem Platz entfernt, wo er mit dem Grafen gesessen hatte, blieb Robin Hood stehen und sagte zu einem der ihm folgenden Männer: »Ihr müsst nach Derby reiten, Dickon. Sucht dort den Prinzen auf, sagt seinen Leuten, Ihr bringt eine Botschaft von Hugh de Monthermer, und wenn Ihr ihn selbst sprecht, fügt hinzu, wenn er einem Freund das Leben retten wolle, müsse er in aller Eile nach Nottingham zurück. Nehmt Euer Pferd bis Breston, so weit wird es Euch schon tragen. Dort weckt den lustigen Müller und bittet ihn, Euch Robin Hood zuliebe sein schwarzes Ross bis Derby zu leihen. Fort, guter Dickon, und wenn Ihr in Derby angekommen seid, sagt Margery Green von der ›Untergehenden Sonne‹, sie solle mir schicken, was sie an Nachrichten aus Cumberland hat. Jetzt bringt die Fackel nach vorn. Nun, Knabe, was wollt Ihr von mir?«

Die letzten Worte waren an einen schlanken Jüngling gerichtet, der Pagentracht trug. Das Obergewand, eine Art weite Bluse von schönem Purpurtuch, reichte ziemlich weit über das Knie. Darunter waren kleine Füße sichtbar, die in Reitstiefeln mit langen Spitzen steckten. Eine grüne Kapuze mit einer Verbrämung von grauem Eichhörnchenpelz, mit einer vergoldeten Spange am Hals geschlossen, war weit in die Stirn gezogen und verhüllte den größten Teil des Gesichts. Der Knabe mochte etwa vierzehn Jahre alt sein, und allem Anschein nach wirkte er recht schwächlich. Ehe er antwortete, verdeckte er sich das Gesicht mit der Hand, etwas geblendet, wie es schien, von dem Licht der Fackel, und Robin musste ihn noch einmal fragen: »Was wollt Ihr von mir, guter Junge?«

»Ich möchte mit Euch allein sprechen«, sagte der Knabe, »und ohne Verzug, denn es geht hier um Tod und Leben.«

Robin Hood nahm dem Mann die Fackel ab und wies die anderen an, zurückzutreten. Dann schaute er mit ruhigem, prüfendem Blick auf den unter der Kapuze noch sichtbaren Teil des Gesichts und wartete schweigend auf das, was der Knabe zu sagen hatte. Dieser flüsterte: »Der Lord Hugh de Monthermer ...«

»Von dem wissen wir!«, unterbrach ihn Robin Hood. »Abgestandene Neuigkeiten, junger Mann, wenn das alles ist!«

Der Knabe, der zuerst beschämt und befangen gewirkt hatte, warf jetzt zornig den Kopf empor und versetzte keck: »Ihr seid hastig und ungestüm. Hört, ehe Ihr antwortet, mein Herr Waidmann. Die Neuigkeit ist nicht abgestanden, so weise Ihr Euch auch vorkommt. Ihr wisst, dass Lord Hugh ein Gefangener ist, weil er bei Euch war. Aber Ihr wisst nicht, dass er zum Tode verurteilt ist und dass sein Kopf morgen bei Tagesanbruch auf dem Schlosshof abgeschlagen werden soll. Wisst Ihr das?«

»Nein, bei allen Heiligen!«, rief Robin Hood. »Das weiß ich nicht. Und ich sage: Es soll nicht geschehen, wenn ich die Macht habe, es zu verhindern.«

»Ja, das ist die Frage! Habt Ihr die Macht?«

»Darüber reden wir noch«, versetzte Robin Hood. »Erst beweist mir, dass die Nachricht wahr ist.«

»Hier! Lest das, wenn Ihr lesen könnt. Wenn nicht, so will

ich es Euch vorlesen.« Er hielt dem Geächteten ein Papier hin, das dieser begierig ergriff und beim Licht der Fackel anstarrte.

Der Text bestand aus zwei Teilen, in verschiedener Handschrift geschrieben. Der Letztere war offenbar die Antwort auf den Ersteren, in aller Eile auf dasselbe Papier gekritzelt. Der erste Abschnitt lautete:

Meinem edlen und geliebten Lord, dem Grafen von Mortimer, besten Gruß von seinem untertänigsten und ergebensten Diener Richard de Ashby.

Wenn man die zugestandene Zeit bis morgen um drei Uhr wirklich ablaufen lässt, so wird uns das Wild entkommen, denn ich zweifle nicht daran, dass der Prinz schon unterrichtet ist. Glaubt mir, er wird sich in aller Eile aufmachen und – wenn er noch zur rechten Zeit da ist – den Verbrecher retten. Daher schicke ich Euch einen Mann, der bereit ist zu beschwören, dass er gehört hat, der Verbrecher hätte zu dem Mönch, als sie miteinander durch das Tor gingen, gesagt: Aus de Montforts Asche wird bald ein Phönix erstehen, der seine Sache zum guten Ende führt. Der Bursche hat seine Rolle gut geübt, so dass ihm kein Patzer unterlaufen wird. Ich bitte Euch dringend, ihn seine Aussage unverzüglich in Anwesenheit des Königs machen zu lassen, damit möglichst vor morgen Mittag ein Beil zwischen unseres Feindes Kopf und Rumpf einen Strich ziehe. Wenn die Ländereien de Morthemers zwischen Euch und meinem guten Lord von Pembroke geteilt werden, möchte ich dem, den ich am meisten liebe, raten, die nördlichen zu wählen. Sie bringen jährlich fünfhundert Pfund mehr als die anderen ein.

Alles dies war von einer geübten Hand geschrieben worden, während die darunterstehenden Worte schnell hingeworfen und etwas schwerer zu lesen waren:

Zuverlässiger Freund!

Die Sache ist ins Reine gebracht. Der König hat alle anwesenden Barone zusammengerufen. Zum Glück war Talbot fort; die wenigen, die sonst dagegen waren, wurden von den Übrigen überstimmt. Er stirbt morgen bei Tagesanbruch. Ich habe das Todesurteil, von des Königs Hand unterzeichnet. Danke für den Hinweis. Die nördlichen Güter sind mein, und Freunde sollen nicht unbelohnt bleiben von Eurem *Mortimer*

»Ha!«, sagte Robin Hood. »Das ist vortrefflich! Welch ein Nest von Skorpionen haben wir da! Und das ist der Hof von England! Oh, de Montfort! Wenn es dir an einem Anwalt fehlt, deine Sache zu verteidigen – dies Papier spricht eine Sprache, die selbst Tote überzeugen müsste! Aber wir wollen sehen. Helfe mir Gott, dass ich bei dieser Hinrichtung morgen anwesend sein werde, falls wir nicht andere Mittel finden, sie zu hintertreiben! Hütet Euch, mein Lord Mortimer, dass Ihr nicht in den Bereich eines englischen Eibenbogens kommt. Eure Brust müsste mit Stahl gepanzert sein, wenn ich nicht die Pfauenfeder mit dem schwarzem Blut deines Herzen färbe. Hört Ihr sie von dem Späherhäuschen kommen, Müller?«

»Noch nicht, Robin«, antwortete der Gefragte. »Tom ist auf dem Berg, er wird in sein Horn stoßen.«

»Wir müssen dem Jüngling mitteilen, was wir tun wollen«, sagte Robin Hood und ließ sein Auge aufmerksam über die Gestalt des vor ihm stehenden Pagen gleiten. »Wir müssen ihm einen Wink geben. Ha! Richard de Ashby! So, so! Knabe, das ist in der Tat eine Neuigkeit, die du mir gebracht hast. Hast du sonst noch etwas zu berichten?«

»Noch nicht«, antwortete der Knabe, »denn ich muss in aller Eile zurück nach Nottingham, damit ich nicht vermisst werde. Morgen will ich weitere Nachrichten bringen. Ich kann nicht glauben, dass er es damit so eilig hat.«

»Wenn du noch etwas zu berichten hast«, rief Robin, »so sag es jetzt! Man kann nie wissen, ob einem die Sonne morgen aufgeht. Es gibt Abgründe auf jedem Fußbreit des Weges im menschlichen Leben, in die unsere besten Absichten hinabstürzen und in Stücke zerschmettert werden können. Sprich! Es kostet dich nur eine Minute, die kannst du sicher entbehren.«

»Nun gut«, versetzte der Knabe. »Ohne Zweifel mögt Ihr den Grafen von Ashby nicht sehr?«

»So ist es«, antwortete Robin barsch. »Aber seinen Sohn noch viel weniger.«

»Das macht nichts«, erwiderte der Page. »Trotzdem sage ich Euch: Das Leben des Grafen wird von geheimen Feinden bedroht. Es gibt einen Mann, einen niederträchtigen, bösen Mann, einen Verräter an allen, die ihm vertrauen ...« Der Knabe hielt inne und schien nach Atem zu ringen. »Er plant den Tod des Grafen! Und den Tod seines Sohnes ebenfalls«, fuhr er fort, »damit er die Erbin des Hauses heiraten und selbst dessen Oberhaupt werden kann. Wenn ich einen Freund des Grafen kennen würde, ich würde ihn dringend bitten, achtzugeben auf den alten Mann, achtzugeben auf sein Essen, auf jeden Schritt und Tritt, seinen Wein kosten zu lassen, ehe er ihn trinkt, ihn nie allein ausgehen zu lassen. Aber ihr seid seine Feinde.«

»Doch wollen wir als seine Freunde handeln! Er wird gewarnt werden, und es soll auch im Notfall Hilfe bei der Hand sein. Jetzt aber«, sagte Robin Hood leise und in sanftem Ton, während er einen Schritt vortrat und des Pagen Hand ergriff, »was soll aus dir werden, du armes Geschöpf? »Meinst du, ich kenne dich nicht, Kate?«

Sie fuhr erschrocken zurück und schlug dann die Augen nieder.

»Es ist gut«, fuhr er fort, als sie nicht antwortete. »Aber höre mich an, Kate Greenly! Höre einen Mann an, der freundlich zu dir spricht! Du hast heute Nacht eine gute Tat vollbracht. Lass sie einen Samen sein, der später reiche Früchte trägt. Wirf den Schurken von dir, den dein besseres Wesen hasst; überlass ihn den Taten, die in nächster Zukunft Verderben über sein Haupt bringen werden. Lass ihn den Lohn seiner Ruchlosigkeit empfangen, und dann …«

»Sterben!«, fiel ihm Kate Greenly ins Wort. »Weiter bleibt mir nichts übrig. Nein, sprecht mir nicht von meinem Vater, sprecht mir nicht vom Kloster, wo ich mich lange Tage unglückseligen Erinnerungen hingeben könnte. Mein Leben ist seinem Ende nahe, mein Herz ist gebrochen. Er, dem ich vertraute, ist ein Schurke. Mich hätte er misshandeln können, verraten, mit Füßen treten. Ich hätte weinen oder toben und doch weiterleben können. Aber in ihm einen Verräter, einen Mörder, einen Teufel zu finden, gezwungen zu sein, ihn zu verraten, der mich verraten hat, das ist der Tod. Doch ich muss zurück! Was ich Euch an Nachrichten beschaffen kann, sollt Ihr haben, denn ich habe geschworen, den verruchten Plan zu vereiteln.«

»Da tust du recht!«, sagte Robin Hood mit Wärme. »Doch du musst nun jemanden haben, der dich zurückbegleitet, denn du bist der Stadt näher, als du denkst. Ich will selbst mit dir reiten und unterwegs noch ein Wort mit dir sprechen.«

29

Es war eine Stunde nach Mitternacht – die Schildwachen an der Schlossmauer waren eben abgelöst worden, als Hugh de Monthermer am Fenster seines Gefängnisses saß, in die tiefe Nacht hinausschaute und das ferne Blinken der Sterne betrachtete. Sein Schicksal war ihm angekündigt worden, man hatte über ihn in Abwesenheit zu Gericht gesessen und das Urteil gesprochen. Der erste Strahl der Morgensonne sollte Zeuge seines Todes sein. Feierlich hatte er Berufung eingelegt gegen diesen Richterspruch und dem Lord Pembroke, der der Überbringer des Urteils war, erklärt, eine solche Tat sei Mord.

Aber sie rechtfertigten das von ihnen gewählte ungesetzliche Verfahren mit der Behauptung, er sei beim Hochverrat ertappt worden. Jede Verbindung mit der Welt draußen wurde ihm verweigert, und selbst Schreibmaterialien wurden ihm vorenthalten. Ein Priester war ihm für den Morgen versprochen, aber bis dahin war er ganz allein. Er hörte, wie sein guter Diener Blawket von den Wachen vor der Tür zurückgewiesen wurde, und ohne einen Trost und Zuspruch saß er einsam in seinem Gefängnis.

Wie oft war er dem Tod auf dem Schlachtfeld entgegengetreten! Wie oft schon hatte sein Leben von der ungewissen Entscheidung einer Stunde abgehangen! Aber niemals war ihm der Tod so furchtbar erschienen wie jetzt, wo er die ewig lange Nacht durchwachte, mit der Gewissheit, am Morgen ohne Widerstand ermordet zu werden.

Der junge Ritter bemühte sich mit aller Kraft, keine Schwäche zu zeigen, aber er konnte die schmerzliche Wehmut nicht unterdrücken. Kaum zwölf Stunden waren verstrichen, seit er, stolz auf den glücklichen Erfolg, die Geliebte in seine Arme geschlossen hatte – und jetzt sollte er sie für immer verlieren. Ob sie ihn wohl vergessen würde, ob sie wohl ihre Hand einem anderen geben würde? Es lag für ihn ein Trost in dem Gedanken, dass Lucy versprochen hatte, die Seinige zu bleiben selbst nach seinem Tod.

Mit solchen Betrachtungen war er beschäftigt, während er in die Nacht hinausschaute. Plötzlich riss ihn etwas aus seinen trüben Gedanken. Er blickte vom Fenster hinab auf die Zinne der Mauer. Die Entfernung betrug etwa dreißig Fuß, die Nacht war dunkel, denn der Mond war früh untergegangen. Aber trotz der Finsternis glaubte er einen Menschenkopf über der Zinne auftauchen zu sehen.

Gleich darauf sprang mit einem Satz, wie von einer Wurfmaschine herübergeworfen, eine menschliche Gestalt auf die Mauer und lief zu dem Turm hin, wo er eingesperrt war. Im nächsten Augenblick konnte er sehen, wie sich, scheinbar ohne eine Stütze für den Fuß, ein Bein emporreckte, während die Hand an der Mauer einen Halt gefunden zu haben schien. Dann hob sich der ganze übrige Körper etwa vier Fuß über den Boden empor. Ein langer, dünner Arm streckte sich hoch über den Kopf nach einem Fenster aus, das unter dem lag, an welchem der junge Ritter stand. An dem Arm zog sich der ganze Leib empor in die Maueröffnung, während eine Schildwache mit langsamen, gemessenen Schritten vorüberging. Sobald der Soldat fort war, wurde der Arm wieder heraus- und emporgestreckt, und die Hand schlug ein- oder zweimal an verschiedene Punkte der Mauer, wobei ein leiser, kratzender Ton vernehmbar wurde, als wäre sie mit einem metallenen Werkzeug bewaffnet. Endlich hatte sie wieder Halt gefunden. Kopf und Schulter schoben sich aus der Fensteröffnung heraus, die Füße ruhten auf dem Sims.

Jetzt folgte eines jener außerordentlichen Kunststücke von Gewandtheit und Gelenkigkeit, wie sie Hugh nur bei einem Geschöpf auf der Welt gesehen hatte. Der Körper wurde hinaufgezogen, bis Knie und Hand sich berührten, und der linke Arm streckte sich nach der Fensterbrüstung aus, hinter der Hugh de Monthermer stand.

Obgleich die Gestalt einen Buckel zu haben schien und daher dem Zwerg Tangel nicht glich, zweifelte Hugh doch nicht daran, dass er es war. Er beugte sich so weit wie möglich aus dem Fenster und flüsterte: »Nimm meine Hand, Tangel.«

Sofort umklammerten die dünnen Finger Tangels die seinigen wie eiserne Zangen, und mit einem Sprung, der beinahe den jungen Ritter das Gleichgewicht verlieren ließ, schwang sich Tangel durch das Fenster ins Zimmer.

»Haha!«, sagte er mit leisem Lachen. »Wer vermag es, Tangel auszuschließen?«

»Niemand, scheint es«, antwortete Hugh ebenso leise. »Aber warum kommst du hierher? Ich fürchte, ich kann nicht so hinuntersteigen wie du herauf!«

»Erlöse mich nur von meiner Bürde«, flüsterte der Knabe. »Du wirst schon sehen, warum ich komme. Aber wir müssen so leise wispern wie die Mäuse, denn Tyrannen haben feinere Ohren als die Hasen und schärfere Augen als die Katzen. Da sind ein Priesterrock und eine Kapuze für dich und ein Chorknabenkleid für Tangel. Du hast gerade die Größe vom Beichtvater des Königs, und ich werde als sein Brevierträger durchgehen. Hier ist auch eine Strickleiter, nicht viel dicker als ein Spinngewebe, aber stark genug, um selbst den fetten Mönch von Barnesdale zu tragen.«

Hugh de Monthermer wurde von grenzenloser Dankbarkeit übermannt. Leben und Freiheit lagen wieder vor ihm. Er schloss den Knaben in seine Arme und sagte: »Wenn ich am Leben bleibe, Tangel, werde ich dich belohnen.«

»Keinen Dank mir, guter Ritter«, versetzte Tangel leise. »Es ist alles Robins Werk, obgleich ich mich sehr darüber freue, auch die Hand im Spiel zu haben. Er selbst könnte freilich ebensowenig diese Mauer erklimmen wie über die Lincolnkirche springen. Aber kommt jetzt! Befestigt diese Haken am Fenster, werft den Priesterrock über, und dann wollen wir nach der Schildwache sehen. Sie wird wieder vorbeikommen, ehe wir alles fertig haben.«

»Es sind auch im äußeren Hof Schildwachen«, gab Hugh de Monthermer zu bedenken. »Was machen wir, wenn wir einer davon begegnen?«

»Sagt ihnen das Losungswort«, sagte Tangel. »Ich habe mich, während ich wartete, so dicht an die Mauer geschmiegt wie Efeu an einen alten Turm, bis ich sie vorbeikommen und die Losung sagen hörte. Sie heißt: ›Die drei Leoparden.‹ Aber da ist der Posten. Nun fort – schnell! Er wird bald wieder zurück sein!«

Sie ließen die Leiter vorsichtig vom Fenster hinunter, und Hugh bat den Zwerg, zuerst hinabzusteigen. Aber Tangel erwiderte: »Nein, nein, ich will nachkommen und die Leiter mitbringen. Ich habe mir meine eigene Treppe gebaut an den vier Stiften, die ich in die Ritzen hineingebohrt habe. Steigt hinunter, heiliger Vater, steigt hinunter! Und wenn dies Buch ein Brevier ist, nehmt es mit Euch.«

»Es kann als solches dienen«, sagte Hugh, der trotz des Ernstes der Situation lächeln musste. »Aber ehe ich gehe, muss ich ihnen eine Botschaft zurücklassen.« Er nahm ein Stück halbverkohltes Holz aus dem Kamin und schrieb damit ein paar Worte an die Wand. Dann trat er ans Fenster, stieg hinaus und kletterte rasch und geschickt hinunter auf den Wall.

Der Zwerg schien einige Mühe zu haben, die Haken der Leiter loszumachen, denn er folgte nicht so schnell, wie Hugh es erwartet hatte. Sei es nun, dass der wachhabende Soldat umkehrte, bevor er ganz bis ans Ende seiner Runde gekommen war, oder dass sein Schritt rascher war als zuvor – ehe der Knabe herunterzuklettern begann, hörte man schon den Soldaten von der anderen Seite des Walls her kommen. Hugh warf rasch einen Blick zu dem Turmfenster hinauf und war sicher, dass der Knabe das Nahen der Schildwache bemerkt hatte, denn er war nicht zu sehen. Die Leiter hing so dicht am Gebäude, dass man sie nicht ohne weiteres wahrnehmen konnte. Hughs Entschluss war in einem Augenblick gefasst: Er zog die Kapuze weit ins Gesicht, kreuzte die Arme über der Brust und schritt der Schildwache mit langsamen Schritten entgegen, die Augen zu Boden geheftet.

Sobald der Soldat um die Ecke bog und ihn erblickte, rief er: »Wer da? Halt! Sagt die Losung!«

»Die drei Leoparden«, entgegnete Hugh mit ruhiger, fast schleppender Stimme.

»Passiert!«, rief die Schildwache. »Euren Segen, heiliger Vater. Das ist eine dunkle Nacht!«

»Dominus vobiscum!«, versetzte Hugh salbungsvoll. »In der Tat, sie ist dunkel, mein Sohn. Aber keine Nacht ist dunkel für das Auge Gottes.« Er machte mit der Schildwache kehrt und als sie unmittelbar unter dem Fenster vorbeikamen, wo Tangel hockte, sagte er laut: »Habt Ihr meinen Knaben auf Eurer Runde nicht gesehen? Er sollte mit den Büchern nachkommen. Aber wahrhaftig, er ist ein träger Schlingel und plaudert ohne Zweifel noch mit den Pagen im Vorzimmer des Königs.«

»Ich habe ihn nicht gesehen, heiliger Vater«, sagte der Soldat. »Ist der König noch auf?«

»Ja«, antwortete Hugh, »und er wird noch die nächste Stunde aufbleiben.« Und er schritt an der Seite der Schildwache langsam weiter, bis sie das Fenster nicht mehr sehen konnten.

»Der Knabe lässt entsetzlich lange auf sich warten«, bemerkte der vorgebliche Priester schließlich und blieb stehen.

»Wollen wir umkehren und nach ihm sehen, guter Vater?«, fragte der Soldat.

»O nein!«, versetzte Hugh. »Er muss hierherkommen, denn er muss den Hof umrunden, es sei denn, er nimmt die Treppe auf der anderen Seite.« Während er noch sprach, hörte man rasche Schritte. Die Schildwache wandte sich hastig um und rief: »Wer da?«

»Die drei Leoparden«, antwortete eine kindliche Stimme, die so gar nicht wie Tangels klang. Aber es war Tangel in seinem weißen Chorknabenrock und mit der Kapuze, ein kleines Bündel unter dem Arm tragend.

»Du hast dich unnötig und leichtfertig herumgetrieben«, rief der Ritter, »dafür wirst du büßen müssen!«

Aber er wagte es nicht, seine erheuchelte Rüge weiterzutreiben, damit sie sich im Gespräch nicht etwa verrieten. An der Seite der Schildwache schritten sie bis an die Treppe, die in den großen Hof hinabführte. Hier wünschte der Priester dem Soldaten gute Nacht und erteilte ihm feierlich den Segen.

Die Wache, die unten an der steinernen Treppe stand, hatte das Gespräch zwischen ihrem Kameraden und dem vorgeblichen Priester gehört und geleitete, ohne auch nur nach dem Losungswort zu fragen, den jungen Ritter und Tangel bis zur Torwache.

Das große, hölzerne Tor unter dem Bogengang stand offen. Draußen lungerten mehrere Soldaten herum und vertrieben sich ihre wachfreie Zeit in verliebten Unterhaltungen mit ein paar hübschen jungen Mädchen aus Nottingham, die sich noch zu dieser späten Stunde auf die Zugbrücke gewagt hatten, um ihren guten Ruf (falls sie ihn noch besaßen) in der Gesellschaft der Soldaten zu verlieren. Die am Ende der Zugbrücke postierte Schildwache nahm an der Kurzweil der anderen so viel Anteil, dass sie erschrocken auffuhr, als sie Schritte vernahm und ihre Wachsamkeit dadurch zu beweisen versuchte, dass sie die Waffe senkte und barsch nach der Losung fragte. Hugh sagte sie sofort und fügte mit mildem Tadel hinzu: »Solltet Ihr, mein Sohn, nicht besser auf die Hereinkommenden als auf die Hinausgehenden achtgeben?«

»Geht Eures Wegs und kümmert Euch um Eure Angelegenheiten, Herr Priester!«, versetzte der Soldat. »Diese Schelme in ihren schwarzen Röcken«, murmelte er, »möchten, dass niemand mit einem hübschen Mädchen plaudert, außer ihnen selbst.«

Hugh war weitergegangen, denn er verspürte keine Lust, mit dem Soldaten über seine Pflicht zu reden. So eilten sie durch die finsteren Straßen von Nottingham, rasch den Hügel hinabsteigend und mit jedem Schritt leichter atmend.

»Horch!« sagte Hugh endlich leise zu dem Knaben. »Hörst du nicht, dass uns Leute folgen?«

»Das ist ziemlich wahrscheinlich«, versetzte Tangel. »Ich bin nicht allein in Nottingham. Wir werden aber vielleicht am Stadttor auf Schwierigkeiten stoßen, denn der Wächter dort ist so grimmig und mürrisch wie ein Bär. Obgleich wir ihn alle kennen, möchte ich wetten, dass er nicht aufstehen und den Schlüssel umdrehen wird.«

Schon waren sie am Stadttor angelangt, und der Knabe klopfte an das niedrige Pförtchen unter dem Bogen. Anfangs erhielt er gar keine Antwort. Aber, nachdem Tangel noch einmal geklopft hatte, schrie er laut: »Matthew Pole! Matthew Pole! Öffnet das Tor für einen ehrwürdigen Vater, der hinaus muss, um einem Kranken die Beichte abzunehmen.«

»Ja, ja, die Beichte abzunehmen bei einem leichtsinnigen Mädchen oder einem Fäßchen Sekt!«, brummte eine zornige Stimme drinnen. »Ich stehe euretwegen nicht auf! Und wenn ich es täte, ich könnte zu dieser späten Nachtstunde das Tor nicht weit genug aufmachen für den fetten Mönch von Barnesdale, damit er seinen Bauch hinauswälzen kann!«

»Es ist nicht der Mönch von Barnesdale «, rief der Knabe, »sondern ein heiliger Priester, der vom Schloss kommt!«

»Dann täte er besser daran, wieder dorthin zu gehen, woher er gekommen ist«, ließ sich der Torwächter ungerührt vernehmen. »Verschwinde, oder ich schütte dir etwas über den Kopf, was deine Kleider für viele Tage verunzieren wird! Verschwinde, sage ich, und lass mich schlafen, bis die Lords vom Schloss herunterkommen, die jede Nacht hinausreiten zu ihrem Quartier in Lamley.«

In diesem Augenblick hörte man das Trappeln von Pferdehufen und lebhaft redende Stimmen, die sich rasch näherten. Hugh de Monthermer fuhr mit der Hand unter den schwarzen Rock und griff nach dem scharfen Messer, das man ihm seltsamerweise gelassen hatte. »Ich werde mein Leben teuer verkaufen«, sagte er zu Tangel.

»Tretet ins Dunkel«, flüsterte dieser, »so werden sie Euch nicht sehen. Es sind sicher die Lords, die außerhalb der Stadt schlafen.«

Hugh de Monthermer hatte kaum Zeit, sich zu verstecken, als der Trupp Reiter schon auftauchte.

»Heda«, rief einer von ihnen, als sie am Tor ankamen. »Öffnet das Tor! Seid Ihr des Torwächters Gehilfe?«

»Nein, mit Verlaub, edler Lord«, versetzte Tangel. »Ich kann den alten sauertöpfischen Matthew Pole nicht dazu bringen, den Riegel wegzuschieben oder den Schlüssel umzudrehen, obgleich er weiß, dass wir Eile haben.«

»Heda! Öffnet das Tor«, wiederholte der Reiter lauter. »Und woher wisst Ihr, dass ich ein edler Lord bin, mein Freund?«, fragte er den Knaben.

»Weil Ihr auf Eurem Ross sitzt wie der Graf von Mortimer.«

»Dann bin ich es wohl«, versetzte der andere mit einem selbstgefälligen Lachen. »Aber wer ist das unter dem Torbogen?«

»Das ist mein Oheim, der gute Priester von Pierrepont. Er muss dem Mann die Beichte abnehmen, der, wie Euer Lordschaft weiß, vom Felsen herabstürzte um die Zeit des Sonnenuntergangs.«

»Ich habe nichts davon gehört«, rief Mortimer. »Aber ich weiß, dass, wenn dieser Torwächter nicht bald kommt, er es bereuen soll. Geh hinein, Jenkin, und schlitz ihm die Ohren auf mit deinem Messer, dass sie wie die eines Köters aussehen! Ha, da kommt er endlich! Torwächter? Ihr untersteht Euch, mich warten zu lassen? Beim Himmel, ich habe Lust, Euch über dem Tor hängen zu sehen!«

Der mürrische Alte brummte etwas, dass ihm seine Laterne ausgegangen sei, und fuhr dann laut fort: »Ich erwartete Euch nicht so bald heute Nacht, mein Lord. Ihr pflegt sonst eine Stunde später zu kommen.«

»Ja, aber wir haben morgen bei Tagesanbruch etwas Wichtiges zu erledigen«, rief Mortimer. »Deshalb müssen wir beizeiten zu Bett.«

Langsam und mit Widerstreben zog der Torwächter den Eichenbalken beiseite und sagte: »Ihr müsst die Losung sagen, mein Lord.«

»Die drei Leoparden«, erwiderte Mortimer. »Kommt, nun öffnet endlich das Tor, oder es soll Euch übel ergehen!«

Mit herausfordernder Gemächlichkeit schob der Alte Riegel um Riegel zurück und tat die schweren hölzernen Torflügel weit auf. Ohne ein weiteres Wort ritt Mortimer mit seinem Gefolge hinaus, und seine Kleider streiften im Vorbeireiten Hugh de Monthermer. Der junge Ritter und Tangel folgten langsam, und ehe das Tor wieder geschlossen werden konnte, schritten verschiedene andere Männer, die eilig aus den benachbarten Straßen herbeikamen, schweigend hinaus, ohne dem Torwart die Losung zu sagen.

»Ha, Ihr Diebe!«, sagte der Torwart zu dem letzten von ihnen. »Wenn ich Euch einschließen würde, gäbe es morgen ein schönes Hängen!«

»Nicht doch«, versetzte der Mann gemütlich. »Dann würde nur einer gehangen werden heute Nacht, guter Matthew, und der wärt Ihr. Oder glaubt Ihr etwa, dass wir das Hängen anfangen ließen, ohne nicht selbst ein bisschen dabei mitzumachen?«

Die beiden Flüchtlinge hatten in wenigen Minuten einen Pfad unter Bäumen erreicht. Kaum hatten sie ihn betreten, griff plötzlich eine Hand nach Hugh de Monthermers Arm, und eine Stimme rief: »Frei, mein guter Lord! Ich fasse es nicht, wir werden, wenn das so weitergeht, demnächst alles, was ehrlich und redlich ist am Hof, unter den grünen Ästen des Sherwood haben. Ich denke, das Wildbret des Königs wird zur einzigen rechtmäßigen Nahrung für ehrliche Leute, denn wenn sie nicht seine Hirsche nehmen, nimmt er ihnen den Kopf.«

»Robin«, sagte Hugh, mit Wärme die Hand des Geächteten ergreifend, »das ist alles dein Werk, ich weiß. Dir verdanke ich mein Leben.«

»Nicht mein Werk ist es«, entgegnete Robin Hood abweisend, »sondern das des Knaben! Das Beste, was mir einfiel, war, morgen gewaltsam in den Schlosshof einzudringen, einen Pfeil in Mortimers Herz und einen zweiten in das Auge des Henkers zu schießen, ein allgemeines Gefecht anzufangen, in der Zwischenzeit Euch zu befreien und dann so schnell wie möglich zu fliehen. Es war eine schlechte Idee, aber zu so früher Morgenstunde hätten wir sie vielleicht ausführen können, weil um diese Zeit die halbe Welt schläft und die andere Hälfte unbewaffnet ist. Aber Tangel erklärte, er könne die Mauer hinaufklettern wie eine Katze. So ließen wir es ihn versuchen und sorgten nur dafür, Leute und Leitern in Bereitschaft zu halten, um ihn retten zu können, falls er gefangen würde. Es ist sein Werk, mein Lord, denn es gelang Euch, die Zuneigung des Knaben zu gewinnen!«

»Meine Zuneigung hat er für immer gewonnen«, antwortete Hugh. »Aber das wird jetzt niemandem viel nützen!«

»Glaubt das nicht!«, versetzte der Geächtete. »Vielleicht nützt es sogar mehr als früher, mein guter Lord! Werft Eure höfischen Kleider ab, begebt Euch in den grünen Wald und verteidigt mit Eurer starken Rechten Euch und Eure Freunde, bietet Höfen und Königen mit mutiger Stirn Trotz, und es werden Euch nie die Mittel fehlen, denen Wohltaten zu erweisen, die Euch dienen. Ich sollte mich vielleicht nicht rühmen, aber Robin Hood, der König vom Sherwood, besitzt keine geringere Macht innerhalb seines Gebiets als Heinrich III. auf dem Thron von England. Aber ich hätte gehofft, die Heilige

Jungfrau würde Scathelock und dem Müller helfen, mit ihrer Bande aus dem Tor herauszukommen. Sie sind schon zu lange fort, und es wird morgen früh ein schönes Jagen geben in allen Winkeln und Ecken von Nottingham. Ich selbst kletterte mit Hardy und Pell über die Mauer.«

»Sie sind bestimmt in Sicherheit, Robin!«, rief Tangel. »Ich hörte den Müller mit dem sauertöpfischen alten Torwächter Matthew Pole reden. Horch! Das sind ihre Schritte! Wir sollten aber besser endlich weitergehen, denn ich verspüre das Bedürfnis zu schlafen.«

»Du sollst schlafen, solange du willst, nach allem, was du getan hast«, entgegnete Robin. »Aber Ihr und ich, mein Lord, wir müssen noch heute Nacht weiter, man darf in der Umgebung von Nottingham keine Spur von Euch finden. Ich habe starke Pferde in der Nähe, und wenn Ihr meinem Rat folgt, so werdet Ihr bei Tagesanbruch fünfundzwanzig Meilen von dem Ort entfernt sein, wo sie Euch zu finden glauben. Es wird für uns alle das Beste sein, wenn wir nach und nach diese Gegend verlassen. Meine Männer haben ihre Befehle, und ich bin bereit.«

Der Rat war klug, so dass Hugh de Monthermer ihn bereitwillig befolgte. Nach wenigen Minuten ritten er und Robin Hood durch die dunklen, schattigen Wege des Sherwood, so schnell es die Finsternis der Nacht gestattete.

30

In dem kleinen, am unteren Stadtrand gelegenen Holzhaus, das Richard de Ashby in Nottingham gemietet hatte, saß die unglückliche Kate Greenly an einem Fenster und schaute über die Wiesen und Äcker. Ein schwacher Schimmer der Herbstsonne fiel auf das Mädchen und ließ es so schön wie eh und je erscheinen, denn wenn ihr Gesicht auch die Röte ländlicher Gesundheit verloren hatte, so stand ihm der eigentümliche schwermütige Ausdruck doch sehr vortrefflich.

Ihre Blicke waren auf die herbstlichen Felder gerichtet, aber sie dachte nicht an die glücklichen Tage ihrer Kindheit, nicht an die Kurzweil und Freuden ihrer Jugend, sondern an Richard de Ashby, der sie geschlagen und verraten hatte, den sie jetzt hasste und fürchtete und doch noch liebte, so seltsam dies scheinen mag. Plötzlich zuckte ein Ausdruck der Furcht über ihr Gesicht. Sie hatte Richards Schritte auf der Treppe vernommen und wusste, sie durfte ihn nicht merken lassen, dass sie nachdenklich gewesen war. Hastig holte sie den Rocken und das Spinnrad herbei und beugte sich über den Faden.

Er trat ins Zimmer, einen roten Fleck auf der Stirn, die Zähne fest zusammengebissen, die Mundwinkel heruntergezogen. Leidenschaftlicher Zorn sprach aus jeder Linie seines Gesichts, und die Wut drückte sich sogar in jedem seiner Schritte aus. Er trat näher, als wolle er gerade auf Kate Greenly zugehen, blieb dann aber in der Mitte des Zimmers stehen, stampfte mit dem Fuß auf und rief: »Verflucht und nochmals verflucht!« Dann schrie er das unglückliche Mädchen an: »Verschwinde in dein Zimmer! Was sitzt du hier herum, Dirne? In wenigen Tagen wirst du zu deinem Vater zurückkehren oder, wenn dir das besser gefällt«, fuhr er mit einem zynischen Lächeln fort, »zu deinem Liebhaber, dem Freisassen. Er wird ein herrliches Schätzchen an dir haben.«

Kate stand auf und starrte ihn einen Augenblick fassungslos an. Dann sagte sie ganz ruhig: »Ich bin bereit, zu meinem Vater zurückzukehren. Ich habe mich schon selber dazu entschlossen, denn ich will nicht mehr mit dir leben, Richard de Ashby. Am besten, ich gehe gleich fort.«

»Nein, zum Teufel, das sollst du nicht!«, schrie er, entschlossen, das Opfer seiner Tyrannei nicht freizugeben. »Verschwinde in dein Zimmer, sag ich. Ich werde dich zurückschicken, wenn es mir passt. Fort! Ich erwarte Leute hier!« Ohne Antwort schritt Kate Greenly an ihm vorbei der Tür zu.

Er hätte sie am liebsten geschlagen, denn der Zorn, der in seinem Herzen tobte, forderte nach einem Opfer, an dem er ihn auslassen konnte. Sie sah ihn aber nicht einmal an, und so hatte er keinen Vorwand.

Nachdem sie die Tür hinter sich geschlossen hatte, legte Richard de Ashby die Hände ineinander und schritt im Zimmer auf und ab, während er murmelte: »Dieser Dummkopf von Mortimer! Hatte ihn in der Hand und lässt ihn in seinem Zimmer, in das jedes Kind klettern konnte! Pfui, so ein Narr! Dabei gibt es dort Kerker, so tief wie ein Brunnen! Aber er kümmert sich um nichts, sondern denkt nur an die Ländereien, die er gewinnt. Und was soll ich jetzt machen?«

Während er so am Fenster stand und überlegte, wurde hinter ihm die Zimmertür geöffnet, und vier Männer traten ein. Zwei waren gekleidet wie Höflinge und zwei wie Personen geringeren Standes. Diejenigen jedoch, deren Anzug vornehmes und höfisches Betragen erwarten ließ, besaßen nichts weniger als gefällige Anmut oder männliche Würde. Stattdessen zeigten sie ein anmaßendes, affektiertes Wesen und sahen sich ängstlich und verstohlen um.

»Nun, Richard«, rief der zuerst Eingetretene, »wir haben reiflich über die Sache nachgedacht! Aber was schaust du so verwirrt drein? Hat der Prior von St. Peter deinem Schatz den Hof gemacht? Oder der König dir im Spiel dein Geld abgenommen. Oder hat womöglich …«

»Still, Ellerby«, rief Richard de Ashby. »Ich bin in einer Stimmung, die keinen Spaß verträgt. Was mir fehlt? Mir fehlt wirklich was. Mein größter Feind, Hugh de Monthermer, war in Mortimers Hand und zum Tode verurteilt, heute früh bei

Tagesanbruch sollte ihm der Kopf abgeschlagen werden. Mortimer und Pembroke wollten sich seine Ländereien teilen, und ich und de Margan hätten unserer Rache gehabt …«

»Ich hätte mir auch ein Stück von den Ländereien verschafft«, unterbrach ihn Ellerby, »oder ein paar Beutel voll Gold, wär ich an Eurer Stelle gewesen. Nun gut.«

»Nun gut? Schlecht sag ich«, versetzte Richard de Ashby wütend. »Was wollt Ihr! Der Narr Mortimer hat ihn, statt ihn in einen Kerker zu werfen in seinem Zimmer sitzen lassen und gedacht, er könnte nicht hinaus, weil das Fenster zwanzig oder dreißig Fuß über dem Wall liegt und eine Schildwache unten auf und ab geht. Natürlich wagt ein Mann, der weiß, dass sein Leben verloren ist, einen Fluchtversuch! Als man also heute Morgen das Zimmer öffnete, war der Gefangene fort. An der Wand des Zimmers stehen, mit Kohle geschrieben, die folgenden Worte:

Mein Prinz! Eure damalige Erlaubnis nutzend, bin ich, da die niederträchtige Falschheit meiner Feinde mir zu mächtig wurde, entflohen. Ich bin aber jederzeit bereit, meine Unschuld auf gesetzliche Weise zu beweisen, entweder in einer gerichtlichen Untersuchung oder durch einen Zweikampf mit einem meiner Ankläger. Keiner unterstehe sich, dies auszulöschen, ehe der Prinz es gesehen hat!

Mit dieser Drohung schloss er. Jetzt tobt Guy de Margan, aber Mortimer und Pembroke lachen, weil sie sich seine Güter dennoch zu teilen hoffen. Ich habe ihnen die Suppe jedoch versalzen, indem ich ihnen erklärte, da sie ihn mit dem Kopf auf den Schultern hätten laufen lassen, so hätte er jetzt auch noch eine Zunge, mit der er sich bei der Rückkehr des Prinzen von aller Schuld reinigen und, wie er sein Leben gerettet hat, auch seine Ländereien retten würde. Kann einen das nicht wahnsinnig machen, wenn man solche Narren so gut vorbereitete Pläne vereiteln sieht?«

»Nein, nein«, versetzte der Mann, der Ellerby gefolgt war. Tobt Euch aus und dann vergesst Euren Verdruss, Richard.«

»Ich will Euch etwas sagen, Dighton«, erwiderte Richard de Ashby. »Ihr habt nie solchen Hass gefühlt, wie ich ihn hege.«

»Sicher nicht«, antwortete Dighton mit gleichgültiger Miene. »Ich schaffe einen Freund immer aus dem Weg, bevor ich ihn hasse. Es ist besser, die Dinge nicht bis zum Äußersten zu treiben. Wenn Ihr beim ersten Streit, den Ihr mit jemandem habt, ihn auf die Reise schickt auf der langen Straße, auf der es keine Umkehr gibt, so dürft Ihr gewiss sein, nie wieder Probleme mit ihm zu bekommen. Ich befand dieses Mittel als das beste.«

»Aber angenommen, das gelingt Euch nicht?« fragte Richard de Ashby. »Ihr seid schwächer oder weniger gewandt, habt keine Gelegenheit. Angenommen also, das gelingt Euch nicht?«

»Dann bedient Euch eines Freundes, der es kann!«, versetzte der Bandit. »Es gibt eine Menge vortrefflicher Gentlemen, die immer bereit sind, unter gewissen Bedingungen so etwas zu erledigen. Da ist Ellerby, der ganz gut mit einer Lanze und einem breiten Schwert umgehen kann. Ich selbst« – er sah mit einem selbstgefälligen Lächeln hinab auf die kräftigen Muskeln seiner Beine – »ich selbst bin auch recht gut darin, einem Freund einen unbequemen Kameraden vom Halse zu schaffen. Und wenn Verschwiegenheit nottut, sind wir ebenso klug, wie wir stark sind. Nicht wahr, Ellerby?«

»Aber sicher!«, stimmte Ellerby ihm in angeberischem Ton zu. »Wir sind vollkommen in allem. Wir sind so große Staatsmänner wie de Montfort, so große Soldaten wie der Prinz Edward, so große Feldherren wie Gloucester ...«

»Und so große Spitzbuben«, fiel Richard de Ashby ein, der sich durch ihre Großsprecherei nicht täuschen ließ, »und so große Spitzbuben wie … Aber nein, ich will Euch nicht durch einen Vergleich beleidigen. Ihr seid in dieser Hinsicht unvergleichlich oder nur einer mit dem anderen vergleichbar.«

»Ein feines Kompliment, wirklich«, sagte Ellerby höhnisch. »Ist ganz besonders am Platz, da wir gekommen sind, Euch einen Gefallen zu erweisen.«

»Nicht ohne eine Belohnung für jetzt und für die Zukunft«, versetzte Richard de Ashby. »Ihr dient mir nicht, ohne Euch selbst zu dienen.«

»Schon gut!«, sagte Dighton mit einem unverschämten Grinsen. »Wir dürfen uns nicht entzweien, damit nicht gewisse andere Leute einen Vorteil daraus ziehen. Wir haben gründlich nachgedacht über Euren Plan und glauben, dass sich die Sache machen lässt. Wenn wir den alten Mann veranlassen können, sich einmal allein so weit von seinem Schloss zu entfernen, dass ihn seine Leute nicht mehr sehen, wollen wir uns darum kümmern, dass er nicht mehr auf seinen eigenen Füßen nach Lindwell zurückkommt. Doch sind noch ein paar andere Dinge zu klären. Aber sprecht Ihr, Ellerby, Ihr seid ein Mann des Wortes. Ich bin bloß ein Mann der Tat.«

»Nun, was sind das für Dinge?«, fragte Richard de Ashby ungeduldig. »Wenn Ihr die Sache erledigen könnt, dann tut es, je eher, desto besser!«

»Richtig«, sagte Ellerby grinsend. »Aber es gibt noch etwas zu bedenken, mein geliebter Freund. Die Tat ist möglicherweise leichter zu vollbringen, als den Lohn zu bekommen. Wenn der alte Mann fort ist, steht zwischen Euch und den Gütern von Ashby immer noch ein tüchtiger, junger, stierköpfiger Lord, Alured genannt, der, da er ein großes Vermögen hat und vernünftig lebt, Euch aller Wahrscheinlichkeit nach um ein halbes Jahrhundert überleben und der Welt eine blühende, stattliche Reihe männlicher Nachkommen hinterlassen wird, die seine Titel und Ländereien erben.«

»Überlasst ihn mir«, versetzte Richard. »Er wird mit seinem Stierkopf bald gegen eine Mauer rennen, an der er ihn sich zerbrechen wird. Ich werde es schon so einrichten.«

»Selbst wenn dies der Fall sein sollte«, entgegnete Ellerby ungerührt, »wie können wir sicher sein, dass Richard Graf von Ashby seine armen Freunde eines Tages nicht mehr kennen wird, und uns die Belohnung verweigert, außer der kleinen Geldsumme, die er uns jetzt gibt. Wir müssen es schriftlich von Euch haben und von Euch unterzeichnet, guter Richard, dass Ihr uns zu dieser Tat angeworben habt und uns zweitausend Pfund Silber als Lohn versprecht.«

Richard de Ashby sah ihn mit einem spöttischen Lächeln an, obgleich er eher wütend war, und antwortete: »Ihr müsst mich für einen Anfänger halten! Da wir aber alle zu der Art von Menschen gehören, die ihren Mitmenschen nicht trauen, müssen wir Sicherheiten haben, das ist klar. Deshalb hört mich an: Ich will Euch heute noch durch eine Urkunde mein Schloss in Hereford überschreiben, mit allen dazugehörigen Ländereien. In der Urkunde soll eine Klausel sein, die besagt, dass, wenn ich Euch innerhalb von zwei Jahren zweitausend Pfund Silber zahle, das Schloss wieder mein ist. Dafür sollt Ihr mir eine Vertragsurkunde ausstellen und unterzeichnen, dass Ihr die verabredete Tat ausführen wollt. So haben wir uns einander gegenseitig in der Hand.«

»Und was bekommen wir?«, fragte jetzt einer der beiden Männer, die Ellerby und Dighton in das Zimmer gefolgt waren und von den Übrigen vergessen zu sein schienen.

»Was man Euch versprochen hat«, versetzte Richard de Ashby. »Jeder von Euch fünfzig französische Goldkronen heute Nacht, wenn die Tat geschehen ist.«

»Aber wir müssen doch auch einen Teil von den zweitausend Pfund Silber haben!«, rief der Sprecher.

Da sagte Dighton in drohend-scherzhaftem Ton: »Halt

dein Maul, Parson. Darüber werden wir uns schon einigen. Wenn du nicht gehangen wirst, ehe das Geld gezahlt ist, wollen wir es teilen wie Offiziere und Soldaten. Ihr und Dicky Keen sollt ein Viertel haben und wir zwei das Übrige.«

Dies Versprechen schien den Helfershelfer zufriedenzustellen, der sich vermutlich darauf verließ, dass es auch unter Dieben eine Ehre gebe, und daher nicht an der Erfüllung der Zusage zweifelte. Richard de Ashby und die zwei größeren Halsabschneider brachten einander aber nicht so viel Vertrauen entgegen, sondern setzten die zwei Urkunden auf, auf die sie sich zu ihrer gegenseitigen Sicherheit geeinigt hatten.

Die Urkunde Richard de Ashbys war bald geschrieben, aber bei der Zusage, die er von seinen zwei Kumpanen verlangte, gab es eine Schwierigkeit. Dighton gestand frech, dass er außer seinem Namen kein Wort schreiben könne, und auch Ellerby misstraute seinen Fähigkeiten in dieser Kunst sehr, obgleich beide jeden zum Kampf auf Leben und Tod gefordert hätten, der geleugnet hätte, dass sie Gentlemen von guter Erziehung seien. Richard de Ashby lehnte es seinerseits entschieden ab, die Urkunde selbst zu schreiben, obwohl sie in dem Fall ihre Unterschrift zusagten. Endlich brachte Ellerby ein Schriftstück mit wunderlicher Orthographie zustande.

»Und jetzt«, sagte Richard de Ashby, nachdem beide unterschrieben hatten, »brauchen wir den alten Mann nur noch aus seinem Schloss zu locken, was wir am besten sofort versuchen, denn wenn Alured hierher zurückkehrt, ist unsere Tat nicht mehr möglich.«

»Aber unter welchem Vorwand wollt Ihr ihn bitten, sein Schloss zu verlassen?«, fragte Dighton.

»Ich werde ein Schreiben aufsetzen, das ihn bestimmt dazu veranlassen wird und das auch in anderer Beziehung meine

Absichten fördert. Wen sollen wir jedoch mit dem Brief zu ihm hinschicken?«

»Warum nicht das Weib, das Ihr bei Euch habt?«, schlug Ellerby vor. »Wir könnten sie in einen Pagen verkleiden.«

»Auf keinen Fall«, versetzte Richard de Ashby. »In dieser Angelegenheit traue ich ihr nicht. Wenn bei dem alten Mann der Brief gefunden wird, kann sie vielleicht nicht den Mund halten. Ihr müsst einen Bauernknaben auftreiben, und auch der darf nur einen von Euch zu Gesicht bekommen. Aber ich will jetzt den Brief schreiben. Es ist keine Zeit zu verlieren.«

Hierauf setzte sich Richard de Ashby und schrieb den verhängnisvollen Brief an seinen Verwandten, der diesen aus seinem Haus locken und in die Hände der Mörder liefern sollte. Da er die Handschrift der Person, in deren Namen er schrieb, nie gesehen hatte, bemühte er sich, die eines Schreibers oder Kopisten nachzuahmen. Der Brief lautete:

Dem höchst edlen und tapferen Lord, Grafen von Ashby, meinen Gruß!

Teurer und geliebter Lord!

Nachdem eine falsche, grausame und abscheuliche Anklage gegen mich erhoben wurde und ich, ohne angehört zu werden, zum Tode verurteilt wurde, sah ich mich genötigt, meinen guten Namen unverteidigt den Feinden preiszugeben und mein Leben durch die Flucht aus dem Schloss von Nottingham zu retten. Nun beschwöre ich Euch als einen Mann, der immer als der Glanz des Rittertums und der Stolz des Adels und der Waffen galt, mir heute um drei Uhr eine Besprechung zu gewähren, und zwar bei dem sogenannten Bullen-Weißdorn, den Ihr, mein Lord, sicher kennt und der nur eine Meile von Eurem Schloss Lindwell entfernt ist. Dort will ich Euch die Beweise meiner Unschuld darlegen und Euch bitten, mein Anwalt beim König und beim Prinzen zu sein. Es ist notwendig – was ich kaum zu betonen brauche –, dass Ihr ganz allein kommt. Selbst das Plaudern eines Pagen könnte mir den Tod bringen.

Hugh de Monthermer

Richard de Ashby teilte den Inhalt des Schreibens keinem seiner Komplizen mit, sondern faltete es, nachdem er es unterschrieben hatte, sofort zusammen, umband es mit gelber Seide, siegelte es und drückte den Knauf von Ellerbys Dolch darauf.

»Jetzt ist alles bereit«, sagte er und erhob sich. »Lasst uns gehen. Sind eure Pferde unten?«

»Sie stehen hinter dem Haus«, sagte Dighton.

»Dann rasch in den Sattel!«, rief Richard. »Ich will mein Pferd holen und in einer Minute zu euch stoßen. Ich muss so schnell wie möglich Nachricht haben, wenn die Sache erledigt ist.«

»Ihr werdet nach und nach ein Mann der Tat, Richard!«, sagte Ellerby und schritt zur Tür. »Aber lasst uns nicht zu lange warten!«

»Nicht länger, als bis Ihr ums Haus herumgeritten seid«, versetzte Richard de Ashby, und lief mit ihnen die Treppe hinunter. Gleich darauf schloss sich die schwere Haustür hinter den Meuchelmördern.

Kaum waren sie fort, stürzte Kate Greenly ins Zimmer. Sie ergriff einen großen braunen Schleier, der in der Fensternische lag, und warf ihn sich über den Kopf. Ihre Augen waren weit aufgerissen und unruhig, ihr Gesicht blass und ihre Lippen blutleer, sie zitterte am ganzen Leibe.

»Wo kann ich Hilfe finden?«, murmelte sie wie im Fieber vor sich hin. »Was kann ich tun? Ich will die Männer im Wald aufsuchen. Aber es wird zu spät werden, wenn ich zu Fuß gehe. Vielleicht sollte ich wieder den Pagenanzug anlegen und ein Pferd mieten?« Sie überlegte einen Augenblick und fuhr fort: »Aber der Wald ist weit entfernt von Lindwell, denn er liegt auf der entgegengesetzten Seite. Ich werde zu spät kommen!«

Den Blick hatte sie nachdenklich auf das Fenster gerichtet. Plötzlich stieß sie einen leisen Schrei aus, denn hinter den kleinen Scheiben war ein Kopf aufgetaucht. Entsetzt griff Kate nach der Rücklehne eines großen Stuhls, um sich aufrecht zu halten, während sie sich fragte, ob es ein lebendes Wesen oder nur ein Bild ihrer erhitzten Phantasie sei.

»Es ist der Knabe!«, rief sie endlich. »Es ist der Zwerg, den ich bei ihnen im Wald gesehen!« Mit unsicheren Schritten ging sie zum Fenster und schob den großen Riegel zurück.

Tangel drängte sich sogleich hindurch, sprang herein und rief: »Haha! Ich habe gewartet, bis sie alle draußen waren, und bin dann heraufgeklettert, um Euch zu sagen …«

Aber ehe er seinen Satz zu Ende bringen konnte, sank Kate Greenly ohnmächtig neben ihm auf den Boden nieder.

31

Ein niedriges, unbewohntes Haus stand abseits von der Straße auf dem Stück Heidegrund am Forst zwischen Lindwell und Nottingham. Ein paar Bäume und einiges Gebüsch verbargen es vor den Augen vorüberziehender Reisender. Ein trüber, mit Unkraut bedeckter Teich befand sich zwischen dem Haus und den Bäumen, der ungesunde Feuchtigkeit ausdünstete. Das armselig aussehende Gebäude war mit gelben Flechten überzogen und die Luft mit Myriaden von summenden Schnaken erfüllt. Das Haus musste schon lange leer stehen, denn alles Holz dran hatte man weggeschleppt, zum Teil fehlte sogar das Dach. Es war ein passender Unterschlupf für Mörder.

Vor der Tür ging ruhelos Richard de Ashby auf und ab. Sein Gesicht drückte heftige Spannung und große Sorge aus. Vor wenigen Augenblicken hatte er sich von seinen nichtswürdigen Kumpanen getrennt und sie weitergeschickt, um die blutige Tat zu vollbringen. Er trat jetzt in die Hütte, blieb einen Augenblick in der Mitte des Raumes stehen, schritt dann wieder zur Tür und murmelte: »Ich will sie zurückrufen, ich kann sie noch einholen.«

Aber dann dachte er an die Urkunde, die er ausgestellt hatte, an seine Pläne, an Reichtum und Würden, an Lucy de Ashby und an den Triumph über den verhassten Monthermer.

Er blieb stehen, ehe er die Schwelle wieder überschritt. Es ist zu spät, dachte er, die Würfel sind geworfen, und ich muss abwarten, wie sie fallen.

Eine Weile ging er in der Hütte auf und ab. Dann murmelte er wieder: »Jetzt müssen sie bei dem Weißdorn angekommen sein. Ich hoffe, sie werden sich gut verstecken, sonst schöpft der alte Mann Verdacht, er ist von Natur aus argwöhnisch. Es gibt dort dichtes Gehölz genug, um sich zu verbergen. Ich will gehen und das Pferd hinter dem Haus anbinden, damit es niemand sieht.«

Nachdem er dies getan hatte, begab er sich wieder in die Hütte.

»Und wenn die Sache schiefgeht?«, führte er das Selbstgespräch fort, »wie, wenn er etwas argwöhnt und Hilfe nachkommen lässt? Sie könnten gefangengenommen werden, und man fände meine Schenkungsurkunde bei ihnen. Sie könnten gestehen und, um sich zu retten, mich ins Unglück stürzen. Nein, nein, das ist ziemlich unwahrscheinlich. Horch! Das ist ein Pferd! Ich will nachschauen!« Er schlich um den Teich herum und spähte auf die Straße hinaus.

Aber er hatte sich getäuscht, das Geräusch hatte nur in seiner Einbildungskraft existiert. So kehrte er in sein Versteck zurück, fröstelnd in der herbstlichen Luft, obgleich der Tag gar nicht kalt war.

Endlich ließ sich in der Ferne Hufschlag vernehmen. Er fuhr auf und eilte hinaus. Diesmal hatte er sich nicht getäuscht, das

Geräusch wurde jeden Augenblick lauter. Er starrte angestrengt nach Lindwell hinüber, aber statt der von ihm Erwarteten sah er einen großen Reitertrupp in aller Eile in Richtung Nottingham vorbeijagen. Seine Augen fielen sofort auf die um eine Haupteslänge über seine Begleiter emporragende Gestalt des Prinzen Edward. Das Stampfen der Rosse verklang schnell in der Ferne, und alles war still wie zuvor.

Etwa zwanzig Minuten verstrichen, dann wurde erneut der dumpfe Laut von Hufschlägen hörbar. Wieder schaute er hinaus, und jetzt sah er, viel näher als er erwartet hatte, vier Männer zu Pferde sich der Hütte nähern. Sie mieden die harte Heerstraße und ritten über den Rasen der Heide. Einer von ihnen stützte einen anderen, der vom Pferd zu fallen drohte. Schon waren sie heran. Ellerby sprang vom Pferd und half Dighton absteigen, während Parson die Zügel von Dightons Pferd hielt.

»Die Sache ist erledigt«, sagte Ellerby leise. »Aber Dighton ist schlimm zugerichtet. Der alte Mann durchstieß ihn mit dem Schwert, als er ihm den ersten Hieb versetzte, und er hätte ihn auf der Stelle getötet, wenn ich ihn nicht von hinten abgefangen hätte. Wir warfen ihn in die kleine Sandgrube dort am Bullen-Weißdorn. Aber den armen Dighton hat's übel erwischt. Er konnte sich kaum auf dem Pferd halten.«

»Doch, doch, es geht schon«, sagte Dighton mit schwacher Stimme. »Wenn ich ein wenig Wein bekomme, kann ich durchaus weiterreiten.«

»Ich habe hier Wein in einer Flasche«, rief einer von den anderen rasch.

Dighton trank, und er schien sich wieder zu beleben. »Ich habe schon oft mehr abbekommen als heute«, sagte er aufseufzend. »Jetzt kann ich weiter. Wir täten gut daran, gleich fortzureiten. Mir war, als hätten sich Leute dem Weißdornbusch genähert!«

»Dann fort!«, rief Richard de Ashby leise. »Fort nach Lenton. Von dort weiter nach Bridgeford. Wenn Ihr heute Nacht noch bis Thorp kämt, wärt Ihr in Sicherheit. Ich will inzwischen aufs Schloss und meine schöne Cousine trösten, wenn die Nachricht vom Tod ihres Vaters sie erreicht.«

»Sie wird es schon wissen«, murmelte Dighton, »denn ich sage Euch, es näherten sich Leute.« Nachdem er noch einen Schluck Wein genommen hatte, war er wirklich imstande, beinahe ohne Hilfe zu seinem Pferd zu gehen und aufzusteigen. Aber er hatte eine blutlose Blässe im Gesicht, die verriet, dass seine Wunde nicht ungefährlich war.

»Vergesst nicht, mir Nachricht von Euch zu geben«, sagte Richard de Ashby zu Ellerby. Dann galoppierte er fort nach Lindwell, um das Schloss noch vor der traurigen Nachricht zu erreichen.

Selbst bei der raschen Gangart seines Pferdes konnte er seinen Gedanken nicht entfliehen. Die Angst saß ihm im Nacken, und unruhig ging er all die möglichen Folgen der Tat im Geiste durch. Wie hatte er sich nun zu benehmen? Was sollte er sagen? Was sollte er tun? Er musste die Rolle des völlig Ahnungslosen spielen. Richard de Ashby beschloss, bei seiner Ankunft auf Schloss Lindwell möglichst fröhlich zu erscheinen. Das fiel ihm nicht allzu schwer, denn Zweifel und Sorge, die Tat könnte fehlschlagen, das alles war vorüber. Sie war vollbracht, nicht nur ohne dass etwas schiefgegangen war, sondern begleitet von einem Umstand, der auch noch den einen der Mitschuldigen auf die Seite zu schaffen versprach.

Sein Pferd war gut, die Entfernung nicht groß. Schon nach einer Viertelstunde sah er die Türme von Lindwell über die waldigen Höhen der Gegend emporragen. Jetzt ließ er sein Pferd langsamer laufen, denn er wusste, dass immer Wächter auf den Türmen standen, die die Eile hätten bemerken können, mit der er heranjagte.

Er hatte bald den freien Platz vor dem Schloss erreicht und ritt den Berg hinauf. Die Zugbrücke war herabgelassen, die Tore des Hundezwingers standen offen, einer der Wächter saß geruhsam auf einer Bank in der Sonne, einige tüchtige Dienstmänner und Bewaffnete trieben zwischen den zwei Toren ihre Späße. Alle begrüßten den Verwandten ihres Herrn, als er an ihnen vorbeikam, ohne durch irgendetwas erkennen zu lassen, dass man innerhalb der Mauern von Lindwell von einem Unglücksfall Nachricht erhalten hätte.

Am inneren Tor stieg Richard de Ashby ab, übergab sein Pferd einem der Reitknechte und war im Begriff, nach seiner Cousine Lucy zu fragen. Aber er besann sich sofort auf seine Rolle, erkundigte sich, ob der Graf zu Hause sei, und fügte hinzu: »Ich hoffte, ihm zwischen hier und Nottingham zu begegnen.«

»Nein, Sir Richard«, versetzte der Pförtner und öffnete langsam die große Saaltür. »Mein Lord hatte zwar befohlen, dass seine Pferde samt Gefolge um Mittag bereit stehen sollen, um nach Nottingham zu reiten, aber es kamen Nachrichten aus der Stadt, die ihn aufhielten. Dann brachte der Sohn des alten Ugtred einen Brief, auf den hin mein Lord allein zu Fuß das Schloss verließ. Er wollte sich nicht einmal von seinem Pagen begleiten lassen, sondern trug sein Schwert selbst.«

»War das nicht leichtsinnig in diesen Zeiten?«, fragte Richard de Ashby. »Wisst Ihr, wo Lady Lucy ist? Kann ich mit ihr sprechen?«

»In ihrem Zimmer, glaube ich«, antwortete der Pförtner. »Geht, Ned, sagt ihr, Sir Richard sei in der Halle und möchte sie gern sprechen.«

Während der Page ging, um Lucy zu suchen, schritt Richard de Ashby in der Halle auf und ab, summte eine leichte Melodie und dachte dem Anschein nach an nichts Ernsthaftes. Als er ein Geräusch und laute Stimmen im Hof hörte, fuhr er auf.

Aber bald war es wieder still, und in der nächsten Minute trat Lucy in die Halle.

Sie war blass und ernst, aber ruhig. Obgleich sie den Mann, der vor ihr stand, nie gemocht hatte, sagte sie doch freundlich: »Ich wünsche Euch einen guten Tag, Richard! Wir haben Euch lange Zeit nicht gesehen.«

»Ich bin in aller Eile von Nottingham hierhergeritten, weil ich dachte, ich könnte der Überbringer einer guten Nachricht für Euch sein. Aber Eure Miene lässt mich vermuten, dass Ihr sie schon gehört habt?«

»Was meint Ihr?«, fragte Lucy, und eine leise Röte überflog ihre Wangen.

»Nun«, antwortete Richard de Ashby, »dass ein gewisser edler Lord, mehr ein Freund von Euch als von mir, der in Nottingham Castle gefangengehalten wurde, in der letzten Nacht entflohen ist.«

»Das habe ich gehört«, versetzte Lucy, und schlug ihre Augen zu Boden. »Die Leute sagen, man hätte ihn zum Tode verurteilt, ohne ihn anzuhören.«

»Das stimmt nicht ganz«, sagte Richard de Ashby gedehnt. »Einmal haben sie ihn angehört, aber dann ...«

»Oh, Lady! Oh, Lady!«, schrie ein Diener, der mit einem Gesicht fahl wie Asche und mit entsetzter Miene in die Halle gestürzt kam. »Da ist ein Bauer aus Eastwood, der sagt, er habe meinen Lord ermordet in der Sandgrube beim Bullen-Weißdorn liegen sehen!«

Lucy starrte den Mann kurz an, die großen, dunklen Augen weit aufgerissen, als sträube sie sich, die entsetzliche Nachricht zu begreifen. Dann wurde sie plötzlich totenbleich und sank zu Boden. »Tor! Ihr habt sie getötet!«, schrie Richard de Ashby zornig. »Ihr hättet es ihr vorsichtiger mitteilen sollen! Ruft ihre Frauen herbei!«

Der Diener bemerkte in seiner Aufregung nicht, dass Richard

de Ashby sich weniger erschüttert zeigte von der Nachricht als Lucy. Alles geriet jetzt in Unruhe und Verwirrung. Nachdem Lucy in ihr Zimmer gebracht worden war, wurde der Bauer aus Eastwood zu Richard de Ashby gerufen. Er meldete, dass er auf dem Weg über die Anhöhe plötzlich auf eine frische Blutspur gestoßen sei. Anfänglich habe er gedacht, es sei dort ein Hirsch erlegt worden. Aber als er durch die Büsche in die Sandgrube geschaut hatte, habe er einen Leichnam unten liegen sehen, und als er in die Schlucht hinabgestiegen war, hatte er den alten Grafen Ashby erkannt.

Er sei schon tot gewesen, gab der Bauer an. Ein Dolch habe in seinem Rücken gesteckt. Sogleich sei er fortgeeilt, um Leute zu holen. Nicht weit weg von der Grube hatte das Schwert des Ermordeten gelegen. Er hatte es aufgehoben und mitgebracht. Bei genauem Hinsehen hatte er Blut an der Klinge gefunden. Der Graf hatte sein Schwert offenbar nicht ohne Wirkung benuzt. Aber weitere Spuren eines Kampfes hatte der Bauer nicht gefunden, und er war so schnell wie möglich ins Schloss geeilt.

Ein flaches Brett, wie es damals, auf ein Gestell gelegt, als Speisetisch in der Schlosshalle diente, wurde jetzt von Dienern und Angehörigen des Grafen hinausgetragen, um darauf den Leichnam zu holen. Auf Richard de Ashbys Geheiß waren alle bewaffnet, damit sie nicht, wie er es ausdrückte, ein Trupp von Feinden überfallen könnte. Richard, der allen voranging, stellte sich betrübt und bestürzt. Als sie sich der ihm wohlbekannten Stelle näherten, fühlte er seine Knie weich werden. Aber entschlossen schritt er weiter und bereitete sich innerlich darauf vor, beim Anblick des toten Verwandten tief bekümmert zu erscheinen.

Bald sahen sie den alten Weißdornbusch, einen bekannten Treffpunkt für mancherlei Kurzweil im Walde. Dann standen sie schon am Rand der Grube, in der das grüne Gras und der gelbe Sand an verschiedenen Stellen von Blut gerötet waren. Die Diener waren von Jammer und Zorn erfüllt, und Richard de Ashby sagte pathetisch: »Oh! Das ist entsetzlich!«

»Wo ist denn der Leichnam?«, rief da jemand.

»Seht Ihr ihn nicht?«, fragte der Bauer, der die Nachricht überbracht hatte, und trat vor. Aber im gleichen Atemzug rief er: »Beim Himmel, er ist fort!«

Jetzt wurde Richard de Ashby tatsächlich unruhig und trat bestürzt an den Rand der Grube.

»Weg?«, rief er. »Weg? Die Mörder müssen zurückgekommen sein und ihn geholt haben!« Hastig kletterte er in die Sandgrube hinab.

Es war deutlich zu erkennen, wo der Leichnam gelegen hatte, denn dort waren Blutflecke und ein Fetzen vom seidenen Wams des Grafen, das er sich beim Fallen am Dornbusch zerrissen haben musste.

»Sie können noch nicht weit sein«, sagte der Bauer. »Der arme Gentleman war schwer, und es schien keine Menschenseele hier zu sein vorhin.«

»Pah!«, rief Richard de Ashby. »Es konnten Hunderte hinter Büschen und Bäumen versteckt gewesen sein, ohne dass Ihr sie saht! Lasst uns also die Umgebung durchstreifen. Einige müssen zum Schloss zurückeilen und Pferde holen. Wenn wir die Mörder rasch verfolgen, holen wir sie wahrscheinlich noch ein.«

»Es ist aber auch möglich, Sir Richard«, sagte einer der Diener, »dass einer von den Freisassen aus der Nachbarschaft auf den Leichnam gestoßen ist und ihn in sein Haus gebracht hat.«

»Das kann durchaus sein; wir müssen es herausfinden«, versetzte Richard de Ashby, der fürchtete, die Hälfte seines Planes könnte vereitelt werden, wenn man den Brief, den er unter dem Namen Hugh de Monthermer geschrieben hatte, nicht bei dem Toten fand. »Verteilt euch nach allen Seiten! Lasst uns jeden Pfad verfolgen und einander von Zeit zu Zeit zurufen, damit wir uns nicht ganz verlieren. Lasst sechs oder acht Männer hierbleiben, bis die Pferde vom Schloss kommen, dann lasst sie aufsteigen und in zwei oder drei Meilen im Umkreis jeden Weg verfolgen. Sie können sich noch nicht weit entfernt haben.«

Alle Bemühungen waren jedoch vergeblich. Keine Spur war zu entdecken von dem Toten oder von denen, die ihn weggebracht hatten. Obgleich Richard de Ashby anfänglich nicht daran gezweifelt hatte, dass sie ihn bei einem Bauern der Umgegend finden würden, und nur fürchtete, der wichtige Brief könnte durch einen Zufall verlorengehen, packte ihn nun doch die Unruhe. Er musste unbedingt erfahren, was aus dem Leichnam geworden war.

Vielleicht hatten ihn die kühnen Waidmänner des Sherwood gefunden, sagte er sich, deren Schlauheit und Entschlossenheit er gut kannte. Wenn das der Fall war, konnte womöglich der Dolch, den Ellerby in der Wunde hatte steckenlassen und mit dessen Knauf er selbst den Brief gesiegelt hatte, später einmal zur Entdeckung der wirklichen Mörder führen! Angst ergriff ihn bei diesem Gedanken. Gegen Einbruch der Nacht kehrte er höchst beunruhigt ins Schloss zurück, begleitet von den Männern, die mit ihm erfolglos nach dem alten Grafen gesucht hatten.

32

Graues Zwielicht lag über dem Land, als Richard de Ashby nach Schloss Lindwell zurückkehrte. Zu seiner Überraschung sah er gesattelte Pferde im Hof, sah Diener hin und her rennen, bewaffnete Männer in Gruppen dastehen – kurz, viele Anzeichen deuteten darauf hin, dass während seiner Abwesenheit eine Gesellschaft auf dem Schloss angekommen war. Sein erster Gedanke war, der Leichnam sei gefunden und hergebracht worden. Aber dann hätten er oder seine Leute dem Zug begegnen müssen. Als er an einer kleinen Gruppe von Soldaten vorbeiging, erkannte er einige Dienstleute des Hauses Ashby und rief: »Was? Ist Lord Alured zurückgekommen?«

»Vor noch nicht einer halben Stunde, Sir Richard«, versetzte ein Soldat, und Richard de Ashby eilte in die Halle. Bei dem Gedanken, dem Mann entgegenzutreten, dessen Vaters Blut an seiner Hand klebte und gegen dessen eigenes Leben er ebenfalls einen Anschlag plante, war ihm nicht gerade wohl zumute. Dennoch war es nötig, den Vetter zu sprechen, bevor er längere Zeit mit Lucy geredet hatte. Er musste versuchen, ihm über den Mord das zu erzählen, was am besten zu seinen Absichten passte.

Alured de Ashby war nicht in der großen Halle, und Richard stieg, ohne zu zögern, die Treppe zum Vorgemach von Lucy de Ashbys Zimmer hinauf. Als er sich der Tür näherte, hörte er drinnen Stimmen. Trotzdem trat er ein. Er fand die Schwester weinend in den Armen ihres Bruders. Der erste Ausbruch des Jammers über den Tod ihres Vaters schien vorüber. Richard de Ashby vernahm gerade noch, wie Lord Alured sagte: »Nie, Lucy! Sei ohne Sorge, liebes Mädchen! Ich werde dir keinen Zwang antun, sondern stets versuchen, dich glücklich zu machen. Was mein armer Vater dir versprochen hat, verspreche ich dir auch.«

Finster erkannte Richard, dass das stolze Herz seines Vetters durch ihren Schmerz sanft gestimmt war und er ihr soeben ein Versprechen gegeben hatte, das er nie zurücknehmen würde.

Lucy war zusammengeschreckt, als ihr Vetter eintrat. Sie wusste selbst nicht warum, aber ein Schauer überlief sie, als sie ihn erblickte. Er jedoch näherte sich ihnen mit einem erheuchelten Ausdruck aufrichtiger und freundlicher Teilnahme und bot ihnen die Hand. Lucy vermied es unauffällig, sie zu ergreifen und sagte leise zu ihrem Bruder: »Ich kann mit niemandem sprechen, Alured.« Dann schlüpfte sie fort durch die Tür, die zu ihren anderen Gemächern führte.

Alured dagegen ergriff die Hand seines Vetters und fragte: »Habt Ihr den Toten aufs Schloss gebracht? Wo habt Ihr ihn aufgebahrt?«

Mit wenigen Worten berichtete Richard, dass die Suche ohne Erfolg geblieben war. Nachdem sie einige Zeit mit Mutmaßungen zugebracht hatten, was wohl mit dem Toten geschehen sein konnte, wurde der Bauer, der ihn aufgefunden hatte, hereingerufen und genau befragt, ob er den alten Lord wirklich gekannt und erkannt habe. Seine Antworten ließen keinen Zweifel an der Tatsache des Mordes, und als er wieder weg war, wandte sich Alured mit gerunzelter Stirn und verstörtem Blick zu seinem Vetter und fragte: »Wer kann das getan haben?«

Richard de Ashby schaute einen Moment schweigend zu Boden, als antworte er ungern, und sagte dann: »Ich weiß nur einen Menschen, den er beleidigt hat.«

»Wen? Wen?«, fragte Alured hastig. »Ich weiß keinen.«

»Hugh de Monthermer«, sagte Richard de Ashby.

»Hugh de Monthermer?«, rief der junge Graf überrascht. »Ihn beleidigt? Unsinn, er hat ihn mit Gunst überhäuft! Sein Brief, in dem er mir schrieb, er beabsichtige, Lucys Hand einem unserer alten Feinde zu geben, war es, der mich so eilig hierherkommen ließ. Ihn beleidigt? Er ist derjenige, der am wenigsten von allen Menschen Grund hatte, sich zu beklagen!«

»Ihr wisst nicht alles, Alured!«, entgegnete sein falscher Vetter. »Mir liegt es fern, Hugh de Monthermer hinter seinem Rücken anzuklagen. Ich will nur klarstellen, dass Euer Vater keinen beleidigt hat außer Hugh de Monthermer.«

»Und womit hat er ihn beleidigt?«, fragte Alured unsicher.

»Er hat sein Versprechen, ihm die Hand Eurer Schwester zu geben, zurückgenommen. Erst gestern hat er die übereilte Zusage zurückgezogen und ihm erklärt, er würde Lucy nie bekommen. Sie wird Euch dasselbe sagen.«

»Ha!«, rief Alured und zog nachdenklich die Brauen zusammen.

»Aber, nein, nein, nein! Um ihm Gerechtigkeit widerfahren zu lassen: Monthermer ist zu edel, um sein Schwert gegen einen alten Mann zu erheben! Er ist ein stolzer Feind, aber nie ein niederträchtiger.«

»Schon möglich«, antwortete Richard langsam, jedes Wort abwägend. »Obwohl ich ihn auch schon weniger edel erlebt habe. Vermied er es nicht, Euch mit Waffen entgegenzutreten bei dem Streit um Kate Greenly? Aber ich will ihn nicht beschuldigen, es ist nur ein Verdacht. Wenn ich daran denke, dass Euer Vater gestern alle seine Hoffnungen durchkreuzte. Guy de Margan, Geary und die Übrigen, die dabei waren, berichten von einem heftigen Streit, bei dem heftige Worte von beiden Seiten geäußert wurden. Da darf man wohl annehmen, dass er beleidigt war. Und soviel ich weiß, war er der einzige Mensch, den der gute alte Mann beleidigt hat. Lucy wird Euch vielleicht mehr sagen können.«

»Wartet hier!«, rief Alured. »Ich will zu ihr und sie fragen.«

»Nein«, versetzte sein Vetter. »Ich muss in aller Eile fort nach Nottingham, um zu hören, ob dort etwas über den Verbleib des Leichnams bekannt ist. Ich will auch Guy de Margan und die anderen fragen, was im Einzelnen vorgefallen ist, als sie gestern hier waren. Morgen früh werde ich Euch von dem Ergebnis unterrichten.«

»Bringt sie her, bringt alle her!«, sagte Alured hastig.

»Das will ich. Aber inzwischen, mit Eurer Genehmigung, mein Lord, darf ich wohl einige von Euren Leuten mit mir nehmen, denn ich bin allein gekommen und werde, wie Ihr wisst, nicht sonderlich geliebt von diesen Monthermers.«

»Nehmt so viel Leute mit, wie Ihr wollt«, sagte der junge Graf. »Trotzdem kann ich nicht glauben, dass hier die Monthermers die Hand im Spiel gehabt haben. Gute Nacht, Richard!«

Alured de Ashby hatte noch nie daran gezweifelt, dass die Gedanken und Taten Hugh der Monthermers hochsinnig, edel und ehrlich waren. Dennoch ließen die Worte des falschen, niederträchtigen Richards, den er als lasterhaft und verlogen kannte, einen Verdacht in ihm zurück.

Mit solchen Gefühlen schritt er jetzt ins Zimmer seiner Schwester. Aber ehe er an die Tür pochte, blieb er nachdenklich stehen und überlegte, dass sie durch die traurigen Ereignisse dieses Abends sehr erschüttert sein musste. Ihm wurde bewusst, dass er jetzt ihr einziger Beschützer, ihr einziger naher Verwandter war, und eine größere Zärtlichkeit, als er sie je zuvor in seinem Herzen gespürt hatte, stieg in ihm auf und machte sein ganzes Benehmen so sanft wie möglich.

So pochte er denn vorsichtig an die Tür und trat nach kurzem Warten ein. Er fand Lucy in der Fensternische sitzend, fern von der Lampe, die Wange in die Hand gestützt.

Alured setzte sich neben sie und befragte sie über die Vorfälle des gestrigen Tages. Sie antwortete ihm sehr kurz, denn seine Erkundigungen brachten eine düstere und schreckliche Vorstellung mit einer anderen, kaum weniger entsetzlichen in Verbindung. Sie wisse wenig, sagte sie, da sie nicht dabei gewesen sei. Sie wisse nicht, warum ihr Vater so gehandelt habe. Aber sie bestätigte, dass er seine Einwilligung zu ihrer Verbindung mit dem Mann, den sie liebte, zurückgenommen und Worte über ihn gesprochen hatte, die zu hören ihr weh getan hätten.

Alured verließ sie finster und voller Zweifel, schwankend zwischen dem neu aufgestiegenen Verdacht und einem Vertrauen, das ihm die Erfahrung von Jahren aufdrängte. Er schritt in dieser Nacht manche Stunde in der Halle auf und ab, von Zeit zu Zeit rief er verschiedene Leute des Dienstpersonals zu sich und stellte ihnen Fragen zu den Vorfällen des Tages. Aber er gewann keinen weiteren Aufschluss, und in Düsterkeit und Trauer flossen die Minuten dahin. Die Fröhlichkeit, der leichte Scherz, die ruhige Freude – alles war erstickt und erloschen und jeder Winkel des Schlosses von einer bangen, schmerzlichen Atmosphäre erfüllt. Die letzten Worte Alured de Ashbys, als er sich schließlich zur Ruhe zurückzog, waren: »Haltet Pferde bereit zu neun Uhr am Morgen. Ich will selbst nach Nottingham. Dieser Sache muss man auf den Grund gehen.«

Ehe er jedoch am nächsten Morgen aufbrach, war schon Richard de Ashby, begleitet von mehreren Gentlemen des Hofes, in Lindwell eingetroffen, und Alured empfing sie in der Halle.

»Guten Tag Euch, Sirs«, rief er in seiner hastigen, ungestümen Art. »Ich war im Begriff, Euch aufzusuchen, wenn Ihr nicht zu mir gekommen wärt!«

»Das ist eine traurige Angelegenheit, mein Herr Graf!«, sagte Sir Guy de Margan. »Ich ahnte nicht, als ich vorgestern mit Eurem edlen Vater hierherritt, dass ich ihn das letztemal lebend sah.«

»Ja, das ist wohl traurig, Sir«, versetzte der junge Graf. »Aber die Frage ist: Wer hat die Tat verübt?«

»Wer vermag das zu sagen?«, erwiderte Sir Guy de Margan.

Alured de Ashby schwieg und zerknitterte den Handschuh in seiner Hand. Er wünschte, dass irgendeiner einen gewissen Argwohn äußerte, ehe er selbst davon sprach. Aber da Guy de Margan schwieg, sagte er schließlich: »Darf ich Euch bitten, Sir Guy, mir zu erzählen, was vorgefallen ist, während Ihr vorgestern hier bei meinem Vater wart? Jeder Schritt, jede Handlung von ihm kann wichtig sein und Licht in diese dunkle Sache bringen.«

»Ich kann Euch sehr wenig sagen, mein edler Lord«, erwiderte de Margan. »Als wir ankamen, sagte man uns, dass Lord Hugh de Monthermer im oberen Saal bei Eurer schönen Schwester Lady Lucy sei. Wir alle begaben uns dorthin. Aber da wir Lord Hugh die unerwünschte Vorladung, vor dem König zu erscheinen, überbrachten, verlangte Euer edler Vater, der ihn schonen wollte, wir sollten oben an der Treppe warten, während er hineinging, um ihn darauf vorzubereiten. Bald jedoch hörten wir sehr heftige Worte, die der junge Lord in seinem Zorn sprach. Dann redete man eine Weile leiser weiter, und schließlich kam Monthermer an die Tür, wo er stehenblieb und laut sagte: ›Ihr werdet kommen, mein Lord?‹ Euer Vater antwortete finster: ›Ich werde mich zu der von Euch genannten Stunde einfinden. Habt keine Angst, ich werde kommen!‹«

Alured de Ashby blickte seinen Vetter bedeutsam an, und Richard de Ashby hob die Augen zum Himmel empor und senkte sie dann wieder zur Erde nieder.

»Ich habe diese Worte auch gehört«, bestätigte Sir William Geary. »Es kam mir seltsam vor, dass Monthermer eine Zusammenkunft verabredete, da er doch dem Gefängnis entgegenging. Es scheint jedoch, dass er wusste, was er tat.«

»Gott gebe, dass er nicht hingegangen wäre!«, brach es aus Alured de Ashby hervor, und seine Augen funkelten.

»Wir können uns aber durchaus irren«, bemerkte Richard, der sich jetzt, nachdem er den Verdacht ausgesät hatte, arglos stellte und den Anschein erwecken wollte, als bekämpfe er ihn, so wie man Äste von einem Baum abschlägt, um ihn zu veranlassen, stärker zu wachsen. »Hugh de Monthermer war immer edel und ehrlich und von großmütiger Gesinnung, wie Ihr gestern Abend ganz zu Recht gesagt habt, Alured.«

»Aber Ihr vergesst«, sagte Guy de Margan, »dass gerade zu dieser Zeit der Verdacht niederträchtigen Verrats auf ihm lastete. Man hatte ihn im Wald mit drei unbekannten, maskierten Männern heimlich verhandeln sehen.«

»Was?«, schrie Alured de Ashby, packte den Sprechenden am Arm und starrte ihm ins Gesicht. »Mit drei maskierten Männern?«

»Es ist wahr, bei meinem Leben!«, versetzte Guy de Margan.

»Seid ruhig, mein teurer Vetter!«, rief Richard de Ashby.

»Ruhig?«, brüllte der junge Graf. »Ruhig, wenn das Blut meines Vaters von der Erde um Rache schreit und mein Schwert noch nicht gezückt ist?«

»Hört mich trotzdem an«, sagte Richard. »Mir ist beim Herreiten etwas eingefallen, dass vielleicht Licht in die Sache bringen kann. Gestern Abend, als ich hier ankam, ehe noch irgendeiner von uns überhaupt etwas vom Tod Eures Vaters wusste, sagte mir der alte Pförtner, als ich nach dem Grafen fragte, er sei allein ausgegangen, nachdem er einen Brief bekommen hatte, den ein Bauernjunge brachte. Er nannte den Namen des Jungen, denn er schien ihn zu kennen. Daher erlaubte ich mir, heute mit dem alten Mann zu sprechen und den Jungen schleunigst holen zu lassen. Es ist doch recht und billig, dass wir erfahren, von wem der Brief kam.«

»Lasst den Pförtner und den Bauernjungen hereinkommen«, rief Alured.

Einen Augenblick darauf kam sein Vetter mit dem alten Mann zurück, gefolgt von einem jungen Burschen von etwa dreizehn Jahren. Der Junge blieb an der Tür stehen. Richard de Ashby jedoch trat mit dem Pförtner vor, der sich vor seinem Herrn tief verneigte.

»Wer hat den Brief gebracht, der meinem Vater ausgehändigt wurde, unmittelbar bevor er gestern das Schloss verließ?«, fragte der junge Graf finster.

»Der Sohn Ugtreds, mein Lord«, erwiderte der Pförtner. »Er steht dort.«

»Komm her, Bursche«, rief Alured. »Sprich die Wahrheit: Wer hat dir diesen Brief gegeben?«

»Es waren ihrer vier, mein Lord«, antwortete der Bursche. »Aber ich habe keinen davon jemals zuvor gesehen.«

»Waren sie maskiert?«, fragte Richard de Ashby dazwischen.

Der Knabe verneinte, aber Richard war froh, den Verdacht auf diese Fährte gelenkt zu haben, und Alured fuhr fort: »Was haben sie zu dir gesagt?«

»Sie befahlen mir, den Brief aufs Schloss tragen«, antwortete der Junge schüchtern, »und den Leuten zu sagen, sie sollten ihn so schnell wie möglich dem edlen Grafen von Ashby übergeben.«

»Haben sie sonst nichts gesagt?«

Der Bursche sah sich furchtsam um und fing an zu weinen.

»Sprich die Wahrheit, Bursche«, rief der junge Graf, »so soll dir kein Leid geschehen. Aber zögerst du einen Augenblick, so lass ich dich über dem Tor aufknüpfen!«

»Sie sagten mir«, antwortete der Knabe, vor Angst noch mehr heulend, »wenn ich den Grafen sähe, so solle ich ihm sagen, der Brief sei von Lord Hugh de Monthermer. Ich solle das aber sonst keinem anderen Menschen verraten.«

Alle Anwesenden starrten einander an, ausgenommen Richard de Ashby, der wie bekümmert zu Boden schaute, obwohl in Wahrheit sein Herz vor Triumph anschwoll. Genau diese Worte hatte er Ellerby im letzten Augenblick zu sagen aufgetragen. Er wagte nicht aufzuschauen, damit seine Freude nicht bemerkt würde. Er hörte, wie Alured mit den Zähnen knirschte und dann mit gepresster Stimme hervorstieß: »Das reicht jetzt!«

»Lasst mich noch eine Frage stellen, mein guter Lord«, rief

Sir William Geary. »Kennst du den Lord Hugh de Monthermer, Bursche?«

»Ja, Sir, recht gut«, antwortete der Junge. »Ich habe ihn oft bei meinem Lord und dem Fräulein gesehen.«

»Und war er unter den vier Männern?«

»O nein!«, rief der Knabe, und sein Angesicht hellte sich auf einmal auf. »Einer von ihnen war ebenso groß und vielleicht auch so stark wie er, aber ganz schwarz ums Kinn. Und der andere, der beinahe so groß war, hatte ein schielendes Auge.«

»Das bringt uns nicht weiter«, sagte Alured und entließ den Jungen mit einer Handbewegung. »Ich muss sofort nach Nottingham. Ihr, Gentlemen, werdet einen Sohn entschuldigen, der den Tod seines Vaters zu rächen hat. Dennoch sollt Ihr nicht ohne eine Stärkung das Schloss verlassen. Richard wird das Amt des Wirtes übernehmen während meiner Abwesenheit. So gehabt Euch wohl! Heda, sind meine Pferde bereit?«

33

In einem geräumigen Zimmer des Schlosses in Nottingham saß die Prinzessin Eleonore, und in ihrer Nähe waren ein paar junge Hofdamen mit ihrer Stickerei beschäftigt. Während sie flink die Nadel handhabten, sprachen sie leise bald von den Gerüchten des Tages, bald über die Farben dieser oder jener Blume, die unter ihren Händen auf dem Stickrahmen entstand. Die Prinzessin beteiligte sich nicht an dem Gespräch. Sie hatte sich abgewandt und las beim Licht einer neben ihr stehenden Kerze aufmerksam ein Papier, das sie in der Hand hielt. Ein vergnügtes Lächeln lag auf ihrem Gesicht, als sei ein Schmerz oder Kummer von ihr genommen. Nachdem sie das Papier sorgfältig noch einmal gelesen hatte, ließ sie ihre Hand auf die Armlehne des Sessels hinabsinken und schaute mit ihren großen dunklen Augen nachdenklich auf die mit den Stickereien beschäftigten Mädchen.

»Ich war davon überzeugt«, murmelte sie vor sich hin, »dass dieser junge Mann nicht die Schuld trug an dem Verbrechen, dessen man ihn anklagte, und ich bin auch davon überzeugt, dass er ebensowenig die Schuld trägt an dem, was sie ihm jetzt zur Last legen.«

Ein Page stand an der Tür, als erwarte er eine Antwort. Bald die Augen auf den Boden heftend, bald einen verstohlenen Blick auf die hübschen Gesichter werfend, die sich über ihre Stickerei beugten. Eleonore winkte ihm und sagte: »Tragt den Brief zurück zu meinem Gatten. Sagt ihm, ich würde gern mit ihm sprechen, wenn seine Zeit es gestattet, und ich lasse ihn dringend bitten, wenn Lady Lucy kommt, sie zu mir zu schicken, damit ich sie zum König begleite. Sie wird den Beistand einer Freundin sicher nötig haben.«

Der Page nahm den Brief, verbeugte sich und ging. Eleonore nahm wieder ihren Stickrahmen auf, hielt aber von Zeit zu Zeit in ihrer Arbeit inne und dachte nach. Nach etwa einer Viertelstunde ging die Tür auf, und Edward trat mit finsterem Gesicht ein.

»Sie muss bald hier sein«, sagte er nach einigen Worten der Begrüßung. »Das ist eine seltsam undurchsichtige Angelegenheit.«

»Ihr haltet Hugh de Monthermer doch nicht etwa für schuldig?«, fragte Eleonore.

»Gewiss nicht!«, antwortete der Prinz. »Aber die Umstände haben sich so gestaltet, dass ich fürchte, er wird als schuldig erscheinen, obwohl er es nicht ist. Ihr habt diesen Brief gelesen und gesehen, wie leicht er alles erklärt, was an seinem früheren Benehmen verdächtig erschien. Und doch war eine Anzahl der Barone – Mortimer und Pembroke unter ihnen –

geradezu versessen darauf, meinen Vater zu veranlassen, ihn zum Tode zu verurteilen, ohne die Formen eines gewöhnlichen Rechtsverfahrens zu wahren.«

»Glaubt Ihr, sie hätten ihn hingerichtet?«, fragte Eleonore zweifelnd.

»Sie hätten ihn ermordet«, versetzte der Prinz. »Denn eine Hinrichtung ohne Recht und Gesetz ist Mord. Außerdem«, fuhr er leiser fort, damit die Frauen in der Nähe seine Worte nicht hören konnten, »kenne ich die Männer zu gut, die für das Todesurteil stimmten. Eleonore, ich kenne Mortimer als grausam und verräterisch, ich kenne Pembroke als kalt, hart und selbstsüchtig. Und jetzt erfahre ich«, fuhr er mit einem verächtlichen Lächeln fort, »dass sie seine Ländereien unter sich aufteilen wollten. Da war auch Guy de Margan – der ist ein solches Blatt im Wind und so wetterwendisch – man sollte kaum glauben, dass er einen derartigen wilden Hass hegen könnte. Aber mit ist klar geworden, dass hier jede Menge Rachsucht und Erbitterung im Spiel war.«

»Oh, ich weiß!«, versetzte Eleonore. »Eines Nachts, als Lucy und ihr Geliebter – mit meiner Hilfe, ich will es gestehen – beim Mondschein unter den südlichen Kreuzgängen von Eltham lustwandelten, wollten dieser Guy de Margan und einige andere junge Müßiggänger des Hofes sie mit Gewalt aufhalten, als sie zu mir zurück wollte, worauf Hugh de Monthermer ihn mit einem Faustschlag zu Boden streckte. Aber horch! Sie kommt, Edward. Sieh, ob es Lady Lucy ist, Alice.«

Eine der Frauen, die in der Nähe saßen, stand auf, ging zur Tür und kam sogleich in Begleitung von Lucy de Ashby zurück. Sie war sehr blass und traurig, aber nicht weniger schön als sonst. Als sie sich der Prinzessin näherte und sich auf das Kissen zu ihren Füßen kniete, um ihre Hände zu küssen, hielt sie ihre dunklen Augen auf den Boden geheftet, als fürchte sie, wenn sie sie aufschlüge, die Tränen nicht mehr zurückhalten zu können.

»Der König hat nach Euch geschickt, schönes Fräulein«, sagte Prinz Edward, nachdem Eleonore einige Worte des Trostes zu ihr gesprochen hatte, »um Euch ein paar Fragen zu stellen in einer Angelegenheit, die für Euch in jeder Beziehung sehr bitter sein muss. Aber fasst Euch. Der Verlust, den Ihr erlitten habt, ist solcher Art, wie ihn jedes Kind, wenn das gewöhnliche Maß des Lebens erfüllt ist, einmal erleiden muss. Was die andere Ursache Eurer Bangigkeit und Eures Kummer betrifft, die sich zu Euren Gefühlen am heutigen Abend gesellen, so seid versichert, dass der edle Lord Hugh, auf den ein ungerechtfertigter Verdacht gefallen ist, jetzt die Stimme eines Freundes in der Nähe hat, die sich erheben wird, um ihm Gerechtigkeit widerfahren zu lassen. Wir vertrauen auf seine Unschuld und blieben dabei, bis er selbst erscheinen und seine Sache verteidigen kann.«

Der Prinz hielt inne, als erwarte er eine Antwort, aber Lucy erwiderte nur: »Ich danke Euch von ganzer Seele, mein edler Lord.«

»So will ich denn jetzt zum König gehen«, fuhr Edward fort. »Die Prinzessin wird Euch begleiten, wenn er Euch zu empfangen bereit ist. Seid ruhig und fest, teure Lady, und ehe Ihr antwortet, überlegt Euch vorher immer genau, was Ihr sagt.«

Der Prinz verließ das Zimmer, und Eleonore war bestrebt, ihrer schönen jungen Freundin Trost zuzusprechen.

Ihnen blieb jedoch nur wenig Zeit zu einem Gespräch, denn beinahe im nächsten Moment kam die Aufforderung, Lady Lucy möge vor dem König erscheinen. Eleonore legte den Arm des schönen Mädchens in den ihrigen und führte sie in den Saal, wo Heinrich saß. Der erste Blick auf das Gesicht des Königs zeigte, dass er in gereizter Stimmung war. Schwach und wankelmütig, wie er war, hatte er doch bei aller tyrannischen Willkür häufig dem Einfluss seines klügeren und edleren Sohnes nachgeben müssen. Aber er tat dies nie ohne Ungeduld und Widerstreben.

Der Prinz stand jetzt zu seiner Rechten, ein Kreis von Edelleuten ihm gegenüber. Neben Edward sah man Alured de Ashby, die Stirn gerunzelt, die Augen auf den Boden gerichtet und die linke Hand auf dem Schwertgriff ruhend. Er schaute seine Schwester nicht an, als sie eintrat. Die Prinzessin setzte sich in einen Sessel neben den König, behielt aber Lucys Hand in der ihrigen und zog sie sanft ganz nahe an sich.

»Lady«, sagte Heinrich, seine Miene etwas besänftigend und einen traurigen Ton heuchelnd, »wir haben uns genötigt gesehen, Euch holen zu lassen, obwohl wir dadurch in die Heiligkeit Eures Kummers störend eingreifen. Aber es ist nötig, so bald wie möglich den Täter des entsetzlichen Verbrechens zu ermitteln, das Euch des Vaters und uns eines treuen Untertanen und Freundes beraubt hat. So sprecht denn und sagt uns, was Ihr von dieser Sache wisst.«

»Sire, ich weiß weiter nichts«, antwortete Lucy, »als dass mein armer Vater mich bei bester Gesundheit verließ, kurz vor drei Uhr gestern, und dass lange nachher, während ich mit meinem Vetter Richard sprach, der eben aus Nottingham gekommen war, die Nachricht eintraf, mein Vater sei ermordet.«

»Nun gut«, sagte der König. »Aber wir müssen auch hören, was mit dem Gentleman geschah, der dieses Verbrechens angeklagt ist.«

»Ich weiß nicht, wer angeklagt ist, Sire«, sagte Lucy und schaute überrascht auf. »Ich habe nicht gehört, dass man den Mörder gefunden hätte.«

»Der Gentleman, auf den der Hauptverdacht fällt«, versetzte der König grollend, »ist der aus diesem Schloss entflohene Gefangene Hugh de Monthermer!«

Lucy fuhr zusammen, faltete die Hände und wurde blass wie der Tod. Im nächsten Augenblick jedoch wurde sie glutrot und mit blitzenden Augen und zuckenden Lippen warf sie den Kopf zurück und rief: »Das kann nicht sein, mein Herr König, das kann nicht sein! Ich weiß, woher dieser schändliche Verdacht kommt. Vielleicht hat da jemand sein Spiel zu schlau angelegt. Es ist mir jetzt etwas klar geworden, das vielleicht hilft, den Verbrecher der Gerechtigkeit zu überführen.«

Der König schien etwas überrascht durch die plötzliche Energie, die das zarte und schöne Wesen vor ihm bewies.

»Seid so gut und erklärt uns«, sagte er, nachdem er sie eine Weile abwägend angesehen hatte, »woher dieser Verdacht Eurer Meinung nach kommt, da Ihr es zu wissen behauptet.«

»Er kommt daher, Sire«, versetzte Lucy in ruhigerem Ton, »dass meinem Vater kurz vor seinem Tode ein Brief übergeben wurde. Er war gerade bei mir. Wir sprachen von dem Mann, der jetzt einer Tat beschuldigt wird, an die er nie im Traum dachte. Mein Vater zeigte mir den Brief und sagte, er komme von ihm. Ich entgegnete sogleich, es sei nicht seine Handschrift. Die habe ich oft gesehen. Mein Vater erwiderte, er müsse sich eines Schreibers bedient haben, wie man das häufig tue. Diese Erklärung stellte mich zufrieden, und ich dachte bis jetzt nicht mehr daran. Nun aber wird mir klar, dass dieser Brief eine Fälschung war, um meinen Vater in den Tod zu locken.«

»Ihr habt den Brief gelesen?«, forschte der König weiter.

»Ja«, antwortete Lucy.

»Könnt Ihr wiedergeben, was darin stand?«, fragte Edward mit gespannter Miene.

»Den Inhalt, aber nicht die Worte«, antwortete Lucy, und ihre Stimme bebte ein wenig. »Er setzte meinen Vater davon in

Kenntnis, dass Hugh de Monthermer, ohne Anhörung zum Tode verurteilt, aus dem Schloss zu Nottingham geflohen war und seinen guten Namen unverteidigt lassen musste. Er enthielt die Bitte, der Graf möge ihn am Bullen-Weißdorn treffen.«

»Gerade dort, wo er ermordet wurde«, ließ sich eine Stimme aus dem Kreis vernehmen.

»Schweigt, Sir Guy de Margan!«, rief Prinz Edward scharf. »Ihr seid bekannt als ein Feind des Angeschuldigten.«

»Ich, mein Lord?«, rief Guy de Margan.

»Ja Ihr, Sir!«, versetzte der Prinz. »Wir wissen mehr als Ihr vermutet. Ihr hasst ihn, weil er Euch für Eure Unverschämtheit gegenüber einer Lady bestraft hat, und wir zweifeln kaum daran, dass Ihr sehr gut wusstet, dass der Mönch, den Ihr anklagtet, er trage verräterische Mitteilungen zwischen ihm und Sir William Lemwood hin und her, von dem alten Grafen von Monthermer nur deshalb geschickt worden war, um Sir William zu bitten, er möge das Leben seiner Freunde nicht durch hoffnungslose Auflehnung gegen den Thron aufs Spiel setzen. Hugh de Monthermer, Sir, hat mir das selbst geschrieben, und ich habe Grund zu glauben, dass Ihr es gewusst habt, als Ihr die Anklage erhobt. Wehe Euch, wenn ich feststelle, dass Ihr neue falsche Anschuldigungen vorbringt. Es gibt eine Strafe für solchen Frevel!«

»Fahrt fort, Fräulein«, sagte der König, während Guy de Margan vor dem drohenden Blick des Prinzen zurückzuckte. »Was enthielt der Brief weiter?«

»Lord Hugh versprach meinem Vater, den vollständigen Beweis für seine Unschuld zu liefern, und ersuchte ihn, allein zu kommen und nicht einmal einen Pagen mitzubringen. Aber ich behaupte jetzt fest, gnädiger Herr, der Brief war eine Fälschung von jemand, der meinen Vater in den Tod locken wollte.«

»Könnte es nicht«, fragte der König weiter, der sich sichtlich nicht von seinem Verdacht auf Hugh de Monthermer abbringen lassen wollte, »der Brief eines zornigen, in seinen Hoffnungen getäuschten Mannes gewesen sein, der eine Gelegenheit suchte, Rache zu nehmen an einem Mann, der ihm die Hand seiner Tochter verweigert hatte? Es ist bewiesen, schönes Fräulein, dass Euer Geliebter und Euer Vater Streit hatten und dass der Graf versprach, ihn zu treffen – warum oder wann, weiß niemand. Sobald der junge, verstockte Lord aus diesem Schloss geflohen war, empfing Euer Vater von ihm einen Brief, der ihn aufforderte, an einen abgelegenen Ort zu kommen. Dort wurde Euer Vater ermordet. Der Bursche, der den Brief überbrachte, hatte den Befehl, niemandem zu sagen, dass er von Hugh de Monthermer sei … Hätte er den Brief auch noch selbst geschrieben, so läge der Fall klar.«

»Gnädiger Herr«, versetzte Lucy ernst, »macht Euch frei von den falschen Angaben betrügerischer Menschen. Hugh und mein Vater hatten keinen Streit, obwohl Hugh de Monthermer natürlich gekränkt war und möglicherweise laute und hitzige Worte selbst gegenüber dem Vater seiner Verlobten geäußert haben mag. Aber ich wiederhole: Sie hatten keinen Streit, Sire! Mein Vater ließ ihn in der festen Hoffnung gehen, er werde sich vor Eurer Majestät rechtfertigen und Euch dazu veranlassen können, die Schranke zu beseitigen, die Ihr unserer Verbindung in den Weg gelegt hattet. Das sagte er mir selbst, nachdem Hugh weg war. Was aber die verabredete Zusammenkunft betrifft, so kann ich Aufschluss geben über das Warum, Wann und Wo. Mein Vater sollte ihn hier vor Euch in diesem Saal treffen. Er sollte ihn gestern hier treffen, um ein Uhr nachmittags. Er sollte mit anhören, wie Hugh sich von der gegen ihn erhobenen Anschuldigung reinigte, nicht nur in Gegenwart Eurer Majestät, sondern auch in Gegenwart des Prinzen Edward. Der Prinz selbst weiß, dass mein Vater einen Boten an ihn sandte, der ihn bat, so schnell wie möglich nach

Nottingham zu kommen, damit nicht die Stimme vieler Feinde gegen einen Mann ohne Freunde bei Eurer Majestät überwöge.«

»Das ist wahr«, sagte Edward. »Der Bote kam zu mir, und wäre er nicht durch ein Missgeschick von mir ferngehalten worden, so wäre ich gestern kurz nach Mittag hiergewesen.«

»Er hatte nicht das Recht«, sagte der König gereizt, »zu argwöhnen, dass Wir ihm nicht Gerechtigkeit widerfahren lassen würden.«

Das Blut stieg Edward in die Wangen, und er richtete den Blick zu Boden, da er spürte, wie lächerlich es war, wenn sein Vater von Gerechtigkeit redete, nachdem erst kürzlich ein so grobes Unrecht wie die Verurteilung Hugh de Monthermers geschehen war. Aber Heinrich fuhr fort, die arme Lucy zu befragen, der die Angst um den Geliebten eine vorübergehende Stärke verliehen hatte, die jetzt rasch abnahm.

»Ihr habt gesagt, Fräulein«, fuhr er unbarmherzig in seinem Verhör fort, »die Erklärung, die Euch Euer Vater dafür gegeben hat, dass der Brief in einer anderen Handschrift geschrieben war, habe Euch für den Moment vollkommen zufriedengestellt. Was lässt Euch heute glauben, dass der Brief eine Fälschung war? Hat die Liebe keinen Anteil daran?«

Das Blut stieg Lucy in die Wangen, und Eleonore wollte sich schon einmischen, um sie gegen derartige Fragen vor einer solchen Versammlung zu schützen. Aber das Mädchen fasste wieder Mut, sowohl durch die Kraft ihrer Liebe als auch durch die Entrüstung über den unritterlichen Spott des Königs. Sie richtete sich auf und antwortete: »Vielleicht hat die Liebe daran einen Anteil, gnädiger Herr. Aber hat der Hass keinen Anteil an der Anklage? Gott gebe, dass er keinen Anteil am Urteil haben wird!«

Totenstille trat nach dieser kühnen Antwort ein. Dann fuhr Lucy, wieder erbleichend und die Augen senkend, fort: »Ihr habt mich gefragt, warum ich den Brief für eine Fälschung halte? Weil ich jetzt einen Beweggrund für die Fälschung sehe, den ich vorher nicht sah. Weil ich keinen Grund dafür erkennen kann, warum Hugh de Monthermer ihn nicht selbst hätte schreiben sollen. Weil er nicht in der Lage ist, den Vater seiner Geliebten zu töten. Weil er den Brief nicht einmal selbst unterzeichnete, denn auch die Unterschrift war nicht von ihm. Weil nicht einmal das Siegel sein Petschaft* war. Das sind wichtige Gründe, gnädiger Herr. Und«, fuhr sie fort, und Tränen traten ihr in die Augen, »selbst wenn nicht ein noch wichtigerer Grund vorläge: er hat sich jederzeit rechtschaffen, ehrenhaft und ehrlich verhalten. Keiner kann ihm eine gemeine Handlung vorwerfen, er hat nie etwas getan, das er für Unrecht hielt, selbst wenn die Meinung der Welt die Handlung gepriesen hätte.«

Sie wischte sich die Tränen aus den Augen, und Eleonore erhob sich von ihrem Sitz mit den Worten: »Ich bitte Euch, Sire, lasst sie sich jetzt entfernen. Sie ist erschöpft – ich sehe es.«

»Nur noch eine Frage, dann mag sie gehen«, erwiderte Heinrich, der von Lucys Aussagen beeindruckt schien. »Ihr sagtet, Fräulein, Ihr seht jetzt einen Beweggrund für die Fälschung. Hegt Ihr etwa einen Verdacht, wer die Tat verübt haben könnte?«

Lucy ließ ihren Blick über den Kreis der Anwesenden gleiten und ihn eine Weile auf dem Gesicht Richard de Ashbys ruhen, der unter diesen stummen Anklage blass wurde. Dann wandte sie jedoch ihre Augen zur entgegengesetzten Seite und sagte: »Ich hege einen starken Verdacht, Sire.«

»Gegen wen?«, fragte der König.

»Verzeiht mir, gnädiger Herr«, antwortete Lucy. »Obzwar der Verdacht stark ist, ist es doch nur ein Verdacht, und ich will keine Anklage auf bloßen Verdacht gründen. Aber lasst

* Stempel zum Siegeln.

mich meinen Bruder Alured warnen, der zu edel ist, um argwöhnisch und zu mutig, um vorsichtig zu sein, dass diejenigen, die den Vater umgebracht haben, vielleicht seinem Sohn nicht freundlicher gesinnt sein mögen.«

Wieder folgte auf ihre Worte eine Pause. Eleonore nutzte sie, zog Lucy fort und sagte: »Wir sind von Euch entlassen, Sire, oder?«

Der König nickte. Sobald die Prinzessin mit Lucy de Ashby zur Tür hinaus war, durchlief ein Geflüster den Saal, während der Prinz und der König sich leise miteinander berieten.

Der junge Graf von Ashby hatte während des ganzen Verhörs seiner Schwester nicht ein Wort gesprochen und kaum eine Miene verzogen. Nur manchmal bewegte seine Hand sich vom Knauf seines Schwerts zum Griff seines Dolches. Jetzt trat er vor und sagte: »Sire, dies ist ein schwieriger Fall, der ohne weitere Zeugenaussagen nicht von einem gewöhnlichen Gerichtshof beurteilt werden kann. Vielleicht hat Lucy recht, und Hugh de Monthermer ist unschuldig. Sie liebt ihn, und ich liebe ihn nicht. Dennoch will ich ihm Gerechtigkeit widerfahren lassen und gestehen, dass die Anklage gegen ihn nicht so weit bewiesen ist, dass sie die Peers* berechtigt, ihn zu verurteilen. Aber ein Auge ist, das da sieht, wenn auch die unsrigen verblendet sind – ein Richter, der entscheidet. Diesem Richter will ich die Sache anheimgeben. Ich ersuche Euch deshalb, Sire, im ganzen Land verkünden zu lassen, dass Hugh de Monthermer des Mordes an William Graf von Ashby angeklagt ist, und verpflichtet ist, in vierzehn Tagen hier zu erscheinen, um sich im Zweikampf auf Leben und Tod von dem Verdacht zu reinigen.«

»Das darf ich nicht abschlagen«, versetzte der König. »Das Verlangen ist gerecht und gesetzlich.«

»Ich muss Euch weiter bitten, gnädiger Herr«, fuhr der

* Englischer Hochadel.

junge Graf fort, »den Namen des Anklägers nicht nennen zu lassen. Ich sage das nicht aus Eitelkeit. Wenn auch meine Lanze eine gute sein mag, so kenne ich doch keine bessere als die Hugh de Monthermers. Aber ich bezweifle, ob er mir in solch einem Streit auf dem Kampfplatz entgegentreten würde. Um seiner Liebe willen wird er nicht für immer die Aussicht auf Lucys Hand verlieren wollen, indem er das Leben ihres Bruders aufs Spiel setzt. Das heißt, wenn er unschuldig ist.«

»Auch das ist recht und billig«, erwiderte der König. »Lord Pembroke! Sorgt, dass die Bekanntmachung erfolgt. Und jetzt zu lustigeren Dingen! Wir verbringen unsere Zeit hier wahrhaftig viel zu ernst!«

34

Der Sherwood Forst war, obwohl zu jener Zeit berühmt wegen seiner Größe und wegen der Dichte seines Baumbestandes, in vielen Gegenden doch schon damals nicht mehr das, was er einmal gewesen war. Seine frühere, weit gewaltigere Ausdehnung war jedoch noch daran zu erkennen, dass sich viele Meilen jenseits der königlichen Grenzpfähle Wälder befanden, die einmal zum Sherwood gehört hatten. Einer der größten dieser Wälder lag im südöstlichen Teil von Yorkshire. Er war durch drei oder vier Meilen unregelmäßig bepflanzten Geländes, wo hin und wieder Gruppen von Bäumen und kleine Wäldchen standen, vom Sherwood selbst getrennt und, weil weiter weg von der Heerstraße, wilder und öder als der eigentliche Sherwood. Da in der Nähe keine großen Städte und keine Schlösser lagen, die einem mächtigen Baron gehörten, war dieses Gebiet ohne ständige Aufsicht und Überwachung.

Am Fuße eines Sandhügels am Saum dieses Waldes, wo hohe Bäume aufragten und das braune Laub des Herbstes raschelte, saßen an einem schönen Nachmittag, etwa drei Tage nach der Flucht des jungen Ritters aus dem Schloss von Nottingham, der alte Graf von Monthermer, sein Neffe Hugh, sechs oder acht von dessen Dienstleuten und vier von den Männern des kühnen Geächteten und verzehrten ihr ländliches Waldmahl.

Der alte Graf und seine Dienstleute hatten alle das grüne Kleid der Waidleute angelegt, während Hugh so gekleidet war, wie er den Hof verlassen hatte. Er hoffte täglich, die Nachricht zu erhalten, dass Prinz Edward ihn vor dem König gerechtfertigt und sich seiner Sache bei dem alten Grafen von Ashby mit Erfolg angenommen hatte. Er hegte nicht die Absicht, die Lebensweise oder die Tracht eines Geächteten anzunehmen, solange Prinz Edward am Hof seinem tyrannischen Vater offen entgegentrat.

Sein Oheim entstammte aber einer etwas geradlinigeren Schule des Rittertums, so dass er alles, was Unterwerfung unter den Thron Heinrichs bedeutete, grundsätzlich ablehnte, obwohl er sich nicht der Ansicht verschließen konnte, dass Prinz Edward bei seinem Wirken zum Wohle des Volkes gewichtige Bundesgenossen gegen seinen Vater und dessen einflussreiche Ratgeber, Pembroke und Mortimer, brauchte. Zudem hatte er von seiner frühesten Jugend an ein Leben voller Abenteuer und Entbehrungen kennengelernt. Das wilde Treiben im Walde, die Jagd, der beständige Wechsel der Umstände und der Umgebung und selbst die Gefahren des Lebens eines Geächteten waren ihm ebenso angenehm wie sie ihm wohltaten.

Die Männer sahen fröhlich die Sonne sinken, die im Untergehen ein immer glänzenderes Gold annahm, um schließlich die Spitzen der Berge von Derbyshire und die Wolken darunter mit Purpur und Gold zu überziehen. Lustiger Gesang, Scherze und fröhliches Gelächter gingen im Kreis herum, und wenn die Erinnerung an Freunde, die er verloren hatte, an sein Vermögen, das dahin war, an vereitelte Pläne und zerstörte

Hoffnungen durch die Seele des alten Grafen flog, so verdunkelte sie sie doch nur für einen Augenblick, und mit der Philosophie eines alten Ritters dachte er: Ich habe das mir Mögliche getan, ich habe Ruhm gewonnen, ich habe für die Freiheit meines Landes gefochten. Was nun kommt, muss eine neue Generation in Angriff nehmen.

»Schaut dort!«, rief jetzt Hugh. »Da kommen drei Reiter! Neuigkeiten vom Hof, denke ich. Ein Brief von Prinz Edward vielleicht.«

»Wer sind die Reiter, Scathelock?«, fragte der Graf. »Meine Augen werden langsam trübe, und die Eurigen sind noch scharf.«

»Mein Lord, sie sind noch viel zu weit entfernt, als dass ich sagen könnte, wer sie sind. Obwohl ich von ganzem Herzen wünschte, mein guter Lord hätte meinen Augen vor sechs Monaten etwa geglaubt. Dann hätten wir kein Evesham gehabt.«

»Wieso?«, fragte der Graf und wandte sich zu ihm hin.

»Nun!«, antwortete Scathelock, »ich ließ Euch wissen, es sei ein Verräter unter Euch, und sagte Euch, wer es war. Aber man glaubte mir nicht. Und man ließ Richard de Ashby das Band zwischen seinem Haus und der Sache des Volkes zerreißen und das Pferd liefern, das den Prinzen Edward von Hereford wegtrug. Es ist noch mehr Gift in den Zähnen dieser Natter – es wäre gut, wenn man sie ihr zöge!«

Der alte Graf von Monthermer ließ sein Haupt sinken bei den Erinnerungen, die Scathelocks Worte in ihm weckten, und sah traurig auf die grünen Grashalme nieder.

»Es ist Robin selbst!«, rief da ein anderer von den Männern, der aufgestanden war und, die Augen mit der Hand gegen die untergehende Sonne beschattend, über den Talgrund geschaut hatte. »Es ist Robin selbst! Ich sehe seine breiten Schultern und seinen schmalen Kopf. Ihr werdet schon bald sein Horn hören.«

»Tatsächlich, Eure Augen sind scharf!«, sagte Scathelock, als kurz darauf der weiche Ton eines Horns die Anhöhe heraufschallte. »Es ist Robins Zeichen! Kein Mensch kann dem Metall so sanfte Töne entlocken wie er. Verzeiht mir, mein Lord!«, fuhr er, zu dem Grafen gewandt, fort. »Ich habe Euch vorhin verletzt!«

»Habt Ihr nicht, mein guter Kamerad!«, antwortete der alte Mann. »Es waren nur die Erinnerungen an die Vergangenheit. Ich handelte damals so, wie zu handeln mir am besten und edelsten schien, Scathelock! Also kommt da wirklich Robin? Ohne Zweifel bringt er gute Nachrichten.«

»Für uns ist er selten ein Unglücksbote«, antwortete Scathelock, »aber ich bin sicher, der Abt von St. Anna, nachdem er seinen Pächtern eine große Schenkung abgepresst hat, oder ein königlicher Vogt, beladen mit schönen ›freiwilligen‹ Gaben, oder der Steuereinnehmer des Grafschaftsbeamten von Nottingham würden den Anblick von Robins sonnverbranntem Kopf und seinen kräftigen Armen nicht für die angenehmste Erscheinung halten, die ihnen zwischen Nottingham und Doncaster begegnen könnte.«

»Gut, gut«, erwiderte der Graf. »Wenn er die Geldgierigen und die Habsüchtigen erschreckt, so hat sein Schritt dagegen auf der Schwelle der Armen und Unterdrückten keinen schlimmen Klang, Scathelock!«

»Stoßt in Euer Horn, Tom von der Lane!«, rief Scathelock. »Er kann uns nicht sehen, obwohl wir ihn schon erspäht haben.«

Es dauerte noch etwa zehn Minuten, bis Robin Hood und seine beiden Begleiter vor der Anhöhe auftauchten. Er begrüßte alle herzlich und mit fröhlichen Worten. Aber wenn auch keine Falte seine Stirn zusammenzog, war doch leicht zu sehen, dass seine Stimmung nicht heiter war.

»Nun«, sagte er, sich mit seinen Begleitern neben die beiden Edelleute setzend, »was habt Ihr denn hier zu essen? Wir drei sind elend hungrig und durstig dazu. Ein fetter Wildschweinkopf und eine Trappe, kaum berührt! Bei meinem Leben! Ein Abendessen für einen Kaiser! Aber, mein Lord, es scheint, Ihr seid noch nicht fertig?«

»Wir waren beinahe mit dem Essen zu Ende«, sagte der alte Graf. »Doch an einem Abend wie diesem verlängert man gern die Mahlzeit mit Gesprächen, lieber Robin. Es ist auch noch ein guter Vorrat vom Wein des Priors vorhanden. Scathelock hat sich, scheint es, vorgenommen, uns lustig zu machen.«

»Daran tut er recht«, versetzte Robin. »Der König kann die Leute reich und adlig machen, aber nicht jeder kann sie so leicht lustig machen. Ich wollte, ich könnte es.«

»Ihr scheint traurig zu sein, Robin«, bemerkte Hugh de Monthermer. »Wenn Ihr mir eine schlechte Nachricht bringt, lasst sie mich besser gleich hören.«

»Gute oder schlechte Nachrichten, wie Ihr es nehmt«, antwortete Robin Hood. »Aber zum Teil sind sie schlecht genug für jedes Ohr.«

»So sprecht endlich!«, sagte Hugh de Monthermer. »Lange Ungewissheit ist schlimmer als eine schlechte Nachricht, Robin. Die Last trägt sich leicht, wenn sie einmal aufgeladen ist. Sie glauben bei Hofe meiner Aussage nicht?«

»Doch«, antwortete Robin Hood. »Der Prinz, wie ich höre, hat Euch Gerechtigkeit widerfahren lassen. Er kam sogleich von Derby herüber, und ich sorgte dafür, dass er Euern Brief ohne Verzug erhielt. Keine zwölf Stunden nach dem Zeitpunkt, an dem Euer Kopf fallen sollte, wurde das Urteil aufgehoben und Ihr für unschuldig erklärt.«

»Ist das die Handhabung und Pflege des Rechts unter Heinrich III.?«, sagte der alte Graf bitter. »Das Leben eines Peers von England ist ein Spielzeug in den Händen des Königs. Das wird sich von selbst rächen!«

»Ha!«, rief Robin Hood mit einer gewissen kummervollen Ungeduld in der Stimme. »Auch andere haben ihr Spiel getrieben mit dem Leben von Peers. Ist Euch die Nachricht noch nicht zugekommen, dass Lindwell Castle einen neuen Herrn hat?«

Hugh de Monthermer fuhr mit einer Miene ungläubigen Staunens auf. »Tot?«, rief er. »Der alte Graf von Ashby tot?«

»Ja«, antwortete Robin Hood. »Ermordet, so heißt es, bei dem Bullen-Weißdorn unterhalb von Lindwell Green, nicht weit von der Grenze zu Thornywood. Ihr kennt den Platz, mein Lord?«

»Recht gut«, antwortete Hugh de Monthermer. »Aber ist es gewiss, Robin?«

»Nichts ist gewiss«, versetzte der Geächtete bissig. »Nichts ist gewiss in dieser Welt, soviel ich weiß. Doch diese Neuigkeit ist leider im ganzen Land bekannt. Als ich heute Morgen an Southwell vorbeikam, hörte ich auf dem Rasenplatz eine Verkündigung ausrufen, die diesen traurigen Mord betraf.«

»Das ist ja seltsam«, sagte Hugh. »Solche Dinge werden uns noch an allem verzweifeln lassen. Während Narren und Schurken zu hohen Ehren emporsteigen, werden ehrliche Leute in den Sherwood getrieben, um bei den Tieren des Waldes zu hausen, und rechtschaffene Männer werden vor den Toren ihres eigenen Schlosses ermordet. Wer kann das getan haben, Robin? Wisst Ihr es?«

»Ich weiß es natürlich«, versetzte Robin Hood. »Richard de Ashby hat es getan. Und diese niederträchtige Bestie – teils Wolf, teils Fuchs, teils Schlange – weiß den Verdacht der blutigen Tat auf einen anderen zu schieben. Aber er soll sich getäuscht finden, wenn man meinem Rat folgt! Ich will dafür sorgen, denn ich habe mir etwas vorzuwerfen bei dieser Sache. Ich war von dem Plan in Kenntnis gesetzt und hätte ihn vielleicht vereiteln können. Aber über anderen Dingen vergaß ich es und kam zu spät.«

»Ja«, sagte Hugh de Monthermer, »es konnte kein anderer sein. Aber wie wollt Ihr ihn der Strafe zuführen, Robin?«

»Das muss Eure Aufgabe sein«, versetzte Robin Hood. »Ich will seine Schuld beweisen, Ihr aber müsst ihn bestrafen.«

»Das will ich!«, rief Hugh de Monthermer und sprang auf. »Ich will ihn der Tat anklagen und ihn auffordern, sich mit den Waffen zu rechtfertigen.«

»Das ist nicht nötig«, antwortete Robin Hood trocken. »Er klagt Euch an!«

»Mich?«, fragte Hugh de Monthermer ungläubig.

»Was? Meinen Neffen?«, rief der alte Graf empört.

»Jawohl«, versetzte der Geächtete, »und mit scheinbar unumstößlichen Beweisen! Richard hat, wie ich hörte, einen Brief gefälscht und sich ohne Zweifel auch falsche Zeugen beschafft. Ich bin nicht imstande gewesen, genauer zu erfahren, wie er das alles gemacht hat. Aber was ich Euch eben erzählen wollte, meine guten Lords: Auf dem Rasenplatz von Southwell sah ich heute Morgen einen Beamten des Königs mit verschiedenen Bewaffneten. Ich blieb unter der Volksmenge stehen, die lachte, als sie Robin Hood, den Geächteten, den Räuber, den Mörder von vielem Wildbret, den königlichen Beamten gegenüberstehen sah, und hörte so den Beamten ausrufen: ›Kund und zu wissen geben Wir allen, dass Hugh de Monthermer, Lord von Amesbury und Lenton, auf starken Verdacht hin, angeschuldigt ist, William, Graf von Ashby, verräterischer- und böswillerweise umgebracht zu haben, und dass er deshalb geladen wird, vor dem König in Nottingham zu erscheinen, sich von besagter Anschuldigung durch gerichtliche Untersuchung, Eid, Gottesurteil oder Zweikampf, je nach seiner Wahl, zu reinigen gemäß den Gesetzen des Königreichs und des Rittertums.‹ So lauteten die Worte.«

»Sonderbar genug sind sie«, sagte der alte Graf. »Die Form weicht etwas ab von der üblichen Art, und der Name des Anklägers ist nicht genannt.«

»Alles ist jetzt aus seinem Geleise«, versetzte Robin Hood, »und dies ist eben wie das Übrige. Aber es macht nichts, es läuft am Ende auf eines hinaus.«

Hugh de Monthermer stand, die Arme über der Brust gekreuzt, da, in Nachsinnen versunken.

»Der Schurke!«, sagte er endlich. »Der Schurke! Aber er soll den Tag noch bereuen. Ich will sofort losreiten, Robin, und ihm entgegentreten. Wenn meine Rechte mich im Stich ließe gegen Richard de Ashby, müsste mein Gewissen tatsächlich nicht rein sein. Ich will sofort losreiten, eine solche Anklage darf ich nicht eine Stunde länger als nötig auf mir sitzenlassen.«

»Nein, mein guter Lord!«, rief Robin Hood. »Setzt Euch hin und lasst Euch von mir raten. Zu große Eile kann alles verderben. Ich habe den Schlüssel schon in meiner Hand, und obgleich ich hoffe und darauf vertraue, Eure Lanze eine Armeslänge durch den Verräter hindurchgerammt oder Euer gutes Schwert in seiner lügenhaften Kehle zu sehen, verspreche ich doch, dass Ihr außerdem die Mittel in die Hand bekommen sollt, jedermann zu beweisen, dass Ihr unschuldig seid und er selbst der Mörder ist. Fürs Erste also dürft Ihr nicht an den Hof von England gehen ohne sicheres Geleit. Ich denke, Ihr solltet das nun schon aus Erfahrung wissen.«

»Aber Prinz Edward ...«, rief Hugh de Monthermer.

»Prinz Edward kann wieder fort sein«, unterbrach ihn der Geächtete. »Ihr müsst sicheres Geleit haben, und die darüber vergehende Zeit wird nicht verloren sein. Setzt Euch hin, mein Lord, und trinkt einen Becher Wein. Die Nachricht hat Euch erschüttert. Ich verstehe das. Lasst mich nur alles vorbereiten. Heute nach drei Tagen sollt Ihr am englischen Hof sein. Dort müsst Ihr unbedingt dafür sorgen, dass der Kampf um acht Tage verschoben wird. Dann sollt Ihr, ehe Ihr in die Schranken reitet, die Beweise, die ich Euch liefern werde, dem Prinzen aushändigen, damit sie bekanntgemacht werden, sobald der Kampf vorüber ist. Kommt nur, setzt Euch! Ich will Euch die Gründe darlegen, warum Ihr so handeln müsst. Zunächst soll einer von Euern Leuten zum Prinzen reiten und sicheres Geleit für Euch erbitten. Er kann bis morgen Nacht wieder zurück sein.«

Hugh, der erregt auf und ab geschritten war, setzte sich nun wieder neben ihn, der alte Lord lehnte sich gegen einen Baum, die getreuen Dienstleute und Gefährten des kühnen Waidmanns bildeten einen Kreis und ließen den Weinbecher herumgehen. Eine kalte, klare Herbstnacht brach an, und ein wärmendes Feuer wurde angezündet, das zugleich auch der Beleuchtung diente, und lange noch saßen die drei Männer und erörterten den Gegenstand, der ihre Gedanken vor allem beschäftigte, in ernstem Gespräch.

Etwa eine Stunde nach Einbruch der Nacht wurde ein Brief geschrieben, und sobald er gesiegelt war, wurde er mit einem Diener des alten Grafen nach Nottingham losgeschickt. Danach setzten der Graf, sein Neffe und Robin Hood ihr Gespräch fort, während die Sterne glänzend und klar hervortraten und sich alles ringsumher, außer den dämmernden Umrissen der Bäume, dem Auge entzog. Der Wind flüsterte durch die Zweige mit einem langgedehnten, seufzenden Laut, und hin und wieder, während der vielen nachdenklichen Pausen, die in der Beratung eintraten, hörte man das Geraschel zur Erde niederfallender Blätter.

Kurz nach Mitternacht vernahm das feine Ohr des Geächteten plötzlich ein leises Geräusch. »Hört!«, sagte er verhalten und schaute sich um. Dann rief er laut: »Wer ist da?«

Keine Antwort erfolgte, aber im nächsten Augenblick landete mit einem Sprung von der Anhöhe Tangel inmitten der Gesellschaft, die um das Lagerfeuer saß.

»Haha, Robin!«, rief er lachend. »Ich konnte noch nie herausfinden, ob du ein Esel oder ein Hase bist.«

»Wie, Bursche?«, rief Robin amüsiert. »Ich bitte dich, hast du noch mehr solcher geschmackvollen Vergleiche?«

»So lange Ohren wie du hast, musst du das eine oder das andere sein«, sagte Tangel. »Was ich auch tun mag, ich treffe dich nie schlafend an. Aber ich glaube, du hast mehr von einem Hasen: das eine lange Ohr ruht, während das andere aufrecht steht wie eine Schildwache auf einem Hügel. Aber ich komme von weither, Robin, um die Botschaft einer Dame an einen müßigen Ritter auszurichten! Da, Robin, ist ein Brief für dich! Er ist adressiert an Robin Hood oder einen von seinen Leuten. Der Bote hielt mich für einen davon und gab ihn mir deshalb.«

Er händigte Robin Hood einen kleinen Brief aus. Dieser schürte das Feuer, damit es heller aufloderte, und wollte ihn gerade öffnen, als er einige Worte bemerkte, die außen darauf geschrieben waren: Dem Lord Hugh de Monthermer, in Eile, wenn er zu finden ist – wenn nicht, für Robin Hood vom Sherwood.

»Er ist an Euch gerichtet, mein Lord«, sagte er, den Brief an Hugh weitergebend, der ihn sofort aufriss und den Blick über die Zeilen gleiten ließ. Als er fertig war, fing er an, die Nachricht laut vorzulesen, ließ jedoch den ersten Satz weg:

»Euer Ankläger ist Richard de Ashby, und ich zittere bei dem Gedanken, er könnte Euch wissentlich falsch beschuldigen. Aber ich habe es seinem Gesicht angesehen, habe es aus dem Ton seiner Stimme gehört, dass dies Verbrechen seine Tat ist. Ich weiß nicht, was ich Euch raten soll, aber Ihr musstet es erfahren. Eure eigene Klugheit muss das Übrige tun. Ich habe Angst um Euch, ich habe auch Angst um meinen Bruder Alured. Es steht jetzt nur noch

einer zwischen Richard und dem Reichtum und dem Rang, nachdem es ihn gelüstet. Er ist zu weit gegangen, um noch irgendein Mittel in der Welt zu scheuen, und meine Befürchtungen für den, der ihm im Wege steht, sind sehr groß.«

»So geht es den Bösewichten«, meinte der alte Graf und nickte bedächtig. »Sehr oft wissen sie ihre Taten vor den Weisen und Klugen dieser Welt zu verbergen, aber der Unschuld und Einfalt gelingt es häufig, sie unter jeder Maske zu erkennen.«

»Ich lobe mir ein Weib, das das Herz eines Mannes zu ergründen sucht«, sagte Robin Hood, für den die Nachricht nichts Neues enthielt. »Das heißt, nur, wenn sie ihn nicht liebt, denn wenn sie lieben, sind alle Weiber Närrinnen. Aber kommt, mein Lord, lasst uns ein besseres Obdach für die Nacht suchen. Es ist ein wenig kalt hier. Bewirtet Tangel gut, meine lustigen Männer, gebt ihm eine Keule von der Trappe und einen Becher Wein. Aber hütet die Flasche vor ihm. Denke an den letzten Weihnachtsabend, Tangel, wo du einen Jagdhund für ein Fräulein hieltest und dich in deinem Rausch sehr gewundert hast, wie sie zu einem Bart kommt!«

35

In einem kleinen, dunklen Zimmer oben im hinteren Teil eines Hauses in der unteren Stadt von Nottingham, dessen Wand an der einen Seite aus rohen Eichenbalken bestand, lag auf einem elenden Bett, neben dem auf einem kleinen Tisch eine Lampe stand, ein verwundeter, fiebernder Mann.

Richard de Ashby saß auf einem Stuhl neben dem Bett und schaute auf den Verwundeten mit einem Gesicht, das nicht viel Mitleid zeigte, sondern im Gegenteil Zorn und Verdruss. Seine Hand ruhte auf seinem Dolch, und er griff immer wieder danach, als verspüre er große Lust, die Leiden seines Spießgesellen auf möglichst schnelle Weise zu beenden.

»Es war Wahnsinn«, sagte er, »ich wiederhole es, es war Wahnsinn, Euch hierherzubringen, wo Ihr jederzeit entdeckt werden könnt. Ich habe Euch doch ganz deutlich gesagt, wohin Ihr fliehen solltet.«

»Wir sahen einen Reitertrupp auf der Brücke und konnten keine Furt finden«, versetzte Dighton. »Aber, zum Teufel, schwatzt doch nicht von dem, was geschehen ist, sondern schafft mir einen Arzt herbei!«

»Einen Arzt!«, rief Richard de Ashby. »Was bildet der Kerl sich ein! Es gibt hier keinen, außer dem einen am Hof. Wolltet Ihr, dass die Geschichte sich herumspricht und Ihr für den Mord hingerichtet werdet?«

»Das ist auch nicht schlechter, als hier liegen und sterben«, antwortete Dighton. »Ich sage dir, Richard, mir ist, als würde ein glühendes Eisen in mir brennen, von der Brust bis zur Schulter. Ich muss Hilfe haben, Mensch! Wenn du nicht ein Teufel bist, gib mir Wasser zu trinken. Ich verdurste fast.«

Richard de Ashby schritt überlegend durch das Zimmer und brachte ihm einen Becher Wasser. Während der Verwundete gierig trank, schien er einen Entschluss zu fassen.

»Ich will dir etwas sagen, Dighton. Du sollst jemanden bekommen, der dich pflegt. Kate, scheint es, hat ohnehin gesehen, wie man dich ins Haus brachte. Sie ist sehr geschickt in der Heilkunst. Als ich bei Hereford verwundet wurde, damals als der Prinz entfloh, behandelte sie mich besser als jeder Arzt. Sie soll nach deiner Wunde sehen. Aber merke dir gut: Verrate ihr nicht ein Wort davon, wie du dazu gekommen bist!«

»Gut«, antwortete der Mann missmutig. »Alles ist besser, als hier krank zu liegen, ohne einen Menschen, mit dem man ein Wort sprechen könnte. Ich glaube fast, Euch wäre es recht, wenn ich schnell krepiere.«

»Nein«, versetzte Richard de Ashby zynisch. »Ich wüsste nicht, was ich mit dem Leichnam anfangen sollte.«

»Das dachte ich mir«, sagte Dighton, »denn ich rechne jede Minute damit, dass Ihr den Dolch aus der Scheide zieht. Aber ich habe noch Kraft genug, um Euch den Schädel an der Wand zu zerschmettern oder Euch zwischen meinen Daumen zu erwürgen wie der Jäger ein Rebhuhn. Doch schickt mir bald das Mädchen und sagt ihr, sie soll Heilsalbe mitbringen. Oben an der Straße wohnt ein Quacksalber. Er wird ihr Mittel geben, um die Schmerzen zu lindern und das Fieber zu senken.«

»Ich will sie Euch augenblicklich schicken. Ich kann Euch heute Nacht nicht mehr besuchen, denn ich muss aufs Schloss. Aber morgen will ich wiederkommen.«

Mit diesen Worten verließ er das elende Zimmer und schloss die Tür hinter sich ab. Der Verwundete hörte ihn den Schlüssel im Schloss umdrehen und murmelte: »Der Schurke! Mich ganze vierundzwanzig Stunden hier ohne Hilfe liegen zu lassen! Wenn ich wieder gesund werde, zahle ich ihm das heim. Ich will ihm den Hals brechen oder ihn an den Galgen bringen. Ich bin schon oft verwundet worden und immer wieder genesen. Doch ich habe noch nie ein solches Gefühl gehabt wie jetzt. Vorige Nacht habe ich von dem Mädchen geträumt, dass ich damals in die Themse warf, oben beim Dickicht. Aber ich werde es schon überleben, so schlimm ist die Wunde nicht. Ha, da kommt jemand!« Er vernahm, wie der Schlüssel im Schloss umgedreht wurde und die Tür aufging.

Gleich darauf trat Kate Greenly an sein Bett. Ihr schönes Gesicht war blass, ihre Lippen hatten das Rot verloren, ihre Wangen hatten nicht mehr die runde Fülle blühender Gesundheit.

Sie schritt auf das Bett zu, die Lampe in der Hand, und schaute ernst in Dightons Gesicht. Aber ihre Gedanken waren sichtlich nicht mit dem beschäftigt, was sie sah. Erst als der Verwundete ungeduldig rief: »Nun, was gafft Ihr denn so?«, fuhr sie aus ihrer Zerstreutheit auf.

»Er hat mich geschickt«, sagte sie, »um Eure Wunden zu versorgen. Aber ich kann Euch wenig helfen. Der Priester unseres Kirchspiels hat mich zwar ein wenig in der Heilkunst unterwiesen, doch ich glaube, Ihr braucht eher einen Arzt für die Seele als für den Leib.«

»Das geht dich nichts an«, versetzte der Mann scharf. »Schau nach meiner Wunde, Mädchen, und lass sehen, ob du ein kühlendes Mittel mitgebracht hast, das das Feuer herauszieht; denn ich brenne, ich brenne!«

»Im Fegefeuer wird dir noch heißer sein«, sagte Kate und setzte sich neben ihn aufs Bett. »Aber zeige mir deine Wunde.«

»Da«, schrie der Mann und enthüllte seine Brust. »Es ist nichts, ein Kratzer bloß, man kann ihn mit einem Finger zudecken.«

Kate beugte den Kopf nieder und hielt die Lampe an die Stelle, wo das Schwert des alten Grafen von Ashby eingedrungen war. Eine volle Minute betrachtete sie aufmerksam die Wunde. Es war nur eine kleine, geringfügig aussehende Verletzung, die dennoch diesem muskulösen Mann die Kraft genommen und ihn aufs Totenbett geworfen hatte. Man hätte die Wunde tatsächlich fast mit einem Finger bedecken können. Aber rundherum, über eine Handbreit auf jeder Seite, war alles dunkelrot und bläulich.

Sie blickte dem Mann wieder nachdenklich ins Gesicht. »Leidest du große Schmerzen?«, fragte sie schließlich.

»Habe ich es dir nicht gesagt?«, antwortete er ungeduldig. »Höllenschmerzen.«

»Nein«, versetzte sie, den Kopf schüttelnd. »Nein, der Hölle kommt nichts gleich, mein Freund. Vielleicht wünschst du dir vielleicht dereinst, wieder hier in diesem Bett zu liegen, mit zehn Wunden wie dieser da. Aber es wird dir bald leichter werden.«

»Was heißt das?«, fragte er und schaute mit forschendem Blick von der Wunde zu ihr auf. »Wird es mir wirklich leichter werden?«

»Bist du ein mutiger Mann? Fürchtest du den Tod?«, fragte sie zurück.

»Was willst du damit sagen?«, schrie er. »Sprich es aus, du machst mich wahnsinnig!«

»Nein«, versetzte sie, »ich möchte dich zur Besinnung bringen. Du bist dein ganzes Leben wahnsinnig gewesen und ich auch und viele andere. Mann, du stirbst!«

»Sterben!«, rief er. »Sterben! Ich will nicht sterben! Schickt nach dem Wundarzt, er soll Gold haben, wenn er mich rettet! Ich will nicht, ich kann nicht sterben!« Und er stützte sich auf den Ellenbogen, als wollte er versuchen, dem Schicksal zu entfliehen, das ihn erwartete.

Im nächsten Moment jedoch sank er stöhnend wieder zurück und bat, ängstlich das Mädchen anstarrend: »Rette mich! Ich will nicht sterben! Schickt nach einem Wundarzt. Sieh doch, was sonst mit mir geschehen kann.«

»Nichts!«, antwortete Kate entschieden. »Wenn alle Wundärzte Englands und Frankreichs hier wären, sie könnten nichts für dich tun. Die Hand des Todes ist über dir, Mann! Der kalte Brand hat begonnen. Du wirst nicht wieder aufstehen von diesem Bett, du wirst nie mehr die frische Luft atmen. Glaube nicht, dass ich dir etwas vormache! Fühlst du nicht selbst, dass der Tod naht?«

»Ja!«, stöhnte der Mann und bedeckte die Augen mit der Hand. »Fluch über meine Dummheit, mich auf diese Tat einzulassen! Fluch über den niederträchtigen Teufel Richard von Ashby, der mich dazu angestiftet hat und mich jetzt hier liegen lässt, bis es zu spät ist, mir zu helfen, bis der Brand angefangen hat! Fluch über ihn! Möge der tiefste Schacht der Hölle ihn aufnehmen für seine Bosheit!«

»Spart Euch Eure Flüche«, sagte Kate. »Denkt jetzt an Euch! Überlegt, ob Ihr nicht doch selbst in dieser letzten Stunde noch etwas tun könnt, um den nahenden Zorn Gottes abzuwenden!«

»Den Zorn Gottes!«, schrie der Mann. »Das ist schrecklich!«

»Es ist schrecklich, aber es besteht noch Hoffnung, wenn Ihr nur wollt.«

»Hoffnung?«, rief der Mann, der sie missverstand. »Habt Ihr mir nicht gesagt, ich müsse sterben?«

»Ja, Euer Leib wird sterben«, erwiderte Kate zögernd. »Eure Seele ist es, die ich retten möchte. Gottes Barmherzigkeit kann man bis ans Ende erringen.«

»Aber wie?«, schrie er. »Ich kenne keine Gebete und Vaterunser. Es ist jetzt zwanzig Jahre her, dass ich, ein bartloser Jüngling, die Absolution bekam dafür, dass ich des Königs Wildbret gestohlen hatte. Und was habe ich nicht seitdem getan? Nein, nein – es gibt keine Hoffnung. Ich muss sterben, wie ich gelebt habe. Gott wird seinen Fluch nicht von mir nehmen, mag ich jetzt sagen, was ich will. Wenn ich freilich das Leben behielte, um zu fasten, zu beten und Buße zu tun, könnte noch eine Möglichkeit bestehen!«

»Es ist auch jetzt noch Hoffnung«, antwortete Kate schnell. »Du hast noch Zeit zur Sühne, du hast noch Zeit, deine Seele zu retten. Ich weiß: Du hast einen armen alten Mann getötet, der dir nie etwas getan hat, einen Unschuldigen, der …«

»Ich weiß! Ich weiß!«, rief Dighton, sie unterbrechend. »Es war alles Richards Idee!« Und dann, sie plötzlich misstrauisch anblickend, fuhr er fort: »Aber warum schwatzest du mir etwas von Reue vor? Warum predigst du mir so etwas, Mädchen, und verhältst dich selbst nicht besser? Bist du nicht auch eine Sünderin, so wie ich ein Sünder bin, he? Warum bereust und sühnst du nicht?«

»Ich tue es«, sagte Kate fest. »Mein Sinn ist auf nichts anderes gerichtet. Meinst du, ich liebe diesen Mann? Ich sage dir, dass ich ihn hasse, dass ich ihn hasse, dass ich selbst den Anblick seines Schattens verabscheue, wenn er die Tür verdunkelt, dass die Berührung seiner Hand mir ein Greuel ist. Aber ich bleibe doch bei ihm, um seine schwarzen Taten zu vereiteln, um die Unschuldigen gegen seine verbrecherischen Anschläge zu schützen, um ihn der Gerechtigkeit zu überantworten. Nur das gibt mir Hoffnung auf Gottes Barmherzigkeit.«

»Aber wer sagt dir, dass du sie finden wirst?«, fragte sie Dighton erregt.

»Gottes Wort«, versetzte Kate, »und ein guter Priester sagen mir beide, dass ich, wenn ich aufrichtig daran arbeite, die Unschuldigen zu verteidigen, gewiss Gnade erlangen werde.«

»Hat ein Priester das gesagt?«, fragte Dighton, und ein Strahl der Hoffnung flog über sein Gesicht. »Schicke nach diesem Priester, schnell! Er kann mich vielleicht trösten!«

Kate zögerte einen Augenblick mit der Antwort und sagte dann langsam: »Es wäre hart, dir die einzige Hoffnung auf Vergebung vorzuenthalten, und doch …«

»Was doch?«, rief er ungeduldig. »In Gottes Namen, Weib, ich beschwöre dich …«

»Willst du tun, was der Priester von dir verlangt?«, unterbrach sie ihn.

»Ja!«, schrie er. »Ich will alle Arten von Buße tun.«

»Selbst wenn er von dir fordert, ein Geständnis abzulegen …«

»Ja, ja!«, rief Dighton. »Das ist es, was ich tun möchte. Ich möchte beichten.«

»Es müsste aber«, fuhr Kate Greenly eindringlich fort, »nicht nur eine Beichte für das Ohr des Priesters sein, der an sein Beichtgeheimnis gebunden ist, sondern ein Geständnis, das den Unschuldigen retten und den Schuldigen der Gerechtigkeit überführen kann!«

»Nein!«, schrie Dighton. »Ich will Ellerby nicht verraten. Wenn ich Richard de Ashby einen Stein auf den Kopf legen könnte, damit er noch tiefer in die Hölle sinkt, ich würde es tun. Aber Ellerby mag ich nicht verraten.«

»Nun gut«, sagte sie schroff. »Dann müsst Ihr eben sterben, wie Ihr gelebt habt. Ich kann nichts für Euch tun.«

»Hau endlich ab!«, schrie der Mann.

Kate Greenly ging zur Tür, wandte sich aber noch einmal um und sagte: »Ich bin in dem Zimmer unter diesem. Wenn Ihr Euch zu Reue und Sühne entschließt, so stoßt mit Eurem Schwert auf den Boden, es steht oben an Eurem Bett. Ich werde dann mit dem Priester zu Euch kommen.«

Dighton gab ihr keine Antwort, und Kate Greenly ging hinaus und verriegelte die Tür. Sie blieb oben an der Treppe stehen und murmelte: »Was soll ich tun? Er darf nicht ohne ein Geständnis sterben. Vielleicht könnte Pater Markus ihn dazu bringen. Aber der wird nicht vor morgen früh kommen. Es ist jetzt fast acht Uhr. Ich will noch eine Weile warten. Die Einsamkeit kann viel bewirken im menschlichen Herzen.« Und sie stieg die Treppe hinab und ging in das Zimmer unten.

Eine halbe Stunde verstrich, ohne dass Kate den geringsten Laut hörte. Sie saß da, starrte ins Feuer und war außerstande, sich mit anderen Dingen zu beschäftigen. Sie begann zu fürchten, der Mörder würde hart bleiben, und war schon aufgestanden, da sie dachte, es werde das Beste sein, Pater Markus sofort holen zu lassen. Sie hatte gerade drei Schritte in Richtung Tür gemacht, als von oben ein paar Stöße auf den Boden zu vernehmen waren. Dann fiel etwas dröhnend nieder, als wäre das schwere Schwert den schwachen Händen des Verwundeten entglitten.

Rasch lief Kate hinauf, und ehe eine halbe Stunde verstrichen war, saß der alte Pater Markus an Dightons Sterbebett. Kate Greenly kniete und hatte ein Stück Papier vor sich liegen, auf dem sie Dightons Geständnis wortwörtlich niederschrieb.

36

Der König und Prinz Edward standen in der großen Schlosshalle, im Begriff auszureiten. Verhältnismäßig wenige Begleiter umgaben sie. Der König machte ein vergnügtes Gesicht, während er mit einem fürchterlich verwachsenen Hofnarren spaßte, der an seiner missgestalteten Person mehr Bänder, Federn und Spitzen zur Schau trug, als der ganze übrige Hof zusammen. Der Narr war voll Bosheit, Witz und Unverschämtheit und jede üble Nachrede und Lästerung, jeder plumpe Spaß und jede anstößige Geschichte des Hofes war ihm bekannt. Er unterhielt den König damit in seinen Mußestunden, wenn dieser nicht in der Gesellschaft seiner ausländischen Günstlinge Unterhaltung suchte.

Die Stirn Edwards dagegen war finster und trüb. Viele Dinge waren seit dem Sieg von Evesham anders ausgegangen, als er es sich gewünscht hatte. Sein Vater schien entschlossen, keine der Zusagen einzuhalten, die er den patriotischen Edelleuten gab, die die königliche Sache unterstützt hatten. Obwohl Edward seinen Vater immer noch achtete wie in Kindertagen, konnte er doch nicht umhin, seine Missbilligung deutlich zu zeigen.

Der König war aus seinen Gemächern heruntergekommen, ehe noch seine Pferde in den Hof geführt worden waren. Als sich nun die Tür am entgegengesetzten Ende des Saales öffnete, machte er einige Schritte in jene Richtung, gefolgt von den ihn umgebenden Herren, in der Meinung, dass seine Bediensteten kämen, ihn zu benachrichtigen, dass die Pferde für den Ausritt bereitstünden.

Zwar zeigten sich wirklich zwei von den königlichen Dienern, aber hinter ihnen sah man die kraftvolle Gestalt Hugh de Monthermers, begleitet von dem alten Ritter Sir John Hardy auf der einen und einem Pagen auf der anderen Seite. Er schritt rasch durch den Saal, verbeugte sich ehrerbietig vor dem König und dem Prinzen und sagte: »Ich bin gekommen, Euer Gnaden, gemäß dem mir zugesicherten freien Geleit, mit einem Mann, der erfahren genug in Waffentaten ist, um mein Pate und Zeuge im ritterlichen Kampf zu sein, sowie mit fünfundzwanzig Begleitern. Ich will meinem Ankläger von Angesicht zu Angesicht gegenübertreten, seine Anklage für falsch erklären vor Gott und den Menschen und mit ihm kämpfen nach dem Gesetz der Waffen. Ich bitte Euch, gnädiger Herr, lasst mich wissen, wer mein Ankläger ist?«

»Ich!«, antwortete jemand hinter dem König, und Alured de Ashby trat vor und an Heinrichs Seite. »Ich bin es, Alured de Ashby, der Euch, Hugh de Monthermer, anklagt, verräterischer- und böswilligerweise William de Ashby, meinen Vater, umgebracht zu haben. Ich stelle mich unter die Entscheidung des Himmels. Gott schütze das Recht!«

Hugh de Monthermer war sehr blass geworden. Seine Lippen zuckten, seine Augen blickten verstört, und ein paar Sekunden blieb er stumm. Endlich jedoch erwiderte er: »Ihr tut mir bitteres Unrecht, Alured de Ashby! Ihr solltet mich besser kennen.«

»Wieso?«, fragte sein Gegner. »Ihr steht unter Mordverdacht.«

»Den ich im Nu widerlegen kann«, sagte Hugh de Monthermer. »Aber selbst wenn ein zehnmal schlimmerer Verdacht gegen mich vorläge, solltet Ihr am wenigsten von allen Menschen glauben, dass er begründet ist.«

»Wie blass er geworden ist!«, bemerkte einer der Höflinge in der Nähe, laut genug, dass Hugh es hören konnte.

»Ja, Sir, ich bin blass geworden«, versetzte Hugh, den Sprecher finster musternd. »Ich bin blass geworden, weil mich ein Mann, gegen den ich zuallerletzt das Schwert ziehen möchte, durch einen falschen und grundlosen Verdacht dazu zwingt, es doch zu tun. Alured de Ashby, Ihr wusstet recht gut, als Ihr Euren Namen als den meines Anklägers verschweigen ließet, dass ich mich nicht dazu herausfordern lassen würde, meine Hand in das Blut des Bruders Eurer Schwester zu tauchen.«

»Das war der Grund, warum ich ihn verschweigen ließ«, antwortete Alured kurz.

»Hättet Ihr dann nicht ebenso wissen müssen«, fragte Hugh scharf, »dass derselbe Grund meinen Arm, und wäre er schon erhoben gewesen, mich davon hätte abhalten müssen, das Blut ihres Vaters zu vergießen? Ihr wisst das, Alured de Ashby, in Eurem Herzen wisst Ihr das sehr gut!«

»Das führt alles zu nichts«, sagte Alured de Ashby mit unbewegter Miene. »Ihr, Hugh de Monthermer, müsst Euch meiner Forderung stellen. Ihr habt sie angenommen, und ich bleibe dabei. Hier liegt mein Handschuh!«, und er warf ihn vor dem König nieder.

Sir John Hardy trat sogleich vor, hob ihn auf und sagte: »Im Namen des höchstedlen Lords Hugh de Monthermer, Baron von Amesbury, nehme ich auf Euer Pfand, Alured Graf von Ashby, und verspreche in seinem Namen, dass er mit Euch kämpfen wird in seiner Streitsache, wann und wo der König zu bestimmen geruht, zu Ross oder zu Fuß, mit den gebräuchlichen Waffen und Rüstungen, gemäß dem Gesetz der Waffen und den Gebräuchen der englischen Ritterschaft.«

Hugh de Monthermer kreuzte die Arme über der Brust und schlug die Augen zu Boden nieder. Es war geschehen – die Verpflichtung war unwiderruflich eingegangen! Er musste entweder das Blut von Lucys Bruder vergießen, die ihm die Teuerste auf Erden war, oder er verlor für immer seine Ehre. Zwischen diesen beiden Aussichten, jede gleich bedrohlich und furchtbar, konnte er nur blindlings seinem Weg folgen. Er musste seinem Ankläger mit den Waffen entgegentreten, musste mit ihm auf Leben und Tod kämpfen, musste ihn besiegen, musste ihn töten. Er war ein hervorragender Kämpfer und zweifelte nicht daran, dass er den Sieg davontragen würde. Aber er wusste auch, dass es nicht leicht sein würde, Alured de Ashby zu entwaffnen oder zu verwunden und damit zu retten. Wenn sie gegeneinander kämpften, stand Leben gegen Leben, bis der eine oder der andere erschlagen war. Auch konnte er sich nicht nur verteidigen und seinen Gegner schonen, denn für ihn als Angeklagten war nicht der Tod allein, sondern Entehrung die Folge, falls er besiegt würde. Nein! Mit eigener Hand musste er sein Glück zerstören, die süßesten Bande des Herzens zerreißen und sich zu lebenslanger Hoffnungslosigkeit und Einsamkeit verurteilen.

Inzwischen hatte sich Heinrich mit seinem Sohn beraten, und sagte: »Meine Lords, am nächsten Montag soll die Entscheidung in dieser Sache durch die Waffen fallen, und zwar am Platz am Ufer des Trent unterhalb der Brücke. Wir wollen dafür sorgen, dass ordentliche Schranken errichtet werden, und verpflichten Euch beide, bis zum Tage des Kampfes miteinander Frieden zu halten und in Freundschaft zu leben, wie edle Ritter es tun, wenn auch tödlicher Streit zwischen ihnen liegt, der dann entschieden werden soll.«

Nach diesen Worten schickte sich der König an, die Halle zu verlassen. Edward blieb noch einen Augenblick stehen und ergriff Hugh de Monthermers Hand. »Ich bedaure es zutiefst,

Hugh«, sagte er, »dass durch traurige Missverständnisse, ja, und durch eine gewissenlose Handlungsweise von Seiten einiger Gentlemen dieses Hofes«, fuhr er laut fort, »seinerzeit eine ungerechte Anklage gegen Euch erhoben wurde, aus der dann zum Teil diese zweite Anschuldigung entstanden ist. Von der ersten Anklage habt Ihr Euch gereinigt, von der zweiten werdet Ihr, das weiß ich, Euch ebenfalls reinigen, wie es Euch geziemt. Inzwischen seid Ihr mein Gast. Einer der Türme auf dem unteren Wall ist für Euch und Eure Leute vorbereitet. Da der Tag für diesen Kampf schon recht nahe ist, steht Euch mein Waffenmeister zur Verfügung, um Euch mit allem zu versehen, was Ihr benötigt, denn Eure Wohnung ist zu weit entfernt, um von dort Harnisch und Waffen holen zu lassen. Wir kennen diesen tapferen Grafen gut«, fuhr er, an Alured de Ashby gewandt, fort, »und sind davon überzeugt, dass sein Gegner in den Schranken alle Vorsicht walten lassen und alle Verteidigungskünste anwenden muss, die das Gesetz der Waffen gestattet.«

Alured lächelte stolz und folgte dem König, der nun mit seinem Sohn und den übrigen Hofleuten die Halle verließ. Hugh de Monthermer blieb mit seinen Begleitern stehen und achtete kaum auf das, was um ihn herum vorging. Er war ganz in seine trüben Gedanken versunken.

»Mein Lord, ich habe den Auftrag, Euch in Eure Gemächer zu führen«, sagte ein Diener, der sich ihm ehrerbietig genähert hatte. »Der Turm ist sehr bequem, aber die Ställe sind nicht so gut, und Ihr müsst sechs von Euern Pferden in der Stadt unterbringen. Hier entlang, mein Lord, wenn es Euch beliebt.«

Hugh de Monthermer folgte ihm schweigend. Der Mann führte ihn über den Hof zu einem der Türme, der sich auf einem Gebäude erhob, das nur durch die Wälle mit dem übrigen Schloss verbunden war.

»Dies, Sir«, sagte der Diener, mit ihm eintretend, »ist der Raum für Eure Leute, die von den Vögten des Königs mit allem Nötigen versehen werden. Dort sind zwei Schlafzimmer, und hier ist ein Zimmer für den tapferen Ritter Sir John Hardy. Jetzt diese Treppe hinauf, mein Lord: Hier ist ein leeres Zimmer für Euch, wo Ihr Eure Waffen lassen und überprüfen könnt, ob alles für Mann und Ross gut vorbereitet ist. Hier ist ein Pflock für Euren Hut und Euren Helm, hier ein Ständer für Eure Lanzen, hier ein Haken für Euren Schild und ein Block für den Harnisch und die übrige Rüstung. Dort ist das Vorzimmer, mein Lord, mit Betten für einen Dienstmann und einen Pagen. Diese Tür führt über den Wall direkt zu den Gemächern des Prinzen und diese zu Eurem Schlafzimmer.«

Dann entfernte sich der Diener mit dem Versprechen, die Leute des jungen Ritters herzuschicken und ihnen zu zeigen, wo sie ihre Pferde unterstellen sollten.

»Fasst Euch, mein Lord«, sagte Sir John Hardy. »Diesen Gegner zu haben ist bitter für Euch, aber es lässt sich nun nicht mehr ändern. Ihr müsst Eure Pflicht tun und gegen den Grafen kämpfen, der selbst sein Schicksal auf sein Haupt herabbeschwört.«

»Ich glaubte, er wäre zweihundert Meilen von diesem Ort entfernt«, erwiderte Hugh. »Aber wie Ihr sagt: Ich muss meine Pflicht tun. Sorgt für alles Erforderliche, Sir John, denn ich kann es nicht. Ein guter, einfacher Harnisch ist alles, was ich brauche. Das Pferd, das mich hierhergetragen hat, wird es so gut tun wie jedes andere.«

»Nein, mein Lord, übereilt nichts«, ermahnte ihn der alte Ritter. »Es könnte sonst ein Unglück geschehen.«

»Das schlimmste Unglück tritt so oder so ein«, versetzte Hugh de Monthermer mit einer resignierenden Handbewegung. »Ich bin im Moment nicht in der Lage, etwas zu bedenken oder zu besprechen. Ich will in mein Zimmer gehen. Wenn jemand kommen sollte, sagt, ich sei beschäftigt, bin ich doch beschäftigt genug mit meinen finsteren Grübeleien!«

Er begab sich in das ihm zugewiesene Schlafzimmer, warf sich auf einen Stuhl, stützte die Arme auf den Tisch und bedeckte die Augen mit den Händen.

Die ihm gegönnte Frist war kurz – nur drei Tage, so dass nicht die Hoffnung bestand, dass sich vor dem Kampf noch Beweise seiner Unschuld heranschaffen lassen würden. Er konnte zwar jemanden in den Wald schicken, konnte selbst Nachforschungen anstellen, wenn er wollte, aber Robin Hood hatte ihm ausdrücklich erklärt, dass die Beweise gegen Richard de Ashby frühestens in acht Tagen vorliegen würden. Seine Ungeduld, sich von der Anklage zu reinigen, hatte ihn viel früher an den Hof geführt, als seine Freunde im Wald gutgeheißen hatten. So blieb ihm nichts anderes übrig, als den Kampf auszutragen, sollte dadurch auch sein Glück zerstört werden.

Die Tür ihm gegenüber wurde langsam geöffnet, und Prinz Edward trat ein. »Ich habe angeklopft«, sagte er, »aber Ihr habt nicht geantwortet.«

»Verzeiht mir, Edward«, erwiderte Hugh und erhob sich. »Meine Gedanken beschäftigten mich so, dass ich nichts hörte. Aber Ihr wisst, Eure Gegenwart ist das Einzige, was mich aufrichten kann.«

»Das ist in der Tat eine traurige Angelegenheit«, sagte Edward und setzte sich. »Bitte, Hugh, erzählt mir, wie alles gekommen ist.«

»Ich weiß es selbst nicht. Ihr müsst darüber mehr wissen als ich, denn hier ist das Komplott geschmiedet worden. Hier, am Hof Eures Vaters, wo sie es vor kurzer Zeit so einzurichten wussten, dass ich ohne Untersuchung, ohne Anhörung und ohne Verteidigung zum Tode verurteilt wurde, hier haben sie, als das alles fehlschlug, etwas Neues ausgeheckt, um mich ins Verderben zu stürzen.«

»Nein, nicht das meinte ich«, sagte Edward. »Ich wollte

fragen, wie Ihr so übereilt die Entscheidung durch einen Zweikampf fordern konntet. Ich habe erwartet, dass Ihr eine ordentliche Untersuchung und ein richterliches Urteil nach den Gesetzen verlangen würdet.«

»Ich bin getäuscht worden, mein Lord«, versetzte Hugh. »Sogar Lucy war der Meinung, Richard de Ashby sei mein Ankläger. Ich wusste nicht, dass Alured zurückgekommen ist. Ich hätte vermutet, dass er selbst gegen Richard kämpfen würde, ob er nun der Anklage Glauben schenkt oder nicht.«

»Dass Richard der eigentliche Ankläger ist und seinen Vetter nur vorgeschoben hat, daran kann kein Zweifel bestehen«, sagte der Prinz. »Dennoch wart Ihr zu schnell. Ich weiß jetzt nicht, was man tun soll, um Euch zu helfen. Wer kann beweisen, was Ihr getan habt an dem Tag, als das Verbrechen verübt wurde?«

»Geächtete und Verbannte können es beweisen, sonst niemand, mein Lord, Zeugen, die nicht aussagen dürfen und deren Aussagen nicht akzeptiert werden. Aber ich möchte Euch bitten, mich wissen zu lassen, welche Verdachtsmomente gegen mich vorliegen.«

»Die Sache wurde mit Geschick geplant«, antwortete Edward. »Es gibt jede Menge Beweise, aber Ihr sollt das Ganze hören.«

Hugh folgte aufmerksam dem Bericht des Prinzen. »Gut geplant, wirklich, mein Lord«, sagte er dann nach einer Pause. »Aber etwas zu kompliziert, um den Zweck zu erreichen. Gab es denn niemanden, Sir, der etwas zu meiner Verteidigung vorzubringen vermochte?«

»Ja«, antwortete Edward, »es fand sich jemand, und zwar sie, die Ihr liebt. Sie trat vor, um Euch Gerechtigkeit widerfahren zu lassen. Sie tilgte selbst in den Gemütern Eurer Feinde zum Teil den Verdacht und bewies, dass die eine Hälfte der Angaben falsch, die andere mehr als zweifelhaft ist.«

»Teures Mädchen!«, rief Monthermer. Dann schaute er Edward prüfend ins Gesicht und fragte: »Soll meine Hand ihres Bruders Blut vergießen?«

»Überdies«, fuhr der Prinz fort, die Frage nicht beachtend, »sprach sie ihre Überzeugung aus, dass der wirkliche Mörder sich bemüht hätte, den Verdacht auf Euch zu lenken, damit er nicht auf ihn falle.«

»Dann ist die Sache wohl noch nicht zu Ende«, setzte Hugh de Monthermer seine Überlegungen fort, »oder ich müsste blind sein. Hat Lucy gesagt, wen sie für den Schuldigen hält?«

»Sie wollte es in Gegenwart des Hofes nicht einmal andeuten, aber inzwischen hat die Prinzessin ihr das Geheimnis entlockt. Wir hegen übrigens denselben Argwohn. Und Ihr? Habt auch Ihr einen bestimmten Verdacht?«

»Verdacht, mein Lord?«, rief Hugh leidenschaftlich aus. »Ich hege nicht nur einen Verdacht, bei mir ist es Gewissheit. Sagt selbst: Das ist doch gut ausgedacht, gesetzt den Fall, dass zwischen einem gewissen Mann und einem großen Vermögen, nebst der Hand der liebenswürdigsten Lady im Land ein Vater, ein Bruder und ein Geliebter stünden, den alten Mann heimlich umzubringen und den Sohn anzustiften, den Verlobten der Tochter des Verbrechens zu beschuldigen. Dann einen Kampf zwischen beiden herbeizuführen, in der Hoffnung, des Bräutigams wohlbekannte Lanze werde gleichzeitig beide Hindernisse aus dem Weg räumen, indem sie mit der Tötung des einen zugleich jede Hoffnung des anderen auf eine Heirat mit dem Fräulein im Blute des Bruders ersticke? So wären Vater, Bruder und Geliebter beseitigt, die Ländereien und der Titel sein und das Fräulein seiner Willkür ausgeliefert. Versteht Ihr mich, mein Lord?«

»Ja, natürlich!«, antwortete der Prinz. »Ihr meint also …«

»… Richard de Ashby, mein Lord. Wenn der Tag für diesen Kampf nicht so zeitig anberaumt worden wäre, so würde ich, gemäß einem mir gegebenen Versprechen, binnen acht Tagen Zeugnisse bekommen haben, die dem Verbrecher seine tückische Bosheit bewiesen hätten.«

Edward überlegte, ob man den Kampf nicht verschieben könnte. Ein gerichtlicher Zweikampf war zu jener Zeit aber eine Angelegenheit, in die sich selbst der Prinz nicht einmischen durfte. Er sah deshalb keine Möglichkeit, den Tag oder auch nur die Stunde des Kampfes zu verlegen, wenn nicht etwas Unvorhergesehenes einträte, das eine solche Änderung erforderlich machen würde. Sonst, wusste er, würde die ganze Ritterschaft Europas sein Verfahren verurteilen, und das durfte er nicht riskieren.

»Es ist dumm«, sagte er, »dass der Zweikampf schon so bald stattfindet, aber daran lässt sich nichts mehr ändern. Seid Ihr fest davon überzeugt, dass Ihr nach acht Tagen im Besitz von Beweisen sein werdet, die die Schuld dieses Elenden belegen?«

»Ja«, versetzte Hugh de Monthermer. »Ich habe das Wort eines Mannes, der mich noch nie enttäuschte, das Wort eines Mannes, der nie leichtsinnig und unbedacht spricht.«

»Und wer ist das?«, fragte Edward.

Ein schwaches Lächeln flog über das Gesicht Hugh de Monthermers. »Es ist einer von den Geächteten des Königs«, antwortete er, »aber trotzdem kann man sich auf sein Wort verlassen.«

Der Prinz überlegte eine kleine Weile und sagte dann zögernd: »Es ist anzunehmen, dass die Geächteten im Wald etwas von der Sache wissen. Glaubt Ihr, dass sie darin verwickelt sind?«

»Was? In einen Mord?«, rief Hugh de Monthermer empört. »O nein, mein Lord! Wollte Gott, Ihr hättet so ehrliche Männer in Nottingham Castle, wie es sie im Sherwood gibt!«

»Ihr seid bitter, Hugh, aber vielleicht habt Ihr recht«, versetzte der Prinz nachdenklich. »Ich bin dafür, dass Ihr schleunigst jemanden zu diesen Leuten schickt und sie bitten lasst, Euch unverzüglich alle Beweismittel, die in ihren Händen sind, zu übergeben. Wenn dabei etwas an den Tag kommt, das bezeugt, dass Richard de Ashby das Verbrechen begangen hat, so werde ich dem Kampf Einhalt gebieten. Aber wenn ich nichts beweisen kann, darf ich das nicht wagen.«

»Der Beweis wird, denke ich, herbeigeschafft werden können, mein Lord. Ich will sofort jemanden losschicken, wie Ihr es mir ratet. Alles, was ich bekomme, will ich Euch übergeben.«

»Gut! Ich muss Euch jetzt verlassen. Ihr seid natürlich zum Nachtessen des Königs eingeladen. Verhaltet Euch, ich bitte Euch, ruhig und besonnen, damit Eure Feinde nicht triumphieren. Euer Ankläger ist nach Lindwell zurückgeritten, und Edwards Freund darf nicht niedergeschlagen erscheinen.«

Edward erhob sich, aber ehe er ging, sagte er noch leise: »Ohne Zweifel wisst Ihr, dass die Dame Eurer Liebe hier ist, ja, hier in Nottingham Castle, bei Prinzessin Eleonore. Natürlich zeigt sie sich in diesen Tagen der Trauer nicht am Hof, aber wenn es möglich ist, will ich es einzurichten versuchen, dass Ihr sie seht. Ich denke, die Gesetze der Ritterschaft verlangen das so!«

»Ich würde sie gern sehen, und keiner, der des Ritters Schwert und Sporen trägt, würde es wagen, mir das zu verweigern. Muss ich ihr nicht erklären, dass dies nicht mein Werk ist, dass ich für den Tod ihres Bruders so wenig verantwortlich sein werde wie die Lanze, die ihn durchbohrt? Ja, mein Lord, ich muss sie sehen!«

»Das sollt Ihr«, versetzte Edward, »aber nicht heute Abend. Lebt wohl für jetzt!«

37

Zwei Tage vor dem für den Zweikampf festgesetzten Morgen war ganz Nottingham in Aufregung und gespannter Erwartung. Durch den Aufenthalt des Königs auf dem Schloss waren ohnehin mehr Menschen in der Stadt als gewöhnlich. Aber jetzt strömte eine noch viel gewaltigere Menge von Neugierigen herbei, um Zeuge des Zweikampfes zu werden, bei dem aller Pomp und Glanz jener Zeit entfaltet werden würde.

Hugh de Monthermer hatte von seinen Freunden im Wald keine Nachrichten erhalten, keine Umstände waren ihm bekannt geworden, mit denen er seine Unschuld beweisen konnte. Prinz Edward war sichtlich besorgt. Der einzige Mensch, der an der unglücklichen Geschichte Freude zu haben schien, war der König, der erklärte, er betrachte den jungen Lord von Monthermer so lange als unschuldig, solange seine Schuld nicht bewiesen sei. Er behandelte ihn mit übertriebener Höflichkeit, ja mit Zuvorkommenheit, wie man wohl einen Gladiator behandelt, ehe man ihn in die Arena schickt.

Um ihn jedoch nicht zu begünstigen, wie er – einer der am meisten von Günstlingen beherrschten Fürsten, die je gelebt haben – sich auszudrücken beliebte, ließ er den jungen Grafen von Ashby einladen, sich mit seinem Gefolge in Nottingham Castle einzufinden, um ebenfalls an der königlichen Gastlichkeit vor dem Kampf teilzunehmen. Alured war schon eingetroffen und hatte die für ihn vorbereiteten Zimmer bezogen.

Zweimal war er mit Hugh de Monthermer zusammengetroffen, einmal in der Halle und einmal im Schlosshof. Ihre Begegnungen waren von den Leichtfertigen und Boshaften, die an den Höfen überall so zahlreich sind, mit neugierigem Interesse beobachtet worden. Aber wenn sie einen Ausbruch erbitterter Gefühle zu sehen hofften, um sich daran zu ergötzen, so täuschten sie sich. Die beiden Gegner begrüßten sich mit ernster Höflichkeit, und besonders bei dem zweiten Zusammentreffen im Schlosshof schien Alureds etwas übermütiger Stolz sehr gedämpft. Ja, er blickte Hugh de Monthermer mehr traurig als finster an, und manche glaubten Unschlüssigkeit in seinem Blick zu lesen.

»Es ist klar«, sagte Sir Harry Grey zu Sir William Geary, die ganz in der Nähe standen. »Er zweifelt an der Wahrheit der von ihm erhobenen Anklage, er hält Hugh de Monthermer nicht für schuldig.«

»Er weiß, dass jemand der Schuldige sein muss«, versetzte der andere, »und das reicht in der Regel für einen Ashby, seinen Zorn an dem auszulassen, der als Erster seinen Weg kreuzt!«

»Aber was ist aus seinem Vetter Richard geworden?«, fragte Grey. »Ich habe ihn heute den ganzen Tag nicht gesehen und gestern auch nicht.«

»Ich glaube, er sitzt auf Lindwell«, versetzte Geary. »Die Leute sehen ihn kalt an, ich weiß auch nicht warum.«

»Das hat seine Ursachen. Zum Ersten ist es klar, dass er die Anklage ausgebrütet hat, und doch überlässt er das Ausfechten der Sache seinem Vetter ...«

»Und das ist klug von ihm!«, unterbrach ihn Geary. »Zum Ersten, weil Hugh de Monthermer ihm mit dem kleinen Finger den Hals brechen würde, und dann, weil nur noch ein Mann zwischen ihm und dem Grafentum Ashby steht und eine gute Lanze in einem tüchtigen Zweikampf wahrscheinlich die Zahl vermindert.«

»Ob es wohl möglich ist«, fragte Grey augenzwinkernd, »dass er auch vorher die Zahl bereits vermindert hat?«

Sir William Geary zuckte bedeutungsvoll die Achseln, gab aber keine Antwort.

Ähnliche Gespräche gab es an diesen Tagen viele in Nottingham, aber Richard de Ashby hörte nichts davon, denn er war viele Meilen entfernt und führte Besprechungen mit seinem Komplizen Ellerby, der sich in den wilden, gebirgigen Teilen von Derbyshire versteckt hielt, um den Verlauf der Ereignisse abzuwarten.

Am vorletzten Abend vor dem Zweikampf, gegen sieben Uhr, als alles in Nottingham nach Hause zurückgekehrt war und im Schloss und in der Stadt die tiefste Ruhe herrschte, wurden zwei Schwertfeger*, die im äußeren Zimmer vor den Gemächern des jungen Grafen von Ashby auf dem Schloss zu Nottingham saßen und einen prächtigen Harnisch blankrieben, durch ein Klopfen an der Tür in ihrer Beschäftigung unterbrochen. Mit lauter Stimme baten sie den Besuch einzutreten, und im nächsten Augenblick streckte ein altes Weib ihren Kopf ins Zimmer und verlangte den Grafen von Ashby zu sprechen.

Die beiden Männer waren vergnügt ihrer Arbeit nachgegangen, ohne daran zu denken, zu welch blutigem Werk die Waffen in ihren Händen dienen sollten. So schauten sie denn so wohlgelaunt auf, als ob alles nur Spaß und Spiel wäre, und einer von ihnen sagte: »Er wird Euch nicht empfangen, gute Dame, da Ihr alt und hässlich seid. Wäret Ihr jung und hübsch, würdet Ihr sicher sehr bald Zutritt finden. Was ist Euer Anliegen?«

»Ich soll ihm ausrichten lassen«, antwortete die Alte, »dass man ihn unten im Haus Sir Richard de Ashbys erwartet.«

»Gut, ich will es ihm übermitteln«, rief der Mann. »Mach du dich fort und schließ die Tür hinter dir, denn der Nachtwind ist kalt.«

Nach diesen Worten fuhr er mit seiner Arbeit fort und schien durchaus keine Lust zu haben, sie zu unterbrechen, um die Botschaft zu überbringen.

* Waffenschmied; eigentlich: der das Schwert blank macht.

»Nun, was denn?«, rief sein Gefährte. »Ihr müsst das dem Lord melden!«

»Pah! Dazu ist später noch Zeit«, erwiderte der andere. »Was hat Richard de Ashby so Wichtiges mit meinem Lord zu besprechen? Er will sich Geld borgen, vermute ich. Lass ihn nur, die garstige Schlange!«

»Nein, dann geh ich«, sagte der andere Schwertfeger, stand auf und ging in ein anderes Zimmer, wo sich einige Dienstmänner und ein Page aufhielten. Dem Letzteren überbrachte er die Botschaft und kehrte an seine Arbeit zurück. Der junge Graf von Ashby saß in seinem Zimmer Guy de Margan gegenüber, als ihm die Botschaft des alten Weibes endlich ausgerichtet wurde.

»Es freut mich zu hören, dass er zurück ist«, sagte er, nachdem der Page die Tür wieder geschlossen hatte. »Nur wundert mich, dass er nicht hierherkommt! Aber ich will hingehen und mit ihm sprechen. Irgendetwas warnt mich, Sir Guy de Margan. Und was Ihr sagt, überzeugt mich nicht. Meine Schwester weiß es besser, Lucy ist die Wahrheit selbst. Bedenkt, Sir, ich habe zu schwören, dass meine Streitsache eine gerechte ist, dass ich, so wahr mir Gott helfe, an die Wahrheit meiner Beschuldigung glaube. Aber ich zweifle daran, Guy de Margan, ich zweifle daran. Wenn Ihr neue Beweise habt, so redet! Doch es ist nutzlos, immer und immer zu wiederholen, was ich schon gehört habe und was widerlegt worden ist.«

»Vielleicht kann Euch Euer Vetter neue Beweise liefern, mein Lord«, sagte Guy de Margan. »Vielleicht hat er Euch deshalb zu kommen gebeten.«

»Möglich! Ich will sogleich zu ihm«, rief der Graf und sprang auf. »Aber wo wohnt er in Nottingham? Ich glaubte, er sei im Schloss mit den anderen untergebracht. Unten im Haus Sir Richard de Ashbys? Wo mag das sein? Könnt Ihr es mir sagen?«

»Ich kann es Euch zeigen, mein Lord«, sagte Guy de Margan eifrig. »Es ist eine halbe Meile von hier entfernt.«

»Beschreibt mir nur den Weg«, versetzte der Graf. »Ich will allein hingehen.«

»Ich werde Euch ein Stück begleiten, mein Lord, und Euch verlassen, wenn Ihr in der Straße seid. Ihr findet das Haus sonst nicht.«

Der junge Graf war ihm nicht unbedingt dankbar für seine Dienstfertigkeit und trat ins Vorzimmer. Mit nur einem Pagen, der ihm sein Schwert nachtrug, und Guy de Margan an seiner Seite schritt er in den Hof hinaus und eilte durchs Schlosstor hinaus in die dunklen Straßen von Nottingham.

Rasch stiegen die beiden Gentlemen und ihr junger Begleiter in den unteren Stadtteil hinunter und bogen bald in die Straße ein, wo Richard de Ashbys Haus lag.

Der junge Graf wandte sich noch ungeduldiger, als er sonst war, an de Margan: »Sind wir immer noch nicht da?«

»Doch mein Lord«, versetzte dieser. »Es ist das erste kleine Haus auf der rechten Seite.«

»Ich werde es finden!«, rief Alured de Ashby. »Gute Nacht und Dank Euch, Sir Guy. Wir sehen uns morgen wieder!«

Nach diesem kurzen Abschied schritt er weiter und wäre in seiner ungestümen Hast beinahe an dem gesuchten Haus vorbeigeeilt. Aber der Page zupfte ihn am Ärmel und sagte: »Dies muss es sein, mein Lord.« Der junge Edelmann schaute sich um und entdeckte in einem dunklen Winkel das Haus. Tastend suchte er die Tür und klopfte mit dem Griff seines Dolches heftig dagegen.

Beinahe eine Minute lang hörte er keinen Laut, und er wollte schon noch einmal anklopfen, als ein durch die Ritzen scheinendes Licht zeigte, dass jemand kam. Schnell trat er einen Schritt zurück, und kurz darauf wurde die Tür mit einer langsamen Bedächtigkeit geöffnet, die schlecht zur Ungeduld des jungen Ritters passte. Doch zu seiner Überraschung stand die schöne Kate Greenly in der Tür und blickte ihn starr und finster an.

»Kate Greenly«, rief Alured. »Was ist? Ihr scheint krank zu sein?«

»Ich scheine, was ich bin, mein Lord«, versetzte das Mädchen. »Aber ich bin froh, dass Ihr kommt. Eure Anwesenheit ist sehr erwünscht und nötig.«

»Wo ist meine Anwesenheit nötig, Kate?«

»Ich will es Euch zeigen, mein Lord, wenn Ihr mir folgen wollt«, erwiderte sie und schritt ihm voran die Treppe hinauf.

Auf dem ersten Absatz blieb der Graf stehen und fragte: »Ist Richard nicht hier?«

Kate gab ihm keine Antwort, sondern sagte nur auffordernd: »Hierher, mein Lord, hierher.«

Er muss krank sein, dachte der Graf, und sie ist auch krank, das ist klar.

Als sie den zweiten Treppenabsatz erreicht hatten, legte das Mädchen die Hand auf die Klinke einer rohen Tür von ungehobeltem Holz, wobei sie die Lampe so hielt, dass sie dem heraufsteigenden Ritter Licht spendete. Dann öffnete sie die Tür, trat ein und schritt voran zu dem schmalen Bett, neben dem eine Wachskerze brannte.

Alured folgte ihr und erblickte entsetzt das geisterhafte Gesicht eines Toten, der ausgestreckt dalag, Stechpalmenzweige auf seiner Brust.

»Himmel!«, rief er. »Wer ist das?«

»Der Mörder Eures Vaters«, sagte Kate Greenly hart.

Alured de Ashby presste erschüttert die Hände an die Schläfen. Grimmiger Hass auf den vor ihm liegenden Toten loderte in seinem Herzen auf, vermischt mit Schmerz darüber, dass er selbst einen anderen des Mordes bezichtigt hatte.

»Der Mörder meines Vaters!«, stieß er schließlich mühsam hervor. »Der Mörder meines Vaters! Also ist Hugh de Monthermer unschuldig?«

»So unschuldig wie Ihr selbst! Dies ist einer von denen, die das Verbrechen verübt haben, aber es waren mehrere. Hier liegt nur der Mann, der ihm den ersten Schlag versetzte. Schaut her!« rief sie, zog das Leintuch etwas zurück und deutete auf die Wunde auf der Brust des Toten. »Hierhin traf das Schwert Eures Vaters, denn der alte Mann starb tapfer und schickte wenigstens einen der Mörder vor seinen Richter!«

»Ja, ich erinnere mich«, versetzte Alured abwesend, »sein Schwert war voller Blut, als man es fand. Aber wie kommt es, dass Ihr das alles wisst?«

»Ich will es Euch sagen, Graf von Ashby: Weil ich in der Sterbestunde dieses Mannes sein Geständnis aufschrieb. Der Priester beschwor ihn, ein volles Geständnis der Wahrheit abzulegen, nicht nur für das Ohr des Beichtvaters, sondern für die Gerechtigkeit, damit nicht der Schuldlose anstelle des Schuldigen bestraft werde. Der Sterbende unterzeichnete es mit zitternder Hand, ich und Pater Markus waren seine Zeugen dabei. Hier ist ein Schriftstück – lest es und überzeugt Euch. Nach dem Priester habe ich geschickt, er wird bald hier sein.«

Alured de Ashby nahm das Schriftstück und las es bei dem Licht der Lampe, die ihm Kate Greenly hielt.

Ich gestehe und bekenne öffentlich, so stand da geschrieben, und es waren genau die Worte des Sterbenden, *dass ich, Ingelram Dighton, letzten Dienstag Nachmittag mit drei anderen – nein, ich will ihre Namen nicht nennen – die mit mir am Tag zuvor aus London gekommen waren, dem Grafen von Ashby auflauerte an einem Ort, den man den Bullen-Weißdorn nennt. Ich griff ihn als Erster an, verwundete ihn aber nur, worauf er sein*

Schwert zog und es mir in die Seite stieß, woran ich jetzt sterbe. Der Herr erbarme sich meiner! Ell…, aber nein, ich will seinen Namen nicht nennen! Ein anderer Mann erdolchte ihn hierauf von hinten, und wir warfen ihn in die Grube hinab. Lord Hugh de Monthermer hatte nichts mit der Sache zu tun. Wir bedienten uns seines Namens, weil die Person, die uns zu der Tat anstiftete, die Anklage auf ihn zu lenken wünschte. Deshalb wurde ein Brief geschrieben, der angeblich von ihm stammen sollte, worin der alte Graf ersucht wurde, an den Platz des Mordes zu kommen. Aber Hugh de Monthermer hat den Brief weder geschrieben noch davon gewusst. Ich habe besagten Monthermer nie in meinem Leben gesehen oder gesprochen, sondern hörte nur an jenem Morgen, er sei aus dem Gefängnis geflohen. Dies ist mir, der ich im Sterben liege, vorgelesen worden im Haus des Sir Richard de Ashby, und ich schwöre bei dem heiligen Sakrament und allen Heiligen, dass es wahr ist.

Das Schriftstück war mit zitternder Hand unterzeichnet, und weiter unten standen die Unterschriften von Kate Greenly und dem Priester als Zeugen.

Der junge Graf las das Geständnis mehrmals. Dann blickte er das Mädchen finster an und fragte: »Warum habt Ihr mir das nicht früher gesagt?«

»Aus vielen Gründen«, antwortete Kate Greenly ruhig. »Erstens, weil ich es nicht konnte. Meint Ihr, der grausame und tückische Bösewicht, in dessen Hände ich gefallen bin, lässt mich in der Stadt umhergehen, wann immer ich will? Nur in seiner Abwesenheit darf ich es wagen, das Haus zu verlassen. Zweitens: Ihr wart in Lindwell. Ferner wünschte ich, ehe ich dies vorbrächte, imstande zu sein, nicht nur zu sagen: ›Dieser Mann ist unschuldig‹, sondern auch: ›Jener ist der Schuldige!‹ Ich hätte Euch, Graf, auch jetzt noch nichts davon verraten, wenn Ihr nicht im Begriff wärt, Euer Leben bei einer falschen Anklage aufs Spiel zu setzen oder auf Euer Haupt die Schuld zu laden, einen anderen zu töten für ein Verbrechen, das er nicht begangen hat. Nachdem Ihr nun so viel wisst, ist es Eure Pflicht, den Anstifter dieses Mordes zu finden, denn der hier liegt und seine Mittäter waren bloß die Werkzeuge. Ich bin bereit, alles, was ich weiß, zu geeigneter Zeit und am geeigneten Ort zu sagen. Aber Ihr dürft weder zu rasch noch zu langsam handeln, denn wenn Ihr zu langsam vorgeht, werde ich nicht mehr hier sein – meine Tage sind gezählt und verrinnen schnell – und wenn Ihr zu hastig seid, so wird Euch der Schuldige entkommen.«

»Und wer ist der Schuldige?«, fragte Alured de Ashby erregt. »Nennt ihn, Mädchen, ich beschwöre Euch, nennt ihn mir.«

»Ihr fragt mich, wer der Mann ist? Ich will nicht seine Anklägerin werden, bevor nicht alle anderen Mittel versagen, denn ich darf nicht Anklägerin und Zeugin zugleich sein. Ihr habt jetzt den Faden in der Hand. Macht mit Klugheit und Festigkeit davon Gebrauch, und Ihr werdet bald alles herausfinden, was Ihr zu erfahren wünscht!«

Der Graf schaute ihr mit forschendem Blick ins Gesicht, dann trat er näher an das Bett,

»Gebt mir die Lampe«, sagte er. Er nahm sie ihr aus der Hand, beugte sich über den Toten und betrachtete ihn aufmerksam, als wolle er sich jeden Zug für immer einprägen. Sich wieder zu seiner vollen Höhe aufrichtend, murmelte er vor sich hin: »Ich habe dieses Gesicht schon einmal gesehen, obwohl ich nicht sagen kann, wo. Aber es wird mir schon wieder einfallen. Wer hat ihn zum Sterben hierhergebracht?«

»Die ihn von hier wegführten, um zu morden.«

»Hattet Ihr ihn schon vorher gesehen?«

»Zweimal.«

»Hört! Da ertönt die Nachtglocke«, unterbrach der Graf seine Erkundigungen. »Ich muss fort!«

»Bleibt, bis der Priester kommt!«, rief Kate lebhaft. »Er wird bald da sein.«

»Ich kann nicht«, wehrte Alured de Ashby ab. »Man erwartet mich im Schloss. Aber fürchtet nicht, dass ich die Angelegenheit vergessen werde. Ich will die Wahrheit herausfinden, ruhig, kaltblütig und vorsichtig.«

»So geht denn!«, sagte Kate. »Sagt mir nur noch … Aber nein, Ihr denkt ja nicht im Traum daran! Ihr habt doch nicht etwa vor, mit den Waffen in der Hand einem unschuldigen, untadeligen Mann entgegenzutreten auf eine falsche, ruchlose Anklage hin? Versprecht es mir!«

»Ich kann nichts versprechen!«, erwiderte Alured gequält.

»Dann fordere ich von Euch: Händigt dieses Schreiben dem Prinzen Edward aus, volle zwölf Stunden, bevor Ihr Euch auf den Kampfplatz begebt. Das müsst Ihr mir versprechen, oder ich selbst gehe und werfe mich …«

»Ich habe kein Recht, Euch das zu verweigern«, unterbrach Alured sie. »Bei meiner Ehre als Ritter, der Prinz soll das Schriftstück haben. Seid Ihr bereit, zu beweisen, dass es echt ist?«

»Ich bin dazu bereit. Wenn sie aber inzwischen den Leichnam wegbringen wollen?«

»Lasst sie nur, man wird sie bewachen!« Damit verließ er das Zimmer, stieg langsam die Treppe hinunter, und Kate Greenly leuchtete ihm hinab. Er ging in trübem Nachdenken, mit einem Herzen voll Düsterheit und Beklemmung. Plötzlich fühlte er eine weiche Regung in sich aufsteigen, und als er die Haustür erreicht hatte, wandte er sich um, ergriff die Hand der unglücklichen Kate und sagte: »Armes Mädchen, es tut mir leid um dich! Kann ich nichts tun, um dich zu retten?«

»Nichts, mein Lord!«, antwortet Kate Greenly ruhig und fest.

38

»Der König sitzt schon beim Abendessen, mein Lord«, sagte einer der Diener, als Alured de Ashby das Schloss betrat. »Es ist jedoch ein Platz für Euch reserviert.«

»In der Nähe des Prinzen?«, fragte Alured.

»Nein, mein Lord, der Prinz ist fort. Wusstet Ihr das nicht?«

»Fort?«, rief der junge Ritter. »Fort? Wohin?«

»Nach Leicester, mein Lord«, sagte der Diener. »Vor noch nicht einer halben Stunde brach er auf.«

»Wie? Er soll doch übermorgen Kampfrichter sein!«, rief der Graf überrascht und mit sichtlichem Verdruss.

»Ich hörte ihn dem König sagen, mein Lord«, versetzte der Diener, »dass er morgen vor Sonnenuntergang zurück sein will.«

»Das ist bedauerlich«, murmelte Alured, »das ist wirklich bedauerlich, aber es lässt sich nicht ändern!« Nachdem er seine Kleider etwas hergerichtet hatte, eilte er in den Saal. Sobald er dort erschien, grüßte ihn Heinrich leutselig und sagte: »Ihr kommt spät zum Bankett, edler Graf, aber wir verzeihen Euch, da wir nicht daran zweifeln, dass Euch eine schöne Lady in den Ketten süßer Tändelei gehalten hat, die sich nicht zerreißen ließen.«

»Nein, Sire«, versetzte Alured de Ashby ernst. »Mein Herz ist zu voll von anderen Dingen, um an Leichtfertigkeiten zu denken. Ich war bei einem kranken Freund und achtete nicht auf die Zeit, wie trübselig sie auch dahinging.«

»Kranke Freunde sind jederzeit eine ebensogute Entschuldigung wie eine schöne Lady«, sagte der König.

»Ich denke, Sire«, mischte sich Mortimer ein, der in der Nähe saß, »weder eine schöne Lady noch ein kranker Freund können der Schlacht oder auch am Tage eines Turniers eine Verspätung von auch nur einem Augenblick entschuldigen.«

»Ein wichtiges Problem der Ritterschaft«, versetzte der König. »Lasst es einen unserer alten Ritter entscheiden. Was sagt Ihr dazu, Sir John Hardy?«

»Dass die Sache schon oft entschieden worden ist, Sire«, ließ sich der alte Kämpe vernehmen, der etwas weiter unten am Tisch saß. Dann sagte er mit Ernst, da ihm die Sache überaus wichtig erschien: »Keine Entschuldigung der Welt kann akzeptiert werden von einem Mann, der eines Herausforderers Schild berührt, eines Anklägers Handschuh aufgenommen oder seines Fürsten Befehl erhalten hat, sich zum Kampf zu rüsten, falls er mehr als eine Viertelstunde nach der festgesetzten Zeit erscheint. Diese Frist gilt nur für einen etwaigen Zufall oder wenn die Leute, was die Zeit angeht, verschiedener Meinung sein sollten. So mögen denn die Trompeten dreimal schmettern und dazwischen jedesmal fünf Minuten vergehen. Wer aber beim dritten Blasen nicht da ist, ist eine Memme und ein Nichtswürdiger nach dem Urteil aller Menschen und kann nichts zu seiner Entschuldigung anführen, es sei denn den Befehl seines Fürsten und Oberherrn.«

»Die Ehre eines Ritters«, fügte ein anderer alter Ritter in strengem und etwas pedantischem Ton hinzu, »soll so glänzend sein wie sein Schild, so rein und scharf wie sein Schwert und so spitz und unbeugsam wie seine Lanze. Was er einmal gesagt hat, zu dem muss er stehen bis in den Tod. Denn welche Gründe auch vorhanden sein mögen, davon Abstand zu nehmen – ein wenig wird man immer an seinem Mut zweifeln, wenn er nur einen Augenblick zögert, einem Feind auf dem Felde entgegenzutreten.«

Hugh de Monthermers Gesicht blieb blass und unbewegt, aber Alured de Ashbys Wangen röteten sich, als wäre jedes Wort, das er hörte, Feuer. So bald als möglich verließ er nach dem Bankett den Saal und suchte mit hastigen Schritten seine Zimmer auf.

Er traf die Schwertfeger noch bei der Arbeit an, als er durch das äußere Zimmer schritt. Er blieb bei ihnen stehen und starrte mit abwesenden Blick auf die Waffen unter ihren Händen. Dann ballte er plötzlich die Faust und sagte: »Sorgt dafür, dass alles fest und stark ist, Mapleton, aber nicht zu schwer.«

»Natürlich, mein Lord«, antwortete der Schwertfeger eifrig. »Es gab nie einen besseren Stahl auf der Welt, und diese neue Art von Schienen sind eine wertvolle Erfindung zum Schutz der Knie und der Ellenbogen. Ich habe auch einen Ringkragen gefertigt, mein Lord, für Euern Hals. Ich weiß, Ihr liebt das nicht, aber es ist viel sicherer, wenn Ihr ihn tragt, obwohl das schmucke Aussehen des Harnischs, das muss man zugeben, allerdings dadurch leidet. Aber sehr oft habe ich gesehen, dass gerade ein auf den Hals gezielter Lanzenstoß einen Ritter tötete oder kampfunfähig machte. Auch ist es, wie ich höre, eine besondere Kunst von Lord Hugh, auf den Hals zu zielen.«

Alured de Ashby hatte dem Mann schon eine Weile nicht mehr zugehört. Mit gerunzelter Stirn, die Augen auf die Waffen geheftet, stand er da, bis der Waffenschmied verstummte und ihm ins Gesicht schaute. Da drehte er sich weg und ging in sein Zimmer. Dort angekommen, schloss er die Tür hinter sich, und beinahe zwei Stunden lang konnte man ihn auf und ab gehen hören. Manchmal blieb er kurz stehen, aber dann ertönten die schweren Schritte von neuem.

Die Gedanken stürmten auf ihn ein: Fechten müssen in einer ungerechten Streitsache! Feierlich den Himmel anrufen zum Zeugen der Gerechtigkeit in dieser Sache, und sich bewusst sein, dass sie ungerecht ist! Eine fürchterliche Aussicht! Und doch: Die erhobene Anklage zurücknehmen? Anerkennen, dass er sich geirrt hatte? Gestehen, dass er unbesonnen und schwach gewesen war? Das alles widerstrebte seinem Stolz und seiner Eitelkeit.

Zudem fürchtete er den Verlust seines Rufes, denn die starren Gesetze der Ritterschaft hinderten ihn, den Weg der Vernunft und des Rechts einzuschlagen. Es kam ihm so vor, als hätten während des Banketts die zwei alten Ritter über seine Angelegenheit zu Gericht gesessen. Sie hatten ihren Spruch gefällt zugunsten jener Ehre, die sich mehr auf persönlichen Mut als auf die Wahrheit gründete. Guter Himmel! Wenn die Welt argwöhnte, er scheue sich, dem von ihm angeklagten Mann mit den Waffen entgegenzutreten! Er malte sich tausend eingebildete Beschimpfungen aus, sah, wie Ritter sich weigerten, eine Lanze zu brechen mit ihm, der vor einem von ihm selbst verlangten gerichtlichen Zweikampf zurückgetreten war, sah Damen, die sich, verächtlich lächelnd, von ihm abwandten. Er konnte und wollte nicht als Feigling dastehen! Und doch mahnte sein Gewissen, und die Worte von Kate Greenly klangen ihm im Ohr.

»Die Pest über das Mädchen!«, rief er plötzlich aus. »Dass sie mir solche Gedanken in den Kopf setzen musste! Sie werden mich lähmen in der Stunde des Kampfes. Ach was, mancher Mann hat schon für eine ungerechte Sache gefochten – ja, und mancher ist dabei gefallen. Aber die Anklage zurücknehmen? Unmöglich! Meine einzige Hoffnung ist der Prinz. Vielleicht kann er der Sache Einhalt gebieten. Wäre er hier, würde ich ihm das Schriftstück sofort übergeben! Doch ich darf ja nicht einmal das Verlangen zeigen, die Anklage zu widerrufen. Ich verfluche meine übereilte Hast, aber noch mehr verfluche ich diesen Verräter Richard, der mich dazu drängte! Wenn ich wüsste, dass er den Mord begangen hat, ich wollte ihm das Herz aus dem Leibe reißen und es noch zuckend in den Staub treten! Dieser niederträchtige Schurke! Und mein Vater war so gut zu ihm!«

Gegen Morgen fiel Alured de Ashby endlich in einen tiefen Schlaf, der mehrere Stunden dauerte und aus dem er erfrischt und gefasster, aber doch immer noch völlig ratlos erwachte.

Im Laufe des Vormittags kamen verschiedene seiner Diener, die die ganze Nacht auf seinen Befehl hin fort gewesen waren, zurück, um ihm Bericht zu erstatten. Sie meldeten, dass sie, obwohl sie ununterbrochen an dem ihnen bezeichneten Ort Wache gehalten hatten, doch niemand hätten aus dem Haus gehen sehen als einen Priester. Hierauf schickte Alured nach einigen alten Dienstleuten seiner Familie, die in Lindwell gewesen waren, als sein Vater ermordet wurde, und befragte sie nach ihrer Ankunft aufs Genaueste über viele Dinge. Darauf sagte er seinen Leuten, er wolle sich zu seiner Schwester begeben. Aber als er den Fuß der Treppe erreicht hatte, blieb er stehen, kehrte wieder um und schritt eine halbe Stunde im Schlosshof auf und ab.

Dann bestellte er plötzlich sein Pferd und machte sich auf den Weg nach Leicester. Auf halbem Wege dorthin wendete er jedoch sein Ross und erreichte die Tore von Nottingham gerade mit Einbruch der Nacht. Der Torwächter der Stadt sagte ihm auf seine Frage, der Prinz sei noch nicht zurück, aber ein Bote von ihm sei vor einer Stunde angekommen, und das Gerücht gehe um, Edward werde vor dem folgenden Morgen nicht zurückkommen.

Alured sprengte aufs Schloss hinauf. Ehe er es jedoch erreicht hatte, war die Anwandlung wütender Ungeduld vorüber. Nachdem er abgestiegen war, begab er sich zu den Gemächern des Prinzen, schickte einen Pagen hinein und ließ sagen, er wünsche Lady Lucy zu besuchen. Er wurde sofort in ihr Zimmer geführt, wo der Anblick ihres schönen Gesichts, das deutliche Spuren von Tränen aufwies und tiefen, untröstlichen Kummer ausdrückte, seine Vorsätze wieder erschütterte und seine Bitterkeit noch größer werden ließ.

Alured küsste sie zärtlich, aber er merkte, dass sie, obwohl sie nicht ein Wort des Vorwurfs äußerte, doch vor ihm zurückbebte, und das war Vorwurf genug. Auf seinen Wunsch hin schickte sie ihre Mädchen aus dem Zimmer. Er setzte sich neben sie, ergriff ihre Hand und sagte: »Lucy, ich bin gekommen, dich vielleicht zum letztenmal zu sehen!«

Sie schlug die Augen nieder und antwortete nicht, und er fuhr fort: »Lucy, wir sollten nicht mit Kälte und Verstimmung zwischen uns voneinander scheiden. Ich komme, dich um Vergebung zu bitten für alle Schmerzen, die ich dir in meinem Leben verursacht haben mag.«

»Ach, Alured!«, rief Lucy. »Das Schlimmste kann noch vermieden werden! Aber ich kenne dein eigenwilliges Herz zu gut, als dass ich Hoffnung hätte. Du musst doch fühlen, wie entsetzlich es für mich ist, meinen Bruder und meinen Verlobten sich in den Schranken begegnen zu sehen, aus denen einer von beiden tot weggetragen werden wird. Du weißt, Alured, dass für mich der Kummer der gleiche ist, welcher von beiden auch immer siegen wird. Wenn Hugh de Monthermer besiegt wird, so ist mein Bruder der Mörder meines Geliebten. Ja, der Mörder, Alured«, fuhr sie feierlich fort, »denn im Grunde deines Herzens hältst du ihn für unschuldig. Solltest du aber durch Hugh de Monthermers Lanze fallen, so wird der Mann, den ich liebe, der Schlächter meines Bruders sein, und ich kann ihn nie wieder ...«

»Halt, Lucy«, unterbrach sie Alured aufgeregt. »Eben deswegen bin ich zu dir gekommen. Ich habe viele bittere Gedanken und gebe zu, Hugh de Monthermer kann unschuldig sein. Wenn ich also morgen in den Schranken falle, so gib nur mir selbst die Schuld an meinem Tod. Betrachte ihn als unschuldig daran und heirate ihn, als hätte Alured de Ashby nie gelebt.«

»Das kann ich nicht«, sagte Lucy trostlos.

»Ja, aber es muss und wird geschehen!«, versetzte ihr Bruder. »Ich will dir nicht in meiner Todesstunde Leid und Schmerzen bereiten. Hier habe ich in kurzen Worten meinen Entschluss aufgeschrieben. Lies, Lucy. Aber deine Augen sind trüb von Tränen, so will ich lesen. Hör zu!

Ich, Alured de Ashby, im Begriff zu kämpfen mit Lord Hugh de Monthermer, dem die Hand meiner Schwester zugesagt war von meinem Vater vor seinem Tode, gebe hiermit, nachdem ich neuestens einigen Grund gefunden habe, an der Wahrheit der Anklage zu zweifeln, die ich gegen besagten Lord erhoben habe, meine Einwilligung zu der Vermählung meiner Schwester mit Hugh de Monthermer, falls er einmal klar beweisen kann, dass er an der Tat unschuldig ist. Ich bitte meine Schwester, beschwöre und ermahne sie, in diesem Fall ihre Hand dem Lord Hugh de Monthermer zu geben, was auch zwischen ihm und mir vorgefallen sein mag.

Da, Mädchen, bewahre dies Schriftstück gut auf und mach davon Gebrauch. Bist du zufrieden?«

»Zufrieden, Alured?«, sagte Lucy und blickte ihn vorwurfsvoll an. »Zufrieden? Glaubst du, ich könnte zufrieden sein, wenn ich weiß, dass entweder er oder du sterben musst? Was du aus der einen Waagschale nimmst, wirfst du in die andere. Du sagst hier, du zweifelst jetzt an seiner Schuld. Warum nicht kühn und frei diesen Zweifel aussprechen? Warum nicht …«

»Meine Ehre, Kind, meine Ehre und mein Ruf!«, rief Alured de Ashby. »Aber du wirst mich noch weichmachen, Lucy. Da, übergib diesen versiegelten Brief dem Prinzen, sobald er zurückkommt.«

»Vielleicht ist er schon zurück«, sagte Lucy. »Die Prinzessin hat mir gesagt, er würde vor Einbruch der Nacht hier sein.«

»Er hat seinen Vorsatz geändert und wird erst morgen in Nottingham eintreffen.«

»Ach, das ist ein unglücklicher Zufall!«, rief Lucy.

»Es lässt sich nicht ändern. Aber gib ihm den Brief, sobald er kommt. Sag ihm, es seien darin die Beweise enthalten, welche mich in jüngster Zeit an der Gerechtigkeit meiner Anklage gegen Monthermer haben zweifeln lassen. Er muss handeln, wie es ihm in Anbetracht derselben geeignet erscheint. Und jetzt, Mädchen, lebe wohl!«

»Nein, Alured!«, rief sie und hielt ihn zurück. »Höre noch ein Wort von mir! Wenn du so voller Zweifel bist, wie kannst du da schwören, dass …«

»Still!«, erwiderte er. »Ich bin jetzt felsenfest entschlossen. Ich darf nicht dem Kampf ausweichen, darf nicht meinen Ruf beflecken, mich nicht zum Feigling machen. Lebe wohl, Lucy. Kein Wort weiter!« Er küsste sie zärtlich, machte sich dann von ihr los und verließ das Zimmer.

Einen Augenblick bedeckte Lucy ihre Augen mit den Händen und weinte. Gleich darauf aber fasste sie sich und rief: »Ich will zu Hugh gehen und ihn bitten! Er ist weichherziger, er hat mehr Vertrauen in seinen Ruf, er wird keinen gehässigen Verdacht fürchten! Ich will zu ihm. Aber erst mit dem Brief zur Prinzessin. Sie muss ihn dem Prinzen übergeben. Und dann zu Hugh. Er hat mir selbst gesagt, in sieben Tagen könne er seine Unschuld beweisen. Er wird es tun.« Rasch eilte sie in Eleonores Zimmer, die sie allein dort antraf.

Sie war zu aufgeregt, um die höfischen Zeremonien zu beachten, und näherte sich ohne Umstände der Prinzessin, die überrascht aufblickte.

»Was ist, meine arme Lucy?«, fragte sie mit zärtlicher Teilnahme. »Ihr seht aus, als gäbe es doch erfreuliche Aussichten.«

»Weil ich Hoffnung habe!«, versetzte Lucy und kniete sich auf das Polster zu Eleonores Füßen. Schnell erzählte sie alles. Dann händigte sie Eleonore den Brief aus und sagte: »Er wird gewiss Hughs Unschuld beweisen. Aber der Prinz ist nicht hier, und ich fürchte, Ihr werdet den Brief nicht öffnen wollen.«

»Nein«, antwortete die Prinzessin. »Das darf ich mir nicht erlauben. Ich bin nur kühn, wo es gilt, meine Liebe zu ihm unter Beweis zu stellen, aber nicht, wo es um Dinge geht, die er allein beurteilen kann. Auch ist es nicht nötig, Lucy, er wird bald zurück sein.«

»Aber Alured hat doch gehört, er kehre erst morgen früh aus Leicester zurück.«

»Nein, das stimmt nicht. Ich erwarte ihn jede Minute, Lucy. Inzwischen sage mir, was lässt dich hoffen?«

Lucy zögerte. »Vielleicht kann man beide noch retten, Lady. Um das Leben ihres Bruders und ihres Geliebten zu retten, um ihnen Taten zu ersparen, die nicht wiedergutzumachen sind, um Alured nicht bloß vor Monthermers Lanze, sondern auch davor zu schützen, mit einer falschen Anklage auf den Lippen in den Kampf zu gehen, darf ein Weib wohl so kühn sein und Dinge tun, die die jungfräuliche Sittsamkeit sonst verbieten würde.«

»Gewiss!«, rief Eleonore. »Wer kann daran zweifeln? Es gibt Formen und kalte Schicklichkeitsgesetze, die beiseitegelassen werden können, wenn es darum geht, geliebte Menschen vor Verbrechen, Tod oder Schande zu bewahren. Aber was habt Ihr vor?«

»Wollt Ihr mir versprechen«, fragte Lucy, »dass, Ihr, wenn ich es Euch verrate, mich nicht daran hindert und niemand ohne meine Zustimmung, von meinem Plan in Kenntnis setzt?«

Eleonore lächelte. »Das kann ich versprechen, denn wenn Ihr nicht wollt, müsst Ihr mich ja nicht in Euren Plan einweihen. Kein Hindernis will ich Euch in den Weg legen, liebe Lucy, sondern Euch nur darauf aufmerksam machen, wenn ich glaube, dass Ihr unrecht habt. Was ist also Euer Plan?«

»Hört zu!«, rief Lucy. »Hier auf diesem Papier hat mein Bruder geschrieben, er zweifle an Hugh de Monthermers Schuld, er zweifle so sehr an der Wahrheit der von ihm selbst erhobenen Anklage, dass er von seiner Schwester verlangt, sie solle sich mit dem Mann vermählen, der ihn erschlagen hat, falls er in dem unglückseligen Kampf fallen sollte. Er machte nur zur Bedingung, dass Hugh de Monthermer seine Unschuld beweist.«

»Ich sehe«, sagte Eleonore, »er ist wohlwollend und edelmütig und glaubt offenbar, die Anklage sei übereilt erhoben worden und nicht gerecht.«

»Trotzdem wird nichts ihn davon abhalten«, versetzte Lucy bitter, »diese Anklage morgen mit der Lanze zu verfechten, obwohl er weiß, dass sie falsch ist. Tränen, Bitten, Beschwörungen, alles ist bei ihm vergebens. Aber Hugh ist nicht so trotzig und starrsinnig, Lady. Er wird der Vernunft und dem Recht sein Ohr leihen. Er hat mir selbst gesagt, der Kampf hätte vermieden werden können, hätte ihm der König einige Tage mehr Zeit gegeben, denn er ist überzeugt, dass er dem wirklichen Mörder die Tat beweisen kann. Was konnte ich tun, solange mein Bruder hartnäckig bei seiner Anklage blieb? Jetzt aber will ich zu Hugh gehen und ihn anflehen, um unserer Liebe willen diesem sündhaften Kampf auszuweichen und diesen Ort morgen vor Sonnenaufgang zu verlassen.«

»Das wird er nicht tun«, antwortete Eleonore und schüttelte traurig den Kopf. »Ihr werdet ihm nur das Herz noch schwerer machen. Das wird er nicht tun.«

»Ich werde ihm anbieten, ihn zu begleiten!«, sagte Lucy mit leiser Stimme, ihre Augen mit zweifelndem und fragendem Blick auf die Prinzessin gerichtet.

»Wie?«, rief Eleonore, während ihr das Blut in die Wangen stieg. Aber im nächsten Augenblick schlang sie ihre Arme um Lucy, beugte sich mit einem Lächeln zu ihr herab und sagte: »Du wirst es schaffen! Hingebungsvolles Mädchen, ich wage nicht ganz, zu billigen und gutzuheißen, was du tust. Doch hart wäre das Herz und unfreundlich der Mund, der dich tadeln wollte. Deinem Bruder ein großes Verbrechen zu ersparen und die Unschuld deines Geliebten zu beweisen, ohne seinen Ruf zu gefährden, dafür kann man dich nicht tadeln, selbst in der böszüngigen Welt, in der wir leben. Aber warte noch, bis Edward hier ist. Vielleicht macht der Brief deines Bruders an ihn das alles unnötig. Du sagst, er enthalte Beweise für die Unschuld deines Geliebten?«

»Das hat Alured mir gesagt!«, erwiderte Lucy. »Beweise, die selbst ihn zum Nachdenken gebracht haben. Aber, Lady, Ihr dürft mein Geheimnis nicht dem Prinzen verraten, denn er würde nicht dulden, dass wir weggehen.«

»Wenn ich es ihm sage«, antwortete Eleonore, »so bindet auch ihn mein Versprechen. Aber ohne Zweifel wird Edward, wenn in diesem Brief klare Beweise sind, anordnen, den Kampf aufzuschieben. Doch geh, bereite alles vor, was du tun willst, liebe Lucy. Wenn Edward kommt, will ich dich holen lassen.«

39

An diesem ereignisreichen Vorabend des Zweikampfes, etwa eine Stunde vor der Rückkehr Alured de Ashbys von seinem abgebrochenen Ritt nach Leicester, erschien sein Vetter Richard in seinem Vorzimmer, in der Hoffnung, ihn in seiner Wohnung anzutreffen. Er war nicht beliebt bei den Dienern des Hauses, man misstraute ihm allgemein. Kalte, abweisende Blicke von den Knappen und eine schnippische Antwort von einem Pagen, dass der Graf nicht da sei und niemand wisse, wann er zurückkommen würde, war alles, was Richard de Ashby erhielt. Er kehrte in den Schlosshof zurück und schritt langsam auf das Tor zu, wo er seine Pferde bei den Dienern gelassen hatte.

Sir William Geary kam gerade vorbei, blieb aber nicht stehen, sondern sagte nur mit hochmütig spöttischer Miene: »Na, Richard? Du bist auf dem besten Wege, einen vornehmen Mann aus dir zu machen, scheint es.«

»Halt, Geary! Warte!«, rief Richard.

Aber William Geary schritt weiter und versetzte nur: »Ich kann im Augenblick nicht, Richard. Ich bin beschäftigt.«

»Sie sehen mich alle abweisend an«, murmelte Richard de Ashby, während er langsam weiterging. »Haben sie vielleicht etwas gemerkt?« Das Herz stockte ihm bei diesem Gedanken, und die Idee zu fliehen durchzuckte ihn. Aber er fasste sich sofort wieder und dachte: Unsinn! Ich muss nur herausfinden, was passiert ist, dann wird es schon wieder gehen.

Er beschleunigte seine Schritte und hatte den Fuß bereits in den Steigbügel gesetzt, als er seinen Namen rufen hörte. Er schrak zusammen, blickte sich um und stellte fest, das Guy de Margan mit hastigen Schritten auf ihn zu eilte.

»Ich sah Euch von meinem Fenster aus«, sagte der Höfling atemlos. »Ich habe Euch einiges zu berichten. Lasst uns in die Stadt hinabgehen. Eure Diener mit den Pferden sollen uns folgen.«

Richard de Ashby verbannte sofort die Sorge aus seinem Gesicht, denn er wollte nicht, dass ein Mann, der schon mehr von seinem geheimen Treiben wusste, als ihm lieb war, etwas davon mitbekam. Das hätte ihn vielleicht, verbunden mit dem, was er schon wusste, nur auf einige abwegige Vermutungen gebracht.

»Nun, Guy«, sagte er gewollt munter, während sie nebeneinander herliefen, »ich habe gerade erfahren, dass mein edler Vetter, der Graf, nicht da ist. Ich wollte ihn zu einem Nachmittagsritt einladen. Normalerweise verbringt man die letzten paar Stunden vor einem Kampf auf Leben und Tod nicht so. Aber er will nur angeben. Wenn er sich nicht in Acht nimmt, wird er in dem Kampf morgen sein Leben und seinen Ruf verlieren.«

»Vielleicht wäre es das Beste«, sagte Guy de Margan kurz. Und als Antwort auf das erheuchelte Staunen, mit dem

Richard de Ashby ihn ansah, fuhr er fort: »Ich kenne Eure Pläne oder Geheimnisse nicht, Richard, ich fürchte jedoch, Ihr werdet gegen Euren Vetter Alured einen schwereren Stand haben als gegen Hugh de Monthermer. Er zweifelt an der Wahrheit der von ihm erhobenen Anklage!«

»Dann hätte er sie nicht erheben sollen!« Richard de Ashby lachte höhnisch. »Was habe ich damit zu tun?«

»Nichts vielleicht«, versetzte Guy de Margan. »Aber er ist nicht gut zu sprechen auf die, deren Angaben ihn dazu verleiteten, die Anklage zu erheben. Ich fand das an mir selbst bestätigt, als ich gestern Abend bei ihm saß. Er war mit gegenüber auffallend unhöflich. Ihr aber seid der Erste auf dieser Liste, Richard!«

»Ach was!«, rief der. »Lasst ihn nur morgen siegen. Der Stolz darauf wird bewirken, dass er uns alle wieder freundlich ansieht. Ich kenne Alured! Wenn das alles ist …«

»Es ist nicht alles!«, unterbrach ihn Guy de Margan unwillig. »Während ich bei ihm saß, kam ein altes Weib – ein runzliges altes Weib, wie mir die Diener berichteten – aufs Schloss, um ihn in Euer Haus zu rufen, mit einer Botschaft von Euch …«

»Von mir? Ich war weit weg«, rief Richard de Ashby. »Ging er hin?«, fragte er erregt.

»Ja, und zwar sofort. Ich begleitete ihn und sah ihn in das Haus hineingehen.«

»In der Hölle Namen, warum hieltet Ihr ihn nicht zurück?«, schrie Richard de Ashby. »Ein altes Weib! Es gibt kein altes Weib dort!«

»Vielleicht ging er hin, um das junge Weib zu besuchen, das Ihr dort habt«, sagte Guy de Margan scheinbar gleichgültig.

»Sie soll verflucht sein, wenn sie …«, rief Richard de Ashby, hielt aber plötzlich inne, ohne den Satz zu beenden.

»Ja«, fuhr Guy de Margan mit demselben erkünstelt gleichgültigen Ton fort, »er trat in das Haus und blieb über eine

Stunde dort. Dann sah ich ihn zurückkommen. Später sprach ich mit seinem Knappen Peter, der mir erzählte, er sei die ganze Nacht sehr aufgeregt gewesen und habe ein Schriftstück, das er aus Eurem Haus mitgebracht habe, sorgfältig gesiegelt. Seid vorsichtig, Richard!«

Sie waren jetzt zu einer steilen Treppe gekommen, die einen felsigen Abhang hinabführte. Richard de Ashby blieb oben stehen und befahl, die Pferde unten herumzuführen, während er und Guy de Margan den kürzeren Weg nahmen. Er schwieg, bis sie unten an der Treppe angekommen waren. Hier aber blieb er plötzlich stehen, ergriff hastig den Arm seines Begleiters und schaute ihm forschend ins Gesicht.

»Was meint Ihr damit, Guy de Margan?«, fragte er. »Entweder Ihr wisst tatsächlich etwas, oder Ihr argwöhnt mehr, als Ihr sagt.«

»Ich weiß nichts«, versetzte Guy de Margan, »und ich will auch gar nichts wissen, mein guter Freund. Also sagt mir auch nichts. Was ich vermute, ist eine andere Sache. Aber jetzt hört mich an: Der Tod Hugh de Monthermers würde mir durchaus gelegen kommen. Der Tod des Grafen würde Euch, so habe ich Grund zu glauben, nicht gerade unerwünscht sein. Wenn diese zwei Männer morgen fechten, so wird Euer Vetter Alured, der offenbar an der Gerechtigkeit seiner Sache zweifelt, sicher Hugh de Monthermers unterliegen. Ihr denkt, das würde Euren Zwecken dienlich sein. Aber da irrt Ihr Euch. Nichts wird Monthermer dazu bringen, den jungen Grafen zu töten, und da der Prinz Kampfrichter sein wird, wird er seine Lanze bei dem geringsten Vorwand hinwerfen. So könnten Eure Pläne am Ende durchkreuzt werden, und wir beide würden unsere Hoffnungen in letzter Minute vereitelt sehen. Aber noch etwas ist zu sagen: Ich möchte nicht, dass nur Eure Absichten gefördert werden und die meinen nicht.«

»Aber, Guy de Margan«, rief Richard erbost. »Ihr glaubt

doch nicht etwa, dass ich mir um Monthermers Leben Sorgen mache?«

»Genausowenig wie ich mich um das Leben Alured de Ashbys sorge«, antwortete de Margan. »Aber entweder sollen beide sterben oder beide leben, Richard de Ashby! Euer Vetter ist zur Zeit in einer Stimmung, wo nur drei Worte von mir, die seinen Verdacht auf einen anderen lenken, ihn veranlassen würden, seine Anklage zurückzuziehen und dem, den er verleumdet hat, Genugtuung anzubieten. Ja, noch Schlimmeres kann geschehen. Deshalb, Richard de Ashby, kurz und bündig: Ich werde diesen Kampf verhindern, wenn Ihr mir nicht die Versicherung gebt, dass beide sterben!«

»Aber wie kann ich das?«, fragte Richard de Ashby und starrte ihn mit sichtlicher Unruhe an. »Wie kann ich für ein Ereignis bürgen, dessen Ausgang allein in der Hand des Schicksals liegt?«

»In der Hand des Schicksals?«, rief Guy de Margan mit Hohn. »Wenn man dich reden hört, könnte man glauben, du seist so unschuldig wie ein Säugling. Bist du nicht morgen der Kampfzeuge deines Vetters?«

»Ja, das bin ich!«

»Dann belehre ihn, wie er seinen Gegner treffen muss. Sage ihm, er soll nicht auf Schild oder Helm zielen, sondern auf Schultern, Arm, Hals oder Hüfte, wo er nur den bloßen Harnisch sieht.«

»Alured versteht mehr davon als ich«, sagte Richard ablehnend. »Er wird mit seiner Lanze auf ihn losrennen, und dann wird das zäheste Holz, der festeste Sitz im Sattel, die sicherste Hand, das schärfste Auge zum Sieg führen!«

»Ja, aber sagt ihm«, flüsterte Guy de Margan nun, »dass Ihr seine Zweifel kennt und dass er nur im Kampf zu Fuß hoffen kann, den Sieg davonzutragen. Fragt ihn, ob er jemals gesehen hat, dass Hugh de Monthermer durch einen heftigen Lanzenstoß aus dem Sattel gehoben wurde, wer immer sein Gegner auch war. Und zeigt ihm, dass, wenn er ihn an der Seite trifft und ihn im Sattel zum Schwanken bringt, er ihn ohne Zweifel zu Boden zwingen kann.«

»Was soll das alles?«, fragte Richard ungeduldig. »Einer von beiden wird den Sieg davontragen, so ist das eben.«

»Eben nicht!«, rief Guy de Margan. »Ich will Euch ein Mittel verraten, das, wenn Ihr nur mit Sicherheit dafür sorgen könnt, dass sich die Spitze von Alured de Ashbys Lanze in Hugh de Monthermers Leib bohrt, so gewiss den Tod herbeiführt, als sei sie mitten durch sein Herz gedrungen. Ein einfacher Kratzer genügt! Als ich im Lande der alten Römer war, das jetzt voll ist von Mönchen und Tagedieben, die auf der Welt nichts anderes zu tun haben als herumzusitzen und die Bauernmädchen zu verführen und Mittel auszuhecken, mit deren Hilfe sie sich ihrer Feinde entledigen können, gab mir ein Mann, der stets dafür sorgte, dass niemand lange sein Feind war, ein Pulver von so großer Wirkung, dass es, entweder in einen Becher getan oder in eine frische Wunde gerieben, den stärksten Mann in einer halben Stunde ins Jenseits befördern kann!«

»Ich verstehe!«, sagte Richard de Ashby. »Gebt mir das Pulver. Aber wie kann man es so an die Spitze der Lanze reiben, dass es während des Kampfes nicht abgewischt wird?«

»Mischt es mit einem feinen Öl, dann bleibt es dort haften.«

»Das will ich«, versicherte Richard eifrig. »Direkt vor dem Kampf werde ich wie ein vorsichtiger Zeuge und Pate mit einem dicken Handschuh die Spitze der Lanze befühlen, um mich davon zu überzeugen, dass alles in Ordnung ist. Zuvor werde ich aber das Holz sorgfältig an meinem Knie erproben, nebst all der anderen Vorsichtsmaßregeln, die die in solchen Dingen Erfahrenen tun. Keine Angst, irgendeine Wunde wird Alured Hugh de Monthermer bestimmt zufügen. Eine halbe

Stunde, sagt Ihr? Wird Monthermer noch Kraft genug haben, den Kampf zu Ende, ich meine zu einem glücklichen Ende für ihn, zu bringen?«

»Vollkommen«, versetzte Guy de Margan »Denn bis zwei Minuten vor seinem Tod wird er so stark sein wie immer.«

»Gebt es mir!«, rief Richard de Ashby und brach in lautes Gelächter aus, als wäre es der lustigste Spaß, der je gemacht worden war.

Guy de Margan steckte die Hand in die gestickte Tasche, die er unter dem Arm trug, und holte ein winziges Büchschen aus Elfenbein hervor.

»Was? Ist das wirklich genug?«, rief Richard und nahm das Gift an sich.

»Genug, um mehr Menschen zu töten, als bei Evesham fielen. Aber seid vorsichtig beim Mischen! Vergesst nicht: Ein Körnchen in den kleinsten Riss an Eurer Hand eingedrungen, schickt Euch vorzeitig ins Jenseits.«

»Ich will vorsichtig sein«, sagte Richard de Ashby mit teuflischem Grinsen. »Ihr habt damit wahrscheinlich schon Erfahrung. Morgen um diese Stunde sollt Ihr Eure Rache befriedigt sehen, und ich werde Graf von Ashby sein.«

»Haha! Endlich ist die Wahrheit heraus!«, rief Guy de Margan. »Nun, Richard, lebt wohl jetzt. Wir werden uns morgen wiedersehen, tief betrübt über den Ausgang dieses traurigen Kampfes. Ich will nachher zu Eurem Vetter gehen und ihn mit geheimnisvoller Miene davon in Kenntnis setzen, dass man mit allen Mitten versucht, ihn glauben zu lassen, sein Gegner sei unschuldig. Ihr erzählt ihm dasselbe, wenn Ihr ihn seht, und ich will ihm sogar versprechen, dass er morgen früh den Beweis von Monthermers Schuld in Händen haben soll. Wenn wir ihn nur auf den Kampfplatz bringen, haben wir es geschafft. Er wird dann nicht mehr zurückkönnen.«

»Lebt wohl, de Margan, lebt wohl!«, sagte Richard de Ashby mit größter Freundlichkeit. »Ich will jetzt herausfinden, was Alured in meinem Haus wollte.« Im Weggehen murmelte er vor sich hin: »Wenn dies Pulver so gewaltige Wirkung zeigt, wird es sicher auch für Euch noch reichen, mein guter Freund de Margan. Aber erst muss ich mit jemand anderem fertig werden. Kate Greenly, mein hübsches Kind, du hast ein Geheimnis zuviel. Wenn du mich nicht schon verraten hast, so will ich jetzt dafür sorgen, dass du es nicht mehr tun kannst.«

Nach wenigen Minuten befand er sich vor dem Haus, das er in Nottingham gemietet hatte. Auf sein heftiges Klopfen wurde die Tür beinahe augenblicklich von dem jungen Burschen geöffnet, den er als Bedienung bei Kate Greenly zurückgelassen hatte.

»Wo ist das Mädchen?«, fragte er kurz. »In ihrem Zimmer?«

»Nein, Sir«, antwortete der Diener. »Sie ist vor einiger Zeit ausgegangen.«

»Ausgegangen?«, rief Richard. »Obwohl ich ihr verbot, auch nur über die Schwelle zu treten?«

»Ich konnte sie nicht davon abhalten, Sir.«

»Du hast es bestimmt auch nicht versucht!«, schrie Richard erbost. »Aber heraus mit der Wahrheit: Wer ist hier gewesen, seit ich weggegangen bin?«

»Niemand, Sir«, versetzte der Junge. »Niemand als der alte Priester.«

»Welcher alte Priester?«, fragte Richard zornig.

»Der alte Priester, der früher schon hier war, Sir«, antwortete der Junge schüchtern, denn Richards Miene machte ihm Angst. »Der, der in der Nacht hier war, als Ihr nach Lindwell geritten seid.«

»Was?«, schrie Richard. »Ein Priester ist hier gewesen in jener Nacht? Ein Glück für ihn, dass ich ihm nicht begegnet bin! War er öfter hier?«

»Zweimal, Sir. Einmal morgens, und letzte Nacht schickte sie mich wieder, ihn zu holen.«

»Und sonst niemand?«

»Niemand«, entgegnete der Junge, fügte aber dann unsicher hinzu: »Niemand, soweit ich mich erinnere.«

»Bursche, das ist eine Lüge!«, herrschte Richard de Ashby ihn an. »Ich seh es dir an, dass du lügst!« Er packte den Jungen an der Brust und schüttelte ihn, dass ihm fast der Atem ausging. »Wer ist hier gewesen? Wenn du es nicht sofort sagst, sollst du dies zu spüren bekommen!« Und er griff nach seinem Dolch.

»Niemand, wahrhaftig, niemand«, stammelte der Junge. »Ich kann nur vermuten …«

»Was vermutest du?«

»Nun, Sir, letzte Nacht, als ich die Straße hinaufging, um den Priester zu holen, sah ich zwei Gentlemen sich dem Haus nähern. Einer von ihnen war gewiss Euer Vetter Graf Alured. Er schritt auf die Tür des Hauses zu und wurde, glaube ich, eingelassen. Der andere setzte seinen Weg fort.«

»Ging mein Vetter ins Haus hinein? Ja oder nein! Ging er hinein, frage ich?«

»Ich vermute es, Sir, kann es aber nicht mit Gewissheit sagen. Es fiel plötzlich ein Licht über die Straße, als hätte man die Tür geöffnet, aber da war ich schon zu weit die Straße hinauf, um es zu sehen.«

Es ist, wie de Margan gesagt hat, dachte Richard de Ashby und ließ den Jungen los. Sofort lief er in die Kammer, in der der Tote lag. Er fand die Tür weit offen und den Leichnam dem Brauch gemäß gekleidet und geschmückt. Ein Kruzifix und ein paar Stechpalmenzweige lagen auf seiner Brust, ein kleines Gefäß mit Weihwasser stand daneben, eine Lampe brannte, obgleich die Sonne noch nicht untergegangen war. Alles wies deutlich daraufhin, dass er nicht ohne den Beistand der Kirche gestorben war.

»Ich bin verraten worden!«, murmelte Richard de Ashby vor sich hin. »Wenn es jedoch nur der Priester weiß, so ist der Schaden nicht groß, das Beichtgeheimnis bindet ihm die Zunge. Aber wo ist das Mädchen, und was hat es mit Alured zu besprechen gehabt? Das muss ich jetzt wissen. Was kann sie schon aussagen, als dass ein Verwundeter in meinem Hause gestorben ist, der von Leuten, die mich einmal besucht hatten, gebracht wurde, und dazu noch während meiner Abwesenheit? Wenn nur Ellerby endlich nach Frankreich verschwinden würde, so wäre alles sicher. Aber er treibt sich hier in der Nähe herum wie eine Motte, die ums Licht fliegt. Wo sind denn die Kleider des Toten?« Mit der Lampe in der Hand, denn es wurde rasch dunkel, suchte er sorgfältig das ganze Zimmer ab. Aber weder die Kleider noch das Schwert noch der Dolch waren zu finden.

»Ein Komplott gegen mich«, sagte er nun. »Das ist jetzt klar. Sie weiß vielleicht mehr als ich mir vorstellen kann. – Ein Schriftstück! Was für ein Schriftstück kann sie Alured gegeben haben? Vielleicht den Vertrag, den ich diesen Männern ausstellte! Das wäre das Ende! Vielleicht sollte ich fliehen, solange noch Zeit ist? Aber fliehen, wo das Grafentum Ashby mir schon so nahe ist, dass ich es beinahe mit den Händen greifen kann? Nein, ich verfolge meinen Plan weiter, und wehe dem, der sich mir in den Weg stellt! Wenn ich nur das Mädchen finden könnte. Horch! Unten ist ein Geräusch!«

In nervöser Aufregung lauschte er und vernahm bald, dass die Geräusche von den Dienern verursacht wurden, die inzwischen mit den Pferden eingetroffen waren.

»Ich verfolge meinen Plan weiter«, wiederholte er bei sich. »Ich will Alured in seiner Wohnung erwarten und herausfinden, was er weiß. Sicher hat er alles für sich behalten, denn er ist nicht der Mann, der einen Makel auf seinen Namen kommen lässt. Nein, er wird nie jemandem aus dem Hause Ashby anklagen!«

Damit stieg er die Treppe hinunter, befahl seinen Dienern, das Haus gut zu hüten, bis er zurück sei, und begab sich wieder ins Schloss. Als er die Gemächer seines Vetters erreichte, fand er in dem äußeren Zimmer eine Anzahl von Dienern vor, die allem Anschein nach erst vor kurzem von einem Ritt zurückgekommen waren. Sie aßen und tranken mit gutem Appetit und schienen wenig Lust zu haben, wegen des armen Verwandten ihres Lords ihre Mahlzeit zu unterbrechen.

»Lord Alured ist nicht zu Hause, Sir Richard«, sagte einer. »Er ist zum Prinzen gegangen.«

»Unsinn, Ned!«, rief ein anderer. »Er ist wieder zurück, hat aber zu Peter gesagt, er wolle von niemandem gestört werden.«

»Natürlich hat er damit nicht mich gemeint«, versetzte Richard de Ashby finster. »Geht hinein, Ned, und sagt ihm, ich sei da.«

Der Mann gehorchte widerwillig. Kurz darauf hörte Richard die Stimme seines Vetters, der aufgebracht sagte: »Ich will ihn nicht sehen! Sagt ihm, ich sei beschäftigt oder ich müsse gleich weg. Doch halt! Schickt ihn herein!«

Richard de Ashby heftete seinen Blick finster zu Boden und murmelte vor sich hin: »Er hat sicher mehr gehört, als er sollte!«

Als der Diener zurückkam und ihn in Lord Alureds Zimmer bat, setzte er jedoch eine heitere Miene auf und gab sich ganz unbefangen. Der Tisch war zum Nachtessen gedeckt, und sein Vetter stand an dem einen Ende davon und stellte gerade einen Trinkbecher aus geschliffenem Achat hin, den er halb geleert hatte.

»Ich störe Euch nur ungern, Alured, aber da ich Euch auf den Kampfplatz begleiten soll, ist es notwendig, dass wir noch über einige Vorbereitungen reden.«

»Ich habe keine Vorbereitungen zu machen«, schrie Alured de Ashby, den eine ohnmächtige Wut zu übermannen drohte.

»Ich bin bereit zu fechten, das ist alles. Ich habe oft eine Lanze in der Hand gehabt und weiß damit umzugehen!«

»Ihr werdet Eure Sache gut machen, das weiß ich«, erwiderte Richard ungerührt. »Dennoch haben wir noch manches zu besprechen. Wenn man seinen Gegner kennt, kann man besser auf seine Eigentümlichkeiten und Kunstgriffe eingehen. Ich habe Hugh de Monthermer oft kämpfen gesehen, Ihr dagegen, glaube ich, nur einmal!«

»Ich traf mit ihm bei Evesham zusammen, das genügt mir«, sagte Alured ungeduldig, »ich brauche weder Rat noch Beistand, mein Vetter, und außerdem werdet Ihr mich nicht auf den Kampfplatz begleiten. Ich werde mir einen anderen Kampfzeugen wählen! Mir sind Dinge zu Ohren gekommen, die Euer Leben gefährden könnten. Mehr sage ich nicht. Die Zeit ist kurz, denn sobald der Prinz zurückkommt, wird er alles erfahren!«

»Aber, Alured, erklärt mir doch …«, rief Richard de Ashby und wurde bleich.

»Es braucht keine Erklärung!«, unterbrach ihn sein Vetter. »Ihr werdet genug hören, wenn Ihr wartet. Euer Gewissen mag entscheiden, ob Ihr bleiben oder fliehen wollt. In jedem Fall verschwindet hier. Ich gehe für einen Augenblick weg, um Hugh de Monthermer die Hand zu schütteln, ehe ich ihm morgen mit der Lanze entgegentrete, und um ihm zu sagen, dass ich keinen Groll gegen ihn hege, auch wenn mich die Ehre zwingt, mit den Waffen gegen ihn anzutreten. Ich möchte Euch hier nicht mehr antreffen, wenn ich zurückkomme, und lasst mich Euer Gesicht auch nicht morgen beim Kampf sehen, denn es würde nur Unheil über mich bringen!«

Ohne eine Antwort abzuwarten, schritt er aus dem Zimmer. Richard de Ashby raufte sich in wütender Verzweiflung die Haare. »Der Prinz wird alles erfahren?«, rief er. »Er will den Namen Ashby für immer brandmarken? Mich an den

Galgen bringen? Aber ich kann dafür sorgen«, fuhr er leise fort, »dass er das nicht tun wird.« Richard sah sich ängstlich im Zimmer um, zog das Elfenbeinbüchschen aus seiner Tasche, das ihm Guy de Margan gegeben hatte, näherte sich der Tür, die sein Vetter halb offengelassen hatte, drückte sie sacht zu und trat dann an den Tisch zurück. Dort schüttete er etwas von dem weißen Pulver in den Trinkbecher Alured de Ashbys. Ein triumphierendes Grinsen verzerrte sein Gesicht, als das Pulver sich in dem Wein auflöste.

»Er wird den Becher leeren, wenn er zurückkommt«, murmelte der Schurke vor sich hin. »Er muss Prinz Edward seine Geschichte bald vortragen, oder seine Zunge wird ihm den Dienst versagen! Ich glaube fast, er ist eine Memme und fürchtet sich, diesem Monthermer auf dem Kampfplatz zu begegnen. Aber bei mir sind jetzt Zweifel und Unentschlossenheit vorüber. Kate Greenly, jetzt bist du an der Reihe! Sie ist bestimmt bei dem Priester. Habe ich sie erst einmal zum Schweigen gebracht und bin ich Graf von Ashby, wer wird es dann wagen, mich anzuklagen? Und wenn sie es tun – sollen sie! Ich will sofort mein Banner auf den Mauern meines Schlosses entfalten und Edward Trotz bieten, bis ich durch eine Kapitulation gegen jede Untersuchung vergangener Dinge sicher bin. Aber jetzt zu dem Mädchen, sie darf die Sonne nicht mehr aufgehen sehen!«

40

»Der Graf von Ashby, mein guter Lord, wünscht mit Euch zu sprechen«, meldete Thomas Blawket Hugh de Monthermer, der am Tisch saß und schrieb.

»Lasst ihn eintreten«, sagte Hugh. »Ist er allein?«

»Ganz allein, mein Lord«, antwortete Blawket und ging hinaus.

Der Zorn, der von Alured, ausgelöst durch den Besuch seines Vetters Besitz ergriffen hatte, war verflogen. Er schritt jetzt ernst, aber mit edlen Gefühlen auf das Zimmer Hugh de Monthermers zu. Als er durch das Vorzimmer kam, wo ein Page und einige Dienstmänner saßen, sah er sich um. Hugh de Monthermer, die Bedeutung dieses Blickes erratend, bat Blawket, der Alured hereinführte, das Vorzimmer zu räumen, so dass niemand ihr Gespräch hören könnte.

Alured trat sofort auf seinen Gegner zu und bot ihm die Hand. Hugh ergriff sie und drückte sie fest.

Dann setzten sie sich einander gegenüber.

»Monthermer«, begann Alured de Ashby, »ich bekenne, ich habe meine Anklage gegen Euch voreilig erhoben. Ich kann Euch morgen auf dem Kampfplatz nicht entgegentreten, ohne Euch einige Worte zu sagen, die mein Gewissen reiner und mein Herz leichter machen sollen. Hinterhältige Männer haben mich dazu verführt, Euch für schuldig zu halten. Seither jedoch haben Vernunft, Nachdenken und einige zufällige Entdeckungen mich daran zweifeln lassen.«

»Nur zweifeln?«, rief Hugh de Monthermer vorwurfsvoll.

»Nun«, sagte Alured, »sie lassen mich annehmen, dass die Anklage falsch ist. Genügt Euch das?«

»Es muss«, versetzte Hugh de Monthermer. »Ich muss also davon ausgehen, dass es allein die Furcht vor Hohn und Spott ist, die Euch das Schwert ziehen lassen wird gegen einen Freund. Nur sie lässt Euch darauf bestehen. Aber ich will keinen Ausdruck gebrauchen, der Euch weh tun könnte. Nur diese Furcht veranlasst Euch, Euer und mein Leben, das Glück Eurer Schwester und Eure eigene Gemütsruhe aufs Spiel zu setzen.«

»So ist es, Monthermer, so ist es!«, sagte Alured de Ashby in traurigem, aber entschlossenem Ton. »Ich weiß alles, worauf ihr Euch berufen könnt. Dennoch ist es unmöglich, dass ich, nachdem ich Euch zum Kampf gefordert habe, irgendetwas zurücknehme, ohne mir den Vorwurf der Feigheit zuzuziehen, der nie an meinem Namen haften darf.«

Hugh stand auf und schritt zweimal die Länge des Zimmers ab. Dann schüttelte er bekümmert den Kopf und sagte: »Ashby, Ihr habt unrecht! Aber ich darf kein Wort sagen, dass Euren Entschluss ins Wanken bringen könnte. Wie Ihr es für das Beste haltet, so müsst Ihr handeln. Ich betrete den Kampfplatz frei von Unrecht, betrübt, dass ich gezwungen bin, das Schwert gegen einen Mann zu ziehen, dem ich gern mit Freundschaft begegnen würde, bitter betrübt, dass, ob ich nun lebe oder sterbe, eine unverdiente Anklage Kummer über mich bringt. Aber, wie gesagt, ich will Euch nicht mit Gründen bestürmen, die Euer Vorhaben ändern könnten. Nur glaubt mir, Alured, dass mir der Gedanke, Euren Vater durch Wort oder Tat zu verletzen, nie in den Sinn kam, dass ich an seinem Tod völlig unschuldig bin.«

»Ich glaube Euch, gewiss, ich glaube Euch«, sagte der junge Graf gequält.

»Gut denn«, fuhr Hugh fort. »Ich habe einen Auftrag für Euch, Alured. Kein Mensch kann den Ausgang dieses Kampfes vorhersagen. Ich reite niedergedrückt von Sorgen und Kummer in die Schranken. Die Liebe Eurer Schwester macht meine Lanze stumpf und überzieht mein Schwert mit Rost. Widerwille und Abscheu vor dem Kampf lasten schwer auf meinem Arm, und es ist möglich, dass ich, obwohl meine Sache die gerechte, die Eurige die ungerechte ist, doch falle und Ihr Sieger werdet. Wenn dies geschieht, so fordere ich Euch um der Gerechtigkeit willen auf, mit Eurer eigenen Stimme die Unschuld des Mannes zu verkünden, den Ihr erschlagen habt. Sucht alle Beweise hervor, um zu zeigen, dass er nicht schuldig gewesen ist, und liefert die Mörder an den Galgen, solltet Ihr sie auch in Eurem eigenen Hause finden!«

Alured bedeckte stumm die Augen mit der Hand. Dann aber schaute er wieder auf und sagte: »Nein, nein! Ich werde fallen, Monthermer. Mein Tod durch Eure Lanze wird Euch von der Anklage freisprechen, die ich gegen Euch erhoben habe, und Euch wird die Pflicht zufallen, die Mörder meines Vaters zu suchen und zu strafen.«

»Und Eure Schwester?«, fragte Hugh de Monthermer.

»Ich habe sie getroffen und ihr meinen Willen erklärt. Schweigen wir davon. Nur vergesst nicht, Monthermer, dass, wenn ich morgen Gott zum Zeugen anrufe, meine Sache gerecht ist. Und dass die Sache, die ich meine, nicht meine Anklage gegen Euch ist, sondern die Verteidigung meiner Ehre gegen den gehässigen Verdacht der Welt.«

Hugh sah ihn mit einem schmerzlichen Lächeln an. »Ach, Alured!«, sagte er. »Ich fürchte, der Himmel wird diesen Unterschied nicht sehen! Aber wenn es sein muss, sei es so! Und doch ist es höchst seltsam, dass zwei Männer, die einander kein Leid und Unrecht zufügen möchten, durch ein vorschnelles Wort dazu verurteilt sein sollen, sich gegen ihr Gewissen abzuschlachten!«

»Ja, so geht es in der Welt, Hugh«, sagte der Graf bekümmert. »Wir müssen eben unsere Pflicht als Ritter tun.«

Hugh de Monthermer dachte an die wahren Pflichten des Rittertums, und er konnte sich des Eindrucks nicht erwehren, dass man hier den Namen und den Anschein von Ehre für wichtiger nahm. Er schwieg jedoch, denn er wusste, dass Vorwürfe Alured nur reizen und nicht umstimmen würden. So sagte er nur: »Es schmerzt mich, dass Ihr so denkt. Aber da Ihr dies alles veranlasst habt, könnt auch nur Ihr darüber entscheiden. Ich kann nur meine Unschuld verteidigen, so gut es mir möglich ist.«

Der Ton, in dem der junge Ritter sprach, seine Ruhe, Freundlichkeit und Zurückhaltung von aller Prahlerei rührten

Alured de Ashbys Herz tief. Er drückte Hugh de Monthermers fest die Hand und sagte: »Lebt wohl! Ich halte Euch im Grunde meiner Seele für unschuldig, Monthermer, und wollte meine rechte Hand dafür geben, dass einer von uns beiden heute Nacht hundert Meilen weit von hier weg wäre!«

Mit diesen Worten verließ er das Zimmer und kehrte in seine Wohnung zurück. Er hatte gehofft, durch den Besuch bei seinem Gegner jenen besseren Gefühlen zu genügen, die unter dem Druck dunkler und schrecklicher Umstände in seinem Herzen aufgestiegen waren, er hatte seine Brust zu erleichtern gehofft von der Last, die darauflag. Aber das Ergebnis war ein ganz anderes: Die Bitterkeit in seinem Herzen war nun doppelt so groß, Kummer, Scham und Bangigkeit hatten zugenommen. Kein Wort und keine Miene des von ihm so schwer Gekränkten hatten ihm Anlass gegeben, schmerzliche Wehmut und Reue gegen Unmut und Zorn zu tauschen. Er fühlte sein Herz wild pochen, seine Augen brannten, der Kopf schmerzte, und ehe er durch die Tür schritt, die in sein Zimmer führte, öffnete er sein Wams und ging einige Male im Schlosshof auf und ab.

Er wollte eben hineingehen, als jemand, von der Seite her kommend, wo seine Zimmer lagen, sich ihm näherte und ihm den Weg vertrat. Es war Guy de Margan.

»Ich wünsche Euch einen guten Abend, mein Lord«, sagte er. »Ich wartete in Eurem Zimmer …«

»Gute Nacht«, fiel ihm Alured ins Wort und wollte an ihm vorbei.

»Bitte, was hat es denn mit Eurem Vetter Richard gegeben?«, fragte Margan, der sich nicht abweisen lassen wollte. »Ich begegnete ihm vorhin, als er wie ein Wahnsinniger durchs Tor rannte.«

»Ich weiß nicht, Sir«, versetzte Alured ungeduldig. Aber dann sagte er: »Da fällt mir ein, Sir Guy, dass ich mit dir sprechen wollte. Du bist ein Freund Richard de Ashbys, nicht wahr?«

»Ja und, mein Lord?«, rief Guy de Margan herausfordernd.

»Du hast ihn mit all deinen Kräften dabei unterstützt, die Schuld an der Ermordung meines Vaters auf Hugh de Monthermer zu wälzen!«, sagte der Graf und schwieg, als erwarte er eine Antwort.

Es kam keine, und er fuhr drohend fort: »Die Ankläger können über kurz oder lang zu Angeklagten werden, daher nimm dich in Acht! Nimm dich in Acht!« Dann ging er rasch weiter.

Guy de Margan stand einen Augenblick wie erstarrt. Plötzlich rannte er Alured de Ashby nach und rief: »Mein Lord! Wollt Ihr damit sagen, ich hätte Anteil am Tod Eures Vaters? Dann verlange ich allerdings, dass Ihr diese Anklage öffentlich vor dem König aussprecht. Wenn es dem Grafen von Ashby beliebt, erst Hugh de Monthermer und dann mich anzuklagen, so will ich eine Untersuchung verlangen vor den Peers, die Euch nötigen werden, Eure Worte zu beweisen!«

»Aus dem Weg, du Wurm!« schrie der Graf erbost. »Aus dem Weg, oder ich zertrete dir den Kopf und zermalme dich wie eine giftige Schlange! Wer hat dich angeklagt? Ich nicht!«

»Ich dachte, der Graf von Ashby versuche vielleicht, dem Kampf mit seinem Gegner auszuweichen«, sagte Guy de Margan und trat ein paar Schritte zurück. »Und er wünscht das vielleicht auf meine Kosten zu tun. Hugh de Monthermer ist ein berühmter Ritter und ein Feind, gegen den man nicht gern auf Leben und Tod kämpft.«

Alured tastete nach dem Knauf seines Schwertes, aber er hatte es auf dem Tisch liegengelassen. Er sprang auf Guy de Margan zu, packte ihn am Hals und schleuderte ihn mit furchtbarer Gewalt rücklings auf das Pflaster.

Guy de Margan lag reglos da, und Alured schrie: »Bleib

nur liegen, du Fuchs!« Dann schritt er seiner Wohnung zu. Er durchquerte schnell das Vorzimmer und blieb in seinem Gemach tief in Gedanken versunken neben dem Tisch stehen.

»Eine Bande von Schelmen und Schurken ist das!«, murmelte er schließlich vor sich hin, füllte den Achatbecher bis zum Rande mit Wein, hob ihn an die Lippen und leerte ihn bis zur Neige.

41

Noch bevor die Unterredung zwischen Alured de Ashby und Hugh de Monthermer stattgefunden hatte, lehnte Lucy, in ein weites Nonnengewand von grauem Tuch gehüllt, nachdenklich an einem Türpfosten in dem großen Zimmer, das ihr im Schloss von Nottingham zugewiesen worden war. Ihr volles Haar hatte sie unter einem Schleier verborgen, über der Schulter trug sie eine Pilgertasche, gefüllt mit Schmucksachen und einigen anderen Dingen, die sie mitnehmen zu müssen glaubte. Neben ihr stand eines ihrer Mädchen und betrachtete sie teilnahmsvoll und bange.

Endlich, als hätte es lange an sich gehalten, sagte das Mädchen: »Lasst mich mit Euch gehen, Lady.«

»Du weißt nicht, wohin ich gehe, Claudia«, versetzte Lucy. »Du weißt nicht einmal, ob ich überhaupt fortgehe.«

»Doch!«, sagte das Mädchen. »Warum sonst hättet Ihr Euch so verkleidet?«

»Nur um zu sehen, ob diese Verkleidung für den Notfall taugt«, antwortete Lucy. »Da, hilf mir, sie auszuziehen, Mädchen! Ich würde mich selbst nicht, viel weniger würden mich andere erkennen!«

»Ja, Lady, aber doch geht Ihr fort«, beharrte das Mädchen, während Lucy Schleier und Rock ablegte. »Ich weiß nicht, wohin, aber ich will mit Euch gehen, und ich bin mir sicher, ich kann Euch helfen.«

»Nun gut, wie du willst!«, versetzte Lucy nach einigem Nachdenken. »Aber es kann sein, dass wir Höfe und weiche Betten für immer hinter uns lassen müssen, Claudia!«

»Das ist mir gleich!«, rief das Mädchen. »Ich wollte lieber bei den Waidmännern im Wald leben als in Nottingham oder auch in Lindwell.«

»Gut, dann beeil dich und mach dich bereit«, sagte Lucy lächelnd. »Es sind hier viele, die dich kennen, Claudia, und wir müssen unerkannt fortkommen.«

»Ich will mich in einer Minute so verwandeln, dass mich mein Liebhaber, wenn ich einen hätte, am Altar nicht erkennen würde. Horcht! Es klopft jemand!«

»Lauf und sieh, wer es ist!«, rief Lucy.

»Die Prinzessin wünscht Euer augenblickliches Erscheinen«, sagte das Mädchen, nachdem es kurz mit jemandem an der Tür gesprochen hatte. Rasch eilte Lucy hinter einer von Eleonores Frauen, die die Botschaft gebracht hatte, den Korridor entlang. Sie fand Prinz Edward bei Eleonore. Er war noch so, wie er aus Leicester gekommen war. Seine Kleidung war staubig von der Reise, er trug noch Waffen, aber sein Kopf war unbedeckt, und das dichte, lockige Haar fiel ihm wirr in die Stirn. Er ging mit langsamen Schritten im Zimmer auf und ab. Sein Gesicht drückte Unmut, ja Zorn aus. Eleonore dagegen saß und schaute ihn schweigend an, mit einer ernsten und zärtlichen Miene, als warte sie ab, bis die erste Aufwallung der Gefühle vorüber und der Augenblick zum Begütigen oder Trösten gekommen war.

»Da ist sie, Edward«, sagte sie, sobald Lucy eingetreten war.

Er verbannte sogleich alle Unmutsfalten von seiner Stirn und sagte, ihre Hand ergreifend: »Seid ohne Furcht, teures Fräulein, ich bin vielleicht aufgebrachter, als ich sein sollte, aber nicht über Euch und die Eurigen. Als ich vor etwa zwanzig Minuten hier ankam, gab mir die Prinzessin einen Brief, der den Zweck hat, unseren armen Freund Hugh von der Anklage freizusprechen, und ich brachte ihn sofort zum König, um ihn zu bitten, den Kampf um acht Tage aufzuschieben. Stellt Euch mein Erstaunen vor, als er mir dies abschlug. Euer Bruder müsse sich gegen die Anklage behaupten oder sterben. Aber es ist nicht die Schuld meines Vaters«, fuhr er verlegen fort, als er Abscheu und Geringschätzung in Lucys Gesicht bemerkte. »Es ist nicht die Schuld meines Vaters, das kann ich Euch versichern. Mortimer und Pembroke und einige andere, auf die er hört, haben ihn so auf ihre Seite gezogen, dass im Moment alle Worte vergeblich sind. Und doch darf es nicht zu diesen Kampf kommen, denn einer von zwei edlen Männern würde ermordet werden!«

»So lasst mich versuchen, dies zu verhindern«, sagte Lucy. »Hat die Prinzessin, mein Lord …«

»Ja, sie hat!«, rief Edward. »Und Ihr müsst es versuchen, holdes Fräulein! Aber ich bezweifle, dass selbst Eure Überredungskunst, selbst der bestechende Lohn Eurer schönen Hand Hugh de Monthermer dazu bewegen wird, zu fliehen und seinen Namen auch nur einen Tag der Schmach preiszugeben!«

»Er wird es tun!«, sagte Eleonore. »Von seiner Unschuld überzeugt, mit dem Geständnis ihres Bruders in Lucys Händen, dass er ihn für unschuldig hält …«

»Er bezweifelt seine Schuld nur«, unterbrach sie Edward. »Hughs Antwort könnte deshalb ganz klar sein: Wo er Ehre, Unschuld und Mut auf seiner Seite habe, warum solle er fliehen?«

»Um meinen Bruder zu retten!«, sagte Lucy, dem Prinzen fest ins Gesicht blickend.

»Aber sein Ruf als Ritter!« Edward hob beschwörend die

Hände. »Doch er muss fliehen! Es muss einfach ein Mittel gefunden werden, um ihn dazu zu überreden.«

»Könntet Ihr es nicht tun, mein gnädiger Lord?«, fragte Lucy.

»Das ist die Frage«, erwiderte der Prinz, wieder im Zimmer auf und ab schreitend. »Was wird man von mir sagen, wenn ich mich einmische? Wenn ich einem Ritter rate, vor seiner Pflicht zu fliehen? Aber es muss sein! Hört mich an, mein Fräulein: Geht zu ihm, wie Ihr Euch vorgenommen habt, bittet und beschwört ihn, tut alles, was Ihr könnt, bietet ihm an, mit ihm zu gehen und seine Gattin zu werden. Er wird das kaum ausschlagen, denke ich«, und er wandte sich mit dem Anflug eines Lächelns zu Eleonore. »Aber wenn alles nichts hilft, so sagt ihm, ich bitte ihn, ja ich befehle ihm: Wenn er sicher ist, seine Unschuld nach kurzer Frist beweisen zu können, so soll er heute Nacht fliehen! Ich werde ihn rechtfertigen und sagen, dass es auf meinen ausdrücklichen Befehl geschehen sei. Und dann will ich den Mann im ganzen Königreich sehen, meinen Vater eingeschlossen, der das zu tadeln wagt!«

»Wollt Ihr mir das schriftlich geben?«, fragte Lucy. »Wenn ich allein ihn zu überzeugen versuche, so könnte Hugh denken, es sei nichts weiter als die List eines Weibes, um ihn für ihre Wünsche zu gewinnen.«

»Ist ein Tintenfass hier?«, fragte Edward.

»Ja«, sagte die Prinzessin und deutete auf die Schreibmaterialien. Mit rascher Hand warf er einige Worte auf das Papier, las sie noch einmal, behielt aber den Befehl in der Hand. »Vergesst nicht«, sagte er ernst zu Lucy, »dies soll das letzte Mittel sein, zu dem Ihr greift! Es ist ein übereilter Schritt, fürchte ich, und ein ziemlich unkluger, den ich tue, obwohl aus guter Absicht, und ich wünschte, dass er möglichst nicht an die Öffentlichkeit dringt.«

Lucy nahm aufatmend das Papier an sich. »Dies rettet

alles«, sagte sie. »Jetzt wird er gehen, mein Lord, da er seine Ehre gesichert sieht. Aber ich gelobe Euch, ich will nicht mit Bitten sparen, um ihn auch ohne Euer Schreiben zur Flucht zu bewegen. Ich will vergessen, dass ich diesen kostbaren Schatz habe, wenn er sich nicht taub und blind gegen alle meine Bitten erweist. Falls es aber dieses Schreibens bedarf, um ihn zur Flucht zu bewegen, darf ich ihm doch sicher einigen Unwillen darüber zeigen, dass er auf Eure Worte eingeht, nachdem er alle meine verachtet hat. Aber wahrhaftig, ich werde zu dankbar sein, wenn ich ihn überhaupt gehen sehe, als dass ich zornig sein könnte.«

»Gut, gut, holdes Fräulein«, sagte der Prinz. »Mögen wir sicher und glücklich aus dieser dunklen und traurigen Geschichte herauskommen. Ich tue alles gegen den Willen meines Vaters, das ist wahr, aber dadurch verhindere ich, dass unschuldiges Blut vergossen wird, und erspare dem König eine Tat, die er später bitter bereuen würde. Gott führe alles zu einem guten Ende. Wir handeln nach unserem besten Wissen und Gewissen.«

»Seid ohne Sorge, mein Edward«, sagte Eleonore. »Es wird alles gut werden!« Dann küsste sie ihre junge Freundin zärtlich auf die Stirn. »Jetzt sagt mir, ob alles bereit ist zu Eurem Unternehmen?«

»Alles!«, antwortete Lucy. »Mein Mädchen Claudia hat mir das graue Gewand einer Nonne beschafft, das mich unkenntlich machen wird.«

»Das ist alles?«, rief der Prinz. »Wo sind die Pferde? Aber überlasst das mir. Wenn Monthermer einwilligt, sich zu entfernen, so bittet ihn, nicht zu zögern und sich nicht mit Vorbereitungen aufzuhalten. Er wird Pferde finden am Stadttor, am nördlichen Tor, meine ich. In einer halben Stunde sollen sie dort sein. Wisst Ihr den Weg in seine Wohnung?«

»Nicht genau«, sagte Lucy. »Es ist, glaube ich, die dritte Tür in Richtung auf den Hof hinab. Aber Claudia wird dort hinfinden.«

»Es gibt einen kürzeren Weg«, sagte der Prinz. »Folgt dem Gang, der an Eurem Zimmer vorbeigeht, bis an die Treppe. Ihr werdet dort eine Tür sehen, die in sein Vorzimmer führt. Es wäre besser«, fuhr er nachdenklich fort, »wenn Ihr eine Dienerin die Verkleidung nachtragen ließet und sie nicht eher anlegtet, als bis Ihr gewiss seid, dass er gehen will. Wenn Ihr ihn verkleidet besuchtet, schönes Fräulein, und nachher unvermählt zurückkämt, so könnten die Leute leichtfertig von Eurem Ruf sprechen. Was Ihr in aller Unschuld getan habt, um einen höchst überflüssigen Kampf zu verhindern, könnte Euch zum Nachteil ausgelegt werden.«

Das Blut stieg warm in Lucys Wangen, aber sie schaute dem Prinzen offen ins Gesicht und erwiderte voll edler, unbefangener Offenheit: »Ihr haltet mich zweifellos für etwas keck, mein Lord, und viele Menschen mögen mich tadeln. Aber ich fühle etwas hier«, und sie legte die Hand aufs Herz, »was mich nicht tadelt, sondern mich auffordert hinzugehen und mein Vorhaben auszuführen.«

»Nun gut«, versetzte Edward. »Lebt jetzt wohl, ich wünsche Euch gutes Gelingen bei Eurem edlen Unternehmen!«

Lucy küsste seine Hand und kehrte in ihr Zimmer zurück. »Schnell, Claudia!«, rief sie beim Eintreten. »Bist du bereit?«

»Ja, Lady«, antwortete die Dienerin. »Wollt Ihr nicht das Nonnengewand anlegen?«

»Nein«, sagte Lucy, in der Tür stehenbleibend. »Bring alles mit und folge mir schnell!«

Das Mädchen packte eilig die Verkleidung für sich und ihre Gebieterin zusammen, und Lucy eilte voran den Gang entlang, wie der Prinz ihr geraten hatte. An der Tür zu Hugh de Monthermers Vorzimmer angekommen, wollte sie sofort klopfen, hielt aber ihre schon erhobene Hand zurück, weil sie jemanden sprechen hörte.

Sie wurde fast ohnmächtig, und ihr Herz schlug heftig, denn sie erkannte die Stimme ihres Bruders. Deutlich vernahm sie die Worte: »Ich halte Euch im Grunde meiner Seele für unschuldig, Monthermer, und wollte meine rechte Hand dafür geben, dass einer von uns beiden heute Nacht hundert Meilen weit von hier weg wäre!«

Ein Lächeln flog über ihr Gesicht. Er bahnt mir den Weg!, dachte sie. Nun blieb alles still, bis sie sich entfernende Schritte und das Schließen einer Tür hörte.

»Er ist fort«, sagte Lucy zu ihrem Mädchen,. »Warte ein paar Minuten hier, Claudia.« Ohne anzuklopfen, öffnete sie leise die Tür und sah hinein.

Ein kleines Zimmer lag vor ihr, mit dem Kamin an der gegenüberliegenden Wand, um den drei Stühle standen. Kein Mensch war da, und mit leisem Schritt trat sie ein und schaute sich um. Zu beiden Seiten erblickte sie eine Tür. Die zur Rechten war geschlossen, aber hinter ihr hörte sie Plaudern und Lachen. Die Tür links war ein wenig geöffnet, doch alles war still. Lucy ging darauf zu und zog sie vorsichtig zurück.

In der Mitte des Zimmers stand der Geliebte, die Arme über der Brust verschränkt, den Kopf gesenkt, einen kummervollen, finsteren Ausdruck um den Mund und auf der Stirn. Als sie die Tür weiter öffnete, schreckte er aus seinen Gedanken auf und schaute empor. Sein Gesicht zeigte Freude, Überraschung und Bangigkeit zugleich, als er Lucy bemerkte. Rasch trat er auf sie zu, zog sie sanft in das Zimmer, schloss die Tür und drückte sie dann eine Weile an seine Brust, während beide schwiegen, denn das Klopfen ihres Herzens lähmte Lucys Zunge, und Hugh wagte nicht zu sprechen, um nicht zu stören und zu verjagen, was ihm wie ein glücklicher Traum erschien.

»Liebe Lucy«, sagte er endlich, »obwohl ich Euch danke für Euer Kommen, muss ich doch fragen, was Euch hierherführt? Es war unbesonnen, teures Mädchen! Wenn Ihr mich zu Euch gebeten hättet, wäre ich sofort bei Euch gewesen. Noch vor einer Minute war Euer Bruder hier.«

»Das weiß ich«, versetzte Lucy, »ich weiß alles, Hugh. Ich weiß auch, dass es unbesonnen war, zu kommen. Aber ich will heute Nacht noch mehr Unbesonnenes tun, dies war erst der Anfang. Es ist die Regel, dass Ihr Männer uns Frauen aufsucht und uns um etwas bittet. Heute komme ich mit meinen Bitten zu Euch!«

»Oh, Lucy!«, rief Hugh, der vielleicht ahnte, was sie ihm sagen wollte. »Was wollt Ihr von mir verlangen? Denkt an meine Ehre, Lucy! Wenn Ihr mich liebt, muss sie Euch teurer sein als mein Leben. Verlangt nichts von mir, was Schande über mich bringen kann!«

»Hört mich an, ehe Ihr urteilt«, erwiderte sie. »Euer Leben ist mir genauso teuer wie Eure Ehre. Und doch ist es nicht Euer Leben, um das ich fürchte. Fest gewaffnet mit Unschuld und Stärke, geht Ihr dem sicheren Sieg entgegen. Um meinen Bruder fürchte ich, um meinen ungestümen, unbesonnenen, ja schuldigen Bruder, denn wer eine Anklage gegen einen Unschuldigen erhebt, ist selbst schuldig. Ich zittere um ihn, Hugh! Ich zittere auch um mich! Ich fürchte, Hugh de Monthermer wird seine Hand mit dem Blut meines Bruders färben, und eine so befleckte Hand kann nie die meinige werden.«

»Das weiß ich«, sagte Hugh, »aber was kann ich tun? Ich habe keine andere Wahl, als elend zu leben oder entehrt zu sterben.«

»Doch«, rief Lucy lebhaft, »Ihr habt eine Wahl! Flieht, Hugh de Monthermer! Gebt niemandem einen Grund an, warum Ihr es tut. Ihr habt die Gewissheit, schon bald Eure Unschuld beweisen zu können. Erscheint nicht beim Ruf der Trompeten, erscheint nicht, bis Ihr dem nichtswürdigen Schurken, der die Tat begangen hat, seine Schuld beweisen könnt.«

»Was?«, rief Hugh de Monthermer entrüstet. »Mich verurteilen lassen, nicht nur als Verbrecher, sondern auch als Feigling? Meinen Namen als Schimpfwort von Mund zu Mund gehen lassen durch ganz Europa? So dass die Herolde sagen, wenn sie eine Memme und einen Verräter meinen: ›Er ist wie Hugh de Monthermer!‹ Oh, Lucy, denkt an meine Ehre!«

»Aber Eure Ehre ist doch gesichert, Hugh«, antwortete Lucy und umklammerte seinen Arm. »Alured selbst gibt zu, dass Ihr unschuldig seid. Eben jetzt hörte ich ihn sagen …«

»Ja, in diesem Zimmer und unter vier Augen«, fiel ihr Hugh bitter ins Wort. »Aber morgen reitet er auf den Turnierplatz und ruft Gott zum Zeugen an, dass seine Sache gerecht ist. Vor mir gibt er zu, dass die Anklage falsch ist, aber vor der Welt lässt er sie bestehen.«

»Nein!«, rief Lucy. »Seht, Monthermer, was er hier sagt!«, und sie zog das Schreiben heraus, das Alured ihr gegeben hatte.

Hugh las es begierig, und als er darin den Wunsch ihres Bruders ausgesprochen sah, dass sie beide, wenn er falle, dennoch vereinigt werden möchten, sah er Lucy voll Zärtlichkeit und Liebe an. Dann aber schüttelte er wehmütig den Kopf und sagte: »Er kennt dich nicht so gut, Lucy, wie ich dich kenne. Sein Wunsch ist großmütig und edel. Aber würde Lucy ihm gemäß handeln?«

»Nein!«, antwortete sie entschlossen. »Müsste ich auch mein Leben in hoffnungslosem Kummer verbringen, nie würde ich meine Hand dem geben, der das Blut meines Bruders vergossen hat. Aber hört mich an, Hugh«, fuhr sie fort, und ihre Wangen, die bei den letzten Worten sehr blass geworden waren, wurden nun feuerrot: »Hört mich an, Hugh, und willigt ein in meine Bitte! So dringend, so zärtlich, wie Ihr jemals um diese Hand geworben habt, bitte ich Euch jetzt, sie zu nehmen. Auf meinen Knien, Hugh de Monthermer« – und sie sank vor ihm auf die Knie – »auf meinen Knien, Eure Hand mit meinen Tränen befeuchtend, bitte ich Euch, Lucy de Ashby zu Eurer Gattin zu machen!«

»Aber wie, liebste Lucy?«, rief er ratlos und beugte sich herab, um ihr aufzuhelfen. »Was – was meint Ihr?«

»Flieht!«, rief Lucy. »Flieht mit mir heute Nacht! Hier ist die Einwilligung meines Bruders, hier ist auch Eure Rechtfertigung. Hier erklärt er gleich zu Anfang Eure Unschuld!«

»Aber nein!«, versetzte Hugh de Monthermer und schüttelte den Kopf. »Er schreibt nur, er zweifle an meiner Schuld! Ich sage dir, liebste Lucy, es gibt keinen ehrlichen Mann im Königreich, der mich nicht eine Memme nennen würde, sollte ich fliehen.«

»Ist das alles, was Euch zurückhält?«, fragte Lucy. »Wie, wenn ich Euch nun zeigte, dass unter den Höchsten und Ehrenhaftesten des Landes solche sind, die Euch entschuldigen und verteidigen werden?«

»Das könnt Ihr nicht, Lucy«, entgegnete Hugh. »Ihr hofft vielleicht, sie würden es tun. Vielleicht haben sie sogar so etwas gesagt wie: es wäre das Beste zu fliehen, ich sollte dem Kampf einige Tage ausweichen. Aber wenn die Stunde käme, würden sie mit allen Übrigen ihre Stimme gegen mich erheben. Mehr als das könnt Ihr nicht vorbringen, Lucy.«

»Ich kann!«, antwortete sie. »Da, lest dies, und wenn Ihr noch einen Augenblick überlegt, so sicher nur, weil Hugh de Monthermer seine Braut nicht liebt, ihre ihm angebotene Hand verschmäht und das unbesonnene, törichte Mädchen verachtet, das um eines undankbaren Mannes willen alle Rücksicht fahren ließ, beseelt nur von dem Gedanken, die zu retten, die sie liebt!«

Hugh de Monthermer hielt das Schriftstück einen Augenblick in der Hand, ohne es zu lesen, und betrachtete das schöne Mädchen an seiner Seite, das ihn mit Augen voller Glanz und Feuer und mit glühenden Wangen zu überzeugen versuchte.

»Lucy«, sagte er gerührt, »diesen Vorwurf verdiene ich nicht. Ihr selbst habt mir gesagt, meine Ehre sei Euch so teuer wie mein Leben. Lasst sie Euch teurer sein als alles andere und sagt mir dann, ob ich mit Ehren gehen kann? Wenn Ihr ja sagt, mit welcher Freude werde ich fliehen, da Lucy meine Begleiterin ist! Mit welcher Hingebung will ich mein Leben lang bestrebt sein, ihr ihre großmütige Aufopferung zu vergelten.«

Während er sprach, umarmte er sie zärtlich, und Lucy verbarg das Gesicht an seiner Brust, um ihre Tränen nicht zu zeigen. Aber dann hob sie den Kopf und sagte: »Lest, Hugh! Das wird Euch zufriedenstellen!«

Hugh de Monthermer trat an die Lampe heran, und als er auf das Schriftstück sah, rief er erstaunt aus: »Prinz Edwards Handschrift! Was ist das?«

Dann las er halblaut:

Monthermer! Befolgt den Plan Eurer schönen Lady! Flieht mit ihr so schnell Ihr könnt – sie wird Euch mehr sagen. Fürchtet nichts für Eure Ehre, ich will als Bürge für Euch einstehen und sagen, es sei mein Befehl gewesen. Ihr seid noch mein Gefangener, bedenkt das, und könnt als solcher nicht fechten ohne die Einwilligung von

Edward

»Das ändert alles!«, rief Hugh de Monthermer. »Aber warum habt Ihr mir dies nicht früher gegeben?«

»Weil der Prinz verlangte, ich sollte es nur als letztes Mittel benutzen.« Lucy berichtete ihm nun kurz von der Unterredung und fügte hinzu: »Lasst uns eilen! Die Pferde stehen jetzt schon am nördlichen Stadttor bereit. Mein Mädchen Claudia wartet an der Treppe mit einer Nonnentracht für mich und einer passenden Verkleidung für sie selbst. Habt Ihr nichts, was Ihr Euch überwerfen könntet? Denn da Ihr mit einer armen grauen Schwester reisen werdet, wäre es gut, wenn Ihr nicht als höfischer Kavalier erscheinen würdet.«

Lucys Herz, befreit von der bedrückenden Last, schlug freudig in neuer Hoffnung. Aber die Tränen in ihren Augen zeigten noch die Aufregung der letzten Tage und Stunden. Hugh umarmte und tröstete sie, bis ihn Lucy erinnerte, wie schnell die Zeit verging.

»Bedenkt, Hugh«, sagte sie, »die Minuten und mein Mut sind keine beständigen Dinge, und beide schwinden schnell dahin. Ich darf nicht ohnmächtig oder schwach werden, ehe wir die Stadt verlassen haben.«

»Auch dann dürft Ihr es nicht!«, rief Hugh. »Aber Euer Mut wird zunehmen, liebe Lucy, wenn die unmittelbare Gefahr vorüber ist. Wir täten jedoch besser daran, nicht ganz allein zu gehen, denn wir könnten unterwegs Hilfe benötigen. Ich will Blawket mit seinen eigenen Pferden ans Tor hinunterschicken.«

»Aber Ihr braucht eine Verkleidung!«, rief Lucy. »Eine Verkleidung! Sonst wird, ehe wir das Schloss verlassen haben, Euer Gewand Euch verraten!«

»Ich habe eine bereit«, antwortete Hugh. »Der Priesterrock, in dem ich seinerzeit floh, mag mir noch einmal seinen Dienst erweisen. Wo ist Euer Mädchen?«

»Auf dem Gang«, versetzte Lucy. »Ich will sie rufen.«

»Nein, überlasst das mir«, sagte Hugh de Monthermer und schritt durch das Vorzimmer. Er öffnete die Tür, die auf den Gang hinausführte, und flüsterte: »Kommt herein, Mädchen, bringt die Lampe mit. Ich werde gleich wieder da sein.«

Sobald Claudia in seinem Zimmer war und die Tür hinter sich geschlossen hatte, begab er sich in das äußere Zimmer, rief Blawket und erteilte ihm leise einige Befehle. Dann setzte er sich an den Tisch, schrieb ein paar Worte auf einen Bogen Papier, den er einem seiner Knappen anvertraute, und sagte: »Stört Sir John Hardy diese Nacht nicht, aber gebt ihm dies morgen bei Tagesanbruch.«

»Es wäre eine schwere Aufgabe, ihn zu stören, Sir«, antwortete der Mann, »denn er schläft jetzt schon, und wenn seine Augen einmal geschlossen sind, so bringt sie in den nächsten acht Stunden kein Blitz zum Blinzeln.«

»Es tut nichts«, versetzte Hugh. »Morgen ist es früh genug. Nur, übergebt es ihm ganz gewiss.« Darauf kehrte er in sein Zimmer zurück und verschloss sorgfältig hinter sich die Tür.

Der junge Ritter fuhr zurück, als er Lucy in dem grauen Gewand und dem Schleier sah, so groß war die mit ihr vorgegangene Veränderung.

»Ihr seht, Hugh«, sagte sie lächelnd, als sie seine Überraschung bemerkte, »aus welchem Stoff Lucys Schönheit ist. Sie verschwindet ganz, wenn man den prächtigen Putz wegnimmt und sie in das trübselige Gewand einer Nonne hüllt.«

Es mochte ein wenig Koketterie in ihren Worten liegen, denn Hugh de Monthermer konnte darauf nur eine zärtliche Antwort geben, und die gab er. Dann suchte er eilig den schwarzen Priesterrock hervor und warf ihn über seine Rittertracht. Nun erhob sich die Frage, wie sie fortkommen sollten, ohne durch das Zimmer zu gehen, in dem die Diener und Gefolgsleute Hugh de Monthermers saßen.

»Können wir nicht durch den Gang zurück, Madame?«, fragte Claudia. »Dicht neben der Tür Eures Zimmers ist die kleine Treppe, die in den großen Schlosshof führt.«

»Das wird der beste Weg sein«, sagte Hugh. »Zieht den Schleier über Euer Gesicht, liebe Lucy. Niemand wird uns in solcher Verkleidung erkennen, und es ist auch kaum wahrscheinlich, dass wir jemandem begegnen.«

Weder im Korridor noch auf der Treppe trafen sie auf eine lebende Seele, obwohl sie, als sie sich den Gemächern des Prinzen und der Prinzessin näherten, dicht vor sich Schritte hörten und dann, in einer kleinen Entfernung vernahmen, wie sich eine Tür öffnete und wieder schloss. Auch den Hof erreichten sie ungefährdet, und Hugh de Monthermer trat ein paar Schritte hinaus, um zu sehen, ob die Luft rein sei. Ein Lichtschimmer vom Hauptgebäude her veranlasste ihn, sich sogleich wieder in den Schutz der Tür zurückzuziehen.

»Es kommen Leute mit Fackeln«, sagte er. »Benutzt der König diese Treppe?«

»Nie, soviel ich weiß«, antwortete Lucy.

»Nie!«, sagte auch das Mädchen Claudia.

Hugh machte die Tür fast ganz zu, schaute aber durch einen Spalt hinaus, um zu sehen, was vorging.

»Da kommt ein Priester mit einem Kruzifix und einer Hostie!«, sagte er. »Man bringt einem Sterbenden das Sakrament.«

»Die heilige Maria sei uns gnädig!«, rief das Mädchen Claudia, die ebenfalls hinausgespäht hatte. »Wir können nicht mehr fort, man schließt die Tore!«

42

Richard de Ashby trat aus einer Schenke, wo er einige Erkundigungen eingezogen hatte, und ging zu einem Haus auf der entgegengesetzten Seite der Straße. Es war ein großes, steinernes Gebäude dicht neben einer alten Kirche, und da es mehrere Wohnungen hatte, stand der Eingang zu der gemeinsamen Treppe offen.

Vorsichtig stieg Richard de Ashby in den ersten Stock hinauf und klopfte an eine kleine Tür zu seiner Rechten. Niemand erschien jedoch, und nachdem er einige Minuten gewartet hatte, klopfte er erneut.

Diesmal wurde die Tür von einem kleinen, wunderlich aussehenden Geschöpf geöffnet, das wie ein altes Weib gekleidet war. Aus dem braunen, runzligen Gesicht blickten fragend kleine hellgraue Augen. Die Alte hatte eine Lampe in der Hand, und mit scharfem, nicht sehr freundlichem Blick starrte sie dem Besucher ins Gesicht und fragte: »Was sucht und begehrt Ihr?«

»Ich suche Vater Markus«, antwortete Richard de Ashby.

»Er ist ausgegangen, Kranke zu besuchen«, sagte die Alte. »Nein«, fuhr sie verdrießlich fort, »ich will Euch jetzt gleich alle Eure Fragen beantworten, ehe Ihr sie mir stellt. Sie drehen sich alle im Kreise. Vater Markus ist ausgegangen, ich weiß nicht, wohin. Ich weiß nicht, wann er heimkommen wird. Wenn Ihr ihn hier sprechen wollt, so müsst Ihr wiederkommen. Wenn Ihr wollt, dass er einen Kranken besucht, so müsst Ihr mir sagen, wo. Jetzt wisst Ihr alles!«

Richard de Ashby kannte sich aus in der Welt und bildete sich ein, er durchschaue die Person völlig, die vor ihm stand. Er zog ein kleines Geldstück heraus und ließ es in die Hand der Alten gleiten, die es augenblicklich an die Lampe hielt und rief: »Was ist das? Gold, so wahr ich lebe! Mutter Gottes, heilige Maria! Ihr seid ein höflicher Gentleman, mein Sohn. Was ist Euer Begehren?«

»Nur eine Antwort auf eine Frage«, sagte Richard de Ashby. »Ist hier ein junges Frauenzimmer, ein hübsches junges Frauenzimmer, Kate Greenly genannt? Ihr kennt sie, glaube ich, oder nicht?«

»Sie kennen? Gewiss!«, antwortete die Alte. »Segen über ihr liebes Herz! Sie ist manchmal hier gewesen, und ich habe auch schon eine Botschaft für sie ausgerichtet, wofür sie mir einige Silberstücke gab.«

»Also ist sie jetzt nicht hier?«, fragte Richard de Ashby ungeduldig.

»Sie war hier, eine Stunde vor Sonnenuntergang, aber sie ging wieder fort. Ach, jetzt weiß ich!«, rief sie, als ob ihr plötzlich ein Gedanke käme. »Ihr seid der Gentleman, von dem der gute Vater Markus ihr gepredigt hat, dass sie von ihm weglaufen solle, weil Ihr in einem sündigen Stand mit ihr lebt. Diese Mönche sind so hart gegen junge Leute. Ihr würdet mir sicher noch ein Goldstück geben wie dieses, darauf wollt ich schwören, dass ich in Erfahrung bringe, wo sie ist, damit Ihr sie zurückholen könnt.«

»Ja, das würde ich«, versetzte Richard de Ashby. »Auch zwei!«

»Sehr gut!«, fuhr die Alte fort. »Sie ist nicht in Nottingham, aber nicht weit davon.«

»Könnt Ihr mir genauer sagen, wo sie ist?«

»Heute Nacht nicht, heute Nacht nicht!«, rief die Alte. »Sancta Maria! Ich ginge heute Nacht diesen Weg nicht um einen ganzen Beutel voll Gold! Ja, der Platz ist droben, nachdem Ihr zum Tor hinaus seid, durch Backlane und dann den Thorny-Wall hinab, bis Ihr zum Saum des Thorny-Wood kommt. Dann wendet Ihr Euch bei des alten Gaffer Browns Hütte nach rechts und geht unten um die Kapelle herum und am Damm entlang, wo der Brunnen ist, und dann hinauf bei der neuen Anpflanzung, gerade zwischen ihr und dem Farnberg. Wenn Ihr dann geradeaus geht und die erste Biegung links nehmt und dann die vierte rechts einschlagt, kommt Ihr an die Hüte des alten Sweeting. Dorthin ist sie gegangen, um bei ihm und seiner alten Ehefrau zu leben.«

Richard de Ashby sah keine Möglichkeit, den Weg nach den Beschreibungen der Alten zu finden, und er überlegte, was er tun sollte, als sie mit einem verschmitzten Blinzeln sagte: »Ich will im Morgengrauen selbst zu ihr hinaus. Wenn ihr eine Botschaft an sie zu übermitteln habt, will ich sie mitnehmen. Oder machen wir es so: Wenn ein Gentleman am Tor wartet und einer alten Frau aufs Land nachgeht, wer kann ihn daran hindern? Ich darf nicht mit Euch durch die Stadt gehen, wisst Ihr, das würde Ärgernis hervorrufen.«

»Ich verstehe, ich verstehe!«, sagte Richard hastig. »Wenn ich sie durch Eure Hilfe wieder zurückbekomme, sollt Ihr noch zwei Goldstücke haben.«

»Oh, eine offene Hand erreicht alles, was sie wünscht!«, versetzte die Dienerin des Priesters. »Eine geschlossene Faust dagegen behält, was sie hat. Das ist ein wahres Sprichwort, Herr Ritter, ein wahres Sprichwort! Am nördlichen Tor, wisst Ihr, im Morgengrauen. Wartet, bis Ihr mich mit einem Korb herauskommen seht, und dann sagt kein Wort, sondern folgt mir.«

»Ihr geht also zu ihr?«, fragte Richard de Ashby.

»Ja, ja!«, sagte die alte Frau ungeduldig. »Ich will zu ihr, um ihr Nachrichten zu bringen von dem guten Pater Markus. Aber jetzt geht Eures Wegs, geht! Ich fürchte, er kommt zurück und trifft Euch hier. Dann könnte er etwas argwöhnen, wisst Ihr. Am nördlichen Tor, im Morgengrauen!«

»Ich werde dort sein«, versetzte Richard de Ashby und stieg langsam die Treppe hinab. Die Alte sah ihm nicht lange nach, sondern schloss rasch die Tür.

Richard de Ashby war bei jenem Punkt auf der Bahn des Verbrechens angelangt, wo ein Frevel dem anderen folgt und jede böse Tat neue Verbrechen hervorbringt. Es ist schlecht, dachte er, als er wieder aus dem Haus trat, dass ich sie nicht gefunden habe, aber sie ist wenigstens nicht in der Stadt und so ist doch einiges gewonnen! Was soll ich aber mit dem Leichnam tun? Ich kann ihn nicht dort liegen und verfaulen lassen. Wie mag es inzwischen meinem Vetter Alured gehen? Er hat bestimmt den Wein getrunken. O ja! Ich kenne ihn, er hat ihn getrunken und noch mehr davon. Wenn Ellerby sich nicht immer in der Nähe herumtriebe, könnte noch alles klappen.

Dennoch wusste Richard de Ashby im Grunde sehr gut, dass sein Plan auf tönernen Füßen stand. Über seinem Kopf schwebte die graue Wolke naher Entdeckung und Bestrafung. Er fühlte, dass das Gewitter kurz davor war, sich zu entladen, und seine verzweifelten Anstrengungen, sich zu retten, nur umso sicherer die Vergeltung auf sein Haupt herabzogen.

Ich will aufs Schloss hinauf und sehen, was dort geschehen ist, entschloss er sich plötzlich. Wenn ich doch beweisen könnte, dass Alured im Zimmer Hugh de Monthermers Wein getrunken oder Brot gegessen hat! Jedenfalls ist er bei ihm gewesen. Wer kann schon sagen, auf welche Art einer vergiftet wurde? Es ist auf jeden Fall verdächtig, dass er kurz vor seinem Tod bei Hugh de Monthermer war! Aber ich will nicht in den Hof hineingehen, sondern nur durch das Tor schauen und ein paar Worte mit dem Torwächter reden. Er schritt eilig auf das Nordtor des Schlosses zu.

Als er dort ankam, fand er die Wachen verdoppelt und das Tor verschlossen. Aber es gelang ihm, einen Blick in den Hof zu werfen, und er sah einen Zug Priester und Chorknaben mit Fackeln und Kreuzen feierlich zur Wohnung Alured de Ashbys gehen. In ihm mischten sich auf unbeschreibliche Weise Gewissensangst und Zufriedenheit, Entsetzen und Triumph. Er stieß zwischen den Zähnen hervor: »Es hat geklappt!«

Mit dem raschen, aber unsicheren Schritt des geängstigten Verbrechers lief er nach Hause.

In den folgenden Nachtstunden konnte er nicht schlafen. Voll Zweifel, Furcht und Bangigkeit ging er in seinem Zimmer auf und ab. Dann wieder saß er da, düster in die blasse, ungeputzte Lampe starrend, während Bilder von Tod, Schande, Todesqual und Verachtung ihn bedrängten.

So verstrichen die Stunden, bis sich das bläuliche Licht der Dämmerung mit dem Schimmer der erloschenden Lampe zu mischen begann. Da legte er hastig Mantel und Hut an und lief zum nördlichen Stadttor.

Es war eine stürmische Nacht gewesen, und der Regen, der die felsigen Straßen von Nottingham herabgeströmt war, hing noch an den grünen Grashalmen und den Zweigen der Bäume. Die Wolken zerteilten sich jedoch jetzt, und man sah blaue Streifen mit dem Grau und Weiß am Himmel abwechseln, während rechts von der Stadt ein gelber Schimmer sichtbar wurde, der das rasche Kommen der Sonne ankündigte.

Richard de Ashby schaute hinaus durch das Tor von Nottingham, vor dem es von Bauern nur so wimmelte, die zu dieser frühen Stunde ihre Waren auf den Markt brachten. Es war ein erfrischender und heiterer Anblick, und er hätte jedes andere Gemüt erfreut. Er brauchte nicht lange zu suchen, bis er die Alte entdeckte, die vor dem Tor stand. Er lief zu ihr.

»Ihr seid ein Langschläfer«, sagte sie mit ihrer zittrigen Stimme. »Ich glaubte schon, Ihr würdet nicht kommen. Nun lasst uns eilen.« Und während sie ihm, freilich nicht mit den allerschnellsten Schritten, vorausging, stellte ihr Richard de Ashby viele Fragen über den alten Sweeting und seine Ehefrau, bei denen sich Kate Greenly befand. Wie alt er sei? Ob er Söhne habe? Ob viele Häuser dort in der Gegend seien?

Die Alte antwortete mürrisch, er sei ein alter Mann von dreiundsiebzig Jahren und habe keine Söhne.

»Häuser?«, rief sie. »Wenig Häuser sind da. Das ist ja gerade der Grund, warum der gute Vater Markus das Mädchen dorthin geschickt hat. Wo immer Häuser oder junge Männer sind, da ist auch Versuchung für uns arme Frauen. Aber dieser Ort ist eine wahre Einöde. Wenn Ihr sie nicht zur Rückkehr bewegen könnt, weiß ich nicht, wer es tun sollte.«

So gingen sie ihren Weg, und ständig erklärte die Alte, dies sei wieder ein Platz, den sie gestern Abend bei ihrer Wegbeschreibung erwähnt hätte, und dies noch einer. Bald erreichten sie die Kapelle, von der die Alte gesprochen hatte. Die Glocke schlug gerade, und die gute Frau wollte durchaus hinein, um ein paar Gebete zu sprechen. Richard de Ashby bat sie vergebens, weiterzugehen. Sie schien zu jenen Menschen zu gehören, die in ihrem Entschluss umso fester werden, je mehr man sie davon abzubringen versucht.

»Ihr wollt doch nicht«, sagte sie vorwurfsvoll, »dass ich an einer Kapelle vorbeigehe, wo gerade die Glocke läutet? Das ist so bei euch Männern, die ihr keine Religion habt. So lauft schon weiter, wenn Ihr wollt, ich bleibe nicht lange drin. Ich habe fünf Ave Maria, ein Vaterunser und ein Credo zu beten, und das dauert nicht lange. Ihr könnt den Weg nicht verfehlen. Geht nur, ich hole Euch bald ein.«

Richard de Ashby glaubte zwar nicht, dass dies der langsam dahintrippelnden Alten möglich sei, aber da ihm der Gedanke an Gebete und alles, was damit zusammenhing, zuwider war, mochte er auch nicht stehenbleiben und schritt düster weiter, beschäftigt mit denselben Bildern, die ihn während der langen Nacht gequält hatten.

Früher jedoch, als er erwartet hatte, kam die Alte aus der Kapelle heraus, und nach einer halben Meile hatte sie ihn wieder eingeholt. Sie liefen jetzt einen kleinen Seitenpfad entlang, auf dessen sandigem Boden man die Spuren von Pferdehufen erkennen konnte. Linker Hand wurden die Bäume allmählich dichter, und endlich zeigte sich etwa hundertundfünfzig Schritt vor ihnen ein kleines, niedriges Haus, oder vielmehr eine Hütte, am Saum des Waldes. Die Hütte sah so ärmlich und elend aus, dass Richard dachte: Wenn sie der Priester an diesen

Ort geschickt hat, so wird es einfach sein, sie zu überreden, zu einem angenehmeren Leben zurückzukehren. Ich will ihr sagen, ich würde sie nach London mitnehmen.

»Ist es diese Hütte, gute Alte?«, fragte er und blickte über die Schulter zurück zu ihr, die etwa zehn Schritt hinter ihm ging.

»Ja!«, versetzte sie. »Hab ich Euch nicht gesagt, dass sie sich hier befindet?«

Richard de Ashby machte noch zwei oder drei Schritt vorwärts, wobei er die Hütte aufmerksam betrachtete. Dann blieb er plötzlich argwöhnisch stehen, denn er glaubte gesehen zu haben, wie zuerst eine und dann eine zweite Gestalt aus dem Wald hervorsprang und hinter der Hütte verschwand, und zwar so schnell und geschickt, dass es sich nicht um alte Leute handeln konnte. Furcht ergriff ihn, und er rief aus: »Was ist das, alte Hexe? Dort sind Männer!«

Da ließ das alte Weib den Korb fallen und sprang mit einem wilden Satz und lautem Gekreisch, das kaum von einer menschlichen Stimme kommen konnte, Richard de Ashby auf die Schultern, zwängte ihre langen dünnen Arme unter seinen Achseln hindurch und hielt ihn in zäher Umschlingung fest.

»Ha, ha, ha!«, brüllte sie. »Kommt hervor, meine lustigen Männer! Kommt hervor! Tangel hat ihn gefangen! Tangel hat ihn gefangen! Wir wollen sein Herz essen! Wir wollen sein Herz essen und ihn langsam am Feuer braten!«

Vergebens wand sich Richard de Ashby, um sich von den Griffen des seltsamen Wesens loszumachen. Mit beinahe übermenschlicher Geschmeidigkeit und Kraft hielt Tangel ihn umklammert. Seine Finger schienen von Eisen, seine Arme waren wie Stricke, und es nützte Richard de Ashby nichts, dass er sich zu Boden warf und sich auf den Zwerg wälzte.

Nun eilten Männer herbei und als Tangel ihn endlich losließ, war Richard de Ashby an Händen und Füßen gebunden.

43

Auf einem weiten, offenen Feld am Ufer des Trent, das den Bogenschützen sonst zu Schießübungen diente, hatte man den Turnierplatz errichtet, wo Hugh de Monthermer gegen Alured de Ashby kämpfen sollte. All die üblichen Vorbereitungen waren getroffen worden. Einen Pavillon für den König mit seinem Hofstaat, Galerien für die Damen, Zelte für den Herausforderer und den Herausgeforderten und zahlreiche andere Buden hatte man errichtet, die jedem Unterschlupf und Erfrischung boten, der vielleicht von weither gekommen war, um Zeuge zu sein von einem ritterlichen Zweikampf auf Leben und Tod.

Schon vor der elften Stunde war eine große Menschenmenge versammelt, und mit jeder Minute nahm das Gewühl noch zu; denn am frühen Morgen hatten sich Gerüchte seltsamer Art nicht nur in Nottingham verbreitet, sondern auch in der weiteren Umgebung der Stadt, und jedermann war begierig, mit eigenen Augen zu sehen, wie das alles enden würde. Überall fragten die Männer einander, was man wisse, und fast jeder musste gestehen, dass er den genauen Hergang und Stand der Sache nicht kenne. Doch fanden sich auch hier, wie immer, Leute, die behaupteten, aufs Genaueste unterrichtet zu sein, obwohl sie in Wirklichkeit gar nichts wussten. Was allein gewiss schien, war, dass aus irgendeinem Grunde in der Nacht die Schlosstore geschlossen und scharf bewacht worden waren. Niemand hatte hinausgehen dürfen, außer ein paar Diener des Prinzen, die, nachdem sie in der Stadt eine kurze Botschaft überbracht hatten, sofort zurückgekehrt waren, ohne eine Frage zu beantworten oder sich auch nur zufällig zu verplaudern.

Zwei oder drei Personen hatten jedoch gesehen, dass ein Trupp von etwa zwölf Personen, aus der Richtung von Pontefract kommend, ins Schloss eingelassen wurde. Sie hätten keine Waffen getragen, nicht wie Soldaten ausgesehen und waren, nach ihrer Kleidung und ihren Pferden zu urteilen, die Nacht hindurch unterwegs gewesen. Man wollte wissen, dass sie sofort vom Prinzen empfangen worden waren. Es gingen auch noch zahlreiche andere Gerüchte auf dem Platz um, und manche glaubten, dass gar kein Kampf stattfinden würde. Diese Vermutung wurde aber bald verdrängt durch das Erscheinen der Herolde, die mit ihren Gehilfen den Kampfplatz genau untersuchten, um sich zu vergewissern, dass alles eben sei, ohne Löcher oder Erhöhungen, die Fallen für die Füße der Pferde darstellen konnten.

Fast gleichzeitig erschienen verschiedene Pagen und Diener des Königs, die sich damit beschäftigten, den für den König errichteten Pavillon in gebührende Ordnung zu bringen.

Dann hörte man in geringer Entfernung das Blasen einer Trompete, und eine Schar Reiter in ihren Rüstungen näherte sich in raschem Tempo zu Pferde und nahm in kriegerischer Ordnung ihren Posten an beiden Enden des Kampfplatzes außerhalb der Schranken ein. Eine Pause von etwa fünf Minuten trat jetzt ein. Die Menge, die all diese Vorbereitungen beobachtete, begann schon Vermutungen auszusprechen, wer der Sieger sein würde. Viele Anwesende, nur von ihrer Phantasie oder von Gerüchten geleitet, stellten Mutmaßungen über den Ausgang des Kampfes an, ohne einen der Gegner je gesehen zu haben. Aber es waren auch viele da von den Bauern aus Lindwell und der Umgebung des Schlosses des Grafen von Ashby, die natürlich meinten, ihr Lord würde den Sieg davontragen gegen jeden Ritter in Europa. Man bemerkte jedoch, dass selbst ihre kühnsten Voraussagen über die Tapferkeit ihres jungen Lords verbunden waren mit der Überzeugung, dass, »wie dies immer sei, sie gewiss glaubten, dass der Lord von Monthermer niemals den alten Grafen getötet habe. Warum hätte er es denn tun sollen?

Es fehlte auch Hugh de Monthermer nicht an Anhängern unter der Volksmenge, denn er war in dieser Gegend des Landes wohlbekannt und die meisten gingen davon aus, dass er unschuldig sei.

Etwa um halb zwölf Uhr mischten sich eine Anzahl Waidmänner in ihrer festtäglichen Tracht unter die Menge. Sie waren ohne Bogen, aber jeder hatte sechs Pfeile an der Seite stecken und trug in der Hand ein kurzes Schwert und den Schild. Sie hatten zahlreiche Bekannte unter dem Volk, und mit anderen, die sie nicht direkt ansprachen, wurde ein freundlicher Blick des Erkennens und ein vertrauliches Kopfnicken getauscht, während sie sich zu den Schranken drängten.

»He, Müller!«, sagte einer der Pächter, als ein Freibauer in Hellgrün an ihm vorbeischritt. »Warum bringt Ihr Eure Pfeile mit? Dies ist heute kein Schießplatz!«

»Es gibt überall Schießplätze und ein Ziel, Winken«, versetzte der Angeredete.

»Aber Ihr habt keinen Bogen«, erwiderte der Landmann.

»An Bogen wird es nicht fehlen, wenn wir sie brauchen«, sagte der Waidmann und schritt weiter.

Da sah man von Nottingham her einen stattlichen Zug heranreiten, in dem sich manche schöne Lady befand, trotz des blutigen Schauspiels, das zu erwarten war.

»Der König!«, schrien viele Stimmen. »Der König und der Prinz! Gott segne den Prinzen Edward!«

Nur wenige schlossen den Namen des Monarchen in den Segenswunsch ein. Aber Heinrich hörte nur den Willkommensruf, und da er glaubte, beim Volk beliebt zu sein, verbeugte er sich huldvoll vor der Menge. Dann ritt er zu dem für ihn bereiteten Pavillon, der sich bald mit den Lords und Ladys seines Hofes füllte.

Zum Erstaunen der meisten Anwesenden sah man die Prinzessin Eleonore zur rechten Seite des Königs, und viele

Bemerkungen wurden darüber gemacht, dass sie heute zum erstenmal erschien, um einem gerichtlichen Zweikampf beizuwohnen.

Mittlerweile ritt Prinz Edward, gefolgt von einigen Herolden in ihren glänzenden Wappenröcken und begleitet von zwei unbewaffneten Rittern, auf den Kampfplatz. Er war in einen schimmernden Harnisch von Stahlschuppen gekleidet, Schild und Lanze wurden ihm von Knappen zu Fuß nachgetragen. Nachdem er kurz mit den Herolden gesprochen hatte, wandte sich Edward an einen der ihn begleitenden Ritter und sagte: »Reitet zum Zelt des Grafen von Ashby und sagt ihm, er sei zu schwach, um heute zu kämpfen. Guy de Margan, der zuerst aus dem Becher trank, ist tot, sagt Ihr?«

»Er starb sehr rasch, mein Lord«, antwortete der Ritter, »und hatte kaum noch Zeit zu berichten, dass er im Zimmer Alured de Ashbys den Becher halb mit Wein gefüllt vorfand und ihn während des Wartens trank.«

»Es muss wirklich ein starkes Gift gewesen sein«, stellte der Prinz fest. »Der Arzt sagte mir, er habe all seine Kunst gebraucht, um den Grafen Alured zu retten, der danach aus demselben Becher Wein trank. Aber geht zu ihm und sagt ihm, er sei zu schwach. Wenn er die Anklage zurücknehmen will, gut – wenn nicht, so soll er den Kampf um acht Tage aufschieben. In keinem Fall wird ihn das entehren.«

Der Ritter ritt weg, und Edward fragte seinen anderen Begleiter: »Man hat ihn noch nicht gefunden?«

»Nein, mein Lord«, erwiderte der. »Man hat alles vergebens durchsucht. Der Leichnam lag in dem Zimmer oben. Der Tote ist ein Mann mit Namen Dighton. Ich erkannte ihn sofort; denn ich habe ihn oft mit Ellerby und anderen Lumpen in London und Westminster herumstreifen sehen.«

»Sir Roger hat einen kurzen Bescheid erhalten«, sagte der Prinz, als er, zum Zelt am westlichen Ende der Schranken schauend, den von ihm abgesandten Ritter wieder sein Pferd besteigen sah, um zurückzukommen. »Ich habe selten einen so halsstarrigen Mann wie Alured de Ashby erlebt!«

»Er will nichts davon hören, mein Lord«, rief der Ritter im Heranreiten. »Er behauptet, die Leute würden ihn gewiss auch dann einen Feigling nennen, wenn er wegen eines Unwohlseins von ein paar Stunden dem Kampf auswiche.«

»Nun denn, so muss die Sache ihren Lauf nehmen«, versetzte der Prinz und schaute zu Boden. »Aber er könnte sich doch noch getäuscht sehen. Reitet hinüber und sprecht mit Sir John Hardy. Hört, was er sagt.«

Während der Ritter sich zu Hugh de Monthermers Zelt begab, ritt der Prinz um die Schranken herum und näherte sich dem Platz, wo Heinrich und Eleonore saßen. Er sprach mit beiden ein paar Worte. Als er eben im Begriff war, sich zu entfernen, beugte sich Eleonore, deren Miene große Unruhe verriet, vor und fragte mit leiser Stimme: »Seid Ihr Eurer Sache so sicher, Edward?«

»Ich glaube es zu sein«, antwortete der Prinz, »obwohl ich noch niemanden kommen sehe. Ich kann aber auch immer noch selbst Maßnahmen ergreifen. Der Brief, der mir heute Nacht überbracht wurde, besagte, sie würden vor der Zeit mit dem verwundeten Grafen auf dem Kampfplatz sein. Doch da kommt schon der Herausforderer!«

Während er sprach, waren seine Blicke auf das Zelt des jungen Grafen von Ashby geheftet, aus dem er einen Ritter hervortreten sah. Alured war in vollständiger Waffenrüstung, bestehend aus der Halsberge und dem Waffenhemd aus Stahlschuppen, ebensolchen Beinschienen, einem stählernen Helm mit der Helmzier und dem beweglichen Visier aus Eisendraht. Er trug kein Gewand über der Rüstung, und das Einzige, was ihn von den gewöhnlichen Gewappneten unterschied, waren die mit Bändern versehenen stählernen Platten an den Knien und den Ellbogen des Harnischs, die erste Annäherung an den künftigen Panzer aus einem Stück, der später in Gebrauch kam.

Alle wandten ihre Blicke nun in diese Richtung, und jeder bemerkte, dass sich der junge Graf von Ashby, als er vom Eingang des Zeltes zu seinem Pferd hinschritt, auf den Arm Sir Harry Greys lehnte, der sein Kampfzeuge sein würde. Da sich mittlerweile das Gerücht herumgesprochen hatte, dass in der vorigen Nacht ein Versuch gemacht worden sei, ihn zu vergiften, lief ein lautes Gemurmel durch das Volk: »Er ist nicht imstande zu kämpfen! Er ist nicht gesund! Lasst ihn nicht kämpfen!«

Aber Alured de Ashby setzte den Fuß in den Bügel und bestieg sein Ross mit sichtlicher Schwierigkeit, dann aber saß er fest und aufrecht im Sattel.

»Nun, mein liebes Tier«, rief er, seinem Streitross den Nacken klopfend, »du kannst die Waffen besser tragen, mir sind sie heute schwer!« Er ritt zum anderen Ende der Schranken, seine Diener folgten ihm mit Lanze und Schild, und er grüßte im Vorbeireiten den König und die Prinzessin und verbeugte sein Haupt tief vor dem Prinzen.

»Das ist Wahnsinn, mein guter Lord«, sagte der Prinz, der zu ihm hinritt. »Als Kampfrichter kann ich das nicht zulassen.«

»Ich muss meine Pflicht tun, Sir«, antwortete Alured de Ashby. »Ich bin kein Feigling. Hier stehe ich in den Waffen, meine Ehre zu wahren.«

Edward wollte gerade etwas antworten, da hielt der Ritter, den er zu John Hardy geschickt hatte, sein Pferd neben ihm an und flüsterte ihm etwas ins Ohr.

»Sie sind bereit, den Kampfplatz zu betreten?«, fragte Edward, verwundert die Augenbrauen hochziehend. »Was soll das heißen? Nun, lasst die Herolde das Signal geben.«

Auf ein Zeichen, das der Prinz mit dem Kampfrichterstab

gab, schmetterten die Trompeten laut, und ein Herold verkündete, dass alle Personen das Feld verlassen sollten, außer dem herausfordernden Ritter und seinem Gegner, den Herolden und Wappenbeamten, dem Kampfrichter und seinen Knappen.

Ein unbeschreibliches Gewühl entstand, denn eine Menge Personen hatten sich unter verschiedenen Vorwänden dort aufgehalten. Aber bald war alles geräumt, und Alured de Ashby, der an den von den Herolden dem Herausforderer zugewiesenen Platz geritten war, schnallte seinen Schild an und nahm die Lanze in die Hand, die er senkrecht hielt. Die eiserne Spitze zeigte steil in die Luft, das andere Ende ruhte auf seinem Fuß. Ein unbewaffneter Knappe stand auf jeder Seite und zwei Pagen dahinter.

Nun übergab Sir Harry Grey dem ersten Herold einen Beutel voll Gold und sagte, dem Zeremoniell folgend: »Das für des guten Ritters Helm!«

Der Herold neigte den Kopf und erwiderte: »Dank für die Freigebigkeit, edler Sir. Ist der Kampf auf Lanze und auf Schwert?«

»Das ist einerlei«, sagte Sir Harry Grey. »Er bezahlt für die Lanze, und die Lanze deckt das Schwert.«

Darauf ritt der Herold etwa zwanzig Schritt vorwärts, gefolgt von seinen Wappenbeamten, und nach einem lauten Schmettern der Trompeten verkündete er, hier stehe Alured, Graf von Ashby, bereit, den Kampf zu wagen gegen Hugh von Monthermer, Lord von Amesbury, wegen gewisser Anklagen, die er, Alured, gegen besagten Hugh vorgebracht habe, nachdem er, dem Gesetz der Waffen gemäß, den Eid geleistet habe, dass sein Streit recht und gerecht sei und er bereit, Leib und Leben der Entscheidung Gottes anheimzustellen. »Wenn nun«, fuhr der Herold fort, »besagter Hugh von Monthermer weiterhin behauptet, die Anklage sei falsch und grundlos, und dafür sein Leben wagen will, so möge er herankommen vor dem dritten Schmettern der Trompeten, oder wenn nicht, so übergebe er sich in die Hände des Königs, damit mit ihm verfahren werde, so wie er es verdient hat! Hört! Hört! Es darf kein Mann, bei Gefahr, Leib und Leben zu verwirken, weder besagtem Alured, Grafen von Ashby, noch Hugh, Lord von Monthermer, durch Zeichen, Wort oder Zuruf, Zuspruch oder Aufmunterung zukommen lassen. Gott wolle das Recht verteidigen! Blast die Trompeten!«

Ein langes, lautes Schmettern der Trompeten folgte, und alle Blicke wandten sich nun dem anderen Zelt zu, wo das Banner des Hauses Monthermers wehte. Zwei aufgezäumte und vollständig gerüstete Pferde und verschiedene Pagen und Diener standen davor. Hinter dem Zelt schien Gewühl und Tumult zu herrschen, und die Frist nach dem ersten Ruf der Trompete verstrich, ohne dass jemand erschien.

»Blast noch einmal!«, befahl der Herold, und wieder ertönte das Schmettern der Trompete, worauf beinahe augenblicklich die Vorhänge des Zeltes zurückgezogen wurden und Hugh de Monthermer, bewaffnet, aber entblößten Hauptes, sich der Schranke näherte.

»Das entspricht nicht der Ordnung«, murmelte Alured de Ashby und richtete sich mühsam im Sattel auf. Aber schon im nächsten Augenblick sah er mehr. Zur Rechten von Hugh schritt Sir John Hardy und zu seiner Linken sein Oheim, der alte Graf von Monthermer. Zwei Knappen trugen Lanze und Schild des Ritters, ein Page zwischen ihnen seinen Helm. Langsam rückte der ganze Zug gegen die Schranke vor, die aufgehoben wurde, um die Gruppe auf den Kampfplatz zu lassen. Dicht hinter ihnen kamen vier Männer, die eine Sänfte mit Vorhängen aus leichtem Tuch auf den Schultern trugen. Ein Trupp Waidmänner folgte, einen Mann, dessen Arme gefesselt waren, zwischen sich führend. Seine Kapuze war zurückgeschlagen, so dass das Gesicht für jeden sichtbar war.

»Ha! Was ist das?« Alured de Ashby trieb sein Pferd ein paar Schritte vorwärts. »Was bedeutet das alles? Ach, jetzt sehe ich es! Sie haben Richard in die Hände bekommen. Und auf der Bahre bringen sie wahrscheinlich den Leichnam Guy de Margans. Mein Prinz, ich errate das Übrige.«

»Ich auch«, entgegnete Edward trocken. »Lasst uns hinreiten und sehen!«

Beide gaben ihren Pferden die Sporen und erreichten den Platz vor dem königlichen Pavillon in demselben Augenblick, als Hugh de Monthermer dort hielt.

»Nun, Hugh, sprecht und erklärt das alles!«, sagte der Prinz. »Aber zuerst, mein guter Lord«, fuhr er fort, und bot dem alten Grafen Monthermer die Hand, »willkommen Ihr, der Ihr zu Eurer Pflicht und zu England zurückkehrt. Mein Herr und König, darf wohl Euer Sohn diesem Edelmann Gnade und Verzeihung ankündigen?«

Vermutlich hätte Heinrich das zu keiner anderen Stunde zugelassen. In diesem Augenblick aber war er so von Neugier getrieben, dass er sich nicht lange besinnen konnte, sein Haupt neigte und sagte: »Gut, sei es so. Aber was nun?«

»Gnädiger Herr«, sagte Hugh. »Ich bin hier, meine Unschuld zu beweisen in der Art, wie es zu befehlen Euer Gnaden passend erscheint, entweder mit den Waffen, gemäß der erfolgten Aufforderung, oder durch noch triftigeren Beweis, wenn es Euch gefällt.«

»Kein Beweis kann besser sein als der mit Waffen, Sir«, antwortete der König. »Gottes Entscheidung ist doch mit Sicherheit gerechter als die von Menschen.«

»Gut, Sire«, versetzte Hugh de Monthermer mit feinem Lächeln. »Sei es, wie es Euer Gnaden beliebt. Alured«, fuhr er fort, »wenn ich nun durchaus mit Euch kämpfen muss, werdet Ihr genötigt sein, einen anderen Grund zu finden als den Tod Eures Vaters. An diesem bin ich unschuldig. Hier ist ein

Zeuge, der nicht lügen kann. Zieht die Vorhänge zurück! Wollt Ihr ihm glauben?«

Alured de Ashby, zuvor schon blass, wurde noch blasser, aber es war, als hätte sich das Blut nur in die Tiefe seines Herzens zurückgezogen, um gereinigt, verjüngt, gekräftigt wieder daraus hervorzubrechen. Einen Moment war er so weiß wie die Asche eines erloschenen Feuers, im nächsten aber glühten seine Wangen, seine Augen funkelten, und mit einer Leichtigkeit, als wäre alle Krankheit verschwunden, sprang er vom Pferd. Er stürzte neben der Sänfte, in der halb aufgerichtet der alte Graf von Ashby lag, auf die Knie und benetzte die Hand seines Vaters mit Tränen. Dann erhob er sich, umarmte Hugh de Monthermer und rief: »Ich habe Euch unrecht getan, verzeiht mir, mein Freund.«

Hugh drückte fest seine Hand und sagte: »Das alles ist höchst erfreulich, Alured, aber etwas bleibt noch. Da steht der Mörder! Mein gnädiger Herr und König, in Eure Hand übergebe ich ihn. Verfahrt mit ihm, wie Ihr es für angebracht erachtet. Die Männer, die er zur Ausführung seines Verbrechens bezahlt hatte, sind, soweit sie noch leben, in sicherem Gewahrsam und haben gestanden. Auch er hat nicht die Stirn zu leugnen, und das wäre auch sinnlos, denn ein armes unglückliches Mädchen, das er vom Pfad der Tugend und aus ihrer friedlichen Heimat weggelockt hat, konnte in seinem Haus die niederträchtige Verschwörung belauschen, die darauf abzielte, den alten Grafen Ashby zu ermorden und mich des Verbrechens anzuklagen. Sie sagte es denjenigen, von denen sie erwartete, dass sie es am ehesten würden verhüten können, nämlich den Waidmännern des Sherwood. Zwar kamen die Leute Robin Hoods nicht mehr zur rechten Zeit, die Tat zu verhindern, aber schnell genug, um den Grafen zu finden und sein Blut zu stillen, ehe sein Leben erloschen war. Das Mädchen ist bereit, obgleich ihr Herz gebrochen ist, Zeugnis abzulegen, so dass kein Zweifel mehr bleibt an der Schuld dieses Mannes.«

»Oh, du Schurke!«, sagte Alured de Ashby und starrte seinen Vetter mit Abscheu an. »Elender! Eine solche Schande über den Namen de Ashby zu bringen!«

»Still, Alured, still!«, beschwichtigte der alte Graf seinen Sohn. »Ich will den König bitten, ihn zu begnadigen.«

»Ja, begnadigt mich, begnadigt mich!«, schrie Richard de Ashby und stürzte vor. »König, ich habe Euren Sohn aus der Gefangenschaft befreit, ich gab ihm die Mittel zur Flucht! Ohne mich hätte es die Schlacht bei Evesham nicht gegeben. Ohne mich würde de Montfort noch herrschen. Ohne mich wärt Ihr noch zu dieser Stunde ein Gefangener!«

»Ich bitte Euch, gnädiger Herr, begnadigt ihn, begnadigt ihn!«, riefen Mortimer und Pembroke in einem Atem.

»Was meint Ihr, Edward?«, fragte der König unsicher, denn Unruhe machte sich unter den Umstehenden breit.

»Gnädiger Herr, ich darf nichts sagen. Wenn auch die Gerechtigkeit laut den Tod des schwärzesten Bösewichts fordert, den ich je gekannt habe, so bindet mir doch Dankbarkeit die Zunge. Ich darf nichts sagen.«

»Entledigt ihn der Fesseln«, rief der König nach einer kleinen Pause. »Wir schenken ihm das Leben, verbannen ihn aber für immer aus dem Königreich. Wenn er nach zehn Tagen noch im Lande angetroffen wird, soll er sterben!«

»Dank, gnädiger Herr, Dank!«, rief Richard de Ashby, während die Waidmänner widerwillig die dicken Stricke lösten.

Sobald er frei war, schritt er an seinem Vetter und Hugh de Monthermer vorbei, als wollte er direkt über den Kampfplatz davoneilen, aber nach einigen Schritten drehte er sich um, schüttelte seine geballte Faust und schrie: »Fluch über Euch beide! Doch die Zeit der Rache kommt! Ich bin mit Euch noch nicht zu Ende!«

Während er das verkündete, entstand Bewegung unter der Volksmenge außerhalb der Schranken. Als er weiterreiten wollte, rief eine gewaltige Stimme, die man laut und klar über das ganze Feld hin hörte: »Dies für das Herz des mörderischen Verräters Richard de Ashby! Den die Könige schonen, den senden die Gemeinen vor Gottes Gericht!«

Niemand sah den Mann, von dem die Stimme kam. Aber gleich darauf hörte man das Schwirren einer Bogensehne, ein Pfeifen in der Luft und dann einen dumpfen Aufprall, als würde ein Pfeil auf die Scheibe treffen.

Ein gellendes Kreischen entfuhr dem Mund Richard de Ashbys, er riss die Arme hoch, als suche er Halt, dann sank er rücklings auf das Gras.

Mehrere Männer liefen herbei, aber er war schon tot. Der Pfeil war ihm mitten durch das Herz gegangen, und zwischen den Pfauenfedern, die der Pfeil trug, stand geschrieben: Robin Hood.

Beinahe in demselben Augenblick sah man einen großen stattlichen Waidmann auf der anderen Seite der Schranken ein weißes Pferd besteigen und vom Kampfplatz wegreiten. Er ritt in nicht sehr raschem Tempo dahin und summte dabei ein altes, längst vergessenes Lied …

Alexandre Dumas
Der Graf von Monte Christo
Roman
Aus dem Französischen übersetzt
937 Seiten
ISBN 978-3-7466-6125-4

Der romantischste Held der Literaturgeschichte

Edmond Dantès ist neunzehn, als er – unschuldig – seiner Liebe beraubt, verhaftet und in das Inselgefängnis des Château d'If geworfen wird. Vierzehn Jahre später gelingt ihm die Flucht im Leichensack seines Zellennachbarn. Als Graf von Monte Christo kehrt er, reich und unerkannt, nach Paris zurück, nur von dem einen Gedanken beseelt: Rache zu nehmen.

»Muß man bei Dumas denken? Selten. Träumen? Niemals. Seiten umwenden? Immer.« ZEITGENOSSE

Mehr Informationen erhalten Sie unter
www.aufbau-verlag.de oder in Ihrer Buchhandlung

aufbau taschenbuch

Alexandre Dumas
Der Mann in der eisernen Maske
Roman
Aus dem Französischen von Edmund Th. Kauer
549 Seiten
ISBN 978-3-7466-6124-7

Einer für alle, alle für einen

Mit rauschenden Festen und ruinösen Liebesaffären eröffnet Ludwig XIV. seine Regentschaft. Die drei Musketiere jedoch haben andere Vorstellungen von einem starken Königtum, und sie wissen um einen Zwillingsbruder Ludwigs, der, vor der Öffentlichkeit verborgen, in einem Seitenflügel der Bastille lebt. Diesen Doppelgänger wollen sie unbemerkt gegen Ludwig austauschen und auf den Thron setzen.

»Es ist eine Geschichte, die nicht ganz wahrheitsgetrau, aber auch nicht ganz falsch ist, und sie ist in jedem Augenblick wunderbar dramatisch.« André Maurois

Mehr Informationen erhalten Sie unter
www.aufbau-verlag.de oder in Ihrer Buchhandlung

aufbau taschenbuch

Alexandre Dumas
Die drei Musketiere
Roman
Aus dem Französischen von Herbert Bräuning
Mit einem Nachwort von Christine Wolter
703 Seiten
ISBN 978-3-7466-6123-0

Mit Degen, Charme und Federhut

Gefürchtete Krieger und zugleich unwiderstehliche Verführer, streiten die drei Musketiere für Königin Anne, die junge Gemahlin Ludwigs XIII., gegen die Intrigen Richelieus und seiner satanischen Spionin Mylady de Winter: Große Geschichte, dargereicht mit viel Phantasie und jenem feinen Schuss Ironie, der Dumas' Romane noch heute so lesenswert macht.

»Wenn ich König Louis-Philippe wäre, so würde ich Dumas eine Rente aussetzen, damit er, ›Die drei Musketiere‹ ewig fortsetzt.« JOSEPH MÉRY

Mehr Informationen erhalten Sie unter www.aufbau-verlag.de oder in Ihrer Buchhandlung

aufbau taschenbuch

Mark Twain
Huckleberry Finns Abenteuer
Roman
Aus dem Amerikanischen
von Lore Krüger
Mit einem Nachwort
von Alexander Pechmann
Etwa 400 Seiten
ISBN 978-3-7466-2593-5

Ein Schlüsselwerk der amerikanischen Literatur

Auf einem klapprigen Floß fahren der abenteuerlustige Huck Finn und sein Freund, der Sklave Jim, den Mississippi hinunter, der für sie zum Inbegriff der Freiheit wird. Auf ihrer Odyssee begegnen sie merkwürdigen Gestalten, Gaunern und Halunken.
Als Jim verraten wird und im Gefängnis landet, lockt Huck und seinen Freund Tom Sawyer ein neues Abenteuer: Sie müssen Jim befreien!

»Die gesamte amerikanische Literatur stammt von einem Buch von Mark Twain, genannt Huckleberry Finn, ab. Vorher gab es nichts. Seitdem gab es nichts, was dem gleichkommt.«
Ernest Hemingway

Mehr Informationen erhalten Sie unter
www.aufbau-verlag.de oder in Ihrer Buchhandlung

aufbau taschenbuch

Mark Twain
Tom Sawyers Abenteuer
Roman
Aus dem Amerikanischen
von Lore Krüger
Mit einem Nachwort
von Alexander Pechmann
304 Seiten
ISBN 978-3-7466-2594-2

Im Land der Kindheit

Die kleine Stadt St. Petersburg schläft am trägen Mississippi, doch in ihren Gassen treiben Tom und seine Freunde ihr Unwesen. Ständig auf der Flucht, um den »ungerechten« Strafen der Erwachsenen zu entgehen, hecken sie neue Streiche aus. Doch das richtige Abenteuer beginnt erst, als eines Nachts auf dem Friedhof ein Mord passiert und nur Tom und sein Freund Huck Finn gesehen haben, wer der Mörder ist.

»Mark Twain war der erste echte amerikanische Schriftsteller, und wir alle sind seine Erben, von ihm stammen wir ab.«
William Faulkner

Mehr Informationen erhalten Sie unter
www.aufbau-verlag.de oder in Ihrer Buchhandlung

aufbau taschenbuch

Lew Tolstoi
Anna Karenina
Roman
Aus dem Russischen von Hermann Asemissen
1227 Seiten
ISBN 978-3-7466-6111-7

Einer der größten Liebesromane der Weltliteratur

Anna, die schöne Frau des hohen Petersburger Beamten Karenin, hat sich leidenschaftlich in den Grafen Wronski verliebt. Sie bekennt sich offen zu ihrer Liebe und verlässt ihren Mann. Aber die vornehme Gesellschaft verzeiht ihr diesen provozierenden Verstoß gegen die Konventionen nicht. Verzweifelt kämpft Anna um ihren Sohn und um ihre Liebe.

»Tolstoi ist einer der größten Psychologen; weil wir seine Figuren nicht wirklich verstehen, begreifen wir sie im Innersten.«

DANIEL KEHLMANN, DER SPIEGEL

Mehr Informationen erhalten Sie unter www.aufbau-verlag.de oder in Ihrer Buchhandlung

aufbau taschenbuch

I HAVE A DREAM

—

ICH HABE EINEN TRAUM

DR. MARTIN LUTHER KING JR.

I HAVE A DREAM

ICH HABE EINEN TRAUM

Foreword by Amanda Gorman

Mit einem Vorwort von Amanda Gorman

Aus dem amerikanischen Englisch
von Daniela Seel (Vorwort) und
Cornelia Holfelder-von der Tann (Rede)
unter Mitarbeit von Dr. phil. Marion Kraft

HarperCollins

MartinLuther
KingJr.*Library*

Die amerikanische Originalausgabe erschien 2022 unter dem Titel
»I Have a Dream« bei HarperOne und der MartinLutherKingJr.*Library*,
einem Imprint von HarperCollins*Publishers*, New York.
In Association With

IPM
INTELLECTUAL PROPERTIES
MANAGEMENT, INC.

License granted by Intellectual Properties Management, Inc., Atlanta, GA,
exclusive licensor of The King Estate

Designed by SBI Book Arts, LLC
Art © ARTvektor/Shutterstock

1. Auflage 2022
Vorwort © 2022 by Amanda Gorman
»I Have a Dream« © 2022 by The Estate of Martin Luther King, Jr.
All rights reserved.
Zweisprachige Erstausgabe
© 2022 by HarperCollins in der
Verlagsgruppe HarperCollins Deutschland GmbH, Hamburg
»The March on Washington Address« reprinted by arrangement
with The Heirs to the Estate of Martin Luther King Jr.,
c/o Writers House as the proprietor, New York,
NY. Copyright © 1963 Dr. Martin Luther King Jr.
© renewed 1991 Coretta Scott King.
Umschlaggestaltung: PPP Pre Print Partner GmbH & Co. KG, Köln
nach einem Entwurf von Stephen Brayda
Art Work: © Makeba »Keebs« Rainey (@Justkeebs)
Umschlagfoto: © Stephen F. Somerstein/Getty Images
Umschlagmuster: Shutterstock
Gesetzt aus der Stempel Garamond
von Dörlemann Satz, Lemförde
Druck und Bindung von CPI Clausen & Bosse, Leck
Printed in Germany
ISBN 978-3-365-00128-8
www.harpercollins.de

Klimaneutral
Druckprodukt
ClimatePartner.com/15109-2009-1001

MIX
Papier
FSC FSC® C083411

FOREWORD

On January 20, 2021, I looked out at an almost-empty National Mall, preparing at the presidential inauguration of Joe Biden. From my podium at the steps of the Capitol Building, I could see the tall, white glint of the Washington Monument obelisk, the early afternoon sun winking off the Lincoln Memorial Reflecting Pool, as well as the distant, massive marble work of the Lincoln Memorial itself. Seeing the striking silhouettes of these monuments gave my dangerously flut-

VORWORT

Am 20. Januar 2021 schaute ich auf eine beinahe leere National Mall hinaus und bereitete mich auf die Amtseinführung von Präsident Joe Biden vor. Von meinem Podium auf den Stufen des Kapitols aus konnte ich den hohen, weiß schimmernden Obelisken des Washington Monument sehen, die frühe Nachmittagssonne, die aus dem Reflexionsbecken des Lincoln Memorial blinzelte, und in der Ferne den gewaltigen Marmorbau des Lincoln Memorial selbst.
Die Sicht auf die eindrucksvollen Silhouetten dieser Denkmale gab meinem alarmierend flat-

tering heart a physical piece of history to be grounded by. I forced my tight chest to take a deep breath and, looking out at the statues, let the first line of my poem »The Hill We Climb« leave my lips. Beat by beat, I put one word in front of another: »Mr. President, Madame Vice President, Americans, and the World.«

As I spoke, I forced myself to wait and listen for the enormous ceremonial speakers to reverberate my words back to me before I continued to recite. This ensured that I wasn't talking over the long echoes of my own voice. It also let me privately embrace the echo of a moment of history from long before.

That moment was August 28, 1963, when Martin Luther King Jr. recited his now renowned speech »I Have a Dream« from the stairs of the Lincoln Memorial. Though Dr. King and I stood in different places and times when speaking, we were essentially

trigen Herzen ein greifbares Stück Geschichte, an dem es sich erden konnte. Ich zwang meine angespannte Brust zu einem tiefen Atemzug und ließ, auf die Statuen hinausschauend, den ersten Vers meines Gedichts »The Hill We Climb« über meine Lippen. Im Takt meines Herzschlags fügte ich ein Wort an das nächste: »Mr. President, Madame Vice President, Americans, and the World.«

Während ich vortrug, zwang ich mich, darauf zu warten und zu hören, wie die enormen Festlautsprecher den Nachhall meiner Worte zu mir zurücktrugen, bevor ich weitersprach. So verhinderte ich, dass sich meine Stimme mit ihrem eigenen langen Echo überschnitt. Es ließ mich auch im Stillen das Echo eines historischen Moments wahrnehmen, der schon weit zurücklag.

Dieser Moment war der 28. August 1963, der Tag, an dem Martin Luther King Jr. auf den Stufen des Lincoln Memorial seine berühmte Rede »I Have a Dream« hielt. Dr. King und ich sprachen von verschiedenen Orten und Zeiten aus, doch hatten wir letztlich

looking out at the same reversed views: our country and its monuments.

Dr. King's speech would grow to become a monument in its own right, albeit one made of sentences and not stone. It touched not only the 250,000 people attending the March on Washington but also the countless others, born and unborn, who found a perennial power in his expressive cry for freedom and civil rights. Several attributes make it so powerful, including, but by no means limited to, three core elements: its vision, oratory, and language. That is: what it contains, how it was communicated, and the way it was composed.

First, Dr. King presented a unique revitalization of the American Dream that transcended race, class, gender, and other intersections of difference. In this way, it not only imagined a potent common ground but also chronicled the American conscience and condition.

dasselbe im Blick: unser Land und dessen Denkmale.

Dr. Kings Rede würde selbst zu einem Denkmal werden, einem aus Sätzen, nicht Stein. Sie berührte nicht nur jene 250000 Menschen, die am Marsch auf Washington teilnahmen, sondern unzählige weitere, Menschen seiner Zeit und kommender Generationen, die aus seinem beeindruckenden Schrei nach Freiheit und Bürgerrechten kontinuierlich Kraft schöpfen. Die Kraft dieser Rede beruht auf spezifischen Qualitäten, zu denen, neben etlichen weiteren, wesentlich diese drei zählen: Vision, Vortragskunst und Sprache. Das heißt, wovon sie spricht, wie sie gesprochen wurde und wie in ihr Sprache gesetzt ist.

Die Wiederbelebung des amerikanischen Traums, die Dr. King formulierte, ist einzigartig und reicht weit über *race*, *class*, *gender* und andere Intersektionen von Differenz hinaus. So schuf seine Vorstellungskraft nicht nur ein starkes Fundament für Gemeinsamkeit, sondern ebenso eine Chronik amerikanischen Bewusstseins und Befindens.

The second strength of the speech lies in its extraordinary performance and execution. In the January days leading up to my recitation of »The Hill We Climb,« I listened to recordings of the speech constantly, trying to learn from the reverend's electrifying and persuasive speaking style. Something we both share is the impact the Black church has had on our approach to public speaking. As a young Black girl who spent many a Sunday at my local Black church, my whole life I've been riveted by a long-standing institution that has produced Black prophets, poets, and change-makers through the ages, including the likes of Harriet Tubman and Frederick Douglass. In this, Dr. King is an extraordinary example, not an exclusive exception.

I'd also argue that Dr. King's speech endures not only because of its sturdy prose but also for its stag-

Die zweite Stärke der Rede liegt in ihrer außerordentlichen Performance und Ausführung. In den Januartagen vor meinem Vortrag von »The Hill We Climb« hörte ich unaufhörlich Mitschnitte und versuchte von dem mitreißenden und einnehmenden Redestil des Reverends zu lernen. Uns verbindet der Einfluss, den die Schwarze Kirche auf unser Verständnis von öffentlicher Rede hatte. Als junges Schwarzes Mädchen, das viele Sonntage in seiner Schwarzen Gemeinde verbrachte, war ich mein Leben lang gebannt von dieser traditionsreichen Institution, die durch die Zeiten hindurch Prophet*innen, Dichter*innen, Wegbereiter*innen hervorgebracht hat, darunter Persönlichkeiten wie Harriet Tubman und Frederick Douglass. Dafür ist Dr. King ein besonderes Beispiel, keine beispiellose Besonderheit.

Ich möchte außerdem hervorheben, dass Dr. Kings Rede nicht nur wegen ihrer kraftvollen Prosa fortwirkt, sondern ebenso wegen ihrer atem-

gering poetry. Like the most wizened of rhapsodes, the ambitious reverend seamlessly marshals lyricism, figurative language, rhyme, rhythm, and rhetorical devices. His brilliant mastery of language enabled him to pen one of the most significant—and poetic— American texts in history.

Yet because his »I Have a Dream« speech remains so esteemed, some have argued that the text has become overused, cliché even. Granted, this speech is just one of the endless mediums through which Dr. King spoke out for justice. Nevertheless, the expansiveness of Dr. King's work doesn't preclude us from revisiting the indelible effect of »I Have a Dream.« Reengaging thoroughly and curiously with such a work doesn't diminish Dr. King's lasting impact; rather, it deepens it. The more we open ourselves to the full breadth of his dream articulated, the more we open ourselves to the

beraubenden Poesie. Als wäre er einer der altehrwürdigsten Rhapsoden, arrangiert der Reverend leichterhand Lyrismen, bildhafte Sprache, Reim, Rhythmus und ein Füllhorn rhetorischer Mittel. Seinem brillanten Sprachvermögen verdankt sich einer der wichtigsten – und poetischsten – amerikanischen Texte in der Geschichte.

Doch gerade weil »I Have a Dream« – »Ich habe einen Traum« – nach wie vor so hohe Wertschätzung genießt, heißt es manchmal, man sei von dem Text übersättigt, dieser gar zum Klischee verkommen. Unbenommen ist die Rede nur eine von unzähligen Einlassungen, mit denen Dr. King für Gerechtigkeit eintrat. Die Fülle seines Schaffens sollte uns jedoch nicht davon abhalten, die unverbrüchliche Kraft und Schönheit von »I Have a Dream« immer noch einmal neu zu betrachten. Die ernsthafte und zugewandte Wiederbeschäftigung mit einem solchen Werk verringert Dr. Kings nachhaltigen Einfluss nicht; sie vertieft ihn vielmehr. Je mehr wir uns dem darin formulierten Traum in seinem ganzen Ausmaß öffnen, desto mehr öffnen wir uns

full breadth of our shared future. That is to say, even what is renowned must be re-known, again and again, if it is to have any lasting meaning.

It would've been impossible for me to write »The Hill We Climb« without approaching »I Have a Dream« as one of the poem's many literary ancestors. If anything, it reminded me that although I stood separate and apart at the inaugural podium, I was far from alone. I was participating in a long heritage of public figures who find unfading inspiration from Dr. King's activism. We revisit »I Have a Dream« not to become Dr. King but to further behold, bear up, and bring forth the entirety of his life's work. He was a singular meteor whose trajectory no one can copy, but his mission is one we can continue. That is the everlasting and *ever-growing* power of Dr. King's dream. It is a hope that challenges, demands, and welcomes us all.

unserer gemeinsamen Zukunft in ihrem ganzen Ausmaß. Anders gesagt: Auch was wohlbekannt ist, muss neu erkannt werden, wieder und wieder, soll seine Bedeutung nachhaltig sein.

Ich hätte »The Hill We Climb« nicht schreiben können, ohne mich »I Have a Dream« als einem*einer von vielen literarischen Vorfahr*innen meines Gedichts neu anzunähern. Es erinnerte mich nicht zuletzt daran, dass ich, auch wenn ich einzeln und abseits auf dem Inaugurationspodest stand, alles andere als allein war. Ich war Teil einer langen Erbfolge öffentlicher Personen, die aus Dr. Kings Aktivismus unvergängliche Inspiration schöpfen. Wir kommen auf »I Have a Dream« zurück, nicht um zu neuen Dr. Kings zu werden, sondern um sein Lebenswerk in dessen Fülle betrachten, bewahren und befeuern zu können. Er war ein einmaliger Meteor, dessen Flugbahn niemand kopieren kann, doch was wir können, ist, seine Mission fortzuführen. Darin liegt die immerwährende und *immer wachsende* Kraft von Dr. Kings Traum. Eine Hoffnung, die herausfordert, fordert und willkommen heißt, uns alle.

The instant I finished reciting »The Hill We Climb,« I could hear the slow but sure sound of the speakers blaring back at me in the crisp winter air. It was as if history itself were speaking back, reminding me of all the other giants, all the other Kings, whose shoulders I am fortunate enough to stand on. My poem may have been a solo performance, but I was just one voice in a chorus of people who continue to call back to Dr. King's surviving vision. I smiled, truly believing, as I still do, that the echo of Dr. King's work will always reverberate loud and clear. What's more, one day it won't be just an echo but an existence—not just a dream fiercely ringing but a dream finally realized.

—Amanda Gorman Los Angeles, CA, 2022

Kaum hatte ich meinen Vortrag von »The Hill We Climb« beendet, hörte ich den bedächtigen, doch bestimmten Ton der Lautsprecher, den mir die knisternde Winterluft entgegentrug. Es war, als entgegnete mir die Geschichte selbst, die mir all die anderen Gigant*innen in Erinnerung rufen wollte, all die anderen Kings, auf deren Schultern zu stehen ich mich glücklich schätzen darf. Mein Gedicht mag ein Solo gewesen sein, doch war ich nur eine Stimme in einem Chor von Menschen, die sich immer wieder auf Dr. Kings fortlebende Vision berufen und sie verstärken. Ich lächelte, in dem aufrichtigen und noch andauernden Vertrauen darauf, dass das Echo von Dr. Kings Werk immer in mir nachklingen wird, laut und klar. Mehr noch, eines Tages wird es nicht bloß ein Echo sein, sondern Existenz geworden – nicht bloß ein dringlich klingender Traum, vielmehr ein endlich verwirklichter.

—Amanda Gorman Los Angeles, CA, 2022

»I HAVE A DREAM« SPEECH

August 28, 1963

»ICH HABE EINEN TRAUM« REDE

28. August 1963

I am happy to join
with you today in what will
go down in history as
the greatest demonstration
for freedom in the
history of our nation.

Ich freue mich,
heute mit euch hier zu sein,
bei dem, was in die Geschichte
eingehen wird als die größte
Freiheitsdemonstration,
die unsere Nation je erlebt hat.

Five score years ago,
a great American,
in whose symbolic shadow
we stand today, signed
the Emancipation
Proclamation.

Vor einhundert Jahren
unterzeichnete
ein großer Amerikaner,
in dessen symbolischem Schatten
wir heute stehen,
die Emanzipationsproklamation.

This momentous decree
came as a great beacon light
of hope to millions of
Negro slaves who had
been seared in the flames
of withering injustice.

Dieser bedeutsame Erlass
kam als ein Leuchtfeuer der Hoffnung
für Millionen Schwarzer Versklavter,
die gezeichnet waren
von den zehrenden Flammen
der Ungerechtigkeit.

It came as a joyous
daybreak to end the long
night of their captivity.

Er kam als ein Morgen der Freude
nach der langen Nacht
ihrer Gefangenschaft.

But one hundred years later,
the Negro still is not free.

Doch einhundert Jahre später
sind die Schwarzen noch immer nicht frei.

One hundred years later,
the life of the Negro is still
sadly crippled by the manacles
of segregation and the
chains of discrimination.

Einhundert Jahre später
ist das Leben der Schwarzen
noch immer schwer gezeichnet
von den Fesseln der Segregation
und den Ketten der Diskriminierung.

One hundred years later,
the Negro lives on a lonely
island of poverty in the
midst of a vast ocean of
material prosperity.

Einhundert Jahre später
leben die Schwarzen auf einer einsamen
Insel der Armut in einem
weiten Meer
des materiellen Wohlstands.

One hundred years later,
the Negro is still languished
in the corners of American
society and finds himself
in exile in his own land.

Einhundert Jahre später
lässt man die Schwarzen
noch immer in irgendwelchen Ecken der
amerikanischen Gesellschaft
verkümmern und macht sie
zu Verbannten im eigenen Land.

And so we've come here
today to dramatize a
shameful condition.

So sind wir heute hergekommen,
um diesen beschämenden Zustand
unübersehbar aufzuzeigen.

In a sense we've come
to our nation's capital
to cash a check.

Gewissermaßen sind wir
in unsere Hauptstadt gekommen,
um einen Scheck einzulösen.

When the architects of
our republic wrote the
magnificent words
of the Constitution and
the Declaration of
Independence, they were
signing a promissory note
to which every American
was to fall heir.

Als die Baumeister
unserer Republik die großartigen
Worte der Verfassung und
der Unabhängigkeitserklärung
schrieben, stellten sie
einen Schuldschein aus,
auf den jedem Amerikaner
ein Anspruch zufiel.

This note was a promise that
all men, yes, black men as
well as white men, would be
guaranteed the unalienable
rights of life, liberty, and
the pursuit of happiness.

Dieser Schuldschein garantierte
allen Menschen
– ja, Schwarzen wie *weißen* –
die »unveräußerlichen Rechte«
auf »Leben, Freiheit und
das Streben nach Glück.«

It is obvious today that America
has defaulted on this promissory
note insofar as her citizens
of color are concerned.

Heute ist offensichtlich,
dass Amerika dieses Versprechen
seinen Schwarzen Bürger*innen gegenüber
nicht eingelöst hat.

Instead of honoring this sacred
obligation, America has given
the Negro people a bad check,
a check which has come back
marked insufficient funds.

Anstatt dieser heiligen
Verpflichtung nachzukommen,
hat Amerika den Schwarzen einen
faulen Scheck ausgestellt,
einen Scheck, der zurückkam mit
dem Vermerk »nicht gedeckt.«

But we refuse to believe
that the bank of justice
is bankrupt.

Wir weigern uns zu glauben,
dass die Bank der Gerechtigkeit
bankrott ist.

We refuse to believe that
there are insufficient
funds in the great vaults of
opportunity of this nation.

Wir weigern uns zu glauben,
dass in den Schatzkammern
der Möglichkeiten dieser Nation
nicht genügend Mittel sind.

And so we’ve come to
cash this check,

So sind wir gekommen,
den Scheck einzulösen,

a check that will give us
upon demand the
riches of freedom

einen Scheck,
der uns auf Verlangen die
Schätze der Freiheit

and the security
of justice.

und die Sicherheit
der Gerechtigkeit gibt.

We have also come to
this hallowed spot to
remind America of the
fierce urgency of now.

Wir sind auch an diesen
heiligen Ort gekommen,
um Amerika an die
brennende Dringlichkeit des Jetzt
zu erinnern.

This is no time to engage
in the luxury of cooling off
or to take the tranquilizing
drug of gradualism.

Jetzt ist nicht die Zeit,
sich dem Luxus einer Abkühlungsphase
oder der Beruhigungsdroge einer Politik
der kleinen Schritte hinzugeben.

Now is the time to
make real the promises
of democracy.

Jetzt ist die Zeit,
die Versprechen der Demokratie
einzulösen.

Now is the time to
rise from the dark and
desolate valley of
segregation
to the sunlit path of
racial justice

Jetzt ist die Zeit,
aus dem finsteren Tal
der Segregation
auf den sonnenhellen Pfad
der Gerechtigkeit
emporzusteigen.

Now is the time
to lift our nation from
the quicksands of racial
injustice to the solid
rock of brotherhood.

Jetzt ist die Zeit,
unsere Nation aus dem Treibsand
der Ungerechtigkeit
auf den festen Felsen
der Brüderlichkeit
zu heben.

Now is the time
to make justice a reality
for all of God's children.

Jetzt ist die Zeit,
Gerechtigkeit für alle Kinder Gottes
zu erreichen.

It would be fatal for the
nation to overlook the
urgency of the moment.

Es wäre verhängnisvoll für die Nation,
die Dringlichkeit des Augenblicks
zu übersehen.

This sweltering summer of
the Negro's legitimate
discontent will not pass until
there is an invigorating autumn
of freedom and equality.

Dieser erdrückend heiße Sommer
unserer legitimen Unzufriedenheit
wird nicht vorübergehen, ehe nicht
ein belebender Herbst der
Freiheit und Gleichheit
gekommen ist.

1963 is not an end,
but a beginning.

1963 ist kein Ende,
sondern ein Anfang.

And those who hope that
the Negro needed to blow
off steam and will now be
content will have a rude
awakening if the nation
returns to business as usual.

Wer hofft, die Schwarzen
hätten nur Dampf ablassen müssen
und würden sich nun zufriedengeben,
dem droht ein böses Erwachen,
sollte die Nation wieder
zur Tagesordnung übergehen.

There will be neither rest
nor tranquility in America
until the Negro is granted
his citizenship rights.

Amerika wird weder Rast
noch Ruhe finden,
ehe den Schwarzen
ihre Bürgerrechte
nicht gewährt wurden.

The whirlwinds of revolt
will continue to
shake the foundations of
our nation until the
bright day of justice emerges.

Die Stürme der Revolte
werden weiter an den
Grundfesten unserer Nation rütteln,
bis der strahlende Tag der Gerechtigkeit
anbricht.

But there is something that
I must say to my people,
who stand on the warm
threshold which leads into
the palace of justice:

Aber etwas muss ich
meinen Leuten sagen,
die an der abgetretenen
Schwelle zum Palast
der Gerechtigkeit stehen:

in the process of gaining
our rightful place,
we must not be guilty of
wrongful deeds.

Auf dem Weg,
unseren rechtmäßigen Platz
zu erlangen, dürfen wir
nichts Unrechtmäßiges tun.

Let us not seek to satisfy
our thirst for freedom by
drinking from the cup of
bitterness and hatred.

Versuchen wir nicht,
unseren Freiheitsdurst zu stillen,
indem wir aus dem
Kelch der Bitterkeit und
des Hasses trinken.

We must forever conduct our
struggle on the high plane
of dignity and discipline.
We must not allow our
creative protest to degenerate
into physical violence.

Wir müssen unseren Kampf
stets auf der hohen Ebene von
Würde und Disziplin führen.
Wir dürfen nicht zulassen,
dass unser schöpferischer Protest
zu physischer Gewalt herabsinkt.

Again and again,
we must rise to the majestic
heights of meeting physical
force with soul force.

Immer wieder müssen wir
uns zu majestätischen Höhen
erheben, um physischer Kraft
mit seelischer Kraft zu begegnen.

The marvelous new militancy
which has engulfed the
Negro community must
not lead us to a distrust
of all white people,

Der wunderbare neue
kämpferische Geist, der die
Schwarze Gemeinschaft erfasst hat,
darf uns nicht verleiten, allen *Weißen*
zu misstrauen,

for many of our white
brothers, as evidenced by
their presence here today,

denn viele *Weiße* haben,
wie ihre heutige Anwesenheit
beweist,

have come to realize that
their destiny is tied up with
our destiny, and they have
come to realize that their
freedom is inextricably
bound to our freedom.

erkannt,
dass ihr Schicksal
mit unserem verknüpft ist.
Und sie haben erkannt,
dass ihre Freiheit
untrennbar mit unserer Freiheit
verbunden ist.

We cannot walk alone.

Wir können den Weg nicht allein gehen.

And as we walk, we must
make the pledge that we
shall always march ahead.
We cannot turn back.

Und während wir gehen,
müssen wir geloben,
immer voranzuschreiten.
Wir können nicht umkehren.

There are those who are asking
the devotees of civil rights,
»When will you be satisfied?«

Es gibt jene, die uns als
Bürgerrechtsbewegung fragen:
»Wann werdet ihr zufrieden sein?«

We can never be satisfied
as long as the Negro is the
victim of the unspeakable
horrors of police brutality.

Wir können nicht zufrieden sein,
solange Schwarze
den unsäglichen Schrecken
polizeilicher Brutalität
ausgesetzt sind.

We can never be satisfied
as long as our bodies, heavy
with the fatigue of travel,
cannot gain lodging in the
motels of the highways and
the hotels of the cities.

Wir können nicht zufrieden sein,
solange wir, wenn unsere Körper
schwer und müde vom Reisen sind,
in den Motels an den Highways
und den Hotels der Städte
keine Unterkunft finden.

We cannot be satisfied as
long as the Negro's basic
mobility is from a smaller
ghetto to a larger one.

Wir können nicht zufrieden sein,
solange sich unsere Grundmobilität
darauf beschränkt, von einem kleineren
Ghetto in ein größeres zu gelangen.

We can never be satisfied
as long as our children are
stripped of their selfhood and
robbed of their dignity by
signs stating for whites only.

Wir können nicht zufrieden sein,
solange unsere Kinder
ihres Selbstbewusstseins und ihrer Würde
beraubt werden durch Schilder,
die da lauten »Nur für Weiße«.

We cannot be satisfied as
long as a Negro in Mississippi
cannot vote and a Negro in
New York believes he has
nothing for which to vote.

Wir können nicht zufrieden sein,
solange ein Schwarzer Mensch
in Mississippi nicht wählen darf
und ein Schwarzer Mensch in
New York glaubt,
dass es für ihn nichts gibt,
das es zu wählen lohnt.

No, no, we are not satisfied
and we will not be satisfied
until justice rolls down like
waters and righteousness
like a mighty stream.

Nein, wir sind nicht zufrieden,
und wir werden nicht zufrieden sein,
ehe nicht »das Recht strömt wie Wasser
und die Gerechtigkeit wie ein
nie versiegender Bach.«

I am not unmindful that some
of you have come here out of
great trials and tribulations.

Mir ist wohlbewusst, dass
manche von euch aus Umständen
der größten Not und Bedrängnis
hierhergekommen sind.

Some of you have come fresh
from narrow jail cells.

Manche von euch wurden gerade erst
aus engen Haftzellen entlassen.

Some of you have come from areas where your quest for freedom left you battered by the storms of persecution and staggered by the winds of police brutality. You have been the veterans of creative suffering.

Manche von euch kommen
aus Gegenden, in denen
ihr in eurem Streben nach Freiheit
von den Stürmen der Verfolgung
und Polizeigewalt gebeutelt und
geschunden wurdet. Ihr seid
Veteranen schöpferischen Leidens.

Continue to work with
the faith that unearned
suffering is redemptive.

Führt euer Werk fort
in der Zuversicht, dass unverdientes Leid
erlösend ist.

Go back to Mississippi,

Kehrt zurück nach Mississippi,

go back to Alabama,

kehrt zurück nach Alabama,

go back to South Carolina,

kehrt zurück nach South Carolina,

go back to Georgia,

kehrt zurück nach Georgia,

go back to Louisiana,

kehrt zurück nach Louisiana,

go back to the slums
and ghettos of our
northern cities,

kehrt zurück in die Slums
und Ghettos unserer
Nordstaatenstädte

knowing that somehow
this situation can and
will be changed.

in dem Wissen,
dass unsere Situation
irgendwie geändert werden kann und wird.

Let us not wallow in
the valley of despair.

Lasst uns nicht im
Tal der Verzweiflung verharren.

I say to you today, my friends,
so even though we face
the difficulties of today
and tomorrow,
I still have a dream.

Deshalb sage ich euch,
meine Verbündeten,
auch wenn wir uns den Schwierigkeiten
des Heute und Morgen stellen müssen,
ich habe dennoch einen Traum.

It is a dream deeply rooted
in the American dream.

Dieser Traum wurzelt tief
im amerikanischen Traum.

I have a dream that one day
this nation will rise up and
live out the true meaning
of its creed: »We hold these
truths to be self-evident, that
all men are created equal.«

Ich habe einen Traum,
dass unsere Nation eines Tages
aufstehen wird und die wahre Bedeutung
ihres Glaubensbekenntnisses lebt,
das da lautet: »Wir halten diese
Wahrheiten für selbstverständlich,
dass alle Menschen gleich geschaffen sind.«

I have a dream that one day
on the red hills of Georgia,
the sons of former slaves and
the sons of former slave owners
will be able to sit down together
at the table of brotherhood.

Ich habe einen Traum,
dass eines Tages auf den roten
Hügeln Georgias die Kinder einstiger
Versklavter und die Kinder einstiger
Sklavenhalter gemeinsam
am Tisch der Brüderlichkeit sitzen.

I have a dream that one day
even the state of Mississippi,
a state sweltering with
the heat of injustice,

Ich habe einen Traum,
dass eines Tages selbst Mississippi,
ein Staat, der unter der Hitze
der Ungerechtigkeit
besonders leidet,

sweltering with the
heat of oppression,

genauso wie unter
der Hitze der Unterdrückung,

will be transformed into
an oasis of freedom
and justice.

zu einer Oase
der Freiheit
und Gerechtigkeit wird.

I have a dream that my four
little children will one day
live in a nation where they
will not be judged by the
color of their skin but by the
content of their character.

Ich habe einen Traum,
dass meine vier kleinen Kinder
eines Tages in einem Land leben,
in dem sie nicht nach ihrer Hautfarbe,
sondern nach ihrem Wesen
beurteilt werden.

I have a dream today.

Ich habe einen Traum

– jetzt, hier!

I have a dream that one day
down in Alabama, with
its vicious racists,

Ich habe einen Traum,
dass eines Tages unten in Alabama mit
seinen schlimmen Rassisten

with its governor having
his lips dripping with the
words of »interposition«
and »nullification,«

und einem Gouverneur,
dem Worte wie »Interposition« und
»Nichtigkeitserklärung«
über die Lippen kommen,

one day right there in Alabama
little black boys and black girls
will be able to join hands with
little white boys and white
girls as sisters and brothers.

dass sich eines Tages genau dort
Schwarze und *weiße* Kinder
geschwisterlich die Hände reichen.

I have a dream today.

Ich habe einen Traum

– jetzt, hier!

I have a dream that one day
every valley shall be exalted,
every hill and mountain
shall be made low,

Ich habe einen Traum,
dass eines Tages
alle Täler erhöht werden
und alle Berge und Hügel
erniedrigt werden,

the rough places will be made
plain, and the crooked places
will be made straight,

dass was uneben ist,
gerade wird, und
was hügelig ist, eben wird,

and the glory of the Lord
shall be revealed, and all
flesh shall see it together.

»und die Herrlichkeit des Herrn
soll offenbar werden, und alles Fleisch
miteinander wird es sehen«.

This is our hope.

Das ist unsere Hoffnung.

This is the faith that I go
back to the South with.

Das ist der Glaube, mit dem ich
in den Süden zurückkehre.

With this faith we will be able
to hew out of the mountain
of despair a stone of hope.

Mit diesem Glauben
werden wir imstande sein,
aus dem Berg der Verzweiflung
einen Stein der Hoffnung zu hauen.

With this faith we will be
able to transform the
jangling discords of our
nation into a beautiful
symphony of brotherhood.

Mit diesem Glauben
werden wir imstande sein,
die klirrenden Missklänge
unserer Nation in eine wunderbare
Symphonie der Brüderlichkeit
zu verwandeln.

With this faith we will be
able to work together,

Mit diesem Glauben
werden wir imstande sein,
gemeinsam zu arbeiten,

to pray together,

gemeinsam zu beten,

to struggle together,

gemeinsam zu kämpfen

to go to jail together,

und gemeinsam
ins Gefängnis zu gehen,

to stand up for
freedom together,

um gemeinsam
für die Freiheit einzutreten,

knowing that we will
be free one day.

in dem Wissen,
dass wir eines Tages
frei sein werden.

This will be the day,
this will be the day when all
of God's children will be able
to sing with new meaning:

Dies wird der Tag sein,
dies wird der Tag sein, an dem alle
Kinder Gottes imstande sein werden, mit
neuer Bedeutung zu singen:

»My country, 'tis of thee,
sweet land of liberty,
of thee I sing.

»Du Land, das sich erschuf
des Lands der Freiheit Ruf,
dir gilt mein Sang.

Land where my fathers died,
land of the pilgrim's pride,

Land, das birgt der Väter Grab,
Land, das Pilgern Zuflucht gab,

from every mountainside,
let freedom ring!«

von jeder Höh' lass schall'n herab
der Freiheit Klang!«

And if America is to be a great nation, this must become true.

Und wenn Amerika eine großartige
Nation sein soll,
muss dies wahrwerden.

So let freedom ring
from the prodigious hilltops
of New Hampshire.

Darum lasst schallen der Freiheit Klang
von den herrlichen Bergen
New Hampshires.

Let freedom ring
from the mighty mountains
of New York.

Lasst schallen der Freiheit Klang
von den mächtigen Bergen
New Yorks.

Let freedom ring
from the heightening
Alleghenies of Pennsylvania.

Lasst schallen der Freiheit Klang
von den ansteigenden
Allegheniens Pennsylvanias.

Let freedom ring
from the snow-capped
Rockies of Colorado.

Lasst schallen der Freiheit Klang
von den schneebedeckten Gipfeln
der Rocky Mountains Colorados.

Let freedom ring
from the curvaceous
slopes of California.

Lasst schallen der Freiheit Klang
von den wellenförmigen
Hügeln Kaliforniens.

But not only that:

Doch nicht nur das:

Let freedom ring
from Stone Mountain
of Georgia.

Lasst schallen der Freiheit Klang
vom Stone Mountain
in Georgia.

Let freedom ring
from Lookout Mountain
of Tennessee.

Lasst schallen der Freiheit Klang
vom Lookout Mountain
in Tennessee.

Let freedom ring
from every hill and
molehill of Mississippi.

Lasst schallen der Freiheit Klang
von jedem Hügel und
jedem Maulwurfshügel
in Mississippi.

From every mountainside,
let freedom ring.

Von jedem Gipfel
lasst schallen der Freiheit Klang.

And when this happens,
and when we allow
freedom to ring,

Und wenn dies geschieht,
wenn wir erschallen lassen
der Freiheit Klang,

when we let it ring from
every village and every hamlet,

ihn erschallen lassen
aus jedem Dorf und jedem Weiler,

from every state and every city,

aus jedem Staat und jeder Stadt,

we will be able to speed up
that day when all of
God's children,

werden wir imstande sein,
schneller den Tag herbeizuführen,
an dem alle Kinder Gottes –

black men and white
men, Jews and Gentiles,
Protestants and Catholics,

Schwarze und *weiße*,
Juden und Nichtjuden,
Protestanten und Katholiken –

will be able to join hands
and sing in the words of
the old Negro spiritual:

Hand in Hand
mit den Worten
des alten Spirituals singen:

»Free at last! Free at last!

»Endlich frei! Endlich frei!

Thank God Almighty,
we are free at last!«

Dank dem Allmächtigen,
wir sind endlich frei!«

ABOUT DR. MARTIN LUTHER KING JR.

DR. MARTIN LUTHER KING JR. was born in Atlanta, Georgia, on January 15, 1929, as son of a Baptist preacher and a schoolteacher. He was one of the best-known representatives of the American civil rights movement, receiving the Nobel Prize for Peace in 1964. He inspired and sustained the struggle for freedom, non-violence, interracial brotherhood, and social justice. His speech »I Have a Dream«, which he held in front of the Lincoln Memorial in Washington on August 28, 1963, made him world famous. On April 4, 1968, King was shot dead in Memphis as a result of a racially motivated assassination attempt.

ÜBER DR. MARTIN LUTHER KING JR.

DR. MARTIN LUTHER KING JR. wurde am 15. Januar 1929 in Atlanta, Georgia, als Sohn eines Baptistenpredigers und einer Lehrerin geboren und gehörte zu den bekanntesten Vertretern der amerikanischen Bürgerrechtsbewegung – und erhielt 1964 den Friedensnobelpreis. Er unterstützte den gewaltfreien Kampf für Freiheit, Gleichheit und soziale Gerechtigkeit. Seine Rede »I Have a Dream« – »Ich habe einen Traum« –, die er am 28. August 1963 vor dem Lincoln Memorial in Washington hielt, machte ihn weltberühmt. Am 4. April 1968 wurde King in Memphis bei einem rassistisch motivierten Attentat erschossen.

ABOUT AMANDA GORMAN

AMANDA GORMAN, born the 7th of March 1998, in Los Angeles is the youngest presidential inaugural poet in US history. She is a committed advocate for the environment, racial equality, and gender justice. After graduating cum laude from Harvard University, she now lives in her hometown of Los Angeles. Amanda was one of five *Variety* Power of Women honorees and cover star, one of three cover stars for *Glamour*'s Women of the Year, and one of *TIME* magazine's Women of the Year. The special edition of her inaugural poem, »The Hill We Climb,« was published in March 2021. Her debut picture book, *Change Sings*, was released

ÜBER AMANDA GORMAN

AMANDA GORMAN wurde am 7. März 1998 in Los Angeles geboren und ist die jüngste Inaugurationsdichterin in der Geschichte der Vereinigten Staaten. Sie engagiert sich für Umweltschutz, Gleichheit und Gendergerechtigkeit. Nach ihrem Abschluss an der Harvard University, den sie mit *cum laude* bestand, lebt sie wieder in ihrer Heimatstadt. 2021 gehörte sie zu den fünf Preisträgerinnen und Coverstars der »Power of Women«-Veranstaltung von *Variety*. Sie war einer von drei Coverstars der »Women of the Year«-Ausgabe der Zeitschrift *Glamour* und einer der »Women of the Year«-Ausgabe des *TIME Magazine*. Ihr Gedicht zur Amtseinführung von Präsident Joe Biden, »The Hill We Climb« (dt.: *Den Hügel hinauf*), wurde im März 2021 veröffentlicht. Ihr erstes illustriertes Kinderbuch, *Change Sings* (dt.: *Change. Eine Hymne für alle Kinder*),

in September 2021, and her poetry collection, *Call Us What We Carry*, was released in December 2021, all debuting at number one on the *New York Times*, *USA Today*, and *Wall Street Journal* bestsellers lists.

theamandagorman.com

erschien im September 2021 und ihre Gedichtsammlung *Call Us What We Carry* im Dezember 2021 (dt.: *Was wir mit uns tragen*, Juni 2022); alle Bücher schafften es auf Platz 1 der *New York Times*-Bestsellerliste sowie auf Platz 1 der Bestsellerlisten von *USA Today* und *Wall Street Journal*.

theamandagorman.com

Inhalt

Vorwort

Der Ursprung dieses Buchs liegt viele Jahre zurück, als beide Autoren in Moskau lebten, aber keine Ahnung voneinander hatten. Sie stiefelten durch dieselben Straßen, jedoch auf anderen Planeten. Die Zeiten waren ungemütlich. Es herrschten die Bedingungen des Kalten Krieges. Westliche Korrespondenten wurden wie Spione behandelt. Einer der Autoren, ein deutscher Journalist, war von seinem Sender geschickt worden, um eine Fernsehberichterstattung aufzubauen. Der andere, ein zukünftiger Schriftsteller, war damals noch ein Jugendlicher, las insgeheim verbotene Bücher, hasste trostlose Schlangen für karge Lebensmittel, musste in der Schule die Beschlüsse des Parteitages auswendig lernen und verkehrte mit Altersgenossen im Hof, jungen Kriminellen, die später fast alle im Gefängnis landeten. Zu westlichen Ausländern hatte er keinen Zugang.

Die beiden waren grundverschieden, alles trennte sie: das Alter, die Sprache, der Ursprung, die Vergangenheit. Doch sie haben etwas gemeinsam. Die beiden lieben Russland, seine Kultur und seine Menschen. Und es tut ihnen weh, dass Russland als Nachfolger der untergegangenen Sowjetunion nicht so Tritt gefasst hat, wie sie es beide erhofft hatten. Als der Kalte Krieg zwischen Ost und West zu Ende ging, war alles angerichtet, um Immanuel Kants Idee vom »ewigen Frieden« Wirklichkeit werden zu lassen. Friedensselig lagen sich die Völker Europas in den Armen. Ihre politischen Führungen schmiedeten eine Charta für ein neues friedliches Europa. Die Idee für ein »gemeinsames europäisches Haus« hatte ihnen mit Michail Gorbatschow ein Russe geliefert. Das war am 21. November 1990 in Paris.

Und heute? Alles Schall und Rauch. Der Westen rückte mit Nato und Europäischer Union allen Warnungen zum Trotz bis an die Grenze Russlands vor. Russland antwortete mit zweifachem Bruch des Völkerrechts: Es nahm unter militärischem Druck dem Nachbarn und Brudervolk Ukraine die Krim weg und führt ebenso unvertretbar in der Ostukraine einen Hybridkrieg, der über 10 000 Menschen das Leben gekostet hat. Unvermittelt stand die Frage wieder im Raum, die über viele Jahrzehnte das Verhältnis zwischen Ost und West, zwischen Russland und dem Westen beherrscht hatte: Frieden oder Krieg? Was war hier schiefgelaufen?

* * *

Kennengelernt haben wir uns – der russische Schriftsteller und der deutsche Journalist – auf der litCOLOGNE. Der Deutsche befragte den Russen zu seinem Roman *Die Eroberung von Ismail.* Und natürlich diskutierten wir über Russland. Uns beide beschäftigten die gleichen Themen und die gleichen Fragen, denn Jahrzehnte und Jahrhunderte vergehen, aber Russland übersteht mit Bravour all die unzähligen Versuche, es zu erklären. Warum ist Russland so, wie wir es heute erleben, warum verhält sich der Westen, wie er es tut? Inwieweit sind innere Faktoren ausschlaggebend, inwieweit spielen äußere Einflüsse, spielt die Dynamik der Beziehungen eine Rolle? Können wir ausbrechen aus Konfrontation und Machtpolitik, gibt es Wege zu Kooperation und Begegnung?

Das öffentliche Gespräch reichte nicht aus. Deshalb setzten wir den Gedankenaustausch privat fort. Dass unsere Ansichten gegensätzlich waren, schadete der gegenseitigen Wertschätzung nicht. Da wir uns nicht wie Nachbarn schnell und häufig zusammensetzen konnten, beschrieb jeder sein Bild von Russland. Wie zwei Tunnelbauer gingen wir daran, den massiven, granitharten Berg »Russland« den jeweiligen Positionen entsprechend von entgegengesetzten Seiten zu durchbohren, selbst auf die Gefahr hin, uns nicht in der Mitte zu treffen.

So entstand dieses Buch über die Möglichkeit oder Unmöglichkeit des Verstehens. Kann man an Russland nichts als glauben, wie ein viel zitierter russischer Dichter behauptet hat, oder ist das Land nur mit dem Verstand zu begreifen? Warum können der Westen und Russland seit Jahrhunderten einander nicht finden? Was heißt Russland lieben? Was bringt die Zukunft?

Weil dies auch ein Buch über Russlands Zukunft ist, handelt es von der großen Geschichte und kleinen persönlichen Geschichten. Die Zukunft besteht ja aus der Vergangenheit und aus uns allen, die diese Vergangenheit jeden Tag mit ihrem Leben erschaffen.

Fritz Pleitgen & Michail Schischkin

Der erste Russe

Fritz Pleitgen

Den ersten Russen, der in meinem Leben eine Rolle spielte, habe ich durch die Erzählung meiner Mutter kennengelernt. Sie sprach mit ihm, aber sie erhielt keine Antwort. Sie konnte ihn auch nicht sehen. Die Umstände erlaubten es nicht. Er saß in einem Panzer. Und sie lief vor ihm her.

Die Geschichte spielte in Niederschlesien, wohin meine Mutter mit den beiden jüngsten von fünf Kindern evakuiert worden war. Kurz darauf wurde unsere Wohnung in Essen durch englische Luftminen völlig zerstört. Der Krieg zerriss unsere Familie. Mein Vater musste in Essen bleiben. Er arbeitete bei Krupp. Ein Rüstungsbetrieb. Unabkömmlich. Auch meine Schwester Marlies (21) galt ab unabkömmlich. Sie arbeitete bei Rheinstahl in Essen. Erst als sie von Telefunken übernommen und ihr Werksteil ins niederschlesische Kloster Leubus verlegt wurde, kam sie im Oktober 1944 zu uns. Mein ältester Bruder Günter war an der Ostfront schwer verwundet worden und lag seitdem in einem Lazarett in Brandenburg. Mein Bruder Hans-Georg(16) durfte Essen auch nicht verlassen. Er hatte als Flakhelfer die Stadt gegen Luftangriffe zu verteidigen.

In einer Siedlung bei Parchwitz hatte meine Mutter eine Notunterkunft gefunden. Zwölf Häuser, links und rechts einer Landstraße. Ärmlich, aber eine liebliche Moränenlandschaft. Und keine Bombenangriffe!

Im Januar 1945 war es vorbei mit dem Frieden. Endlose Trecks von Flüchtlingen zogen durch unsere Siedlung. Das Brüllen der Front rückte näher. Die Nazioberen brachten sich auf Lkw mit reichlich Hab und Gut in Sicherheit. Die Bevölkerung ließen sie sitzen. Auch die Natur zeigte sich wenig menschenfreundlich. Das Quecksilber fiel unter minus 20 Grad.

An einem frühen Morgen wurden wir mit dem Ruf »Die Russen kommen« aus den Betten gejagt. Wir waren vorbereitet. Voll angekleidet hatten wir die Nacht verbracht. Meine Schwester Marlies und mein Bruder Horst (11) stürzten aus dem Haus, spannten sich vor einen Schlitten und einen Handwagen, die sie mit zwei Koffern beladen hatten, und marschierten los; zunächst 25 Kilometer nach Liegnitz, wo wir uns bei Bekannten treffen wollten, falls wir auf der Flucht auseinandergerissen wurden. Ich war damals sechs Jahre alt und hatte Frost in den Füßen. Da ich die Strecke zu Fuß nicht schaffte, transportierte mich unser Hausbesitzer Zipter in einem Fahrradanhänger zum drei Kilometer entfernten Bahnhof Leschwitz, wo angeblich ein Zug wartete, um uns vor den Russen zu retten.

Meine Mutter war ein herzensguter Mensch. Wir liebten und verehrten sie sehr, was sie allerdings vor Spott nicht schützte, wenn die Rede auf ihre notorische Unpünktlichkeit kam, der sie selbst im Krieg treu blieb. Als in Essen die Bomben fielen, hatte sie immer noch etwas in der Wohnung zu erledigen, bevor sie Schutz suchte. Meist war sie die Letzte, die es in den Bunker schaffte. Und als die Russen kamen, verhielt sie sich nicht anders. Sie versuchte vergeblich, noch etwas im längst gepackten Koffer zu verstauen. Unnützes Zeug vermutlich. Später wurde in unserer Familie kolportiert, es seien Kleiderbügel gewesen. Beweise gab es dafür nicht. Der Koffer wurde auf der Flucht geklaut.

Als meine Mutter endlich das Haus verließ, kroch der erste russische Panzer in die Siedlung. Trotzdem trat sie auf die Straße. Und ging los. Einfach vor dem Schützenpanzer her. Sie hatte einen guten Vorsprung, bot aber auf der schnurgeraden Straße ein leichtes Ziel. »Die werden doch keine wehrlose Frau abknallen«, redete sie sich ein. Sicher war sie sich ihrer Sache nicht, wie sie mir später anvertraute.

Weil sie sich fürchtete, begann sie ein Gespräch mit dem Panzerschützen. »Deine Mutter hat dich sicher zu einem anständigen Menschen erzogen. Sie wäre traurig, wenn du einer Mutter von fünf Kindern das Leben nimmst.« Sie rechnete nicht mit einer Antwort, registrierte aber nach langen Minuten, dass das Rasseln und Quietschen hinter ihr aufhörte. Der Panzer hatte offenbar haltgemacht.

Meine Mutter wagte nicht, sich umzudrehen. Ihr ohnehin schwaches Herz pochte wie wild. »Nehmen sie dich jetzt ins Visier?«, fragte sie sich. Die deutschen Volkssturmleute, die am Ende der Siedlung mit Panzerfäusten bewaffnet in den mit Schnee gefüllten Gräben lagen, riefen ihr zu, endlich in Deckung zu gehen. Aber sie ging weiter. Sie wollte zu ihren Kindern. Angetrieben von der Sorge, zu spät zu kommen, hetzte sie mit ihren beiden Koffern die drei Kilometer zum Bahnhof Leschwitz. Sie hatte Glück. Der Zug stand noch da. Er hatte nicht abfahren können, weil auf der eingleisigen Strecke nach Liegnitz ein Truppentransporter abgewartet werden musste.

35 Jahre später – ich war inzwischen ARD-Korrespondent in der DDR – fuhr ich mit meiner Frau und unseren Kindern von Ostberlin nach Parchwitz im heutigen Polen. Die Kleinstadt heißt nun Prochowice und ist wie zu deutschen Zeiten Zentrale im Kreis Liegnitz, der sich jetzt Powiat Legnicki nennt. Auch sonst hatte sich wenig geändert.

Nur unsere Siedlung war verschwunden. Im Nachbarort Jurcz, den ich als Jürtsch in Erinnerung hatte, traf ich einen Polen, der mir in einem wilden Mix aus Deutsch, Englisch und Russisch erzählte, dass die deutschen Soldaten – vermutlich verstärkt durch den Truppentransporter, den unser Zug abwarten musste – der vorrückenden Roten Armee in unserer Siedlung erbitterten

Widerstand geleistet hatten, wobei alle Häuser zerstört worden waren.

In einem ähnlichen Gemisch aus Deutsch, Englisch und Russisch erklärte ich meinem polnischen Gegenüber, dass Deutsche und Russen nicht immer Feinde gewesen seien, sondern häufig gemeinsame Sache machten, nicht zuletzt zulasten der Polen, aber auch gegen andere. Nicht weit von hier zum Beispiel.

Zwischen Katzbach und Wütender Neiße hatten Deutsche und Russen mit vereinten Streitkräften die französische Armee geschlagen. 1813 war das, im Befreiungskrieg gegen Napoleon – von dem die Polen hofften, er würde sie von den beiden Besatzern befreien. Unser Schriftsteller Theodor Fontane hatte mir auf die Sprünge geholfen. Vor unserer Parchwitzreise hatte ich seine *Wanderungen durch die Mark Brandenburg* gelesen, in denen er Terrain und Verlauf der mörderischen Schlacht akribisch beschreibt.

Keine Literatur, aber erstaunlich detailliert war der Bericht des Stabes der 13. sowjetischen Armee an den Stab der 1. Ukrainischen Front vom 9. März 1945. Wie bin ich darangekommen? Ganz einfach! Ich wollte wissen, vor wem wir im Januar 1945 in Panik geflüchtet waren, und rief Igor Butz in Moskau an. Der findige Rechercheur und umsichtige Organisator war über viele Jahre eine unverzichtbare Stütze unserer Korrespondenten in Moskau.

Igor Butz reagierte schnell. In der russischen Militär-Enzyklopädie fand er heraus, dass Vorauseinheiten der 6. Garde- und der 112. Schützendivision die Oder in der Nacht zum 26. Januar an zwei Stellen östlich von Jürtsch überquert hatten. Von dort war es nur noch ein Kilometer durch den Wald bis zu unserer Siedlung.

Östlich der Oder war die deutsche Front offensichtlich völlig zusammengebrochen. Die Ukrainische Front unter Marschall Iwan Konew brauchte für die Strecke von der Weichsel bis zur Oder nur gut zwei Wochen. Auf einer Karte, die mir Igor Butz geschickt hatte, war zu sehen, dass die Rote Armee wie eine gigantische Feuerwalze auf die Oder vorrückte. Dem Bericht der 13. Armee war zu entnehmen, dass sowjetische Vorauseinheiten nach einem Vorstoß über 31 Kilometer die Oderüberquerung sofort in Angriff nahmen, ohne Vorbereitung. Der Brückenkopf am Westufer sei schnell ausgeweitet worden.

Nur an einer Stelle – zwischen den Dörfern Jürtsch und Lampersdorf – sei es den deutschen Gegnern gelungen, die sowjetischen Einheiten vorübergehend zurückzudrängen.

Für meinen Bruder Horst war das eine interessante Nachricht! Am Vorabend unserer Flucht stoppten zwei Busse in unserer Siedlung. Sie transportierten deutsche Soldaten an die Front, wo sie eine Kompanie zwischen den Dörfern Jürtsch und Lampersdorf ablösen sollten.

Der Kommandeur fragte nach dem Weg. Mein elfjähriger Bruder wusste Bescheid. Der Offizier wollte ihn gleich mitnehmen. Unsere Mutter war dagegen. Mein Bruder, soeben Mitglied im Jungvolk geworden und entsprechend auf Heldentaten gedrillt, wollte unbedingt mitfahren. Der Offizier gab sein Ehrenwort, ihn wieder zurückzubringen. Es sei eilig, sie dürften sich nicht verfahren. Die Russen seien im Anmarsch. Erstaunt fragt er, warum die Zivilisten nicht schon längst geflüchtet seien. Dies sei Frontgebiet. Unsere Mutter erklärte ihm, dass es noch keine Räumungserlaubnis gegeben habe.

Mein Bruder saß schon im Bus, unsere Mutter blieb voller Angst um ihr Kind zurück. Da nicht bekannt war, ob die sowjetische Armee die Oder bereits überquert hatte, fuhren beide Busse ohne Licht. Wie sich mein Bruder erinnert, wurde während der Fahrt kein einziges Wort gesprochen. In sich gekehrt starrten die blutjungen Soldaten in die Dunkelheit des eisigen Winterabends. Wahrscheinlich waren sie mit den Gedanken bereits bei den Kämpfen, die ihnen gegen die feindliche Übermacht bevorstanden. In Jürtsch und Lampersdorf erfolgte die Ablösung ohne viele

Worte. Mit den völlig erschöpften Soldaten der abgelösten Kompanie an Bord kehrten die beiden Busse zurück. Mein Bruder wurde in der Siedlung abgesetzt, wo er von unserer Mutter sehnlichst erwartet wurde.

Der Bericht der 13. sowjetischen Armee vermerkt, dass um Jürtsch und Lampersdorf acht Tage gekämpft wurde. Am 3. Februar war der deutsche Widerstand gebrochen. Von Gefangenen ist in dem Bericht keine Rede.

Auch unsere Siedlung findet keine Erwähnung. Deshalb weiß ich nicht, warum meine Mutter aus der Begegnung mit dem Panzer heil herauskam. Ich werde im russischen Militärarchiv nachforschen müssen, um darüber Näheres zu erfahren.

War es Mitleid der Besatzung? Oder war dem Schützen eine ganze Panzergranate zu schade, um sie auf einen einzelnen, offensichtlich unbewaffneten Menschen abzufeuern? Nach Meinung von Igor Butz hatte meine Mutter einfach nur Glück.

Sie blieb davon überzeugt, dass die russische Panzerbesatzung sie aus Mitleid entkommen ließ. Wir widersprachen ihr nicht, auch aus Achtung vor ihr. Bei Fremden und selbst bei guten Bekannten stieß ihre Meinung vom »gütigen Russen« auf heftigen Unglauben. Nach dem Krieg stand das Ansehen der Russen bei uns in Westdeutschland nicht hoch im Kurs.

Berichte über Gräueltaten der Roten Armee beim Einmarsch in Ostpreußen wurden als Bestätigung für die Bösartigkeit der Russen genommen. »Nicht alle!«, hielt meine Mutter dagegen, ohne ihre Erfahrung Spott und Herablassung auszusetzen.

Was hat mir meine Mutter mitgegeben? Nicht nur ihre Unpünktlichkeit!

»Das sind ja die Deutschen! Die Faschisten!«

Michail Schischkin

Meine erste Erinnerung an die Deutschen ist mit einer Ohrfeige verbunden. Vielleicht hat das Kindergedächtnis diese Episode deswegen behalten. Ich war vier. Meine Eltern haben sich unseren ersten Fernseher angeschafft. Die üblichen Dokumentarbilder wurden gezeigt: Der Krieg. Eine Naziparade. Deutsche SS-Truppen marschieren in Reih und Glied. »Wie schön!«, sagt mein älterer Bruder begeistert und bekommt sofort eine Backpfeife vom Vater. »Wie kannst du so was sagen!«, schreit er empört, »das sind ja die Deutschen! Die Faschisten!«

Mein Vater war im Krieg als U-Boot-Matrose in der Ostsee. Er meldete sich mit 18 Jahren freiwillig, um seinen älteren Bruder zu rächen. Als ich klein war, wohnten wir in einem Keller auf der bekannten Moskauer Arbat-Straße, über meinem Bettchen hing ein Foto seiner »Schtschuka« (dt.: »Hecht«. Die *Щ-310* war ein im Zweiten Weltkrieg eingesetztes russisches U-Boot). Als Kind war ich furchtbar stolz, dass mein Papa ein Unterseeboot hatte. Immerzu zeichnete ich es von dem Foto in mein Schulheft ab, malte ihm die Nummer an den Bug: *Щ-310*. Alljährlich zum 9. Mai, dem Tag des Sieges, nahm mein Vater seine Marineuniform aus dem Schrank, die er wegen zunehmender Leibesfülle immer wieder umändern musste, und hängte alle seine Orden an. Es war so wichtig für mich, stolz auf meinen Vater zu sein. Es hat einen Krieg gegeben, und Papa hat ihn gewonnen!

Erst viel später bekam ich mit, dass Vater in den Jahren 1944/45 an der Versenkung deutscher Schiffe beteiligt gewesen war, die

Flüchtlinge aus Riga und Tallinn evakuierten. Hunderte, wenn nicht Tausende von Menschen fanden so den Tod in den baltischen Gewässern – dafür hatte Vater seine Orden bekommen. Der Stolz ist mir seit Langem vergangen, doch verurteilen mag ich ihn genauso wenig. Es war Krieg.

Nach dem Krieg trank er. Genau wie alle seine Freunde von der U-Boot-Flotte. Vermutlich konnten sie nicht anders. Er war doch noch ein Junge, als er monatelang im Einsatz auf hoher See war, in ständiger Angst, in einem eisernen Sarg unterzugehen. So etwas lässt einen nicht mehr los.

Zu Gorbatschows Zeiten, als die harten Hungerjahre anbrachen, bekam Vater als Kriegsveteran Hilfspakete zugeteilt, darunter auch Lebensmittel aus Deutschland. Er empfand das als persönliche Demütigung. Das ganze Leben hatten er und seine Kameraden sich als Sieger gefühlt, und nun sollten sie die Brosamen vom Tisch des besiegten Feindes essen. Als Vater uns das erste Mal die Lebensmittelration brachte, betrank er sich und schrie: »Wir haben doch gesiegt!« Dann wurde er still und weinte und fragte Gott weiß wen, wendete sich aber an mich: »Sag, haben wir den Krieg gewonnen oder verloren?«

In seinen letzten Jahren zerstörte er sich mit Wodka. Alle seine U-Boot-Kameraden hatten sich da längst ins Grab gesoffen, er war der letzte Überlebende. Vermutlich beeilte sich Vater, seine Kampfgefährten wiederzusehen. In seiner Seemannsuniform verbrannte er im Moskauer Krematorium.

Als Kinder haben wir immer Krieg gespielt. Die Feinde waren die Deutschen, wie in allen Filmen, die uns gezeigt wurden.

In der Schule wurden die Schüler in zwei Fremdsprachengruppen eingeteilt. Alle wollten Englisch lernen und niemand Deutsch. Die Lehrer drohten: »Wenn du schlechte Noten hast, kommst du in die deutsche Gruppe!« Ich hatte gute Noten, aber das Pech, dass meine Mutter unsere Schuldirektorin war. Sie sagte: »Mischa, ich weiß, du hast es verdient, in die englische Gruppe zu gehen, aber du wirst trotzdem Deutsch lernen. Dann können mir die anderen Eltern nicht vorwerfen, ich hätte dich bevorzugt.« So wurde ich dem Ruf der Schuldirektorin geopfert und musste die deutsche Sprache lernen.

Meine Einstellung änderte sich, als ich in der Abschlussklasse Max Frischs *Mein Name sei Gantenbein* in russischer Übersetzung las. Ich war total überwältigt, denn bei uns war fast alles verboten, was für die Entwicklung der Literatur im 20. Jahrhundert wichtig war. Nicht einmal Nabokov oder Joyce wurden publiziert. Mit Max Frisch kamen die technischen Errungenschaften der westlichen Prosa wie durch einen Trichter in mich hinein. Ich habe dann *Stiller* im Original aufgetrieben und mit dem Wörterbuch gelesen. So begann meine Liebe zur deutschen Sprache, die bis heute anhält. Viel später übrigens wurde ich von Max Frisch enttäuscht, aber das hatte nichts mit der Sprache zu tun.

Der lange Weg nach Moskau

Fritz Pleitgen

In meinen frühen Jahren als Fernsehreporter hatte ich mit Russland wenig zu tun. Ich war in der Gegenrichtung unterwegs. Mein Sender schickte mich zur Berichterstattung nach Brüssel und Paris. In Brüssel saß die EWG, die Europäische Wirtschaftsgemeinschaft, und in Paris die Nato. Beide Einrichtungen betrachteten sich als Gegenpole zur kommunistischen Supermacht Sowjetunion, die im Nato-Sprachgebrauch meist Russia oder Russie genannt wurde. Lord Ismay, der erste Chef der Nato, brachte das nordatlantische Bündnis auf die Formel: Keep the Russians out, the Americans in and the Germans down. Diese Einstellung gegenüber Russland ist heute noch weitverbreitet: Russland gilt als feindselig und auf bedrohliche Weise rätselhaft.

Die Weltsicht von Nato und EWG färbte auf uns Journalisten ab. Russland war für uns der Inbegriff der Unfreiheit und Zwangsherrschaft, eine Gefahr für unsere Zivilisation. Militärische Macht gegen militärische Macht, lautete die Parole. Gelegentlich gab es heiße Krisen, die den Ausbruch eines Atomkriegs fürchten ließen (1961 beim Bau der Mauer in Berlin, 1962 wegen der Stationierung amerikanischer Mittelstreckenraketen in der Türkei und sowjetischer Atomwaffen in Kuba).

Ins Nachdenken über Russland geriet ich zum ersten Mal nicht durch ein literarisches Erweckungserlebnis, sondern durch eine politische Begegnung mit Willy Brandt.

1966 war es in der Bundesrepublik Deutschland zu einem

Regierungswechsel gekommen. CDU/CSU bildeten mit der SPD eine Große Koalition. Brandt, Vorsitzender der sozialdemokratischen Partei, wurde neuer Außenminister.

Als Regierender Bürgermeister von Berlin hatte er erlebt, dass die Großmächte kein Verlangen hatten, wegen deutscher Probleme einen weltvernichtenden Krieg gegeneinander zu führen. Diese Erkenntnis veranlasste Brandt zu einer Kehrtwende. Die Bundesrepublik stand damals nach wie vor unter der Kontrolle der Alliierten; Kontakte mit den Staaten des Ostblocks mussten sorgfältig mit den Siegermächten im Westen abgesprochen werden.

Brandt kam zu der Überzeugung, die Bundesregierung müsse sich, da es um das Schicksal der Deutschen ging, stärker einbringen und ihre Geschicke selbst in die Hand nehmen, auch gegenüber dem Osten.

Nach einer Rede 1967 irgendwo in Ostwestfalen saß Brandt, was er gerne machte, mit ein paar Journalisten bei einem Glas Rotwein zusammen. Ich war der Jüngste in der Runde. »Wir sollten versuchen, mit Polen ein Freundschaftsverhältnis zu entwickeln, wie das Adenauer mit Frankreich gelungen ist. Aber der Schlüssel liegt in Moskau«, fasste Brandt seine Überlegungen zusammen.

Ich war gleich Feuer und Flamme. Endlich etwas Neues, etwas Kühnes im verrotteten Ost-West-Verhältnis. Fortan war ich Anhänger der Ostpolitik von Willy Brandt. Später trat ich seiner Partei bei. Das änderte zunächst nichts daran, dass Moskau für mich in weiter Ferne blieb. Die sowjetischen Lebens- und Arbeitsverhältnisse erschienen mir wenig verlockend. Ich war weiter auf Westtrip. Paris und Washington blieben meine Sehnsuchtsorte.

Hier muss ich eine Episode einschieben, die für meine spätere Entsendung nach Moskau eine wichtige Rolle spielte. Im Juni 1967 bescherte mir der Sechstagekrieg zwischen Israel und mehreren arabischen Staaten einen Einsatz in Ägypten, also auf der

Verliererseite. In Kairo hatte sich eine Heerschar erfahrener Kriegsreporter versammelt, die allerdings nicht zum Zuge kam. Die ägyptische Regierung schaffte es, die gesamte internationale Presse total abzublocken. Trotzdem brachte ich eine brauchbare Berichterstattung zustande. Als ich nach Köln zurückkehrte, galt ich als tauglich für schwierige Aufgaben, nicht zuletzt unter Zensurbedingungen.

Ohne dass ich es wusste, rückte mir Russland näher. Unser Korrespondent Lothar Loewe war die Arbeit in Moskau leid. Die Verhältnisse waren in der Tat unerträglich. Journalisten, die an Presse- und Meinungsfreiheit gewöhnt waren, hatten Mühe, sich mit der Zensur und der Überwachung im »Land der Lügen« – wie Michail Schischkin es nennt – zu arrangieren. »Es macht keinen Sinn mehr«, teilte der genervte Korrespondent unserem Sender mit.

Loewe, ein charakterfester, erfahrener Journalist, hatte in Berlin Blockade und Mauerbau miterlebt. Ein Sympathisant der Sowjetmacht war er darüber nicht geworden. In unserem Sender genoss er großes Ansehen. Als Loewe ging, wollte der WDR den Korrespondentenplatz Moskau nicht aufgeben. Für unseren Intendanten Klaus von Bismarck hatte Russland eine besondere Bedeutung. Vermutlich lag es an seinem Erbgut. Die enge Partnerschaft mit Russland war für seinen Urahn, den legendären Reichskanzler Otto von Bismarck, ein Eckpfeiler seiner Außenpolitik gewesen.

Der Chefredakteur ließ mich im Auftrag unseres Intendanten wissen, der Sender wolle mich nach Moskau schicken. »Ich bin kein Slawist und spreche kein Russisch«, wandte ich ein. – »Russisch können Sie lernen. Sie haben noch ein Jahr Zeit. Ihr Behauptungswillen wird Ihnen in Moskau helfen. Außerdem sind Sie für die Ostpolitik.« Das war ich. Aber musste meine Überzeugung in einen Opfergang ausarten?

Meine Frau gab den Ausschlag. »Wir kriegen das hin«, meinte

sie. Trotz der Rückendeckung durch meine Frau war ich mir meiner Sache noch nicht sicher. Bei nüchterner Betrachtung der Verhältnisse kam ich zu dem Ergebnis, dass es nichts gab, was einen Fernsehreporter verlocken konnte, nach Moskau zu gehen. Die Sowjetunion versprach Arbeitsbedingungen, die im Vergleich zu Ländern unserer Hemisphäre dem Regime eines Straflagers glichen. Mit den heutigen Verhältnissen in Russland ist das nicht zu vergleichen.

Der Eiserne Vorhang, der in Deutschland und Mitteleuropa Ost und West voneinander trennte, schien damals undurchdringlich. Die Kommunikation war äußerst beschwerlich. Ein Telefonat nach Deutschland (West) musste im Fernmeldeamt angemeldet werden. Es dauerte wenigstens sechs Stunden, meist viel länger, bis die Verbindung hergestellt wurde.

Ähnlich schwierig war es mit der Flugverbindung.

Es gab zwischen der Bundesrepublik und der Sowjetunion kein Luftverkehrsabkommen und deshalb keine direkte Flugverbindung. Wer von Moskau nach Westdeutschland reisen wollte, musste entweder über Stockholm oder Wien fliegen. Ein kürzerer Weg führte mit der DDR-Fluggesellschaft Interflug über Ostberlin, von dort passierte man die Grenze nach Westberlin und fuhr nach Tegel. Allerdings ging die Grenzpassage immer mit vielen unangenehmen Problemen einher.

Die Flugverbindungen spielten für Fernsehjournalisten eine wichtige Rolle, denn nur auf diesem Wege konnten wir damals unsere auf Film gedrehten Berichte in die Heimatsender verschicken. Dabei waren Ost und West auch in technischer Hinsicht durch den Eisernen Vorhang getrennt: Bei uns wurde auf Agfa gefilmt, in der Sowjetunion auf Kodak. Deshalb konnten wir unsere Filme nicht in einem Moskauer Labor entwickeln – wir drehten quasi blind. Was wir aufgenommen hatten, konnten wir uns in Moskau nicht ansehen.

Wenn ich heute über meine damaligen Arbeitsverhältnisse in

Moskau erzähle, pflege ich mein Smartphone aus der Tasche zu ziehen. Mit einem solchen Gerät wäre ich damals unschlagbar gewesen. Ich hätte mit dem kleinen Alleskönner Gespräche und Ereignisse selbst in dunklen Winkeln aufnehmen können. Technisch vollkommen autark hätte ich das Aufgenommene leicht an die Heimatsender verschicken können. Die Realität von 1970 war der krasse Gegensatz. Wir westlichen Fernsehkorrespondenten arbeiteten unter Zensurbedingungen. Jeder Bericht musste im Vorfeld vom sowjetischen Außenministerium genehmigt werden. Erst danach konnte ich bei der staatlichen Presseagentur Nowosti ein Kamerateam bestellen.

Es bestand aus einem Kameramann, einem Tontechniker und einem sogenannten Realisator. Seine offizielle Aufgabe war es, bei Übersetzungen und Drehgenehmigungen vor Ort zu helfen. Er hatte auch für den Versand des gefilmten Materials zu sorgen. Nebenbei achtete er darauf, dass die Kommentare der ausländischen Fernsehkorrespondenten frei von offener oder versteckter Kritik an den sowjetischen Verhältnissen waren. Dem Kameramann oblag es, nur gepflegte Verhältnisse zu zeigen. Schlecht gekleidete oder hinfällige Menschen, Hinterhöfe oder Häuser in schlechtem Zustand wurden übersehen.

Die sowjetischen Kolleginnen und Kollegen, die mir geschickt wurden, waren durchweg freundliche und verständnisvolle Menschen. Sie wussten, dass wir im Westen andere Vorstellungen vom Journalismus hatten, und sie bemühten sich, meinen Wünschen zu entsprechen. Aber die Grenzen waren für sie eng gesteckt.

Die Ergebnisse unserer Arbeit, die wir unter diesen erschwerten Bedingungen zustande brachten, standen wiederum unter scharfer Beobachtung durch die jeweiligen Sowjetbotschaften in unserer Heimat. Im geteilten Deutschland gab es gleich zwei davon, eine in Bonn und eine in Ostberlin. Was über die Sowjetunion berichtet wurde, entging den Beobachtern in den Botschaften nicht. Wenn ihnen das Gesehene nicht gefiel, konnte dies

Ärger auslösen. Dem Korrespondenten konnte es egal sein, aber warum sollte ein sowjetischer Kameramann oder Realisator für einen Bericht eines ausländischen Journalisten unangenehme Konsequenzen in Kauf nehmen? So war in groben Zügen die Lage.

Mein Auftrag wurde von meinen Vorgesetzten knapp formuliert. Ich sollte innerhalb von fünf Jahren eine angemessene Korrespondenz aufbauen. Was hieß das? Ich sollte dafür sorgen, dass uns die Sowjetunion mit einem eigenen Kamerateam arbeiten ließ und das Recht einräumte, unsere Berichte frei und ungehindert zu exportieren. Diese scheinbar schlichte Aufgabe sah eher nach Scheitern als nach Erfolg aus.

Als es an den Vertrag für meine Entsendung ging, fielen mir Bismarck und seine Politik der Rückversicherung ein. Ich erinnerte daran und ermutigte meinen Sender, mir eine angemessene Weiterbeschäftigung zuzusichern, falls meine Mission in Moskau schiefgehen sollte. Das sei selbstverständlich, erklärten meine Vorgesetzten. Schriftlich wollten sie mir die Garantie nicht geben. Dies sei unüblich. Aber sie unterstützten mich immer, ob sie nun Wördemann, Dingwort-Nusseck, Höfer, Scholl-Latour, Hübner oder von Sell hießen.

Meine Frau war inzwischen genervt von den ständigen Beileidsbekundungen, die sie zu hören bekam, vornehmlich von Freunden und Bekannten. Sie hielten unsere Moskaupläne für eine katastrophale Fehlentscheidung. »Wann geht es denn los zu Iwan, dem Schrecklichen?«, wurden wir scheinbar besorgt gefragt.

Die Zusicherung des WDR nahm meine Frau mit Erleichterung auf. »Mehr können wir nicht verlangen. Wir schaffen das. Lass die Leute reden, was sie wollen. Wir sind abgesichert und frei, unsere eigenen Erfahrungen zu machen.« Voller Zuversicht machten wir uns auf die Suche nach einer Russischlehrerin und hatten Glück.

Wir fanden Alla Petrowna, eine Mitarbeiterin der Deutschen Welle. Sie hatte im Krieg den deutschen Rundfunkingenieur Walter Spettnagel kennengelernt und ihn später geheiratet. Alla

Petrowna war eine entschiedene Gegnerin des kommunistischen Regimes in Moskau, aber sie liebte Russland.

»Sind Sie ein Kenner der russischen Literatur?«, fragte sie mich. »Nur mäßig!«, gestand ich. Michail Lermontow war in meiner Jugend einer meiner Favoriten gewesen, mein literarischer James Dean gewissermaßen. Über Lermontow war ich auf Puschkin gekommen, später auf Tolstoi. Wie jeder Bildungsbürger hatte ich *Krieg und Frieden* sowie *Schuld und Sühne* gelesen und im Theater Tschechows *Kirschgarten* und *Drei Schwestern* gesehen.

»Nicht viel!«, stellte Alla Petrowna fest und forderte mich auf, die Lektüre von Dostojewskis *Brüder Karamasow* und von Tolstois *Sewastopoler Erzählungen* und *Hadschi Murat* nachzuholen. was ich befolgte. Als Zugabe konsumierte ich die *Russische Geschichte: Von den Anfängen bis in die Gegenwart*, ein Werk des renommierten Osteuropahistorikers Günther Stökl. Was ich jetzt von Michail Schischkin erfahre, habe ich bei Stökl allerdings nicht gelesen. Womöglich wäre ich erst gar nicht losgefahren.

»Kultur und Geschichte sind wichtig, wenn Sie Russland erklären wollen«, trug mir Alla Petrowna auf. Der Auftrag meines Senders war prosaischer. »Sie müssen nicht mit jedem Bericht die Sowjetunion als Diktatur enttarnen. Das wissen wir schon lange. Bauen Sie in Ruhe eine Korrespondenz wie in Frankreich auf!«, gab mir mein Chefredakteur noch einmal mit auf den Weg und klang fast schon wie Willy Brandt.

Bevor ich nach Moskau aufbrach, sprach mir Alla Petrowna gütig zu. »Sie sollten sich Friedrich nennen. Mit Ihrem Namen Fritz lösen Sie in Russland nur Abscheu aus. Fritz ist der Inbegriff des Killerdeutschen.« Ich mochte den Namen eigentlich auch nicht, aber nun hatte ich mich daran gewöhnt und wollte dabei bleiben. So begab ich mich als deutscher Fritz zu den Russen.

Um ein Gefühl für mein neues Berichtsgebiet zu bekommen, wollte ich über Land anreisen. Meine Frau sollte mit unserem ersten Kind später im Flugzeug nachkommen. Ende November

1970 fuhr ich los. Im Auto! Ein ungemütlicher, aber lehrreicher Trip. Nach meiner Reise vom Kölner Dom bis zum Kreml stand der Tacho bei 2125 Kilometern. Deutschland und Europa waren noch tief gespalten. Erst ging es durch die DDR, mit den üblichen Schikanen: lange Wartezeit an der Grenze in Helmstedt. Dahinter hatte ich die DDR-Staatssicherheit bis nach Frankfurt / Oder dicht auf den Fersen. Ich kam mir vor wie die englische Königin, immer in Begleitung.

In der Volksrepublik Polen verschwanden meine Beschatter. Ich schaute nicht mehr in den Rückspiegel, sondern konzentriert nach vorne. Auf dem Weg nach Warschau erforderten die vielen unbeleuchteten Pferdewagen in der früh anbrechenden Dunkelheit meine volle Aufmerksamkeit. Je näher ich nach meinem Stopp in Warschau der polnischen Ostgrenze kam, desto mehr beschworen Plakate am Wegesrand die unverbrüchliche Freundschaft zwischen der Volksrepublik Polen und der Union der Sozialistischen Sowjetrepubliken.

Angesichts dieser Slogans und eingedenk der Verbrechen, die von Deutschen in Polen begangen worden waren, versuchte ich an einer Tankstelle auf Russisch, an Benzin zu kommen. Der Tankwart ging schweigend davon. Als ich meinem Unmut auf Deutsch Luft machte, kehrte er zurück. »Warum sprechen Sie nicht gleich Deutsch?«, fragte er mich. Während er mein Auto mit Treibstoff vollpumpte, brachte er mir mit derben Invektiven bei, dass es mit der Freundschaft zwischen Polen und Russen nicht weit her sei.

Es fing an zu schneien, als ich an der Grenze auf die Brücke über den Bug fuhr. Der Fluss war viel schmaler als in meiner Vorstellung. Ich musste an meinen Fernsehdirektor Heinz Werner Hübner denken, der am 22. Juni 1941 als Artilleriebeobachter vom westlichen Flussufer verfolgte, wie sich von sowjetischer Seite ein mit Getreide beladener Zug der Eisenbahnbrücke näherte. Stalin hatte bis zuletzt Wort gegenüber den Deutschen gehalten und sie mit Getreide beliefert.

Diese Lieferung wollten die Deutschen sich nicht entgehen lassen. Erst als der letzte Waggon die westliche Seite sicher erreicht hatte, ging das Trommelfeuer der deutschen Geschütze los. Der Krieg gegen die Sowjetunion hatte begonnen. Die Hinterlist und Brutalität des Überfalls empfand Heinz Werner Hübner zeit seines Lebens als deutsche Schande, auch wenn sich sein Mitgefühl mit dem betrogenen Massenmörder Stalin in Grenzen hielt.

Auf der Brücke über den Bug versperrte mir ein Schlagbaum die Einfahrt in die Sowjetunion. Ich machte es mir bequem und schlief ein. Nach einer Stunde weckte mich energisches Klopfen. Ein sowjetischer Grenzsoldat wies mich an, in die Grenzstation einzufahren.

Die sowjetische Botschaft in Godesberg-Rolandseck hatte mir eine zügige Abfertigung an der Grenze zugesichert. Die Kontrollen von Gepäck und Pass dauerten fünf Stunden. Viel Zeitaufwand für eine kleine Fuhre! Dennoch keine uninteressante Erfahrung für einen angehenden Korrespondenten.

Ich hatte sogar Verständnis für die Beamten. Für sie muss meine Ankunft eine willkommene Abwechslung gewesen sein. Denn in der ganzen Zeit kam kein weiteres Auto über die Brücke. Ich war allein auf weiter Flur und blieb es. Auf der gesamten weiteren Strecke von 1100 Kilometern bis Moskau sah ich kein Auto mit ausländischem Kennzeichen.

Beim Zoll lernte ich eine weitere Lektion. Die Beamten verstanden mein Russisch nicht. Als ich sie anredete, schauten sie mich verständnislos an. Als sie selbst loslegten, verstand ich kein Wort. Was ich theoretisch wusste, bestätigte sich gleich an der Grenze. Die Sowjetunion war nicht Russland, sondern bestand aus einer Vielzahl von Völkern. Die Mehrzahl der Menschen in dem Land, das wir Russland nannten, sprach kein sauberes und viele überhaupt kein Russisch. Sie waren Kasachen, Kaukasier, Balten oder Tataren.

Als ich nach der Zollabfertigung endlich losfuhr, war es stockdunkel. Ich hatte es nicht weit. Gleich hinter der Grenze hatte ich über die deutsche Botschaft Moskau in Brest eine Übernachtung buchen lassen. Es funktionierte. Im Hotel wurde mir der Pass abgenommen und der Polizei zur gründlichen Prüfung zugeleitet. Mich überraschte das nicht, ebenso wenig wie die vorangegangene Zollschnüffelei. Wie ich vor der Abreise zu Hause meinem *Baedeker* aus dem Jahre 1883 entnehmen konnte, erlebten schon die Besucher des zaristischen Russlands eine aufwendige Durchsuchung. Stabile Verhältnisse, dachte ich. Nicht nur in dieser Hinsicht! Französische Reisende konnten im *Guide du voyageur* von 1897 lesen: »Russland ist einem absolut autokratischen Regime unterworfen.«

Zwischen Brest und Moskau hatte ich genügend Muße, meinen Gedanken nachzuhängen. Hier waren sie also marschiert, die französischen und deutschen Heerscharen von Napoleon und Hitler. Sie zogen eine breite Spur von Tod und Verwüstung durch das Land. Fühlten sie sich als Soldaten einer gerechten Sache? Zehntausende ließen auf den Schlachtfeldern links und rechts der Rollbahn für den Größenwahn des französischen Kaisers und des deutschen Führers ihr Leben. Der Blick auf die Tankanzeige brachte mich in die Gegenwart zurück. Ich musste dringend tanken. Tankstellen hatte ich nur alle 50 Kilometer gesehen. Aber hier kurz hinter Minsk tauchte plötzlich eine auf.

Meine frischen, in Brest offiziell und teuer eingetauschten Rubel (auf dem Schwarzmarkt hätte ich das Dutzendfache bekommen) kamen nicht an, als ich für die Tankfüllung bezahlen wollte. Die Tankwartin wollte Talone sehen. Coupons, die auf einer Bank gegen Valuta zu erwerben seien. Hätte ich gerne gemacht! Aber hier gab es weit und breit keine Bank. Spät war es auch noch.

Der Fall schien aussichtslos. Ich griff zu meinem Notkoffer mit Lippenstiften und Strumpfhosen, der beim Zoll größeres Interesse hervorgerufen hatte. »Für wen?«, hatte mich der Zöllner gefragt. »Für meine Frau!« – »So viele?« – »Wir bleiben fünf Jahre.«

Ich legte der Tankwartin einen Lippenstift Marke L'Oréal, Farbe Zartrosa auf den Tisch, dazu eine Strumpfhose.

Mein Vorgehen kam mir plump und peinlich vor, aber es löste das Problem. Die Tankwartin griff beherzt zu, öffnete den Lippenstift, lachte fröhlich und sah in ihrer Freude gleich zehn Jahre jünger aus. »Hast du einen Kanister?«, fragte sie mich. Auch den würde sie füllen. Ich hatte keinen Kanister. »Brauchst du hier aber!« Auch diesen Rat habe ich bis zum Schluss beherzigt.

Der Rubel war gesetzlich die einzig zulässige Währung in der Sowjetunion, aber ein Nichts gegen Valuta. Für mich erwies sich jedoch die Kombination aus Lippenstift und Strumpfhose als wirkungsvollste Währung. So gelangte ich problemlos nach Moskau, wo mir Lothar Loewe sein Beileid zu meinem neuen Job aussprach. Leider hatte er vergessen, die Dienstwohnung herrichten zu lassen.

Der »Remont« sollte jeden Tag kommen. Er kam aber nicht. So verbrachten wir dreieinhalb unvergessliche Monate ohne Gardinen, inmitten unausgepackter Kartons und zunehmend verunreinigter Klamotten. Danach waren wir überzeugt, dass unsere Ehe noch andere Belastungen aushalten konnte.

Inzwischen hatte ich begonnen, die Sowjetunion auf meine Seite zu bringen. Ich flutete das Außenministerium (MID) mit Drehanträgen arglosester Art. Im Namen des Friedens und der Völkerfreundschaft bat ich den »uwaschajeme Gospodin Chudin« (den verehrten Herrn Chudin) von der Presseabteilung, Filmaufnahmen im Brotladen »Chleb« oder im russischen Staatszirkus zu ermöglichen. Die Antwort war Schweigen.

Da Brandt begonnen hatte, seine Ostpolitik zu verwirklichen, vermehrten sich deutsch-sowjetische Regierungsgespräche und Wirtschaftstreffen. Wenn ich über offizielle Treffen mit Vertretern aus Deutschland berichten wollte, brauchte ich dafür keine Genehmigung des Außenministeriums. Ich benötigte nur ein Kamerateam, was mich mit der Presseagentur Nowosti ins Geschäft brachte.

Nowosti stellte gegen Valuta Kamerateams zur Verfügung und besorgte auch den Filmversand nach Deutschland. Daneben begann ich, den Raum der Illegalität auszutesten, der sich in Diktaturen wie ein zweiter, unsichtbarer gesellschaftlicher Raum ausdehnt. Zu diesem Zweck machte ich mich mit dem für Laien nicht einfachen Mechanismus unserer Studiokamera Arriflex vertraut, um im Notfall selbst drehen zu können, wie ich das bereits im arabisch-israelischen Sechstagekrieg gemacht hatte.

Problematisch war die Ausfuhr des selbst gedrehten Materials. Es ging nur mit Schmuggel, ich gab meine Filme Diplomaten und privilegierten Besuchern mit oder nahm sie selbst gut versteckt mit über die Grenze. So gelangten einige Filmchen nach draußen; eigentlich harmlos, aber sie erregten Aufmerksamkeit. Bilder von Gräbern deutscher Kriegsgefangener in Moskau, deren Existenz von den Behörden lange geleugnet wurde. Oder Aufnahmen von der Arbeit des Bildhauers Ernst Neiswestny.

Unglücklicherweise wurde mein Tun von den Sowjetbotschaften in Bonn und Ostberlin sowie vom DDR-Außenministerium dienstlich beobachtet. Sie berichteten dem sowjetischen Außenministerium MID, dem auffiel, dass einige der erwähnten Beiträge vom MID nicht genehmigt worden waren, was Fragen nach sich zog. Mithilfe kleiner Aufmerksamkeiten waren sie schnell beantwortet. Ansonsten blieben die Arbeitsverhältnisse ätzend. Ich verstand Lothar Loewe immer besser.

Meine Frau kam hingegen erstaunlich gut klar. Unseren kleinen Sohn Christoph an der Hand, war sie ständig unterwegs. Einzukaufen gab es nichts, was wir haben wollten. Park- und Spielplatz waren im Frühjahr verschlammt, aber meine Frau machte erfreuliche Bekanntschaften. Mit ihrem freundlichen Wesen und ihrer flotten Erscheinung hatte sie die Zuneigung der russischen Großmütter gewonnen, die links und rechts vom Kutusowski Prospekt im Moskauer Westen ihre Enkel hüteten. »Golubuschka« (Täubchen) nannten sie meine Frau liebevoll, ansonsten wurde sie mit ihrem Vatersnamen Gerda Gustavovna angesprochen. Die Babuschki waren Topquellen für interessante Geschichten. »Der Antichrist ist in Moskau angekommen«, vertrauten sie meiner Frau an.

»Und wer soll das sein?«, fragte ich. – »Der Breschnew natürlich!«, erwiderte sie.

»Und was hast du dazu gesagt?« – »Ich habe sie bestärkt. Wer sein Volk so schlecht versorgt, kann nur das Gegenteil von einem Christen sein.«

Dabei wurde der Partei- und Staatschef Breschnew meine Rettung. Der französische Staatspräsident Georges Pompidou kam zu einem Arbeitsbesuch in die Sowjetunion. Das Treffen fand im weißrussischen Saslauje bei Minsk statt, und obwohl unsere Nachrichtensendung *Tagesschau* kein Interesse an der Begegnung zeigte, fuhr ich hin.

Die Sondermaschine des französischen Präsidenten landete auf dem Militärflughafen. Durch ein Missverständnis kam das Politbüro zu früh auf das Vorfeld, um den Staatsgast zu begrüßen. Wir Journalisten waren in einem Viereck weggesperrt worden, das einem Boxring glich. Etwas unschlüssig winkte Breschnew uns zu. Ich winkte zurück, stieg über die Absperrung und ging auf das versammelte Politbüro zu.

Keine Heldentat! Die überraschten Sicherheitsleute ließen mich gewähren, zumal mir Breschnew zutraulich entgegenkam. Ich fing ein Gespräch mit ihm an. Die übrigen Journalisten waren mir nachgesprintet, nur mein russischer Kameramann hatte sich nicht getraut.

Zum Schluss unseres Gesprächs fragte ich Breschnew, ob und wann er sich mit dem amerikanischen Präsidenten Nixon treffen werde. »Bald!«, war die Antwort. »Und Vietnam? Stört Sie nicht, dass die USA gegen Ihren Verbündeten Ho Chi Minh Krieg führen?« Darauf Breschnew trocken: »Vietnam daliko!« Die kaltschnäuzige Antwort »Vietnam ist weit« ließ keinen Zweifel aufkommen. Ebenso entschieden, wie die Sowjetunion den Kalten Krieg betrieben hatte, suchte sie jetzt die Entspannung mit dem Westen.

Breschnew strebte ähnlich wie Brandt an, die verhärteten Fronten aufzuweichen. Allerdings mit gegenteiliger Absicht. Er wollte die unter Stalin gegenüber den Westalliierten durchgesetzten Grenzen in Europa auf Dauer festschreiben, auch die Innerdeutsche, während es Brandt darum ging, die Grenzfrage offenzuhalten, um irgendwann die deutsche Einheit zu ermöglichen. Der Unterschied in den Auffassungen von Ost und West bestand im Grunde nur in einem einzigen Wort. Moskau wollte den Status der Grenzen als »unverrückbar« festschreiben. Der Westen beharrte auf der Bezeichnung »unverletzlich«. Am Ende setzte sich die Formulierung »unverletzlich« durch. Das bedeutete, Grenzen durften friedlich verändert werden, was die einvernehmliche Wiedervereinigung Deutschlands erlaubte. Wären die Grenzen für »unverrückbar« erklärt worden, hätte es die deutsche Einheit völkerrechtlich nicht geben können. Bis dahin sollte es ein zähes Ringen werden, aber die Mühen sollten sich lohnen, aus deutscher und aus westlicher Sicht.

In der Sowjetpresse fand ich mich am nächsten Tag auf vielen Fotos wieder, vom Parteiorgan *Prawda* bis zur Zeitschrift *Ogonjok* (kleines Feuer). Bildunterschrift: »Der Generalsekretär des ZK der KPdSU im Gespräch mit ausländischen Korrespondenten.« Von da an wurden meine Anträge mit Respekt behandelt. Einen Schritt war ich weiter, aber das reichte nicht. Ich brauchte unbedingt meinen eigenen deutschen Kameramann und die Berechtigung, Filmmaterial selbst zu exportieren – wie es in anderen Ländern üblich war.

Unter den vorwiegend sowjetischen Journalisten fiel ich auf, nicht nur als westlicher Ausländer, auch mit meiner Körpergröße von 1,90 Metern. Von meinem Namen hatte Breschnew nur den in Russland berüchtigten Vornamen behalten. Wenn ich ihm bei

Ankünften oder Abflügen auf Flughäfen nahe kam, begrüßte er mich jedes Mal leutselig mit den Worten: »Dawno was ni vidil, Gospodin Fritz!« (»Lange nicht gesehen, Herr Fritz.«) Nicht formvollendet, aber hilfreich. Die Bemerkung ließ auf Nähe schließen; fälschlich, aber nicht zu meinem Nachteil. Es konnte meinem Plan nur nützlich sein.

Ich schloss mich nun regelmäßig dem sowjetischen Pressetross an, wenn Breschnew auf Auslandsreisen ging: in die Mongolei, nach Kuba, nach Frankreich und in die USA. Die Entspannung zwischen Ost und West war in Gang gekommen.

Ich filmte selbst und brachte das Material zum Versand persönlich auf den Flughafen, ob die *Tagesschau* den Beitrag haben wollte oder nicht. Da es sich um Berichte über den Parteichef handelte, wurde ich vom Zoll als Exporteur grundsätzlich akzeptiert. Später wurde nach Inhalten nicht mehr gefragt. Routine! Wie der Korrespondent, der den allmächtigen Parteichef interviewt hatte, wurde nun auch der *Tagesschau*-Beutel mit Respekt behandelt. So geht das in Diktaturen.

Das riskante Schmuggeln entfiel. Eine große Hürde war aus dem Weg geräumt. Breschnew hatte mir dabei geholfen. Das konnten die russischen Babuschki natürlich nicht wissen. Die Welt der Politik, in der ich mich bewegte, und der russische Alltag, den ich mit meiner Frau teilte, waren weit voneinander entfernte Sphären.

Während dieser ersten Jahre, die ich in Moskau verbrachte, beherrschte vor allem eine Frage die Nachrichtenmeldungen: Kommt es zu einer Konferenz über Sicherheit und Zusammenarbeit in Europa, unter Beteiligung aller europäischen Staaten sowie den USA und Kanada? Eine solche Zusammenkunft hatte es in diesem Ausmaß noch nie gegeben, im Zuge der Entspannung waren es vor allem dic Sowjets, die die KSZE anstrebten.

Allmählich zeichnete sich ab, dass die Konferenz über Sicherheit und Zusammenarbeit in Europa tatsächlich näher rückte. In

Helsinki wollten sich 34 Staats- und Regierungschefs aus Ost und West treffen, um sich auf ein besseres Miteinander zu verständigen. In drei Körben hatten sie ihre Anliegen aufgeteilt. Politische und militärische Sicherheit (Korb I), wirtschaftliche Zusammenarbeit (Korb II) sowie Menschenrechte und Informationsfreiheit (Korb III). Mein Recht als Fernsehkorrespondent auf einen eigenen Kameramann gehörte nach meiner Auslegung in Korb III.

Mit dieser Botschaft klapperte ich die diplomatischen Vertretungen der großen Staaten ab und bat um Unterstützung für mein sehr spezielles Menschenrecht. Ich wollte bei meiner Arbeit nicht auf ewig von der Gunst und den Dienstleistungen des Gastgeberlandes abhängig sein. Mir war klar, dass ich mit meinen Aktivitäten meine Rolle als Korrespondent überschritt, denn ich agierte nicht nur als Berichterstatter, sondern war mindestens so intensiv in politischer Mission unterwegs.

Zu meiner Enttäuschung erfuhr ich auf westlicher Seite wenig Anteilnahme. Nur der sowjetische Botschafter in Bonn, Michail Falin, zeigte Verständnis und setzte sich entsprechend ein, wie sich später herausstellte.

Nach der Konferenz in Helsinki wurde ich in die Presseabteilung des sowjetischen Außenministeriums am Smolensker Platz gebeten und ohne lange Vorrede ermutigt, einen Kameramann meines Senders nach Moskau einzuladen. Erst einmal für zwei Wochen! Dann würde man weitersehen. Es war ein ermutigender Vertrauensbeweis von offizieller Seite. Ich tat, was mir geraten wurde. Der Kameramann kam und blieb fünf Jahre, länger als ich (ich hatte damals schon fünf Jahre in Moskau hinter mir). Als ich zwei Jahre später nach Ostberlin ging, konnte mein Nachfolger Klaus Bednarz von Beginn an mit einem eigenen deutschen Kameramann arbeiten. Er hat aus dieser Mitgift viel gemacht.

Zur Begrüßung von »Kino-Operator 001« in der Presseabteilung des MID gab es eine kleine Zeremonie. Tee wurde serviert und die Akkreditierung überreicht. Ein historischer Moment!

Jürgen Bever aus Köln war der erste westliche Kameramann, der in Moskau akkreditiert wurde. Wir tauften ihn »Duch Chelsinki« – der Geist von Helsinki.

Ich zog Bilanz. Fünf Jahre waren vergangen. Technisch waren die Voraussetzungen für eine brauchbare Fernsehkorrespondenz aus Moskau geschaffen. Allein mit gutem Willen auf beiden Seiten! Als Anhänger der Entspannungspolitik von Willy Brandt fühlte ich mich durch meine eigenen Erfahrungen in meiner Haltung bestätigt: Dass es selbst im »Reich des Bösen« möglich ist, etwas zu verändern – mit Geduld, gutem Willen und vielen Hundert Gesprächen.

»Das Paradox der Lüge«

Michail Schischkin

Manchmal habe ich das Gefühl, es liegt an den Wörtern.

Manche Begriffe erweisen sich bei der Überquerung der russischen Grenze als Kisten mit falscher Markierung. Auf unheimliche Weise wird der Inhalt des Wortes entweder im Stillen ausgetauscht oder einfach geklaut. Die besten, die schönsten Begriffe verlieren vor russischer Kulisse ihren Sinn.

Als ich jung war, erschien alles so einfach und klar: Unser Land ist von einer Bande von Kommunisten eingenommen worden, und wenn man die Partei vertreibt, öffnen sich die Grenzen, und wir kehren in die weltweite Familie der Völker zurück, die nach den Gesetzen der Demokratie und der Freiheit leben und die Rechte des Einzelnen würdigen. Parlament, Republik, Verfassung, Wahlen – diese Wörter hatten einen märchenhaften Klang. Wir alle waren damals naiv. Irgendwie haben wir nicht daran gedacht, dass all diese Wörter schon da waren – die Stalinsche Verfassung aus dem Jahr 1936 war »die demokratischste Verfassung der Welt«. Wir lebten bereits unter diesen großen Wörtern, die jede Zeitung vollstopften. Und auch zu den Wahlen sollten wir regelmäßig gehen.

Wir hatten vergessen, dass all diese guten Wörter, die aus dem Westen durch die Grenze in unsere Gesellschaft eingedrungen sind, ihre ursprüngliche Bedeutung verloren hatten; dass sie begonnen hatten, alles Mögliche zu bezeichnen, nur nicht das, was sie eigentlich bedeuten.

Das Grundgesetz garantierte uns alle möglichen Rechte; hier

stand es schwarz auf weiß geschrieben: »Das allgemeine, gleiche und direkte Wahlrecht in geheimer Abstimmung.« – »Die Redefreiheit, die Pressefreiheit, die Kundgebungs- und Versammlungsfreiheit, die Freiheit der Durchführung von Straßenumzügen und -demonstrationen.« – »Den Bürgern der UdSSR wird die Unverletzlichkeit der Person gewährleistet. Niemand kann anders als auf Gerichtsbeschluss oder mit Genehmigung der Staatsanwaltschaft verhaftet werden.« – »Die Unverletzlichkeit der Wohnung der Bürger und das Briefgeheimnis werden durch das Gesetz geschützt.«

Der Text dieser wunderschönen Verfassung stammt von Nikolai Bucharin. Drei Monate nach der Verabschiedung des Grundgesetzes, im März 1937, wurde sein Autor unter dem Vorwurf der Spionage und der Beteiligung an einem Komplott gegen Stalin verhaftet. In seinem letzten Brief flehte Bucharin Stalin an, ihn nicht zu erschießen, sondern ihm eine tödliche Dosis Morphium zu verabreichen. Anstatt ihm diese Gnade zu gewähren, ließ NKWD-Chef Nikolai Jeschow, der Bucharins Exekution persönlich beaufsichtigte, den Verurteilten zusehen, wie andere Mithäftlinge vor ihm erschossen wurden.

Bucharin war dreimal verheiratet. Seine erste Frau Nadeschda Lukina wurde am 1. Mai 1938 verhaftet und am 9. März 1940 erschossen. Seine zweite Frau Esfir Gurwitsch und seine Tochter Swetlana verbrachten viele Jahre im Gulag. Auch seine dritte Frau Anna Larina wurde verhaftet. Der Sohn Juri wuchs im Waisenhaus auf, ohne zu wissen, wer seine Eltern waren.

Die Wörter ließen ihren Autor im Stich. Es scheint, als hätten sich die Wörter gegen uns verschworen.

Unter den einfachsten, gebräuchlichsten Begriffen werden ganz verschiedene Dinge verstanden. Wenn man über die Marktwirtschaft oder das Privateigentum in Russland spricht, klingt das für das westliche Ohr attraktiv und vertraut, aber es ist irreführend. Es gibt in Russland weder gesichertes Privateigentum noch eine Marktwirtschaft im westlichen Sinne. Oder nehmen wir, zum Beispiel, den

Staat. In der zivilisierten Welt ist es längst selbstverständlich, dass der Staat als Instrument zur Verfechtung der Interessen seiner Bürger dient und keine eigenen Interessen verfolgt. Die Macht wird von unten aufgebaut, und nur die Machtbefugnisse, die auf unterster Ebene nicht realisiert werden können, werden nach oben delegiert. Das Wissen über die Teilung der Staatsmacht in Legislative, Exekutive und Judikative wird jedem Bürger mit der Muttermilch eingeflößt.

In Russland versteht man unter dem Staat etwas ganz anderes: Die Macht und das Territorium. Und beide sind sakral. Im Westen ist der Bürger Mitinhaber des Staates, in Russland ist er sein Leibeigener, unabhängig davon, welches Schild der Staat an seiner Pforte aufhängt.

Wer hätte in der Sowjetunion gedacht, dass die Kommunistische Partei zwar verschwindet, im neuen Russland aber all die guten Wörter wie Demokratie, Parlament und Verfassung einzig zu Schlagstöcken im unendlichen Kampf um Macht und Geld werden?

Nehmen wir den Begriff »Demokratie«. In Europa gilt sie als Garant persönlicher Freiheiten, der Menschenrechte. Für die Mehrheit der Russen bedeutet der Begriff das Chaos der Neunzigerjahre. Niemand in Russland will zurück in die »wilden Neunziger«.

Dieselben Worte lösen in Russland und im Westen ganz verschiedene Reaktionen aus. Zum Beispiel schmunzelte man im Westen über den berühmt gewordenen Satz, der Untergang der Sowjetunion sei die »größte geopolitische Katastrophe« des 20. Jahrhunderts (Wladimir Putin im April 2005). Während das Ende der Sowjetunion in den USA und in Westeuropa als Triumph der Freiheit und Demokratie interpretiert wurde, war es für die Mehrheit der Russen eine ungeheure menschliche und soziale Katastrophe. Putin sprach den meisten Russen aus dem Herzen.

Das wohl größte Missverständnis zwischen dem Westen und Russland entsteht daraus, dass die demokratischen Begriffe in Russland leere Worthülsen sind, die keinerlei Wirkung entfalten. Im Westen müssen sich Regierungen an den Begriffen messen lassen; in Russland handelt es sich um Fassaden, und jeder in Russland weiß, dass hinter diesen Fassaden nichts als Leere klafft. Der russische Staat kann »Gesetze«, »Verfassung«, »Menschenrechte« und egal welche »Freiheiten« proklamieren, Russland lebte und lebt nur nach einem Gesetz, und zwar nach dem Gutdünken der uneingeschränkten Macht des Kremls. Deshalb können die, die mein Land regieren, es einfach nicht verstehen, warum zum Beispiel England tschetschenische Separatisten nicht an Russland ausliefert. In ihrem Weltbild wäre die Sache durch einen Anruf des britischen Premierministers an den zuständigen Richter erledigt.

Im russischen Weltall haben große Wörter eine andere Funktion. Sie dienen zur Tarnung. Was für einen Außenseiter als Lüge erscheinen mag, trägt innerhalb des russischen Sprachgebrauchs zur allgemeinen Verständigung bei. Das ist kein Paradoxon, sondern die russische Wirklichkeit der Worte.

»Auf der Krim gibt es keine russischen Soldaten«, vermeldete man im Frühling 2014 der ganzen Welt mit scheelem Grinsen. Im Westen konnte man das nicht verstehen: Wie vermochte Putin sein Volk so unverfroren zu belügen? Doch die Bevölkerung nahm das nicht als Lüge wahr: Wir verstehen unter uns doch alles, man betrügt schließlich den Feind, das ist keine Sünde, sondern reine Soldatentugend. Mit welchem Stolz wurde dann zugegeben: »Ja, es waren russische Soldaten auf der Krim!«

Man lügt dem Westen dreist ins Gesicht: »Wir haben die Boeing 777 über Donezk nicht abgeschossen!« Alle wissen, dass es eine Lüge ist. Und dann geht es weiter, business as usual.

Wenn Putin den westlichen Politikern unverfroren dreiste Lügen präsentiert, beobachtet er ihre Reaktionen mit offensichtlichem Interesse und nicht ohne Vergnügen; er sonnt sich in ihrer Fassungslosigkeit und Hilflosigkeit. Dreistigkeit ist eine Demonstration der Stärke, sie bringt den Gegner unter Zugzwang und damit in Verlegenheit. Zu solchen Lügen sind sie nicht bereit. Statt offen zu lügen, schwindeln die westlichen Politiker möglichst unauffällig, im demokratischen Europa herrscht ein anderer Algorithmus der Lüge vor.

Chris Patten, der letzte Gouverneur von Hongkong und ehemaliger EU-Kommissar, beschreibt in seinen Memoiren eine Episode, wie er während eines Gipfeltreffens an einem Tisch mit Putin saß. Man sprach über Tschetschenien und die Menschenrechtsverletzungen dort. »Die Situation war äußerst peinlich. Wir verstanden, dass Putin uns anlügt, Putin sah, dass wir es verstehen, und wir sahen, dass Putin versteht, dass wir verstehen, dass er uns anlügt. Und wir schwiegen. Es war sehr beschämend.«

Man behauptet, keinen Anteil am Krieg in der Ostukraine zu haben, obwohl alle wissen, dass auch das eine Lüge ist. Und dieser Standpunkt wird von der westlichen Diplomatie hingenommen. Die Herrscher im Kreml entsenden Soldaten in die Ostukraine, lassen sie dort bei dieser schändlichen Kryptointervention sterben und belügen danach ihre Familien über die Todesursache und den Todesort. Die Familien tun so, als ob sie der Regierung glauben. Und schweigen. Wenn Putin in seinem eigenen Land die Unwahrheit erzählt, wissen alle, dass er lügt, und er selbst weiß, dass es alle wissen, doch seine Wählerschaft ist mit seinen Lügengeschichten einverstanden. Die russische »Wahrheit« ist eine never ending Lüge.

Das alles gab es schon. Das sowjetische Radio übertrug einst folgende in Umlauf gebrachte Lüge: »[Die sowjetische Nachrichtenagentur] TASS erklärt, dass sich kein sowjetischer Soldat auf dem Territorium Koreas befindet!« Es gab keine sowjetischen Soldaten in Ägypten, in Algerien, im Jemen, in Syrien, in Angola, in Mosambik, in Äthiopien, in Kambodscha, in Bangladesch oder in Laos. Wenn die Soldaten, die dort stationiert waren, das Glück hatten, am Leben geblieben zu sein und sie in ihre Heimat zurückkehrten, wurde ihnen befohlen: kein Wort! Die Heimat verleugnete sie. Erst in den Neunzigerjahren wurden sie nachträglich anerkannt und als Teilnehmer kriegerischer Handlungen in den Gesetzesparagrafen »Über die Veteranen« eingefügt. In diesem Gesetz ist eine Aufzählung der

Kriege aufgeführt, in denen unsere Soldaten und Offiziere gekämpft haben – Kriege, an denen teilgenommen zu haben unsere Regierungen jedoch kategorisch und grimmig verneinten. Die zukünftigen Gesetzgeber werden in diese Auflistung auch die Ukraine aufnehmen müssen.

Russland ist in die sowjetischen Zeiten der totalen Lüge zurückgekehrt. Die Macht schloss damals mit ihren Untertanen einen Gesellschaftsvertrag ab, nach dem wir über Jahrzehnte gelebt haben: Wir wissen, dass wir lügen und dass ihr lügt, und wir lügen weiter, um zu überleben. Unter diesem »Contract Social« sind Generationen groß geworden.

In der Schulbibliothek habe ich einmal das Buch *Gelsomino im Lande der Lügner* des Italieners Gianni Rodari ausgeliehen. Darin kommt ein Junge in ein Land, das von einer Piratenbande gekapert worden ist, die nun alle zum Lügen zwingt. Den Katzen wird befohlen zu bellen, den Hunden zu miauen. »Brot« muss »Tinte« genannt werden. Es ist nur Falschgeld im Umlauf, und die Einwohner werden über die Zeitung *Der musterhafte Lügner* über die wichtigsten Nachrichten informiert. Mir gefiel die Absurdität dieser Situation natürlich. Für die Erwachsenen lag das Geheimnis des unglaublichen Erfolgs dieses Buches allerdings darin, dass sie, im Unterschied zu den Kindern, verstanden, über welches Land hier in Wirklichkeit geschrieben wurde. Orwell für Anfänger. Ich weiß noch, wie meine Eltern sich wunderten, wieso das Buch nicht verboten war. Sie wussten, dass sie genau in diesem gekaperten Lügenland lebten.

Die Lüge war allgegenwärtig. Die Zeitungen logen, das Fernsehen, die Lehrer. Der Staat betrog seine Bürger, die Bürger betrogen den Staat. So waren die allen verständlichen Spielregeln. Vom Kindergarten an gewöhnten wir uns daran. In dieser Lügenlandschaft sind alle Akteure aufgewachsen, die das heutige Russland darstellen.

Über Jahrzehnte wurden die eigenen Leute und Fremde angelogen, und man störte sich nicht daran, dass niemand einander glaubte. Mit Plakaten erklärte man der Bevölkerung, dass die »UdSSR das

Bollwerk des Friedens« sei, und schickte gleichzeitig seine Panzer in die ganze Welt. Unter dem Vorwand, den der »Aufruf einer Gruppe von Genossen« lieferte (einer lächerlich kleinen Gruppe, die aus fünf Funktionären des stalinistischen Parteiflügels in der tschechoslowakischen KSČ bestand), fiel man in die Tschechoslowakei ein. Man log, dass man uns nach Afghanistan gerufen habe. Es wurde über Flugzeugabstürze gelogen, wenn nur keine Fußball- oder Hockeymannschaften starben – denn solche Katastrophen kamen ja nur dort vor, im Westen. Die ganze Welt wurde belogen, als der neue Parteisekretär Breschnew kam: Chruschtschow wurde aus den offiziellen Bildern des Empfangs, den man Gagarin nach seinem Flug in den Kosmos auf dem Roten Platz bereitet hatte, herausgeschnitten. Man log über die Vergangenheit, die Gegenwart und die Zukunft, zu jedem Anlass, egal ob wichtig oder unwichtig.

Im Fernsehen berichtete man freudig über die Erfüllung der Fünfjahrespläne, doch die Regale in den Geschäften wurden fortwährend leerer und die Schlangen davor größer. Wir lebten in dem Land, »in dem der Sozialismus gesiegt« hatte, in dem nach dem Gesetz alles dem Volk gehörte, doch in Wirklichkeit besaß das Volk nichts. Und überhaupt gehörte niemandem etwas. Wir lebten in diesem außergewöhnlichen Land voller Sklaven, in dem alle dem System gehörten. Auch diejenigen, die uns anführten.

Die Macht verlangte von der Bevölkerung begeisterte Erfolgsberichte in allen Bereichen der Volkswirtschaft und bekam jubelnde, verfälschte Rapporte zurück. Die Macht bestellte Lügen, bekam sie und tat so, als ob man an diese Lügen glaubte. Fand sich jemand, der dieses Spiel mit den Worten nicht mitspielen wollte, wurde er von den anderen kaltgestellt, gerügt, entlassen, verhaftet, getötet. Das Maß der Strafe hing von der Temperatur der Epoche ab. In der Stalin-Zeit wurde man erschossen. Also lieber mitlügen, besonders wenn man eine Familie hatte und für die Kinder sorgen musste.

Meine Mutter unterrichtete in der Schule, doch ich habe zu der Zeit natürlich noch nicht realisiert, wie schwierig die Gestaltung des

Unterrichts für sie und alle Lehrer war. Sie standen vor einer unlösbaren Aufgabe: Die Kinder zu lehren, die Wahrheit zu sagen, und sie gleichzeitig auf ein Leben im Land der Lügen vorzubereiten. Nach dem geschriebenen Gesetz sollte man immer die Wahrheit sagen, doch das ungeschriebene hieß: Wenn du die Wahrheit sagst, bist du selber an den Folgen schuld.

Unsere Lehrerinnen (die meisten Lehrer in Russland waren und sind Frauen, denn mit dem Lohn eines Schullehrers kann man kaum eine Familie ernähren) lehrten uns Lügen, an die sie selbst nicht glaubten, weil sie uns liebten und uns retten wollten. Sie fürchteten sich davor, etwas Falsches zu sagen, doch noch mehr als für sich fürchteten sie sich für uns. Denn in unserem Land wurde mit Worten ein tödliches Spiel getrieben. Man musste die richtigen Worte aussprechen und die gefährlichen vermeiden. Niemand zog diese Grenze offiziell, doch jeder spürte sie in sich. Die Dissidenten verstießen gegen diese Spielregeln – aufgrund ihres selbstmörderischen Verständnisses für Gefühle der persönlichen Wertschätzung (so lautete Solschenizyns berühmter Aufruf: »Nicht nach der Lüge leben«). Auch unerschrockene junge Leute verstießen dagegen – aus Unerfahrenheit. Die Lehrer versuchten, diese wahrheitsliebenden Jugendlichen zu retten, indem sie ihnen eine belebende Dosis Furcht einimpften. War das im Moment ein bisschen schmerzhaft, so immunisierte es doch für das ganze folgende Leben. Vielleicht hatte man uns Chemie oder Englisch nur schlecht beigebracht, doch wir erhielten eine beispielhafte Erziehung in der schwierigen Kunst des Überlebens – das eine zu sagen, das andere zu denken und das dritte zu tun.

Ein Riss in der Persönlichkeit, ein gespaltenes Bewusstsein – eins zu sagen und etwas anderes zu denken und zu tun – machte die Wirklichkeit einer ganzen Nation aus. Wenn eine Lüge sich von sich selbst abtrennt, wird sie fähig, eine neue Wirklichkeit zu konstruieren. Diese Wirklichkeit sind wir. Und wir Russen, die heute leben, kommen alle aus dieser falschen Wirklichkeit. Sowohl Regierungsbefürworter als auch Oppositionelle.

Man darf diese Lüge nicht einmal als verwerflich bezeichnen, denn in ihr konzentrierten sich die ganze Kraft der Vitalität und die Stärke des Überlebensdrangs. Der Überlebenswille im Straflager namens Russland, hinter Stacheldraht, verlangt von einem Menschen bestimmte Qualitäten, der Aufbau seiner Psyche verändert sich. Das hat Folgen, besonders, wenn diese Qualitäten zum Überleben von einer Generation an die nächste weitergereicht werden. Die Lüge war seit Generationen unser Lebenselixier. 1939 schrieb der emigrierte Philosoph Nikolai Berdjajew in seinem Artikel »Das Paradox der Lüge« über die Diktaturen von Hitler und Stalin: »Die Menschen leben in Angst, und die Lüge ist ihre Waffe zur Verteidigung.« Wir alle fürchteten uns und brauchten ein Mittel, um uns zu verteidigen! Die Macht fürchtete sich vor ihrem eigenen Volk und log deswegen. Die Bevölkerung nahm an dieser Lüge teil, denn sie fürchtete sich wiederum vor der Macht. Die Lüge wurde so zur Existenzsicherung einer Gesellschaft, die auf Gewalt und Furcht basierte.

Man sollte lügen, aber nicht glauben. Wer glaubte, war schnell verloren. Ich weiß noch, wie wir von Tschernobyl erfahren haben. Ich arbeitete damals in der Schule. In der Pause rannte ein sichtlich erregter Physiklehrer (der einzige Mann außer mir im pädagogischen Kollektiv) zu uns ins Lehrerzimmer. Er war von einem Bekannten hinter vorgehaltener Hand über die Katastrophe unterrichtet worden. Wir glaubten ihm sofort. Er war es, und nicht die Regierung, der uns aufforderte, die Kinder schnellstens in die Häuser zu holen, damit sie nicht unter freiem Himmel bestrahlt werden. Die offiziellen Kanäle schwiegen sich noch lange aus. Irgendwann berichteten sie zwar über die Ereignisse, beschwichtigten aber gleichzeitig, es bestehe überhaupt keine Gefahr. Die Bevölkerung wusste bereits, was das bedeutete: Wenn sie sagten, es gäbe keine Gefahr, dann stand es wirklich nicht gut.

Die Politiker im Westen haben mit dem Lügen keine vergleichbare Erfahrung. Auch westliche Wähler halten manche ihrer Politiker – mit vollem Recht – für Lügner und Schwindler. Ihre Lügen können gravierende Konsequenzen haben, wie zum Beispiel die Lüge über Saddam Husseins Massenvernichtungswaffen im Irak. Aber nichtsdestotrotz scheinen diese Politiker, die dann ihre Macht bei den nächsten Wahlen verlieren, im Vergleich zu russischen Selbstherrschern kleine Gauner zu sein. Kann man sich vorstellen, dass der amerikanische Präsident oder die deutsche Kanzlerin Truppen in einen Kampfeinsatz schickt und sich anschließend von ihren eigenen Soldaten lossagt? Das würde ihre Wählerschaft niemals verstehen und verzeihen.

Für einen westlichen Politiker, dessen Schicksal von den für ihn abgegebenen Stimmen abhängt, ist es von Vorteil, das zu sagen, was er wirklich meint, um das Vertrauen der Wähler zu gewinnen. Die Entlarvung seiner Lüge kann ihn in einer demokratischen Gesellschaft seine Karriere kosten.

Das verantwortliche Verhalten dem Wort gegenüber ist auf eine grundlegende Umwandlung des europäischen Denkens im Laufe der Reformation zurückzuführen. Das Gesagte soll ernst genommen werden, es soll verbindlich gelten. Die Grundlage einer zivilisierten Gesellschaft bildet das Vertrauen. Das Vertrauen in die staatlichen Institutionen. Das Vertrauen in das gesagte Wort.

Wie unterschiedlich das Wort funktioniert, kann man am Beispiel zweier Politiker vor Augen führen, die das 20. Jahrhundert zum blutigsten Jahrhundert der menschlichen Geschichte machten: Hitler und Stalin. Bei der Lektüre von Hitlers ekelerregendem Buch fallen einem russischen Leser eine Aufrichtigkeit und Direktheit auf, die bei Stalin unvorstellbar wären. Hitlers offen artikulierter Judenhass steht der sowjetischen Rhetorik von der »Völkerfreundschaft« schreiend gegenüber. Hier stoßen zwei unterschiedliche Traditionen zusammen: die Verantwortung dem Gesagten gegenüber und der Missbrauch der Wörter, um das wirklich Gemeinte zu tarnen. In den offenherzigen Worten des Führers kam echte Überzeugung zum Ausdruck, das brachte ihm das Vertrauen der Massen in Deutschland. Er belog die Deutschen nicht und tat, an die Macht gelangt, alles, was er versprochen hatte. Er erließ die Nürnberger Gesetze und schuf damit die rechtliche Grundlage für die Verfolgung der Juden. Antisemitismus war nun legal und gesetzlich verordnet. Gesagt – getan. So bahnte Hitler dem Holocaust mit freimütigen Hassworten den Weg.

Stalin hingegen verlor nach außen kein einziges Wort gegen Juden, ließ aber nach dem Krieg das Sowjetische Jüdische Antifaschisten-Komitee erschießen und startete unter dem Deckmantel des Kampfes gegen den internationalen Zionismus eine landesweite antisemitische Hetze. Der berüchtigte Ärzteprozess sollte den Vorwand für die sowjetische Variante der »Endlösung« geben: Es wurden bereits Vorbereitungen für die Deportation der Juden nach Sibirien getroffen, nach dem gleichen Muster, wie zuvor bereits andere Völker deportiert worden waren (durch den Tod Stalins kam es dann nicht dazu).

Die Mitarbeiter der Gestapo und des NKWD waren Henker. Während jedoch die Gestapo jemanden folterte, um die Wahrheit herauszupressen, er sei Kommunist oder Jude, folterte das NKWD, um dem Verhafteten eine Lüge abzuringen: das falsche Geständnis, er sei ein britisch-japanischer Spion oder ein Agent des internationalen Zionismus.

Von den Tribünen herab und in den Zeitungen wurde die Gleichstellung aller Völker in der Sowjetunion beschworen, die Verbrüderung aller dazugehörigen Nationalitäten gepriesen, dabei herrschte im Land ein stillschweigender staatlicher Antisemitismus, auch Jahrzehnte nach Stalins Tod. Es wurde kein Gesetz verabschiedet, dass Juden an bestimmten Hochschulen und Universitäten nicht angenommen werden dürfen, aber es galt als ungeschriebenes Gesetz, dem alle folgten. In meinem Land braucht man keine offiziellen »Nürnberger Gesetze«. Die Beziehung zwischen dem Wort und der Wirklichkeit funktioniert hier anders.

Daher rührt ein gravierendes Missverständnis unter den führenden politischen Kreisen im Westen, wenn es um Russland geht. Die

Medien und Politiker versuchen das Regime in Moskau nach seinen Erklärungen zu beurteilen. Man will aus den Äußerungen der »Kremlbewohner« wichtige politische Schlussfolgerungen ziehen. Diese Erklärungen bedeuten jedoch übersetzt: Wir lügen, und ihr wisst das, und doch werdet ihr unsere Lüge fressen müssen. Man beurteilt die russischen Machthaber nach ihren Worten – man darf sie aber nur nach ihren Taten beurteilen.

Wird Europa etwas finden, was es diesem Tsunami der Lügen entgegensetzen kann, oder wird es den putinschen Gesellschaftsvertrag akzeptieren?

Will man lernen, sich in Russland auszukennen, muss man die »Verschwörung« der Worte aufdecken. Man muss ein Lexikon der irreführenden Begriffe erstellen. Den wahren, verborgenen Sinn der verlogenen, abgedroschenen Termini finden. Aus dem Verfälschten ins Klare übersetzen. Jedem Dolmetscher sind die sogenannten »falschen Freunde des Übersetzers« gut bekannt. Das sind Wörter, die in zwei verschiedenen Sprachen ähnlich klingen und daher vertraulich und verständlich anmuten, aber eine ganz andere Bedeutung haben. Wenn es um die russische Welt geht, scheinen fast alle Wörter »falsche Freunde« zu sein.

Schafft man diesen Wirrwarr der Begriffe nicht aus dem Weg, wird das Gerede über das mysteriöse Land an der Grenze der Ökumene immer wieder neu auftauchen. Alle haben über die »geheimnisvolle russische Seele« geschrieben. Churchill hat es auf den Punkt gebracht: »Russland ist ein Rätsel, gehüllt in ein Mysterium, innerhalb eines Geheimnisses.«

Die Russen sind weder rätselhaft noch mysteriös. Es gibt keine »rätselhaften und mysteriösen« Völker auf dem Planeten. Es gibt bloß fehlendes Wissen.

Der berühmte Schriftsteller Iwan Gontscharow umsegelte die Welt und verfasste den Reisebericht *Fregatte Pallas*. Der Autor von *Oblomow*, dem Opus magnum der »russischen Seelenforschung«, notiert über die »rätselhaften« Japaner: »Unsere Höflichkeit kommt ihnen unhöflich vor und umgekehrt.« Gontscharow schreibt, es sei falsch, die Einwohner Japans nach europäischen Maßstäben zu beurteilen. Ohne Wissen über die Geschichte des Landes sei es unmöglich, die Mentalität, die Lebensweise und die Politik der Japaner zu verstehen: »Mit der ganzen Kenntnis des menschlichen Herzens, mit aller Lebenserfahrung fällt es doch schwer, dort nach den gewöhnlichen Gesetzen zu handeln, wo man keinen Schlüssel zur Weltanschauung, Sittlichkeit und den Gebräuchen eines Volkes hat. So fällt es schwer, eine Sprache ohne Grammatik und Wörterbuch zu sprechen.«

Wir sind alle rätselhaft: Japaner, Deutsche, Papua, Russen. Aber diese Rätsel lassen sich lösen. Die Vergangenheit liefert Bausteine für unsere Gegenwart.

Wir, die lebende Generation, sind ein Handschuh, und unsere Geschichte ist die Hand.

Das Regime: Chruschtschow und Breschnew

Fritz Pleitgen

Wie ich Ernst Neiswestny kennengelernt habe, weiß ich nicht mehr. Von meinem Lebensende aus betrachtet, zählt die Begegnung mit dem Bildhauer und Maler zu den besonders lohnenswerten. Sein Atelier befand sich im Souterrain eines Wohnblocks an der Rigaer Straße im Moskauer Nordwesten.

Dem untersetzten, energischen Mann traute man zu, dass er mit Schwergewichten umzugehen verstand – seien es Materialien oder Menschen. Ernst Neiswestny besaß internationales Ansehen, nicht nur wegen seiner Kunst, sondern wegen einer heftigen Auseinandersetzung, die er sich 1962 öffentlich mit dem damals mächtigsten Mann der Sowjetunion, dem Partei- und Regierungschef Nikita Sergejewitsch Chruschtschow geliefert hatte.

Chruschtschow war ein getreuer Gefolgsmann Stalins gewesen. Nach dessen Tod erlebte die Welt einen historischen Augenblick der Hoffnung, als Chruschtschow in einer Rede vor der Kommunistischen Partei versprach, die Verbrechen des nach seinem Tod immer noch verehrten Diktators schonungslos aufzudecken. Ein Beben ging durch das Riesenland.

Ein umgänglicher Autokrat wurde Chruschtschow deshalb nicht. 1956, im Jahr seiner Parteitagsrede, in der er die Entstalinisierung ankündigte und damit das sogenannte Tauwetter einleitete, befahl er seinen Truppen die brutale Niederschlagung des Volksaufstands in Ungarn. Und auch gegenüber dem Westen gab es kein Tauwetter. Im Gegenteil! Während Chruschtschow im

Inneren daranging, die Verbrechen Stalins aufzuarbeiten, legte er sich nach außen mit der Supermacht Amerika an.

Die Welt sah sich am Rand eines weiteren Weltkriegs, als die Sowjets 1962 Atomraketen nach Kuba verlegen ließen, um die USA zu zwingen, ihre in der Türkei stationierten Atomraketen von der Grenze der Sowjetunion abzuziehen. Die Menschen rund um den Globus hielten den Atem an. Der Ausbruch eines Atomkrieges zwischen den beiden Supermächten schien unmittelbar bevorzustehen.

Es ging gut aus. Nicht nur die Sowjets, sondern auch die Amerikaner verzichteten auf Raketen an den Grenzen der jeweils anderen Supermacht. Der amerikanische Präsident wurde bei uns als Sieger dieser Krise gefeiert. In Wirklichkeit hatte sich Chruschtschow durchgesetzt. Ohne die sowjetische Bedrohung auf Kuba hätten die Vereinigten Staaten von Amerika nie ihre Raketen aus der Türkei abgezogen.

Innenpolitisch hatte Chruschtschow weniger Erfolg. Seine Reformprogramme brachten nicht die angekündigten Verbesserungen. Vor allem in der Landwirtschaft lief vieles schief. Der innenpolitische Widerstand wuchs, zumal Chruschtschows Programm der Entstalinisierung in der Partei keineswegs allen gefiel. Schließlich waren es nur noch die Kulturschaffenden, die das politische Tauwetter begrüßten. Die Künstler genossen es, nicht mehr vom Dogma des sozialistischen Realismus gegängelt zu werden.

Nach Meinung der in der Sowjetführung verbliebenen Stalinisten trieben es vor allem die Maler zu weit. Nikita Sergejewitsch ließe den Künstlern zu viele Freiheiten, warfen sie ihrem Parteichef vor. Er solle sich selbst ein Bild machen, rieten sie ihm. In der »Manege«, direkt neben dem Kreml, könne er in einer Ausstellung sehen, auf welche Abwege die Kunst in der Union der Sozialistischen Sowjetrepubliken geraten sei.

Chruschtschow folgte dem vergifteten Vorschlag und reagierte, wie es seine Ratgeber erhofft hatten. Was er in der Ausstellung sah, löste bei ihm einen Wutausbruch aus. »Degenerierter Dreck!«, brüllte er empört. Die Bilder könne ein Esel mit dem Schwanz gemalt haben. »Diese Künstler entstellen und demütigen die Menschen«, schimpfte er, als sein Blick auf das Porträt einer Frau fiel, die nur ein Auge hatte. Abstrakte Malerei überschüttete er mit Verachtung. »Schmierereien von Kunstpäderasten!«

Die Künstler waren entsetzt, die westlichen Korrespondenten, die beim Besuch der Ausstellung zufällig in den Auftritt von Chruschtschow gerieten, waren entzückt. Sie hatten eine muntere Story. Aber es wurde noch munterer. Plötzlich löste sich aus der Gruppe der Künstler ein untersetzter Mann. Es war der junge Ernst Neiswestny. Zitternd vor Wut oder Angst oder beidem legte er los. »Nikita Sergejewitsch, in der Politik sind Sie der Premier, aber von Kunst verstehen wir mehr. Lassen Sie uns in Ruhe arbeiten. Jeder mit seiner Idee. Unser Volk besteht aus vielen Ideen und nicht nur aus einer.« Chruschtschow reagierte mit einer unwirschen Handbewegung, seine Begleiter mit einer Drohung. »Wir schicken dich in die Uranminen.«

Dieses Schicksal blieb Neiswestny erspart, aber er fiel über Nacht in Ungnade. Die Künstlerunion wollte mit ihm nichts mehr zu tun haben. Erledigt war er deswegen nicht. Er kam auch ohne staatliches Wohlwollen gut über die Runden. Westliche Diplomaten und Journalisten erwarben seine Kunst, auch Mitglieder der sowjetischen Nomenklatura. Selbst hochrangige KGB-Leute seien unter seinen Kunden, wie er mir anvertraute.

Als ich Neiswestny fast zehn Jahre nach diesem Vorfall in seinem Atelier aufsuchte, arbeitete er gerade an einem außergewöhnlichen Auftrag. Die Familie Chruschtschow hatte den Bildhauer gebeten, ein Denkmal für das Grab des ehemaligen Parteichefs zu schaffen. Neiswestny genoss die bizarre Situation. Ein in Ungnade gefallener Künstler sollte einem in Ungnade gefallenen Diktator ein Denkmal setzen. Das gefiel ihm. Nach dem Willen der Sowjetführung durfte der Vorgang vorerst nicht in die

Öffentlichkeit gelangen. Deshalb erhielt ich vom sowjetischen Außenministerium auch keine Genehmigung, Neiswestnys Arbeit an der Chruschtschow-Büste zu filmen.

Für die die sowjetischen Medien war die politische Diskretion eine Selbstverständlichkeit, auch für die Presseagentur Nowosti, mit der ich zusammenarbeiten musste. Sie stellte mir kein Kamerateam zur Verfügung.

Aber ich hatte kurz zuvor Juri Koroljow kennengelernt. Er war Fotograf bei der Hochglanzzeitschrift *Sowjetski Sojus (Sowjetunion)* und gehörte zu dem Korps der Fotografen, die Breschnew regelmäßig begleiteten. Koroljow konnte mit unserer Studiokamera Arriflex umgehen. Er wusste von dem Projekt und sagte mir seine Hilfe zu. Chruschtschows Enkelin Julia war seine Nachbarin im Moskauer Vorort Peredelkino. Sie hatte ihm davon erzählt. So kreuzten wir zusammen bei Ernst Neiswestny auf. Die beiden verstanden sich auf Anhieb gut. Der Bildhauer ließ sich gerne bei der Arbeit filmen. Zu sehen war bereits der Kopf von Chruschtschow, geformt aus grüner Modelliermasse. Wir hatten viel Spaß bei den Aufnahmen, wobei – wie damals in Moskau üblich – der Wodka eine belebende Rolle spielte. Ein junger Mann, der Neiswestny bei der Arbeit assistierte, sorgte für Nachschub. Solider Stoff. Marke Stolitschnaja.

»Netter Kerl«, fand ich. – »Mein Stukatsch!«, antwortete der Bildhauer. Diesen Ausdruck hatte ich von meiner Russischlehrerin noch nicht gehört. Mein Langenscheidt konnte mir auch nicht helfen, aber Neiswestny klärte mich auf. Stukatsch, das war der Informant, den der KGB dauerhaft auf ihn angesetzt hatte. Ich war perplex. »Wie kannst du mit einem solchen Menschen zusammenarbeiten?« – »Sehr gut, solange er nur das berichtet, was ich wirklich gesagt und getan habe. Und nicht mehr daraus macht. Im Übrigen beschafft er mir Dinge, an die sonst schwer zu kommen ist.«

»Praktisch«, dachte ich, »für beide Seiten.«

»Und Juri?« – »Er ist in Ordnung, für mich ist er nicht gefährlich, für dich auch nicht. Er wird dich nicht reinlegen. Aber du musst wissen, wenn er als Fotograf in der Nähe von Breschnew arbeiten darf, dann ist er unter Kontrolle des KGB.«

»Was heißt das?« – »Nimm ihn nicht zu Aufnahmen mit, die dir, ihm und den Gefilmten schaden könnten.«

Ruckzuck hatte ich meine Lektion gelernt. Ganz wohl war mir nicht dabei.

Das Chruschtschow-Denkmal wurde ein eindrucksvolles Kunstwerk. Besucher, die nach Moskau kommen, sollten nicht versäumen, sich zum Grab von Chruschtschow auf den Friedhof Nowodewitschi zu begeben. Es lohnt sich auch heute noch, das Denkmal sorgfältig anzuschauen. Es besteht aus zwei Marmorstelen, die den gegensätzlichen Charakter von Chruschtschow darstellen; die eine ist weiß, die andere schwarz. Darauf ruht als Büste der Bronzekopf von Chruschtschow.

Wer genau hinschaut, der entdeckt, dass das Antlitz von Nikita Sergejewitsch aus zwei unterschiedlichen Gesichtshälften besteht. Die eine zeigt den freundlichen Chruschtschow, die andere den brutalen Politiker, der in seinen jungen Jahren unter Stalin als Parteichef in der Sowjetrepublik Ukraine die mörderische Linie des Diktators rücksichtslos umgesetzt hatte.

Obwohl Chruschtschows große Zeit lange zurückliegt, wird sein Grab immer noch von vielen Russen besucht. Sie betrachten aufmerksam das Denkmal und entdecken Ähnlichkeiten mit Chruschtschows Nachfolgern bis in den heutigen Tag.

So hält die Kunst von Ernst Neiswestny den Sowjetführer Nikita Chruschtschow über die Zeiten hinweg im Gespräch, während dessen Nachfolger, die ihn in den Hades des völligen Vergessens verbannen wollten, als realsozialistische Einheitsbüsten an der Kremlmauer ein unbeachtetes Dasein fristen müssen.

* * *

Im September 1971 gönnte ich mir mit meiner Frau und unserem kleinen Sohn einen Urlaub in Kalabrien in der Fußspitze des italienischen Stiefels. Die Unterkunft im Club Méditerranée war karg, das Essen üppig, das Wetter traumhaft, Sport gab es reichlich, die malerisch gelegene Bucht versprach schönstes Badevergnügen. Und es gab – zum Schutz der Urlaubsruhe – keine Telefonverbindung.

Als ich unseren Sohn im Miniclub anmelden wollte, wurde mir ein verstümmeltes Telegramm vorgelegt. Darin hieß es »Brandt Breschnew anda sofort mann«. Ich reimte mir zusammen, dass es sich um eine Nachricht meines Chefredakteurs Wördemann handelte, die mich aufforderte, wegen eines Treffens von Brandt – der inzwischen Bundeskanzler war – und Breschnew umgehend nach Moskau zurückzukehren. Rätselhaft blieb mir das Wörtchen »anda«.

Meine Frau war nicht beglückt, aber sie verstand, dass ich mich gleich auf den Weg nach Moskau machte. Direkte Flugverbindungen in die Sowjetunion gab es aus Italien nicht. Über Rom, Wien, Warschau und Helsinki kämpfte ich mich nach Osten vor. Am nächsten Morgen war ich in Moskau. Während meiner Odyssee fand ich in den Zeitungen keinerlei Hinweis auf ein Treffen zwischen Brandt und Breschnew, was mich stark beunruhigte und am Sinn meiner panischen Reise zunehmend zweifeln ließ.

In Moskau angekommen, suchte ich meinen Nachbarn und Kollegen Heinz Lathe auf. Er arbeitete seit Jahren als Moskau-Korrespondent für mehrere Zeitungen. Heinz Lathe wusste alles. Das Treffen beginne am nächsten Tag, und zwar in Oreanda auf der Krim. So war das Rätsel »anda« gelöst. Heinz Lathe hatte für uns beide bereits Flugtickets nach Simferopol auf der Krim gelöst. Unter den Zensurbedingungen der Supermacht Sowjetunion war gegenseitige Hilfsbereitschaft für die westdeutschen Korrespondenten eine Selbstverständlichkeit, wie ich sie sonst nicht kennengelernt habe.

Das sowjetische Außenministerium bat ich um Dreherlaubnis, die Presseagentur Nowosti um ein Kamerateam. In beiden Fällen ohne Erfolg. Von einem Treffen des westdeutschen Bundeskanzlers mit dem Vorsitzenden der KPdSU sei nichts bekannt. Mir blieb nichts anderes übrig, als selbst zu drehen. Bepackt mit unserer Filmkamera Arriflex und dem sperrigen Tongerät MMK 6, begab ich mich zum Moskauer Flughafen Wnukowo.

Die Maschine nach Simferopol war voll mit sowjetischen Journalisten. Allmählich hatte ich das Gefühl, auf der richtigen Fährte zu sein. Auf dem Flug lernte ich Juri Koroljow kennen, den Fotografen des Hochglanzmagazins *Sowjetski Sojus,* der mir später im Atelier von Neiswestny aushalf, die Anfertigung der Chruschtschow-Büste zu filmen. Juri Koroljow erwies sich als Glücksfall für mich. Er konnte nicht nur die Arriflex bedienen, er verfügte auch über gute Kontakte in die Kulturszene.

Kurz nach unserer Ankunft in Simferopol traf die Bonner Delegation mit Willy Brandt an der Spitze ein, herzlich begrüßt vom sowjetischen Parteichef Breschnew, was Brandt fast peinlich war. Die Sowjetunion galt in der westlichen Welt als Inbegriff des Bösen, Brandt konnte Bilder dieser Art für sein Image nicht gebrauchen. Juri fotografierte für sein Magazin und filmte für mich.

Wir Journalisten wurden in Jalta einquartiert. Es gab genügend Platz. Der größte Teil der Touristen hatte nach den Sommerferien den berühmten Kurort verlassen. Am nächsten Tag tat sich zunächst nichts. Ich wurde unruhig. Die Gespräche hatten längst begonnen, aber wir saßen in unseren Hotelzimmern fest. Juri Koroljow blieb gelassen. Wir würden rechtzeitig informiert, wenn es losging, beruhigte er mich. Um 16 Uhr kam endlich das Kommando – für ihn und für mich.

Wir sprangen mit unseren Ausrüstungen in einen bereitstehenden Wolga, rasten eine kurvenreiche Straße hoch, wurden an einem Tor zu einem hoch gesicherten Parkgrundstück abgeliefert und aufgefordert, den Weg zum Hafen hinunterzulaufen, was wir im Höchsttempo taten. Offensichtlich nicht schnell genug. Am Hafen angekommen, sah ich nur noch, wie ein kleiner Ausflugsdampfer soeben ablegte.

Oben auf dem Deck erkannte ich Egon Bahr. In Schweiß gebadet, rief ich dem schwergewichtigen Mann am Hafen zu: »My tosche« (Wir auch). Es war Breschnews Sicherheitschef. Er pfiff. Und siehe da, das Boot legte wieder an.

Ich rannte gleich aufs Oberdeck, um im leichten Wind mein durchgeschwitztes Hemd abzulegen. Zum Glück tat ich es nicht. Als ich mich umdrehte, sah ich, dass Brandt, Breschnew und Bahr mit einem Dolmetscher hinter mir Platz genommen hatten. Der Sowjetführer redete lebhaft auf seinen deutschen Gast ein, aber Willy Brandt, das sah ich seinem Gesicht an, hörte gar nicht hin. Mit leeren Augen schaute er mal aufs Meer, mal auf das Ufer.

Während Breschnew seinem deutschen Gast die Krim als Urlaubsparadies pries, war der Bundeskanzler mit seinen Gedanken ganz woanders. Was würde ihn zu Hause erwarten? Seine einsame Entscheidung, sich mit dem Hauptgegner des Westens zu treffen, war in Washington, Paris und London äußerst kritisch aufgenommen worden. Er hatte sich dafür nicht die Zustimmung der Westalliierten eingeholt. Ein damals unerhörter Vorgang! Noch besaß die westdeutsche Regierung keine volle Souveränität. Seine deutschen Anhänger fanden die plötzliche Krimreise mutig. Seine Kritiker nannten es abenteuerlich, sich auf die Einladung des Sowjetführers einzulassen.

Breschnew, der sich hier als leutseliger Gastgeber gab, galt als Finsterling der Weltpolitik, nachdem er nur drei Jahre vorher den Einmarsch von Truppen des Warschauer Paktes in die Tschechoslowakische Republik befohlen und damit den »Prager Frühling« beendet hatte. Sich mit einem solchen Mann in einer entlegenen Weltecke zusammenzusetzen mutete konspirativ an. Und das auch noch in der Nähe von Jalta, wo gegen Ende des Zweiten Weltkrieges im Februar 1945 eine unheilvolle Entscheidung getroffen worden war, als der britische Premier Churchill, der amerikanische Präsident Roosevelt und der sowjetische Diktator Stalin Deutschland und Europa untereinander aufteilten.

Brandt wusste, dass er nach seiner Rückkehr mit üblen Verdächtigungen und bohrenden Fragen rechnen musste, von der Opposition im Bundestag und vonseiten der Westalliierten. Der Vorwurf, im vertraulichen Gespräch mit dem gefürchteten Kremlchef deutsche und westliche Interessen aufs Spiel gesetzt zu haben, war schnell erhoben.

Sein Treffen mit Breschnew hatte das Potenzial, Brandts kleine Mehrheit im Parlament umgehend zu erledigen.

So friedlich es hier aussah, politisch wirkte Willy Brandts Reise auf die Krim wie der Besuch in der Höhle des unberechenbaren russischen Bären. Ich überließ den Bundeskanzler seinen Gedanken und verschonte ihn mit meinen Fragen, was ihm recht war. Mir auch, denn auch ich war mit meinen Gedanken nicht ganz bei der Sache. Ich beglückwünschte mich, dass ich mich auf ein wirres Telegramm hin quer durch Europa gekämpft hatte und dafür jetzt mit sensationellen Bildern von einem historischen Treffen belohnt wurde.

* * *

Eineinhalb Jahre später, im Mai 1973, stattete Breschnew der westdeutschen Bundesrepublik einen Staatsbesuch ab. Die Sowjetunion genoss bei uns immer noch keinen guten Ruf. Sie galt als Inbegriff der Unterdrückung und der militärischen Bedrohung. In den Adenauer-Jahren war immer wieder vor der roten Gefahr gewarnt worden. So wurde auch die Aufstellung der Bundeswehr begründet. Mit der Behauptung, die Sowjetpanzer könnten in 24 Stunden am Rhein stehen, wurde die Bevölkerung alarmiert und von Adenauer starke Wahlsiege errungen.

Auch die Berlin-Blockade und der Mauerbau hatten tiefe Spuren im Bewusstsein unserer Bevölkerung hinterlassen. Nun aber begann Brandts Entspannungspolitik Wirkung zu zeigen, und so kam der Oberbefehlshaber dieser finsteren Macht leibhaftig zu Besuch. Politik und Medien waren aus dem Häuschen. Die ARD räumte vorsorglich Programmplätze frei, um genügend Raum für Liveübertragungen vom Staatsbesuch zu haben.

Zwei Wochen vor der Ankunft des Sowjetführers rief mich Rüdiger von Wechmar, der stellvertretende Sprecher der Bundesregierung an. Die Telefonverbindung zwischen der Sowjetunion und der Bundesrepublik Deutschland war plötzlich überraschend gut. Von Wechmar teilte mir mit, zwischen Bundeskanzleramt und Kreml sei vereinbart worden, dass der Sowjetführer vorab für zwei Interviews zur Verfügung stünde. Eins für die gedruckte Presse, eins für das Fernsehen, und zwar für die ARD.

Ich informierte meinerseits meinen Chefredakteur, der sich gar nicht begeistert zeigte und sehr prinzipiell wurde. Wechmar solle sich um seine Aufgabe als Regierungssprecher kümmern und nicht als Programmmacher der ARD auftreten.

Zum ersten Mal erlebte ich, dass sich die Presseabteilung des sowjetischen Außenministeriums bei mir meldete. Man wollte wissen, wo meine Fragen an Leonid Iljitsch blieben. Meine Themen seien wirtschaftliche Zusammenarbeit, Sicherheit und Menschenrechte, teilte ich mit. Meine genauen Fragen wolle ich im Übrigen vor Ort stellen.

Danach geschah gar nichts, bis sich herumsprach, dass ein Team des Wochenmagazins *Stern* mit Chefredakteur Henri Nannen an der Spitze im Kreml gewesen sei, um Sowjetführer Breschnew ausführlich zu interviewen. Später sickerte durch, dass dem *Stern* ein komplettes Interview inklusive Fragen in Deutsch und Russisch ausgehändigt worden war.

Die *Stern*-Reporter ließen sich aber nicht so ohne Weiteres abspeisen, sondern erreichten, dass sich Breschnew mit ihnen in seinem Arbeitszimmer ablichten ließ. So entstand ein historisches Foto: Es zeigt Chefredakteur Nannen, der sich in lässiger Haltung mit seinem Hinterteil auf dem Schreibtisch des hinter ihm sitzenden Breschnew niedergelassen hatte. Das Foto des *Stern*-Fotografen Robert Lebeck sendete eine klare Botschaft in die Welt: Es brachte das Selbstbewusstsein einer freien Presse gegenüber der Obrigkeit zum Ausdruck.

Die Zeit wurde knapp. Ich musste mich zur Vorberichterstattung nach Köln begeben. Auf ein mögliches Interview mit Breschnew wollte ich nicht mehr warten. Ich buchte für den nächsten Tag einen Flug nach Ostberlin, um von dort nach Westberlin zu wechseln und über Tegel nach Köln zu fliegen.

Während ich auf Abflug eingestellt war, wurde der Kreml aktiv. In meinem Büro tauchte ein Nowosti-Kamerateam auf, um mich zum Breschnew-Interview abzuholen. Wohl war mir nicht zumute. Einerseits fand ich die Vorstellung reizvoll, dem Sowjetführer einmal im Kreml gesittet gegenüberzusitzen, statt ihm wie sonst bei einem Staatsbesuch aufzulauern, um ein paar Sätze abzustauben. Andererseits wusste ich von meinem Chefredakteur, dass er von einem solchen Interview gar nichts hielt.

Wie sich herausstellte, brauchte ich mir keine Sorgen zu machen. Wir saßen stundenlang in einem Raum ohne Fenster herum, bis wir unverrichteter Dinge nach Hause geschickt wurden. Breschnew habe vor seiner Reise noch viel zu erledigen. Ich war erleichtert.

Als ich mich am nächsten Morgen zum Flughafen begeben wollte, wurde ich wieder von meinem Nowosti-Team abgefangen. Jetzt sollte das Interview stattfinden, wurde mir gesagt. Auf der Fahrt zum Kreml fühlte ich mich, als würde ich entführt.

Es ging nicht ins Arbeitszimmer von Breschnew, sondern wieder in den schmucklosen Raum vom Vortag. Begleitet von seinen Assistenten Alexandrow und Blatow erschien der Kremlchef mit federndem Schritt, begrüßte mich mit einem freundlichen »Dawno was ni vidil, Gospodin Fritz«. Hinter meinem Rücken baute ein weiterer Assistent eine Tafel mit Text auf. Ich stellte meine erste Frage. Leonid Iljitsch fischte aus seinem Etui eine Zigarette heraus, zückte sein Feuerzeug, nahm ein paar tiefe Züge. Danach holte er seine Lesebrille hervor und trug eine Erklärung vor. So ging es weiter nach Frage zwei und Frage drei: Breschnew gab vorformulierte Antworten zu den Themen, die ich eingereicht hatte. Die konsekutive Übersetzung nutzte er, um seinen Raucherhusten lauthals loszuwerden. Mit Übersetzung war das einseitige Gespräch nach knapp sechs Minuten vorbei.

Breschnew fragte seine Assistenten, ob sie zufrieden seien. Sie waren es. Mich fragte er nicht. Dafür schenkte er mir sein Feuerzeug, ein Souvenir der Autofabrik SIL. Gerüchte machten im Laufe der Zeit aus dem Feuerzeug ein angeblich goldenes. Es wurde von unserer russischen Haushilfe täglich poliert. Leider ist es beim Umzug verloren gegangen.

Breschnew verließ den Raum. Alexandrow und Blatow beglückwünschten mich, waren allerdings schockiert, als ich ihnen erklärte, dass das Interview nicht gesendet werden könne. Für den Versand nach Deutschland sei es zu spät. Die Nachrichtensendung dieses Tages sei nicht mehr zu erreichen. Ich genoss den Augenblick nach den vielen Demütigungen, die ein Korrespondentenjob unter Zensurbedingungen mit sich bringt. Jetzt hatte ich das Sagen, und das im Kreml!

Alexandrow und Blatow ließen sich eingehend erklären, wie Filme zur Sendung gebracht wurden. Ich beschrieb ihnen, dass auch Gosteleradio, das sowjetische Fernsehen, uns nicht helfen konnte, weil die Kollegen mit Kodak arbeiteten und wir mit Agfa. Es freute mich, dass sie auf diese Weise einmal selbst die Erfahrung machten, durch den Eisernen Vorhang benachteiligt zu sein.

In scheinbar auswegloser Lage stellten mir Alexandrow und Blatow die berühmte Lenin-Frage: »Schto djelatj« – Was tun? Ich sah nur theoretisch eine Chance. Ein Düsenflugzeug müsse mich nach Ostberlin bringen. Dort müsste ich blitzschnell abgefertigt werden, um ohne Zeitverlust nach Westberlin zu gelangen. Vom

Sender Freies Berlin könnte ich dann das Interview rechtzeitig in das ARD-Netz pumpen. Alles pure Theorie. In Wirklichkeit war nichts mehr zu machen.

Zu ihrem Bruderstaat DDR hatten die beiden Breschnew-Berater offensichtlich wenig Vertrauen. Ich sollte mich mit dem Film und meinem Gepäck ins Büro begeben. Dort angekommen, wurde ich per Telefon zum Regierungsflughafen Wnukowo dirigiert, wo für mich gleich die Tore zum Vorfeld aufgingen, auf dem sich ein bulliges Flugzeug breitmachte. Keine Schönheit, dafür robust, wie man sich russische Technik vorstellt. Eine Iljuschin 18 der staatlichen Fluggesellschaft Aeroflot, vier Triebwerke, ausgelegt für hundert Passagiere, nicht gerade der Typ eines Kurierflugzeugs.

Als ich die steile Gangway hochstieg, glaubte ich, ein Flugzeug zu betreten, das ein Vorauskommando für den Staatsbesuch transportieren sollte. Aber außer fünf Stewardessen sah ich keinen weiteren Passagier. Mir wurde klar: Alleiniger Zweck war der Transport einer Film- und einer Tonrolle. Gesamtgewicht: etwa 500 Gramm. »Die Supermacht Sowjetunion lässt sich nicht lumpen, wenn es kritisch wird«, dachte ich mir, als die Iljuschin losrollte. Die fünf Stewardessen nahmen sich meiner an. Die Reise begann nicht schlecht, mit Kaviar und eiskaltem Wodka. Trotzdem war mir nicht behaglich zumute. Der gewaltige Aufwand schüchterte mich ein, zumal ich wusste, dass bei uns kein Mensch das Interview, für das dieser Aufwand betrieben wurde, haben wollte. Aber abbrechen konnte ich den Spuk nicht.

Die Stewardessen wollten mir Gutes tun. Sie richteten mir eine Ruhestatt über mehrere Sitze ein, servierten mir Champagner, aber ruhiger wurde ich nicht. Mir kam der Flug unendlich lang vor. Die Besatzung klärte mich auf. Es ginge direkt nach Köln/Bonn. Ich war perplex. Ein Jungfernflug.

Neidlos erkannte ich an, dass Diktaturen andere Möglichkeiten haben als unsere rücksichtsvollen Demokratien. Die Bundesregierung hätte sicher nicht mal eben ein Flugzeug der Lufthansa kapern können; für die sowjetische Regierung war es kein Problem, sich bei der Aeroflot zu bedienen und sich, offensichtlich erst während des Fluges, die notwendigen Überflugrechte einzuholen.

Der Flughafen Köln/Bonn war vorgewarnt. Eine Gangway stand parat. Allerdings war sie nicht hoch genug. Nur mit einem Sprung aus der Tür erreichte ich die Plattform. Wer die Szene beobachtete, wird enttäuscht gewesen sein; nicht ein hochrangiger Politiker oder Künstler verließ das Flugzeug, sondern ein leicht angesäuselter Journalist mit einem kleinen Filmbeutel in der Hand.

Das Telefonat mit der *Tagesschau*-Redaktion in Hamburg verlief ernüchternd. Der Kollege zeigte »kein Interesse« an meinem Exklusivinterview mit Breschnew. Unser Gespräch wurde hitzig. Der Kollege hatte das *Stern*-Interview gelesen. Noch so ein »Scheiß-Interview« sei dem Publikum nicht zuzumuten. Ich hatte nun Zeit, mir auszumalen, wie das offizielle Moskau darauf reagieren würde, dass ein Interview mit ihrem gepriesenen Staats- und Parteichef in Deutschland als nicht sendefähig galt. Was für uns eine normale journalistische Entscheidung war, wäre von den Sowjets als Missachtung ihres Staates angesehen worden.

Meine letzte Hoffnung hieß Heinz Werner Hübner, früher im WDR Fernsehdirektor und zuständig für das Ausland, jetzt Koordinator für das Erste. Ich schilderte ihm die Lage, inklusive Iljuschin 18. Hübner sprach, was mir guttat, von den Narren in Hamburg (»die *Tagesschau* hat bestimmt schon dümmere Politikererklärungen gesendet«) und sicherte mir zu, sich um den Fall zu kümmern. Ich war beruhigt.

Heinz Werner Hübner war nicht zu unterschätzen. Auf den ersten Blick wirkte er unauffällig. Der Eindruck änderte sich im Gespräch. Der Mann war enorm belesen, kannte sich auch in der russischen Literatur bestens aus und war absolut furchtlos. Er verstand, mit kritischen Situationen umzugehen. Mit guten Nerven hatte er als Artilleriebeobachter in vorderster Frontlinie den Krieg in der Sowjetunion überlebt.

Meinen ausweglosen Fall wusste ich bei ihm in besten Händen und nahm endlich telefonisch Kontakt zu meiner Frau in Moskau auf. Ich schilderte ihr den Tag, angefangen mit meinem Breschnew-Gespräch im Kreml, dem anschließenden Flug in der Iljuschin 18 und schließlich die Abfuhr, die ich von der *Tagesschau*-Redaktion erhalten hatte.

Meine Frau erfasste die Situation sofort: »Wenn es dabei bleibt, brauchst du nicht zurückzukommen.« Ich stimmte ihr zu und versprach, mich vorsorglich nach einer schönen Wohnung umzusehen. Meine Frau hatte gleich die erwünschte Wohngegend parat. Köln, Stadtwald.

Wenig später rief Hübner an. Die *Tagesschau*-Redaktion hatte sich auch von ihm nicht erweichen lassen. Daraufhin setzte Hübner das Breschnew-Interview im Alleingang als Sondersendung ein. Mit sechs Minuten Länge die kürzeste Sondersendung aller Zeiten! Die Quote war erstaunlich gut, der Sieg über die Narren perfekt.

»Kaiserwetter für einen Kommunisten«, mit diesen Worten eröffnete am nächsten Morgen unser Politikstar Friedrich Nowottny die ARD-Sondersendung zur Ankunft des Sowjetführers. Danach wurde zu meiner Überraschung und auch Genugtuung (ich hatte dafür schließlich ziemlich gelitten) noch einmal das Breschnew-Interview gesendet.

Mit der ihm eigenen Ironie ernannte mich Nowottny nach dem Miniinterview zum Breschnew-Experten. Diese Rolle erfüllte ich zur vollsten Unzufriedenheit eingefleischter Russlandgegner. Persönlich wirke Breschnew nicht unsympathisch, teilte ich dem Publikum mit. Regimegegner hätten allerdings Grund, den Kremlchef entschieden anders zu sehen.

Obwohl in Besuchen diesseits des Eisernen Vorhangs ungeübt, machte Breschnew seine Sache als Botschafter seines im Westen ungeliebten und gefürchteten Staates nicht schlecht. Bruderküsse sparte er sich, stattdessen küsste er Ruth Brandt, der Ehefrau des deutschen Bundeskanzlers, galant die Hand und sammelte mit dem Charme eines Bernhardiners fleißig Sympathiepunkte.

Der Staatsbesuch des Sowjetführers festigte die Position von Willy Brandt. Die Zahl der Anhänger seiner Ostpolitik wuchs, der Widerstand der parlamentarischen Opposition wurde schwächer. Eine Reihe von Verträgen zwischen Moskau und Bonn wurde unterschrieben, darunter auch ein Luftverkehrsabkommen. Demnächst sollte es eine direkte Flugverbindung Frankfurt–Moskau und retour geben.

Meine Iljuschin 18 war inzwischen in die Sowjetunion zurückgekehrt. Abseits geparkt, war sie nicht aufgefallen, zumal sie im Vergleich zur riesigen Breschnew-Maschine schmächtig wie ein Kurierflugzeug wirkte.

Als Kommentator war ich während des Staatsbesuchs kaum noch gefragt. Die Berichterstattung drehte sich nur noch um die Auswirkungen des Breschnew-Besuchs auf die Innenpolitik der Bundesrepublik Deutschland. Ein Staatsbesuch mit schwierigem Gast war vorausgesagt worden, aber es lief wie am Schnürchen. Nur zum Schluss wurde es kritisch, und wieder war ich mittendrin.

Es begann mit einem Telefonanruf am frühen Sonntagmorgen. Unser Fernsehdirektor Werner Höfer überraschte mich mit der Nachricht: »Der hohe Gast aus Moskau wünscht Ihre Anwesenheit auf dem Petersberg.«

»Warum?« – »Es geht um seine Fernsehansprache an die deutsche und sowjetische Bevölkerung.«

»Ist das nicht Sache des Studios Bonn?« – »Bonn stellt das Kamerateam. Studioleiter Nowottny kann leider aus familiären Gründen nicht dabei sein. Der sowjetische Botschafter Falin hat daraufhin Ihren Namen ins Spiel gebracht. Breschnew vertraue Ihnen.«

Ich machte mich auf den Weg. Am Fuße des Petersbergs wurde

ich von Sicherheitskräften abgefangen. Es herrschte eine gewisse Nervosität, deren Ursache mir bereitwillig mitgeteilt wurde. Mercedes habe Breschnew ein luxuriöses Auto geschenkt. Der als Autonarr beschriebene Russe habe sich gleich ans Steuer gesetzt und sei zu einer Spritztour aufgebrochen, die allerdings nicht weit führte. In den Serpentinen des Petersbergs habe er die Kontrolle über das Fahrzeug verloren. Der teure Schlitten sei zerdeppert, der Fahrer gottlob unverletzt.

Auf dem Petersberg warteten auf mich zwei Kameramänner und ein Toningenieur. Sowjetbotschafter Falin ließ mich einen Blick auf den Text der Fernsehansprache werfen. Ich zählte die Seiten und befand »viel zu lang«. – »Das fürchte ich auch«, gab mir Falin recht, aber zu ändern oder gar zu kürzen gebe es nichts. Der Text sei nach hartem Ringen von Politbüro, Zentralkomitee und Außenministerium abgesegnet worden. Kein Wort, kein Satz sei verzichtbar. So sei das nun mal in der Sowjetunion.

Falin wiedersprach mir nicht, als ich feststellte, dass es Breschnew gelingen werde, mit seiner Ansprache die Menschen im geteilten Deutschland vereint in den Tiefschlaf zu versenken. Inzwischen hatte sich der Sowjetführer zu uns gesellt. Wie es ihm gehe, fragte ich ihn, auf sein Mercedes-Abenteuer anspielend. »Otlitschno!« – ausgezeichnet, antwortete Breschnew. So sah er auch aus, absolut reuelos. Aus gutem Grund, denn Mercedes hatte ihm inzwischen ein schickes Ersatzauto versprochen. Ich ließ das Thema Auto auf sich beruhen. Stattdessen erläuterte ich, wie die lange Erklärung am besten vorzutragen sei. Mit Pausen zwischen den Sätzen und bedeutungsvollem Aufblicken, wenn inhaltlich etwas hervorzuheben war. Außerdem empfahl ich dem Sowjetführer, den Text im Plauderton vorzutragen, als unterrichte er seine Kollegen im Politbüro. Wichtiges sollte er durch kleine Gesten unterstreichen.

Breschnew nahm die Ratschläge dankbar an und legte los. Er kam gut voran. Der Text war hinter den Kameras zusätzlich auf

Tafeln zu lesen. Teleprompter sahen damals so aus. Im Filmgewerbe wurden sie respektlos »Neger« genannt. Der Text wollte kein Ende nehmen. Wir alle waren heilfroh, als Breschnew schließlich die Ziellinie erreichte. Unsere Gratulationen waren ehrlich gemeint. Ich fragte das Kamerateam, ob alles in Ordnung sei.

Der Toningenieur druckste herum, ehe er gestand, er habe zwischendurch abschalten müssen, um das Tonband zu wechseln. Mich packte blankes Entsetzen. Warum hatte er für den Wechsel nicht die Aufnahme gestoppt? Wir hätten die Stelle problemlos wiederholen können. Im Schnitt wäre die Korrektur dank der zwei Kameras nicht aufgefallen.

So war mindestens ein Satz, wenn nicht mehr, aus dem Text verschwunden, der von den höchsten Stellen der Sowjetunion abgenommen worden war. Ich wusste nicht, ob die Passage politisch von Belang war, mir war der ganze Text langweilig erschienen.

Da wir die Aufnahme auch für das sowjetische Fernsehen gemacht hatten, fragte ich den anwesenden Kollegen von Gosteleradio, ob er beim Schnitt dabei sein wollte. Entsetzt lehnte er ab, er wolle mit der ganzen Sache nichts zu tun haben. Den Film werde er in seiner Endfassung aus dem Studio Bonn abholen. Ich begab mich zum Filmschnitt.

Im Schneideraum erfuhr ich, dass Nowottny noch einen anderen triftigen Grund hatte, bei der Aufzeichnung der Fernsehansprache nicht dabei zu sein. Die ARD-Chefredakteure hatten sich dagegen ausgesprochen, die Ansprache im Ersten auszustrahlen. Der öffentlich-rechtliche Rundfunk sei kein Erfüllungsgehilfe von Regierungsvereinbarungen, schon gar nicht mit der Sowjetunion. Der Meinung konnte man grundsätzlich sein.

Ich erinnerte mich allerdings daran, dass wir drei Jahre vorher ziemliches Theater gemacht hatten, als sich das sowjetische Fernsehen vorübergehend weigerte, eine Fernsehansprache von Willy

Brandt nach Deutschland zu überspielen. Sie war ebenfalls vorher zwischen Kreml und Bundeskanzleramt vereinbart worden, als Brandt aus Anlass der Unterzeichnung des Deutsch-Sowjetischen Abkommens Moskau besuchte.

Nach Meinung des sowjetischen Fernsehchefs Lapin hatte sich Brandt in einer Art und Weise für die Deutsche Einheit ausgesprochen, die Moskaus Vorstellung vollkommen widersprach. »Zensur, typisch Moskau«, empörten sich unsere Medien. Wie hätten wir reagiert, fragte ich mich jetzt, wenn in der Ansprache unseres Bundeskanzlers plötzlich eine Passage gefehlt hätte? Ich begab mich auf die Suche nach dem Tonbandwechsel und fand die Stelle zwei Minuten vor Schluss.

Der Kollege vom Ton hatte tatsächlich fix gearbeitet. Nur ein Satz war verstümmelt. Um textlich sinnvoll weiterzukommen, musste ich noch einen Satz herausnehmen. Ich kam mir vor wie ein Herzchirurg. Für mich war es ein kleiner Schnitt, für das deutsch-sowjetische Verhältnis möglicherweise ein folgenschwerer Eingriff.

Der sowjetische Kollege erschien, stellte keine Fragen und zog mit der vereinbarten Kopie ab. Ich blieb hingegen erst einmal auf unserem Film sitzen. Weder NDR noch WDR wollten etwas damit zu tun haben. Blieb nur noch Hübner. Wieder sprach er von Narren, und ich wusste, es würde gut gehen. Ohne Intendanten oder Direktoren zu fragen, verfügte er, die Fernsehansprache müsse vom WDR ausgestrahlt werden. Gegen Programmschluss. So bewahrten wir wenigstens etwas von unserer Programmhoheit, denn die deutsche Regierung hatte eine Ausstrahlung direkt nach der *Tagesschau* in Aussicht gestellt.

Trotz der späten Sendezeit sahen sich die Deutschen in Ost und West die Fernsehansprache des Kremlchefs entgegen meiner Annahme mit Interesse an. Breschnew sei sehr sympathisch »rübergekommen«, hörte ich noch Jahre später. Die Quote war wieder in Ordnung.

Am Ende war die Fernsehansprache der größte Erfolg, den der Sowjetführer während seines Besuches erzielt hatte. Dazu trug nicht zuletzt der Schauspieler bei, der die Übersetzung sehr gefühlvoll intoniert hatte. So klang die Ansprache in den Ohren der Deutschen diesseits und jenseits der Elbe ganz manierlich.

Dem deutschen Publikum konnte nicht aufgefallen sein, dass eine Passage fehlte. Aber wie war es in der Sowjetunion? Alle Zeitungen hatten den gesamten Text der Ansprache veröffentlicht. Irgendeinem Menschen in dem 250-Millionen-Volk musste doch aufgefallen sein, dass im Fernsehen zwei Sätze fehlten.

Gefeiert von den sowjetischen Medien, kehrte Breschnew nach Moskau zurück. Unauffällig folgte ich ein paar Tage später. Von Beschwerden hörte ich nichts. Der sowjetische Kollege hatte aus gutem Grund dichtgehalten. Ich hatte auch keinen Grund, über die Panne zu reden. So hatten weder unsere Regierung noch unsere Medien Wind von der Geschichte bekommen. Seit dieser Erfahrung bin ich nicht mehr sicher, ob Diktaturen in Russland tatsächlich alles unter Kontrolle haben.

Ende gut, alles gut? Nicht ganz! Nachträglich betrachtet war der Flug mit der Iljuschin 18 am 17. Mai 1973 von Moskau nach Köln ein nettes Erlebnis. Geschenkt haben wollte ich es aber nicht. In Absprache mit dem WDR nahm ich Kontakt mit Aeroflot auf. Es ging um den Preis. Unsere Produktionsleitung errechnete die Miete eines Geschäftsflugzeugs für einen Flug über eine Strecke von 2100 Kilometern. Nach meiner Erinnerung kam eine Summe von 10- bis 12 000 D-Mark heraus. Die Aeroflot hatte ganz andere Vorstellungen.

Wir kamen nicht zusammen. Ich hatte das Flugzeug nicht bestellt. Erst recht keine Passagiermaschine mit fünf Stewardessen, frischem Kaviar und eiskaltem Wodka. Am Ende ist der Fall sanft entschlafen. Meine Recherchen, was sich in den Archiven des Flughafens Köln/Bonn und der Deutschen Flugsicherung zu dem denkwürdigen Flug am 17. Mai 1973 von Moskau nach Köln finden lässt, blieben leider weitgehend ohne Erfolg. Die Kolleginnen und Kollegen waren sehr entgegenkommend, aber die Informationen, an denen ich interessiert war (Flugroute, Flugnummer, Name des Piloten, Zeit der Anmeldung) werden nicht aufbewahrt. Angesichts der vielen Flugbewegungen pro Tag würde man in Daten ertrinken.

Trotzdem interessierte mich, was sich auf der deutschen Seite über meinen denkwürdigen Flug am 17. Mai 1973 von Moskau nach Köln finden ließ. Ich kontaktierte die Pressestelle des Flughafens Köln/Bonn. Die Kolleginnen und Kollegen zeigten sich außerordentlich hilfsbereit. Die betreffenden Akten waren längst in einem auswärtigen Depot gebunkert. Leider waren die Informationen, an denen ich interessiert war, nicht darunter.

Ich wurde an die Deutsche Flugsicherung verwiesen. Auch da erfuhr ich großes Entgegenkommen, aber auch allerhand Skepsis. Tatsächlich wurden die von mir erbetenen Daten nicht aufbewahrt. In den alten Datenbeständen konnte zudem nicht mehr recherchiert werden, da es die Bundesanstalt für Flugsicherung, die Vorläuferin der heutigen Deutschen Flugsicherung (DFS), nicht mehr gibt. Die DFS-Pressestelle gab trotzdem nicht auf. Sie verschickte meine Anfrage über einen Verteiler an einige Hundert ehemalige Fluglotsen und Flugdatenbearbeiter. Von meinem Flug mit der Iljuschin 18 waren keine Daten mehr zu finden, aber die Flugroute konnte vom ehemaligen Fluglotsen Lothar König rekonstruiert werden. Zumindest das Finale. Meine Iljuschin sei aus der damaligen Tschechoslowakei kommend in einer Höhe von 24 500 Fuß (knapp 8000 Meter) in die damalige Bundesrepublik Deutschland eingeflogen. Ihr Kommen wurde dreißig bis zehn Minuten vor Überfliegen der Grenze von der Flugsicherung in Prag telefonisch dem Kontrollraum Frankfurt angekündigt. Dort saßen neben den deutschen Fluglotsen rund um die Uhr amerikanische Soldaten, die alle grenzüberschreitenden Flüge notierten und an ihren »Bunker« weitergaben. Wäre die Iljuschin nicht ordnungsgemäß angemeldet gewesen, wären von den Amerikanern sofort Abfangjäger losgeschickt worden. So konnte die Iljuschin unbehelligt im üblichen Sinkflug über Bayreuth, Würzburg, Taunus den Flughafen Köln/Bonn ansteuern.

* * *

Eine andere Sache konnte ich doch noch aufklären. Was hatte ich am 21. Mai 1973 der Weltöffentlichkeit vorenthalten, als ich die Fernsehansprache des Sowjetführers Leonid Breschnew um eindreiviertel Sätze erleichterte? Bei nachträglicher Betrachtung von im Archiv des Westdeutschen Rundfunks fielen mir zunächst nur eine Reihe weiterer Kürzungsvorschläge ein.

Zufrieden war ich hingegen mit der Präsentation durch Leonid Iljitsch. Mein Coaching – so mein Eindruck – hatte sich gelohnt. Wie von mir empfohlen, verlas Breschnew den strohtrockenen Text im Plauderton, als informiere er eine Tischrunde, wobei er Wichtiges, häufig auch Unwichtiges durch lebhaftes Gestikulieren unterstrich. Die von mir erzeugte Schnittstelle war kaum wahrzunehmen. Daraus ließ sich nicht erkennen, was ich weggeschnitten hatte. Mithilfe von Johannes von Boeselager, Chef »digitale Archivierung im Auswärtigen Amt«, ist es mir gelungen, den ursprünglichen Text zu exhumieren. So kann ich endlich offenbaren, was ich weggeschnitten hatte. Nichts von Belang!

Aber urteilen Sie bitte selbst:

Entfallen ist der Satz von Breschnew: »Ich möchte hinzufügen, dass unsere Pläne keineswegs auf Autarkie abzielen.« Dem Schnitt zum Opfer fiel vorher, dass Probleme in der Sowjetunion ausschließlich auf dem Wege des friedlichen Aufbaus gelöst würden sowie »auf dem Wege der Steigerung der Kultur und des Lebensstandards des Volkes sowie der Entwicklung unserer sozialistischen Gesellschaft«.

* * *

Der Deutschlandtrip schien Breschnew in Reiselust versetzt zu haben. Er flog in die Mongolei, nach Frankreich, Kuba und in die USA. Dutzende Abkommen zwischen Ost und West wurden geschlossen. Schließlich gelangte Breschnew an das Ziel, das Moskau seit Jahren angestrebt hatte: Im Sommer 1975 ging die Konferenz über Sicherheit und Zusammenarbeit in Europa (KSZE) mit einem Gipfeltreffen in Helsinki zu Ende. Die finnische Hauptstadt genießt seitdem meine besondere Sympathie, da ihrem guten Geist die ARD und ich den ersten deutschen Kamerakorrespondenten auf russischem Boden verdanken.

Breschnew hatte auf dem Weg nach Helsinki wichtige internationale Partner verloren. Der französische Staatspräsident Pompidou war gestorben, US-Präsident Nixon musste wegen des Watergate-Skandals das Weiße Haus verlassen, und Willy Brandt war ebenfalls nicht mehr dabei.

Doch auch der Russe hatte die Zeit nicht unbeschadet überstanden. Vier Jahre zuvor, auf der Krim, hatte Breschnew Willy Brandt noch vorgemacht, wie man mit einem flotten Kopfsprung ins Meer schon vor dem Frühstück in Fahrt kommt. Nun war aus dem vitalen Politiker ein klappriger Greis geworden. Sein Zustand stand für die erschöpfte Verfassung der gesamten Konferenz. Sie war nur durch viele Kompromisse zustande gekommen. Alle Kräfte schienen aufgebraucht zu sein.

Vier hehre Ziele standen im Abschlussdokument: Wirtschaftliche Zusammenarbeit, politische und militärische Sicherheit, Demokratie und Menschenrechte. Doch Ost und West trauten sich weiter nicht über den Weg. Das führte dazu, dass alle Teilnehmerstaaten, nicht nur im Osten, sondern auch im Westen, ihren Verpflichtungen nicht oder kaum nachkamen. In der Sowjetunion wurde die KSZE zu einer großen Enttäuschung, für das Regime wie auch für die Andersdenkenden.

Die wirtschaftliche Zusammenarbeit kam kaum in Gang. An der Sicherheitslage änderte sich nichts, es blieb bei der Konfrontation der Blöcke. Der Westen behielt seine Überlegenheit. Auf der anderen Seite blieben die Menschenrechte auf der Strecke. Wer in der Sowjetunion Kritik äußerte, musste mit Kerker rechnen.

Breschnew litt an Demenz. Das wurde natürlich nicht offen ausgesprochen. Doch sein körperlicher und auch geistiger Verfall war inzwischen so offensichtlich, dass weltweit gerätselt wurde, wer im Kreml die Entscheidungen traf.

Kurz vor dem Ende unserer Zeit in Moskau gab es ein Wiedersehen mit Breschnew, was erneut für öffentliche Verwirrung sorgte. Die Sowjetunion veranstaltete mit großem propagandistischem Aufwand Wahlen zum Obersten Sowjet. Alle Bürgerinnen und Bürger mussten ihre Stimmen abgeben, auch Leonid Breschnew. Sein Wahllokal war am Kutusowski-Prospekt, nicht weit von unserem Büro. Wir Journalisten bauten uns am Eingang auf. Die Sicherheitsleute, die mich inzwischen kannten, ließen mich gewähren.

Breschnew erkannte mich nicht. Deshalb unterblieb sein früher übliches »Dawno was ni vidil, Gospodin Fritz«. Trotzdem versuchte ich es mit einer Frage: »Wann werden Sie die Bundesrepublik Deutschland besuchen?« Eigentlich eine blödsinnige Frage, aber mir fiel vor diesem eindeutig dementen Mann nichts anderes ein.

Mit einem baldigen Breschnew-Besuch in Bonn war überhaupt nicht zu rechnen. Aber der Sowjetführer blieb mir die Antwort nicht schuldig. »Im September!«, murmelte er kaum verständlich. Als die Nachricht abends in der *Tagesschau* verbreitet wurde, brachen Panik und Ratlosigkeit aus. Es war ein Sonntag. In der Bonner Regierung war niemand zu erreichen. Das Bundespresseamt fühlte sich überfordert. Wir hatten Juni. Die Zeit wurde knapp, nur noch zwei Monate bis September. Es dauerte Tage und erforderte viele Gespräche zwischen Bonn und Moskau, bis die Sache geklärt war.

Die Mitteilung hatte etwas vom legendären Radio Jerewan. Im Prinzip hatte Breschnew recht. Er würde kommen, aber nicht jetzt im September, sondern erst ein Jahr später, und zwar im Mai. Kein

Grund zur Aufregung, ein alter Herr hatte nur etwas die Orientierung verloren.

An dieser Stelle muss ich eine Erläuterung zu Radio Jerewan einschieben. Weil die Sowjetmenschen ihrer Obrigkeit und ihren Medien misstrauten, erfanden sie einen imaginären Sender namens Radio Jerewan, an den sie ihre Fragen richteten und von dem sie immer eine befriedigende Antwort bekamen. Eine Kostprobe: »Anfrage an Radio Jerewan: Stimmt es, dass der Genosse Iwan Iwanowitsch in der Lotterie ein Auto gewonnen hat? Antwort: Im Prinzip ist das richtig, aber es war kein Auto, sondern ein Fahrrad. Iwan Iwanowitsch hat es auch nicht gewonnen, es wurde ihm vor der Apotheke gestohlen.«

Radio Jerewan war die Welt der Sowjetunion. Im Laufe meiner 80 Lebensjahre und mehr habe ich die Erkenntnis gewonnen, dass es Radio Jerewan überall auf der Welt gibt. In allen möglichen Schattierungen.

Aus diesem Grund gilt Radio Jerewan auch für das deutschrussische Verhältnis. Im Prinzip ist alles richtig, was unsere Bevölkerung darüber erfährt, aber es könnte auch das Gegenteil richtig sein. Deshalb erhebe ich selbstverständlich für meinen Text keinen Alleinvertretungsanspruch.

»Zar des Berges«

Michail Schischkin

Als Kinder spielten wir »Zar des Berges«. Im Winter wurde im Hof ein Schneeberg mit einer Eisrutsche gemacht. Ziel des Spiels war es, die Spitze zu erklimmen und alle Mitspieler hinunterzustoßen. Dabei waren alle Mittel erlaubt. Dieses Spiel spielt die russische Geschichte nun seit zehn Jahrhunderten. Mit dem Unterschied, dass dabei Blut fließt und von Zeit zu Zeit das ganze Land überschwemmt.

Alexander Herzen sagte: »Schriftsteller sind nicht die Ärzte. Sie sind der Schmerz.« Und er erstellte dem russischen Leben eine niederschmetternde Diagnose: »Der Staat hat sich in Russland wie eine Besatzungsarmee eingerichtet.«

Dass der Staat sich der eigenen Bevölkerung gegenüber wie eine Okkupationsmacht verhält, geht bis auf seine Gründung durch die Wikinger zurück, mit deren Einfall in das Territorium der slawischen Stämme die russische Geschichte beginnt. Die Chroniken beschönigen die Ereignisse mit einer Einladungslegende, doch in Wahrheit handelte es sich um eine Eroberung. Die Wikinger bildeten auf dem Territorium der slawischen Stämme einen Staat, so wie sie eigene Staaten in der Normandie oder auf Sizilien gründeten. Sie siedelten in Nowgorod und in Kiew, das 882 von Fürst Oleg zur Hauptstadt gemacht wurde, weshalb das erste Großreich auf russischem Gebiet von Historikern als »Kiewer Rus« bezeichnet wird. Dabei wurden die Aufstände der Slawen gegen die ausländischen Eindringlinge brutal niedergemetzelt. Als die Drewljanen den gierigen Fürst Ingwar (Igor) während seines Raubzugs töteten, ließ seine Witwe Helga (Olga) als

Rache an seinem Grabhügel 5000 Drewljanen ermorden und eine drewljanische Delegation in einem Badehaus bei lebendigem Leibe verbrennen. Iskorosten, die Hauptstadt der Drewljanen, wurde niedergebrannt und ihre Bewohner gnadenlos hingerichtet. Die tiefe Kluft zwischen der Macht und der Bevölkerung wurde zum Geburtstrauma der Nation.

Die skandinavischen Fürsten heirateten slawische Frauen, ihre Kinder begannen die Muttersprache zu sprechen, aber das beeinflusste ihre Beziehung zu den Untertanen nicht. Auch die nachfolgenden Generationen lebten von Raubzügen sowohl in fremde Länder als auch im eigenen »Jagdrevier«. Das Land gliederte sich in viele Teilfürstentümer, die sich gegenseitig befehdeten. »Die da unten« wurden nicht als »Stammesbrüder« behandelt, sondern als Beutetiere.

Eine vereinigende Rolle hätte die Religion spielen können. Aber die Annahme des christlichen Glaubens artete in einen weiteren Vergewaltigungsakt der Macht an der terrorisierten Bevölkerung aus. Gemäß der ältesten erhaltenen Quelle, der Nestorchronik, wählte Fürst Wladimir zwischen dem Islam, dem Judentum, dem römisch-katholischen Christentum und der byzantinischen Orthodoxie nach einem ästhetischen Prinzip. Als seine Gesandten aus Zargrad (Konstantinopel) zurückkehrten, wo sie in der Hagia Sophia einem Gottesdienst beigewohnt hatten, berichteten sie ihm begeistert von der Schönheit des orthodoxen Gottesdienstes; sie wussten nicht mehr, ob sie »noch auf der Erde oder bereits im Himmel« waren. In Wirklichkeit ging es um Machtspiele. Byzanz war das mächtigste Reich in der Region. Wladimir suchte die Annäherung an das byzantinische Kaiserhaus und entschied sich deshalb für das orthodoxe Christentum. Die Geopolitik mischte sich in die russische Glaubensfrage ein.

988 ließ der neu bekehrte Herrscher die heidnischen Götzen in Kiew in den Dnjepr werfen und befahl allen Stadtbewohnern, sich in dem Fluss taufen zu lassen. Wer sich weigerte, wurde mit dem Tod

bestraft. So kam die Lehre Christi nach Russland. Die Druschina (das Kriegsgefolge des Fürsten) führte in allen Ecken des Reiches mit brutaler Gewalt Zwangstaufen durch.

Die Christianisierung durch Konstantinopel hatte fatale Folgen für die ganze russische Geschichte. Anders als die römische Kirche, die in ihrem Einflussbereich auf dem Lateinischen als einzige Liturgiesprache bestand, brachte die orthodoxe Kirche den Russen die von den Brüdern Kyrill und Method, zwei byzantinischen Gelehrten, speziell für die Südslawen entwickelte »Altkirchliche« Sprache, was den ostslawischen Stämmen den kulturellen Anschluss an die Antike und die Teilnahme an der Entwicklung der europäischen Völker verunmöglichte. Das Lateinische bildete eine Ader der Zivilisation, es wurde zur Sprache der Wissenschaft, der Medizin und des Rechts, zur Lingua franca der Ökumene. Eine »tote« Sprache wurde zur Leben spendenden Quelle der westeuropäischen Geschichte, während für die Russen eine tote Kirchensprache geschaffen worden war, die über Jahrhunderte mumifiziert blieb und keinen Einfluss auf den wissenschaftlichen und gesellschaftlichen Fortschritt ausübte. Schon aus sprachlichen Gründen blieben sie von der Renaissance, der Reformation und der Aufklärung ausgeschlossen.

Eine tödliche Gefahr von außen, wie sie die Invasion der Mongolen im 13. Jahrhundert darstellte, hätte zur Vereinigung des Volkes beitragen können, es hätte eine geschichtliche Chance sein können, die Kluft zwischen der Obrigkeit und den Volksmassen angesichts des drohenden Unheils zu überwinden. Das geschah nicht. Im Gegenteil, der Mongolensturm und die anschließende Eingliederung der Rus in die Goldene Horde konsolidierten den Gegensatz zwischen Obrigkeit und Volk und machten ihn zu einer unveränderlichen Konstante russischer Politik.

Die Mongolen unter Khan Batu gründeten das Khanat Goldene Horde und errichteten 1242 am Unterlauf der Wolga ihre Hauptstadt Sarai. Von nun an gehörte die Rus zur Goldenen Horde, Sarai wurde zur russischen Hauptstadt. Das Land wurde zu einem Ulus – einer

Provinz – des mongolischen Reiches. Der Khan erteilte den russischen Fürsten Macht über ihre Ländereien, die er ihnen mit einer Gnadenurkunde – dem sogenannten Jarlyk – verlieh. Um dem Khan zu huldigen, mussten die Fürsten nach Sarai reisen, sich mitsamt ihrem Gefolge vor ihm auf den Boden legen und ihm die Ferse küssen. Die Mongolen verzichteten darauf, die okkupierten Ländereien mit einem eigenen Heer zu besetzen. Stattdessen war es Aufgabe der russischen Fürsten, als Vertreter des Khans vom Volk Tribute einzutreiben. Die Steuereintreiber verteidigten damit die Interessen der Goldenen Horde und benahmen sich wie Okkupanten im eigenen Land, denn von den Tributzahlungen hing ihr eigenes Leben ab. Der brutale Raub an den Bewohnern ihrer eigenen Städte und Dörfer wurde für sie zur Überlebensstrategie. Wer dem Khan zu Willen war, hatte die Chance zu überleben. Die Mongolen brauchten sich nicht einzumischen, da die Fürsten einander misstrauten und sich beim Khan in Sarai gegenseitig denunzierten. Für die Untertanen aber wurden die eigenen Fürsten zu Repräsentanten der Goldenen Horde. Die Machthaber teilten zwar mit ihrem Volk Sprache und Religion, traten aber als eine feindliche Kraft auf. So verwandelte sich die mongolische Besatzung von Anfang an in eine Besatzung durch die eigenen Herrscher. Das Tatarenjoch war russisch.

Im russischen Ulus herrschten die gleichen Spielregeln wie im ganzen mongolischen Reich. Der Khan betrachtete die versklavten Länder und Völker als sein Eigentum. Als Grundgesetz des Landes diente das Gesetz der Gewalt. Die russischen Fürsten ahmten an ihren Höfen das Leben am Sitz der Goldenen Horde nach. Die ganze Machtvertikale funktionierte nach dem Prinzip: nach oben buckeln, nach unten treten. Der einzige grundlegende Unterschied in den wechselseitigen Beziehungen zwischen der Bevölkerung und der Macht vor und nach der mongolischen Eroberung bestand darin, dass nun auch die Fürsten zu Sklaven wurden. Die russische politische Elite eignete sich die Sklavenmentalität aus Selbsterhaltungstrieb an.

Einer der Gründerväter der russischen Staatlichkeit ist Alexander Newski. Im stalinschen Kultfilm von Sergei Eisenstein wurde er als glühender Patriot und beliebter Volksheld dargestellt. Und zwar vor allem, weil Newski sich in seinen Jugendjahren als besonders mutiger Heerführer hervortat. In Wirklichkeit sah alles etwas anders aus. Khan Batu verlieh Alexanders Bruder Andrei die Großfürstenwürde für Wladimir, die Hauptstadt der nördlichen Rus. Andrei bereitete einen Aufstand gegen die Mongolen vor und versuchte zu diesem Zweck, eine Fürstenallianz gegen den Herrscher in Sarai zu schmieden. Alexander aber verbrachte längere Zeit in Sarai und intrigierte am Hof des Großkhans gegen seinen Bruder. Schließlich setzte Batu Andrei ab und verlieh Alexander Newski die Großfürstenwürde. Daraufhin leitete Alexander eine mongolische Strafexpedition gegen die Rus, das Heer Andreis wurde zerschlagen, er musste nach Schweden fliehen. Als sich die Nowgoroder 1257 gegen den mongolischen Tributzensus auflehnten, zog Alexander Newski erneut für die Mongolen ins Feld und brach den Widerstand mit einem grausamen Straffeldzug. Tausenden Menschen wurden die Nasen abgeschnitten und die Augen ausgestochen. Das eigentliche Tatarenjoch begann also in Russland nicht mit dem Mongolensturm, sondern mit der Machtergreifung durch Alexander Newski – mit einem russischen Fürsten, der sich als schlagkräftiger und grausamer Erfüllungsgehilfe der fremden Besatzer erwies. Das hinderte die orthodoxe Kirche nicht daran, ihn heiligzusprechen, heute gilt Alexander Newski als russischer Nationalheld.

Ein weiterer Meilenstein auf dem Weg zu dem Russland, in dem »der Staat sich wie eine Besatzungsarmee einrichtete«, war der Übergang des Großfürsten-Jarlyks an die Moskauer Gebieter. Der Großfürstentitel machte seinen Träger zum Statthalter des Khans und für die Eintreibung des Tributs im ganzen Ulus verantwortlich. Nach einem erbitterten Kampf mit seinen Rivalen ergatterte der Moskauer Fürst Iwan Kalita im 14. Jahrhundert diesen Titel. Er gewann das Vertrauen des Großkhans dadurch, dass er mit einem mongolischen

Heer einen Aufstand in Twer niedergeschlagen hatte und mit einem Blutbad das ganze Fürstentum verwüstete. Die Treue zum Khan und die grausame Gewaltbereitschaft dem eigenen Volk gegenüber sicherte Iwan und seinem Moskauer Fürstentum den Aufstieg. Die Rus wurde zum Moskauer Ulus der Goldenen Horde. Formell wurde die neue Vorherrschaft durch die Verlegung des Metropolitensitzes von Wladimir nach Moskau bestätigt. Der Beiname Kalita bedeutet Geldbeutel. Seinen Reichtum scheffelte der Großfürst, indem er einen Großteil der im ganzen Land eingezogenen Tribute in die eigene Tasche wirtschaftete. Auf diese Weise entstand die Matrix für das Verhalten zukünftiger Moskauer Herrscher: Die Macht und die Bevölkerung wurden durch gegenseitige Angst und Gewalt unzertrennbar miteinander verbunden.

Mit der Zeit löste sich die Goldene Horde in mehrere Teile auf. Aus den ständigen Machtkämpfen im zerfallenden Reich ging Moskau als stärkster Ulus hervor. Nun wurde der Statthalter des Großkhans zum Herrscher, der seinen Nachlass vererbte. An den gesellschaftlichen Beziehungen im Moskauer Ulus änderte sich nur eins: Das Land und Volk, das bisher Eigentum des Großkhans war, gehörte nun dem Großfürsten, der sich Zar nannte. Von der Goldenen Horde konnte sich Moskau nicht befreien, denn man kann sich von sich selber nicht befreien. Moskau wurde zum neuen Sarai, das Tatarenjoch – das nie ein Tatarenjoch war, weil die Mongolen das Volk nicht selbst unterdrückt haben, sondern diese Aufgabe willfährigen russischen Fürsten übertrugen – war vorbei. Der »Ulus« blieb, als Ulus-Herrschaftssystem und Ulus-Mentalität.

Im 15. Jahrhundert erschien Moskau als eigenständiger Spieler auf der internationalen Arena und musste sich gegen die katholischen Nachbarn im Westen durchsetzen. Als Kampfbanner bot sich die Orthodoxie an. Die Kirche leistete dem Zarenreich, das gegen alle Nachbarn Krieg führte, intellektuelle Unterstützung. Dienstfertig wurde eine messianische Kampfideologie erarbeitet, das wachsende Selbstbewusstsein der neuen Herrscher entwickelte sich zum

Sendungsbewusstsein, Moskau verwandelte sich ins Dritte Rom. Nach dem Untergang von Byzanz blieb Russland als einziger unabhängiger Staat übrig, in dem noch der orthodoxe Glaube herrschte. Das Moskauer Reich wurde als Abbild des Himmelreiches auf Erden betrachtet, als ein Staat, der auf Wahrheit beruhte. Der Mönch Filofej aus Pskow schrieb die berühmten Worte: »Schau und habe acht, frommer Zar, alle christlichen Reiche sind vergangen und sind zusammen übergegangen in Dein Eines Reich. Denn zwei Rome sind gefallen, aber das dritte steht, und ein viertes wird es nicht geben.«

Nun war die russische Welt perfekt. Während in Europa die Renaissance und die Reformation den menschlichen Geist beflügelten, erhob sich im Osten ein Kampfreich, das seine eigene Nation als Armee missbrauchte. Alleinherrschaft und Einmütigkeit sind seither die Koordinaten des russischen Lebens. Einziges Ziel ist der Sieg über die Feinde. Im Krieg mit der ganzen Welt ist Expansion die beste Verteidigung. Dieser Staatsraison entsprechend, erschöpft sich der Sinn des Lebens für den Einzelnen darin, dem Russischen Reich zu dienen. Sein höchstes Glück – für das Vaterland zu sterben. Die Kommandeure werden nicht gewählt, Befehle nicht infrage gestellt. Jedes Aufscheinen persönlicher Initiative, jedes Zünden eines freien Gedankens entspricht einer Meuterei. Jede Äußerung des Missfallens, sei sie auch noch so gerechtfertigt, kommt einem Verrat gleich. Man unterscheidet die Menschen nach Eigenen (nashi) und Fremden. Die Fremden hassen uns, die Russen, und erachten es als ihr Lebensziel, Russland zu zerstören. Und Gott gibt es nur einen – den russischen.

Das Verständnis von Privatbesitz – grundlegend für die europäischen Gesellschaften – entfällt, denn das Leben der Untertanen, erst recht ihr Besitz zählen zur strategischen Kriegsreserve und können jede Minute höheren Interessen geopfert werden. Loyalität gegenüber den Vorgesetzten ist der Grund und die Versicherung des Eigentums. Es gibt nur eine Art des Besitzes – das Machteigentum. Treueverlust führt zum Verlust des Vermögens. Ein stabiles Rechtssystem und die Idee unabhängiger Gerichte fehlen. Dem Stärkeren gehört alles. Das Erbe der Goldenen Horde lebt in der »Legitimität des Jarlyks«, die eine Legitimität der Gewalt ist, weiter.

Vor der Willkür einzelner Machthabender wird die Bevölkerung nur durch die strenge, höchste Macht geschützt. Sie gewährleistet die Ordnung im Land. Zeigt die regierende Hand Schwäche, gerät die ganze Machtvertikale aus den Fugen, und es breitet sich Chaos aus, deshalb wünscht sich die Bevölkerung immer eine starke Hand. Zwischen Chaos und Ordnung wählt man immer letztere. Niemand will einen schwachen Zaren in Russland, man will einen Tyrannen.

Im 15. und 16. Jahrhundert waren die Legenden über Dracula, den walachischen Woiwoden Vlad III., sehr populär. In den Texten westeuropäischer Autoren wurde nur seine Grausamkeit hervorgehoben. Das russische *Skazanie o Drakule voevode* (Geschichten über den Wojwoden Dracula) wurde vermutlich von einem russischen Diplomaten namens Fjodor Kurizyn verfasst und unterscheidet sich vor allem durch die Interpretation der Hauptfigur frappant von den bekannten Dracula-Geschichten. In der westlichen Deutung erscheint Dracula als blutrünstiger Despot, manischer Sadist, Schänder, Henker, Unhold und reiner Bösewicht. In der russischen Version ist er vor allem ein orthodoxer Herrscher, der den rechten Glauben gegen muslimische Glaubensfeinde verteidigt und die strenge Ordnung in seinem Land sichert. Da die Feinde sich fürchten, den mächtigen Krieger anzugreifen, herrscht ein dauerhafter Frieden. Niemand traut sich zu stehlen, denn alle haben Angst vor den Strafen. Die Beamten nehmen keine Bestechungsgelder, weil sie zittern, gepfählt zu werden. Ein Schlächter als idealer Herrscher. Die *Geschichten über den Wojwoden Dracula* waren das erste russische säkulare Originalbuch. Es ist bezeichnend, das von der Vielfalt der gängigen europäischen Sujets ausgerechnet dieses von der Moskauer Gesellschaft gefragt und in dieser Art und Weise radikal umgedeutet wurde. Der Text genoss in Russland enorme Popularität.

Das im Moskauer Ulus entstandene gesellschaftliche System erwies sich als sehr stabil und lebensfähig, weil es auch die wichtigste menschliche Lebensfrage löste. Der jahrhundertelange Zarendienst raubte den Menschen von Generation zu Generation Geist, Körper und Willenskraft und gab ihnen dafür seelische Erfüllung und einen Lebenssinn. Das, was Gesandte von den Ufern des Rheins in Russland als Despotismus und Sklaverei ansahen, hielt man am Fluss Moskwa für eine selbstlose Teilnahme am gemeinsamen Kampf. Der Zar war gleichzeitig Vater und General, und alle waren seine Kinder und Soldaten. Das fehlende Privatleben wurde durch die Aussicht auf den süßen Tod für die Heimat aufgewogen. Die Ausdehnung des Vaterlands über Raum und Zeit waren ein Pfand für die Seelenrettung. Das Seelenheil kostet viel.

Einen verhängnisvollen Schlag erhielt der Moskauer Ulus nicht von Feinden auf dem Schlachtfeld, sondern vom eigenen Zaren, wenn auch nicht beabsichtigt. Europa war Russlands Feind Nummer eins. Peter der Große hatte keineswegs vor, das Reich im Hinterland des Kontinents zu »europäisieren«. Der Zar wollte eigentlich nur seine Armee für die Kriege gegen den Westen modernisieren und von modernsten westlichen Militärtechnologien Gebrauch machen. Er schickte nach Gastarbeitern, doch es kamen Menschen. Und sie brachten Wörter mit. Mit diesen Wörtern verbreiteten sich in Russland bis dahin unbekannte Ideen: Freiheit, Republik, Parlament, Menschenrechte, persönliche Würde.

Die petrinische »Europäisierung« Russlands war von Beginn an ein pures Missverständnis in der westlichen Wahrnehmung. Dem Reformator ging es überhaupt nicht darum, das Land der westlichen Kultur anzupassen. Zwar wurde das Tragen von ausländischen Gewändern verordnet, das änderte jedoch nichts daran, dass Angst und Gewalt die bewegenden Kräfte des russischen Lebens blieben. Und so war es keineswegs beabsichtigt, dass sich das »Fenster nach Europa« als Leck unterhalb der Wasserlinie erwies. Das System war nicht mehr ideendicht. Damit begann im 18. Jahrhundert der Überfall europäischer liberaler Wertvorstellungen auf Russland.

Das Resultat ließ nicht lange auf sich warten. Karl Peter Ulrich von

Schleswig-Holstein-Gottorf, der als Peter III. einige Monate Russland regierte, ehe er von seiner Gemahlin Katharina II. umgebracht wurde, schaffte es noch, 1762 mit einem Manifest die Adeligen von der Dienstpflicht zu befreien und ihnen das Reisen zu erlauben. Das war ein schicksalsträchtiger Schlag. Im traditionellen russischen System waren alle, die ganze Bevölkerung des Landes »Leibeigene« des Zaren, das heißt des Staates. Mit der Befreiung des Adels aber wurden die leibeigenen Bauern zu Sklaven der Gutsherren. Die Ironie der Geschichte: Die ersten freien Menschen in Russland wurden zu Sklavenbesitzern. Die durch die allgemeine Zarensklaverei »vereinte« Nation wurde durch diese Teilbefreiung gespalten.

Seither beschäftigte eine quälende Frage die russischen Gemüter: Wie kann ein freier Mensch in einem Sklavenland leben? Die Antwort lag nahe. Man begann von strukturbrechenden Umwälzungen und einer demokratischen Gesellschaftsordnung zu träumen. 1825 fand der erste Versuch einer Revolution in Russland statt: der sogenannte Dekabristen-Aufstand (nach dem Monat Dezember/Dekabr). Europäisch gebildete Offiziere machten sich eine kurze Verwirrung zunutze, die entstand, als der Großfürst Konstantin auf den Thron verzichtete und Nikolaus, dem Bruder des verstorbenen Zaren, den Vortritt gab. Die Anführer der Revolte führten ihre Soldaten in Petersburg auf den Senatsplatz und befahlen ihnen, eine Verfassung (auf Russisch *konstituzija*) zu fordern. Auf die Frage eines Generals, der sich über die Forderungen der Soldaten, die weder lesen noch schreiben konnten, wunderte: »Brüder, was braucht ihr denn für eine Konstituzija?« – antworteten diese: »Wie, was für eine? Die Frau unseres rechtmäßigen Zaren Konstantin!« Der Aufstand endete im Blut.

Nikolaus I. und seine Vorgänger bauten den Moskauer Ulus durch Eroberungskriege zu einem riesigen Imperium aus. Nun gehörten dem russischen Zaren nicht nur das eigene Volk, sondern auch unzählige Völker und Stämme mit unterschiedlichen Sprachen und Religionen. Das Völkergemisch wurde wiederum durch Angst und Gewalt zusammengehalten. Russland wurde zum »Völkergefängnis«.

Dabei war das Imperium schwer erkrankt, es litt an dissoziativer Identitätsstörung. Hundert Jahre ungewollter Bildung und Aufklärung – zu denen auch Katharina die Große beigetragen hatte, ehe sie sich selbst von ihren hehren Idealen abwandte, Kritiker verfolgte und die Zensur verschärfte – spielten einen bösen Streich mit dem vor westlichen Ideen nicht mehr geschützten System. Bildung geht mit dem Verständnis von persönlicher Freiheit einher. So bildeten sich in Russland »russische Europäer« heraus: Menschen mit westlichen Wertvorstellungen. Unter den Block des totalitären russischen Bewusstseins wurde eine Zeitbombe gelegt – das Primat der Werte des Privatlebens. Dabei kam der Literatur die wichtigste Rolle zu. Das erste Jahrhundert der einheimischen Literatur bestand im Wesentlichen aus Übersetzungen und Nachahmungen. Für die Idee der Menschenwürde gab es keine Wörter. Es gab kein verbales Instrumentarium für den Ausdruck eines individuellen Bewusstseins, das musste erst erschaffen werden. Man führte fehlende Begriffe ein: Öffentlichkeit, Verliebtheit, Menschlichkeit, Literatur.

Über wenige Generationen zettelten solche Wörter die wichtigste sozialpolitische Veränderung an: Sie verwandelten die Nation in einen siamesischen Zwilling, mit einem gemeinsamen Körper, aber Köpfen, die einander nicht verstehen. Seither ist in Russland eine einzigartige Situation entstanden. Zwei geistig und kulturell vollkommen verschiedene Nationen teilen dasselbe Territorium. Die einen wie die anderen sind Russen und sprechen dieselbe Sprache, mental aber widersprechen sie sich total. Der eine Kopf ist gespickt mit europäischer Bildung, freiheitsliebenden Ideen und der Vorstellung, Russland gehöre der allgemein-menschlichen Zivilisation an. Die ganze russische Geschichte sei ein blutiger Sumpf, aus dem das Land herausgeholt und zu einer liberalen europäischen Gesellschaftsordnung geführt werden müsse. Dieser Kopf weigert sich, unter einer patriarchalen Diktatur zu leben, fordert Freiheit, Rechte, eine Verfassung. Der andere Kopf hat die traditionelle Vorstellung von der Welt: Die heilige Rus sei eine Insel, umgeben von einem feindlichen Ozean, und nur der Vater im Kreml könne dieses Land und sein Volk retten und mit eiserner Hand die Ordnung in Russland bewahren.

Eine Schlüsselrolle im Prozess der nationalen Bewusstwerdung kam dem ersten russischen Philosophen Pjotr Tschaadajew zu. In seinen 1828–1830 geschriebenen offenen Briefen verblüffte er die im Entstehen begriffene Gesellschaft mit einer einfachen Idee: Die Russen seien kein von Gott auserwähltes Volk. Russland stehe außerhalb der Geschichte, Moskau sei nicht das Dritte Rom und die Russen nicht wie einst der »Messias« auserwählt, die Welt zu retten. Bei all diesen Vorstellungen handele es sich um ein Missverständnis. »Das Unglück des Vaterlandes besteht darin, dass wir nicht den römisch-katholischen, sondern den byzantinisch-orthodoxen Glauben angenommen und uns damit von Europa und seiner historischen Entwicklung abgeschnitten haben.« Der offenliegende Gedanke platzte in den russischen Gehirnen wie eine Bombe und glich einer Meuterei. Der Autor der *Philosophischen Briefe* wurde auf Befehl des Monarchen für verrückt erklärt. Doch die ketzerischen Texte erschienen im damaligen Samisdat (»Eigenverlag«, so nannte man die inoffiziellen Verbreitungskanäle verbotener Literatur in der UdSSR und den Staaten des Ostblocks) und wurden zur Grundlage für eine der beiden Hauptrichtungen des russischen Denkens – des »Westlertums«. Dem Ulus wurde auf ideologischen Barrikaden der Krieg erklärt. Die »Slawophilen« dagegen versuchten verzweifelt, im Bestehen des Völkergefängnisses einen Hoffnung spendenden Sinn zu finden.

Das Zusammenleben einer freien gebildeten Schicht mit Millionen Leibeigener in einem System war für beide Seiten unbehaglich. In liberalen Gesellschaftskreisen rief die Sklaverei Empörung hervor. Die Bauernaufstände aber waren immer ein Risikofaktor für die Macht. Der Chef der Geheimpolizei Graf Alexander von Benckendorff schrieb 1839 an Zar Nikolaus I.: »Die Leibeigenschaft ist ein Pulverfass, auf dem die Regierung sitzt, und sie ist deshalb umso gefährlicher, weil das Heer aus eben diesen Bauern besteht ... Es ist besser schrittweise, vorsichtig die Befreiung zu beginnen, als so lange zu warten, bis sie von unten her, vom Volke begonnen wird.« Nikolaus versuchte das Land »einzufrieren«, aber die Zeit arbeitete gegen ihn. Sein Sohn Alexander II. leitete Reformen ein, die Russland in ein »europäisches« Land transformieren sollten.

Genau 100 Jahre nach der Befreiung des Adels wurde mit einem Manifest vom 19. Februar 1861 das restliche Sklaventum (in Form der Leibeigenschaft der Bauern) aufgehoben (wie die Geschichte zeigte, nur für kurze Zeit, etwa zwei Generationen – nach der Revolution von 1917 wurden wieder alle zu Sklaven des Staates). Doch die leibeigenen Bauern wurden ohne Grund und Boden befreit, das Land blieb im Besitz der Gutsherren. Die Bauern fühlten sich enttäuscht und von der Regierung reingelegt, was zu Aufständen führte. Freiheit ohne Boden war wenig wert für die analphabetische Bevölkerung.

Die übrigen von Zar Alexander eingeleiteten Reformen hören sich an wie aus dem Musterbuch einer demokratischen Gesellschaftsordnung: Gleichheit aller vor dem Gesetz, Trennung von Gericht und Administration, Unabhängigkeit und Unabsetzbarkeit der Richter, Bildung eines Geschworenengerichts, Öffentlichkeit der Verhandlungen, Appellationsrecht, Recht des Angeklagten auf einen unabhängigen Rechtsbeistand. Für die Provinzverwaltung wurde die sogenannte »Landschaftsvertretung« (Zemstvo) errichtet, die aus Vertretern aller Stände gewählt wurde. Für die Städte gab es Selbstverwaltungsorgane, wie die gewählte Stadtduma. Im Bildungswesen erhielten die Universitäten Autonomie. Im Militär wurde die allgemeine Wehrpflicht eingeführt, die Prügelstrafe abgeschafft. Das Land bewegte sich in Siebenmeilenschritten auf eine Verfassung zu. Der Ulus erlitt eine gravierende Niederlage nach der anderen.

Schon bald nach der Abschaffung des Leibeigentums aber fingen Journalisten und Schriftsteller an, eine neue Zeit der Wirren vorherzusehen. Die Demokratisierung des gesellschaftlichen Lebens fühlte sich wie eine Schwächung der eisernen Hand an, die das Land immer vor Chaos bewahrt hatte.

Ungeduldig strebten die Revolutionäre, das verhasste Zarenregime zu vernichten. Da Alexander II., der »Zar-Befreier«, das bestehende System symbolisierte, wurde er zu ihrem zentralen Hassobjekt. Die gebildete Klasse – die Intelligenzija – erklärte der Regierung den Krieg. »Abschaffung der Alleinherrschaft« und »Revolution« wurden zu Zauberwörtern, welche die Seelen und Herzen der belesenen jungen Männer und Frauen erfüllten. Sie belagerten das autokratische Regime wie eine Festung. Als Rammbock diente die russische Literatur. Die Revolution wurde zum Geschmack der Epoche. Es schien so wonnevoll, im Gefängnis zu leiden und am Galgen zu sterben, um zu guter Letzt auszurufen: »Es lebe die Revolution!« Früher sorgte der Kampf für den Zaren und seinen Ulus für das Seelenheil der Russen. Nun wurde der heilige messianische Kampf, den das orthodoxe Russland gegen seine Feinde führte, durch einen noch heiligeren und noch messianischeren Kampf ersetzt, den Kampf für die Befreiung des eigenen Volkes und der ganzen Menschheit. Die nach Idealen dürstende russische Seele hatte wieder ein Ziel, ein so wichtiges, dass man dafür sein Leben opfern konnte – die Revolution.

Die gebildete Gesellschaft war völlig auf der Seite der Revolutionäre und unterstützte sie mit allen Mitteln im Krieg gegen das Zarenregime. Auch Terroristen hatten das Verständnis der Intelligenzija. Bezeichnend war in dieser Hinsicht der berühmte Freispruch für die Terroristin Vera Sassulitsch, die 1878 nach einem Attentat auf einen Zarenbeamten unter Jubel freigesprochen wurde.

Am 1. März 1881, gerade an dem Tag, als Alexander II. einen Plan zur Verwirklichung des Verfassungsprojektes unterzeichnete, wurde er nach mehreren Attentatsversuchen von einer Bombe getötet. Die »großen Reformen« wurden für die nächste Regierungsperiode eingestellt. So waren es die progressiven Kräfte, die den Reformen einen Dämpfer verpassten, weil ihnen Veränderungen innerhalb des zaristischen Systems nicht weit genug gingen.

In Russland wurde ein Drama für drei Schauspieler aufgeführt: Das Volk schwieg (nach der genialen Formulierung im Finale der Tragödie *Boris Godunow* von Alexander Puschkin), die gebildete Gesellschaft forderte eine »schweizerische« Volksherrschaft und erklärte der Regierung den Krieg. Dem dritten Spieler, der Staatsmacht, blieb dabei nur, sich bis zur bitteren Niederlage immer weiter zurückzuziehen oder aber die Schrauben fester anzuziehen. Der nächste Zar, Alexander III., versetzte Russland in eine kurze Eiszeit. Sein Sohn Nikolaus II. entschied sich für den Rückzug.

Das Schicksal war dem letzten vorsowjetischen Zaren übel gesinnt. Er verlor den Krieg gegen Japan und bekam sofort die Revolution in seinem Land. Siege haben in Russland immer die Lebenserwartung des Regimes verlängert, Niederlagen aber haben sie verkürzt. Nach jedem Rückzug der Macht forderte die Gesellschaft noch mehr Zugeständnisse. 1905 erhielt Russland politische Freiheiten, eine Verfassung, die das Prinzip der Gewaltenteilung im Land verankerte, und ein Parlament, die Duma. Weiter konnte man nur noch mit der Auflösung der Monarchie und der Ausrufung einer Republik gehen, was wenig später im Februar 1917 auch passierte.

Wer für den Triumph der Revolution in den vorangegangenen Jahrzehnten gestorben war, hatte mehr Glück als diejenigen, die bis zu ihrem Sieg überlebten. Der »blutrünstige Tyrann« Nikolaus II. entpuppte sich im Rückblick auf das 20. Jahrhundert als stiller, harmloser Märtyrer der Revolution.

Die Februarrevolution von 1917 erklärte Russland zum demokratischsten Land der Welt: Alle ständischen Privilegien wurden beseitigt, völlige Religions- und Meinungsfreiheit garantiert, das Frauenwahlrecht wurde eingeführt, früher als in vielen westlichen Staaten. Das Völkergefängnis brach zusammen, die Völker liefen auseinander, sobald sie realisierten, dass das Vorhängeschloss offen und die Wache zu einer revolutionären Kundgebung gegangen war. Neu gegründete Staaten beeilten sich, ihre Unabhängigkeit von Russland zu erklären.

Die Gesellschaft hatte die Regierung des Imperiums endlich besiegt. Die eiserne Hand war längst verrostet und zerbröckelt. Das Volk hätte auch weiterhin geschwiegen, aber nun brach das erwartete Chaos aus. Es geschah das Schlimmste, was einem Ulus passieren kann: Die Machtvertikale stürzte ein, und das noch während das Land sich im Krieg befand, auf einmal waren Millionen von zu Hause weggerissener, bewaffneter Männer praktisch ohne Befehls- und Kommandogewalt – verhungert, verbittert durch die Niederlagen, wütend und aufgehetzt gegen ihre wohlhabenden Mitbürger. Der Weltkrieg brach der neugeborenen russischen Demokratie das Genick.

Parolen der revolutionären Parteien wie »Raubt das Geraubte!« erzielten bei den russischen Bauern eine viel größere Resonanz als Warnungen der gemäßigten provisorischen Regierung vor allzu radikalen Forderungen und Verhaltensweisen. Im ganzen Land wurden Landgüter in Brand gesetzt. Zu den ersten Opfern zählten Kulturgüter wie die Bibliotheken. Die Straßenkriminalität florierte. Die ganze Infrastruktur brach zusammen. Das Land versank in einer derartig blutigen Anarchie, dass es einer noch blutigeren Diktatur bedurfte, um die Ordnung wiederherzustellen. Die demokratische provisorische Regierung hatte einfach keine Zeit, um neue Machtinstitutionen aufzubauen und in Gang zu setzen. Nicht mal die konstituierende Volksversammlung konnte durchgeführt werden.

Eine historische Entsprechung der eisernen Hand wurde fällig. Die Zarenmonarchie als Lebensform des Moskauer Ulus war überholt und ließ sich kaum reanimieren. Die Geschichte hat jedoch immer eine Auswahl an Avataren im Angebot. Ersatz war schnell gefunden.

Lenin, Trotzki und die übrigen kommunistischen Führer waren Fanatiker einer westlichen Irrlehre und wurden von der Geschichte blindlings für die Auferstehung des Moskauer Ulus ausgenutzt. Sie fühlten sich auserwählt, den Gang der Weltgeschichte zu verändern, das war ihre romantische Motivation im erbitterten Kampf um die Macht. Die Methoden ihrer Machtergreifung und ihre Idee einer Diktatur entsprachen vollkommen den Ideen und Methoden der

Großkhane. Die marxistische Rhetorik eignete sich als ideale Tarnung. Die Bolschewiki glaubten, die Welt vor dem Kapitalismus zu retten, aber sie wurden für die Rettung des russischen Imperiums missbraucht.

Die freieste Gesellschaftsordnung ruinierte in nur einigen Monaten das Land, ehe sie durch die unfreieste abgelöst wurde. Der Wiederaufbau des Ulus ging schnell vor sich. Man musste nichts Neues erfinden, die Vergangenheit hielt alle notwendigen Handlungen und Instrumente bereit. Nur drei Wochen nach der Machtergreifung wurde die Geheimpolizei, die Todesmaschine Tscheka (später GPU, NKWD, KGB, FSB) gegründet. Die Partei verwandelte sich in eine Proxy-Kirche. Die messianische Aufgabe des wiederhergestellten Imperiums verwandelte sich von einer religiösen in eine »sozialistische«. Die Dritte Internationale reimte sich perfekt mit dem Dritten Rom.

Die Zeit der großen Vielvölkerimperien schien vorbei. So gingen Österreich-Ungarn, das Osmanische Reich zugrunde. Auch das Russische Reich hätte von der Karte verschwinden sollen. Doch der Moskauer Ulus war ein grundsätzlich anderes Imperium. Die Geschichte zog ein Trumpf-Ass aus dem Ärmel: Die Bolschewiki, die angetreten waren, nicht nur die Russen, sondern alle Nationen zu »befreien«. Die Völker und Territorien, die sich von Moskau gelöst und ihre Unabhängigkeit erklärt hatten (die Ukraine, die Kaukasusrepubliken, Mittelasien, der Ferne Osten), wurden im »Bürgerkrieg« zurückerobert. Ein Bürgerkrieg ist eigentlich ein bewaffneter Konflikt zwischen verschiedenen Gruppen auf dem Territorium eines Staates. Es war ein sowjetischer Propagandakniff, die Eroberung der unabhängigen Länder als »Bürgerkrieg« zu bezeichnen.

Als die Ordnung im Land wiederhergestellt wurde, erinnerte das Vorgehen stark an die Brutalität der Mongolen unter dem Kommando Alexander Newskis. Zwar wurden nicht massenhaft Zungen ausgerissen und Augen ausgestochen, doch die Beziehung zwischen der Macht und der Bevölkerung wurde erneut auf die robuste Grundlage des reinen Schreckens gestellt. Die Bolschewiki festigten ihre Diktatur durch die Erschießung von Geiseln, die willkürlich aus den wohlhabenden, gebildeten Kreisen verhaftet wurden. Die Klasse der Ausbeuter sollte ausgerottet werden. Anders gesagt, die gebildete Klasse, die Intelligenzija, unterlag der Vernichtung. Dieser Genozid nach dem »Klassenprinzip« folgte der historischen Logik: Die Spaltung des Moskauer Ulus in zwei Nationen, die Herausbildung des mental »europäischen« Russlands, hatte das System zum Einsturz gebracht. Der Kopf des siamesischen Zwillingsbruders, der gen Westen schaute, sollte abgehackt werden. Was auch geschah.

Die Vernichtung der »Ausbeuter« war nur der Anfang. Der Terror wälzte sich quer durch das ganze Land und durch alle Bevölkerungsschichten. Am meisten traf es letztendlich doch wieder die »ausgebeuteten Klassen«. Millionen von Bauern wurden hingerichtet oder verhungerten. Der »Klassenkampf« erwies sich als moralische Hülle für die Ausübung nackter Gewalt. Die Bolschewiki schafften es, das Volk zu seinem eigenen Henker zu machen.

Der Ulus schlug zurück. Einst hatte Peter der Große das »Fenster nach Europa« geöffnet, Stalin schloss es fest zu und schottete das Land erneut von der Außenwelt ab. Die Romantiker des Kommunismus mussten (gewöhnlich mit einem Genickschuss) zur Seite treten, um den Weg für den Aufbau der asiatischen Despotie zu räumen, deren Bezug zur marxistischen Utopie sich als ideologisches Geplapper entpuppte, wie zum Beispiel »das Recht der Nationen auf die Selbstbestimmung«. Der reale Sozialismus nahm nur eine Marx-Losung ernst: »Gewalt ist die Hebamme der Geschichte.«

Der Moskauer Ulus erstand in vollem Glanze auf. Der einzig wahre Glaube wurde von der Orthodoxie auf den Kommunismus umcodiert, aber das mythologische Bewusstsein des Millionenvolkes blieb davon unberührt. Ein Kampfreich missbrauchte seine Nation als Armee. Der Alleinherrscher wurde von seinen Untertanen vergöttert. Die Hinrichtungen der Verräter wurden vom ganzen Volk einmütig bejubelt. »Die da unten« und »die da oben« waren im Sklaventum vereint. Einziges

Ziel war der Sieg über die Feinde. »Wir werden den Krieg auf dem Territorium des Angreifers führen!« Der Sinn des Lebens – dem Sowjetland zu dienen. Das höchste Glück – für das Vaterland zu sterben. Jegliches Aufscheinen persönlicher Initiative, jedes Zünden eines freien Gedankens entsprach einer »trotzkistischen Verschwörung«. Jede Äußerung des Missfallens, auch wenn sie noch so gerechtfertigt war, kam einer »Schädlingstätigkeit« und Sabotage gleich. Es gab keinen Privatbesitz, alles gehörte dem Staat. Und alle gehörten dem Staat. Und Gott gab es nur einen – den lebendigen, der im Kreml saß.

Der Großkhan protzte mit seiner unbegrenzten Macht und ließ sich im orientalischen Stil lobpreisen. Stalin schuf eine perfekte persönliche Diktatur: Es gab kein einziges Attentat auf den »Vater aller Werktätigen«. Wie einst Dracula wurde er von seinem Volk gefürchtet und geliebt.

Der Krieg stellte die Standfestigkeit des modernisierten Ulus unter Beweis. »Brüder und Schwestern!«, wandte sich der Diktator an die Bevölkerung, als er Angst bekam, seine Macht und sein Leben zu verlieren. Und die Sklaven opferten ihr Leben »Fürs Vaterland! Für Stalin!« Die Heimat wurde im Doppelpack mit dem Tyrannen serviert.

Die schwere Prüfung war bestanden und hatte unzählige Opfer gefordert. Das System wurde perfektioniert. Die ideologische Grundlage des marxistischen Aberglaubens, der Internationalismus, wurde nun offiziell aufgegeben. Stalin ließ die orthodoxe Kirche, den Patriotismus und Nationalhelden wie Fürst Alexander Newski oder Feldmarschall Suworow (einen der größten Militärstrategen des 18. Jahrhunderts) aus der Revolutionsasche auferstehen. Die Arbeiterhymne »Die Internationale« wurde als Staatshymne durch »Stalin erzog uns« ersetzt.

Im Krieg gegen dieses System haben Feinde, egal welche, keine Chance. Wenn die Kriegsstrategie darauf basiert, unermüdlich Soldatenmassen zu verfeuern, dann wird immer der General gewinnen, der keine Menschen schont und über unbegrenzte Reserven verfügt. Der »Siegesmarschall« Georgi Schukow (General der Roten Armee und in den Fünfzigerjahren sowjetischer Verteidigungsminister) formulierte es am deutlichsten: »Macht nichts. Russische Weiber werden noch Soldaten gebären.«

Über die Zahl der Kriegsopfer und der Opfer der Repressionen, die Zahl aller Verhafteten, Erschossenen und Verhungerten streiten die Historiker bis heute und werden es noch lange tun. Ein präzises Ergebnis kann es vielleicht nicht geben.

Der berühmte Chemiker und Erfinder des Periodensystems Dmitri Mendelejew interessierte sich auch für soziologische und demografische Fragen. Ausgehend vom wirtschaftlichen Wachstum und der Geburtenrate prognostizierte er am Ende des 19. Jahrhunderts, dass die Bevölkerung des russischen Imperiums 1950 zwischen 450 und 500 Millionen Menschen betragen wird. Aber den zukünftigen Genozid am eigenen Volk hatte der Gelehrte nicht auf der Rechnung. 1950 lebten im neurussischen Imperium nach offiziellen Angaben 179 Millionen Menschen. »Macht nichts. Russische Weiber werden noch Soldaten gebären.«

Nach dem Sieg über Deutschland wurde das Völkergefängnis für die neuen osteuropäischen Insassen ausgebaut. Nun mussten die »sozialistischen Brüder« alle Russisch lernen, die Sprache der Okkupanten. Die Sprache von Puschkin und Tolstoi. Man musste die russische Kultur von der russischen Gewaltherrschaft trennen können. Es fiel nicht unbedingt leicht.

Im britischen Weltreich genossen Briten besondere Privilegien. Das russische Imperium aber war kein Imperium der Russen. Die Russen waren das am meisten unterdrückte und ausgebeutete Volk im ganzen »sozialistischen Lager«. Das Lebensniveau der Titelnation in der Sowjetunion war das niedrigste, die meisten Opfer und Entbehrungen forderte das System von den Russen. Wessen Imperium war denn das?

Der russische Ulus existiert nicht für die Russen, sondern für die Macht. Die einzige Ideologie des Ulus bleibt der Machterhalt.

Der Widerstand: Sacharow und Kopelew

Fritz Pleitgen

Es hatte lange gedauert, bis ich in Moskau Tritt gefasst hatte. Leicht wurde es mir nicht gemacht. Da die Wände in unserer Wohnung und im Büro Ohren hatten, musste sich das Sowjetregime allerhand Verwünschungen von mir anhören. Nicht nur von mir! Meine Kollegen aus Amerika und Großbritannien waren nicht besser dran als ich. Die meisten von ihnen gaben vor ihrem Vertragsende auf, sie hatten allerdings auch nicht wie ich einen gestärkten Rücken durch ihre Vorgesetzten.

Im Grunde begann mein Korrespondentenleben erst, als sich Jürgen Bever als »Kino-Operator 001« zu mir gesellte. Doch je mehr sich meine Arbeitsbedingungen verbesserten, desto mehr spürte ich, dass mir die Substanz eines Studiums der russischen Geschichte für eine tiefgehende Berichterstattung fehlte.

Um das Manko auszugleichen, füllte ich meine Kenntnisse der russischen Literatur fleißig auf. Es reichte nicht. Doch ich hatte Glück, mir zur Seite stand seit geraumer Zeit ein kraftvoller Think tank: Lew Kopelew, Germanist und Menschenrechtler, Freund der Nobelpreisträger Böll und Sacharow, mit besten Kontakten in die Kulturszene der gesamten Sowjetunion. Mit ihm fühlte ich mich gut gerüstet.

Kopelews großes Thema war das Verhältnis zwischen Russland und Deutschland beziehungsweise dem Westen.

Dieses Thema beschäftigt mich bis heute. Das wechselhafte Leben des russischen Germanisten Lew Kopelew lässt sich treffend mit einer dichterischen Weisheit von Bertolt Brecht überschreiben, mit dem Lied von der Moldau »Es wechseln die Zeiten«:

»Am Grunde der Moldau wandern die Steine,
es liegen drei Kaiser begraben in Prag,
das Große bleibt groß nicht und klein nicht das Kleine,
die Nacht hat zwölf Stunden, dann kommt schon der Tag.«

Kopelews Leben war nicht arm an dramatischen Wechseln. Beängstigend Großes blieb nicht groß, scheinbar hoffnungslos Kleines blieb nicht klein. Selbst in endlos langer Nacht kam ihm die Hoffnung auf den Anbruch des Tages nie abhanden.

Kopelew galt in Moskau als Geheimtipp unter den westlichen Diplomaten und Korrespondenten, wenn es um seriöse und interessante Informationen über Land und Leute ging. Die deutschen Journalisten schirmten ihn eifersüchtig ab, angeblich aus Verantwortungsgefühl. Sie hielten ihn für zu sorglos, weil er seine Ansichten immer unmissverständlich aussprach. In der gedruckten Presse konnte man ihn als Quelle leicht tarnen, im Fernsehen ging das aber kaum.

Kennengelernt habe ich Lew Kopelew an einem trüben Februartag im Jahr 1974. In der Abflughalle des alten Moskauer Flughafens Scheremetjewo Dwa drängte sich eine Gruppe von etwa hundert Menschen. Das heruntergekommene Gebäude passte mit seiner Trostlosigkeit zur gedrückten Stimmung der hier Versammelten. Sie nahmen Abschied von Natalia Solschenizyna.

Die Ehefrau des Schriftstellers und unerbittlichen Regimekritikers Alexander Solschenizyn, den die sowjetische Obrigkeit wenige Tage vorher auf rabiate Weise ausgebürgert hatte, folgte ihrem Ehemann ins Exil. »Wir kommen wieder«, rief sie ihren niedergeschlagenen Freunden und Bekannten zu, aber keiner von ihnen konnte sich eine solche Wende vorstellen, auch nicht der chronische Optimist unter ihnen, Lew Kopelew.

Ich nutzte die Chance und bekundete mein Interesse an einem Treffen mit ihm. Sein Interesse an mir fiel geschäftsmäßig aus, er bat um eine Mitfahrt vom Flughafen zu seiner Wohnung. Auf seinen Wunsch ging ich gerne ein. Kopelew war eine imposante Erscheinung. Groß gewachsen, breite Schultern, markanter Kopf mit kraftvollem Tolstoi-Bart, dunkle Augen, die je nach Gemütslage mal listig, mal zornfunkelnd die Umwelt in Augenschein nahmen.

Bewaffnet mit einem Knotenstock dirigierte er die Schar der Abschiednehmenden. Ich packte meine Filmausrüstung zusammen und begab mich zur Frachtabteilung des Flughafens, um meinen eben gedrehten Film nach Deutschland zu expedieren. Interessiert verfolgte Kopelew, wie ich die Filmrolle mit den Aufnahmen vom Abschied der Regimekritiker von Natalia Solschenizyna unter die Filmrollen mit Aufnahmen von offiziellen Veranstaltungen mischte.

Kopelew verstand sofort und fand mein Handeln legitim. Als Kind seines Landes wusste er, dass man im Sowjetstaat nur weiterkam, wenn man bereit war, die Obrigkeit im Notfall übers Ohr zu hauen. Aber ganz so blöd, wie ich ihn eingeschätzt hatte, war der KGB nicht.

Mein Film erreichte nie sein Ziel in Deutschland, wie spätere Recherchen in den Archiven der ARD-Sender ergaben. Viele andere schöne Sachen waren ebenfalls auf der Strecke geblieben. Ich komme noch einmal auf meine Klage zurück. Wie leicht wäre mein Leben mit der heutigen Technik gewesen? Mit unauffälligen Smartphones hätte ich aufregende Untergrundereignisse filmen und problemlos in die deutschen Sender verschicken können.

Auf unserer 45-Minuten-Fahrt vom Flughafen in Kopelews Krasno-Armejskaja Uliza (Rote-Armee-Straße) wurde ich für mein Entgegenkommen reich entschädigt. Ich erfuhr interessantere Geschichten über die Sowjetunion als in all den Jahren vorher. Mein Begleiter erwies sich als wandelnde Enzyklopädie.

Kopelew war 1912 als Kind jüdischer Eltern in Kiew geboren worden, fühlte sich aber zeit seines Lebens als Russe. Seine Kindheit waren Jahre radikaler Umbrüche. Das Zarenreich ging unter. In rascher Reihenfolge wechselten die neuen Machthabenden, bis sich die Bolschewiken mit hemmungsloser Gewalt durchsetzten.

Kopelew war in den Sturm-und-Drang-Jahren seiner Jugend ein glühender Anhänger der kommunistischen Idee, dabei verfing er sich in fürchterliche Verstrickungen. Er war gerade 20, als der Kampf für das sozialistische Vaterland und die damit einhergehende Zwangskollektivierung der sowjetischen Landwirtschaft für eine der größten menschengemachten Hungersnöte der Geschichte sorgte, den Holodomor (Tod durch Hunger), dem Millionen von Menschen zum Opfer fielen.

Leidenschaftlich wie er war, beteiligte sich Kopelew auch an üblen Aktionen gegen die ukrainischen Bauern. Darüber berichtete er später freimütig und schonungslos in seinen Memoiren, die er bereits vor dem Ende der Sowjetunion im Westen veröffentlichte. »Ich hörte, wie die Frauen verzweifelt schrien und sich an den Getreidesäcken festklammerten: ›Ach, das ist das letzte. Für die Kinder zum Brei. Um Gottes willen – die Kinder werden verhungern.‹ Ich hörte, wie die Kinder schrien, sich dabei verschluckten, kreischten. Ich sah die Blicke der Männer: eingeschüchterte, flehende, hasserfüllte, stumpf ergebene, verzweifelte oder in halbirrer böser Wut blitzende.«

Wie hält man das aus?

»Es war quälend und bedrückend. Ich wagte nicht, schwach zu werden und Mitleid zu empfinden. Wir vollbrachten doch eine historisch notwendige Tat. Wir erfüllten eine revolutionäre Pflicht. Wir versorgten das sozialistische Vaterland mit Brot.«

Wie konnte ein hochanständiger Mensch wie Kopelew nicht sehen, welches Unrecht da passierte?

»Stalin hatte gesagt: ›Der Kampf um das Getreide ist ein Kampf um den Sozialismus.‹ Ich glaubte der Parole aufs Wort. Wir waren

Soldaten an einer unsichtbaren Front, wir bekämpften die Sabotage der Kulaken, wir kämpften um Brot für das Land, für den Fünfjahrplan.«

Im Krieg wurde Kopelew wegen seiner exzellenten Kenntnisse der deutschen Sprache in vorderster Front eingesetzt, um mit seiner Propagandatruppe die deutschen Soldaten über Lautsprecher und Flugblätter zur Aufgabe oder zum Überlaufen zu überreden. In den vier Kriegsjahren erlebte er, welche Schreckenstaten die Deutschen mit ihrer Wehrmacht im Kampf gegen die Sowjetunion begingen. Als sich die Rote Armee dafür beim Einmarsch in Ostpreußen an der deutschen Zivilbevölkerung fürchterlich rächte, stellte sich Kopelew dagegen. Er prangerte Plünderungen und Vergewaltigungen als nicht vereinbar mit der Ehre der Roten Armee an.

Nahezu im Alleingang eroberte Kopelew die von Deutschen gehaltene Festung Graudenz. Er schaffte es mit einer enormen Willensleistung und außerordentlichem Mut. Die Rote Armee war auf dem Vormarsch nach Westen bis Graudenz an der Weichsel vorgestoßen, als während eines heftigen Häuserkampfes plötzlich eine Gefechtspause einkehrte. Kopelew ergriff die Initiative. Für ihn stand fest, dass die deutschen Verteidiger gegen die sowjetische Übermacht keine Chance hatten. Deshalb wollte er den deutschen Kommandeur überreden, die Festung Graudenz durch Kapitulation aufzugeben, um unsinnige Opfer zu vermeiden.

Sein Vorgesetzter war einverstanden. Kopelew schnappte sich eine weiße Fahne und marschierte, nur begleitet von einem Funker, der über eine Kabeltrommel Verbindung zum eigenen Stab hielt, durch die deutschen Linien zur Festung. Der Weg war weiter, als er erwartet hatte; der Germanist Kopelew hörte, wie die deutschen Soldaten laut überlegten, ob sie den verrückten Iwan abknallen oder durchlassen sollten.

Schritt für Schritt merkte er, dass er einen irrsinnigen Fehler gemacht hatte. Umkehren gab es für ihn nicht. Er verhielt sich wie immer. Wenn er sich etwas in den Kopf gesetzt hatte, zog er es durch, und so marschierte er bis zur Festung weiter. Dort angekommen, donnerte er gegen das verschlossene Tor und verlangte, den deutschen Kommandeur zu sprechen. Unter den Deutschen brach eine hitzige Diskussion los, ob man den russischen Parlamentär an die Wand stellen sollte und den deutschen Kommandeur, falls er der Kapitulation zustimmte, gleich mit. Am Ende waren Kopelews Argumente so überzeugend, dass die deutsche Besatzung den Kampf einstellte.

Am nächsten Tag wurde Kopelew für seinen Husarenritt zunächst gelobt. Dann kam das NKWD und lochte ihn ein. Der Vorwurf: Mitleid mit dem Feind.

Das NKWD nahm ihn fest und schleppte ihn auf dem Vormarsch nach Deutschland von Stadt zu Stadt mit.

Aus praktischen Gründen, weil alle Verhör- und Foltereinrichtungen vorhanden waren, wurde er in von den Deutschen verlassenen Gestapo-Kellern eingesperrt. Seine letzte Station auf dieser Reise durch die deutschen Gefängnisse im heutigen Polen war Stettin.

Als Kopelew 80 wurde, bat er mich, ihn nach Polen zu begleiten. Er wollte noch einmal die – wie er sich ausdrückte – »Kittchen und Knäste« sehen, in die ihn das NKWD geworfen hatte. Ein außergewöhnlicher Geburtstagswunsch, aber es passte zu ihm. In Stettin wurde uns Zutritt zum städtischen Gefängnis gewährt. Die polnische Leitung behandelte Kopelew wie einen Staatsgast. Das Unheil war ihm schließlich von Russen angetan worden. Im weiteren Verlauf hatten wir weniger Glück. Die von der Gestapo eingerichteten Verliese waren nicht mehr auffindbar. Vermutlich dienten sie längst friedlichen Zwecken.

Das Kriegsende erlebte er nicht als glorreicher Sieger, wie er es sich vorgestellt hatte, sondern als Staatsfeind im Gefängnis. Ihm wurde der Prozess gemacht, man verurteilte ihn zu zehn Jahren Lager. Er hatte Glück. Denn er kam in die Scharaschka am

Leninskij Prospekt, ein Lager für Intellektuelle. Die Insassen wurden gut verpflegt.

In dieser Zeit lernte Kopelew den späteren Schriftsteller Alexander Solschenizyn kennen. Sie wurden Freunde. Als Kopelew schließlich freikam, war er immer noch ein Anhänger des Kommunismus. Dafür hatte er im Großen Vaterländischen Krieg sein Leben eingesetzt. Auch Stalin blieb er noch treu. Erst der Einmarsch der Sowjettruppen in die Tschechoslowakei 1968 ließ ihn an Regime und System zweifeln. Seine kritische Haltung wurde ihm von Partei und Schriftstellerverband umgehend auf das Übelste heimgezahlt.

Kopelew war nicht der Typ, der auf Druck zurückwich. In der sowjetischen Kulturszene hatte er sich als Kenner der deutschen Literatur einen guten Namen gemacht. Kontakt zur politischen Nomenklatura hatte er nicht, dafür gute Verbindungen zur geistigen und künstlerischen Elite. Anna Achmatowa, Russlands größte Dichterin, gehörte dazu, auch Boris Pasternak, vor allem aber der Atomphysiker Andrei Sacharow.

Zu seinen engen Bekannten zählten der Kinderbuchautor Kornei Tschukowski, die Schriftsteller Viktor Nekrassow, Juri Trifonow und Wladimir Woinowitsch, die Theaterregisseure Juri Lubimow und Robert Sturua, der Cellist Mstislaw Rostropowitsch, der Liedermacher Bulat Okudschawa, der Maler Boris Birger, die Dichterin Bella Achmadulina, der Dichter Jewgeni Jewtuschenko und der Übersetzer Konstantin Bogatyrjew.

Die Krasno-Armejskaja Uliza Nr. 6, in der Kopelew mit seiner Ehefrau, der Amerikanistin Raissa Orlowa, eine kleine Wohnung im Erdgeschoss bezogen hatte, war seinerzeit in Moskau eine von westlichen Diplomaten und Korrespondenten häufig besuchte Anlaufstelle. Wer sich über die Kulturen des Vielvölkerstaates Sowjetunion ein Bild machen wollte, begab sich zu Kopelew. Was er seinen Gästen mitgab, fand seinen Niederschlag in viel beachteten Artikeln, die in renommierten Zeitungen und Zeitschriften der USA, in Großbritannien, in Frankreich, Italien und Westdeutschland veröffentlicht wurden.

Die Leserinnen und Leser erfuhren nicht nur Regimekritisches, sondern auch viel über beachtliche Neuerscheinungen in Literatur, Schauspiel, Musik und Film. Die Sowjetunion erschien in diesen Publikationen nicht als trostloser Monolith, sondern als ein Kosmos mit vielen interessanten Elementen. Statt Kopelew für diese Aufklärung zu loben, was ihm sicher nicht genehm gewesen wäre, reagierte die kommunistische Staatsmacht, indem sie den unbequemen Geist mit allen Mitteln eines geheimdienstlich geführten Staates verfolgte.

Der sowjetischen Bevölkerung war Kopelew kaum bekannt, da seine Arbeiten wenig Verbreitung fanden. Zum Ausland hielt er enge Verbindung, insbesondere zu Deutschland. Prominente Schriftsteller wie Heinrich Böll, Max Frisch, Siegfried Lenz, Christa Wolf und Erwin Strittmatter waren seine Freunde.

Seine Beziehungen zu den sowjetischen Funktionären waren gespannt. Das Verhältnis verschlechterte sich rapide, als sich Kopelew zunehmend für die Wahrung der Menschenrechte in der Sowjetunion einsetzte. Er unterstützte Menschen, die vom Regime verfolgt wurden und ihre aufrechte Haltung mit Gefängnis und Lager büßen mussten.

Kurz nach unserer ersten Begegnung fragte ich den ehemaligen Kommunisten, welches Gesellschaftssystem er sich für seinen Staat wünsche.

»Ich bin kein Politiker und denke mir deshalb keine Gesellschaftssysteme aus. Ich wäre schon zufrieden, wenn der Staat die Gesetze, die er hat, auch einhielte. Ich wäre glücklich, wenn die Menschenrechte nicht nur proklamiert, sondern auch geachtet würden. Und Wahrheit und Toleranz sollten herrschen. Vor allem kommt es darauf an, dass wir unsere Probleme selbst lösen.«

»Was ist mit der persönlichen Freiheit? Ist sie seit der Entspannungspolitik größer geworden?« – »Zum Teil ja, aber sie wird uns nicht gegeben. Wir nehmen sie uns, indem wir aussprechen, was uns nicht behagt.«

»Wie soll sich der Westen verhalten? Soll er Druck ausüben oder behutsam darauf hinwirken, die Menschenrechte einzuhalten?« – »Das Oder würde ich streichen. Druck ja, aber aus Überzeugung, um Verfolgten zu helfen, nicht aus eigennützigen innenpolitischen Motiven Es sollte weiter auf politische Entspannung gesetzt werden. Keine schnelllebigen Gesten. Auch sollte man darauf achten, die Prestigegefühle derjenigen, von denen man Konzessionen haben will, nicht gedankenlos zu übergehen.«

Kopelew wollte beides: die Wahrung der Menschenrechte und politische Entspannung zwischen Moskau und dem Westen. Wie das unter einen Hut zu bringen war, wusste er auch nicht, aber noch weniger glaubte er daran, dass die Menschenrechte mit Strafaktionen des Westens durchzusetzen sind.

Kopelew protestierte nicht nur, er half. Er mobilisierte prominente Persönlichkeiten im Ausland, um auf Verhaftungen, Bedrohungen und Notlagen aufmerksam zu machen. Von Grenzen ließ er sich schon damals nicht aufhalten, auch nicht vom Eisernen Vorhang.

Hemmungslos stieß Kopelew sogar in das militärische und politische Feindesland der Nato vor. So brachte er in Westeuropa und den USA viele Menschen auf Trab, um lebensrettende Medikamente zu besorgen. Den Eingekerkerten fehlte es oft an Arzneien, die in der Sowjetunion generell nicht zu haben waren.

Der begnadete Kommunikator Kopelew bewies auch hierbei eine überragende Begabung. Um seinen Wünschen gerecht zu werden, hatte ich eine Vereinbarung mit einer Apotheke im Frankfurter Flughafen getroffen. Das Geschäft spezialisierte sich auf sowjetische Arzneien, um die entsprechenden analogen westlichen Präparate auf Lager zu haben, die dann über Flugzeugbesatzungen und privilegierte Passagiere den Weg nach Moskau fanden.

Hier wurden sie in der Krasno-Armeskaja bei Kopelew zwischengelagert, ehe sie in die Gefängnisse von Wladimir, der Lubjanka und Butirka oder in die Lager von Perm, Magadan, Kolyma und Workuta weitergeleitet wurden. Nach meinem Eindruck führte Kopelew die bestausgestattete Apotheke im gesamten Sowjetimperium östlich der Elbe.

Alles, was Kopelew tat und sagte, hatte Substanz. Zusammen mit seiner Frau Raissa Orlowa bildete er ein hochattraktives Team. Wer die beiden besuchte, genoss die Gespräche wie ein Festmahl, intellektuell wie seelisch. Wir erfuhren viel über die Sowjetunion und ihre Völker, deren Kultur, Geschichte und aktuelle Verfassung. Dafür transportierten wir gerne Briefe und Manuskripte oder beschafften Defizitwaren unterschiedlichster Art, die Kopelew unermüdlich im weiten Sowjetreich verteilte.

Dass Kopelew in Privatinitiative staatliche Versorgungsengpässe schloss, wusste die Sowjetmacht nicht zu schätzen. Im Gegenteil, sie setzte mit dem Geheimdienst KGB ihre stärkste innenpolitische Waffe ein, um den Menschenrechtler fertigzumachen. Steine wurden in seine Erdgeschosswohnung geschleudert. Als Kopelew in eine obere Etage umzog, ging der Psychokrieg mit Telefonterror weiter. Wüste Morddrohungen wurden ausgestoßen. Heinrich Böll schrieb darüber in der *Zeit* unter dem Titel »Akkusto-Aggressoren« eine bissige Satire.

Kopelew und Orlowa waren von der Außenwelt abgeschottet. Kein normaler Anruf kam durch, die Post belieferte das Ehepaar nicht mehr. Einzig ein Brief von Willy Brandt wurde durchgelassen.

Eine Wende zum Besseren zeichnete sich nicht ab. Dennoch gab Kopelew seine Träume nicht auf. Er wollte unbedingt Deutschland besuchen, die Bundesrepublik wie auch die DDR, um sich an den Wirkungsstätten der von ihm verehrten Dichter und Schriftsteller Goethe, Schiller, Heine und Brecht umzusehen.

Willy Brandt, Heinrich Böll und Gräfin Dönhoff von der *Zeit* setzten sich für ihn ein, immer unter der Bedingung, Kopelew anschließend die Rückreise in seine Heimat zu ermöglichen. Dies wurde von den sowjetischen Behörden als Selbstverständlichkeit zugesagt. Endlich kam die Reiseerlaubnis. Im November 1980 flogen Lew Kopelew und Raissa Orlowa nach Frankfurt, von wo sie sich nach Köln zu Heinrich Böll begaben.

Freude und Erleichterung waren allenthalben groß. Die Sowjetunion hatte sich menschlich gezeigt, glaubten wir. Umso heftiger war die Enttäuschung, als der Kreml bereits im Januar 1981 verkündete, auf Beschluss des Obersten Sowjets sei das Ehepaar Kopelew/Orlowa ausgebürgert worden. Die Heimtücke traf die beiden hart, aber mit Unterstützung ihrer Freunde fassten sie schnell Tritt in Deutschland.

Vor allem Heinrich Böll half ihnen, eine neue Karriere als angesehene Kenner der Kulturen in Ost und West zu starten. Kopelew baute Brücken über den Eisernen Vorhang hinweg. Trotz der bitteren Erfahrung warben Kopelew und Orlowa weiter für intensive kulturelle Beziehungen zwischen der Sowjetunion und dem Westen. Gleichzeitig setzten sie sich für die Wahrung der Menschenrechte ein; nicht nur in der Sowjetunion, sondern weltweit.

Kopelew startete überdies ein großes wissenschaftliches Projekt, das die gesamte wechselhafte Geschichte der deutsch-russischen Beziehungen in zwölf Bänden dokumentierte.

Dank ihrer Aktivitäten schafften es Lew Kopelew und Raissa Orlowa, das erzwungene Exil zu einer glücklichen und erfolgreichen Zeit ihres Lebens zu machen. Ihre Publikationen fanden große Aufmerksamkeit. Ehrungen in Europa und den USA blieben nicht aus. So wurde Kopelew mit dem Friedenspreis des Deutschen Buchhandels ausgezeichnet.

Auch aus der Sowjetunion kamen plötzlich gute Nachrichten. In der Gorbatschow-Zeit wurden beide rehabilitiert und wieder zu Staatsbürgern der Sowjetunion. Am 10. November 1989 erfassten die Veränderungen auch Deutschland. in aller Welt herrschte helle Aufregung, da am Abend zuvor die Berliner Mauer an der Bornholmer Straße völlig unerwartet geöffnet worden war. Ein Strom glückseliger Menschen nutzte die Lücke, um Westberlin einen Kurzbesuch abzustatten. Am nächsten Morgen begab ich mich, begleitet von einem Kamerateam und einem Kollegen vom *Spiegel,* zum Grenzübergang Heinrich-Heine-Straße.

Mir strömten Zehntausende Menschen entgegen, die mich auf dem falschen Trip wähnten. Nicht nach Osten, nach Westen sollte ich gehen, riefen sie mir zu. In der riesigen Menge entdeckte ich eine mir vertraute Gestalt. Es war Lew Kopelew. Entschlussfreudig wie er war, hatte er sich gleich auf den Weg nach Berlin gemacht, als er von der Maueröffnung erfuhr. »Wohin des Weges?«, fragte ich ihn.

Auch er ging Richtung Osten: »Zu Brecht und Christa Wolf!«, rief er mir zu und eilte zum Dorotheenstädtischen Friedhof weiter und anschließend nach Pankow, wo Christa Wolf lebte, während ich mir von der Ostseite anschaute, wie mit schwerem Gerät Betonteile aus der Mauer gehoben wurden. »Das Große bleibt groß nicht und das Kleine nicht klein.«

* * *

Den Atomphysiker und Erfinder der sowjetischen Wasserstoffbombe, Andrei Sacharow, der wegen seines engagierten Eintretens für die Wahrung der Menschenrechte mit dem Friedensnobelpreis ausgezeichnet wurde, habe ich in der Küche von Lew Kopelew kennengelernt. Auf den ersten Blick war ich enttäuscht.

Über Sacharow hatte ich gehört und gelesen, wie er der Allmacht der Kommunistischen Partei und des Geheimdienstes KGB allein und unerschrocken entgegentrat. Eine wuchtige Heldengestalt hatte ich mir vorgestellt. Und nun begegnete mir die Friedfertigkeit in Person. Höflich und zuvorkommend ging er mit meinem holprigen Russisch um. Neben dem kraftvollen Kopelew wirkte er fast schüchtern und unscheinbar. Das war also der Mann, der die Herrscher im Kreml mit seinen öffentlichen Forderungen, die Menschenrechte zu achten, um ihre Macht fürchten ließ.

Kopelew hatte mein Treffen mit Sacharow eingefädelt, weil er glaubte, wir beide könnten etwas davon haben, womit er nicht falsch lag. Der bedrängte Menschenrechtler Sacharow brauchte für seine Erklärungen Öffentlichkeit. Ich wiederum war als Journalist daran interessiert, nicht weiter den staatlich gelenkten Medien ausgeliefert zu sein, von denen ich nichts über das tatsächliche Leben in der Sowjetunion erfuhr.

Es fing gleich gut an. In Begleitung eines Ministers war soeben ein deutscher Kameramann – als Gast – in Moskau angekommen. So konnte ich Kopelew und Sacharow anbieten, sich zu einem Interview mit mir zusammenzusetzen. Beide willigten ein. Als ich die beiden bei Kopelew aus der Krasno-Armejskaja abholte, blieb unser gemeinsamer Abgang nicht unbeobachtet.

Der Milizionär, der am Eingang zu unserem Gebäudekomplex am Kutusowski Prospekt dafür zu sorgen hatte, dass sich keine Sowjetbürger zu uns Westmenschen verirrten, schaute aufmerksam in meinen Wagen, zeigte aber kein Interesse, unser gutes Verhältnis durch unwillkommene Fragen zu belasten.

In meinem Büro hatte sich der Gastkameramann bereits mit seiner Ausrüstung ausgebreitet. Wir konnten gleich loslegen. Ich wollte wissen, ob die Konferenz von Helsinki die vom Westen geforderten menschenrechtlichen Erleichterungen gebracht habe. »Nicht im Geringsten!«, waren sich Kopelew und Sacharow einig. Sie beklagten den brutalen Umgang mit Andersdenkenden. Wer das Sowjetregime kritisiere, müsse mit Lager oder Gefängnis rechnen. Der Westen sei in der Pflicht, darauf zu reagieren.

Anders als Kopelew und ich hatte Sacharow für die Entspannungspolitik wenig bis nichts übrig. Er sagte das offen in die Kamera. Der Westen, so glaubte er, müsse mit aller Härte reagieren, sonst würde sich in Russland nichts verändern.

»Keine schönen Aussichten, wegen eines Interviews eingesperrt zu werden«, räumte ich ein. Die Offenherzigkeit der beiden Männer beeindruckte mich. Mir war klar, dass sich meine Redaktion über die eindeutigen Ausführungen von Kopelew und Sacharow freuen würde. Solche Nachrichten erregten Aufmerksamkeit. Ich selbst führte das Gespräch mit zwiespältigen Gefühlen. Während ich in Deutschland mit Lob rechnen konnte, riskierten meine Gesprächspartner üble Konsequenzen für ihren Freimut.

Mir hingegen konnte wenig passieren. Höchstens ein Rausschmiss, was mich zu Hause zum Helden gemacht hätte. Ein attraktiver Anschlussposten wäre mir sicher gewesen. Nach dem Interview lud ich zu einem Wodka ein. Kopelew sagte nicht Nein, Sacharow verzichtete. Um meinen Gästen Unannehmlichkeiten zu ersparen, fuhr ich sie nach Hause. Zuerst Kopelew, dann Sacharow.

Da Moskau keine kleine Stadt ist, war ich ziemlich lange unterwegs, obwohl um diese späte Uhrzeit, anders als heute, kaum ein Auto unterwegs war. Mich wurmte immer noch, dass der von mir favorisierten Entspannungspolitik im Gespräch vor der Kamera eine glatte Abfuhr erteilt worden war. Klein beigeben wollte ich nicht. Also kam ich im Auto wieder auf das Thema zurück. Daraus entwickelte sich mit Sacharow ein gesitteter, aber zäher Disput, den wir fortsetzten, als wir vor seinem Haus angekommen waren.

Umweltbewusst stellte ich den Motor ab. Es war ein kühler Abend. Die Scheiben beschlugen von unserem Atem, allmählich überfroren sie auch noch, was den Herrschaften, die vor dem Sacharow-Haus geduldig auf uns gewartet hatten, die Sicht nach innen verwehrte. Als ich mitfühlend darauf aufmerksam machte, dass wir den Beobachtern draußen mit unserer Tarnung die Arbeit erschwerten, beruhigte mich Sacharow. Die Männer seien winterfest gekleidet und technisch bestens ausgerüstet. Mit ihren Richtmikrofonen könnten sie unsere Unterhaltung live verfolgen.

Worüber stritten wir? Über Henry Kissinger! Andrei Sacharow hielt die Entspannungspolitik des Amerikaners für einen Riesenfehler. Kissinger sei slaby (schwach). Zu meinem Entsetzen pries der verehrte russische Menschenrechtler das Jackson-Vanik Amendment. Im amerikanischen Kongress hatten sich der republikanische Senator Jackson und der demokratische Abgeordnete Vanik zusammengetan, um Henry Kissingers Entspannungspolitik zu stoppen. Gemeinsam setzten sie ein Gesetz durch, das den USA verbot, Staaten, die ihren Bürgern keine freie Emigration ermöglichten, im Handel die Meistbegünstigung einzuräumen. Dieser Akt zielte eindeutig auf die Sowjetunion, die eine uneingeschränkte Wirtschaftskooperation mit den USA anstrebte. »Genau richtig!«, fand Andrei Sacharow die Aktionen von Jackson und Vanik, während ich darin das Verhalten Kalter Krieger sah. Wir kamen auf keinen gemeinsamen Nenner. Für Sacharow blieb Kissinger schwach, obwohl ich darauf verwies, dass der amerikanische Politiker mit seiner diskreten Politik 50 000 jüdischen Sowjetbürgern die Ausreise ermöglicht hätte.

40 Jahre später, 2014, setzte ich das Gespräch fort. Diesmal in New York, diesmal mit Henry Kissinger. Anlass war nicht das Verhältnis des Westens zu Russland, sondern ein Jubiläum des Initiativkreises Ruhr, eines Vereins im Ruhrgebiet, dem führende Wirtschaftsunternehmen und Institutionen angehören, um der Region nach dem Zusammenbruch der Montanindustrie wieder auf die Sprünge zu helfen.

Einer der Gründer war der Bankier Alfred Herrhausen. Henry Kissinger war mit ihm befreundet. Dazu wollte ich ihn in seiner eleganten Anwaltskanzlei an der Park Avenue auf Wunsch des Initiativkreises befragen. Trotz eines schmerzhaften Sturzes und seiner inzwischen 90 Jahre wirkte Kissinger auf mich putzmunter. Ich konnte es mir nicht verkneifen, vor unserem Gespräch über Herrhausen von meiner Begegnung mit Andrei Sacharow zu erzählen, wobei ich ihm aus humanitären Gründen verschwieg, dass ihn der russische Menschenrechtler für schwach gehalten habe.

Dennoch hob meine Erzählung Old Henry aus dem Sessel. »Fünfzigtausend?«, empörte er sich. Es seien über 150 000 jüdische Sowjetbürger gewesen, denen er die Ausreise ermöglicht habe. Im Umgang mit anderen Ländern, auch wenn sie unsympathisch und ganz anders als westliche Demokratien seien, halte er konkrete Resultate für wichtiger als Kraftmeierei à la Jackson und Vanik.

In der Weltpolitik müsse man die Fähigkeit besitzen, sich in die Lage des jeweiligen Gegenübers zu versetzen. Die Sowjetunion sei in ihrem Verhalten ein Land des Orients gewesen, genauso wie Russland heute. Da gelte das ungeschriebene Gesetz des Gesichtswahrens. Deshalb habe er es dem Kreml erspart, weltöffentlich vor der anderen Supermacht USA einzuknicken. Das Ergebnis spreche für sich. Ich verzichtete darauf, ihm beizupflichten, aber sein Vorgehen leuchtete mir erneut ein, was meine Hochachtung vor Andrei Sacharow nicht schmälert. Ich habe den berühmten Dissidenten noch weitere Male befragen können. Dabei ging es nur um Menschenrechte, und da gab es keine Differenzen.

Im damaligen Moskau war es Usus, dass wir Westkorrespondenten Dissidenten nach gemeinsamen Gesprächen bis zur Wohnungstür begleiteten. So stieg ich gemeinsam mit Andrei Sacharow aus dem Wagen. Das Licht im Hausflur funktionierte nicht, der Aufzug auch nicht. Schweigend gingen wir die Treppen hoch. An die Zahl der Stockwerke kann ich mich nicht mehr erinnern, aber an die Anwesenheit dunkler Gestalten auf verschiedenen Treppenabsätzen. Behelligt wurden wir nicht, auch auf dem Rückweg ließ man mich in Ruhe.

Es war gegen Mitternacht, als ich auf unseren Hof rollte. Moskau war damals für uns Westkorrespondenten eine sichere Stadt. Aber meine Frau blieb immer wach, wenn ich unvorhergesehen verspätet nach Hause kam. Also oft! Ich erzählte ihr von meiner

Begegnung und meinem Disput mit Andrei Sacharow. Sie schlug sich gleich auf die Seite von Sacharow. »So ein großherziger und mutiger Mann!« Mich überraschte ihre Parteinahme nicht. Was ich als Realpolitik betrachtete, nannte sie schiere Romantik. In dieser Hinsicht vereinsamte ich im Laufe der Jahre. Meine Frau tröstete mich. Das verleihe meinem Ansehen eine gewisse Extravaganz.

Solange Kopelew und auch sein Freund Heinrich Böll, die in der Frage der Menschenrechte kompromisslos in Wort und Tat zugunsten verfolgter Menschen auftraten, weiter für die Entspannungs- beziehungsweise die Bonner Ostpolitik waren, fühlte ich mich nicht auf verlorenem Posten, zumal auch Willy Brandt nicht von seinem Weg abrückte.

Dass Willy Brandt als Bundeskanzler zurücktrat, nachdem ihm die DDR in Gestalt seines engsten Mitarbeiters Günter Guillaume einen Spion in den Pelz gesetzt hatte, traf mich hart. Im Laufe meiner Moskauer Korrespondentenzeit hatte sich zwischen ihm und mir ein vertrauensvolles Verhältnis entwickelt, was ich als junger Journalist sehr genoss. Brandt hatte angeregt, dass ich bei Deutschlandbesuchen auch bei ihm vorbeischaute, um ihm über meine Erfahrungen in der Sowjetunion zu erzählen.

Insiderwissen über die sowjetische Führung erwartete er nicht von mir. Ich hätte es nicht liefern können und auch nicht wollen. Dafür hatte er ja die Botschaft. Ihn interessierte die Stimmung in der Bevölkerung.

»Wie sehen die Sowjetmenschen uns Deutsche?« – »Erstaunlich positiv. Trotz der schlimmen Verbrechen, die die Deutschen während des Krieges an der sowjetischen Bevölkerung begangen haben, denken sie weit freundlicher über uns als wir über die Russen.«

»Woher kommt das?« – »Das ist mir auch ein Rätsel. Seit Ende des Krieges ist die westdeutsche Bundesrepublik in allen sowjetischen Medien als imperialistisch, faschistisch und revanchistisch dargestellt worden, was aber die grundsätzliche Achtung und Zuneigung der Bevölkerung zu den Deutschen nicht zerstörte.«

Ich fand das merkwürdig, denn bei uns in der Bundesrepublik waren in den Medien nicht nur harsche Verrisse, sondern auch eine Reihe verständnisvoller Berichte über die Sowjetunion erschienen. Trotzdem war die Meinung der Menschen bei uns über die Sowjetunion durchweg schlecht.

»Ist bei den sowjetischen Bürgerinnen und Bürgern angekommen, dass wir seit einiger Zeit mit einer Entspannungspolitik auf ihren Staat zugehen?« – »Ja! Die Bevölkerung hat festgestellt, dass die sowjetischen Medien die Bonner Politik nicht mehr mit Revanchismus und Imperialismus gleichsetzen. Jetzt heißt die Devise ›Rasrjadka‹ [Entspannung]. Und die Menschen finden das gut.«

Über das politische Spitzenpersonal in der Sowjetunion gab sich Brandt keinen Illusionen hin. »Demokraten sind es nicht, und sie werden es auch nicht, sie alle sind in der Stalin-Zeit gehärtet worden. Die werden sich nicht ändern. Aber auch die späteren Generationen werden sich mit Veränderungen schwertun.«

»Woran liegt das?« – »An der russisch-sowjetischen Geschichte, sie ist ganz anders als die Geschichte der Völker im Westen. Das muss in der Politik bei uns berücksichtigt werden.«

»Sollte der Westen Einfluss nehmen?« – »Das kann versucht werden. Die Möglichkeiten sind überschaubar. Von Konfrontation rate ich ab, weil sie die prowestlichen Kräfte in der Sowjetunion, insbesondere in Russland, noch weiter in die Defensive drängen wird. Ich setze deshalb auf Verständigung oder eine Kombination aus beidem. In jedem Fall wird es lange dauern.«

»Wie lange?« – »Einige Generationen!«

Ich tippte auf hundert Jahre. – »Vielleicht, wenn es gut geht.«

Ich erzählte Brandt von den Sorgen einiger Regimekritiker in der Sowjetunion, dass die Verständigungspolitik von der Sowjetführung als Schwäche des Westens ausgelegt werden könnte. In der Frage der Menschenrechte hätte sich die Lage eher verschlechtert als verbessert. Deshalb trete eine starke Persönlichkeit wie Andrei Sacharow für einen härteren Kurs des Westens ein, verbunden mit Strafmaßnahmen.

Brandt hatte davon gehört, hielt trotzdem nicht viel von einer Konfrontationspolitik. Nach seiner Erfahrung würde der Westen die Strafmaßnahmen nicht durchhalten. Im Übrigen fürchtete er, dass die Sowjetunion Regimekritiker für Strafaktionen des Westens büßen ließe.

Zu diesem Zeitpunkt ahnten wir nicht, dass nur zehn Jahre später mit Michail Gorbatschow ein Mann in Moskau die Macht übernehmen würde, der die Idee der Verständigung zwischen Ost und West nutzen wollte, um die Gesellschaft der Sowjetunion zu öffnen und die Wirtschaft seines Landes international wettbewerbsfähig zu machen. Er scheiterte, weniger am Westen als an den Verhältnissen im eigenen Land.

Nach Brandts Rücktritt lud Breschnew den früheren Bundeskanzler demonstrativ ein, um ihm persönlich mitzuteilen, dass Moskau nicht hinter dem Fall Guillaume steckte. Bei meinem letzten Besuch hatte ich Brandt empfohlen, sich in Moskau nicht nur mit den Spitzen der sowjetischen Politik zu treffen, sondern auch mit Regimekritikern wie Lew Kopelew. Brandt gefiel der Vorschlag. Ich solle eine Runde zusammenstellen, was mir nicht schwerfiel. Das Treffen sollte in meinem Büro stattfinden.

Willy Brandt äußerte gleich nach seiner Ankunft den Wunsch, nach dem Treffen mit Leonid Breschnew das ARD-Büro zu besuchen. Daraufhin rückte ein Kommando des Kremlsicherheitsdienstes an, um unser Milieu zu inspizieren.

Zufrieden mit dem, was sie sahen, waren die KGB-Leute nicht. Der Hof unseres Büro- und Wohnkomplexes am Kutusowski-Prospekt 7/4 war überfüllt mit parkenden Autos, die Lücken mit zurückgelassenem Umzugsgut vollgestellt. Die zuständigen KGB-Leute forderten Verstärkung an. In wenigen Stunden präsentierte sich unser Hof in nie gekannter Sauberkeit, was mir die Anerkennung der für das Objekt zuständigen Miliz und aller Anwohner einbrachte. Ein bisschen Nachdenklichkeit über das offene Zusammenwirken mit dem gefürchteten Geheimdienst war sicher auch im Spiel.

Gedanken dieser Art beschwerten mich nicht. Mich plagte, dass Breschnews Leute mich aufgefordert hatten, ihnen eine Namensliste meiner Gäste zu übermitteln. Man müsse aus Sicherheitsgründen wissen, wer dem hohen Gast aus der Bundesrepublik Deutschland nahe kommen werde. Für die Sicherheit von Willy Brandt könne ich garantieren, erklärte ich. Das reiche nicht, bekam ich zu hören. Auf sowjetischem Territorium seien sie für die Sicherheit verantwortlich. Ich saß in der Zwickmühle. Absagen wollte ich das Treffen nicht, das hätte Brandt wie auch meine russischen Freunde sehr enttäuscht.

Ich wusste, meine Gäste waren friedliche Leute, nach den Maßstäben des Sowjetstaates wurden sie allerdings als Staatsfeinde oder gar als Terroristen betrachtet. Dass sie sich in Moskau mit dem in der Sowjetunion hochgeachteten deutschen Politiker Willy Brandt treffen wollten, konnte ihnen hingegen kaum als antisowjetische Aktion ausgelegt werden.

Im Gegenteil, die Bekanntschaft mit Brandt bot einen gewissen Schutz vor staatlichen Übergriffen. Nach Rücksprache mit Kopelew rückte ich die Namensliste heraus, auf die der KGB aufgrund eigener Recherchen sicher leicht selbst gekommen wäre; im Gegenzug verzichtete der Personenschutz auf seine Anwesenheit während der Begegnung Brandts mit meinen Gästen.

Es wurde ein denkwürdiger Abend. Im Schneideraum hatte meine Frau für den Personenschutz gedeckt, mit diskretem Hinweis auf Wodka und Bier im Kühlschrank. Im Korrespondentenzimmer drängten sich Diplomaten, Journalisten und Sowjetmenschen, zumeist kritische Geister.

Eine illustre Schar hatte sich versammelt: der Germanist Lew

Kopelew, der Dichter Jewtuschenko, die Schriftsteller Fasil Iskander, Wladimir Kornilow und Wladimir Woinowitsch, der Maler und Regimekritiker Boris Birger (ein von Diplomaten und westlichen Korrespondenten hochgeschätzter Künstler und Mitorganisator der Manege-Ausstellung), der Rilke-Übersetzer Konstantin Bogatyrjew und Wilhelmine Slawutzkaja, eine ehemalige Mitarbeiterin des legendären Kominternchefs Georgi Dimitrow, die in Stalins Terrorjahren jahrzehntelang schlimmste Lagerhaft, zum großen Teil in Workuta, erlitten hatte.

Willy Brandt wirkte am Anfang etwas ermattet. Bei Breschnew war es nicht ohne Wodka abgegangen. Im Laufe des Abends kam der Gast aus Bonn immer besser in Fahrt. Die Gespräche gefielen ihm. Mir auch.

Brandt fragte Kopelew nach der Lage der Menschenrechte und erhielt eine ernüchternde Antwort, die andere mit Verve ergänzten. Danach ging es in die Geschichte der deutsch-russischen Beziehungen. Der russische Germanist wählte mit Leibniz und der Akademiegründung in St. Petersburg einen späten Einstieg, die 300 Jahre vorher seit der Blütezeit der Hanse setzte er offensichtlich als bekannt voraus. Nach Leibniz blieb man bei den Philosophen. Kant, Hegel und auch Marx mit den Auswirkungen ihrer Lehren auf Deutschland und Russland wurden durchgenommen.

Kopelew und Brandt kamen auf Anhieb gut miteinander aus. Beide würzten ihre Beiträge mit Anekdoten und Humor.

Beim Thema Literatur beschränkten sie sich auf Rainer Maria Rilke und Heinrich Böll. Dem Schriftsteller aus Köln fühlten sie sich beide persönlich eng verbunden. Wie sie zum Schluss in den Spanischen Bürgerkrieg gerieten, habe ich nicht mitbekommen. Vermutlich durch Brandt, der als Beobachter der Sozialistischen Arbeiterpartei Deutschlands auf die Iberische Halbinsel entsandt worden war und trotz seines jugendlichen Alters einen erstaunlich zutreffenden Bericht über das unübersichtliche Kriegsgeschehen schrieb. Mit feinem Wortgefühl und gekonnter Recherche. Das

Original wurde mir während meiner Korrespondentenzeit in der DDR stolz von Reclam Leipzig präsentiert.

Das Treffen im ARD-Büro Moskau ging weit nach Mitternacht zu Ende. Alle zeigten sich zufrieden. Die Herren von der Sicherheit ebenso wie die Andersdenkenden, denen die Übereinstimmung allerdings ziemlich unheimlich vorkam. Ich fuhr wie üblich Kopelew nach Hause. Um diese Uhrzeit hatten wir die Straßen für uns. »Wie fandest du Willy Brandt?« – »Der Kerl gefällt mir.«

»Warum?« – »Wie der die Frauen ansieht!«

Zwei Frauenverehrer hatten sich gefunden, auf höchstem Niveau.

»Ckopo!« Bald!

Michail Schischkin

Ich wurde im Jahr des ersten Weltraumflugs der Menschheit geboren. Die Russen sind bis heute auf Gagarin stolz. Im gleichen Jahr wurde Stalin in einer Nacht-und-Nebel-Aktion aus dem Mausoleum auf dem Roten Platz ausquartiert. Der Parteitag nahm das neue Programm an: In zwanzig Jahren, also im fern strahlenden 1980, sollte das Sowjetvolk im Kommunismus leben.

Das war noch die Zeit des »Tauwetters«. Nach Stalins Tod schrumpfte der Gulag, die Erschossenen wurden posthum als unschuldig rehabilitiert, die eiserne Hand des Regimes schien ihren Würgegriff zu lockern. Aber die Beweger dieser Hand meinten es nicht wirklich ernst. 1956 wurde der Volksaufstand in Ungarn niedergemetzelt. 1962 schossen Armeetruppen auf die Arbeiterdemonstration in Nowotscherkassk, sieben Anführer des Streiks wurden gerichtlich verurteilt und hingerichtet.

Mein Geburtsjahr war auch das Jahr des Mauerbaus in Berlin. Der Moskauer Ulus markierte sein Territorium.

Meine erste »politische« Erinnerung: Ich bin etwa drei und will zu Hause spielen, draußen ist es dunkel, es regnet, doch man zieht mich mit in die nasse Kälte, wir müssen alle in einer langen Schlange vor unserem Lebensmittelgeschäft stehen, denn man kann Mehl kaufen und es wird pro Person herausgegeben, also zählt jedes Kind. Viel später konnte ich diese Kindererinnerung einem politischen Ereignis zuordnen. Im Herbst 1964 wurde ein Komplott gegen Chruschtschow vorbereitet. Es wurden künstlich Engpässe für Grundnahrungsmittel geschaffen, und nach seiner Absetzung tauchten in den Geschäften plötzlich wieder Lebensmittel auf.

Die Sowjetkinder sollten die glücklichsten Kinder auf dem Planeten sein. Das war ich auch. Kinder sind ja immun gegen den Blödsinn der Erwachsenen. Der Kindergarten und die Schule waren von Lenin durchtränkt, aber die kommunistische Ideologie hatte ihre Heiligkeit längst verloren. Was uns noch als sakral präsentiert wurde, diente lediglich als Stoff für Witze. Das Einzige, was wirklich sakral blieb, war die Erinnerung des Volkes an den Krieg. Der 9. Mai war für alle der Tag der Wahrheit.

Es war die Zeit des Kalten Krieges, aber dieser Krieg war irgendwo weit weg. Er kam in Nachrichten zu uns, die wir nicht schauten, und in Sportübertragungen. Sogar der Kampf um den Puck galt uns als Symbol des Kampfs der beiden Systeme. Wir haben uns so auf die olympischen Siege über Amerikaner und Kanadier gefreut! Besonders hart waren die Eishockeygefechte mit den Tschechoslowaken. Das war ihre Rache für 1968. »Ihr uns mit Panzern, wir euch mit Toren«, hieß die Parole des Gegners. Klar, dass wir unsere Mannschaft in erbitterten Schlachten gegen die »Bruderrepublik« inbrünstig anfeuerten. Wir haben diese undankbaren Tschechoslowaken im Krieg vom deutschen Faschismus befreit, und sie hassen uns!

Die totale Verlogenheit der Umwelt, die das Kind nicht wahrnimmt, kränkt und erniedrigt den Jugendlichen. In den älteren Klassen der Schule begann mein Selbstbewusstsein zu erwachen, und das war eine schmerzhafte Erfahrung.

Verknöcherte Propagandisten beschwindelten die Bevölkerung auf Autopilot mit Märchen über die Errungenschaften der Sowjetordnung und führten als Beweis Panzer und Raketen auf dem Roten Platz vor, während das sowjetische Volk, »stolzer Erbauer des Kommunismus«, täglich auf der Suche nach Mangelware war und sich den Arsch mit Fetzen der Zeitung *Prawda* abwischte, die beschwor, dass wir in der besten aller Welten leben.

Die Irrlehre verfaulte und stank. Die Macht traute sich noch nicht, sie in der geschichtlichen Mülltonne zu entsorgen. In der Schule wurden die marxistischen Dogmen unterrichtet, aber auch im Lehrerzimmer wurden sie hinter vorgehaltener Hand ausgelacht. Nach dem Trägheitsgesetz huldigte man der Revolution von 1917, aber allen war klar, dass die vielen Opfer, die die Bolschewiki für ihre Ideale gebracht hatten, unnütz gewesen waren. Millionen Menschen waren umsonst umgebracht worden.

Die Grenze war dicht, aber die neusten Technologien stachen Löcher in den Eisernen Vorhang: Man konnte die westlichen Sender, wenn auch mit Störungen, empfangen. Doch viel effizienter arbeiteten die Sowjetmenschen selbst für die »feindliche« Propaganda: Diplomaten, Journalisten, Sportler brachten aus dem Westen Kleidung, Haustechnik, Schallplatten mit. Jeans waren der echt unschlagbare Knüller des Propagandakampfes. Die erfolgreichen Fluchtversuche bekannter Musiker, Künstler, Tänzer, Diplomaten regten die Sowjetgehirne zum Nachdenken an.

Der abgehackte Kopf des siamesischen Bruders wuchs nun wieder nach, langsam, aber unaufhaltsam. Die Zensur versuchte, jeden lebendigen Hauch zu tilgen, stand aber auf verlorenem Posten. Die Verbreitung der Schreibmaschinen machte die Geburt des Samisdat unausweichlich. Sobald es Tonbandgeräte gab, wurden Lieder von Okudschawa, Galitsch, Wyssozki im ganzen Land bekannt.

In jener erstickenden und demütigenden Atmosphäre war die Literatur für viele Russen überlebenswichtig. Auch für mich. Mein Bruder Sascha eröffnete mir diese rettende Welt. Er war sechs Jahre älter als ich und gehörte zu einem Netzwerk, das Bücher austauschte. Seine Freunde sprachen über verbotene Dichter, während ich in der Ecke saß und zuhörte. Das war bereits viel: Die Möglichkeit, frei zu sprechen. Lesen und Sprechen war bereits der Kampf. Ein kleiner individueller Krieg zur Erhaltung der persönlichen Würde in dieser verlogenen Welt.

Ich hatte als 16-Lähriger zwei Wunschträume: Schriftsteller werden und die Welt bereisen. Es war ein Jugendtrauma, zu realisieren, dass meine Eltern ihr ganzes Leben Sklaven waren und mich als Sklaven in dieses Gefängnis hineingeboren hatten. Ich fühlte mich verraten. Nun wurde mir bewusst, dass mein Land durch einen Stacheldraht von der übrigen Welt getrennt war. Die Bücher, die ich schreiben wollte, wären nicht regimekonform, könnten also nicht publiziert werden, und ins Ausland reisen durfte man sowieso nicht.

Reisen durften wir nur bis zur Grenze unserer Ökumene. Das war übrigens auch nicht wenig. Und das taten wir gerne. Diese Erfahrungen bereicherten unser Heimatbild. Man konnte immer etwas lernen. Ich werde nie vergessen, wie ich mit meiner ersten Liebe, beide 18, unser »Westeuropa«, das heißt die baltischen Republiken bereiste. Es gab viele schöne Begegnungen, aber einige hinterließen auch Wunden. In Tallinn, unserer ersten Stadt, wollten wir nach dem Weg fragen, selbstverständlich auf Russisch, und bekamen keine Antwort. Eigentlich war das eine klare Antwort: Wir sind Besatzer. Mit Besatzern spricht man nicht. Wie konnte ich diesen Leuten erklären, dass ich kein Besatzer bin? Dass wir »für eure und unsere Freiheit« sind? Dass wir einen gemeinsamen Feind haben, diese Besatzungsmacht, die auch meine Stadt okkupiert hat?

Das war eine wichtige Lehre für mein ganzes Leben: Du bist für alles verantwortlich, für deine Sprache, für deine Heimat, für deine Geschichte, für deine Eltern und Großeltern, für die Vorfahren, die du gar nicht kennen kannst, für alles, was dein Volk macht oder nicht macht. Für alles.

Es hat wehgetan. Nun bin ich jenen Menschen dankbar, die damals in Tallinn an uns vorbeischwiegen.

Ja, ich war Okkupant, ich war ein Sklave der Besatzungsmacht. Nicht mal mein Körper gehörte mir. Man lehrte uns bereits in der Schule, zu marschieren und eine Kalaschnikow mit verbundenen Augen auseinanderzunehmen und zusammenzubauen. Man bereitete uns auf den nächsten Krieg vor. Der nächste sollte Afghanistan werden, wir wussten es damals noch nicht. Das Einzige, was mir gehörte, waren meine Gedanken und das, was ich gelesen hatte, das konnte man mir nicht nehmen, oder nur mit meinem Kopf. Das Lesen war die einzig mögliche Verteidigung. Nur weil man, zum Beispiel, den verbotenen Nabokov las, fühlte man sich schon wie auf den Barrikaden. Das klingt heute paradox, aber Nabokov wurde für uns zu einem Symbol des Kampfes. Hier im Westen war er ein Bestsellerautor, der mit den sexuellen Trieben des Lesers spielte. In Russland hingegen lasen sich seine Bücher wie ein eindrucksvoller Protest gegen das Regime. Man las vor allem die russischen Romane, in denen es nichts Politisches gab. Gerade das Nichtpolitische war für Nabokov ein Kampfmittel gegen das totalitäre System. Obwohl er nicht offen gegen Sowjetrussland schrieb, wurde er verboten. Der Sowjetstaat besaß Atomraketen und fürchtete solche Schriftsteller, wie den Verfasser von *Lolita.* Und erst recht Autoren wie Schalamow oder Solschenizyn.

Bücher wie *Wind vor dem Eisgang* von Wladimir Bukowski oder *Aufbewahren für alle Zeit!* und *Und schuf mir einen Götzen* von Lew Kopelew drehten mein jugendliches Bewusstsein um. Das Lesen dieser Bücher gab Hoffnung, Kraft, die Luft, zu atmen, den Mut, zu leben.

Die Berliner Mauer war nur für den Westen das sichtbare Symbol der Grenze. In meiner Jugend war die Grenze unsichtbar. Und sie zog sich nicht durch das Land, sondern durch jeden Einzelnen. Jeder konnte für sich selber entscheiden, wo die Grenze seiner Freiheit lag. Der Stacheldraht war unsichtbar, aber alle wussten, wo er ist. Der Selbsterhaltungstrieb schaltete die Gefahrensirene an, wenn man zu nahe herantrat. Die Dissidenten gingen bewusst in den Stacheldraht.

Diese Leute kämpften praktisch im Alleingang gegen das System, ohne Aussichten auf den Sieg. Im ganzen riesigen Land erfuhr niemand von ihren Protestaktionen. Das Leben dieser Menschen war zerstört, sie hatten viele Jahre Gefängnis oder Psychiatrie zu gewärtigen. Und trotzdem gaben sie nicht auf. Ich kann mich gut an die heftigen Diskussionen zwischen meiner Mutter und meinem Bruder erinnern. Sie hatte Angst, dass er im Gefängnis landet, was letztendlich auch passierte. (Für meinen Vater waren die Dissidenten keine Helden, sondern Verräter, da gab es keine Diskussionen.) Mutter meinte, diese Opfer seien sinnlos, es sei unmoralisch, die jungen Leute mit schönen Worten über Freiheit zu verführen und ihr Leben zu ruinieren. Man konnte ihr diese Angst nicht vorwerfen. Das war die Weisheit der Überlebenden.

Meine Mutter konnte nicht verstehen, dass diese Menschen keine Opfer waren. Sie wählten jedes Mal aufs Neue bewusst die Freiheit. Sooft sie die Gelegenheit hatten, sich selbst zu verleugnen – stets trafen sie selbst ihre Wahl, auch wenn sie damit Gefängnis oder den Tod wählten. Sie waren die einzigen wahrhaft freien Menschen in diesem Gefängnisstaat. Und die Freiheit kostete viel.

Das fern strahlende 1980 rückte heran. Das Versprechen der Partei bezüglich des Kommunismus wurde nirgendwo erwähnt, aber allen war es bereits egal, »denen da oben« und »denen da unten«. Alle wussten: Das ganze System war am Verwesen. Die Sowjetunion war ein maroder Staat, der mit Atomwaffen rasselte, dabei aber nicht imstande war, die armselige Bevölkerung mit Lebensmitteln und den nötigen Waren zu versorgen. Diese Situation war nicht neu, dasselbe hatten wir zur Stalin-Zeit. Der Unterschied bestand darin, dass unser Großkhan nun alt und gebrechlich war und keine Furcht mehr einzujagen vermochte. Unter Breschnew lösten sich alle Schrauben, die Machtvertikale fühlte die volle Straflosigkeit, das Land versank in Korruption, Veruntreuung und totaler Dieberei.

Ein schwerwiegender Grund, warum das Sowjetreich den Kalten Krieg verlor, war eine neue, hinterlistige Geheimwaffe, die der Westen einsetzte: der Videorekorder. Panzer gab es bei uns in Hülle und Fülle, aber gegen die von Hollywood infizierten Videokassetten gab es keine Abwehr. Die Handlung der Filme mochte nicht so spannend sein, aber die Kleidung, die Möbel, das Essen, die Autos machten auf das verhungerte, bettelarme Sowjetvolk einen umwerfenden Eindruck. Man hatte die Lügen, Losungen und Versprechungen einer verheißungsvollen Zukunft satt, man wollte heute leben. Das verkrustete System, das nur von Kriegen lebte, verfaulte innerlich und kroch seinem Ende entgegen.

1979 begann der Afghanistankrieg. Keiner wollte ihn, nicht mal die Greise im Politbüro, aber der Ulus zwang sie, nach seinen Gesetzen zu regieren. Ein Imperium lebt von Kriegen. Siege verlängern seine Existenz, Niederlagen nähern es seinem Zerfall an: Stalins Triumph im Zweiten Weltkrieg konnte den Gulag-Staat nur stärken, die Katastrophe in Afghanistan beschleunigte das Ende der UdSSR.

Aus Afghanistan kamen Särge. Es war den Familienangehörigen verboten, auf dem Grabstein den Ort des Todes anzugeben. Ich erinnere mich, wie unsere Tante Lida, Mamas Cousine aus Zaporoschje, aus ihrer Handtasche ein gefaltetes Taschentuch holte, es auf den Tisch legte und vorsichtig auseinanderzog. Da lag afghanische Erde von der Stelle, wo ihr Sohn getötet worden war. Sein Freund, der mit ihm in Afghanistan gedient hatte, hatte sie ihr gebracht. Ein Stückchen getrockneter Lehm. Nichts Besonderes. Sie packte es sorgfältig ein, drückte es an die Brust und begann zu weinen.

Ich war zu dieser Zeit Student an der pädagogischen Hochschule, wir hatten einen Militärlehrstuhl. Das bedeutete, dass ich nicht nach Afghanistan gehen sollte. Wir wurden als Militärdolmetscher ausgebildet und lernten, Verhöre von gefangenen Bundeswehrsoldaten zu übersetzen – im Falle eines erneuten Krieges gegen Deutschland.

Im nächsten Jahr fand nicht der angekündigte Kommunismus, sondern die Moskauer Olympiade statt. Die Besatzungsmacht, die ihre eigene Bevölkerung als Geisel hielt, erwartete, dass auch die demokratischen Regierungen durch ihre Teilnahme an Olympia die Aggression gegen Afghanistan akzeptieren würden. Das geschah nicht. Die demokratischen Länder wollten ihre Solidarität mit den Geiseln, nicht mit den Geiselnehmern demonstrieren und boykottierten die Spiele. Es kamen praktisch nur Satelliten. Auch die Schweiz schickte ihre Mannschaft, über 70 Sportler, unter dem neutralen olympischen Banner. Waren die zwei gewonnenen Medaillen (in der

Abwesenheit der besten Sportler der Welt) diese Solidarität mit der russischen Regierung wert?

Wir wurden an unserer Hochschule als Stadtführer für die olympischen Touristen aus Westdeutschland geschult. Ich weiß noch, wie ein »Ausbilder in Zivil« uns beibrachte, wie die provokativen Fragen der Westler richtig zu beantworten waren. »Warum kann man in Geschäften für die Einheimischen nichts kaufen, und in den speziellen Shops für die Ausländer gibt es alles gegen harte Währung?«, fragte er uns. Es entstand eine lange Pause. Totenstille. Für solche Fragen hätte man im öffentlichen Diskurs normalerweise Unannehmlichkeiten bekommen. Dann sagte er uns die richtige Antwort: »Ja, wir geben unsere Mängel ehrlich zu. Aber wenn Gäste zu uns kommen, dann bieten wir ihnen unser Bestes an, auch wenn wir uns selber etwas nicht gönnen können.« Die Schulung war unnütz. Die Gäste aus dem Westen blieben aus, wir arbeiteten mit Touristengruppen aus der DDR, und die stellten solche Fragen nicht.

Nach Breschnew kam Andropow, der KGB-Boss. Eine Weile stand man unter dem Eindruck, dass nun die Schrauben wieder enger gezogen würden. Die Angst nahm wieder zu.

An der Schule, an der meine Mutter Direktorin war, ereignete sich ein folgenschwerer Wyssozky-Abend. Eine Klasse hatte im Andenken an den zwei Jahre zuvor verstorbenen russischen Sänger, der beim Staat in Ungnade gefallen war, für die Schule eine Abendveranstaltung organisiert. Meine Mutter hatte die Erlaubnis erteilt. Sofort nach dem Liederabend zeigten Eltern sie bei der Bezirksbildungsbehörde an. Sie wurde entlassen, musste die Schule verlassen, an der sie dreißig Jahre lang gearbeitet hatte, zuerst als Lehrerin, dann als Rektorin. Die Schule bedeutete meiner Mutter das Leben, und als sie nicht mehr arbeiten konnte, wurde sie krank. Krebs. Sie lag in verschiedenen Spitälern, wurde mehrmals operiert. Die Krankheit quälte sie mehrere Jahre.

Zudem musste zu jener Zeit mein Bruder ins Gefängnis. Was früher noch geduldet wurde – Bücher, Videos, Gespräche –, war unter

Andropow Grund zur Verhaftung. Ich besuchte meinen Bruder im Straflager, zuerst in Lgow bei Kursk, später in Iwdel im Nordural. Diese Reisen haben auch zur Erweiterung meines Russlandbildes beigetragen.

Es schien so, als würde dieses System noch Jahrzehnte und Jahrhunderte dahinvegetieren. Dann kam das Jahr 1984. Niemand glaubt den Propheten im eigenen Lande. Andrei Amalrik, ein bekannter Dissident, hatte Ende der Sechzigerjahre sein berühmtes Buch *Kann die Sowjetunion das Jahr 1984 erleben?* geschrieben. Er meinte, die Sowjetunion müsste zu dieser Zeit zusammengebrochen sein. Wer hätte damals gedacht, dass Amalrik doch recht hatte, auch wenn er sich um einige Jahre verrechnete?

Es geschah ein Wunder. Die Greise im Kreml starben einer nach dem anderen, und ein junger, ambitionierter Parteisekretär aus Krasnodar geriet ans Steuer. Auf einmal veränderte das magische Wort Perestroika das Leben. Ins Land kehrte Hoffnung ein. Eigentlich wollte Gorbatschow das Regime retten, deshalb brauchte er die Modernisierung, auf keinen Fall wollte er eine echte Demokratie oder freie Wahlen ohne Partei. Aber seine Parolen machten sich selbstständig.

Man hatte den Eindruck, die Dissidenten hätten ihren Kampf doch gewonnen. Sie hätten das Regime besiegt. Verbotene Bücher wurden gedruckt. Man konnte auf einmal sagen, was man denkt. Auch im wörtlichen Sinn kam die Freiheit: Mein Bruder kehrte aus Iwdel zurück, er wurde freigelassen. Er sah seine Mutter noch am Leben.

Meine Mutter quälte sich entsetzlich, wollte sterben, brachte es aber nicht über sich, musste noch Saschas Rückkehr erleben. Wenige Monate vor ihrem Tod verlor sie immer mehr ihre Stimme. Sie litt starke Schmerzen und flüsterte, dass sie keine Kraft mehr habe, sie wolle nur noch auf Sascha warten. Sie hörte immer Radio. Als ich sie im Krankenhaus besuchte, erzählte ich ihr von Kundgebungen, wo wir gegen die Partei protestierten. Ich war aufgeregt und hoffnungsvoll, sie fürchtete, es wird ein schlechtes Ende haben.

Für einige bedeutete Perestroika vor allem Demokratisierung des

Systems, für die anderen das Fehlen der für die Ordnung sorgenden Hand, bevorstehendes Chaos und Anarchie. Die eroberten Völker sahen wieder die Möglichkeit, ihr Gefängnis zu verlassen. An den Rändern des Reichs floss bereits Blut.

Einmal saß ich im Krankenhaus in Sokolniki nach einer Operation am Bett meiner Mutter, sie lag lange mit geschlossenen Augen da, dann schlug sie sie auf und sagte: »Ja so was!« Ich fragte: »Was?« – »Wie sich alles wiederholt. Auch meine Mutter [i.e. meine Großmutter mütterlicherseits] brachten wir hierher, in eben dieses Spital in Sokolniki, nur dass sie auf einer anderen Station lag. Sie ist hier gestorben, dreiundfünfzig. Damals wurde die ganze Zeit von den Morden der Kremlärzte berichtet. Und jetzt diese Perestroika.«

Im Radio wurden Nachrichten von Tiflis ausgestrahlt, über die nächtliche Zerschlagung der Demonstration auf dem Rustaweli-Platz vor dem Regierungsgebäude, als etwa 100 000 Leute für den Austritt Georgiens aus der Sowjetunion demonstrierten. Es wurde von Schützenpanzern berichtet, die Menschen überfahren hatten, von Soldaten, die mit Feldspaten Demonstranten getötet hatten.

Einige Tage nachdem mein Bruder aus dem Gefängnis zurückgekehrt war, starb sie. Wäre Sascha noch einige Monate später freigelassen worden, Mutter hätte wohl, da bin ich mir sicher, noch bis zu seiner Rückkehr durchgehalten.

Mit Beginn der Perestroika begann ich, an einer Schule zu unterrichten. Ein neues Leben, so dachte ich, könne und müsse bei den Kindern anfangen, in der Schule. Als die Sowjetmacht bröckelte, erlebte ich das unbekannte, wunderbare Gefühl, ein Bürger meines Landes zu sein, der für seine Zukunft selbst verantwortlich ist. Damals spürte ich zum ersten Mal, dass ich etwas bewirken kann. Ich wollte mein Land verbessern. Plötzlich befand ich mich zur richtigen Zeit am richtigen Ort. Ich glaubte, die Zeiten seien endgültig vorbei, als Gefängnisregeln wie »der Stärkste kriegt die beste Pritsche« galten. Ein neues Leben fing an, ein Leben auf der Grundlage des wichtigsten Gesetzes: der Erhaltung der menschlichen Würde.

Eine Schule ist immer ein Spiegelbild der ganzen Gesellschaftsordnung. Genauso funktioniert die russische Schule: Wo die eiserne Hand regiert, da herrscht Ordnung. In der Schule hatte ich das Gefühl, gegen die Strömung zu schwimmen. Gegen Lehrer, gegen Eltern, gegen Kinder. Ich war so selbstsicher, so überzeugt von meinem Standpunkt. Ich spürte so viel Kraft, dass ich nicht daran zweifelte, alle hinter mir herziehen zu können. Noch mehr Kraft und Sicherheit schöpfte ich aus den Ereignissen im Land. Ich dachte, ich sei dabei, das Land zu verändern. Vor meinen Augen verwandelte sich ein totalitaristisches Russland in einen demokratischen Staat. Das war eine grandiose Erkenntnis.

Je weiter die Demokratisierung im Land voranschritt, desto schlimmer wurde die Versorgungslage. Es mangelte an allem. Mein Vater bekam als Kriegsveteran Lebensmittel zugeteilt, die Spenden kamen auch aus Deutschland. In seinen Augen war der Zusammenbruch der Sowjetunion eine Niederlage in demselben Krieg, den er damals, in seiner Jugendzeit, mit dem ganzen Land zusammen geführt hatte. Mein Vater hasste Gorbatschow. Ich mochte Gorbatschow auch nicht, aber nicht deshalb, sondern weil er den Zusammenbruch der UdSSR und des ganzen sowjetischen Systems mit aller Macht aufhalten wollte. Mein Vater und ich betrachteten die Geschichte, die sich vor unseren Augen abspielte, von verschiedenen Ufern.

Im Land wurde wieder das gleiche Drama für drei Schauspieler wie vor hundert Jahren aufgeführt. Die Macht versuchte mit allen Mitteln, auch mit Militäreinsätzen wie in Litauen oder Georgien, den Geist der Freiheit zurück in die Flasche zu bekommen. Die verwirrte Bevölkerung strengte sich an, im nahenden Chaos zu überleben. Die Parole lautete »Rette sich wer kann«. Und die erwachte Bürgergesellschaft forderte auf den Demonstrationen im Zentrum Moskaus »europäische« Freiheiten und die volle Demontage des gehassten Parteisystems. Ich war von Anfang an mit meinen Freunden bei allen Kundgebungen dabei. Wir glaubten fest daran, dass wir siegen werden. Alles schien einfach und klar zu sein. Eine Bande von Kommunisten hatte unser Land an sich gerissen, und wenn man die Partei zum Teufel jagte, würden sich die Grenzen öffnen, und wir würden in die Weltfamilie der Völker zurückkehren, die in Übereinstimmung mit den Gesetzen von Demokratie, Freiheit und der Achtung der Rechte des Individuums leben.

Symbol der neuen Freiheit war das Visum: So wirkte sich der Fall des Eisernen Vorhangs konkret aus. Weder mein Vater noch meine Mutter hatten je die Grenze überschritten. Mein Vater witzelte: »Ich bin wie Puschkin.« Das war als Trost gemeint. Puschkin habe man auch nicht aus dem Land gelassen, er verbrachte sein ganzes Leben in Russland, das habe ihn nicht im Geringsten daran gehindert, zum Stolz der Nation zu werden.

Als der Eiserne Vorhang verrostete und ich zum ersten Mal ins Ausland ging, war das viel mehr als eine Touristenreise. Dieses unglaubliche Gefühl der Freiheit erlebt vielleicht ein Gefangener, der freigelassen wird. Dann steht er irgendwo in einer Stadt auf der Straße und atmet. Und die einfache Straße bedeutet in diesem Moment mehr als eine Straße, viel mehr.

Das erste Mal kam ich 1989 in den Westen, noch vor dem Mauerfall. Ich erinnere mich sehr gut an das wunderbare Gefühl beim Grenzübertritt. Es in Worte zu kleiden gelang mir allerdings erst, als ich später in den *Briefen eines russischen Reisenden* von Nikolai Karamsin auf diese Sätze stieß: »Es scheint, als hätte die hiesige Luft etwas Belebendes. Ich hole leichter und freier Atem, ich trete fester auf, mein Kopf erhebt sich mehr, und mit Stolz denke ich daran, dass ich ein Mensch bin.« Diese Worte wurden genau 200 Jahre vorher geschrieben, im Jahre 1789.

Ich verbrachte damals, im September 1989, eine Woche bei Freunden in Ostberlin und ging jeden Tag durch die Mauer auf die Westseite. Denn ich kam aus einem Land, in dem die Perestroika auf der Tagesordnung stand, und hatte ein Visum für die Bundesrepublik in meinem Pass. Meine Ostberliner Freunde wunderten sich, beneideten mich und ärgerten sich. Sie durften das nicht. Ich versuchte, sie davon zu überzeugen, dass auch sie bald frei sein würden. Sie glaubten es nicht. Ich weiß noch, wie ich mir die Mauer von der Westseite besah: weit und breit kein Wachposten. Wem es gerade einfiel, der hinterließ Graffiti. Ich borgte mir bei jungen Leuten eine Spraydose und schrieb auf Russisch: »CKOPO!« Das heißt »bald«. Ich habe bis heute ein Foto davon: wie ich mit einem grünen Spray Buchstaben auf die Mauer male, die vielleicht niemand bemerkte. Aber es war wichtig für mich, dieses Wort zu schreiben. Das war mein persönlicher Dialog mit der Weltgeschichte. Da hatte ich noch kein einziges graues Haar. Ich war jung und glücklich, sonderlich bewusst war ich mir dessen nicht.

Die Besatzungsmacht zog sich bis zu einem bestimmten Punkt zurück. Dann stand sie mit dem Rücken vor dem Abgrund. Die oberste Parteinomenklatur schlug zurück. Im August 1991 versuchte die oberste Parteielite, ihre Macht zu retten.

In den Morgenstunden des 19. August ließ ein »Staatliches Komitee für den Ausnahmezustand« (GKTschP) in Moskau über Fernsehen mitteilen, dass der Staatspräsident Michail Gorbatschow erkrankt sei und es sich deshalb gezwungen sah, die Verantwortung für die Lage im Land zu übernehmen. Die Junta erklärte den Ausnahmezustand und ließ in Moskau Panzer auffahren. Im Fernsehen wurde der *Schwanensee* von Tschaikowski in unendlicher Wiederholung gezeigt. Es klang wie ein Trauermarsch. Das war der Putsch.

Ich erinnere mich sehr gut an diesen trüben Tag mit leichtem Regen. Es war Ferienzeit. Meine Frau war mit unserem dreijährigen Sohn auf der Datscha bei Moskau. Ich ging durch die Straßen im Zentrum Moskaus, sie waren mit Schützenpanzerwagen abgesperrt. So schlecht hatte ich mich noch nie im Leben gefühlt. So fühlt sich vielleicht ein Häftling, der aus dem Gefängnis entkommen war und bereits in der Freiheit zu sein hoffte, dann aber wieder gefasst wurde. Man wollte einfach nicht weiterleben. Ich glaube, dieses Gefühl teilte ich damals mit vielen meiner Landsleute.

Gegen Abend fuhr ich mit einem Vorortzug nach Sagorjanka. Gewöhnlich ist es laut in den Zügen, die Leute sprechen miteinander, erzählen etwas, lachen, streiten. Diesmal saßen alle stumm. Was kommt jetzt? Eine Diktatur? Werden wieder Angst und Lüge herrschen? Das alles war zum Verzweifeln. Plötzlich kam jemand aus dem nächsten Waggon herein und sagte laut: »Leute! Mitbürger! Die kommunistische Bande will zurück an die Macht, aber wir werden das nicht mehr dulden und uns ducken! Kommt zum Weißen Haus! Man hat dort bereits Barrikaden aufgebaut!« Einen Augenblick lang war es still. Dann begann jemand zu applaudieren. Dann klatschte der ganze Waggon. Manche hatten Tränen in den Augen.

Am nächsten Tag kam ich zum Weißen Haus an der Moskwa, es war der Sitz der demokratischen Regierung, die die Putschisten zu Staatsverschwörern erklärt hatte. Ich erinnere mich an die Gesichter der Menschen auf den Barrikaden. Menschen, die bereit sind, für ihre Freiheit zu kämpfen, haben wunderschöne Gesichter. Und da sah ich plötzlich meine Jungs aus der Klasse, in der ich Klassenleiter war. Die waren auch da. Dieses Glücksgefühl kann man nicht beschreiben. Vielleicht war ich kein schlechter Lehrer.

Wir haben damals gesiegt. Diese Tage waren voll von Glück. Was kann man noch empfinden, wenn man zuschaut, wie die Statue des sowjetischen Oberhenkers Dserschinski auf dem Lubjanka-Platz vor dem berüchtigten KGB-Gebäude abgerissen wird? Am nächsten Tag stand ich in der jubelnden Menschenmenge vor dem ZK-Gebäude. Vom Giebel der Parteizentrale wurde die rote Fahne heruntergerissen. Es war Schluss mit der Partei! In solchen Augenblicken wird große Geschichte gemacht. Es gab viele ausländische TV-Teams. Gleich hinter mir versuchte Gerd Ruge vom westdeutschen Fernsehen ein Interview mit Leuten aus der Menge zu machen. Ich war sehr aufgeregt, trotzdem sagte ich einige Worte auf Deutsch. Ich sagte, was ich in jener Minute fühlte, und beendete meinen Kommentar so: »Ich bin glücklich, dass mein Sohn, der jetzt drei Jahre alt ist, in einem freien demokratischen Russland aufwachsen wird.«

Larissa Bogoras

Fritz Pleitgen

Lew Kopelew werde ich ewig dankbar sein, dass er mich, inzwischen von Deutschland aus, mit Larissa Bogoras in Kontakt brachte. Das war 1990. Als ich sie in ihrer Wohnung am Leninski Prospekt besuchte, kam ich etwas ungelegen. Larissa Bogoras war soeben dabei, ihren Kühlschrank auseinanderzunehmen. Die Dichtung funktionierte nicht. Nachdem sie die schwere Tür herausgenommen hatte, reparierte sie den Schaden mit sachkundigen Handgriffen. Meiner Hilfe bedurfte sie nicht. Zum Glück für sie und für mich. Diese Frau, das sah ich sofort, wusste sich selbst zu helfen, nicht nur bei Problemen des sowjetischen Alltags.

Russische Küche! »Zehn Quadratmeter, hundert Gäste«, so ein populäres Lied jener Zeit. Das Leben der Menschen in Moskau spielte sich in der Küche ab. Bescheidene Einrichtung, behagliche Stimmung. Außer mir waren die beiden Söhne von Larissa Bogoras dabei, aus erster und aus zweiter Ehe. Dazu der Sänger Yuli Kim. Die Gastgeberin tischte auf, was sie hatte. Brot, Käse, Hering in Tomatensoße und die legendäre Fleischwurst »Doktorskaja«, die im Laufe der Jahre immer wässeriger wurde.

Statt Blumen hatte ich aus dem Valutaladen »Berjoska« (Birkenbäumchen) eine Hartwurst mitgebracht, was nicht falsch verstanden wurde. In den staatlichen Läden der Sowjetzeit waren selbst simple Lebensmittel kaum zu haben. Wodka gab es kaum noch. Mit seiner Anti-Alkohol-Kampagne verschaffte Michail Gorbatschow seinem Reformproramm »Perestroika« einen üblen

Ruf bei der Bevölkerung. Wir sprachen dem allseits geschätzten Wässerchen engagiert zu. Schließlich war abzusehen, dass es bald auch dieses Lebensmittel nicht mehr geben sollte.

Yuli Kim sang einige Lieder, darunter ein trauriges. »Pack dein Päckchen, Mama. Dein Kind geht fort in den ewigen Frost.« Er hatte das Lied seiner Freundin Larissa gewidmet. 1968 war sie zu verschärftem Arbeitslager in Ostsibirien verurteilt worden, weil sie mit Gleichgesinnten gegen den vom Kreml befohlenen Einmarsch der Truppen des Warschauer Paktes in Prag protestiert hatte. Die Aktion war von Spitzeln verpfiffen worden. Als die sieben Demonstranten (fünf Männer, zwei Frauen) auf dem Roten Platz in Moskau ankamen, wurden sie von Kräften des Geheimdienstes KGB blitzartig überwältigt. Das Plakat mit der Aufschrift »Hände weg von der Tschechoslowakei! Für eure und unsere Freiheit« war nur für Sekunden sichtbar gewesen. Die Touristen auf dem Roten Platz hatten überhaupt nichts mitbekommen.

Dennoch blieb die Aktion nicht völlig unentdeckt. Die Nachricht ging wie ein Lauffeuer durch die Reihen der Andersdenkenden in Moskau. Westkorrespondenten erfuhren davon. So gelangte das kurze Aufbegehren dauerhaft in die Weltöffentlichkeit. Eine Demonstration gegen die Sowjetmacht auf dem geheiligten Roten Platz, das hatte es noch nicht gegeben. Plötzlich bekam ein Chanson über die Rebellion der Dekabristen, die 1825 auf dem Senatsplatz in St. Petersburg dem Zaren den Eid verweigerten, eine unerwartete Aktualität. »Bist du bereit, hinauszutreten auf den großen Platz? Wagst du es, auf den großen Platz hinauszutreten, wenn die entscheidende Stunde gekommen ist?« hieß es im Lied des populären Lyrikers und Sängers Alexander Galitsch.

Die Moskauer Demonstranten kamen vor Gericht. Die Sowjetmacht tat alles, um dem winzigen Protest politisches Schwergewicht zu verschaffen. Die harten Strafen enthüllten aller Welt, wie sehr sich die nach außen mächtige Sowjetunion im Inneren vor ein paar friedlichen Zivilisten fürchtete.

»Wollten Sie mit Ihren Freunden dem Regime Angst vor dem Volk einjagen?«, wollte ich wissen. – »Nein!«, erklärte Larissa Bogoras kategorisch. »Wir wollten nur unseren Standpunkt öffentlich machen. Anderen Völkern seinen Willen aufzwingen, das geht nicht.«

Auf Jugendfotos lächelte Larissa Bogoras die Betrachter als hübsches, zierliches Mädchen an, im Alter wirkte sie zerbrechlich. Das Leid, das ihr zugefügt wurde, stand ihr in harter Keilschrift, wie es im Requiem von Anna Achmatowa heißt, ins Gesicht geschrieben. Die Staatsgewalt hatte sich alle Mühe gegeben, Larissa Bogoras zu einer gefügigen Sowjetbürgerin zu machen.

Ohne Erfolg! Für mich ein Wunder.

Unbeugsamen Widerstand hätte ich diesem sanften und freundlichen Wesen ganz und gar nicht zugetraut. Die Auseinandersetzung mit der Staatsmacht fand ein märchenhaftes Ende. Das Sowjetimperium ging unter, während Larissa Bogoras in Prag vom neuen Präsidenten Vaclav Havel als Heldin gefeiert wurde.

Sie war nicht zeit ihres Lebens eine Regimegegnerin. Geboren 1926 in der damaligen Sowjetrepublik Ukraine, war sie als Kind gläubiger Kommunisten später eine überzeugte Komsomolzin geworden, die Stalin als ihren Übervater betrachtete, obwohl ihr eigener Vater als Lagersträfling in Workuta furchtbar gelitten hatte.

Ihr Weltbild wandelte sich grundsätzlich, als sie den Schriftsteller Yuli Daniel kennenlernte. Er hatte als Soldat in vorderster Front gekämpft, war verwundet worden und desillusioniert zurückgekehrt. Der Kult um Stalin, die Propaganda über die Erfolge des Sowjetkommunismus, das Geschwafel über den neuen Menschen gingen ihm auf die Nerven.

Da er mit seinen Ansichten nicht hinter dem Berg hielt und obendrein noch Jude war, fand er keine Anstellung. Er übersetzte Gedichte und Prosatexte aus dem Jiddischen ins Russische und schrieb satirische Grotesken. Seine Arbeiten fanden in der Heimat keine Abnehmer, aber im Ausland.

Wegen ihrer kritischen Inhalte wurden ihm die Veröffentlichungen im Westen als antisowjetische Propaganda ausgelegt. Deswegen wurde er 1966 zusammen mit seinem Schriftstellerkollegen Andrei Sinjawski, dem gleiches Vergehen vorgeworfen wurde, vor Gericht gestellt. Der Schauprozess erregte weltweite Aufmerksamkeit. Beide Angeklagte erklärten sich für nicht schuldig. Trotzdem wurden sie zu Arbeitslager in Sibirien verurteilt; Sinjawski zu sieben, Daniel zu fünf Jahren.

Larissa Bogoras stand fest zu ihrem Mann, besuchte ihn in Sibirien, ertrug im Laufe der Jahre viele bösartige Schikanen. Dann wurde sie nach ihrer Protestaktion auf dem Roten Platz selbst verhaftet und verurteilt, und als ihr Mann aus Sibirien zurückkehrte, saß sie noch in Haft. Die beiden lebten sich auseinander.

»Ist Ihnen nie der Gedanke gekommen, alles Elend hinter sich zu lassen und auszureisen?« – »Nein! Nie!«

»Warum nicht?« – »Ich liebe dieses Land. Ich wollte es nicht sitzen lassen.«

»Hatten Sie keine Angst?« – »Nein! Ich konnte mir nicht vorstellen, was mir die Macht antun konnte. Ich habe in der Tat eine schwache Vorstellungskraft.«

Gefasst hatte sie die Fahrt ins Lager angetreten, in der Tasche Lagergedichte von Yuli Daniel. Im Transport von Häftlingen nach Sibirien hatte die Staatsmacht in Russland über viele Jahrzehnte eine intensiv genutzte Routine entwickelt. Da zeitweise gewaltige Massen von Häftlingen unterwegs waren, wurden schon zur Zarenzeit spezielle Züge entwickelt, in denen die Waggons mit Zellen statt mit Abteilen ausgestattet waren. Sechs Personen sollte eine Zelle aufnehmen. In Ihrer Zelle seien es 25 gewesen, erfuhr ich von Larissa Bogoras. Da so viele Menschen nicht hineinpassten, drückten die Wärter mit den Knien nach.

Zu essen habe es salzigen Hering gegeben, um Magenbeschwerden zu vermeiden. Dadurch hätten die Häftlinge unter großem Durst gelitten. Wasser sei nicht ausgeschenkt worden. Salzige Heringe und kein Wasser, diese Kombination sei nicht als Folter ausgedacht worden, sondern als Arbeitserleichterung für das Wachpersonal. So seien Toilettengänge eingespart worden.

Um ihre Leidensgenossen abzulenken, las Larissa Bogoras die Lagergedichte von Yuli Daniel vor. Da die Zellen keine Wände hatten, konnte sie im ganzen Waggon gehört werden. Sie solle lauter und langsamer sprechen, wurde sie aufgefordert. Man wolle die Zeilen aufschreiben.

Für Larissa Bogoras endete die Reise in einem kleinen, armseligen Nest namens Tschuna. Sie wurde zu Schwerstarbeit in einer holzverarbeitenden Fabrik eingeteilt. Der Neuzugang aus Moskau war für die einheimische Mitarbeiterschaft keine Ausnahmeerscheinung.

In Tschuna war man es gewohnt, dass das sowjetische Rechtswesen ständig für Nachschub sorgte, wenn es an Arbeitskräften mangelte. Dem Stammpersonal war es egal, was die Neue vor Gericht gebracht hatte. Hauptsache, sie packte ordentlich an. Und das tat Larissa Bogoras, auch bei 50 Grad minus.

Als ihre Zeit in Ostsibirien vorüber war, hatte sie die Achtung der Menschen von Tschuna gewonnen. Sie hätte bleiben können, aber sie sehnte sich nach ihren Angehörigen und Freunden. Nach ihrer Rückkehr traf sie einen Mann, mit dem sie sich sofort verstand: Anatoli Martschenko. Die beiden verband die gleiche Abneigung gegenüber dem Regime, der gleiche Gerechtigkeitssinn, die gleiche Unbeugsamkeit. Sie verliebten sich ineinander, wurden ein Paar und bekamen einen Sohn. Zusammen bildeten sie eine Festung gegen die Staatsgewalt.

Unter den Andersdenkenden war Anatoli Martschenko eine Ausnahme. Er war kein Intellektueller, sondern Arbeiter, allerdings belesen und beredt. In dieser Kombination kein leichter Fall für den KGB. Ein Dissident aus der Arbeiterschaft, das passte nicht in das propagierte Bild vom Vaterland der Werktätigen.

Der Staatssicherheitsdienst wollte ihn brechen. Anatoli Martschenko bot mit seinem Verhalten viele Angriffsflächen. Er konnte und wollte sich nicht verstellen. Das brachte ihm ständig Verhaftungen, Prozesse und Verurteilungen ein. Trotz schlimmer Misshandlungen gab er nicht klein bei. Seine Eltern beschworen ihn, mit seiner Familie auszureisen. Einladungen aus Israel, Deutschland oder den USA waren damals vergleichsweise leicht zu haben. Die Staatsgewalt wäre nicht unglücklich gewesen, wenn der widerspenstige Zeitgenosse gegangen wäre.

Aber Anatoli Martschenko lehnte es ab, aufgrund einer gefälschten Einladung das Land zu verlassen. Mit Lügen wolle er nichts zu tun haben. Mit Lügen könne er auch in der Sowjetunion ein bequemes Leben führen. Larissa Bogoras unterstützte ihn in dieser Haltung, sie wollte sowieso nicht weg.

Sie gab alles, um ihren Ehemann zu befreien. Nachdem Martschenko verhaftet worden war, intervenierte sie bei den zuständigen sowjetischen Behörden, und mithilfe des Moskauer Helsinki-Komitees informierte sie westliche Korrespondenten. Das Moskauer Helsinki-Komitee bestand aus einer Gruppe sowjetischer Regimekritiker, darunter die Wissenschaftler Andrei Sacharow und Juri Orlow, die mit dem Namen »Helsinki-Komitee« an die bei der Sicherheitskonferenz in Helsinki gegebenen Versprechen in Bezug auf die Menschenrechte erinnern wollten.

Der Fall Martschenko wurde zum internationalen Politikum, an dem sich im Westen die Geister schieden. Die Hardliner fühlten sich herausgefordert, den Kreml mit harten Sanktionen zur Raison zu bringen, während die Entspannungsanhänger darauf setzten, die Verständigungspolitik voranzutreiben.

Die gleiche Auseinandersetzung spielte sich angeblich spiegelbildlich in der sowjetischen Führung ab, wie uns Moskauer Mittelsmänner, im Korrespondentenjargon »Hausrussen« genannt, diskret zuraunten. Angeblich wurde Breschnew von Politbürokollegen aufgefordert, die Zügel nicht schleifen zu lassen.

Andersdenkende würden den Freiraum nur nutzen, um noch aufsässiger ihre Forderungen nach mehr Freiheit zu stellen. Da sich unsere Informanten selbst zu den Befürwortern der Entspannungspolitik zählten, und da außerdem klar war, dass Informationen bewusst gestreut wurden, um eine plausible Erklärung für das harte Vorgehen gegen Andersdenkende in der Westpresse zu lancieren, gingen wir mit ihren Hinweisen restriktiv um.

Anatoli Martschenko wurde schließlich im Gefängnis von Tschistopol eingekerkert und in Isolationshaft genommen. Die urrussische Stadt liegt etwa tausend Kilometer östlich von Moskau am mächtigen Wolganebenfluss Kama. Gefängnisse in Russland haben keinen guten Leumund, aber Tschistopol hatte im Laufe seiner Existenz eine besonders schlimme Reputation errungen.

Larissa Bogoras reiste nach Tschistopol, doch man verwehrte ihr den Zutritt ins Gefängnis, wie sie mir erzählte. Sie musste unverrichteter Dinge nach Hause fahren. Sie habe noch erfahren, dass Anatoli Martschenko in einen Hungerstreik getreten sei. Doch schon bald sei die Nachricht von seinem Tod gekommen. Larissa Bogoras wollte ihren Ehemann in Moskau beisetzen lassen, aber das wurde ihr nicht gestattet. Man teilte ihr mit, Anatoli Martschenko sei bereits in Tschistopol beerdigt worden.

Zur gleichen Zeit, als Anatoli Martschenko an der Kama eingesperrt wurde, hatte der KGB Andrei Sacharow in Nischni Nowgorod (damals Gorki) interniert, wo es keinen Kontakt zur Außenwelt gab. Man wollte ihn als Opposition ausschalten, auch unter Einsatz von Psychopharmaka. Doch der kritische Westen ließ sich nicht abhängen. Hier wurde heftig und unaufhörlich protestiert, bis Gorbatschow nachgab. Er rief Sacharow persönlich an, um dem internierten Menschenrechtler und Friedensnobelpreisträger mitzuteilen, dass er ab sofort frei sei. Sacharows erste Worte waren: Ich trauere um Anatoli Martschenko.

Als ich Larissa Bogoras besuchte, befand sich die Sowjetunion noch in der Übergangszeit vor ihrem endgültigen Zusammenbruch. Vieles war möglich geworden, was vorher unmöglich war. Gorbatschow hatte bereits begonnen, politische Häftlinge freizulassen. Die Regierung hatte eine Projektgruppe für Menschenrechte eingerichtet, mit Sergei Kowaljow an der Spitze. Das Gefängnis in Tschistopol war ihm nicht unbekannt. Er selbst war dort inhaftiert gewesen.

Larissa Bogoras nahm mit ihm Kontakt auf. Sie wollte das Gefängnis und das Grab ihres Mannes besuchen. Kowaljow stellte dafür die Weichen. Sie lud mich ein mitzukommen. So fuhren wir gemeinsam mit einem Kamerateam nach Tschistopol; zunächst mit der Eisenbahn bis Kasan an der Wolga. In der Hauptstadt von Tatarstan stiegen wir um auf ein Schiff, das uns zunächst auf der Wolga ein Stück nach Süden und dann über die Kama nach Tschistopol brachte.

Die Reise erlebte ich wie ein Geschenk. Ich genoss die Stunden, die ich mit dieser willensstarken und unprätentiösen Frau plaudern konnte.

»Sie sind die lange Strecke mehrere Male gefahren, hin und zurück. Mit welchen Gefühlen? Zorn, Verzweiflung, Hoffnungslosigkeit?«

»Mit Verzweiflung, weil ich keinen Fortschritt sah und spürte. Und weil ich nichts für meinen Mann tun konnte. Ich wurde abgewiesen. Ich hätte mich dagegen wehren sollen.«

»Wie?« – »Ich hätte einfach bleiben sollen.«

»Hatten Sie die Hoffnung, dass es die Menschen in Russland eines Tages besser haben würden?« – »Nicht zu meinen Lebzeiten!«

»Wann?« – »Vielleicht in dreihundert Jahren.«

»Wenn es so hoffnungslos aussah, was veranlasste Sie zum Widerstand?« – »Ich lasse mir nie etwas aufzwingen, auch nicht von meinen Nächsten; schon gar nicht von außen. Der Staat will die totale Kontrolle über uns, selbst über unsere Gedanken, auch über die Erziehung unserer Kinder. Das kann ich nicht hinnehmen.«

»Woher haben Sie Ihre Einstellung?« – »Aus der klassischen Literatur. Von den Schriftstellern des 19. Jahrhunderts habe ich gelernt, was die Würde und die Selbstachtung des Menschen bedeuten. Werte wie Ehre, Freiheit und Unabhängigkeit will ich mir nicht nehmen lassen, selbst wenn ich dafür einen hohen Preis bezahlen muss.«

Wir hatten das Abteil für uns beide und das Kamerateam gebucht. So konnte ich Larissa Bogoras in Ruhe über ihr Leben ausfragen. Als wir in Tschistopol anlegten, wurden wir bereits erwartet. Sergei Kowaljow hatte dafür gesorgt. Dass ein ehemaliger Sträfling die Gefängnischefs für die Witwe eines Häftlings strammstehen ließ, genoss ich als wundervolle Wendung der Geschichte.

Larissa Bogoras hingegen fand die gespielte Aufmerksamkeit schwer erträglich. Ein sommerlich gekleideter Mensch bot sich eilfertig an, ihren Koffer zu tragen. Sie bedankte sich zunächst und erstarrte, als sie in dem Mann den stellvertretenden Gefängnischef Tschurbanow erkannte. Er hatte sie kaltherzig abgefertigt, als sie Näheres über den Tod ihres Mannes erfahren wollte.

Auch Gefängnischef Achmedejew strotzte vor Scheinheiligkeit, als wir uns in seinem Büro versammelten. »Anatoli war zuletzt sehr schwach«, schwadronierte er mit scheinbarem Mitgefühl. »Er hatte sechs, sieben Krankheiten und dazu kam der Hungerstreik«, fügte er hinzu, als rede er über einen Verwandten, dessen Tod trotz aller Mühen nicht zu verhindern war.

»Anatoli hatte nichts gegen die Gefängnisleitung, nur etwas gegen die politischen Verhältnisse«, behauptete der Gefängnischef.

»Gehören solche Menschen ins Gefängnis?«, fragte ihn Larissa Bogoras.

»Nein, aber damals waren die Verhältnisse so.«

»Und heute?«

»Heute sitzen diese Leute in der Regierung. Wie Kowaljow. Richtig so. Ins Gefängnis gehören nur Kriminelle.«

»Sie haben mir die Besuchserlaubnis verwehrt!«

»Gegen die Vorschriften von damals durfte ich nicht handeln.«

Larissa Bogoras hatte genug. Sie wollte die Zelle ihres Mannes sehen. »Die Zelle ist in einem schlechten Zustand. Wir renovieren gerade.«

Die Zelle war ein finsteres Loch. Zwei Eisenpritschen, eine dreckige Toilettenschüssel. Durch das kleine Fenster war nur ein Stück Himmel zu sehen. An diesem Tag auch noch trostlos grau. Larissa Bogoras konnte sich kaum auf den Beinen halten, aber sie betrachtete alles genau. »War er allein?« – »Am Anfang nicht. Die letzten drei Monate war er allein.«

»In seiner letzten Habe, die man mir mitgegeben hat, fehlte ein Brief, den er mir geschrieben hatte, aber nicht mehr abschicken konnte. Dieser Brief ist mir sehr teuer. Wo ist er?«

»Tut mir leid«, sagte der begleitende Major. »Den Brief werden wir kaum noch finden können. Es gab einen Wechsel im Personal.«

Larissa Bogoras war völlig erschöpft, als sie sich zum Friedhof begab. In einem Eimer trug sie einen Blumentopf, den sie aus Moskau mitgebracht hatte.

Da stand sie nun am Grab ihres Mannes mitten auf dem urrussischen Friedhof. Um sie herum wilde Blumen und Gräser und im Hintergrund ein Wachtturm des Gefängnisses. Die Frau, der Friedhof und der Wachtturm. Ein Bild voller Symbolik. Ich werde es nie vergessen.

Auf der Rückreise brauchten wir einige Zeit, um ins Gespräch zu kommen.

»Was halten Sie von Gorbatschow?« – »Er hat viel Gutes bewirkt, aber inzwischen wirkt er überfordert. Ein Einzelner ist sowieso nicht in der Lage, diesen Koloss von Staat zu verrücken. Das gelingt nur in vielen Generationen mit immer neuen Versuchen.«

»Was bindet Sie an Russland?« – »Ich liebe dieses Land, und ich habe Mitleid mit ihm. Es rührt mein Herz mit seiner ruppigen

Natur, mit seinen armseligen Dörfern und Städtchen. Selbst Tschistopol mag ich mit seiner Schlichtheit, obwohl in dieser Stadt mein Mann zugrunde gegangen ist. Das bescheidene Tschistopol kann und werde ich nicht dafür verantwortlich machen.«

In Moskau trafen wir uns erneut, und wieder in ihrer Wohnung am Leninski Prospekt. Die neue Zeit unter Präsident Boris Jelzin wurde engagiert diskutiert. Mit viel Optimismus, aber auch mit viel Skepsis. Yuli Kim steuerte ein Lied bei. »Russland, wunderbare Mutter. Woher und wohin? Erfüllt von unaufhörlicher Sehnsucht springst du von Finsternis zu Finsternis.« Zwischendurch wurde mit Wodka angestoßen, auch hier stand Larissa Bogoras ihren Mann. Alle liebten sie, auch ich. Gerne hätte ich sie umarmt, traute mich aber nicht, meine Bewunderung war zu groß.

Die neue »Zeit der Wirren«

Michail Schischkin

Im August 1991 starben bei der Verteidigung des Weißen Hauses drei junge Menschen. Wir gingen zu ihrer Beerdigung. Es kam eine riesige Menge.

Die Tatsache, dass ein Militärputsch, der Tausende von Menschen das Leben hätte kosten können, fast ohne Blutvergießen ausging, schien symbolisch zu sein. Man wollte daran glauben, dass Russland im 20. Jahrhundert genug vom blutigen Brei ausgelöffelt hatte, dass nun ein menschliches Leben nach neuen Gesetzen beginnen würde, nach Gesetzen, die die Menschenwürde garantieren. Am wichtigsten war, dass kein Blut mehr fließen sollte. Ein Zeichen schien auch, dass die Toten ein Orthodoxer, ein Muslim und ein Jude waren. Sie hatten ihr Leben für unser gemeinsames Vaterland geopfert – für das neue, freie Russland. Und wir glaubten, das sei das letzte Blut gewesen, das in unserem Land fließen würde.

Leider war es das erste Blut des neuen Russlands. Die Zeit der Hoffnungen näherte sich ihrem Ende. Die Zeit der Enttäuschungen brach an.

Unsere Hoffnungen richteten sich auf eine schnelle Demokratisierung, eine marktwirtschaftliche Ordnung und eine an westlichen Vorstellungen orientierte Zivilgesellschaft. Dass es kein leichter Spaziergang sein würde, war allen bewusst, aber wie die neue demokratische Ordnung eingeführt wurde, machte nachdenklich.

In der Sowjetunion hatte das ganze Eigentum im Land dem sowjetischen Volk gehört, zumindest war es feierlich so deklariert. In Wirklichkeit hatte alles dem Staat gehört, also niemandem. Nun sollte das staatliche Eigentum fair und offen privatisiert werden und so wirklich der Bevölkerung gehören. Eine demokratische Gesellschaft kann nicht auf Lumpen gebaut werden, die »europäische« Gesellschaftsordnung braucht eine breite Schicht von Eigentümern. Deshalb beschloss die neue Führung, dass jeder Bürger und jede Bürgerin, groß und klein, je einen »Voucher« (Privatisierungsscheck) im Nominalwert von 10 000 Rubeln erhalten sollte. Das Wertpapier sollte man gegen Aktien der Betriebe einlösen können.

In einem offiziellen Werbespot wurde versichert, dass ein Voucher zwei Autos der Marke Wolga wert war. Ich weiß noch, wie wir in unserer Familie nach Erhalt jener hoffnungsbringenden Papiere im Sommer 1992 Pläne schmiedeten, von welchen Betrieben wir Aktien erwerben wollten.

An unserer Metrostation tauchten dunkle Persönlichkeiten auf, die die Voucher aufkauften. Es verwunderte nur, dass die Papiere, die zwei Wolgas wert sein sollten, unter dem Nominalwert gingen. Und mit jedem Tag sank der Preis, immer schneller und schneller. Letztendlich gewannen nur diejenigen, die ihre Voucher sofort verkauft hatten. Am Ende kostete ein Voucher so viel wie zwei Flaschen Wodka. Sehr bald dämmerte uns, dass unsere Familie, genauso wie Millionen anderer Familien, von der neuen demokratischen Regierung erbärmlich reingelegt worden war. Dabei privatisierten die »Roten Direktoren« (die sowjetischen Betriebsleiter) und ehemaligen Partei- und Komsomolfunktionäre im Land Hals über Kopf alles Mögliche und Unmögliche. Im Ergebnis ging die überwältigende Mehrheit der Bevölkerung bei dieser Voucher-Privatisierung leer aus. Das ganze Eigentum des riesigen Landes inklusive Bodenschätze ging in die Hände einer kleinen Gruppe der alten kommunistischen Elite, die, in Kapitalisten verwandelt, aus den Trümmern ihrer politischen Vergangenheit wieder aufstieg. Zur Privatisierung nach dem Motto »jeder nimmt, was er kann« wurden die meisten nur als Zuschauer zugelassen.

Der geistige Vater der Privatisierung, Anatoli Tschubais, rechtfertigte später sein Tun: »Wir konnten nicht zwischen einer ›gerechten‹

und einer ›ungerechten‹ Privatisierung wählen, denn eine gerechte Privatisierung sieht klare Regeln vor, die von einem starken Staat festgelegt werden, der die Einhaltung der Gesetze sichern kann. Anfang der Neunziger gab es weder Staat noch Rechtsordnung. Wir mussten zwischen einem Banditenkommunismus und einem Banditenkapitalismus wählen.«

Die demokratische Revolution wurde sehr schnell verraten. Offenbar ist es ein unverrückbares Gesetz aller Revolutionen, dass sie von Menschen gemacht werden, die bereit sind, ihr Leben für die Freiheit ihres Landes, für die Menschenwürde zu opfern. Die Besten finden den Tod im Kampf. Am Ende kommen Zyniker und Profiteure an die Macht, und das Leben dreht sich wieder in den ewig gleichen Bahnen.

Die meisten Bewohner des Landes konnten die Pressefreiheit, die offenen Grenzen und andere Errungenschaften der Demokratie gar nicht genießen, sie brauchten dringend Arbeit und ein Einkommen. Die marode Wirtschaft lag am Boden, die Hyperinflation fraß jeden Lohn auf, die Renten pulverisierten sich. Alle Verdienste, die viele sich beim Aufbau des Sozialismus ein Leben lang erarbeitet hatten, waren nun futsch. Nichts war mehr sicher, weder die Vergangenheit noch die Zukunft. Alles versank im Chaos. Für Millionen und Abermillionen ging es ums blanke Überleben. Und bei endlosen kriminellen Auseinandersetzungen floss das Blut in den Straßen der russischen Städte. Die Regierung aber konnte der gebeutelten Bevölkerung nichts außer einer »Schocktherapie« versprechen.

1991 hatte man »Jelzin! Jelzin!« skandiert. Nun, zwei Jahre später, skandierte man auf den Massenkundgebungen: »Jelzins Bande vor Gericht!«

Der neue demokratische Präsident und der noch zu sowjetischen Zeiten gewählte Oberste Sowjet befehdeten sich. Jelzin befürwortete die »Schocktherapie« der wirtschaftlichen Reformatoren unter Jegor Gaidar. Die Abgeordneten aber blockierten die Reformen und stemmten sich gegen die Raubprivatisierung. Es kam zu einem verbissenen Machtgerangel. Im Herbst 1993 eskalierte die Situation.

Am 21. September 1993 verabschiedete Jelzin seinen Ukas, mit dem er das Parlament kurzerhand auflöste, obwohl er das formell nicht durfte. Das Verfassungsgericht nannte den Ukas dann auch verfassungswidrig. Das Parlament entschied in einer Abstimmung, Jelzin seine Macht zu entziehen. Zum neuen Präsidenten wurde sein ehemaliger Mitkämpfer, Vizepräsident General Alexander Ruzkoi ernannt. Nun hatte Russland zwei Präsidenten.

Die Abgeordneten des Obersten Sowjets verurteilten den Ukas von Jelzin als Staatsstreich. Sie tagten weiter im Weißen Haus und riefen die Bevölkerung zum Aufstand gegen den Putschisten Jelzin auf. Als man ihnen im Weißen Haus den Strom abstellte, verschanzten sie sich bewaffnet und tagten bei Kerzenschein.

Nun gab es wieder Barrikaden um das Weiße Haus herum. Diesmal waren es ganz andere Leute. Das Lager der Verteidiger war bunt, aber die meisten gehörten zu den Kommunisten und den Nationalisten des antisemitischen Generals Albert Makaschow. »Wir sind das Volk!«, hatten wir auf den Massenkundgebungen gegen die Kommunistische Partei skandiert. Aber das da war auch das Volk. Das andere russische Volk. Es war ein Volksaufstand gegen die wilde und ungerechte Privatisierung, gegen die »Schocktherapie«, gegen Armut und Anarchie. Jetzt war dieses andere Russenvolk auf der Straße, und die Panzer verteidigten uns vor ihm. Es war alles verwirrend und bitter.

Die Belagerung dauerte einige Tage. Auch ich besuchte den Platz vor dem Weißen Haus. Es gab viele Rotbanner, aber auch die gelb-weiß-schwarzen Fahnen der zaristischen Monarchie (die Nationalisten waren mit dem Zerfall der Sowjetunion unzufrieden, sie wollten die abtrünnigen Republiken zurück). Menschen saßen an Lagerfeuern und sangen alte sowjetische Lieder, die Gesichter düster und entschlossen, Haut und Kleidung schwarz von Rauch. Es gab sehr viele Frauen, auch ältere, die noch den Krieg erlebt hatten. An einem der Feuer sangen sie »Steh auf, du großes Land!« Das ist das bekannteste sowjetische Kriegslied, eigentlich heißt es »Der heilige Krieg«. Für diese Männer und Frauen aus den einfachsten Schichten waren die

Demokraten Faschisten und amerikanische Agenten, die ihr Vaterland besetzt hielten, und von ihnen wollten sie das Land wieder befreien. Später riegelte die Polizei das ganze Territorium um das Weiße Haus ab, und es war kein Durchkommen mehr.

Die Spannung nahm jeden Tag zu, das Land war durch die Konfrontation zweier Machtzentren gelähmt. Etwas musste geschehen. Auf einmal entlud sich die Spannung in einer Explosion der Gewalt. Ein erbitterter Machtkampf auf Leben und Tod. Es gab viel Blut. Ich habe mir die demokratische Zukunft Russlands anders vorgestellt.

Ich kann mich gut an jenen dritten Oktober 1993 erinnern, einen Sonntag. Ich war mit meinem Sohn spazieren gewesen, zum Jausa-Fluss hinunter, am Stadion vorbei, es war ein prächtiger, fast sommerlicher Tag. Zurück zu Hause, setzte mein Sohn sich vor den Fernseher und wollte seine Ninja-Turtles gucken, wir hielten uns in der Küche auf. Plötzlich kam er heulend angerannt. Die Sendung war abgebrochen worden, wegen einer Sondernachricht: Die Kommunisten hatten das Fernsehzentrum Ostankino gestürmt.

Irgendwie brachte ich es fertig, meinen Sohn zu beruhigen, ich gab ihm Buntstifte und setzte ihn zum Malen an den Tisch. Wir hörten die Nachrichten im Radio. Die Menschenmenge hatte den Außenring der Abriegelung des Weißen Hauses durchbrochen. Tausende strömten nach Ostankino, um den Obersten Sowjet zu unterstützen. Das Hochgebäude der Stadtverwaltung wurde bereits gestürmt, nun gab es ein Gefecht um das Fernsehzentrum. Eine ganze Zeit später sah ich nach, was das Kind machte: Mein Sohn zeichnete, ganz vertieft, die Zungenspitze zwischen den Lippen, murmelte etwas vor sich hin und zog den Stift so entschlossen übers Papier, dass die Mine knackte. Ich fragte, was er malt. »Das sind die Ninja-Turtles, die hauen die Kommunisten.« Mit Buntstiften verteidigte er seine Welt.

Die Erstürmung des Fernsehzentrums scheiterte. Soldaten schossen auf die Menge. Dutzende Leichen und Verwundete wurden mit Bussen in die Spitäler gebracht. Allein im Kampf um Ostankino wurden nach offiziellen Angaben 46 Menschen getötet. Darunter, wie ich heute weiß, ein Mitarbeiter des ARD-Studios, ein irischer Kameramann.

Jelzin verhängte den Ausnahmezustand über Moskau und befahl den Sturm aufs Weiße Haus. Die Panzer nahmen das Parlament unter Beschuss. Nun hatte Russland wieder nur einen Präsidenten. Das war der Pyrrhussieg der russischen Demokratie.

Kein Ende der neuen »Wirren« war in Sicht, im Gegenteil, die Zeit der Wirren fing erst an.

Die Jelzin-Reformatoren betrachteten Russland durch das Prisma wirtschaftlicher Theorien und Begriffe, die der westlichen Lebenswelt entstammten, und meinten, diese Theorien seien universell und könnten überall umgesetzt werden. Auf die gleiche Harke waren einst russische Marxisten getreten, nun taten es die liberalen Marktwirtschaftler. Man glaubte, Russland mit den Arzneimitteln der Ökonomen in 500 Tagen (so hieß das Wirtschaftsprogramm der Regierung unter Jegor Gaidar) auf die Beine bringen zu können. Die Medizin war aber von westlichen Politökonomen für Krankheiten von Gesellschaften mit einer ganz anderen Geschichte entwickelt. Der feste Glaube an die selbst heilenden Kräfte des Marktes und die forcierte Big-Bang-Privatisierung erwiesen sich als die falsche Methode. Man behandelte einen Schnupfen, obwohl Tumoren den Kranken plagten. Man missachtete das Grundgesetz jeder Heilpraktik: Primum non nocere! Die Schocktherapie, die der Marktwirtschaft anderswo vielleicht helfen konnte, verwandelte sich in die schockartige Enteignung der Volksmassen.

Im Westen verfolgte man die »Reformen« in Russland mit Hoffnung und Begeisterung. Man sah nur das, was man sehen wollte. Das Missverständnis begann mit Gorbatschow, und es wuchs wie ein Schneeball weiter.

Der regelrechte Gorbatschow-Kult hatte offensichtlich nichts mit der realen Person zu tun, eher muss man in ihm die personifizierte Euphorie über ein historisches Wunder sehen: Die »russische Seele« wurde vom Bann der kommunistischen Hexerei befreit, man brauchte nicht mehr vor denen da drüben Angst zu haben. Der Prinz, der die schlafende Prinzessin, die russische Demokratie, wachküsste, die Welt vor der Atomkriegsgefahr rettete und Deutschland sich wiedervereinigen ließ, wurde zur Lichtgestalt, von der man hoffte, sie würde auch weiter Wunder vollbringen und die Sowjetunion zu Europa führen. Seine Absichten dabei waren alles andere, als die Demokratie einzuführen. Der marode Koloss taumelte dem Kollaps entgegen, und Gorbatschow wollte das lediglich verhindern. Im Westen feierte man ihn als Reformer, während er die demokratischen Reformen mit allen Kräften ausbremste und die kommunistische Sowjetunion retten wollte.

Nun ging es mit den Missverständnissen weiter. Als die rote Fahne über dem Kreml eingeholt und die russische Trikolore gehisst wurde, glaubte man im Westen, dass mit dem Ende der Sowjetunion auch der Feind verschwinden würde. Es sollte ein klarer Beweis der These sein, dass sich die große Geschichte ihrem Ende näherte. Nun sei es unerlässlich und sicher, dass Russland sich in die Umarmung der zivilisierten Welt begeben würde. Im Land würden Demokratie und freie Marktwirtschaft einziehen, all das sei nur eine Sache der Zeit.

Nach dem Sieg über die Putschisten 1991 gab sich der Westen der Illusion hin, in Russland führte man wirklich ökonomische Reformen durch, die zur Entstehung eines freien Marktes führen würden. Diese Illusion wurde von jungen Reformern wie Jegor Gaidar und Anatoli Tschubais genährt. Ihre »neoliberalen« Reformen klangen gut, aber das, was in Wirklichkeit vor sich ging, hatte nichts mit den Worten zu tun. Deshalb waren diese »Reformen« im Westen hochgepriesen und in Russland tief verhasst.

Die Reformen liefen darauf hinaus, dass sich die ehemalige Parteinomenklatura in eine neue Kapitalismusnomenklatura verwandelte. Es fand kein fundamentaler Elitenwechsel statt. Die Elite der kommunistischen Gesellschaft blieb auch in der neuen »kapitalistischen« Ordnung ganz oben. Darin bestand eigentlich der tiefgründige Sinn der ganzen Perestroika. Das Hauptproblem der Parteinomenklatura war: Wie konnte sie ihre Privilegien materialisieren und an die Kinder weitergeben? In einem System ohne gesichertes Privateigentum und mit strenger Verteilungskontrolle war das unmöglich. Die obere Schicht der Sowjetgesellschaft träumte davon, das Staatseigentum, das sie nur verwaltete, in ihren vererbbaren Privatbesitz umzuwandeln, was im Laufe der Privatisierung auch geschah. Die Perestroika und die ganze Transformation der Sowjetunion entpuppte sich – historisch gesehen – eigentlich als erfolgreiche Spezialoperation der kommunistischen Nomenklatur zur Konvertierung der absoluten politischen Macht in immenses Privateigentum und uneingeschränkte Geldmacht.

Die sowjetische Erscheinungsform des Moskauer Ulus basierte, wie auch die klassische Form, auf der totalen Leibeigenschaft. Alle, von unten bis oben, gehörten dem Staat und dem Großkhan mit Leib und Seele. Nun versetzte die Entstehung einer kleinen, aber mächtigen sozialen Gruppe, die vom Staat unabhängig war und, im Gegenteil, dem Staat ihre Interessen aufzwingen konnte, dem Moskauer Ulus einen Schlag unter die Gürtellinie. Dieser grundlegende historische Wandel lässt sich mit der Befreiung der Adeligen unter Peter III. 1762 vergleichen. Die Nomenklatura wurde nun zum »neureichen« Adelsstand, der über Ländereien (die ehemaligen Kolchosen), Betriebe, Vorkommen von Bodenschätzen mitsamt der Bauernkollektive und Arbeiterbelegschaften verfügte. Die reichsten von ihnen bildeten die besondere Kaste der Oligarchen.

Die Befreiung des »gemeinen Volkes« (diesmal musste man nicht 100 Jahre darauf warten) geschah, wie auch 1861, »ohne Grund und Boden«. Jetzt wiederholte sich die Geschichte. Persönliche Freiheit allein hatte für die Sowjetwerktätigen wenig Wert. Sie fühlten sich von dieser »Befreiung« enttäuscht und von der Regierung reingelegt, was 1993 in Moskau zum Aufstand führte.

Mit der blutigen Niederschlagung dieser Rebellion endete der gerade erst begonnene Dialog zwischen der Macht und dem Volk im neuen Russland. Die Gewaltbereitschaft der »rot-braunen« Opposition und der Panzerbeschuss des Parlaments konnten kaum einen Nährboden für die Entstehung einer Kompromisskultur bilden, die für eine Demokratie unabdingbar ist.

Der Scheinsozialismus wurde durch die Scheindemokratie ersetzt. Über Nacht verwandelten sich die treuen, selbstlosen Kommunisten in imposante Banker, überzeugte Atheisten konvertierten zu frommen Kirchengängern (die Kirche nahm wieder ihre alte Rolle als Trösterin des Volkes und Legitimation der Herrscher ein). Die kommunistische Lüge verwandelte sich in eine demokratische. Die Leute wurden nun unter demokratischen Losungen ausgeraubt.

Die »neureichen« ehemaligen Funktionäre teilten alle Bodenschätze unter sich auf und beeilten sich, sie so schnell wie möglich ins Ausland zu verkaufen. Der Erlös sollte am besten im Westen bleiben. Warum die Gewinne mit den Mitbürgern teilen? Das ganze Land wurde zu einem riesigen Schlachtfeld, auf dem rivalisierende Businessbanden heftige Verteilungskämpfe um Ressourcen austrugen.

Es wurde erklärt, man bewege sich in die Richtung einer demokratischen Gesellschaftsordnung, doch das Ziel entfernte sich mit jedem Schritt. Viele Reformer der ersten Stunde hatten ihre Hoffnungen auf die Durchsetzung demokratischer und rechtsstaatlicher Prinzipien schnell verloren, sie gingen zur Opposition über oder gesellten sich korrupten Machtclans zu.

Die bürgerliche Gesellschaft war noch im Entstehen, doch die potenzielle Mittelschicht begann bereits zu schrumpfen. Einerseits wanderten Wissenschaftler, hochgebildete Fachleute, IT-Spezialisten massenweise in den Westen aus. Andererseits reduzierte eine rasend schnelle Verlumpung der Bevölkerung über Nacht die soziale Basis für demokratische Reformen. Habenichtse lassen sich leichter durch radikale populistische Losungen manipulieren.

Da war sie, die neue Zeit der Wirren. Chaos und Rechtlosigkeit breiteten sich aus, die Menschen hatten mehr als genug von Reformabenteuern. Im Lande herrschte der Terror krimineller Banden, überall wucherte Korruption. Nun gab es keine Mangelware mehr, die Regale waren voll, bloß fehlte der Bevölkerung die Eintrittskarte auf dieses Konsumfest. Die einen prahlten mit ihrem kriminellen Reichtum, den anderen fehlte das Nötigste.

Das Sowjetreich wurde völlig ausgeraubt. Die Menschen lebten zwischen den Trümmern des Imperiums. Seine Größe hatte es verloren. Die Armseligkeit blieb. Das Leben in den Trümmern des Imperiums war für die meisten sinnlos und ungemütlich. Dem Großteil der Russen erging es schlecht auf dem wilden »freien« Markt. Das Land wurde von Depression und Wehmut ergriffen. Über Generationen hatte man den Menschen alles weggenommen und ihnen zur Kompensation das stolze Gefühl vermittelt, Bürger eines riesigen, ruhmreichen Landes zu sein. Für sie wurde gedacht, für sie wurde entschieden, sie wurden geführt. Eine solche Leere empfindet wohl ein aus dem Armeedienst entlassener Berufssoldat. Plötzlich muss man Verantwortung für sein eigenes Leben übernehmen, den eigenen Weg finden, selbst denken. Die Menschen vermissten die Eindeutigkeit, die Ordnung, die lenkende Obrigkeit. Das ist die russische Schwermut. Sehnsucht nach einem eindeutigen Weltbild. Nach einer klaren Frontlinie. Nach der Unterteilung in Eigene und Fremde. Nach einem weisen väterlichen Anführer. Nach einem großen Sieg. Nach der Größe und Erhabenheit des Heimatlandes.

Die breite Enttäuschung über die Reformen und die Demokratie überhaupt führte zur Infizierung durch gesellschaftlichen Zynismus. Hinter allen schönen, großen Worten begann man selbstsüchtige Interessen und niederträchtige Motive zu suchen. Egal was man sagt, man ist nur von Eigennutz, Gier, Eitelkeit und Egoismus bewegt. Überall wurde das berühmte Bonmot von Bernard Shaw zitiert: »Demokratie – das ist ein Luftballon, der über euren Köpfen hängt und euch zwingt, nach oben zu glotzen, während die anderen eure Taschen durchwühlen.« Alle Gesellschaftsschichten wurden nun vom Zynismus erfasst.

Die verlorenen Illusionen vergoren zum bitteren Essig der Wertezersetzung. Die Massen gelangten zu der Überzeugung, dass alle Beamten korrupt sind, dass alle Volksdeputierten, Minister, Polizisten, Generäle, Richter, Rektoren etc. Schmiergelder nehmen und die Staatskasse mit der eigenen Tasche gleichsetzen, dass man niemandem glauben und vertrauen kann. Um die eigenen Interessen zu verteidigen, muss man entweder viel Geld besitzen oder gute Beziehungen zu Kriminellen haben. Anders geht es nicht.

Die Sehnsucht nach einer geordneten Welt nahm die Form der Sowjetnostalgie an. Genauso wie in der Sowjetzeit die Zarenmonarchie idealisiert wurde, geschah es mit dem Sowjet-Atlantis nach seinem Untergang. Die Bevölkerung war erschöpft vom Chaos und der Gesetzlosigkeit der »demokratischen Umwandlungen«, sie sehnte sich nach Ordnung. Schuld an der Misere war die Demokratie. Das Wort selbst wurde zu einem Schimpfwort. Statt »Demokratija« sagte man »Dermokratija«. Nur ein »r« verwandelte den schönsten Begriff in »Scheißekratie«.

Auch Vater sprach so. Er starb 1995. Verbittert und niedergeschlagen. Den Kriegsveteranen tat es besonders weh. Den Krieg gewonnen, den Frieden verloren. Er fühlte sich persönlich beleidigt, wenn im Fernsehen nun ein ganz anderes Bild der Vergangenheit gezeigt wurde. Jetzt stellte sich heraus, dass er gegen Hitler für ein faschistisches Regime gekämpft hatte, das noch schlimmer war. Er sollte, so hieß es auf einmal, den anderen Völkern nicht die Befreiung, sondern eine neue Versklavung gebracht haben. Er trank, besonders zuletzt, so maßlos, dass man sich wundern musste, wie sein Organismus es aushielt. Er beeilte sich, seine verstorbenen Freunde wiederzutreffen. Bei diesem Treffen, glaube ich, wurde die Weltordnung für ihn wieder intakt, hier waren er und seine Kameraden keine Okkupanten, sondern wieder Helden, die ihre Heimat und das halbe Europa vor dem Faschismus gerettet hatten.

Mein Vater und Millionen andere, gewöhnliche Menschen in Russland suchten Stabilität und Wohlstand, aber die »Dermokratie« konnte ihnen das nicht geben. Eine autoritäre Politik, ein starker Staat, eine strenge Ordnung – diese Grundideen des historischen Moskauer Ulus reflektierten die Bedürfnisse im Lande. Die Macht im Kreml suchte diesen Erwartungen zu entsprechen. So kam es zum ersten Tschetschenienkrieg.

Die Unabhängigkeitserklärungen der 14 früheren »Unionsrepubliken« (Ukraine, Belarus, Kasachstan, Moldawien sowie die baltischen, kaukasischen und zentralasiatischen Republiken) nach der Auflösung der UdSSR hatten Russland auf die Grenzen des Moskauer Reiches um die Mitte des 17. Jahrhunderts zusammenschrumpfen lassen. Was war nun Russland, das immer noch viele Völker in seinen Grenzen hatte? Der offizielle Name wurde die Russische Föderation. Von einer Föderation konnte jedoch keine Rede sein. Eine Föderation sieht ein freiwilliges Bündnis der Völker und Regionen vor. Was das für ein Bündnis war, sah man in Tschetschenien.

1991 erklärten die Tschetschenen ihren Austritt aus der »freiwilligen« und »demokratischen« Russischen Föderation. Die anderen Volksrepubliken trauten sich das nicht. Sie hatten Angst. Und sie hatten recht.

Viele Banden in den russischen Städten gehörten zu kriminellen Vereinigungen aus dem Nordkaukasus, vor allem aus Tschetschenien. Ein Schlag gegen die abtrünnige Republik konnte auf einmal mehrere Probleme lösen. Es sollte eine klare Kampfansage an die Kriminalität in Russland und eine Lehre für die anderen Völker werden, die sich der Russischen Föderation entziehen wollten. Zugleich sollte ein kleiner, erfolgreicher Krieg das Image der schwachen Macht in den Augen der Bevölkerung aufpolieren.

Der Krieg rief bei den Russen unterschiedliche Reaktionen hervor. Das eine »Russenvolk« wollte den Zerfall des Landes aufhalten und »das kriminelle Nest« endlich zerschlagen, also unterstützte es den harten Militäreinsatz, besonders nachdem täglich Fernsehbilder mit den zerfleischten und abgebrannten Leichen russischer Soldaten ausgestrahlt wurden. Das andere »Russenvolk« ging auf Antikriegsdemonstrationen.

Der damalige Verteidigungsminister Pawel Gratschow versprach Jelzin öffentlich, er werde Grosny mit einem Fallschirmjägerregiment innerhalb von zwei Stunden erobern. Der Krieg dauerte zwei Jahre, forderte hunderttausend Tote, vor allem Zivilisten, und endete mit einer Niederlage Russlands.

Die Niederlage, die die Freischärler der kleinen Bergrepublik (ihre Fläche beträgt 17 300 Quadratkilometer, weniger als Sachsen) der russischen Armee mit all ihren Panzern und Kampfjets beibrachten, verschärfte das Gefühl der nationalen Erniedrigung. Ein verlorener Krieg war in Russland schon immer ein akutes Krankheitssymptom des Systems. Der Zar war dazu da, Stärke zu zeigen. Ein schwacher Zar verhieß Unheil.

Das ehemalige ZK- und Politbüromitglied der kommunistischen Partei gab sich nur bei seiner Machtergreifung als unerschütterlicher Demokrat. Jelzin trug zur Diskreditierung der demokratischen Ideen in Russland entscheidend bei. Die Tätigkeit des »demokratischen« Präsidenten lief auf den Machterhalt seines korrupten Clans, der sogenannten »Familie«, um seine Tochter herum hinaus.

Die Zeit der Wirren wollte nicht enden. »Der Sieg der Demokratie« im Oktober 1993 war in Wirklichkeit die Geburt der neuen Monarchie. Der Monarch war längst da, nur war es der falsche. Ein alter herzkranker Alkoholiker, der den Krieg gegen die »tschetschenischen Banditen« verloren hatte und das Land den Bojarenoligarchen (die Bojaren waren im zaristischen Russland Adelige unterhalb des Ranges eines Zaren oder Fürsten) zum Plündern gab, entsprach nicht den gesellschaftlichen Erwartungen. Es herrschte eher eine Monoanarchie, dabei wollte die Bevölkerung endlich Ordnung schaffen und das erniedrigte Vaterland »von den Knien aufstehen« sehen. Die Gesellschaft hoffte klar und deutlich spürbar auf einen neuen Herrscher mit eiserner Hand.

Die Zeit drängte. Die Machtclans wollten die Thronfolge zu ihren Gunsten entscheiden. Die oberste kriminelle Gruppe des Landes, »die Familie«, brauchte Garantien, dass der neue Kremlherr ihre Privilegien sichern wird. Die Operation »Erbe« lief auf Hochtouren. Für die Rolle des neuen Zaren (für das Fußvolk streng und gerecht, für die Bojaren gefügig und zuverlässig) wurden verschiedene Akteure ausprobiert. Man wollte eine graue Maus, zahm und manipulierbar. Doch am Ende stammte der Castinggewinner aus einem Rattenwurf.

Die Nonkonformisten

Fritz Pleitgen

Es gibt für Journalisten nichts Schlimmeres, als vor Ort zu sein und dennoch ein Ereignis zu verpassen, das alle Welt interessiert hätte. Dies ist mir am 15. September 1974 widerfahren. Der sowjetische Außenminister Andrei Gromyko flog zu Gesprächen mit der deutschen Bundesregierung nach Bonn. Vor seiner Abreise hatte ich auf dem Moskauer Regierungsflughafen Wnukowo ein Interview mit ihm geführt. Ich verschickte den Film mit einem Linienflug über Stockholm nach Hamburg zu unserer *Tagesschau*-Redaktion.

Mit mir nicht unzufrieden kehrte ich in mein Büro zurück. Ich hatte Gromyko zum Reden gebracht. Der Typ, ein stahlharter Stalinist, war nicht einfach. Er ließ sich ungern befragen. Vor meiner Kamera kündigte er an, mit welchen Forderungen er die Gespräche in Bonn führen werde. Es war ein Sonntag. Ich war sicher, das Interview würde als Nachricht gut laufen.

Meine gute Laune hielt nicht lange an. Als ich in meinem Büro ankam, riefen mich Kollegen an und fragten, ob ich auf der Ausstellung nonkonformistischer Maler gewesen sei. Ich hatte nichts davon gehört und erfuhr nun eine aufregende Geschichte. Nonkonformistische Maler, deren Arbeiten vom offiziellen Künstlerverband als nicht vereinbar mit den Prinzipien des sozialistischen Realismus geschmäht und geächtet wurden, hatten unter Führung des Malers Oskar Rabin beschlossen, in die Offensive zu gehen.

Auf einem Feld an der Profsojusnaja-Straße am damaligen

Stadtrand von Moskau wollten sie ihre Bilder der Öffentlichkeit präsentieren. Doch die Aktion war offensichtlich verraten worden.

Die Maler waren kaum angekommen, da rollten Bulldozer an, um die Bilder samt Künstler abzuräumen. Das Ganze dauerte nur wenige Minuten, aber westliche Zeitungs- und Agenturkorrespondenten berichteten ausführlich über das brutale Vorgehen des Sowjetregimes gegenüber friedlicher Kunst.

Die Geschichte ging um die Welt. Die Sowjetunion stand ziemlich blamiert da. »Bulldozer gegen Kunst«, allein diese Schlagzeile ließ die Supermacht klein und kläglich aussehen. Die Künstler waren zwar vertrieben worden, hatten aber einen wichtigen Prestigeerfolg errungen. Sie waren mit einem Schlag außerhalb der Sowjetunion bekannt geworden.

Bewegte Bilder von dem Vorfall gab es nicht. Wie auch? Meine Kollegen von den westlichen Fernsehstationen waren in derselben misslichen Lage wie ich. Sie mussten ohne eigenes Kamerateam arbeiten. Ich hatte zwar an dem Tag wegen der Gromyko-Reise einen Kameramann von der staatlichen Presseagentur Nowosti zur Verfügung, aber er wäre nicht bereit gewesen, Aufnahmen ohne Genehmigung des sowjetischen Außenministeriums zu machen.

Gegenüber vom Denkmal des Stadtgründers von Moskau, Juri Dolgoruki, gab es auf der damaligen Gorki-Straße (heute wieder Twerskaja) einen Buchladen, in dem Klassiker der kommunistischen Lehre preiswert zu haben waren. Für einen Spottpreis erwarb ich die gesammelten Marx-Engels-Werke. Im Band eins stieß ich auf ein Zitat, von dem ich hoffte, es könne mich aus meiner journalistischen Gefangenschaft befreien. Die Aussage von Marx-Engels war eindeutig zu meinen Gunsten: »Die Abwesenheit von Pressefreiheit macht alle anderen Freiheiten zur Illusion.«

Auf einem Empfang der deutschen Botschaft bot sich mir die Chance, mit den Gründern der Kommunistischen Lehre aufzutrumpfen. Unter den Gästen befand sich, was selten genug geschah, ein Mitglied des mächtigen Zentralkomitees der Kommunistischen Partei. Ich kam mit ihm ins Gespräch. Wie fast immer ging es um die Beziehung zwischen Ost und West. Von da war es nicht weit bis zur Rolle der Medien, die nicht zu unterschätzen sei, was ich unter Berufung auf Marx und Engels betonte. Mein Gegenüber war nicht auf den Kopf gefallen. »Wir sind schon viel weiter«, teilte er mir verschmitzt lächelnd mit, womit er recht hatte. Die anderen Freiheiten waren in der Sowjetunion ja schon längst abgeschafft worden. Diese Erkenntnis brachte mich also auch nicht weiter.

Die Zensurbedingungen empfand ich zunehmend als unerträglich. Ich sah und hörte viel, hatte aber keine Möglichkeit, meine Informationen in Bilder umzusetzen. Deshalb setzte ich mehr und mehr auf eigenes Filmen. Das war mit der damaligen Technik nicht ganz einfach. Schon das Filmeinlegen musste gekonnt sein. Beim Drehen war ständig auf die richtige Entfernung, Bildschärfe und Belichtung zu achten. Mehr als stümperhafte Aufnahmen brachte ich nicht zustande. Überdies war die Arriflex-Kamera alles andere als unauffällig. Mit dem klobigen Ding fiel ich überall auf und konnte deshalb leicht vom Geheimdienst blockiert werden.

Ich wollte mich nicht geschlagen geben und fuhr zu Oskar Rabin, in dessen Wohnung an der Preobraschenskaja-Straße sich die Maler geflüchtet hatten. Mit Freude vernahmen sie meinen Vorschlag, einen weiteren Anlauf zu unternehmen. Sie packten einige Bilder in den Kofferraum meines BMW, wir fuhren zum Bulldozerfeld. Doch der KGB hatte uns im Auge behalten.

Als wir ankamen, stürmten gleich Bauarbeiter auf uns zu, um uns gewaltsam zu vertreiben. Es wäre ein großer Verlust gewesen, wenn die Bilder in einem Handgemenge zerstört worden wären. Also traten wir schleunigst den Rückzug an. Mir taten die Maler leid. Sie hatten viel Hoffnung auf eine Veröffentlichung ihrer Bilder in den westlichen Medien gesetzt.

Damals waren sie noch völlig unbekannte Größen, nur wenige westliche Diplomaten und Journalisten kannten ihre Arbeiten: Kabakov, Yankilewski, Bulatow, Kiblitsky, Steinberg, Ruchin, Purygin, Sokow, Elskaja, Zelkow, Nemuchin. Konzeptualisten, Konstruktivisten, moderne Realisten waren unter ihnen. Njeformalnye Chudoschniki (Nichtformalistische Künstler) nannten sie sich. Wir westlichen Korrespondenten fassten sie unter dem Begriff »Nonkonformisten« oder »Avantgarde« zusammen.

Ihre Bilder waren nicht aggressiv, sondern sehr menschlich; manchmal ironisch, manchmal traurig, manchmal bitter. Viele waren abstrakt. Auf alle Fälle waren sie frei vom verlogenen Positivismus der staatlich verordneten Linie.

Als die Sowjetunion zusammenbrach und sich die Zwangsjacke »sozialistischer Realismus« in Luft auflöste, zeigten sie, zu welchen künstlerischen Leistungen sie fähig waren. Die bescheidenen jungen Menschen, die ich in der Wohnung von Oskar Rabin kennengelernt hatte und die seinerzeit ihrer bornierten Obrigkeit ausgeliefert zu sein schienen, verschafften sich großen Respekt im Ausland. Jetzt erzielten sie auf dem internationalen Markt beachtliche Preise, die in hohe sechsstellige Bereiche und weiter nach oben schnellten.

Joseph Kiblitsky war 28 Jahre alt, als wir uns bei Oskar Rabin in der Preobraschenskaja-Straße begegneten. Unter seinen meist ernsthaften Kolleginnen und Kollegen fiel er mir mit seiner spitzbübischen Jugendlichkeit auf. Mit seinem dichten rostbraunen Haarschopf wirkte er jünger, als er war. Ihm bereitete es offenbar Vergnügen, die Späher des KGB, die hinter ihm her waren, auszutricksen.

Geboren wurde Joseph Kiblitsky 1946 in Taschkent, Hauptstadt der damaligen Sowjetrepublik Usbekistan. Er studierte Malerei und Kunstgeschichte an der Stroganow-Akademie für Kunst in Moskau. Danach wandte er sich dem Studium der Fotografie und des Films zu. Seine Malerei entsprach nicht der offiziellen

Kunstrichtung der Sowjetunion, seine Kunst musste ihr Dasein viele Jahre im Verborgenen fristen. Doch seine Zeit sollte noch kommen, wobei ihm seine komplexe Ausbildung sehr helfen sollte.

Joseph Kiblitsky hatte eine deutsche Freundin. Sie war Lehrerin an der Deutschen Schule in Moskau. Die beiden bekamen einen Sohn und heirateten. Als die junge Lehrerin am Ende ihrer Vertragszeit nach Deutschland zurückkehren musste, wollte sie nicht ohne ihren Mann ausreisen. Doch die sowjetischen Behörden ließen ihn nicht gehen. Joseph Kiblitsky begann einen Hungerstreik, der sich zu einem Kampf auf Leben und Tod entwickelte. Die westlichen Medien berichteten darüber. So erfuhr ich davon. Die Sache ging gut aus, Kiblitsky durfte nach Deutschland ausreisen.

Während meiner Amerikazeit verloren wir uns aus den Augen. Als ich zurückkehrte, machte er mich ausfindig und lud mich zu einer Ausstellung im Bahnhof Rolandseck ein. Wir hatten uns viel zu erzählen. Joseph hatte eine atemberaubende Karriere absolviert. Seine Bescheidenheit hatte er sich bewahrt, obwohl er als Leiter des Museums Ludwig im Russischen Museum St. Petersburg längst zu einer anerkannten Größe in der internationalen Kunstszene aufgestiegen war. Wie ist ihm das gelungen?

Kiblitsky besitzt nicht nur ein außerordentliches Wissen über Kunst in Ost und West, sondern viel Fantasie und das notwendige Know-how, um große Ideen umzusetzen. Schon zur Gorbatschow-Zeit hatten sich die sowjetischen Kulturverantwortlichen mit dem ehemaligen Kunstdissidenten in Verbindung gesetzt, um seine Kontakte im Westen zu nutzen. Das Staatliche Russische Museum im jetzigen St. Petersburg pflegte den Kontakt über den Zusammenbruch der Sowjetunion hinaus, was sich lohnen sollte. Joseph Kiblitsky gelang es mit einem überzeugenden Konzept, die Sammler Irene und Peter Ludwig für die Idee zu gewinnen, in St. Petersburg ein Ludwig-Museum als Teil des Staatlichen Russischen Museums einzurichten.

Das Staatliche Russische Museum ist eine vorzügliche Adresse. Untergebracht im Marmorpalast und in drei weiteren Palästen an der Newa, beherbergt es russische Kunst vom 10. Jahrhundert bis heute, Kunstwerke von ausländischen Malern und Bildhauern, die im Auftrag der Zaren in Russland gearbeitet hatten, sowie die internationale Kunst aus der Sammlung Ludwig. Eine Schatzkammer mit mehr als einer halben Million Exponaten.

Leningrad und jetzt Sankt Petersburg besuche ich immer gerne. Ich genieße die Leichtigkeit und den Frohsinn, die mir in den Straßen und auf den Plätzen begegnen. Aber meine Gedanken über das, was die Deutschen den Menschen in dieser Stadt angetan haben, können sie nicht verdrängen. Der Krieg liegt viele Jahrzehnte zurück. Doch das Kriegsverbrechen, das hier begangen wurde, hängt schwer wie ein Mühlstein am Hals unsres Volkes. Es verpflichtet uns, wie ich finde, zu besonderer Rücksichtnahme gegenüber den Russen, ohne andere dadurch zu benachteiligen.

Es wechseln die Zeiten. Die Geschichte nimmt immer wieder überraschende Wendungen. Zum Glück auch wohltuende. Das deutsche Museum Ludwig als Teil des Staatlichen Russischen Museums mitten in Sankt Petersburg, wo eine Million Menschen auf Befehl Hitlers von der Deutschen Wehrmacht ausgehungert wurden, ist eine solche Wendung. Und wer hätte dem jungen Kunstdissidenten Joseph Kiblitsky eine so wichtige politische Leistung zugetraut, als er im September 1974 vor sowjetischen Bulldozern davonrennen musste, um seine Bilder in Sicherheit zu bringen.

118 Werke moderner internationaler Kunst haben Peter und Irene Ludwig dem Staatlichen Russischen Museum auf Initiative von Joseph Kiblitsky geschenkt. Picasso, Beuys, Baselitz, Koons, Johns, Kiefer, Lichtenstein, Penk, Lüppertz, Mattheuer, Warhol. Die russischen Besucher betrachten die Werke und schätzen sich glücklich, dass ihnen die Isolation früherer Generationen erspart geblieben ist. Dass die Deutschen dabei eine gute Rolle spielen, nehmen sie gerne zur Kenntnis.

Ich habe immer noch den jungen Maler vor Augen, dem verwehrt wurde, seine Werke zu zeigen, weil sie kunstvoll, aber ungeschminkt den Alltag darstellten. Nun ist er zuständig für die Organisation, Konzeption und Durchführung von Ausstellungen in aller Welt. Es sind Ereignisse, die dem Publikum in Fernost, in Latein- und Nordamerika wie auch bei uns in Europa den Genuss großer Kunst bieten. Die Ausstellungskataloge, die er mit seinem Verlag Palace Editions wissenschaftlich erarbeitet, sind Kunstwerke für die Ewigkeit.

Es ist schwer, sich mit Joseph Kiblitsky zu verabreden. Wenn er sich aus Bad Breisig meldet, war er eben erst aus China zurückgekehrt, um morgen nach Brasilien zu fliegen. Seine Biografie erscheint mir wie die legendäre amerikanische Karriere »vom Tellerwäscher zum Millionär«.

Ganz anders erging es seinem Freund Jewgeni Ruchin. Meine Frau und ich mochten diesen feinsinnigen und feingliedrigen Menschen sehr. Sein schmales Gesicht war von einem gepflegten schwarzen Bart umrahmt. Obwohl er in Leningrad wohnte, wie das heutige Petersburg damals hieß, hielt er engen Kontakt zur Gruppe von Oskar Rabin. Dem Sowjetregime, das ihn künstlerisch einschränkte, stand er sehr kritisch gegenüber.

Wir schätzten nicht nur ihn, sondern auch seine Arbeiten mit ihren verstohlenen politischen Botschaften. Wir erwarben ein abstraktes Bild von ihm, das in unserer Wohnung bis heute einen guten Platz behauptet, von wo es trotz oder wegen seiner Düsternis die Aufmerksamkeit auf sich zieht. Es wird beherrscht von kräftigen Schwarz- und Dunkelrotfarben. Im Untergrund ist eine altersgeschwärzte Ikonostase zu erkennen. In Anspielung auf den penetranten Personenkult nannte Ruchin sein Bild »Das brennende Politbüro«.

»Wo würden Sie gerne leben?« – »In Paris, das wäre mein Traum.« Mit seiner nachlässigen Eleganz konnten wir ihn uns gut im Quartier Latin vorstellen. Wenn er nach Moskau kam, holte ich ihn vom Bahnhof ab und brachte ihn zu uns. Wir versorgten ihn mit Nachrichten und Literatur aus dem Westen. Manchmal hörten wir längere Zeit nichts von ihm.

Im Mai 1976 erreichte uns die traurige Nachricht, dass er bei einem Wohnungsbrand ums Leben gekommen war. Er wurde nur 32 Jahre alt. Der Obrigkeit war er sicher mit seiner festen Ablehnung des Sowjetkommunismus ein Dorn im Auge gewesen. Natürlich kam gleich der Verdacht auf, dass er Opfer eines Anschlags des KGB geworden war. Geklärt wurde sein Tod nie.

Vierzig Tage nach seinem Tod luden seine Freunde zu einem Gottesdienst mit Vernissage ein. Religiös war uns Jewgeni Ruchin nie erschienen. Aber es ging seinen Freunden darum, mit dem Gottesdienst und der Ausstellung für die Freiheit der Meinung allgemein, ob in Religion oder Kunst, zu demonstrieren.

* * *

Nach der Helsinki-Konferenz breitete sich unter den Andersdenkenden in der Sowjetunion langsam, aber bitter die Erkenntnis aus, dass die schönen Versprechungen von den menschlichen Erleichterungen, wie sie im Korb III der Schlussakte der Europäischen Konferenz über Sicherheit und Zusammenarbeit formuliert waren, nicht umgesetzt wurden. Die Hoffnungen auf die Ost-West-Annäherung erfüllten sich nicht.

1976 wurde zum Jahr der Enttäuschung. Selbst Volksgruppen, die nach Jahrzehnten rabiater Unterdrückung Ungerechtigkeiten still erduldeten, hielten sich nicht mehr zurück. So auch Russlanddeutsche aus den zentralasiatischen Sowjetrepubliken. Sie fühlten sich im Mutterland der Werktätigen als unerwünschte Fremde. Deshalb wollten sie aus der Sowjetunion entlassen werden und forderten für sich freie Ausreise.

Sie legten ihre Angst vor Repressionen ab und stürmten an der Miliz vorbei in die westdeutsche Botschaft. Eine andere Gruppe versuchte es auf dem Roten Platz, aber sie wurde schnell einkassiert, als ihre Mitglieder ein Schild mit der Aufschrift »Freie Ausreise« hochhielten. Es waren nur kleine Zeichen des Aufbegehrens, dennoch zeigte sich der Geheimdienst KGB alarmiert, weil gleichzeitig durch Moskau Gerüchte liefen, dass auf die U-Bahn Sprengstoffanschläge verübt worden seien. Fünf Tote sollte es gegeben haben. Manche sprachen von 22. Verifizieren ließ sich das von uns Korrespondenten nicht. Stattdessen streute der KGB das Gerücht, Dissidenten steckten hinter den Anschlägen.

Daraufhin lud der Physiker und Menschenrechtler Juri Orlow, Vorsitzender der Moskaugruppe des Helsinki-Komitees, westliche Korrespondenten zu einem Treffen regimekritischer Initiativen (politisch, religiös, künstlerisch) ein. Orlow kam gleich zur Sache. Die Unterstellung, Dissidenten hätten zu Sprengstoffanschlägen angestiftet, wies er als plumpe Provokation des KGB zurück.

Die Schar der Regimegegner, die sich bei Orlow versammelt hatten, mit Andrei Sacharow und seiner unerschrockenen Frau Jelena Bonner an der Spitze, gab sich entschlossen, sie wollte nicht aufgeben. Aber der KGB setzte seine Macht brutal ein. Er brach einen nach dem anderen aus der Gruppe heraus: Alexander Ginsburg, Juri Orlow, Natan Scharanski. Alle drei wurden zu härtesten Straflagern verurteilt.

Was diesen drei Menschenrechtlern zugefügt wurde, war schlimm genug, aber der Sowjetstaat hatte noch Steigerungen auf Lager. An Pjotr Grigorenko wurden sie erprobt. Im Krieg hatte er sich als Kommandeur in vorderster Frontlinie ausgezeichnet. Nach dem Krieg dozierte er an der Frunse-Militärakademie Kybernetik.

Als er die Missachtung der Menschenrechte in seinem Land anprangerte, waren seine Verdienste schnell vergessen. Er wurde schikaniert und misshandelt. Weil er sich nicht brechen ließ, wurde er schließlich in eine psychiatrische Anstalt gesteckt.

Was ihm dort angetan wurde, erzählte er meinem Schweizer Kollegen Reinhard Meier von der *Neuen Zürcher Zeitung* und mir, als wir ihn nach dem Treffen bei Orlow nach Hause fuhren. Er wurde mit einem von Wahnvorstellungen verfolgten Gewalttäter in eine Zelle gesperrt. Da er vor dem Mann nie sicher war, musste er Tag und Nacht wachsam sein. Grigorenko hatte auch im fortgeschrittenen Alter seine kräftige Statur bewahrt. Seine riesigen Hände waren Furcht einflößend. Er warnte seinen Zellengenossen, wenn er ihm zu nahe käme, sei es um sein Leben geschehen. Dank seiner Willensstärke und Körperkräfte überlebte der ehemalige Generalmajor die Schreckenszeit in der psychiatrischen Anstalt. Er ließ sich nicht verbiegen.

Nach sechseinhalb Jahren wurde er freigelassen, nicht aus Gründen der Humanität oder der Gerechtigkeit. Der Kreml war offensichtlich der ständigen Kritik und Mahnungen aus dem Westen überdrüssig. Doch sein Geheimdienst setzte nach. Der KGB drohte Grigorenko an, wenn er seine politischen Ansichten nicht ändere, werde man seinen Sohn schnappen.

Das war für den hartgesottenen und disziplinierten Mann zu viel. Er brach in Tränen aus, als er uns im Auto davon erzählte. Mit der Sowjetunion wollte er nichts mehr zu tun haben. Er setzte seine Ausreise durch und verlebte noch einige friedliche Jahre in Amerika.

Es war eine Zeit großer Ungewissheit. Wir rätselten. Kommt doch noch ein Tauwetter, oder wird der Kurs des Kremls repressiver?

Es kam viel schlechter.

»Kostja ist erschlagen worden.« Die Nachricht löste im April 1976 Entsetzen in Moskau aus. Was war geschehen? Konstantin Bogatyrjew, den seine Freunde Kostja nannten, war von einem Unbekannten niedergeschlagen worden. Seine Frau fand ihn mit zertrümmertem Schädel vor der Wohnungstür.

Da er bewusstlos war, konnte er keine Auskunft geben, wie es zu der Tat gekommen war. Er lag im Krankenhaus auf der Intensivstation. Kopelew organisierte sofort eine internationale Aktion, um lebensrettende Medikamente heranzuschaffen. Wochenlang rang Konstantin Bogatyrjew mit dem Tod.

Wer steckte hinter der Tat? Für seine Freunde war es klar: es war der KGB. Entweder hatte der Geheimdienst den Mordanschlag selbst durchgeführt, oder er nutzte das Schwerverbrechen, das in Moskau durchaus geschehen konnte, um Furcht in den Reihen der Andersdenkenden zu verbreiten.

Konstantin Bogatyrjew verachtete das Sowjetregime und hielt mit seiner Meinung nicht hinter dem Berg. In seiner Jugend hatte er in einer feuchtfröhlichen Nacht seine Vorstellungen von einer Sowjetunion ohne Stalin geäußert. Er wurde verpfiffen und landete vor Gericht. In grotesker Fehleinschätzung der damaligen Verhältnisse im sowjetischen Justizwesen bekannte er, dass er sich gelegentlich den Tod des Diktators herbeigewünscht habe.

Da er aber von der Aussichtslosigkeit überzeugt gewesen sei, seinem Wunsch nachhelfen zu können, habe er keine entsprechenden Pläne gemacht. Der Richter ließ sich von dem speziellen Humor Bogatyrjews nicht einwickeln und verurteilte ihn zum Tode. Kostja nahm das Urteil hin, wie auch die Begnadigung zu 25 Jahren Gefängnis, die er als Todesstrafe auf Raten betrachtete.

Die erste Rate musste er gleich im Gefängnis von Wladimir zahlen. Er wurde in einen Eiskeller tief unter der Erde verfrachtet. Bewacht von einem schwer bewaffneten Soldaten in Pelzmantel und Filzstiefeln, musste er sich ausziehen. Nur bekleidet in einer kurzen Unterhose wurde er gezwungen, in einem Becken mit eiskaltem Wasser auf einem kleinen Sockel Platz zu nehmen.

Er habe geglaubt, dass die Tortur schnell vorbei sei, weil er bald das Bewusstsein verlieren und ins Wasser kippen würde. Er sei erstaunt gewesen, erzählte er mit dem makabren Humor, der Gulag-Überlebenden zu eigen war, wie lange er durchgehalten habe. Da alles an ihm abgestorben sei, habe er keine Schmerzen verspürt.

Seine Bewacher hätten schließlich die Geduld verloren und ihn lieber verprügelt, als länger im Eiskeller auf seine Geständnisse zu warten. Auch danach sei es ihm nicht viel besser ergangen. Dann sei nach fünf Jahren unerwartet die Rettung durch Stalins Tod gekommen. Kostja wurde freigelassen. Die Sowjetunion war trotzdem für ihn erledigt, auch wenn der sanfte Mann kein militanter Dissident wurde.

Konstantin Bogatyrjew war Germanist. In Fachkreisen galt er als bester Übersetzer deutschsprachiger Literatur. Sein Lehrmeister war Boris Pasternak. Seine große Liebe war Rainer Maria Rilke, dessen Gedichte er meisterhaft ins Russische übersetzte. Es waren Kunstwerke höchster Poesie. Darunter auch das Gedicht »Der Tod des Dichters«:

»Er lag. Sein aufgestelltes Antlitz war
bleich und verweigernd in den steilen Kissen,
seitdem die Welt und dieses von ihr Wissen
von seinen Sinnen abgerissen,
zurückfiel an das teilnahmslose Jahr.«

Konstantin Bogatyrjew starb am 18. Juni 1976. Er wurde nur 41 Jahre alt. Seine Mörder wurden nie ermittelt. Friedlich und würdig wurde seine Beisetzung zu einer Demonstration gegen die sowjetische Staatsmacht und ihren Geheimdienst KGB. Zum Trauergottesdienst in der kleinen alten Kirche, die inzwischen durch ein protziges Gotteshaus für den Patriarchen ersetzt wurde, kamen nicht nur die Freunde und engen Bekannten von Konstantin Bogatyrjew, sondern auch ferne Gleichgesinnte wie Andrei Sacharow, der aus Moskau nach Kaluga gezwungene Schriftsteller Yuli Daniel, der Dichter Jewgeni Jewtuschenko und die Dichterin Bella Achmadulina.

Wie im Gedicht von Rilke lag Konstantin Bogatyrjew im offenen Sarg. Sein eingeschlagener Schädel war von einer Haube aus

Mullbinden bedeckt. Nun wurde er auf demselben Friedhof beigesetzt wie sein großes Vorbild Pasternak. Ungeniert filmten junge Männer den Trauerzug von allen Seiten. Obwohl klar war, für wen sie die Aufnahmen machten, schlossen sich immer mehr Menschen dem Trauerzug an.

Am Grab hielt sein Freund, der Schriftsteller Wladimir Woinowitsch, eine kurze Rede. Er begann ganz ruhig, redete sich aber mehr und mehr in Zorn, ungeachtet möglicher Folgen für ihn. Er war bereits wegen seines Eintretens für die Wahrung der Menschenrechte aus dem Schriftstellerverband ausgeschlossen worden.

»Kürzlich«, so sagte er, »haben wir ein Jubiläum gefeiert, das Ende der 25-jährigen Gefängnisstrafe für Kostja Bogatyrjew. Aber dann hat die Hand eines Verbrechers das erste Urteil vollstreckt.« Den Männern, die seine Rede aufnahmen, schleuderte er entgegen: »Sie sind alle Verbrecher, diejenigen, die das Urteil gefällt haben und diejenigen, die die Tat ausübten. Wir werden ihnen nie verzeihen. Kostja Bogatyrjew werden wir hingegen nie vergessen. Er war einer der edelsten Menschen, denen ich je begegnet bin.«

»Die Erhebung von den Knien«

Michail Schischkin

Nach der Übergabe des Jarlyk 1999 im Kreml verlief das russische Leben nach Lehrbüchern, die von KGB-Professoren für Geheimdienstagenten verfasst worden waren. Provokationen, Wahlmanipulationen, Bestechungen, Kompromittierungen, Medienhetze, schmutzige Politstrategien, heimliche Vergiftungen, öffentliche Hinrichtungen, hybride Kriegsführung etc.

Das Land wurde für Spezialoperationen freigegeben. Ein kleiner erfolgreicher Krieg war ein erprobtes Mittel, man durfte nur nicht verlieren. Für einen effektvollen Einstieg sorgten Kollegen aus dem FSB (der Nachfolgeorganisation des KGB). Im September 1999 erschütterte eine Welle von Sprengstoffanschlägen auf Wohnhäuser in Moskau und anderen Städten Russland und löste allgemeine Empörung aus. 293 Menschen kamen in den eingestürzten Wohnblöcken ums Leben, über tausend wurden verletzt. Der ehemalige FSB-Chef, Ministerpräsident Putin, machte tschetschenische Terroristen für die Terroranschläge verantwortlich. Das war der Vorwand, den Zweiten Tschetschenienkrieg zu beginnen. Die verängstigte Bevölkerung begrüßte den Krieg gegen den Terror begeistert. Vor einem Jahr hatte ihn noch niemand gekannt, nun trat Putin als Retter Russlands auf.

Zwar wurden seine Leute in Rjasan von den Bewohnern eines Wohnblocks im Keller in flagranti mit dem Sprengstoff erwischt, doch folgte eine offizielle Erklärung, es habe sich um »Übungen« gehandelt. Die Dumaabgeordneten Sergei Juschenkow und der bekannte Journalist Juri Schtschekotschichin, die eine öffentliche

Untersuchung forderten, wurden kurz darauf ermordet. Der erste vor seinem Haus erschossen, der zweite vergiftet.

Eine brutale Todeswalze rollte über Tschetschenien hinweg. Das Land wurde praktisch vernichtet. Die Zahl der Getöteten wird auf bis zu 200 000 angegeben. Nach diesem Völkermord wurde 2003 in der Republik eine Volksbefragung durchgeführt. Laut dem offiziellen Ergebnis stimmten 95,5 Prozent der Bevölkerung für den Verbleib in der Russischen Föderation.

So begann »die Erhebung von den Knien«. Einst wollte man in Deutschland die »Schande von Versailles« so schnell wie möglich vergessen. In Russland wollte man nun den Zerfall des Sowjetimperiums, »die größte geopolitische Katastrophe des 20. Jahrhunderts«, so schnell wie möglich vergessen.

Putins erste Amtshandlung war die Wiedereinführung der 1943 von Stalin eingeführten und 1991 abgeschafften sowjetischen Nationalhymne. Derselbe Autor, Sergei Michalkow, der bereits den ersten Text der Hymne (»Uns erzog Stalin«) sowie seine bearbeitete Version unter Breschnew (statt Stalin »die unfehlbare Partei«) verfasst hatte, schrieb nun die dritte Variante: »Russland – heilige Macht«. Die Armee erhielt das rote Sowjetbanner mit dem Sowjetstern zurück.

Der neue Zar versprach dem Volk, was es wünschte: Stabilität, Ordnung und die Größe des Reiches. Vor unseren Augen gerann das Russland der »wilden Neunziger« zum neuen Imperium, wie Milch zu Quark.

Das 20. Jahrhundert war das Jahrhundert, in dem die letzten Imperien zerfielen. Das größte Imperium der Menschheit, das Britische Reich, hörte 1997 mit dem Übergang Honkongs unter chinesische Kontrolle offiziell auf zu existieren. Die Menschheit betrat das 21. Jahrhundert ohne diese historische Bürde. Nur ein Land auf der Welt wurde zum Spielverderber. Dabei machte das russische Imperium im 20. Jahrhundert zweimal Anstalten zu zerfallen, 1917 und 1991, aber jedes Mal entwickelte sich der Zerfallsprozess zum

Halbzerfall. Immer fand der Moskauer Ulus innere Kraftquellen, um in einer neuen Hülle wiedergeboren zu werden. Andrei Amalrik, der Ende der Sechzigerjahre die Auflösung der Sowjetunion vorhergesagt hatte, schrieb: »Wie die Annahme des Christentums die Lebenszeit des römischen Imperiums um 300 Jahre verlängerte, so verlängerte die Annahme des Kommunismus die Lebenszeit des russischen Imperiums um einige Jahrzehnte.« Im neuen Jahrtausend bediente sich der Ulus eines neuen Avatars.

Die klaren ideologischen Botschaften der vergangenen Erscheinungsformen des Moskauer Ulus wie »Orthodoxie, Selbstherrschaft, Volkstümlichkeit« und »Proletarier aller Länder, vereinigt Euch!« wurden ganz im Stil der Epoche durch die Hybridschlagwörter »Diktatur des Rechts«, »institutionelle Machtvertikale« und »gelenkte Demokratie« ersetzt. Es lief auf dasselbe hinaus. Die messianische Idee schrumpfte zur Behauptung, Russland sei das letzte Bollwerk moralischer Prinzipien, traditioneller, nationaler, kultureller, religiöser und selbst sexueller Werte, die im Westen verloren gingen. Für das eigene Volk reichte das vollkommen aus. Und »Gayropa«, so fand man, werde »unsere Geistigkeit« sowieso nie verstehen können.

Alles, was den Menschen in der wirren Zeit der Neunziger so gefehlt hatte, gab man ihnen nun durch Propaganda im Fernsehen zurück. Die Welt wurde zweifarbig. Die Zeit der Wirren, verkündete man, als Russland vom Westen gedemütigt wurde, sei vorbei. Der Präsident habe das Land wie ein Phönix aus der Asche auferstehen lassen. Russland habe sich »von den Knien erhoben« und wieder Augenhöhe mit dem Westen erreicht. Der Konflikt mit dem Westen sei ein Wertekonflikt. Fast die ganze Welt unterliege dem Hauptbösewicht, nur Russland könne den USA unter der Führung des starken Mannes mit dem nackten muskulösen Oberkörper trotzen.

Im alten Ägypten galt der Pharao als Sohn des Sonnengotts und lebendige Inkarnation des Horus. Die Welt bestand für die alten Ägypter aus zwei Teilen. Über die schwarze Erde, Ägypten, herrschte der Pharao, alias Horus, der Himmel- und Sonnengott. Der andere

Teil, die rote Wüste, gehörte Seth, dem Gott des Chaos, Krieges und des Todes. Dieses Weltbild wurde jahrelang jeden Abend hartnäckig in die Schädel der Bewohner Russlands implantiert. Die schwarze Erde sei die heilige Rus, ihr Präsident der lebendige Pharao, die rote Wüste der Westen, der Kriege und den Tod sät.

Eine Diktatur kann ohne den Kult des Diktators nicht existieren. Die berühmten Worte von Rudolf Hess: »Hitler ist Deutschland, wie Deutschland Hitler ist!« wurden vom russischen Dumasprecher fast wortwörtlich wiederholt: »Putin ist Russland. Es gibt kein Russland ohne Putin. Jeder Angriff auf Putin ist ein Angriff auf Russland.«

Putin ist sakral, weil die Macht sakral ist. In der russischen Kirche werden alle sakralen Handlungen hinter verschlossenen Altartüren vollzogen. Das profane Volk hat keinen Zugang zum Sanktissimum. Genauso geheim, hinter verschlossenen Türen, werden die Machtsakramente gespendet. Die Macht ist vom Volk durch eine Ikonostase getrennt, von Geheimnissen umgeben. Deshalb ist auch das Privatleben des Diktators geheimnisumwoben. Und verheiratet ist ein Stalin oder Putin nicht mit irgendeiner Sterblichen, sondern mit Russland.

Die russische Macht kann per definitionem nicht transparent und offen sein. Wir werden immer, wie früher, nur raten und mutmaßen können, was da in der schwarzen Box hinter der Kremlmauer passiert und wie dort Entscheidungen getroffen werden. Die Kommunikation zwischen dem Kreml und der profanen Welt basiert auf Signalen. Man wartet auf geheime Signale. Im offen Gesagten sucht man nach codierten Offenbarungen.

In den Siegen oder Niederlagen des Reichs erweist sich, ob der Zar echt ist oder ein falscher auf dem Thron sitzt. Jelzin war vom russischen Gott nicht geliebt. Nicht mal die Tschetschenen vermochte er zu bändigen. Putin hingegen ist echt, und sogar die Steigerung der Erdölpreise war eine klare Segnung seiner Macht. Die vom Himmel geschenkten Milliarden brachten Anfang der Zweitausenderjahre einen relativen Wohlstand nach Russland und galten als klarer

Beweis dafür, dass die harte Hand, die die »Scheißdemokratie« durch die »Machtvertikale« ersetzt hatte, eine Gnade Gottes war.

Zum Pantheon des dritten Russischen Reiches gehören die Heiligen der beiden vorherigen Imperien, des zaristischen und des sowjetischen. Sowohl Nikolaus II. als auch Felix Dserschinski, der Gründer des Geheimdiensts, werden verehrt. Eine kognitive Dissonanz entsteht dabei nicht, obwohl Dserschinski zum Symbol jener Gewaltherrschaft wurde, der auch der letzte Zar mit seiner Familie zum Opfer fiel. Eigentlich müsste das zu Verwirrung und einer Spaltung des Bewusstseins führen: Die Revolution, der Sturz der Monarchie, die Erschießung der Kinder, das alles wird als das Übel verdammt, aber der Leiter der Organisation, die diesen Mord verübte, wird als »herausragender Staatsmann« gewürdigt. Nur Außenstehenden fällt die gleichzeitige, alogische Verehrung des Opfers und des Mörders ins Auge. In der Anbetung der beiden Personen sieht man in Russland keinen Widerspruch, denn hier wird der Kult der Macht als solcher zelebriert. Nikolaus war der Zar, das Symbol der Macht, deshalb musste man ihm huldigen und nicht ihn stürzen oder gar töten. Dserschinski diente der Macht, bewahrte sie gegen Feinde, deshalb ist er kein Henker und Mörder, sondern ein mustergültiger Untertan. Um die Macht zu erhalten, kann und darf man alles tun. Noch in der Schule haben uns die Lehrer erklärt: Die Zarenkinder hätten zum lebendigen Banner der Weißen Armee werden können, sie stellten also eine Bedrohung für die neue Macht dar, deshalb – ganz logisch – musste man sie töten.

Der Geheimdienst lieferte nicht nur für den höchsten Posten in Russland das Personal. In der neuen Hierarchie wurden fast alle führenden Positionen mit ehemaligen KGB-Offizieren besetzt. Der KGB war der Kern des Repressionsapparates, der die Bevölkerung terrorisiert, Dissidenten gejagt, jegliches Freidenkertum verfolgt und auch die russisch-orthodoxe Kirche bedrängt hatte. Die heutigen Herrscher Russlands bekämpften in ihrer früheren Karriere hauptberuflich eben jene russischen nationalen Werte, zu deren kompromisslosen Verfechtern sie sich nun aufgeschwungen haben.

Der Geheimdienst FSB-KGB-NKWD-Tscheka hat sich im neuen Russland zum Stolz der Nation gewandelt. Das hundertjährige Jubiläum dieser Mörderorganisation wurde groß gefeiert, der Präsident sagte in der Festansprache an seine Kollegen: »Und wie sich auch die Zeiten änderten, die absolute Mehrheit der Menschen, die diesen schwierigen Beruf erwählt haben, waren immer echte Staatsanhänger und Patrioten, die ehrlich und mit Würde ihrer Pflicht nachgingen und an erste Stelle den Dienst an Vaterland und Volk stellten.« Anders gesagt, die Lubjanka (ein inoffizieller Name für den Geheimdienst) hat immer dem Volk gedient. Henkerei und Genozid sind Bekundungen von Vaterlandsliebe, menschlicher Würde und professioneller Ehre. Man muss nicht Buße tun, sondern stolz auf unsere Vergangenheit sein.

Könnte man sich einen Kanzler im Nachkriegsdeutschland vorstellen, der erklärt, die Gestapo-Männer seien »Patrioten, die ehrlich und mit Würde ihrer Pflicht nachgingen und an erste Stelle den Dienst an Vaterland und Volk stellten«? Und dass man stolz auf sie sein muss? Die Deutschen mussten in einem jahrzehntelangen Prozess lernen, den Hitler-Faschismus zu überwinden, im neuen Russland wird der Stalin-Faschismus mit allen Mitteln kultiviert. So funktioniert die russische »Vergangenheitsbewältigung«.

Die erste und wichtigste Reform der neuen »Diktatur des Rechts« war die Schwächung und Enteignung der Oligarchen. Die frischgebackenen Besitzer unzähliger Reichtümer wurden wieder zu hörigen Verwaltern ihres Vermögens degradiert. Nominell blieben sie Inhaber der Aktien und Eigentumspapiere, aber nur, solange sie dem Großkhan Treue erwiesen. Den Unzufriedenen wurde sofort eine Lehre erteilt. Einige flohen aus Angst vor Verhaftung ins Ausland, wie Wladimir Gusinski oder Boris Beresowski. Der erste hat sich in Spanien ins Privatleben zurückgezogen, der zweite versuchte, sich politisch zu engagieren, und wurde folglich erhängt in seiner Villa in England aufgefunden. Der Fall Michail Chodorkowskis sollte den anderen als anschauliches Beispiel dienen. Dafür, dass er sich dem

Diktat der Macht widersetzte, musste der Oligarch zehn Jahre im Straflager abbüßen. Die Zerschlagung seines Jukos-Konzerns führte der ganzen Welt vor Augen, dass es in Russland weder Privateigentum noch unabhängige Gerichte gibt. Ohne diese zwei Grundstützen aber kann auch keine »normale« Marktwirtschaft existieren, wie sie im Westen üblich ist.

Im Ulus kann es grundsätzlich kein Privateigentum geben. Es kommt zur Kollision der Machtsphären. Die Macht des einzelnen Individuums über sein Privateigentum gerät unausweichlich in Konflikt mit der einzigen Macht an der Spitze. Das »Privateigentum« ist hier kein wirkliches Eigentum, sondern Entgelt für Loyalität. Wer das Vertrauen des Machthabers verliert, kann auch das Eigentum, das als provisorische Nutznießung verstanden wird, verlieren. Dieses robuste System der persönlichen Treue gegenüber Vorgesetzten bildet das Rückgrat des Regimes. Genauso war es auch in der Sowjetunion. Die Treue gegenüber den kommunistischen Idealen konnte die Ergebenheit gegenüber dem persönlichen Boss, von dem allein Gunst oder Unheil kamen, nicht ersetzen. Erhält ein Oberherr aus der Provinz im Ulus eine höhere Stellung in Sarai, so folgen ihm seine Vasallen mit Hab und Gut. So zog auch Putin mit seinem Leningrader Gefolge im Schlepptau nach Moskau.

Bei der neu aufgebauten »institutionellen Machtvertikale« handelt es sich um nichts anderes als eine strikte Befehlshierarchie, jenes Lebensprinzip, mit dem die Russen gut vertraut sind. Die Bedeutung der demokratischen Institutionen wie Parlament, Verfassung, Gericht ist zum Feigenblatt geschrumpft. Jeder versteht, dass das Parlament in Wirklichkeit die Leibgarde des Herrschers bildet, seine Wunschliste die wahre Verfassung des Landes ist und dass jeder Richter auf keinen Fall dem Gesetz dient. Nicht von ungefähr sagt der Volksmund: »Das Gesetz ist wie eine Deichsel. Wohin du sie wendest, dorthin rollt es.«

Die demokratische Verpackung des Staatswesens entspricht höchsten Standards, aber der Inhalt schmeckt nach Ulus. Die Präsidentschaftswahlen geben den Untertanen die Möglichkeit, ihre Loyalität zu beweisen. Man erhält die Freiheit, seine Stimme für den Großkhan abzugeben. Immer in dem Wissen, dass es an der Machtpyramide nichts ändern würde, wenn man sich weigerte. Die Ergebnisse werden sowieso gefälscht. Stalin sagte einst: »Wichtig ist nicht, wie man stimmt, sondern wer die Stimmen wie zählt.« Das gilt auch für alle anderen Wahlen im Land. Scheinwähler nehmen an Scheinwahlen für die Scheinduma teil. Die Duma- und Lokalwahlen in Russland haben im Grunde gar keinen Sinn, sie spiegeln einfach die Innenpolitik wider, die bloß auf einen Kampf der Mächtigen um ein Stück des Kuchens herausläuft. Die einfachen Wähler werden zwar an die Urnen gelassen, aber nicht an den Kuchen.

Im Parlament sind verschiedene Parteien vertreten, aber es gibt keine Parteien. Auch hier gibt es keinen Widerspruch. Man hat aus den Erfahrungen in der DDR gelernt, wo es ein Mehrparteiensystem gab. Alle Parteien dienten einem Herrn, der sowjetischen Okkupationsmacht. Dasselbe gilt für das neue Russland. Der einzige Vorteil ist, dass die Okkupationsmacht und die Bevölkerung die gleiche Sprache sprechen.

Die Machtpyramide im heutigen Russland sieht so aus: Ganz oben ist alles klar. Die nächste Stufe nach unten belegen die so genannten Silowiki (vom Russischen *сила* – sila, Kraft oder Stärke), höhere Geheimdienstler und die Militärführung. Ihre Macht ist immens, sie sorgen für Ordnung im Reich. Auf der nächsten Ebene befinden sich die gezähmten Oligarchen, es folgen Parlamentarier und Beamte, sie bilden die armeeähnliche staatliche Struktur. Dann kommt das Fußvolk.

Das Bindemittel, das die ganze Konstruktion zusammenhält, hat sich bewährt und funktioniert einwandfrei. Das ist die Angst. Die modernisierte Diktatur braucht keine Massenrepressionen. Wie die »intelligenten Waffen« im 21. Jahrhundert Flächenbombardements ersetzen, so kommt das Regime ohne Gulag, mit gezielten Einzelverhaftungen und Mordanschlägen aus. Es reicht, unter der Devise »Kampf gegen die Korruption« einen Minister oder einen bekannten

Theaterregisseur zu verhaften, damit die anderen Minister und Theaterregisseure die Botschaft ohne Zweideutigkeit verstehen. Solche klaren Botschaften an die Unzufriedenen waren die Ermordung der Journalistin Anna Politkowskaja und des Oppositionspolitikers Boris Nemzow. Diese Namen wurden im Westen bekannt. Hunderte weniger bekannte Opfer wurden zwecks Einschüchterung der Untertanen zu Krüppeln geschlagen, gefoltert, ins Gefängnis geworfen, ermordet.

Massenhinrichtungen erübrigen sich, wenn sich für jede Handlung eines Bürgers, egal was er tut oder nicht tut, ein Artikel des Strafgesetzbuches findet. Die Gesetze und die Finanzordnung sind so verwirrend und widersprüchlich, dass alle Bewohner des Landes sich strafbar fühlen müssen. Eine demokratische Gesellschaft lebt nach dem Prinzip: Alles ist erlaubt, was nicht durch Gesetze verboten ist. Im Ulus weiß man nicht, was erlaubt und was verboten ist, denn das kann sich jeden Augenblick ändern. Es gibt Gesetze, aber es gibt sie nicht, denn das einzige Gesetz ist der Wille der Machthaber. Zur Vollstreckung dieses Willens existieren die Gerichte im Land. Selektive Gerechtigkeit gehört zu den neuesten Techniken der Gewaltherrschaft.

Das bahnbrechende taktische Mittel der Diktatur des 21. Jahrhunderts sind die offenen Grenzen. Das Regime scheint die Erfahrungen der Vorgänger studiert zu haben und ihre Fehler vermeiden zu wollen. Ich bin in einer Diktatur des 20. Jahrhunderts aufgewachsen. Wir waren Sklaven des Imperiums, und das Imperium brauchte uns, deshalb befand sich das ganze Land hinter Stacheldraht. Das heutige System basiert auf dem Verkauf von Erdöl und Gas ins Ausland, es braucht die Bevölkerung überhaupt nicht: Warum sollten die Herren den Erlös mit diesem Gesindel teilen? Deshalb sind die Grenzen offen, und alle, die unzufrieden sind, werden unzweideutig aufgefordert, das Land zu verlassen. Die offenen Grenzen sind eine erfolgreiche Taktik des Regimes, die soziale Basis der aktiven Opposition im Land zu reduzieren. In den Putin-Jahren haben Millionen das Land verlassen oder stehen bereits mit einem Fuß in der Emigration, die Tendenz stark steigend. Und das sind vor allem Leute mit Hochschulbildung, Ingenieure, Wissenschaftler, Informatiker, also die wirkliche Elite der Nation. Das Regime beraubt Russland nicht nur seiner Bodenschätze, sondern vor allem seines menschlichen Kapitals, und das ist ja die wichtigste Investition in die Zukunft. Dieser katastrophale menschliche Verlust schwächt das Land, aber er stärkt die Diktatur.

Wieder wird im Reich das alte Drama für drei handelnde Personen gespielt: Das schweigende Volk, die demokratische Opposition und die Machthaber. Auch heute, fast 30 Jahre nach der »Befreiung der Leibeigenen«, hat die überwältigende Mehrheit der Bewohner Russlands keinen Reisepass und war nie im Ausland. Sie haben auch kein Geld, um einmal in den Westen zu fahren. Die zwei »russischen Nationen« leben im Schulterschluss auf denselben Straßen, doch in parallelen Realitäten. Die russische Mehrheit lebt mental im Mittelalter, glaubt dem Zombikasten (dem Fernsehen, das Menschen zu Zombis macht), dass das heilige Vaterland von Feinden umringt ist. Die russische Minderheit ist hingegen zu viel gereist, hat zu viel gelesen und zu viel im Internet gesurft. Kurz gesagt, der freie Personenverkehr und Informationsaustausch mit dem Westen hat meiner Heimat wieder den gleichen bösen Streich gespielt. Der Virus der demokratischen Weltanschauung ist ansteckend, und die gebildeten Schichten der Bevölkerung sind anfällig dafür, weil Bildung unausweichlich die Idee der menschlichen Würde nach sich zieht. Diese Russen gehen auf die Straße und meinen, Putin und seine Handlanger gehörten ins Gefängnis, für die anderen Russen aber ist die Macht sakral und unantastbar. Für die einen ist die ganze russische Geschichte ein blutiger Sumpf, aus dem man das Land zu europäisch liberalen Strukturen führen muss. Für die anderen kann nur ein Zar mit eiserner Hand Ordnung gewährleisten.

2011 kam es zur »Weißen Revolution« auf den Straßen und Plätzen Moskaus. Die entstehende Bürgergesellschaft erklärte dem Regime offen den Krieg. Jenes Jahr verbrachte ich in Russland.

Nach der schamlosen Rochade des Premierministers mit dem Präsidenten und einer Fälschung der Parlamentswahlen explodierte plötzlich alles. Moskau wachte innerhalb von ein paar Tagen auf. Es folgte eine friedliche bürgerliche Revolution: Ein Russischer Frühling mitten im Winter. Weiß, weil die Menschen weiße Schleifen als Zeichen des gewaltlosen Protests trugen. In den Großstädten war eine Mittelklasse entstanden. Die Menschen hatten gelernt, wie man in einem »wilden« Kapitalismus überlebt: Sie lösten ihre finanziellen Probleme ohne Unterstützung des Staates, existierten unter strengsten Konkurrenzbedingungen, sicherten ihren Familien einen normalen Lebensstandard. Diese Samen waren unterirdisch, kaum sichtbar gewachsen, und nun spross plötzlich überall das Gras. Auf einmal wollte sich die russische Gesellschaft nicht mehr den erniedrigenden Methoden ihrer Regierung unterwerfen. Sie war erwachsen geworden, die Windeln des Autoritarismus waren zu eng geworden. Das Selbstbewusstsein der Bürger hatte zugenommen. Sie fühlten sich nicht mehr wie eine »kleine Schraube in der riesigen Staatsmaschine«, sondern eher als individuelle Steuerzahler nach westlichem Maßstab, die mit dem Staat kooperieren wollten.

Es war wieder das gleiche schöne Gefühl wie vor zwanzig Jahren, mit Tausenden Gleichgesinnten auf die Straßen zu gehen. Damals, im Winter 2011, schien es, als wären wir in Moskau sogar in der Mehrheit und würden siegen. Dieses Moskau mochte ich sehr! Es war großartig, das andere, demokratische Russland zu sehen und zu erleben. Unsere Revolution war keine sinnlose und gewalttätige Meuterei, wie es die Regimebefürworter im Fernsehen behaupteten. Sie versuchten, die Menschen einzuschüchtern, obwohl es bei keiner der Massendemonstrationen zu einem Zwischenfall gekommen war. Zum ersten Mal verlief eine russische Rebellion vernünftig und besonnen. In Russland fand eine friedliche Revolution statt, und das war unsere Chance, das Gleis von Meuterei und Diktatur zu verlassen und den Weg der Veränderung einzuschlagen. Und es war für mich offensichtlich, warum der Mensch Revolutionen braucht:

damit er sich wie ein Mensch fühlen kann. Es braucht Momente, in denen man sich nicht weiter erniedrigen lassen will und auf die Straßen geht, um die eigene Würde zu verteidigen. »Wir sind die Macht«, haben wir wieder skandiert. Der Kreml hatte dazu eine andere Meinung.

1917 und während der Perestroika traten die Machthabenden ab. Dieses Mal aber gewann hinter der roten Mauer die Silowikimentalität: Auf keinen Fall zurückweichen. Die »gelenkte Demokratie« entfaltete sich, die Schrauben wurden immer enger angezogen.

Die Oppositionellen wurden öffentlich als fünfte Kolonne des Westens stigmatisiert, die Mitarbeiter aller noch verbliebenen unabhängigen zivilgesellschaftlichen Einrichtungen als »ausländische Agenten« diffamiert und von der politischen Bühne verjagt. Die Demonstrationen wurden mit Gewalt auseinandergetrieben, Menschen auf den Kundgebungen beliebig verhaftet, um andere einzuschüchtern.

Das Regime kennt nur ein Mittel, um das Land unter Kontrolle zu bringen: den Krieg. Das ist die Wunderwaffe jeder Diktatur. Nun begann in den Massenmedien eine patriotische Hysterie. »Wir sind im Krieg.« Der Westen, so die Propaganda, will uns vernichten, und wir sind bereit, wie unsere Väter und Großväter alles für den Sieg gegen den Faschismus zu opfern. Und diejenigen, die dagegen sind, sind Verräter. Für Diktaturen sind nicht die eigentlichen Kriegshandlungen wichtig, sondern nur die Tatsache, dass Krieg herrscht, der Zustand des Krieges als solches. Er erlaubt es, alle Feinde des Regimes als »nationale Verräter« auszugrenzen und zu verfolgen.

Die Führung spielte die russische Nationalkarte aus. Das Schlüsselwort: *Russki mir* – die russische Welt. Selbst die Sprache wurde vom Kreml einberufen, um das neue russische Imperium aufzubauen.

Nach dem Zerfall der Sowjetunion fanden sich an die 25 Millionen Russen quasi über Nacht im »nahen Ausland«. Die Menschen aus der »Besatzernation« wurden in den Nachfolgestaaten der früheren

Sowjetrepubliken zu Minderheiten. Nun mussten sie die Sprachen der Titelnationen lernen. In der Hierarchie eines neuen Nationalstaats fühlten sie sich an den Rand gedrängt. Das war eine traumatische Erfahrung, die meisten mussten ihr Leben gänzlich neu einrichten, waren auf einmal Bürger zweiter Klasse.

Diese Menschen sollten zur »fünften Kolonne« des Kremls werden. Einst wurde gesagt: »Wo wir sind, ist Deutschland.« Nun erklärte der russische Präsident: »Russland kennt keine Grenzen. Russland endet nirgends.« Die nationalistische Propagandarhetorik des Fernsehens schien Hitlers *Mein Kampf* entnommen zu sein, nur wurde mit der Word-Funktion *suchen und ersetzen* mit einem Klick »deutsch« durch »russisch« ersetzt.

Das »nahe Ausland« fühlte sich ungemütlich an. Die postsowjetische Welt versuchte sich vom ehemaligen Mutterstaat in jeder möglichen Art und Weise abzuschotten. Kasachstan gab die kyrillische Schrift auf und nahm das lateinische Alphabet an. Die baltischen Republiken schafften es, sich mit dem »Nato-Schild« zu bedecken. Die Ukraine versuchte aus aller Kraft, sich aus dem Griff des Kremls loszureißen, aber ihre Schwachstelle war die Krim.

Der Hauptschlag der Propaganda sollte nun der Ukraine gelten. Die Abkehr der Republik von der engen wirtschaftlichen Zusammenarbeit mit Russland wurde als Ergebnis von Machenschaften der Amerikaner erklärt, die damit ihre Machtposition bis an die Grenzen Russlands vorgeschoben hätten. Die Forderung des unabhängigen Staates, die Bürger sollten die Nationalsprache lernen und bei öffentlichen Angelegenheiten das Ukrainische gebrauchen, wurde als Erniedrigung und Unterdrückung der Russen in der Ukraine dargestellt. Das Fernsehen impfte den Massen den Wunsch nach der zukünftigen Rückkehr der Krim ins Bewusstsein ein, sie sollte zum Zeichen für die wiederauferstandene Größe des Vaterlandes werden.

Die Krim ersetzte im sakralen russischen Mythos Konstantinopel. Dostojewski schrieb: »Ein wahrhaft großes Volk wird sich nie mit einer zweitrangigen Rolle in der Menschheit abfinden [...] Nur ein einziges Volk kann den wahrhaften Gott haben. Das einzige und einheitliche Volk der Träger Gottes ist das russische Volk.« Während des russisch-türkischen Kriegs 1877–78 führte er eine im *Tagebuch eines Schriftstellers* festgehaltene Diskussion mit Nikolai Danilewski, dem Ideologen des Panslawismus, über das Schicksal Konstantinopels. Danilewski meinte, Konstantinopel sollte nach der Befreiung die gemeinsame Hauptstadt aller Slawen sein, Russen inklusive. Das ärgerte Dostojewski: »Wie kann man die Russen und die Slawen vergleichen? [...] Konstantinopel soll UNS gehören, wird von UNS, den Russen, von den Türken erobert werden und wird auf ewig UNSER bleiben!«

Das putinsche Imperium ist viel kleiner als das Imperium der Romanows, dementsprechend schrumpfte die Anmaßung. Anstatt das Dritte Rom durch die Eroberung des Zweiten zu verwirklichen, wurde den Volksmassen eine eingängige Idee präsentiert: Der betrunkene Chruschtschow hatte unsere Krim den Ukrainern geschenkt, nun musste die historische Gerechtigkeit wiederhergestellt werden. Die Krim sei heiliges russisches Land. Von dort kam der christliche Glauben nach Russland. Die Krim solle uns gehören, werde von uns, den Russen, von der Ukraine zurückerobert und werde auf ewig unser bleiben!

Die Bevölkerung war durch diese intensive Gehirnwäsche auf den Krieg gegen den Nachbarstaat vorbereitet. Nun hieße es, ukrainische Faschisten unterdrücken unsere Brüder, wir werden sie nicht im Stich lassen. Die Parole lautete: »Die Russen lassen ihre Eigenen nicht fallen.« Der Generalstab wartete nur, bis die Olympiade vorbei war, um seine »grünen Männchen« in den Einsatz zu schicken. Eine Welle der patriotischen Begeisterung im Volk war gesichert.

Als das Sowjetische Reich in sich zusammenbrach, erhielt die Bevölkerung meines Landes die einzigartige Möglichkeit, das Leben neu zu gestalten, eigene Entscheidungen zu treffen, aus dem Land ein schönes Zuhause zu bauen. Man hat wieder nur eine Baracke gebaut.

Vor unseren Augen emigrierte Russland aus dem 21. Jahrhundert ins Mittelalter.

Wenn ein Mensch im Straflager geboren wird und aufwächst, bleibt der Stacheldraht in seiner Seele. Es genügt nicht, die Freiheit von oben geschenkt zu bekommen, man muss auch den Stacheldraht aus der Seele entfernen.

Im März 2013 habe ich einen offenen Brief in Russland veröffentlicht. Es war noch vor dem Anschluss der Krim und vor dem Ukrainekrieg. Anlass war die Einladung der Föderalen Agentur für Presse und Massenkommunikation, also des russischen »Ministeriums der Wahrheit«, an die offizielle Schriftstellerdelegation Russlands, an der Buchmesse in New York teilzunehmen. Mir war bewusst, dass die Propagandamaschine mich nach diesem Brief zum Nationalverräter erklären und eine Hetzkampagne gegen mich starten würde. So ist es nach der Veröffentlichung auch geschehen. Für mich war es aber wichtig, nicht zu schweigen. Schweigen heißt mitmachen.

Ich schrieb: »Die politische Entwicklung Russlands, die Ereignisse der letzten Jahre, haben zu einer für seine Bürger und seine große Kultur absolut unannehmbaren und erniedrigenden Situation im Land geführt. Als Russe und als russischer Staatsbürger schäme ich mich ob der Ereignisse in meinem Land. Wenn ich als Teilnehmer einer offiziellen Delegation eine Buchmesse besuche und von den Möglichkeiten profitiere, die sich dadurch für mich als Autor eröffnen, verpflichte ich mich gleichzeitig dazu, den Staat zu repräsentieren, dessen Politik ich als schädlich für das Land ansehe, ein offizielles System, das ich abstoßend finde.

Ein Land, in dem ein kriminelles, korruptes Regime die Macht ergriffen hat, in dem der Staat eine Verbrecherhierarchie ist, in dem sich Wahlen in eine Farce verwandelt haben, in dem die Gerichte den Machthabern dienen und nicht dem Gesetz, in dem es politische Gefangene gibt, in dem das Staatsfernsehen zur Hure gemacht wurde, in dem Usurpatoren stapelweise wahnsinnige Gesetze verabschieden, die die Gesellschaft ins Mittelalter zurückversetzen, ein solches Land kann nicht mein Russland sein. Ich kann und will nicht an einer offiziellen russischen Delegation teilnehmen, die dieses Russland repräsentiert.

Ich will und werde ein anderes, mein Russland vertreten, ein von den Usurpatoren befreites Land, ein Land, dessen Behörden nicht das Recht auf Korruption schützen, sondern die Rechte des Individuums, ein Land mit freien Medien, freien Wahlen und freien Menschen.«

* * *

Meine Mutter ist Ukrainerin, mein Vater Russe. In Russland und in der Ukraine gibt es Millionen solcher Mischehen. Manchmal denke ich: Es ist gut, dass beide bereits gestorben sind und diesen Krieg zwischen Russland und der Ukraine nicht mehr erleben.

Wir sind Brudervölker. Wie sollte man unsere gemeinsame Schmach und unseren gemeinsamen Kummer trennen – unsere ungeheure Vergangenheit? Die Vernichtung des Bauernstandes in Russland und den Holodomor in der Ukraine? Unter den Opfern waren sowohl Russen als auch Ukrainer – genau wie unter den Massenmördern. Wir hatten gemeinsame Feinde – uns selbst. Unsere schreckliche Vergangenheit hält beide Nationen mit tödlichem Griff umklammert und entlässt uns nicht in die Zukunft.

Eine gemeinsame Geschichte bedeutet auch eine gemeinsame Kultur. Wie kann man sie trennen, bei lebendigem Leib aufschneiden? Wie kann man Gogol aufteilen? Ist er ein Klassiker der russischen oder der ukrainischen Literatur? Gogol gehört uns beiden, er ist unser gemeinsamer Stolz.

Es ist eine verbrecherische Gemeinheit, unsere Völker aufeinanderzuhetzen. In den letzten Jahren quält mich das Gefühl der Scham für mein Land. Ich schäme mich jetzt für das neue Russland genauso, wie ich mich als junger Mann für die Sowjetunion schämte. Der oberste Patriot im Kreml kennt solche Gefühle überhaupt nicht, er hat nur Verachtung sowohl für die Ukrainer als auch für die Russen übrig. Und für die ganze Welt. Das vereint alle Diktatoren der Geschichte: Sie wollen unsterblich sein, und wenn es nicht geht, dann müssen alle mit ihnen verrecken.

Der Maidan überraschte durch die Zivilcourage und den Mut der Leute, die »für eure und unsere Freiheit« auf die Straße gingen. Die gegenseitige Solidarität war augenfällig. In Russland kamen bei vielen Menschen Gefühle der Hochachtung und der Eifersucht auf – die Ukrainer können sich erheben und durchhalten, sie zwingt man nicht so leicht in die Knie.

Im russischen Fernsehen wurde diese Volksrevolution verleumdet: Es handele sich um eine Verschwörung der westlichen Geheimdienste. Die Nato habe uns über die Ukraine angegriffen, wir müssten uns verteidigen.

Die putinschen Fernsehmoderatoren taten am Anfang alles, um die Verteidiger des Maidan in ihren Nachrichten als kleinrussische Witzfiguren darzustellen: bauernschlau, geizig, dumm, bereit, sich dem Teufel oder sogar dem Westen zu verkaufen – Hauptsache, es hat genügend Speck im Hause.

Eine gewisse Herablassung gegenüber den Ukrainern und der ukrainischen Sprache war in Russland von jeher verbreitet. Man schätzte die Lebensfreude, den Humor und die Selbstironie des »jüngeren Bruders«. Doch er blieb immer der Jüngere in der Familie, musste also dem Älteren gehorchen, von ihm lernen, ihm nacheifern. Der Maidan offenbarte den Russen ganz andere Ukrainer. Der jüngere Bruder war plötzlich erwachsener als der ältere. Die Ukrainer haben es geschafft, ihre Verbrecherbande zu verjagen, wir noch nicht.

Der ukrainische Präsident hatte Angst vor Blut, der russische Präsident hat keine. Die russischen OMON-Spezialeinheiten (die »Mobilen Einheiten besonderer Bestimmung«, eine direkt dem Innenministerium unterstellte Polizeieinheit) aus der Krim schossen in die Menschenmenge. Offensichtlich folgten sie bereits damals Befehlen aus Moskau und nicht aus Kiew. Später wurden sie in die Moskauer OMON-Truppen eingegliedert.

Der Maidan siegte. Das russische Fernsehen änderte die Rhetorik: Nun waren die Ukrainer brutale Nazis und SS-Bewunderer. Es sei höchste Zeit, die Russisch sprechende Bevölkerung in der Ukraine vor dem Genozid zu retten.

Die Menschen auf der Krim, die mit Tränen in den Augen die russische Trikolore schwenkten und »Russland! Russland!« schrien, konnten einem leidtun. Wie so oft in der Geschichte wurden sie missbraucht und betrogen. Ihr Weg nach Russland führte direkt in einen kriminellen Polizeistaat (in Russland sieht man hier keine Antinomie). Die Begeisterung über die »historische Befreiung« von den ukrainischen »Faschisten« hielt nicht lange an, nach wenigen Jahren hat heute die ernüchternde Realität Einzug gehalten. Nachdem Russland Abchasien von Georgien »befreit« hatte, verwaisten die einst florierenden Kurorte am Schwarzen Meer völlig. Dasselbe Szenario erwartet nun die »befreite« Krim. Der bunte Ferienort wird zu einem grauen Fleck, wo weder aus Russland noch aus der Ukraine jemand hinfahren will.

Anonyme Truppen besetzten die Krim. Später dann, als die Annexion vollzogen war, gab Putin vor der Öffentlichkeit zu, dass die »Grünen Männchen« russische Spezialeinheiten waren. Der Anschluss der Halbinsel löste hysterischen Jubel in Russland aus. »Die Krim ist unser!« Diese Siegesparole wurde zwischen den Menschen in Russland zu einer brennenden Grenze. Sie zog sich durch Familien. Langjährige Freunde konnten einander nicht mehr verstehen. Man konnte einander nichts mehr erklären, man konnte einander nicht mehr überzeugen. Für die einen war die Rückkehr der Krim »in den Heimathafen« der größte Sieg und Stolz des neuen Russlands, für die anderen eine nationale Schande.

Nun stand der Präsident vor seinem Volk in der Tradition der Zaren als »Sammler russischer Erde« da. Das Volk schwieg nicht mehr. Das Volk war total begeistert: Der Zar war echt, der Sieg war unser. Es ging um mehr als um die Krim. Man feierte den Sieg über

Amerika, über den Westen, über die ganze Welt. Das Land schwelgte im Wir-sind-wieder-wer-Gefühl.

Der damalige amerikanische Außenminister John Kerry sprach vielen Menschen im Westen aus dem Herzen: So könne man im 21. Jahrhundert nicht auftreten. Aber wieso soll sich der Kreml um die Zeitrechnung scheren? Der Moskauer Ulus hat die Zeit besiegt.

Das ruhmreiche Zurückholen der Krim steht schon als Kapitel in den Schulgeschichtsbüchern. Das nächste Kapitel wartet darauf, geschrieben zu werden: Wie der verlorene Sohn soll Kiew auf Knien zurück in die Umarmung der russischen Welt kriechen.

Die nächste Stufe der Zerfleischung des Nachbarstaates sollte die im Generalstab geplante Operation »Noworossija« (»Neurussland«) sein. Zehn Gebiete im Osten und Süden sollten der Ukraine weggenommen werden und den Vasallenulus Noworossija bilden. Die Propaganda entwickelte für ihre Strategie die attraktiv klingende Marke »Russischer Frühling«. Die spezielle Operation der Geheimdienste sollte der Bevölkerung als neuer vaterländischer Krieg gegen den Faschismus verkauft werden. Das Fernsehen spielte die Rolle der Artillerievorbereitung. Nach einem TV-Spot, in dem eine Geflüchtete weinend erzählte, wie die ukrainische Soldateska eine Mutter erschossen und ihren dreijährigen Sohn auf dem Zentralplatz in Slowjansk gekreuzigt hatte, meldeten sich Tausende als Freiwillige, um die Russen dort gegen die Ukrainer zu verteidigen. Später stellte sich heraus, dass es sich bei der Nachrichtenepisode um inszenierte Fake News handelte. Aber der Krieg tobte bereits.

Im 21. Jahrhundert kann ein Staat einen Krieg anfangen, ohne ihn wirklich erklärt zu haben. Die Kriegsverbrecher des russischen Fernsehens schickten junge Leute in den Kampf und in den Tod. Diese griffen freiwillig zu den Waffen. Sie glaubten, sie würden gegen den Faschismus kämpfen. Sie seien die russischen Ritter des Guten, die im Kampf mit dem westlichen Bösen stünden. In ihrem armseligen Leben auf den Trümmern des Imperiums offenbarte sich plötzlich die Möglichkeit zu einer erhabenen Tat, ein großes Ziel. Das Leben von Millionen von Russen bekam plötzlich wieder einen Sinn: Wir erbauen eine russische Welt, wir verkörpern das Gute im Kampf gegen den westlichen Teufel, der die Gestalt des »Ukrofaschismus«, des »ukrainischen Faschismus«, angenommen hatte.

Vor unseren Augen wurde der Mythos vom Sammeln der russischen Erde zu neuem Leben erweckt. Die Wiederauferstehung des riesigen Imperiums wurde zum höchsten Sinn der Existenz des russischen Volkes erklärt, das sich endlich von den Knien erhob, nachdem es durch die Niederlage im Kalten Krieg, den Zerfall der Sowjetunion und eine damit verbundene ungerechte Grenzziehung aufgeteilt worden war. Die Befürworter des »Russischen Frühlings« kämpften nicht für eine Trennung des Donbassgebiets von der Ukraine, sondern für eine Wiedervereinigung der Ukraine mit dem Imperium. Aus Sicht dieser Imperialisten sind die Ukrainer die Separatisten. So lauten die programmatischen Worte des Chefideologen und ersten Premierministers des putinschen Neurusslands, Alexander Borodai: »Die Grenzen der russischen Welt verlaufen viel weiter als die Grenzen der Russischen Föderation. Ich führe hier eine historische Mission im Namen der russischen Nation, einer Überethnie, die durch das orthodoxe Christentum zusammengehalten wird. Denn es gibt ein Russland, das erhabene Russland, das russische Imperium. Und deshalb kämpfen die ukrainischen Separatisten, die in Kiew sitzen, gegen das russische Imperium.«

In den Köpfen und Seelen von Millionen Russen hat der Ulus ein weiteres Mal gesiegt. Es ist doch viel schöner, an die eigene historische Mission zu glauben, als auf den Trümmern des Imperiums vor sich hin zu vegetieren.

Plombierte Särge wurden aus dem Donbass nach Russland geschickt – die »Fracht 200«. Wie das Vaterland sich um seine Kinder kümmert, kann man daran sehen, wie es seine Helden begräbt. Einst begrub man so die Opfer aus Afghanistan. Den Eltern wurde verboten, auf dem Grabstein den Ort des Todes anzugeben. So werden heute auch die in der Ukraine gefallenen russischen Soldaten und Offiziere begraben – heimlich. Und sie sind dazu bereit.

Der Kreml unternimmt alles, damit Kiew nicht ins europäische Haus Einlass findet. Das Regime hat die Ukraine mit einem Bürgerkrieg und mit Blut an sich gebunden. Das ist seine Rache an dem Volk, das versucht hat, sich wirklich von den Knien zu erheben. Unter keinen Bedingungen wird die Macht in Russland die Existenz eines demokratischen russischsprachigen Staates zulassen.

Eine unabhängige, erfolgreiche Ukraine wäre eine akute Gefahr für die Machthaber in Moskau, denn sie würde ein klares Signal an die Bevölkerung Russlands senden. Für die Kremlbewohner bedeutete die Existenz einer solchen Ukraine ohne Übertreibung eine Frage von Leben und Tod. Deshalb ist es ihr Ziel, in der Ukraine permanent Chaos zu schüren. So geht von ihr ein anderes klares Signal an die russische Bevölkerung aus: Schaut mal, was für eine Misere die Demokratie bringt!

Der strategische Plan wird auch gar nicht verheimlicht: Der Moskauer Ulus will die tief gespaltene Ukraine über prorussische Subversionsgruppen, wirtschaftlichen Druck und mithilfe seiner Geheimdienste so lange destabilisieren, bis das Land in Chaos und Bürgerkrieg abgleitet. Nach diesem Szenario agiert die russische Führung in der Ukraine. Der Einzige, der dagegenhalten kann, ist das Volk. Die Ukraine ist ein Land mit einem schwachen Staat, aber einer sehr starken Bürgergesellschaft.

Diese starke Bürgergesellschaft brachte die Operation »Novorossija« zum Scheitern. Nur in zwei von zehn Gebieten konnten die Geheimdienste Russlands den »Russischen Frühling« entfachen. In Lugansk und Donezk siegte »Russki mir«, jetzt kann man gut sehen, was diese »russische Welt« den Bewohnern der selbst erklärten Republiken gebracht hat. Die naiven Menschen warteten auf einen Neuanfang ihrer maroden Region mit russischer Unterstützung. Der Kreml aber gab die Bewohner in der Ostukraine heimischen Banden zur Plünderung frei. Die Operation »Neurussland« scheiterte kläglich.

Die Hoffnungen und Erwartungen der Menschen wurden verraten, die Bewohner brutal missbraucht und im Stich gelassen. So macht der Ulus das immer. Er kann nicht anders. Man hätte in diesen Jahren aus dem Donbass ein Schaufenster zur russischen Welt machen können, attraktiv und einladend für alle, Russen und Ukrainer. Stattdessen baute man das Einzige, was der Moskauer Ulus bauen kann: Ein Banditenverlies.

Der Konflikt im Donbass wird weiter angeheizt, man wird ihn mal etwas verglühen lassen, dann wieder anfachen und so weiter. Er wird zu einem unlösbaren Knoten wie im Gazastreifen. Nachgeben wird der Großkhan nie. Das würde ihm als Zeichen der Schwäche ausgelegt, und Schwächlinge mögen die Russen nicht. Und die Welt wird sich damit abfinden und irgendwann zur Tagesordnung übergehen müssen.

De jure werden die westlichen Demokratien den Anschluss der Krim nie anerkennen, aber de facto ist es bereits passiert. Nichts Neues unter dem Mond. Die Sowjetunion besetzte drei baltische Republiken, die de jure von den USA nie als Teil der UdSSR anerkannt wurden. Das störte die russisch-amerikanischen Beziehungen im Laufe von 50 Jahren nicht wirklich. So wird es auch mit der Krim geschehen.

Der Westen will den unberechenbaren russischen Partner nicht ärgern, der andere Länder angreift und mit neuen Massenvernichtungswaffen prahlt. Man will auf keinen Fall einen Krieg provozieren. Aber das ist ein Missverständnis. Der Moskauer Ulus ist bereits im Krieg gegen den Westen.

Russland und der Westen, wir betrachten einander seit Jahrhunderten aufmerksam, aber wir können einander nicht scharf sehen. Etwas stimmt mit der Optik nicht. Wir sehen lauter Spiegelbilder.

Mörderische und andere Erfahrungen

Fritz Pleitgen

Moskau ist heute eine vibrierende Metropole, die es, was ihre Angebote angeht, mit jeder Hauptstadt im Westen aufnehmen kann. Allerdings kann sich, wie überall in der Welt, längst nicht jeder Einwohner leisten, was ihm seine Hauptstadt bietet.

In meiner Korrespondentenzeit war Moskau eine Riesenstadt von armseliger Leere. Das Stadtbild war geprägt von langen dunklen Menschenschlangen, die sich schlagartig vor Geschäften bildeten, wenn es Hoffnung auf irgendwelche Waren gab.

Ich fragte mich oft, warum die Sowjetbürger jahrzehntelang einen Staat erduldeten, dessen Versorgungslage man nur als erniedrigend bezeichnen konnte. »Wir zahlen immer noch den Preis für den Krieg, den wir nicht angefangen haben«, hörte ich von den Betroffenen, die weder der Opposition noch dem Regime zuneigten, also der Mehrheit. »Wir zahlen auch den Preis für den Sieg, der uns zur Supermacht befördert hat. Diesen Rang wollen wir nicht aufgeben, sonst ist es aus mit uns. Dafür stecken wir alle unsere Anstrengungen in das Militär. Für die Menschen bleibt deshalb nichts übrig.«

Die Bürger nahmen es hin. Überwacht vom allgegenwärtigen Geheimdienst, waren Versuche der Rebellion ohnehin chancenlos. Respekt oder gar Sympathie genoss die Obrigkeit nicht. Man wollte nichts mit ihr zu tun haben.

Wir westlichen Ausländer waren privilegiert. Wir konnten in speziellen Läden namens »Berjoska« (Birkenbäumchen) gegen

Valuta einige Lebensmittel und Spirituosen einkaufen. Ein Affront gegen die eigene Bevölkerung! Der Sowjetstaat wollte mit allen Mitteln an dringend benötigte Devisen kommen.

Im damaligen Moskau gab es gutes Brot. Hingegen waren Obst, frisches Gemüse, Fisch, Fleisch, Babynahrung, Kleidung, Kosmetika, Medikamente, Hausratswaren und vieles mehr kaum oder gar nicht zu haben. Also brach ich zweimal im Jahr nach Helsinki auf, um einzukaufen. 1100 Kilometer hin, 1100 Kilometer zurück. Im Winter konnte die Tour ziemlich anstrengend werden.

Die Helsinkistrecke hatte ich sehr früh kennengelernt.

Da mein flottes deutsches Privatauto für Moskauer Verhältnisse völlig untauglich war, tauschte ich meinen Wagen gegen einen schnee- und eistauglichen Volvo aus, den ich mir aus Helsinki holte.

Inzwischen war unsere Familie um zwei weitere Kinder angewachsen. Wir brauchten Babynahrung, Pampers, Winterkleidung, Waschpulver und Kosmetika. Mit diesem Auftrag begab ich mich wieder einmal nach Helsinki. Vollbepackt machte ich mich auf den Rückweg. Vor der finnisch-russischen Grenze geriet ich im Morgengrauen in eine Elchherde. Die Begegnung habe ich später unseren Kindern in zahlreichen Versionen erzählen müssen; in den Hauptrollen der Elchbulle Erwin und die Elchmutter Erna.

Der sowjetische Zoll wurde mit der Zeit nachsichtiger. Babynahrung und Pampers sorgten für verständnisvolle Fragen, der Rest interessierte nicht. Die Strecke über Wyborg nach Leningrad (heute Petersburg) wurde zu einer einsamen Angelegenheit, aber ich kam gut voran. Die restlichen 750 Kilometer von der Newa an die Moskwa versprachen, kein großes Problem zu werden. Vor Mitternacht wollte ich zu Hause sein. Probleme bereitete mir der Sprit. Ich hatte mir nicht gemerkt, in welchen Abständen sich zwischen Leningrad und Kalinin (heute Twer) Tankstellen befanden.

Ich stoppte, um mich bei einem Anhalter zu erkundigen. Er sprang gleich in mein Auto und gab vor, mich zur nächsten Tankstelle dirigieren zu wollen. Wie sich herausstellte, kannte er sich in der Gegend überhaupt nicht aus. Da kurz darauf eine Tankstelle vor uns auftauchte, ließ ich ihn mitfahren. Sicherheitsgurte waren damals in der Sowjetunion unbekannt. Als ich ihm vorschlug, sich anzuschnallen, glaubte er, ich wollte ihn festnehmen.

Wir kamen ins Gespräch. Zutraulich duzte er mich. Ich wollte wissen, woher er kam. Mein Passagier entpuppte sich als entsprungener Häftling. Er war von Außenarbeiten seines Knasts in Südrussland abgehauen und nun schon seit acht Monaten unterwegs. Wie er über die Runden komme, fragte ich ihn. »Sehr gut!«, teilte er mir mit.

»Hast du keine Angst, verpfiffen zu werden?« – »Überhaupt nicht!« Im Gegenteil! Wenn er den Leuten sage, dass er aus dem Gefängnis geflohen sei, gäben sie ihm erst recht etwas zu essen mit auf den Weg. Niemand würde ihn der Polizei melden. So etwas brächte den Leuten nur unangenehme Fragen und Verdächtigungen ein.

Am liebsten wäre er mit mir bis Moskau gefahren. Ich hätte nichts dagegen gehabt, denn die Unterhaltung mit ihm war interessanter als das sowjetische Radioprogramm. Als ich ihm jedoch sagte, dass wir bei Kalinin an einem Posten der Verkehrspolizei vorbeifahren, zog er es vor, sich zu verabschieden. Da ich nicht hinter seinen verständnisvollen Landsleuten zurückstehen wollte, gab ich ihm ein bisschen Geld mit, was er wohl auch erwartet hatte. An der Summe hatte er nichts auszusetzen.

Später schilderte ich einem sowjetischen Kollegen die Begebenheit. Er fand sie nicht außergewöhnlich. »Bei uns will niemand etwas mit den Behörden und erst recht nichts mit der Polizei zu tun haben.«

Im Sommer darauf machte ich eine weitere Erfahrung, die die Aussage des sowjetischen Kollegen bestätigte.

Nach einem langen Abend mit WDR-Besuchern aus Köln wollte ich einen todmüden Nowosti-Kollegen nach Hause fahren. Er wohnte in Tschertanowo, einem der riesigen Plattenbausatelliten von Moskau. Ich hatte keine Vorstellung von der Wegstrecke. Stadtpläne von Moskau gab es damals nicht. Offensichtlich wollte man Spionen die Arbeit nicht erleichtern.

Ich fuhr einfach los und vertraute darauf, dass mir der Nowosti-Kollege den Weg zeigen würde. Aber er konnte mir nicht helfen. Er fahre nur mit der Metro ins Zentrum, teilte er mir mit. Über Tage sei er die Strecke noch nie gefahren. Nach dieser Auskunft schlief er ein. Ich fuhr völlig planlos von einem Stadtteil in den anderen. Als der Morgen graute, fand ich mich auf einem petrochemischen Industriegelände wieder.

Mir kam ein Trupp Arbeiter entgegen. Ich fuhr langsam an ihnen vorbei. Keiner blickte zu mir herüber, als sei es völlig normal, dass ein westliches Auto mit dem Kennzeichen für einen westlichen Korrespondenten (K-02 stand für die Bundesrepublik Deutschland) durch ein sowjetisches Industriegelände fuhr.

Ich schaute in den Rückspiegel. Immer noch drehte sich keiner der Arbeiter nach mir um. In Deutschland wäre der Teufel losgewesen, wenn auf dem Gelände der Chemiewerke in Wesseling in aller Herrgottsfrühe ein sowjetisches Auto herumkutschiert wäre. Als mein russischer Kollege aufwachte, reagierte er völlig gelassen. »Da wird nichts passieren«, beruhigte er mich. Es passierte auch nichts.

Strukturen schaffen Verhaltensweisen und Mentalitäten. Die jahrhundertelange, fast paranoide Verfolgung von Kritikern durch die Staatsmacht hat dazu geführt, dass die Leute vor allem eines tun: stillhalten. Je häufiger ich mit ihnen ins Gespräch kam, desto plausibler schien mir dieses Verhalten. Ich konnte es rational verstehen. Ich frage mich, ob der Westen das Vertrauen dieser Menschen mit Sanktionen gegen die Obrigkeit gewinnt.

Verhaltensweisen und Mentalitäten von Völkern entwickeln

sich über Jahrhunderte, sie werden gespeist aus den lebenslangen Erfahrungen der Menschen, und sie werden über deren Tod hinaus an die nächste Generation weitergereicht. Die Erfahrungen mit der russischen Staatsmacht schafften bei den Menschen weder Vertrauen noch Achtung für die Obrigkeit, insbesondere nicht in der Zeit der Sowjetunion. Weder von der Kirche noch von den Medien und erst recht nicht von der Justiz war Unterstützung zu erwarten.

Die einzige Hoffnung richtete sich auf die Kunst; sie hatte nach Stalins Tod mit dem Tauwetter Auftrieb erhalten, das noch einige Jahre nachwirkte.

In der Breschnew-Zeit erlebte ich Schriftsteller, die sich vom Diktum des sozialistischen Realismus in ihrem schöpferischen Wirken nicht einsperren ließen. Zwei Richtungen entwickelten sich: die städtische Literatur und die Dorfprosa. Ihre bekanntesten und beliebtesten Vertreter waren Juri Trifonow und Valentin Rasputin. Im Theater testete Juri Lubimow am weitesten die Grenzen aus.

Kopelew brachte mich mit ihnen zusammen. Seitdem ich mich etwas freigeschwommen hatte und mit einem deutschen Kameramann arbeitete, wählte ich die Kultur als mein bevorzugtes Betätigungsfeld, um unserem Publikum wenigstens kleine erhellende Einblicke in die ansonsten hermetisch abgeriegelte Supermacht Sowjetunion zu liefern.

Die Sphären der Politik, Wirtschaft, Wissenschaft und des Militärs sowie der größte Teil des Landes blieben mir weiter verschlossen. Dies änderte sich erst, als Gorbatschow an die Macht kam.

Mit seinem Roman *Dom na nabereschnoi* (dt.: *Das Haus an der Moskwa)* traute sich Juri Trifonow an die Aufarbeitung der Stalin-Zeit heran. Der Ort der Handlung nimmt auch heute noch einen prominenten Platz in Moskau ein. Grau, abweisend dunkel, russischer Konstruktivismus, breitet sich schräg gegenüber vom

Kreml ein riesiger Wohnklotz an der Steinernen Brücke aus, die über den Moskaufluss führt.

Hier wohnte die Elite der sowjetischen Führung, bevor sie in den Dreißigerjahren dem Großen Terror unter Stalin zum Opfer fiel, einer nach dem anderen. Trifonows Vater Valentin war auch darunter. Nur wenige überlebten, wie der zeitweilige Staatspräsident Mikojan und der spätere Parteichef Chruschtschow, während der früher gefeierte Kriegsheld Marschall Tuchatschewski hingerichtet wurde.

In der Sowjetunion konnte der Verlag von Trifonows Buch gar nicht so viele Exemplare drucken, wie das Volk lesen wollte. Der Roman war gute Literatur und wertvolle Aufklärung zugleich, spannend und bewegend geschrieben. Er wurde auch bei uns und in der DDR ein Erfolg.

* * *

Ich habe einige Zeit gebraucht, ehe ich die Genehmigung bekam, einen Film über Valentin Rasputin und sein Buch *Abschied von Matjora* zu drehen. Der Autor lebte in Irkutsk.

Auf den ersten Blick wirkte er bäuerlich derb, aber er war ein empfindsamer Mensch. Als ich ihn schließlich besuchen durfte, hatte er sich wegen einer schweren Depression eingeschlossen. Obwohl mir nur eine begrenzte Aufenthaltszeit im sibirischen Irkutsk erlaubt wurde, wartete ich in Ruhe ab, bis er sich wieder nach draußen traute. Rasputin liebte seine dörfliche Umgebung und litt unter dem rohen Umgang der staatlichen Wirtschaft mit der Natur.

Rücksichtslos wurden Flüsse umgeleitet, um Felder im trockenen Süden zu bewässern, riesige Wälder wurden für die Holzwirtschaft gerodet und gewaltige Staudämme errichtet, um aus der Wasserkraft Strom zu erzeugen.

Mit feinem Gefühl beschrieb Valentin Rasputin, wie sich eine alte Bäuerin dagegen wehrte, dass ihr Dorf Matjora in einem Stausee ertränkt werden sollte. Als das Buch herauskam, litten Millionen Sowjetmenschen mit der Bäuerin und dem Autor.

Abschied von Matjora erschien auch im geteilten Deutschland. Es löste in der DDR wie auch in der Bundesrepublik Diskussionen aus, den Verwüstungen unserer Natur durch die Industrialisierung Einhalt zu gebieten. Nicht mit ausreichendem Erfolg!

* * *

In seinen Glanzzeiten – und die dauerten nahezu ein halbes Jahrhundert – war Juri Lubimow nicht zu stoppen. Sein Taganka-Theater war einer der begehrtesten Orte in Moskau. Lubimows Aufführungen waren immer ausverkauft und immer Stadtgespräch. In den Feuilletons der sowjetischen Zeitungen wurden seine Stücke durchweg scharf kritisiert, was ihre Attraktion für die Theaterliebhaber deutlich erhöhte.

Lubimow ließ seine Schauspielerinnen und Schauspieler über die sowjetische Politik und Gesellschaft, das Leben in der ruhmreichen Union der Sozialistischen Sowjetrepubliken und über den Kommunismus an sich Anzüglichkeiten sagen, die das Publikum herzerfrischend fand.

Lubimows Aufführungen hatten aus Sicht der sowjetischen Sittenwächter stets den Hauch des Skandalösen an sich. Doch sie wagten nicht, seine Stücke abzusetzen. Lubimows Popularität und die seiner Schauspieler, darunter der Sänger und Liedermacher Wladimir Wysotzki, war enorm hoch, weit höher als die der politischen Führung. Sich wegen deftiger Sottisen den Ärger der Bevölkerung, für die die Kunst eine Entschädigung für viele Entsagungen bedeutete, und den Spott des Auslands zuzuziehen, dieses Risiko wollten die sowjetischen Kulturverantwortlichen nicht eingehen.

Lubimow reizte bei jeder Aufführung seine Karten voll aus. Seine Theaterkunst und sein Mut sprachen sich in aller Welt herum. Die Großen seiner Zunft besuchten ihn. Arthur Miller, John Steinbeck und Helene Weigel kamen bei ihm vorbei. Ebenso Heinrich Böll und Max Frisch. Sie alle verewigten sich mit ihren Unterschriften auf einer Wand in seinem Büro.

Zu den ersten ausländischen Gästen zählten die Parteigrößen der DDR. Walter Ulbricht und Erich Honecker. Sie hatten sich im Taganka-Theater Brechts *Der gute Mensch von Sezuan* angesehen und waren mit dem Gesehenen zufrieden. Besonders strapaziert wurden sie nicht. Mit dem Brecht-Stück hatte Lubimow seine Karriere am Taganka-Theater behutsam gestartet.

Unter einem Minderwertigkeitskomplex litt er nicht. Er sah sich in einer Reihe mit Theatermachern wie Meyerhold, Wachtangow, Stanislawski und Brecht.

Immer auf der Suche nach Stoffen, die Anstoß erregen, landete Juri Lubimow schließlich bei Michail Bulgakow und dessen fantastischer Satire *Der Meister und Margarita*.

Den Roman hatte der Schriftsteller ab 1928 geschrieben. Das Motiv war Goethes Faust entlehnt. Der Teufel, natürlich ein Ausländer, besuchte Moskau. Stoff für Satire bot die Stadt in der Stalin-Zeit reichlich, wenn man es aufzuschreiben wagte. Michail Bulgakow wagte es. Er knöpfte sich alles vor, was den besonderen Reiz der Sowjetunion ausmachte: Bürokratie, Willkür, Überwachung und mangelnde Versorgung.

Der Meister und Margarita gilt als eines der besten Bücher der russischen Literatur im 20. Jahrhundert. Dass das Werk in der Stalin-Zeit nicht veröffentlicht wurde, konnte nicht verwundern; am wenigsten Bulgakow selbst, denn seine anderen Werke waren auch nicht am Zensor vorbeigekommen. Erst 1966 wurde der Roman in Fortsetzungen mit beträchtlichen Kürzungen in der Literaturzeitschrift *Moskwa* veröffentlicht. Die Ausgaben waren im Handumdrehen ausverkauft. Lubimow brachte nun das Stück auf seine Bühne. Der Stoff war wie für ihn gemacht. Mit Wollust konnte er, wie er mir sagte, seine Phantasmagorien ausspielen.

Die Parteizeitung *Prawda* äußerte sich sehr ungnädig, was Juri Lubimow sichtlich freute und vermutlich alle zehn Millionen Abonnenten zwischen Brest und Wladiwostok erst recht neugierig machte. Die Aufführungen waren auf Jahre ausverkauft. Ich wollte natürlich über das Spektakel berichten. Juri Lubimow zögerte. Die Veröffentlichung im westlichen Fernsehen konnte von den sowjetischen Kulturverantwortlichen zu seinen Ungunsten ausgelegt werden. Um »dummen Fragen« aus dem Weg zu gehen, schlug er einen Drehtermin an einem Abend vor, an dem weder er noch sein Parteisekretär zugegen waren. Wir fanden umstandslos Einlass. Ich hatte reichlich Spirituosen im Kameragepäck, die wohlwollend entgegengenommen wurden.

Als das Stück begann, raunte mir der Kameramann ins Ohr: »Zu dunkel.« Ich arbeitete mich an den Regieassistenten heran, der mich mit der niederschmetternden Taganka-Wirklichkeit vertraut machte, am Licht ließe sich nichts ändern. Dies sei typisches Lubimow-Licht. Halbdunkel, viel Schatten.

»Das war's«, sagte mein Kameramann. Trotzdem wollte ich nicht aufgeben. Ich hatte noch dänisches Dosenbier in Reserve. Den Karton stellte ich dem Beleuchter hinter der Bühne vor die Füße. »Wozu?«, fragte er. »Ich brauche mehr Licht«, sagte ich.

»Für wie lange?« – »Fünf Minuten.«

Als ich wieder im Saal war, lag die Bühne im hellsten Licht. Bis zum Schluss! Mein Kameramann war selig. Dem Publikum gefiel das Stück auch mit dieser Beleuchtung. Von meinem vandalistischen Eingriff hat Lubimow gottlob nie erfahren. Ich genoss weiter sein Wohlwollen. Sein Team hatte ihm gegenüber mein zurückhaltendes Auftreten hervorgehoben.

Als ich Moskau verließ, lud mich Lubimow zusammen mit Bulat Okudschawa und Juri Trifonow zum Abschiedsessen in das »Dom Literaturow« (Haus der Schriftsteller) ein. Angefeuert vom armenischen Kognak »Bagration« kamen wir schnell in gute Stimmung. Juri Lubimow inszenierte für uns eine internationale

Pressekonferenz mit Stalin, Chruschtschow und Breschnew, wobei er alle Rollen spielte: die drei Sowjetführer, den Moderator und die Fragesteller aus dem Pressecorps.

Es war ein grandioses Schauspiel. Lubimow sprach jede seiner Figuren in der passenden Stimmlage. Wir waren hingerissen, die übrigen Gäste auch. Sie hatten das Essen und ihre Unterhaltung eingestellt. Zum Schluss gab es brausenden Beifall. Leider hatte ich kein Tonbandgerät dabei. Notizen wollte ich am Tisch nicht machen. So kann ich kein Protokoll liefern.

Breschnew und Chruschtschow kamen nach meiner Erinnerung als ziemlich dümmliche Figuren weg, dem weisen Führer Stalin schob Lubimow den Satz unter: »Gibt es den Menschen, dann gibt es Probleme; gibt es den Menschen nicht, gibt es keine Probleme.« (»Jest tschelowjek, jest problema; tschelowjeka njet, problem njet.«)

Die bittere Stalin-Pille passte in die Zeit. Der Diktator erlebte in der Breschnew-Ära ein starkes Comeback. Seit dem Sturz von Chruschtschow wurde über Stalin wieder mit viel Respekt, oft auch Verehrung geredet. Mit dem Mammutfilm *Die Befreiung (Oswoboschdenie)* ging es los. Stalin wurde als gütiger Landesvater, weiser Schlachtenlenker und überragender Sieger im Zweiten Weltkrieg dargestellt, was mit der historischen Wirklichkeit wenig bis gar nichts zu tun hatte. Viele wussten das, aber niemand nahm an der Geschichtsklitterung Anstoß. Daran hat sich auch im neuen Russland wenig geändert.

* * *

Mitte 1977 verließ ich Moskau, um in Ostberlin als Leiter des ARD-Studios DDR eine neue Aufgabe zu übernehmen. Der Wechsel fiel uns schwer. Wir hatten viele Freunde unter den Russen gewonnen. Meist waren es selbstbewusste Menschen aus der Kulturszene, darunter überwiegend entschiedene Regimekritiker.

Wie wollten wir uns verabschieden? Nicht, wie es damals üblich war, mit einem öden und teuren Empfang in einem Valutarestaurant! Es sollte etwas Besonderes sein und preiswerter als in den Prestigehotels Metropol und National. Ich kaufte die Tickets eines Ausflugsschiffs auf der Moskwa für zwei Touren innerhalb der Stadt, den Fluss rauf und runter. Die Billetts kosteten damals nur wenige Kopeken. Die Spirituosen beschaffte ich im Berjoska-Shop. Brot fanden wir gut und reichlich im Geschäft »Chleb« auf dem Kalininski-Prospekt. Meine Frau und ihre Freundinnen sorgten für pikante Salate. Musiker fand ich auch.

Ein buntes Völkchen kam auf dem Schiff zusammen. Viele Künstler: die Schriftsteller Trifonow, Woinowitsch, Kornillow, Iskander, der Dichter Wosnessenski, der Regisseur Lubimow, der Sänger und Schauspieler Bulat Okudschawa, der Maler Birger und einige Nonkonformisten, Diplomaten und Journalisten, Vertreter des Außenministeriums, vermutlich auch des KGB. Das wusste man nie so genau. Es wurde viel gesungen und getanzt.

Der Kreml bot im Tages- und Abendsonnenschein eine prächtige Kulisse. Meine Frau und ich standen auf dem Oberdeck. Wir schauten auf die Moskauer Zeit zurück. »Wir können zufrieden sein. Es ist viel besser gelaufen, als wir es erwartet hatten«, meinte meine Frau. »In der Rückschau sieht es gut aus. Wir haben zwei weitere Kinder und viele gute Freunde gewonnen. Schöne Erlebnisse hatten wir auch. Tristesse ist uns nicht erspart geblieben. Hätten wir woanders, wenn auch anders, ebenfalls erlebt.«

Wir haben noch weitere Abschiede in anderen Ländern gefeiert. Aber die Schiffstour auf der Moskwa im Juli 1977 wird uns immer als ein besonders angenehmes Erlebnis in Erinnerung bleiben.

»Das Fenster nach Europa« oder ein Spiegel?

Michail Schischkin

Meine Großeltern und Eltern waren durch einen Stacheldrahtzaun von Europa getrennt. Für mich befanden sich London oder Berlin, als ich 17 war, auf einem anderen Planeten. In einem Straßencafé in Paris ein Croissant zu sich zu nehmen – unvorstellbar.

Für uns gab es keinen Westen. Die Propagandabilder waren kaum ernst zu nehmen: das unglückliche Leben drüben, das glückliche Leben hier. Das Blabla aus dem Fernseher flog an unseren Ohren vorbei. Die da im Kasten hatten einen ekelerregenden Westen erfunden und wollten ihn an uns verfüttern.

Von allen in Russland erfundenen Bildern des Westens ist das am meisten erfundene der nahezu paradiesische Westen Karamsins. Es wurde im 18. Jahrhundert von deutschen und französischen Lehrern in von Sklaven umgebenen russischen Gutshäusern gezeichnet. Und der fleißige Schüler Nikolai Karamsin machte die Schweiz zum Sinnbild dieses Westens. Er ist es, der sich in seinen *Briefen eines russischen Reisenden* am Ufer des Rheins bei Basel auf die Knie wirft und ruft: »Glückliche Schweizer! Dankt ihr auch alle Tage, jegliche Stunde dem Himmel für euer Glück, dass ihr in der Umarmung der reizvollsten Natur, unter den wohltuenden Gesetzen des brüderlichen Bundes, in der Schlichtheit der Sitten und Gott allein dienend lebt?«

Diese »aufgeklärte« Variante des Westens wurde ex negativo erfunden. Lebt Russland nach dem Prinzip »Bist du der Boss – bin ich der Dumme, bin ich der Boss – bist du der Dumme«, so hat man dort:

Republik, Gleichheit, Wahlen und dergleichen. Wenn eine russische Volksweisheit besagt: »Mit ehrlicher Arbeit kein steinern Gemach zu errichten ist«, so führt im Westen gerade ehrliche Arbeit zu einem eigenen Häuschen »mit einem Storch auf dem Dach« (dieser Storch auf dem Dach ließ Dostojewski nicht in Ruhe, im *Spieler* machte der Schriftsteller das Bild zum Symbol des westlichen Spießbürgertums). Wenn dir in der Heimat nur so lange etwas gehört, bis es einen Stärkeren danach gelüstet, es dir wegzunehmen, so ist dort das Privateigentum heilig, und der Bauer kann sicher sein, dass seine Wiese seinen Nachkommen auch in der zehnten Generation gehören wird. Und so weiter.

Für uns damals, in meiner Jugend, war Europa ein Mythos. Europa, das war der russische Traum von einem menschenwürdigen Leben. Für uns stand Europa vor allem für europäische Werte: Persönlichkeitsrechte, die Wahrung der menschlichen Würde, Freiheit. Für Generationen gebildeter Menschen, die hinter dem Eisernen Vorhang nicht zu sehen waren, bedeutete Europa all das, was uns verwehrt war.

Um unser Land diesem Europa zu öffnen und anzuschließen, gingen wir 1991 auf die Straßen Moskaus und dann zwanzig Jahre danach 2011. Für dieses Europa sind die Ukrainer auf dem Maidan auf die Barrikaden gegangen. Die 106 Frauen und Männer der »himmlischen Hundertschaft«, die im Januar und Februar bei gewalttätigen Auseinandersetzungen auf dem Maidan starben, haben ihr Leben für dieses Europa geopfert. Wären die Bewohner von Brüssel, Straßburg oder Den Haag bereit, für die Europäische Union zu sterben? Ich bezweifle es. Denn wir sprechen hier von verschiedenen Europas. In diesem Begriff überlagern sich viele unterschiedliche Bedeutungen.

Für die Einwohner von Paris, Monaco oder Berlin ist Europa zu einem Knotenpunkt von Problemen, Finanzkrisen, Staatsschulden, einer Übermacht der Bürokratie geworden. Ein Europa der Beamten, die den Bauern zeigen, wo und wie sie auf ihren Feldern wirtschaften sollen. Ein Europa der Angst, in dem die Menschen fürchten, dass es in den Flüchtlingswellen aus Asien und Afrika zu ertrinken droht.

Das Gefühl vom »gemeinsamen Haus Europa«, über das sich seine Erbauer, die Überlebenden des Zweiten Weltkriegs, so freuten, hat sich mit der Zeit verflüchtigt. Das passiert mit jedem großen Neubau. Nach der house warming party verlernen seine Bewohner allmählich, die Gemeinsamkeiten wahrzunehmen. Alltagsprobleme und andere Schwierigkeiten verhindern ein Leben in guter Nachbarschaft und trennen diejenigen voneinander, die nebeneinander wohnen. Denn was kann man von den Nachbarn schon erwarten? Der eine verschmutzt den Eingang, der andere lärmt in der Nacht, der dritte zahlt die Miete nicht, und wieder ein anderer versucht die allgemeine Ordnung mit einer solchen Beflissenheit herzustellen, dass er allen auf die Nerven geht. Warum sollte man solche Nachbarn lieben? Und warum sollte man ein solches Europa lieben? Sein Zerfall folgt der Zentrifugalkraft, er ist eine völlig natürliche Reaktion. »Ich will nicht nach Europa«, sagt Europa.

Wir in Russland sehnen uns auch nach einem anderen Europa. Und auch die Ukrainer sind für ein anderes Europa auf den Euro-Maidan gekommen. Nicht für die Europäische Union, verkörpert durch die Beamten in Brüssel, sondern für ein menschenwürdiges Leben bei sich zu Hause haben sie sich gegen die kriminellen Banden erhoben, die in Kiew wirtschafteten und heute noch immer in Moskau herrschen. »Für eure und unsere Freiheit!« Das kann der Großkhan im Kreml der Ukraine nicht verzeihen – und wird es auch nie.

Genau deswegen wird der Westen im russischen Fernsehen mit dem Faschismus gleichgesetzt. Und mehrere zehn Millionen Russen glauben, dass die Nato die Ukraine für einen Krieg gegen Russland instrumentalisiert. Der Zombiekasten hämmert ein eindeutiges Bild in ihre Köpfe: Der Feind ist der Westen. Europa ist gleichbedeutend mit dem Faschismus, gegen den schon unsere Großväter gekämpft haben und vor dem wir nun unsere Heimat schützen müssen.

Es war nicht genug, einmal »ein Fenster nach Europa« (das Idiom verdanken wir übrigens dem Italiener Francesco Algarotti, der seine Russlandreise in dem 1760 erschienenen Buch *Viaggi di Russia* beschrieb) in die Wände zu hauen. Man schaut durch dieses Fenster und spiegelt nur sich selbst. Die beiden Russenvölker haben zwei ganz unterschiedliche Europabilder. Für die einen ist Europa eine mentale Heimat, ein Atopia, ein Ort, der nirgendwo existiert, aber reizt und fasziniert, der Freiheit und Menschenwürde verheißt. Für die anderen ist es ein uralter und immerwährender Widersacher, ein Erbfeind, der, angeführt von Amerika, Russland versklaven, ja sogar ausradieren will.

Schaut man von der anderen Seite durch dieses Fenster, reflektiert auch das Russlandbild den Betrachtenden. So entstand der merkwürdige Mythos von der russischen Seele. Die geheimnisvolle russische Seele irrt auf der Suche nach dem Lebenskern durch grenzenlose Weiten mitten in der noch wilden Natur umher. Ein edler Wilder, bon sauvage, der noch nicht von der Zivilisation und Globalisierung verdorben ist. In der russischen Literatur, Musik, Kunst sucht man nach dem, was der Westen längst verloren hat, nach echter Geistigkeit, Spiritualität, Seelentiefe.

Den Begriff »russische Seele« erfanden übrigens die Deutschen. Zu dem Zeitpunkt, als die Russen anfingen, sich darüber Gedanken zu machen, wer sie überhaupt waren, hatte sich der Begriff der »russischen Seele« in der »Russistik« bereits seit zwei Jahrhunderten als Terminus etabliert. Erstmals taucht die Bezeichnung Mitte des 17. Jahrhunderts in einem Buch von Adam Olearius auf, der ins Moskauer Reich reiste und eine orthodoxe Kirche beschrieb: »Über der Thür war das Jüngste Gericht zu sehen / da zeigete uns / der Münch unter andern einen in Teutschen Kleidern / sagende: Dass auch Teutsche und andere Nationen selig würden / wann Sie nur Russische Seelen hätten.«

Im Westen suchte man nach einer Erklärung für das russische Anderssein, für die Standhaftigkeit der Russen gegen alle Gräuel der

Geschichte, für die ungeheure Leidensfähigkeit und unvergleichliche Leidenskraft. Man sprach sogar über das russische Bedürfnis zu leiden, »die russische Lust am Leiden«. Da sich für die europäische Sichtweise keine plausible Erklärung fand, wälzte man konsequent alles für die westliche Vernunft Unfassbare auf die geheimnisvolle russische Seele ab, die ihre Kraft noch vom Sakralen und Verborgenen empfängt, was dem rationalen Westen längst von der Raison und dem gesunden Menschenverstand verwehrt wird.

Diese Sehnsucht nach der verlorenen Spiritualität ist besonders im deutschen Kulturraum verbreitet. Es ist ein regelrechter Kult der russischen Seele entstanden, der, zum Beispiel, jedes Jahr vor Weihnachten in Erscheinung tritt, wenn zahlreiche Mönchs- und Kosakenchöre (die sonst halb leeren) Kirchensäle füllen.

Die Deutschen »mit der russischen Seele« sagen gelegentlich beiden Völkern sogar eine Art Seelenverwandtschaft nach. Die Deutschen, heißt es dann, sollen ein besonderes Verständnis für die Russen haben, weswegen Deutschland für Russland der primäre Ansprechpartner im Westen sei und zum Guide und Dolmetscher für Russlands geschichtliche Reise nach Europa werden sollte. Es ist nicht zu übersehen, dass die deutsche Idee von der russischen Seele ein Gebräu aus Furcht und Faszination darstellt.

Die Russen hören das schmeichelhafte Sinnieren über die geheimnisvolle russische Seele natürlich gerne. Solche Klischees gehören in die Rubrik »Russland ein Wintermärchen«. Wenn ein Ausländer auf die notorische russische Seele zu sprechen kommt, nicken die Russen, unter sich zucken sie dann jedoch mit den Schultern. Für uns gab es da nie ein Rätsel.

Wassili Grossman formulierte es in seinem 1961 geschriebenen und verbotenen Roman *Alles fließt* präzise: »Ist die russische Seele immer noch rätselhaft? Nein, es gibt kein Rätsel. Gab es eins? Was ist rätselhaft am Sklaventum? Ist etwa das russische Entwicklungsgesetz wirklich nur ein russisches? Ist es der russischen Seele und wirklich nur ihr bestimmt, sich nicht mit wachsender Freiheit, sondern mit wachsendem Sklaventum zu entwickeln? Zeigt sich wirklich hierin das Fatum der russischen Seele? ... Es wird Zeit, dass die Enträtsler Russlands begreifen – nur das tausendjährige Sklaventum hat die Mystik der russischen Seele geschaffen.«

Den modernen Westen und den Moskauer Ulus der Goldenen Horde trennt eine Revolution. Eine besondere, ja die wichtigste Revolution der Menschheit: der Übergang von der Vorherrschaft des gemeinschaftlichen, kollektiven Bewusstseins zur Priorität des Individuellen, Privaten. Die menschliche Geschichte teilt sich in zwei sehr ungleiche Segmente. Die patrimoniale Gesellschaft besteht bereits seit Hunderten von Generationen. Der Mensch identifizierte sich mit dem Kollektiv und war wie in einem Rudel vom Rudelführer, dem Häuptling, Khan oder Zar vollkommen abhängig. Erst seit einigen Jahrhunderten begann eine grundsätzlich andere menschliche Gesellschaftsordnung zu entstehen, in der der Einzelne frei ist. Dies geschah in Europa. Etwas leichter gelang diese zivilisatorische Revolution in den protestantischen Ländern, etwas schwieriger in den katholischen. Die Reformation brachte die Menschheit auf eine neue Entwicklungsstufe. Sie zeigte, dass es eine Moral gibt, die anders begründet ist als durch die Angst vor der Inquisition, dass es neben Gewalt und Scheinheiligkeit andere Wege gibt. Der nächste Schritt des Westens, den Russland ebenfalls versäumt hat, war die Aufklärung, die zum Ziel hatte, den Menschen zu einem selbstbestimmten und vernunftgeleiteten Leben zu erziehen. Die oberste Gewalt, Gott, wurde durch die »ratio«, den Verstand, ersetzt. Ehe der berühmte Text, der mit den Worten *We the People* beginnt, verfasst werden konnte, ehe das Leben nach dieser Verfassung gestaltet werden konnte, musste zuerst eine neue Menschheit entstehen, die sich ihrer menschlichen Würde bewusst ist.

Diese riesige Zivilisationslücke lässt sich durch ein »Fenster nach Europa« nicht überbrücken. Darin besteht das Drama meiner Heimat: Ein kleiner Teil meiner Landsleute ist für das Leben in einer demokratischen Gesellschaftsordnung bereit, aber die überwältigende

Mehrheit kniet noch vor der Macht und findet sich mit dieser patrimonialen Lebensweise ab.

Diese Zivilisationslücke ist die Quelle für Missverständnisse zwischen Russen und westlichen Beobachtern. Im Großen und Kleinen fallen russischen Lesern in den westlichen Geschichtsbüchern merkwürdige, unbegreifliche Details auf.

Wie kann ein Russe verstehen, dass der britische Diktator Oliver Cromwell den Künstler, der sein Porträt malte und das hässliche Muttermal auf seinem Gesicht nicht »bemerkte«, anwies: »Du musst mich mit allen Muttermalen darstellen!« Der englische König hat seinen Herzögen die Köpfe abschlagen lassen, aber ein Duke würde sich an seinen König nie mit der Selbsterniedrigung wenden, wie russische Fürsten sie gegenüber dem Zaren an den Tag legen: »Dein Sklave Wanka [eine pejorative Form für Iwan] schlägt den Kopf auf den Boden.« Dort ritterliche Ehre, da fürstliche Knechtschaft. Wie sollte sich ein Russe vorstellen, Stalin hätte seinen Posten nach dem Sieg im Krieg verlassen und wäre in Rente gegangen? Winston Churchill erlitt bei den Parlamentswahlen im Juli 1945 mit seiner Partei eine Niederlage. Der große Mann, der Nationalheld, der Großbritannien vor Hitler gerettet hatte, war für das friedliche Nachkriegsleben in den Augen der Bevölkerung nicht akzeptabel.

Ein durchschnittlicher Russe kann das Phänomen der westlichen Rechtmäßigkeit nicht begreifen, wie niemand im Westen die russische Gesetzlosigkeit begreifen kann. Die Magna Carta wurde 1215 verabschiedet: »Kein freier Mann darf entführt oder inhaftiert werden oder seines Eigentums oder seiner Regeln oder seiner Gewohnheiten enteignet, geächtet oder ins Exil verbannt oder sonstwie vernichtet werden; noch werden Wir ihn nicht weitergeben oder ihn verurteilen, außer durch rechtmäßiges Urteil der Seinesgleichen oder durch das Gesetz des Landes. Wir werden an niemandem das Recht oder die Gerechtigkeit verkaufen, verleugnen oder verhindern.« Dieser Artikel ist bis heute Teil des Rechts in England. Eine derartige Beziehung zwischen der Macht und ihren Untertanen gehörte weder im 13. Jahrhundert noch heute ins russische Rechtsbewusstsein.

Im europäischen Mittelalter war die Rechtsquelle noch der König, die Magna Carta verteidigte die Rechte der Untertanen gegen seine Willkür. Bereits im 18. Jahrhundert wurde das Volk zur Rechtsquelle. Im berühmten *Federalist Paper* Nr. 84 widersetzte sich der Gründervater Alexander Hamilton der Bill of rights, weil die Rechte den Bürgern ursprünglich in voller Fülle gehören, sie haben diese Rechte niemandem abgetreten, deshalb benötigen die Bürger keine besonderen konstitutionellen Garantien ihrer Rechte: »The people surrender nothing, and as they retain everything, they have no need of particular reservations.« Zwischen dieser Feststellung und der Forderung des Präsidenten Tschetscheniens, Putin auf Lebenszeit zum Präsidenten Russlands zu wählen, liegt ein bodenloser menschlicher Abgrund. Die einzige Rechtsquelle im Moskauer Ulus bleibt wie auch früher der Großkhan. Und seine Leibeigenen werden einfach nicht begreifen und glauben, dass ihre Rechte nicht von der Staatsmacht eingeräumt werden, da die Menschenrechte unabdingbar und von der Staatsmacht unabhängig sind. In Russland gehört das ganze Land mitsamt der Bevölkerung wie eh und je dem Zaren, und die Rechte des Einzelnen hängen von der Willkür seiner Macht ab.

Im 21. Jahrhundert nimmt diese Zivilisationslücke vor unseren Augen zu. Und das »rätselhafte« Land wird mit jedem Jahr noch »rätselhafter«.

Die Friedensbewegung

Fritz Pleitgen

Die DDR war kein Staat zum Wohlfühlen, wie wir schnell herausfanden. Wir wohnten in Ostberlin. Leipziger Straße. 13. Stock. Der Blick ging zwar weit nach Ost wie nach West, bot aber wenig Erfreuliches.

Nach vorne schauten wir auf die Mauer. Unverrückbar sah das Bauwerk aus. Nach hinten hatten wir nur Trümmer vor Augen: Schinkels Schauspielhaus (jetzt Konzerthaus), Deutscher und Französischer Dom. Einst Prunkbauten, seit Kriegsende trostlose Ruinen! Sie erschienen uns wie Mahnmale brutaler Geschichte und missglückter Gegenwart.

In meiner Korrespondentenzeit (1977 bis 1982) machten die Menschen in der DDR auf uns den Eindruck, als hätten sie alle Hoffnung aufgegeben. Nirgends zeigte sich die Aussicht auf eine Verbesserung ihrer tristen Lage. Miserable Versorgung, keine Meinungs- und Reisefreiheit. Stattdessen penetrante Überwachung durch einen allgegenwärtigen Geheimdienst.

Dass es auch anders ging, war gleich nebenan zu beobachten. Die DDR-Bürgerinnen und -Bürger brauchten dafür nur das Fernsehen oder das Radio einzuschalten. Täglich zu erleben, wie sehr sich Ost und West in der Lebensqualität unterschieden, sorgte weit mehr als jede militärische Bedrohung für die unaufhaltsame Erosion des sozialistischen Staates DDR.

Ende der Siebzigerjahre stand es wieder einmal schlecht um den Frieden in der Welt. Dabei hatte das Jahrzehnt gut begonnen.

Das Viermächteabkommen von 1971 hatte den dauernden Gefahrenherd Berlin entschärft. Die Schlussakte der Konferenz über Sicherheit und Zusammenarbeit sorgte jahrelang für Entspannung zwischen Ost und West. Die Supermächte Sowjetunion und USA brachten Abkommen über die Begrenzung ihrer strategischen Rüstung zustande. Allerdings lösten sie dadurch unversehens eine schwere Krise aus.

Was Russen und Amerikaner miteinander vereinbarten, missfiel dem deutschen Bundeskanzler Helmut Schmidt. Mit dem Blick des gewieften Militärexperten entdeckte er eine bedrohliche Schwäche in den Abkommen. Die verfeindeten Supermächte hatten in auffälliger Typensolidarität, wie sie Gaunern zu eigen ist, allein an sich und ihre Sicherheit gedacht. Ihnen ging es nur um die Langstreckenraketen, mit denen sie gegenseitig ihre Länder auslöschen konnten.

Kein Wort verloren sie in den umfangreichen Vertragstexten über die sowjetischen, mit Atomsprengköpfen bestückten Mittelstreckenraketen, die als Antwort auf die britischen und französischen Atomwaffen auf Westeuropa gerichtet waren. Helmut Schmidt fürchtete, dass Westeuropa, insbesondere die Bundesrepublik Deutschland im Konfliktfall zwischen den Supermächten zum atomaren Schlachtfeld werden könnte, während sich die USA und die Sowjetunion gegenseitig schonten.

Helmut Schmidt suchte eine geeignete Gelegenheit, um seine Bedenken der Welt schonungslos mitzuteilen. Er fand sie in London. In seiner Rede vor dem renommierten International Institute for Strategic Studies warnte er am 28. Oktober 1977 vor einer unkontrollierten Aufrüstung von atomaren Mittelstreckenraketen.

Schmidt beließ es nicht bei der Warnung, er forderte Gegenmaßnahmen. Unterstützung fand er bei seinem Freund Giscard d'Estaing. Der französische Staatspräsident half dem deutschen Kanzler, im Nordatlantischen Bündnis eine Entscheidung durchzusetzen, die als Nato-Doppelbeschluss in die Geschichte eingegangen ist.

Einerseits beschloss die Allianz die Aufstellung von atomaren Mittelstreckenwaffen in Westeuropa. Andererseits bot sie der Sowjetunion Verhandlungen über den Abbau aller Mittelstreckenwaffen an. »Aufrüsten, um abzurüsten« hieß die dialektische Formel.

Der amerikanischen Rüstungsindustrie kam die Entscheidung der Nato nicht ungelegen. Sie hatte das passende Gerät auf Lager, um die Raketenlücke in Westeuropa optimal zu schließen. Es wurde ein ertragreiches Geschäft, denn die Nato deckte sich mit 108 Pershing II-Raketen und 464 Cruise Missiles vom Typ Tomahawk ein, alle bestückt mit Atomsprengköpfen von verheerender Wirkung.

Der überwiegenden Mehrheit der europäischen Bevölkerung war der Nato-Doppelbeschluss nicht geheuer. Sie wollte keine weiteren Massenvernichtungswaffen auf ihrem Territorium. Diese Stimmung der Menschen im Westen kam dem Staatssicherheitsdienst der DDR zupass. Die Stasi unterstützte diskret, aber mit Hingabe alle Aktionen gegen die Aufstellung der Pershings und Tomahawks.

Proteste gegen die Hochrüstung der eigenen Seite waren hingegen unerwünscht. Friedensaktivisten wurden im sozialistischen deutschen Staat rabiat verfolgt. »Noch brauchen Sozialismus und Frieden Waffen«, war die fadenscheinige Erklärung von DDR-Verteidigungsminister Hoffmann für die schizophrene Haltung des Ostberliner Regimes.

Doch auch in der DDR ließ sich die Friedensbewegung nicht völlig unterdrücken. Mit ihrer zugkräftigen Losung »Schwerter zu Pflugscharen«, entnommen aus dem Alten Testament, fand die Friedensbewegung Zulauf von Gleichgesinnten, insbesondere unter jungen Menschen.

Das Motiv war mit Bedacht gewählt worden. Der sowjetische Bildhauer Jewgeni Wutschetitsch hatte sich bereits 1957 von dem

Bibelwort des Propheten Micha inspirieren lassen, um eine Skulptur im reinsten sozialistischen Realismus zu schaffen. Das Kunstwerk mit dem biblischen Motiv schenkte die atheistische Sowjetunion in der Chruschtschow-Zeit den Vereinten Nationen. In New York nimmt sie heute noch einen beachteten Platz im Garten des UN-Gebäudes ein.

Die schriftliche Verbreitung der Losung »Schwerter zu Pflugscharen« war in der DDR verboten. Der Jugendpfarrer Harald Bretschneider fand einen pfiffigen Ausweg. Er ließ 100 000 Aufnäher mit der biblischen Losung herstellen. Vor allem jungen Menschen gefiel die Idee ebenso wie die Aufnäher.

Die Staatssicherheit gab sich alle Mühe, dem friedlichen Widerstand den Garaus zu bereiten, sie schaffte es nicht. Im Gegenteil, der Friedensbewegung gelang es, mit einer spektakulären Aktion internationale Aufmerksamkeit zu erreichen. Der Theologe Friedrich Schorlemmer hatte die Idee, die Anwesenheit des späteren Bundespräsidenten von Weizsäcker auf dem Evangelischen Kirchentag in Wittenberg für eine Friedensaktion in aller Öffentlichkeit zu nutzen.

Zweitausend Menschen hatten sich auf dem Luther-Hof eingefunden, als der Kunstschmied Stefan Nau ein eigens für diesen Zweck gefertigtes Schwert zu einer Pflugschar umschmiedete. Die Staatssicherheit war mit vielen Kräften vertreten, hielt sich aber wegen des prominenten Besuchers aus dem Westen zurück, wenn auch mit zusammengebissenen Zähnen.

Zu diesem Zeitpunkt zeichnete sich noch nicht ab, dass sich die schmächtige Friedensbewegung in der DDR bald auf den großen Bruder im Osten berufen konnte.

* * *

Als Michail Gorbatschow 1985 Chef der allmächtigen kommunistischen Partei der Sowjetunion wurde, war ich Korrespondent in Washington. Gegensätzlicher hätte mein neues Milieu im Vergleich zu meinem journalistischen Vorleben unter Zensurbedingungen und ständiger Beobachtung von Staatssicherheitsdiensten nicht sein können. Ich brauchte einige Zeit, ehe ich mir abgewöhnt hatte, bei Fahrten über Land immer wieder in den Rückspiegel zu schauen. Es war niemand hinter mir her.

Während ich im sowjetischen Machtbereich die Medien mit der Lupe nach relevanten Erkenntnissen erfolglos abgesucht hatte, wurde ich jetzt von Informationen überflutet. Die Lektüre der amerikanischen Ostküstenpresse wie *Boston Globe, Christian Science Monitor, New York Times* und *Washington Post* war wie der Genuss frischer Luft nach langer Zeit in muffiger Umgebung unter Tage.

Die amerikanische Presse jener Zeit strotzte vor Selbstbewusstsein, das sie sich in den schwierigen Jahren des Vietnamkrieges und der Nixon-Administration erworben hatte. In zähen Auseinandersetzungen mit dem Weißen Haus hatte sie die Bevölkerung mit der Veröffentlichung der Pentagon-Papers und der Aufdeckung des Watergate-Skandals darüber aufgeklärt, was elementar falsch lief in der Politik der Vereinigten Staaten von Amerika.

Das Vertrauen der Bürgerinnen und Bürger in die Wachsamkeit der Presse stärkte gleichzeitig das Vertrauen in das demokratische System. Was in anderen Staaten zu schweren Krisen geführt hätte, wurde schnell und souverän gemeistert. Als ich meine Korrespondententätigkeit in Washington 1982 aufnahm, erlebte ich einen völlig intakten Staat.

Die Watergate-Krise, die den Präsidenten Richard Nixon das Amt gekostet hatte, schien Ewigkeiten her zu sein. Das Checks-and-Balances-System, die gegenseitige Kontrolle durch Kongress, Weißes Haus und Oberstes Gericht funktionierte kraftvoll und mit beruhigender Selbstverständlichkeit.

Nun kam mit Gorbatschow eine neue Dynamik in die Beziehungen zwischen den beiden militärischen Supermächten. Von den amerikanischen Medien bekam Moskaus neuer starker Mann Bestnoten. Mit hohen Erwartungen wurde nicht gespart. Gorbatschow wurde als völliger Gegensatz zu seinen Vorgängern geschildert. Seine Forderungen nach Offenheit (Glasnost) und Erneuerung durch Umbau des kommunistischen Systems (Perestroika) würden nicht nur sein eigenes Land, sondern auch das Verhältnis zum Westen grundlegend ändern. Die Vorhersage sollte sich bewahrheiten. Allerdings mit unvorhergesehener Wucht und weltweiter Wirkung.

Im Weißen Haus wurde, anders als in der amerikanischen Presse, auf den Führungswechsel in Moskau verhalten reagiert. Präsident Ronald Reagan hatte die Sowjetunion zum Reich des Bösen erklärt. In dieses Bild passte ein Sowjetführer mit guten Manieren, redegewandt, ideenreich und bereit zur Verständigung überhaupt nicht.

Als überzeugter Antikommunist war Ronald Reagan schwer von seinem Kurs abzubringen. Mit der Entspannungspolitik hatte der konservative Präsident abgeschlossen, mit den Russen wollte er nichts zu tun haben. Zu den Verhandlungen mit der Sowjetunion über die atomaren Mittelstreckenwaffen hatte er mit Paul Nitze den entschiedensten Antikommunisten seiner Administration nach Genf geschickt.

Mit Juli Kwizinski setzten die Sowjets einen Chefunterhändler von reziprokem Kaliber dagegen. Beide Seiten traktierten sich mit Vorschlägen, die von der jeweiligen Gegenseite immer entschieden abgelehnt wurden. Fortschritte gab es keine, obwohl die beiden Chefunterhändler einen außergewöhnlichen Rettungsversuch unternommen hatten: Der Amerikaner Nitze lud den Russen Kwizinski zu einem Waldspaziergang ein.

Alle relevanten Daten der unterschiedlichen Waffensysteme hatten sie im Kopf – Reichweiten, Fluggeschwindigkeiten, Zerstörungskraft, Bevölkerungszahlen. Tief im Gehölz waren sie zwar außer Reichweite von Menschen und Mikrofonen, aber sie fanden keine Bank. Sie setzten sich auf einen Holzstoß. Zügig montierten sie ein Verfahren zusammen, das die Zahl der Mittelstreckenraketen drastisch beschränkte, ohne das Gleichgewicht der Kräfte zu gefährden.

Die beiden Chefunterhändler vertrauten sich, ihre Regierungen taten es nicht. Washington und Moskau lehnten das Nitze/Kwizinski-Papier ab. Kurze Zeit später waren die Verhandlungen gescheitert.

Fortschritte machte hingegen die Friedensbewegung in Westeuropa, vor allem in den Ländern, in denen Pershing-Raketen und Cruise Missiles vom Typ Tomahawk oder Marschflugkörper, wie sie im deutschen Sprachgebrauch hießen, aufgestellt werden sollten. Neben Westdeutschland waren das Belgien, Holland, England und Italien.

Je weniger die Abrüstungsverhandlungen vorankamen, desto heftiger wurden die Proteste. Die Friedensbewegung wurde zu einem ernst zu nehmenden politischen Faktor.

Generell berichten die amerikanischen Medien wenig über Geschehnisse und Entwicklungen in Europa, aber die Friedensbewegung fand auffallend viel Beachtung. So erfuhr die amerikanische Bevölkerung, dass in Brüssel und Amsterdam Hunderttausende gegen die Raketen aus den USA protestierten.

Am 10. Oktober 1981 versammelten sich im Bonner Hofgarten 350 000 Menschen, um gegen die Aufstellung von Pershing-Raketen und Tomahawk-Marschflugkörpern zu demonstrieren. Hauptredner war der Schriftsteller Heinrich Böll. Er nannte den Vorwurf, die Demonstranten verhielten sich antiamerikanisch, absurd und idiotisch.

»Wir vergessen nicht«, sagte er, »dass wir auch von der amerikanischen Literatur befreit wurden. Von Saroyan bis Salinger, von Hemingway bis Steinbeck. Ich bin sicher, dass viele meiner amerikanischen Kollegen denken wie wir. Wir sind nicht antiamerikanisch, wenn wir uns gegen eine bestimmte Politik einer bestimmten amerikanischen Regierung wehren. Regierungen sind ja nicht ewig. Auch in den USA ist die Politik der Regierung Reagan nicht unumstritten.«

Ronald Reagan hielt nicht viel von langen Vorträgen oder Berichten. Einzelheiten ermüdeten ihn. Er ließ sich über Kurzmemos informieren. Deshalb ist zu bezweifeln, ob ihm die Feinheiten der Böll-Rede mitgeteilt wurden. Den Vorstellungen der Deutschen von einem amerikanischen Präsidenten entsprach Reagan nicht. Unser Idol blieb John F. Kennedy. Von der Mehrheit der Amerikaner wurde Ronald Reagan hingegen sehr geschätzt. Einen wie ihn wünschte man sich als Nachbarn. Seine Karriere betrachteten viele seiner Landsleute als die Verwirklichung des amerikanischen Traums, aus einfachen Verhältnissen nach ganz oben aufzusteigen.

Seine berufliche Laufbahn hatte Reagan als Sportreporter im Radio begonnen, bevor er nach Hollywood ging. Als Schauspieler war er viel beschäftigt, in Haupt- und Nebenrollen. Ein großer Film war nicht darunter. Mehr Erfolg hatte er in der Politik. Er wurde Gouverneur von Kalifornien. In dieser Zeit wurde er vom militärisch-industriellen Komplex, einer Verbindung einflussreicher Politiker und Militärs mit der Rüstungsindustrie, entdeckt und gefördert. Ein Kandidat mit guter Perspektive. Mit seinem Selbstbewusstsein und seiner Zuversicht war er ein Politiker, wie ihn die Mehrheit der Amerikaner anstelle des unglücklich agierenden Jimmy Carter im Weißen Haus haben wollte.

Im Wahlkampf versprach Reagan, nach den Demütigungen, die Amerika durch die Geiselnahme des amerikanischen Botschaftspersonals in Teheran erdulden musste, die USA wieder zur respektierten Führungsmacht der Welt zu machen. Effektiver Wahlhelfer des Antikommunisten Reagan wurde ausgerechnet das kommunistische Moskau. Auf den Einmarsch sowjetischer Truppen in Afghanistan brachte Jimmy Carter nur einen Olympiaboykott als Antwort zustande, während der empörte Westen am liebsten ein militärisches Engagement der USA gesehen hätte; nicht ahnend, dass der Westen später wie selbstverständlich selbst Krieg in Afghanistan führen sollte. Über viele Jahre!

Ronald Reagan wusste die Gunst des Augenblicks zu nutzen. Während Jimmy Carter noch lavierte, kündigte er an, als Präsident würde er das Zeitalter der Détente, der Entspannungspolitik gegenüber der Sowjetunion, wie sie vom früheren Präsidenten Nixon und dessen Sicherheitsberater Kissinger entwickelt worden war, sofort beenden und stattdessen die Politik der Stärke zu seiner Leitlinie machen. Klare Worte, klare Linie! Das war, was die Mehrheit der Weltpresse und der amerikanischen Bevölkerung hören wollte. So ist es bis heute geblieben.

Ronald Reagan errang einen Erdrutschsieg. Er gewann nicht nur die Präsidentschaft, sondern auch die Mehrheit im Senat, und seine Partei legte außerdem im Abgeordnetenhaus kräftig zu.

Die Auswirkungen des Machtwechsels in Washington bekam ich noch als Korrespondent in Ostberlin zu spüren. 1981, zehn Jahre nach Abschluss des Viermächteabkommens, mit dem im September 1971 ein flexibler, lebensnaher Status für die geteilte Stadt Berlin erarbeitet wurde, wollte ich in einer Fernsehdiskussion mit den beteiligten Botschaftern herausfinden, ob die Erwartungen der vier Siegermächte an das Abkommen in Erfüllung gegangen seien.

Von britischer, französischer und sowjetischer Seite kamen gleich Zusagen. Die Amerikaner hielten sich zurück. Washington wünschte keinen gemeinsamen Auftritt mit den Sowjets. Als Ort hatte ich das inzwischen historische Kontrollratsgebäude in Berlin vorgesehen, in dem sich die Vertreter der vier Siegermächte getroffen hatten, um Probleme im Nachkriegsberlin aus dem Weg zu räumen.

Auch hier kam ein barsches »No« der Amerikaner. Ein kleines Hotel in Dahlem passte den Sowjets nicht, weil Hitlers Propagandaminister Goebbels angeblich hier mal zu Gast war. Schließlich landeten wir im Alpha-Studio am Wannsee. Zu meiner Erleichterung bekam der frühere amerikanische Botschafter in Bonn, Kenneth Rush, doch noch grünes Licht aus Washington, als Ruheständler an der Fernsehdiskussion teilzunehmen, zusammen mit dem Russen Pjotr Abrassimow, dem Briten Roger Jackling und dem Franzosen Jean Sauvagnargues.

Beim Viermächteabkommen war es zehn Jahre zuvor zwar in erster Linie um deutsche Belange gegangen, aber die beiden deutschen Staaten hatte man von den Verhandlungen ausgeschlossen. Die Interessen der DDR wurden vom sowjetischen Botschafter Abrassimow wahrgenommen. Die westdeutsche Bundesregierung baute auf die Unterstützung durch Washington.

Für die notwendigen Absprachen wurde quasi ein zweiter Tisch in Bonn aufgebaut. Hier trafen sich der amerikanische Botschafter Kenneth Rush und der sowjetische Botschafter in der Bundesrepublik Deutschland, Valentin Falin. Die beiden Diplomaten loteten im Beisein eines Vertreters der westdeutschen Bundesregierung aus, was für Moskau, Washington und auch Bonn an Zugeständnissen möglich war oder nicht, alles unter striktester Geheimhaltung.

Die anderen Beteiligten am Verhandlungstisch in Berlin durften davon nichts erfahren. Denn die Nebenabsprachen in Bonn hätten die Hauptverhandlung in Berlin entwertet und zum schnellen Scheitern geführt. Kenneth Rush erhielt, wie er im Vorgespräch erzählte, seine Weisungen nicht von seinem Außenminister Rogers, sondern direkt aus dem Weißen Haus von Henry Kissinger, damals Stabschef des amerikanischen Präsidenten Richard Nixon. Um die Geheimhaltung zu sichern, wurde das State Department in Washington umgangen. Weisungen und Rückfragen liefen zwischen dem Weißen Haus und der US-Botschaft in Bonn über den Kanal des Geheimdienstes der US-Navy.

Auch auf sowjetischer Seite wurde der Außenminister umgangen. Andrei Gromyko galt als unflexibel. Für die westliche

Bundesrepublik Deutschland hatte er wenig übrig. Kissinger setzte deshalb mehr auf den sowjetischen Geheimdienstchef Andropow, der als Politbüromitglied in der sowjetischen Hierarchie einen deutlich höheren Rang einnahm als Gromyko und überdies einen direkten Draht zu Sowjetführer Breschnew hatte. So kam dieses bedeutsame Abkommen nur deshalb zustande, weil auf beiden Seiten die Außenminister der Supermächte USA und Russland von ihren eigenen Leuten umgangen wurden. Kissingers Rechnung ging auf. Am Ende kamen Kompromisse in Formulierungen zustande, die mit Gromyko nicht möglich gewesen wären.

Als ich 1982 in Washington meine Tätigkeit als Fernsehkorrespondent der ARD aufnahm, war die Entspannung, die durch das Viermächteabkommen eingesetzt hatte, bereits wenig geschätzte Geschichte. Washington setzte jetzt auf die Politik der Stärke und Aufrüstung. Vom ABC-Korrespondenten Sam Donaldson wollte ich wissen, was den 40. Präsidenten der USA, Ronald Reagan, auszeichne. Donaldson kannte sich bestens aus. Seit Jahren berichtete er für seinen Fernsehsender aus dem Weißen Haus.

»Was unterscheidet Ronald Reagan von seinem Vorgänger Jimmy Carter?« – »Carter war detailbesessen. Er hat jeden Vorgang penibel studiert. Als es um die MX-Rakete ging, kannte er am Ende jede technische Einzelheit. Er hätte die Rakete selbst bauen können, aber er brachte sie nicht durch den Kongress.«

»Und Ronald Reagan?« – »Ronald Reagan interessieren Details überhaupt nicht, erst recht nicht bei einer Rakete. Er hält die MX vermutlich für eine dicke kubanische Zigarre, aber er bringt sie durch den Kongress.«

Es ist gelaufen, wie es Sam Donaldson vorhergesagt hatte. Donaldson gab im elitären Pressekorps des Weißen Hauses den Ton an, nicht nur wegen seiner Stentorstimme, sondern vor allem wegen seines forschen Auftretens. Kein Präsident, kein Besucher des Weißen Hauses war vor seinen Fragen sicher.

Besondere Sympathien genoss Donaldson bei den Politikern nicht, aber großen Respekt. Gelegentlich herrschte Sprachlosigkeit, wenn Befragte auf dem falschen Fuß erwischt wurden. Als dies Ronald Reagan widerfuhr, sprang sein Gast, der Sprecher des Abgeordnetenhauses Tip O'Neill ein. »Sam Donaldson«, knurrte er in die Stille, »ich wünsche Ihnen einen harten Sarg aus einer hundertjährigen Eiche, die ich morgen pflanzen werde.«

So war der Umgang zwischen Politik und Presse im damaligen Washington.

Dabei war der Demokrat Tip O'Neill aus Massachusetts als Sprecher des Abgeordnetenhauses der ranghöchste politische Gegenspieler des Präsidenten. Er war eine barocke Erscheinung. In seinem Äußeren ähnelte er dem großen französischen Filmschauspieler Jean Gabin. In seiner zehnjährigen Amtszeit hatte er, wie es das Checks-and-Balances-System der amerikanischen Verfassung vorsieht, den Vorgängern von Ronald Reagan penibel auf die Finger geschaut und, wenn notwendig, das Regieren nicht leicht gemacht. Er war kein Freund des Wettrüstens. Die Détente-Doktrin hatte er nicht abgeschrieben.

Doch Ronald Reagan konnte er nicht stoppen. Vorerst nicht! Mit Beharrlichkeit und Bauernschläue brachte der Präsident genügend Abgeordnete und Senatoren auf seine Seite. 50 MX-Raketen genehmigte ihm der Kongress. Interkontinentale Trägersysteme von schwerstem Kaliber, 10 000 Kilometer Reichweite, bestückt mit zwölf atomaren Sprengkörpern, die unabhängig voneinander in unterschiedliche Ziele gesteuert werden konnten. Technologische Glanzleistungen. Ronald Reagan bekam nicht alles, was er wollte, aber genug, um die Sowjetunion bei den strategischen Offensivwaffen abzuhängen.

Ein kostspieliger Prestigeerfolg. 20 Milliarden Dollar. Das Geld wäre den Millionen in Armut lebenden Amerikanern gut bekommen. Für lange Zeit! Das schöne Geld hat sich längst in

Luft aufgelöst. Die technologischen Glanzleistungen namens »Peacekeeper« (Friedenshüter) sind längst verschrottet.

Der Präsident konnte mit dem Ergebnis seiner MX-Initiative insgesamt zufrieden sein, auch in propagandistischer Hinsicht hatte er gesiegt: Trotz seines exorbitanten Aufrüstungsprogramms galt er zumindest in der westlichen Welt überwiegend als »Good Guy«, während die Kriegstreiber allein im Kreml gesehen wurden.

Dreimal hatte ich die Gelegenheit, Ronald Reagan zu interviewen. Jedes Mal ging es um Weltwirtschaftsgipfel, jedes Mal mit Kollegen aus den Teilnehmerstaaten. Routineveranstaltungen, aber vor dem Weltwirtschaftsgipfel 1985 in Bonn bekam die Interviewrunde eine besondere Würze. Der amerikanische Präsident verband die Reise zum Gipfel mit einem Staatsbesuch in Deutschland-West. Als emotionalen Höhepunkt hatte sich Bundeskanzler Helmut Kohl eine Geste der Versöhnung ausgedacht.

Über die Gräber von amerikanischen und deutschen Kriegsgefallenen hinweg sollte ihm der amerikanische Präsident die Hand reichen. Als Ort des feierlichen Geschehens wurde das Eifelstädtchen Bitburg ausgesucht. Es liegt in Rheinland-Pfalz, wo kurze Zeit später Landtagswahlen stattfanden. Eine gefühlvolle Friedensgeste könnte sich, so Kohls Kalkül, günstig auf das Wahlergebnis auswirken. Es drohte eher das Gegenteil.

Amerikanische Korrespondenten hatten den Friedhof inspiziert und dabei herausgefunden, dass dort auch SS-Soldaten ihre letzte Ruhe gefunden hatten. Als Berichte darüber in den USA erschienen, brach eine Welle der Entrüstung los. Die SS wurde als Inbegriff des mörderischen Naziregimes gesehen. Senat und Abgeordnetenhaus beschworen den Präsidenten, von der Geste der Versöhnung Abstand zu nehmen, sie könne als Akt der Rehabilitierung der SS missverstanden werden. Auch Nancy Reagan, die Ehefrau des Präsidenten, war strikt dagegen. Aber ihr Ehemann ließ sich nicht umstimmen. Die Geste der Versöhnung führte zu erbittertem Streit in den USA, nicht nur im Hause Reagan.

Um nicht noch zusätzliches Öl ins Feuer zu gießen, wurde die Presse vom Präsidenten ferngehalten. Dabei hatte man vergessen, dass noch ein Interview mit den Korrespondenten aus den Teilnehmerländern des Weltwirtschaftsgipfels anstand.

Dies bescherte mir Besuch vom Stab des amerikanischen Präsidenten in meinem Studio. Mir wurde mitgeteilt, dass ich nur Fragen zur Weltwirtschaft stellen dürfe. Sollte ich den Präsidenten zum Bitburgbesuch fragen, würde er mich übergehen und keine weitere Frage von mir zulassen. Absolut ungewöhnlich für amerikanische Verhältnisse. Mir war klar, das Weiße Haus betrachtete die Bitburgdiskussion als bedrohlich für den amerikanischen Präsidenten.

Ich informierte meine Kollegen. Wir waren uns einig. Wir konnten uns nicht vorschreiben lassen, was wir fragen durften. Wir saßen im East Room des Weißen Hauses. Ronald Reagan war entspannt wie immer, wir Journalisten waren es nicht.

Als Sprecher der Runde hieß ich den Präsidenten in Deutschland herzlich willkommen, um ihn gleich zu fragen: »Why do you go to Bitburg?« Reagan wirkte nicht perplex, sondern gut vorbereitet. Seine Argumente klangen plausibel. Meine Nachfrage beantwortete er konzentriert. Er wich auch nicht aus, als meine Kollegen Gérard Saint-Paul von France Télévisions und Jon Snow von ITN kritisch nachsetzten.

Es war klar, dass die Auskünfte des Präsidenten, die in den Presseraum des Weißen Hauses übertragen wurden, in die Öffentlichkeit gelangen und eine neue Empörungswelle entfachen würden. Deshalb war ich nicht überrascht, als sich nach dem Gespräch Reagans Mitarbeiter mit Vorwürfen auf mich stürzten. Ich hätte mich nicht an die Regeln gehalten. Der Präsident hörte sich das Lamento an, nahm mich in den Arm und erklärte seinen Leuten. »He had his job to do.«

Dass es ein Präsident für eine Selbstverständlichkeit hält, dass Journalisten ihm unbequeme Fragen stellen, hat mich sehr beeindruckt. Eine kleine Episode, aber erzählenswert, weil sie die innere Stärke der USA verdeutlicht. In Moskau ist ein solches Presseverständnis unvorstellbar, aber auch im demokratischen Deutschland keine Selbstverständlichkeit, wie ich kurz darauf erlebte.

Zur Ankunft des amerikanischen Präsidenten Reagan in Köln/Bonn präsentierte mein Sender eine bissige Satiresendung. Ein angebliches Gespräch zwischen Reagan und Kohl, in dem beide Politiker für einen Schlussstrich unter unsere Nazigeschichte plädierten, war so gekonnt imitiert worden, dass es nicht nur die Bevölkerung, sondern auch Politik und Presse für echt hielten. Das Bundeskanzleramt tobte, der Rundfunkrat zeigte sich irritiert. Personelle Konsequenzen wurden gefordert. Der hohe Gast sei verunglimpft worden.

Ich richtete daraufhin an den Stab des Weißen Hauses offiziell die Frage, ob sich der Präsident verunglimpft fühle. Dies wurde verneint. Der Präsident habe die Sendung nicht gesehen, deshalb könne er sich nicht verunglimpft fühlen. Hinzugefügt wurde, der Präsident sei es gewohnt, Gegenstand von Satire zu sein. Nach dieser souveränen Erklärung war der Fall erledigt.

Auch bei der deutschen Bevölkerung hinterließ Ronald Reagan mit seinen Fähigkeiten als Verkünder großer Ideen einen starken Eindruck. Mit einer gekonnten Politshow eroberte Reagan die Schlagzeilen und zugleich die Herzen der meisten Deutschen, vor allem östlich der Elbe. Der Präsident wählte für seinen Auftritt in Berlin eine spektakuläre Kulisse. Vor der Mauer hielt er eine Rede, die in dem schlichten, aber überzeugten Satz gipfelte: »Mister Gorbatschow, tear down this wall.«

Was der amerikanische Präsident wie eine Selbstverständlichkeit sagte, erschien routinierten Beobachtern des Ost-West-Geschehens wie eine schillernde Seifenblase, aber politisch völlig wirklichkeitsfern. Doch der Satz kam gut an und saß fest, auch in den USA, wo seine Rüstungspolitik von den Medien, vor allem der Ostküstenpresse, kritisch hinterfragt wurde.

Mit dem militärisch-industriellen Komplex im Rücken hatte sich Ronald Reagan in den Kopf gesetzt, den roten Rivalen in die Versenkung zu rüsten. Dafür hatte er einen extravaganten Plan in petto, den er der schockierten Welt unter dem aseptischen Titel »Strategische Defensiv-Initiative« (SDI) präsentierte. Die Idee, ein Raketenabwehrsystem im Weltall zu installieren, hatte ihm Edward Teller, der Vater der amerikanischen Wasserstoffbombe, schmackhaft gemacht.

Die amerikanische Presse hatte gleich die passenden Namen parat. SDI hieß in den Medien fortan »Star Wars« und aus Edward Teller wurde Dr. Strangelove aus Stanley Kubricks Filmsatire *Dr. Seltsam oder wie ich lernte, die Bombe zu lieben.*

Zur Rüstungsdebatte, die die ganze Welt in Wallung brachte, war lange Zeit von den amerikanischen Kirchen nichts zu hören, während die Friedensbewegung in den beiden deutschen Staaten viel Unterstützung von den evangelischen Kirchen erhielt, was von politischen Hardlinern in den USA wie Richard Perle als »Protestant Angst« verspottet wurde. Aber dann meldete sich die katholische Kirche der USA doch noch mit einem Hirtenbrief zu Wort. Vehement!

Traditionell sehr konservativ, stand sie eigentlich der Weltsicht von Präsident Reagan nahe, aber nun wandte sie sich entschieden gegen seine Politik der Aufrüstung. 288 Bischöfe trafen sich 1983 zur Bischofskonferenz in Chicago. Zwei Tage lang debattierten sie in aller Öffentlichkeit und mit großer Leidenschaft über die endgültige Formulierung des Hirtenbriefes.

Ihre Formulierungen wurden immer entschiedener. Sie sprachen nicht mehr davon, dass die nukleare Aufrüstung zu zügeln, sondern sofort zu beenden sei; nicht nur die Produktion, sondern auch die Stationierung. Es sei nicht genug, sich einer solchen Politik zu widersetzen, sie müsse bekämpft werden. Sie beriefen sich auf die Bibel und auf den Papst. Dem Vatikan gingen sie allerdings mit ihren Forderungen zu weit, dem Weißen Haus sowieso.

Alle amerikanischen Medien berichteten ausführlich darüber. Den Bericht über die Bischofskonferenz veröffentlichte die *New York Times* unter der Schlagzeile »Römisch-Katholische Bischöfe verstärken ihre Haltung gegen das nukleare Wettrüsten« als Aufmacher auf Seite eins.

Der Hirtenbrief der amerikanischen Bischöfe löste Diskussionen im ganzen Land aus. Für große Nachdenklichkeit sorgte zudem der düstere Film *The Day After*, in dem die Folgen eines Atomkriegs eindringlich dargestellt wurden. Auch Ronald Reagan soll davon sehr beeindruckt gewesen sein.

1983 war ein Jahr voller Dramatik. In Westeuropa verstärkten sich die Proteste gegen die Aufstellung der Mittelstreckenwaffen. Neben Kundgebungen wurden Menschenketten organisiert, ebenso Sitzblockaden vor Kasernen. Allein in Westdeutschland demonstrierten an einem Tag 1,3 Millionen Menschen gegen das Wettrüsten.

Der Herbst begann mit einer Katastrophe. Am 1. September kam der Flug 007 der Korean Airlines auf der Strecke Anchorage–Seoul vom Kurs ab, zum Teil um 500 Kilometer. Zeitweise geriet der Jumbo über sowjetisches Territorium. Ein gefährlicher Fehler!

Die Beziehungen zwischen den beiden Supermächten USA und Sowjetunion waren auf einem neuen Tiefpunkt angelangt. Die Weltlage war hochexplosiv wie seit dem Zweiten Weltkrieg nicht mehr, wie Michail Gorbatschow später erklärte.

In der amerikanischen Presse war zu lesen, wie Flugzeuge der US-Airforce Moskaus Luftverteidigung ebenso penetrant wie riskant testeten. Die Militärmaschinen flogen mit hoher Geschwindigkeit auf den sowjetischen Luftraum zu und drehten erst unmittelbar vor der Grenze ab. Manchmal gerieten sie auch darüber hinaus.

Die Sowjets wurden zunehmend gereizter. Zivilflugzeuge, die ihrer Grenze zu nahe kamen, wurden als getarnte Aufklärer betrachtet. Da die USA die Option auf einen atomaren Erstschlag nicht aufgegeben hatten, befanden sich die Sowjets in einem anhaltenden Alarmzustand, der im Laufe der Jahre fast zur Paranoia führte, was die Amerikaner erheiterte und zu kleinen Bosheiten ermunterte.

Die forsche Rhetorik des amerikanischen Präsidenten und seiner Gefolgsleute trug nicht zur Beruhigung bei. Als Ronald Reagan in einer Tonprobe den lockeren Satz losließ: »In fünf Minuten werden wir Moskau bombardieren«, konnten die Russen darüber nicht lachen. Die Westeuropäer übrigens auch nicht, während sich die Amerikaner über den Ausrutscher ihres Präsidenten herzhaft amüsierten.

Als am 1. September 1983 Korean Airlines 007 seinen Flug auf falschem Kurs unbeirrt fortsetzte, stiegen sowjetische Abfangjäger auf. Wie spätere Ermittlungen ergaben, hatten die koreanischen Piloten weder die Abweichung noch die Warnschüsse der russischen Migs und Suchois mitbekommen.

Die Sowjets wollten das koreanische Flugzeug keinesfalls entkommen lassen. Major Gennadi Ossipowitsch erhielt den Befehl, Raketen abzufeuern, obwohl der Jumbo als Zivilflugzeug klar zu erkennen war. Die Treffer führten zum sofortigen Absturz. Auf 1000 Metern Höhe konnten die Piloten ihr mächtiges Flugzeug noch einmal abfangen, ehe es ins Meer stützte. 269 Menschen starben.

Während sich die ganze Welt empörte, hielt sich Moskau in gewohnter Weise mit Informationen zurück. Washington nutzte dic Verlegenheit der Sowjets zu einer Propagandaoffensive aus. Präsident Reagan nannte den Abschuss der Zivilmaschine ein »Verbrechen gegen die Menschlichkeit«.

Amerika und Russland besitzen in ihren Arsenalen genügend Atomwaffen, um sich gegenseitig mehrfach zu vernichten. Fachleute sprechen deshalb von der Fähigkeit zum »Overkill«. Damit der Weltuntergang nicht eintritt, sichern sie sich gegenseitige

Vernichtung zu, falls es in einem Konflikt zum Äußersten kommen sollte. »Mutually assured destruction« lautete die Formel. Das Akronym »M-a-d« (verrückt) beschreibt die zweifelhafte Versicherung treffender.

Missverständnisse, technische Fehler und Nervenschwäche lässt das System »Mad« nicht zu. Immer wieder tauchen Meldungen von Beinahekatastrophen auf, wie diese aus dem »heißen Herbst« von 1983.

Am 10. September kündigten Signale im sowjetischen Frühwarnsystem den Anflug einer amerikanischen Interkontinentalrakete an. Zum Glück behielt der diensthabende Offizier, Oberstleutnant Stanislaw Petrow, der in seinem Serpuchow 15-Bunker bei Moskau den sowjetischen Luftraum zu überwachen hatte, die Nerven. Möglicherweise misstraute er als lebenserfahrener Sowjetbürger der eigenen Technik. Er blieb ruhig und gab seine Beobachtung nicht weiter, sonst wären sowjetische Atomraketen zum Gegenschlag gestartet worden.

Kurz darauf soll die Nato-Stabsrahmenübung »Able Archer« so wirklichkeitsnah durchgeführt worden sein, dass die sowjetische Seite das Manöver für die Tarnung eines Überraschungsangriffs hielt und ihrerseits die eigenen Atomwaffen in Gefechtsbereitschaft versetzte.

Ob Legende oder nicht, es ist sicher, dass mangelndes Vertrauen auf beiden Seiten das fragile Sicherheitsschloss »Mutually assured destruction« leicht knacken kann.

In den USA sind gut zwei Dutzend Orte nach Moskau benannt worden. Dennoch genossen die Russen in Amerika keine besondere Wertschätzung. In Moscow/ Idaho fragte ich einen Rancher, ob er wisse, dass es auch in Russland ein Moskau gebe.

»Natürlich!«, antwortete er leicht pikiert, weil er annahm, dass ich ihn für beschränkt hielt.

»Wer war zuerst da, Ihr Moscow oder das russische?« – »Natürlich unseres.«

»Wieso?« – »They copy everything.«

Die Sowjetunion, in der die Freiheit des Individuums wenig galt, war das Gegenteil dessen, was sich Amerikaner unter einem erstrebenswerten Staat vorstellten. Der in die Jahre gekommene Comedian Bob Hope konnte immer mit Beifall rechnen, wenn er seinem Publikum mitteilte: »I had a successful trip to the Soviet Union. I came back.«

Doch nach dem Hirtenbrief und dem Film *The Day After* setzte ein Stimmungsumschwung ein. An die Durchführbarkeit eines Atomkrieges, von der einige amerikanische Politiker und Militärs schwadronierten, glaubten die wenigsten.

Es brauchte seine Zeit, aber es tat sich etwas in dem großen Land. Mehr und mehr Initiativen – von Gruppen und einzelnen Personen – traten hervor, die sich für eine Verständigung mit der anderen Seite einsetzten.

In den Rocky Mountains hatten die Menschen im Staat Wyoming seit Jahrzehnten eine besondere Beziehung zu Russland. Ihr Land ist gespickt mit Interkontinentalraketen, die auf die Russische Föderation, früher auf die Sowjetunion, gerichtet sind, was Wyoming umgekehrt zum ersten Ziel russischer Raketen macht.

Die Rancher hatten es immer als ihre patriotische Pflicht angesehen, ihre Grundstücke für Raketensilos zur Verfügung zu stellen. Aber als Michail Gorbatschow 1985 in der Sowjetunion an die Macht kam und von Frieden und Abrüstung sprach, wurden die Rancher nachdenklich. Die Erklärung des Russen, man solle das Geld lieber für nützlichere Dinge ausgeben als für Atomraketen und anderes zerstörerisches Zeugs, fanden die Rancher auf den High Plains in Wyoming vernünftig. Weil sie in einem Land aufwuchsen, das durch privaten Mut und Einsatz groß und erfolgreich geworden war, gründeten sie die Initiative »Rancher for Peace«. Einige von ihnen lernte ich als Korrespondent in den USA kennen.

Als ich die Kirkbrides besuchte, war unlängst hinter ihrem Briefkasten eine MX-Rakete mit zehn Atomsprengköpfen in ihren

Boden versenkt worden. Das Raketensilo, säuberlich umzäunt und mit einem Warnschild versehen, wirkte auf mich so bedrohlich wie eine Kläranlage. Vom harmlosen Äußeren sollte ich mich nicht täuschen lassen, meinte Buster Casher, ein Nachbar der Kirkbrides. »Wenn der Deckel beiseite fliegt, ist das Ende der Menschheit gekommen.«

Das Land hatten ihre Vorfahren vor hundert Jahren in Besitz genommen. Unterstützung von ihrem Staat hatten sie nie gefordert, aber erlebt, dass ein Nachbar nach dem anderen über die Landwirtschaftspolitik Washingtons bankrott ging, während das Militär mit gigantischen Geldsummen gefüttert wurde.

Die Kirkbrides waren inzwischen nicht nur Rancher, sie hatten sich zu Experten für strategische Waffen entwickelt. »Wir wollen, dass unser Land so stark ist, dass es kein Feind wagt, uns anzugreifen. Aber wir wollen wissen, was in unserem Boden steckt.«

Wissen wollten sie auch, von wem sie bedroht wurden. Gewohnt, ihr Schicksal in die eigene Hand zu nehmen, flogen sie in die Sowjetunion, wo sie freudig und organisiert begrüßt wurden. Schnell merkten sie, dass ihre Gesprächspartner nicht die gleiche Freiheit im Denken und Reden besaßen wie sie. Die Rancher vermieden es, sich von der sowjetischen Propaganda einspannen zu lassen.

»Wir fühlten, dass es in der Sowjetunion Menschen gibt, die genauso um ihr Land besorgt sind wie wir«, fasste Linda Kirkbride ihre Beobachtungen zusammen. »Wir sind Leute alten Schlages. Wir haben einen tiefen Sinn für Verantwortung gegenüber unserem Boden und unseren Mitmenschen. Wir dachten, die Sowjetbürger sollten wissen, dass es in Amerika Menschen gibt wie uns.«

»Die Russen sind genauso friedliebend wie wir«, ergänzte Rodney Kirkbride. »Es sind die Militärs, die Machthabenden, die ihre Kriegsspiele haben möchten. Die Normalbürger sind daran nicht interessiert.«

Im Bundesstaat Maine traf ich auf Menschen, die ähnlich dachten. »Regierung und Volk, das sind doch getrennte Einheiten in Russland und auch bei uns«, belehrte mich Paul Brayton aus Surry. »Es sind auf beiden Seiten immer nur ein paar Leute, die es in die Regierung schaffen, und die sind anders als wir.«

Surry ist ein Fischer- und Holzfällerdorf im Nordostwinkel der USA. Die 800 Einwohner reichen aus, um einen Opernchor aufzubauen. Was singen sie? Boris Godunow in russischer Sprache. »Wir wollen mit amerikanischem Atem russische Gefühle ausdrücken und so zur Verständigung unserer Völker beitragen«, erklärte mir Claude Dupuy, der Chorleiter.

Wenn Paul Brayton vom Muschelfang rechtzeitig zurückkehrt, singt er abends als Bass im Chor. Im besten amerikanischen Can-do-spirit (»Alles ist machbar«) hat er wie die anderen im Chor die Herausforderung angenommen, Mussorgskis Oper in der ihm völlig fremden Sprache zu singen.

Als sie Text und Musik intus hatten, beschlossen die Chormitglieder, auf Gastspielreise zu gehen. Wohin? Na klar, in die Sowjetunion! 180 000 Dollar kostete die Chorreise. Auf Unabhängigkeit bedacht, wiesen sie den Zuschuss, den ihnen das State Department angeboten hatte, zurück. Sie führen schließlich zu den Russen, weil sie die Sprachlosigkeit zwischen ihren Regierungen satt wären. In der Sowjetunion wurden sie gerührt gefeiert, auch wenn ihr Russisch nicht ganz verstanden wurde.

Zur selben Zeit machte sich Lynne Cox wie viele ihrer Landsleute Sorgen um den Frieden in der Welt, den sie durch das Wettrüsten der beiden Supermächte USA und Sowjetunion bedroht sah. Die Leidenschaft der Schwimmerin waren lange Strecken. Das Durchqueren berühmter Meerengen hatte sie zu ihrer Spezialität entwickelt. Den Ärmelkanal zwischen England und dem europäischen Festland hatte sie bereits zweimal gemeistert, jeweils in Rekordzeit. In Neuseeland hatte sie die Cookstraße und in Argentinien die Magellanstraße durchquert.

Beim Blick auf die Landkarte stellte sie fest, dass Amerika und Russland nur gut drei Kilometer auseinanderlagen. Sie fragte in der sowjetischen Botschaft nach, ob sie in der Sowjetunion willkommen sei oder ob sie festgenommen würde, wenn sie die Durchquerung der Beringstraße schaffe. Sie sei willkommen, wurde ihr mitgeteilt. Daraufhin bereitete sich Lynne Cox in den eiskalten Gewässern Islands auf die West-Ost-Passage vor.

Ausgestattet mit einem starken Willen und der Statur eines Linebackers im American Football, traute sie sich härteste Strapazen zu. Mit ihrer fröhlichen Zuversicht und ihrem offenen, hübschen Gesicht war sie für mich der Inbegriff des All American Girls.

Ihre historische Mission wollte sie im Hochsommer angehen. Mit der sowjetischen Botschaft vereinbarte sie den 7. August 1987 als Termin für ihre Durchquerung der Beringstraße. Mit einer einmotorigen Piper ließ sie sich nach Little Diomede bringen, die Insel auf der amerikanischen Seite der Beringstraße. Wie eine Kolonie Pinguine hatten sich auf dem nackten Felsen 115 Eskimos eingerichtet. Sie hofften, im Kielwasser von Lynne Cox endlich ihre Verwandten auf der sowjetischen Seite besuchen zu können.

Der 7. August war kein Hochsommertag. Es war nasskalt. Nebel hüllte die Beringstraße ein. Nichts Neues in dieser Weltecke. Nebel war Vitus Bering zum Verhängnis geworden. Er war hier 1729 durchgesegelt, ohne zu merken, dass er die Meerenge zwischen Amerika und Asien passiert hatte. Peter der Große hatte den dänischen Seefahrer losgeschickt, um herauszufinden, ob eine Landbrücke Asien mit Amerika verband oder das Meer die beiden Erdteile trennte. Da Bering auf dem Rückweg die gleiche miese Wetterlage antraf, bekam er wieder nicht mit, dass ihm eine historische Tat gelungen war. Er kehrte niedergeschlagen nach Sankt Petersburg zurück und meldete dem Zarenhof, dass seine Mission erfolglos verlaufen sei. Daraufhin wurde er 1732 ein weiteres Mal losgeschickt. Auch diese Mission fand für ihn kein gutes Ende. Er bezahlte sie mit seinem Leben.

Lynne Cox ließ sich vom Nebel nicht aufhalten. Obwohl sie die nur 3,2 Kilometer entfernte Insel auf der sowjetischen Seite wegen des Nebels überhaupt nicht erkennen konnte, zögerte sie keinen Augenblick. Der Termin war vereinbart worden. Mit drei Kanus als Begleitschutz schwamm sie los. Die Eskimos in den Booten wiesen ihr den Weg durch den Nebel.

Mit ruhigen, langen Armschlägen kam sie gut voran. Schnell überquerte sie mitten in der Beringstraße die Grenze zwischen den beiden Supermächten und den Erdteilen Amerika und Asien. Sie hatte es eilig. Die Wassertemperatur betrug nur vier Grad Celsius. Um keine Haie anzulocken, hatte sie sich nicht eingefettet.

Alles lief gut bis kurz vor der Küste der Ratmanowinsel, die von den Amerikanern Big Diomede genannt wird. Immer wieder wurde sie von der Brandung vor der sowjetischen Küste zurückgeworfen. Im eiskalten Wasser drohte sie ihre Sinne zu verlieren. Die amerikanischen Eskimos in den Booten und deren Verwandte auf der sowjetischen Seite feuerten die verzweifelt kämpfende Schwimmerin an. Nach vielen Anläufen schaffte sie es schließlich, sich an einer Klippe festzuhalten. Sie taumelte den Abhang hoch und brach mit einem Kreislaufkollaps zusammen.

Die sowjetische Seite war bestens vorbereitet. Lynne Cox wurde in wärmende Decken und Folien gehüllt. Ein Arzt stabilisierte ihren Kreislauf. Die amerikanischen Eskimos nutzten das Durcheinander, um ebenfalls an Land zu kommen und ihren Verwandten um den Hals zu fallen.

Als sie wieder zu Kräften gekommen war, wurde Lynne Cox enthusiastisch gefeiert; nicht nur von den ortsansässigen Eskimos, sondern auch von den sowjetischen Medien, die Korrespondenten in den fernsten Winkel ihres Landes geschickt hatten.

Die Miliz verlor nicht völlig den Überblick. Wegen illegalen Grenzübertritts nahm sie die amerikanischen Eskimos vorübergehend fest, um sie nach Feststellung der Personalien gleich wieder freizulassen.

Die Nachricht von der Durchquerung der Beringstraße ging um die Welt. Lynne Cox hatte erreicht, was sie erreichen wollte; nicht nur sportlich, sondern auch politisch. Die Präsidenten der lange verfeindeten Supermächte würdigten ihre Leistung als wichtigen Beitrag für den Frieden und für die Verständigung unter den Völkern. Danach setzten sie ihre Verhandlungen fort, um das größte Abrüstungsabkommen der Geschichte abzuschließen.

* * *

Mein Sender schickte mich zurück in die Sowjetunion, um herauszufinden, ob und wie weit die rote Supermacht durch Gorbatschow verändert wurde. Nebenher sollte ich auch noch Bilder von der sowjetischen Mittelstreckenrakete SS 20 mitbringen, deren Existenz die schwere Krise zwischen Ost und West ausgelöst hatte.

Ganz so einfach wie in Amerika war es in der Sowjetunion nicht, Atomraketen aus der Nähe zu betrachten. In den USA genügte der Besuch bei den Kirkbrides, um vor den Raketensilos zu stehen. In der Sowjetunion wurde meine Anfrage mit Stillschweigen beantwortet. Immerhin, als Ausgleich wurde mir der Besuch der Militärakademie »Oberster Sowjet« angeboten. Das war neu im Vergleich zur Breschnew-Zeit.

Die Eliteschule war gleich nach der Oktoberrevolution gegründet worden. Sie hatte ihre Kadetten an viele Fronten geschickt, aber noch nie in eine Diskussion mit einem Westjournalisten. Drei Dutzend Kursanten wurden für diese Operation zusammengezogen, vorbereitet wie für ein Manöver.

»Wie jeden Bürger der Sowjetunion und der Welt beunruhigt mich die Politik des amerikanischen Präsidenten Reagan«, erklärte Oberleutnant Marischnischenko zum Auftakt.

»Was ist mit ihrer SS 20, die auf uns zielt? Wissen Sie davon?«, setzte ich nach. »Ich kann dazu nichts sagen, ich bin darüber nicht informiert«, schaltete sich Oberleutnant Deschmanow ein. »Ich weiß aber, dass unsere Regierung immer auf die andere Seite reagiert.«

»Bevor die amerikanische Pershing-Rakete bei uns aufgestellt wurde, gab es bei Ihnen schon die SS 20. Haben Sie von dieser Atomrakete gehört?«, versuchte ich es noch einmal.

»Habe ich!«

»SS 20 ist die Nato-Bezeichnung für Ihre Rakete. Wie heißt sie bei Ihnen? Oder ist das geheim?« – »Wo gibt es eine Armee, die keine Geheimnisse hat? Das wäre doch dumm. Ein Schachspieler kündigt doch auch nicht alle seine Züge vorher an, die er spielen will.«

»Aber es geht nicht um Schach, sondern um ein gefährliches Spiel.« – »Ja, ich stimme Ihnen zu. Es ist ein gefährliches Spiel.«

»Halten Sie die Amerikaner für gefährlich?« Kadett Vadim Grabentschikow gab sich diplomatisch: »Der einfache Amerikaner kämpft auch für den Frieden und sieht keinen Sinn, einen Krieg zu beginnen. Diese Amerikaner sind nicht gefährlich, aber die führenden Kreise, die das Wettrüsten anheizen, halte ich für gefährlich.«

* * *

Die führenden Kreise gerieten in Bewegung. 1986 machten sie einen wichtigen Schritt aufeinander zu und trafen sich in einem Gästehaus der isländischen Regierung. Es behauptet seine exquisite Lage seit gut hundert Jahren allein auf weiter Flur vor den Toren der Stadt Reykjavik. Anfangs diente das einfache, aber geräumige Holzhaus als französisches Konsulat, später einem isländischen Lyriker und Verleger als Wohnsitz, ehe es vom Vereinigten Königreich von Großbritannien erworben wurde. Die Briten verkauften es sehr schnell. Angeblich verleidete ein Hausgeist ihrem Botschafter das Leben, weil sich der Spirituosenbestand auf unerklärliche Weise ständig verringerte.

Weltberühmtheit erlangte das weiße Haus, als es von den damaligen Supermächten USA und Sowjetunion für ein Gipfeltreffen ausgesucht wurde. Über tausend Journalisten machten sich Anfang Oktober 1986 auf den Weg nach Reykjavik. Alle wollten zum Gästehaus. Keiner kam auch nur in die Nähe. Die Sicherheitskräfte aus den USA, der Sowjetunion und Island hatten das Gelände um das Gästehaus weiträumig abgeriegelt.

Bevor beide Seiten zusammenkamen, hatten sie bereits die erste Einigung erzielt. Sie wollten sich durch die Medien nicht stören lassen. Es gab keine Briefings, keine Mitteilungen über Zwischenergebnisse. Wir saßen auf dem Trockenen. Trotzdem setzten wir Bericht auf Bericht ab.

Von diesem Gipfeltreffen wurde viel erwartet. Jahrelang hatten sich die Abrüstungsverhandlungen zwischen den USA und der Sowjetunion hingezogen. Die Welt war es leid, ständig mit Nachrichten über Overkillszenarien, Erstschlagkapazitäten, wahrscheinliche Zielgebiete sowie Reichweiten und Zielgenauigkeiten von atomaren Marschflugkörpern unter Spannung gehalten zu werden. Vernünftige Ergebnisse sollten endlich her. Zumindest den Durchbruch zu einer Einigung sollten die beiden Supermächte schaffen.

Es ging um alles: um Atomwaffen kürzerer und mittlerer Reichweite, von denen sich Westeuropa, vor allem die beiden deutschen Staaten bedroht fühlten, sowie um die strategischen Waffen und das Raketenabwehrsystem im Weltraum, die den Rest der Welt um den Schlaf brachten.

Wir Korrespondenten waren zu Waffenspezialisten mutiert, die das jeweilige Publikum mit Kürzeln wie INF (Mittelstreckenraketen), ICBM (Interkontinentalraketen) oder MIRVS (Mehrfachsprengköpfe) traktierten.

Nun lagerten wir vor den Toren von Reykjavik und schauten auf das weiße Haus. Viel Aufschlussreiches entdeckten wir nicht. Ab und zu sahen wir Autos vorfahren, die Verhandlungsteilnehmer brachten oder abholten, aber Nachrichten über den Stand der Verhandlungen blieben aus. Unsere Plätze wagten wir nicht zu verlassen, denn es konnte jeden Augenblick etwas Entscheidendes passieren.

Tatsächlich verließ Präsident Reagan am Nachmittag des ersten Tages das Gästehaus. Gegen das ungemütliche Wetter schützte er sich mit einem mächtigen Mantel, der aus der Abteilung »Big man, tall man« stammen konnte. »Mr. President, where did you get this coat?«, empfing ihn Sam Donaldson. Reagan reagierte locker. Lieber redete er über seinen Mantel als über den Stand der Verhandlungen. Man habe Stillschweigen vereinbart. Er bat um Geduld, es ginge ja um viel, was wir nicht in Abrede stellten. Das war's. Mit guten Wünschen ließ uns der Präsident mit unseren Mutmaßungen zurück.

In einer Verhandlungspause suchte ich am nächsten Tag das Hotel der sowjetischen Delegation auf. Ich hatte Glück. Valentin Falin, früher Botschafter in Bonn, jetzt außenpolitischer Berater von Gorbatschow, lief mir über den Weg. Es ginge gut, man käme voran. Begleitet nur von ihren Dolmetschern, hätten sich die beiden Präsidenten in einem Vieraugengespräch mit Angeboten übertroffen. Am Ende seien nahezu alle Atomwaffen wegverhandelt worden. Die später hinzugerufenen Fachleute hätten entsetzt reagiert, weil sie das sorgfältig austarierte Gleichgewicht des Schreckens in Gefahr sahen.

Meine amerikanischen Kollegen hatten andere Informationen. Das Gipfeltreffen stünde vor dem Scheitern. So war es denn auch. Am Nachmittag stand fest: Es war keine Einigung erzielt worden. Präsident Reagan hatte es abgelehnt, sein SDI-Projekt aufzugeben. Die amerikanische Delegation reiste nach Washington zurück, was Gorbatschow zu einem großen Auftritt nutzte.

Die Moskauer Delegation lud zu einer Pressekonferenz ein. Der sowjetische Präsident ergriff das Wort und gab es nicht mehr ab. Was er vortrug, entsprach den Auskünften von Valentin Falin.

Die Gespräche seien konstruktiv verlaufen, sie hätten die Voraussetzungen geschaffen, um in einem weiteren Treffen zu einer guten Einigung zu kommen.

Im Lichte dieser Auskünfte sah die hastige Abreise der US-Delegation wie eine nervenschwache Flucht aus. Im fernen Washington blieb dem amerikanischen Präsidenten nichts anderes übrig, als die Darstellung Gorbatschows zu bestätigen. Ein Aufatmen ging durch die Welt, die sich nach der Nachricht vom gescheiterten Gipfeltreffen wieder einmal am Rand eines nuklearen Schlagabtauschs zwischen den beiden Supermächten gesehen hatte.

Ein gutes Jahr später traf man sich wieder, dieses Mal in Washington. Am Ende der Gespräche unterschrieben die Präsidenten der USA und der Sowjetunion einen Vertrag, der die Vernichtung aller Atomwaffen kürzerer und mittlerer Reichweite (500 bis 5500 Kilometer) besiegelte. Da es sich um zwei Raketentypen handelte, sprach die Fachwelt von einer doppelten Nulllösung. Ein radikaleres Abrüstungsabkommen hatte es weder vorher noch nachher gegeben.

Im Sommer 1988 verließ ich den Korrespondentenplatz New York, um in Köln das Amt des Fernsehchefredakteurs im WDR zu übernehmen. Das Interesse an Europa hatte in den USA nachgelassen. Stattdessen wurde mehr auf den pazifischen Raum gesetzt. »Europe is dead«, sagten meine amerikanischen Freunde, als ich ihnen von meiner bevorstehenden Rückkehr nach Deutschland erzählte. Es gäbe interessantere Regionen in dieser Welt.

Zwei Tage nach meiner Rückkehr moderierte ich eine Sondersendung über die dramatischen Entwicklungen in Polen, wo die demokratischen Kräfte unter der Führung der Gewerkschaftsbewegung »Solidarność« dabei waren, das kommunistische Regime abzulösen. Europa stand vor dem größten Umbruch nach dem Zweiten Weltkrieg.

Was in Polen geschah, war der Anfang vom Untergang des Sowjetimperiums. Fünf Jahre war die Mauer in Berlin mein täglicher Anblick gewesen. Dass sie eines Tages verschwinden würde, hatte ich zu meinen Lebzeiten nicht erwartet. Nun wurde sie innerhalb weniger Tage weggeräumt. Von wegen »Europe is dead«! Europa entwickelte eine unglaubliche Dynamik, unterließ es aber, Russland mitzunehmen. Ein schwerer Fehler, der heute schleunigst korrigiert werden sollte, ehe sich das Misstrauen auf beiden Seiten zu einer unheilbaren Krankheit auswächst.

Im Sommer 1990 war ich wieder in Moskau.

Es war der 15. Juli 1990. Ich gehörte dem Pressetross an, der Bundeskanzler Helmut Kohl und seinen Außenminister Hans-Dietrich Genscher nach Moskau begleitete. Die deutsche Delegation wollte von der sowjetischen Führung die endgültige Zustimmung zur deutschen Einheit einholen. Die westlichen Siegermächte hatten sich schon dazu bereit erklärt. Der amerikanische Präsident George Bush senior sofort, der französische Präsident Mitterrand nach einigem Zögern. Bei Premierministerin Thatcher dauerte es deutlich länger.

Was würde Helmut Kohl aus Moskau mitbringen? Der deutsche Bundeskanzler gab sich vorsichtig. Er wisse nicht, in welcher Verfassung Gorbatschow sei. Der sowjetische Präsident habe soeben wie sein Außenminister Schewardnadse einen äußerst strapaziösen Parteitag hinter sich gebracht, auf dem beide sich und ihren Kurs erst nach erbitterten Debatten durchsetzen konnten.

Zum Auftakt der Moskauer Gespräche gab es ein Spitzentreffen im Spiridonow-Palast. Ich nutzte die Zeit, um Valentin Falin aufzusuchen. Falin hatte sein Büro im Hauptquartier der damals noch führenden kommunistischen Partei am Alten Platz in Moskau, unweit des Kremls.

Mich interessierte, mit welchem Ergebnis die deutsche Seite rechnen konnte. Falin kam ohne Umschweife zur Sache. Die deutsche Einheit würde Helmut Kohl bekommen. Die Sache sei ausdiskutiert. Allerdings bliebe es beim Nein Moskaus zur Mitgliedschaft des vereinten Deutschlands in der Nato. Hier wurde Falin emotional. Hunderttausende sowjetische Soldaten seien nicht gefallen, um Deutschland zum Mitglied einer Militärallianz zu machen, die der Sowjetunion feindlich gegenüberstünde. Nachdem ich in Reykjavik erlebt hatte, wie nahe Falin an der Position seines Präsidenten war, nahm ich an, dass Helmut Kohl in der Frage »Mitglied in der Nato« ein entschiedenes Njet hören würde.

Mit der falschen Annahme im Gepäck schloss ich mich der Pressegruppe an, die nach Südrussland flog, wo Gorbatschow den deutschen Gästen seine Heimat zeigen wollte. In Pjatigorsk herrschten hochsommerliche Temperaturen. Wir gerieten ins Schwitzen; insbesondere der schwergewichtige Helmut Kohl schien sich in Schweiß aufzulösen. Dagegen wirkte der angeblich strapazierte Gorbatschow im dunklen Anzug und weißen Hemd taufrisch, wie aus dem Ei gepellt. Ich fragte Helmut Kohl, wie es gelaufen sei. »Fragen Sie Gorbatschow!«, forderte er mich auf. »Der Bundeskanzler wird zufrieden sein«, erhielt ich zur Antwort. Zu Nachfragen kam ich nicht mehr.

Schelesnowodsk ist eine malerisch gelegene Kleinstadt im Nordkaukasus. Die Geschichte des Kurorts hat viel mit den Deutschen zu tun; im Guten wie im Schlechten. Das Städtchen verdankt seine Existenz Friedrich Joseph Haass. Der Arzt aus Münstereifel entdeckte hier im Jahr 1810 in den Bergen verschiedene Heilwasser, deren Wirkung er wissenschaftlich untersuchte und gut verständlich beschrieb. Im Zweiten Weltkrieg wurde Schelesnowodsk von Truppen der Deutschen Wehrmacht besetzt und auf dem Rückzug in schweren Kämpfen mit der Roten Armee gänzlich zerstört.

Am 16. Juli 1990 brach in Schelesnowodsk der vermutlich beste Tag der deutschen Geschichte an. In einer Pressekonferenz gab der Russe Gorbatschow als Präsident der Sowjetunion nach seinen Gesprächen mit Bundeskanzler Helmut Kohl offiziell den Weg zur deutschen Einheit frei. Das war allgemein erwartet worden. Sensationell war hingegen, dass Gorbatschow mit der neu gewonnenen Souveränität dem vereinten Deutschland zugleich das Recht einräumte, seine Bündniswahl nach eigenem Ermessen zu treffen. Das hieß konkret, der deutschen Mitgliedschaft in der Nato stand nichts im Wege. Überdies wurde der zügige Abzug aller Sowjettruppen von deutschem Territorium in Aussicht gestellt.

Was in Schelesnowodsk betont sachlich verkündet wurde, sollte die Welt verändern. Die Verabredung im Kaukasus beschleunigte den Zusammenbruch des Sowjetimperiums und die Auflösung der Supermacht Sowjetunion, aber auch das politische Ende von Michail Gorbatschow.

Was er zugesagt hatte, wurde im eigenen Land von der Mehrheit der Bevölkerung und vor allem innerhalb des kommunistischen Machtapparates als Verrat betrachtet. Trotzdem erfüllte die Russische Föderation als Nachfolgerin der Sowjetunion getreulich die Vereinbarungen von Schelesnowodsk.

Als wir Ende Dezember 1991 zu Michail Gorbatschow in den Kreml fuhren, wussten wir nicht, dass wir die letzten Gäste des sowjetischen Präsidenten sein sollten. Als Fernsehchefredakteur begleitete ich WDR-Intendant Friedrich Nowottny zu einem Besuch unseres Studios in Moskau. Vor der Abreise aus Köln hatte ich über den Producer unseres Studios, Igor Butz, um einen Termin bei Michail Gorbatschow gebeten. Es ging um Hilfe für eine Kinderkrebsklinik in Perm. In einer Sondersendung über die in Not geratene Millionenstadt am Ural hatte ich auch über das völlig heruntergekommene onkologische Kinderkrankenhaus des Gebiets berichtet.

Wie Perm ging es dem ganzen Land. Es war am Ende. Die Wirtschaft lag am Boden. Die Versorgung der Bevölkerung war zusammengebrochen. Die Wut auf die Führung roch nach Aufruhr. Ein besonders trostloses Kapitel war die Behandlung der Schwächsten. Die Kinderkrebsklinik befand sich in einem schlimmen Zustand. Die Räumlichkeiten, insbesondere die sanitären Anlagen, waren

Brutstätten ansteckender Krankheiten. Es fehlte an Medikamenten und medizinischer Ausrüstung. Die Sterberate war extrem hoch. Neun von zehn Kindern starben, nicht nur an der tückischen Krankheit Krebs, sondern an den Verhältnissen.

Als die Bilder im deutschen Fernsehen erschienen, brach eine Welle der Hilfsbereitschaft los. Geldbeträge trafen ein, größere Summen wurden angekündigt. Wir mussten ein Spendenkonto einrichten. Spielzeug stapelte sich im Büro und auf den Fluren. Schließlich wurde eine Halle ausgeräumt, um all die Stofftiere zu lagern. Wie sollten wir die Sachspenden nach Perm schaffen und wie sollten wir das Geld einsetzen? All das wollten wir mit Gorbatschow besprechen.

Der Posten am Borowizki-Tor winkte uns nachlässig durch. Kontrollen waren offensichtlich nicht mehr angesagt. Es wirkte, als sei der Präsident bereits abgeschrieben worden. Wir fuhren an Gorbatschows Amtssitz im Senatspalast vor. Das repräsentative Gebäude machte einen heruntergewirtschafteten Eindruck. Innen sah es aus wie vor dem Großreinemachen. Teppiche und Läufer lagen aufgerollt in den Fluren.

Im Vorzimmer von Michail Gorbatschow herrschte reges Treiben, aber düstere Stimmung. Der Präsident selbst wirkte wohltuend entspannt. Seine innere Festigkeit imponierte uns. Keine Nachlässigkeit im Auftritt. Er war wie immer sorgfältig gekleidet. Anthrazitfarbener Anzug, weißes Hemd, dunkle Krawatte.

Er ließ uns wissen, dass er nur 45 Minuten Zeit für uns habe. Anschließend treffe er sich mit Boris Jelzin. Dies könne das Ende seiner Amtszeit und gleichzeitig das Ende der Sowjetunion bedeuten. Wie denn seine Zukunft aussehe?, fragten wir. Er wusste es nicht. Gesetzliche Vorgaben, die den Umgang mit Präsidenten regelten, denen plötzlich das Land abhandengekommen war, gebe es nicht. Dies sei in der Supermacht Sowjetunion nicht vorgesehen gewesen.

Trotz der bedrückenden Ungewissheit, die seine Zukunft betraf, gab er sich uns gegenüber als seinen vermutlich letzten, wenn auch unbedeutenden Gästen souverän präsidial.

Auf Perm kamen wir gar nicht zu sprechen. In wenigen Minuten würde der einst so mächtige Mann nichts mehr zu sagen haben. Warum sollten wir ihn mit unseren Fragen behelligen! Höflich begleitete er uns zur Tür und wünschte uns alles Gute, Wünsche, die wir erwiderten.

Viel geholfen haben unsere Wünsche nicht. Die Moskauer Medien meldeten am Abend geschäftsmäßig, dass die Macht von der Sowjetunion auf die Russische Föderation und von Gorbatschow auf Jelzin übergegangen war. Unblutig. Immerhin!

Der hybride Frieden

Michail Schischkin

Wir haben lange in der Nachkriegszeit gelebt. Dann stellte sich heraus, dass wir in der Vorkriegszeit lebten. Nun leben wir im Krieg.

Das einzige Ziel der Diktatur ist der Erhalt der Macht. Eine Diktatur hat im 21. Jahrhundert nur einen natürlichen Feind – das eigene Volk und seine »bunte Revolution«. Fernsehbilder, die das klägliche Ende von Mubarak und Gaddafi ins Gedächtnis einbrannten, waren Grüße, die das Schicksal dem Kreml aus exotischen Ländern schickte. Die Proteste Hunderttausender in Moskau, die dem selbst ernannten Herrscher bei seiner Inaugurationsfeier 2012 die Freude verdarben, wirkten wie ein Signal der sich nähernden Gefahr. Der Überlebensinstinkt schaltete die Alarmsirene ein.

Der Weg zum Erhalt der Macht führt über den Krieg, einen Krieg als fortwährende Kulisse für den Alltag. Ein never ending Krieg ist die Pille, mit der das Regime seine Lebenserwartung verlängern kann. Einen »echten« Krieg konnte sich die Atommacht mit ihren verrosteten Waffenarsenalen aus der Sowjetzeit nicht leisten. So musste man in einen Proxy-Krieg ziehen.

Als Antwort auf die Herausforderung der »bunten Revolutionen« erarbeitete das Regime die Doktrin des »hybriden« Kriegs. 2013 veröffentlichte der Chef des russischen Generalstabs Waleri Gerassimow den berühmten Artikel »Der Wert der Wissenschaft ist Vorauswissen«. Er philosophiert darin über die »Chaostheorie« und kommt zum Schluss, dass in der modernen Welt die eigentlichen Kriegshandlungen lediglich die Endphase des neuen, hybriden Kriegs darstellen.

Den wichtigsten Teil bildet die Destabilisierung der Lage, die Schaffung von Chaos im feindlichen Staat und seiner Gesellschaft. Diese Ziele erreiche man durch den »breit gestreuten Einsatz von Desinformationen, von politischen, ökonomischen, humanitären und anderen nichtmilitärischen Maßnahmen, die in Verbindung mit dem Protestpotenzial der Bevölkerung zum Einsatz kommen«.

Nun erklärte der modernisierte Moskauer Ulus seinen Feinden einen modernisierten »hybriden« Krieg. Der Kalte Krieg ist Vergangenheit. Wir sind auf halbem Wege von kontaktlosem zu Vollkontaktkarate.

Korruption von Politikern und Journalisten, Propaganda in traditionellen Medien und sozialen Netzwerken, Cyberangriffe, Desinformation, Trolling über Fake Accounts im Internet – das alles ist der hybride Krieg des russischen Generalstabs. Und Europa ist bereits mittendrin.

Der Westen war auf diesen Krieg völlig unvorbereitet. Die Ratlosigkeit der Politiker tat weh. Die Verwirrung der Öffentlichkeit, ihre Unerfahrenheit mit Fake News, ihre manipulierten Reaktionen lösten Mitleid und Empörung gleichzeitig aus.

Die Demokratien unterschätzten die Moskauer Herausforderung total. Im Westen befand sich die Bevölkerung mental noch in der Nachkriegszeit. Man wollte seine Ruhe haben: Arbeitsplätze, Gas, Frieden und keine Waffenlieferungen an die Ukraine. Macht alles so, wie es früher war! Aber die Regeln des Überlebens haben sich geändert. Wenn zwei Männer mit Schwertern kämpfen und einer den Frieden will, dann streckt er dem Gegner die offene Hand entgegen und erwartet, dass die Hand gedrückt wird. Aber nun wird diese Hand abgehackt.

Der Westen war und ist bis jetzt nicht bereit, die rote Linie zu überschreiten. Diese Linie bezeichnet die Bereitschaft, Krieg zu führen. Der Moskauer Khan weiß das ganz genau und nutzt es brutal aus. Für die menschliche Psyche ist es schwierig, von der Nachkriegszeit in die Vorkriegszeit und erst recht in die Kriegszeit überzugehen. Die Mittel des informativen Massenterrors in Russland halfen den Russen, diesen Schritt zu vollziehen. Russland befindet sich bereits im Kriegszustand, in einem halb erklärten Krieg gegen den Westen. Aus der Ukraine wurden Särge mit gefallenen russischen Soldaten in die russischen Städte gebracht. Das, so heißt es, ist dieser Proxy-Krieg, den der Westen gegen Russland führt. Die Särge halfen den Russen, die psychologische Wende zu vollziehen.

Der Krieg irgendwo in den Steppen des Donbass schien weit weg von den eigenen Problemen zu sein, vom Kölner Bahnhofsplatz oder dem Pariser Konzertsaal Bataclan. Man lebte noch in Illusionen, die in den Neunzigerjahren entstanden waren. Die Westeuropäer erlebten die Veränderungen in Russland meist nur vor dem Fernseher. Die Reporter berichteten über demokratische Reformen, und alle glaubten naiv, dass Russland sich in Richtung Europa entwickle. Die wirklichen gesellschaftlichen Prozesse konnten die meisten im Westen nicht nachvollziehen. Russland wurde fast als Verbündeter wahrgenommen. Losungen wie »Die Schlacht um Russland geht weiter und wir werden siegen!« oder »Wir sind ein Siegervolk, das haben wir in den Genen!« wurden den heimatlichen Zuschauern vorbehalten. Der westliche Zuschauer erfuhr nie, mit welcher Genugtuung und unverhohlener Schadenfreude die Probleme des Westens im russischen Fernsehen gezeigt und kommentiert wurden.

Für die Absolventen der sowjetischen KGB- und Militärakademien liegt es auf der Hand, dass die Fäden der »orangenen« und andersbunten Revolutionen vom Westen gezogen werden. Washington und Brüssel werden »Verbrechen« bezichtigt, die sie kaum begehen konnten. Massenproteste ohne konkrete Anführer und ohne dahinterstehende politische Parteien gehören in allen Ländern, in denen es Facebook und andere soziale Netzwerke gibt, zu den Merkmalen unserer Zeit. Russland hat die Aufgabe übernommen, gegen die Revolutionen in der Welt zu kämpfen, wobei Washington, vom Kremlturm aus gesehen, als Hauptrevolutionsmacht erscheint. Hinter jeder Manifestation von Unzufriedenheit auf den russischen Straßen stehen, so die Propaganda, westliche Geheimdienste. In den Augen

Moskaus gehört es zu seinen legitimen Interessen, dass der Westen die Proteste in Russland und anderen befreundeten Diktaturen von Syrien bis Nordkorea nicht schürt, sondern verurteilt. Aus der Perspektive des Moskauer Ulus hat der Westen der russischen Machtordnung auf dem Kiewer Maidan den hybriden Krieg erklärt, folglich geht es lediglich um Verteidigung, um einen hybriden Gegenangriff.

Die westlichen Experten und Politiker haben sich mit dem östlichen Partner total verkalkuliert, und es war von Anfang an ein Riesenmissverständnis, als Putin von Jelzin zum Nachfolger gekürt wurde: Im Westen war man überzeugt, mit ihm einen westlich orientierten Politiker vor sich zu haben. Man ließ sich vom Deutsch sprechenden ehemaligen KGB-Offizier bezirzen. Das ging so weit, dass russische Putin-Kritiker in Deutschland als Russlandfeinde gebrandmarkt und umgekehrt diejenigen, die Putin verteidigten, Russlandfreunde genannt wurden. Wer mit der russischen Politik nicht einverstanden war, erhielt das Etikett, »russophob« zu sein. Wie kann man mit dem hybriden Krieg einverstanden sein, der von meinem Land aus droht, die ganze Welt wie ein Krebsgeschwür zu überziehen?

Zur Strategie der neuen Kriegsführung gehört vor allem die Einschüchterung. Man will den Politikern, Journalisten, Diplomaten, Militärs im Westen Angst einjagen, Russland sei für eine militärische Auseinandersetzung mit der Nato und, falls nötig, zum Dritten Weltkrieg bereit. Die militärischen Provokationen entlang der Ostgrenze der Nato sollen die bedrohliche Risikobereitschaft Russlands demonstrieren. Das gewagte Vabanquespiel mit der Ausrottung der ganzen Menschheit auf dem Planeten ist eine Nervenprobe mit ziemlich vorhersehbarem Resultat: Der Westen wird nie zu einem nuklearen Krieg bereit sein. Der Kreml weiß, dass die Bereitschaft, für Donezk, die russischsprachige Industriemetropole im Osten der Ukraine, Opfer zu bringen, in Deutschland zum Beispiel eher gering ausgeprägt ist. Der Todespoker kann unendlich weitergehen, die demokratischen Länder werden wieder und wieder ausweichen und vom Moskauer Ulus alles hinnehmen müssen, wie es mit dem Krieg gegen Tschetschenien,

Georgien, die Ukraine bereits passiert ist. Der Westen wird sich immer zurückziehen, sei es in der Ukraine, im Kaukasus, womöglich im Baltikum, wer weiß, was noch kommt. Er wird wegen Mariupol oder Narva keinen letzten Weltkrieg riskieren. In diesem Erpressungsspiel haben die westlichen Demokratien keine Chance.

Die Strategen im Kreml denken wie gewöhnliche Banditen. Einst führten sie in Petersburg kriminelle Auseinandersetzungen, bis sie die Macht in der Stadt ergriffen. Dann siegten sie in Kämpfen zwischen Banden, die in die Weiten des riesigen Landes ausgetragen wurden, und usurpierten die Staatsmacht. Nun greifen sie andere Staaten an, begehen Verbrechen auf internationalem Niveau und bleiben unbestraft. Die holländischen Familien, die ihre Liebsten im Himmel über der russisch-ukrainischen Grenze verloren, fühlten vielleicht als erste Europäer, dass auch der hybride Krieg ein Krieg ist.

Angst ist eine Waffe. Die Angst fesselt das Opfer. An der KGB-Akademie wurde den Studenten beigebracht, wie die Angst anzuwenden ist.

Gegen das Regime von Assad, der die eigene Bevölkerung mit Sarin beseitigt, kann man Hunderte Tomahawks abfeuern. Aber den nordkoreanischen Kim fasst die Welt mit Samthandschuhen an, wohl wegen seiner thermonuklearen Sprengköpfe. Die Machthabenden im Kreml können das nicht übersehen, und es ist eine gute Nachricht für sie: Im nuklearen Pokerspiel kann man den Einsatz immer verdoppeln. Es gewinnt nicht derjenige, der stärker ist, sondern derjenige, der bereit ist, bis zum Ende zu gehen. Das ist das ungeschriebene Überlebensgesetz im russischen Gefängnis. Nun ist die ganze Menschheit gezwungen, nach diesem Gesetz zu leben.

Als erwartete Reaktion auf die Provokationen entlang der Grenze bewegen sich Nato-Truppen ostwärts. Die Verteidigungsbudgets wachsen. Es wird eine erneute Erweiterung der Nato mit der Einbeziehung von Finnland und Schweden erwogen. Solche Nachrichten werden von der Propaganda sofort als Beispiele für die Aggression des Westens gegen Russland interpretiert. Der Westen ist auf den neuen Krieg einfach nicht vorbereitet und reagiert wie in »guten« alten Zeiten, als es noch klare Spielregeln gab und die paritätische Zahl der Panzerdivisionen und Raketen noch relevant war. Man spielt mit dem Falschspieler und will ihn zur Raison bringen, doch der hat gar nicht vor, sich an die Regeln zu halten. Er weiß, dass die Gegenspieler den Tisch nicht verlassen können und ihm endlos gut zureden werden. Und das Spiel wird nach seinem Diktat weiterlaufen. Dabei wird mit Pathos darüber geredet, dass der Falschspieler »ebenbürtig« behandelt werden will. Diese »Ebenbürtigkeit« sieht jedoch nur vor, selbst Regeln zu setzen und mit dem Vetorecht alle internationalen Initiativen zur Erhaltung der demokratischen Weltordnung zu torpedieren.

Die Meinung der »Partner« interessiert den Spielführer nicht mehr. Nach dem Tod von Alexander Litwinenko (der ehemalige Geheimdienstagent, der unter anderem die Sprengstoffanschläge auf Wohnhäuser von 1999 untersuchte und das Buch *Blowing up Russia: Terror from Within* veröffentlichte, wurde 2006 in London vom FSB vergiftet) zog man im Kreml die Schlussfolgerung, dass jedes Verbrechen unbestraft bleibt. Wen sollte die öffentliche Meinung im Westen scheren, nach dem deutlichen Laissez-faire im Anschluss an den Überfall auf Georgien 2008, nach dem Anschluss der Krim und der Invasion in die Ukraine?

Es scheint paradox, dass die neuesten westlichen Technologien, die von freien Menschen nur dank der Demokratie entwickelt werden konnten, für die Untergrabung derselben Demokratie eingesetzt werden. Doch die westlichen Technologien waren schon immer das Einzige, was der Moskauer Ulus vom Westen für den Krieg gegen den Westen wollte, man denke nur an Peter den Großen. Im Zeitalter der Informationstechnologien geht es um Informationswaffen.

Die Freiheit des Wortes, diese wichtigste Errungenschaft der Demokratie, wird gnadenlos missbraucht. Die Vertreter offizieller russischer Massenmedien werden wie Journalisten betrachtet und behandelt. Das ist ein weiteres Missverständnis. Ihre Tätigkeit hat mit dem Journalismus nichts zu tun. Informationskrieger, die die russische Bevölkerung mit allen Mitteln gegen den Westen aufhetzen, können keine Journalisten sein. In den demokratischen Ländern will man das noch nicht verstehen, und jede Maßnahme gegen die russischen TV-Kampftruppen wird als Einschränkung der Meinungsfreiheit gebrandmarkt. Echte Journalisten würden jedoch die Gemüter nicht mit Fake News über die Vergewaltigung eines russischen Mädchens durch »muslimische Flüchtlinge« in Berlin aufhetzen, nur um eine empörte und wütende Menschenmenge auf die Straßen zu bringen. So aber funktioniert der hybride Krieg, der in jedes Haus an jedem beliebigen Punkt der Welt eindringen kann.

Wir sehen, mit welcher Effizienz die russischen Geheimdienste soziale Netzwerke nutzen, um in diesen Räumen eine Atmosphäre der Intoleranz und des Hasses zu erzeugen. Die Meinungsfabriken arbeiten Tag und Nacht. Eine Trollarmee schickt Shitstorms und Hetzkampagnen rund um die Welt und hinterlässt Tausende von Hasskommentaren auf den Webseiten, auch in Deutschland. Die Stimmung in der Gesellschaft wird heutzutage vom Cyberspace aus gesteuert. Hunderttausende Fake Accounts beeinflussen die Atmosphäre. Für das Unwesen der Trolle wird nicht an Geld gespart.

Auch im Westen gibt es viele Journalisten, Politiker, Geschäftsleute, Blogger, die etwas hinzuverdienen wollen. Sie schreiben bezahlte »prorussische« Artikel, drehen Reportagen, veranstalten Konferenzen und Seminare, posten Kommentare im Internet. Warum sollten »kleine Leute« auf ihr kleines Geld verzichten, wenn »große Leute« sich nicht scheuen, einen Job bei der russischen Tanksäule anzunehmen? Wenn der ehemalige Kanzler eines demokratischen Staates sich dieses Nebenjobs nicht schämt, warum sollten sich seine Mitbürger wegen eines Zuverdienstes beim gleichen Arbeitgeber genieren? Alle haben Familien, da muss man nichts erklären.

Die Käuflichkeit eines Gerhard Schröders hat die Vorstellung des Moskauer Großkhans vom Westen nachhaltig beeinflusst. Wenn die Leader der demokratischen Welt sich so verhalten, was steckt dann überhaupt hinter der demokratischen Fassade? Wie früher begeben sich die Regierungschefs nach Sarai, um zu huldigen und zu besänftigen.

Das korrupte Moskauer Machtsystem bildet Metastasen, die in die ganze Welt streuen und Teile der Eliten frech und rücksichtslos korrumpieren. Russisches Geld zersetzt den Westen. In den letzten zwei Jahrzehnten wurden Milliarden krimineller Gelder aus Russland auf die Konten westlicher Banken überwiesen. Die Zersetzung der demokratischen Werte begann mit der Bereitschaft von Bankangestellten und Beamten, die Augen vor dem kriminellen Ursprung des Geldes zu verschließen. Was nutzt die Demokratie, wenn die Gesellschaft nicht zwischen redlich verdientem und kriminellem Geld unterscheidet?

Als Dolmetscher habe ich reichlich Erfahrungen sammeln können, was für einen feierlichen Empfang die Alpenrepublik dem kriminellen Kapital aus Russland beschert hat. Als ich in die Schweiz kam, galt dieses Land für mich als stolzes Beispiel für eine geruchsfreie Geldzone. Erst hier habe ich bemerkt, dass der Gestank des Geldes von Land zu Land variiert.

In Russland ist der Geruch des Geldes klar und eindeutig: Der kleine Lohn stinkt nach Schweiß, Elend und Ausweglosigkeit, das große Geld aber hat den starken Gestank von Betrug, krimineller Straftat, Unterschlagung, Bestechung und Menschenverachtung. In Russland kann das große Geld grundsätzlich nicht sauber sein, das wird dort gar nicht angezweifelt.

Der Mechanismus, der beschönigend Geldwäsche genannt wird, funktioniert in der Schweiz perfekt. Die Banken zahlen Steuern, der Staat leitet das Geld an die Beamten weiter, an Schulen, Bauern, Schriftsteller etc. Das schmutzige Geld wird sauber gemacht.

Wo liegt die Grenze zwischen dem »sauberen« und dem »unsauberen« Geld? Mein Salär als Dolmetscher direkt aus der Tasche eines neureichen Moskowiters war ohne Zweifel noch »unsauber«. Die Verwaltungsgebühren der Privatbanken in der Zürcher Bahnhofstraße waren es auch, meiner Meinung nach, obwohl die Bankiers mit mir nicht einverstanden sein dürften. Ist dieses Geld, die Einnahmequelle des Schweizer Staates, nun sauber oder nicht ganz sauber?

Wie unterscheidet man redliche von unredlicher Arbeit? Kann das Schweizer Bankensystem überhaupt ehrlich funktionieren, bei so viel schmutzigem, nicht ehrlich erworbenem Geld? Schließlich lebt die Schweiz nicht von ihren Kühen und ihrer Milch, im Gegenteil, in der Schweiz gibt es die Kühe und Bauern noch, weil diese Zuschüsse vom Staat erhalten, der seinerseits Geld von den Banken bekommt.

Mit dem schmutzigen Geld aus Russland werden im Westen Villen, Jachten, Fußballklubs, Journalisten, Beamten, Politiker, Meinungen, Entscheidungen gekauft. Russland hat den Export von Korruption systematisch organisiert. Durch das Einbinden von Unternehmern, Geschäftsleuten, Politikern und Experten leistet der Ulus Lobbyarbeit für die eigenen Interessen. Dem Geldangriff als einem wichtigen Teil der hybriden Kriegsführung liefert man sich in der demokratischen Welt dankbar aus. Alle haben Familien.

Dem Moskauer Regime ist es völlig egal, ob es in Westeuropa mit seinem Geld linke oder rechte Parteien unterstützt; es werden einfach alle politischen Gruppen unterstützt, die das demokratische System schwächen und die politische Situation destabilisieren wollen. Wen wundert's, dass die Ultras auf beiden politischen Flanken in Europa zu den Hauptverteidigern der russischen »Ellenbogenpolitik« und der Krimannexion geworden sind. Die schon von Lenin entdeckte Spezies der »nützlichen Idioten« vermehrt sich und erfasst neue Lebensräume. Einst soll er gesagt haben: »Die Kapitalisten werden uns noch den Strick verkaufen, mit dem wir sie aufknüpfen.« Nun werden die Kapitalisten samt dem Strick aufgekauft. Früher waren die Sympathien für Moskau durch ideologische Überzeugungen zu erklären. Das heutige Regime in Russland vertritt überhaupt keine Ideologie, die den »rechtslinken« Radikalen in Deutschland oder anderswo zumindest in gewissem Maße schmackhaft sein könnte. Der KGB hat die Beziehungen zu seinen Agenten im Westen nie nur auf einer ideologischen Basis aufgebaut. Auch jetzt basiert die Arbeit der russischen Geheimdienste auf einer pragmatischen Grundlage.

Eines der wichtigsten Ziele der hybriden Kriegsführung ist es, den Westen zu spalten, die Länder Europas gegeneinander auszuspielen. Die Hacker des Kremls dringen in die Computer westlicher Politiker ein, sie infizieren ganze Systeme mit Viren. Computersysteme kann man schnell reparieren. Nicht so einfach ist es mit einer anderen Infektion: Die Welt wurde mit dem Virus des allgemeinen Misstrauens infiziert. Noch bei der vorletzten Wahl haben lediglich soziale Gruppen am Rand für die Partei von Marine Le Pen gestimmt, jetzt ist sie die zweitstärkste Macht im Land. Die russischen Geldinfusionen haben dem Front National sicher gutgetan. Wer weiß, ob die Partei bei der nächsten Wahl nicht zur stärksten Kraft wird. Auch die deutschen Rechtsradikalen wurden in der Politik salonfähig und vertreten nun die Interessen des Moskauer Ulus im Bundestag. In ganz Europa attackieren rechte populistische Parteien die demokratischen Werte und werden dabei von Moskau für den hybriden Krieg instrumentalisiert. Die Begeisterung für eine starke Persönlichkeit im Kreml wächst in einem Europa, das an seiner politischen Korrektheit zu ersticken droht. Die russische Propaganda weckt Instinkte, die von der Zivilisation unterdrückt werden. Die europäischen Wähler, erschrocken über die Migration aus islamischen Ländern, sehnen sich nach einer starken Hand.

Der schnelle Aufstieg der AfD in Deutschland wurde nur dank der Stimmen von Hunderttausenden russischen Einwanderern möglich. Die Arbeit mit den Emigranten fiel den sowjetischen Geheimdiensten immer viel leichter als die Anwerbung von »echten« Einheimischen im Westen, die keine russischen Angsterfahrungen hatten. Ehemalige Sowjetmenschen sind für Erpressung und andere Formen der psychologischen Einwirkung empfänglicher. Die Beeinflussung erfolgt in Deutschland heute nicht nur unmittelbar durch das russische Fernsehen und soziale Netzwerke, sondern auch durch zahlreiche gesellschaftliche Organisationen, die von der Stiftung »Russki mir« (Die russische Welt) in Moskau finanziert werden. Solche

Organisationen werden von russischen Geheimdiensten für Propagandazwecke gegründet und genutzt. Als Resultat dieser Tätigkeit gehen in den deutschen Städten Zehntausende Russen mit rassistischen Losungen auf die Straße, und die AfD sitzt im Deutschen Bundestag. Die Feinde des gemeinsamen Europa sind im Vormarsch.

Der amerikanische Präsident, dessen Sieg in der russischen Duma mit Champagner gefeiert wurde, hat sich mit Europa überworfen. Er hat die Grundlagen des Atlantischen Bündnisses in Zweifel gezogen. Alle Unstimmigkeiten zwischen den Nato-Mitgliedern sind ein Sieg im russischen Krieg gegen den Westen. Die extrem rechten osteuropäischen Eliten, die in Ungarn und Polen an der Macht sind, strahlen Xenophobie aus. Der Westen ist gespalten, und das ist ein Sieg für den Großkhan in Moskau. Seine Verbündeten sind all jene, die die Werte der demokratischen Welt, die Rechte und Freiheiten des Individuums, Offenheit und Barmherzigkeit infrage stellen. Das unverhohlene Ziel ist der Zusammenbruch Europas, der im russischen Fernsehen allabendlich herbeigerufen und beschworen wird.

Das Moskauer Regime hält eine Meisterklasse für die zivilisierte Welt ab, wie Diktaturen dem 21. Jahrhundert trotzen können. Der Präsident der stärksten Demokratie der Welt sagte: Assad soll gehen. Man kann nicht dulden, dass ein Diktator Kinder und Frauen mit Kampfgasen vergiftet. Der Großkhan antwortete: Nein, Assad wird bleiben. Das Ergebnis ist bekannt. Obama ist pensioniert, Assad herrscht nach wie vor.

Der hybride Krieg ist eine Zero-Waste-Produktion. Selbst die Flüchtlinge aus den Gebieten, in denen die russischen Kampfjets die Assad-Opposition zerbomben, werden als Waffe gegen die Stabilität der demokratischen Gesellschaften in Europa eingesetzt. Der europäische Traum von einer mobilen Welt ohne Grenzen hat sich in eine Welt voller Flüchtlinge verwandelt. Die Bewohner Europas des 21. Jahrhunderts setzen sich für die Umwelt und die Rechte von Tieren ein und entdecken plötzlich unter ihrem Fenster ein Lager von Menschen, die aus dem blutigen Mittelalter geflohen sind. Die

Flüchtlingskrise wird von den Trolltruppen und einer Armee aller möglichen und unmöglichen »nützlichen Idioten« mit allen Mitteln geschürt. Der russische Generalstab löst seine Aufgabe, im Alltag der europäischen Gesellschaften Spannungen zu erzeugen und das innerpolitische Leben zu destabilisieren, mit großem Erfolg.

Der Köder, mit dem westliche Politiker gefangen werden: Im Kampf gegen den Terror könne und müsse Russland um jeden Preis als Bündnispartner gewonnen werden. Die islamistische Terrorwelle in Europa wird von der russischen Propaganda brutal ausgenutzt. Nach jedem Terroranschlag im Westen kommen aus dem Moskauer Außenministerium Kondolenzschreiben mit der offensichtlichen Anspielung, die Opfer wären vermeidbar, wenn Washington, Brüssel, London, Paris oder Berlin (entsprechend dem Ort der Tragödie) zur Zusammenarbeit mit Russland bereit wären. Einfacher formuliert: Wenn ihr euch falsch benehmt, bekommt ihr noch mehr in die Fresse.

Wie der Ulus die islamischen Terroristen im eigenen Interesse ausnutzt, war bereits nach dem Anschlag auf den Bostonmarathon 2013 ersichtlich. 2012 verbrachte Tamerlan Zarnajew acht Monate in Russland, besuchte unter der einfühlsamen Kontrolle des FSB Dagestan und Tschetschenien. Er traf sich mit islamistischen Untergrundkämpfern, einige von ihnen wurden sofort danach liquidiert. Zarnajew, unversehrt und wohlbehalten, kam nach Moskau zurück und ging in die USA, um den Bombenanschlag auszuüben. Seine FSB-Mentoren konnten auf ihn und seinen Bruder Dschochar stolz sein.

Der Westen verliert den hybriden Krieg. Politiker und Geschäftsleute sind bereit, die Ukraine für »Wirtschaftsinteressen« zu verraten. Je unverschämter die hybriden Kriegshandlungen, desto stärker wächst der Handelsumsatz zwischen Russland und Deutschland (2017 waren es 22,8 Prozent). 1980 boykottierten nach der Invasion Russlands in Afghanistan 65 Länder die Olympischen Spiele in Moskau. Nun hat das neugeborene Imperium einen souveränen Staat in Europa überfallen, einen großen Teil davon annektiert und führt einen Krieg mit 10 000 Getöteten, und kein Land hat die WM in Moskau boykottiert!

Der Sieg des Moskauer Ulus besteht darin, dass seine Propaganda giftige Samen des Zweifels an den wichtigsten Werten der Zivilisation gesät hat. Sein Sieg ist die in der Gesellschaft spürbare Enttäuschung von der Demokratie. Breite Schichten der Bevölkerung sind bereit, für den Kampf gegen den Terror ihre Freiheit zu opfern. Die Menschen haben Angst, damit ist das Ziel erreicht: So sind die Bürger eines Landes, das auf seine Freiheit stolz ist, einverstanden, dass ihre Telefone ohne Gerichtsbeschluss abgehört werden, dass ihre Bankverbindungen und Kontostände, ihre IDs und Krankengeschichten offen einsehbar sind. Der Kampf gegen den Terror führt zur totalen Kontrolle, zu einem Polizeistaat.

Der Konflikt zwischen dem neuen Moskauer Ulus und dem Westen wird auch im postsowjetischen Raum ausgetragen, wo noch alte Rechnungen zu begleichen sind.

Die Osterweiterung der Nato geschah auf den Wunsch Polens, Tschechiens, Ungarns, Litauens, Lettlands, Estlands. Hätten die Regierungschefs des Bündnisses diesen Staaten eine Absage erteilt, wären sie von ihren eigenen Bürgern nicht verstanden worden. Die Antriebskraft für diese historische Entscheidung war nicht die Nato, sondern die harten Erfahrungen, die diese Länder gemacht hatten.

Die Unabhängigkeit der ehemaligen Sowjetrepubliken wird in Moskau bis heute nicht wirklich ernst genommen, was in den neuen Nationalstaaten Hass und Angst gegenüber dem ehemaligen großen Bruder erzeugt. Alle Länder mit einem großen Anteil einer russischen Bevölkerung fürchten, wie die Ukraine zerfleischt zu werden. Die russischen Geheimdienste haben an einem anschaulichen Beispiel demonstriert, wie man die russische Bevölkerung vor dem »drohenden Genozid« retten kann. Jederzeit könnte Russland sich »gezwungen« sehen einzumarschieren, um »das Leben russischsprachiger Minderheiten zu schützen«.

Im Chaos und dem Machtvakuum, das nach der Perestroika herrschte, nutzten die Völker am Rande des Imperiums die Gunst der Stunde, um die russische Fremdherrschaft loszuwerden. Dieses Fenster der Möglichkeiten öffnete sich, historisch gesehen, nur für eine kurze Zeit, bis zur nächsten Auferstehung des Völkergefängnisses, deshalb mussten die Regierungen der neuen Staaten rasch eine Lösung für die Erhaltung ihrer Unabhängigkeit finden. Man musste sich starke Verbündete suchen. Man fand die Nato. Die ehemaligen russischen Kolonien drängten schnellstmöglich in dieses Verteidigungsbündnis, es war die erdachte Überlebensstrategie der jungen souveränen Staaten, die Nato zu sich einzuladen, und diese Strategie hat sich für die Balten zum Beispiel als völlig gerechtfertigt erwiesen. Im Baltikum beobachtete man den Aufbau der Demokratie in Russland mit Misstrauen. Man wollte verhindern, dass »grüne Männchen« für die Rechte der Russen in Riga oder Narva gegen baltische »Faschisten« kämpften. Die Ukraine hatte diesen starken Verbündeten nicht und wurde überfallen und zerrissen. Kann es ein überzeugenderes Argument für die Nato-Osterweiterung geben?

Wie so oft in der Geschichte, hatten auch dieses Mal die Menschen in den Ländern zwischen Russland und dem Westen kaum eine Wahl. In den Tagebüchern von Astrid Lindgren habe ich einen bemerkenswerten Satz gefunden. Auch die Länder Skandinaviens standen einst vor einer noch schlimmeren Wahl. Sie schrieb: »Und ein geschwächtes Deutschland könnte für uns im Norden nur eins bedeuten – dass wir die Russen auf den Hals kriegen. Und dann, glaube ich, sage ich lieber den Rest meines Lebens ›Heil Hitler‹, als den Rest meines Lebens die Russen bei uns zu haben.«

In Wirklichkeit ging es nicht um die »Osterweiterung« der Nato, sondern darum, dass die osteuropäischen Völker westwärts drängten, weg vom Moskauer Ulus. Die Rettung der baltischen Republiken durch das westliche Bündnis empörte die Mächtigen im Kreml. Es wurde erklärt, damit sei das Versprechen amerikanischer und deutscher Politiker gebrochen worden, die Nato nicht über die Oder-Neiße-Linie hinaus nach Osten auszudehnen. Ein weiterer Versuch der Saraipropaganda, die Fakten zu verdrehen. Der Kreml zitierte die Worte des damaligen US-Außenministers James Baker: »Nato will not move one inch further east« – Die Nato wird sich keinen Zoll weiter nach Osten bewegen. Diese Worte bezogen sich klar auf das Territorium der DDR während des Abzugs der sowjetischen Armee. Die Hauptpersonen der damaligen Geschichte, James Baker und Präsident George Bush, erklärten ausdrücklich, dass das Thema der Nato-Osterweiterung bei den Verhandlungen über die deutsche Wiedervereinigung überhaupt nicht besprochen wurde und dass es kein »Versprechen« geben konnte. Der deutsche Historiker Heinrich August Winkler zog den Schlussstrich: »Die in letzter Zeit häufig wiederholte und auch von Putin aufgestellte Behauptung, die Nato habe ihr Versprechen gebrochen, sich nach Osten nicht auszudehnen, ist eine historische Legende.«

Die Nato-Osterweiterung war kein Grund für den hybriden Krieg gegen den Westen, sie war nur ein weiterer Vorwand.

Im Westen hat man Angst vor deutlichen Worten. Es geht nicht nur um political correctness. Man will nicht über den Krieg reden, obwohl der Krieg bereits voll im Gange ist. Man hat Angst vor selbst erfüllenden Prophezeiungen, vor Unkenrufen. Man denkt naiv, wenn man nicht vom Krieg spricht, wird er an uns vorbeiziehen, wie ein Sommergewitter. Aber die Flucht vor dem Wort hat noch niemanden vor dem Sinn des Wortes gerettet.

Hätte der Westen rechtzeitig und adäquat auf die Bombardements in Tschetschenien, auf die Aggression gegen Georgien reagiert, hätte es vielleicht weder die Besetzung der Krim noch den Donbasskrieg, noch Massenhinrichtungen durch den von Russland unterstützten Diktator in Syrien gegeben. Straflosigkeit ermutigt.

Die Halbsanktionen der westlichen Staaten gegen Russland sind der Ausdruck einer zaghaften Hoffnung, die wirtschaftlichen Schwierigkeiten könnten bei der russischen Bevölkerung Unzufriedenheit mit ihrem Regime hervorrufen und sie zu aktivem Protest animieren. Doch das ist leider eine vergebliche Hoffnung. Ein bekanntes russisches Sprichwort besagt: »Schlag die eigenen Leute, damit die anderen sich vor dir fürchten.« Man kann sich nicht vorstellen, in Paris oder Berlin würde plötzlich ein Befehl erlassen, auf einen Schlag den Import von Nahrungsmitteln zu verbieten. Ein explosionsartiger Aufruhr würde das Land noch am selben Tag erschüttern. Doch in Russland erhöhte eine solche Anordnung die ohnehin schon überbordende Zustimmung für den Machthaber noch. Der Großkhan kennt den Unterschied zwischen seiner Macht und der Macht der europäischen Demokratien zu gut. Demokratische Regierungen tragen Verantwortung für ihre Bevölkerung und ihre Zukunft, in einer Diktatur aber gibt es nur die Verantwortung zur Ausführung von Befehlen.

Eher wird die westliche Bevölkerung, die durch wirtschaftliches Chaos und die Möglichkeit eines Krieges aufgeschreckt ist, ihre Regierungen neu wählen und die Putin-Feinde durch Putin-Versteher ersetzen, als dass die Russen wegen wirtschaftlichem Zerfall und steigenden Lebensmittelpreisen gegen die Macht revoltieren. Und so scheint es tatsächlich zu geschehen. Die europäischen Regierungen sind inzwischen in der Frage der Sanktionen zerstritten. Zu echten Sanktionen (Abbruch der Gas- und Erdöllieferungen, SWIFT-Abschaltung, Handelsblockade etc.) wird es nie kommen, denn die prorussische Lobby wird solche Maßnahmen immer blockieren.

Der Konflikt zwischen Russland und dem Westen ist noch weit von seiner Lösung entfernt, wir haben noch nicht mal seinen Höhenpunkt erreicht. Der hybride Krieg, den der Moskauer Ulus führt, kann jedoch eine Chance für Europa werden. Das Nachdenken über gemeinsame Verteidigungsstrategien gegen die neue Herausforderung könnte dem verlorenen Zusammenhaltsgefühl der europäischen Gemeinschaft einen kraftspendenden Impuls geben. Eine Krise, Gefahr oder Bedrohung zwingt den Kontinent, Europa von Neuem zu definieren, zu verstehen, woraus es besteht, wo seine Grenzen liegen und wofür es steht. Es ist die Chance, sich im Angesicht eines drohenden Krieges wieder als einheitliches Europa zu erkennen. Denn im 21. Jahrhundert gibt es keine lokalen, weit entfernten Kriege mehr. Jeder Krieg wird ein europäischer sein. Und dieser europäische Krieg hat schon begonnen.

Arthur Miller

Fritz Pleitgen

Wenn wir die Entwicklung Russlands nach seiner Neugründung 1991 betrachten, dann haben wir den Anfang als chaotische Zeit in Erinnerung. Dabei blieb ein kostbares Gut auf der Strecke, das Russland heute schmerzlich fehlt: die Pressefreiheit. Was ihre Abwesenheit oder Anwesenheit für die innere Verfassung eines Staates bedeutet, habe ich in meiner Korrespondentenzeit erfahren, in der ich viele Jahre in Ländern mit und ohne Pressefreiheit gearbeitet habe. Der Unterschied im Wohlbefinden der jeweils betroffenen Bevölkerung hätte größer nicht sein können.

Um dies zu unterstreichen, bringe ich eine Erkenntnis ins Spiel, die ich Arthur Miller zu verdanken habe. Der amerikanische Schriftsteller hatte im September 1988 seine Memoiren herausgebracht. Alle Welt wollte ihn sprechen. Ich auch. Sein deutscher Verlag verschaffte mir Zutritt zu ihm.

So fuhr ich mit meinem Kamerateam von New York nach Roxbury in Connecticut. Arthur Miller und seine Ehefrau, die österreichische Fotografin Inge Morath, empfingen uns im Garten ihres behaglichen Anwesens. Um uns herum gediegenes Neuengland. Es wurde ein angenehmer unterhaltsamer Nachmittag. Arthur Miller nahm sich Zeit, weil ich mich nicht nur für die Passagen über Marilyn Monroe interessierte, sondern für das ganze Buch und mich zudem mit seinen übrigen Werken passabel auskannte.

Nachdem unsere Unterhaltung über lange Strecken entlang der

amerikanischen Verfassung gewandert war, fragte ich den Schriftsteller unvermittelt: »Was war ausschlaggebend für die Erfolgsgeschichte der USA?« – »Der Anfang!«, erklärte Miller kategorisch, als habe er auf die Frage gewartet.

»Wieso der Anfang?« – Am Anfang der Vereinigten Staaten, erklärte er mir, stand eine Ansammlung von fähigen Politikern, wie sie Amerika nie wieder hervorgebracht habe: die Gründerväter.

Fünf Dutzend Persönlichkeiten, mit John Adams, Benjamin Franklin, Alexander Hamilton, Thomas Jefferson, James Madison und George Washington an der Spitze. Hochgebildete, lebenserfahrene Rechtsanwälte und Richter, erfolgreiche Geschäftsleute und Militärs, Ärzte, Hochschullehrer und Wissenschaftler. Vertraut mit der Magna Charta und der Bill of Rights schufen sie nach langem Ringen mit der US-Constitution ein Dokument von unverwüstlicher Autorität.

Dass die amerikanische Verfassung über weit mehr als zweihundert Jahre ihre unverwüstliche Autorität bewahrte, habe sie nicht zuletzt der Pressefreiheit zu verdanken, der mit dem ersten Verfassungszusatz ein hoher Rang gesichert wurde. Der Mut der Verfassungsväter habe sich gelohnt. Die Pressefreiheit habe der Verfassung die Elastizität und Widerstandskraft verliehen, die dem Land durch alle Krisen halfen.

Das Glück, mit einer Elite von weitsichtigen Ausnahmepolitikern gesegnet zu sein, hatte Russland nicht, als es einen Neuanfang wagte. Das war im Dezember 1991. Nach einem einfachen Fahnentausch auf dem Kreml war die Macht von der Sowjetunion auf die Russische Föderation übergegangen. Zusammen mit einer Handvoll Touristen aus Japan hatte ich die Szene auf dem Roten Platz verfolgt. Zwei Arbeiterinnen, die den Platz vor dem Lenin-Mausoleum von Schnee säuberten, würdigten den historischen Vorgang keines Blickes. Verächtlicher konnte eine Weltmacht nicht in den Orkus der Geschichte verbannt werden.

Die Wirklichkeit übertraf die lässige Voraussage des früheren amerikanischen Verteidigungsministers Caspar Weinberger. Als alle Welt fürchtete, die Militärmacht Sowjetunion werde nicht widerstandslos von der Weltbühne abtreten, erklärte Cap the Knife, wie er genannt wurde, mit kühler Hoffart, die Sowjetunion werde nicht mit einem lauten Knall, sondern mit einem leisen Seufzer aus der Weltgeschichte verschwinden. Zum Schluss reichte die Kraft nicht einmal zu einem Seufzer.

Auf dem Weg vom Roten Platz zum Hotel Metropol fiel mir das Gespräch mit Arthur Miller ein. Nun kam es auf den Anfang an. Die Aufgabe, die die neuen Herrscher im Kreml zu bewältigen hatten, erschien mir weit schwieriger als die Gründung der Vereinigten Staaten von Amerika. Ein rückständiges Land, das in den 600 Jahren seiner Existenz nur Unterdrückung und Diktatur kennengelernt hatte, sollte in eine global wettbewerbsfähige Demokratie verwandelt werden (während die Gesellschaft im Amerika der Gründerväter zu einem großen Teil aus europäischen Religionsflüchtlingen bestand, die ausgezogen waren, um in der Neuen Welt sozialere, gerechtere Gemeinschaften zu bilden). Möglichst in kurzer Zeit, wofür wir im Westen Jahrzehnte und Jahrhunderte benötigt hatten.

Stand dafür das geeignete Personal zur Verfügung?

Boris Jelzin war sicher kein Thomas Jefferson. Unter seinen Mitstreitern war auch keine Persönlichkeit vom Format eines Franklin, Hamilton, Madison oder Washington. Wie sollte das gut gehen? Würde der Westen mit Geduld, Nachsicht und konkreten Hilfen Russland ideell und materiell beistehen, damit es sich in Ruhe zu einem weltoffenen und gefestigten Staat entwickeln konnte?

Es sah nach einer Mission Impossible aus. Aber die neue Zeit begann verheißungsvoll. Befreit vom staatlich verordneten sozialistischen Realismus, blühten die Künste auf. Über Nacht wurden die Zeitungen lesenswert. Wir Westjournalisten staunten. Unsere russischen Kolleginnen und Kollegen, die in der Sowjetzeit nur blutleere Einheitsberichte veröffentlichen durften, erwiesen sich als findige Rechercheure und glänzende Formulierer. Sie deckten Missstände auf, berichteten über unsittliche Bereicherungen, Kriegsverbrechen und interne Machtkämpfe in der Politik.

Was sie zutage förderten, rief gemischte Reaktionen hervor. Die Bürgerinnen und Bürger nahmen die ungeschminkten Informationen als hilfreiche Aufklärung dankbar an. Diejenigen, denen die Journalisten auf die Schliche gekommen waren, setzten sich wütend und mit physischer Gewalt zur Wehr. Schnell stellte sich heraus, dass Journalismus in Russland zu einem lebensgefährlichen Beruf wurde. Was den Medien fehlte, war der Schutz durch ein funktionierendes Justizwesen. Journalistinnen und Journalisten wurden Opfer mörderischer Angriffe. Ungesühnt!

Dieses Schicksal ereilte auch Juri Koroljow, den Kameramann, der mir in meiner Zeit als Korrespondent in Moskau so oft ausgeholfen hatte.

Juri hatte mich damals nie nach einer finanziellen Gegenleistung gefragt. Da er mir von seiner Wasserskileidenschaft erzählt hatte, wollte ich ihm bei der Beschaffung der Ausrüstung helfen und versprach, dafür ein Konto einzurichten. Allerdings nicht unter seinem Klarnamen, so sein Wunsch. Bei einer Dienstreise in den Westen sollte er sich aus dem bescheidenen Guthaben bedienen können.

Wir knobelten einen Namen aus. Als Juri zwei Jahre später im Gefolge von Breschnew tatsächlich nach Bonn kam, hatten wir den Namen dummerweise vergessen. Mir war der Blackout peinlich. Wir kamen nicht an das Geld ran. Ich konnte grübeln, wie ich wollte, aber der Name schien auf ewig perdu zu sein, bis ich Jahrzehnte später eines Nachts aufwachte und den Namen wieder parat hatte. Alexander Skriabin!

Wie wir auf den Pianisten und Komponisten Skriabin (1871–1915) gekommen waren, wird mir ein ewiges Rätsel bleiben.

Die Bank für Gemeinwirtschaft gibt es längst nicht mehr. Immerhin hatte ich Juri die Wasserskiausrüstung noch verschaffen können.

In meiner Korrespondentenzeit hatten wir uns mit Juri Koroljow angefreundet. Meine Frau und ich waren häufig zu Gast bei ihm und seiner Frau Tonja, einem fröhlichen und großherzigen Menschenkind. Die beiden hatten in dem Schriftstellerdorf Peredelkino ein altes Häuschen zu einer geschmackvoll eingerichteten Datscha ausgebaut. Die zwanzig Kilometer westlich vom Kreml sind wir gerne gefahren.

Juri und Tonja waren gastfreundliche Menschen. Bei ihnen trafen sich Nachbarn aus dem Dorf. So lernten wir interessante Personen aus der sowjetischen Kultur und der Gesellschaft kennen, wie den Dichter Jewgenij Jewtuschenko, die Dichterin Bella Achmadulina und Julia Chruschtschowa, die Enkelin des früheren Sowjetführers.

Juri machte mich auch mit dem populären Bänkelsänger und Schauspieler Wladimir Wysotzki bekannt. Wir trafen uns in Koroljows Datscha. Wysotzki sang einige Lieder und ließ sich kurz interviewen. Juri machte ein paar Filmaufnahmen, und mein Sender verarbeitete sie zu einem kleinen Bericht, der heute noch auf YouTube zu sehen ist.

In den ersten wilden Jelzin-Jahren wurde Juri Koroljow ermordet. Er hatte, obwohl er bei der staatlichen Zeitschrift *Sowjetski Sojus (Sowjetunion)* beschäftigt war, wenig für das Sowjetregime übrig, vermutlich gar nichts, wie ich seinen beiläufigen Bemerkungen entnehmen konnte. Seine Freude über das Ende der Sowjetunion brachte er gegenüber jedermann offen zum Ausdruck. Seine Hoffnung galt dem neuen Russland. Als Fotograf war er weiter im Geschäft, nun für die kritische Zeitung *Argumenty i Fakty.* Mit seiner eindeutigen Meinung über die alte Zeit machte er sich nicht überall Freunde.

Seine Spottlust gefiel nicht jedermann. Man lauerte ihm auf.

Auf der Minsker Chaussee wurde er auf dem Heimweg nach Peredelkino kurz hinter dem Autobahnring gestoppt, mit Benzin übergossen und angezündet. Die Tat wurde nie aufgeklärt, wie so viele Racheakte in jener Zeit. Seine Frau Tonja wurde über das grausame Gewaltverbrechen wahnsinnig und starb kurz darauf.

Mich hat Juris Tod sehr getroffen. Ich habe es als ungutes Zeichen für die neue Zeit wahrgenommen.

Zwei Jahre nach Juris Tod war ich wieder in Peredelkino. Auch der irische Kameramann Rory Peck hatte mit seiner Frau Juliet in dem malerischen Schriftstellerdorf eine kleine Datscha mit typisch russischem Garten (das heißt ein bisschen verwildert) gemietet. Nun kam ich, um seiner Frau einen Kondolenzbesuch abzustatten.

Rory Peck hatte Meereskunde studiert, nach seiner Militärausbildung zum Journalismus gewechselt und war zu einem erfahrenen Kriegsreporter geworden. Als Kameramann berichtete er aus dem ersten Golfkrieg, anschließend aus den Kriegen in Bosnien und Afghanistan. Zusammen mit anderen freischaffenden Kameramännern gründete er die Firma »Frontline Television News«, die ihre Bilder großen Fernsehstationen anbot, auch der ARD. »Frontline« hatte viel zu tun. Kriege gab es damals reichlich. Rory Peck wurde in der Branche als mutiger und zugleich besonnener Journalist sehr geschätzt.

Zusammen mit seiner Frau reiste er nach Moskau, wo er über den Putsch gegen Gorbatschow berichtete. Er blieb und arbeitete eng mit unserem Studio Moskau zusammen.

Die frühere Sowjetunion kam nicht zur Ruhe. Bürger- und Befreiungskriege brachen aus. Armenien und Aserbaidschan stritten um die Grenzregion Bergkarabach, in Abchasien und Ossetien kämpften Separatisten gegen Georgien. Unsere Korrespondenten wurden zu Kriegsreportern.

Auch in Russland brodelte es. 1993 kam es über das Reformprogramm des Kremls zu einem Machtkampf zwischen Präsident

Jelzin und dem Obersten Sowjet, der zu einem Putsch gegen den Präsidenten führte. Jelzin reagierte mit aller Härte. Er ließ Panzer auffahren, die direkt unter unserem Studio vom Kutusowski Prospekt das Weiße Haus unter Beschuss nahmen, in dem sich die Putschisten des Obersten Sowjets verschanzt hatten. Von morgens bis abends berichtete das Studio über die dramatische Entwicklung. Die Kämpfe konzentrierten sich schließlich auf das Fernsehzentrum Ostankino.

Rory Peck geriet ins Kreuzfeuer zwischen Jelzin-treuen Eliteeinheiten und Aufständischen und wurde getötet. Als WDR-Chefredakteur, der für die Russlandberichterstattung der ARD zuständig war, besuchte ich zusammen mit unserem Korrespondenten Thomas Roth die Witwe des getöteten Kameramanns, dem die ganze Welt wichtige, aufklärende Bilder über komplizierte Konflikte zu verdanken hatte. Juliet Peck, die selbst in asiatischen und afrikanischen Kriegsgebieten vielen Menschen in Not geholfen hatte, gründete später eine Rory-Peck-Stiftung, die freischaffende Kriegsreporter und ihre Familien unterstützte.

Es zeichnete sich ab, dass die Pressefreiheit, die für innere Selbstgewissheit gesorgt und Russland zu einem geachteten Partner in Europa gemacht hätte, langsam zugrunde ging. Abgewürgt auch von den neuen Machthabern, die sie als unbequemes Hindernis betrachteten.

Die Bürgerinnen und Bürger gingen für die Freiheit der Presse nicht auf die Barrikaden. Woher sollten sie auch deren Wert kennen? Sie schlugen sich mit anderen Problemen herum. Die anhaltende katastrophale Versorgungslage brachte die Menschen zur Verzweiflung. Sie mussten ihr letztes Hab und Gut verkaufen, um zu überleben. Das ganze Land glich einem Basar. Die einstige Supermacht war zu einem Häufchen Elend geworden.

Zwei Putsche, die erbittert geführten Bürgerkriege im Kaukasus und Terroranschläge, bei denen nicht klar war, wer dahintersteckte, machten der Bevölkerung seelisch zu schaffen. Die

Wirtschaftsreformen zeigten keine Wirkung. Die Autorität der Regierung zerbröselte. Das Land drohte zu zerfallen.

Ein bisschen viel für die Psyche eines Volkes! Die Sehnsucht wuchs nach einer Führung, die mit Entschiedenheit, notfalls auch mit Härte die Zügel in die Hand nahm. Der neue Präsident entsprach diesem Bild. Die Pressefreiheit spielte in seinem Programm keine Rolle. Ein strategischer Fehler! Wenn der Mann im Kreml tatsächlich, wie er angekündigt hatte, gegen Russlands tödliche Krankheit Korruption vorgehen wollte, dann konnte er mit dem russischen Behördenapparat nicht weit kommen. Stattdessen hätte er sich die Unterstützung durch eine starke, unabhängige Presse sichern müssen.

Gesetzlich geschützte Medien hätten nie lockergelassen, üble Machenschaften aufzudecken. Die Bevölkerung hätte sich nicht alleingelassen gefühlt. So wäre Vertrauen in ein neues politisches System gewonnen worden. Ich fürchte, die Erkenntnis wird sich im Kreml nicht durchsetzen. Putin hat ja keinen Umgang mit Menschen wie Arthur Miller.

Aber hat der Westen seine Möglichkeiten genutzt? Klares Nein! Der Zeitpunkt hätte günstiger nicht sein können. Im Jahr 1990 herrschte eine Atmosphäre der Verständigung zwischen den Weltmächten, wie nie zuvor und nicht danach. International präsentierten sich die Verhältnisse außerordentlich vorteilhaft für kühne Ideen. Soeben war von allen Staaten Europas sowie Kanada und den USA die Charta von Paris verabschiedet worden. Ein internationales Abkommen, das nach der Wiedervereinigung Deutschlands und dem Ende des Kalten Kriegs eine neue, friedliche Ordnung gewährleisten sollte. »Gleiche Sicherheit für alle« sollte sie bringen. Das war für Moskau das Wichtigste, während der Westen auf Demokratie und Menschenrechte setzte.

Ich kann mich gut an die Euphorie erinnern, die während der Mammutsitzung im November 1990 durch die Gänge und Säle des Palais de l'Élysée schwebte. Alle freuten sich über das Ende der

Ost-West-Konfrontation. Alle träumten vom ewigen Frieden. Doch die Gunst der Aufbruchsstimmung wurde nicht genutzt. Als die Sowjetunion kurze Zeit später zusammenbrach, hätte deren Nachfolgerin, die Russische Föderation, schnell in ein gemeinsames Sicherheitssystem eingebunden werden müssen, um Vertrauen und Ruhe in die aufgewühlten Verhältnisse zwischen Ost und West zu bringen. Dem Westen hätte der Aufbau eines demokratischen Russlands ein riesiges Hilfsprogramm wert sein müssen. Nicht nur Europa hätte davon profitiert.

Unglücklicherweise lenkten die Kriege auf dem Balkan und am Golf die Aufmerksamkeit des Westens ab. Zudem lief die Zeit von Gorbatschow und nicht viel später von Bush senior ab. Damit verlor Kohl seine wichtigsten Ost-West-Partner.

1990 liegt nun weit zurück. Vermutlich ist es schon vergessen, aber es war das Jahr der großen Chancen. Ganz Russland war in Bewegung geraten. Wir hatten Mühe, in Sondersendungen mit der Entwicklung Schritt zu halten.

Unglaubliche Dinge geschahen. Die jahrzehntelang allmächtige kommunistische Partei wurde hinweggefegt. Selbst scheinbar unerschütterliche Einrichtungen wie der Geheimdienst KGB wurden aus ihren Verankerungen gerissen. Die Statue von Felix Dserschinski, dem Gründer der Staatssicherheit, wurde vom Sockel geholt. Wir Westjournalisten wurden eingeladen, uns in der berüchtigten KGB-Zentrale Lubjanka umzusehen.

Das Fenster der Möglichkeiten war eine gute Zeit lang offen. Hilfe aus dem Westen gab es, aber völlig unkoordiniert. Geld floss auch, aber es versickerte in dem großen Land. Was fehlte, war eine konzertierte, koordinierte Aktion. Alle Kraft hätte in den Aufbau eines starken, politisch unabhängigen Rechtswesens gepumpt werden müssen, um ein tragfähiges Fundament für einen modernen demokratischen Staat zu schaffen. Auf dem Weg zur Demokratie hätte das neue Russland nicht die Wunderknaben von Goldman Sachs gebraucht, sondern Tausende Verfassungsrechtler, um an den russischen Universitäten angehenden Juristen und Politikern die Grundsätze der Demokratie beizubringen. Auf den Gedanken sind wir im Westen leider nicht gekommen. Wirtschaft erschien uns wichtiger als Recht, um Russland in Gang zu bringen.

Ohne Pressefreiheit genießt Russlands Politik im Westen wenig bis gar kein Vertrauen. Wir sind uns sicher, dass im Kreml die Lüge zum politischen Handwerk gehört – im Umgang mit anderen Völkern und im Umgang mit den eigenen Bürgern. Wir übersehen dabei nicht, dass auch bei uns im Westen mit Lügen Politik betrieben wird; vornehmlich, um Kriege zu legitimieren. Beispiele gibt es in der jüngeren Geschichte genug. Vietnam, erster und zweiter Golfkrieg. Keine Kleinigkeiten! Da die Lügen von unseren Medien aufgedeckt werden, fühlen wir uns den Regierenden nicht hoffnungslos ausgeliefert. Deshalb verlieren wir nicht das Vertrauen in unser System. Das ist der Vorteil der Pressefreiheit und ein entscheidender Unterschied zum heutigen Russland (insofern beunruhigt es, dass unsere Bevölkerung zunehmend das Vertrauen in die Presse verliert, aber das ist hier nicht mein Thema).

Wenn ich auf das gegenwärtige Verhältnis zwischen Russland und dem Westen schaue, dann denke ich oft an das Jahr 1990. Ich gebe zu, das ist vergangene Zukunft, aber die Erinnerung lohnt, denn gelegentlich wiederholt sich Geschichte. Und nicht zwingend als Farce, wenn man für die richtigen Entscheidungen gut vorbereitet ist.

Zwei »Russenvölker«

Michail Schischkin

An jenem glühend heißen Nachmittag verlief die russisch-schweizerische Grenze durch das Tal der Könige in Ägypten. In der Gruft des Pharao Ramses IX. kreuzten sich eine Touristengruppe aus der Schweiz und eine Gruppe aus Russland. Das Fotografieren war verboten. Blitzlichter bezeugten: Die Russen kommen. Gesetzestreue Schweizer, tief im Herzen verwundet, zischten empört. Ein Schweizer verließ beim Ausgang für eine Minute seine Freundin, ging zur Aufsichtsperson und erklärte ihr auf Englisch, dass in der Gruft fotografiert wird. Der Angestellte, ausgelaugt von der Hitze, raffte sich auf und griff zu einer Trillerpfeife. Der Araber rannte in die Gruft, der Schweizer folgte, um die Missetäter anzuzeigen. Zwei Polizisten kamen gerannt. Nach einer Weile kehrte der Schweizer zu seiner Freundin zurück, glücklich aufgeregt. Das Mädchen sah ihn mit Liebe und Stolz an.

Ein Clash der Mentalitäten. Es ist nicht möglich, sich in Russland einen jungen Mann vorzustellen, der seiner Freundin mit Stolz erzählt, dass er jemanden bei den Bullen verpfiffen hat. Der hier geltende Ehrenkodex, der sich aus der Gefängnissubkultur entwickelt hat, verbietet das strengstens, die Liebe wäre am Ende.

Klar, überall zeigen Menschen andere an, aber eine Denunziation in der Schweiz ist anderer Natur als eine Denunziation in Russland. Eine Schweizer Denunziation kommt aus dem Gefühl der Verbundenheit mit dem Staat, der seine Bürger vor Gefahren und Verbrechen schützen soll. Eine russische Denunziation kommt aus der

Angst vor dem eigenen Staat. In Russland ist die Beziehung zwischen dem Individuum und dem Staat eine grundlegend andere als hier. Der Staat ist wie eh und je eine fremde Besatzungsmacht, vor der man sich schützen muss.

30 Jahre des freien Ideen-, Waren-, Personen- und Geldwäscheverkehrs sollten eigentlich zur Wertediffusion beigetragen haben. Und wirklich, wohin man auch kommt, nach Zürich, Berlin oder Moskau, sieht man die gleichen Autos, die gleiche Mode, die gleiche Werbung, die gleichen Ikeas. Doch der Schein trügt. Die Globalisierung hat es nicht geschafft, die mentale Kluft zwischen Russland und dem Westen zu überwinden. Die offenen Grenzen bedeuten noch nicht, dass die Bevölkerung sich das Reisen ins Ausland leisten kann. Der eiserne Vorhang wurde durch einen goldenen Vorhang ersetzt. Zwei Drittel der Russen haben auch heute keine Reisepässe, drei Viertel haben nie die Grenzen der ehemaligen UdSSR verlassen. Das gibt zu denken angesichts dessen, was Alexander von Humboldt einmal so formulierte: »Die gefährlichste aller Weltanschauungen ist die Weltanschauung der Leute, welche nie die Welt angeschaut haben.«

Die meisten Russen haben keine Vorstellung davon, was eine Demokratie ist, denn sie haben nie in einer Demokratie gelebt, und sie hatten nie die Möglichkeit, die Demokratie zu lernen. Die Reformen der Neunziger haben dazu geführt, dass die Prinzipien der Demokratie in Verruf geraten sind. Der russische Begriff »Demokratie« hat die Konnotation: Chaos, Zerfall, leere Versprechen und Demagogie. Dass Demokratie eine stabile Staatsordnung ist, die auf Gewaltenteilung und auf freier Konkurrenz der politischen Parteien basiert, begreift man nicht. Das autoritäre System erscheint der Bevölkerung als natürliche und angemessene Machtform. Man will Stabilität und keine Umbrüche. Tschulpan Chamatowa, eine populäre Schauspielerin und Gründerin des Wohltätigkeitsfonds »Leben schenken« für Kinder mit onkologischen Erkrankungen, formulierte es auf den Punkt genau: »Zwischen der Revolution und dem Leben wie in Nordkorea würde ich Nordkorea vorziehen.«

In Russland liebt man starke Zaren, die schwachen mag man nicht, verehrt werden die Tyrannen und gehasst jene, die die Tyrannei mäßigen wollen. So war es mit Iwan dem Schrecklichen und Boris Godunow, so war es mit Stalin und Gorbatschow, und dies nicht etwa, da das hartnäckige Klischee auf die Russen zutrifft, sondern weil sie ihre Lehre aus der über Generationen hinweg gemachten Erfahrung des Überlebenskampfes gezogen haben: In Russland lautet die Alternative zur Diktatur nicht Demokratie, zu Unfreiheit nicht Freiheit, stattdessen heißt es: Diktatur versus Anarchie, Ordnung versus Chaos.

Ich weiß noch, wie wir in der Primarschule in der Klasse diese bekannte Fabel gelesen haben: Eine Eiche und ein Schilfrohr stritten sich über ihre Stärke und Festigkeit. »Jeder Windhauch bewegt dich hin und her«, sagte die Eiche wegwerfend zum Rohr. Dieses entgegnete kein Wort. Nach einer Weile erhob sich ein heftiger Sturm. Der Eichenbaum stemmte sich ihm entgegen und wurde geknickt, während das Schilfrohr den Windstößen nachgab und unbeschädigt blieb. Was sich biegt, wird nicht gebrochen! Für uns waren das bloß Wörter. Für unsere alte Lehrerin, jetzt kann ich mir das gut vorstellen, waren das die persönlichen Überlebenserfahrungen im russischen 20. Jahrhundert.

Die Schicksalsergebenheit und die unendliche Duldsamkeit der Russen fielen westlichen Beobachtern immer schon auf. So wunderte sich der französische Diplomat Maurice Paléologue (1859–1944) über den russischen Fatalismus: »Einer der moralischen Charakterzüge, die ich bei den Russen immer wieder beobachte, ist ihre Neigung zur raschen Ergebung, ihre Fügsamkeit, sich vor dem Unglück zu beugen. Oft warten sie nicht einmal darauf, dass die Schicksalsentscheidung gefallen sei: Es genügt ihnen, sie vorauszusehen, um ihr gleich zu folgen. Sie unterwerfen sich ihr und passen sich ihr sozusagen im Vorhinein schon an.«

Diese Ergebung, mit der das russische Volk seine beklagenswerten Lebensumstände sowie den Druck der Macht erträgt und die so befremdend auf die Reisenden aus dem Westen wirkt, ist der wichtigste Teil der Überlebensstrategie in Russland. Was sich biegt, wird nicht gebrochen!

Die Angst ist eine Quelle des Lebens, sie ist so natürlich wie Atmen oder Essen. Das ist der Selbsterhaltungstrieb. Diejenigen, die sich für Prinzipien opfern, lehnen sich gegen die Natur auf. Für die Mehrheit spielt es keine Rolle, unter welcher Fahne der nächste Mongolensturm kommt, die meisten werden sich an jede Diktatur anpassen, wie ihre Vorfahren sich an Khan Batu oder den Volkskommissar Dserschinski angepasst haben. Sonst hätten sie und ihre Nachkommenschaft weder Tataren noch Kommunisten überlebt.

Ich erhielt meinen Vornamen nach meinem Großvater. Michail Schischkin wurde 1930 während der Kollektivierung verhaftet. Er lebte mit seiner Frau und zwei Jungen, neun und vier Jahre alt (der Vierjährige war mein zukünftiger Vater Pawel) in einem Dorf im Gebiet Tambow. Die anderen Bauern hatten geschwiegen, und er hatte aufbegehrt: »Warum nehmt ihr uns die einzige Kuh weg? Wovon soll ich zwei Kinder ernähren?« Er wurde festgenommen. Meine Oma sah ihren Mischa nie mehr wieder, er starb im Arbeitslager in Sibirien.

In hohem Alter begann meine Oma, wirres Zeug zu reden und das Zeitgefühl zu verlieren. Sie erblindete und verbrachte ihre letzten Jahre in einem kleinen Zimmer bei ihrem Sohn, meinem Vater, wo sie tagelang im Dunkeln saß. Ich bemühte mich, sie anzurufen, wann immer ich Zeit hatte. Ich schrie ins Telefon, damit sie mich besser hören konnte: »Babuschka, hallo, ich bin's, Mischa!«

»Mischa?«, fragte sie dann erschrocken. »Wer ist denn da? Mischa?«

Wahrscheinlich durchlebte sie jenen Tag immer wieder aufs Neue und glaubte jedes Mal, ihr Mann solle abermals verhaftet werden. Sie rief in den Hörer: »Mischa! Wohin bringen sie dich? Bitte nicht! Lasst ihn los! Was macht ihr da!«

Ich versuchte, sie zu unterbrechen: »Babuschka, aber das bin doch ich, dein Mischa! Beruhig dich!«

Doch sie hörte gar nicht zu und schrie nur, versuchte ihren

Mischa wegzuzerren, ihn zu retten: »Lasst ihn los! Was haben wir euch denn getan? Lasst ihn los! Mischa! Mischa!«

Diejenigen, die schwiegen, überlebten damals. So funktioniert in Russland das Prinzip der natürlichen Auslese.

Die russische Geschichte zeigt, wie der Staat die Menschen, die nicht ins System passten, im Laufe von Generationen konsequent eliminierte oder in die Emigration trieb. Die Übrigen entwickelten die russische Kunst des Überlebens. Wer versuchte, den Kopf zu erheben, wurde enthauptet. Gesünder war es, zu schweigen und die Stiefel der Macht zu lecken.

Die Wechselbeziehungen zwischen Volk und Macht formulierte der Polizeimeister in Gogols *Toten Seelen*: »Darauf wandte der Polizeimeister ein, dass man einen Aufruhr nicht zu befürchten brauche, da zur Verhinderung solcher Vorkommnisse die Macht der Polizeihauptleute bestehe; der Polizeihauptmann brauche nicht mal persönlich hinzufahren, es genüge schon, wenn er seine Mütze hinschicke: die Mütze allein sei schon imstande, die Bauern ohne irgendwelche Schwierigkeiten nach dem Orte ihrer Ansiedlung zu bringen.« Die Mütze des Polizeihauptmanns ist das Symbol für die Staatsgewalt, genauso wie der Gessler-Hut in der Tell-Legende. Und die russischen Bauern hatten genug Gründe, um vor der Hauptmannsmütze zu zittern. So wie sich auch der Hauptmann dessen bewusst war, warum er seinerseits vor der Oberstmütze zittern musste, und so weiter, die Sozialleiter aufwärts, bis man vor der Mütze des Monomach zitterte. Die konkrete Person spielt bei diesem Zittern keine Rolle, man hat Angst vor der höheren Machtposition als solcher. Und der ganz oben zittert wiederum vor jenen, die vor ihm zittern.

Der Ursprung der russischen Macht und ihre einzige und hinreichende Rechtsquelle ist die pure Gewalt. Die Macht kann mit uns alles tun, was sie will. Die Bevölkerung ist der Besatzungsmacht ausgeliefert. Nadeschda Mandelstam, die Witwe des ermordeten Dichters Ossip Mandelstam, sagte einmal: »Wir leben wie bei einem satten Menschenfresser auf dem Küchenregal.«

Die Macht ist das Schicksal. Der Sterbliche hat keinen Einfluss auf diese Weltordnung. Man kann das Schicksal nicht wählen. Das macht die Macht sakral. Das macht den Zaren, den Symbolträger der Macht, zu einer sakralen Figur.

»Gut ist der Zar, böse sind die Bojaren«, so lautet ein bekanntes Sprichwort. Und so funktioniert die russische »Gewaltentrennung«: Passiert etwas Gutes, dann dank des guten Zaren, passiert etwas Schlechtes, so sind die bösen Bojaren (die Mächtigen im Umfeld des Zaren) schuld. Diese Taktik hat sich in Russland seit Jahrhunderten bewährt. Während der Stalin-Repressionen schrieb man Millionen Briefe an den Kreml: Wenn Stalin das wüsste! Im Land der bösen Bojaren kann nur der Zar sie richten. (Die Menschen glaubten, der Geheimdienst habe ihren Ehemann, Vater, die Schwester oder den Sohn irrtümlicherweise verhaftet, und Stalin wisse nichts davon.) Seit 2001 wird jährlich das Fernsehprogramm *Direkter Draht* mit Wladimir Putin ausgestrahlt. Hunderttausende Beschwerden und Bittschriften wegen Ungerechtigkeiten durch korrupte Beamte etc. werden eingereicht. Dieser »direkte Draht« zum Zaren ist für viele die einzige Möglichkeit, doch noch ihre Rente zu kriegen oder die Wasserleitung in ihrem abgelegenen Dorf zu bauen.

Sehr populär wurde eine Videoansprache an den Präsidenten (man kann das auf YouTube anschauen) von Menschen, die ihr Erspartes in neue Wohnungen investiert hatten und von den Bauherren reingelegt wurden. Die gut gekleideten Damen und Herren knien vor dem Mahnmal für die gefallenen Soldaten in einer russischen Provinzstadt und flehen den »lieben Wladimir Wladimirowitsch« an, ihr Geld zu retten.

Diese einzigartige russische Protestform auf den Knien hat bereits der Schriftsteller Michail Saltykow-Schtschedrin in seinem Roman *Die Geschichte einer Stadt* (1870) beschrieben: »Und die Bewohner der Stadt knieten und warteten. Sie wussten, dass sie rebellieren, aber sie konnten nicht anders als knien.«

Eine andere spezifische Form des russischen Protests ist die

Verehrung von brutalen Diktatoren der Vergangenheit. Noch in der Sowjetzeit, in den Siebzigern, ich kann mich gut daran erinnern, konnte man oft kleine Stalin-Bilder hinter der Windschutzscheibe der Fernfahrer sehen. Stalin symbolisierte nicht Massenmorde, sondern eine gerechte Ordnung, die den einfachen Leuten in der späten, total korrumpierten Sowjetunion fehlte. Im allgemeinen Sklaventum sehnten sich die Menschen nach Gerechtigkeit. In der Baracke strebten sie nach der Gleichheit aller.

Im heutigen Russland kommt diese Form des Protests verstärkt zum Ausdruck. Im TV-Projekt *Der Name Russlands* des Ersten staatlichen Fernsehkanals durften Zuschauer für eine historische Persönlichkeit stimmen. Stalin lag mit Abstand in Führung. Vor der dritten entscheidenden Runde wurden alle Resultate annulliert, und die Leitung des TV-Kanals krönte den heiligen Fürsten Alexander Newski zum Namen Russlands. Politische Korrektheit auf Russisch. Der volkstümliche Stalin-Kult sagt viel über das heutige Geschehen im Land aus. Stalin steht für den Kampf gegen Korruption, gegen die soziale Ungleichheit, gegen den demonstrativen Luxus der Oberschicht, gegen die Armut und Ausweglosigkeit der Millionen. Wenn sie Stalin zum besten Herrscher Russlands erklären, verleihen die Menschen damit ihrer Überzeugung Ausdruck, dass nur eine starke Hand eine gerechte Ordnung in Russland schaffen kann. Dieses klare Signal wird im Kreml empfangen. Die Moskauer Khane haben Schwein mit ihren Untertanen.

In Tolstois Roman *Anna Karenina* fragt Levin einen Bauern: »Michailitsch, was hältst du vom Krieg? Was findest du? Sollen wir für die Christen kämpfen?« – »Was soll man da denken?«, antwortet der Bauer, »Zar Alexander Nikolajewitsch denkt doch für uns, das hat er immer gemacht. Er kennt sich da besser aus ...«

»Was soll man da denken?« Man soll nicht denken. Ob es um einen Krieg geht oder um die Asphaltierung der eigenen Straße. Man muss gehorchen und Befehle ausführen. Man weiß, dass Eigeninitiative von Nachteil ist. Alles, sowohl das Schlechte als auch das

Gute, kommt von oben. Die meisten Russen, besonders in der Provinz, meinen auch heutzutage, dass sie ohne Hilfe des Staates nicht auskommen können, und erwarten eine Versorgung, kostenlose medizinische Betreuung und soziale Leistungen. Man kann nichts selbst erreichen, für alles sorgen die Machthaber. So werden Soldaten »betreut«, Insassen im Gefängnis, Kinder in der Schule. Bloß keine Initiative, für alles wird gesorgt. Das alles klingt nicht nach der Entwicklung einer Zivilgesellschaft. So schauen Leibeigene von unten nach oben, sie sind an die Willkür der Macht gewöhnt und überlassen den Machthabenden ihren Willen. Von dir hängt nichts ab, du kannst nichts entscheiden – dieses Gefühl ist tief verankert. Und man kann den Menschen deswegen keine Vorwürfe machen. Die Erfahrungen von Generationen zeigen: Eigeninitiative ist strafbar. Passiv bleiben und keine Initiative zeigen gehört zur Überlebensstrategie, zu den goldenen Regeln der russischen Mentalität.

Kreativität braucht Freiheit. Eine individuelle Begabung, schöpferisches Talent werden in Russland zu Eigenschaften, die im beruflichen und sozialen Aufstieg eher stören als helfen. Folglich kann man in den Bereichen, in denen es um das freie schöpferische Schaffen geht, wie in den Wissenschaften und der Forschung, nur magere Früchte erwarten. Der russische Schriftsteller Turgenjew besuchte 1867 die Weltausstellung in Paris und wunderte sich mit Verdruss über die Nichtigkeit des Beitrags Russlands zur Gesamtsumme der technischen Entwicklungen der Menschheit. Heutzutage, im 21. Jahrhundert, könnte es ebenso verdrießen, wie rückständig Russland praktisch in allen Bereichen des technischen Fortschritts ist. Im heutigen Russland wird in den hochtechnologischen Bereichen nichts Einheimisches produziert, stattdessen werden die westlichen Entwicklungen genutzt. Alle Gegenstände, die die russische »Elite« im Alltag verwendet, Computer, Gadgets, Autos, Kleidung sind entweder im Westen hergestellt oder nach im Westen entwickelten Ideen. Alle Errungenschaften der Menschheit basieren auf dem Grundwert der Demokratie, auf individueller Freiheit.

Die sowjetische Propaganda pries mantraartig die Errungenschaften der sowjetischen Wissenschaft. Dabei wurde nicht erwähnt, dass die ganze Industrialisierung in den Zwanziger- und Dreißigerjahren nur durch die Hilfe von US-Firmen möglich war, die Betriebe mit technologischem Vollzyklus in die Sowjetunion lieferten und produktionsfertig montierten. Im Zweiten Weltkrieg war das Land auf die technologische Ausrüstung durch das amerikanische »Land-Lease«-Programm (Leih- und Pachtgesetz) angewiesen. Nach dem Krieg wurden ganze Betriebe aus dem besetzten Deutschland in die Sowjetunion gebracht. Es wurden nicht nur Technologien und Ausrüstungen »übernommen«, sondern auch Ingenieure, Fachleute, Wissenschaftler. Als kleines Beispiel könnte die Entwicklung des berühmtesten sowjetischen Exportprodukts dienen.

Kein anderes russisches Fabrikat hat den Weltmarkt so weitgehend erobert wie diese Waffe. Als Erfinder gilt Michail Kalaschnikow. Das Gewehr wurde bisher etwa 100 Millionen Mal gebaut. Der berühmte deutsche Waffenkonstrukteur Hugo Schmeisser wurde 1946 mit seinen Kollegen für mehrere Jahre in die Sowjetunion zwangsverpflichtet. Die deutschen Waffenkonstrukteure wurden in einem Sonderzug nach Ischewsk gebracht, wo sie unter strenger Bewachung lebten und arbeiteten. Schmeissers Tätigkeit dort wird bis heute geheim gehalten, aber das Sturmgewehr »Kalaschnikow« wurde in Ischewsk produziert.

Ohne Geheimformeln, die der sowjetische Geheimdienst in den USA ausspionierte, hätte die Arbeit der Wissenschaftler unter der Leitung des Haupthenkers Lawrenti Beria (Stalin machte ihn zum Verantwortlichen für den Bau einer sowjetischen Atombombe) an der Entwicklung der eigenen Nuklearwaffen noch lange dauern können. Wie Entdecker und Forscher in einer »Scharaschka« (einem Straflager für Wissenschaftler und Ingenieure) arbeiteten, schilderte Alexander Solschenizyn in seinem Buch *Im ersten Kreis der Hölle*.

Den Stolz der Sowjetunion, die Weltraumeroberung, verdanken wir einem Mann, dessen Name bis zu seinem Tod ein absolutes Tabu im Land war: Sergei Koroljow. Der Vater des sowjetischen Raumfahrtprogramms verbrachte sechs Jahre im Gulag. Nach Folter und Drohungen gegen seine Familie unterzeichnete er ein Geständnis, in dem er sich als Mitglied einer angeblichen konterrevolutionären Verschwörung bezeichnen musste. Koroljow wurde beschuldigt, er habe mit seinen Entwicklungen ein Attentat auf Stalin vorbereiten wollen. Im Lager an der Kolyma, wo er fast verhungerte, schlug man ihm die Zähne aus, brach ihm den Unterkiefer. Er erkrankte an Skorbut. Dann wurde er in eine Scharaschka geschickt, was ihm das Leben rettete. Dort musste er Motoren konstruieren. Nach dem Zweiten Weltkrieg stieg er zum Chefkonstrukteur des sowjetischen Raketenprogramms auf und ging 1945 nach Berlin mit dem Auftrag, das deutsche Raketenprogramm zu studieren und in Deutschland verbliebene Mitarbeiter des Raketeningenieurs Wernher von Braun ausfindig zu machen. Mit Plänen deutscher Konstruktionen und deutschen Raketenkonstrukteuren kehrte er in die Sowjetunion zurück. Hier arbeiteten Assistenten und Kollegen Wernher von Brauns an der Entwicklung der sowjetischen Raketen. Die damals entwickelten Raketentypen werden bis heute eingesetzt. Das eigene sowjetische Raumfahrt- und Mondprogramm ging hingegen nur hinkend voran. Die Arbeit an der N1-Mondrakete wurde 1974 ergebnislos eingestellt. Der Wettbewerb mit dem Westen wurde letztendlich verloren. Die technologische Rückständigkeit und der Nachholbedarf endeten schließlich in der Perestroika und dem Untergang der Sowjetunion.

In einem gewissen Sinne wurde auch das neue Russland zu einer Scharaschka. Ein Leibeigener der Macht kann keine Kontrolle über das eigene Leben haben. Heute hast du ein Kleingeschäft, morgen nimmt es dir jemand mit Schulterklappen für seinen Neffen weg. Heute bist du Besitzer einer Wohnung in Moskau, morgen kommt eine »Sanierung«, und du wirst »freiwillig« zwangsumgesiedelt. Heute erwachst du als allmächtiger Hauptstadtbürgermeister und morgen als Flüchtling. Heute bist du Oligarch oder Entwicklungsminister, morgen nur ein gemeiner Sträfling auf einer Lagerpritsche.

Wenn man die eigene Zukunft nicht planen kann, lebt man im Heute. In Russland herrscht das Motto »Nach uns die Sintflut«. Alle haben es eilig, noch heute am Fest des Lebens teilzunehmen, denn morgen könnte es schon zu spät sein. Ein russisches Sprichwort sagt: »Sage dich nicht los von Bettelsack und Kerker« (eine andere Variante der Übersetzung: »Vor dem Bettelstab und vor dem Gefängnis ist niemand gefeit«). Die Bojaren leben in Saus und Braus in ihren Palästen, das Fußvolk betrinkt sich in seinen Hütten. Man häuft keine Ersparnisse an, man feiert den Tag heute, denn bereits morgen kann irgendeine böse Fee in einer höheren Machtposition deine Kutsche in einen Kürbis verwandeln.

Wer etwas erreichen will, muss sich in die soziale Nahrungskette einreihen. Bedingungen für den Erfolg auf dieser Erfolgstreppe sind Mittelmäßigkeit und die Bereitschaft, für den eigenen Boss alles zu tun. Im neuen Russland sind in den letzten Jahren plötzlich Millionen Beamte aufgetaucht, die nichts herstellen und sich nur bestechen lassen. Für das Recht, weiter in dieser Nahrungskette zu bleiben, sind sie bereit, alle moralischen Gesetze zu brechen. Im Staatswesen ist alles verfault, weil dieses System von oben nach unten alles verdirbt. Unsere Fäulnis, die Fäulnis der Menschen unten, nährt die Fäulnis oben, und die oben nähren die Fäulnis unten, und der Kreis schließt sich. Das ganze Land ist von dieser Fäulnis befallen.

Es gibt eigentlich nicht nur keinen Rechtsstaat in Russland, sondern überhaupt keinen Staat. Wir sehen lediglich eine Attrappe für die westlichen Beobachter. Es handelt sich um eine mafiose Machtstruktur, die sich der staatlichen Mechanismen bedient. Der sowjetische Staatsanwalt hat es bei den Nürnberger Prozessen präzise formuliert: »Diese Verbrecher haben die Staatsmacht ergriffen und den Staat zum Instrument ihrer verbrecherischen Handlungen gemacht.« Genau das passiert heute in Russland.

Alles im russischen Staatswesen ist nur Fiktion: Die Teilung der Gewalten, die Legislative, Selbstverwaltung etc. Oder zum Beispiel das unabhängige Gericht: Ohne Bestechung der Richter kann man vor Gericht keinen Prozess gewinnen. Die wichtigeren Prozesse werden auf Anweisung »von oben« entschieden. Die Gerichte sind dazu da, diejenigen, die gegen das korrupte System protestieren, hinter Gitter zu bringen. Die Justiz ist zur Strafbehörde geworden. Vom eigentlichen Gericht bleibt nur die äußere Form. So baute man im Zweiten Weltkrieg auf den Flugplätzen Flugzeugattrappen, um den Feind zu täuschen. Die Maschinen sahen wie echte Flugzeuge aus, sie konnten nur nicht fliegen. Auch die geschriebenen Regeln und Gesetze sind solche Attrappen. Nur ein ungeschriebenes Gesetz funktioniert einwandfrei, und alle halten sich strikt an dieses Gesetz der Macht, weil es zu brechen lebensgefährlich ist.

Das kann man an einem einfachen Beispiel veranschaulichen. Sie müssen mit dem Kinderwagen, in dem Ihr Kind friedlich schläft, eine befahrene Straße überqueren. Das geschriebene Gesetz regelt das klar. Der Kinderwagen ist schwächer als der heranbrausende Jeep. Der Sinn der Rechtsordnung liegt darin, den Schwächeren vor dem Stärkeren zu schützen. Für den Schutz des kleinen Menschleins im Kinderwagen gibt es den Zebrastreifen. Der Jeep soll davor anhalten. Jeder Leser, daran zweifle ich nicht, der in den Straßen einer russischen Stadt unterwegs war, konnte eine Szene beobachten, bei der es ihm kalt über den Rücken lief. Auch dort gibt es Zebrastreifen. Und der Jeep ist, wer möchte das bestreiten, stärker als Ihr Kinderwagen. Deshalb hat er Vortritt. Und Sie sind der Erste, der sich in diese Regeln fügen wird und das Vorrecht des Jeeps akzeptiert. Wenn Sie nämlich auf Ihrem gesetzlich verbrieften Vortritt beharren wollen, wird er Sie und Ihren Kinderwagen überfahren, und schuld daran werden Sie sein. Denn Sie und nicht er haben das einzig gültige Gesetz verletzt.

Die Machtvertikale funktioniert nach eigenen unverbrüchlichen Regeln. Es ist streng verboten, Bestechungsgelder »nicht nach dem Rang« anzunehmen. Das hat noch der Stadthauptmann in Gogols *Revisor* seinen untergeordneten Beamten mit einer ausgestreckten

Faust erklärt. Das Bestechungsgeld nur für sich zu behalten und mit dem Vorgesetzten nicht zu teilen gilt als unverzeihliches Verbrechen. Und das Schlimmste ist, ehrlich und unbestechlich zu sein. Die »Vertikale« duldet das nicht.

Zu leben, ohne das ungeschriebene Gesetz zu verletzen, bedeutet unausweichlich, gegen die geschriebenen Gesetze zu verstoßen. Niemand lebt nach den letzteren, angefangen bei den Behörden, die für den Rechtsschutz und die Einhaltung der Gesetze und Regeln zuständig sind. So ergibt sich das »russische Paradox«: Eigentlich sind alle Gesetzesbrecher, alle gehorchen dem ungeschriebenen Gesetz und übertreten somit das geschriebene. Ein jeder steht mit einem Fuß im Gefängnis.

Hinzu kommt, dass über so lange Zeit hinweg so viele Menschen aus ideologischen und politischen Gründen in die Lager verschickt wurden, die keine gemeinen Verbrecher, Diebe oder Mörder waren. Damit wird auch die erstaunliche, in Russland schon lange herrschende Einstellung gegenüber einem Häftling verständlich, der erwischt worden ist, wie sie so oft in der russischen Literatur beschrieben ist: Ein Gefangener wird nicht als ein Verbrecher oder Gesetzesbrecher gesehen, sondern in erster Linie als ein Unglücklicher. Alle verstoßen gegen das Gesetz, und es ist Sache des Zufalls, wen es erwischt; er hat Pech gehabt, ihn verfolgt das Unglück. Heute ist der eine eingelocht worden, morgen ist es ein anderer, und übermorgen wirst du es sein, der auf der Knastpritsche liegen muss, ohne eigentlich etwas verbrochen zu haben.

Die Machtvertikale basiert auf einer Clanstruktur. Die nächste Generation der neuen Machthabenden hat bereits alle führenden Positionen in Russland besetzt. Die Sozialleiter funktioniert wie im Mittelalter. In einem populären Witz wird es so erläutert: Der Sohn eines Obersts kann nicht General werden, da der General einen eigenen Sohn hat. Eine neue erbliche Staatsaristokratie hat sich herausgebildet. Die höheren russischen Beamten haben ausschließlich begabte Kinder, die nach dem Abschluss des Kindergartens zu

Topmanagern und Direktoren der führenden staatlichen Banken und Korporationen werden. Aber auch diese Wunderkinder können nicht sicher sein, dass ihr vererbtes Besitztum wirklich ihnen gehört. Unter der freien Marktwirtschaft wird in Russland das System des Machteigentums verstanden. Das Eigentum hängt völlig von »administrativen Ressourcen« und von Loyalitäten ab. Fällt der Clanführer in Ungnade, zieht er seine Gefolgschaft mit ins Unheil.

Am Anfang dieser Nahrungskette vegetiert die schweigende Bevölkerung vor sich hin. Bauern, Arbeiter, Ärzte, Lehrer, sie schweigen und schauen fern. Sie flüchten in die parallele Welt des Fernsehens, dort kann man Elend, Erniedrigung, Armut, Ungleichheit, fehlende Perspektiven, das erbärmliche Bildungswesen, die klägliche und unerschwingliche Medizinversorgung für ein paar Stunden vergessen. Noch besser hilft der Alkohol, das bewährte russische Mittel, alle unlösbaren Probleme zu lösen.

Gelegentlich braucht die Macht die Stimmen dieser schweigenden Masse, wenn es um die »Wahlen« geht. Da hilft die Statisterie bei der Veranstaltung des großen Spektakels. Lehrer und Lehrerinnen, beispielsweise, sind verpflichtet, bei den Wahllokalen in Zehntausenden Schulgebäuden landesweit mitzuarbeiten; sie nehmen aktiv an den Wahlfälschungen teil: Als gebildete Leute sind sie für das »richtige« Zählen der abgegebenen Stimmen verantwortlich. Wer nicht mitmacht, kann schnell seine Arbeit verlieren. Wie gesagt, alle haben Familien.

Eine Mafia in der Art, wie sie in anderen Ländern existiert – also parallel zur Regierung – gibt es in Russland nicht. Die russische Cosa Nostra ist der Staat selbst. Die staatlichen Strukturen sind die russische Mafia, der größte Feind des geschriebenen Gesetzes und der eigenen Bevölkerung. Die Bande früherer Partei- und Komsomolfunktionäre hat alle natürlichen Ressourcen unter sich aufgeteilt und beeilt sich, diese so schnell wie möglich zu verkaufen, um noch heute reich zu werden, ohne an die anderen oder die Zukunft des eigenen Landes zu denken. Das Geld für die verkauften Bodenschätze fließt nach Westen und wird nicht in Straßen, Spitäler oder Schulen in Russland investiert. Die staatlichen Mittel, die für soziale Ziele zur Verfügung gestellt werden, erreichen diese größtenteils nicht, sondern versickern in den Taschen der Beamten. Ein einfaches Prinzip wurde zur Ideologie des neuen Russlands: »Klettere an die Macht und bediene dich!« Korruption ist nicht eine Abweichung von der Norm, sondern die Norm selbst. Es erstaunt also nicht, dass der staatlichen Partei »Einheitliches Russland« die präzise Formulierung des Bloggers und Oppositionsführers Alexei Nawalny anhaftet: »Partei der Banditen und Diebe«.

Eigentlich war die russische Gesellschaftsordnung schon immer korrupt, das ist also nichts Neues unter dem Mond. Angesichts fehlender unabhängiger Gerichte und ohne klare Gesetzgebung hat man in Russland alle Fragen nie auf der Ebene abstrakter bürokratischer Vorschriften, sondern auf dem Wege der direkten Kommunikation und gegenseitiger Verständigung gelöst: »Ich gebe dir, du gibst mir.« Es mag seltsam klingen, aber das Schmiergeldsystem gewährt dem Menschen in Russland eine unglaubliche Freiheit, alle seine Probleme auf die kürzeste und effizienteste Weise zu lösen. Das Korruptionssystem hat alle Modernisierungsversuche überlebt. Diese reibungslos funktionierende Gesellschaftsordnung wechselt »Sozialismen« und »Kapitalismen« wie die Wäsche. Man kann ein neues T-Shirt kaufen oder ein altes waschen, aber auf den Stoffwechsel im Körper wird das keinen Einfluss haben. Im neuen Russland wurde das System einfach verstaatlicht. Die Jelzin-Zeit brachte Banditen und Gauner aus den sowjetischen Vorstädten auf die Bühne, die als neue Elite Russlands präsentiert wurden. Leute mit krimineller Mentalität begannen, die Geschicke des Landes zu lenken.

Die Notwendigkeit, im Gefängnis zu überleben, verlangt vom Menschen spezifische Eigenschaften, eine bestimmte psychische Verfasstheit. In Russland entwickeln sich die fürs Überleben notwendigen Eigenschaften von einer Generation zur nächsten weiter. Die Russen haben Gefängniserfahrung sowohl im übertragenen als auch im direkten Sinne des Wortes: Ein Viertel der Bevölkerung war inhaftiert oder hatte einen Häftling in der Familie. Der Einfluss der im Gefängnis üblichen Sitten auf die Jugendlichen ist enorm. Dabei darf man auch die Wächter und ihre Familien nicht vergessen. Die letzten zugänglichen Statistiken zeigen, dass im Strafvollzugssystem fast 400 000 Menschen ihr Brot verdienen. Gaunerjargon, kriminelle Subkultur und die normative Kraft einer »Gefängnismoral« beeinflussen die moderne russische Gesellschaft nicht nur, sie sind ihr Fundament geworden. Das Gefängnis kennt nur ein Gesetz – das Gesetz der Stärke und Gewalt. Nach diesem ungeschriebenen Gesetz lebten und leben die Menschen im Land.

Das Phänomen des Einflusses der Gefängniskultur auf die ganze Gesellschaft nennen die russischen Soziologen »Prisonisation«, ein unikaler Begriff, der sowohl vom englischen »prison« abgeleitet ist als auch absolut russisch klingt: »pri zone« bedeutet »bei der Zone«. Das ganze Land lebt »bei der Zone«.

In Russland herrschte immer eine Straflagermentalität: Die zur Obrigkeit gehörenden Kriminellen bekommen die besten Pritschen in der Zelle, nehmen den Schwachen die Kleider und die Lebensmittel weg. Sie sorgen für die Ordnung, eine kriminelle Ordnung. Und man kennt keine andere.

Man sagt, das Gefängnis, die Armee und die Schule spiegeln die Quintessenz der Gesellschaftsordnung wider. Das soziale Gefängnismodell prägt bereits den anfänglichen Moskauer Ulus der Goldenen Horde. Noch in der Mongolenzeit bildete sich dieses dreistufige System der Wechselbeziehungen zwischen der Macht und den Untertanen heraus. Auf der ersten Stufe steht der Gefängnisleiter (der mongolische Khan), der über Leben und Tod schaltet und waltet. Innerhalb der »Zone« gibt es zwei weitere Stufen: Die höhere belegen die privilegierten Insassen (die Fürsten, die vom Khan das Jarlyk erhielten), die als Aufseher fungieren, und ganz unten befinden sich die gemeinen Häftlinge (das Fußvolk).

In der so verfassten Gesellschaft gibt es keine Gesetze oder

Verträge, keine Rechte oder Regeln, nur Gnade oder Ungnade, Privilegien und Repressionen. Und wenn es zu einer Rebellion kommt, dann ist das kein Aufstand »für eure und unsere Freiheit« (wie bei den polnischen Befreiungskriegen gegen den russischen Zarismus), sondern ein Ruf von Aufständischen nach einem »echten« Zaren (wie im Pugatschow-Bauernkrieg, über den Puschkin schrieb: »Bewahre uns Gott vor einem russischen Aufstand, sinnlos und erbarmungslos.«).

Das Gefängnis ist eine Schule der Sklaven. Die Regeln, die im Gefängnis gelten, werden nach der Freilassung ins »freie« Leben mitgenommen. Man speichert die erlittenen Traumata – Brutalität, Folter, Erniedrigung, die Teilung in Aufseher und Sklaven – und gibt diese Erfahrungen an die Nächsten und weniger Nächsten weiter. Die Brutalität in Alltagskonflikten in meinem Land ist erschreckend. Toleranz ist so gut wie unbekannt.

Die »Prisonisation« hielt sofort in die offizielle Sprache Einzug. Mit den neuen Herrschern im Kreml kam auch der Gefängnisjargon in den öffentlichen Diskurs. Berühmt wurde Putins Wahlversprechen, als er Russland noch als Kronprinz den Hof machte, die »Tschetschenen im Klo zu ertränken«. Seit jener Zeit gehört der Gefängnisslang fest zu den Auftritten der russischen politischen Elite. Wörter aus der Gaunersprache, wie »sanos«, »otkat« (verschiedene Varianten, Schmiergeld zu zahlen) etablierten sich, wie Hunderte weitere Ausdrücke der kriminellen Unterwelt, im offiziellen Sprachgebrauch.

Der Verhaltenskodex in der Zone beeinflusst das Verhalten der Menschen »bei der Zone«. Zum Beispiel das Lächeln. Auf den ersten Blick wirken Russen für westliche Touristen unfreundlich und verschlossen. In Russland ist es nicht üblich, fremde Menschen anzulächeln. Kurz Blickkontakt aufnehmen und ein Lächeln andeuten – so geht man im Westen miteinander um. Doch in Russland ist das unverbindliche Lächeln so gut wie unbekannt. Auch ich war es, ganz unbewusst, gewohnt, ein mürrisches Gesicht aufzusetzen, sobald ich das Haus verließ. Es liegt daran, dass man das Gefühl hat, sich in einer aggressiven Umgebung zu befinden. Kaum ist man draußen, setzt man eine schützende Maske auf und ist bereit zur Verteidigung. Das kommt aus dem Gefängnis: Hinter Gittern darf man nur gut bekannte Mithäftlinge anlächeln, davon abgesehen gilt das Lächeln dort als Zeichen der Schmeichelei eines Schwachen gegenüber einem Starken. Nähert sich dir jemand mit einem Lächeln, stößt das ab, es wirkt hinterhältig und gemein. Das alles hat mir mein Bruder während meines Besuchs im nördlichen Iwdel erzählt.

Der wichtigste Faktor, der die Menschen auf beiden Seiten des Stacheldrahts verbindet, ist das Gefühl der Machtlosigkeit gegenüber denen, die mit Machtbefugnissen ausgestattet sind.

Was das Gefängnis nicht geschafft hat, vollendet die Armee. Das ist die zweite wichtige Anlaufstelle für L'Éducation sentimentale in Russland. Interessanterweise spielt die Armee in Russland eine zivilisatorische Rolle. Ende des 19. Jahrhunderts erklärte ein russischer General: »40 Prozent der Kerle haben erst in der Armee zum ersten Mal im Leben genug Fleisch gegessen.« Und Anfang des 21. Jahrhunderts erklärte der Verteidigungsminister in der Duma (Sergei Iwanow am 15. Februar 2006): »Manche Einberufene sehen zum ersten Mal im Leben ein Klosettbecken, eine Zahnbürste und drei Mahlzeiten täglich. Deshalb fällt es nicht leicht, solche Soldaten zu erziehen.«

In Russland ist die Armee nicht nur Kulturträgerin, sondern auch eine Schule des Sklavendaseins. Ihr Sinn liegt in den sogenannten »nicht auf Vorschriften beruhenden Verhaltensregeln«, diesen unverbrüchlichen ungeschriebenen Armeegesetzen. Die Stellung eines Soldaten hängt von der Zeit ab, die er abgedient hat. Die älteren Soldaten haben praktisch unbeschränkte Macht über die neuen Rekruten, sie nutzen ihre Macht aus, indem sie die Rekruten täglich zwingen, schwere Arbeiten auszuführen, und sie misshandeln und demütigen die neu Eingezogenen nach einmütig und allerseits anerkannten Ritualen. Willst du als Rekrut überleben, musst du zuerst zum Sklaven werden, deine Menschenwürde fahren lassen. Später wirst du von einem Sklaven zu einem Herrn, nun bist du an der Reihe, die Neuen zu prügeln, ihnen in die Stiefel zu pissen, sie eine mit Schuhwichse beschmierte Brotscheibe essen zu lassen, ihnen die von zu Hause zugeschickten Lebensmittel wegzunehmen und vieles mehr. Es ist längst bekannt, dass die brutalsten Aufseher ehemalige Sklaven sind. Diese »nicht auf Vorschriften beruhenden Verhaltensregeln« werden später auf das ganze Leben ausgeweitet. Die meisten russischen Männer absolvieren diese Sklavenausbildung und tragen die erworbenen Fähigkeiten und Fertigkeiten in jede Familie.

Aber es gab und es gibt ein anderes Russland. Das Russland von Alexander Puschkin und Anton Tschechow, von Pjotr Tschaadajew und Alexander Herzen, von Lew Tolstoi und Marc Chagall, von Sergei Rachmaninow und Daniil Harms, von Andrei Tarkowski und Lew Kopelew, von Alfred Schnittke und Joseph Brodsky. Das Russland von jenen sieben jungen Frauen und Männern, die im August 1968 zum Zeichen des Protests gegen die sowjetischen Panzer in Prag auf den Roten Platz gingen und dort ein Plakat mit der Aufschrift »Für eure und unsere Freiheit« entrollten. Sie wurden auf der Stelle verhaftet. Ich war damals sieben Jahre alt und wusste davon nichts. Auch unser ganzes riesiges Land erfuhr nichts von dieser Aktion. Das Leben dieser Menschen war ruiniert, sie hatten viele Jahre Gefängnis oder Psychiatrie zu gewärtigen. »Sieben Menschen auf dem Roten Platz – das sind mindestens sieben Gründe, warum wir die Russen nie mehr werden hassen können«, schrieb ein tschechischer Journalist.

Als man Boris Pasternak in den Dreißigerjahren bat, einen Brief zu unterschreiben, in dem die Erschießung von »Volksfeinden« gefordert wurde, warf sich seine schwangere Frau ihm zu Füßen und flehte ihn an zu unterschreiben – um des Kindes willen. Er sagte: »Wenn ich unterschreibe, werde ich ein anderer Mensch sein. Und das Schicksal des Kindes eines anderen Menschen interessiert mich nicht.« Das ist nicht Heldentum, das ist etwas anderes. Es ist das Unvermögen, sich selbst untreu zu werden. Es ist das Unvermögen, ein anderer Mensch zu sein als man selbst.

Einen Monat vor seinem Tod sagte Boris Nemzow, der 2015 vor dem Kreml ermordet wurde, in einem Interview: »Jeder muss für sich selbst entscheiden, ob er bereit ist, Risiken einzugehen oder nicht. Ich kann nur für mich sprechen. Ich bin froh, dass ich die Wahrheit sagen kann, dass ich mir selbst treu sein kann und nicht katzbuckeln muss vor den erbärmlichen, diebischen Staatsorganen. Die Freiheit ist ein teures Gut.«

Dieses zweite Russland begann mit Puschkin, deshalb ist der Dichter so wichtig für die Russen. Das Jahrhundert seit der Öffnung Russlands für westliche Einflüsse unter Peter dem Großen bis hin zum Erscheinen Puschkins war die Epoche der Vorbereitung, der tiefen inneren Reifung. Der Moskauer Ulus füllte sich mit Ausländern aus Europa, die nicht nur Ausrüstungen und Technologien, Moden und Sprachen, sondern auch ihre Kultur, Literatur, Ideen mitbrachten. Es war nur eine Frage der Zeit, wann sich die russische Sprache westliches Gedankengut einverleiben und Einheimische mit europäischen Vorstellungen von menschlicher Würde in Erscheinung treten würden. Nach Dostojewskis Definition (aus dem Roman *Der Jüngling):* »russische Europäer«.

Das erwachte Bewusstsein des ersten russischen Europäers war über dieses Erwachen nicht wirklich glücklich. Puschkin formulierte dies in einem Brief folgendermaßen: »Der Teufel hat's gewollt, dass ich mit Seele und Talent in Russland geboren bin!« Er war berufen, zu zeigen, wie man dort mit Seele und Talent leben soll, wo mit Seele und Talent zu überleben unmöglich ist. Ein russischer Moses, der seinem Volk Gebote für ein würdiges Überleben gab. Er wurde nicht auf einen Berg gerufen, es wurden ihm keine Gesetzestafeln aus einer Wolke überreicht. Er lebte einfach. Die Gebote bestehen aus den Strophen seiner Dichtung und seiner Biografie.

Geboren in einem Land, in dem die Leibeigenschaft nur der formelle Ausdruck einer tiefen, inneren psychologischen Versklavung sowohl der Leibeigenen als auch ihrer Herren war, vollführte er eine grundlegende russische Wende, eine eigenartige russische Revolution:

Der Machtpyramide, an deren Spitze der Zar die Geschicke großer und kleiner Völker lenkt, stellte er eine alternative Pyramide entgegen, an deren Spitze der Dichter steht. Mit Puschkin nahm eines der wichtigsten russischen Themen seinen Anfang: Der Dichter und der Zar. Puschkin stellte der Allmacht des traditionellen russischen Systems, in dem der Mensch »ein Soldat des Vaterlandes« ist, wie Peter der Große es nannte, oder »Lagerstaub«, wie Lawrenti Beria sich ausdrückte, eine andere Macht gegenüber, die bisher in Russland unbekannte Macht des freien schöpferischen Geistes. Der Hierarchie des imperialen Bewusstseins, symbolisiert durch die Rangtabelle Peters des Großen, stand von nun an eine andere Hierarchie gegenüber, die keinem Gesetz unterstand, doch von allen anerkannt wurde, selbst von den Zaren:

»Ein Denkmal, nicht von Hand geschaffen, habe ich mir errichtet,
der Pfad des Volkes zu ihm wird nicht zuwachsen,
es hat sein trotziges Haupt höher erhoben
als die Alexandersäule.«

Die politischen Machthaber Russlands fürchteten die Dichter, die seit Puschkin selbst eine Macht darstellten. Das andere Russland wurde geboren.

Eugen Onegin ist ein Roman, der in Russland immer aktuell sein wird, da er vom größten menschlichen Wert handelt, der Menschenwürde. Sie ist wertvoller als die Liebe. Deshalb weist Tatjana Onegin ab. Sie ist wertvoller als das Leben, deshalb muss Lenski sterben.

Vielleicht ist das die wichtigste Lehre, die Puschkin seinem Land hinterließ, in dem man von der Geburt bis zum Tod auf Schritt und Tritt erniedrigt wird: Man muss die Menschenwürde mit dem eigenen Leben verteidigen. Das kann man niemandem beibringen, man kann es nur vorführen. Er tat es im Duell an der Tschornaja Retschka (am Schwarzen Fluss in Sankt Petersburg).

Puschkins Tod war sein letztes Gebot. Vor ihm hatten die russischen Verseschmiede noch nicht gewusst, dass der letzte Text eines Dichters dessen Tod ist. Puschkin wehrte sich gegen alle Bemühungen seiner Freunde, das Duell zu verhindern, weil er wusste, dass sein Tod ein unverrückbarer, ja der wesentlichste Teil seines Schaffens sein würde. Sowohl Lenski wie auch sein Schöpfer hätten den Zweikampf abwenden können, doch für beide war er die einzige Möglichkeit, die eigene Menschenwürde zu verteidigen.

Viele Jahre später, im August 1968 waren jene jungen Leute, die nicht einmal dazu kamen, ihre Plakate aufzurollen, gerade deshalb auf den Roten Platz gegangen und hatten ihr Leben geopfert, weil sie keine andere Möglichkeit sahen, ihre eigene Menschenwürde zu verteidigen. Vom Roten Platz führte ein Faden zum Schwarzen Fluss.

Alle russischen Europäer im 19. Jahrhundert, sowohl Westler als auch Slawophile, spürten das erniedrigende psychologische Erbe der Goldenen Horde. Der Dichter Nikolai Schtscherbina (1821–1869) schrieb: »Wir – das sind europäische Wörter und asiatisches Verhalten.« Der Historiker und Publizist Michail Pogodin (1800–1875): »Wir sind Tataren von Kopf bis Fuß. Wenn wir nicht von jemandem konkrete Befehle bekommen, sind wir unglücklich. Wir wissen nicht, was wir mit unseren Händen und Füßen anfangen sollen und erteilen uns schließlich selber Befehle, möglichst grob und ungestüm.« Einer der bekanntesten Historiker, Nikolai Kostomarow (1817–1885), über die Folgen der Mongolenherrschaft: »Das Gefühl der Freiheit, Ehre, persönliche Würde verschwanden. Unterwürfigkeit gegenüber der Obrigkeit, Despotismus gegenüber den Unterstehenden wurden zu Eigenschaften der russischen Seele.« Diese niederschmetternde Erkenntnis musste unweigerlich Protestreaktionen auslösen. Aus den russischen Europäern bildete sich die Intelligenzija heraus.

Die russische Intelligenzija war weder eine soziale Schicht noch eine politische Partei, eher handelte es sich um eine religiöse Gesinnungsgemeinschaft, die es als ihre Mission empfand, Russland von der Autokratie zu befreien. Man lehnte die bestehenden Verhältnisse radikal ab und glaubte an die Revolution, die die ungerechte »asiatische« Ordnung wegfegen und allen Bürgern Freiheit und Rechte bringen sollte. Eine wichtige Rolle spielte das Schuldgefühl gegenüber dem ungebildeten und passiven Volk. Das höhere Ziel war, das Volk aufzuklären, ihm europäische Werte beizubringen. Freiheit wurde zur Religion, Vertreter der Intelligenzija sahen sich als ihre Missionare. Man fühlte sich wie eine höchste moralische Kraft im Land. Die Intelligenzija brachte Eigenschaften zutage, die dem traditionellen russischen System fremd waren: Eigeninitiative, bürgerliche Verantwortung, Sozialkritik, gesellschaftliches Gewissen, Mitgefühl für *Erniedrigte und Beleidigte* (so betitelte Dostojewski einen seiner frühesten Romane), Empathie für die unzivilisierten bäuerlichen Massen.

Einerseits erklärte die Intelligenzija dem Moskauer Ulus den Krieg, verfocht demokratische Werte, andererseits war sie mit ihrem Erzfeind seelisch verwandt. Die Intelligenzija war die Quelle für die Berufsrevolutionäre, die der ungerechten Gewaltherrschaft die »gerechte« revolutionäre Gewalt entgegensetzten. Der Terror war für die Intelligenzija moralisch akzeptabel. Die Terroristen gingen mit dem Heiligenschein der Märtyrer aufs Schafott.

Die Intelligenzija zeichneten absolute Intoleranz, Kompromisslosigkeit und die feste Überzeugung von der Unfehlbarkeit der eigenen Meinung aus. Man war auf totale Konfrontation ausgerichtet, immer bereit, zu brandmarken, zu entlarven, zu hetzen. Es bedurfte einer ungewöhnlichen Zivilcourage, sich offen zur Politik der Kompromisse zu bekennen.

Die Macht war ein Objekt ständigen Hasses und gleichzeitig ein leidenschaftlich ersehntes Ziel. Jedes Zugeständnis der Regierung radikalisierte die Intelligenzija. Der reformgesinnte Zarbefreier Alexander II. wurde wie Freiwild gejagt. Der Krieg gegen den Zarismus diktierte die ihm eigene Logik: Je liberaler das Machtsystem wurde, je mehr Forderungen der Opposition erfüllt wurden, desto rücksichtsloser wurde der sich zurückziehende Feind angegriffen.

Die Bereitschaft, sich selber zu opfern, führte zur Bereitschaft, auch andere für die höheren Ideale zu opfern. Bei den zahlreichen Anschlägen auf den Zaren und hohe Beamten kamen Dutzende unschuldige Menschen ums Leben, aber das wurde von der Intelligenzija als »Kollateralschaden« in Kauf genommen, wie man heutzutage sagen würde. Die Idee des Zarenmords wurde für mehrere Generationen zu einer Obsession. Als Zinaida Gippius, Dichterin und eine führende Intellektuelle des russischen Silbernen Zeitalters (so nennen Philologen die ersten zwei Jahrzehnte des 20. Jahrhunderts, die vor allem für die Dichtkunst nach dem »Goldenen Zeitalter« des 19. Jahrhunderts besonders fruchtbar waren), von der Erschießung Nikolaus' II. erfuhr, notierte sie in ihr Tagebuch: »Das schmächtige Offizierchen tut mir, gewiss, nicht leid.« Die Ermordung des Zaren betrachtete die Intelligenzija als eine Art Erlösungswerk.

Die heilige Kuh der Intelligenzija war das leidende Volk. Der Kampf für sein Wohl rechtfertigte alle Opfer. Dabei war die Intelligenzija fest davon überzeugt, besser als die Betroffenen selbst zu wissen, was das Wohl des Volkes war. Man glaubte, das Recht zu haben, diese ungebildete Masse zu lenken und zu ihrem Glück zu führen. Die Versuche der »Volkstümler«, in der ländlichen Bevölkerung Propaganda gegen die Regierung zu treiben, scheiterten kläglich, denn für das Volk waren sie bloß Unruhestifter und Zarenfeinde. Die Intelligenzija wollte sich in die Umarmung des Volkes und der Macht dazwischendrängen.

Die gebildete Gesellschaft und die Intelligenzija waren keine Synonyme. Nur wer gegen die Regierung war, durfte sich zur Intelligenzija zählen. Doch es gab auch viele russische Europäer, die die Ideen der Westler für Russland unpassend und schädlich fanden. Sie vertraten die Meinung, dass das russische Imperium nicht gegen den Willen seines Volks existierte, sondern dessen patriarchalen Wünschen und Vorstellungen entsprach. Sie waren überzeugt, dass der revolutionäre Krieg gegen den Staat zu einer Katastrophe führen wird, da eine starke Regierung in Russland der Garant für die Existenz einer Zivilisation ist. Für sie galt die berühmte Behauptung

Puschkins, die Regierung sei »der einzige Europäer in Russland«. Ohne die eiserne Hand und eine strikte Machtstruktur würde es nicht zu einer freien, friedlichen Gesellschaftsordnung kommen, sondern zu jenem sinnlosen und erbarmungslosen Aufstand, vor dem Puschkin gewarnt hatte (was 1917 auch geschah). Die Regierung hielten sie für einen Schutzwall zwischen der archaischen Volksmasse mit ihrer archaischen Mentalität und der dünnen gebildeten, europäisierten Schicht. Man sollte daher die Revolution in Russland auf keinen Fall herbeirufen. Aber Schriftsteller und Philosophen wie Fjodor Dostojewski oder Konstantin Leontjew, die solche Ansichten vertraten, wurden von der Intelligenzija als Reaktionäre abgestempelt.

Nach der Selbstauflösung des Zarenstaates feierte die Intelligenzija ihren epochalen Sieg nicht lange. Man hatte das leidende Volk idealisiert und für die Befreiung dieses erdachten Volkes gerungen, nun kam es zu einer wirklichen Begegnung. Der Dichter Alexander Blok besang die Revolution, die Bauern setzten seine unschätzbare Bibliothek in Brand. Der Sommer 1917 erfüllte den Komponisten Sergei Rachmaninow in seinem geliebten Gut Iwanowka mit Grauen. In einem Brief schrieb er: »Die Lebensbedingungen dort sind derart, dass ich nach den dort verbrachten drei Wochen beschlossen habe, nie wieder zurückzukehren.« Zum endgültigen Riss in seiner Seele kam es, als die Bauern, die er zuvor heiß geliebt hatte, den Lieblingshund seiner Tochter mit einem Spaten bestialisch erschlugen. Rachmaninows Konzertflügel wurde aus dem zweiten Stock geworfen. Iwanowka wurde vollständig niedergebrannt. So geschah es mit fast allen Landgütern in Russland, diesen künstlichen Inseln, wo Generationen russischer Europäer aufgewachsen waren. Der Archipel der europäischen Kultur versank in den blutigen Wellen der revolutionären Anarchie. Die Intelligenzija erfüllte ihre Mission, die zaristische Despotie brach zusammen, in Russland wurde die demokratische Republik ausgerufen, das Volk bekam alle möglichen Freiheiten, aber das Resultat waren Angst und Schrecken. Die Bolschewiki waren bereits dabei, einen anderen Archipel in Russland aufzubauen, den Archipel Gulag.

Nach dem Oktoberumsturz von 1917 wurde ein Teil der russischen Europäer brutal vernichtet, ein anderer ging in die Emigration. Der Rest musste sich in unterschiedlicher Weise an das Regime anpassen und zittern. Das Wissen der Fachleute in den wissenschaftlich-technischen Bereichen war für den Aufbau des modernisierten Ulus unabdingbar. Als sogenannte »bürgerliche Spezialisten« wurden ehemalige zaristische Offiziere in die Armee, Techniker und Ingenieure in Verwaltung und Industrie integriert, aber nur so lange, bis die alten Fachkräfte durch die neuen, aus Proletariat und Bauernschaft rekrutierten »sowjetischen« Spezialisten abgelöst wurden.

Unzählbar sind die Namen der Vertreter der alten Intelligenzija, die den großen Säuberungen zum Opfer fielen. Die Diktatur wollte alle Menschen ausrotten, die europäische Vorstellungen von Freiheit hegten. Die wenigen am Leben gebliebenen russischen Europäer mussten ihre Existenz in der Sowjetunion unter Stalin getarnt fortsetzen, in ständiger Angst, entlarvt und schikaniert zu werden. Ununterbrochen liefen Hetzkampagnen: gegen »eine antipatriotische Gruppe von Theaterkritikern«, gegen »wurzellose Kosmopoliten«, gegen »Speichellecker des Westens«, gegen »Formalisten in der Musik«. Am 15. Februar 1948 schrieb der weltberühmte Komponist Sergei Prokofjew an den Vorsitzenden des Komitees für Kunstangelegenheiten: »Ich begrüße den Beschluss des ZK der KPdSU, der die Voraussetzungen für eine Gesundung des ganzen Organismus der sowjetischen Musik schafft. Der Beschluss ist deshalb besonders wichtig, weil er aufgezeigt hat, dass die formalistische Bewegung, die zur Verarmung und zum Verfall der Musik führt, dem sowjetischen Volk fremd ist und weil er uns mit äußerster Klarheit auf Ziele hingewiesen hat, die wir anstreben müssen, um dem sowjetischen Volk am besten dienen zu können. [...] Das Vorhandensein des Formalismus in einigen meiner Werke erklärt sich wahrscheinlich aus ungenügender Wachsamkeit und aus der mangelnden Einsicht, dass er für unser Volk in keiner Weise nötig ist. Doch nach der Verlautbarung des ZK-Beschlusses, der uns Komponisten in unserer

Gesamtheit bis ins Innerste aufgerüttelt hat, ist klar geworden, welche Musik es ist, die unser Volk braucht, und auf welchen Wegen die formalistische Krankheit bekämpft werden kann. [...] Anschließend möchte ich der Partei meine Dankbarkeit für die klaren Richtlinien des Beschlusses ausdrücken, die mir helfen bei meiner Suche nach einer verständlichen und unserem Volk nahestehenden musikalischen Sprache, die unseres Volkes und unseres großen Landes würdig ist.« Vier Tage nach Absenden dieses Briefes, am 20. Februar 1948, wurde Prokofjews Frau Lina Codina verhaftet.

Nach der Revolution erfuhr der Begriff »Intelligenzija« in der Sowjetunion einen Bedeutungswandel. Nun wurden alle Akademiker als »sowjetische Intelligenzija« bezeichnet. Es war die soziale Schicht der Menschen mit höherer Bildung, neben den Klassen der Arbeiter und der Kolchosbauern.

Bei den Nach-Stalin-Generationen war das Interesse für die westliche Kultur enorm; die Musik, Mode, Literatur sickerte durch alle winzigen Löcher und Risse des Eisernen Vorhangs in die Sowjetunion. Die Sowjetintelligenzija wies jedoch nur wenige Gemeinsamkeiten mit der vorrevolutionären Intelligenzija auf. Vor allem war sie so eingeschüchtert, dass ihr der Wille zum Protest gegen das Regime fehlte. Das veranlasste den Schriftsteller Alexander Solschenizyn zu seinem berühmten Artikel »Obrasowanschtina« (»gebildetes Spießertum«). Vor der Revolution waren engagierte staatsfeindliche Intellektuelle ein Massenphänomen. Nun waren lediglich ein paar Dutzend Vertreter der Sowjetintelligenzija bereit, offen zu protestieren. Man nannte sie Dissidenten.

Das Glaubensbekenntnis dieser Freiheitskämpfer kam aus dem Gefängnis. Es war das Häftlingsgesetz im russischen Straflager: »Glaube nicht, fürchte nicht, bitte nicht!« Solschenizyn machte diese Knastverhaltensregel zum Verhaltenskodex jedes ehrwürdigen Menschen im Gefängnisland.

Die Dissidenten waren die wenigen freien Menschen unter den Sklaven. Der Unterschied ist, dass Sklaven keine Verantwortung für das Land übernehmen, während freie Menschen diese Verantwortung empfinden. Einfache Sowjetmenschen fühlten sich für die Verbrechen ihres Landes wie die blutige Niederschlagung des ungarischen Volksaufstandes 1956, die Besetzung der Tschechoslowakei 1968, den Einmarsch in Afghanistan 1979 überhaupt nicht verantwortlich. Die Untertanen des Ulus verantworten das Handeln der Macht nicht. Die Dissidenten aber empfanden dieses Verantwortungsgefühl. Waren die sieben jungen Leute auf dem Roten Platz im August 1968 schuld, dass russische Panzer durch Prag rollten? War das Mitglied der Wissenschaftsakademie Andrei Dmitriewitsch Sacharow an der russischen Aggression gegen Afghanistan schuld? Und dennoch schämten sie sich für die niederträchtigen Taten ihrer Heimat. Das Schamgefühl für das eigene Land ist der erste Schritt auf einem langen Weg in die Freiheit. Durch ihren aufopfernden Protest retteten diese Menschen ihre eigene Ehre und die Ehre ihrer Landsleute. Der Dichter und Sänger Alexander Galitsch sang in einem Lied nach dem Einmarsch der sowjetischen Truppen in die Tschechoslowakei: »Mitbürger! Das Vaterland ist in Gefahr! Unsere Panzer rollen in ein fremdes Land!« Die meisten Sowjetmenschen begriffen das einfach nicht, und diejenigen, die es taten, fürchteten sich, offen zu protestieren. Alle hatten Familien. Das ist eine Erklärung und Rechtfertigung für vieles.

Wie vor hundert Jahren die »Volkstümler« ihrem eigenen Volk als Fremdlinge und Staatsfeinde erschienen, so waren auch die Dissidenten für Millionen ihrer sowjetischen Mitbürger Nestbeschmutzer, Verräter und ausländische Agenten. Aber noch schlimmer und erbarmungsloser wurden diese mutigen Menschen von ihren Kollegen verunglimpft. So schlossen die sowjetischen Schriftsteller Boris Pasternak wegen des Romans *Doktor Zhiwago* und des Nobelpreises einstimmig (!) aus ihrem Verband aus und hetzten den großen Dichter wie ein Wolfsrudel. Es ist bezeichnend, dass im gleichen Jahr 1958 drei russische Forscher – Igor Tamm, Pawel Tscherenkow und Ilja Frank – den Nobelpreis für Physik erhielten. In der *Prawda* erschien ein offener Brief, unterzeichnet von den führenden Physikern des Landes, in dem die Wissenschaftler auf die Verleihung des Physikpreises stolz waren, jedoch ihre Empörung gegenüber der schwedischen Akademie wegen ihrer »schmutzigen politischen Provokation« mit Pasternak zum Ausdruck brachten. Vertreter aller Sparten der Sowjetintelligenzija nahmen aktiv an der Hetzjagd teil, die die Krankheit und den Tod des Dichters ohne Zweifel beschleunigte.

Der Schriftsteller Daniil Granin blieb den Deutschen nach seiner Rede im Bundestag im Januar 2014 zum Thema der Leningrader Blockade in Erinnerung. In Russland aber erinnert man sich an ihn als krasses Beispiel eines Sowjetintelligenten, der sich, um zu überleben und an seinen wunderbaren Büchern arbeiten zu können, an vielen Gemeinheiten beteiligte, zu denen die Macht damals jeden einlud. 1964 trug er zur Hetzkampagne gegen den Dichter Joseph Brodsky bei, die zu dessen Verhaftung und Verbannung führte. Als Alexander Solschenizyn 1969 für sein Buch *Der Archipel Gulag* aus dem Schriftstellerverband ausgeschlossen wurde, stimmte Granin für den Ausschluss Solschenizyns. Einige Jahre vor seinem Tod 2017 sagte er dazu in einem Interview: »Mein Gewissen ist meine Sache. Ich sah, dass ich mich selbst zugrunde gerichtet, aber Solschenizyn nicht geholfen hätte – und ich schloss mich an und bereue es nicht.« Diese klare Aussage sagt einiges über die russische Mentalität.

Vielleicht erklärt sich so auch der Hass der Sowjetmenschen und der Sowjetintelligenzija auf die Dissidenten: Sklaven können einem freien Menschen seine Freiheit nicht verzeihen. »Die Freiheit ist ein teures Gut, und nicht jeder kann sich das leisten.«

Der sehr populäre russisch-georgische Philosoph Merab Mamardaschwili (1930–1990) schrieb 1979: »Man könnte noch heute in Russland die parlamentarische Demokratie erklären, aber nichts würde funktionieren. Freiheit kann man nicht schenken. Man muss Menschen haben, die diese Freiheit brauchen, verstehen und ausüben; die ohne Freiheit überhaupt nicht leben können.« Als die Sowjetunion unterging und die Bevölkerung die Freiheit geschenkt bekam, gab es offensichtlich nicht genug Menschen, die diese Freiheit brauchten, verstanden und ausübten – Menschen, die ohne Freiheit überhaupt nicht leben konnten.

Einer der ersten russischen Europäer, Alexander Gribojedow, betitelte seine berühmte Komödie *Verstand schafft Leiden* (1823), die bis heute das meistaufgeführte Theaterstück in Russland ist, was von seiner immerwährenden Aktualität zeugt. Der Held des Versstückes ist Tschatzki, der aus Westeuropa zurückgekehrt ist und sich in der russischen Gesellschaft verloren, missverstanden und gehetzt fühlt. Auf dem Fest des russischen Lebens ist er ein Fremder, und er stört nur alle dabei, glücklich vor sich hinzuvegetieren. Der Verstand, das Wissen, die Kultur, die Intelligenz, die Urteilskraft machen Menschen in Russland unglücklich.

Als ich noch ganz jung war, hat mich eine Kurzgeschichte aus der Sammlung *Phantastik-72* aus irgendeinem Grund beeindruckt, obwohl ich nicht wirklich begriff, worauf der Autor hinauswollte. Die Erzählung ging so: Ein Erdbewohner begegnete auf seinem Spaziergang einem ungewöhnlichen Wesen, das sich als Marsbewohner vorstellte. Als Beweis seiner Herkunft demonstrierte der Marsmensch etwas Außerirdisches. Auf die Frage des entgeisterten Erdbewohners, warum man von der Erde aus keine Spuren der Zivilisation auf der Marsoberfläche sehe, kam die Antwort: »Wir haben überall Unsichtbarkeitsanlagen installiert und verfolgen unbemerkt, wie sich die irdische Zivilisation entwickelt.« Unsere Zivilisation entwickle sich in eine absolut falsche Richtung, die Menschen führten Kriege, seien brutal zueinander, besäßen zu wenig Mitleid, Barmherzigkeit, Liebe. Das werde alles ein böses Ende nehmen. Die Kurzgeschichte endet damit, dass der Marsmensch sagt: »Und jetzt vergessen Sie alles, was ich Ihnen gesagt habe, und mich auch.« Und der Erdmensch denkt: »Ein schönes Wetter haben wir heute! Sollte ich vielleicht angeln gehen?«

Ich glaube, ich weiß jetzt, was der Autor meinte.

Die Nato-Osterweiterung und ihre Folgen

Fritz Pleitgen

Für amerikanische Verhältnisse stammt *Harper's Magazine* aus der Antike. Gegründet 1850, liefert sich die Zeitschrift mit dem *Scientific American* ein zähes Rennen um den Titel »ältestes Magazin der USA«. *Harper's Magazine* hat über die Jahrzehnte heftige geschäftliche Turbulenzen erlebt, aber mit Stil und journalistischem Können unerschüttert seinen guten Ruf bewahrt.

Große Autoren haben für das Magazin geschrieben. Charles Dickens, Mark Twain und Jack London gehören dazu, aber auch politische Ausnahmeerscheinungen wie Woodrow Wilson und Winston Churchill, bevor Wilson Präsident der USA wurde und Churchill Premierminister von Großbritannien.

Es lohnt sich immer noch, 6 Dollar 99 auf den Ladentisch zu legen und sich mit *Harper's Magazine* in ein ruhiges Wochenende zurückzuziehen, um Geschichten zu lesen, die den Horizont erweitern; zum Beispiel über die Hintergründe der Nato-Osterweiterung.

Uns in Europa war eingeredet worden, die Nato habe Polen und die baltischen Staaten aus reiner Fürsorge mit bedrohten Völkern in Osteuropa in ihre Obhut genommen. *Harper's Magazine* ließ von der frommen Legende wenig übrig. Der Autor Andrew Cockburn deckte auf, dass ortsferne Interessen – die Wiederwahl eines amerikanischen Präsidenten und der Verkauf von Rüstungsgütern – den Ausschlag für eine folgenschwere Entscheidung gaben, die Russland vom Rest Europas abtrennte, was die internationale Politik vermutlich noch lange belasten wird.

Der Artikel »Game on: East versus West« ist ein Lehrstück über internationale Politik. Andrew Cockburn, ein in den USA lebender Ire mit Tendenz nach links, genießt als Washingtonkorrespondent von *Harper's Magazine* und als investigativer Journalist einen erstklassigen Ruf. Spezialisiert auf Themen der nationalen und internationalen Militärpolitik, hat er viele Beiträge und Bücher geschrieben. Seine Arbeiten gelten als akribisch recherchiert, seine Argumente als gut begründet, seine Einschätzungen als realistisch.

Was er für die Fernsehdokumentation »Die Bedrohung« über die Stärken und Schwächen der Roten Armee zusammentrug, verblüffte die Fachleute ebenso wie die Laien. Immerhin handelte es sich bei der Sowjetarmee um eine Militärmacht, die als undurchschaubar galt. Nach dem Zusammenbruch der Sowjetunion erwiesen sich die Ergebnisse seiner Recherchen als richtig.

Als Estland, Lettland, Litauen und Polen ihre Unabhängigkeit erkämpft hatten, suchten sie militärischen und politischen Schutz in der Nato. Angesichts der schlechten Erfahrungen, die sie mit dem großen Nachbarn Russland in der Vergangenheit gemacht hatten, fanden wir Europäer ihr Bestreben legitim. Insbesondere wir Deutschen hatten keinen Grund, dagegen zu sein. Im Hitler-Stalin-Pakt hatte Nazideutschland gemeinsam mit der Sowjetunion Balten und Polen um ihre Unabhängigkeit gebracht und sie jahrzehntelanger Unterdrückung ausgeliefert.

In den USA hatte man zur gleichen Zeit ganz andere Sorgen, wie in *Harper's Magazine* nachzulesen war (Ausgabe Januar 2015). Mit Entsetzen machte sich in der Rüstungsindustrie die Erkenntnis breit, dass mit dem Ende der Sowjetunion ein Feind abhandengekommen war, dem die Waffenhersteller viele schöne, vor allem gewinnbringende Aufträge verdankten. Schlimmer konnte es kaum kommen.

Die rote Gefahr war weg, und es stellte sich die bedrückende Frage: Was sollte aus den Wunderwerken amerikanischer Rüstung werden?

Die böse Entdeckung rief, wie es Cockburn detailliert beschreibt, eine machtvolle Gruppe auf den Plan, die zwar keine Legitimation durch die Verfassung besitzt, aber enormen Einfluss auf die Politik ausübt. Die Rede ist vom militärisch-industriellen Komplex, der schon 1961 vom 34. Präsidenten der USA Dwight D. Eisenhower als Gefahr für die Demokratie beschrieben wurde.

Es handelt sich um eine Ansammlung von gestandenen Politikern beider Parteien, ergänzt durch Militärs und Wirtschaftsführer, die zum Vorteil der eigenen Rüstungsindustrie weltweit ebenso zielstrebig wie durchsetzungsstark Militärpolitik betreiben.

Schon vor dem Ende des Kalten Krieges erfanden sie immer wieder Lücken im Waffenarsenal – Bomberlücken, Raketenlücken oder Zivilschutzlücken –, um ihre Rüstungsindustrie bei Kräften zu halten. Aber nun tat sich eine wirkliche Lücke auf, mit der sie nicht gerechnet hatten: Eine Bedrohungslücke. Der Warschauer Pakt, Moskaus Antwort auf die Nato, war im Mülleimer der Geschichte verschwunden.

Die Vertreter des militärisch-industriellen Komplexes in Washington erkannten die Gefahr und reagierten sofort. Man traf sich in kleineren und größeren Zirkeln zu Diskussionen und zum Meinungsaustausch. Erfahren, wie die Rüstungsexperten waren, hatten sie schnell einen vielversprechenden neuen Markt im Visier: die Staaten Ost- und Mitteleuropas.

Die Aufgabe, die sich der amerikanischen Rüstungslobby stellte, war überschaubar. Bis vor Kurzem hatten die gerade unabhängig gewordenen Staaten noch dem gegnerischen Militärbündnis Warschauer Pakt unter der Führung Moskaus angehört. Nun mussten sie lediglich ermuntert werden, zur Nato überzuwechseln. Auf diese Weise wurden sie, so Cockburn, zu dankbaren Kunden der US-Rüstungsindustrie. Dazu gehörte keine große

Überredungskunst. Keiner hatte Sehnsucht nach einer politischen Führung durch den Kreml.

Weitsichtig hatten die Firmen der amerikanischen Rüstungsindustrie, wie Cockburn herausfand, bereits Kontakte zu den Beitrittskandidaten geknüpft und Büros in deren Hauptstädten eingerichtet. Das hatte den Vorteil, dass die neuen Nato-Mitglieder sehr schnell über militärtechnische Spitzenware wie Kampfjets vom Typ F-16 verfügten.

Was noch fehlte, war der politische Vollzug ihrer Aufnahme in die Nato. Doch dafür waren die Weichen bereits gestellt. In den USA standen Ende 1996 Wahlen an. Präsident Clinton wollte wieder ins Weiße Haus. Von kompetenter Seite wurde ihm in Aussicht gestellt, dass ihm die Stimmen der polnischstämmigen Wähler sicher seien, wenn er Polen die Nato-Mitgliedschaft verspreche. Der Einflüsterer war kein Geringerer als der Politstratege Zbigniew Brzeziński, ehemals Sicherheitsberater von US-Präsident Jimmy Carter.

Clinton ließ sich nicht lumpen. Um auch die Einwanderer aus dem übrigen Mittel- und Osteuropa für sich zu gewinnen, erweiterte er sein Versprechen. Zwei Wochen vor der Wahl kündigte er von Chicago aus an, die Nato werde bis 1999 Neumitglieder wie Polen aufnehmen. Aber er hatte noch mehr in petto. »Die Nato muss allen neuen Demokratien in Mitteleuropa die Hand reichen, auch den baltischen Staaten und den jetzt unabhängigen Staaten der früheren Sowjetunion.«

Clinton war ein blendender Verkäufer. Als er die Nato-Osterweiterung als Marshall-Plan für Ost- und Mitteleuropa beschrieb, gab es kein Halten mehr. Die Kandidaten für den Nato-Beitritt standen Schlange.

Probleme bereitete laut Cockburn nur eine Kleinigkeit: Angeblich, so hieß es, habe die Administration von George Bush sen. dem damaligen Sowjetführer Gorbatschow im Februar 1990 versprochen, die Nato würde keinen Inch nach Osten vorrücken, wenn Moskau der Nato-Mitgliedschaft des vereinten Deutschlands zustimmte. US-Außenminister James Baker habe dieses Versprechen sorgfältig ausbuchstabiert.

Gab es dieses Versprechen wirklich oder nicht? Darüber entstand viel Streit. Nach einer Talksendung im Ersten, in der ich mit meiner Meinung, der Westen habe Russland nicht fair behandelt, auf ziemlich verlorenem Posten stand, erreichte mich der Anruf unseres langjährigen Außenministers Hans-Dietrich Genscher. Zu meiner Genugtuung fand er meine Argumentation in der Sendung zutreffend.

Genscher sprach von einem Brief seines Exkollegen Baker an Helmut Kohl, in dem der Amerikaner den deutschen Bundeskanzler darüber informierte, dass er gegenüber Gorbatschow das Versprechen abgegeben habe, die Nato werde nach der Aufnahme Deutschlands kein Stück weiter nach Osten vorrücken.

Ich will auf diesem Thema nicht weiter herumreiten. Wenn dieses Versprechen tatsächlich ausschlaggebend für die Zustimmung Moskaus zur deutschen Nato-Mitgliedschaft gewesen sein sollte, dann hätte Gorbatschow auf eine entsprechende schriftlich festgelegte Vereinbarung mit der Nato pochen müssen.

Weit bedeutsamer erachte ich die Voraussage, mit der George Kennan, der beste Russlandkenner in der internationalen Politik, vor der Nato-Osterweiterung gewarnt hat. Der amerikanische Diplomat, Historiker und Politiker sprach vom verhängnisvollsten Fehler der amerikanischen Politik in der Ära nach dem Kalten Krieg. Seine Sicht der Dinge begründete er mit der ihm eigenen Deutlichkeit. »Diese Entscheidung wird nationalistische, antiwestliche und militaristische Tendenzen in der russischen Öffentlichkeit entfachen, die Entwicklung der russischen Demokratie negativ beeinflussen und die russische Außenpolitik in Richtungen drängen, die uns nicht gefallen werden«, schrieb er 1997 in einem Beitrag für die *New York Times.*

Satz für Satz ist eingetreten, was George Kennan vorausgesagt hatte. Es ist erstaunlich, dass ein 94-jähriger Mann im Ruhestand mehr Weitsicht aufbrachte als zwei Dutzend Regierungs- und Staatschefs der Nato.

Als ich damals, 1997, Kennans Artikel las, konnte ich mir kaum vorstellen, dass Russland in absehbarer Zeit zu einer Herausforderung für den Westen werden könnte. Das Land wirkte völlig entkräftet. Der radikale Umbruch von der Sowjetdiktatur in ein System demokratischer Verhältnisse war zu einem quälenden Prozess mit vielen Rückschlägen geworden. Die anhaltende Erfolglosigkeit hatte den jungen Staat um jegliche Autorität gebracht, nach innen wie nach außen.

In dieser Verfassung hatte Russland gegen den Expansionsdrang der Nato keine Chance. Entsprechend matt fiel der Widerstand aus. Der Westen nutzte die Schwäche Russlands rigoros aus. Russische Sicherheitsinteressen fanden keine Beachtung. Estland, Lettland, Litauen und Polen wurden bereits 1999 von der Nato aufgenommen. Wenige Jahre später wechselten sieben weitere Länder des ehemaligen Sowjetimperiums in das Atlantische Bündnis. Der Status quo in Europa hatte sich dramatisch zuungunsten Russlands verändert.

George Kennan war kein Romantiker. Er hatte die Sowjetunion und die russische Mentalität unter ungemütlichen Umständen intensiv kennengelernt.

Dreimal war er von amerikanischen Präsidenten in das Reich von Josef Stalin entsandt worden; zuerst in der Zeit des Großen Terrors in den Dreißigerjahren, das zweite Mal am Ende des Zweiten Weltkrieges und schließlich 1952. Da er mit seiner Meinung über die Behandlung westlicher Diplomaten nicht hinter dem Berg hielt, wurde er als Persona non grata ausgewiesen. Trotzdem bewahrte er sich den nüchternen Blick des Historikers auf dieses uns so wesensfremde Land.

Kennan traute weder Stalin noch dessen Nachfolger, plädierte aber trotzdem für Geduld mit Russland. Für den amerikanischen

Präsidenten Truman entwickelte er Washingtons Containment-Strategie, mit der die USA den Einfluss Moskaus auf das Weltgeschehen eindämmten.

George Kennan war nicht der Einzige, der vor der Nato-Osterweiterung warnte. Vierzig führende amerikanische Politiker, die in den USA eher zu den Falken als zu den Tauben gezählt wurden, nannten in einem Brief an Präsident Clinton das Vorrücken des Westens bis an die Grenze Russlands einen Fehler von historischem Ausmaß, der die Stabilität Europas gefährde. Aus Erfahrung mit dem Verhalten ihres eigenen Landes wussten die Briefschreiber, wie empfindsam und heftig Großmächte reagieren, wenn sich Gegner ihrer Grenze oder Hemisphäre nähern.

Kuba, Nicaragua, Grenada und auch Chile haben zu spüren bekommen, was es bedeutet, wenn sich die USA herausgefordert fühlten. Schon das Erstarken linker Ideen reichte aus, um im mächtigsten Land der Erde Alarm auszulösen. Doch Präsident Clinton ließ sich von den Kritikern nicht aufhalten. Immerhin fand er auch für Moskau ermutigende Worte. Die Nato-Osterweiterung sei kein Grund zur Beunruhigung. Am Ende würde auch Russland davon profitieren. Undankbar und verstockt, wie die Russen sind, wollten sie dem amerikanischen Präsidenten die frohe Botschaft nicht abnehmen.

In den wirren Jelzin-Jahren machte ein junger KGB-Offizier aus Petersburg unauffällig, aber erstaunlich schnell Karriere in der politischen Hierarchie Russlands. Wladimir Putin besaß offensichtlich das Vertrauen von Präsident Jelzin. Jedes Mal, wenn ein wichtiger Posten frei wurde, ging es mit Putin aufwärts. Einer größeren Öffentlichkeit wurde er bekannt, als er im August 1999 zum Ministerpräsidenten der Russischen Föderation ernannt wurde. Hinter der Beförderung steckte offensichtlich mehr, als es zunächst aussah. Nur vier Monate später trat Boris Jelzin als Präsident zurück. Wie es die Verfassung vorsah, nahm der Ministerpräsident vorübergehend auch die Geschäfte des Präsidenten wahr. Umgehend erließ Putin ein Dekret, das seinem Vorgänger Straffreiheit gewährte.

Der Bevölkerung präsentierte er sich als rigoroser Bekämpfer von Terroristen und Aufständischen. Bei ihm gab es, anders als in der Zeit von Boris Jelzin, scheinbar kein Zaudern und Schwanken. Sicherheit ging vor Menschenrechte. Die Mehrheit der Bevölkerung fand dies richtig, was Putin im März 2000 einen soliden Wahlsieg einbrachte.

Meine Begegnung mit Wladimir Putin war kurz und reichte deshalb nur aus, um mir ein ungefähres Bild von ihm zu machen. Ich lernte den russischen Präsidenten im September 2001 bei einem offiziellen Abendessen in Düsseldorf kennen, zu dem der nordrhein-westfälische Ministerpräsident Wolfgang Clement eingeladen hatte.

Deutschland war das erste westliche Land, das er als Staatsoberhaupt besuchte. Nordrhein-Westfalen unterhielt seit Jahrzehnten intensive Wirtschaftsbeziehungen zur Sowjetunion. Vorreiter war Berthold Beitz. Der langjährige Krupp-Chef hatte es gewagt, mitten im Kalten Krieg zwischen Ost und West Geschäftsbeziehungen zur Sowjetunion zu knüpfen.

1962 war Beitz nach Moskau gereist, um sich mit Sowjetführer Nikita Chruschtschow zu treffen. Sein Vorstoß hinter den Eisernen Vorhang war von der bundesdeutschen Regierung und der US-Administration gleichermaßen mit Missbilligung und Ablehnung beobachtet worden. Seitdem genoss Beitz in der Sowjetunion einen legendären Ruf.

Meine Frau und ich komplettierten eine Tischrunde um Putin und das Ehepaar Clement, zu der noch das russische Botschafterehepaar sowie Berthold Beitz und seine Frau Else gehörten. Mir gegenüber saß der russische Präsident, der mit seinem jugendlichen Aussehen auf uns eher wie ein wohlerzogener Knabe und nicht wie ein rücksichtsloser Autokrat wirkte.

Am Vortag hatte Putin im Reichstag eine Rede gehalten, die

laut Protokoll des Bundestages immer wieder von Beifall unterbrochen worden war. Zum Schluss hatte es die Abgeordneten nicht mehr auf den Plätzen gehalten. Stehend applaudierend hatten sie den russischen Präsidenten verabschiedet.

In seiner Rede hatte Putin alles gegeben, um Deutschland und die Europäische Union für eine faire Partnerschaft mit Russland zu gewinnen. Alles in allem hielt der Russe eine Rede, wie wir Deutsche sie gerne haben, voller Sympathie und Respekt für unser Land. Putin zitierte zum Auftakt einen zeitgenössischen deutschen Historiker, von dem das Bonmot stammt: »Zwischen Russland und Amerika liegen Ozeane, zwischen Russland und Deutschland liegt die große Geschichte.«

Rücksichtsvoll behelligte der Russe die deutschen Abgeordneten nicht mit dem dunkelsten Kapitel dieser großen Geschichte, zu dem auch der Überfall Nazideutschlands auf die Sowjetunion gehörte. Auch auf die Leiden seiner Vaterstadt Leningrad ging Putin nicht ein. Stattdessen pries er Deutschland als bedeutendes Zentrum der europäischen und der Weltkultur. Intensiv wandte er sich der jüngeren Zeitgeschichte zu, dem Prozess der europäischen Integration nach dem Fall der Mauer und der deutschen Einheit.

Den Wert der Beziehungen zu den USA bezweifelte der russische Präsident nicht, um im selben Atemzug zu bekunden, dass Europa seinen Ruf als mächtiger und selbstständiger Mittelpunkt der Weltpolitik nur festigen kann, wenn es seine Möglichkeiten mit den Wirtschafts-, Kultur- und Verteidigungspotenzialen Russlands vereinigt.

Seine Feststellung wurde mit Beifall quittiert, worauf Putin einen stabilen Frieden auf dem europäischen Kontinent zum Hauptziel Russlands erklärte. Die Rede des russischen Präsidenten war ein in verständnisvollem Ton vorgetragenes Werben für gleichwertige Partnerschaft und gegenseitiges Vertrauen.

Es gelte, sich von vielen Stereotypen und Klischees des Kalten Krieges zu befreien. Der Kalte Krieg sei vorbei, erklärte er und kassierte dafür redlichen Beifall. Das Thema Sicherheit schloss Putin mit der Feststellung ab, ohne eine standfeste Sicherheitsarchitektur sei auf diesem Kontinent kein Klima des Vertrauens und kein einheitliches Großeuropa zu schaffen.

Danach wandte er sich wieder den deutsch-russischen Beziehungen zu. Für Russland verkörpere Deutschland seit jeher die europäische Kultur, technisches Denkvermögen und kaufmännisches Geschick. Beide Völker verstünden die Mentalität des jeweils anderen Volkes sehr gut. Als Beispiele führte Putin die russischen Übersetzungen deutscher Autoren an. Sie seien sehr nah an den Originalen, was Rhythmus, Stimmung und Schönheit der Texte anginge. Boris Pasternaks Übersetzung des *Faust* sei dafür ein Musterbeispiel.

In Düsseldorf ging es an unserem Tisch zunächst nicht um die große Politik. Das Gespräch drehte sich um Petersburg, die wachsende Zahl von Russlandreisenden und um den Einfluss fremder Sprachen auf das Russische. Wir Deutschen am Tisch waren von der Höflichkeit angetan, mit der der russische Präsident alle in das Gespräch einbezog.

Schließlich landeten wir unbeabsichtigt bei einem heiklen Thema: der Faszination der großen russischen Schriftsteller und Dichter für den Kaukasus.

Zu dieser Zeit war Russland in einen brutalen Krieg im Kaukasus gegen tschetschenische Rebellen verstrickt. Beide Seiten kannten in den Kämpfen keine Gnade.

»Für uns Europäer ist es vermutlich schwer, die Mentalität der Menschen im Kaukasus zu verstehen«, äußerte ich in aller Vorsicht. »Möglicherweise ist der Psychologe Tolstoi ein besserer Ratgeber als der Romantiker Puschkin.«

Putin ließ mich ruhig ausreden, bevor er uns mit Stahl in der Stimme belehrte. »Hier geht es nicht um Freiheitskämpfer, sondern um Terroristen. Auf deren Brutalität können wir nur mit gleicher Härte reagieren.«

Sprach's, nahm sein Manuskript und entzückte die Anwesenden in verständnisvollem Ton mit einer Tischrede, in der er um eine gleichberechtigte Zusammenarbeit in Europa warb. Uns allen war klar, dass der russische Präsident über Deutschland die Nähe zum Westen suchte.

* * *

Wie war nun mein Bild von Putin? Einerseits war ich wie alle anderen Gäste dieses Abends von ihm sehr angetan, andererseits von seiner Bemerkung zu Tschetschenien alarmiert.

Im Laufe der Jahre hat sich das Image von Wladimir Putin bei uns in Deutschland stabil verschlechtert. Unter den Kremlführern, die es bis auf Gorbatschow allesamt nur auf wenig Sympathiepunkte gebracht haben, kommt er inzwischen gleich hinter Stalin. Putin gilt in unseren Medien als unberechenbar, rücksichtslos, hinterlistig und unaufrichtig. Fair wird er nicht immer behandelt.

In Fernsehdiskussionen zum Thema Russland, an denen ich teilgenommen habe, gehörte ein Foto mit einem verschlagen blickenden Putin als Dekor im Hintergrund zur Grundausstattung. Wer versucht, Moskaus Verhalten zu erklären, avanciert leicht in den Rang eines Putin-Verstehers. Wer auf das Vorrücken des Westens bis an die Grenze Russlands hinweist, ist auf »Putins Narrativ« hereingefallen. Der Begriff »Putins Narrativ« klingt, als sei er von einer versierten PR-Agentur erfunden worden.

Es gibt ein Foto, das einen ganz anderen Putin zeigt. Zu finden ist es in dem Bildband *Russland – Perestroika bis Putin*. Als Putin an die Macht gekommen war, gelang dem damaligen Chef der *Bild*-Zeitung Kai Diekmann ein Gespräch mit dem zweiten Präsidenten der Russischen Föderation. Bei dieser Gelegenheit brachte der Fotograf Daniel Biskup den neuen Kremlchef dazu, sich an seinem Schreibtisch ablichten zu lassen. Auf dem Foto schaut uns ein verschüchtert lächelnder Mann an, der eher an *Kevin allein zu*

Haus erinnert als an einen machtversessenen Alleinherrscher, der drauf und dran ist, Europa zu überfallen.

Aus dem Putin von damals ist inzwischen ein harter, illusionsloser Politiker geworden. Zu dieser Entwicklung dürfte auch die Behandlung durch den Westen beigetragen haben. Vom amerikanischen Präsidenten Obama wurde Putins Russland zur »Regionalmacht« erklärt, vom seinerzeitigen britischen Premier Cameron wurde dem russischen Präsidenten bei einem offiziellen Termin der Handschlag verweigert, auf den Treffen der World Leaders G-20 wurde Putin demonstrativ als ungeschätzter Außenseiter behandelt.

Ist mit den Russen ein verlässlicher Umgang erstrebenswert? Deutsche Regierungspolitiker wagen nicht, so etwas öffentlich zu sagen. Wenn sie es doch tun, wie es der frühere Außenminister Steinmeier getan hat, werden sie von den Medien als gutgläubige Naivlinge gescholten.

Was würde ihnen widerfahren, wenn sie es wagten, über Putin sogar ein positives Urteil zu fällen? Der finnische Präsident Sauli Niinistö hat keine Probleme, sich freundlich über Putin zu äußern. Im Gespräch mit der *Frankfurter Allgemeinen Zeitung* kannte er keine Hemmungen: »Ich komme gut mit Putin aus. Wir können sehr offen miteinander reden. Selbst über sehr sensible Themen, wie etwa Syrien.«

Die Finnen gelten nicht als Weichlinge und auch nicht als Träumer. Ihre politische und geografische Lage ist delikat. Über hundert Jahre waren sie als Großfürstentum ein Teil des Zarenreiches. Erst 1917 erkämpfte das kleine Land seine Unabhängigkeit, die es in einem fürchterlichen Krieg gegen den riesigen Nachbarn unter großen Opfern verteidigte.

Die Finnen wurden von den weit überlegenen Streitkräften der Roten Armee zurückgeschlagen und besiegt, weil sie mit Nazideutschland den falschen Alliierten hatten. Trotzdem beugte sich Finnland der Supermacht Sowjetunion nicht. Das Land behauptet souverän seine Unabhängigkeit. Es hat als Mitglied der Europäischen Union und der Eurozone eine klare Westorientierung, was von Moskau respektiert wird.

Moskau hat auch hingenommen, dass die Finnen die Krim-Annexion entschieden verurteilten und die Sanktionen gegen Russland befürworteten. Dabei hätte Moskau Möglichkeiten, psychologischen oder tatsächlichen Druck auszuüben. Die beiden Länder haben eine 1300 Kilometer lange gemeinsame Grenze, an der sie offensichtlich gut miteinander auskommen.

Dies gilt für das finnisch-russische Verhältnis generell. »Unsere Beziehung zu Russland ist klar und geradeheraus«, erklärt Präsident Niinistö. »Die Russen kennen unsere Haltung und versuchen nicht, sie zu ändern. Es ist nicht schwer, mit Russland in Kontakt zu sein. Wir kennen auch ihre Position. Das haben sie uns sehr deutlich gemacht.« Eine Mahnung spricht der finnische Präsident allerdings aus, die er auch dem amerikanischen Präsidenten Trump mit auf den Weg gegeben hat. »Man sollte sehr vorsichtig sein, wenn man Putin trifft, er ist immer sehr gut vorbereitet. Sehr gut.« Auch über kritische Themen könne man mit ihm gut reden: »Es ist nützlich, seine Sichtweise zu kennen. Er ist da sehr offen.«

Das finnische Staatsoberhaupt glaubt nicht, dass Russland die baltischen Staaten angreifen wird, auch nicht Finnland, obwohl die finnische Führung eng mit der Nato kooperiert und auch an Nato-Gipfeltreffen teilnimmt. Das würde sich allerdings ändern, wenn Finnland auch noch Mitglied der Nato würde.

Sauli Niinistö hat dafür eine Erklärung: »Wenn die Russen jetzt über die Grenze schauen, dann sehen sie uns als Finnen. Würden wir Nato-Mitglied, würden sie uns als Feinde sehen.« Deshalb bewerben sich die Finnen nicht um eine Nato-Mitgliedschaft. Sie fühlen sich so sicherer.

Es geht also doch, ein vernünftiges Verhältnis zu Russland und Putin herzustellen. Man muss sich fragen, warum sich die politischen Führer des Westens kein Beispiel an Finnland nehmen. Sie treffen sich zwar mit Putin, aber seit Jahren mit den gleichen Abläufen. Austausch bekannter Standpunkte, gegenseitige Vorhaltungen wegen nicht eingehaltener Absprachen. Nie etwas Neues, um festgefahrene Situationen aufzubrechen.

Lösungen für bittere Konflikte fallen nicht vom Himmel. Dafür müssen Konzepte ausgearbeitet werden. Guter Wille und ein langer Atem sind nötig. Teams müssen aufgestellt werden, um die Möglichkeiten beider Seiten gemeinsam herauszuarbeiten. Vor allem muss Vertrauen aufgebaut werden. Wie macht man das? Dafür gibt es genügend gute Beispiele aus der Vergangenheit. Das Viermächteabkommen fällt mir ein, aber auch die Friedensgespräche zwischen Israel und der palästinensischen Befreiungsbewegung (PLO).

Das Ergebnis dieser Gespräche, das im September 1993 auf dem Rasen des Weißen Hauses besiegelt wurde, hätte Frieden in die geplagte Region bringen können, wenn nicht der israelische Ministerpräsident Yitzhak Rabin ermordet worden wäre. Mit Finnland und Österreich sind im Übrigen erprobte und anerkannte Modelle für eine wertvolle Rolle der Ukraine in Europa vorhanden.

»Auf die Geduld des großen russischen Volkes!«

Michail Schischkin

Vor einigen Jahren kam ich während einer Lesereise in Norwegen nach Tromsø, ein im Norden des Landes gelegenes Städtchen. Ich hatte etwas Zeit vor der Veranstaltung und ging spazieren und fand mich vor einem kleinen Heimatmuseum wieder. Das war reiner Zufall. Oder ein Beweis dafür, dass es nichts Zufälliges geben kann. In zwei Räumen gab es eine Ausstellung über russische Kriegsgefangene in Norwegen während des Zweiten Weltkriegs zu sehen. Die Deutschen hatten auf dem Rückzug ihre finnischen Lager in die Gegend um Tromsø verlegt. In den Schaufenstern waren alte Dokumente, Kleidung, Löffel, Utensilien, Fotos ausgestellt. Ich war allein im Museum. Ich betrachtete eine vergilbte Landkarte, und plötzlich blitzte mir dieses Wort durch den Kopf: Kandalakscha. Ein Wort aus meiner Kindheit.

Als Kind verbrachte ich jeden Sommer bei der Großmutter, die in Udelnaja vor den Toren Moskaus wohnte, das war unsere Datscha. Bei ihr im Zimmer hingen alte Fotografien an der Wand. Auf einer die Söhne: mein Vater und sein älterer Bruder Boris, mein Onkel Borja. Zwei Halbwüchsige, nebeneinandersitzend, Arm in Arm, Kopf an Kopf, die Segelohren berühren sich. Heutzutage wird auf Fotos stur gelächelt. Die beiden blickten ernst ins Objektiv, als sähen sie kommen, was ihnen bevorstand. Ein anderes Foto zeigte Borja mit Kopfhörern – er war Funker aus Leidenschaft, ließ sich zum Telefonisten ausbilden.

Ich sehe Großmutter vor mir, wie sie die abgegriffene Todesnachricht entfaltet und küsst, sich die Tränen aus den Augen wischt. Onkel Borja war zwanzig gewesen. Wenn ich meine eigenen Söhne betrachte, scheint er mir ein Junge, beinahe noch ein Kind zu sein. Aber damals erschien mir Onkel Borja auf dem Bild als großer, erwachsener Held.

Das vergilbte Stück Papier mit den zerfaserten Rändern war genau genommen kein Totenschein, nur die Nachricht, dass Borja in der Region Kandalakscha verschollen sei. Vermisst. Kandalakscha ist eine Ortschaft in Karelien, der seltsame Name hat sich mir damals eingeprägt. Ich denke, Großmutter wird ihr Leben lang die Hoffnung bewahrt haben, ihr Borja könnte womöglich nicht tot sein, sondern irgendwo am Leben. Vermisst, was hieß das schon? Es konnte alles Mögliche heißen. Vielleicht lebte er, und sie würden sich eines Tages wiedersehen? Auch mein Vater hegte die Hoffnung, dass sein Bruder vielleicht noch am Leben war. Großmutter starb 1993, Vater 1995.

Und nun widerfuhr mir etwas, das im wahren Leben eigentlich nicht geschieht, sondern allenfalls im Film oder im Roman. Nun stand ich in einem leeren Museum im Norden Norwegens, und ein Ort auf der alten Karte mit dem merkwürdigen Namen Kandalakscha ließ mich nicht mehr los. Plötzlich kam mir der Gedanke, ob mein Onkel Borja, wenn er dort in Gefangenschaft gewesen war, nicht auch 1944 nach Norwegen verlegt worden sein konnte? Nach der Lesung richtete ich noch am gleichen Abend von meinem Hotelzimmer aus per E-Mail einige Anfragen an die norwegischen Archive. Nach ein paar Tagen bekam ich eine Kopie der Registrierkarte des Kriegsgefangenen Boris Schischkin zugemailt.

Personalkarte, ausgestellt am 29.8.1941. *Stalag 309*. Stalag bedeutet Stammlager. Nummer 309 bezeichnete das Lagernetz in Finnland. Jeder Gefangene bekam eine Blechkennmarke ausgehändigt, seine trug die Nummer 1249. *Schischkin, Boris, geboren am 30. Dezember 1920 in Nowo-Jurjewo. Vorname des Vaters: Michael.* Michail Schischkin, mein Großvater, der 1930 verhaftet wurde. *Staatsangehörigkeit: Russe. Dienstgrad ... Truppenteil ... Zivilberuf:*

Radiomechaniker. Gefangennahme am 27. August. Ob gesund, krank, verwundet eingeliefert: ges. Fingerabdruck des rechten Zeigefingers. Name und Anschrift der zu benachrichtigenden Person in der Heimat des Kriegsgefangenen. Mutter: Ljubow Schischkina. Meine Großmutter. Ihre damalige Adresse: *Stat. Iljinka. Bez. Moskau.*

Ich las das und erfuhr in diesem Moment, wie die Auferstehung eines Toten sich anfühlt. Dieser Mann, mein zwanzigjähriger Onkel, ein Junge im Vergleich zu mir, dem grauhaarigen Neffen – mit einem Mal war er lebendig geworden! Dass meine Großmutter und mein Vater diesen Tag nicht mehr erleben durften, schmerzte umso mehr.

Natürlich durchsuchte ich gleich das Internet, wo bekanntlich alles zu finden ist, auch Informationen über das Stammlager 309. Es gibt Fotos, Abhandlungen, Dokumente. Geschichten von Leuten, die in dem Lager waren und überlebt haben. Selbst von Erschießungen gibt es Fotos, die ein deutscher Soldat heimlich geknipst hat. Die Kriegsgefangenen sollen zumeist beim Eisenbahnbau eingesetzt worden sein. An einer Stelle war von kriegsgefangenen Telefonisten die Rede. Bestimmt gehörte er dazu! Dass man die Leute ihrem Beruf entsprechend arbeiten ließ, lag doch nahe.

Auf der Rückseite der Karte entdeckte ich eine seltsame Notiz: *Es besteht die Vermutung, dass der Kriegsgefangene Jude ist, laut Aussagen eines V. Mannes. Wurde am 25.7.1942 der Sicherheitspolizei übergeben.*

Dies konnte wohl nur heißen, dass er erschossen wurde.

Auf einer dem Stalag 309 gewidmeten Seite im Internet ist ein Foto mit Toten in einer großen Grube zu sehen. Vielleicht ist der Bruder meines Vaters unter ihnen.

Wie soll ich das Gefühl wiedergeben: Gerade eben ist mein Onkel Borja auferstanden – und schon wieder hingerichtet.

Wohl doch besser, dass Vater und Großmutter das nicht mehr erleben müssen, so mein nächster Gedanke.

Auch merkwürdig, dass man ihn als Juden ermordet hat, ihn,

einen russischen Bauern aus einem alten Tambower Geschlecht. Da hatte wohl irgendwer eine Rechnung mit ihm offen. Und eine Denunziation genügte allemal, um exekutiert zu werden.

Jenes Foto aus meiner Kindheit gibt es nicht mehr. Unser Familienarchiv ist vor fünfzehn Jahren vernichtet worden, als die Datscha meines Bruders abbrannte. Ich sehe das Vorkriegsbild mit dem Jungen unter den Kopfhören aufs Genaueste vor mir – doch in der Welt scheint es nirgends mehr zu sein, nur noch in meinem Kopf.

Bemerkenswert außerdem, dass auf der Karte eine handschriftliche Übersetzung der Angaben ins Russische hinzugefügt ist. Wer hat das übersetzt, wann und zu welchem Zweck? Es prangt dort auch ein russischer Stempel: *Änderungen in Personalkartei übertragen. Ausgangsnummer 452.* Und von Hand darunter: *Benachrichtigt.* Damit ist wohl die Versendung des Papiers gemeint, über dem meine Großmutter so viele Jahre geweint hat.

Die Erklärung habe ich schnell gefunden: Deutsche Archive mit Dokumenten der russischen Kriegsgefangenen waren nach dem Krieg in die Sowjetunion überführt worden. Da sie jede Menge interessante Informationen für den russischen Geheimdienst enthielten, wurden sie sofort übersetzt. Sie liegen bis zum heutigen Tag in den Militärarchiven in Podolsk bei Moskau. Meine Großmutter und mein Vater lebten viele Jahre, ohne etwas über Boris' Schicksal zu erfahren. Verheimlicht hat es ihnen das eigene Vaterland, für das mein Vater und sein Bruder in den Krieg gezogen waren. Nur während der Perestroika sind die Archive zugänglich gewesen, sodass westliche Historiker Kopien anfertigen konnten. Das norwegische Archiv sandte mir den Karteiauszug binnen einer Woche zu. Mein Vater und meine Großmutter hingegen sind vom eigenen Staat ihr Leben lang um dieses Wissen betrogen worden.

Warum wurden die Informationen über die Kriegsgefangenen jahrzehntelang geheim gehalten? Weil die Staatsmacht in Wahrheit Krieg gegen die eigene Bevölkerung führte. Meine Angehörigen, die

Menschen, die mir am nächsten stehen, wurden von der Macht für ihre Kriege missbraucht. Und diese Macht empfand für diese Menschen nichts als Verachtung.

Mein Vater kämpfte gegen das Böse des Faschismus, aber ein anderes Böses nutzte ihn aus. Er und Millionen sowjetischer Soldaten waren Sklaven, und sie brachten der Welt nicht die Befreiung, sondern neue Sklaverei. Das Volk opferte alles für den Sieg, aber die Früchte dieses Sieges waren Armut und noch größere Unfreiheit. Der Sieg gab den Sklaven nichts, abgesehen vom Gefühl der Größe des Imperiums ihres Herrn. Der große Sieg im Jahr 1945 verstärkte bloß ihre große Sklaverei.

Mein Vater war vier, als die GPU-Männer (GPU war zwischen 1922–1934 die Geheimpolizei der Sowjetunion) seinen Vater verhafteten. Ein Sohn will stolz auf seinen Vater sein, doch wie kann man auf den Volksfeind stolz sein? Mein Vater verschwieg in allen Fragebögen, dass er der Sohn eines Volksfeindes war, und fürchtete immer, es könnte herauskommen. Er schrieb nur: Vater gestorben. Anstelle von Stolz nistete sich Angst in der Seele meines Vaters ein und vergiftete sie.

Das Regime in Russland manipulierte sein Volk unter jeder Ideologie mithilfe des Patriotismus. Die Niedertracht besteht darin, dass eines der schönsten menschlichen Gefühle missbraucht wurde und auch weiterhin missbraucht wird: die Liebe zur Heimat, die Bereitschaft, alles für sie zu opfern. Die Macht tritt an die Stelle der Heimat. Vater zog in den Krieg, um seine Heimat zu verteidigen, doch er verteidigte das Regime, das seinen Vater umbrachte.

Als die Perestroika im Gange war, stellte mein Vater ein Auskunftsbegehren beim KGB über den Verbleib seines Vaters. Damals wurden alle, die infolge der stalinschen Repressionen umgekommen waren, rehabilitiert. Er hat mir das offizielle Schreiben gezeigt, das die Rehabilitierung seines Vaters, meines Großvaters Michail Schischkin, bestätigte. Das Verfahren sei »in Ermangelung eines Tatbestands« eingestellt, so hieß es.

An dem Tag, als dieser Brief kam, fing mein Vater frühmorgens an zu saufen. »Schweine! ... Mörder!«, lallte er bloß.

Die Methode des Regimes, sein Volk mithilfe des Patriotismus zu manipulieren, funktionierte stets einwandfrei, im Zarenreich, im Sowjetimperium, im modernisierten Moskauer Ulus des 21. Jahrhunderts. Es gab nur eine kurze Unterbrechung: Nach 1917 hatte das Wort »Patriotismus« für die Bolschewiki eine durchaus negative Bedeutung. Das marxistische Dogma lehrte, dass die Proletarier kein Vaterland haben und nur die Internationale Erlösung verspricht. Bereits seit der Mitte der Dreißigerjahre aber wurde die Liebe zum »sozialistischen Vaterland« propagiert, nachdem Stalin Marx korrigiert und den Aufbau des Sozialismus in einem einzigen Land proklamiert hatte. Mit dem Beginn des Weltkrieges geriet die internationale Solidarität der Proletarier in Vergessenheit. Als im Juni 1941 der Krieg gegen Deutschland ausbrach, hörte das drangsalierte Volk plötzlich aus den Lautsprechern: »Brüder und Schwestern!« Die Propaganda, die sich davor gegen alles Russische und Orthodoxe gerichtet hatte, begann den Patriotismus zu besingen und rief nicht etwa dazu auf, die Faschisten zu töten, sondern die Deutschen. Zur progressiven historischen Kraft in der Geschichte der Menschheit wurde anstelle des Proletariats das große russische Volk erklärt.

Auf dem Festempfang, der am 24. Mai 1945 zu Ehren der Truppenbefehlshaber der Roten Armee im Kreml stattfand, brachte Stalin seinen berühmten Trinkspruch aus: »Auf die Geduld des großen russischen Volkes!« Der Diktator gestand: »Unsere Regierung hat nicht wenig Fehler gemacht, wir befanden uns in den Jahren 1941–1942 in manchem Augenblick in einer verzweifelten Lage, als unsere Armee zurückwich und die uns lieben und teuren Dörfer und Städte der Ukraine, Weißrusslands, der Moldau, des Leningrader Gebiets, der baltischen Länder und der Karelisch-Finnischen Republik aufgab, weil es keinen anderen Ausweg gab. Ein anderes Volk hätte zu seiner Regierung sagen können: Ihr habt unsere Erwartungen nicht gerechtfertigt, macht, dass ihr fortkommt, wir werden eine andere

Regierung einsetzen, die mit Deutschland Frieden schließt und uns Ruhe sichert. Doch das russische Volk hat nicht so gehandelt ...« Als das wichtigste Resultat des Großen Vaterländischen Krieges erwies sich der Machterhalt des Khans aller Khane.

Unter dem Deckmantel des Patriotismus ging es auch nach dem Krieg weiter. Patrioten entlarvten die russischen Pseudonyme der jüdischen Kunstschaffenden und befeuerten die antisemitische Hetze. Nach Stalins Tod hetzten die russischen Patrioten »Antipatrioten« wie die Nobelpreisträger Boris Pasternak, Alexander Solschenizyn und Joseph Brodsky, den Physiker und Dissidenten Andrei Sacharow, die Balletttänzer Rudolf Nurejew und Michail Baryschnikow, den Cellovirtuosen Mstislaw Rostropowitsch und die Opernsängerin Galina Wischnewskaja, den Regisseur des Taganka-Theaters Juri Lubimow und den Filmregisseur Andrei Tarkowski. Die Aufzählung aller »Nationalverräter« unter den Vertretern der russischen Kulturelite wäre lang.

Die Propaganda schmeichelt heute den Fernsehzuschauern, die größten Namen der Weltkultur gehörten Russland: Tolstoi, Dostojewski, Tschaikowski, Schostakowitsch, viele weitere Künstler, Schriftsteller, Musiker, Regisseure. Sie alle gehören uns! Das sind wir, die Russen, die begabtesten, die talentiertesten! Die Tatsache, dass die meisten russischen Kulturschaffenden ihre geniale Spur in der menschlichen Geschichte nicht dem Staat verdanken, sondern trotz dieses Staates, trotz des menschenverachtenden Regimes hinterließen, wird nicht erwähnt und nicht wahrgenommen. Man identifiziert sich gerne mit der kulturellen Größe Russlands, die sich das heutige Regime auf diese Weise aneignet.

Der russische Volkspatriotismus ist ein eineiiger Zwilling des Erniedrigungsgefühls. Die Erniedrigung sucht nach einer Kompensation. Der Sklave ist auf den Reichtum und die Größe seines Herrn stolz. Dieser Kompensationsmechanismus funktionierte in der Sowjetzeit perfekt. Damals wurden im Radio stolze Lieder gesungen: »Dafür bauen wir Raketen und haben den Fluss Jenissej gestaut.« Generationen sind unter der Losung aufgewachsen: »Es lebe das große Sowjetvolk – der Erbauer des Kommunismus!« Den Schülern wurde auf der Karte das größte Land der Welt gezeigt. Ich weiß noch, dass ich in der Primarschule auch auf die Größe meiner Heimat stolz war. Wir wussten, dass wir die Größten, die Besten und die Mächtigsten auf der Welt sind und die Feinde Angst vor unserer Armee haben mussten. Kindern kann man das verzeihen.

Der russische Minderwertigkeitskomplex ist unsichtbar, aber fühlbar. Nur ein kleines Beispiel: Keine Firma wird für ihre Waren oder Dienstleistungen mit dem Slogan »Wahre russische Qualität!« werben. Das wäre eher eine Antiwerbung. Darin spiegelt sich die Beziehung des Volkes zu sich selbst wider, zur eigenen Lebensqualität, zu seinem Vermögen, etwas Wettbewerbsfähiges zu produzieren. Diese geringe Selbsteinschätzung wird mit majestätischem patriotischem Hochmut kompensiert.

Die alltägliche Erniedrigung durch Beamte, die jeden zu einem Nichts schrumpfen lassen, durch die Willkür krimineller Neureicher, durch ein horrendes Gesundheitswesen, entwürdigende Renten, das Gefühl der Machtlosigkeit sucht nach einer Kompensation und findet diese im patriotischen Größenwahn. Worauf soll die arme Bevölkerung in der verfaulenden russischen Provinz stolz sein? Es bleibt ihnen immer noch das Vaterland und sein Sieg.

Der 9. Mai spielte im sowjetischen Leben immer eine besondere Rolle. Im Sklavenalltag brauchten die Menschen wichtige Momente der psychischen Entspannung: Wir sind Sieger, das ist unser Sieg! Im neuen Russland hat der Sieg über Deutschland (nach mehr als 75 Jahren! In anderen Ländern gehört das Ende des Zweiten Weltkrieges längst zur Geschichte) dieselbe kompensatorische Bedeutung und wird noch mehr gefeiert. Einmal im Jahr dürfen die Massen, die aller bürgerlichen Rechte beraubt sind, auf die Straßen gehen und sich austoben: »Wir sind die Nation der Sieger!« – »Wir haben alle fertiggemacht!« – »Wir können das wiederholen!« – »Wir sind die Mächtigsten und wir haben recht!« Der Stolz, Russen zu sein, quillt aus allen Knopflöchern.

An diesem einzigen Tag im Jahr feiern die Sieger, und bereits am nächsten Tag werden alle wieder zu Besiegten: Der Verkehrspolizist erpresst Schmiergeld von dir, die Ärzte im Krankenhaus sagen dir mit einem Schulterzucken: »Wir haben keine Arznei, Sie müssen sie selber besorgen«, und vor deinem Haus entsteht eine Mülldeponie (deine Meinung interessiert niemanden).

Der 9. Mai in Putins Russland hat nichts mit dem Sieg des Volkes zu tun, dem Sieg meines Vaters. Als ich mit ihm als Kleinkind an diesem Tag auf die Straße ging, lautete die Losung noch »Nie wieder Krieg!« und nicht wie jetzt »Wir können das wiederholen!« Es ist kein Tag des Friedens und des Gedenkens an die Opfer. Es ist ein Tag des Waffengeklirrs, ein Tag der Aggression, ein Tag des Krieges gegen Fremde und Einheimische, ein Tag der geheimen Leichentransporte.

Mit der Liebe zum Vaterland köderten alle Regime die Menschen, und sie werden es weiterhin tun. Wieder einmal ruft eine Diktatur ihre Untertanen zum Verteidigungskampf auf, um sich selbst zu schützen. Der Sieg im Großen Vaterländischen Krieg wird dabei gnadenlos missbraucht. Sie stahlen meinem eigenen Volk das Erdöl, sie stahlen die Wahlen, sie stahlen Bürgerrechte, sie stahlen das Land. Und sie stahlen den Sieg.

Als die Erdölpreise hoch waren, konnten die Machthaber die Bevölkerung mit Brosamen von ihrem Tisch ernähren. Politologen nannten die Nullerjahre die »Fetten Jahre« des gesellschaftlichen Vertrags, den die Macht stillschweigend mit der Bevölkerung abgeschlossen hatte: Wohlstand und Stabilität für den Verzicht auf alle Bürgerrechte. Nachdem die Einnahmen aus dem Rohstoffgeschäft drastisch zurückgegangen sind, hat man zum rettenden Zauberstab des Patriotismus gegriffen. Wenn das Geld ausgeht, bleibt nichts übrig, als von einer großzügigen Sozialpolitik zu einem reichen geistigen Leben überzugehen. Statt Brot zu verteilen, füttert man die Menschen mit Heimatliebe.

Jelzin rief seinerzeit einen Wettbewerb für die neue russische Idee aus, ohne Erfolg. Sein Nachfolger definierte resolut: »Wir haben keine und können auch keine andere konsolidierende Idee haben, außer der Idee des Patriotismus.« Der Satiriker Michail Schwanezki gab folgende Definition der neuen offiziellen russischen Ideologie: »Der Patriotismus ist eine deutliche, klare und gut begründete Erklärung, warum wir schlechter als die anderen leben müssen.«

Hysterisch tönt es aus den Bildschirmen: »Großes mächtiges Russland!« – »Wir erheben uns von den Knien!« – »Die Rückkehr der russischen Länder!« – »Die Verteidigung der russischen Sprache!« – »Das Sammeln russischer Erde!« – »Keinen Fingerbreit werden wir nachgeben!« Und natürlich schreitet der Großkhan ganz an der Spitze voran: Auf dem Pferd, im Panzer, im U-Boot, im Flugzeug. Und immer wieder lautet der Appell: »Lasst uns die Welt vor dem Faschismus retten.« Vor unseren Augen verwandelten sich die Ukrainer in »Ukrofaschisten«. So wurden die visionären Worte Churchills Wirklichkeit: »Die Faschisten der Zukunft werden sich Antifaschisten nennen.« (The fascists of the future will be called anti-fascists.) Wieder wurden die Russen gerufen, ihre Heimat gegen den Faschismus zu verteidigen. Der Krieg gegen die »Ukronazis« und ihre westlichen Helfershelfer wird zu einem neuen »Großen Vaterländischen Krieg« stilisiert.

Ich erinnere mich, wie ein russischer Soldat aus Woronesch, eigentlich noch ein Kind, als der Tschetschenienkrieg losging, in einer Fernsehreportage sagte: »Ich verteidige hier meine Heimat.« Wieso verteidigte er in Tschetschenien seine Heimat gegen die Tschetschenen? Und was verteidigten dort die Tschetschenen? Dieser einfache Gedanke kam ihm offensichtlich nicht in den Sinn. Die Propaganda kann mit Menschen alles machen. Jetzt wollen sie, dass die russischen und ukrainischen jungen Männer gegeneinander »ihre Heimat verteidigen«.

Es scheint, die heutigen Propagandisten des russischen Patriotismus haben bei ihren Nazikollegen gelernt. Im April 1946 erklärte Hermann Göring in der Gefängniszelle in einem Gespräch mit Gustave Gilbert: »Natürlich, das einfache Volk will keinen Krieg [...] Aber schließlich sind es die Führer eines Landes, die die Politik bestimmen, und es ist immer leicht, das Volk zum Mitmachen zu bringen, ob es sich nun um eine Demokratie, eine faschistische Diktatur, um ein Parlament oder eine kommunistische Diktatur handelt. [...] Das ist ganz einfach. Man braucht nichts zu tun, als dem Volk zu sagen, es würde angegriffen, und den Pazifisten ihren Mangel an Patriotismus vorzuwerfen und zu behaupten, sie brächten das Land in Gefahr. Diese Methode funktioniert in jedem Land.«

Übrigens, die berühmte Phrase des englischen Literaturkritikers Samuel Johnson: »Patriotismus ist die letzte Zuflucht des Halunken« (patriotism is the last refuge for a scoundrel) wurde im russischen Fernsehen in einer populären Talkshow so interpretiert: Johnson soll gemeint haben, dass auch der letzte Schurke in seiner dunklen Seele eine helle Ecke bewahrt, in der sein Liebesgefühl für die Heimat lebt. Was Samuel Johnson wirklich meinte, erklärte er selbst in seinem Essay »The Patriot«, doch die russischen TV-Propagandisten ziehen ihre eigene Auslegung vor.

Der Krieg ist für das Regime ein Lebenselixier, er bringt eine Welle patriotischer Gefühle mit sich, und die Unzufriedenen können als Volksverräter angeprangert werden. Man muss Feinde kreieren. Dazu ist die TV-Propaganda da. »Two minutes of hate«, die stundenlang dauern. Aber jede Propaganda ist nur dort wirkungsvoll, wo man ihr gerne zuhört. Sie kann nur auf gut vorbereitetem Boden keimen.

In Russland gibt es genug Möglichkeiten, alternative Informationen zu bekommen: Es gibt oppositionelle Webseiten, den bekannten Radiosender »Echo Moskau«, den unabhängigen Internetfernsehkanal TVRain. Die Russen haben zwischen zwei Wahrheiten zu wählen. Die eine lautet: Wir Russen müssen uns schämen! Wir werden von den Kriminellen an der Macht missbraucht, wir lecken wieder Banditen die Stiefel, die unser Land als Geisel genommen haben, wir sind Aggressoren, unsere Kinder töten und sterben als Soldaten in der Ostukraine in einem gemeinen Krieg gegen das Brudervolk, das den Weg zur Demokratie gewählt hat. Oder: Wir sind die Russen, die einzige geistige, ja heilige Nation, die alleine gegen den amerikanischen Faschismus kämpft, unsere Kinder sind Antifaschisten, die ihr Leben als Helden für die Verteidigung der russischen Welt, für unsere Heimat opfern, und wir sind stolz auf sie. Welche Wahrheit würden die Eltern des in der Ukraine gefallenen und heimlich begrabenen Soldaten wählen?

Der Vater eines Fallschirmspringers, der ohne Beine aus der Ukraine nach Russland zurückgekommen ist, schreibt auf Facebook: »Mein Sohn ist Soldat, er hat seine Befehle ausgeführt, deshalb handelt er, egal was mit ihm passiert, richtig, und ich bin stolz auf ihn.« Das menschliche Bewusstsein verbietet sich den Gedanken, dass der Sohn loszog, sein Brudervolk umzubringen; dass er nicht bei der Verteidigung seines Vaterlandes vor wirklichen Feinden zum Krüppel wurde, sondern wegen der panischen Furcht eines mittelmäßigen Oberstleutnants, der Angst hat, seine Macht zu verlieren, und wegen der Ambitionen eines Haufens von Dieben und Veruntreuern von Staatsgeldern, die seinen Thron umschwärmen. Wie soll man auch zugeben, dass das eigene Land, die eigene Heimat der gemeine Aggressor ist und der eigene Sohn – ein Faschist? Das Vaterland steht doch immer auf der Seite des Guten. Die Särge aus Vietnam haben einst zu Massenprotesten in den USA geführt. Die Särge aus der Ukraine werden nur zu neuen Särgen führen.

Die »patriotische« Erziehung fängt in der Schule an. Die russischen Kinder wurden in der Sowjetzeit genau wie auch jetzt zum Kriegskult und zur Verherrlichung militärischer Heldentaten erzogen. Der Großkhan hat sich höchstpersönlich in die Debatte über die Abfassung von Geschichtslehrbüchern eingemischt: »Wir sollten niemandem erlauben, uns ein Schuldgefühl einzureden. Die Aufgabe der Historiker ist es, vor allem bei unseren jungen Bürgern wieder das Gefühl von Stolz auf ihr Land zu schaffen.«

Es gibt genug Beispiele für die patriotische Erziehung im neuen Russland. Hier nur eines davon: Eine Dumaabgeordnete zeichnete mit den Kindern der Schule Nr. 44 in Wolgograd einen Videoclip auf (sehr populär auf YouTube). Die Kinder singen zusammen mit der Volksdeputierten ein Lied, das eine tiefgehende geopolitische Analyse enthält und von Patriotismus durchtränkt ist: »Amerika bedrängt die Völker des Erdballs«, »die Europäische Union hat keine eigene Meinung«, »der Nahe Osten stöhnt vor Unheil«, »die Samurai werden die Kurileninseln nie bekommen«, »die Bernsteinhauptstadt [gemeint ist Kaliningrad-Königsberg] werden wir auf Leben und Tod verteidigen«, »Alaska werden wir in den heimatlichen Hafen zurückbringen«. Und das Wichtigste wird im Refrain wiederholt: »Und wenn der Hauptkommandeur uns zum letzten Gefecht aufruft, Onkel Wowa, wir sind mit dir!« Es fällt schwer, sich vorzustellen, dass es kein Scherz, keine böse Satire ist. Das alles ist bitterernst gemeint.

In jeder russischen Schule hängt ein Bild von Lew Tolstoi. Tolstoi wird in Russland verehrt, aber nicht gelesen. Der große Name wird zur patriotischen Erziehung in den Schulen eingesetzt, aber vermutlich wagen sich die Lehrer kaum, ihren Schülern die folgenden Zeilen des Schriftstellers vorzulesen: »Die Regierung versichert das Volk, dass es von der Invasion einer anderen Nation oder von einem Feind in seiner Mitte bedroht wird, und dass das einzige Rettungsmittel darin bestehe, der Regierung sklavisch zu gehorchen. Diese Tatsache wird ganz deutlich während der Revolutionen und Diktaturen sichtbar, aber sie besteht überall und immer, wo die Macht einer Regierung besteht. Nachdem die Regierung das Volk der Gefahr versichert hat, unterwirft sie es ihrer Kontrolle, und in diesem Zustande zwingt sie es, andere Nationen anzugreifen. [...] Der Patriotismus in seiner einfachsten, klarsten und unzweifelhaftesten Bedeutung ist nichts anderes als ein Mittel der Herrschenden, ihren Ehrgeiz und ihre Wünsche zu befriedigen; für die Beherrschten bedeutet er den Verzicht auf menschliche Würde, Vernunft, Bewusstsein und die sklavische Unterjochung durch die Machthaber. So ist der Patriotismus überall beschaffen, wo er gepredigt wird. Patriotismus ist Sklaverei.« (aus dem Buch *Patriotismus und Christentum)* Und das noch: »Die Menschen müssen begreifen, dass jenes Gefühl des Patriotismus, welches allein dieses Werkzeug der Vergewaltigung stützt [Tolstoi meint die Regierung], ein rohes, schädliches, schimpfliches und schlechtes Gefühl ist, vor allem aber ein unmoralisches.« (aus *Patriotismus und Regierung)*

Aber was bedeutet es denn eigentlich, ein Patriot zu sein? Wieder ein Missverständnis der Worte. Unter Patriotismus versteht man in Russland Gehorsam und Loyalität gegenüber den höherstehenden Patrioten. Man beschuldigt Regimekritiker der Russophobie, nennt sie Nestbeschmutzer, die Russland diskreditieren wollen. Was kann Russland mehr diskreditieren als das, was die russische Macht tut? Die Machthaber diskreditieren mein Land, nicht die Menschen, die die Verbrechen der Macht verurteilen. Patriotismus ist Russlands heilige Kuh, die die Menschenrechte und den Respekt vor dem Individuum wiederkäut.

Mein Lieblingsdichter Joseph Brodsky wurde von der Sowjetregierung ins Ausland verbannt. Nach der Perestroika wurde er im neuen »demokratischen« Russland hochgejubelt und immer wieder eingeladen zurückzukommen, auch vom damaligen Bürgermeister von Sankt Petersburg persönlich. Brodsky kam nie zurück, und sein Grab ist nicht in seiner Heimatstadt. War er ein schlechter Patriot? Er ist der Stolz der russischen Sprache. Nun wollen sich die heutigen Staatspatrioten auch ihn und seinen Ruhm aneignen und zitieren immer wieder eines seiner Gedichte, in dem der ukrainische Dichter Taras Schewtschenko etwas herablassend erwähnt wird. Würde Brodsky jetzt auferstehen, ginge er, da bin ich mir sicher, wieder in die Emigration, nur um von diesen Patrioten nicht geehrt zu werden.

Die wichtigste russische Frage lautet: Wenn das Vaterland ein Monster ist, muss man es lieben oder hassen? Alles kommt hier zusammen, untrennbar verbunden. Das Regime hat immer alles dafür getan, um im Bewusstsein des Volkes mit der Heimat zu verwachsen. Vor langer Zeit formulierte es die russische Poesie folgendermaßen:

»Jenes Herz kann nicht lernen zu lieben, das müde geworden ist, zu hassen!« Das sind berühmte Zeilen von Nikolai Nekrasow, einem berühmten Dichter des 19. Jahrhunderts.

Wünscht man seinem Vaterland den Sieg oder die Niederlage? Eine seltsame Frage für jemanden, der seine Heimat liebt. Die Frage stellt sich allerdings als gar nicht seltsam heraus, wenn es um einen Staat geht, der jahrhundertelang weder das eigene Volk noch die anderen leben ließ.

Vaterland. Das Land, in dem du geboren wurdest. Das Land deiner Väter. Andrei Tschikatilo, ein berüchtigter Serienkiller, war auch ein Vater. Vielleicht sogar nicht einmal ein schlechter. Zu Hause war er ein ganz normaler Familienmensch. Tschikatilo tötete Dutzende Menschen. Wie soll sich sein Sohn zu ihm stellen? Mein Vaterland brachte Abermillionen um, fremde und eigene Kinder, wobei die eigenen sogar in der Überzahl sind. Und es hält noch immer nicht inne. Was soll man von ihm halten?

Einst erklärte Michail Bakunin, »die Seele der russischen Revolution«, auf einem Friedenskongress in der Schweiz: »Mich kümmert die Meinung von Leuten mit engstirnig und ruhmsüchtig patriotischer Gesinnung nicht, ich, ein Russe, habe offen und entschlossen gegen die Existenz des russischen Imperiums an und für sich protestiert. Diesem Imperium wünsche ich alle möglichen Erniedrigungen, Niederlagen, da ich überzeugt bin, dass seine Erfolge, sein Ruhm stets in krassem Widerspruch zum Glück und der Freiheit der russischen wie auch der nicht-russischen Völker, seiner Opfer und Sklaven standen und stehen werden.« Und weiter sagte er: »Da ich die russische Armee als die Grundlage der Macht des Imperiums betrachte, möchte ich meinen Wunsch offen zum Ausdruck bringen, dass sie in jedem Krieg, den das Imperium führen wird, nur Niederlagen erleben wird.« Diese Sichtweise, die unter Patriotismus in einem von Diktatoren beherrschten Land die Hoffnung versteht, die eigene Armee möge stets auf der Verliererseite sein, steht dem »staatlichen« Patriotismus entgegen.

Natürlich wünsche ich meiner Heimat den Sieg. Aber was wird dieser Sieg sein? Jeder Sieg Hitlers war eine Niederlage für das deutsche Volk. Der Fall Nazideutschlands wiederum war ein großer Sieg für die Deutschen selbst. Zum ersten Mal in der Menschheitsgeschichte zeigte sich, wie ein Volk wiederauferstehen und leben kann – ohne Fieberträume vom Krieg.

Thomas Mann war Patriot, denn er wünschte seinem Vaterland die Niederlage. In seinen Radiobotschaften »Deutsche Hörer!« rechtfertigte er die Bombardierung Deutschlands: »Zweitausend Lufthunnen täglich über diesen Lügensumpf – es gibt nichts anderes. Diese unmäßige Niedertracht, dieser revoltierende, den Magen umkehrende Betrug, diese schmutzige Schändung des Wortes und der Idee, dies überdimensionierte Lustmördertum an der Wahrheit muss vernichtet, muss ausgelöscht werden um jeden Preis und mit allen Mitteln.«

Mörder und Narren spekulieren schon viel zu lange mit der Vaterlandsliebe. Ich glaube, die beste Definition des Patriotismus gab der polnische Publizist und Dissident Adam Michnik: »Patriotismus ist direkt abhängig vom Ausmaß der Scham, die ein Mensch empfindet für Verbrechen, die im Namen seines Volkes begangen worden sind.«

»Russische Patrioten« beschuldigen mich der Russophobie. Ich glaube, die Antwort sind meine Bücher. Meine Romane sind meine Liebeserklärung an mein monströses Vaterland.

Klitschko und die Ukraine

Fritz Pleitgen

Während der Olympischen Spiele 2004 in Athen hatte die deutsche Mannschaft ihr Hauptquartier auf einem Kreuzfahrtschiff im Hafen von Piräus bezogen. Die Location wurde geschätzt, die Empfänge wurden gerne besucht. Abend für Abend ging es hoch her, vor allem, wenn es Medaillengewinne zu feiern gab.

Bei einer dieser Gelegenheiten lief ich Vitali Klitschko über den Weg. Der Boxer aus der Ukraine war als Ehrengast geladen. Er hatte kurz vorher den Weltmeisterschaftstitel errungen. Wir sprachen nicht über das Boxen, sondern über sein Land. Klitschko war besorgt über die Entwicklung. Die Ukraine müsse sich noch von vielen sowjetischen Gewohnheiten befreien.

Nach dem Ende seiner aktiven Zeit wolle er in die Politik gehen, um seinem Heimatland beim Aufbau zu einem prosperierenden, demokratischen Rechtsstaat zu helfen. Dann sollte ich ihn in Kiew besuchen. 2013 bat mich die Stadt Görlitz, die Laudatio auf den Brückepreisträger Vitali Klitschko zu halten. Das Angebot habe ich gerne angenommen.

Görlitz hatte ich 1979 während meiner Korrespondentenzeit in der DDR zum ersten Mal besucht. Die Stadt war von Kriegszerstörungen verschont geblieben, wirkte aber ungepflegt und völlig abgewirtschaftet. Die DDR brachte das Geld nicht auf, das städtebauliche Juwel in Schuss zu halten.

Die deutsche Einheit hat dem Stadtbild von Görlitz gutgetan. Die historische Altstadt präsentierte sich schnell als gepflegte Harmonie aus Spätgotik, Renaissance, Barock und Gründerzeit.

Zum Charme und Charakter von Görlitz trägt die Lausitzer Neiße bei. Der kleine Fluss erlangte 1945 Weltberühmtheit, weil er von den Siegermächten des Zweiten Weltkriegs auf Druck Moskaus zur neuen, deutlich nach Westen verschobenen Grenze zwischen Polen und Deutschland erklärt wurde, was den östlichen Teil von Görlitz zur polnischen Stadt Zgorzelec machte.

Görlitz und Zgorzelec arbeiten seit der deutschen Einheit eng zusammen, vermeiden alles Trennende und wirken deshalb wie eine Einheit. Als Brücke zwischen Deutschland und Polen nennt sich Görlitz zu Recht »Europastadt«.

Das Gespräch mit Vitali Klitschko in Athen hatte mein Interesse an der Ukraine gestärkt, am Boxen ebenfalls. Ich bekam mit, dass er weitere Siege errang, ihm aber auch Rückschläge durch Verletzungen nicht erspart blieben. Mich beeindruckte, dass er sich einerseits intensiv auf Kämpfe vorbereitete und gleichzeitig politisch aktiv war. Einen solchen Boxer hatte es noch nicht gegeben. Klitschko schaffte beides. Er gründete die Partei »Ukrainische demokratische Allianz für Reformen«. Die Abkürzung des langen Parteinamens passte zum Boxweltmeister, sie bedeutet auf Deutsch »Stoß« oder »Faustschlag«.

Die Parteiarbeit hinderte ihn nicht daran, in seinem letzten Kampf seinen Herausforderer Manuel Charr durch technischen K.o. in der vierten Runde zu besiegen. Der Kampf des Ukrainers fand pikanterweise in Moskau statt. Das Publikum war auf seiner Seite, obwohl die politischen Beziehungen zwischen der Ukraine und Russland bereits äußerst angespannt waren.

Durch Filmprojekte war ich mit der Ukraine einigermaßen vertraut. Erst wenige Jahre zuvor war ich längere Zeit im Raum Lemberg unterwegs gewesen. Die Menschen im Westen der Ukraine schätzten sich glücklich, endlich von Moskau frei zu sein. Sie schauten auf die Europäische Union und sahen die positive

Entwicklung ihres Nachbarn Polen seit dessen Mitgliedschaft in der EU.

Alles viel besser als die Vergangenheit in der Sowjetunion! Wir drehten an der Grenze lange Schlangen von Menschen, die nach Polen fuhren und bepackt wie Lasttiere mit Waren aller Art zurückkehrten. Der Unterschied zwischen der Ukraine und Polen erschien mir ebenso groß zu sein wie früher zwischen der DDR und der Bundesrepublik Deutschland.

Mir leuchtete ein, dass zumindest die Westukrainer dem Beispiel der Polen folgen wollten und Zuflucht im Westen suchten, auch wenn die Erfahrungen mit Polen in der Vergangenheit nicht immer die besten waren.

Auch die Ostukraine habe ich bei Dreharbeiten kennengelernt. Das war zur Sowjetzeit, als wir noch unter ständiger Beobachtung arbeiteten. Charkow, Poltawa und Donezk schienen mir russische Städte zu sein. Die Einwohner waren mehrheitlich Russen oder lebten in ukrainisch-russischen Mischehen. Ob Russe oder Ukrainer, die Bevölkerung sah darin keinen Unterschied.

Damals rechnete kein Mensch mit einem baldigen Zusammenbruch der Sowjetunion. Aber das Undenkbare geschah, und die Ukraine stand vor der Wahl, welchen Weg sie in die Zukunft nehmen sollte.

Die attraktivste Adresse war, insbesondere für die Jugend, der Westen. Ebenso viele Menschen wollten die enge Bindung an Russland nicht aufgeben. Es kam auf die politische Führung an, die bestmögliche Zukunft aus Westorientierung und Russlandnähe zu kombinieren.

Bevor ich an die Laudatio ging, las ich mich durch die komplizierte ukrainische Geschichte und verfolgte die Nachrichten über die ukrainische Gegenwart des Jahres 2013. Im aktuellen politischen Personal der Ukraine, mit dem ich mich mithilfe der Medien vertraut machte, erschien mir Vitali Klitschko die besten

Voraussetzungen zu besitzen, die Ukraine mit der EU zusammenzubringen, ohne mit Russland in Gegnerschaft zu geraten.

Die Helden der Orangenen Revolution, Juschtschenko und Timoschenko, hatten sich durch ihren penetranten Streit selbst erledigt. Den neuen Machthaber Janukowitsch umgab der Ruch der Korruption und Russlandabhängigkeit. Klitschko kam hingegen als frische Kraft ins Spiel, unabhängig und voller Elan. Er war wegen seiner sportlichen Erfolge enorm populär; in der Russland zugewandten Ostukraine ebenso wie in der Ukraine rechts vom Dnjepr, die den Westen präferierte. Klitschko war unbescholten aus der Sowjetzeit gekommen. Russisch war seine Muttersprache, aber er hatte eine klare Westorientierung, die er mit seiner Karriere als Profiboxer hinreichend bewiesen hatte.

Warum sollte der Champion emeritus mit Doktortitel nicht der richtige Mann für die Zukunft der Ukraine sein?, fragte ich mich. Von dieser Vorstellung beseelt, flocht ich dem Brückepreisträger viele Girlanden in meine Laudatio. Ich lobte sein entschiedenes Eintreten für Humanität und Demokratie wie auch sein Engagement für junge Menschen in Not, seine Integrität und seine Willensstärke. Sein Vermögen habe er sich allein aus eigener Kraft erkämpft. Eine Rarität in der postsowjetischen Ukraine!

Der Idee des Preises entsprechend sah ich in Vitali Klitschko einen Brückenbauer, der imstande war, die Ukraine mit Westeuropa zu verbinden und gleichzeitig für gedeihliche Beziehungen mit Russland zu sorgen. Im Theater von Görlitz gab es für diese Vision zustimmenden Applaus.

Vitali Klitschko sei einer der wenigen, die dieses Kunststück hinbekommen können, bescheinigte ich dem Preisträger, was ich mit einer hoffnungsvollen Idee verband. »Die Ukraine könnte zum Mittler zwischen dem Westen und Russland werden und so zu einer respektierten Größe in der internationalen Politik aufsteigen.« Nach dem Beifall zu urteilen, sah es das Publikum ebenso.

Es ist, wie wir wissen, anders gekommen. Vitali Klitschko musste sehr schnell erkennen, dass in der Politik nicht nach den klaren Boxregeln des Marquess von Queensberry gekämpft wird. Bei den Parlamentswahlen wurde Klitschkos Partei nicht fair behandelt. Trotzdem kam sie auf ein achtbares Ergebnis. Er selbst hatte keine Chance, sich als Präsidentschaftskandidat durchzusetzen. Um im Spiel zu bleiben, unterstützte er den Oligarchen Petro Poroschenko. Klitschko musste lernen, Kompromisse zu machen, die er als Sportler nie eingegangen wäre.

Als sich die Ukraine voller Hoffnung auf den Weg in die Arme des Westens begab, wurde sie von Reaktionen erschüttert, die dem Land und Europa insgesamt schwere Schäden zufügten. Zum Glück ist die Schuldfrage geklärt, für uns jedenfalls.

Unser Bild ist eindeutig. Die Guten sind im Westen, der Schurke sitzt im Kreml. Die Sichtweise ist praktisch. Mag die Situation immer komplizierter werden, mögen die Ereignisse eine zerstörerische Dynamik entfalten – wir haben ein sicheres Urteil. Hinter allem Übel steckt Putin, der russische Präsident. Von Anfang an!

Die Vorwürfe, die gegenüber Wladimir Putin erhoben werden, sind in der Tat schwerwiegend. Die Annexion der Krim, die nach einer Volksabstimmung unter Bedingungen einer militärischen Besetzung durchgezogen wurde, ist mit den Prinzipien der KSZE-Schlussakte von Helsinki nicht zu vereinbaren. Das Gleiche gilt für Russlands militärische Unterstützung der Separatisten im souveränen Nachbarstaat Ukraine. Wenn Vorgänge dieser Art akzeptierte Praxis werden, dann geht Europa schweren Zeiten entgegen.

Aber wie ist es zu dieser Entwicklung gekommen? Wenn sich Historiker künftiger Generationen, frei von Emotionen und Vorurteilen, mit der Ukrainekrise beschäftigen sollten, dann werden sie den Westen nicht von erheblicher Mitschuld freisprechen können. Sie werden, so fürchte ich, mit wissenschaftlicher Kühle feststellen, dass Europas schwerste Ost-West-Krise seit dem Zweiten

Weltkrieg durch die Entscheidung der Europäischen Union ausgelöst wurde, die Ukraine mit einem Assoziierungsabkommen auf die Seite des Westens zu ziehen.

Die Initiative für den EU-Beitritt war von der Ukraine ausgegangen. Deshalb stellen sich berechtigte Fragen. Was ist mit dem Selbstbestimmungsrecht der Völker? Was hat die EU falsch gemacht?

Die Europäische Union hat, um es mit den Worten eines deutschen Sicherheitsexperten zu sagen, die Assoziierung betrieben, als sei die Ukraine als Staat problemlos wie Island. Von allen potenziellen Assoziierungskandidaten war die Ukraine, was ihre Geschichte, ihre Nachbarschaft, ihre innere Verfassung und die geopolitische Lage anging, der problematischste.

George Kennan hätte davor gewarnt, den Status quo in Europa um Hunderte Kilometer bis an die Grenze Russlands zu verändern. Die Assoziierung kollidierte mit elementaren Interessen von Russland, das mit der Ukraine auf das Engste verwandt ist.

Beide Länder haben ihren gemeinsamen Ursprung vor gut tausend Jahren in der Kiewer Rus, einem Großreich, das von Historikern später nach der Stadt am Fluss Dnjepr benannt wurde, da die Wikinger ihre Hauptstadt früh von Novgorod nach Kiew verlagerten. Sie sind Zwillinge aus der Sprachfamilie der Ostslawen. Die Mehrheiten beider Völker bekennen sich zur Orthodoxie. Durch die Ukraine verläuft, so der Historiker Heinrich August Winkler, die historische Grenze zwischen dem lateinischen und orthodoxen Europa.

Über 300 Jahre gingen beide Länder gemeinsam durch die Geschichte, nachdem sich die Ukrainer auf eigenen Wunsch dem russischen Herrscher unterstellt hatten. Der Historiker Andreas Kappeler spricht von einer *histoire croisée*. Da sie über Jahrhunderte »Kleinrussland« und »Großrussland« hießen, wurden die Ukraine und Russland für eine Nation gehalten, was nicht zutrifft. Beide betrachteten sich lange als ein Ganzes.

Aber nicht nur die Geschichte ist eng verflochten, auch die Wirtschaft war es. Über 50 Prozent des Exports ukrainischer Güter ging nach Russland. Hunderte Unternehmen arbeiteten für beide Seiten. Millionen russisch-ukrainische Mischehen vertieften die besonderen Beziehungen zwischen beiden Ländern.

Um einen solchen Organismus zu zerlegen oder gar zu zerschneiden, bedurfte es eines außerordentlichen politischen Fingerspitzengefühls. Dieses Fingerspitzengefühl hat der Westen nicht aufgebracht. Russland wurde behandelt wie ein missgünstiger Störenfried. Brüssel scherte weder die ukrainisch-russische Geschichte noch die wirtschaftlichen und familiären Verflechtungen der Gegenwart.

Mit einem Standardabkommen konnte man hier nur scheitern. Die EU-Bindung der Ukraine hätte in ein europäisches Abkommen eingebettet werden müssen, das Russland in eine Sicherheits- und Wirtschaftspartnerschaft mit der Europäischen Union einbindet.

Hinzu kommt ein für Russland großes militärpolitisches Problem, das die EU völlig missachtete. Impulsiv, wie er war, hatte Sowjetführer Chruschtschow 1954, am 300. Jahrestag des Eintritts der Ukraine in das Russische Reich, die Halbinsel Krim an die ukrainische Sowjetrepublik verschenkt.

Damals war das nicht mehr als ein symbolischer Akt, denn die Krim mit dem wichtigen Militärhafen Sewastopol blieb in der Sowjetunion und damit unter der Kontrolle Moskaus. Sewastopol spielte in der russischen Geschichte eine große und heroische Rolle.

Im Krimkrieg wie im Zweiten Weltkrieg war Sewastopol Schauplatz verbissener Abwehrschlachten gegen westliche Aggressoren. Leo Tolstoi hat über die Kämpfe gegen Engländer und Franzosen geschrieben. Jedes Kind in Russland kennt seine *Sewastopoler Erzählungen*. Noch erbitterter und opferreicher waren die Schlachten um Sewastopol gegen die Deutschen 1942 beim Rückzug und

1944 beim siegreichen Vormarsch. Sewastopol wird deshalb zu den sowjetischen Heldenstädten des Zweiten Weltkriegs gezählt.

Als die Ukraine unabhängig wurde, lag der Militärhafen plötzlich nicht mehr im Machtbereich des Kremls. Lediglich ein Pachtvertrag legitimierte die Nutzung des Militärhafens durch Russland. Da das Assoziierungsabkommen festlegt, dass sich die Ukraine künftig auch in Fragen der Sicherheits- und Außenpolitik nach Brüssel zu richten hat, war klar, dass von Russland Widerstand zu erwarten war. Pachtverträge können schnell beendet werden.

Anders als bei der Nato-Osterweiterung hatte es der Westen diesmal mit einem härteren Gegner in Moskau zu tun. Putin war kein Jelzin, und Russland war wieder zu Kräften gekommen. Die EU walzte dennoch über alle Warnzeichen hinweg. Putin wurde mit seinen Anliegen abgewiesen. Brüssel gewährte Russland nicht einmal Visafreiheit.

Aus Putins Sicht konnte das EU-Abkommen mit der Ukraine unter den angestrebten Bedingungen zu einem Endspiel für Russland werden. Stand der Westen erst einmal an der Grenze, würde es für Russland keine Ruhe geben.

Wie so etwas abläuft, hatte Putin als KGB-Offizier in der DDR erlebt. Der sozialistische deutsche Staat ist nicht unter dem Druck der Nato zusammengebrochen, sondern unter den Botschaften von Freiheit, Demokratie und Wohlstand, die trotz Mauer und Minenfeldern täglich über Radio und Fernsehen aus dem prosperierenden EU-Land Bundesrepublik Deutschland in den wirtschaftlich unterlegenen Osten transportiert wurden.

Jetzt wiederholten sich die Verhältnisse. Wie damals im geteilten Deutschland wird auch an der ukrainisch-russischen Grenze auf beiden Seiten dieselbe Sprache gesprochen, was die Einflussnahme erleichtert. Als neues Medium kommt noch das Internet hinzu.

Für Russland ging es um viel, wenn nicht um alles. Dass Putin vehement um den Verbleib der Ukraine an Russlands Seite kämpfte, konnte nicht überraschen. Er setzte den ukrainischen

Präsidenten Janukowitsch unter Druck, das Abkommen mit der EU nicht zu unterschreiben, sondern Russlands Partner zu bleiben. Die Gegenleistung war verlockend, Gaslieferungen zu günstigen Preisen und ein Kredit von 16 Milliarden Dollar.

Für Janukowitsch wurde es zu viel. Dem verschlagenen Politiker aus dem Donbass wuchs der Konflikt über den Kopf. Auf dem EU-Gipfel in Wilnius verweigerte er die Unterschrift unter das Abkommen mit der Europäischen Union. Die Regierungschefs der EU-Mitgliedstaaten fühlten sich geprellt. Russland habe sich unziemlich eingemischt.

Mit Russland reden? Kam nicht infrage! Dazu EU-Präsident Barroso: »Wir achten auf die Souveränität unserer Partner. Drittstaaten haben bei unseren Abkommen kein Mitspracherecht.« Das klang politisch korrekt, war sachlich aber nicht richtig. Russland war kein bloßer Drittstaat, sondern unmittelbar Betroffener.

Die EU und Russland rissen sich um die Ukraine wie in Brechts *Kaukasischem Kreidekreis* die Gouverneursfrau Natella und die Magd Grusche um das Kind, aber weit und breit war kein weiser Richter wie der Dorfschreiber Azdak in Sicht.

Das moderne Europa zeigte sich überfordert. Statt auf Putins Vorstoß mit einer großen Lösung zu reagieren, fiel es in das Denken des Kalten Krieges von 1949 und Lord Ismays Parole »keep the Russians out« zurück. Der EU-Gipfel in Wilnius ging im tristen November des Jahres 2013 kläglich zu Ende. Ohne konkretes Ergebnis für Kiew!

Das Scheitern des Gipfeltreffens in Wilnius löste in der Ukraine Empörung aus. Auf dem Platz der Unabhängigkeit in Kiew kam schnell eine große Menschenmenge zusammen. Hunderttausende waren es. Obwohl die Polizei und die Spezialeinheit Berkut massive Gewalt einsetzten, ließen sich die Demonstranten nicht vertreiben, sie richteten sich darauf ein, lange zu bleiben. Sie forderten den Rücktritt des Präsidenten und der Regierung. Trotz unerbittlicher Kälte hielten sie aus.

Die Auseinandersetzungen nahmen an Härte zu. Es kam zu Schusswechseln, die Zahl der Toten stieg. Allein am 18. Februar 2014 kamen 80 Menschen ums Leben, ein großer Teil der »himmlischen Hundertschaft«, die in diesen Tagen den Protest mit ihrem Leben bezahlten. Wer die Mörder waren, wurde nie geklärt. Die Demonstranten waren nicht mehr zu Kompromissen bereit. Sie lehnten eine Vereinbarung ab, die mithilfe der Außenminister von Deutschland und Polen zustande gekommen war. In dieser Abmachung stimmte Präsident Janukowitsch seinem Rücktritt und Neuwahlen bis Ende des Jahres zu. Die Demonstranten wollten den korrupten Präsidenten gleich loswerden und lehnten die Vereinbarung ab. Janukowitsch floh bei Nacht und Nebel. Daraufhin wurde er vom Parlament abgesetzt.

Russland sah hinter der Revolution ein übles Werk des Westens, der tatsächlich nicht tatenlos zuschaute. Aus der EU und den USA reisten Politiker an, um den Aufständischen Unterstützung zu versprechen.

Aber auch Moskau war nicht untätig. Im Osten der Ukraine und auf der Krim breiteten sich im Sinne Russlands Gegenbewegungen aus. Abgeschirmt von russischen Truppen wurde auf der Krim eine Volksabstimmung durchgeführt, in der sich fast alle Bewohner gegen die Ukraine und für den Anschluss an Russland aussprachen, was von Moskau gnädig angenommen wurde.

Der Westen war überrumpelt. In der Empörung über Putins rabiaten Umgang mit dem Völkerrecht kam kein Gedanke auf, das eigene Vorgehen kritisch zu betrachten. Dem Westen blieb nichts anderes übrig, als mit Wirtschaftssanktionen zu reagieren, was zu nichts Gutem führte. Es erfüllte sich eine schlichte Gesetzmäßigkeit, wie sie George Kennan beschrieben hatte: »In der Menschheitsgeschichte führt ein Ding zum anderen. Jeder Fehler ist das Produkt vorheriger Fehler.«

Der Fehler, den die EU begangen hatte, war nicht das Assoziierungsabkommen mit der Ukraine, sondern die Fahrlässigkeit, mit der dieser folgenreiche Vertrag ausgehandelt wurde. Es war klar, dass Russland die Vereinnahmung der Ukraine durch das westliche Wirtschaftsbündnis nicht widerstandslos hinnehmen würde.

Wirtschaftlich konnte Moskau gegen die Westsanktionen nichts Wirkungsvolles aufbieten. Deshalb waren unangenehme Reaktionen auf anderen Feldern zu erwarten. So kam es auch: erst Destabilisierung in der Ukraine, dann verstärkter Militäreinsatz in Syrien, wo sich Russland bisher zurückgehalten hatte. Nun waren alle beim Bomben auf Syrien dabei: Amerikaner, Engländer, Franzosen, Türken und schließlich auch die Russen.

Der Stellvertreterkrieg, der in Syrien ausgetragen wird, rückte den Krieg in der Ostukraine immer tiefer in den Hintergrund. Der Westen hat das Interesse an der Ukraine schnell verloren. Mehr als einen Versuch, das Elend der Menschen in der Ostukraine zu beenden, bekamen die EU und Russland nicht hin.

Im Februar 2015 gelang es der deutschen Bundeskanzlerin Merkel und dem französischen Staatspräsidenten Hollande, mit den Präsidenten von Russland und der Ukraine im weißrussischen Minsk ein wirkungsvolles Abkommen auszuhandeln. Es verhinderte, dass sich die militärischen Zusammenstöße zu einem Flächenbrand entwickelten.

Ein Ende des Krieges ist dadurch nicht näher gerückt. Russland und die Ukraine haben sich bei der Erfüllung der von beiden Seiten zugesagten Auflagen wenig engagiert, umso eifriger betätigten sie sich bei den gegenseitigen Schuldzuweisungen. Es war schnell abzusehen, dass sie es allein nicht schafften, aus dem elenden Konflikt herauszukommen.

Die Ukraine braucht nicht nur Frieden, sie braucht auch eine Zukunft, in der sie ihre wirtschaftlichen und kulturellen Fähigkeiten voll entfalten kann. Dies wird erst gelingen, wenn die Feindseligkeit zwischen Russland und der Ukraine durch ein gutnachbarliches Verhältnis abgelöst wird. Jeder Tag, den der Krieg länger andauert, erschwert die Lösung.

Geduld wird angemahnt, das Beispiel Deutschland angeführt. 44 Jahre habe es gedauert, bis es zur deutschen Einheit kam. Warum so lange warten? Die Wende in Deutschland wurde eingeleitet, als Willy Brandt die Initiative ergriff und auf den Osten zuging.

Gleiches könnte der Ukraine geraten werden. Das kann am Ende die große Lösung erleichtern.

Der Westen beschäftigt in seinen Bündnissen Nato und EU sowie in den jeweiligen Mitgliedstaaten eine Riesenarmee von militärischen und politischen Experten, die in der Lage sein müssten, überzeugende Konzepte zur Lösung von Konflikten wie zwischen Russland und der Ukraine auszuarbeiten. Herausgekommen ist erstaunlich wenig. Eigentlich nur das Uraltmodell »Sanktionen«. Wenn eine Strategie nicht funktioniert, sollte über Alternativen nachgedacht werden, auch politischer Art. Die Sanktionsstrategie funktioniert nicht.

Der Ukraine hat sie bislang nicht geholfen. Das Land hat die Assoziierung mit der EU teuer bezahlt: Mit der Feindschaft des großen Nachbarn Russland, mit dem Verlust der Krim und einem unerträglichen Krieg im Osten des Landes. Von dem Wechsel zum Westen hatten sich die Menschen in der Ukraine viel versprochen. Mehr Demokratie, ein effizientes Wirtschaftssystem und eine zeitgemäße Sozialordnung. Daraus ist wenig bis nichts geworden.

Nach anfänglichem Elan ließ das Engagement des Westens schnell nach, wie zu erwarten war. Erst kommt der Hype, dann die Ernüchterung durch die Mühen der Ebene. Wir hatten schnell andere Sorgen: Brexit, Griechenland, Flüchtlingskrise, Differenzen mit US-Trump. Die Ukraine verschwand mehr und mehr aus unserem Gesichtsfeld.

Doch die Ukraine braucht die Zuwendung Europas. Nicht nur materiell, sie braucht ebenso Respekt und Anerkennung, um ein Partner auf gleicher Augenhöhe zu werden. Dazu ein kleines Beispiel:

Lew Kopelew, von dem ich viel über die lebendige Volksmusiktradition der Ukraine gelernt habe, wäre entzückt gewesen, hätte er erfahren, dass die Robert-Schumann-Hochschule in Düsseldorf mit der Nationalen Universität für Kultur und Künste in Kiew eine Zusammenarbeit eingegangen ist. Solche Kooperationen nannte er »Volksdiplomatie«. Er traute ihnen weit mehr zu als der politischen Diplomatie, wenn es um die Verständigung zwischen den Völkern ging.

Es gibt für die Hochschulen in Düsseldorf und Kiew viel Interessantes zu erforschen. Zum Beispiel die Geschichte der Kobzari und Banduristi. Sie spielten in der Geschichte der Ukraine eine wichtige Rolle. Als Wandersänger lieferten sie jahrhundertelang, was wir heute in Sekundenschnelle von Radio, Fernsehen und Internet erhalten: Information und Unterhaltung.

Sie waren Gaukler und Spielmänner, die von Ort zu Ort zogen. Ihre Ära begann in der Blütezeit der Kosaken, vom 16. Jahrhundert an. Benannt wurden sie nach ihren Instrumenten. Die Kobza war eine Art Laute, sehr einfach: mit vier bis sieben Saiten. Im Laufe der Zeit wurden die Instrumente verfeinert, bis zu 45 Saiten. Dieses Instrument heißt Bandura.

Die Sänger und Gaukler verbreiteten Nachrichten, sie klärten ihre Mitbürger über Entwicklungen im Land auf, und sie warnten vor heraufziehenden Gefahren. Beim Volk waren sie sehr beliebt, ihre Auftritte waren Ereignisse, auf die sich die Bevölkerung freute. Von Meistern ausgebildet, boten sie den Menschen hohe Kunst. Die Obrigkeit schätzte die fahrenden Sänger, die in Gilden und Bruderschaften organisiert waren, nicht sonderlich. Stalin waren sie ein Dorn im Auge. Er ließ sie umbringen, weil sie das Volk mit der Wahrheit versorgten. In der deutschen Besatzungszeit erging es ihnen ähnlich schlecht.

Westeuropa ist mit der ukrainischen Musik viel enger verbunden, als allgemein bekannt ist. Komponisten von Rang, wie Tschaikowski und Strawinski ließen sich von der ukrainischen Musik inspirieren. Franz Liszt ebenfalls, in seinen Klavierstücken »Ukrainische Ballade« und »Dumka« sowie in seinem sinfonischen Poem »Mazeppa«. Und auch die deutsche Kirchenmusik des 19. Jahrhunderts profitierte von der Ukraine, durch den Komponisten Dmitro Bortnjanski. Das Kiew-Düsseldorf-Projekt hat schnell Früchte getragen, sie wurden nach wenigen Monaten in Gemeinschaftskonzerten präsentiert.

Wenn wir es mit der Ukraine wirklich gut meinen, dann sollten dem Beispiel der Robert-Schumann-Hochschule Tausende andere folgen. Bei 28 Staaten der EU ist das kein Ding der Unmöglichkeit. So könnte ein Flechtwerk guten Willens und gegenseitigen Respekts entstehen. Felder gibt es genug: in der Wirtschaft, in der Kultur, in der Wissenschaft und im Sport. Überall können trag- und krisenfeste Brücken gebaut werden.

Kulturell und politisch rund würde das Engagement, wenn diese Brücken noch weiter geschlagen würden, auch nach Russland. Lew Kopelew, der Russe aus der Ukraine, hätte sicher nichts dagegen, wenn die Robert-Schumann-Hochschule einen Schritt weiterginge und mit der staatlichen Universität für Kultur und Kunst in St.Petersburg ein russisches Pendant zum Kiewprojekt auflegte. So sollte es problemlos im gemeinsamen europäischen Haus zugehen.

Futur I

Michail Schischkin

Vor langer Zeit, als Michail Gorbatschow noch Mitglied des Politbüros war, Boris Jelzin als Parteichef von Swerdlowsk agierte und KGB-Offizier Wladimir Putin die Dissidenten in Leningrad bekämpfte, brachte man mir einmal ein Buch. Ein verbotenes Buch, ich bekam es nur für zwei Tage. Es sah aus wie ein Schuhkarton. Und das war es auch, ein Schuhkarton, in dem ein Stapel Fotografien lag. Damals, vor dem Siegeszug der Fotokopie, wurden verbotene Bücher so vervielfältigt: Man fotografierte die Seiten, entwickelte die Aufnahmen und druckte die Bilder.

Das Buch erschütterte mich. Es hat mich wahrscheinlich nicht weniger beeindruckt als Solschenizyns *Archipel Gulag* oder Schalamows *Erzählungen aus Kolyma.* Allerdings ging es darin nicht um die Vernichtung von Menschen, sondern um die Natur. Der Titel lautete: *Die Zerstörung der Natur in der UdSSR.*

Ich wuchs in einem riesigen Land auf, in dem die Natur bezwungen werden musste. Im Geografiekabinett unserer Schule hing die Losung »Wir dürfen von der Natur keine Gaben erwarten; sie ihr abzunehmen, ist unsere Aufgabe.« (Diese Worte stammen von Iwan Mitschurin, einem Pflanzenzüchter, der zur Stalin-Zeit ein großer Held der Nation war. Er wollte Obstsämlinge durch Erziehung und nicht gemäß den mendelschen Regeln beeinflussen und hielt die erzielten Veränderungen irrtümlich für erblich. Seine Ansichten waren für die Sowjetwissenschaftler verbindlich. Mit seinem Namen wurde gegen Genforscher gehetzt.) Die Natur war also dazu da, erobert und ausgebeutet zu werden. Die Idee, die Natur könnte schützenswert sein, lag völlig fern.

Glaubte man den Zeitungen, stand mit der Ökologie alles bestens. So überraschte es nicht, dass das Buch verboten war. Es wies klar und deutlich nach, dass bei uns nicht nur Menschen im Gulag saßen, sondern auch die Natur. Aber während der Mensch es sich in jedem Gefängnis einrichten kann, kann die Natur das nicht. Geht es um das eigene Überleben, hat man für die Natur keinen Sinn.

In der Sowjetunion gehörte alles dem Volk – der Verfassung nach. In Wirklichkeit gehörte uns gar nichts. Niemandem gehörte etwas. Stattdessen waren alle Menschen Eigentum des Staates und die, die uns regierten, bloß die Sklavenaufseher und selbst Sklaven des Systems. Es ist seit langer Zeit bekannt, dass ein Sklave keine Eigenverantwortung weder für seine Tätigkeit noch für sein Leben übernimmt: Nihil habeo, nihil curo.

Die Kolchossklaven waren des Bodens entfremdet, und es war ihnen gleichgültig, ob auf dem Feld etwas wuchs oder nicht. Die regierenden Sklaven zerstörten die Natur, rodeten rücksichtslos Wälder, vergifteten mit den Abwässern geheimer Militärfabriken Flüsse, verseuchten Tausende von Quadratkilometern mit radioaktivem Müll, und die Bevölkerung konnte nichts dagegen tun, sie erduldete es nur.

Ökologisches Bewusstsein und Gefängnismentalität sind unvereinbar. Ein Gefühl der Verantwortung für die Umwelt kann es ohne Freiheit, ohne Chance, die Initiative zu ergreifen, nicht geben. Das ist das, was im Ulus nie geduldet wurde: Auf jede Initiative von unten erfolgte die Bestrafung von oben. Die Natur kann nur von einer verantwortungsbewussten Bürgergesellschaft geschützt werden. Ökologische Probleme lassen sich nur auf eine Weise lösen: Man muss die Entfremdung des Menschen von seinem Staat, seinem Wohnort, seiner Gemeindeverwaltung, seiner Straße beenden. Die Bildung einer Bürgergesellschaft wird aber sowohl von der Macht damals in der Sowjetunion als auch jetzt, im neuen Russland, mit allen Kräften verhindert.

Die ökologische Katastrophe, die in Russland seit Jahren bereits in vollem Gange ist, kann ohne Widerstand der Bürgergesellschaft nicht aufgehalten werden. Doch die Bewohner des Riesenstaates sind in ihrer großen Mehrheit nicht fähig zu aktiver Opposition, wenn sie von der barbarischen Verwüstung ihrer Umwelt erfahren. Ökoaktivisten landen meist im Gefängnis, wie Jewgeni Witischko, oder sind gezwungen in die Emigration zu gehen, wie Jewgenija Tschirikowa, die bekannte Verteidigerin des Chimki-Waldes bei Moskau. Beispiele gibt es genug. Alarmierende Nachrichten über den Raubbau an der Natur verstärken das allgemeine Gefühl von Hoffnungslosigkeit und Pessimismus. Die Menschen fühlen sich wie eh und je kraft- und hilflos gegenüber dem allmächtigen Beamten, der nur an seine Geldbörse denkt und nicht an die Entfaltung eines ökologischen Bewusstseins. Nach wie vor existiert in Russland das System sozialer Selbstverwaltung nicht, auf dem die ganze westliche Zivilisation gründet.

Es gibt in Russland wunderbare Naturschutzgesetze, aber keinerlei funktionierende Mechanismen für ihre Umsetzung. Dafür sind Privatinitiative, eine Bürgergesellschaft und ein bestimmtes menschliches und kulturelles Niveau erforderlich. Rein äußerliche Kontrollen sind im Naturschutz sinnlos, Kontrollen müssen im Inneren eines jeden Menschen erfolgen. Im heutigen Russland hat sich dagegen aus den technischen Möglichkeiten des Nuklearzeitalters und einer steinzeitlichen Moral ein bedrohlich explosives Gemisch gebildet. Außerdem werden die ökologischen Probleme für die Bevölkerung von naheliegenderen Problemen in den Hintergrund verdrängt. Wenn sie ums blanke Überleben kämpfen, denken die Leute nicht an Ökologie.

Statistiker arbeiten mit dem sogenannten Angstindex. Umfragen zufolge sind militärische Konflikte, Arbeitslosigkeit, Preiserhöhungen, Produktionsrückgang, Korruption, Ungerechtigkeit, Kriminalität, die Vertiefung der Kluft zwischen Arm und Reich, schlechte medizinische Versorgung und ein niedriger Lebensstandard Spitzenreiter bei derartigen Befragungen. Erst nach allen diesen Angstfaktoren kommt der Umweltschutz. Das Land begeht ökologischen Selbstmord und ist sich dessen kaum bewusst.

Die Riesenstädte versinken im eigenen Müll. Eine Abfallsortierung und Verarbeitung, wie es im Westen seit Langem üblich ist, gibt es in Russland bis jetzt nicht. Alle Abfälle werden einfach auf gigantische Mülldeponien abtransportiert. Damit wird ein großes Geschenk für die kommenden Generationen vorbereitet.

Für eine überwältigende Mehrheit der Bewohner eines riesigen Landes, in dem gerade die Natur brutal vernichtet wird, tritt die Ökologie in den Schatten eines größeren Problems: Statt um das Überleben der Natur sorgt man sich in Russland um das Überleben des Menschen. Denn in Russland stirbt der Mensch als Art aus, so absurd das auch klingt.

Russlands Bevölkerung schrumpft dramatisch. Nach den Daten der Volkszählung von 2010 hat mein Land seit dem letzten Zensus im Jahr 2002 1,6 Prozent seiner Bevölkerung verloren, das sind 2,2 Millionen Menschen. Innerhalb von acht Jahren ist quasi die Bevölkerung von vier deutschen Großstädten verschwunden: Frankfurt am Main, Stuttgart, Dortmund und Düsseldorf. Oder diejenige eines Landes von der Größe Lettlands. Zum Vergleich: Von 2000 bis 2010 ist die Bevölkerung der USA um mehr als 27 Millionen Menschen gewachsen. Und es geht weiter in der gleichen Richtung: 2017 lag die Sterberate um 115 000 höher als die Geburtenrate. 1,42 Millionen Kinder wurden in diesem Jahr geboren, ihnen standen 1,53 Millionen Sterbefälle gegenüber.

Die medizinische Versorgung in der russischen Provinz ist im Vergleich mit Westeuropa einfach katastrophal. In den vergangenen 15 Jahren ließ der Staat die Hälfte der Krankenhäuser schließen. Der durchschnittliche Stundenlohn eines russischen Arztes beträgt heute umgerechnet zwei Euro, weniger als der eines Kassierers bei McDonald's.

Die Lebenserwartung der Russen ist viel kürzer als im Westen, vor allem bei den Männern. Ein Viertel der russischen Männer stirbt, bevor sie das Alter von 55 Jahren erreicht haben. Die Hauptursache ist der Alkohol. Viele Unfälle sind mit dem Alkoholkonsum verbunden, so sterben auf Russlands Straßen jedes Jahr pro Kopf vier Mal mehr Menschen als in Deutschland – im Schnitt sind es 18,6 Tote pro 100 000 Einwohner. In Deutschland beträgt die Zahl 4,7.

Letztlich ist nicht der Alkoholismus die Ursache der hohen Sterblichkeitsrate. Sie liegt in der depressiven Verfassung der Gesellschaft begründet. Nicht der Wodka bringt die Russen um, sondern die Ohnmacht, in der die Bevölkerung gefangen ist, das Gefühl vollkommener Recht-, Hilf- und Ausweglosigkeit. Es wirkt sich destruktiv auf die Psyche aus, wenn man glaubt, dass nichts von einem selbst abhängt, dass man nie die Chance auf ein Leben in Würde erhält und dass man nichts verändern kann.

Folgen der Frustration sind Aggression und Depression, das ist längst wissenschaftlich belegt, sowohl bei den Ratten als auch bei den Menschen. Das kriminelle Fundament des gesellschaftlichen Lebens ist die Ursache dafür, dass Russland bei der Anzahl gewaltsamer Todesfälle weltweit die erste Stelle einnimmt. 2015 begingen in Deutschland neun Männer (von 100 000) Selbstmord, in Russland waren es 32 Männer. Russland belegt in einer ganzen Reihe von Rankings führende Plätze: Bei der Anzahl der Selbstmorde älterer Menschen sowie der Selbstmorde von Kindern und Jugendlichen, bei der Anzahl der Gefängnisinsassen (750 auf 100 000 Personen), bei der Anzahl der von ihren Eltern im Stich gelassenen Kinder, bei der Anzahl der Verkehrsunfälle und der Flugzeugkatastrophen, bei der Anzahl psychisch Kranker, bei der Verletzung politischer Rechte und Freiheiten.

Die Aufzählung könnte fortgesetzt werden, aber es fehlt mir die Lust dazu.

Die Menschen im Westen haben oft keine Vorstellung davon, wie angespannt die Situation im Land wirklich ist. Das wahre Leben in Russland, das im Fernsehen nicht gezeigt wird, liegt außerhalb der Vorstellungswelt der meisten Leser dieses Buches.

Die heutige Situation erinnert stark an die Ereignisse vor hundert Jahren. Zum Jubiläum der Revolution von 1917 kamen die russischen Europäer wieder mit der Losung »So kann man nicht weiterleben« daher. Das 20. Jahrhundert hat die russische Geschichte in ein Möbiusband eingeschlossen. Jedes Mal, wenn das Land versucht, eine demokratische Gesellschaft aufzubauen, Wahlen, ein Parlament und eine Republik einzuführen, findet es sich in einem totalitären Imperium wieder. So war es 1917, so geschah es zu Beginn der Neunzigerjahre. Die Probleme, vor denen mein Land im 21. Jahrhundert steht, sind wieder die gleichen wie damals vor der Revolution: eine hohe soziale Ungerechtigkeit und eine erdrückende, erniedrigende Selbstherrschaft.

Wieder drängt sich eine der ewigen russischen Fragen auf: Wäre eine Demokratie in Russland überhaupt möglich?

Ein anderes Land, das näher an Europa war und viele Jahre lang an die Tür der Europäischen Gemeinschaft klopfte, gibt mit seinem Rückfall in die Diktatur Stoff zum Nachdenken. Seit der jungtürkischen Revolution von 1908 wurde die Westernisierung der Türkei betrieben, doch auf einmal werden die europäischen Werte verworfen. Sogar die in Deutschland lebenden Türken haben für die Einführung der Autokratie gestimmt.

Die Demokratie garantiert Schutz vor der Willkür der Machthaber. Das ist es, was in Russland absolut unmöglich scheint, denn der Sinn des ganzen Ulusmachtgefüges ist eben diese Willkür. Die Macht in Russland ist und war immer eine Einbahnstraße. Jede Bewegung in die Gegenrichtung wird auf das Schärfste bestraft.

Das wichtigste Merkmal der Demokratie ist die Möglichkeit des Volkes, die Regierung durch freie und faire Wahlen zu ersetzen. Gibt es ein einziges Beispiel in der russischen Geschichte dafür, dass die Machthabenden durch freie und faire Wahlen ausgetauscht wurden? Putin wurde von der »Familie« Jelzins auf den Thron gesetzt. Jelzins Sieg gegen den Kommunisten Sjuganow bei den Präsidentschaftswahlen von 1996 war gefälscht (zur Freude der demokratischen

Öffentlichkeit). Bei welchen Wahlen wurde Gorbatschow nach dem Tod von Generalsekretär Konstantin Tschernenko 1985 vom Volk gewählt? Gab es eine freie und faire Möglichkeit, Breschnew, Chruschtschow, Stalin oder Lenin zu ersetzen? Wer hat die provisorische Regierung 1917 gewählt? Der Zar konnte per definitionem nicht gewählt werden, seine Macht war »gottgegeben«. Russland hat noch nie eine gesetzliche, demokratisch gewählte Macht erlebt.

Angesichts dieses historischen Erbes scheint eine demokratische Zukunft ohne grundsätzliche Vergangenheitsbewältigung unmöglich zu sein. In Russland aber wird die Geschichte vom Regime instrumentalisiert, Stalin erscheint in den neueren Schulbüchern als guter Staatslenker, jegliche öffentliche Aufarbeitung seiner Verbrechen wird verhindert. Mein Land ist ein schlechter Schüler, besonders im Fach Geschichte. Die Deutschen haben das Thema »Vergangenheitsbewältigung« und »Aufarbeitung von Schuld« tüchtig gelernt und konnten eine demokratisch orientierte Gesellschaft aufbauen. Deutschland musste zwölf Jahre einer braunen Diktatur bewältigen, Russland hat noch 800 Jahre Ulusherrschaft aufzuarbeiten. Mein Land lebt noch in der Vergangenheit. In Russland muss die Geschichtsbewältigung mit der Gegenwartsbewältigung beginnen.

Die Anerkennung der nationalen Schuld und Buße waren (wenn auch zu Beginn vor allem in Form der totalen Kapitulation vor den Alliierten) die Grundlage für den demokratischen Neubeginn in Deutschland. Thomas Mann schrieb in »Deutschland und die Deutschen«: »Man hat zu tun mit deutschem Schicksal und deutscher Schuld, wenn man als Deutscher geboren ist.« Ohne Buße und die Anerkennung der nationalen Schuld ist kein demokratischer Neubeginn in Russland möglich. Aber das Land driftet in eine ganz andere Richtung.

1990 wurde auf dem Lubjanka-Platz nahe dem KGB-Gebäude der Solowezki-Stein aufgestellt. Das sollte ein Mahnmal für die Opfer der Stalin-Diktatur sein. Der Stein stammt von den Solowezki-Inseln im Weißen Meer, wo einst das erste große Häftlingslager der Sowjetunion entstanden war. Jedes Jahr am 29. Oktober, am Gedenktag für die Opfer politischer Repressionen, kommen Hunderte Menschen zu diesem Stein und lesen stundenlang die Namen der Ermordeten vor. Ein kleines Denkmal, ein paar Hundert Leute. Während das ganze Land zu einem riesengroßen Denkmal für Stalin geworden ist.

Es gab keine wirkliche Entstalinisierung in Russland, kein Schuldeingeständnis angesichts der begangenen Verbrechen: Terror, Repressionen, der Holodomor in der Ukraine, bei dem Millionen verhungerten, militärische Interventionen in Ungarn, der Tschechoslowakei, Afghanistan. Es gab keine Nürnberger Prozesse für die Kommunistische Partei, die einen jahrzehntelangen Genozid an Russen und anderen Völkern betrieb. Mit solchem historischen Schmuggelgepäck lässt sich die Tür in eine demokratische Zukunft nicht durchschreiten.

Russland muss seine Schuld offen und mutig anerkennen und um Vergebung bitten. Willy Brandts Kniefall von Warschau war für die Deutschen selbst viel wichtiger als für die Juden und Polen. Wann kommt es zu einem russischen Kniefall in Warschau, Budapest, Prag, Tallinn, Vilnius, Riga, Kiew, Grozny?

Die Demokratie kann nicht von Einzelgängern erkämpft werden, es müssen Menschenmassen auf die Straßen gehen. Im Vergleich mit der Bevölkerungszahl fallen die Proteste der Opposition in Russland jedoch zum Verzweifeln gering aus. Meistens haben sie vor allem symbolische Bedeutung. Um den Verzweifelten einen Schimmer der Hoffnung zu geben: Du bist nicht allein! – ist es viel. Um die putinsche Machtpyramide ins Wanken zu bringen, ist es zu wenig.

Westliche Beobachter gingen davon aus, dass die materielle Unzufriedenheit infolge der wirtschaftlichen Krise, niedriger Ölpreise und wirtschaftlicher Sanktionen soziale Massenproteste auslösen würde. Doch die Massenproteste der verarmenden Bevölkerung blieben aus. Die Protestaktionen der letzten Jahre, beginnend 2011, wurden von der neuen Mittelschicht durchgeführt. Wieder waren es wohlsituierte, gut ausgebildete russische Europäer, die in Russland protestierten. Es lässt sich kaum leugnen, dass diese Opposition keinen Einfluss auf die überwältigende Mehrheit der Russen hat. Die entlarvenden und anklagenden Berichte des ermordeten Boris Nemzow, der bewundernswerte Kampf gegen die Kleptokratie von Alexei Nawalny erreichen ihr Ziel nicht. Millionen höriger Untertanen geben ihre Stimmen an die Macht ab und singen bei spärlichen Sportsiegen jubelnd die stalinsche Nationalhymne mit, die Generationen von Diktatoren und Sklaven miteinander vereint. Die rapide Verschlechterung des Lebensstandards wird auch weiterhin nicht zu ernsthaften Massenprotesten führen.

Es gibt im Russischen ein Sprichwort: Schlag die eigenen Leute, damit die anderen Angst bekommen! Was war die erste Reaktion der Machthaber im Ulus auf die westlichen Sanktionen? Es wurde verboten, Lebensmittel aus den Ländern zu importieren, die antirussische Sanktionen verhängt hatten. Die Fernsehbilder sind unvergesslich: Traktoren vernichten mit Raupenketten Berge von Lebensmitteln. Kann man sich vorstellen, dass Wien oder Berlin oder Paris von heute auf morgen beschließen, Lebensmittelimporte ins Land zu verbieten? Am gleichen Tag käme es zu einem Aufruhr! Und was machten die Russen? Na ja ... Die gute alte Sowjetmentalität ist zurück, oder richtiger gesagt, sie war nie weg. Es gab damals einen Witz. In der Versammlung der Arbeiter einer Fabrik erklärt man der Belegschaft: »Es wurde der Beschluss gefasst, dass wir uns alle erhängen. Gibt es Fragen?« Eine Hand hebt sich: »Bekommt man einen Strick von der Fabrikleitung oder muss man den von zu Hause mitbringen?«

Den Menschen, die nicht bereit sind, für ihre Würde und gegen die Ungerechtigkeit zu protestieren, kann man nichts vorwerfen. Für Protest reicht der persönliche Mut nicht. Jeder trägt Verantwortung für die Familie, für die Kinder, für die Nächsten, für die Liebsten. Alle Regime und Diktaturen missbrauchen dieses Gefühl der Verantwortung den Menschen gegenüber, die wir lieben. Es mag leichtfallen, sich selbst für eine gerechte Sache zu opfern, aber es ist weitaus schwieriger, sich zu opfern, wenn man dabei auch die Liebsten opfern muss. Wir sind immer Geiseln der Menschen, die wir lieben. Und für das Wohl der Geliebten sind wir bereit, Erniedrigungen zu erdulden. Es geht nicht unbedingt um das Risiko, für die eigenen Überzeugungen verhaftet zu werden und ins Gefängnis zu gehen. Schon wenn nur die Gefahr droht, die Arbeit zu verlieren, steht jeder vor der schwierigen Wahl zwischen der eigenen Würde und dem Brot für die Kinder. Echtes Sklaventum ist immer ein bisschen freiwillig.

Das Regime braucht die wohlhabende, selbstbewusste Mittelschicht nicht, im Gegenteil, die besten Untertanen sind Bettler und Habenichtse, die völlig von staatlichen Almosen in Form eines winzigen Gehalts abhängen. Diese Leute, die heute die überwältigende Mehrheit russischer Stimmbürger darstellen, gehen willig zu offiziellen hurrapatriotischen Veranstaltungen mit Pflichtbeteiligung der Mitarbeiter staatlicher und kommunaler Betriebe, und sie sichern eine hohe Wahlbeteiligung. Das Regime braucht eine pauperisierende Bevölkerung, die leicht manipulierbar ist. Wohlstand des Volkes bringt den Machthabern im Kreml nur Probleme. Hungernde kümmern sich ums tägliche Brot und demonstrieren nicht für einen Systemwechsel.

Für eine demokratische Bürgergesellschaft in Russland fehlt das Wichtigste: die Bürger. Verantwortungsvolle Bürger erscheinen nicht über Nacht, sie müssen durch Initiativen von unten erzogen werden. Aber der Staat unterbindet eben diese Entfaltung einer bürgerlichen Initiative mit allen möglichen und unmöglichen Mitteln. Die Beamten sehen in allen Aktivisten, die aus eigenem Antrieb handeln, eine Gefahr und ersticken jede Initiative, die von der Macht nicht lanciert wurde, im Keim. Das Regime verteidigt sich, so gut es kann, und setzt auf den zweiten, zahmen und fügsamen Kopf des russisch-siamesischen Zwillings. Und diesem Kopf ist die demokratische Idee noch fremd. Marcus Tullius Cicero sagte: »Ein Sklave träumt nicht von der Freiheit, sondern von eigenen Sklaven.« Das war in einer Gesellschaft, in der es außer Sklaven noch freie Menschen gab. Ein erfolgreicher sozialer Aufstieg im Ulus würde nicht einmal bedeuten, selbst zu einem Sklavenhalter emporzusteigen, sondern lediglich zu einem Aufseher.

Eine demokratische Umwandlung des Landes braucht eine kritische Masse selbstbewusster Bürger mit »europäischem« Wertesystem, aber die Zahl der sich immer wieder wie Phönix aus der Asche erhebenden russischen Europäer wird im Ulus immer reduziert, mal mit brutalen Mitteln, mal auf schonende Weise.

Während des ganzen 20. Jahrhunderts wurden die Eliten des Landes vernichtet oder zur Emigration gezwungen. Nach dem Bürgerkrieg emigrierten Millionen von Menschen, praktisch die gesamte gebildete Klasse verschwand. Durch die stalinistischen Repressionen wurde der fähigste und engagierteste Teil der Bevölkerung ausradiert. Seit den Siebzigerjahren verlässt ein fortwährender Strom von Emigranten die Sowjetunion beziehungsweise Russland, in erster Linie die technische und wissenschaftliche Intelligenz, die Bildungselite also, die dann zur Elite der USA und anderer Staaten wird. Nur ein Name reicht, um zu verstehen, was Braindrain (Talentflucht) aus Russland bedeutet: Sergey Brin, der Google-Gründer, wurde in Moskau geboren.

In den letzten Jahren stieg die Zahl der Auswanderer aus Russland enorm. Nach der offiziellen russischen Statistik verlassen jährlich etwa 100 000 Menschen Russland, aber die Statistik ignoriert die sogenannte stille Emigration. Da die Grenzen offen sind, reisen Menschen in westliche Länder aus und bleiben dabei in Russland gemeldet. Vor allem reisen Wissenschaftler, Unternehmer, Juristen, Fachleute aus unterschiedlichsten Branchen aus, denn sie sehen für sich und ihre Kinder in Russland keine Zukunft. Ihre Massenflucht (besonders nach dem Beginn des Ukrainekrieges) verstärkt den depressiven Zustand derjenigen, die bleiben.

Nach dem grausamen 20. Jahrhundert ist das Land seelisch und psychisch krank. Die Nation leidet an einer großen Depression. Der Radiosender »Echo Moskvy«, der als Hauptinformationsquelle für die

Opposition gilt, hat im Internet eine Umfrage durchgeführt: Glauben Sie, dass ein würdiges Leben in Russland möglich ist, oder sind Sie bereit zu emigrieren? 80 Prozent der Befragten sind bereit, in den Westen zu gehen, und glauben nicht mehr daran, dass es irgendwann möglich sein wird, mit Würde in Russland zu leben.

Die Reproduktion neuer Eliten findet praktisch nicht statt; die russischen Universitäten bilden Akademiker für westliche Länder aus. Begabte Studenten setzen ihre Ausbildung im Ausland fort und kehren nicht zurück, da sie an den russischen Hochschulen und wissenschaftlichen Instituten keine Entfaltungsmöglichkeiten für sich sehen. Das Kultur- und Bildungsniveau im Land sinkt von Jahr zu Jahr, weil Millionen Emigranten mit Hochschulbildung, also die potenziellen Bürger eines möglichen demokratischen Russlands, durch Millionen Migranten aus Mittelasien und dem Kaukasus ersetzt werden, die häufig überhaupt keine Bildung besitzen. Diesen Leuten, die kaum Russisch sprechen, wird die Einbürgerung erleichtert, und sie werden zu hörigen Stimmbürgern des Regimes. Die Kluft zwischen den beiden Russlands vertieft sich.

In der Sowjetunion wurde die Nationalität im berüchtigten fünften Punkt des Passes angegeben. Angehörige der nationalen Minderheiten wechselten, wenn möglich, die Nationalität. Wenn beispielsweise die Mutter Russin war und der Vater Jude, bekam das Kind in der Geburtsurkunde die Nationalität des Vaters (so war es gesetzlich festgelegt), und in allen Dokumenten wie im Klassenbuch oder in der medizinischen Personalkarte in einer Poliklinik stand »Jude«. Im Alter von 16 Jahren konnte man jedoch beim Erhalt des ersten Innenpasses (eine Art Personalausweis) die Nationalität nach einem Elternteil frei wählen. War keine Emigration nach Israel beabsichtigt, so war es von Vorteil, den »gefährlichen« fünften Punkt zu verbessern, denn den Juden waren viele Universitäten und Berufe verschlossen. Das Russischsein war im sowjetischen Imperium sowohl ein ethnischer Begriff als auch Loyalitätsbekundung. Viele Angehörige der über hundert nationalen Minderheiten, die auf dem Territorium der Russischen Föderation lebten, vollzogen daher den Wechsel ihrer Nationalität »im fünften Punkt«. Eine Demokratie müsste auch eine Lösung der Nationalfrage finden, die in Russland nicht in Sicht ist. Durch die Anfeuerung des russischen Chauvinismus zieht das Regime diesen Problemknoten noch fester.

Die politische russische Ethnie war ein unsicheres Gebilde. Bei der ersten Möglichkeit, die Heimat zu verlassen, begannen Russen, in den Archiven die Geburtsurkunden ihrer deutschen und jüdischen Urgroßväter und Urgroßmütter zu suchen, um ihr »Russischsein« loszuwerden. Der Überlebensinstinkt ihrer sowjetischen Vorfahren, die die russische Nationalität als Schutzschild gebrauchten, erwies sich nun für ihre Nachkommen als Hindernis. Es ist denkbar, dass die nationalen Eliten der Baschkiren, Chanten, Komi, Karelen, Chakassen, Kalmyken und Dutzender anderer Ethnien sich bei einem Zerfall der Russischen Föderation augenblicklich an ihre Wurzeln erinnern werden.

In der heutigen ethnischen Zusammensetzung ist in Russland keine Demokratie möglich. Das Vielvölkerimperium ist ein Atavismus. Russland ist hochschwanger mit neuen Nationalstaaten, so wie es beim ehemaligen Jugoslawien der Fall war. Der Halbzerfall des russischen Völkergefängnisses wird weitergehen und ist durch Kriege nicht aufzuhalten.

Werden die russischen Demokraten – die Opposition, die bereits für die Zeit nach Putin Pläne schmiedet – die Stimmen dieser im Moskauer Ulus erniedrigten Völker hören? Werden sie bereit sein, die heutige Russische Föderation aufzulösen?

Der Schriftsteller Wolodymyr Wynnytschenko, einer der Gründungsväter der unabhängigen Ukraine, sagte 1919 seine berühmten Worte: »Der russische Demokrat endet dort, wo die ukrainische Frage beginnt.« Ich fürchte, das gilt nicht nur für die Ukraine, sondern für alle anderen Ethnien, die aus dem russischen Gefängnis in die Freiheit wollen.

In einem berühmten Interview mit der Zeitung *New Times (NT)* erklärte Michail Chodorkowski, die Hoffnung der russischen demokratischen Opposition, dass er persönlich bereit wäre, für den Erhalt der »russischen« Territorien in den Krieg zu ziehen:

> NT: »Und der Nordkaukasus?«
> M. Ch.: »[...] Alle Probleme sind weniger gefährlich als die Frage der territorialen Integrität. Ich glaube, eine Abspaltung des Nordkaukasus würde in einer schnellen Hochrechnung zwei Millionen Opfer bedeuten. Ich halte den Krieg für eine sehr schlechte Sache. Aber wenn die Frage so steht: Die Abspaltung des Nordkaukasus oder Krieg, dann ist die Antwort Krieg. [...] Wenn Sie mich konkret fragen, ob ich in den Krieg ziehe oder nicht, dann werde ich in den Krieg ziehen. [...] Das ist unser Land. Wir haben es erobert.«

Es scheint, der Fluch des Imperiums wird noch lange auch demokratische Köpfe in seinem Bann halten. Eine Demokratie braucht keine Größe, weder der Geschichte noch des Territoriums. Aber dieser einfache Gedanke schafft es nicht in das Bewusstsein der meisten russischen Oppositionellen, und so endet der russische Demokrat heute immer noch dort, wo die ukrainische, kaukasische, sibirische etc. Frage beginnt.

Dem Aufbau eines wunderbaren zukünftigen Russlands steht ein weiteres Hindernis im Weg: Die Machthaber werden sich bis zum Letzten gegen ihre Absetzung wehren.

Diejenigen, die sich die Macht im Kreml aneigneten, glaubten, ein ganzes Land in Geiselhaft genommen zu haben. Doch es stellte sich heraus, dass sie ihre eigenen Geiseln waren, Geiseln ihrer Macht.

Die Grundlage der russischen Politik der vergangenen Jahre ist die Angst eines einsamen, alternden Mannes, der genau weiß, wie Diktatoren enden. Er weiß, dass ein ehrenvoller Abgang in die Pension ein Luxus ist, den er sich schon nicht mehr leisten kann. Ein Usurpator in Pension ist Nonsens – ihn erwartet im besten Fall das

Gefängnis. Ein Gaddafi-Ende ist nie ausgeschlossen. Deshalb muss er bis zum bitteren Ende um den Erhalt seiner Macht kämpfen, was auch immer ihn das kostet. Und er weiß, dass Feinde und Kriege das Lebenselixier einer Diktatur sind. Menschenleben, egal ob russische, ukrainische, syrische etc., zählen für ihn nicht.

Wie viel Freiheit hat der Großkhan in dieser Situation? Genau so viel wie eine Geisel. Der stärkste Mann Russlands ist Sklave jenes Systems, das ihn, den ehemaligen kleinen Streber aus dem KGB, an die Spitze der Machtpyramide brachte. Er darf es sich nicht leisten, zurückzuweichen und wirkliche Reformen einzuleiten, weil dies seine Zukunft im Gefängnis garantiert. Jeder Schritt in Richtung Demokratisierung würde letztendlich unausweichlich zu einem Machtwechsel führen.

»All the King's Men« haben die gleiche Angst. Die Bulldoggen unter dem Kremlteppich zeigen sich ab und zu und verstecken sich wieder. Niemand weiß, was dort passiert. Klar ist nur, dass alle rivalisierenden »Kremltürme« (so nennt man in Russland die verschiedenen Kremlclans) persönliche Garantien für sich und ihre Kinder brauchen. Womöglich überlegen die Clans verzweifelt, ob ein gesunder und lang lebender oder ein gefesselter Putin der bessere Garant für ihre Existenz und ihr Vermögen ist. Aber es ist bereits zu spät für das Gefolge, den Throninhaber loszuwerden. Die ergebenen Bojaren würden ihren Zaren gerne ans Messer liefern, aber nur er garantiert ihnen ihre Privilegien. Bei einem Machtwechsel ist das Risiko für die Obrigkeit zu hoch, ihr Machteigentum zu verlieren. Der fallende Putin würde in einer Kettenreaktion viele fallende Handlanger mit sich reißen. Den Engvertrauten dient nur der lebendige Großkhan als Versicherungspolice.

Die Machthaber haben fürchterliche Angst vor dem russischen Maidan. Auslöser war die gescheiterte »Weiße Revolution« von 2011 in Moskau. Die Proteste waren friedlich und naiv. Man hegte blauäugig die Hoffnung, dass die Diebe an der Macht pragmatisch genug sind, um einen Dialog mit der Opposition zu führen. Mit den von der

Bevölkerung gestohlenen Milliarden ließe sich ja der Lebensabend schön an der Côte d'Azur oder in London verbringen. Aber indem er die nächsten Wahlen im Frühjahr 2012 fälschen ließ, hat der Mann im Kreml seine Entscheidung getroffen. Er hat es vorgezogen, bis zum bitteren Ende auszuharren. Das war der point of no return. Der Kiewer Maidan eineinhalb Jahre später hat die Entwicklung Russlands in Richtung Polizeistaat nur noch beschleunigt.

Die Angst vor einer neuen Volksrevolution kommt manchmal in grotesker Weise zum Ausdruck. Im Westen fanden zum hundertsten Jahrestag der russischen Revolution Ausstellungen und Veranstaltungen statt, die diesen Ereignissen gewidmet waren. In Russland war selbst das Wort »Revolution« aus dem öffentlichen Diskurs verbannt. Am 7. November gab es lauter Unterhaltungsshows, die keinen Bezug zu einem der wichtigsten historischen Daten Russlands hatten. Im Vorfeld wurden der Bevölkerung TV-Serien vorgeführt, in denen die russische Revolution als Ergebnis schmutziger Intrigen von Juden und deutschen Agenten dargestellt wurde. Man zwängte den Zuschauern eine klare Analogie auf: Die Straßenproteste von heute werden von amerikanischen Agenten dirigiert.

Die Erinnerung an die Revolution wird durch die Erinnerung an den »Großen Vaterländischen Krieg« ersetzt. Am 7. November 1941 fand eine Militärparade auf dem Roten Platz statt, und die Panzer fuhren von der Parade direkt ins Gefecht gegen die Deutschen. Jedes Jubiläum dieses Ereignisses wird immer pompöser gefeiert. Auf dem Roten Platz findet nun ein Reenactment der Militärparade vom 7.November 1941 statt. Das Gedenken an die Revolution wird aus dem öffentlichen Bewusstsein ausradiert.

Die Macht bereitet sich auf den erbitterten Kampf gegen die eigene Bevölkerung vor. 2016 wurde »Rosgwardija« gegründet, eine spezielle Armee mit der Aufgabe, soziale und politische Proteste im Land zu unterdrücken. Unzweideutig wurde diesen Truppen das Recht eingeräumt, auf die Menschenmenge zu schießen. Zum Oberkommandierenden wurde der Chef der Leibwache des Präsidenten ernannt. Die Staatssicherheit fusionierte mit der persönlichen Sicherheit des Großkhans.

Alles wird nach der bewährten Strategie weitergehen: Man muss die Bevölkerung schützen. Auf das Land kommen neue Terrorakte, Bombenanschläge, Katastrophen, Kriege zu. Mit allen Mitteln werden die »Silowiki« Angst in der Gesellschaft erzeugen, denn eine verängstigte Bevölkerung kann einfacher regiert werden. Sie sind dazu sehr gut in der Lage, den Geheimdiensten steht eine breite Palette an Gefahren zur Verfügung. Und die Bevölkerung will, selbstverständlich, geschützt werden. Noch eine Bombenexplosion in der U-Bahn einer russischen Großstadt, oder ein verbrannter Kindergarten, in dem auch Kinder zu Tode kommen, oder ein Anschlag auf einem Open-Air-Konzert mit Hunderten verstümmelten Opfern, und schon sind die eingeschüchterten Stimmbürger bereit, der Macht einen unbefristeten, allumfassenden Ablassbrief auszustellen.

Die blanke Panik vor einer Revolution geht in die Angst vor jeglicher Erneuerung über. Die Obrigkeit will den Status quo beibehalten und fürchtet jede Art von Veränderung. Sie will die Zeit stillstehen lassen. Doch die Stabilität gründet auf einem äußerst unsicheren Fundament, dem Leben eines einzigen Menschen. Putin wird sowieso gehen, politisch oder biologisch. Die Machtvertikale ist darauf angewiesen, dass der Ulus nach dem Abgang des Großkhans erhalten bleibt. Dieses Ziel muss um jeden Preis erreicht werden. Die Spezialoperation »Nachfolger« ist längst in vollem Gange. Doch der Großkhan sucht keinen Nachfolger. Im Gegenteil, alle potenziellen Anwärter auf den Thron werden kaltgestellt. Früher oder später werden wir die streng geheimen Einzelheiten dieses Machtgerangels erfahren. Oder auch nicht.

Und wer sollte Russland zur Demokratie führen? Die demokratische Opposition ist zerstritten und genießt keine Unterstützung oder Popularität in den breiten Schichten der Bevölkerung. Es tut weh zu sehen, wie die Anführer von Protesten zu keiner Solidarität fähig sind und bei jeder Wahl einander Sand ins Getriebe streuen. Es ist für sie unmöglich, sich solidarisch auf einen gemeinsamen Kandidaten der Opposition zu einigen. Jeder will als einziger Hirte die Herde führen. Solche Politiker würden auch bei den fairsten Wahlen nicht gewinnen können.

Hinzu kommt: Die heutige Opposition befindet sich unter der totalen Kontrolle des Kremls. Will der Kreml eine Opposition im Land zulassen, dann gibt es sie. Will er sie nicht, dann gibt es eben keine Opposition. Will der Kreml die Oppositionsführer ins Gefängnis werfen, sitzen sie im Knast. Will er das nicht, dann sind sie temporär auf freiem Fuß. Die Opposition ist gezwungen, nach den vom Regime vorgeschriebenen Regeln zu spielen. Dieses Katz-und-Maus-Spiel kann lange dauern, und das Endergebnis wird nicht unbedingt eine freie demokratische Gesellschaftsordnung sein.

Und wie überhaupt sollen die Demokraten an die Macht gelangen? Es gibt nur zwei Möglichkeiten: Freie Wahlen oder ein Massenaufstand. Die Sache mit den Wahlen ist klar: Es gibt so gut wie keine Wahlen in Russland und es wird auch keine geben. Und einen Aufstand fürchten alle, sowohl im Kreml als auch in der demokratischen Opposition. Hier muss ich die prophetischen Zeilen Puschkins in ganzer Länge zitieren: »Bewahre uns Gott vor einem russischen Aufstand, sinnlos und erbarmungslos. Diejenigen, die sich bei uns unmögliche Umwälzungen ausdenken, sind entweder zu jung und kennen unser Volk nicht oder sind Menschen mit bereits verhärteten Herzen, für die ein fremder Kopf ein Knopf ist und auch der eigne Hals nicht mehr wert als ein Pfifferling.«

Die Opposition fordert den Machtwechsel, einen neuen Mann im Kreml, und übersieht das Grundproblem: Egal wer den Moskauer Thron besteigt, regieren wird die Mütze. Im Ulus regiert die Macht. In diesem historischen Schauspiel ist der Großkhan nur eine Rolle, wenn auch die Hauptrolle. Jeder Schauspieler bringt etwas Persönliches, eine charakteristische Eigenart in das Spektakel, interpretiert die Gestalt des Herrschers auf eine neue Weise. Aber er kann weder die Worte noch die Handlung im Stück ändern. Russland braucht keinen neuen Darsteller für die Hauptrolle, Russland braucht ein anderes Stück.

Auf die Frage »Quo vadis, Russland?« gibt es nicht so viele Antworten.

Die führenden Oppositionellen kommen regulär zu verschiedenen Foren und Konferenzen (zum Beispiel »Forum des freien Russlands« in Vilnius) zusammen, um Pläne für die zukünftige demokratische Umwandlung des Landes auszuarbeiten.

Diese Pläne sind wunderbar. Das freie Russland der Zukunft wird mit freien Wahlen beginnen. Doch wer wird sie durchführen und nach welchen Regeln? Dieselben Zehntausende verängstigter Lehrerinnen, die jetzt bei den Wahlen im Land die Fälschungen durchführen? Werden diese freien Wahlen in Tschetschenien unter der Führung von Kadyrow stattfinden? Und kann man sich sicher sein, dass bei wirklich freien Wahlen in Russland der »nationale Verräter« von der demokratischen Opposition gewinnt und nicht der Patriot, der gegen die »ukrainischen Faschisten« in der Donbassregion gekämpft hat?

Die Demokratie, genauso wie den Totalitarismus, ruft man nicht einfach per Dekret aus. Die beiden sind Ergebnis gemeinsamer Anstrengungen der gesamten Gesellschaft. In Putins Russland konnte das Volk leicht von der Kontrolle über den Machtapparat verdrängt werden, weil es diese Kontrolle niemals innehatte. Die Menschen wissen nicht, dass man die Regierenden kontrollieren kann und muss, das liegt nicht in ihrem genetischen Gedächtnis. Eine Bevölkerung, die auf den gütigen Zaren hofft, kann man nicht in einer Stunde zu mündigen Wählern formen. Die liberal gesinnten, nach Westen orientierten Menschen sind eine geringfügige Minderheit im Lande. Eine Demokratie kann sich ohne die kritische Masse der Bürger, ohne eine reife Bürgergesellschaft nicht etablieren.

Man kann die besten Gesetze erarbeiten und verabschieden, aber wer wird diese Gesetze umsetzen? Wer wird demokratische Reformen verwirklichen? Es darf nicht geschehen, dass Beamte beim Aufbau eines neuen Staates zugelassen werden, die sich unter dem

Putin-Regime mit Korruption und Verbrechen befleckt haben. Die Opposition verlangt nach einem russischen »Nürnberg«. Doch wer wird diese Prozesse organisieren und durchführen? Wer soll diese große Aufarbeitung der Vergangenheit leisten? Wer wird die Verbrechen aufdecken und die Schuldigen bestrafen? Was geschieht mit den Tausenden entlassenen Richtern, die ihre von oben manipulierten Urteile gesprochen haben, mit den Zehntausenden bestechlichen Polizeibeamten, mit den Hunderttausenden Lehrern, die an Wahlfälschungen beteiligt waren? Man kann zwar Putin ab- und ersetzen, wie aber kann man auf einmal Millionen korrupter Beamter, käuflicher Polizisten und willfähriger Richter ersetzen? Und andere gibt es einfach nicht. Die Bevölkerung meines riesigen Landes ist nicht ersetzbar.

Ohne eine Bereinigung des ganzen Staatswesens sind keine Reformen möglich. Die Neunzigerjahre werden zurückkommen, als folgender Fehler gemacht wurde: Die ganze sowjetische Partei- und Staatsnomenklatura blieb nach dem Zerfall der Sowjetunion im neuen Staatsapparat und machte eine wirklich demokratische Umwandlung Russlands unmöglich. Es reicht nicht, ein Update zu machen, man muss das ganze Betriebssystem des russischen Staates auswechseln. Das Land ist aber kein Computer, es wird von lebendigen Menschen bewohnt.

Von den herrlichen Maßzeichnungen eines zukünftigen, demokratischen Russlands weht der Geruch der Utopie.

Man benötigt kein magisches Fernrohr, um in die nahe russische Zukunft zu blicken. Mit Wahlen oder ohne, mit einer Verfassungsänderung oder per Dumadekret, egal, der Großkhan wird bis zum bitteren Ende mit dem Finger auf dem Roten Knopf im Kreml ausharren. Das Volk wird schweigen oder jubeln, für die Macht spielt das keine Rolle mehr. Die Menschen werden das über sich ergehen lassen. Nicht zum ersten Mal.

Das Regime gibt sich große Mühe, die Lage im Land zu konservieren, doch diese Konserve kann nicht lange halten. Die Stagnation erfordert vom Staat mehr Energie als die natürliche Entwicklung.

Der abgenutzte Organismus braucht neue patriotische Aufputschmittel. Die Kriegslogik folgt ihren eigenen Gesetzen. Wir werden mit Sicherheit in der kommenden Zeit neue Militärkonflikte und Lokalkriege sehen. Das garantiert die weitere Konfrontation mit dem Westen und die verstärkte Isolation des Landes. Man will weiter Ellbogendiplomatie betreiben, unter dem Nuklearschirm ausharren und die Welt ab und zu mit Nowitschok vergiften. Auf die lange Distanz wird das aber nicht gehen.

Im neuen »kalten Krieg« hat Russland keine Chancen. Der technologische Rückstand ist nicht mehr aufzuholen. Das Land kann weder eigene Computer noch eigene Autos entwickeln. Im Elon-Musk-Zeitalter werden im Moskauer Ulus Tiefseesatelliten produziert (die meisten schaffen es nicht bis in den Weltraum und fallen in den Ozean). Das Regime »modernisiert« das Land zu einer riesigen Zapfsäule.

Der Staat etablierte sich als Institution zu einer Zeit, als die Hauptquelle des Reichtums das Territorium bildete, das zu verteidigen und zu erobern war. In der heutigen Welt bildet der menschliche Intellekt den wichtigsten Reichtum. Bill Gates, Mark Zuckerberg, Sergey Brin, Elon Musk ernähren den Staat. Und wenn der Staat sich schlecht benimmt, können diese Menschen ihren immensen Reichtum in einen anderen Staat überführen. Deshalb sehen die modernen Staaten ihren Sinn nicht in der territorialen Extension, sondern in der größtmöglichen Förderung des freien menschlichen Intellekts.

Einst hatten die Bolschewiki die Zeitlücke von 13 Tagen zwischen dem zaristischen Russland und dem Westen per Dekret abgeschafft. Die neue »technologische« Epoche, in der die Menschen den Hauptwert darstellen und ihre Rechte und Freiheiten die Hauptbedingungen der Entwicklung sind, kann man per Dekret nicht einholen.

Das Land wurde seiner Zukunft beraubt. Der Ulus sieht keine Zukunft vor. Das Gefühl der Aussichtslosigkeit in der russischen Gesellschaft ist nicht zu leugnen. Die Unmöglichkeit, das Leben zu ändern, führt in eine nationale Depression, die nach kurzen Anfällen der patriotischen Hysterie während der sportlichen Großereignisse immer noch zunimmt.

Welches Szenario wird nun die Geschichte für Russland wählen? Die Hoffnung, dass die »Nothilfe« aus der näheren Umgebung des Großkhans in der Form des russischen »Unternehmen Walküre« kommt, ist gleich null. In Nazideutschland gab es noch im Militär Menschen mit eigenen Vorstellungen von Ehre und Patriotismus. In der »Elite« des heutigen Russlands gibt es einfach kein Umfeld, wo solche Verschwörung entstehen und reifen könnte. Keine Walküre kommt in den Kreml geflogen.

Die Machtpyramide im Moskauer Ulus ist ein unerschütterliches Gebäude, sie hat nur einen Geburtsfehler: Wenn es an der Zeit ist, den Thron zu vererben, wird die ganze Konstruktion beginnen zu wackeln. Wie der Machtkampf unter den rivalisierenden Clans ausgehen wird, kann niemand voraussehen. Man kann nur mit Sicherheit sagen, dass der Tag X kommt und dass ein Nachfolger es nicht leicht haben wird.

Der Verlust des Machtgleichgewichts wird unausweichlich dazu führen, dass die kolossale kriminelle Pyramide in sich zusammenbricht und das ganze Land unter ihren Trümmern begräbt. Der Halbzerfall des Imperiums wird sich mit voller Wucht fortsetzen. Als Erstes wird Tschetschenien das sinkende Schiff verlassen. Die kaukasische Republik bleibt momentan nur dank des engen Bündnisses zweier Khane in der Russischen Föderation und dank des immensen Schutzgelds, das Russland an Tschetschenien zahlt.

Das Zarenimperium löste sich innerhalb von wenigen Monaten auf. Die Sowjetunion brach in drei Tagen auseinander. Die putinsche Machtvertikale wird in wenigen Stunden auseinanderfallen. Nach Tschetschenien werden sich die anderen Republiken des Nordkaukasus von Russland lösen, dann Tatarstan, Baschkirien, Jakutien. Anschließend wird der Kampf der sibirischen Regionen um ihre Unabhängigkeit vom Zentrum beginnen, unter der Losung: Schluss mit dem Raub unserer Bodenschätze durch Moskau!

Was auf Russland zukommt, kann man sich vorstellen, wenn man in die Donbassregion schaut, wo regionale mafiöse Gruppierungen um die Macht kämpfen und ihre kriminelle Ordnung etablieren. Es ist zu bezweifeln, dass auf den Territorien, die sich von Moskau unabhängig erklären werden, demokratische Rechtsstaaten entstehen. Jugoslawien hat gezeigt, wie schnell es innerhalb eines multinationalen Staates zu brutalsten Kriegen und ethnischen Säuberungen kommen kann. Wenn die Gewalt eskaliert, wirft das mein Land wieder um Jahrhunderte zurück. Und für den Westen bedeutet es eine neue riesige Flüchtlingswelle. Uns erwartet die nächste Zeit der Wirren in einem Land, in dem demokratische Ideen bei den breiten Massen in Verruf gebracht wurden und die Bevölkerung ihre Hoffnungen in eine starke regierende Hand setzt. Eine starke Hand wird sich sicherlich finden, und auch der Westen wird eine neue »Diktatur der Ordnung« mit Verständnis akzeptieren. Niemand wünscht sich eine wirre Zukunft in einem Land mit einem herrenlosen roten Knopf.

Die Einheit der Russischen Föderation ist genauso Einbildung und Lüge, wie es die Einheit der Sowjetrepubliken war. Gorbatschow wollte die Sowjetunion vor ihrem Zerfall retten und führte am 17. März 1991 das einzige Volksreferendum der Sowjetgeschichte durch: »Soll die Sowjetunion als einheitlicher Staat bestehen bleiben?« Mit einem klaren »Ja« antworteten 70,2 Prozent in der Ukraine, 82,7 Prozent in Weißrussland, 93,7 Prozent in Usbekistan, 94,1 Prozent in Kasachstan, 93,3 Prozent in Aserbaidschan, 96,4 Prozent in Kirgisien, 96,2 Prozent in Tadschikistan, 97,9 Prozent in Turkmenistan. Einige Monate später gab das Sowjetimperium den Geist auf, und die Einheit des Volkes erwies sich als reiner Bluff der Sowjetpropaganda, es gab überhaupt keine Proteste. In den Nationalrepubliken wurde die lang ersehnte Unabhängigkeit vom »großen Bruder« mit Jubel gefeiert.

Im wohl russischsten Text der russischen Literatur, in den *Toten Seelen*, verglich Gogol meine Heimat mit einer rasenden Troika, die voranstürmt und andere Länder überholt. »Rast nicht auch du, Russland, so dahin, wie eine kühne Troika, die niemand einholen kann? ... Wohin rast du, Russland? Gib Antwort! Du schweigst. Wundersam tönt das Glöckchen. Die vor deinem Ansturm zurückflutende Luft wird zum heulenden Sturm. Alles auf Erden weicht dir aus, und es geben dir den Weg frei alle anderen Völker und Reiche.« Diese berühmten Zeilen, die jeder Schüler kennt, gaben Generationen von russischen Lesern Hoffnung. Denn irgendwohin muss sie ja galoppieren – in eine helle Zukunft?

Seit Gogol sind eineinhalb Jahrhunderte vergangen. Das Land hat unheimliche historische Erfahrungen gesammelt, das Volk seelische. Die epochalen sozialen Befreiungsexperimente des Kommunismus führten zu einer noch grausameren Diktatur. Heute, mit diesen Erfahrungen ausgerüstet, müsste Gogol Russland leider eher mit einem Metrozug vergleichen, der von einem Ende des Tunnels zum anderen fährt – von der Ordnung der Diktatur zur Anarchie der Demokratie und wieder zurück. Das sind sein Fahrplan und seine Strecke. Sonst kann man mit diesem Zug nirgendwohin fahren.

Meiner Generation war es vergönnt, in beiden Richtungen durch den russischen Tunnel zu rollen. Die Perestroika und die Schwäche der Staatsmacht haben das Land ins Chaos der Neunzigerjahre gestürzt, dann fuhr der Zug in die Gegenrichtung, und wir fanden uns im Putin-Imperium wieder.

Die nächsten Stationen sind bereits angesagt worden.

Will man wirklich dort hin?

Dem Verstand folgen

Fritz Pleitgen

Von Zeit zu Zeit werden wir Gutgläubigen im Westen von Nachrichten wachgerüttelt, die uns über bedrohliche Entwicklungen in Russland aufklären. So erfuhren wir, dass Putin dabei ist, sich als Sammler russischer Erde zu betätigen, um Territorien zurückzugewinnen, die der Moskauer Herrschaft beim Zusammenbruch der Sowjetunion verloren gingen.

Die Vorgehensweise hatte Tradition, wie wir gekonnten Abhandlungen entnehmen konnten. Von Iwan Kalita bis zu Iwan dem Schrecklichen hatten umstrittene Figuren im 14. und 15. Jahrhundert das Herrschaftsgebiet des Großfürstentums Moskau um beträchtliche Geländegewinne erweitert. Daran, so hieß es, wollte Putin anknüpfen. Das klang ziemlich alarmierend. Mussten jetzt die Ukraine und Weißrussland dran glauben?

Zum Glück kamen beruhigende Nachrichten aus der schwedischen Hauptstadt. Das angesehene Stockholmer Internationale Friedensforschungsinstitut SIPRI teilte mit, dass Russland seinen Militäretat heruntergefahren habe, während die Vereinigten Staaten noch einmal ordentlich zugelegt und ihre chronische Führung in der Rüstungsweltrangliste weiter ausgebaut hatten. Russland nehme nun hinter USA, China und Saudi-Arabien Platz vier ein.

Die militärische Führung der Nato ließ sich von den Stockholmer Zahlen nicht beirren und stufte Russland als globale Bedrohung ein. Der amerikanische Oberbefehlshaber Philip Breedlove versuchte, seinen Präsidenten mit frisierten Berichten dazu zu bringen, die Russen in der Ukraine militärisch zu testen. Barack Obama ließ sich nicht zu dem gefährlichen Unsinn verleiten, was ihm als Schwäche ausgelegt wurde.

Auch die politische Führung der Nato war nicht untätig gewesen. Nach dem Ende des Kalten Krieges hatte sie die Zeit genutzt, in der sich eigentlich der ewige Frieden im Sinne der Pariser Charta in Europa ausbreiten sollte, um ihre Reihen aufzufüllen. Höflich und unermüdlich lud sie interessierte Staaten ein, dem Nordatlantischen Bündnis beizutreten, sie fand guten Zuspruch.

1990, als mit dem Untergang der Sowjetunion der Kalte Krieg zu Ende ging, gehörten der Nato 16 Staaten an. Inzwischen sind es 30, mit Montenegro und Mazedonien als letzte Akquisitionen. Die Reaktion des Kremls, die Nato als Gefahr für Russland einzustufen, stieß im Westen auf Befremden.

Es zeigte sich wieder einmal, dass ein und derselbe Vorgang aus unterschiedlichen Perspektiven unterschiedlich beurteilt werden kann. »In Europa muss mit der Einflusssphärenpolitik Schluss sein«, stellte die deutsche Bundeskanzlerin Angela Merkel kategorisch fest, während EU-Parlamentspräsident Schulz ankündigte, die Europäische Union werde die Ukraine, die über drei Jahrhunderte zu Russland gehört hatte, nun fest an den Westen binden. Niemand sah hier einen Widerspruch, jedenfalls nicht im Westen.

Als ich in den Sechzigerjahren über die Nato berichtete, herrschte frostigster Kalter Krieg. Die Teilung Europas durch den Eisernen Vorhang hatte eine jahrzehntelange Konfrontation zwischen Ost und West nach sich gezogen, die immer wieder den Ausbruch eines weiteren Weltkriegs fürchten ließ.

Trotzdem war damals die Bereitschaft des Westens, mit Moskau in eine konstruktive Beziehung zu kommen, größer als nun nach Überwindung der Teilung Europas. Damals wurden von der transatlantischen Allianz noch politische Konzepte ausgearbeitet, um Konfliktherde zu beseitigen. Der Harmel-Report, in dem die Politik der Entspannung der militärischen Sicherheit gleichgesetzt wurde, ist mir in besonderer Erinnerung. Das war 1967.

Zu einer ähnlichen Weitsicht, wie sie sich in dem Papier offenbarte, das unter Leitung des damaligen belgischen Außenministers Pierre Harmel erarbeitet wurde, ist die Nato offensichtlich längst nicht mehr fähig.

Angestoßen wurde das neue Denken seinerzeit durch den französischen Staatspräsidenten Charles de Gaulle, der mitten im Kalten Krieg die Konfrontation mit dem sowjetisch beherrschten Ostblock zu einer Sache der Vergangenheit erklärte. Das war vor über 50 Jahren. De Gaulle ging noch weiter, man solle die Führungskräfte der Sowjetunion nicht als fremdartige Wesen betrachten, die auf die Vernichtung des Westens aus seien, sondern als potenzielle Partner für eine neue europäische Ordnung.

Um seine Idee zu unterstreichen, zog de Gaulle auch noch die französischen Streitkräfte aus der Nato heraus. Damals war ich von den Worten und Taten des großen Franzosen schockiert, heute würde ich mir einen politischen Führer von diesem Format in Europa wünschen.

Es ist eingetroffen, was George Kennan vorausgesagt hat: Die russische Führung agiert oft in einer Weise, die uns nicht gefallen kann. Wir hören und lesen von russischen Cyberattacken und russischen Trollen. Wir erfahren nichts über die Enthaltsamkeit westlicher Dienste oder über ein Keuschheitsgelübde der NSA, nachdem die National Security Agency der Amerikaner dabei ertappt worden war, weltumspannend in die Kommunikationsnetze anderer Staaten eingedrungen zu sein.

Als der Kalte Krieg zu Ende ging, träumten die Menschen vom ewigen Frieden. Was ist das Ergebnis? Europa ist drei Jahrzehnte später wieder tief gespalten. Der Graben zwischen Ost und West ist um einige Hundert Kilometer nach Osten direkt an die russische Grenze verlegt worden. Immerhin ohne Eisernen Vorhang.

Lord Ismay kann zufrieden sein. Mögen die Zeiten wechseln, sein barsches Verdikt gilt weiter: Keep the Russians out.

Die Nato ist bei 1949 stehen geblieben, obwohl wir uns bereits tief im 21. Jahrhundert befinden. An Lord Ismay erinnert sich kaum jemand, aber seine Parole behauptet sich weiter. Wie einst die Mauer teilt sie Europa. Scheinbar unverrückbar. Aber dann fiel der Eiserne Vorhang doch. Ganz leicht. Wie nach einem kleinen Windstoß.

Der Westen beschäftigt in seinen Bündnissen Nato und EU eine Riesenarmee von militärischen und politischen Experten, die in der Lage sein müssten, überzeugende Konzepte zur Lösung von Konflikten wie zwischen Russland und der Ukraine auszuarbeiten. Herausgekommen ist erstaunlich wenig.

Der Westen ist Russland haushoch überlegen, allein im militärischen Bereich um ein Dutzendfaches. Ähnlich ist der Vorsprung in der Wirtschaft; von Wissenschaft und gesellschaftlicher Entwicklung ganz zu schweigen. Statt sich in Tiraden über das hinterhältige und rückständige »Reich des Bösen« zu erschöpfen, sollte der Westen aus seiner Position der Stärke heraus die Initiative ergreifen, um ein vernünftiges Verhältnis zu Russland herzustellen. Eine Idee ist schon da. Gorbatschows Vision vom »gemeinsamen europäischen Haus« könnte als Orientierung für Europas neue Ordnung im 21. Jahrhundert dienen.

In der *Frankfurter Allgemeinen Zeitung* fand ich einen Artikel, der mich durch seine Überschrift »Lesen Sie Putins Stellenbeschreibung« neugierig machte und inhaltlich stark beeindruckte. Die Autorin Kerstin Holm war mir als ebenso kundige wie kritische Betrachterin Russlands aufgefallen. Putin kam bei ihr nicht besonders gut weg. Der Artikel, den sie im September 2014 schrieb, sollte Politikern, Diplomaten und Wirtschaftsleuten, die sich mit Russland beschäftigen, auf den Schreibtisch gelegt werden.

Russland beschrieb sie als ein in seiner Entwicklungsfähigkeit benachteiligtes, chronisch überanstrengtes Land, dem aber gerade deshalb die europäische Kultur grandiose Kunstleistungen verdanke.

Der Artikel nahm dann für mich eine überraschende Wendung: »Wer Putin verstehen will, der sollte nicht Psychologie studieren, sondern die Stellenbeschreibung des russischen Präsidenten«, so schrieb sie. »Ein überdehntes, untervölkertes, raues Land zusammenhalten, das an ungemütliche Nachbarn wie China und die islamische Welt grenzt«, steht da geschrieben. Später fährt sie fort: »Im entwickelteren Westen, wo Gorbatschow durch den Abzug der sowjetischen Truppen Freundschaft stiften wollte, hat die Nato das gesamte, ebenfalls von Gorbatschow freigegebene Glacis besetzt.«

Ihr Militär rückt immer dichter an die Landesgrenzen. Wie sollte da ein russisches Staatsoberhaupt den Gorbatschow/Jelzin-Kurs nicht bitter bereuen und deshalb versuchen, den immer weiter vorrückenden »Wald von Birnam« (Shakespeare, *Macbeth)* endlich zu stoppen?

»Es spricht für Europas Blindheit«, so die Autorin, »dass es nicht im ureigenen Interesse Ruhe im eigenen Vorgarten anstrebt. Dass der Bär, Russlands Symboltier, ein gefährliches Raubtier ist, weiß man nicht erst seit gestern und dass Raubtiere, wie auch Staaten, aggressiv werden, wenn man ihnen auf den Pelz rückt, ist ebenfalls bekannt, dass sie überdies, wenn man keinen Sicherheitsabstand wahrt, angreifen, kann man aus Tierfilmen lernen. Mit dem Flirt, den Nato und EU mit der Ukraine begannen, signalisierte der Westen, dass er seinen Fuß letztlich auch in die Bärenhöhle setzen könnte.«

Der Artikel, der auch sonst viel Kluges bot, hätte, so mein Eindruck, auch aus der Feder von George Kennan kommen können.

Gelegentlich vermisse ich die Möglichkeit, mich mit lebenserfahrenen Menschen über Russland auszutauschen, wie ich dies in der Vergangenheit mit Heinrich Böll und Lew Kopelew tun konnte. Was würden sie zu den gegenwärtigen Verhältnissen sagen?

Sicher bin ich mir, dass Wladimir Putin nicht der Politiker ihrer Vorstellungen wäre. Sicher bin ich mir auch, dass beide vehement gegen die Misshandlung und Verurteilung von Andersdenkenden eintreten würden, wie sie es zur Sowjetzeit scharf und entschieden taten.

Ob sie die Nato-Politik gegenüber Russland gut gefunden hätten, wage ich hingegen zu bezweifeln. Böll hatte etwas gegen klirrende Rhetorik. Gegenüber der Nato war er mehr als skeptisch. Er hatte nicht nur 1981 auf der großen Demonstration im Bonner Hofgarten mit seiner Rede gegen die Aufrüstung der Nato mit atomaren Mittelstreckenwaffen eindeutig Stellung bezogen, sondern sich auch trotz angeschlagener Gesundheit vor den Eingang der amerikanischen Kaserne in Mutlangen gestellt, um die Aufstellung der Pershing-Raketen zu verhindern. In einem Interview mit dem *Spiegel* beschrieb er sein Verhältnis zur Sowjetunion unmissverständlich.

Böll nannte die Bedrohung des Schriftstellers Amalrik durch den KGB und die Sowjetjustiz »himmelschreiend« und »Irrsinn«. Gleichzeitig unterstützte er die Ostpolitik von Willy Brandt, die auf Verständigung mit der Sowjetunion setzte. Über deutsche Soldaten, die im Baltikum nahe der russischen Grenze zu Kriegsübungen unterwegs sind, wäre Böll kaum beglückt gewesen.

Bei Kopelew war es ähnlich. Obwohl ihn das Sowjetregime arglistig ausgebürgert hatte, sprach er sich auch danach im Sinne von Willy Brandt für eine Verständigungspolitik gegenüber der Sowjetunion aus.

Kopelew setzte auf Brückenbau und konkrete Projekte, die die Völker verbanden. Er liebte seinen ukrainischen Geburtsort Kiew, aber er fühlte und bekannte sich als Russe. Er war durch und durch geprägt von der russischen Kultur, insbesondere der Literatur.

Kopelews Zuneigung und Verehrung galt nicht jedem russischen Schriftsteller. Keine Sympathien hatte er für Fjodor

Tjutschew (1803–1873) und dessen berühmtestes Gedicht, das von den Gebildeten unter uns gerne zitiert wird, wenn in oder mit Russland etwas passiert, was mit unseren westlichen Vorstellungen nicht in Einklang zu bringen ist.

»Verstand wird Russland nie verstehen,
kein Maßstab sein Geheimnis rauben,
so wie es ist, so lasst es gehen,
an Russland kann man nichts als glauben.«

Die Zeilen haben etwas Psychotherapeutisches, aber sie helfen nicht weiter. Für Kopelew war das Tjutschew-Gedicht romantischer Kitsch, die größte denkbare Desinformation über Russland. Besonders die restlichen Zeilen:

»Der kühle, wägende Verstand
kann Russlands Wesen nicht verstehen
denn dass es heilig ist, dies Land,
das kann allein der Glauben sehen.«

Wie gegen diesen Schmalz hatte der Verstandesmensch Kopelew eine ähnliche Abneigung gegen die Schwärmerei von der russischen Seele.

Mit Gefühlsduselei ist Russland nicht beizukommen. Die Annexion der Krim und der Hybridkrieg in der Ostukraine sind mit Glauben allein nicht zu bewältigen. Da muss schon der Verstand her. Nur darüber ist das komplizierte Riesenland zu verstehen, das von äußerst schwierigen inneren und äußeren Verhältnissen geprägt ist wie kaum ein anderer Staat auf unserem Planeten und obendrein die Bürde einer einzigartigen Geschichte zu tragen hat. Kein Wunder, dass Putin verschüchtert in die Kamera blickte, als er in der Anfangszeit seiner Präsidentschaft fotografiert wurde.

Ich verhehle nicht, dass ich zu Russland eine besondere Beziehung empfinde. Dies hat selbstverständlich mit meiner beruflichen Biografie zu tun. Es war die richtige Entscheidung, als Auslandskorrespondent im damals schwierigsten Land zu beginnen.

Die Zeit war intensiv und lehrreich, auch wenn lange Strecken unangenehm schwierig waren. Insgesamt waren die Jahre für meine Familie und mich ein Gewinn. Die Begegnungen mit Menschen wie Larissa Bogoras, Lew Kopelew und Andrei Sacharow haben mich für den Rest meines Lebens bereichert.

Mit den Menschen in Russland sind wir durchweg gut ausgekommen. Den Staat Sowjetunion fanden wir wenig attraktiv. Anderen erging es ähnlich. Nicht von ungefähr haben sich einige ehemalige Sowjetrepubliken von Russland schleunigst Richtung Westen abgesetzt, sobald dies möglich wurde.

Als wir in der Sowjetunion lebten, erschienen uns die Russen nicht als ein Ausnahmevolk, sondern als Menschen mit extremen Erfahrungen, die sie mit der eigenen Führung, aber auch mit dem Westen gemacht hatten. Feindseligkeit sind wir trotz der Verbrechen, die Deutsche während des Krieges in der Sowjetunion verübt hatten, nie begegnet. Stattdessen haben wir Großmut und Großherzigkeit erlebt. Die gleichen Erfahrungen haben wir allerdings auch in anderen Ländern gemacht.

Die Beziehungen zwischen Russland und dem Westen haben einen unerträglichen Tiefstand erreicht. Mit dieser Entwicklung hätte ich nach Moskaus Zustimmung zur deutschen Einheit und zur Nato-Mitgliedschaft des vereinten Deutschlands nicht gerechnet. Dass es um die Welt besser stünde, wenn Russland und der Westen normale gutnachbarliche Beziehungen unterhielten, dürfte unstrittig sein.

Viele schwere Krisen dieser Welt könnten bewältigt werden, wenn Russland und der Westen vertrauensvoll zusammenarbeiteten. Für das schlechte Verhältnis mache ich mehr den Westen als Russland verantwortlich. Wir haben die stärkere Position, und wir hätten uns mehr in die Lage der anderen Seite versetzen müssen, um nicht aus Fahrlässigkeit kapitale Fehler zu begehen. Die ersten verhängnisvollen Schritte sind von unserer Seite gemacht worden. Einige davon habe ich erwähnt. Der Katalog ist bei Weitem unvollständig.

Aber nicht nur die Politik ist gefordert, auch die Zivilgesellschaft sollte sich einbringen. Die Friedensbewegung, die katholische Kirche der USA, die Rancher for peace, die Fischer von Surry und die Schwimmerin Lynne Cox haben vorgemacht, wie es geht. Sie haben schier Unmögliches erreicht, wie wir beim Abbau der atomaren Mittelstreckenwaffen erlebt haben. Mein Schlusswort möchte ich Dostojewski überlassen: »Wir haben uns lange genug von allem Möglichen fortreißen lassen. Es ist Zeit, dem Verstand zu folgen.«

Und was empfiehlt der Verstand für Russland?

»Pressefreiheit und ein unabhängiges, starkes Justizwesen.«

Und was ist das Gebot der Vernunft für den Westen?

Ein Wirtschafts- und Sicherheitssystem für ganz Europa – mit Russland inklusive.

Futur II

Michail Schischkin

Der Dichter Fjodor Tjutschew formulierte im 19. Jahrhundert das russische Glaubensbekenntnis: Russland sei mit dem Verstand nicht zu fassen, man könne nur daran glauben. Seit Tjutschew wird dieses Motiv von Russen wie ein Mantra repetiert. Im 21. Jahrhundert ist der erste Teil seiner Behauptung längst veraltet, man kann und man muss dieses Land mit dem Verstand fassen. Aber auch jetzt sind allen Russen, die ihre Heimat trotz der »Patrioten« lieben, diese Worte aus dem Herzen gesprochen: An Russland muss man glauben.

Es gibt nur ein einziges Argument, warum die Demokratie in Russland siegen kann: Es geht nicht anders.

Es gibt Gesetze der Natur. Jeder Fluss endet irgendwann im Ozean. Es gibt Gesetze der menschlichen Natur. Kranke Kinder wurden einst getötet, wie auch alte Leute, die nichts mehr nützten: Das Essen war knapp und reichte nicht für alle. Das war damals die Norm. Aber die Menschheit entwickelt sich nach dem Gesetz der Vermenschlichung. Der Sinn der Evolution des Homo Sapiens besteht darin, dass die Urwaldaggression, das Bestreben, alles zu erbeuten, alle Feinde unterzukriegen, alle Winkel zu markieren, alle Schwächeren zu unterwerfen, durch Barmherzigkeit, Einfühlungsvermögen, Toleranz, Verantwortungsgefühl für die Schwächeren ersetzt wird. Die Geschichte führt den Menschen über seine rohe Natur hinaus zum Geistigen und zur Aneignung von solchen Tugenden wie Milde, Gerechtigkeit und Würde.

Die Norm verändert sich. Am Anfang herrschte das Recht des Stärkeren, aber irgendwann bildeten und bilden sich noch immer

Institutionen heraus, welche die Schwächeren vor den Stärkeren schützen. Die brutale Willkür einer Autokratie wird durch einen Rechtsstaat ersetzt. Die Menschheit ist auf einem langen Weg von der kriegerischen Brutalität zur Menschenliebe und Achtung der Rechte eines Individuums. Alle Völker beschreiten früher oder später diesen Weg. Und Russland ist keine Ausnahme.

Zwei Versuche, eine demokratische Gesellschaftsordnung in Russland einzuführen, scheiterten. Aber es wird sicher weitere Versuche geben. Die erste russische Demokratie von 1917 dauerte nur einige Monate lang. Die zweite in den Neunzigern hielt mit Mühe und Not einige Jahre durch. Beim nächsten Mal könnte eine »dritte russische Demokratie« noch länger währen. Wichtig ist, aus dem Teufelskreis der Gewalt auszubrechen, das blutige Paradigma zu wechseln. Nur eine friedliche Protestbewegung kann Russland in die Zukunft helfen.

Die einzige Waffe der neuen russischen Opposition ist das Wort. Das Regime hat alle Unzufriedenen ins Internetghetto geschickt. In diesem Ghetto brodelt es, und der Ärger tritt über seine Grenzen. In Russland wird ein Krieg um den Verstand geführt. Und es ist klar, wer ihn gewinnen wird. Im Kampf zwischen Diktatoren und dem freien Wort hat schlussendlich noch immer das Wort gesiegt. Im historischen russischen Zweikampf zwischen dem Dichter und dem Zaren hat der letztere keine Chancen.

Es stimmt einfach nicht, dass der Russe für die Demokratie nicht geeignet ist. Die Russen können genauso wie alle anderen Völker in einer demokratischen Gesellschaft leben. Der Beweis dafür sind Millionen russischer Emigranten, die im Westen leben und sich nicht nur den demokratischen Normen problemlos anpassen, sondern es oft durch ihre Begabung und Arbeitsfähigkeit sehr weit bringen.

Alles kommt auf die Norm an, die sich in der Gesellschaft etabliert. Mit der Veränderung der Norm verändern sich auch Menschen. Als der deutsche Staat die Judenverfolgung zum Gesetz machte, wurden die Menschen innerhalb der Norm der Rassengesetze erzogen. Im neuen demokratischen Deutschland verletzt der Antisemitismus die Norm.

Die Norm im heutigen Russland ist das Fehlen jeglicher demokratischer Freiheiten, politische Häftlinge, totale Korruption, Angst. Aber die gesellschaftliche Norm wird nicht vom Himmel gegeben, sie verändert sich mit den Menschen. Der Mensch erzieht sich selbst. Jeder setzt sich seine eigene Norm und verändert damit die Gesellschaft.

Revolutionen ereignen sich, weil der Mensch sie braucht, um sich als Mensch zu fühlen. Sonst gäbe es sie nicht. Es braucht diese Momente im Leben, in denen du dich nicht mehr länger erniedrigen lassen kannst und auf die Straße gehst, um deine menschliche Würde zu verfechten.

Es sind vor allem junge Menschen, die in letzter Zeit gegen das Regime protestieren. Tausende Schüler und Studenten in Moskau, Sankt Petersburg und anderen russischen Städten gehen friedlich auf die Straßen. Man muss sich ihre Gesichter anschauen: Keine Niedergeschlagenheit, keine Hoffnungslosigkeit, im Gegenteil, sie strahlen Selbstvertrauen und Zuversicht aus. Die junge Generation schaut nicht fern, ist für die Propaganda unerreichbar. Die jungen Leute sind anders. Sie wollen nicht im modrigen putinschen Raum ersticken. Ein weiteres Argument für optimistische Zuversicht. Die Jugend gewinnt letztendlich immer.

Ja, diese Leute sind in Russland noch in der Minderheit. In der marginalen Minderheit. Sie verlieren ihren Kampf noch. Aber sie fürchten sich nicht, zu verlieren. Tolstoi hat auch verloren, und Rachmaninow, und Malewitsch, und die sieben mutigen Menschen, die 1968 auf den Roten Platz kamen. Man ist in würdiger Gesellschaft.

Im Vergleich mit der trägen Bevölkerungsmasse ist die Zahl der aktiven Oppositionellen sehr gering, sie sind in Moskau, Sankt Petersburg und einigen Großstädten konzentriert. Doch in allen historischen Prozessen gab es eine Avantgarde. Diese Vorhut ist bereit, für die Demokratie zu kämpfen, und wird die Massen hinter sich herziehen. In Russland fanden schicksalsträchtige Ereignisse immer in den beiden Hauptstädten statt.

Heute sind diese Menschen noch in der Unterzahl, aber wer weiß, was morgen kommt? Die Regeln für den Sturz eines autoritären Regimes sind überall gültig: Hunderttausende auf der Straße zusammen mit einer Palastverschwörung, oder eine Million auf der Straße, das genügt dann schon ohne jegliche Verschwörung.

Wer weiß, was die Initialzündung sein könnte? Die Rentenreform? Irgendein »Schwarzer Schwan«? Die nächste Vergiftung von Schulkindern durch die Gase einer benachbarten gigantischen Mülldeponie, wie es im Frühjahr 2018 in Wolokolamsk der Fall war? Da gingen die empörten Eltern der zu Dutzenden vergifteten Kinder protestieren. Plötzlich war fast die ganze Stadtbevölkerung auf der Straße. Erwartet Russland eine »Müllrevolution«? Und schon wird nicht mehr nur die marginalisierte Opposition, sondern eine Mehrheit der Einwohner des Landes skandieren: »Das ist unsere Stadt, das ist unser Land, und es ist uns nicht egal!«

Was immer die Zukunft bringen mag, heute gehen in Russland bereits Leute auf die Straßen und Plätze, um ihre menschliche Würde zu verteidigen, und das heißt, die Würde der gesamten Menschheit. Und wir sollten alles tun, was möglich ist, um sie zu unterstützen.

Wie können die westlichen Demokratien diesen Menschen helfen? Ganz einfach. Man muss nur die eigenen Gesetze befolgen. Das Geld, das aus Russland fließt, ist kriminell. Die Reichtümer der russischen Machthaber wurden beim Volk gestohlen. Punkt. Nach den Gesetzen jedes Rechtsstaates sollte das kriminelle Geld sichergestellt werden, und die Verbrecher gehören ins Gefängnis. Der Westen muss mit russischen Kleptokraten die klare Sprache des Gesetzes sprechen. Bis jetzt hat er das nicht getan, denn es geht um so unvorstellbare Geldmengen, dass man leicht sprachlos wird.

Die Nutznießer des Machteigentums investieren ihr gestohlenes Kapital nicht im eigenen Land, sondern bewahren die Beute im

Westen auf. Aus einem offenliegenden Grund: Nur in demokratischen Ländern ist das Geld auf einem Konto oder als Immobilienanlage durch Gesetz und Gerichte vor der Willkür der Stärkeren geschützt. In Russland kann man Geld schnell erbeuten, aber noch schneller verlieren.

Die Gesetze gegen Geldwäsche werden im Westen oft unterlaufen. Da es um horrende Summen geht, fällt es nicht leicht, streng im Rahmen des Gesetzes zu bleiben und Konten mit gestohlenem Geld zu sperren. Es gibt genug respektable ehrbare Herren auf der ganzen Welt, die den Schulterschluss mit den russischen Geldsäcken suchen. Man hat ja Familien zu ernähren, und das gewaschene Geld stinkt nicht so. Wes Brot ich ess, des' Lied ich sing.

Es geht ja nicht um einen banalen Raubüberfall, es geht um den Raub des Jahrtausends. Eines der reichsten Länder auf der Welt wurde ausgeplündert. Die Legalisierung der Gelder, die auf kriminelle Weise angeschafft wurden, ist ein Verbrechen, das im Rechtsgebiet der demokratischen Länder begangen wird und hier auch bestraft werden sollte. Die Raubbeute muss eingefroren und konfisziert werden, das wäre die einzige wirksame Sanktion gegen den Räuberstaat. Gewiss würden westliche Anwälte, Banken, Immobilienmakler, Luxusjachtbauer weniger verdienen, aber demokratische Gesellschaften können das gut verkraften.

Die kommende Desintegration Russlands löst sowohl im Land als auch im Westen große Besorgnis aus. Doch die Fliehkraft der Völker und Regionen im letzten Imperium der Welt hat nicht nur zerstörende, sondern auch bereinigende, sanierende und heilende Kraft. Der zukünftige Zerfall der Russischen Föderation kann schmerzhaft sein, aber es ist ein wichtiger und unentbehrlicher Schritt auf dem Weg zur Demokratie. Das russische Bewusstsein muss lernen zu akzeptieren, dass es mehrere Staaten mit Russisch als Staatssprache geben kann. Das Imperium muss aus den Köpfen und Seelen wie ein bösartiger Tumor entfernt werden. Erst wenn diese Operation erfolgreich durchgeführt worden ist, können die Neustaaten auf dem

Territorium des ehemaligen Moskauer Ulus demokratische Reformen durchsetzen.

Ein demokratisches Russland in den Grenzen des Moskauer Ulus des 15. Jahrhunderts? Das wäre ein Wunder. Doch wer hätte vor dem Zerfall der Sowjetunion an ihre schnelle Auflösung geglaubt? Und doch ist dieses Wunder passiert. Warum sollten nicht andere Wunder passieren? Russland ist ein merkwürdiges Land, in dem die unwahrscheinlichsten Träume und Voraussagen wahr werden. Wer hat Andrei Amalriks Prognose in den Sechzigerjahren ernst genommen, dass das ewige mächtige Sowjetreich so schnell und so schmachvoll verschwindet? Wer hätte gedacht, dass die Sowjetarmee Osteuropa verlässt, dass sich beide Teile Deutschlands vereinen, dass neue unabhängige Staaten auf der Karte erscheinen und den Weg zur europäischen Völkerfamilie einschlagen? Das beweist die Realität des Wunders.

Niemand kann wissen, wann genau das Wunder passieren wird. In einem demokratischen Staat werden die Machthabenden regelmäßig neu gewählt. Man weiß, wann die Wahlen stattfinden, aber man weiß nicht, wer gewinnt. In Russland ist es anders: Man weiß genau, wer bei den nächsten Präsidentschaftswahlen gewinnt, aber man weiß nicht, was mit dem Präsidenten einen Monat nach den Wahlen passieren kann. Putin weiß auch nicht, wann und wie das putinsche Regime endet. Aber sein Ende nähert sich. Keine Diktatur mit all ihren Polizisten, Soldaten, Richtern und Gefängnissen kann die Zukunft verbieten. Nach allen Gesetzen der politischen Biologie wird das grüne lebendige Gras den Asphalt durchbrechen.

Der oppositionelle Internet-TV-Kanal »Doschd« (TV-Rain) zeigt die Kundgebungen und Märsche der Opposition im ganzen Land live. Während der jüngsten Massenproteste wurden die Demonstranten in Moskau auf dem Puschkin-Platz brutal niedergeschlagen. Die »Kosmonauten«, so werden die Spezialeinheiten der Polizei wegen ihrer speziellen Ausrüstung genannt, schlugen Leute mit Stöcken, rissen junge Männer und Frauen aus der Menge heraus, schleppten sie in Busse mit Gitterfenstern.

Ein Korrespondent befand sich mitten im Geschehen und versuchte noch, Leute um sich herum kurz zu interviewen. Er sprach ein Mädchen an, etwa 17, 18 Jahre alt, Jeans, T-Shirt, ein ganz gewöhnlicher Teenager.

»Hast du keine Angst?«

»Doch!«, gab sie zur Antwort, »Und wie!«

»Warum bist du dann hier?«

»Die da oben haben uns alles im Land weggenommen. Ich bin gekommen, damit sie mir meine Zukunft nicht nehmen.«

Dieses Mädchen ist Russlands Zukunft.

Dank

Kerstin Lücker war unsere Lektorin. Wir haben sie um ihre Aufgabe nicht beneidet. Unsere Erfahrungen und Gedanken zum komplizierten Verhältnis »Russland und der Westen« haben wir mit Absicht völlig unabhängig voneinander zu Papier gebracht. Kompromisse wollten wir nicht machen, uns auch nicht in Besserwisserei übertrumpfen. Mit Können, Geduld und viel Einfühlungsvermögen hat Kerstin Lücker es geschafft, aus unseren Texten ein Ganzes zu machen. Wir haben ihr sehr zu danken.